狐王令

常青 著

HU WANG LING

上

河南文艺出版社
·郑州·

图书在版编目（CIP）数据

狐王令/常青著. —郑州:河南文艺出版社,2019.
12

ISBN 978-7-5559-0844-9

Ⅰ.①狐…　　Ⅱ.①常…　　Ⅲ.①长篇历史小说-中
国-当代　Ⅳ.①I247.5

中国版本图书馆 CIP 数据核字（2019）第 256883 号

出版发行	河南文艺出版社
本社地址	郑州市郑东新区祥盛街 27 号 C 座 5 楼
邮政编码	450018
承印单位	河南瑞之光印刷股份有限公司
经销单位	新华书店
纸张规格	700 毫米×1000 毫米　1/16
总 印 张	61.75
总 字 数	1099 000
版　　次	2019 年 12 月第 1 版
印　　次	2019 年 12 月第 1 次印刷
定　　价	98.00 元

目　录

第一章　进京之路

一

明正统十三年春上，寒风依然肆虐，积雪尚未融化。困扰北方多日的疫情丝毫没有缓解。离京城一日路程的直隶保定府的官道上，举目望去，一片凋敝。

此时已近黄昏，云迷雾罩的四野一片肃杀之气。虽说天寒地冻，但仍挡不住猎食者的步伐……由远及近掠过两只苍鹰，在低空飞旋，突然似箭般落到雪迹斑驳的路边，叼起猎物又直飞冲天，眨眼消失在灰暗的天际，路边雪地上现出一堆残缺的森森白骨。

一阵清脆的铃声，伴随着沉闷的马蹄声由远及近而来。官道上驶来一辆马车，素蓝帷幔盖顶，轿帘紧闭，赶车之人是个五十多岁的老汉，他迅速瞥过路边的白骨，紧着甩动响鞭催马快跑。

"管家，辰时可能赶到驿站？"素蓝轿帘掀起一角，露出一张老妇灰暗憔悴的脸，她两鬓已斑白，目露惶恐，担忧地望着前方。

"老夫人放心，前方就是虎口坡，过了虎口坡离驿站就三里路程了。"老管家张有田一边赶着马车，一边安慰老夫人。

李氏点点头，一路的劳顿和凶险让她忧心忡忡。半个月前，她和老管家从京城出发赶往山西代县夕山观音庵，之所以风雪兼程，赶在这个时节出门，是因为突然

狐王令（上）　　　　　　　　　　　　　　　　　　　　　　　1

得到李如意还活着的消息。这突降的喜讯，让李氏不顾一切都要前往。一路上经历了雪灾和疫情，终于赶到夕山，接回了失散六年的小姐。

“我要下车——”身后传来一声少女清脆的喊声。

李氏急忙转身，紧紧拉上轿帘。座上一个青色衣衫的少女举起双手伸了个懒腰，她梳着简单的双螺髻，俏皮可爱，乌黑的发丝从脸颊边垂下来，肤白似雪，明眸皓齿，看年纪不过及笄之年，但双目炯炯有神，流露出超出常人的聪慧，说话间神采飞扬。

“我要下车。”少女说着就去扶轿门。

“我的小姐呀，”李氏忙阻止，“此处离京城已近，需处处小心才是呀。”

“走了这一路，就只能坐在车上，我连外面的风景都没看一眼。”少女委屈地噘起嘴。

“有啥可看的，除了野狼就是死人的白骨，不看也罢。”坐在车头的张有田叹口气高声道。

少女又坐回去，无奈地从一旁拿起一本书，翻看起来。李氏爱怜地望着她，不放心地嘱咐道：“小姐，此次接你回京，你宵石哥哥再三叮嘱，不可暴露身份，你可有记住？”

少女的目光从书本上抬起来，瞬间布满寒霜，她语气急促地说道：“昔日的李如意已从这个世上消失，我叫明筝。”其实根本不用姨母提醒，她早已学会了隐藏身份，因为她是罪臣的女儿，她死里逃生从京城一路逃到山西，至此已六年。一想到这些，明筝再不想看见姨母为自己担忧的样子，安慰道：“姨母，你不要害怕，我会保护你的。”

李氏扑哧一声被逗笑了，明筝小小年纪说出这样的话，不由得她不爱怜她。

“宵石哥哥为何不来，倒让姨母舟车劳顿前来接我？”明筝不满地问道。

李氏面露尴尬之色，犹豫了片刻，方道：“你宵石哥哥脱不开身，他如今叫柳眉之。”

明筝咧了下嘴，笑道：“好古怪的名字，倒是跟我尼姑庵里隐水姑姑有一比，隐水姑姑的法号叫知眉。不过，我还是要谢谢宵石哥哥，”说着，明筝举起手里的书，“他从哪里得到的这本书，太有趣了，我都看两遍了，却怎么也看不够，简直都要背下来了。”

李氏听她如此一说，眼里突然闪着泪光，不禁感慨：“明筝呀，我还记得你五岁时李府开的神童宴，那时你父亲还是工部尚书。你三岁通晓唐诗宋词，四五岁能背诵四书五经的大部分,当时在京城传为一大奇事。那些大臣来家里见你,只为考你,他们拿出自己写的文章,你只看两遍,就背诵出来,惊煞了多少人呀。"

提起往事,两人都静默了,似乎那道旧疤本来藏得好好的,突然被揪起来,两人心里都一阵阵刺骨的痛。

明筝先打破僵局,笑着道:"那都是雕虫小技,我从小记性好而已。"明筝本想说,我的真本事是跟隐水姑姑学的剑术,但是她把此话咽了回去。

她此次决定跟姨母进京就是为父母报仇,这个仇恨埋在她心里已经六年了,当年事发时她虽然懵懂无知,但是她自小跟随父亲,知道父亲忠厚仁义的性格,父母的死太蹊跷,如今她已长大成人,定要为父母讨回公道。她知道姨母胆小怕事,所以她的心思半句也不能透露,只能咽进肚里。

李氏看她又低下头看书,突然想起来宵石的叮嘱:"明筝,你宵石哥哥特别交代,此书不可让外人看见,他还说,这是本奇书,对,是这样说的,说是天下奇书。"

"姨母,怎么没有书名呀?还是遗失了?"

"宵石交给我时,就这样的。"

"吁——"管家勒住马缰绳,回头道,"老夫人,路过茶水坊,要不要歇息一下?"

"要的。"李氏一口答应下来,明筝欢呼着站起身,但李氏一把按住她,道:"明筝,你不可下车,坐车里等着。"

明筝拧着眉头噘起嘴问道:"为什么呀?"

"不可下车就是不可下车。"李氏爱怜地哄着她,"有狼——"

"我才不怕呢。"明筝笑起来,差点把她跟隐水姑姑上山打过狼、赶过野猪的事说出来,话到嘴边,又咽了回去,不想惹姨母生气,只好乖巧地点了下头,"好吧。"

路边一个茅草房上挂着一个破旧斑驳的幌子,上书一个"茶"字。管家取出车上的水壶,与老夫人一前一后走进去,屋里三张方桌空荡荡的并无客人,火炉边坐着一个相貌丑陋的矮胖男人袖着手打盹儿。

"伙计,取一壶茶来。"管家冲男人叫道。

那人一惊,忙睁开眼,双手从袖中抽出来,望着进来的两位客人,眨着眼道:"没有伙计。"

"那——你是?"管家没好气地望着他。

"掌柜的。"矮胖男人脖子一梗站起身,却是个罗锅,站起身和坐着没有太大差别。他看进来的是一对皱巴巴的老头老太太,有些奇怪,心想,这么大年纪真是活腻了,兵荒马乱的还四处走动。他从炉边提起一个铁壶走到他们面前,一边往递上来的水壶里倒水，一边问："要不要住店？"

管家与李氏互望一眼，摇摇头。

"此时已晚，你们还赶路，不要命了？"掌柜仰脖向他们瞪起一双金鱼眼，"外地的吧，你们不知道虎口坡这一带不太平吗？闹匪。今儿早上一队队的官兵，不，是京城里来的锦衣卫，锦衣卫知道吗？个个都是高手，抓逆贼叛匪，把这一个镇都惊得鸡飞狗跳……"掌柜看见这一对糟老头糟老太太听见他的话，像被雷劈了似的呆若木鸡，不由得意地笑道："只收你俩十个铜板。"

"请问掌柜的，哪里来的逆匪呀？"李氏吃惊地问道。

"听说是从南方流窜到这里的，会吃人的狐族，白天是人，晚上就变成狐狸，一口就能吃一个人，你没看见这里的村舍，家家户户紧闭大门，连街边的店铺都关门了，方圆几里就剩我这一家店开着门，我这模样连鬼都惧怕三分，才不怕什么狐狸呢，没准遇到个狐仙，那可是人间不曾有的美人啊……哈，哎……人呢？"

没等掌柜的说完，管家放下两个铜板，提起水壶搀起李氏就往外跑。

李氏吓得声音都变了调："快走，这里闹匪，快走吧……"

"老夫人，不要惊慌，那个掌柜的心术不正，没准儿就是唬咱们的。"管家赶紧安慰她道。

"还是谨慎点好，不管是匪还是官兵，咱都不想遇到。"李氏手脚麻利地跳上车，突然发出一声惊叫。管家老张头被叫声惊得水壶落地，差点坐到地上。

"明筝——"李氏惊恐地探出头，"小姐，不见了……"

二

两只苍鹰一前一后穿过黑云，俯身向山坡冲去，那浓烈的血腥味刺激着鹰仰脖长啸，尖利的啸声响彻天际……虎口坡下的山谷正经历着一场酣战，战马嘶鸣，兵器相交，声震山谷……

明筝趴在坡上一处雪窝里，看了半天，才看出一点眉目。

刚才她坐在轿车里就隐约听见这边的厮杀声，哄着姨母走后便跳下马车，穿过山道越过土坡跑到这里，只想过来瞧一眼就走，但是这一眼就把她牢牢地吸引住了。虽然她从十岁就跟着隐水姑姑云游四方，也见识过一些江湖场面，但今天这种大阵仗还是把她惊得目瞪口呆。

酣战的双方都是一等一的高手，身法奇绝，双方缠斗在一起，只见一片刀光剑影，一时分不出胜负。她再细看双方的着装，这才看出点门道。

一方着锦衣卫的官服，手持绣春刀，有十几人；另一方只有七八人，但无论着装还是兵器都五花八门，着实让人眼花缭乱。单从着装来看，他们不像北方人，倒像是南方某些少数民族族群。他们身披黑色大氅，大氅上以五色丝线绣着奇异花朵和五色狐狸头，人人戴毛皮头饰，头饰上插满各色羽毛。

其中一个骑白马的族人尤其引人注目，他手持长剑，身法奇快，长剑闪着银光，上下翻飞，似风火轮般横扫对面的锦衣卫，他一人将锦衣卫几名高手打翻在地，诡谲的身法使得锦衣卫阵脚大乱，节节败退。眼看局势已向这群神秘的族人倾斜，剩下的几名锦衣卫已渐无招架之力。

突然，从谷口拥进几十匹战马，马上之人嘶叫着冲向这里……被困的锦衣卫看见援军已到，兴奋地大喊："宁大人来了，宁大人来了……"

白马族人刀刻般瘦长的脸上，一阵慌乱……突然一挥长剑，向后退去，大叫："不好，上当了，保护狐山君王……"

族人中一个白髯老者对白马上的人大喊："林栖，撤——"

援军中一匹黑色战马似箭般冲在最前面，马上之人冷目铁面，凌厉中带着股阴鸷。被困的锦衣卫看见此人一马当先冲过来，一阵欢呼，士气大振。骑黑马之人对四周视若无睹，眼神犀利似鹰目般紧紧盯住那匹白马，厉声喝道："抓住狐山君王者，赏银百两……"他身边突然蹿出一匹马，马上之人衣饰竟然跟对手的衣饰一样，也是穿着黑色大氅和戴着皮毛头饰，那人一脸惊恐地大叫起来："宁大人，骑白马之人不是狐山君王，是他的护卫林栖。"

援军呼啸而来，团团围住那群族人。援军里还有三个蒙古勇士打扮的凶悍男人，他们嘶叫着围住那群族人。那群族人且战且退，锦衣卫紧追不放，双方渐渐离了明筝的视线……

明筝从雪窝里站起身，愣怔着盯住那一片铁骑荡起的雪尘，半天回不过神来，她白皙的面颊被刚才所目睹的血腥刺激得绯红，她双目圆瞪，没有想到还没走进北京城，便目睹这般残酷的厮杀，心头不由掠过一片阴霾。她抬头望向坡下山道，这才想到姨母还在等她，便心里一阵惊慌，抄近道向山下跑去……

一匹马从明筝经过的坡上飞驰而过，马蹄踏下雪片飞溅……突然，马上之人身体一晃，一头栽下来，明筝吓得止住脚步，她前后看了一看，听见身后急促的马蹄声，再看雪地上的那人，后背和肩胛中了两箭。她认出是那群族人中的白髯老者，只是不知为何不见其他族人，只剩下他一个人，那匹马似受到惊吓径直向前飞蹿……

明筝再不敢迟疑，迅速跑到伤者身边，把白髯老者拉进身边雪窝，堆起雪盖住他的身体，又拽过一些干枯的树枝隐藏住自己。白髯老者仍然有些意识，他突然瞪大眼睛盯着明筝，明筝调皮地对他眨了下眼睛，将一只手指放在嘴上，示意他别出声。片刻后，急促的马蹄从他们头顶疾驰而过，明筝看他们的衣着，认出是锦衣卫……

锦衣卫消失在山道上，大地又归于一片死寂……

明筝从藏身的雪窝向坡下山道跑去，一边跑一边寻思，若是不出手相救，这个老者定会死在此地。

山道边的树林里，管家老张头缩手缩脚地跑出来，左右查看动静，认定官兵走了，这才敢跑回树林把小马车拉出来。车厢里传出李氏悲切的哭声，一边还埋怨着："唉，就不该在这儿停车，怨我，不该下车，这丫头跟着隐水姑姑野惯了，天不怕地不怕的……这可如何是好呀……"

"你能看得住吗？腿在她身上长着。"管家安慰李氏，"老夫人，她不会走远的……"老张头说到一半便看见明筝从山坡跑过来，忙叫住李氏。

管家和李氏迎着明筝跑过去。李氏看见明筝身上有血，腿一软就瘫在地上，管家急忙拉住明筝："小姐，你身上哪儿受伤了？快让老夫看看。"

"不是我的血。"明筝说着，一把拉住老管家，"张伯，快跟我去救一个人。"

李氏听两人如此一说，方清醒过来："回来，不要惹事啊……"李氏想要阻止，发现两人已向山坡跑去。

山坡背阴的地方积雪很厚，明筝领着老管家踏着雪向刚才藏身的地方跑去，远远就看见雪地上一片殷红，伤者失血过多昏迷过去，两人七手八脚把白髯老者拉出雪窝。

"还活着。"老管家试了伤者尚有鼻息。

"不可——"李氏气喘吁吁地跑过来，"我的小祖宗，多一事不如少一事。再说，此人来历不明，穿着如此古怪……不可呀，快快离开吧……"

"姨母，在这荒山野岭，如果我们撒手不管，此人必死无疑。"明筝俯身查看伤者两处箭伤，"好在都不是要害，车上有止血膏。"

"要不这样，"老管家知道明筝自小混迹江湖，满脑子侠义，遇上这事她必管不可，但也明白李氏心性谨慎，只好在中间和稀泥，"咱们把他带到前方驿站，送医馆可好?"

明筝立刻点头同意,李氏也不好再反对。三人连抬带拽,把伤者顺着坡拉到马车边,幸好地上积雪未融化,降低了他们行动的难度。

李氏一边喘着气,一边抱怨:"这个白胡子老头,沉得像头牛……"

"人家是习武之人,身板硬……"老管家说,"看年龄在我之上,体重却可抵我两个,真是奇怪……"

三人几经周折才把白髯老者拉上马车。马车里空间狭小,明筝和李氏尽量给伤者挪出更多空间,让他能够半躺着。直到此时,明筝才看清这位老者的真面目,灰暗的皮肤毫无光泽,皱皱巴巴,像极了一枚落满尘土的山核桃,下巴上浓密的胡须却白得耀眼,看着总觉哪里不对头。再看老者鬓角竟然夹杂着几缕黑发……

哦?明筝转念一想,早听闻江湖上有易容术和假面一说,今天竟让她遇到了,她调皮地一笑,伸出手去揭老者的假面,突然被映入眼帘的一个东西吸引住了,手在半空停下来。那是老者胸前挂的一个护身符。明筝拿起端详着,她从未见过如此奇异的护身符,上面缀满五色的石头、玛瑙、琥珀,还有……一旁的李氏本已打瞌睡,被明筝晃醒。

"我知道他是何人了。"明筝像捡着宝似的,指着老者胸前的护身符对姨母低声道,"不错,与书中记载的一样,这里是一只狐狸头,符上有五彩……"明筝双目放光,惊叫着,"姨母,他是狐族人。"

"啊……你是如何得知?"李氏突然想起茶坊里罗锅掌柜的话,心下大惊,颜面失色,一下子站起身,忘了身在车厢里,头猛地撞到一旁木框上,疼得她急忙捂住头。

车身一晃,白髯老者随着车厢的颠簸动了下胳膊,胸前的护身符隐入大氅中。明筝急于证实自己的想法,低头找符,符却不见了,正要伸手去掀老者的大氅,被李氏抓住手:"明筝,我问你是如何得知的呀,你知不知道狐族人都是吃人的异类呀?"

明筝大笑,她回身取出一直看的那本书:"姨母,这本书里有一部分记载了大明境内十大神秘族群,其首就是狐族,不是你说的那样,其实狐族人世代生活在湖南檀谷峪,与世隔绝,直到太祖率大军经过被敌所困,受其粮草接济,方转危为安,太祖感念其相助之恩,封其为王,因其族人供奉九尾狐,才称狐族,其地封狐地。你看,姨母,他不是来历不明吧。"

"这本书上是这么说的?"李氏摇摇头,"那为何被锦衣卫追杀?"

"待他醒来,一问便知了。"明筝乐呵呵地说道。

狐王令 (上)　　　　　7

"书上还说了什么？"

"那可多了，我现在总算知道宵石哥哥为何称它为天下奇书了，里面记载了太多有趣的事。就说狐族吧，檀谷峪与世隔绝，书上说是世外桃源，山清水秀之地，得天地之精华，因此狐族人男子精壮，善于骑射，女子柔美，善于歌舞。狐族之所以传承繁衍不息，全凭镇界之宝狐蟾宫珠，书中说此乃世间罕有的宝物。"

"真乃闻所未闻呀！"李氏好奇地问，"此宝物有何好处？"

"书上说，此珠在不同时节会呈现出不同色彩，宝珠里隐现一只九尾神狐，会随宝珠转动而飞舞。神狐是狐族的图腾，九尾狐又是祥瑞之狐，喻示子孙繁盛，你说是不是宝物？"

"确是世间宝物呀。"李氏点点头。

在明筝和李氏谈话的间隙，白髯老者已缓缓睁开眼睛，他眼里寒光一闪，又迅速被皱巴巴的眼皮遮蔽住，只是一只手臂不由自主地伸向腰间，大氅遮住了他的手臂，但是剑鞘的一端却露在外面。

马车在颠簸中前行，明筝和李氏显然都乏了，渐渐打起瞌睡。白髯老者犹疑地盯着面前这一对安然而眠的母女，眼中的寒气消散，他眼皮眨了眨，叹了口气，握剑的手悄然放下。

突然，车窗外响起几声鸟鸣，甚是怪异。明筝被鸟鸣惊醒，她看见白髯老者依然昏睡着，便好奇地掀开窗帘，向窗外探出头。后面漆黑的夜色里，蓦然跃出两匹马，明筝一声惊叫，似是被发现了，两匹烈马嘶鸣几声，渐渐隐入夜色里。

"张伯，何时能到驿站呀？"明筝不安地大声问道，她感到一路上都十分古怪。

"快了，小姐。"老管家回了一句，又甩了下鞭子，忍不住自言自语："此处怎不见灯光，小镇上的人呢？"

马车在漆黑的街道上独自前行，老管家丝毫不敢大意，谨慎地驾着马车。明筝看着两旁黑漆漆的房舍，心里的不安更重了。一侧黑暗的屋脊上，突然窜出两条黑影，黑影在屋脊上飞跃，跟着马车一路向前。

"张伯，你快点……"明筝失声叫道。

"好嘞……"管家紧甩着马鞭，马车向前猛地飞奔起来。

小镇一片死寂，仅有的几星灯火也在马蹄声中瞬间灭掉，人们像躲避瘟神一样躲避着什么……

马车停下，老管家从马车上下来，走到最近一户人家门口。虽然此户人家门户紧闭，漆黑一片，但是他看见屋檐下挂着几串辣椒，门口堆满木柴，心想屋里肯定有人。他拍了拍门，大声问："有人吗？叨扰了，请问镇上驿站在何处？"

静默了片刻，屋里传来闷声闷气的一句话："出镇，西头就是。"

小镇如此荒凉，往前走不远，是一片黑漆漆的树林，狂风卷着枯叶打在车厢上，噼噼啪啪乱响，从远处传来一两声狼嚎，听来甚是瘆人。

三

马车停下来，老管家吆喝着马，马喷着响鼻就是不挪窝。老管家急了，使劲甩着鞭子，但马车仍然未动。老管家怒气冲冲地跳下车，用鞭子甩打马背："不中用的东西，一声狼嚎就把你吓成这样了，走呀，驾……"

明筝从车厢里跳下来大叫道："张伯，别打啦，拉着它走过这一程就好了。"明筝走到马前拉住马嚼子使劲往前拉。

老管家一声惊叫，马鞭指着前方不远处："小姐，那是什么？"只见树林边缘，晃动着几条黑影，虎视眈眈地望向这里。

"不好，是狼……"明筝顺着老管家指的方向看见黑暗中闪动着几星幽蓝的光，那是狼眼。明筝反身跑回车厢一侧，从行囊里抽出一把剑。老管家拉住明筝死活不让她上前，李氏被刚才的狼嚎惊醒，从车厢爬下来。

"小姐，有老夫在，岂能让你上去……"老管家拉住明筝，李氏也跑过来，一把抱住明筝。

"张伯，你守在马车这儿。"明筝说道，然后身子一晃，就躲过老管家和李氏，冲到马车前。

一团黑影似箭般冲到明筝面前，狼眼里闪着饥饿的凶光，此狼个头儿巨大，像是头狼。明筝知道已无退路，只要她一犹豫，头狼就会扑过来。在山西那几年，跟着隐水姑姑行走江湖没少遭遇狼群。她主意已定，一手持剑向头狼刺去……

月光下，一人一狼激烈交锋，头狼异常凶猛，少女持剑只能避其锋芒，左躲右闪，头狼渐渐占了上风，猛地向明筝扑来。突然头狼嚎叫一声，向一旁跟跄了一下，似是被什么东西击中，明筝得以喘息稳住步伐，她心生奇怪，四周除了老管家和姨母，是何人出手相帮？正在暗自诧异，只见头狼又一次向自己扑来……

突然，明筝听到一阵急促的马蹄声，一道黑影似闪电般几个跃身已飞身到头狼身后，绣春刀寒光一闪，一刀封喉，刀起处狼应声而倒……头狼来不及叫一声，就命丧黄泉。只听见树林边的群狼一阵阵哀嚎，渐渐不见了踪影……

明筝瞪着又大又圆的眼睛，被刚才的一幕深深震住了，她从未见过出手如此之快的人，连人影都没看清，狼已被除掉，而他诡谲的身法又似曾相识。突然，明筝想起在虎口坡看到过此人，正是后来赶到的锦衣卫头目，当时他骑着一匹黑马。

一阵风过，此人已到她面前，阴鸷的双眸冷冷地凝视她，然后从怀里掏出一块白色丝帕轻轻擦拭绣春刀上的血迹，阴沉沉地问道："姑娘，你这是要到何处去呀？"

老管家和李氏连滚带爬地跪到他脚下，忙着叩头："谢大官人救命之恩。"

明筝这才回过神，忙收剑行礼："谢过官人。"心里不免一惊，一想到他追杀的人此时正躺在离他不足十步的马车里，明筝不由出了一身冷汗。

"回大老爷，"李氏担心明筝说错话，急忙上前挪了一步，仍然跪着道，"只因走亲戚，错过了时辰，前去驿站投宿，不想半路遇见狼群，承蒙大老爷相救，才保我一家平安。"

那人阴沉着脸，根本不理会跪在地上的两个老人，却只盯着明筝，对她手中的剑很感兴趣："姑娘好身手呀。"

李氏紧张地抬起头："我家小女生在乡野，挥剑舞棒让大人笑话了。""车上还有人吗？"他的目光掠过马车，问道。

李氏一抖，老管家急忙向她眨了下眼，李氏急忙答道："我家老爷，赶路乏了，睡着了。"

锦衣卫头目身后的副将，二话不说大步走到车前，拉开轿帘向里探看，见一老汉蒙头大睡。两人交换了个眼色，头目返身跃上马，目光再一次从明筝脸上掠过，嘴角漾开一个古怪的微笑，然后转身吩咐道："上马，继续搜——"十几个人翻身跃上马背，绝尘而去。

明筝长出一口气，立刻扶住李氏上马车，两人一落座，李氏便拍着胸口直摇头："唉，此番甚是凶险，离京城越近，我这心里越是七上八下的。"

白髯老者去掉蒙头的被褥，吃力地坐起来。见伤者醒过来，李氏急忙双手合十嘴里念了几个阿弥陀佛，明筝一笑："你可醒了。"

"惊扰两位恩公了。"白髯老者说着便要跪，被明筝止住。李氏不放心，便追问他为何被锦衣卫追杀。白髯老者一阵叹息，只说被奸人陷害，听到此明筝和李氏便不再追问，世道无常，她们何不是为奸人所害四处躲避呢。

"敢问恩公尊姓大名，日后好去拜谢。"白髯老者接着说道。

"我——"明筝快言快语，刚要作答，被李氏打断："不必客气，有缘相遇，举手之劳。我们送老先生到医馆,咱就此别过,我们还要赶路,老先生看可好?"白髯老者急忙点头致谢。

四

镇西头是一处缓坡,隐隐约约看见坡上有一处院落,一盏竹篾扎成的大灯笼高高挂在竹竿上,上书一个"驿"字。马车停下来,车里的人都松了口气,总算找到驿站了。

这时,从院子里跑出来一个伙计,向他们摆手,大声道:"客满,请别处投宿吧。"

老管家上前理论:"小二,这个时辰,你让我们去何处投宿呀?"

"不行,客已满。"小伙计仍然挥着手。

明筝跳下马车,跑到小伙计面前,面露难色道:"小二哥,车里有病人,实在不能走了,你随便找间房就行了。"

"不是我们不留你,是没有空房间,一间也没有。"小伙计也是一脸为难的样子。

"你这伙计,哪有半夜拒客之理?"

一声洪亮的呵斥从院里传出,明筝看见一个商贾打扮的中年男子走出来,他方脸浓眉,双目炯炯有神,中等身材,身姿挺拔,给人一种不怒自威的凛然之气。

小伙计忙上前答道:"于先生,小店确实无空房了,近日小镇闹匪,几家客栈都人走房空,方圆几里就剩下咱这小店了,能不满吗?"

明筝看这位于先生替他们说话,急忙走上前搭讪道:"劳烦这位先生,帮我们给掌柜的说说,我们实在是走不动了。"

"嗯,伙计此话不假。"于先生点了下头,他捋了下下唇短须,看着明筝问道:"这位姑娘,你说马车里有病人?"

于先生身后的随从说道:"这位姑娘,不要着急,你们遇到我家老爷真是幸运,我家老爷正是郎中,可让我家老爷给你家病人把把脉……"

明筝一愣,随即下车的李氏也愣住了,老管家倒是机灵,他担心让这位郎中发现是箭伤疑心,忙上前一步道:"谢这位小哥了,我家主人是旧疾复发,备的有膏药。"

"这样甚好。"于先生笑着说道,"这样吧,我命仆人腾出一间房,你们将就一夜吧。"

"那敢情好。"小伙计看问题解决了,回头对明筝道,"你们还不快谢谢这位先生!"

明筝一阵欣喜,想到夜深不用再赶路,不由对面前这位器宇轩昂的于先生心生敬意,忙上前行了一礼:"谢谢先生……"

明筝和李氏又一阵拜谢,方去马车里扶着白髯老者回房。白髯老者早已换上管家的大褂,与一般老翁并无差别。安顿好白髯老者,明筝便拉着姨母非要下楼用饭。刚才一进客栈,她便看见正中堂屋灯火通明,想必是客人用茶点的地方,而他们赶了一天路,早已饥肠辘辘。

明筝扶着姨母走进大堂,此时虽已入夜,但里面却是座无虚席。大堂的四角挂着四只竹篾扎成的灯笼,灯笼随风晃动影影绰绰。座上客人的装束五花八门,可以看出大家来自天南海北,如今却只有一个目标:进京。此处是离京城最近的一个驿站,明天便可到达京城……

明筝拉着李氏找了半天,终于在靠墙边找到一张空桌子,身后跟过来的老管家一边左右张望,一边啧啧称奇:"一路上没遇到几个人,怎么在这里会有这么多人?"

"这是进京的必经之路。"李氏说着,望着满屋子的人还是有些后悔,带明筝来这种地方真不明智。明筝却出奇地兴奋,伸长脖子找伙计,她饿得不行了,却不见伙计的身影。

旁边一桌坐着一个皮货商和三个茶叶商,谈得正欢,由于经常往来于各地,他们个个能言善谈、见人就熟,聊以闲谈打发路上的寂寞时光。

"你们听说了吗?驸马府都尉被囚禁起来了……"

"谁敢这么干?那可是皇亲呀!"

"谁?皇上身边的人呗,那个大太监王振就敢……"

"喂,各位,"一旁桌上一个中年人回过头,压低声音道,"莫提国事,这要是被东厂的人听到,要砍头的……"

"是呀,你们没看见一路上什么光景?听说,这个镇上十户人家走了九户。为避匪祸,这次是锦衣卫指挥使亲自带队前来剿灭。"

"你是说宁大人?"那个皮货商惊叫了一声,"宁骑城在京城可是家喻户晓的人物,若是谁家娃子不听话,喊一声宁大人来了,准保听话,一把御赐的绣春刀独霸京城。"

"唉,听说他是那个大太监王振的干儿子,真的假的?"

明筝听着这几人的谈话心里不觉一动,难道他们所说的锦衣卫指挥使宁骑城

狐王令(上)

便是刚刚一刀斩掉头狼的骑黑马之人？想到他们明天就要到达京城，能打听点京城的消息也是好的，明筝便转身笑着问道："这位老哥，我初来贵地，不知你们说的匪是些什么人呀？"

那位皮货商起身，煞有介事道："你们不知道，满镇都贴有告示，海捕文书上说，狐族是匪，他们的头目狐山君王是朝廷要犯。听说那狐族人是异类，专吃小孩和妇女，长得青面獠牙，可怕极了……"

"啊！怪不得锦衣卫都出动了。"一旁的茶叶商摇头叹息，好奇地说道，"这里来自京城的消息倒是很多呀。"

"那是，这里离京城不过一箭之遥，什么消息听不到？"皮货商道。

"这位先生，"这时中间一桌上一位年轻人站起身好奇地转向他们，匆匆行了一礼，问道，"在下李春阳，此番进京赶考，敢问先生可有科考方面的消息？"

皮货商一乐，说道："哦，这倒是没听说，你们几位是一同来赶考的吗？"

"也是碰巧在这里遇到。"李春阳笑着说。

"这位小哥最有趣，"伙计端着托盘一路笑嘻嘻地走过来，"人家赶考担着考箱，他担了一扁担菜刀进京，边卖菜刀边赶考……"

席上众人一听此话，哄然大笑，中间桌上一个方脸的年轻人，立刻红着脸低下头。

明筝看不惯伙计嫌贫爱富的可恶嘴脸，突然对伙计叫道："你一个端盘子的凭什么看不起人家卖菜刀赶考的，人家没偷也没抢，有什么可笑的，赶明儿金榜题名做了你的县官，看你还有什么话说。"

"你……你……你这个小姑娘好生……"

没等小伙计说完，明筝站起身对那个红脸的年轻人说道："那个卖菜刀的，我买你五把菜刀。"

"我的小祖宗，"李氏急忙去拉明筝的衣袖，"你买那么多菜刀干什么用呀？"

"这位姑娘，"红脸的年轻人虽然尴尬，但是对明筝的好心还是心存感激，他施了一礼道，"姑娘，我叫张浩文，家父是打铁匠，因凑不齐盘缠才出此招，让姑娘见笑了，谢你好心，菜刀就不要买了吧。"

这时，大门发出"嘭"的一声巨响，一阵寒风卷着雪花扑进来，随之而到的还有几个高大的身影，他们个个身披重甲，面貌肃穆。屋里的食客惊愕地放下竹筷，紧张地注视着他们，有人失声叫出来："是锦衣卫……"

"搜——"从这些人中走出来一个身披大氅的人，阴冷地吐出一个字，就把一间热气腾腾的屋子变成阴寒恐怖的所在。听到指令,几个锦衣卫校尉迅速跑进来,挨个桌查看,他们手拿海捕文书一个人一个人地核对。

明筝听到这个声音,手里的大饼都惊掉了,她不用看便知道是那个锦衣卫头目,叫什么来着——宁骑城,又碰到了。她的目光掠过众人,看见宁骑城隐在头盔下模糊不清的脸。宁骑城径直朝这里走过来,他身后的那个随从紧跟着,在宁骑城耳边低语了几句。明筝急忙低下头,大口咬着大饼,她对面的姨母双手在桌面上抖个不停,难道他看出来马车里藏有逆匪?

明筝心下大乱,正胡思乱想,身边掠过一阵冷风,沉重的脚步从她身边走过,停在她身后,随后听见一句阴阳怪气的话语:"于大人,下官这厢有礼了!"

这边的动静,引来不少人张望。

明筝偷偷回过头,看见那位于先生与随从正坐在她身后的桌边,于先生神情坦然地站起身,看着宁骑城淡淡一笑道:"宁指挥使昼夜公干,劳苦功高呀。"于先生话中带刺地回道。

"于大人耽搁在此,有何公干?"宁骑城并不理会他话里的讽刺,冷着脸问道。

"我此番是奉旨回京。"于先生不冷不热简短地回道。

此二人的对话让四周的坐客听得咋舌,那个皮货商回头一阵乱瞄,压低声音与邻座说道:"是于谦,于大人……兵部侍郎,我一个亲戚在他手下……"四周的人个个吓得缩头吐舌,直后悔刚才多言多语,现在只想找个地缝往里钻。不一会儿工夫,座上宾客已溜走大半。

明筝没想到给他们让出客房的原来是个朝中大员,她震惊于此人的做派与那些官员如此不同,不由对他产生不少好感。

宁骑城的脸阴晴不定,冲于谦点了下头,算作告辞便转身走到屋外,大声吩咐手下人:"听着,除于大人的房间,其余房间一间不落,搜一遍。"

十几个人足足折腾了半个时辰,仍然一无所获,这才飞身上马,向下一站疾驰而去。

明筝看锦衣卫走了,心里暗暗庆幸他们的房间是在于大人名下,算是躲过一劫。她和李氏、老管家回到房间,看到白髯老者服下药仍然酣睡不醒,三人不由唏嘘不已,这位于谦大人竟然在无意间救了他们四人的性命。明筝心想,明天一定要前去拜谢……

当夜,又发生了一件奇事。夜里明筝靠着墙坐在一条木凳上打盹儿,却总是被噩梦惊醒,一会儿是与锦衣卫厮杀,一会儿是掉进狼窝……等她又一次从噩梦里醒来,已是四更天,她看大炕上三位老人和衣而卧睡意正酣,不忍打扰,就闭目养神。

"嘎……叽……"

突然,屋外传来几声诡异的鸟鸣,明筝猛地站起身,此声如此耳熟,甚是奇怪。如此寒夜怎么会有鸟禽飞过?接着,又传来几声鸟鸣,似乎越来越近……

明筝忍不住好奇,轻轻拔掉门闩,刚露出一条缝,一股寒风夹着雪片就涌进来,外面被雪光映照得明亮异常。明筝向外一瞥,便看见院里飞身而下两个黑影,一个瘦高条,一个矮胖。两人谨慎地向客房靠近,那个矮胖似是崴了脚,有些跛跄,一边嘟嚷着:"我说林栖,你能不能慢点,你主人死不了,不是被这家人救了吗?再说了,你主子命咱们分头进京,你这会儿突然出现在他面前,你不怕他责罚我还怕呢……"

瘦高条突然梗着脖子回过头,怒喝一声:"盘阳,你给我闭嘴!"矮胖子被呵斥得直翻白眼,嚷道:"你个奴才,毫无奴才样,敢呵斥我,你……"

突然,明筝面前的木门"咣当"一声被合上,白髯老者端着油灯站在她面前,温和地说道:"恩公,夜里风大,还是关上吧,小心受寒。"明筝回过身,她刚才看得太投入,竟然没发现白髯老者也醒了,明筝一阵尴尬,没话找话地说道:"我刚才听见鸟叫声,很好奇这大雪天哪来的鸟呀,便看看……"

明筝说完走到窗前,看见院里已空无一人,那两个黑影早已无影无踪了,但他们的名字却留在明筝脑中,难道他俩是冲着屋里这位老者而来?正思索便看见白髯老者端着油灯放到木桌上,道:"我也是被鸟叫声惊醒的。"说着,吹灭了油灯。

屋里又暗下来,黑暗中传来姨母和老管家均匀的鼾声。明筝扫兴地靠在墙壁上,盯着白髯老者的方向,她的眼睛很快适应了屋里的黑暗,看到他重又躺下,心里的疑惑越来越重。刚才院里那两个人的谈话,她听了大半,难道他们是一伙的?那个名字很熟悉,林栖,不正是在虎口坡骑白马的那个神秘族人吗?

明筝再无睡意,心想还没进京便搅进莫名的是非之中,不是好兆头,还是听姨母的,明日一早赶紧进京才是。

明筝迷迷糊糊中被老管家的叫声惊醒,这才发现天色大亮。老管家手里提着两只滴着血的野山鸡站在门口,原来老管家开门时,看见地上雪里两只野山鸡扑腾着。姨母倒是很镇定,直接命老管家拿去厨房炖鸡汤,老管家一时犹豫着,明筝跑到外面一看,一夜的大雪,院里干净得如同一张白纸。明筝心里七上八下,又不好明说,只得对管家道:"张伯,雪停了,早点动身吧。"

"唉,"姨母走上前,说道,"喝完热腾腾的鸡汤再赶路。"

明筝一听又气又好笑："姨母，这野鸡来历不明，不能吃。"

"怎么来历不明？放在咱们门前，摆明了是给咱们的，客栈里的人都知道咱屋里有病人，没准儿是于先生让随从放这里的。"姨母喜滋滋地从管家手里抢过野鸡向厨房走去。

只有坐在炕上的白髯老者不为所动，仍然闭目养神。

明筝听姨母提起于先生，方想起应该去拜谢一番，便走出去，沿走廊走到于大人房前，店里一个伙计正巧路过看见她探头探脑，叫住她："这房客人一早就启程了。"明筝有些遗憾，没能与恩人辞别。她慢慢吞吞地沿走廊往回走。

此时屋里只有白髯老者一人，她进来时，看见他正在翻她的行李包裹。明筝咳了一声，白髯老者回过头，甚是尴尬地一笑，道："噢，明筝姑娘，你回来了，我……我想找点吃食。"

"你是想找吃的，还是想偷东西？"明筝毫不客气地回了一句。

白髯老者被呛得愣住，望着明筝半天无语。

"鸡汤来了。"这时，老管家和李氏端着一陶罐鸡汤走进来，鸡汤浓郁的香气扑面而来。明筝不再理会白髯老者，走到方桌边陶罐前。李氏从竹篮里取出四只碗，分别盛上鸡汤。老管家也请白髯老者坐下喝汤，白髯老者也不客气，当即坐下，他伸出手去端碗，明筝放下调羹，她瞥见白髯老者白皙强健的手掌，明筝一时愣住。白髯老者那只手刚伸出衣袖，就立刻缩了回去，他的目光与明筝碰到一起，又急忙跳开望向别处，老管家把鸡汤端到白髯老者面前，他并不急着喝汤，而是用嘴吹着汤碗。

热汤进肚，李氏脸上有了光彩，她吩咐明筝收拾好行李，准备上路。白髯老者起身相送："三位恩公，就此别过，有缘再见。"

明筝斜眼盯着他，想到此人身上虽然疑点重重，但就要在此分手，相忘于江湖，心下也坦然多了，调皮地回了一句："下次再被追杀，希望你依然好命……"

"这孩子……"李氏嗔怪地拍了下明筝的背，三人哈哈笑着走出去。

白髯老者目送三人走出驿站，马车早已套好，还有半日他们就可到京城，他看着马车消失在官道上，方返回房间。他立刻紧闭大门，盘腿坐到炕上，开始闭目打坐，以内力疗伤。

"嘎……叽……"突然，窗外几声鸟鸣，接着紧闭的窗户从外面被撬开，探进一个头来，倒吊着，头上的羽毛在风中舞动，凸起的鹰钩鼻下一双细长的眼睛盯住炕上之人。白髯老者一动不动，依然闭目打坐，只是淡淡地开口道："下来吧。"此时他

狐王令（上）

已恢复正常,话音清晰简短。

窗上之人身法奇诡地从外面翻入房内,接着又一个身影跃上窗台,只是这人却没有他顺利,矮胖的身躯卡在窗框上,身体一半在外,一半在内,急得大叫:"林栖,快帮帮我……"

林栖大咧咧地靠在墙边,抱着双臂根本不为所动:"谁让你跟着我。"

盘阳哭丧着脸:"好,以后不跟着你了,你看我现在挂在这儿,合适吗?"

白髯老者长出一口气,把体内气息调整顺畅。林栖看白髯老者打坐完毕,迅速出手拉出卡在窗框上的盘阳,两人一前一后走到大炕前。白髯老者伸出一只手,抓住头顶发髻往下猛一拉,一张皱巴巴的人皮面具被拽下,露出一张年轻清俊的面孔。

林栖和盘阳一起跪下,齐声道:"参见狐山君王。"

"起来说话。"终于摘下面具,他松了一口气,虽然身中两箭,但在明筝的救治下,已恢复大半。他望着面前的两人,急忙问道:"外面情况如何?"

"伤亡的弟兄,都已埋葬,其他人也陆续进京。"盘阳回道。

狐山君王消瘦的脸颊由于刻意压抑而抽搐了一下,他缓缓站起身:"此次行动失败,伤亡太大,这次潜入京城定要重新谋划,切不可再轻举妄动。现在江湖上都知道狐族发了狐王令,绞杀王振,想必王振也已听闻,必会处处小心谨慎,再想寻他的纰漏下手,已非易事,因此这段时间对王振停止所有行动,进京主要是寻找青冥郡主。"他目光坚定地望着两人,"我在老狐王坟前发过血誓,此番不救出青冥郡主、夺回狐蟾宫珠,我萧天誓不为人。"

"主人……"林栖听狐山君王一番决心,突然伏地抱住他双腿就哭。狐山君王深知林栖对老狐王的感情,也不苛责他,拍了拍他的肩,接着说道:"此番进京,异常凶险,咱们都是海捕文书上被通缉之人,好在咱们狐族的易容之术让咱们可以躲过东厂和锦衣卫的搜捕,但是有一个人,蒲源,只有他认识咱们所有人,这个心腹大患必须除掉。"

"蒲源这个内奸,已被咱们的人盯住,狐山君王放心,他活不过两日。"盘阳说道。

"到了京城,必须隐瞒身份,以后你们不可再称呼狐山君王,我叫萧天。你们两个直接去上仙阁,我已告知兴龙帮大把头李漠帆,让他安排你们做店伙计。"

"我不去上仙阁,那个李漠帆心术不正。"林栖一蹦多高,一脸怒火地叫道。

"人家咋心术不正啦,李把头把帮主之位让给咱们狐山君王做,那是出于感恩。"盘阳一本正经地说道,他回头望着狐山君王:"君王,你说是吧。"

"凭什么,狐山君王就是狐山君王,不是什么帮主。"林栖拧着脖子吼道。

对于这个一根筋,两人相视一笑。

"说到我这个身份,此次进京倒可以帮咱们。"萧天走到窗前,突然想到一事,"还有一件重要的事,你们两人立刻起身跟随那辆马车,切记不可伤着他们,秘密护送他们进京,务必探清他们的落脚点,这家人对咱们非常重要。"

"这一家人,除了小丫头会点武功,老头、老太太就是一对棺材瓢子。"盘阳不以为然地摇着头。

"明筝姑娘手中有一本书,我怀疑是《天门山录》,"萧天忧心地说道,刚才他在明筝行囊里没有找到那本书,已猜出她必是随身带在身上,小丫头鬼怪精灵,颇不好对付,又不想伤到她,错失了时机,"此书如何会落到她手中,我必须去探清虚实。"

"什么?"林栖大惊,瞪着萧天,怒道,"主人,你为何不早说,我定不会让这一家人活着走出这间房……"

萧天突然翻脸,厉声呵斥:"放肆,我狐族虽被污为逆匪,但善恶分明,是非明晰,岂可滥杀无辜。"他缓和下语气,"这本书出现在我面前,也是天赐良机,以我的观察,明筝姑娘似乎并不知道此书的来历。"

林栖恨得咬牙切齿道:"我狐族的灾难就始于这本《天门山录》,那个老道士吾土,是我救他于崖头,背进寨子。我真恨不得喝他的血,吃他的肉。我族待他如友人,他却把狐地的秘密都写在那本书上,让王振得到此书,搅得整个江湖血雨腥风。狐地也遭灭顶之灾,族人被屠,郡主被掠,镇界之宝被夺,我林栖死不足惜,只是背负这滔天大罪我愧对先祖。"

萧天抓住林栖的手臂,他知道这个年轻人被仇恨折磨得几近疯狂了,但是面对痛苦,再多的语言也显得苍白,他猛拍他的肩膀,大声说道:"林栖,这不是你的错,绝不能再让这本书为祸江湖了。"

林栖听萧天如此一说,渐渐冷静下来,坐到桌前。

萧天转身问盘阳:"京城那边如何?"

"翠微姑姑传来消息,内廷选秀提前了,狐族女子有四人进京,在翠微姑姑的调教下,学习宫廷礼仪和歌舞。只是……宫里仍然没有青冥郡主的消息。"

萧天点点头,看着他们说:"好吧,你们出发吧。"

"主人,那你……"林栖没想到萧天不跟他们一起走。

萧天并不回答,向他们一挥手……

狐王令(上)

第二章　落魄书生

一

正午时分，西直门外已聚集了很多进城的车马，由于关卡检查严格，进城和出城的人流行进缓慢。空地上扎着卖粥的草棚，货郎和小贩穿插在人流中叫卖，一派热闹嘈杂。

管家张有田早已跳下马车，拉着马嚼子跟着队伍向城门走去。明筝探头向外张望，巍峨壮观的城门让她眼中一热。她还依稀记得六年前被人带出城时的情景，那只装满草药的木箱的刺鼻气味至今还留在她的记忆里，这座城里有太多童年的记忆……

来不及感慨，她就发现城门前的气氛不对，她看到一队队守城的兵卒在挨个查路引。城门楼上张贴着四张海捕文书，只扫了一眼，她惊出一身冷汗。

"案犯狐族逆匪，狐山君王，年龄不详，籍贯不详，打家劫舍，杀人越货，十恶不赦，赏银百两，缉拿归案。"明筝小声念着，看到上面还有凶神恶煞的画像。想到他们才救了一个狐族人，她心里一阵后怕。再看其他三张均是江湖中人，有天龙会的、天蚕门的……

"嘘，小声点。"张有田急忙回头阻止明筝，"小姐，恐怕是出大案了，咱们还是小心为好。"

座上的李氏急忙把明筝拉回座上,三下两下拉上帘子。

管家张有田向守城的兵卒递上路引文书,一个兵卒跳上马车车厢查看,然后向车下的守卫一挥手,几个兵卒对他们的马车放行。

管家张有田赶着马车进了城。街市上熙熙攘攘,一派繁华。明筝不顾李氏的反对,趴在窗前张望。马车沿街市一路向东,过一个路口时,前面黑压压的人群挡住了道路。

老管家下车跑进人群,不一会儿又慌慌张张跑回来:"街中央躺一个人,被人刺死了。"

明筝一听,立刻往车下跳,李氏想拦住她,哪拦得住,她像泥鳅一样滑出李氏的手,任李氏在后面大叫。她跳下马车,冲李氏一龇牙:"我看一下,就回来。"

明筝转身时撞到一个瘦高条男人身上,此人衣衫单薄,脸上突兀的鹰钩鼻格外引人注目,吓了明筝一跳。被撞后那人急忙躲开,消失在人群里。明筝看着那人的背影,若是常人必不会在意,况且是人群之中,但是明筝一眼就认出,正是那夜在客栈翻墙而入的瘦高条,此时他怎么会出现在这里?正寻思,便听见有人叫她的名字。

"明筝姑娘。"人群里一个方脸的年轻人一脸喜色地叫住她。

"你?"明筝突然想起是驿站那个担菜刀赶考的书生,"你是张浩文。"

"是,"张浩文一脸羞涩地看着她,"你也是刚到吧,哦,明筝姑娘,"张浩文脸色一变,小声道,"快走吧,刚刚当街被刺死一个人,挺吓人的。"

明筝一听,管家说得没错,好奇心更强了,扔下张浩文向人群跑去,想找到刚才碰见的瘦高条,哪儿还有他的人影?

林栖没敢回头,迅速向人群里钻,他心里一阵懊恼,一路上跟着马车都没被发现,此时却被她撞见。刚才盘阳给他口信,说是狐山君王亲自出手了,他没想到狐山君王出手这么快,想眼见为实,就跑到路中央看个究竟,不想却撞见了明筝。

林栖穿过人群躲到一家丝绸坊里,从暗处盯着那辆马车。

突然,人群一阵骚乱,有人喊:"东厂番子来了。"只见十几名戴尖帽、着白皮靴、穿褐色官服的番子围住现场。

张浩文看见这群人乌压压跑来,急忙跑过去找明筝。明筝早已钻进人群里,她看到街中央卧着一个中年男人,地下一大摊血,一把刀直插胸口。再看那人面容,明筝吃一惊,她认出是在虎口坡跟着锦衣卫的那个狐族人。最让人感到恐怖的是他额头上竟然印着一个血淋淋的狐头。

"狐王令……"人群里有人叫出来,"不得了,死者额头上的印记是狐王令……"

番子中走出来一个档头,五短身材,一对鼠眼。此时他眨巴着眼睛冲人群嚷了一句:"有谁认识死者的,言一声。"人群立时静默了,有人认出此人,小声说道:"是孙档头,他叫孙启远,此人贪财,被他逮着,轻者脱一层皮,重者倾家荡产,快跑吧!"人群里一些怕事者纷纷溜了。

还真有不怕事者,明筝看到一位富商打扮的中年人在人群后面大声说道:"孙档头,不可触摸此物。"人群里有人认出此人,纷纷让道,明筝听见周围有人说道:"是上仙阁的掌柜李漠帆,这人可不一般,他早年曾跟师父走过镖,有些江湖见识。"李漠帆有三十出头,方脸阔眉,身形高大,明眼人一看就知是行武之人,颇有一股江湖豪气。

孙启远便追问道:"你识得?"

"档头,别忘,我在盘下上仙阁前可是个江湖中人,看见死者额头上的印记了吗?这是狐王令,那狐王令是大明境内最神秘的族群狐族的狐王所发,狐王令虽是一个令牌,但是诡异就诡异在这不是一个一般的令牌,传说狐王个个都身怀巫术,这个令牌经过历代狐王之手,吸天地之精华,每每由人血喂养,每杀一人都要血浸令牌留下印记,百年里这个令牌上的煞气足以除妖斩怪。可想而知,被此令牌追杀的人,必死无疑。死后令牌沾上死者的血印在死者额头上,那个血淋淋的狐头就是一个封印,令死者永世不得超生。"李漠帆如此一说,周围的人不由发出一声声惊叹和一片唏嘘之声。

"啊,这就是狐王令……"

"传说狐王令上有神明……"

"江湖上传说,死后额头被印狐王令的人,都是大奸大恶之徒……"

"传说狐王令不杀无辜,只杀罪大恶极之人……"

孙启远也对狐王令有所耳闻,没想到此时竟出现在自己面前,他先是一愣,然后望了一眼李漠帆,从他表情上看此言不虚,又低头瞅了眼死者,额头上那个血淋淋的狐头似是要复活般向他张开血盆大口,让他不由心惊肉跳起来,又不好在众人面前露怯,便凶巴巴地嚷道:"呸!天子脚下,真乃妖言惑众,小子们,收尸,带回衙门。"说完,转身就走。几个胆小的番子互相交换着眼色,谁也不敢去碰那个尸身,番子们相互看着,满脸的惶恐。

"李掌柜,你不在上仙阁,跑到这里做什么?"孙启远一身戾气地问。

"打此路过。"李漠帆拱手一揖，他眼角余光扫过死者，尽力掩饰着自己的冲动，他看到飞刀的位置直击心脏中心……使飞刀，又出手这么干净利索的没有别人，不由心里一阵窃喜，只有……看来帮主真的进京了……

"孙档头，忙完了，去我那里喝茶去。"李漠帆乐呵呵地说道。孙启远皱着眉头只想发牢骚，自己这倒霉差事不知什么时候能熬出头。两人说着话，没留意从一旁走过来一个身材魁梧的男人，径直走到尸体旁，查看着死者的额头。

"喂，走开，你没看见正在办案吗？"孙启远瞪着鼠眼嚷道。

那人转过身，明筝在人群里一眼认出，来人正是在客栈中见过的宁骑城的随从。那人回头瞥了孙启远一眼，孙启远一愣，立刻哈腰赔礼，毕恭毕敬地说道："高千户，这点小事也惊动了您老人家。"

高健没有理会孙启远，只是盯着尸体，脸上一片愕然。片刻后，高健低声对孙启远道："孙档头，不用查了，死者是锦衣卫的暗桩，拉回衙门，交给作作吧，我这就向宁大人回禀。"

明筝退出人群，她没想到这一帮人如影随形般都到了京城，这下可是热闹了。她正寻思，看见人群外一个人双手背后默默注视着这里，他身材颀长，身着一袭绣暗纹的灰色长袍，戴着宽檐草帽，帽檐压得极低，几乎遮住了整张脸，虽然衣着朴实，但是腰间的那柄镶着七星的绣春刀，还是泄露了他的身份，不是锦衣卫指挥使宁骑城又是谁，怎么哪儿都能遇到他，明筝想躲已来不及，宁骑城朝着她走过来。

"怎么见到恩公便想跑？"

"大人，奴婢只顾看热闹了，没认出是大人你。"明筝挤出一个笑容，胡乱搪塞着。

明筝看见高千户一脸慌张向宁骑城跑过来，便想择机开溜。

"大人，"高健慌不择路地跑到宁骑城面前，"是蒲源，狐王令又出现了……"

"我说高健，何时能学会不慌张。"宁骑城皱着眉头一脸怒容，高健这一声"大人"叫得四下皆是惊异的目光，本来是微服暗查，这下露出了马脚。

高健哪里管得了这些，仍然心有余悸地往下说道："当胸一刀，蒲源一死，咱们的线索又断了。"高健一脸遗憾地道。

宁骑城脸色转白："又一个……是狐族干的。"宁骑城显然没想到，此时也怪不得高健的鲁莽了，只觉得怒火中烧，青天白日，在他的地盘，杀了人，还从容地印上狐王令，他一阵冷笑，"狐王令……"

"这应该是出现的第三个狐王令了，前两个死者都是东厂的……"高健掰手指算了一下。

"那两个都是王振的替死鬼……"宁骑城愤怒地甩下一句,转身走向一边的黑马。他飞身上马,高健急忙跟着翻身上马,两人一前一后消失在街道上。

明筝看两人掉了魂似的跑开,正欲重新钻进人群,突然身后传来一声喊:"小姐!"老管家总算在人群里找到了明筝,他一把抓住她的手腕再不松开,"快跟我回去,这里岂是你一个姑娘家待的地方,老夫人都等急了。"

明筝被老管家强拉着回到马车跟前,被李氏拽上马车。老管家再不敢耽搁,驾上马车就走,马车穿过熙熙攘攘的街市,不久驶入一个小胡同,在一个宅院门口停下。

二

从门里跑出一个憨态可掬的少年,体形微胖,一脸欢喜地迎着他们跑来。明筝听李氏说起身边有个干杂活的伙计陈福,想必就是他了。老管家挥手叫陈福打开大门,他拉着马车进去,陈福手扶门框,冲马车憨憨地傻笑。

这是一个二进的院落。前院正房会客,两厢住着陈福和老管家,后院李氏住着。院子不大,坐北朝南,进门是一座影壁,上雕着重彩的福禄寿喜,影壁墙边是一道山墙,修成游廊,一直通到里边的月亮门,过月亮门就到了后院。后院与前院截然不同,竟然有一池碧水,水边种有花木。虽然此时水面冰封,花木只有光秃秃的枝干,但这一切仍然给明筝不少惊喜。池塘边还有水榭、亭子,游廊一直通到西厢房。如此雅致的院子,虽说比不上当年的李府,却也别有洞天。

李氏看出明筝喜欢,笑着说道:"这都是你宵石哥哥置办的,是他选的这个小院,就是看中了这一池水,与当年李府有一丝相似之处。"

明筝心头一酸,低下头去。

"大家都乏了,还是边吃边聊吧。"老管家急忙在一旁插话道,一边向李氏使眼色,真是哪壶不开提哪壶,本来高兴的事,怎么又扯到陈年往事上了,"今儿一大早陈福就跑集市采买来好多吃食,走吧,小姐你已经多年没吃过家乡味了……"

陈福已在前院堂屋摆好一桌饭菜,几个人走进来,围着圆桌坐下。老管家对李氏说道:"以前小姐不在,咱们从简,现如今小姐接回来了,是不是要添个丫头服侍小姐呀?"

李氏点点头，指着老管家笑道："老张头，这一次你算说到点上了。"

"要添丫头？"陈福在一旁先乐起来，咧着嘴，笑了半天，"管家爷，挑个俊点的啊。"

"俊你个头，"李氏举起筷子敲了下陈福的脑门，"吃你的，莫多嘴。"

明筝心里又是一酸，黯然道："姨母、张伯，你们还当我是李府大小姐呢，过去的李如意已经死了。"明筝说着，再也控制不住自己的情绪，哽咽着望着桌前三人，"我知道你们都是李府旧人，对父亲母亲还念旧情，但是明筝真的受不起呀……"

"傻丫头，"老管家第一个打断她的话，他双眼通红，由于激动，一只手抖个不停，"我这条老命活到今天，就是等着这一天。"

"明筝呀，"李氏目光凝重地指着老管家和陈福，"老管家是你父亲一次巡查河道时救下的，半辈子带在身边；阿福的父母都是府里老人，在菜市口被砍的头，他们都是你的亲人，都是可以跟你上刀山的人，如今咱们终于团圆了，你怎么能说出这种伤人的话？"

明筝心头一热，泪水大颗大颗掉到桌面上，其他三人一见，也慌了，大眼瞪小眼地瞅着明筝。

明筝抬起头，破涕为笑，嚷道："好，你们认我这个小姐，是不是要听我的？"

"那是，"老管家一本正经地道，"国有国法，家有家规，咱府有了当家人，人人都要听当家人的，老夫人也不能例外，是吧？"老管家扭头看着李氏。

"是这道理。"李氏喜极而泣，"我当年服侍夫人，如今就让我服侍小姐吧。从今以后，咱府里的规矩也要立起来，"李氏道，"哪有下人跟主子一起吃饭的。"

"这个极是，"老管家点点头，"下不为例。"

"不行——"明筝用筷子敲着桌面，看到他们三人完全沉浸在往日李府的陈规旧矩里，她决定改一改规矩，也好行使一下自己这个大小姐的权利，"你们想不想听我说——"

"你说——"李氏鼓励地望着她。

"好，从今以后，必须一个桌子吃饭。还有，姨母不准服侍我。还有，以后我和陈福一起做饭。"明筝一口气说了三条规矩。

"使不得，使不得。"陈福叫起来，"出力的活，我干。"

老管家看明筝小小年纪，这么有主意，分外高兴，便打起圆场："我看这样吧，老夫人呢，就不用服侍小姐了，但小姐也不能去做饭，这让外人知道了成何体统。"

李氏点点头，突然她被一事转移了注意力，眼睛死死盯住陈福，叫了一声："阿福,你吃几个馒头了?"

陈福立刻闭上嘴巴,眼珠在眼眶里转了一圈,两个腮帮鼓成两个包,慢腾腾地伸出四个手指。

"四个?"李氏盯着他面前的空盘子,拿筷子敲他的脑门,"足足有六个,贪吃贪睡不干活……"

老管家一笑:"也不多他这一口……"

"这是一口吗?"李氏气哼哼地说道,"有下人一顿吃六个馒头的吗?"

"吃……"陈福瓮声瓮气地说道,"我一顿可以吃八个馒头,但我每次都少吃两个,只吃七分饱,你见过不给下人吃饱饭的东家吗?"

"你……"李氏气得跳起来,陈福从桌上抢过一个馒头就跑,李氏去追,陈福围着圆桌跑,一边跑一边喊:"打下人啦……"

老管家似乎习以为常,淡定地慢条斯理地喝着粥。

明筝早已在一旁乐得捧腹大笑,这个新家让她倍感温暖。经历了一场生死劫难后,还有一群这样至亲至善的人陪在身旁,便不觉前路孤单和艰难。

明筝突然想起一件事,大声叫住正追赶陈福的李氏:"姨母,我宵石哥哥几时来?"

话音未落,陈福和李氏突然停止追逐,两人身体僵在那里。当着明筝的面,他们三人非常古怪地交换着眼色,似乎是没有达成统一意见,看来他们一直对她隐瞒着什么。陈福偷眼瞥了下明筝,嘟囔了一句:"我去劈柴了。"说完就溜了出去,老管家稍停了片刻,推开粥碗道:"我去看看水缸里可还有存水。"

明筝感到屋里气氛变得压抑,跟她提到宵石哥哥有关。

李氏回到桌前坐下,这是她见到明筝后这么长时间第一次说起宵石:"那年,我带宵石回河南老家祭祀他祖父,本来应该是他父亲去的,只因老爷临时出门,让宵石父亲留府照看。来回也就一个月光景,却不想府里就遭受灭顶之灾。我和宵石悲痛欲绝,宵石四处喊冤,身上银两用尽,最后是喊冤无门,被打得遍体鳞伤,走投无路,宵石一怒之下,把自己卖到乐户,筹到银两,打听到乱坟岗家人埋骨地,买来五口棺木,偷偷运到城外妙音山,起了一个坟头。他如今就在长春院,柳眉之是他的艺名。自他进了长春院,家里慢慢有了起色,后来老张头和陈福也找了回来,李府里一百多号人就剩这几个了。"李氏说着,抹去了脸上的泪,"只是,苦了你宵石哥哥,你也知道他自小就好强,如今我都不敢去看他……"

李氏的话让明筝惊得瞪大双眼:"什么,他进了乐户……"明筝没想到宵石哥哥以这种方式独自支撑着这个家，她眼前浮现出六年前宵石伴她读书时的情景，他聪明好学，连父亲都说他将来一定能考取功名。可如今，入了乐籍，世代相传，不得除籍，不能科考……他面对的将是永远的黑暗……

明筝刚刚好转的心情又一次跌进谷底，脸上的泪大颗大颗掉下来，她咬着嘴唇忍不住哭起来："姨母，我对不起宵石哥哥，是父亲连累了他，宵石哥哥……"

"傻孩子，怎么能怪老爷呢，这是他的命……"

明筝双手拉住李氏的手，母女俩头抵头挨在一起，眼中都泛着泪光，往事如烟，转眼已物是人非……

母女俩相依说着悄悄话，不觉已到掌灯时分。这时陈福愣头愣脑地闯进来："老夫人，不好了，门口躺着一个死人。"

一听这话，李氏和明筝都站起来。李氏知晓陈福太憨，脑子不好使，不放心地交代他："去把管家找来，我们这就过去瞧瞧，怎么这么晦气呀！"

陈福应了一声，转身跑出去。明筝扶着李氏一路疾走，过了影壁，来到大门口，看到门边斜躺着一个穿灰布衣衫的年轻人，一脸灰白，似得了什么急症昏厥了，一旁散落着他的行李，几卷书和笔墨等物品滚了一地。

"像是一书生。"明筝联想到路上遇到的几个进京赶考的举子，起了恻隐之心，立刻上前去查看，探了下鼻息，尚有温度，便叫道："有气，还活着。"明筝叫身后的陈福："阿福，快，来抬他。"

陈福被李氏从后面拉住："慢着，此人来历不明，咱不能收留呀。"

"姨母，你又来了。"明筝回头嚷起来，"你看这地上的书，明摆着是个书生嘛。"

老管家听见陈福喊他也赶过来，一看这情景就跑到年轻人身边："让我看看，哎呀，此人眉目清秀，衣衫虽不华丽，但样式新颖，做工考究，应该是个殷实人家，所拿物品皆是考试用具，应该是三月会试的举子，为何流落至此，等他醒了一问便知。"

明筝很满意老管家的说辞："张伯，你看人不会错，来吧，先救人要紧。"说话间，三人已把书生抬起来，李氏被三人挤到一边，气得干瞪眼。

陈福背着昏厥的书生走到前院西厢房陈福的房间，正好这间房空着一个炕，将他放上去。老管家从茶壶里倒出一碗热茶，陈福托着书生的背，把热茶灌进书生的嘴里。书生喝了一口，剧烈地咳了一会儿，然后把剩下的茶一口气喝完，喝完后，书生有了意识，望着他们，张了张嘴，虚弱地说了一句："有吃的吗？"

"啊，敢情是饿的。"陈福嘟囔起来，"刚才我少吃一个馒头就好了。"

"你何时少吃了？"李氏伸手指戳了下陈福的鼻子，转身出去了。不多时，李氏端着一碗面走进来，面上还卧了一个白胖胖的荷包蛋。书生二话不说，端起碗就吃，呼啦啦一碗面眨眼的工夫便吞到肚子里，惊得炕前四人面面相觑，这得几天没吃饭呀。

书生吃完面脸上的气色好了许多，竟是一个清俊的人物。他站起身向面前的四人深深一揖："学生姓萧，单字一个天，曲阜人氏，此番进京参加贡院会试，不想路遇劫匪，盘缠尽数被劫，挨到今日倒在贵府前，得诸位贵人相救，小生感激不尽。"

屋里四人看着书生，见他身姿挺拔，眉目清秀，又见他举止有礼，温文尔雅，极为同情，不禁大骂世道艰难，跟着唏嘘了一阵子。明筝听他一番说辞，眉头一皱，突然问道："你也是从虎口坡而来吗？也投宿在西罗镇客栈？"

萧天一阵错愕，竟然一时无语，眼光定定地看着明筝。

明筝笑道："你别介意，我随便问问，听你话音有些熟悉，以为在客栈见过呢。当时那里有几个进京赶考的举子，兴许我弄混了。"明筝望着他，接着说道，"那你以后做何打算？"

"听天由命吧。"萧天叹口气，垂下头，消瘦的面孔一片惨白，此时他身上已惊出一身冷汗，看来他真是低估了这位姑娘，他去除了伪装，她竟能辨认出他的声音，只能再赌一把，便低头说道："已是打扰各位，就此告别。"说着，他低着头向外面走。

"慢着，"明筝叫住他，然后对着屋里三个人道，"你们不是要找人服侍我吗？不用找了，就是他了。"

屋里三人愣住，大眼瞪小眼。

"小姐，哪有找个男人当丫头的？让他服侍你？"陈福瞪圆了眼睛。

"哎呀，谁让他服侍了，让他在家里帮陈福干活，行吗？"明筝大声问。

"不行，我的活凭什么分给他呀。"陈福嘟起嘴巴。

"明白了，"老管家笑起来，"小姐宅心仁厚，想留这位公子在家里住下，如果这位公子考取功名，岂不是一件美事。"

"是呀，"明筝笑起来，"谁没有落难的时候，岂能袖手旁观。"明筝转向李氏，"姨母，你说是不是呀？"

"哼，要说是不多他这一口，但是这一口，要从你们嘴里抠，尤其是你，阿福，从今以后，你只能吃四个馒头。哼！"李氏不满地瞪了他们三人一眼，气呼呼地走了。

"啊，姨母答应了。"明筝欢喜地转向书生，"这位公子，你就放心住下吧，我的家人都是极仁善之人，你不必拘谨。"

萧天又惊又喜,忙转向三人,又是深深一揖。

三

　　翌日一早,明筝就被前院传来的争吵声惊醒。常年的寺庙生活使她养成了早起的习惯。她翻身坐起,藏在白色中衣里的那本书掉出来,她爱惜地捡起,重新藏好。

　　这时,她突然瞥见床边整整齐齐摆放着几件花花绿绿的襦裙和外衫,猜到一定是昨晚自己睡下后姨母悄悄进来放到这里的,心里一热,儿时对姨母的全部记忆瞬间都找了回来。

　　她再也不是一个孤苦伶仃的孤儿了,她有了家。这种新奇的感觉让她既兴奋又幸福。前院的争吵声再次传过来,她辨认出是陈福的声音,便再也待不住,下了床,从床边选了一件藕色的裙子,外搭一件月白色的比甲,在铜镜前一照,穿惯了尼姑庵里粗布衣衫的明筝眼睛都快晃花了。

　　这是自己吗?明筝揪了下头发,她头上好看的发髻是临走时姨母给她梳的。她在尼姑庵属于寄养,不落发但也不能露出头发,一大把头发盘在头顶插着一个木头簪子,六年都没变过。明筝对着铜镜把耳边一些碎发规整好,心想着一会儿还要缠着姨母再梳一个新发髻。

　　明筝沿着游廊跑到月亮门,一出门就听见陈福的声音:"举好了,不准动,没有我的允许不能放下……"

　　院子中间,陈福手拿一根木棍,比画着……他旁边站着萧天,样子古怪地双手举着一个水桶,胳膊只要一动,水桶里就会有水花溅出。

　　"我告诉你,外来的,在这个家里,以后得听我的,听见没有!"陈福趾高气扬地说道。

　　"喂,阿福,"明筝快跑几步,走到两人近前,"你们在干什么?"

　　"小姐,你……你怎么起得这么早呀?"

　　"阿福,我再不过来,你就把人家折磨死了。"说着,明筝走到萧天面前,从他手上接过水桶,气哼哼地扔到地上,水桶倒到一边,水泼了一地。

　　明筝最见不得欺负人的人,那些年在尼姑庵由于年龄小明里暗里没少受年长尼姑们的气,纵然有隐水姑姑保护,但是她仍然没少吃苦头,直到有一天,她打败了最厉害的福慧师姐,她的苦日子才结束。如今,在自己家里阿福明摆着欺负这个落魄的书生,还想出这么缺德的招数。明筝越想越气,直瞪着陈福。

"小姐,我……我在代你教训他,他……他想偷东西,被我逮着了。"陈福解释道。

"别小姐小姐地叫我,叫我明筝,"明筝一愣,"你说什么?"

"他偷东西。"陈福手指着萧天。

直到此时,萧天才走上前一步,拱手一礼,浅笑道:"小姐,实属误会呀。"

萧天从明筝一走出月亮门视线就没有离开过她。

从第一次在虎口坡被她所救,接下来跟随马车到驿站,短短的相处使他对她有了初步的认识,这是一个爱憎分明、有着侠义心肠的少女,刚才听到她与陈福的对话,他越发对这个有着鲜明个性的少女充满好感。

越是如此,她手上那本神秘的《天门山录》就越让他摸不着头脑。家里这几个人,都是朴实的普通人,虽说陈福处处刁难他,但他是个没有心机的憨人。显然他们根本不知道那本书在江湖上的恶名,它就如同一个火蒺藜被他们抱在怀里玩耍,一个不小心,一丝火星,就会引爆。

萧天越是跟这家人待得长久,就越能感受到这家人的平和善良,就越是揪心,但又不好明说。今天早上,他起得很早,陈福还在酣睡,他心里的好奇使他不觉走到正堂,想了解一下这是个什么背景的人家。

但是很奇怪,正堂里只是摆放着一些应景的物品,能够显示主家身份的一应物品一样也没看到,连一幅字画或画像都没有。

这是个什么样的人家呢?这样一个似乎远离江湖的人家,怎么会与神秘的《天门山录》有关系呢?这本搅动江湖的书是如何落入这个少女之手呢?这些问题一直困扰着他。那日在驿站,让他做出如此荒诞决定的原因就是想弄清楚这些。

只是没想到,自己在正堂走动时,由于心神不定没有设防,被陈福逮个正着。被陈福揪着罚举水桶,举就举吧,只当是今天晨练了,没想到惊动了明筝,此时,他还真有些说不清了。

"你偷东西?"明筝惊讶地转向萧天。

"不,没有……"萧天涨红了脸。

"没有,是吧?"明筝转身冲陈福大叫,"你看他这个样子像是去偷东西吗?他偷什么了?"

"这……这倒是没看到,不过,我把他揪出来了,他不敢了。"陈福前言不搭后语地胡说了一气。

"我看你就是逮个机会欺负人，"明筝转向萧天，"萧公子，他说你偷东西你为啥不说清楚？让你举水桶，你就举，你也太软弱好欺了。以后他再欺负你，你告诉我，让我来收拾他。"

萧天红着脸低下头，陈福一看他这模样，以为他真的软弱好欺，便挑衅地瞪着他。

萧天一笑，道："谢谢明筝姑娘，陈福对我很好。"

"看看！"陈福得意地一笑。

"坏了，时辰不早了，一会儿老夫人起来，饭还没做好，我又该挨骂了。"陈福突然脸色一变，对萧天叫道，"萧天，快去劈柴！"

萧天急忙应了一声，跟着陈福走了。这时，老管家也醒了，三个人开始七手八脚地在厨房里忙活，虽说是三个男人，但一点不比女人差，明筝走过去想帮忙，被老管家支了出去。

不一会儿，饭菜端上桌，大家一起围着用过早饭。明筝便嚷嚷着要出门，被李氏拦下。

"不可呀，明筝，现如今街坊们都说，宫里的太监都出来了，满大街寻找有姿色的女子，开春就要选秀女了，人家姑娘躲还来不及呢，你倒要满大街跑。"李氏急惶惶地说道。

"那我就不能出门了？"明筝满心的喜悦被当头浇了一桶凉水。

"不可呀，你在家陪姨母吧，我该教你学学女红了。"

"什么？我才不要学那些东西，你不让我出门，我何时才能见到宵石哥哥，我还要还他那本书呢。"明筝说着，从衣襟里掏出那本书在李氏面前晃了一下，"你不让我出门，我爹的深仇大恨，我何时才能报？"明筝意识到自己失语，急忙搪塞，"我想去街市逛逛。"

一旁的萧天听到明筝的话心里一动，他又一次看到那本书，原来书的主人另有其人，宵石是谁？萧天微微有些激动，看来自己荒诞的举动还是有成效的。刚刚明筝提到她爹的深仇大恨，她爹又是何人呢？

萧天正在寻思，不想李氏盯住了他。李氏在路上是领教过明筝的野性的，生怕她又想出什么幺蛾子来，便想出一个稳妥的方法，她缓和了语气，跟她商量道："要不这样，你呢，换上男装，再让这位萧公子陪同你一起出门，去见你宵石哥哥，这样大家都放心了。"从短短的相处中她看出萧天是个谨慎稳妥之人，比明筝明白事理。

"什么？让他陪同我？"明筝笑起来，"出了事，是我保护他，还是他保护我呀？看他这么弱不禁风的样子，还得我出手。"

"就是嘛，老夫人，还是我陪小姐出门吧。"陈福探身道。

"算了，我才不让你陪，就萧公子吧。"明筝白了陈福一眼，看到姨母总算答应让她出门，已经很高兴了，也不再挑剔谁陪同了。不然，闷在这个院子里急都得急出一身病来。

李氏在几个房里找了半天，也没有找到一件适合明筝穿的男人的袍子，不是长就是胖，最后还是萧天出了个主意："不如先到成衣铺买一件吧。"

李氏和老管家这才停止折腾，又开始千叮咛万嘱咐，走到门边，李氏把一个装碎银子的荷包交给明筝，又嘱咐萧天："她宵石哥哥如今改了名，叫柳眉之，不要说错了。"又叮嘱了几句，明筝和萧天方出了院门。

此时艳阳高照，街市已开，往来行人车马川流不息，甚是热闹。明筝久居深山，即使是自己的出生地也早已忘记当初的模样。她一边走着，一边四处张望，眼睛根本不够使。只苦了萧天，一边要查看四周情况，他记着老夫人的话，一路上都留意着宫里的人，一边又要跟着明筝，一不留神，她就跑人群里了。

好不容易找到一家成衣铺，萧天叫住明筝："明筝姑娘，就这家吧。"

"这是卖衣服的？"明筝看着铺子门口摆着茶摊，以为是一家茶馆呢。两人刚要进去，一个蓬头垢面的老道士被从屋里撵了出来，白发长髯，几乎遮住了面孔。一个穿着绸缎绣袍的男人在身后骂骂咧咧地叫道："出去！你个疯道士，跑我门前化缘，有多远滚多远！"

老道士脚下不稳，眼看就要摔倒，明筝一步上前扶住了他。明筝看着他如此年龄受此欺凌，有些气不过，回头叫道："喂，你一个开店铺的，和气生财懂不懂？干吗对人家老先生如此无礼。"

"嗬，哪来的野丫头，爱管闲事。"

明筝看着老道士，想到那些年自己跟隐水姑姑云游化缘所受到的白眼和欺辱，便不能释怀。

"谢谢你，姑娘，没事，我已经习惯了。"老道士突然开口说道，"我只是去看看有没有我能穿的袍子，你瞧，我这件道袍都这样了。"老道士说完就躬身告辞。

"慢着，"明筝叫住老道士，"你等等，我给些碎银子，你叫人给你另做一件吧。"明筝说着，从怀里掏银子，却把那本书掏了出来，在手上掂着，又掏出荷包取碎银。

她这一掏，惊得萧天面色大变，魂差点飞出去，大白天在街道上，她拿着那本

《天门山录》晃着……与他同样魂飞魄散的是对面那个老道士，一瞬间他面色惨白如雪，他盯着那本书，指着它吞吞吐吐地说道："经文……可否借我一阅？"

"这个不行，是我大哥的，我要还的。"明筝把银子递给老道士，把书又塞进衣襟里。老道士一愣，眼神里闪烁的寒光被耷拉下的眼皮遮住，老道士接过银子，竟没有道谢，匆匆走了。

萧天望着老道士的背影，一时愣怔着，老道士的神情引起他的注意，虽然道士面部被毛发遮挡，但那眼神让他想起一个人。

成衣铺老板真是见银子亲，一见这个小姑娘拿碎银施舍，认定是个有钱的主，马上笑脸相迎，笑嘻嘻地说道："姑娘真是仁善啊，要不要进来看看，我铺里新近从苏州进了一批丝绸呢。"

明筝大大咧咧走进去，从一排颜色鲜艳的女子衣裙边走过去，走到一排男子的袍子跟前，她指着一件月白色镶边的公子袍说道："就这件了。"

一旁一个伙计古怪地看着她："姑娘，你确定是要这件？我们铺里规矩，出门不退。"

"给我找件尺寸合适的，我现在就要换上。"

"快点，愣着干啥。"掌柜在世面上见多识广，见怪不怪地吆喝伙计。

明筝接过袍子，走进里面一间空房间，进门前回头对萧天说道："喂，这个帮我拿着。"

萧天冷不防怀里落进一个东西，再一看，萧天头"嗡"一声，面色一阵阵发白，胸口一阵阵颤动，双手止不住抖起来，他怀里就躺着那本书……

上至朝堂，下至江湖，有多少人在打这本书的主意，为了确认到底是不是《天门山录》，他抖着双手迅速翻开，刚看到此书所用的纸张，就一阵惊奇，怪不得刚才那个老道士说成经文，竟然是一种市面上少见的藏经纸，这种纸出现在唐朝，如果不是他家学渊博根本不会认出来。

藏经纸颜色黄褐，犹如茶色，只有寺院的长老处才会有这种纸。此书的第一页书名处被撕去，贴上了一页白纸。第二页是目录，萧天只看了一眼，就像有炸雷在耳边响起，一阵阵胆战心惊。

目录上详细地将此书划分为四部分，第一部分名山，涵盖了大明境内大部分山脉的名字，包括物产、村镇、地形、地貌；第二部分名寺，涵盖了几乎所有重要的寺庙、道观，包括具体位置、历史传承、历任主持、寺内供奉、殿藏宝物等；第三部分帮派，江湖上势力最大的十大帮派尽在其中，包括各帮派的势力范围、驻扎地址、历任

狐王令（上）

帮主、令牌暗语、门派密术、所藏宝物等;第四部分族群,涵盖了大明境内最神秘的族群,包括部族集聚地、衣食住行、信仰图腾、族长传承、族中密术、镇界之宝等。萧天面色苍白地合上书,身上出了一身冷汗,毋庸置疑,这就是那本被江湖上誉为天下奇书的《天门山录》。

此书如果落入心怀不轨之人手里,后果不堪想象。但此书却与他还有过一段渊源。这就是为何刚才碰见那位老道士让他想起一个人——吾土道士,就是此书的作者。七年前在狐地檀谷峪狩猎时,林栖从崖头背回一个道士,道士落入崖下,伤势严重。他见此人虽然伤重仍然风度翩然,一副道骨仙风,便动了英雄相惜的念头,让林栖背回狐地救治。这个落崖之人就是吾土道士,他在狐地住了半年之久,陶醉于狐地的风土人情、山川景致,流连忘返,不思离去。

在此期间,他与吾土道士也有不少交往,酒余茶后谈古论今,吾土道士对他敞开心怀谈起自己有写游记的喜好,正在写的《天门山录》有效仿古籍《山海经》之意。当时他听到这些,以为只是一个云游道士对大地山川的感怀,对人文风土的热爱,其心至善。

谁承想,吾土道士离开后不到三年,由他一手写就的《天门山录》竟在江湖上掀起如此大的风波,不仅给狐族也给其他帮派带来血光之灾。后来据传,吾土道士是在一次酒醉后失书,曾发动江湖几个门派的弟子寻找,均没有下落。吾土道士悲愧交集,远遁江湖。与此同时,东厂的高手在全国各地大肆搜缴奇珍异宝,屡屡得手。江湖上就有传言,这本丢失的奇书最后落到了王振的手里。很快传言成真,王振派东厂督主王浩凭借此书到各地搜缴宝物,后来一个名不见经传的锦衣卫百户宁骑城屡立奇功,凭借搜缴宝物升任锦衣卫指挥使并得到王振宠信。

后来,宁骑城突然停止搜缴,后来又有传言说此书被人夺走。是谁竟能从锦衣卫指挥使手里把此书夺走,一直是个谜。要不是在雪地被明筝姑娘所救,并在马车里被她认出狐族护身符,他无论如何不会相信,此书如今竟落在一个少女手中。

萧天低头看了一眼书,下意识地望了一眼街面,如此一走了之——这个念头一闪,他就被自己竟生出如此龌龊想法所震惊,七尺男儿,岂能如此作为!另外,此书如今真正的主人还没有露面……正寻思间听见有人唤他。

"萧天——"

一个俊俏潇洒的美少年出现在他面前。明筝本来就有几分男儿性格,又加上多年来的乡野生活,身上也无闺阁女子的脂粉气,穿上男装更加风姿奇秀。萧天看着,思绪也从别处转回来,不由暗自赞叹。

明筝看了一眼萧天,只见他双手捧着书愣头愣脑的样子,差点笑出来,此人真是老实得有些迂腐了:"喂,怎么样啊?"

萧天仍然愣怔地点了下头:"甚是有趣。"

"你说什么?"

"这,书呀……"

"我是问你这件袍子。"

"啊,哦,合适……"

明筝轻盈地走到他面前,从他手上夺过书塞进衣襟里,转身对着一面铜镜照了一下,自己也失声笑起来。萧天此时肠子都悔青了,刚才那么好的机会让他白白浪费了。

"明筝姑娘,我读过不少书,但像姑娘手中这本书还真没有读过,可否借我一阅?"萧天试探地问。

"你也觉得这本书很有意思?"明筝回头惊喜地问道,似乎找到知己一样,"可惜,一会儿就要还给李宵石了。"明筝心里有些遗憾,"这样吧,我回去可以讲给你听,我都记下了。"

"你都记下了?"萧天一愣,急忙问道,"你记到哪儿了?"

明筝知道他误会了,就指了指脑袋,笑起来:"是呀,记在这里,这本书我都可以倒背如流了。"

萧天一惊,这是他一天里受到的第二次惊吓了。第一次是见到此书真容,这第二次比第一次受到的惊吓还要强烈,他僵硬地站在那里,半天动不了。

"喂,你怎么了?"明筝看见他脸色发白,额头上直冒冷汗。

半天,萧天才结结巴巴地问道:"明筝姑娘,你竟有如此奇秉,这……这么厚的书,你能背出?"

"嗨,别说这一本,"明筝自信地道,"两本这么厚的也不在话下。"

"明筝姑娘,你倒是让我想起一个人,早年我曾跟随父亲在京城待过一段时日,那时京城里有个神童是原工部尚书李汉江之独女李如意,就有这种奇秉,你比她有过之而无不及呀。"萧天说完,看着明筝。

明筝第一次从外人嘴里听到自己的名字,心里一惊,想到姨母的嘱咐,无论如何不可暴露身份,便笑着含糊其辞:"真的? 你带我去见见她吧,我要与她比试比试……"

掌柜的在一旁有些不耐烦了,催促着:"两位,要还是不要?"

狐王令(上)

"当然要了。"明筝付了银子,往外走去。萧天跟着明筝走出成衣铺,望着一身公子打扮得意扬扬的明筝,萧天的内心彻底凌乱了。原来的计划被彻底打乱,原想了解到书的主人,晓之以大义,当面烧毁,以保天下太平,各方都可以周全。可此书易毁,这位明筝姑娘将如何处置呢?

萧天此时就像晒干的茄子,整个人都蔫了。

明筝此时却在兴头上,热闹的街市,沿街叫卖的小贩,各种闻所未闻的小吃……明筝几乎是连蹦带跳地穿梭在各个小贩小摊之间。一会儿买串糖葫芦,一会儿买糖火烧。糖葫芦没吃完交给萧天拿着,糖火烧吃一半塞进萧天嘴里,她又看上了另一种新奇的东西……

萧天一手举着糖葫芦,一手提着新买的绿豆糕,嘴里嚼着那半个火烧,稍一分神,就不见了明筝的踪影。萧天在人群里挤来挤去,突然瞥见那个老道士跟在后面,看见他停下脚步,道士躲进人群不见了。萧天心里隐隐有些不安,难道这半日这个老道士都一直跟着他们?

四

街边传来锣鼓声,不一会儿圈出一个场地,人群往那个方向拥过去。几个耍把戏卖艺的在场中向来往行人展示各自技艺。其中一个大汉赤膊喷火,引来不少人叫好;另一个清瘦的长者耍一根长棍,只见长棍上下飞舞,也引来一片叫好。场地前放有一个铜盆,一些行人往铜盆里扔铜钱。

这时,混在人群里几个衣衫褴褛的少年,突然拥到铜盆前,一个小个子抱住铜盆就跑,引来人群一片叫骂。一个白色身影飞起一脚正踹到小个子腿上,小个子应声倒地,铜钱撒了一地,引来更多的乞丐来抢。

萧天在远处看到这一幕,气得鼻子都歪了,那个白色身影不是明筝又是谁。他并不担心几个小乞丐,明筝对付他们绰绰有余,而是那几个耍把戏的反常表现引起他的警觉:几个人没有一个人跟过去抢铜盆,一个江湖卖艺的团伙对一铜盆铜钱不关注,那他们在关注什么?

这时,耍棍的清瘦长者目露凶光,瞥了一眼不远处与几个小乞丐打斗的明筝,向一个黑衣男子使个眼色。黑衣男子走近他们,一边抱拳道:"几位小爷,俺们初到宝地,还请几位小爷抬抬手,赏口饭吃。"说着连拉带拽暗中出力把几个小乞丐都摽倒在地上,几个孩子哎哟叫着倒了一片。

明筝这才发现这个黑衣男子出手凌厉,她本想教训一下这几个小乞丐,但绝没有想要伤到他们,他们毕竟是孩子,心下十分不满:"喂,这位老兄,你干吗对孩子下狠手。"

黑衣男子看自己的招数被识破,满不在乎地恶狠狠地哼了一声:"多管闲事。"接着便飞起一脚,想把明筝踢出场外。这时,一道白光从那几个耍把戏的人中间向明筝飞过去,是一种市面上少有的暗器,手法隐蔽,速度极快。但是明筝全然不觉,正与黑衣男子打在一处。

萧天一看,自己非出手不可了,要不明筝必被人算计了。他又不便在明筝面前露出功夫,便使巧劲撞了过去,一只手把绿豆糕猛举过头顶,接住了那枚暗器,身体就势重重地压到黑衣男子身上。

"萧天,你乱跑什么,我找你半天。"明筝理直气壮地责备起萧天。萧天此时也懒得解释,他站起身,身下的那个黑衣人骂骂咧咧,然后一瘸一瘸地走了。

萧天低头瞥了眼绿豆糕,纸盒的一侧割开一个长三寸的口子,绿豆糕里隐约现出一个锋利的刀尖,刀身呈螺旋形。此种独门小暗器他还是第一次见到。他刚才要不是飞身撞过来,以至于收不住身子,此暗器飞行速度异常快,如果打到明筝身上不敢想象后果。

萧天转回身欲拉明筝走,突然看到他们正对着一家酒楼,是京城最有名的淮扬菜馆聚宝阁,门外所停马车皆是宝璎朱盖的豪贵车马。萧天脑中电光火石般一闪,这里进出之人必是豪门显贵,他突然意识到明筝无意间搅进别人设的局中,联想到那群耍把戏之人和那枚暗器,莫非他们在这里蹲守,是要行刺某人?一想到此,萧天迅速对明筝说道:"明筝,快,我们快些离开这里。"

"怕什么?"明筝一副还没有玩够的模样,京城里这么热闹,她刚意气风发地教训了几个不良少年,正在兴头上,哪肯离开,反倒是看见萧天一副惊慌失措的样子,感到很可笑,"萧天,你如此胆小怕事,真枉为一世男儿。"

萧天被明筝一阵数落,气得有苦说不出,只得点头道:"是,我是胆小,但老夫人和老管家有吩咐——"

"有我在你怕什么?"明筝从萧天手里夺过那半串糖葫芦,咬了一口,"我会保护你的,放心吧。"

突然,一声长啸,耍把戏的众人突然冲到聚宝阁门前,明筝也被裹挟在众人中间,跌跌绊绊几次险些摔倒。这瞬间发生的事让明筝和萧天想走也来不及了。明筝被裹挟着身不由已跟着众人跑了起来,耳边听到有人高声大喊:"狐王令者,号令天下,锄奸惩恶,佑我大明。"

"杀王振……"众人的声浪一阵高过一阵,突然一只大手猛地拽住了她,借助这只手臂的力量,她跑出人群,震惊惶恐之余这才看清是萧天。萧天拉住明筝躲到墙边,墙角聚了不少惊慌失措的行人。

此时聚宝阁门前已是一片混战,几个穿着锦袍的精壮男子抽出刀剑与耍把戏的众人打到一起,看出手皆是行武之人,一时间刀光剑影,捉对厮杀,场面顿时一片混乱。

萧天身边一个商人模样的男子突然指着其中一个人道:"那个人,褐袍的那个是东厂督主王浩,我认得他,他害得我丢了祖宅,哈……"

"听说是刺杀王振,哪个是王振?"

"以前只见东厂杀人,没想到如今也有人敢杀东厂的人了。"

"这狐王令,专杀这些人。"

"狐王令?我知道——"

"嘘,小声点。"

四周的百姓小声地议论着,不乏窃喜之声。明筝刚才也听到了那些人大喊狐王令,她也跟着点头,刚张开嘴,就被萧天捂住了嘴巴:"嘘,小姐,不可胡说。"

"放开我,你真是胆小如鼠,你别跟着我。"明筝推开萧天。萧天一脸无奈,依然站在她身后,只是紧蹙双眉冷眼注视着激战双方。

此时街道拥出一队身披重甲的锦衣卫,瞬间把耍把戏的众人围住。耍把戏的这伙人看局势骤变只能收手,只听清瘦长者一声长啸:"撤!"

这伙人与锦衣卫且战且退消失在巷尾。聚宝阁门前受到惊吓的那些人四散而去,纷纷跑到自己马车跟前,跳上马车匆匆离去。

躲在各个街角的行人,回到街面,也一哄而散。

萧天没想到这伙人刺杀的目标竟是自己的宿敌王振,想想也不奇怪,这些年王振干尽坏事,恶贯满盈,仇家遍地。只是没想到他们竟然借"狐王令"之名,他们看上去组织严密,不亚于狐族,而且功夫也不错,他们到底是些什么人呢?虽然他们曾出暗器伤明筝,但就刚才的形势,他们也是想驱逐外人。想到那枚暗器,萧天眼前一亮,他从衣袖里取出来,拿在手里端详。

明筝看街面上人都散了,打架的双方也都撤了,实在无趣,转身回来找萧天,见他手拿着一个亮闪闪的东西,便围过来看。

狐王令（上）

"你手里这是何物？"

"在地上捡到的。"

明筝好奇地拿过来，惊叫一声："是暗器！"可以看出是以品质上乘的铁矿石熔炼而成，呈螺旋的菱形，四角皆是锐利刃尖，中间刻有图案。这个图案让明筝很感兴趣，隐约可见是一只鸟，仔细辨认似是一只画眉鸟。这个难不住明筝，她在夕山时经常与鸟为伴玩耍。图案上的画眉鸟上缘向后延伸成一条窄线直至颈侧，状如眉纹，不错，是画眉鸟。

萧天见明筝低头沉思，不免疑惑地问："可看出端倪？"

明筝略一沉思："暗器上的图案是一只画眉鸟，由此可推断，暗器的主人是白莲会之人，哎——不对呀，我明明听见他们喊狐王令呀，怎么——让我再看看，不错呀。白莲会有一个总坛主、四大堂主和十二护法，十二护法之首叫白眉行者，以独门暗器著称，他暗器上都会刻上一只画眉鸟，以做标识。"

萧天大吃一惊，不禁问道："这些你是从何而知？"

明筝调皮地一笑："拜那本书所赐，现在江湖上大部分帮派，只要拉到我面前，让我见识一两样东西，我就可以说出是哪门哪派。"明筝说完又歪着头苦思起来，"这枚暗器……"

萧天倒吸一口凉气，面前这个精灵古怪的小丫头着实让他刮目相看。看来她所言不虚，《天门山录》不仅被她牢记在心，而且已经被她运用自如。但是，单纯如清溪又涉世未深的明筝，哪里知道这其中的凶险呀！萧天本来就抑郁的心情更加沉重了，他也不知道自己为何对她如此忧心，也许是感念她曾救过他，他不愿她涉入险境。

"明筝，"萧天不忍她纠结那枚暗器，便开导道，"既是江湖中人，相互合作也是再平常不过了。"

"啊！对，对，有道理。"明筝立刻转忧为喜，点了点头。

"还有啊，在外人面前切不可再提此书，好吗？"

明筝抬起头，看见萧天紧锁眉头的样子失笑道："哈哈，你怎么婆婆妈妈的，像我姨母一样，快点走吧，我要去见我宵石哥哥啦。"

第三章　久别重逢

一

西苑街上的长春院白天里显得安静又清闲,连迎宾的门童都在倚门打盹儿。楼上纱帘半卷,微风吹过,一阵阵箫声从楼上飘出,更显得此处的风雅和不俗。

明筝端详着朱漆大门顶端悬着的黑色楠木匾额,上面题着三个楷书大字"长春院",从室内飘散出阵阵不知名熏香的香气,让人顿觉心神舒悦。"萧天,这个地方可不像是个戏园子啊。"明筝皱眉说道。

萧天有些为难,对一个不谙世事的少女,他不知如何作答。只听明筝接着说道:"我还记得儿时,父亲请来乐坊家宴的情景,好些年都没有听过了。"

萧天听明筝如此一说,联想到一路上和府里的情况,便对明筝的身世产生了疑惑。在京城请得起乐坊家宴的并非一般人家,而如今府里别说家宴了,连仆人都请不起,越想越奇怪,他还想再问一句,但是明筝已经跨进了朱漆大门。

两旁小憩的门童惊慌地站起身,他们见两个青年公子闯进来,不觉一愣。他们一贯看衣待人,见两人衣着朴素,看不出什么来头,但是两人的气质却非等闲,一个神态秀越,一个器宇不凡,两人举手投足间都透着一股贵气。两童子在此地耳濡目染已久,深知朝中显贵的花样,所以也不敢怠慢,急忙上前一揖,道:"两位公子,敢问与哪位书生有约呀?"

明筝歪着脑袋琢磨半天，"书生？"皱起眉头说，"我是来听曲的。"

萧天急忙向明筝使眼色，他走到一个门童面前，道："柳眉之。"

两个书童对视一眼，惊讶地望着他们两人，问道："可有书牌？"

明筝越加茫然，一旁的萧天心里早已了然，他知道此处是名震京师的男馆，此地规矩极严，要比青楼的台阶高许多，楼上公子皆以书生自居，而仆人随从皆以书童命名，老鸨真是煞费苦心，翻出如此花样。刚才门童所问书牌，即是这里的通行文书，此文书可是要重金才能获得。

"没有书牌，"萧天顿了一下，道，"请小哥上去传个话，就说故人来访。"

"这——"门童面有难色地摇头，萧天见状急忙往他手中塞了一锭碎银，"你就说明筝求见。"

门童接过碎银，转身向楼上跑去。不一会儿，跟门童走下来一个白衣少年，看年龄不过舞勺之年，肤白发黑，头发高高束起，面如杏桃，姿态娴雅，一双瞳仁灵动闪亮似水晶般吸引人，未语先笑，向明筝和萧天深深一揖。

一旁门童道："你们真幸运，没有书牌是连门都进不来的，不过柳公子是这里的头牌，只有他有这个权利在房间见客，你们跟他的书童去吧。"门童指指白衣少年道，"他叫云轻，是个哑巴。"

明筝和萧天一听此话，吃惊地转向书童。

云轻微微一笑，笑得风轻云淡。

两人跟着云轻走向楼梯，云轻步履轻快地上着台阶，不时回头向他们微笑，他不用言语而是用微笑来同他们打招呼。明筝顷刻间便喜欢上这个男孩，一路上忍不住开始打听她的宵石哥哥。

"他在楼上等我们吗？他为何不下来？他每天都待在这个楼上吗？"对于明筝连珠炮似的问题，云轻仍然是报以微笑，明筝也知道他不会说话，但就是忍不住好奇想问个明白。

楼上与楼下的简朴大不一样，简直是极尽奢华。走廊雕梁画栋，玲珑精致的窗台和红木雕花格窗，处处透着独有的讲究和做派。从远处传来一阵琴声，婉转幽怨的声调似是要把人的魂魄勾走。云轻一路向前，在走廊尽头一个房间前停下。

明筝抬头看见上面一个匾额"风语斋"，这时那哀怨的琴声再次响起，竟然是出于此间，不等云轻来请，明筝推门走了进去。

窗边木台上一个白衣男子正在抚琴，微风吹过，衣袂飘起，有种仙子般的超然不凡，如此绝色男子如圭如璧，明筝看得目瞪口呆。六年时光，足以沧海桑田，也足以把少时的玩伴变成眼前美如冠玉的青年,记忆中的宵石哥哥恐怕要永远尘封在往事里了。

柳眉之一曲完毕,转回身,也惊讶于眼前的少女明筝。

"明筝妹妹,"柳眉之上下打量着她,禁不住喜上眉梢,没想到六年时光把李如意打造成如此美丽的少女。这时他才发现明筝身后的萧天,眼神一愣,他没有想到明筝身边还有一个人,脸上的喜悦一扫而光,转而笼罩上清冷的寒霜。

"这位是萧天,现借居在府里。"明筝简单地介绍道,然后对萧天伸出一只手道,"书呢?我该还给主人啦。"

萧天急忙上前一揖道:"在下萧天,幸会幸会。"说着从怀里掏出那本书,恭恭敬敬地递给柳眉之。柳眉之脸色大变,他迅速接过此书,目光里的淡漠变成敌意,他没有想到这本书竟然从萧天身上拿出来,又不便发作,只好冷冷地说道:"萧公子,幸会。只是此书如何会在你手中?"

萧天淡然一笑,他从柳眉之紧张的神态中已得出结论,柳眉之定然知道此书的来历,只是这本书如何会落到他手中呢?萧天正要作答,不想明筝替他解了围。

"是我让他拿的,"明筝嘿嘿一笑,"我怕丢了,如此有趣的书,丢了岂不可惜。"

这时,又一个书童捧着茶盘走进来,竟然也是明眸皓齿的美少年,他冲两位笑着道:"两位请用茶。"说着走到明筝面前上下打量,"这位就是明筝小姐吧?穿着这身行头,还真以为是哪府里的贵公子呢,这些天咱们公子一直记挂着你,总说该到了该到了,这下你来了就好了,公子再也不用翘首期盼了。"这个书童与云轻相似的打扮,看上去大云轻几岁,只是身上多了一些饰物,腰上挂着香囊、荷包、熏袋,也多了些市井的习气。

"云蘋,去端些果品来。"柳眉之有意要支走他。这个云蘋看起来极是聪明伶俐,加上巧舌如簧能说会道,柳眉之身边有这样两个书童,看上去甚是有趣。

"公子,书让我放回书橱吗?"云蘋盯着柳眉之手中书问道。

"不,"柳眉之下意识地紧紧攥着书,"我还要看。"

"宵石哥哥,你不用看,我讲给你听吧。"明筝似是要在宵石哥哥面前显摆一下,"这本书甚是有用,一路上我遇到不少奇事,皆从此书中找到答案。进京的路上遇见一个狐族人被追杀,与书中记载的一模一样;还有呀,刚才在聚宝阁门前出现刺客,原来是白莲会的,标志与书中记载的一模一样。宵石哥哥,你真是说对了,这真乃一本奇书。"

柳眉之一听此言,脸上更是阴晴不定,一双深不见底的眸子匆匆扫过萧天和云蘋,看到两人一个喝茶,一个出了门,才稍稍放了心。

"明筝妹妹,此书在外人面前切不可多言。"柳眉之低声道。

"有何不可,你们为何都这么说?"明筝感到很奇怪。

"还有谁?"

"萧天啊。"

柳眉之一愣,又深深地看了萧天一眼,眼里满是狐疑和猜测,想到萧天的身份更是起疑。他向明筝示意,然后走到套间,明筝不知何意跟了过来。"明筝妹妹,这个萧天是如何到府里的?"柳眉之压低声音问道。

明筝就把那天的事讲了一遍。柳眉之眉头紧锁,低声道:"此人甚是可疑,早日让他离开才对。"

"他……如果让他离开,他无处落脚,岂不是很可怜?"

"明筝妹妹,你这是妇人之仁,岂不是要做那东郭先生,没准他是个江湖大盗呢。"

明筝笑起来,府里哪有什么能让江湖大盗看中的东西呀?"宵石哥哥,你放心,他只是个赶考的秀才。"

柳眉之看说服不了明筝,便走了出来,看见萧天端着茶盏一边喝一边看剑架上的宝剑,便走了过去,一把抽出宝剑,只见眼前寒光一闪:"萧公子,你也懂剑术吗?看看这把剑如何?"

"剑术不懂,却感觉这是一把好剑。柳公子懂剑术吗?"萧天微微一笑,问道。

"每日倒是练习一二,防身而已。"柳眉之微笑着看着长剑,突然,他身法极快地拔出,森寒的剑光一闪,剑刃已瞬间刺到萧天面前。

萧天眼角的余光一闪,依然端着茶盏,不动声色地品着茶,似乎根本没有察觉到有一把剑直冲自己而来。

"宵石哥哥——"只见明筝惊慌中用托茶盘替萧天挡住一剑,明筝面色大变,惊叫道,"宵石哥哥!"

看见明筝和柳眉之剑拔弩张,萧天这才放下茶盏,一脸惊慌地道:"有话好好说,你们兄妹怎么才见面就——"

"哈哈,我和明筝妹妹自小就喜欢闹着玩,"柳眉之将宝剑入鞘,微笑着整理了下衣衫,通过刚才那一剑,他也看出萧天倒像是明筝所说那样,不会武功,但是他对他的防备之心,依然很重。他微笑着看着萧天道:"萧公子行走多地,可听说过什么有趣的事？"

"道听途说的倒是有,据传江湖上有一本书叫《天门山录》,很是有趣。"

柳眉之盯着萧天皱起眉头,越是怕什么越是来什么,他让母亲带此书离开京城,就是没有想出万全之策,怕留在京城凶险。因怕被人识出,还把书的封面撕去,没想到还是泄露了踪迹,难道这位萧天就是寻此书来的? 便试探地问道:"明筝手中之书,萧公子可看过?"

"在路上,拜明姑娘所赐,翻了几页。"萧天也不回避柳眉之逼人的目光,直视着他回答道。

柳眉之一愣,没想到萧天根本不回避,难道他也知道此书? 不过如今大街小巷有谁不知道这本奇书呢?

听到走廊里传来喧哗之声,柳眉之回头看了眼几案上计时的沙漏,再过半个时辰便到正午,在此处说话多有不便,就想到一个去处,便说道:"萧公子,可否与我们一起前去上仙阁一叙?"

"萧天愿随同前往。"萧天起身一揖道。

柳眉之径直走进套间,把书放进密室。出门碰见云蘋,见他神态有异,问道:"何事惊慌?"

"公子,我……我想请假出门一趟,不知可好?"云蘋小心地问道。

柳眉之看了他一眼,想到自己这会子也不在,便挥挥手道:"快去快回。"

云蘋高兴地鞠了个躬,便跑了出去。

柳眉之对萧天和明筝道:"我换上出门的衣服就走,你们稍候。"云轻悄无声息地走过来,服侍柳眉之换衣服,两人一前一后,走进套间。

明筝不耐烦地嘟囔着:"怎么出个门比女人还麻烦。"

足足等了有一炷香的工夫,柳眉之从套间走出来,只惊得明筝蹦了起来,萧天更是嘴里一口热茶没噙住,全喷了出来。

只见一个婀娜艳丽的女子拖着淡青色长裙迤逦而出,飞仙发髻高绾,簪了一支翠玉圆簪,眉心一点朱砂痣,竟然妙趣横生,媚不可挡。柳眉之无视两人无比惊讶的目光,高昂着头平淡地道:"以后会习惯的,走吧……"

二

长春院往西,过一个巷口,就是京城最有名的茶楼上仙阁。只因地理位置优越,进京的外地商贾、述职的地方官员、城里的豪门贵戚、翰林的墨客学士,再加上街面上游手好闲、一心攀龙附凤的市井之人,小小一个上仙阁,汇集了京城里三教九流。这些人闲来都喜欢坐茶楼,一杯香茶过肚,竟应了那句俗语:秀才不出门,便知天下事。

原先的上仙阁只是两间门面的酒肆,后来被现在的掌柜李漠帆盘下后,才改成茶楼。一年后又加盖了两间,又起了一层楼,盘下周围两个织染坊,圈起一个后院,才有了如今的规模。原本后院留着给自己人居住,后来因为茶楼名声渐大,一些外地商贾喝完茶不愿走,就在后院住下。一番修整后,上仙阁的楼上和后院就改成客栈,又从苏州请来精于风水构造的园艺师精修了院子,不仅引来一池碧水,假山竹园、亭台楼阁,一应俱全。有墨客留园一宿后,在墙上题字:高雅舒朗,茶香月明。

此后"茶香月明"成了上仙阁的名帖。宾客经常慕名而来,日日满座,一过午后基本已座无虚席。上仙阁的茶品也极讲究,有自己的窖制坊,独门秘方制作而成的茉莉小叶花茶是上仙阁的招牌。此外,还有为嗜好红茶的客人备的滇红,为南方客人备的安溪铁观音和银针白毫。

此时,已是正午时分,阳光穿过雕花格窗,明晃晃地刺人眼。大堂上宾客已满,喝茶聊天好不热闹。临街靠窗一张不起眼的桌子前,坐着林栖和盘阳。他俩均穿着跑堂伙计的短衣,腰间扎着皱巴巴的腰带,显得有些局促。

林栖皱着眉头,一脸不悦地看着窗外发呆;盘阳却是满脸喜色,也不知从哪里整来的一身衣衫,几乎被撑得要爆开了,他全然不顾,乐呵呵地跷着二郎腿,眼睛瞟着街面,看见什么稀罕事物就兴奋地吹口哨。

"啪"一声,林栖大掌拍到桌上,喝了一声:"闭嘴。"

盘阳被震得一闭眼,收起二郎腿:"你有气冲李漠帆,你冲我算哪般?"

"那个走镖的,神气什么,再来寻事,我就把他的店给掀了。"林栖怒道。

"人家也没怎么你呀,无非让你抹抹桌子,扫个地,别忘了,这可是你主人的交代,你做伙计想不干活,哪有这么好的事?"盘阳抿嘴偷笑,抬头看见从楼梯走下来的李掌柜,便敲边鼓道:"唉,说曹操曹操到,不想干直接说去呀。"

李漠帆从账房先生处查看了这几日的流水后，方走下楼，远远就看见林栖和盘阳坐在窗前偷懒，不禁眉头紧皱，心里窝了一团火。对于帮主的这两个随从，他已是耗尽了最后的耐心，要不是看在萧天的面子上，他才不会对他们如此客气。

四年前一次走镖途中，他遇劫匪失了镖。兴龙帮走镖有一句口号：人在镖在。这次跟头跌得太惨，为了挽回面子，他和帮里镖师千里追击，但是对手是镖主的死敌，盯着这趟镖已半年有余，死磕的结果就是死伤惨重，他也身负重伤，当时已万念俱灰，就在生死关头他被一个人所救，这个人就是萧天。

他在昏迷后被萧天带回檀谷峪，后跟萧天在檀谷峪住了三个月，疗好了伤。在这期间听说帮里弟兄死的死、散的散，便无脸面再回山东，萧天见他是个汉子，有意扶持他，便资助他让他来京城，于是李漠帆按照萧天的意思盘下了上仙阁。

后来，李漠帆在京城扎下根后，便派人捎话给失散的弟兄，几年下来，他周围又聚起一众帮里兄弟。有一年他率帮众请萧天做帮主，萧天知他心意但并未首肯。但是，李漠帆并不死心，他召集帮众和一些有头脸的帮派当家人，点烛上香，歃血立盟，自拜成事，萧天就这样稀里糊涂地成了兴龙帮帮主。

李漠帆知道萧天已进京，就是不知道为何到此时都不露面，而是让他的两个随从在这里当起了伙计。他也从盘阳的口中知道了此次行动失败，刺杀王振不成，反而被宁骑城的锦衣卫追杀，暴露了行迹。听闻萧天也受了箭伤，心里就更不是滋味了，他急于见到帮主，对林栖和盘阳的刁难和傲慢只能置之不理。他匆匆走到他俩的座位前，拉一把椅子坐下，问道："你俩给我句实话，我们帮主到底在哪儿？"

"不知道！"林栖冷着脸没好气地瞥了他一眼。

"你的主子在哪儿你不知道，你这个奴才怎么当的？"李漠帆故意拿话儿刺他。林栖的底细他有所耳闻，当年在檀谷峪疗伤时，就听说林栖犯了族规。林栖看上一个叫花蕊的少女，但女子已有婚约，半年后将完婚。林栖痴迷于花蕊，两人约好私奔，在出逃的途中，被花蕊的家人拦截，花蕊无颜见亲人，竟然跳湖自尽了。林栖被花蕊家人绑回去，按族规林栖要被"挂崖"。"挂崖"是狐族处罚重罪的一种刑罚，檀谷峪有一处山崖高悬于山谷之上，挂到崖上，不被野兽吞吃也会被天上的苍鹰叼食，所挂之人的肉身一寸寸被叼走，情状之惨烈闻所未闻，所以狐族人处处循规蹈矩，僭越之人少之又少。就在林栖要"挂崖"时，萧天亲去老狐王处作保。族中还有一条族规，若有身份的族人前来作保，可免"挂崖"，但终身成为此族人的奴隶，没有人身自由，一生都要服从作保人。林栖被萧天保住一条命，就这样成为萧天的奴隶。

此时,林栖比他还不耐烦:"不知道,知道也不告诉你。"

李漠帆伸手指着林栖,气得直叫:"你……你说说……你……"

"唉,李掌柜,你也别生气,你与林栖斗了也不是一天两天了,"盘阳笑嘻嘻地劝解,"你还不知道吗?他主子给你们做帮主,他气死了。"盘阳又回头看林栖,故意拿话气他:"林栖,照我说,你主子给他们做帮主挺好,咱们狐族也不少他一个,再选个狐山君王不得了。"

林栖白了他一眼,狠狠地道:"狐山君王只能是我主人。"

盘阳指着他笑着对李漠帆道:"上赶着要做人家的奴,谁也拦不住他。"

李漠帆扑哧笑了:"林栖,你这个奴,比你主子气性还大,我就问问你主人,我想见他——"

突然,李漠帆话说到一半脸僵住了,眼睛直勾勾地盯着窗外。盘阳一看李掌柜的样子,不再跟林栖开玩笑,也急忙转过身望向窗外。

窗外走过来的三个人,不仅吸引了他们的目光,也吸引了大堂上不少人的目光。才子佳人的身影,到哪里都能引人驻足观望。只见过来的三人,白袍青裙,珠簪玉佩,明珠生辉,美玉荧光,既清雅不俗又明艳动人。众人不禁唏嘘不已,感叹世间果真有倾城之姿容。

李漠帆一眼就认出三人中的萧天,兴奋得刚站起身,就被林栖一掌按到座位上,他皱着眉头压低声音道:"别动,主人交代不准去见他。"

李漠帆气呼呼地试图站起来,试了两次都不行,他知道自己不是林栖的对手,便妥协地冲林栖点点头道:"好,听你的行了吧。"林栖却紧皱眉头,盯着萧天同一男一女有说有笑走过来,满脸不悦。

盘阳早溜了,他从一个伙计肩上拽下一个白汗巾搭到肩上,一边走一边吆喝:"这位客官,这边请了您嘞。"李漠帆直摇头,这两个活宝,一个倔得像头牛,一个滑得像条泥鳅。

这时,三人走进来。明筝在前,柳眉之和萧天在后,大堂里的男人都不由自主盯着柳眉之看。柳眉之着女装的样子妩媚娇艳,太容易引得一些浮浪之人的遐想了。

明筝一坐下就忍不住要笑出来,她望着萧天一脸淡定的样子,不知他哪来这么好的定力,身边两人,一人女扮男装,一人男扮女装,而他竟能视而不见,坦然处之。

伙计给他们三人斟上茶,明筝叫着要吃东西,她一路走来早把府上吃的那点东西消化掉了。柳眉之含笑看着明筝,细声细气地说道:"明筝妹妹,这家店里有精美的点心,你让伙计带你去选一选。"

明筝一走开,柳眉之就直视萧天,直截了当地问道:"刚才听萧公子说起一本书,难道萧公子对此书有颇多了解?"

"那本书天下谁人不知?"萧天平静地看着柳眉之,当真有些迷惑了,这样一个文弱的被卖入乐坊的人,是如何从那个大魔头宁骑城手中夺走这本书的呢?看来他必须要他知道此书的危害,想到此,萧天缓缓说道:"我一个兄弟是江湖中人,曾对我提起此书,由于书中录有不少帮派机密,一些隐于民间的宝物也在其间,因此被人利用搅起血雨腥风,众帮派提起此书恨之入骨,难道柳公子在长春院没有听闻吗?"

柳眉之闻听,面色煞白,强稳住心神,小心翼翼地点了点头道:"有……有所耳闻。"

"难道柳公子敢接这烫手的山芋?"萧天索性一语道破。

"那依萧公子的意该如何处置呀?"柳眉之稳住心神往下问道。

"照我看,最好的处置就是让它永远消失,一把火化为灰,一了百了。让它永远成为一个传说,总比出现在世上搅动风浪的好,柳公子你说可好?"萧天看着柳眉之风轻云淡地一笑道。

柳眉之脸色一凛:"烧毁?亏你想得出来!也许有人可不这么想。"柳眉之眉头一挑,眼神直逼萧天厉声道,"你可不像是一个落魄书生,你到底是何人?"

"书生萧天是也。"萧天不急不躁地回道。

"萧公子,我可以资助你银两,请你离开宅邸,可好?"

萧天一愣,心想柳眉之请他来果然不单单是喝茶,他要撵他走,他该说的也都说完了,如果他不听劝告,下一步就动手,这也是先礼后兵。想到这儿,萧天做出惶恐状问道:"公子何出此言?"

"明筝年幼无知,我作为哥哥又不能近身照顾,你对明筝是何居心,我不想深究,只想你离开府邸,你春闱所需银两,我会尽数奉上。"柳眉之左右看看,飞快地说完。

萧天眉头一皱,冷冷望着柳眉之,半晌没有出声。

"萧公子,"柳眉之又出言解释道,"虽说我如今身在乐坊,身份低微,但我却是卖艺不卖身,银两来得干净,公子尽可放心。"

"柳公子,"萧天缓和了一下语气,淡淡地说道,"你误会了,我感念明筝姑娘救命之恩,怎会对她心有所图。如果明筝姑娘开口让我离开,我会立刻照办,此言休

狐王令(上)

要再提。"

这时,明筝轻快地走过来,身后跟着的伙计端着一大盘她精心挑选的点心。"喂,"明筝看两人脸色有异,便咋咋呼呼地问道,"你们俩鬼鬼祟祟地嘀咕什么呢?"

柳眉之和萧天立刻恢复常态,神态自若地端起茶盏。萧天眼角的余光看见远处李漠帆突然伸手拍着脑门(这是兴龙帮的一个暗语,意思是强敌临门),萧天端着茶盏的手一僵,急忙环视四周,眼睛盯住门口。

从大门走进来两个衣饰华贵的富家公子,两人腰间都佩着剑。伙计一看来人气宇不凡,哪敢怠慢,急忙跑上前招呼着往里面引。

"大人,上头跟催命似的,你还有这闲情雅兴跑这里躲清闲?"说话的正是锦衣卫千户高健,他跟在宁骑城身后走进上仙阁。

"你懂什么,这可是个好去处,我经常来。"宁骑城昂首挺胸往里面走。

李漠帆迎着宁骑城走过来,先施一礼道:"大人,你来了,里面请。"

宁骑城目光越过他,直接扫向大堂,径直往里面走。他们从萧天身边走过,宁骑城一眼便看到了明筝。

明筝见来人如此无礼,刚要发作,忽觉眼前之人很是眼熟,细看竟是那个锦衣卫头目,不觉蹙起眉头,暗叫倒霉,怎么在哪儿都能遇到他,原本一片大好的心情,瞬间跌进冰窟。但想到此时自己的装扮,便心存侥幸,只顾低下头吃喝,任他看去。宁骑城双眸一闪,唇边漾起一丝浅笑,悠然而过。

萧天也没想到会在此处再次遇到宁骑城这个死对头,但也不足为怪,上仙阁本就是一个三教九流汇集之地。好在他以前一直以假面示人,宁骑城在全城的大街小巷张贴海捕文书抓捕他,可并没有见过他的真面目,只有蒲源见过,如今这个内奸已除,他此刻是安全的。想到此,他坦然自若地端起茶盏,啜饮一口香茶,看着街景。

柳眉之却没有萧天平静,他瞥了眼宁骑城身后的高健,突感一阵尴尬。高健似乎没有认出他,径直走到一旁的桌前坐下。高健是长春院的常客,他虽身居要职,但为人谦和、淡泊名利,把柳眉之当知己,一起唱曲抚琴,两人相处甚是惬意。柳眉之不想让高健看见他着女装的样子,怕他日后轻视自己。

柳眉之的窘态没有逃过萧天的眼,他好奇地问道:"你认识他们?"柳眉之急忙压低声音道:"此二人乃锦衣卫,你我说话需小心。"

狐王令(上)

高健刚落座，就听见宁骑城阴阳怪气地道："你那位长春院的知己也在呢。"

高健一听，支起脖子左右张望着："哪儿呢?"

宁骑城一声轻笑，道："今儿是什么日子，怎么净遇故人?"

"还有谁?"

"可还记得回京路上那个与狼搏斗的小丫头? 她也在。"宁骑城轻描淡写地说道。

"哪儿呢?"高健有些兴奋地站起身，在宾客中寻找。这一望，他没有找到那个与狼搏斗的小丫头，却在后面不起眼的角落，瞧见两人，不由惊出一身冷汗。他没敢在宁骑城面前说出那两个人是谁。

在角落靠墙的一张方桌前，兵部右侍郎于谦一身员外郎的装扮和一个商贾打扮的中年男人相谈正欢。高健坐下想了半天，感觉那个人甚是眼熟。

宁骑城看高健皱眉若有所思的样子，不由摇头苦笑。高健跟随自己已非一日，武功高强没的说，只是一条，太过厚道，有些迂腐，老实得过了头。以他这种资质能待在锦衣卫实属不易，要不是祖上余荫，谁也不敢动他，他早就被踢出锦衣卫了。

高健的父亲是军中老人，原辽东总兵的副将，战死沙场后，埋骨辽东，因此在朝中口碑甚好。高健一身傲骨，仗着父亲的荣光在朝中独来独往，谁也不放在眼里，唯独对宁骑城很是服气。宁骑城也很喜欢高健的脾气，跟他待在一起，很是舒心，于是一来二去，两人便形影不离了。

宁骑城看高健还没找出来，有些不耐烦了："还没看出来?"

高健茫然地抬头，突然想起来与于谦对坐之人的身份，是刑部侍郎赵源杰。在年关时，有一次他当值带卫队，与早朝时的赵源杰交臂而过，两人有过简短的寒暄。高健见宁骑城询问，只装作不知，心里却想着应该给于谦兄长提个醒，让他们快些离开。此时朝中严令禁止朝臣私会，不然有结党之嫌。

此时与高健有着相同心思的还有李漠帆。自宁骑城走进茶楼那一刻起，李漠帆的心始终提在嗓子眼儿，他已几次向萧天发暗号，让他们离开茶楼，但是萧天根本不为所动，神色安然地啜茶，看也不看他，急得他像热锅上的蚂蚁一般。

与明筝相邻的一张桌前，坐着四五个商贾模样的中年人，听口音以外地人居多，此时几人正海阔天空地侃侃而谈。

"听说了吗? 近日宫里要选秀了。"

"怪不得这些天婚嫁的多起来，光我这几日都吃了两次喜宴了……"

"选秀不算啥，今年的会试才有看头，听说皇上要亲临贡院呢……"

"嗨，有比这还要有看头的事，今日京城发生的事听说了吗？狐王令听说了吗？王振被刺杀了……"

"那个不可一世的大太监王振死了？"

"嘘——"一个微胖的商人急忙打断那人的话道，"不想活了，没看见东厂番子们挨家挨户搜吗？说点别的。"

"诸位，说到奇事，你们听说过天下奇书《天门山录》吗？"

"我倒是听说过，"旁边桌上一个乡绅模样的男人回过头，参与到他们的谈论中，"得此书者，不是升官就是发财。"

"何以见得？"众人问道。

"此书就是一个藏宝图，听说锦衣卫里有一愣头小伙姓宁，凭此书，半年之内，搜尽天下宝物，一年之间就由一个百户升至指挥使，由此声震江湖……"

四周座上的人闻言纷纷回头，众人议论纷纷，大家论起"天下奇书"一个个头头是道。

明筝呵呵笑了两声，高声接了一句："这叫什么'天下奇书'，我曾读过一本书，那才叫天下奇书，比你们所说的什么《天门山录》、什么藏宝图要有趣多了。"

此言一出，立刻吸引众人目光，大家盯着这个清俊的小少爷，催着他讲下去。

桌前的柳眉之容颜失色，萧天也沉不住气了，频频向明筝使眼色。

明筝此时谈兴正浓，哪里管得住自己的嘴，侃侃而谈道："我看的是本游记，揽尽大明境内名山、名寺、帮派、部族，上至山川地貌、风土人情，下至帮派秘术、令牌标志，无不面面俱到，淋漓尽致，不厌其详，故事好看又有趣，真乃一本奇书也。"

明筝话未说完，柳眉之已是坐不住，他站起身以阿姐的口气训示道："明筝，别没有规矩，快坐下。"

"这位小公子，"那位乡绅忙问道，"请教此书的书目，让老夫也寻来一睹为快。"

萧天一抬眼，发现一旁的宁骑城双眉紧锁、目露寒光盯着明筝。萧天有心喝住明筝，但是明筝这番话就像是箭已离弦，断无回弓之理。只怕是瞒不住了，此书从宁骑城手中遗失，他一听就明白明筝所说的游记其实就是《天门山录》。一想到此，萧天浑身上下寒意阵阵，而此时茶楼的其他角落，也弥漫着浓浓的肃杀之气。

真不该来这个地方。萧天向柳眉之使眼色，柳眉之当即明白，此时两人难得达成默契，一起起身，左右夹着明筝就往外走。

刚走了两步，又出了乱子。

左边相邻的桌子,坐着四个蒙古商人打扮的男人,其间他们只顾大碗喝茶,不时哼几声草原小调。其中一个一脸虬髯、身材剽悍的年轻男子一直向这里瞟个不停。当时,萧天只顾与柳眉之谈话,后来又操心明筝,把这边几个蒙古人忽略了,直到此时虬髯男子突然拦住他们的去路。

萧天望着他乱糟糟的胡须和满头的小辫子,突然觉得有些眼熟,却一时记不起在哪里见过。虬髯男子直接走到柳眉之面前,一脸惊艳的表情,搭讪道:"请问姑娘芳名?家住哪里?"柳眉之一听此话,先是松了口气,然后一甩长袖,一脸不屑地拉着明筝径直往前走。

虬髯男子又挡到身前,眼露淫光道:"姑娘,不忙着走。"

"让开!"明筝大喝一声,她可不把什么蒙古人放在眼里。

"哪来的野小子。"另一个蓝袍蒙古人凑上前拦住明筝。

"请问姑娘芳名?"虬髯男子依然纠缠柳眉之。

明筝见他如此无礼,哪还能平息心中怒火,绕开蓝袍之人上前就与虬髯男子动起手来。明筝一拳直击虬髯男子的面门,虬髯男子见一个小童竟跟他动手,也气得七窍生烟,两人一来二往拆了十几招。蓝袍蒙古人在那边与柳眉之也比画起来……

四周的茶客也不惊慌,该喝茶喝茶,皆是走南闯北之人,谁没见过几次血光,大家津津有味地在一旁观看,还不时为一方叫好。

这边的动静终于惊动了李漠帆和林栖,林栖拉住正打瞌睡的盘阳,他们跑到近前却不敢出手,萧天向他们使眼色,不可参与。

此时,萧天有意保护明筝,却不便明着出手,他知道周围多少双眼睛盯着呢,尤其是那位一直坐着不动的宁指挥使。他只能眼巴巴地看着,明筝和蒙古人又过了十几招,明眼人一看就知道,这位小公子渐渐不敌,萧天藏在明筝身后出了几次暗招和偏招后,发觉不行,他不能让蒙古人伤了明筝,就一步插到两人中间,想借此拉开。但虬髯男子偏要在此露一手不可,一掌击到萧天肩头,萧天不敢发力,只好硬生生接了一掌,好在虬髯男子并未使出全力,只使了三分力,萧天借势摔了出去,压到蓝袍人身上,解了柳眉之的围。

明筝看见萧天中掌,急忙拉住他护到自己身后,叫道:"萧大哥,躲我后面。"

此话让围在旁边的李漠帆和林栖听见,两人不由面面相觑。既然萧天不允许他们暴露身份,两人也只能眼巴巴地瞅着,不过这种热闹也不是什么时候都能看到的。

盘阳凑到两人中间，冲李漠帆做了个鬼脸，道："看来，你们帮主有靠山了。"

林栖怒不可遏地一拉剑柄，瞪着盘阳。盘阳急忙捂住嘴巴，嬉笑道："算我没说。"

正在此胶着之时，一个嘶哑的嗓音从天而降："这是闹的哪出呀？"东厂档头孙启远出现在大堂上。

"和古瑞，你不是去虎口坡送马了吗？何时回来的？"孙启远认出虬髯男子，"你不待在马市好好卖马，跑这里欺负一个小公子？"

萧天听孙启远这么一说，这才想起来，此人正是在虎口坡袭击他的几个蒙古人之一。这人应该与宁骑城相熟，但刚才他们表面却形同陌路，萧天紧皱起眉头。

和古瑞向孙启远一抱拳，道："孙档头，误会，我与这位公子在切磋武艺，贵国不是向来崇武吗？哈哈……"和古瑞说着向身后几个人一挥手，匆匆溜出去。

这时，挨着窗坐的几个茶客，突然指着窗外："哎，看呀，哪来那么大的黑烟呀。""着火了，那边……哎呀！是长春院。"

柳眉之急忙看过去，脸色瞬间变得煞白："不好，快走！"

萧天和明筝惊慌地对视一眼，跟着柳眉之跑了出去。

三

走在街上，就闻到一股刺鼻的焦烟味。

柳眉之心里越发忐忑，也顾不上仪态了，拽着裙裾，大步向前跑，萧天和明筝紧随其后。一些街坊也闻声跑出来，一时间长春院外面围了很多人。

但奇怪的是，萧天和明筝跑到跟前一看，长春院红木雕花大门完好无损，他们正发愣，柳眉之一声惊叫，手指着左边，脸上的肌肉一阵颤抖，萧天和明筝顺着柳眉之手指方向看，这才发现，是二楼楼尾着火了，一股股浓烟直接被西北风吹到街面上，远远看见楼上有人影在晃动。

"那……那……正是我的房间……"柳眉之气急语塞。

萧天突然有一种不祥的预感，这场火烧得蹊跷。

柳眉之二话不说转身向一旁侧门跑去，明筝和萧天急忙跟上，三人从不起眼的侧门跑上二楼。楼上一片混乱，楼里的仆役来回奔跑着端水盆灭火，楼道里的浓烟跑不出去，熏得人睁不开眼睛。柳眉之顾不上这些，心急如焚地向冒着黑烟的地方冲去,被萧天从后面一把抱住。

"柳公子,你冷静点,火未扑灭,不能进去。"

"放手,让我过去!"

"过去是送死。"

"书……我的书……"柳眉之憋了半天,终于说出心中症结,与此同时柳眉之回过头,眼露寒光盯着萧天,恶狠狠地抛出一句,"如今真如你所愿了,《天门山录》就这么毁在我手里了。"柳眉之忍不住心痛不已。

"你说什么?"明筝吃了一惊,"宵石哥哥,你说那本书是——"

"不错,就是《天门山录》。"柳眉之蹙眉叹息,"我要是知道它在京城一露面就遭此变故,还不如让你拿着待在山西不回来的好。"

明筝眼露怒火向前一步,眼睛直盯着柳眉之,一种被欺骗的复杂情绪袭上心头:"宵石哥哥,你为何要瞒着我?原来此书就是《天门山录》。"

柳眉之处在一片混乱中,情绪也有些失控,他叫道:"明筝,不告诉你是为你好,你可知这世道的凶险,人心之叵测。"柳眉之说完怒视着萧天,一把推开他,向浓烟中跑过去。

萧天知道他与柳眉之之间的梁子算是结下了,柳眉之肯定会第一个怀疑到他,刚刚在上仙阁他还向他建议烧毁此书,结果话音未落,这边就烧了起来。

萧天看明筝噘着嘴还在气头上,便走过去说道:"你宵石哥哥说得不错,不告诉你真是为你好。"

"什么为我好,刚刚我……"想到在上仙阁自己不知轻重地乱说一气,明筝后悔得直拽头发。这时,她看见柳眉之冲进火场,顾不上其他,跟着往里跑。萧天看明筝跑进去,也急忙跟上去。

二楼尾部的几间房明火已基本扑灭,只是还冒着浓烟,一些仆役收拾起盆罐叹息着往外走。几间房损毁严重,一片焦黑满地狼藉。柳眉之躲着往下掉落的灰烬往里面走,越往里过火的痕迹越严重,他直接走到密室的外面,密室门已坍塌,一应家具器皿全都变成焦炭。柳眉之蹙眉,闭上眼睛,神情沮丧至极。

房间有些地方还冒着火星,在一片浓烟之中,一个瘦小的身影拽着一条已被熏成黑色的湿漉漉的褥子,仍然拼命地四处扑打。明筝眼尖,一下认出是柳眉之的书童云轻。

"云轻,云轻……"明筝在外面大声喊他,但那个身影没有反应,依然忘我地扑打仅剩的几星火苗。

"他听不见。"萧天说道,他几步跑到那孩子身后,双手提着他的衣领把他拽到外面。

萧天和明筝看着云轻的模样,心下十分不忍,既心疼又感动。只见云轻的脸上,除了眼白全是黑灰,身上的白袍也被烟火烤灼成一缕缕黑色碎片。云轻一看见柳眉之,扑通一声跪下去,浑身一阵颤抖。

柳眉之铁青着脸,他丝毫不为云轻奋力扑火所动,而几乎把所有怒气都发泄到了他身上:"是谁?是谁?如何起的火?"柳眉之气得已忘记了他是个哑巴。

云轻瑟缩着跪在地上,使劲地摇头,眼泪顺着脸颊流出两道白。

"宵石哥哥,他是个哑巴,你别难为他了,还是问其他人吧。"明筝说着,急忙扶起云轻,把他拉到一边,用袖子帮他擦去脸上的泪水,然后拉着他走出去。

"柳公子,你还是暂息雷霆之怒,事已至此,明摆着这火就是冲着那本书而来,还是早做打算为好。"萧天走到柳眉之面前说道。

柳眉之后退了一步,冷眼看着萧天,"此话怎讲?"

"柳公子,"萧天逼近一步,问道,"可否告诉我此书从何处所得?"

柳眉之灰心丧气地叹了口气道:"既已如此,也不再相瞒,我是从别人手里高价买来的。"他看着萧天只肯说出这么多。

萧天略一沉思,道:"此人一定是从宁骑城手里盗来的,刚才在上仙阁,明筝姑娘口无遮拦说出此书的一些细节,如今你和明筝姑娘都暴露在宁骑城眼皮底下,你有多大把握蒙混过去?"

柳眉之哑口无言,一阵愣怔。

"如果锦衣卫和东厂盯住了你,你还能活命吗?"萧天进一步追问道。

"依萧公子之意……?"

"迅速离开京城。"

"不,不……"柳眉之头摇得像个拨浪鼓,此时他已从混乱中彻底恢复过来,"不行,我哪儿也不去,再说我们除了这里也没有地方可去。刚才明筝虽然说漏了嘴,但幸好她身着男装,宁骑城再机警,也不会想到她是个女子,再说此书一毁,死无对证。"

萧天皱起眉头,他差点说出其实明筝与宁骑城有一面之缘,但是如果他说出虎口坡遇狼群之事,那他的身份也就暴露了,此时他不能冒这个险,只能尽力说服柳眉之,要他知道他们已身处险境。

这时,明筝拉着换了衣服的云轻走过来,对两人说道:"我从云轻的手势里,大

狐王令(上)

概知道了刚才发生的事。"明筝学云轻的手势，双手合十放在脸侧，道，"先是有人下了迷药，云轻睡着，醒来时他已躺在走廊里，被前来扑火的仆役叫醒。"

明筝此话正好印证了萧天的推测，看来这把火确实是冲着那本天下奇书而来，但是，是谁下的手？他又是如何得知的消息呢？柳眉之和萧天几乎同时想到这几个问题，两人不约而同对视一眼。

萧天突然想到另一个书童，问道："云蘋呢？"

"他请假看望亲戚去了。"柳眉之说道。

这时，走廊里传来喧哗声，很远就听见长春院坊主的公鸭嗓："呦，孙档头，你这是作何？"原来孙启远紧跟着他们也来到了长春院。这位坊主原是宫里一名太监，后犯了事被逐出宫，用以前在宫里的积蓄开了个生药铺，结果赔多赚少，后来与一位青楼老鸨厮混上结为夫妻，在她的撺掇下开了长春院，不想竟然红透了半个北京城，不仅挣了银子，还结识了不少权贵，仗着这些人的护佑，一般人他都不放在眼里，像孙启远这种街面上行走的东厂档头，他更不放在眼里。

"薛坊主？何人纵火？"孙启远气势汹汹地问道，借以掩盖他此时兴奋的心情。他早就对这个又奸又滑的老太监心存不满，大把银子赚着，却从来没有孝敬过他，好歹他也是东厂的人，今儿既然逮着这个机会，定让老太监放点血。他手下众番役也掩饰不住兴奋，跃跃欲试地在楼中四处跑动。

"无人纵火。"薛坊主道，"仆役失手翻了火盆。"

"小小火盆能引燃几间房子？"孙启远道，"这显然是一件纵火大案，小的们，把嫌犯带回府衙。"

一众番子把明筝、萧天、柳眉之和云轻团团围了起来。

薛坊主一看孙启远这小子这次是来真的了，也傻了眼，忙扯着公鸭嗓子套近乎，不再称呼档头而是改称了大人，"孙大人，大人呀，误会，误会呀……快，你们愣着干吗，快给孙大人搬一张椅子歇歇脚。"薛坊主对手下跟班使个眼色，那人立刻向后院跑去，另两个跟班忙着搬来椅子让孙启远坐下。

"孙大人，"薛坊主看见孙启远坐下，忙指着被绑的人说道，"大人，这两人真是我乐坊的人，那两人——"薛坊主瞅瞅萧天和明筝，也看不出什么来头，只好都应承下来，"是……是客人。"

"我不是客人，"明筝用力挣脱两边番子的束缚，直来直去地怼了过去，"我是来见哥哥的，这位是我萧大哥，他是陪我来的。"

薛坊主听明筝嗓音，已辨认出她是女子，心里一阵打鼓。孙启远也看出来了：

"你好好一个女子,非要打扮成男子? 你说谁是你哥哥?"

"他。"明筝一指柳眉之。

"他?"孙启远围着柳眉之转了一圈,故意夸张地拉拉他身上的青色襦裙。

柳眉之淡然道:"我外出穿女装,这里人都知道。"

"哼!"孙启远指指明筝,又指指柳眉之,怒道:"你们这对狗男女。"

"你把嘴巴放干净点。"明筝听见此番龌龊的言辞,气不打一处来。

"呸! 还敢在这里跟我嚷嚷,我带你们回衙门,判你们个有伤风化罪,看你还敢嘴硬。"

明筝正要接着理论,被一旁的萧天用眼神硬给顶了回去。

孙启远身边一个番子,突然拉住孙启远一阵耳语。孙启远不耐烦地推开他,道:"大声点,不知道我耳背吗?"那个番子将孙启远拉到一边,道:"爷,你看这个小丫头貌美如花,可是个美人坯子,现在内廷选秀,如果把她献给高公公,岂不赚个大大的人情。"

孙启远一听,确实有这一茬事,他回头凝视明筝,不由心花怒放。

这时,薛坊主的老鸨媳妇气喘吁吁地跑上楼,整个楼板都跟着晃动。她一身艳丽的红裙外套水蓝的比甲,头上插满金钗玉簪,本来就已发福的身躯,却要把衣裙往瘦里裁,满身肥肉被拘进衣襟里,人未动肉先动,一步三颤地跑到近前嚷嚷着:"孙大爷,失敬失敬。"她笑眯眯地说着,伸出肥大的手一把抓住孙启远的小细胳膊,从怀里掏出一个沉甸甸的荷包。

孙启远一见,喜上眉梢,掂分量少说也有五十两银子,心想这样也好,大家都省事。孙启远把荷包藏进袖里,道:"既然薛坊主说此火是仆役打翻火盆引起的,本衙门也就不再追究了,但是,这几个人得说清楚。"

"好说,好说,"老鸨娇滴滴地指着柳眉之,"这位是咱们乐坊的头牌柳眉之,这小童是他的书童云轻,这位……"老鸨盯着明筝,不知是从哪里冒出来这么俊俏的小公子。

"我来说吧。"柳眉之对孙启远讪讪赔笑道,"这是我表妹和她的朋友,今儿个专门来看我,我就领他们到上仙阁一聚,看到这边起火,我们就一起跑回来了。"

"如此说来,是很清楚了。"孙启远眼神一闪,盯着明筝道,"敢问这位姑娘住在哪条街巷,我好差人核查。"

"还要核查?"柳眉之皱起眉头。

明筝和萧天相视一愣,他们谁也没记住宅子的门牌号。

狐王令(上)

"莲塘巷,十号。"柳眉之说了一句。

"好,这不结了。"孙启远满意地点点头,与身旁番子交换了个眼色,那个番子皮笑肉不笑地转回身,"小的们,撒!"

一声令下,十几个番子跟着孙启远退出去。

老鸨看孙启远一行人走远,跳着脚骂起来:"狗奴才,仗势欺人,欺负到老娘头上了……"骂了片刻,老鸨转回身,一脸可怜状地走到柳眉之面前,数落道,"柳公子呀,你也看到了,你们闯下的祸,可使的是我的银子,足足五十两呀……"

"嬷嬷放心,尽可记在我账上。"柳眉之冷冷说道。

老鸨一听此言,立刻展眉欢笑道:"还是柳公子识大体,我这就吩咐人给你另收拾上房,还要差人来维修这几间烧毁的房子,不瞒你说,如今这市面上什么东西都可劲涨,这维修的银子恐怕也要让公子分摊一些。"

"尽可记在我的账上。"柳眉之打断她的话,"嬷嬷还有别的事吗?"

"没了。"老鸨满心欢喜地挽着薛坊主向外走去。

柳眉之望着两人的背影,怅然地垂下头。

"宵石哥哥,你别难过了。"明筝此时真切地看到了柳眉之的处境,心里既心疼又气愤,她上前拉住柳眉之的手,故作欢快地说道,"宵石哥哥,我这就回去,保证几天内把烧毁的《天门山录》默写出来,送给你,可好?"

明筝此言一出,着实把萧天和柳眉之吓住了,两人左右查看,所幸身边只有哑巴云轻,其他人都已离去。

"明筝妹妹,"柳眉之又惊又喜地问道,"你果真记下了全书?"

"宵石哥哥,这对我来说有何难处?"明筝一笑道。

萧天听到一声轻微的响声,他警惕地四处张望,忽见堆满杂物的角落一个从火场抢出来的椅子在晃动,他一步踏到近前,杂物堆里什么也没有,有风从走廊的木格高窗刮过来。萧天退回到明筝跟前,他看着这兄妹俩,说道:"此书既已毁,或许是天意,"萧天看着明筝,"还是不要让它再现了。"

"这是我们兄妹的事,你一个外人最好不要插言。"柳眉之此时已把萧天当成眼中钉,他不快地说道,"我给你提的建议,你考虑一下。"

萧天没有答话,而是转身看着明筝道:"明筝,咱们该回去了,老夫人再三叮嘱要我们早点回去。"

明筝也看出柳眉之和萧天之间龃龉渐深,也想让两人分开,便点头道:"若不是你提醒,我都忘了,咱们已经出来一天了,是该回去了。"

狐王令（上）

这次柳眉之并没有阻止，但也没有告辞，而是气哼哼转身去了别处。望着他的背影，明筝叹口气，如今的李宵石已非昔日陪她读书时的李宵石了。

明筝和萧天走出长春院，天已擦黑。

"萧天，我宵石哥哥从小脾气就古怪，你可不要介意啊。"明筝向萧天解释道。

"不会的。"萧天笑道，"你宵石哥哥是个很有才华的人，只可惜生不逢时。"

"是呀，他吃了很多苦……"说着，明筝心酸地低下头，下面的话咽到了肚里。

萧天的思绪早飞到了其他地方，想到那本《天门山录》已烧毁，他本该轻松起来，殊不知身边这位明筝姑娘竟然天赋异禀，过目不忘，能够完全复述此书。这让他如何放心脱身而去？

匆匆思略片刻，他决定暂时还不能离开李宅。

两人路过上仙阁，萧天叫住明筝道："咱们出来一天，给老夫人捎点点心回去吧。"明筝觉得主意不错，立刻答应，萧天就跑进上仙阁。

上仙阁里依然宾客满堂，萧天径直走到柜台前。"小二，包两斤桃酥。"萧天朗声说道。林栖看见萧天独自一人走进来，立刻迎了上去，低声问道："主人，你何时回来？"

"我还暂时不能离开那家人，"萧天低声说道，"与翠微姑姑约好的时间我恐怕去不了，你和盘阳代替我去望月楼，见翠微姑姑，就说我已到京城，要她们按计划行事。"

林栖点了点头，把两包点心打包好交给萧天。

萧天接过点心，迅速走出上仙阁。他提着点心走到明筝身边，两人沿着华灯初上的街市向李宅走去。

四

林栖目送萧天走远，便转身去找盘阳。

盘阳正与账房先生的女儿聊天，十分不情愿地被林栖拽到一边，但听说要去望月楼，他眼珠子都差点瞪出眼眶，立刻跟着林栖跑了出去。

望月楼在西柳巷，和这里只隔着一条街。

西柳巷是整个京师最繁华浮艳的地方，乐坊、青楼、酒肆、茶楼应有尽有。楼内歌舞升平，灯火闪烁；楼外人潮如织，摩肩接踵。

一向性如沉冰的林栖,也被眼前的花红柳绿晃花了眼。转眼间身边的盘阳不见了。虽然平日就知盘阳好玩,但今日身负使命不敢出差池,林栖折回身去找盘阳。在一个堂口,看见一个红衣女子和一个紫衣女子正拉着盘阳争执不下。林栖一个箭步蹿到跟前,掰开两名女子的手,拽着盘阳就走。

"喂,小女子,我去去就回啊。"盘阳被拽着一只手,仍伸长脖子回头向两名女子告别。

"干正事。"林栖怒气冲冲地叫道。

"我正在干正事呀。"盘阳一脸无辜状地叫道,"望月楼我已经打听好了,你跟我走吧。"

越往里走,街面越宽,两边的建筑也越有气势。不时有四轮马车驶过,更有锦衣绣袍的贵族公子华鞍骏马打街上疾驰而过。

不远,就看见望月楼的招牌,黑楠木匾额上,三个描金大字"望月楼"。楼有两层,雕梁画栋,甚是华丽。林栖也粗略地识几个字,看了看牌匾,闷着头就往里走,被盘阳一把拦住。

"你不能换个脸色吗?你这哪是逛窑子,你这是寻仇来了。"盘阳道,"笑一下,能死呀。"

"笑不出来。"林栖瞪着眼怼了回去。

"算了,你跟在我后面。"盘阳推开他,先走进大门。

门内立刻有两位粉衣长裙的姑娘向他们行礼,盘阳笑眯眯地对其中一个圆脸姑娘说道:"有劳姑娘,请向翠微姑姑通禀一声,她俩大侄子从檀谷峪瞧她来了。"盘阳有意加重"檀谷峪"三字的语气,省了中间环节,只有狐族人才知道"檀谷峪"的分量。

圆脸姑娘脸色一凛,忙向两人屈膝一福,便转身离去。另一位姑娘请两人到客座小坐,不一会儿有侍者端来茶水。盘阳端着茶盏四处张望,不住点头,没想到青楼也可以如此清雅高贵,这里被翠微姑姑打理得真是井井有条。

一盏茶的工夫,那个圆脸姑娘从里面急急走来,看见他俩屈膝一福道:"请两位公子过正堂说话。"

林栖和盘阳跟着圆脸姑娘走进楼里,穿堂而过,没想到后面竟是个院子。借着清亮的月光可以看出院子不大,但亭台楼阁、水榭长廊布局精巧别致,煞费心思。他们跟着圆脸姑娘沿着描金画栋的抄手游廊一路走来,一边赏玩月下景致,一边听着阵阵丝竹之声。

林栖依然绷着脸，盘阳却早已乐在其中了。

"翠微姑姑是谁？你可曾见过？"林栖终于憋不住问道。

"见过两次。"盘阳压低声音道，"她是老狐王的亲妹妹。"

林栖见盘阳如此说，便不好再问。盘阳在狐地是有官职的，在王府护卫军里任副将，狐地没有变成废墟之前，盘阳可是神气的大将军，不像他被贬成为狐山君王的家奴，但是他却一点也不后悔，成为狐山君王的家奴他不觉得丢人。

游廊的尽头是三间正房，远离前面的街市和望月楼的喧嚣，幽静又私密，像是自己人的居住地。圆脸姑娘走到中间正堂门口，远远向里面回禀："姑姑，客人来了。"

一个年轻的女子挑着一盏灯走出来，一挥手打发了圆脸姑娘，圆脸姑娘向年轻女子屈膝一礼，退了出去，转身沿游廊走了。

"两位族人，请进吧。"年轻姑娘向林栖和盘阳说道。

一个威严的声音从屋里传过来："夏木，你守在门口，没我的允许，任何人不准进来。"

盘阳看了眼那姑娘，走进正堂，林栖紧跟其后。

一个三十多岁的妇人昂首挺胸派头十足地站在他们面前，粉面高髻，衣饰华丽。虽然徐娘半老，但依然风韵犹存。盘阳上前一步，躬身行礼道："参见姑姑。"

妇人盯着他俩，脸上毫无表情："今日是初十，是我和狐山君王约见的日子，你们又是谁？狐山君王怎么不来？"

在这种场合显然盘阳要比林栖应对自如，盘阳道："回禀姑姑，我是老狐王身边护卫队副将盘阳，他是狐山君王的随从林栖，今日参见姑姑。"说着盘阳又躬身一礼，"狐山君王一时脱不开身，让我们代替他先来见你，他随后来拜访。"盘阳见翠微姑姑没有反对的意思，就接着往下说道，"上次在虎口坡的行动失败了，此次狐山君王潜入京城，正是要部署接下来的行动。"

"废物！"翠微姑姑一掌击到方桌上，头上的金钗细软跟着乱颤，"我付出那么大代价得到的情报，让你们阻击王振车队，这么个事怎么又搞砸了，又让王振那老东西跑了！他狐山君王是不是不敢来见我了，派你们来应付我？什么狗屁狐山君王，我可不认，老狐王越老越糊涂，把我狐族一脉托付给一个外人……"

一直在旁沉默不语的林栖，突然插口道："那情报有误，根本不是王振那老贼的车队，而是锦衣卫的缇骑队。这次行动咱们损失十几个兄弟，我们俩和狐山君王都是死里逃生。"

狐王令（上）

翠微姑姑听林栖这么一说，先是吃了一惊，然后她盯着这个黑不溜秋的瘦高个看了半天，突然说道："你是林家银饰铺的小幺儿黑子？"

林栖诧异地看着翠微姑姑，被人叫出儿时小名，而且还是在这种境况下，不由不叫人纳闷。

"当年，你才四五岁，如今你长得与你大哥简直一模一样。"翠微姑姑依稀记得当年在狐地与银饰铺长子的一段短暂的情缘，"也不知你的家人现如今还好吗？"

"他们全都死于那场浩劫。"林栖干巴巴地说道。

翠微姑姑深吸了口气，长叹一声："唉，当年我离开狐地，是奉王兄之命，来到京城，一是做耳目，二是筹措银两。没想到与王兄一别，就是生死两茫茫。"翠微姑姑徒自悲哀起来。

"姑姑，老狐王已仙逝，咱还是要从长计议呀。"盘阳安慰道，"老狐王临终选择了狐山君王作为新狐王，咱们也别无选择，要相信他。"

"相信他？"翠微姑姑抹掉眼角的泪珠，"你们俩给我听着，我以老狐王妹妹的身份命令你们，狐山君王若是救出青冥郡主也就算了，如若救不出，你们两个必须除掉他，此人留不得。"

"这是为何？"林栖大惊。

"姑姑所言的意思是——"盘阳问道，"狐族岂容他人染指？"

"正是。青冥与狐山君王的婚事我本就不同意，是青冥那丫头死活痴迷于他，"翠微姑姑一提起青冥，鼻头就酸，眼泪止不住往下流，想想如今她身陷囹圄，就追悔道，"当年她与蒲长老的儿子蒲源青梅竹马，早已订婚，却为了那个萧公子逼着她父王退了婚，为此修行了两年，如若不然早就为人母，哪还会被掠进宫。"

"别提蒲源，这个叛贼。"林栖怒道，"此次兵败就是蒲源告的密，让我们陷入包围圈，腹背受敌，败得这么惨，他死有余辜。"

"蒲源死了？"翠微姑姑一愣。

"姑姑，蒲源确实投敌了。"盘阳说道，"狐山君王发狐王令，蒲源已死在街头。"

翠微姑姑恍然大悟道："原来前阵子街上疯传的狐王令确有其事，我还以为是街巷奇谈怪论呢。"翠微姑姑稳了稳神道，"如今满大街的海捕文书，都写的是狐族逆匪，我出门看在眼里，心里这个痛呀，咱狐族的千古奇冤何时才能昭雪呀，这样的千斤重担，他狐山君王能担得起吗？"

"按说青冥郡主和狐山君王只是拜祖订了婚，却不曾成婚。"盘阳寻思道，"可是咱们老狐王确实把他当女婿看了，还如此信任他，把狐王令交给他，按咱狐族族规,只有狐王才能拿狐王令。"

"盘阳,你什么意思?"林栖怒喝一声,上前一把抓住盘阳衣襟,喝道,"你个忘恩负义的家伙,你忘了檀谷峪那次大战,如果不是狐山君王力克群敌,救出老狐王,老狐王定被东厂的人碎尸万段,他甚至没来得及救出他父亲,致使他父亲被乱箭射死,难道这还不足以证明他对狐族的忠心吗?"

"喂,你放开我,你要勒死我了。"盘阳求饶道,"我只是随口一说,对狐山君王我当真也是佩服得很。"

"哼,能不能服众,这要看他的本事。"翠微姑姑冷冷地说道,"别忘了,咱们都是狐人,而狐山君王他可是汉人,靠不靠得住,只有走着瞧。"

"姑姑说得不错,但唯今之计就是要先救出青冥郡主,咱们就暂且按照狐山君王的指令行事。"盘阳两边讨好地说道。

"哼! 如果救不出青冥,就别怪我翠微不仗义,你们怕他,我可不怕他,到时他必死无疑。"翠微姑姑眉头紧锁发狠地说道。

"姑姑,你这里都准备好了?"盘阳急忙转移了话题,免得两人再为狐山君王打起来。

"四名狐女早已聚齐,就等着狐山君王的指令了。"翠微姑姑明白他俩今天来见她的主要目的就是见四名狐女,便转身向外走去,"随我来。"

门外的女子挑着灯候在一旁,看见三人出来,急忙迎上来。翠微姑姑对两人道:"这是夏木姑娘,是咱们族人,以后我不在,你们可以找她。"

夏木身材高挑,眉眼清秀,看着两人莞尔一笑,然后走到前面挑着灯引路。

一行人沿着游廊原路返回,走过穿堂,进入望月楼。耳边顿时飘进丝竹之声,走廊里不时有三三两两结伴的客人,一些艳妆女子上前招呼,耳边是迎来送往娇艳的寒暄之词……盘阳左顾右看,不觉又落下了。

林栖一回头,见盘阳正拉着一个绿衣女子在说话,林栖一个箭步蹿上前,拽住盘阳的衣领提起来就走。

"你松手呀,你吓着人家姑娘了。"盘阳掰开林栖的手,不情愿地跟了过来。

"到了。"翠微姑姑走到一排双开的雕花细格木大窗前,她推开一扇窗,从里面传来阵阵悠扬的琴声。盘阳早按捺不住好奇趴到窗上往里面看。只见屋子里裙裾飘飞,四名身形曼妙的女子,着各色长裙跟着琴声起舞,一个个容颜靓丽,长发飘飞,若仙若灵。

盘阳张着嘴巴没来得及合住,就被林栖拉到一边,盘阳从林栖身侧探头来继续看。

翠微姑姑在一旁道:"你们看那边,穿紫衣的是菱歌姑娘,有一副天生的好嗓子;穿白衣的是拂衣姑娘,是个司茶好手;穿粉衣的是秋月姑娘,身软如柳,最拿手的舞是《凤求凰》,舞技堪称一绝;穿绿衣的是绿竹姑娘,识文断字,是四人中唯一识汉字的女子。"

听着翠微姑姑的介绍,林栖和盘阳早已两眼迷花,根本分辨不出谁是谁,只跟着频频点头。

"啪",翠微姑姑合上窗子,盘阳意犹未尽道:"别呀姑姑,我还没看清呢。"

"你看清有屁用。"翠微姑姑笑骂道,"明日,我就动身把她们送到瑞鹤山庄,别忘了提醒你们狐山君王瑞鹤山庄的约定,我在瑞鹤山庄等着他。"

"姑姑,我们回去定向狐山君王回禀。"林栖躬身一礼道,"告辞了。"说着转身就走。

"唉,别呀。"盘阳十分不情愿地想叫住林栖,但林栖大步向走廊走去,盘阳走了几步,回头讪讪笑着对夏木道,"回头见。"

出了望月楼,盘阳越想越气,他一把推开林栖道:"喂,姓林的,咱俩到底谁听谁的,你一个奴才整天像个大爷似的命令我,我凭什么听你的?"

林栖黑着脸看着盘阳,耷拉着眼皮听他说完,不屑地说道:"你可以不听我的,只要你能打败我。"

盘阳愣怔了片刻,看着前面已走远的林栖,做龇牙咧嘴状怒视着他的背影,片刻后又灰心丧气地跟上去。

此时街上行人渐少,两边店铺不少已打烊。西边突然走过来一队巡街的东厂番子。两人在上仙阁待的时日不长,但已深知这些"喽啰"的厉害,两人都有些惊慌,如遇上被索要身份文书就麻烦了。

"怎么办?你说话呀!"盘阳侧目看着闷头走路的林栖。

"跑进小巷。"林栖说完,撒腿就往一旁巷子里跑去。

"喂,别丢下我呀。"盘阳哪跟得上林栖,急得大叫。

对面巡街的番子立刻注意到这边的动静,几个人向这边跑来,一个人大叫:"档头,有可疑人见咱们就跑。"

"哈哈,定是朝廷要缉拿的逃犯,小的们,都给我精神着点。"说此话的正是孙启远,他从腰中抽出腰刀,领着众人向可疑人逃走的小巷追去。

十几人撒欢地向小巷跑着,突然,从巷子里驶出一辆马车,马车盖着厚重的黑色布幔,前后都遮蔽得严严实实。由于车速太快,又事发突然,马车刹不住,撞倒了几个番子。几个番子躺倒在地上哭爹喊娘般号着,后面赶到的番子直接把马车围了起来。

"妈的,好大的胆子,敢撞老子。"孙启远骂骂咧咧地走上前去抓驾车人。

隐藏在一旁断墙里的林栖和盘阳正瞪着眼瞅着他们,手里紧攥着短刀。

这时,从马车后飞奔来一匹高头大马,马上之人大喊:"孙档头,手下留情。"说着,马上之人翻身下马,走到孙档头面前一揖到地。孙启远这才认出,是宁骑城的管家李达。

李达回头训斥驾车人:"怎么驾的车,竟然惊扰了孙档头。"他又转身,向孙档头道,"档头,让你受惊了,如若无事,我还要赶路。"

孙启远一听此话,鼻子都要气歪了,什么叫"如若无事",没看见他几个弟兄还躺在地上吗?李达看孙启远没有放行的意思,脸上立刻现出不耐烦:"档头,你我都是当差的,我还急着向我家主人交差呢!"

"李管家,既然你也知道你我都是当差的,就不要怪罪下官办公务,刚才我们是追击逃犯,任何可疑的线索都不能放过,有劳李管家拉开帘子,让我们检查一下马车车厢。"

"你……你可知这是宁府的马车,你……"李达挡到马车前,鄙视地盯着孙启远压低声音道,"你这可是在与宁大人作对。"

"那我怎么敢呀,我只是检查一下马车而已。"孙启远一副泼皮样。

突然,黑色轿帘掀开,一个高大的身影悠然跃身到孙启远面前:"孙档头,你对我的马车这么感兴趣?"低沉阴森的嗓音在他头顶炸响。

孙启远抬头一看,他万万没有想到宁骑城竟会从这辆府里的破马车上跳出来,宁骑城不是一向骑马似闪电,来去匆匆吗?今天真是撞见鬼了,他双膝一软,跪了下去:"宁……宁大人,你……小的,小的有眼不识泰山,请大人海涵。"

宁骑城冷冷地一指马车:"去,查吧。"

"误会,误会……"孙启远急忙擦着脸上的冷汗,跪着不敢动,其余的番子也早已跪了一片。

"不查,我可走了。"宁骑城向李达一招手,李达扶他重新上了马车,驾车人猛甩了下长鞭,马车疾驶而去,李达也翻身上马打马而去。

马车驶进元宝巷,在宁府门前停下来,不一会儿侧门打开,马车驶进府里。

宁骑城从马车上跳下来,李达急忙探身进去,片刻后从里面拖出一个布袋,布袋不停地扭动着,李达上去踹了一脚,布袋静下来。

"抬进书房。"宁骑城说着,径直走到廊下向书房走去。刚才路上遇到孙启远,如果他不露面,今晚的事就要败露,想到此气不打一处来。

这时,李达押着一个浑身颤抖、身形瘦小的人走进来。

"叫什么名字?"宁骑城威严地问道。

"小的叫云蘋。"云蘋挣脱李达的手,"扑通"一声跪倒在地上,几乎是带着哭腔哀求道,"大爷,我什么都没做呀。"

"知道你什么都没做。"宁骑城上下打量着这个少年,用低沉的嗓音徐徐说道,"以后就有事做了。"

云蘋听着头顶上犹如鬼魅的声音,吓得浑身一阵战栗,他此时一阵追悔莫及。自己去城外探望姑母,贪吃了几盅酒,回来晚了些,又听闻长春院午后失火,他为了免去麻烦在赌场踟蹰两个时辰,输光了铜钱,不想刚出赌场大门,就被人击昏,拉到了这里。

云蘋抬头偷窥室内,一看屋内陈设就是官宦显贵之家,他心里更是如坠迷雾之中。

第四章　天下奇书

一

已到掌灯时分,明筝房里依然不见一点光亮。李氏提着一盏灯从游廊走过来,正遇见捧着炭盆站在门外的萧天。萧天见李氏过来,忙放下炭盆迎上来,由于午后落了场细雨,地上有些湿滑。

"老夫人,小心脚下。"萧天上前扶住李氏。

"明筝这是怎么了,"李氏望着紧闭的房门,"也不点灯,也不开门。早上出门时不是挺高兴吗?是不是跟宵石又闹别扭了?唉,两个人打小就是这样,不过,宵石不是明筝的对手,打也打不过,骂也骂不过,唉,今日这是为哪般?"

李氏啰里啰唆说了一通,萧天一笑并没有回答。刚才他在门外站了一会儿,隐约听到里面有抽泣的声音,因此他想等会儿再敲门,不想李氏过来了。

"筝儿,开门呀。"

明筝拉开门就打了个喷嚏,她只穿了件单薄的襦裙,双眼红肿,一只手上还捏着杆毛笔。

"哎呀,我的小祖宗,这大冷天你怎可穿成这样,只怕是要受风寒了。"李氏提灯跑进屋里,把灯挂到灯架上,就赶紧从床榻上取过一个棉比甲给她披上。

萧天把炭盆放到床榻前,走到书案前用火引子掌灯,却一眼瞥见案上一摞宣纸上密密麻麻的蝇头小楷。他不由吃了一惊，如此隽秀的小楷他还是第一次见到，字体圆润娟秀，又柔中见骨。要说出身，他也算是书香门第，家有藏品，但明筝的字还是让他暗暗吃惊，如此修为，岂是出自平常人家？不由再次对明筝的身世产生了好奇，但是又不便直接询问，只能择机查看了。

"我叫阿福给你煮碗姜汤喝，疯跑了一天，可是乏了，要早点歇息。"李氏说着，给明筝穿上比甲。

"姨母，你给我穿成狗熊了。"明筝笑起来，"我没事，才不要喝姜汤，你且回去吧，我要和萧天说件事。"明筝撒着娇把李氏推出门去，李氏一脸宠溺地笑着走了。打发走了姨母，明筝把身上的比甲扔到床榻上，一屁股坐到屋子中间的圆桌前，看着萧天，指着一旁的圆凳道："萧天，你坐呀。"

萧天温和地一笑道："今日得见小姐字迹，真是自愧不如。"

"嗨，匆匆写就不值一提。"明筝不以为意地说道，然后她看着萧天，像是有什么心事，犹豫了片刻道："我想请你帮个忙。"

"小姐请讲。"萧天爽快地说道。

"我想请你说服李宵石，让他离开长春院。"明筝说着，眼里已泪光闪动，"天下这么大，他为何要待在那种地方？我再无知，也知道那是什么地方，他不应该待在那里。"

萧天想到刚才屋里抽泣的声音，心里已了然。他沉默片刻，淡淡地说道："明筝，你宵石哥哥既然做出这种选择，一定有他的道理。"

"你不知道，儿时，父亲让他做我的伴读，我和他一起读书，我一贯调皮玩耍，功课大多是他帮我做的，他常对我说，长大要考取功名，他还说要做一个像我父亲一样的好官，可是如今，他如何去考取功名呀？"

萧天见明筝情急说漏了嘴，不动声色地追问道："明筝，你父亲是——"

"家父，家父李汉江。"明筝提起父亲，眼里立时泪水涟涟，已浑然忘却李氏的叮嘱，与萧天这些日子的相处，让她全然消除了防备，待他像自己的大哥一般。

萧天听到这个名字，浑身一震，心里对明筝的诸多疑虑也随之而解。他站起身，一脸惊喜地望着明筝，压低声音问道："原工部尚书李汉江是你父亲，那，你可是李大人的独女李如意？"

明筝抬起头，骤然从萧天嘴里听到她的大名，她诧异地看着萧天。

萧天一反常态，他惯有的平静和沉着一扫而光，他激动地走到窗前，从背后可以看出他正努力压抑自己的情绪。片刻后，他转过身，眼里有泪光闪动，他重新坐

狐王令 (上)　　　　　　　　　　　　　　　　　　　　　　67

下,依然压低声音道:"明筝,你可知我是谁?"

明筝疑惑地看着萧天,脑子里一片空白。

"还记得你五岁时的神童宴吗?有一个哥哥曾送给你一把木剑。"萧天提醒道。

明筝惊得捂住嘴巴,她指着萧天,犹疑地问道:"你……你是书远大哥?萧书远?国子监祭酒萧源之子?"

"正是。"萧天笑了。

明筝一跃而起,一把拉住萧天,重新上上下下打量了一番,惊叫道:"你是萧书远?你还活着?可是听家父说,你与父亲在被贬充军的途中遇难,家父为此还跑去妙音山为你们点香祈愿,超度亡灵呢。"

"我是死里逃生,父亲已经不在了。"萧天说着眼圈一红,这么多年流落在外,突遇故人,心里一片温暖。

"萧大哥,"明筝突然改了口,亲昵地称他为大哥,她想到那日萧天昏倒在宅门外,狼狈落魄的样子,一阵心酸,"萧大哥,你一定吃了很多苦,以后你尽可放心地住在这里,不要再生分了。"

萧天脸上忽白忽暗,一阵尴尬,不由羞愧难当。当初明筝在危境中救他,他却把她当敌防范,一路跟踪至此,时时想夺她手中之书。明筝待他光明磊落侠义心肠,而他却处处算计居心叵测,实属小人所为。"明筝,大哥对你有愧呀。"

"萧大哥,你说哪里话,"明筝看着萧天,眼里明显多出几分亲切,"想想家父当年与令尊交好,两人经常在一起对弈,说起写字,当年令尊没少教我,"说着说着明筝垂下头,声音渐轻,"只是……后来,你父亲出事后不久,我家也遭遇不幸……"

两人静默下来,似乎都沉浸在往事里,谁也不愿打破沉默。

突然明筝抬起头,眼神犀利地盯着萧天道:"萧大哥,我不相信父亲所犯罪行,他是被小人构陷,难道你就不想找到当年构陷你父亲的奸人?"

萧天脸色一沉,此话说到了他的痛处。

"我要报仇。"明筝双眸闪过一道寒光,她突然起身走到书案边,抽出一柄长剑,在萧天眼前一晃,道,"我等这一天,等了六年了。"

"不可。"萧天想也没想就叫了一声,继而又尴尬地解释道,"明筝,不可莽撞。"

"哼!萧大哥,亏你祖上还是声名显赫开疆拓土的将军呢。"

"明筝,此事非同小可,需要慢慢筹谋。"萧天劝道。

明筝把长剑放入剑鞘:"你这人什么都好,就是太胆小。"她一边说,一边回到书案前,提起笔开始写起来。只见她轻握笔杆,低眉微蹙,一支笔在白宣上,如行云流水般，挥洒自如，一行字一挥而就。

"明筝，你在写什么？"萧天拿过旁边写过的一页纸，凝目一看，不由大吃一惊。

"《天门山录》，"明筝道，"我要把这本书默出来。"

"不可。"萧天慌乱中一把握住明筝握笔的手，又突觉不妥，急忙松手。

明筝看着白宣上一摊墨迹，有些哭笑不得："萧大哥，你除了会说'不可'，还会说什么？"

萧天拉明筝坐到圆桌前，如果说这之前他关心明筝，是出于要报她雪地相救之恩，但现在当得知她是李汉江之女后，情景已变，既是故人又胜似亲人，再加上李汉江为人忠正耿直，遭人陷害满门抄斩，身后唯留这一骨血，岂可再有不测。

萧天看着明筝问道："《天门山录》你已看过，在上仙阁，你也听到诸多传闻，不管是江湖人士还是朝堂官员，都是志在必得，你知道为什么吗？"

明筝略一思考："此书里涉及诸多秘密。"

"是。"萧天道，"如果让心怀妄念之人得到，就会无端引来灾祸。"

"我想起一件事。"明筝突然道，"在来京的路上，我救过一个狐族老人，难道这么隐秘的族群也是由此书引发的祸端？"

萧天点点头，道："据传王振在得到此书后，命东厂督主王浩秘密带领手下去各处搜寻宝物，狐族镇界之宝狐蟾宫珠被夺走，引发狐族反抗，与东厂激斗，最后狐地成为一片废墟，老狐王被射杀，郡主被掠走，被王振送进宫里充了妃子，狐族人至此流离失所。"

"真乃欺人太甚！"明筝气得双目圆瞪，小脸通红，不由叫道，"写作此书的人，也是罪大恶极。"

"何以见得？"

"不作此书，何有此患。"

"我想，写作此书之人初心也是心存善念吧，"萧天想到吾土道士，叹道，"只可惜人心不古，奸佞之人横行于世。"

"可是我已经答应宵石哥哥，给他默出一本《天门山录》来，这该如何是好？"明筝有些为难地问道。

"长春院那把火肯定是冲着那本书来的，此书在京城一露面就被发现，绝不是偶然。你若再默出一本来，岂不是让宵石又一次引火烧身？再说那本真迹到底是被烧毁还是又被盗走也不得而知。就当是天意，此书已毁岂不更好？"萧天看着明筝低头沉思，接着说道，"明筝，我担心你在上仙阁时已被人盯住，我想让你和老夫人到城外躲些日子，不知可好？”

“萧大哥，有这么严重吗？”明筝一听简直要笑出来。

“京城表面看一派盛景，背地里凶险异常。”萧天说道，“东厂锦衣卫耳目众多，市井又帮派纵横，寻仇刺杀，防不胜防。还记得出门遇见的白莲会之人吗？”

“记得，”明筝想到那枚暗器，回想道，“我记得此书对白莲会也记有一章，说其‘信徒众多，涉及多省’，对了，萧大哥，”明筝觉得，有些事需要告诉他，便道，“书中还有对十大帮派的记录，甚是惊人。有七煞门、白莲会、八卦门、三清观、兴龙帮、天龙会、龙虎帮、天蚕门、斧头帮，还有一个域外的帮派，就是雄踞大漠的黑鹰帮，书中记录，此帮里大部是亡元皇族后裔。”

萧天听明筝如此一说，更加坚定了自己的判断，语气坚定地道：“此书绝不可再现，它只会带来更大的血雨腥风。”

“我明白了。”明筝脸色一变，拧眉不语。

“明筝，你怎么了？”萧天不安地问道。

“宵石哥哥是如何得的此书？见书已毁为何还执意讨要？”明筝陷入沉思。

这也正是萧天百思不解的问题：“是呀，此书如何到了他手里，确实让人起疑，而他为何又把书交到你手里？莫非他料到此书在他手里风险难测，而他又知你身负异禀，有记忆天赋，交到你手上他多了一份保障，即使失去也不怕，如此推测也算行得通。”

“看你把宵石哥哥想成什么了，似乎是个居心叵测、野心勃勃之人。”明筝噘嘴反驳道，“他不过是怕我路上寂寞，才给我此书让我路上消磨时光而已。”明筝说到最后语气越来越低，最后心虚地垂下头，她知道萧天的话不无道理，只是她不愿承认。

萧天看出明筝有意维护柳眉之，便也不再反驳，只是淡淡一笑道：“那你怎么想？”

明筝清澈的双眸掠过一丝凝重，语气坚定地道：“父亲在世时，日读孔子，曾对我说，‘志士仁人，无求生以害仁，有杀身以成仁’，我必效之。”

萧天闻言，心头突涌起一股热浪，暗自赞叹，不愧是一代忠良之后，大儒之女。他一颗忐忑的心放下了，有此言，《天门山录》如在长春院被烧毁，那就是从此消失于人间。

明筝起身走到书案前，拿起写好的一摞纸填进炭盆里，炭盆“哄”的一声，蹿起几尺高的火苗。

萧天欣慰地看着明筝,起身告辞。

二

萧天出了门,突听屋顶上有细微的声响,他警觉起来,放轻脚步,纵身跃上屋脊,只见一个黑影已跃上墙头,准备飞身离去。萧天一看身影,心里有数,忙撮唇发出一声鸟鸣,声音虽然细小,但墙头之人显然听到了,他立起身子,转回头。

萧天向他一挥手,纵身落到游廊的暗影里等他,不一会儿,那个黑影飘然而至。

"林栖,"萧天压着怒火,一声低喝,"你好大胆,没有得到指令,擅自闯到李宅。"

林栖面无惧色,拧着脖颈站立在那里,嘴角嚅动着。

"你想说什么?"萧天问道,"大声说。"

"主人,"林栖瞪着萧天道,"刚才你们的对话,我在屋顶都听见了,此女留不得。"

萧天一愣,不承想林栖竟出此言。

林栖继续道:"不除了她,后患无穷。她就是那本书,谁得到了她,谁就得到了《天门山录》,我狐族的秘密尽在她的掌握中。主人,你下不了手,我来做。"

萧天猛地掐住他的脖颈,发狠道:"林栖,你给我听着,你敢动她一根毫毛,我废了你!"萧天手上加力,林栖的脸憋得逐渐变了颜色,他喘着气,仍然断断续续地说道:"主人,你……可是……在……老狐王……面前发过……血誓。"

"不用你提醒,"萧天松了手,道,"君子一言九鼎,我该做什么,我心里清楚,我会救出青冥郡主,夺回宝物,滚!"

林栖脚下趔趄了一下,转身跃上墙头,消失在黑夜里。

萧天目送林栖离开,又在院子里环视一圈,再无任何可疑之处,便沿着游廊走回前院。

夜里,萧天一直怪梦连连,睡不踏实。一旁炕上睡下的陈福一直打呼噜,更搅得他无法入睡。过了四更,萧天才有睡意,刚要入睡,便感觉有些异样,一股焦煳味飘来,开始他还以为是上午长春院那场火闹得又在做梦,过了片刻,焦煳味越加重了,萧天"呼"地坐起身,刺鼻的气味冲鼻而来。

"不好。"萧天披衣而起,立马跑去推陈福,陈福睡意正浓,翻了个身继续睡。萧天顾不上叫他,夺门而出。夜里风大,一股股烟从后院飘来。萧天纵身跃上屋脊,看到火光出自明筝的厢房。

萧天跳下屋脊,翻过院墙,从结了冰的水面蜻蜓点水般掠过,他看到明筝房里跳跃的火焰,奋力跑到门前,一脚踢开房门。火苗已烧到书案,书橱里的书籍也已燃着。萧天回头一眼看见明筝躺在床榻上依然酣睡,一边的幔帐已燃着。萧天一个箭步跳到床榻前,连着棉被一卷,横抱起明筝转身就往外跑。

外面传来老管家苍老的喊声:"着火了,救火呀……阿福……萧公子……"

萧天抱着明筝跑出去,一头撞上老管家,老管家看萧天抱着明筝出来了,方松了一口气,急忙跟着跑出去。李氏坐在廊下大哭,看见明筝被抱出来,立刻止了哭声,跑过来。

"我的儿呀,可有伤到哪儿?"李氏带着哭腔问道。

经李氏一问,萧天才注意到明筝的反常,她并未受伤,要说是被烟熏也不至于这样。萧天抱着明筝出了月亮门到了前院,正碰见慌里慌张跑过来的阿福。

"阿福,你个吃货,等你醒来,一个院子都被烧光了。"李氏数落着他。

"小姐怎么啦?"陈福看着萧天怀里的明筝惊慌地问道。

"阿福,你快去后面看看,还能抢出来什么物件不能,想办法灭火吧。"萧天说道。

"我也去。"老管家拉起阿福向月亮门跑去。

萧天和李氏来到正房,把明筝放到里间的卧榻上。在他的脸靠近明筝的瞬间,闻到棉被上有一股淡淡香气,刚才四周弥漫着焦煳味没有嗅出来。如果没有在狐地的生活经历,他根本不可能嗅出此香是毒。

萧天努力压制着心中怒火,是谁放的火,他心里已明了。狐族个个是制香好手,经年的耳濡目染使他对香气很敏感,明筝棉被上的香来自山茄花,是极为平常的一种麻醉方子,最早出现在《扁鹊心书》中。

萧天给明筝盖好被子,他知道她最多两个时辰就会醒来。在这期间他必须去办一件事。他转回身对李氏说道:"老夫人,我这就出去找郎中开方子。"

李氏一看天色:"只怕只有四更天,你去哪里找郎中呀?"

"老夫人放心,我自有办法。"萧天说着已快步走出去。

四更天,万籁俱寂。

萧天沿着巷子向上仙阁一路飞奔。此时,他整个人都被怒火点燃,那缕仅存的山茄花香已告诉他是谁动的手脚。

来到上仙阁后院,萧天一跃翻进院内,顺着水塘边曲廊疾走到清风台一处独立的屋宇前,月光下可以清晰地看见匾额上的三个字"畅和堂"。

萧天走到畅和堂左边耳房,叩响窗框,四重一轻。片刻后,一个惊喜的喊声打破了室内的寂静:"是帮主!"屋里传来细碎的响声,接着大门被拉开,李漠帆披着棉袍出来,一把拉住萧天:"帮主,此时来可是有事?"

萧天沉着脸闪身进屋,李漠帆一看萧天的脸色,知道出事了,忙转身拽住正往脚上套靴子的小厮小六,在他耳边低语几句,小六迅速跑了出去。

"叫林栖和盘阳过来。"萧天怒道。

此时李漠帆飞快地穿戴整齐,走到八仙桌前斟满一盏茶端到萧天面前,面露难色地道:"帮主,这两个人虽说在我这里做杂役,但是两人神出鬼没的,我哪能管住他们。"

不到一炷香工夫,外面已聚起二十几人。

萧天听到外面的动静,知道又是李漠帆搞的小动作,很是气恼:"半夜里,你叫来这么些人做甚?"

"进来吧。"李漠帆一声令下,众人鱼贯而入,在萧天和李漠帆座前排成两排。李漠帆起身走进队列,带头跪下,抱拳高声道:"参见帮主。"

众人齐刷刷跪下:"参见帮主。"

萧天无奈地瞥了眼李漠帆,站起身看着众人,刚才进门时的满脸寒霜已消退,他温和地走向众人:"诸位兄弟,快请起。"

"谢帮主。"众人站起身。

"我此次前来见大把头,与帮里事无关,诸位兄弟,回去歇息吧。"萧天说道。

众人退到门外。

突然,小六从门边探进头:"帮主,他们回来了。"

萧天没等小六说完,就飞身蹿出去。黑夜里两条身影一前一后向这里跑来,还能听见两人的对话:"你看清了吗?""没错,是这个方向,来了很多人,快点,瞧瞧去……"来人正是林栖和盘阳。

萧天一步跃到门外,眼睛盯着那个身影,举起一只手,高声道:"漠帆,剑!"

李漠帆一看萧天怒火冲天的架势,心里咯噔一下,看来是那俩货惹了事端,能把一向性如陈冰的帮主气成这样,看来这事不小。给这俩货点教训,是他求之不得的。他迅速返身从剑架上取出一把宝剑,此剑叫青龙碧月剑,本就是萧天的随身佩剑,由于萧天不方便佩戴,一直放在他这里。李漠帆持剑飞奔到门外,一个大燕北飞,将剑传到萧天手里。

萧天一手接剑,只见宝剑出鞘在空中划过一道寒光。

李漠帆探身接过被萧天扔过来的剑鞘。帮里众人本想退下,一见这阵势,谁也不愿意错过见识帮主出手的千载难逢的机会。

盘阳看见清风台上萧天持剑立在正中,满目怒容盯着他俩,当即吓得腿一软,退到林栖身后,大叫:"你小子把我害苦了,这事是你做下的,与我无关。"

林栖硬着头皮走过去,他知道这顿惩罚免不了,他认了,即使死在萧天剑下,他也毫无怨言。

萧天见林栖走上清风台,二话不说持剑就刺。林栖也豁出去了,立刻从腰间抽出长剑还击。两人见招拆招缠斗到一起。林栖把从师父鬼天子身上所学五十四式销魂幽迹剑术尽数使出,而萧天早年师从峨眉山密谷道长,一把青龙碧月剑得其真传。密谷道长虽归隐江湖十几年,他的剑术在江湖十大帮派被公认居首。

月光下清风台上的激斗,只看得四周众人心惊肉跳、目瞪口呆。两人衣裾飘飞,根本看不清招式,只见寒光四射,两人犹如游龙穿梭,又似双虎争斗,急时骤如闪电,缓时似落叶纷飞……

李漠帆见萧天动了真气,渐渐为林栖捏把汗。他扫视帮里众人,见众人满脸敬畏敛声屏气,心想,也好,让他们见识一下帮主的厉害,以后看谁敢胡来。

盘阳不知何时溜到李漠帆跟前,哭丧着脸哀求:"大把头,这要出人命呀。"

"出什么人命?"李漠帆不屑地瞥他一眼,心里这个痛快呀,今儿帮主出面教训这两个不知天高地厚的异族人,真是大快人心,"你们狐族事务,我一个外人不好插手吧。"

"他是你们帮主,你得管呀。"盘阳死乞白赖地道。

"现在承认他是我们帮主啦,早干吗去了?"李漠帆没好气地道,"我可告诉你,在我们兴龙帮,长幼尊序,规矩严明,以下犯上当诛,知道吗?你瞧瞧那林栖,有个奴才样吗?比他主子还当家,今天教训一下,是应该的。对了,你还没告诉我,他究竟犯了何事?"

"他……他……就是放了把火。"

"什么?"李漠帆眼珠子差点瞪出来,"该!"

盘阳无奈地点点头:"也是,还不知那姑娘怎么样了。"

清风台上,萧天渐渐占上风,一剑快过一剑,剑剑直逼林栖命门。林栖方寸已

狐王令（上）

乱,步步后退,只有招架之力。萧天虚晃一剑,返身直刺向林栖脖颈,将至之时收力由剑刃滑下,挑破林栖肩部衣衫。身后众人一阵惊呼。

"林栖,你可知罪?"萧天刺一剑,问一句。

"我……我不服!"林栖执拗地回一句。

萧天回转剑锋,又一剑刺向林栖胸口,将至之时又猛然收力,剑刃挑破一片衣衫。身后众人一片失声惊叫。萧天又问:"林栖,你可知罪?"

林栖停止抵抗,他知道刚才自己纵是有九条命也搭进去了,萧天一次次放过他,并不想杀他,于是他不再还手,把剑"哐当"扔到地上。

萧天一剑直抵林栖胸前,四周发出一阵惊呼。萧天并没有刺,而是又追问了一句:"林栖,你可知罪?"

林栖突然跪倒在地,失声痛哭。

萧天收起长剑,厉声训道:"我知道你报仇心切,但为报仇伤及无辜与禽兽何异?这一家人,至善至纯,你却如此残暴对待,今晚若不是我及时发觉,后果如何?你跟那些杀你全家、烧你房舍的东厂宵小有何区别?你难道不知己所不欲,勿施于人吗?林栖,我不杀你,但绝不代表我原谅你。"

萧天转身走了一步,又道:"这是最后一次,绝不准再伤她。"

萧天说完,把剑扔给李漠帆,飞身跃上屋脊,消失在黑夜里。

清风台上黑压压的众人,瞠目结舌地盯着远处消失的身影……

第五章　明筝进宫

一

　　翌日一早,西苑街原本平静的街面,不知何故变得喧闹起来,三五步就有一个东厂的番子,一些老百姓站在当街探头探脑,有人说是有朝堂大员出巡,好事者不多时都挤到街面上。

　　这时,人群一阵骚动,人们翘首望向北面,只见街面腾起一片尘土,接着两队锦衣卫疾驶而来,后面跟着黑压压的大阵仗,众星捧月般护卫着中间一辆四骏华盖乌木马车,马车四周皆是随行的太监。

　　人群里喧嚣再起,人们议论纷纷:"如此嚣张,是哪个官阶的朝臣?""如何没有鸣锣喊道,这不合规矩呀!""怎么都是太监……"

　　马车前方并排两骑,人群里有眼尖的认出是锦衣卫指挥使,另一个是他属下千户,后面黑压压的队伍从着装就可以分辨出是东厂的人。由锦衣卫和东厂如此众星捧月地护卫,纵观整个朝堂还会有谁?人群瞬间安静下来,人们敛声静气盯着前方。

　　宁骑城阴骜的面容几乎绷成一块铁板,一双鹰目寒光四射。早朝后他被叫到司礼监,这才知道王振今天要大摇大摆回城西的府邸。宁骑城吓了一跳,京城里暗藏了多少力量要取王振人头,他还要耍这一套。但是王振想做的事,谁敢拦着,他只得调动手上所有力量部署到这段路上。

此时,王振跟前掌事公公陈德全催马到近前,他四十出头,眉目端正,性情冷漠,少言寡语,见宁骑城也只是微微点了下头道:"大人,先生请你到近前说话。"

宁骑城在马上急忙拱手还礼,道:"遵令。"

他转身交代一旁的高健,压低声音道:"瞪大你的眼睛,出了事,咱俩的脑袋都不保。"高健双目圆瞪,用力点头,一只手下意识伸向腰中佩刀。

宁骑城掉转马头跟着陈德全向马车奔来,却看见马车的帷幔竟被卷起,王振正襟危坐在宽大的坐榻上,一副轻松慵懒的模样,加上他本来面相就好,慈眉善目,虽然过了五十岁,看上去仍是青春正盛的样子,除了肤色过于苍白,基本上算是一个美男子,这也许跟他常年待在宫里有关。

看见王振如此做派,宁骑城当场吓出一身冷汗。他打马上前,向车厢里的王振拱手行礼道:"干爹,你这不是为难孩儿吗?"

王振耷拉着眼皮哈哈一笑,道:"满京城的人都在传说,我王振被狐王令处死了,我今天就是要让全城的人看看,我王振是不是好好的,一个子虚乌有的狐王令竟把你们吓成这样。"

"是,是孩儿无能。"宁骑城低头道。

"街上张贴这么多海捕文书,"王振眯着双眼环视两边街道,不满地问道,"那个狐山君王怎么还没有归案? 这个人一日不除,我一日都睡不好觉。"

"干爹,此人极狡猾,又隐藏极深。前些日子狐族好不容易有个人投靠了我,就差一步,我就能抓住狐山君王,但是他被狐族派来的杀手刺死了,如今断了线索,只得从头再来。"

"我的侄儿说,《天门山录》在京城重现,可有此事?"王振看着他问道。

"王浩说得不错,我已有了线索。"宁骑城嘴里应承着,心里还是暗暗吃惊,没想到王浩的耳目如此敏锐,看来也不好再隐瞒。

"好,"王振总算露出一丝微笑,"你别忘了,此书是从你手上遗失的,如果此次夺回来,也算将功补过。"

"是,孩儿记下了。"宁骑城说着,不安地四处查看,"干爹,还是请把幔帐放下吧,近日京城里颇不安宁——"宁骑城话未说完,只感到耳边"嗖"地一冷,一支箭从宁骑城耳边飞过射向车厢里,宁骑城想拔刀已来不及。下一秒发生的事却是他始料不及的,只见从车厢下面猛地跃出两人,竟是王浩和一个东厂大内高手,箭被王浩用刀挡住。再看王振,他的坐榻上已空无一人。

"抓刺客！"王浩瞪着一双鼠眼，蹿出车厢。

待宁骑城缓过神来，马车已被几个身着箭衣的蒙面人围住，四周随行的太监丢下伪装，拔出兵器与蒙面人激斗到一处，只见剑光四起，队形已大乱。

宁骑城刚拔出绣春刀，高健打马到近前大叫："大人，这到底是怎么回事呀？"

宁骑城窝了一肚子火，这明显是王振设好的局，只为了吸引刺客，却瞒他瞒得严丝合缝。他没好气地对高健道："别问了，抓刺客。"

几个蒙面人显然也被眼前突变的形势搅和蒙了，他们没有想到王振有备而来。本来是刺杀王振的行动，转眼变成对他们的绞杀，几个人被逼到一处，他们背靠背，低声交谈了几句，突然几个人同时向四处发起攻击，一人一个方向，王浩领着东厂的人顿时也乱了分寸。

宁骑城冷眼看他们打斗，催马来到马车跟前，他知道王振还在马车上，心想只要护住王振不出意外，外面打得动静再大都与自己无关。

街道两边看热闹的百姓，此时已无心看下去，保命要紧，刀剑无眼，冷箭难防，于是呼啦啦散去了大半。这倒是为蒙面人撤走提供了方便，几个蒙面人四下而散，东厂成群结队紧追不放。

一个蒙面人衣衫带血，踉跄着跑到一条小巷里，后面三个追兵紧跟而来，眼看就要扑倒蒙面人，突然从墙角蹿出一人，挡到蒙面人身后，对三个追兵一阵拳打脚踢，三个追兵没有防备，纷纷被撂到地上。

萧天整理了下衣襟，看蒙面人脱离了险境，正准备离开，突然看见一个追兵爬起来一扬手，只见迎面飞过来几支飞镖，萧天身体腾空而起，一个扫堂腿把追兵打倒，飞身上前分别给三个人背后使了招"仙人背鬼"，片刻后三人便不能动弹。

收拾完三个追兵，萧天突感左臂一阵痛，低头一看，一支飞镖刺进左臂中，萧天咬牙拔出，迅速从大氅里撕下一片布，粗略地包扎了一下。

萧天拉起蒙面人就跑，拐进小巷，他口中说道："好汉，得罪了。"说着拽下蒙面人的面巾，没想到此人竟是一个白发老者，看上去有六十出头。萧天来不及说话，迅速把自己的大氅披到老者身上，盖住他身上血迹和黑色箭衣。

萧天刚给老者穿好大氅，就见一队缇骑疾驰而来，一个长官模样的催马来到他俩面前问道："可看见有一个蒙面人过去？"

萧天装作瑟缩害怕的样子，急忙指指前面胡同口。那队缇骑吆喝着打马而过。

白发老者见追兵走远，对着萧天深深一揖道："谢恩公，敢问恩公尊姓大名，来日好来拜谢。"

狐王令（上）

萧天一笑，还了一礼道："看老英雄气宇不凡，必定是江湖中人，晚辈姓萧，兴龙帮门下。"原来萧天从上仙阁回到李宅已是破晓，他路过药铺抓了服顺气的草药交给了李氏，看到明筝已经醒来，也无大碍，便找了一个事由跑出来，刚才街面上的事他看得一清二楚。

白发老者看着萧天，朗声一笑，有种他乡遇故人的喜悦："早有耳闻，兴龙帮侠义重道，老夫今日竟有缘相遇。不瞒这位小兄弟，老夫是天蚕门玄墨山人。"

萧天一愣，问道："难道是天蚕门的玄墨掌门？"

"正是在下。"玄墨山人点头道。

"天蚕门远在蜀地，您老人家如何到了京城，还……"萧天把刺杀王振的话咽了下去。

"一言难尽。"玄墨山人脸色阴郁地说道，"此番下山是为了寻回天蚕门所失物品，连带着找王振报仇。"

"我明白了，也是被那本《天门山录》所累。"

"萧兄弟也知道那本天下奇书？"

"这个现如今谁人不知？对了，前辈，那几个蒙面人也是你手下吧？"萧天问道。

"是我的几个徒儿，"玄墨山人黯然道，"这次是着了别人的道了，我使银子买通东厂的人打探王振的行踪，没想到中了他们的圈套，如今我被你救了，还不知我那几个徒儿如何。"他查看了下四周动静，"我和徒儿们约定在西直门外会合，我得过去等他们。萧兄弟，有缘再见。"

"就此别过。"萧天辞别玄墨山人，看了眼天色，他还有半天的路程要赶，此次跑出来是去瑞鹤山庄赴翠微姑姑之约，想到身负的使命，便不敢再耽搁，急忙去牵自己的马，翻身上马，疾驰而去。

此时李宅里已恢复平静。虽然夜里那场火让明筝受了点惊吓，但喝下萧天抓来的草药后，很快便恢复了精神。老夫人和老管家叫上阿福，几个人合力打扫完院子，就听见前面传来叩门声。

阿福跑去开门，门口站着一个玉面白袍的美少年，少年拱手一礼道："在下柳公子书童云蘋，奉公子之命前来接明筝姑娘。"

闻声赶过来的老管家认出云蘋，问道："柳公子接明筝姑娘所为何事？"

"我家公子今日带明筝姑娘到妙音山祭奠。"云蘋回道。

从后面走过来的李氏听到此话点点头。明筝自回京还没有去妙音山祭拜过父母，本想这两天带她去，家里又出了这档事。

院中的对话正房里的明筝听得一清二楚。她身上所中山茄花之毒已消退，又迷迷糊糊睡了许久，正躺在床榻上独自发愣，听见他们的对话，她急忙披上披风走出来，道："云蘋，我宵石哥哥呢？"

"明筝姐姐，"云蘋亲昵地跑过来，"咱们快走吧，我家公子先行一步，他在妙音山等你，马车就在外面。"

李氏和老管家急忙给明筝收拾了几样祭拜用的香烛和果品，打到包袱里。明筝换上一袭白色裙衫，挽着包袱跟着云蘋走出小院。

此时，门外传来鼓乐铜锣之声，阿福一个箭步跑出门外，只见一支披红戴花的迎亲队伍吹吹打打从门前经过，停在门前的两轮简便马车被挤到墙角。这支迎亲队伍还没走过去，打对面又传来一阵鼓乐铜锣之声，又一支迎亲队伍热热闹闹走过来。很快，街坊邻居都闻声而出，小巷里顿时变得熙熙攘攘，热闹异常。

明筝跟着阿福走出大门，李氏和老管家也跟着走出来。云蘋跑到墙角安抚被挤得脾气暴躁的马，伸手抚摸着马鬃，马打了几个喷鼻，算是稳住了。

"今儿是什么日子呀，两家都嫁女？"李氏迷惑地问道。

"啥好日子，按皇历今儿不宜婚娶。"一个街坊说道。

"那为何都赶着这个日子？"李氏直摇头。

"唉，"一个老汉插话道，"现在还论什么日子，赶在选秀前把闺女嫁出去最要紧。"

"眼看着宫里选秀风头正紧，谁还敢耽搁呀？"另一位街坊回头说道，"你们没看见，宫里的公公都跑出来四处奔走，要是让哪个公公盯上了谁家闺女，嫁都嫁不出去。"

李氏听到此言，诧异地与老管家面面相觑。想到明筝，李氏赶紧在人群中寻找，看到阿福拉着明筝跑到吹响器人群里，忙递眼色让老管家去寻来。

明筝和阿福跟着老管家回到李氏面前，李氏照着阿福肩膀就是一巴掌："你个缺心眼的吃货，真不让人省心，回屋干活去。"阿福向李氏做个鬼脸，跑进宅门。

"明筝呀，你路上可要处处留心，萧公子走时交代，不让你出门，他去拜见本家了，是才得知的信儿，在通州那边，还邀请咱们去住几日，正好咱这边要整修屋子，我合计了，等萧公子一回来，咱就跟他到城外躲些日子，等这边选秀风过了再回来。"

"姨母，全听你的。"明筝急忙应允。

此时，两家接亲的队伍纠缠相持了半天，各家管事的大嗓门吆喝着，一些迎亲的人仍是跟错了队伍，走出半条巷子发觉不对，掉头往回跑。巷子里的街坊哪看过这等热闹，跟着起哄："别走错丈人门了。"

一阵混乱过后，两支队伍吹吹打打相继远去，巷子里看热闹的街坊也渐渐散了。云蘋拉着那匹躁得要撞墙的枣红马，把马车拉到门前，明筝挽着包袱跳上马车，老夫人跟上去，又是一番嘱咐，马车才驶离了莲塘巷。

云蘋赶着马车出了西直门，上了官道，路上车马不多，很顺畅。一路上云蘋专心赶车，连一句话都没有。

明筝感到很奇怪，这与那日见的云蘋判若两人。明筝细看云蘋面色，发现才短短几日不见，他不仅消瘦而且神情郁郁寡欢，不知发生了什么事？

"云蘋，是不是那日大火，你家公子为难你了？"明筝问道，她深知宵石的古怪脾气。

"没有，谢谢姐姐挂念。"云蘋脸上挤出一丝笑容，"我家公子待我很好。"云蘋笑着回头看了眼明筝，但被明筝一眼识破，云蘋说的不是实话，他眼里深深的恐惧把他的处境暴露无遗。

看着身边这个少年，她有意想帮他，却不知如何做，只能安慰他道："云蘋，如果有事，就来找姐姐。"云蘋抿着嘴唇，点点头。

妙音山山势平缓，山下有一潭积雪融化后和山中泉水汇聚的湖泊。此时在早春的阳光下，一些冰封的水面开始融化，可以听见冰层下潺潺的流水声。

云蘋勒住缰绳，马车停下来。明筝探身出来，惊讶于这片难得的好风景。

"明筝姐姐，就在湖边的山坡上。"云蘋道。

两人沿着湖边一处石阶往上面走。走过二十几级台阶，来到一片平地，四周遍种松柏，在靠近山崖的地方有一个坟冢，光秃秃并无碑文。坟冢前站立着一个人，身披白色大氅，一动不动地凝视坟冢。

"宵石哥哥。"明筝向他跑过去，跑了几步，脚下仿佛被重物绊住，眼睛盯住面前的坟冢，瞬间面白如雪，悲戚欲绝。这么多年，她还是第一次面对父母的坟冢，昔日偌大的尚书府，上百的家眷，都随着那场浩劫烟消云散，留给她的只有无尽的悲痛。

作为罪臣，能在京师之外山清水秀之地拥有一片净土，不得不说是一个奇迹，而创造这个奇迹的人就是身边这个文弱书生。明筝心绪难平，百感交集，她面对柳眉之后退一步，双手过眉，双膝跪下，头重重地叩到地上。

"明筝妹妹，何以行如此大礼？"柳眉之上前搀扶。

"代父母及族中亲眷,叩谢宵石哥哥。"明筝说着,不禁潸然泪下。

"既是你的高堂,也是我的亲人,何况还有我父亲,本是一家人,不分你我。"柳眉之扶起明筝,也暗自神伤起来,毕竟这是他们心中共同的痛。

明筝把包袱中的香烛果品,一一摆到坟冢前。兄妹两人跪下叩拜,明筝脸上的泪水已被擦去,她望着坟冢,神色坚定地道:"爹、娘,孩儿不孝,直到此时才来见你们。如今孩儿已成人,你们所蒙之冤,孩儿定要为你们讨个公道。"

柳眉之侧目看着明筝,身旁的少女已褪去昔日的稚幼和傲娇,那个被尚书大人视为掌上明珠的李如意,在六年的流亡中已然脱胎换骨,变得连他这个陪她一同长大的兄长都认不出了。就像一朵莲池里的莲花,从污泥中破土而出独自开放,明艳得让人目眩。

"宵石哥哥,你怎么了?"明筝见柳眉之呆呆地看着自己。

"想起了以前的事。"柳眉之忙收回目光,温柔地一笑。

兄妹两人在坟前祭拜礼毕,返身走到山崖前,这里视野开阔,景色宜人。

"明筝妹妹,此番请你来,还有一事,"柳眉之看着明筝说道,"伯父案子的真相,我已查明。"

柳眉之说着,伸手拉下头上兜盖,今日他没有扮女装,一袭素色长袍,越发显得清秀俊朗。听到他提及父亲案子,明筝一颗心骤然一惊,这些年日思夜想的就是这件事。

柳眉之眼望山间,面色平淡地说道:"那一年,山西、河南遭百年不遇的旱情,颗粒无收。伯父身为工部尚书深知灾区民众疾苦,便上疏请免灾区徭役。几日后,皇上恩准。有了这道旨,伯父立刻下令工部释放灾区工匠,免除差役。这件事是工部侍郎王瑞清督办。可是,一心攀附王振的王瑞清,非但没有免除徭役,还强行征更多工匠,并将官府的木材、石料等众多官家的建材私自用于给王振盖外宅,事发后把罪行栽赃到伯父身上。这便是当时轰动一时的工部尚书贪腐案。可叹伯父一生清廉却落得被小人陷害、株连九族的下场。"

明筝知道父亲是被冤屈的,没想到冤屈至此,顿时泪如泉涌,悲愤填膺:"难道朝堂之上,竟无人肯为父亲鸣冤吗?"

柳眉之一声冷笑:"三法司谁不清楚伯父冤情,但官情纸薄,他们只想自保。"柳眉之回头,缓缓走近明筝,"我之所以苟活到今日,就是要报此仇。"

明筝望着柳眉之眼中跳跃的火焰,心中一热:"宵石哥哥,我误会你了,我还埋怨过你为何自取其辱待在长春院。"

狐王令(上)

"傻妹妹,我只有待在那种地方才有机会接触到朝堂上的人,你我一介草民,如何能查明当年的案情呀!"柳眉之苦笑道,"你可愿助哥哥一臂之力?"

"愿意。"明筝飞快地说道,"不瞒哥哥,明筝此番回京,就是要为李氏一门报仇雪恨。"

柳眉之点点头,他满意地望着明筝道:"要对付王瑞清并不容易,他背后是王振那个大太监,如今他在朝中正得势,他自幼陪伴皇上长大,皇上很信任他。而王振爪牙遍布朝野,他最得意的心腹有两个,一个是东厂督主王浩,另一个是锦衣卫指挥使宁骑城。要对付这几个人,单凭咱们无异于痴人说梦,还要从长计议。"

听柳眉之如此一说,明筝脸上一寒,心已凉了半截。

柳眉之见明筝不语,急忙说道:"难道妹妹害怕了?"

"岂是害怕?只是连仇人的面都见不到,又如何报仇呢?"明筝紧蹙双眉。

"明筝妹妹,你只要做一事就是帮哥哥大忙,就离咱们报仇又近了一步。"柳眉之双眸闪亮望着明筝道。

"何事?快快讲给我听。"明筝问道。

"你今日回去,速把《天门山录》默出来,过些时日我亲自去取。"柳眉之压低声音说道。

明筝一愣:"宵石哥哥,《天门山录》与你我报仇有何关系?你为何一直想着这本书?"

柳眉之显然没想到明筝会问这个问题,也是一愣,片刻后他淡淡一笑回答道:"此书既被誉为天下奇书,肯定有它的价值,如能握在手中,不亚于棋手有了一手好棋。"

明筝听完依然一脸茫然,她想到萧天的话,便快言快语道:"此书为祸江湖多年,既已毁,难道不是天意吗?"

"你听谁说的?"柳眉之煞是惊讶。

"萧大哥。"

"又是他。"柳眉之突然双眉紧锁,拉住明筝道,"此人居心叵测,断不可信他。"

明筝默默地看着柳眉之,不再言语。

"明筝妹妹,"柳眉之上前一步,冲动地说道,"你怎知他不是打你的主意,那本《天门山录》现在只有你能重现,世道险恶,明筝妹妹防人之心不可无呀。"

"萧大哥,他……"明筝想到柳眉之一直对萧天心存猜疑,本想说出萧天的真实身份,犹豫了片刻,便改了主意,"萧大哥不是这样的人,再说他如今在京城找到了本家亲戚,也要走了。"

"哦,这样最好。"柳眉之松了口气,"明筝妹妹,咱们要报仇,必须积蓄实力,《天门山录》能助咱们,我这么做,也是报仇心切啊。"

明筝看着柳眉之,不忍让他失望,就点点头道:"宵石哥哥,你给我点时间,让我静下来想想。"

柳眉之当下大喜,拉住明筝:"好妹妹,你一定要帮哥哥。"

此时,已至正午,柳眉之看着天上的日头,对明筝道:"我让云蘋送你回去,我还有些事,要去面见一个朋友。"当即叫来云蘋,云蘋领着明筝下山。

下了几级台阶,明筝回过头,看着依然站在坡上的柳眉之,白色大氅已遮住面容,微风下衣裾飘飞越加神秘莫测了。

下山一路缓坡,车身颠簸,明筝昏昏欲睡。

再次被晃醒,明筝看向车窗外,道边一条窄河自西向东流淌,河道里碎冰被融化的雪水挟裹着向前,河对岸是一片杨树林,干枯的树枝一眼望不到头。

此时,杨树林突然起了一片尘土,阵阵马蹄声由远及近。

"明筝姐姐,你看那是什么?"前面驾车的云蘋惊恐地叫道。

明筝紧盯着那片树林,只见林中奔腾着七八匹烈马,嘶鸣声响彻天空,马上之人皆身披白色大氅。明筝心里一惊,此衣袍看起来很眼熟,突然想起在坟冢前宵石哥哥的打扮,如此相像。还没等明筝看清楚,人马已疾驶而过。正纳闷间,从林中又穿过来一队人马,比刚才的人马多出一倍,而且马上之人身披盔甲,一看就是官府的人。

云蘋吓得急忙勒住缰绳,回头问:"姐姐,这些是什么人呀?"

"看样子像是官府在缉拿什么人。"明筝说着倒吸一口凉气,一时呼吸微滞,脑中一个念头一闪而过,那几个人中有没有宵石哥哥?怎会如此巧合?宵石哥哥到底是什么身份?一晃之间,数匹马从对岸林中疾驶而过。

"云蘋,快,跟上。"明筝立刻催促道。

云蘋急忙紧抖缰绳,催马车前行。无奈那些马太快,转眼间已不知去向。

"唉!"明筝坐在车厢里叹了口气,此番回京,京城里的气象真是让人眼花缭乱。她真后悔没听师父的话,而是急着赶来。如果再缓些日子,等师父办完了观中道长的寿宴就会陪她一起进京,师父若在身边就好了。

此后一路倒是平静,只是到了城门前,被阻在外面。城门前聚满要进城的车马,人群车马排了长队。城门口盘查的官兵身披盔甲,手持长枪,面色严峻,查检极严。

"云蘋,你去问问,可是出了什么事?"明筝探身望着前方道。

不多时,云蘋跑回来,面色有些苍白,眼神躲闪着明筝,言语模糊地道:"是……在抓……疑犯……"

"你别怕,"明筝看着云蘋胆怯的样子,急忙宽慰他,"他们抓他们的疑犯,跟咱们又没有关系,看把你吓得。"

明筝正说着,眼角的余光瞥见有两匹高头大马缓慢踏到马车近前,马上之人身披盔甲,气宇轩昂。她回头定睛一看,不由暗吃一惊,心里一阵忐忑,怎么又遇到了?

"看见恩公,也不下车行礼?"宁骑城一手握着缰绳,阴郁的面孔绷着,眼睛斜乜着明筝。

车下的云蘋早吓得缩成一团,低垂着脑袋靠在马车边。

明筝目光飞快地扫了一眼,看见宁骑城身后跟着那个千户高健,再不下车就说不过去了,况且眼前要进城门还要他的首肯。明筝硬着头皮下车,对着宁骑城屈膝行礼。

"你这是去哪儿了?"宁骑城问道,看着她一袭白裙犹疑地盯着看了半天,最后把目光定在明筝脸上。

明筝被他看得直冒冷汗,脑子里瞬间想出十几条:"去娘娘庙烧香了。"

"哦,"宁骑城一反常态,脸上突然挤出一个笑容,他的笑比他绷着脸还要狰狞,"姑娘是去求姻缘,还是求富贵?"

明筝只想打自己一嘴巴,干吗说去娘娘庙呀,说去哪儿不行。

"这几日不要再乱跑了,朝廷正在缉拿要犯。"宁骑城看着明筝道,"你们跟我来吧,我把你们送进城。"

明筝和云蘋都一愣,以为听错了。

高健催促云蘋道:"没听见大人的话吗? 还不上车。"

云蘋忙不迭地爬上马车,一边驾车,一边偷眼瞄着与马车伴行的宁骑城。车厢里的明筝更是如坠迷雾,惴惴不安。

云蘋驾着马车向前,其他车马、人群皆让开一条道,他们一路畅通无阻行到城门前,守城兵卒一见锦衣卫指挥使,二话不说直接放行。

进了城门,宁骑城突然对车厢里的明筝说道:"还没请问姑娘芳名?"

明筝一时也想不出拒绝的理由,只得用轻得不能再轻的声音回答:"明筝。"

"明筝,好。"宁骑城竟然听得很真切。

明筝一皱眉,她忘了他是习武之人,即使她声音再轻,只要她发出声音,他就能听见。明筝如同芒刺在背,看见城门已过,长出一口气,只想着赶紧溜之大吉,便急急地说道:"谢过宁大人,就此别过。"

"别急。"宁骑城叫住她,"明日我过府看望姑娘可好?"

"啊!"明筝失声叫出来,忙道,"宁大人公务繁忙,不必了。"

"那就一言为定。"宁骑城自顾自地说完,掉转马头向城门奔去,他身后的高健也拉住缰绳,掉转马头,两骑飞奔而去。

"明筝姐姐,姐姐……"云蘋叫了几声,才把明筝从惊惧中唤过来,"姐姐与这位大将军相熟吗?"

"谁与他相熟?"明筝烦得直甩脑袋,这个锦衣卫大头目如此诡异的行事风格,快把明筝整疯了,"烦死了,我要回家……"明筝正闷头生气,突然想到一事,刚才宁骑城只问了她姓名,并未问宅邸呀,明筝一阵侥幸,急忙喊云蘋,"云蘋,快,快点回去。"

云蘋应了一声,驾着马车穿街走巷,明筝看了看身后,并无人马追来,方长出了口气。她抬头看眼天色,突然想到萧天,想到城门那一幕,有些担心起来,"也不知萧大哥是否能顺利回城。"

二

此时萧天正坐在瑞鹤山庄樱语堂正堂的雕花太师椅上。

上午萧天与玄墨山人分手后,便马不停蹄赶往小苍山。瑞鹤山庄就坐落在小苍山的山谷中。三年前他通过第三人之手接下这片庄子,经过几次改建有了如今的规模,山庄名义上的主人姓曹,字有光,实则是这片庄子的大管家,也是兴龙帮的老人,如今年龄大了跑不了镖,萧天便安排他在这里颐养天年。

如今这片庄子不仅住着一些兴龙帮的家眷,飘零到四处的狐族人几经周折也聚到这片庄子,他们脱去狐族的服饰,穿上当地人的衣裳,隐居在此。他们大多被萧天安排干农庄的活。

瑞鹤山庄是座三进的大庄子。第一进院子建有粮仓、马厩、菜田、仓库和仆役的居所,那些家眷和狐族人大多住在此。第二进院子是主家的住所,虽隐在山谷却

狐王令 (上)

修得毫不马虎,亭台楼阁、水榭花圃,一应俱全。在这片院子里分布着三处居所,既相互连接又相对独立,分别是"听雨居""樱语堂""寒烟居"。其中"樱语堂"最大,居中,是主宅。"听雨居"和"寒烟居"分立两侧。第三进院子,外人是看不到的。农庄依山而建,第三进院子就是萧天后来修建的,深入山中。本来后山就有天然的溶洞,萧天命人打通所有洞穴,并命人按狐族的样式修建起来。

当萧天独自骑马赶到山庄门外时,曹管家从山庄大门两层高的门楼上跑下来,山庄大门被打开,立刻跑出来两名庄丁拉住萧天的马。

"帮主,总算把你盼来了。"曹管家上前施了一礼。

萧天翻身下马,把马缰绳扔给一旁的庄丁。

"翠微姑姑昨日就到了,还有几位姑娘,我安排她们一行住在寒烟居,我这就去通禀。"

"不急,先回樱语堂,你……叫郎中来。"萧天挥了下手。

"帮主,你哪里不舒服?"曹管家一惊,见萧天面色苍白,本以为是路上劳累,听此言,断定他身上有伤。

"不要声张,小伤而已。"萧天捂住左臂,径直向樱语堂走去。曹管家只好安排人去寻郎中。

两人沿着庄中甬道一路前行,曹管家不停留意萧天左臂,萧天无奈只得说道:"来的路上,遇到一场追杀,出手救下一个同道中人,不想暗箭难防,我已做了处理,无大碍。"

"哦,帮主相救何人?"曹管家问道。

"说出来挺意外的,竟是天蚕门的玄墨掌门。"萧天说道。

"天蚕门?"曹管家瞪大眼睛,"老夫行走江湖半辈子,那天蚕门一向避世离俗,怎会出现在京城?"

"是来寻仇的。"萧天双眸深邃地望着远山,"素闻天蚕门玄墨掌门以药王自居,门下有不少独门秘术,估计与此有关。"

一到樱语堂,里面的小厮看见帮主回来了,急忙上前参见。曹管家忙吩咐茶水伺候。萧天沿着游廊走向樱语堂,待他往雕花太师椅上刚一落座,郎中也赶了过来。在曹管家的帮助下,萧天脱了外衣,露出左臂被粗略包扎的伤口。

郎中仔细查看了伤口,对曹管家道:"伤口不深,没伤到骨头,将养几日便可好了。"说着打开药箱,开始给伤口上药。

"曹管家,你去寒烟居通禀翠微姑姑,让他们去言事堂等我。"萧天道。

狐王令(上)

"言事堂"就是隐在山中洞穴的居所。萧天沿用了狐地老狐王言事堂的名号，檀谷峪的言事堂已毁，如今重建的"言事堂"确实让遭受灭顶之灾的狐族人重新燃起了希望，也对这位外姓狐山君王刮目相看。

萧天在曹管家的陪同下，离开樱语堂，步入一旁西厢房，里面有一条密道直通言事堂。下了十几级台阶，密道里早已有人点燃烛火，走了一段，耳边响起了潺潺的流水声，这告诉他们，已进入溶洞。

壁上的烛火，忽明忽暗，不时有水珠落下。密道一侧是一条细窄水渠，此水来自山中，一直流入山庄花园的荷花池中。

密道尽头是一面石壁，像一道影壁墙，过了石壁，眼前突然开阔，竟然别有洞天，只见一个深不可测的巨大溶洞，目光所及一片幽暗。

脚下有一条由烛火摆成的通道，烛光摇曳。

前方正中木台上是一个铺着虎皮的宝座。座边供奉着老狐王的战甲头盔、一把弯刀。宝座后面是狐族画匠用一年时间绘制的狐族图腾——飞翔的火狐，用檀谷峪特有的翠石和黛石精心描绘，如同黑夜里腾起的烈焰，那飞翔的火狐，断裂的羽翼，四处奔走的人体，像一个伟大的寓言。

台下左右各设八座，也是按檀谷峪的规格摆放。此时，翠微姑姑已端坐在左侧首位，眼神凝重地盯着缓步走来的萧天。

"你可是迟了。"翠微姑姑冷冷地道。

萧天是第二次见到这位老狐王的妹妹，他拱手一礼道："有劳姑姑久候了。"说完坐到她对面右手首席，曹管家有意回避，坐到了尾部。

翠微姑姑看萧天坐到她对面，多少有些意外。她原以为他苦心经营这片山庄，还仿制檀谷峪的"言事堂"，定是渴慕狐王的宝座，没想到他并不觊觎宝座。

"老身老了，总爱倚老卖老，"翠微姑姑还是把话挑明了，"你如今身受狐王令，又是老狐王亲封的狐山君王，依狐族族制理应登上王座，为何不肯呢？"

萧天淡淡一笑，望着台上狐王宝座和宝座旁供奉的老狐王战甲头盔，站起身躬身一拜，声音喑哑但无比坚定地说道："翠微姑姑，我在老狐王面前发过血誓，不救出青冥郡主、夺回宝珠，我没有资格坐上宝座，这是其一；我们狐族曾是太祖亲封的外藩之一，曾为太祖开疆拓土立过功劳，如今落到被朝廷列为逆匪、四处追杀的地步，我又有何面目坐上宝座，不把狐族从逆境中拯救出来，昭雪天下，恢复狐族荣耀，我是不会坐上这个宝座的。"

翠微姑姑被萧天一番激情昂扬的言语戳中了心事，她眼里闪着泪光，望着眼前这个年轻的男子眉宇间凝聚的铮铮铁血之气,不由她不信他。这让她想到她那侄女青冥,老狐王的独女,一直痴迷于这个年轻人,也不足为奇了。

翠微姑姑缓缓起身,走到萧天面前,双膝跪下行叩拜大礼。

萧天一愣,忙上前搀扶:"姑姑,使不得。"

翠微姑姑抬起头,目含悲戚道:"狐山君王,劫后余生的众狐族兄弟姐妹今后全仰仗你了。"

萧天把翠微姑姑搀扶起来,翠微姑姑回首,对着溶洞深处高喊了一声:"姊妹们,见过狐山君王。"

不多时,从暗影中走出来四名女子,来到萧天面前,一起跪下,齐声道:"参见狐山君王。"

萧天打量四人,个个婀娜多姿,仙姿玉貌。

萧天微微一笑,满意地点点头,一抬手道:"起来吧。"四人起身,退到一旁。萧天问翠微姑姑道:"可教授她们识字?"

"识字?"翠微姑姑先是一愣,"进宫选秀还要识字?"

萧天很惊奇,问道:"那这些时日,姑姑都教授她们些什么?"

"多了去了,"翠微姑姑有意显摆一下,扳着手指说道,"宫廷礼仪,歌舞,茶道,昆曲,还有媚术。"

"媚术?"萧天一皱眉。

四名女子在一旁捂嘴偷笑,菱歌忍不住屈膝一礼说道:"回禀狐山君王,媚术就是狐媚男子的手段。"

"去,让你多话。"翠微姑姑打断菱歌,对萧天说道,"也不是都不识字,绿竹姑娘识字。"

萧天面色凝重地望着四名女子,语气威严地问道:"你们可知进宫要做什么?"

"查找青冥郡主和狐蟾宫珠的下落。"四名女子齐声道。

"此番进宫,要经过甄选,层层过关,需小心应对。"萧天说道,"入宫后,宫规森严,你们就只能靠自己了,你们四人中需推举出一个头人,也好遇事拿主意。"

四名女子相互看看,静默了片刻。菱歌姑娘第一个抬起手臂,萧天一看,问道:"菱歌姑娘想推举谁?"

菱歌姑娘细眉一挑,微笑着问道:"君王,你看我行吗?"此话一出,立刻遭到其他三名女子的白眼,拂衣姑娘冷冷地道:"她若行,我更能行。"秋月姑娘蜂腰一闪,道:"当头要靠本事,你们懂吗?"

几人都看向她，问道："什么本事？"

"不如比试一下，就比媚术。"秋月道。

"比就比。"三名女子不依不饶，眼睛不约而同望向萧天。

萧天脸一红，眉头紧锁，厉声道："够了！"

"你们可真会找人，"翠微姑姑在一旁气得哭笑不得，"我平时都怎么教你们的，怎么这么不知矜持，这哪像闺门碧玉，连家雀都不如。"

"我看，就让识文断字的绿竹姑娘做你们的头儿，进了宫少不了要用到文字，接下来由绿竹姑娘教你们识些字。还有就是，收起你们的那些媚术，你们进宫后打交道的都是宫女和太监。"

"是。"四名女子低头答道。

"你们退下吧。"萧天道。

待四名女子退出言事堂，翠微姑姑问道："狐山君王，我听盘阳和林栖说，那个内奸蒲源已除，接下来需要我做什么，你尽管吩咐就是。"

"姑姑想知道当年是谁掠走了青冥郡主吗？"

翠微姑姑一惊，眼里顿时充满杀气："谁？"

"东厂督主王浩，下一步，就轮到他来偿还血债了。"萧天说着，一只手不由握紧了拳头，"只有他知道青冥的身份，这个活口不能留。"

"东厂高手如林，君王可不能莽撞，狐族还要仰仗你呢。"翠微姑姑担忧起来。

"姑姑放心，成事在天，谋事在人。"萧天温和地一笑道，"要想救出青冥，必先除去王浩。"

翠微姑姑寻思良久，方才明白过来。当年王浩掠走青冥献给皇上，皇上也不知青冥的身份，只以为是一般民女，若皇上知道了青冥的真实身份，必死无疑。

曹管家见两人沉默不语，便站起身道："帮主，你身上有伤，今晚就在庄里歇下吧，我这就吩咐人收拾屋子去。"

"不行，城里还有事要处理，我必须赶在城门关之前回到城里。"萧天略一沉思，"曹管家，你派人把听雨居收拾出来，这两天会有客人入住，"萧天想到听雨居正适合明筝和老夫人居住，又转身对翠微姑姑交代道，"宫里的张公公一来信，你就送她们四人入宫。"

交代完这些事，萧天就回到了樱语堂，简单吃些东西，看天色不早，就骑马离开山庄。

一路疾驰，总算赶在城门关闭之前入了城。这匹马一路奔波也是累了，进了城

狐王令（上）

就慢下来,萧天想到今日紧要事都已办好,心里无比轻松,奔跑一路,此时饥肠辘辘,便走进街边一家饭铺,吃了些牛肉面饼,马也进些草料,这才又赶路。

再过一个路口,就到莲塘巷。此时已近亥时,巷子里一片寂静。

突然,马腿似被一样东西绊住,马身猛然失去平衡,萧天毫无防备地一头从马上栽下来,他身体刚一落地,一只黑色的布袋兜头罩下来,一个黑衣人抡起一根木棍正敲到萧天脑袋上,萧天身体一软,倒在地上,不能动了。

暗影里几个人蹑手蹑脚地抬起袋子撂到附近一辆马车上,片刻后,马车消失在黑夜里。

三

次日一早,李宅乱成了一锅粥。先是发现萧天一夜未归。明筝派阿福去城门看了几次,城门前的关卡已撤了。难道是被本家留下了?明筝胡乱猜疑着,有些闷闷不乐。

这时大门外传来敲门声,阿福以为是萧天回来了,头一个跑去开门,却不想进来的是孙启远,他进门就扯着嗓子喊:"当家的在吗?"

老管家扶着李氏走过影壁墙一看,来了个东厂的官人,着实吓了一跳。孙启远看见走过来两个白发苍苍的老人,便说道:"还不快来见过高公公。"说着,转回身对着身后躬身相请,"高公公,请。"

一位体态微胖、慈眉善目的公公走进来,看年纪有四十多岁,手拿拂尘,步履沉稳。他身后跟着两个小太监,手里举着托盘,红绸盖着。李氏和老管家当年在李府也是见过大场面的人,疾走几步,礼数周全地行礼。两位老人虽然应酬得法,但按捺不住内心的疑惑,不由面面相觑。

高公公身后的两个小太监直接走到两位老人的跟前,李氏看见上面的红绸,似乎一下想到什么,双膝一软,差点给小太监跪下,幸而被一旁的老管家搀住。

"老夫人不必给他们行大礼。"高公公和善地说着,"给老夫人道喜了,你们家明筝姑娘已被孙档头保举入了秀女名册,老身前来相贺,这是礼金,请收下。"

"什么?"李氏惶恐地看着他们,嗓子眼"咯喽"一声,差点背过气去,老管家急忙敲打着她的后背。

"哟,瞧把老夫人欢喜得哟,"高公公笑得很喜气,一抬拂尘,"今日正好是吉

狐王令 (上)

91

日,便带姑娘跟老身入宫候选了。"

"我家姑娘不在家,出远门了。"李氏浑身抖着,语无伦次地编排了个说辞。

"那就屋里说吧,让老夫人坐下缓一缓。"高公公瞥了眼孙启远,孙启远会意径直向堂屋走去。

明筝看见几个人走过来,急忙躲到堂屋一侧的屏风后。他们在影壁前的对话,她听得一清二楚。听到"入宫"这两个字,她脑袋一片空白。皇宫于她,那是远在天边的一个地方,况且她大仇未报,若是进了那个地方,岂不是跟进了大狱一样?

明筝此时已六神无主,萧天也不在身边,如果他在,她还能讨个主意,这可如何是好?

几个人来到堂屋坐下,阿福端上茶盘,伺候着几人茶水。李氏喝过一盏茶,算是缓了过来:"公公啊,我家小女呢,实不相瞒,她已有婚约在身,如若不据实禀告那可是欺君之罪呀。"李氏急中生智想把高公公搪塞走算了。

高公公一皱眉,不满地瞥了眼孙启远。

"老夫人,我问你,"孙启远上前一步,气势汹汹地问道,"你家小女贵庚?"

"一十七。"

"所聘何家?"

"宁府。"一个响亮的声音在门外响起,接着走进一人。

宁骑城就像从天而降,他眉头舒展眼含笑意地望着屋里五个呆若木鸡的人。屋里几人看着眼前的宁骑城,只见他身着锦绣华贵的飞鱼官服,腰间佩戴绣春刀,悬挂着锦衣卫金牌,此人往屋里一站,英姿飒爽气宇不凡,把一屋子人都惊呆在原地。

宁骑城一步走到李氏面前,躬身一揖:"小婿拜见岳母大人。"

李氏一听此话,嗓子眼又"咯喽"一声,直接从椅子上滑到地上。两边的老管家和阿福急忙将她搀扶起来,一个捶背,一个抚着胸口顺气。

宁骑城转向高昌波,躬身一揖:"高公公在此,怪在下眼拙,失礼了。"

高昌波微笑凝视着宁骑城,掩饰不住内心的好奇,急忙回了一礼:"宁大人,老身没有冲撞你的意思,只是听宫里传言,皇上有意把礼部尚书张大人之女赐婚与你,可有此事?"

宁骑城冷冷一笑,他一进门遇到这档子事,有些后悔,自己昨日就该把明筝带走。他知道高昌波是宫里主理选秀一事的主事内监,为办好差,他四处广揽美女,孙启远定是为讨好他,而把明筝写入了名册。他与高昌波交往不多,也不好明里驳

狐王令(上)

他面子,只得出此下策,糊弄走他了事,没想到他提赐婚一事,明摆着暗示让他收手。若是常人,是不会同皇上抢女人的,但他不是常人。

"有此事,"宁骑城选了个椅子坐下,为自己斟满一盏茶,一边喝,一边说道,"但是我提了一个条件。"

"哦,有意思,皇上赐婚你还敢提条件。"高昌波感兴趣地寻思片刻,"可是陪嫁规格?"

"比武招亲。"宁骑城平淡地说道。

高昌波抖起拂尘,瞪着眼睛望着宁骑城片刻,突然仰脸大笑,笑到中途突然顿住:"难道这位明筝姑娘……"

宁骑城煞有介事地点点头。

高昌波转身挥拂尘甩到孙启远脸上:"你小子,招一个武林高手进宫是何意?"

"不能呀。"孙启远看着眼前这出戏,有点丈二和尚摸不着头脑。

正堂上的热闹,躲在屏风后的明筝岂能不知。她转身跑到窗前,从桌边端起一杯已凉的茶水一股脑泼到脸上,一杯水泼下,脑子并没有清楚多少。她怎么也没有想到宁骑城真的找来了,这个阴魂不散的家伙到底想干什么,为何一直跟着她,难道真让萧天言中了,她那天在上仙阁的狂妄之举让他给盯上了?明筝真是肠子都悔青了。昨日在城门,她就感觉有异,有种不祥的隐忧,今日果然应验了,他竟然跑来冒充她的夫婿?此人阴险诡异,十个自己也不是他的对手,若落入他手中,岂不是……

先是宵石哥哥,让她默写出《天门山录》,她能理解他报仇心切,但是萧天对她讲过《天门山录》带给江湖的无端祸害,这样一本书如果经她手再现,再造成江湖纷争,她怎担得起?她主意已定,绝不能复制此书,但若是宵石哥哥来要如何是好?

跑吧,明筝低着头从穿堂跑出,与一个人撞了个满怀,那人一趄趄差点摔倒,被明筝扶住,这才看清竟然是姨母。李氏一把抓住明筝的手,把一个包袱塞进她怀里:"儿啊,这是我攒下的细软,快跑吧!"

"姨母,"明筝被李氏一撞,头脑倒是清楚了些,"我走了,你和张伯怎么办?他们不会放过你们的。"

"两个棺材瓢子,不足挂齿,这也是他的意思,快!听话,跑吧——"李氏把包袱再一次塞给明筝。

突然，眼前伸出一只手夺走包袱。"交给我就行了，明筝跟我走，老夫人，你尽管放心吧。"宁骑城不知何时神不知鬼不觉地站到她们身后。

李氏一时愣怔，明筝忍无可忍瞅个空当，"当啷"一声，抽出宁骑城腰间的绣春刀，在他面前划过一道寒光，直逼他的脖颈。

宁骑城一愣，这些年来他身经百战，还不曾有人可以近身夺刀，没想到今日栽在这个小丫头手里。她这一个动作，不禁让他又想到那日她与头狼搏斗的情景，感到十分有趣，但想到眼前的处境，便耐心地劝道："你不跟我走，就得入宫。"

绣春刀僵在半空，明筝怒道："你好生无礼，我与你素无往来，凭什么跟你走？"

"姑娘此言差矣。"宁骑城说着瞅准时机，上手一把抓住明筝手腕。明筝顿感整个手臂一阵酸麻，手被迫松开，宁骑城手腕一翻接过绣春刀，在空中旋出一个优美的弧线，"嚓啷"一声，刀已入鞘。"你好没记性，有你这样对待恩公的吗？"

"你要怎样？"明筝知道以自己的武功修为，根本不是他的对手。

"我要娶你。"宁骑城唇边一翘，似笑非笑地说道。

"哦，我想起来了，我说看着有些面熟，你原来就是那日从狼群里救出明筝的恩公呀。"李氏一阵惊喜，看着他威武高大的身躯，一咬牙对明筝说道："儿呀，我看这位相公挺好，既是你的救命恩人，你以身相许也是善事，你就跟他走吧，总比入宫强。"

宁骑城一听此言，立刻向李氏深施一礼："谢过岳母大人，改日我请人登门提亲，聘金彩礼一并奉上。"

"姨母，你就别添乱了。"明筝几乎哭起来，她怒视着宁骑城叫道："你想都别想。"

明筝猛然转身，义无反顾地向正堂跑去。

明筝突然出现在高昌波面前，礼数周全地向高昌波行礼，柔声道："拜见高公公。"

高昌波一手端着茶盏，满脑子在想跟宁骑城争一个女子是否合算，一抬眼看见一位清秀的女子站在眼前。高昌波阅人无数，在宫里什么样的美人没见过，而此女子如此与众不同，便由衷地点点头，一抬拂尘，微笑着站起身向明筝还一礼："明筝姑娘。"

宁骑城阴沉着脸从后堂跟过来，李氏也气喘吁吁地跑过来，两人都一脸惊惧地盯着明筝。这时，老管家端着新茶走进来，看见明筝也愣在当场。

明筝从容地说道："入宫后，还请高公公多提点。"

高昌波笑得眼睛眯成一条缝,看到宁骑城大受打击的样子,心里很受用,便更加殷勤地说道:"姑娘尽可放心,你是老身带进宫的,自然少不了老身的关照,凡事有老身呢。"

"明筝。"李氏一声哀叹,腿一软,瘫坐在地,老管家放下茶盘,跑来扶她。

"张伯,"明筝转身交代道,"我姨母……有劳张伯了。"

"小姐。"老管家难过地垂下头。

明筝最后看了眼角落里黑着脸的宁骑城,嘴角扬起一个挑衅的微笑。宁骑城左脸抖了几下,在他看来躲入宫中又如何,那个园子也是他想进就能进的地方,他几步走到明筝面前,阴阳怪气地说了一句:"明筝,咱宫里见。"说完,向高昌波一揖手:"告辞。"

宁骑城走后,明筝和高昌波坐一乘小轿离开李宅。

望着明筝离去,李氏顿时昏了过去。老管家慌里慌张地在屋里跑了几圈才想出主意,他喊来阿福:"快,你跑到长春院告诉少爷,家里出大事了。"

四

萧天迷迷糊糊地睁开眼睛,头部虽然仍隐隐作痛,但意识恢复了。"我这是在哪里?"他环视四周,看见眼前描金的绸缎床幔,床边小几上摆着香鼎,燃着醒脑的薄荷薰香,一旁高几上摆放着一盆迎客松的石料盆景,地下铺着牡丹花样的羊毛地毯……这显然不是在李宅,萧天越看越茫然。

"公子醒了,快去通禀老夫人。"一个侍女装扮的俊俏女子走到他面前,微笑着看着他,"公子,你醒了。"

萧天想坐起身,被侍女阻止:"公子,不可,小心伤口。"经侍女一提醒,萧天才发觉自己的额头被包裹着,他伸手一摸,是柔软的棉布。

"请问姑娘,我是如何到了这里?"萧天忍不住问道。

侍女捂嘴扑哧一笑:"不瞒公子说,你就要成为府里的姑爷了。"

"什么?"萧天被侍女的一席话惊出一身冷汗,他掀开被子,厉声道,"你家主人在哪儿,领我去见他。"

"公子息怒。"一位白发老夫人拄着拐杖被左右两名侍女搀扶着走进来,老夫人不满地瞪了一眼一旁的侍女,"春花,你太失礼了。"

春花一吐舌头，低头退到一边。

从老夫人身后，走过来一位乡绅，看上去四十出头，面容端正，温文尔雅。他走到床前，拱手一揖，难掩一脸尴尬之色，结结巴巴地道："惊扰这位公子了，还请公子……"

"还是我说吧，"老夫人举起拐杖很强势地把乡绅推到一边，一个侍女给她搬来太师椅，老夫人稳稳当当地坐下，开口说道，"老身老了，这个坏人我来做，这位公子莫怕，昨夜匆忙把你请到府里，只为一件事，与我家孙女成婚。"

"老夫人，婚配岂是儿戏？"萧天一怒之下，挺身站起来，无奈头一阵轰鸣，不得又跌坐在床上。原本他身上就带着伤，又加上几日奔走，体力有些不济，若不然这个房子岂能把他困住。

"我就是这样被你们请来的？"萧天捂住头上的伤，嘲讽地说道。

老夫人很有耐心地往下说道："公子呀，自古婚配讲究的就是才子佳人，我家孙女不说万里挑一，也是难得的才貌双全，匹配公子你，那是绰绰有余呀。"

"小姐如此才情，更不应草率行事呀。"萧天越听越气。

老夫人身后的乡绅，一声叹息，道："不瞒公子，我家小女入了秀女名册，没人再敢登门，老母亲是爱女心切，不忍她小小年纪离家到宫中苦熬，才想出如此下策，得罪公子，请恕罪。"

听乡绅如此一说，萧天顿悟，原来是选秀闹的。又听乡绅口音有些相熟，便抬头仔细看，这一看竟让萧天喜不自禁："赵兄，你当真认不出我了？"

乡绅听萧天喊他赵兄，更是一愣。本来他进门就一直垂着脑袋，自知道母亲闹出抢婿这出戏，他自感颜面尽失，无言以对。对于老母亲，他也不敢顶撞，万一气出个好歹来，岂不是更让他忧心。虽然如此，他心里也是存着侥幸，如真抢来个如意的女婿，也是件好事。

家丁拖着麻袋搬进屋，众人解开查看，一看是个如此清雅的公子，全家都乐开了花，老夫人更是喜上眉梢。

而此时，抢来的姑爷竟开口称自己赵兄，他一时有些晕头转向，他急忙上前，走到萧天面前定睛一看，不由大惊："你……你……萧……"乡绅拉住萧天上下打量，脸上是又惊又喜，低声道："请公子跟我来书房。"乡绅扶着萧天往外走，路过老夫人身边，他回头道："母亲，我与他好生相劝。"

"好，好……"老夫人点点头，自信地笑着，"他会同意的。"

两人出了厢房，走过一条长廊，来到一间书房，一进门乡绅反身关上大门。

"书远，真是你？"他死死盯着面前的萧天，突然如鲠在喉，悲戚地问道，"恩师……恩师可好？"

萧天没想到昨夜把他击昏，抢他做姑爷的人竟是父亲的门生赵源杰，他们失去联系多年，他几次进京由于被通缉都无缘与他见面，不想今日以这种方式见面了。见他提起父亲，知道他是一个重情义的人，便不再隐瞒："家父在被贬路上病逝了。"

"恩师呀！"赵源杰仰头长叹，"可叹恩师，一生淡泊名利，广设教坛，不论富贵寒素，平等待之。没有他老人家，哪有我赵源杰的今天，可恨恩师被小人构陷触怒天颜，被贬离京，弟子未能相送，不想竟是永诀呀。"

萧天听赵源杰说得悲切，心中痛楚再被揭开，不由一阵黯然神伤。自父亲仙逝，他都一直没有弄清楚父亲所犯何罪，竟使一位远离朝堂纷争、一心兴学的国子监祭酒被贬至云贵充军。这个疑问困扰他多年，这次巧遇父亲门生，也许可以一探究竟。

"赵兄，如今可在朝为官？"萧天见他一身家常棉袍，身份不敢确定。

"唉，"赵源杰脸上一红，"说来惭愧，在下如今在刑部，任左侍郎一职。"

"赵兄仕途顺利，可喜可贺。"

"谬赞，惭愧。"

"那赵兄，你可知家父所犯何事被贬吗？"萧天问道。

"怎么？"赵源杰一脸惊诧地望着萧天，"你不是一直伴在恩师身边吗？恩师竟然没有同你说起？"

萧天摇摇头："家父一直讳莫如深。"

"你父亲的案子在当年也算是轰动一时，这起'诗文辱君案'着实冤枉。那年仲秋，恩师奉旨作《贺表》用于祭月盛典，其上写着'光天之下，天生圣人，为世作则'等言语，当时贺表交于王振，王振当庭宣读：光天之下，天生僧人，为世作贼……'圣'与'僧'相近，'则'与'贼'相近，而王振显然故意为之。兄弟，你有所不知，王振这个老贼先前曾是你父亲手下一名教习，一心攀附你父亲被叱责，后犯了事发配充军，为逃避充军才自阉进宫，他逮住这个机会是想泄往日之愤。那日皇上听罢，龙颜大怒，当庭宣布，将你父亲庭杖三十，驱赶出京，发配云贵充军……"说到此处，赵源杰已泣不成声。

萧天面白如雪，双唇紧闭，唇边被牙齿咬出血迹。过了有半盏茶的工夫，萧天颤声道："家父至死都没对我说过一个字。"

赵源杰疑惑地盯着萧天。

"我知道，"萧天淡淡地说道，"他不愿我报仇。"

赵源杰愣怔了半晌，突然顿悟，转身对着南面双膝跪下，压抑着哭腔倒头就拜："恩师呀，你对朝廷，日月可鉴！"

萧天俯身扶起他，现在他知道了真相，心里反而轻松了些。看到赵源杰他深感欣慰，朝堂之上，不光只有王振、王浩等弄权忤逆之人，也有像赵源杰一样的忠正之士，秉承一颗赤胆忠心，为朝廷披肝沥胆。

"赵兄，请受小弟一拜。"萧天深深一揖，"我自小远游，家父能有你这样的门生，也是他的福气。"

"说来惭愧，惭愧得很。"赵源杰垂下头。

萧天突然想到眼前之事，脑中闪过一个主意："赵兄，我结识一户人家，闺房中有几名女子，皆贤淑俊俏，家中老人也想让其中一位进宫，沾些皇家的荣耀，却是苦于进宫无门，还托我从中周旋呢。"

"真有此好事？"赵源杰立刻转忧为喜。

"我看此女顶替你家小女，岂不皆大欢喜。"萧天说道。

赵源杰走到萧天面前，一揖到底："若果如此，你就救了我们全家了。"

五

萧天一踏进李宅，便闻到浓郁的草药味，他以为又在给明筝熬药，急忙往厨房走去。老管家从一堆柴火中抬起头，几乎带着哭腔叫道："萧公子，你可回来了，家里出大事了。"

萧天一愣，自己也就一夜未归，这半日在赵府与赵源杰叙话，能出什么事？

"明筝进宫了，老夫人病倒了，阿福满城去寻你了。"

"什么？"萧天感觉头上又被敲了一闷棍，他一把拉过老管家，"张伯，你别急，你慢慢说。"老管家就把今儿一早出的事原原本本给萧天讲了一遍，萧天听着听着，脸上的肌肉便绷紧了，眼里的焦虑越来越深。

老管家拉着他的手，脸上老泪纵横。

"张伯，你放心，明筝姑娘是我的救命恩人，我不会袖手不管，你把此话捎给老夫人，让她老人家放宽心，我这就出去想办法。"萧天说着，拔腿就走。萧天此时只有一个念头：必须把明筝从宫里捞出来。没想到这几日他都在运筹进宫之事，如今还要从宫里捞人。

老管家从后面叫住他："柳少爷来过，他不便久留，但留下话，让你回来务必去找他。"

萧天来到长春院时，天色已晚，但对于西苑街来说，这一天才刚刚开始。花衢柳陌里，人潮涌动，秦楼楚馆前，车马盈门，满目的歌舞升平，一派的繁华盛景。

长春院门口，已停满华鞍骏马、绸盖马车。萧天择一个树桩拴好马，这马还是赵源杰送他的，他的马也在那夜丢失了。夜晚的长春院徒然增加许多门童，盘查甚严。萧天直后悔没有向柳眉之要一个书牌在手，此时恐怕不好混进去，正犯愁，只见一个白袍少年向自己跑来。

萧天一眼认出，是柳眉之的小书童云轻。

云轻跑到萧天面前，脸上带着微笑，微微地向他点点头。云轻并没有带他进长春院的正门，而是走到一侧，从一个隐秘的小门上了楼。

走廊里飘出阵阵丝竹之声。两人沿着长廊在里面拐来拐去，来到一处场馆，门上悬挂着匾额，上书"天音坊"，云轻停下来，与门前两个门童比画了几下，两个门童一左一右推开朱漆大门。门一开，里面歌舞的声浪和叫好声迎面扑来，一段唱腔飘然入耳，听着顿觉心肺俱舒，好生受用。那曲调委婉绵软，唱词又似是耳熟：

……楼台花颤，帘栊风抖，倚着雄姿英秀。春情无限，金钗肯与梳头。闲花添艳，野草生香，消得夫人做……

此唱段一气呵成，缠绵悱恻，至情至美。再往台上看，萧天不由一声叹，一位青衣花旦，缓抛水袖，翩翩起舞，台上顿时盛开一朵美丽的牡丹花……

后台上乐师以笙、箫、三弦、琵琶合力伴之，突然一声梆板响起，乐声顿消，舞者立时收起长袖，面向观者来了个亮相，柳眉之脸带笑容，气定神闲地上前一步又一次亮相。

台下发出一阵喝彩声。萧天环视四周，看见大堂上座无虚席，此时想找个地方坐下，恐难如愿。云轻不知从哪里冒出来，朝他一笑，引着他走过台口，向一边屏风后过道走去。

穿过长长的过道，走到一个房门前。云轻上前轻叩木门，木门打开，开门的是云蘋，云蘋一露脸，话匣子就打开了："萧公子，快，请进吧，我家公子着急忙慌就等着你呢，也巧了，萧公子来得正是时候，来早了也不得见。"

"闭上你的嘴。"屋里传来柳眉之不耐烦的骂声。

云蘋一吐舌头，溜了回去。

柳眉之靠在一张太师椅上，手里端着一盏茶小口啜饮，看见萧天进来，动也懒得动，指着一旁椅子道："萧公子请坐，我有些累了，怠慢了。"

"哪里，柳公子所唱昆曲，真乃一绝也，"萧天赞道，"宛若天籁之音，怪不得坊间取名'天音坊'，萧天今日真是耳福不浅。"

"今日不是请你听曲的，"柳眉之脸上忧思深重，"想必你也知道了我妹妹入宫候选的事，我心里慌得很，怕她凶多吉少。"

萧天看着柳眉之，故作不解："柳公子何出此言？虽说入宫不是什么福事，但也不至于危及生命吧？"

"这事怪我，"柳眉之紧锁眉头，"明筝父亲早年为官，后遭人构陷，那构陷之人就是王振和工部尚书王瑞清，那日祭奠我把真相告诉了她，连仇人的去处都一并说给了她，她……以她的性格，父母之仇是非报不可的，进宫无疑离仇人近一些。"

萧天心头一颤，没想到明筝进宫还有这层隐情。两人相对无言，心头翻滚着种种思虑。

这时，云蘋推门进来，忐忑地请柳眉之示下："公子，陈老爷和张老爷在门外候着，说是想见你一面。"

"不见。"柳眉之心烦意乱地一挥手，突然又改变主意，他叫住云蘋，"慢着，请他们进来吧。"柳眉之回头对萧天道，"你且藏身里间，这两位都是朝中人，我探探口风。"

萧天急忙起身走到里面帷幔处，藏了进去。

不一会儿，云蘋引着两位锦袍男子走过来，柳眉之起身迎着他们躬身一揖："不知两位大人驾到，有失远迎。"

"哈哈，柳公子客气了。"其中一位身材略胖，满脸风流，借着扶柳眉之的间隙，在柳眉之手背上摸了一把，嘻嘻笑着，喷出满嘴的酒气。柳眉之脸色滞了一滞，退到椅前。

另一位持重些，稳当地坐到椅上。

"柳公子，今儿张大人学会儿一段新词，来这儿想同你讨教一二。"他转身望着坐在椅上的人，"老兄，你倒是开始啊。"

椅上之人早已按捺不住，摇头晃脑地开始哼起曲调，然后开口唱道："美人去远，重门锁，云山万千。知情只有闲莺燕，尽着狂，尽着癫，问着他一双双不会传言……"柳眉之跟着附和着，在柳眉之的带动下，两人又是敲桌子又是摔茶盅，好不疯癫。

他们这样折腾时，躲在帷幔后的萧天坐在地上，望着房梁发呆。他的思绪早飞到别处，想着如何从宫里捞人。这可比送人进宫难多了，但是，再难也要把明筝捞出来。

突然，帷幔被拉开，柳眉之出现在眼前，看见萧天锁眉烦闷的样子，当即冷下脸："萧公子一定不屑与我这种人打交道吧？"

萧天回过神，知他误会了，笑道："在下是在思虑明筝的事，心里实在是有些急火攻心。"

"你果然有意于她。"柳眉之双眸一闪，冷笑道，"也在我的意料之中。"

"柳公子……我……"萧天脸上一红，知他误会又加重一层，"我……"

"如果不是你中意于她，如何会这般帮她，罢了，现如今我也不跟你计较这些。"柳眉之沉着脸，飞快地说着，"刚才那两位，身胖之人叫陈斌，唱曲之人叫张啸天，从他们口中我探听出，此次选秀由太后和司礼监王振主持，十日后，所有在册秀女，经过甄选，入住万安宫学习《女诫》，再行甄选后，才行册立嫔位。"

"依你看，明筝在初次甄选中，有可能被淘汰吗？"萧天问道。

"难！"柳眉之直摇头，"虽说内监和稳婆采选严格，但是明筝是高公公领进宫的，高公公在宫里深得王振信任，那些主理甄选的内监和嬷嬷谁不给他这个面子，不要再抱这个幻想了，只能想别的法子。"

萧天站立良久，突然说道："柳公子，此事就交给我来办吧，明筝于我有恩，我不会见她涉险而不顾。"

"你……有办法？"柳眉之甚是惊异地以一种从未有过的眼神凝视着萧天，他觉得这个落魄书生似乎越来越让人难以捉摸了。

"有办法。"萧天此时无暇顾虑其他，他语气坚定地说道，"你不方便外出，这件事就交给我吧，有消息你让云蘋去家里找我。"萧天一揖手，"告辞。"

萧天仍从隐蔽的小门出来，刚走到马前，就看见一个人向自己跑来，是老管家张有田。老人满头大汗地说道："家里来了两位客人，口口声声说是你的故友，让我来寻你，其中一位姓赵，叫……"

"可是叫赵源杰？"萧天急忙问道。

"正是。"

"张伯，我先行一步。"萧天翻身上马，打马而去。

回到李宅，阿福已经回来了，正在堂屋给两位深夜来访的客人奉茶，看见萧天过来，忙道："萧公子回来了。"

萧天吩咐阿福下去休息,这才反身关了房门,看着八仙桌旁坐着的赵源杰和另一位同样士绅打扮的男子。

赵源杰一脸愧疚,上前道:"兄弟,深夜又来叨扰,真是失礼呀。"赵源杰指着一旁的男子道,"这位仁兄是我好友,姓苏,单字通,苏兄在礼部供职,官拜司务。"

萧天急忙上前行礼:"苏大人,失敬,失敬。"

"叨扰了。"苏通也忙还礼。

三人落座,赵源杰这才说出深夜来访的缘由。原来赵源杰的小女儿赵明露与苏通的家小女苏慧是闺阁好友,两家本就交往过密,又都有年龄相仿的女儿,苏慧上面有三个哥哥,苏通独对小女儿甚是溺爱,此女也是入了秀女名册。赵明露被父亲告知,不用进宫候选,但要随祖母回祖籍躲避一时。走之前,便去向好友苏慧辞行。苏慧得知后就向父亲哭诉,苏通被逼无奈跑去找赵源杰,赵源杰碍于以往情面,便全说了。苏通便哀求好友,无论如何带他见一见萧公子。

萧天一听,原来为这事,便问道:"赵兄,兄弟有一事不明,按往年惯例,选秀女多出于江南,民间的居多,今年如何朝臣的女儿也被列入秀女名册,而且不是少数?"

"唉,"苏通叹口气,压低声音道,"为了凑数呗。"

"你不看这些天,城里大街小巷嫁女的有多少。"赵源杰眼中露出怜惜之色,"在家都是心头肉,进宫就变成了刀俎之肉了。你有所不知,宫里太监比宫女都多,宫规森严,进去一辈子都出不来了,老死在里面。"

萧天眉头一皱,瞬间又想起明筝,怎不让人忧心。他大致也知道了两人的来意,便站起身直截了当地说道:"两位兄长,事不宜迟,我这就去跑一趟。这几日你们在府里静等音信。"

赵源杰和苏通交换了下眼色,两人都是一副感激涕零的样子。苏通一激动,下子跪到地上,萧天忙上前去扶,苏通几乎哽咽道:"萧公子呀,你真是救了小女一命了,小女从小被溺爱,不知天高地厚,宫里那种地方,岂是她能待的?前几天她母亲讨了个方子,说是服了,可以变黑,过不了甄选的关,小女服了,上吐下泻,差点把命丢了。"

萧天听到此话,脑中就像过了一道闪电,把面前混混沌沌的视野瞬间照亮了,他不动声色地问道:"是何方子?"

"一个游方和尚骗人的,说是可以易容。"

苏通说着一阵摇头苦笑,一旁的赵源杰也是唉声叹气。三人又说了会子话,萧天再三安慰他们,说好见面的时间,两人便起身告辞。

萧天送两人出了李宅,目送两匹马消失在黑夜里,他立刻转身,拉出自己的马,向阿福交代了几句,便直奔瑞鹤山庄。

六

一路顺畅,只有出城门时费了些周章,所幸萧天带着李漠帆安插在东厂一个叫李东的百户给的令牌。萧天思谋着林栖和盘阳这两日也该到了,都在山庄就好办了。

到山庄时已接近四更天,门楼守夜的庄丁看见帮主深夜赶到,不敢耽搁,迅速跑到前院把曹管家叫醒,曹管家一边整理着有些凌乱的衣袍一边跑到萧天面前。

“帮主,深夜到此,可是有要事?”

“你速去把林栖叫来,我在言事堂等他。”萧天说着转身走向樱语堂,很快消失在暗夜里。

“究竟是何事呀?帮主面色如此难看……”曹管家琢磨着转身向前院林栖的住所跑去。

溶洞里只燃了零星几根火烛,被四周巨大的黑黢黢的洞穴觊觎,显得异常的诡异。萧天疲惫地靠到太师椅上,脑中重新思考着那个一闪而过的主意,仍然忍不住有些忐忑。

一阵脚步声传来,从石壁入口跑过来几个人,是曹管家、林栖、盘阳,他们走到萧天面前刚要行参见之礼,被萧天阻止,萧天让其他人退下,只留下林栖。

“林栖,你师父传给你的百香转筋散,还有吗?”萧天急切地问道。

林栖看主人这次回来与往日不同,一身肃杀之气,估计发生了什么大事,忙格外小心地回答:“有,一直带在身上。”

萧天一听此言,长出一口气,一颗悬着的心也放下了。他一路风风火火赶来就是担心这个,因为制作此丹的药材只有檀谷峪深山峡谷里有。心情一放松,这才顿感周身酸痛,他缓了口气问道:“有多少?”

“在我背囊里还有一瓶,大概有十几丸。”林栖说着,不由好奇主人此时问百香转筋散何用,难道他又需要易容,“主人,是你要服用吗?我这就去取。”

“不是我用。”萧天顿了一下,略一沉思,吩咐道,“你去把翠微姑姑和那四位姑娘叫来,我有事与她们商量。"

"是。"林栖应了一声,转身跑出去。

一炷香工夫,翠微姑姑打着哈欠走过来,身后跟着的四位姑娘看样子也不清醒,个个睡眼惺忪的模样。萧天吩咐她们都坐下,然后说道:"这个时辰叫你们来,是事出有因,事情有变化。"

"哦,"翠微姑姑一下清醒过来,"难道进宫之事有变?"

"进宫不变,只是方式要变一下。"萧天平静地看着座上几位姑娘,她们此时全都盯着萧天。

"四位姑娘中要挑出两位,随我进城,一位到赵府冒充赵府小姐赵明露,一位到苏府,冒充苏府小姐苏慧。"

"是这样,吓我一跳。"翠微姑姑拍了下胸口,点点头道,"还是君王考虑周详,真要是以瑞鹤山庄之名送去四位秀女,确实有些不妥,这样一来起码不会引人猜疑。"

"这只是其一。"萧天说道。

"还有什么?"翠微姑姑瞪大眼睛问。

"还有一事有些麻烦,我要从宫里秀女中捞一个人出来。"萧天尽量放轻松地说道。

"君王,从宫里捞人?亏你想得出来,你以为是青楼呀,交点赎金就能领走,那可是皇宫呀!"翠微姑姑惊讶地站起身道。

"我知道是皇宫。"萧天面色冷峻、目光深邃地望着众人,"我已有办法。"

"有何……办法?"翠微姑姑瞪着萧天。

"四位姑娘入宫候选,经过初次采选后,入住万安宫。四位姑娘要在万安宫里找一位名叫明筝的秀女,并在她不知的情况下,让她服下百香转筋散,这事就算完成。"

"百香转筋散是易容之物呀。"翠微姑姑长在檀谷峪,她如何不知这百香转筋散,"此丸药药性古怪,它会因服药之人体内温寒不同而改变,最是让人无法预见,有时使人面部瘀青肿胀,有时又会使人脸部溃烂,简直就是毁容呀。即使药效只有月余,一月之后自行修复,但也会有后遗症呀,如何能用在秀女身上?"

"现如今,别无他法。"萧天说道。

"哦,"翠微姑姑恍然大悟,"你是想让那位明筝姑娘因面容丑陋被淘汰出宫?"

"正是。"

"主人，"林栖上前一步，眼中冒着怒火，"就是那位看过《天门山录》并能倒背如流的姑娘吗？主人对她真是够上心啦，青冥郡主还没救出来，倒是先救她了。"

"闭嘴。"萧天瞥他一眼，"那日的教训还不够吗？"

林栖脸上肌肉一颤，一脸不服但迫于萧天的威严只得暗压怒火，退到一边。

翠微姑姑冷眼望着主仆两人，心里敲起鼓，她以为萧天马上会给解释，等了半天不见他开口，便心怀不满地问道："君王，这位明筝姑娘又是谁？"

萧天沉吟片刻，看出翠微姑姑目光中隐含的敌意，温和地一笑道："不瞒姑姑，这位明筝姑娘是家父故友之女，此番进京才得知她父母已亡，本想领来山庄小住却出此变故。此女有奇秉天赋，她机缘巧合看过那本奇书《天门山录》，正因为此，她留在宫里对咱们极为不利，王振和宁骑城一直在煞费苦心四处寻找《天门山录》，如若让他们得知明筝姑娘有其禀赋，必下黑手。"

"原来如此。"翠微姑姑略一寻思，把明筝姑娘控制在自己手里确实更周全一些，遂点点头，"好吧，就按君王的意思办。"

这时，座上的绿竹姑娘风轻云淡地提出一个问题，把大家都难住了："君王，翠微姑姑，我们众姐妹都没有见过这位明筝姑娘，想必秀女来自各地人数众多，保不齐有重名的，我们如何才能知道谁是明筝姑娘？"

"这个……"萧天突觉脑袋又似被重物狠击了一下，顿时"嗡嗡"直响。一路上他只想着使何计谋，却把这个问题忽略了。

座上的另三位姑娘此时打开了话匣子，一个比一个主意多。"我知道，写个告示认姐妹……""麻烦，只要晚上睡觉时挨着床铺问就行了……""不如拿银子给女官，让她看名册指认就成了……"众人叽叽喳喳嚷成一片。

"呸！"翠微姑姑恼得一头火气，她大声叫道，"你们以为宫里是戏园子，任你们兴风作浪。我告诉你们，宫里大小阎王多了去了，你们到那里能保住自己一条小命就算本事。你们记住一条，不管遇到何事，一个'忍'字，另外还是一个'忍'字，记住没有？"

四位姑娘急忙点头称是。

"君王，你倒是把明筝姑娘长什么样给她们交代清楚些呀。"翠微姑姑看着萧天。

萧天被这群女人吵吵得眼冒金星，他点点头道："我说一下明筝姑娘的特征。"萧天脑子里浮现出明筝的模样，那么清晰，似乎就在眼前，但是他却无法用言语说出来，他脸憋得一阵红一阵白，结结巴巴地说道，"清秀，聪慧，对了，这点可以帮上你们,她是一个异常聪慧的女子。"

翠微姑姑听萧天说完,叹口气:"这两条,你等于没说。"

萧天一愣,不解地望着众女子。

"是呀。"四位姑娘一起起身,向萧天一福,一起回道:"君王,我们……哪个不清秀,哪个又不聪慧呢?"

"这……"萧天捂住额头,头都要炸了……

狐王令(上)

第六章　移花接木

一

正月一过,万安宫便迎来工部营缮司的匠人,太后下懿旨要重新修缮万安宫,为今春的秀女甄选备用。以前这里住着先皇数名嫔妃,这些女人或病死或为先皇殉葬,有子女者则随迁往封地,此宫日久凋敝,整个园子一片衰草连天。

修缮后,除去了荒草,理通了水池,门窗楼台都用新漆油了一遍。几个女官查验后便向太后回话,只等日子一到,就可开门迎接秀女入住。这些女子要在这里学习宫廷礼仪和《女诫》,月余后甄选出五十名优异者册立,其余填充到各宫,借此遣送一些年老患疾的宫女。

万安宫地处紫禁城西南一隅,远离三大殿,原本是个被人遗忘的地方,如今入住了众多秀女,昔日的垂垂暮色,方展了新颜,更是应了当下的春景。

此时已用过早膳,秀女们排了两队依次向蕙兰殿走来。秀女们穿着统一的宫廷服饰,上身为月白色襦衣,下身为淡青色百褶裙,色泽清雅靓丽。迎着朝阳,秀女们款款而来,微风下一个个裙裾迎风飘扬,宛如一朵朵盛开的百合花。

只是队伍里鸦雀无声,这些来自民间或是官宦之家的女子,一个个敛声静气,目视前方,不敢有丝毫的逾越。自进入紫禁城,在经过了三轮的采选后,她们身上鲜活的个性已被面前的帝王之气所吞噬,唯一学到的自保之法就是顺从。

负责监管秀女学习的尚仪局女官杨嬷嬷早早便伫立在殿前,她有四十出头,面容圆润,如不是两道深深的法令纹倒也称得上美人一个,此时她紧绷着面孔,两道法令纹更深了,显出十二分的威严。

她目视着秀女的队伍,只见尚仪女官陈嬷嬷飞快地从秀女队伍旁边慌里慌张跑过来。陈嬷嬷比杨嬷嬷小三岁,却胖出不少,她轻提裙角,微胖的身躯气喘吁吁,额角上冷汗涔涔。

"陈嬷嬷,何事惊慌至此?"杨嬷嬷皱起眉,不满地瞥着台阶下的陈嬷嬷。平时她就十分瞧不上她,她行事没有主张,慌张又胆小,豆大的事在她眼里都能变成天大的事。

"杨嬷嬷,杨嬷嬷呀……"陈嬷嬷慌张地跑上台阶,最后一级险些绊倒,身体前倾,被杨嬷嬷一把抓住衣领才稳住,"有件事呀,向你回禀,这看如何是好呀?"

"何事?"杨嬷嬷不满地瞥了她一眼。

"刚才在膳房,听几个秀女背后说,不识一字,《女诫》根本看不懂。"

"哦,"杨嬷嬷鼻孔里哼了一声,"我当是何事,我有的是法子让她们记住。"

"啊!"陈嬷嬷瞪大眼睛,眼神里的惊喜一晃而过,又开始抱怨起来,"内监和稳婆是怎么采选的?你倒是看看这些个姑娘呦,麻脸的、天足的,还有一人脸上有颗大瘊子,连我看着都恶心,这能让皇上看吗?"

"你这话要是让高公公听见了,小心你的位置不保。"杨嬷嬷轻描淡写的一句话,立刻让陈嬷嬷收敛起来,俯首帖耳点头称是。"内监和稳婆也不容易,要从各地选送的上千名女子中甄选出这些人,也是煞费苦心,想想看,谁也不敢得罪,好在还要在这些人中选出五十名,总要选出些入眼的。"

"那要是再入不了眼呢?"陈嬷嬷说到一半被杨嬷嬷的眼神止住。

"过三年,再选呗。"杨嬷嬷拍拍陈嬷嬷的手背,"这样咱们才有事干不是?"

陈嬷嬷重重地点头,她被杨嬷嬷的睿智折服,又问道:"太后令咱们督查,咱们是严呢还是……"

"废话,当然是严了。"杨嬷嬷答得很果断。

"可那些不识字的……"陈嬷嬷有些忧心。

"重罚之下,都会卖命。"杨嬷嬷道。

此时,在两位嬷嬷相谈之间,秀女的队伍起了波动。一名女子突然从左边队伍闪身插进左边靠后的队伍,两支队列瞬间混乱,片刻后稍事调整,就像水面被激起一个涟漪,又恢复了平静,两支队列继续前行。

狐王令(上)

"绿竹。"那名女子插到队列中,一脸惊喜地看着身后的女子。绿竹也认出她:"菱歌。"绿竹掩饰不住兴奋,这两天她都在努力寻找她们,无奈一入宫,管制森严,简直动弹不得。"你可看见拂衣和秋月吗?"绿竹问道。

"没有。"菱歌一边走一边小声说道,"吓死我了,我还以为就我自己采选上呢。"

"美得你。"绿竹道,"别忘了我如今叫苏慧。"

"知道,"菱歌小心地环视四周,"要是拂衣和秋月没有选上,就剩咱俩咋办?"

"现在如何能下结论?这么多人,或许她俩也在找咱们呢?"绿竹小声说着,看见两个嬷嬷回过头来,急忙道,"不说了,用膳时,你跟着我。"

杨嬷嬷和陈嬷嬷看见一名小太监匆匆从步道走过来,两人认出是高昌波身边的小太监小通子。

"回禀两位嬷嬷,"小通子上前行礼,"高公公着小通子来传话,太后有口谕,秀女诵读《女诫》势必要一字不差,高公公一个时辰后来蕙兰殿面见两位嬷嬷。"

陈嬷嬷有些慌张地看着杨嬷嬷,杨嬷嬷淡定地一笑,胸有成竹道:"小通子,回你家公公,说杨嬷嬷和陈嬷嬷在蕙兰殿恭候。"

小通子答应一声,躬身退下去。

秀女们依次走进大殿,殿中一排排案几,几下是一个圆形布墩,里面塞着干草,坐上去既软和又硬实。秀女们一排排坐好,有的已经开始翻看案几上的册子。

在大殿中间第三排,拂衣和秋月的小几挨着,秋月一坐定就前后左右瞅了一遍,满大殿的人看得她有些眼花。她一旁的拂衣低头看着案几,小声问道:"秋月,你看半天了,倒是找到没有呀?"

"哎呀,别催我。"秋月揉了下眼睛,在狐地时数她眼力最好,多高的老鹰她都能看见,总是自诩千里眼,怎奈这大殿中女子全穿一样的服饰,梳着同样的发式,胖瘦高矮也相当,她不耐烦地小声嘟囔着,"也许,绿竹和菱歌压根就没有选上。"

"不可能吧?绿竹嘛,是丑点,那菱歌呢?她可是咱狐地第一美人呢。"拂衣小声说道。

"这可是在宫里,谁知道那些变态老太监和下作老宫女怎么选的,我真是闹不懂,这个大明的天子,自个儿的媳妇偏要别人选看,要是在咱们檀谷——"

拂衣急忙打断秋月的话,向她递着眼色,压低声音道:"别扯了,说点有用的,若是找不到她们,怎么办?"

狐王令(上)

"咱干咱的呗。"秋月双眸一闪,望着拂衣,"早膳时,我让你看的那个女子,她说叫明筝。"

"她?"拂衣急忙摇头,"一脸麻子,怎么可能?"

"但看上去,很是清秀。"

"君王没有说一脸麻子呀。"

"可是她识字,《女诫》上的字,她都认得。"

拂衣看着秋月,两人交换了个眼色,拂衣道:"翠微姑姑让咱们见机行事,那就见机行事。"

秋月点点头:"算她一个。"

拂衣没听明白,她望了秋月几眼,见她不说话,就催促道:"你倒是说清楚呀,怎么就算她一个?"

"笨死了。"秋月低下头,做了个手势。

拂衣还是看不明白,秋月急了,道:"保险起见,多找几个。"

拂衣瞪大眼睛,过了片刻,方明白过来,因为也没有更好的法子,便点了点头。拂衣把这个问题刚扔到脑后,另一个更加严重的问题摆到面前,她侧身问道:"秋月,你拿着书册,可识得上面的字吗?"

"这些汉人支支叉叉的字,谁会识得? 我翻着不过装装样子罢了,你看我的样子是不是很像一个书香门第的大家闺秀?"

"呸!"拂衣一咧嘴,"小心嬷嬷盯上你,就惨了。"

拂衣的话音未落,杨嬷嬷已悄无声息地走到秋月面前。她盯着这名秀女,声音尖利地说道:"报上姓名。"

"秋……月……"秋月心里一阵忐忑。

"把《女诫》卑微第一背诵一遍。"杨嬷嬷说着,眼睛上翻瞥了她一眼,她早就注意到她,论相貌此女子确实可拔得头筹,但别人都在低头诵读之时,她却在同人小声说话,着实没把她这个嬷嬷放在眼里,不让她吃点苦头,怕是降不住她。

秋月有些傻了,整本册子她只认得几个字,更别说背诵了,心里正埋怨着这皇帝老儿选妃子,一不考媚术,二不考歌舞,考什么背书呀,一阵胡思乱想,杨嬷嬷的话又一次在耳边炸响:"把《女诫》卑微第一背诵一遍。"

"回嬷嬷,小女看得甚入迷,感动涕零,只是还没有来得及背下来。"秋月柔声柔气地说道。

与秋月隔着四排,靠左边墙壁边,绿竹正又惊又喜地注视着前面。绿竹和菱歌

狐王令(上)

几乎同时听见秋月的声音,两人兴奋地交换了个眼色,绿竹有些担忧:"坏了,秋月不识字,保不齐嬷嬷要罚她。"

杨嬷嬷一步走到秋月身边,大喊一声:"出来。"

秋月吓一跳,急忙哀求道:"求嬷嬷再给我一些时间。"

杨嬷嬷举起手里戒尺,准备杀鸡儆猴,突然从一旁杀出个陈嬷嬷,陈嬷嬷一把夺过她手中戒尺,道:"姐姐糊涂了,惩戒秀女怎可用这个。"说着,陈嬷嬷附在她耳边低声耳语了几句。

杨嬷嬷嘿嘿冷笑了几声,点点头:"好,就罚'板著'。"杨嬷嬷话音刚落,几个宫女便围住秋月,拉着秋月走出大殿。众秀女初入宫门,哪里知道什么叫"板著"?众秀女向外看去,这一看无不心惊胆寒,个个面如土色。

只见宫女拉着秋月站在殿外石板地上,宫女命秋月面向北方站定,弯腰伸出双臂,命她双手扳住双脚。一个宫女负责看住她双腿不得弯曲,一弯就打。秋月虽说以歌舞见长,身体柔软,但是,时间一长,额头上豆大的汗珠掉下来,不一会儿便头晕眼花,浑身打战。

"嬷嬷,你这样体罚秀女,谁还有心情背诵,吓都给吓死了,若是太后过来,过问大家的功课,于你面上也无光呀。"

突然,大殿上一个清脆的声音打破了沉默。

杨嬷嬷循着声音回过头,大声问道:"谁?站起来回话。"

说话的秀女正是明筝。她从窗下站起身,她本不想引起嬷嬷的注意,只是刚才这一幕她实在看不下去,这种恶毒的体罚也只有宫廷里才有,表皮毫发无损,却可使人经脉俱伤。

杨嬷嬷好奇地走过来,说道:"报上姓名。"

"香儿。"明筝不想让嬷嬷记住自己的名字,随口说了自己的乳名,知道她一时半刻也无法核查。

"你能背诵吗?"杨嬷嬷问道。

"嗯……"明筝略一犹豫,干脆说道,"不能。"

"你,也给我出来。"杨嬷嬷气急败坏地叫道,"还给她求情,你自己都难保。"

陈嬷嬷走过来,甚是得意地摇着脑袋:"罚她'提铃',五日内再背不出,再接着提。"陈嬷嬷看许多秀女茫然的眼神,觉得有必要给她们解释一下,不然没有威慑力,便接着说道,"就是罚她每夜自乾清宫门外到日精门、日华门,再回到乾清宫前,口不能停地背诵《女诫》,直到背会为止。你们都听好了,这就是背诵不出的下场,还看我干什么,我脸上有字吗?"

大殿里顿时寂静无声,众宫女个个低眉俯首看着案几上的书册。

明筝本来担心也罚她"板著",没想到是"提铃",倒是暗自高兴起来。她入宫这么多天,天天跟木偶似的被牵着走,今夜终于可以一个人在宫里溜达了。虽然高兴,但表面还是装作很害怕的样子,低着头向陈嬷嬷施一礼道:"嬷嬷,我一定努力在五日内背出《女诫》,请嬷嬷息怒。"

"嗯。"陈嬷嬷一看,果然还是威吓的手段管用。

这时,外面一阵惊呼,几个宫女跑去扶住倒地昏厥的秋月,杨嬷嬷对一旁一个宫女道:"去,吩咐她们将她抬回寝殿,好生看着。"

杨嬷嬷抬头看了看天色:"有一个时辰了吧,高公公该来了吧?"

"姐姐,我去迎一下。"陈嬷嬷说道。

"好,去吧。"杨嬷嬷点点头。

二

高昌波手拿拂尘,沿着长长的甬道向万安宫走来。他身后跟着小通子和小顺子,小通子比小顺子长两岁,从小在宫中长大,舞勺之年却已是个老太监了,对宫中规矩很熟悉,深得高昌波的喜爱。

小顺子还跟个泼皮孩子似的,一般高昌波不愿带他出来,觉得丢人,到现在都拖着两条鼻涕,不论见谁都是一通磕头,有时候见个卑微的宫女都跪下磕头。

此时阳光暖洋洋地洒在甬道里,高昌波微闭着眼睛惬意地走着,受够了一个冬季的西北风,如今享受着开春的这股暖意,浑身都很舒畅。就在这时眼前突然一黑,一股阴冷的风扑到面门,一个高大的身影挡在他面前。

"高公公——"

高昌波一愣,抬头看见宁骑城一身甲胄站在他面前,腰佩绣春刀,一脸风尘仆仆。

"高公公要去何处?"宁骑城拱手一揖道。

"宁大人,"高昌波咧嘴一笑,看着面前这个威风凛凛的锦衣卫指挥使忙躬身还了一礼,道,"此番去万安宫,大人这是……"

"哦,下了早朝。"宁骑城恭恭敬敬地说道。

高昌波看宁骑城一改往日飞扬跋扈的强势做派倒有些不适应。以往他在宫里也经常遇见宁骑城，但他很少同自己打招呼，根本无视自己的存在。今日宁骑城的反常让高昌波心里有些忐忑，于是上前一步，说道："宁大人，那日之事，多有得罪，我看那明筝姑娘是铁了心要进宫，依老身看，她是想攀高枝变凤凰。"

"是吗?"宁骑城漆黑的眸子深不见底，他干笑了两声，突然转变了话题，"高公公，我近日办差，得一宝贝，今日专门带来孝敬你老。"宁骑城说着从怀里取出一个红绸面的匣子，伸手缓缓递到高昌波面前。

高昌波那双混浊的眼睛登时闪起亮光，宁骑城手指一按机栝，匣子弹开，里面是一颗鹌鹑蛋大小的珍珠，经太阳光一照，通体晶莹剔透。高昌波喜欢得嘴巴都合不拢了，涎水差点流下来，耳边只听宁骑城说道："刚才高公公说，那个明筝姑娘想当凤凰，依下官看，没有高公公首肯她当不成，你说呢，高公公?"

"当不成，当不成。"高昌波顺着宁骑城的话说着，伸手接过红绸匣子，眼睛眯成一条线，他把匣子揣进衣袖里，凑近宁骑城压低声音道："老身也看出来了，你对那丫头有意。"

宁骑城露出一个笑容，道："拜托公公了，让那个丫头早点淘汰出局，我必会重谢公公。"

"老身知道了，宁大人放心吧。"高昌波笑着一甩拂尘，然后向宁骑城告辞。

宁骑城一走远，小顺子和小通子就围上来："爷，让小子瞧瞧宝贝呗。"两个小太监一个抱胳膊一个抱腰。

"滚，你们两个小崽子，边上去，吵什么吵，就怕别人不知道吗?"高昌波嚷了几句。一只手揣着宝贝，一边寻思起来，宁骑城对自己如此俯首帖耳还是第一次，看来这个明筝姑娘还真不能小觑。高昌波呵呵一乐，只要有她在手里，还缺宝贝？高昌波正美滋滋地乐着，小通子一把拽住他的衣袖，大声叫道："爷，你看那是什么?"

高昌波一抬头，发现一股黑烟正从万安宫蹿上半空。

"我的奶奶呀，着火了。"高昌波惊惧地瞪大眼睛，此处偏僻，连禁卫巡逻都绕着走，他顿时急得出了身大汗，一脚踢向小通子，又一脚踹向小顺子，大叫道："还不快跑去叫人，去喊人救火……"

小通子和小顺子连滚带爬跑去喊人了。

高昌波揣着肥胖的肚子呼哧呼哧向万安宫跑去，在门口遇到前来接他的陈嬷嬷，两人顾不上寒暄，急忙向院子里跑去，一边跑一边说着话。

狐王令(上)

"陈嬷嬷,出了何事?"

"不知道呀,我出来接你,也是刚看见冒黑烟,天呀,要是秀女们出了事,我这条老命怕是不保呀。"

"行啦,冒一股黑烟,能出什么大事?"

两人跑向蕙兰殿,看见秀女们全跑出来了,宫里一片大乱。一些宫女太监端盆提桶跑去灭火,失火的不是秀女的房间而是文书阁,里面只有书籍、杂物,平日是两个嬷嬷的休息之所。

杨嬷嬷一头大汗,正指挥着众宫女和太监灭火,看见陈嬷嬷领着高昌波走过来,脸上一阵尴尬,此时出差池于她脸面上极不好看。高昌波一看火势已被控住,也没多言,只是问了人员的伤情,听到无人受伤,也便放心了。杨嬷嬷和陈嬷嬷诚惶诚恐地差人搬来椅子让高昌波坐下,高昌波刚落座,突然想到一个问题:"两位嬷嬷,秀女名册可在此处?"

杨嬷嬷和陈嬷嬷一听此话,心下一惊,可不是嘛,秀女名册正在此间文书阁里。杨嬷嬷和陈嬷嬷不由一阵面面相觑。

蕙兰殿外的空地上站满秀女,她们一个个无比开心,像一群久困林中的山雀,逮着机会终于飞上天空,一片叽叽喳喳,暂时忘却了身边的烦恼。

绿竹和菱歌一跑出大殿就在秀女堆里找拂衣,可怎么也不见她的人影。

"她不会是跑去看秋月了吧?"菱歌推测道。

"不管她了,"绿竹说道,既然自己被选出做四人的头人,定要把事做好,"反正也见到她们了,如今机会难得,趁乱赶紧把君王委托的事办了,找明筝姑娘,咱俩分头去找。"

"如何找?"菱歌问道。

"没别的法子,一个个问吧。"绿竹冷静地回答。

绿竹和菱歌商量好,就此分开,一个往东面,一个往西面而去。

这时,人群里还有一个身影悄悄离开众人,跑过花坛,躲到回廊里,然后沿着回廊向宫门跑去。跑到宫门前,看见宫门大敞着,一个人影都没有,她停下来,呵呵一笑:"皇宫,不过如此。"

此人正是明筝,她跑出宫门,看见一条长长的甬道,她想起来时前面是一处御花园,凭印象向左边一路疾走。

果然不远处看见一片假山奇石,初春的日头照下来,一些干枝上冒出青嫩的芽

狐王令（上）

子,水塘里冰雪已融化,水面在阳光下泛着涟漪。明筝走在碎石子铺的小径上,终于呼吸了一口自由自在的空气。

想到进宫这些日子如噩梦一般,盘桓在心头挥之不去,每次她都咬牙挺着,想到自己的血海深仇,她便不再抱怨,如若能亲手刺死仇人,她受再大的苦都值得,即使想到姨母,她也觉得没有辜负她。

正胡思乱想,迎面撞见一个小太监正往嘴里塞东西,可能明筝出现得太突然,小太监张嘴愣住,嘴里的豆子噼里啪啦往下掉,两条清鼻涕流到嘴边,小太监二话不说扑通倒地就磕头。

"你别怕,你叫什么名字?"明筝扶起他,看着他还是个孩子。

"小顺子。"小太监急忙囫囵吞咽下豆子,又一吸溜鼻子,收起两条鼻涕,他看明筝也是一愣,见她身上所穿衣裳既不是宫女的装扮,也不是嫔妃的衣饰,不知该如何称呼,只得又跪下,"请娘娘恕罪。"

"我不是娘娘。"

"公主?"

"也不是公主,叫我秀女姐姐吧。"明筝看他如此瘦弱,问道,"你吃不饱吗?"

"不,吃得饱,"小顺子一笑,"有时候办错差,就没饭吃,早上我睡过了点,爷罚我,不过挨到中午就有的吃了,秀女姐姐,我得赶紧过万安宫去,不然,爷又该罚我了。"

突然,从明筝身后伸出一只手臂拎着小顺子的衣领提到半空中,"大将军饶命呀。"小顺子闷声哀求着。

明筝一回头,看见宁骑城拎着小顺子,小顺子的脸被憋得煞白。

"你这人真是阴魂不散,"明筝伸手去夺小顺子,"你欺负一个孩子,算什么本事?"

"他可不是孩子,不好好当差,跑这里偷懒,我教训他是为他好。"宁骑城盯着明筝道。

小顺子低头看见宁骑城腰间的金牌,早吓得魂不守舍,浑身抖着,哀求道:"奴才知错了,求爷绕过这一次。"

"小顺子,别怕他,他只会虚张声势,"明筝夺下小顺子,安慰他道,"姐姐可是武林高手,他不敢打你,你快去当差吧。"

小顺子从来没有被人这么疼过,脸上眼泪鼻涕一起流下来。明筝鼻子一酸,看见他就像看见自己刚离京时的样子,孤苦无依,任人欺辱。她从身上拿出帕子,帮

狐王令(上)

115

小顺子擦去鼻涕。小顺子一把抢过帕子，道："姐姐，我洗净还你。"说完就跑了。

"喂，武林高手，你不在蕙兰殿背诵《女诫》，跑出来干什么？"宁骑城双手抱臂，饶有兴致地望着她。

明筝也不答话，转身便走。但宁骑城快她一步，拦到身前。明筝赌气向另一边走，又被宁骑城快一步拦住。

"宁骑城，你想干什么？"

"对呀，这话该我问你，"宁骑城收敛起笑容，沉下脸道，"你以为这是你家菜园子？这是御花园，不是什么人都能来逛的。你进宫多日怎么一点没有长进——"宁骑城脸色骤然一变，一把抓住明筝拎着她快步躲到假山后面。一盏茶工夫，一队宫女和太监举着宫扇华盖乌泱泱走过来，中间一乘八抬銮舆，远远望去珠翠锦袍一片炫目。

"你也想有一天坐到那上面去？"宁骑城压低声音问一旁的明筝。

"呸，我才不要坐到那上面。"明筝皱起眉头。

"那你为何进宫？"宁骑城看似漫不经心地问道。

明筝警惕地向一旁挪了一步，没好气地道："我为何要告诉你？"

"你我缘分不浅，别忘了，我还是你的恩公。"宁骑城看着明筝，"或许我可以帮到你呢。"

"哦？"明筝脑子飞快地转了起来，她瞥了他一眼，既然他主动说可以帮她，那就给他找点事做，最好把他吓跑，省得他再跑来缠住自己。"好呀，"明筝点了下头，"我想狠狠地整治那两个嬷嬷，你能帮我吗？"

"什么？"宁骑城紧绷着的脸一颤，"为何？"

"怕了吧，"明筝嘲讽地撇了下嘴，然后一脸怒容地开始控诉，"那两个嬷嬷可恶至极，她逼我们背《女诫》，什么狗屁文章，我只看了一眼，就看不下去了，你读过吗？你听听给评评理，上面说：古者生女三日，卧之床下，弄之瓦砖，而斋告焉。卧之床下，明其卑微，主下人也。弄之瓦砖，明其习劳，主执勤也……你听听，凭什么女子生下要睡地下，难道女子不是人？我父亲在世时，便只让我读四书五经，从未听闻有什么《女诫》。"

"这是你看一眼记下的？"宁骑城眼眸深邃地望着明筝，显然想到别处去了。

"还多了去了，我不说了，总之肺都要气炸了，我才不去背它，不背！"明筝气鼓鼓地说道。

"以前，东塘胡同李府，原工部尚书李汉江有一独女，名李如意，五岁即过目能诵,你可听说过她?"宁骑城突然问道。

明筝一惊,乍然从宁骑城口中听到父亲和自己的名字,不由愣怔,眼神里一片恍惚,方知自己失言,片刻后故作轻松地笑着摇头道:"不,不知道。"

宁骑城嘴角挤出一个似是而非的笑容,阴阳怪气地说道:"姑娘,依你这性子,在宫里活下去实属不易,非被嬷嬷整死不可。"

"所以呀,在她们整我前,我先整整她们。"明筝咬牙道。

宁骑城搓着双手,问道:"你说说看,怎么个整法?"

"往狠里整。"明筝说道。

"怎么个狠法?"宁骑城又凑近一步问道。

明筝皱起眉头,思忖片刻,终于下了决心:"我听说有一种药粉,沾到身上奇痒无比。"

"就这?"宁骑城忍住笑,不由想到诏狱的十八般酷刑,真不知她过目后会如何评说。"这种药粉还真有,叫'半步颠',沾到身上走出半步就痒痛发作,又痛又痒。"

"会不会死人?"明筝急忙问道。

"不会,你听说过有痒死人的吗?"宁骑城忍不住笑起来。

"你也会笑?"明筝看着眼前这个一身甲胄的男人笑得像个孩子似的,发现他卸下伪装,竟是个异常英俊的男子,不由开心地说道,"你长这么俊,干吗天天绷着脸?"

宁骑城第一次听到有人居然敢当着他的面夸他俊,脸上一阵阴晴不定,正要发作,明筝突然道:"喂,算我没说。"

"'半步颠'你要还是不要?"宁骑城阴着脸问道。

"要。"明筝略一思考,"夜里送来,我很好找。"

"为何?"宁骑城一愣。

"我被嬷嬷罚'提铃'。"明筝道。

这一句,又把宁骑城生生给逗乐了:"'提铃'?"宁骑城笑起来,"怪不得你要'半步颠',哈……"

第七章　神秘身影

一

万安宫里文书阁的火势在午膳前被扑灭了,原因也查明,是一个叫梅儿的宫女为图省事把熏香灰倒到墙角,未燃尽的香灰引燃木线,木线又引燃书橱,书橱里存放着宣纸书籍,星点大火星便引起一场大火。杨嬷嬷重重鞭打了那个叫梅儿的宫女,与梅儿一起当值的几个宫女也受到牵连。

杨嬷嬷对在她眼皮底下出此纰漏,甚是气恼,遂把怒气撒在众秀女身上。午膳前,她一连询问五人,其中只有两人能背出个一二来,三人不会。便罚其中三人"板著",那三个秀女只一盏茶工夫便倒地哀号,被宫女抬进寝殿。

匆匆用过午膳,杨嬷嬷一声令下,岂容半刻休闲,秀女们继续回到蕙兰殿读典。众秀女坐回原处,个个低眉顺耳,埋头苦读,再不敢出半点差池。大殿里一片"嗡嗡"之声,杨嬷嬷看惩戒初见成效,才满意地步出殿外。

绿竹看嬷嬷走了,着急地向身旁的菱歌问道:"拂衣怎么了?"

"许是被吓住了,她本来性子就软,不爱言语。"菱歌回头看着不远处的拂衣,见她面色苍白,低着头,一动不动。

"菱歌,你看那个秀女。"绿竹指着旁边一个秀女紧张地说道,"脸,你快看她的脸。"

菱歌顺着绿竹手指的方向望去,只见一个秀女一手捧书册,另一只手不停地挠着一边脸,那半张脸又红又肿,越挠越红。菱歌回过头,看着绿竹道:"难道她俩已经动手了?"

"不该呀?"绿竹皱起眉头。

"咱俩几乎挨个问,也没有找到明筝姑娘,难道她俩找到了?"菱歌叹口气,"翠微姑姑临行前交代,让咱们见机行事,看来她俩走在咱俩前面了。"

"万一不是呢?"菱歌道。

"不管她们,咱们还是接着找吧。"绿竹想了片刻,"这样,谁第一个背诵出《女诫》,谁就可能是明筝,这样才算是聪慧。"

"前两名吧,"菱歌补充道,"这样不容易出纰漏。"

两人商议好,信心满满地给对方一个鼓励的眼神,便开始四下去观察众秀女。两人的目光从众秀女面上掠过,在心里一个一个打着分。一盏茶工夫,愁云便重新笼罩到两人脸上。直到晚膳时,也没有一个人能背诵出来,杨嬷嬷不好再不让去休息,只好宣布用膳。

一出大殿,那个肿脸的秀女被发现,四周众秀女发出一片惊叫声。杨嬷嬷和陈嬷嬷循声跑来,也跟着一起惊叫起来:"哎哟哟,真不让省心呦,什么蹊跷的事都让咱们赶上了。"杨嬷嬷拉着那个秀女还没问清脸上肿胀的原因,不远处又起一片惊叫声,一个秀女跑来:"回禀嬷嬷,那边一个秀女脸上肿胀得更厉害。"

陈嬷嬷急忙跑向另一个秀女。众秀女议论纷纷,有人说膳食里有毒,有人说两名秀女招惹了不洁之物。陈嬷嬷跑到杨嬷嬷身边,两人低头耳语一番,决定暂时停止用膳,并派宫女喊来膳房里的太监,太监一看两名秀女的模样也吓一跳,急忙又差人唤管事太监。

管事太监张成急急赶来,他五十多岁了,在宫里也有年头了,见多识广,他打眼细瞅了两个宫女,方长出口气道:"无妨,这是水土不服,取点灶心土水煎顿服,即可。"

大家虚惊一场,秀女们依次走去用晚膳。

绿竹和菱歌瞅准机会走到拂衣身边,拂衣也看见她俩,三人默默用眼神交流着重逢的喜悦。绿竹挨近拂衣,压低声音道:"那两个秀女,怎么回事?"

"吃了药。"拂衣一脸愁苦地道,"只怕是弄错了。"

"你们竟然擅自行动?"绿竹不满地说道。

"找不到你们,你说我俩咋办?"拂衣无奈地说道,"抽空我去看了眼秋月,她被整惨了,腿一直抽筋。"

"晚上,我们去看看她。"菱歌在一旁插嘴道。

"不要再擅自行动了,这次要瞅准了。"绿竹叮嘱。

"你们说这个明筝姑娘为何要隐藏起来不肯露面呢?"拂衣问道。

"定是有原因,"菱歌脸上露出猫抓老鼠的神情,"哼!不信抓不住她。"

"不要胡思乱想了,君王交代的事,必须尽力去办。"绿竹抬起头,忧心地望着这支队伍,这百十号人里到底谁是明筝呢?

秀女的队伍从杨嬷嬷和陈嬷嬷面前迤逦而过,秀女们个个敛声静气低眉俯首。经过这些天的较量她们已经领教了两位嬷嬷的手段,一个个都如同惊弓之鸟。当明筝走过陈嬷嬷身边时,被认出来:"香儿,你可记着晚上要去领罚?"

"是。香儿记着晚上去'提铃'。"明筝低头回道。

四周的秀女吓得都缩起脖子,生怕陈嬷嬷看见自己。

用罢晚膳,天已经黑了。明筝被一个小宫女叫出来,往明筝手里塞了盏宫灯,道:"去灶上点上,便去'提铃'吧。"小宫女说完,转身走了。

明筝看着手中黑乎乎油腻腻的宫灯,心想这皇家的东西不过如此。明筝挑着宫灯走进膳房,向一个小太监讨了一个纸媒子点燃了灯烛,扣好罩子,地上立刻亮出一团柔和的光。

明筝挑着宫灯出了膳房,秀女们都回寝殿了,院子里只有几个负责清扫的太监在扫院子。刚才递给她宫灯的宫女走过来,指着万安宫的宫门说道:"出门向左,过乾清宫,经日精门、日华门,再回来,别忘了,口不能停。"

甬道里死一般的寂静。明筝挑着那盏破宫灯,豆大点的光亮在地上不停地晃着,画出一个个圈圈。四处墙角不时发出恐怖的响声,有时是风声,有时却像是某种不明物种蠢蠢欲动的低吼。明筝虽然嘴里说着"不怕",但是手还是止不住抖起来。

此时,她想起小宫女的嘱咐,不敢违逆,因为怕被发现后又被她们罚个什么稀奇古怪的刑罚。这种刑罚估计也只有皇宫里的人能想出来,这些嬷嬷有吃有喝有大把的时间,不想这些如何消磨漫漫长夜。

明筝突然后悔如此任性地跑到这个鬼地方,她心里一阵酸楚,想起姨母、张伯,还有萧大哥,也不知他们现在是否还在生她的气。特别是萧大哥,她没有与他话别便走了,她还能见到他吗?

狐王令(上)

眼泪在明筝眼眶里打转,眼前也变得黑乎乎一片。于是,她索性跑到一处台阶上坐下,把宫灯放到一边,望着前面一眼望不到头的宫墙,托起腮帮:"天呀,还要走多远呀?"

"不过才走到这里,就走不动了?"一个低沉的嗓音在她头顶响起。

"谁?"明筝吓得一抖,立刻跳起来,身体正好撞到硬邦邦的甲胄上,眼看就要失去平衡,却被一只手臂揽住。明筝手触碰到甲胄,脑子里立刻想到是谁,忙闪身避开,"放开我,太无礼了。"

"是你撞到我。"宁骑城依然是那副德行,似笑非笑,"我一直跟在你后面,你又唱小曲又骂娘,喂,你这个性子能在这地儿活几天呀,趁早离开这里得了。"

"不用你管。"明筝一伸手,"'半步颠'呢?"

"在我这里。"宁骑城伸出手掌,手掌里有一只紫色小瓶。

明筝伸手去拿,宁骑城突然扬起手臂:"跟我去一个地方。"

"你想杀人灭口?"明筝瞪着他问道。

"我杀人还用找地方吗?"宁骑城一阵冷笑。

"劫财? 我没有。劫色?"明筝退后一步,盯着宁骑城。

"你?"宁骑城抱住双臂不屑地看着她,"本官什么样的美人没见过,就你,像根柴火棍似的。"

明筝挠挠头,茫然地看着他,问道:"你想带我去哪里?"

"出宫。"宁骑城凑近她道,"我已打探到,万安宫的一把火把秀女名册烧了,你跟我离开这里,他们也暂时查不出少了谁,你的家人也不会受到牵连。"

"然后呢?"明筝忍着怒火瞟着他。

"跟着我不好吗? 我至今尚未婚配。"宁骑城说到这里失声笑起来,他也不知道自己为何会笑,但是他被自己的话逗乐了,"我真的尚未婚配。"

"想都别想。"明筝一把推开他,提着宫灯就跑。

宁骑城几个箭步就到跟前,说道:"我可是在跟你好好说呢。"

"如果不好好说呢?"明筝反问一句。

"你想体会一下我的手段?"宁骑城说着,不等明筝反应过来,一把抓住她的衣领跃上一旁的高墙,宫灯掉到地上,顿时燃起来,蹿起的火苗跳跃着。明筝眼睁睁看着宫灯被毁,想到明日又会有一顿责罚,气不打一处来。她愤怒地抬起头,这才发现在宁骑城手上,自己的三脚猫功夫根本对付不了他。

脚下的宫墙只勉强容下两只脚掌,她就像飘摆的风筝挂在墙头。宁骑城怡然

狐王令(上)

自得地看着她,明筝为了避免掉下去,只得抓住他胸前的甲胄,只听他暗哑的声音在头顶上响起:"李如意,如果你的真实身份被宫里人发现,你还能活吗?"

明筝身体抖起来,她牙齿不停打着战:"你是怎么知道的?"

"我当然有我的办法。"宁骑城冷冷地说道。

"你为何不告发我?"明筝问道。

"那样对我有什么好处?"宁骑城逼近一步。

"你想要什么好处?"此时明筝已经冷静下来,看来这些天他一直在暗查她。

"《天门山录》。"宁骑城爽快地说道。

又是《天门山录》!自她回到京城,便被这本书卷进一起又一起风波里,萧大哥说得不错,此书真乃祸首。明筝抓着甲胄的手猛地松开,她似乎忘了是在高墙上,往后一退,瞬间身体失衡跌下高墙,明筝一声惊叫闭上双眼,只感觉身体一颠,再次睁开眼睛却发现自己躺在宁骑城的怀里,两人已落到地面。

"放开我。"明筝挣脱出宁骑城的怀抱,挥手扇了他一耳光,"你听着,此书已毁,在世上再无可能见到。"

宁骑城被打得眼冒金星,气急败坏地瞪着她,阴森森地说道:"你会来求我的,看你在宫里还能坚持几天。"

明筝转身就跑。

"我可以等。"宁骑城远远地抛出一句。

明筝撒腿跑了一阵子,听到身后一片寂静,确定自己已经离开了那个魔头,这才放慢步子。四周一片漆黑,只有头顶上一弯惨淡的下弦月。出来时带的唯一的光亮也被毁了,明筝越想越气,眼泪顺着脸颊流下来,她挥袖擦泪,从袖口掉出一样东西,是一段绳结,她抓住绳结竟从袖里拉出一个小瓶,正是那瓶"半步颠"。

明筝想不起宁骑城何时把这个药瓶塞进她的袖兜里。看着这个药瓶,便想到宁骑城那张可恶的似笑非笑的脸,一怒之下,拎起绳结便扔了出去。

小瓶扔了出去,心头的气也消了一半,脑子也清醒过来。她站在原地环视四周,这才发现自己的处境,她在宫里迷路了。前方隐约可见弯弯曲曲的小径,小径边上是一片开阔地,在月光下明亮如镜,原来是一片水塘,水塘边有雕栏的白玉桥。

直到此时,明筝才想到刚才生气扔出去的"半步颠",后悔得直跺脚。她抬头看天,夜还早呢,遂又返回原地,开始四下寻找。她弯腰趴在地上,四处是枯黄的草。那个小瓶应该不会扔太远,明筝想着在草地上爬着向前寻找。

此时前方传来一阵窸窣的响声,明筝心里一阵紧张,若是野猫、野狗还不当紧,可别跑出个别的东西。又一想,此时身在皇宫里,哪会有野猫野狗之类呀?正想着,只见前面一棵树下卧着一只纯白的东西,尾巴还在动,白狐?鬼?突然那东西直起身来,明筝哇地尖叫了一声,撒腿就跑,却被自己的裙裾绊倒了。

"鬼姐姐,你别吃我,我还大仇未报,身上肉也不多。"明筝趴在地上嘴里叽里咕噜地说了一通,却不见身后有动静,便抬起头,只见那只"鬼"浑身抖成一团,靠在一棵树上直喘气。

明筝没想到自己能把"鬼"吓成这样,胆子壮了起来。这么胆小的"鬼"还是第一次遇见。明筝硬着头皮站起身,慢慢靠近树下,这才发现桃树下站着一名女子,只是她身上披着一件白色裘皮大氅。女子也从惊惧中恢复过来,颤声问道:"你是人是鬼?"声音轻柔似风般,一掠而过。

"我是人,活的……"明筝的回答很凌乱。

女子便不再追问,她静静地看着她。明筝借着惨白的月光,可以看见此女子一张娇小玲珑的脸,肤色晶莹如玉,双目犹似一泓潭水深不见底,静而无波。

明筝还是第一次见到如此美若天人的女子,愣怔片刻,方醒悟过来,身在宫中,那么此女子极有可能非嫔即妃,忙跪下行礼:"请娘娘恕罪,方才冲撞了娘娘。"

"不要叫我娘娘。"女子轻柔地说道。明筝以为女子还生气,忙又屈膝行礼道:"请娘娘恕罪。"

"我不是娘娘。"女子轻飘飘地说道,"一个囚而已。"

明筝一阵愣怔。

"你在找什么?"女子问道。

"一个小药瓶。"明筝比画了一下大小。

"是这个吗?"女子手掌伸开,正是那个小药瓶。

"是。"明筝看到"半步颠"失而复得,一阵高兴,"方才我一甩袖子,它就飞出去了。"明筝说着便伸手去取,但女子突然收回来,道:"它正砸到我头发上,还给你也行,你要回答我一个问题。"

"你说。"

"告诉我,今日是何年何月?"

"啊,"明筝诧异地看着面前这个女子,想了想道,"如今是正统十三年,二月初五,时辰嘛,似是刚敲过三更。"

女子点点头,伸手把小瓶子递给明筝,转身向桃树走去。

"娘娘,你是不是病了?"

"叫我青冥。"女子说着,蹲下身,手握瓦片往树干上画着什么。

明筝好奇地跟上前,看见树干上被画出密密麻麻的道道,不由好奇地问道:"青冥,你划这么多道道做何用?"

"是我离家的日子。"青冥一脸落寞地轻语。

"啊,这么多日子。"明筝站起身,走到树干后面,发现树干几乎被画满了。

"五年零十五天了。"青冥眉间一片悲凉。

"你想回家?"明筝问道,问过便发觉这个问题很蠢。

青冥不为所动,继续画那一条道,一边自言自语:"我睡了二日,要补上去。"

"你是哪个宫里的? 我看你不像是宫女,你是……"明筝忍不住好奇接着问道。

青冥不再理她,固执地用瓦片刻着,看上去她已经使出了全力,身体抖动着,似乎随时都会倒下。突然,她停下来,扔下瓦片,似一阵风般向雕栏白玉桥跑去,不一会儿,那片白色的影子便消失在夜色里。

明筝急忙摇晃自己的脑袋,方才的一切太不真实,像一个恍惚的梦。

明筝回到万安宫已是四更天。她与那个叫青冥的神秘女子分开后,昏头昏脑转悠了半个时辰,直到碰见一队巡夜的禁卫,费了好一番口舌,才被禁卫带回到万安宫。

明筝高一脚低一脚地往寝殿走,她已筋疲力尽,路上又受点风寒和惊吓,此时就倍觉头昏脑涨。她扶着墙壁走进寝殿,里面漆黑一片,只隐约听见轻轻的抽泣声。明筝摸着炕铺的沿寻找自己的铺位,一只手抓住了她:"香儿,这儿,再往前走三步。"

明筝听出是左边铺的一个叫冬梅的秀女:"你怎么还没睡?"

"哪里睡得着,你听听,也不只我自个儿没睡。"冬梅从炕上坐起身,拉住她的手坐到炕边,"呀,你的手冰凉,快到褥子里暖暖,快点,遭大罪了吧。"

明筝似一摊泥般倒到自己铺上,冬梅急忙起身帮她拉上被子盖好。明筝一把拉住她的手,这一夜的经历让她心里五味杂陈,想到那个青冥,明筝叹口气:"唉,睡不着的何止咱们? 我刚才遇见一个娘娘,绝世美人,可惜没问清住哪个宫。"

"你撞到鬼了吧? 这个时辰,哪会有娘娘出来?"冬梅又给明筝拉了拉被子。

"真的。方才我也以为是鬼,像个白狐,"明筝声音低下来,听得冬梅心惊肉跳,"但不是,她告诉我,她叫青冥。"

“青冥?”冬梅笑道,“嗨,我当是谁,是她呀,你晚上遇到她,一点不奇怪,她脑子有病,宫里人都知道。”

“你认识?”明筝一骨碌坐起身。

“我没见过她,但我听姑姑说起过,”冬梅靠近明筝,压低声音道,“我姑姑在尚宫任女史,姑姑说她貌若天仙,只是命途多舛,又命犯桃花,处境凄惨。”

“哦,”明筝一听到此,睡意全无,她凑到冬梅面前,央求道,“你倒是说说嘛。”

“听姑姑说,这个青冥是五年前从江南而来,当时是东厂督主王浩将她献给皇上的,她的美貌震惊后宫,皇上也惊讶于她玉质天成的容颜,并册封她玉妃,取她洁白如玉的肌肤之意。但她却拒绝皇上临幸,这下触怒龙颜,被打入冷宫。半年后,皇上仍对她念念不忘,传口谕只要她回心转意,就免去处罚。但她仍然不从,皇上大怒,强行临幸了她,事后就将她打入冷宫幽禁起来。不想后来,她有了身孕,她竟然自行了结,冬日里走进冰冷刺骨的水塘断了胎气,她也几乎命悬一线。太后听闻大怒,对她施了酷刑,她在冷宫里一躺就是三年,很多人都以为她死了。你今夜遇见她,看来她已能下床了。”

明筝双眼含泪,看着前面空茫茫黑夜,一言不发。

冬梅推了她一下:“喂,你这是怎么了?”

“我已经很惨了,没想到还有比我更惨的人。”明筝心头一酸,真恨不得跑出去追上那名女子,但追上又如何?

“别瞎操心了,想想你自个儿,明日该咋过这一关吧。”冬梅噘起嘴,哭丧着脸,道,“打小就不识几个字,让我背那一箩筐字码,要了我的命呀!”

明筝慢慢从衣袖里掏出那瓶“半步颠”,嘴角一抿,道:“明日有热闹可瞧了。”

二

翌日卯时,窗外还漆黑一片,秀女们便被叫醒。寝殿里顿时热闹起来,慌乱中秀女们有的拿错衣服,有的踩错了布帛鞋,叽叽喳喳嚷声一片。冬梅系好裙子回头一看,炕铺上只剩下明筝一个人,便急忙上前去喊她:“香儿,醒醒……”

冬梅发觉不对劲,急忙去摸明筝面颊,火烫火烫。冬梅不敢耽搁,跑到殿外找到宫女。两个宫女一前一后走到明筝铺前,一个俯身试额头,向另一个宫女递了个眼色,两人走到殿外。冬梅慌张地跟在后面,问道:“可是要去请御医?”

"放肆,这里是何处?"一个宫女回过头,严厉地训示道,"怎可随便见人。容我回禀杨嬷嬷,去御医房支取药材就是了。"

冬梅返回寝殿,取来一罐水放在明筝旁边,并附在她耳边低语叮嘱:"香儿,我去蕙兰殿了,你好生睡一觉,渴了就起来喝水。"冬梅说完跟随其他秀女走出寝殿。

明筝迷迷糊糊听到冬梅的话,待她睁开眼睛,寝殿里已空无一人。虽然身上发热,浑身酸痛,但一想到可以不去蕙兰殿读典,还是很开心。她挣扎着坐起身,端起身边冬梅留下的一罐水,咕咚咕咚一气喝完。她放下水罐,脑子也清楚些了,便发现寝殿里不光剩下她自个儿,其他炕铺上还躺着两个秀女,因痛低声呻吟着。

明筝认出是昨日被罚"板著"的两个秀女。想到两个嬷嬷的严苛,以及众秀女的可怜处境,便决定惩治一下,杀杀两个嬷嬷的威风。她从怀里掏出那瓶"半步颠"。虽然宁骑城很讨厌,但是这个小药瓶却可爱得很。

明筝躺在炕铺上冥思苦想,不多时便又睡着了。不知过了多久,明筝被一阵哭泣声吵醒,勉强睁开眼睛,却看见冬梅坐在炕头哭泣。

"冬梅,出了何事?"明筝用手支着身体坐起来。

"香儿,我害怕……"冬梅哭道,"你不知道,一早便有两个秀女把整部典都背诵出来,杨嬷嬷和陈嬷嬷大为得意,责令其余秀女也要如她们那番,下午便逐个儿查,背不出者罚'提铃'。秀女们午膳都不敢吃,在大殿上苦读呢,可是,我还是记不住呀,我可怎么办呀?"

明筝一骨碌爬起来,看看窗外的日头,已经到了午时。明筝下床,拉住冬梅就走:"咱们去膳房,先填饱肚子。"

"香儿,你可好些了?"冬梅一脸疑虑地看着明筝的脸。

"无妨。"明筝拉住冬梅,附在她耳边悄悄说道,"我有办法让两个嬷嬷下午保准不会为难咱们。"冬梅瞪着眼睛无法置信地看着明筝,明筝向她眨下眼,"相信我。"明筝拉着冬梅向膳房走去。

膳房里一排排矮桌前坐着用膳的秀女,大家呆坐在矮桌前,个个满怀心事,矮桌上饭食剩下很多,放在平日早就一扫而光,如今大半剩着,大家都食之无味。有的草草往嘴里扒拉几口,便早早回了大殿。四周空下不少座位。明筝拉着冬梅赶到时,很快就找到位置坐下。

明筝注意到头排有两个秀女与众不同,其他秀女都默默低头进膳,只有她俩有说有笑。冬梅撇着嘴目光看向那两个秀女,凑近明筝耳边道:"就是她俩把整部书典都背诵出来,看她俩得意的样子。"

两个秀女也同时注意到明筝和冬梅，一个秀女扯开嗓子叫起来："呦，这不是昨晚'提铃'的那位吗？如何呀，听说你昨夜撞上女鬼了？"

"没有撞上鬼，"明筝微微一笑，徐徐说道，"我倒是遇见一位神仙姐姐。"

"哼，"另一个秀女白了明筝一眼，一脸不屑地说道，"扯什么慌，自己背不下书，扯上神仙也没用，你今夜还得接着'提铃'去。"话音一落，两人已笑成一团。

冬梅忍无可忍，怒气冲冲地说道："会背书就了不起，就可以欺负人？"冬梅的话让在座的一些秀女感同身受，纷纷望向这里，大家虽不敢多言，却用目光支持冬梅。

"我说遇见神仙姐姐，你俩不信？"明筝眉头一挑，也有意要捉弄一下这两个秀女，杀杀她俩的气焰，便说道，"神仙姐姐给了我一丸神丹，服下后过目不忘。"

"哈哈……"两个秀女笑得更起劲了。其中一个高个子秀女道："别说过目不忘了，你能把《女诫》背出来，我就头朝地倒着走。"

"好呀，"明筝站起身，环视四周，"姐妹们可都听见了，给我做个证。"四处一片迎合声："听见了，我们做证。"明筝捧过面前的粥碗一气喝下，用袖头抹了下嘴角，开始背诵："鄙人愚暗，受性不敏，蒙先君之余宠，赖母师之典训。年十有四，执箕帚于曹氏，于今四十余载矣。战战兢兢，常惧绌辱，以增父母之羞，以益中外之累……"

众秀女一片称奇，明筝竟把"序"也背诵下来，而她们连看都不看，直接从卑弱第一读起。全典共七章，包括卑弱、夫妇、敬慎、妇行、专心、曲从、叔妹。明筝不急不躁，一字一句，声声入耳。众秀女一片掌声，大家惊异地望着明筝窃窃私语。

在后一排矮桌上，有四个秀女同时目瞪口呆地望着明筝。绿竹第一个反应过来，她一把抓住拂衣问道："药丸呢？还有吗？"

"还问药丸？"秋月不耐烦地朝前面那两个秀女一努嘴，"不是你的主意吗？早已放到那两个秀女的粥碗里了。"

"你以为这是放糖丸呢？"绿竹气呼呼地道。

"不是你说的最先背出全典的最可疑？而且咱们还加了保险，把第二位也包进去了。"

"我是说过，"绿竹指着正在摇头晃脑口若悬河的明筝问道，"可是这位咋办？"

四个人大眼瞪小眼，互相瞅着。

"唉，也不多她一个。"秋月向绿竹抛个媚眼，"多走几位，咱不就有优势留下了吗？"

"秋月，"绿竹最烦秋月在她面前搔首弄姿，便没好气地道，"你有抛媚眼的工夫,还不如多看几页书,下午嬷嬷过来逐个查,看你怎么过了这关。"绿竹又看看左右,道,"还有你们,可会背诵?"

拂衣和菱歌看着绿竹,像看见怪物一样,摊开双手,菱歌第一个怼道:"绿竹,你是第一天见到我吗? 我识字吗? 你不知道?"拂衣接着怒怼:"是呀,你在咱们姐妹面前摆什么谱呀,不就比俺们多识几个字吗? 这些天咱们只顾寻找那个叫明筝的家伙了,哪顾得上别的。"

"我差点被嬷嬷整死,你不知道?"秋月也凑过来道。

"娘呀……"绿竹抱住头,既无语又无奈,"但是,别忘了,君王嘱咐咱们四个要留下来,过不了这一关,如何留下来? 不留下来,如何查找郡主?"

"绿竹,你想得太远了,先顾眼前吧。"拂衣指着前面正在背诵的明筝,"这个,谁去?"

三人同时望着菱歌,菱歌脸色一变,急忙摆手:"不行不行,还是你们有经验,还是你们去吧。"

秋月冷着脸,道:"祸害人的事,谁也不愿意多干。"

"就是,"拂衣道,"就你没下过手。"

膳堂里一片喧哗,众秀女又是起哄,又是大笑。刚才还盛气凌人的两个秀女此时灰溜溜站起身跑了,众秀女很解气地在后面嚷嚷:"倒着走,倒着走……"

冬梅笑得眼泪都流下来,几个秀女围住明筝,纷纷讨要神仙姐姐的神丸。明筝见玩笑开大了,想一跑了之,但看到众秀女渴求的目光,她灵机一动,把手指放到嘴唇上,示意大家安静。众秀女静下来,眼巴巴看着明筝。

"姐妹们,"明筝举起那个小紫瓶,压低声音道,"神仙姐姐给我一个宝物,我用到那两个嬷嬷身上,她们就不会为难咱们,让咱们顺利过关。"

"真的?"

"太好了。"

众秀女解脱了似的一片欢呼,明筝示意大家安静,"嘘,天机不可泄露。"

"这会儿,"一个秀女道,"两个嬷嬷定是在轩逸阁午憩,昨日我从那里经过,就听见她们声如洪钟的呼噜声,可响啦,像两头猪一样。"

众秀女又是一阵笑声。明筝一想这个时机正好,便拉着冬梅跑出去。两人沿着回廊向轩逸阁跑去。轩逸阁在蕙兰殿后面,前面是个小花园,有回廊连着。两人一边走,一边说话。冬梅仍处在兴奋中,她不停地问明筝:"你真遇到神仙姐姐了?"

"我逗她们呢。"明筝调皮地笑起来,"世上哪有什么神仙呀!"

"那你这个小药瓶从何处来？"

"好姐姐，快问问了，帮我个忙。"明筝附到冬梅的耳边小声说了一句，冬梅点点头，便往大殿跑。片刻工夫，冬梅呼哧呼哧跑回来，手里多了一张宣纸。明筝接过纸，嘱咐她蹲在回廊望风，见有人过来，咳嗽一声。

明筝蹑手蹑脚溜到轩逸阁前，她弯腰爬到窗下，听到里面传来断断续续的呼噜声，隐约分辨出是两个人，便放了心。明筝卷起纸，卷成一个细管，折起一头，把紫瓶里的药粉倒入管内，她收起瓶子揣怀里，举着细管向一扇半开的窗里猛吹一口气。明筝急忙弯身躲到窗下，接着听到屋子里接连打起喷嚏。

明筝忍住笑，爬了几步，来到回廊，向冬梅跑去："冬梅，回大殿，有好戏瞧了。"

蕙兰殿里众秀女坐在各自座上，大殿里气氛诡异，已少有人安心读典，而是三三两两议论纷纷。

午间膳堂里的事，一传十，十传百，把一个秀女得神仙宝物的事传得神乎其神。这些秀女多出自民间，识字不多，但从小耳濡目染听着上一辈讲鬼神故事长大，不由不信。众人谈鬼说神很是尽兴，不知不觉过了半个时辰，还不见两个嬷嬷的身影。

这时，中间两排起了喧哗，不少秀女惊叫着躲到一边。上午还春风得意、最早背出《女诫》的两个秀女，一个脸肿胀成皮球，一个脸像从泥浆里拎出来一样，又黑又青。许是痛痒的缘由，两人不停地挠着脸，抓出血痕。两个秀女对看着，又哭又闹。

几个宫女闻讯跑过来，也是束手无策。有宫女便催促："快去请嬷嬷。"一个宫女转身跑出大殿。

与出事秀女隔着两排座位，有四个秀女并排坐在一起，她们神情异常严峻地盯着那两个出事秀女。

菱歌终于忍不住，捂住脸："我受不了，我不干了。"

其他三人相互对视着，你看看我，我看看你。"谁干的？"拂衣冷冷地问道。

秋月把手指向绿竹："是她。"

"是我，我太紧张失了手，多放了一颗。"绿竹哭丧着脸，面带愧疚地承认道，"不过，翠微姑姑说了，过个月把便会好，顶多留个疤。"

三人一起瞪着她。"我就说嘛，她定是嫉妒人家比她聪明，才多下了一颗。"拂衣一脸厌弃地说道。

狐王令（上）   129

秋月拍拍菱歌道："那小丫头，还是交给你吧，省得她一失手，放进去三颗。"

"好。"菱歌咬咬牙，"那小丫头我挺喜欢的，能不能只放半颗？"

"不行。"三人同时答道。

突然，大殿外一声咳嗽。四个宫女缓缓走进来分列两旁，杨嬷嬷和陈嬷嬷一前一后走进来。只是今日两人模样甚是古怪，全然没有了往日的威仪。杨嬷嬷不停地扭动着脖子，耸着鼻子；陈嬷嬷一只手一直伸在背后不停地挠着，脸上一副欲罢不能的表情。此时陈嬷嬷顾不上礼仪，一只手伸进袖筒里抓挠起来。

座上的众秀女终于忍俊不禁，笑声会传染，接着整个大殿一阵哄堂大笑。

"放肆！"杨嬷嬷气急败坏地拿起戒尺，大喝一声，"谁再笑！"

大殿里瞬间寂静下来，众秀女垂下头，有的捂住嘴，有的干脆抱住头。

陈嬷嬷走到杨嬷嬷面前，指着背道："姐姐，你帮帮我，我总觉得背上爬进了几条虫子，你帮我看看。"

"成何体统。"杨嬷嬷脸上阴晴不定地变幻着，她强忍着身上不适说道，"听宫女说，又有两个秀女脸上浮肿，这到底是怎么回事？"

"难道咱俩也是水土不服？"陈嬷嬷想起管事太监的话。

"呸！"杨嬷嬷紧皱眉头，"在宫里吃了半辈子饭了，水土不服个屁。"

"姐姐，我不行了，"陈嬷嬷挤眉弄眼，身体忍不住颠起来，"姐姐，我得找个地方脱去衣服，看看里面是不是有虫子，太痒了，痒……"陈嬷嬷说着，一边颠着跑出大殿。

经陈嬷嬷一说，杨嬷嬷也感觉背上爬满虫子，她已无心再管这些秀女，强忍着不适大声说道："圣上旨意，秀女学习《女诫》，是女子以柔弱为美，以恭顺为德，大道有阴阳，世人分男女，男以强为贵，女以弱为美。做到贞静清闲，行己有耻，秉承此典精义，你们要谨记。此典你们可都能背诵？"

明筝向冬梅眨了下眼，大声道："能背诵。"

众秀女也跟着明筝大声道："能背诵。"

"好……太好了……"杨嬷嬷身上火烧火燎，已全无心思，再顾不上其他，转身便向殿外跑去，一边跑一边叮嘱身边的宫女，"你在大殿看着，不许秀女乱跑，我去去就回。"

杨嬷嬷跑到轩逸阁，路上已把比甲脱下，手不停地挠着脖子，但是越想越觉得事情蹊跷，心里越发慌乱。近来万安宫怪事连连，前两日有两个宫女脸部肿胀，管事太监说是水土不服，喝了几天灶心土也不管用，如今又有两名秀女脸肿胀起来，比前两位还厉害,一个都溃烂了。想到此她吓出一身冷汗,身上更痒了。看来再不能瞒下去了,秀女一事事关国体,岂是她一个小小尚仪局女官能担待的?

杨嬷嬷拔腿就去找高昌波。高昌波是司礼监王振手下随堂,专听候王振差遣,此事定要向他讨个示下。

此时膳房里一片喧哗,一排排案几前坐满秀女,大家有说有笑,一改前几日的阴郁和不安。原以为下午两个嬷嬷会逐个查看背诵《女诫》,这一关不好过,没想到会是如此令人欢喜的结局。

一下午,两个嬷嬷不见踪迹,几个宫女站在大殿上,她们哪里能镇住这些秀女呀,大家撒欢地过了一个欢乐的下午,还不到用膳时间,秀女们便早早跑进膳房,吆喝着肚饥直等着开饭。

菱歌在进膳房时,被秋月推到明筝身后,她随着明筝走进来,坐在一处。明筝左手边是冬梅,右手边是菱歌。晚膳很简单,一碗粥,一块饼。各自领取后坐在矮桌前用膳,只听周围一片呼噜噜喝粥的声音。

菱歌从脖颈上的护身符里取出药丸捏在手心,汗已浸湿了药丸,还找不到下手的机会。一旁矮桌前拂衣、绿竹和秋月虎视眈眈地盯着菱歌。菱歌在凌厉的眼神攻击下抬不起头来,她越发紧张了。

明筝侧头突然看见菱歌脖颈上的护身符,吃了一惊,似是在哪里见过。虽然这个护身符很细小,更加精致,但形状很眼熟。她好奇地靠近菱歌,小声问道:"这位姐姐,可以让我看看你脖子上挂的香囊吗?"

菱歌正愁没机会接近明筝,一听此话,莞尔一笑,道:"是娘亲留给我的。"

明筝伸手捏住那个物件,这是一块被磨得光可鉴人的乌木,散发着一股奇香,像个小盒子,上面刻着一只狐狸头,四周镶着四颗五彩的石子,奇巧精致,明筝赞叹道:"真漂亮,姐姐,你是狐族人?"

菱歌身体一僵,眼神愣怔着,失声问道:"你如何得知?"

明筝指着她脖子里的物件,压低声音道:"这种护身符,只有狐族人有,而且每人都有一个,是出生时大祭司给的。"

菱歌更是惊异,她眼神闪亮压低声音问道:"你可是认得狐山君王?"

明筝摇摇头,但是她从《天门山录》中得知,狐山君王是狐族少王,老狐王所立。

菱歌更加起疑,问道:"你如何知道狐族护身符?"

明筝一皱眉,暗暗自责多嘴,她不能提那本奇书,只能敷衍道:"是从一个朋友

狐王令(上)　　　　　　　　　　　　　　　　　　131

处得知。"

"请问妹妹的名字，以后也好多多来往。"菱歌一笑问道。

"喊我香儿即可。"明筝为了防止这个秀女再问其他问题，急忙端起粥碗，先堵住自己的嘴巴，咕嘟咕嘟喝起来。

菱歌斜眼看着明筝喝下粥，心里一阵可惜，如此秀丽的少女喝下那稀奇古怪的百香转筋散不知会变成何种模样。虽然她的直觉告诉她，这个香儿很有可能是她们要找的人，不过，她心里还是有些忐忑，她为何叫香儿？

她一抬头，看见一旁那三个秀女心满意足地望着她，菱歌气不打一处来，不过想到君王的重托得以完成，便也陡然轻松起来，端起粥碗一气把凉粥喝完，几口吞下饼子，摸了下肚子，跟没吃一样，便嘟囔起来："进了宫，连饭都吃不饱。"

菱歌扭头四下张望，这才发现膳堂已空了大半，不仅身边的那个秀女不见了，连一旁那三位一直监视她的狐女也不见了，菱歌骂了句土话，也跑了出去。

用过晚膳，离回寝殿就寝还有半个时辰。秀女们三五成群在花园里闲逛。明筝和冬梅也走了出去，一想到今晚不用"提铃"，明筝就想出万安宫到其他地方逛逛，对冬梅一说，冬梅脸都白了。

"香儿，这里可是宫里，不能随便走动的。"

"不能随便走动？那我进宫来做什么？"明筝噘着嘴，硬拉冬梅走向宫门，看见门前站着几个太监，大门已上了锁。看来根本出不去，明筝闷闷不乐地往回走，怪不得好些人家都不愿送女儿进宫，原来宫里的日子如此难熬。

明筝有些懊悔自己的任性和鲁莽，一赌气跑进宫里，想出宫恐怕不容易。她搓着脸颊，总觉得脸上粘了米粒，又痒又胀。一旁的冬梅一把拽住她的手，惊愕地叫道："香儿，你的脸？"

明筝也觉得很不舒服，看见冬梅发慌的眼神，忙安慰道："没事，可能让蚊子咬了。"

"二月里哪来的蚊子，"冬梅叫起来，"妈呀，香儿，你的脸也肿起来了。"

明筝捂住脸，想想那几个秀女的可怕模样，心里一慌，丢下冬梅向花园里水池跑去。莲花池里的冰在午后的日头下融化了大半，明筝跪在池边，看见水里晃动的倒影：一个完全陌生的面孔十分恐怖地呈现在水面，脸肿得变了形，眼睛被挤成一条缝。明筝吓得一屁股坐到地上，心想：这下好了，仇还没报，容先毁了。

突然，水池边传来急促的脚步声。明筝没有回头，她怕吓住冬梅，叫道："你快走开呀……"

"这位妹妹，"明筝听见不是冬梅的声音，一回头，看见一位陌生的宫女，她看上去顶多有二十岁，眼睛下方有一颗痣，很是瘦弱。她突然跪下来，对明筝道："妹妹，我是这里一名宫女，求你一件事，不知妹妹是否应允？"

"何事？"明筝急忙扶起她问道。

"你若有机会出宫，劳烦替我送一封家书好吗？"宫女眼睛一红，眼泪顺着脸颊掉下来。

"你如何知道我能出宫？"明筝问道。

"你是秀女，如今出现病症，定是不能留下的。"宫女再次跪下，哀求道，"我进宫八年，日日思念家中亲人，即便不得相见，向他们报一声平安也是好的。"

"好。"明筝最是见不得别人难过，连忙扶她起来，"我若出宫，定会跑这一趟。"

宫女哆嗦着从怀里掏出一个小布囊，抖着手塞进明筝手里，转身跑了。

明筝大致一看，布囊上有字，便急忙塞进自己贴身的衣服里，捂着半张脸向寝殿跑去。路上遇见几个秀女，明筝低着头躲过去。

"明筝。"一个低沉却熟悉的声音在身后响起，明筝吓一跳，她瞬间便分辨出是谁。这个人真是阴魂不散，虽说他的"半步颠"帮了她，但是他却以报恩相要挟。好女不跟男斗，她抱定了主意。

她没有回头，只听见沉重的靴子踏在石板上，一个高大的身影拦在身前，宁骑城眯起双眼打量着她，她看出他倒吸一口凉气，他发现认错了人，后退了一步，但并没有走开。

明筝心里感叹真是祸兮福所倚呀，遂放了心，向他缓缓施了一礼。宁骑城再狡猾，此时也定然认不出自己了，明筝淡然一笑，大摇大摆地走了。

第八章　金蝉脱壳

一

卯时刚过,小顺子便被叩门声惊醒。他瞄了眼窗外黑乎乎的天,极不情愿地起身,披了件棉袍子拖着两条清鼻涕跑到院里开门。门闩一下掉,一个人便抬脚钻进来,小顺子认出是万安宫的管事太监张成。

"小顺子,你家高公公可起来了?"张成一脸急慌慌地问道。他一看小顺子半披的棉袍,急忙帮他拉好,一脸歉疚地道,"快穿上,别受凉了。"

小顺子打着哈欠看了他一眼:"张公公,有啥事不能等天亮再说。"

"天亮就来不及了。"张成哭丧着脸道。

张成是半路做的太监。他原是戍边的兵士,在一次与流窜的蒙古骑兵遭遇后,负重伤辗转回乡。但家中已无人,在床上躺了半年,发现敌箭射入下腹累及根部,无法复原,便索性一咬牙去了势,被人带入宫里混口饭吃。在宫里一待数年,一直在御马监伺候马匹。后来万安宫缺人手便被派往万安宫。

此时,东厢房传出一声咳嗽,接着高昌波的大嗓门从屋里传出来:"是谁在院子里,这一大早便不得安生?"

"回爷,"小顺子吓得一吐舌头,"是万安宫里的张公公,有要事禀告。"

"又是万安宫,如今这万安宫要翻天了?"高昌波抱怨着,"进来吧。"

小顺子忙上前一步跑进屋里,伺候高昌波穿衣。张成紧走几步到炕前,先向高昌波躬身一揖道:"小的该死,惊扰公公啦,实在是杨嬷嬷催得急。"

"又出了何事?"高昌波一把推开小顺子,披散着头发坐在炕沿问道。

"昨个,又有一个秀女发症,脸部肿胀不说还慢慢溃烂,甚是可怕。"张成说着抬眼瞄了下高昌波,满面愁容道,"此前那四个秀女,一直喝灶心土,也不见好。如今又多出一个发症的秀女,杨嬷嬷甚是惶恐,要小的讨公公个示下。"

"可问过御医?"高昌波也坐不住了,脸上露出惊讶之色。

"昨个请过御医,御医说不像是水土不服。而且还有一件怪事,杨嬷嬷和陈嬷嬷身上奇痒,也看过御医,也找不出症结。杨嬷嬷对小的说,是不是万安宫阴气太重?"张成突然压低声音,惶恐地道,"听此间宫女讲,这地方死过不少女人,会不会是女鬼附身呀?"

"这……"高昌波一皱眉,眼睛发直地瞪着张成,片刻后道,"公公先回去,此事重大,老身也拿不了主意,还是去司礼监求见先生,让他定夺吧。"

张成一听高昌波要去司礼监面见王振,忙躬身道:"有劳高公公啦,我这便去向杨嬷嬷回话。"说完告辞退了出去。

高昌波匆匆喝了几口茶,便叫上小顺子出了院门。

沿着长长的甬道一路走到司礼监。小顺子跑上台阶敲开了院门,几个清扫太监见是高昌波,纷纷向他躬身行礼,高昌波径直走到廊下,听见里面的笑声,他低头整了整袍子,这才走进去。

只听见一个极细的嗓音叫好:"好诗呀,好诗!明月出天山,苍茫云海间,长风几万里,吹度玉门关。哎呀,先生此诗何等气度呀,先生才华世间无人能及呀。"

"王浩,此乃李白之诗,本人只是写来品读而已。"一个温和的声音打断他,虽然是更正他的话,但听语气还是被他的赞美之词煽动得飘飘欲仙。

听见王浩在里面,高昌波犹豫了片刻,但想到事情紧急,再说王浩也不是外人,只不过王浩一向恃宠而骄,跋扈冷漠,从来不把他放在眼里。在他面前露怯,让高昌波浑身不舒服,但此时也顾不上其他了。

高昌波弓着身子走进去,看见王浩正俯身看书案上一幅墨宝,案边站着王振,他只穿了一件便袍,面容祥和,眼神松散,嘴里吟着此诗的后一句,"由来征战地,不见有人还。"一边咏着,一边提起手中鹿毫正欲继续往下写,不经意一抬眼,这才看见高昌波。

"高公公,这个时辰来此所为何事呀?"王振面带不满地问道。高昌波浑身一抖,猛然想起王振有早上习读圣贤书的习惯,连皇上都不在这时差遣他。高昌波一阵追悔,刚才张成把话说得凶险,害得他把这件要命的事都忘了,此时既是来了也不好退出去,只得硬着头皮跪了下来。

"请先生责罚,老奴办差不力,出此纰漏,老奴该死。"高昌波说着上手扇了自己一耳光。

"这是闹的哪一出呀?"王振放下笔,眼睛扫过王浩。王浩急忙上前扶起高昌波。

"先生,万安宫出事了。"高昌波说着,抬眼看王振,见他脸色也严峻起来,脸上肌肉一抖,知道万安宫虽小,选秀却是事关皇上,如果触怒龙颜只怕自己脑袋不保,心里更加惶恐,便又上前一步,道,"万安宫里接连有秀女得怪病,脸部肿胀溃烂,甚是可怕,如果再过几日,太后亲临只怕会……"

"肿胀溃烂?"王振瞪起眼睛,问道,"御医怎么说?"

"有说水土不服的,有说是恶疾,也没看出端倪。"高昌波皱着眉头摇头叹息道。

"几个秀女得此症?"王振问道。

"目前为止五个。"高昌波略一犹豫,小声地说道,"也有宫女说,万安宫阴气太重,恐是恶鬼附身……"

"真是不太平呀。"王振凝目看向高昌波,冷冷地道,"依高公公,如何处置呀?"

"这……"高昌波心惊肉跳地抬眼看一眼王振,心虚地道,"一直给她们灌汤药,若还不好,恐怕几日后,太后和皇上过来,惊扰了圣驾如何是好?"

"王浩,"王振转向王浩,脸上带着一丝怒容道,"这几日你在万安宫里里外外加派人手。"王振又转向高公公问道,"可是有人下毒?"

"暂无法确定,这么多人都没事,偏偏这五人……"高昌波甚是无奈地道,"我和杨嬷嬷在膳房也增派了人手,可还是又有一人发症,恐怕不是下毒的事,而是……"

"鬼?"王振鼻孔里哼了一声,厌恶地瞥了高昌波一眼,"你们这些人总是疑神疑鬼的,不过为了后宫的安宁,宁愿信其有,不可信其无,既是恶鬼附身,留下便是祸害,绝不能任由她们惊扰了太后。"王振说着,在屋里来回踱了几步,他盯住王浩问道,"若是恶鬼附身,该如何处置才稳妥?"

"掩埋,让恶鬼永无翻身之日。"王浩声音不大,但戾气逼人。

"此事交给你,你今夜就去办。"王振舒了口气道。

王浩急忙上前,躬身道:"是。"

狐王令(上)

高昌波听到王振又快又周密地处置完此事,顿时感到浑身轻松,急忙上前一步,高声道:"先生心思缜密,处置周全,老奴——"

"行了,"王振一摆手,冷冷一笑道,"估计你早就想到了,只是不愿说出来罢了,你们这些人一肚子坏水,谁也不愿当坏人,把所有事都往我身上一推溜之大吉,以为我这张老脸,多讨皇上待见似的,皇上圣聪明断,才不会着了你们的道。"

"嘿嘿……"高昌波低着头,含糊地笑起来。

"让我说着了吧。"王振看高昌波傻呵呵地笑,也被逗乐了。

这时,一名小太监走进来回禀:"先生,宁指挥使到了。"

王振一听,对小太监道:"就说我正候着他呢。"

高昌波和王浩一看,王振见宁骑城肯定是有事要谈,急忙告辞。两人一前一后走出堂屋。

在院门口,宁骑城正与王浩和高昌波相遇。

宁骑城平日与王浩素无来往,王浩虽为东厂督主武功超绝,不过是个傀儡,大权在王振手里,这点朝堂之上尽人皆知。但是王浩是王振的远方侄子,有这一层关系,宁骑城对他多少有些忌惮。王浩对宁骑城顾虑多一些,总是听闻他的各种杀伐手段。因此两人较劲也是在暗里,面子上却分外客气。

高昌波在一旁看着两人一阵寒暄,极尽礼仪之周全。刚才听小太监来报宁骑城来了,心里就一动。见到宁骑城但碍于有王浩在场,不好多说什么,只能向他递个眼色。

宁骑城何等聪明,与王浩寒暄了几句,当下拦住高昌波道:"高公公,请留步。"

王浩见两人有话要说,便知趣地告辞,先行一步离开司礼监。

见王浩走远,高昌波压低声音道:"今晚便来接人。"说完,急忙躬身告辞。

宁骑城愣了一下,这是他与高昌波密约之事。如此快便要行动出乎他的意料,他推测刚才他们所谈之事一定与秀女有关。这两天他心里隐隐不安,总觉得哪里出了纰漏,却一时无处查寻。

宁骑城深吸一口气,把这事暂且放一边,向堂屋走去。眼下先想办法应付王振吧,近日发生几次刺杀王振的事,各种传言对他极其不利,看来王振已经沉不住气,要对他发难了。

"干爹。"宁骑城一反往日的阴鸷,步伐轻快地走进去。

"小城子,来——"王振微笑地望着面前这个英俊的青年,无比宠爱地拉着他坐到炕上,把炕几上一盏茶递给他。

宁骑城端起茶一饮而尽,而后便将茶盏放下,起身撩袍跪下:"干爹,儿无能,连累干爹受苦了。"

王振叹口气,乜了他一眼,并没有马上让他起身,而是哀怨地嘟囔起来:"屋里没外人,咱爷俩说个私房话。现如今满城都在传王振被狐王令灭了,说什么狐王令号令天下,锄奸惩恶,你听听,这么大逆不道的话都传出来了。"

"是……儿无能。"宁骑城低垂着头,一动不动。

"小城子,狐山君王是我的心腹大患,他能一次次从你手中逃脱可见他手下力量不可小觑,上次你对我提到《天门山录》有了线索,也不知你查到何种地步?"

"此书在京城一露面,就再次消失,我正在追查。"

"唉,查此书是你责无旁贷的事,谁让它是从你手中被盗走的。如今首要的是对付狐山君王,"王振说着站起身,目露寒光,面容狰狞地说道,"你若能抓住他,我必将他人头悬挂城门之上,暴尸百日方解我心头之恨。"

"儿……谨记教诲,必赴汤蹈火。"宁骑城说道。

"小城子,你怎么还跪着,快起来。"王振一回头,急忙走两步扶起宁骑城。

"干爹,此番儿子来,还有一事要向你回禀。"

"哦,是不是白莲会之事?"王振拉宁骑城坐到炕上,"我听说你近段时间捣毁了一个白莲会的窝点。"

"不错。"宁骑城表面不动声色,但心里还是一颤,他没想到王振对自己的一举一动都了如指掌,只得和盘托出,"干爹还记得去年巡检司和批验所的上疏吗?在京师一地私盐占官盐一半,此间追缴过几批私盐都不了了之,以为是商贩所为。上次我带一队缇骑在妙音山附近剿灭一个私盐窝点,它竟然是一个白莲会的堂庵。对抓回的信众用刑,他们交代白莲会背地里一直做私盐的生意,白莲会在京师和直隶有十几个堂庵,信众过万。但是白莲会组织严密,神秘莫测,到如今都不知道他们的堂主是谁。"

"这股势力甚是可怕呀,"王振目光扫向窗外,过了片刻,他收回目光,叹道,"真不让人太平呀,如今皇上身体有恙,不可让他太过劳心费力,你说咱们做臣子的不操心谁操心呢?"

"是,"宁骑城点头道,"干爹说得极是。"

"先去查清白莲会堂主是谁。"王振看着宁骑城道,"这事你秘密进行。"王振耷拉着眼皮略一沉思,道,"摸清那些堂庵的位置。这一次,一定做到斩草除根,不留后患,不能再像狐族一样,小小一群人,闹得整个京师鸡犬不宁,狐王令被传得神乎其神,如若狐族再与白莲会勾结在一处,岂不是要坏了大事?"

"是。"宁骑城额头上冒出冷汗,他知道王振是拿狐族有意敲打他,他皱起眉头,发狠道:"此次必将一窝端掉白莲会。"

"谈何容易哟。"王振袖着手,在屋里踱了几步,"你可是有了思谋?"

"儿暂且没有。"宁骑城坦白道。

"回去好生谋划吧。"王振回到炕前,坐到炕几前,端过茶盏啜饮一口,方想起另一件事,脸上不由罩上一层阴云。

宁骑城看王振脸色突变,急忙问道:"干爹,可是有不顺心之事?"

"如今朝堂上,虽有百般不顺却还都能勉强应对。"王振说着,抬眼看了下窗外,此时起风了,风刮着窗框发出"哐当哐当"的响声,他叹口气,语气中充满怨恨,"但偏有那么一撮人,专与我作对,说什么阉人专权,误国殃民,"王振说着,眼里射出一道冷酷的凶光,"天地可鉴,我哪一点不是为了皇上着想?"

"这些人是谁?"宁骑城吼道。

"兵部的于谦是他们的领头人。"王振说着,眉头紧紧皱起。

"此人我也有所耳闻,都说他是茅坑里的石头又臭又硬。"宁骑城瞄了王振一眼。

"他身边还有几个大臣走得比较近,"王振说道,"刑部的赵源杰、礼部的苏通、吏部的陈柄乙,这一伙人不可小瞧,你给我盯着点。"

"是。"

"那个于谦,我是顶讨厌的,你找个借口,把他关进诏狱里。"王振叹口气闭上眼道,"眼不见,心不烦。"

"是。"宁骑城应了一声。

"唉,这个人,"王振眉头一扬,"太不让人省心了,嘴硬身更硬,怕一时不好办,你吓唬吓唬他,让他安分一些也好。"

"是。"宁骑城点头,他看见王振面露倦意,两人谈了个把时辰,该说该交代的也差不多了,便上前关切地说道,"干爹八成乏了,那儿子就退下了。"

王振耷拉着眼皮,闭目休息,只扬起手向宁骑城挥了一下。

宁骑城如获大赦,慌忙退下,轻轻合上房门。门外候立的几个太监给宁骑城躬身行礼,宁骑城匆匆向他们还了一礼,大步向院门走去,外面的冷风一吹,宁骑城不由打个寒战,这才发觉自己后背湿了一片。

二

这一日,万安宫出奇地平静。再没有出现发症的秀女,两位嬷嬷身上的痒疾也缓和了许多,五个发症的秀女被单独隔离开,住在膳房一侧的储物间里。

五个人从早到晚喝汤药,但症状不但没有缓解,还有恶化的趋势,最为厉害的便是最后染疾的明筝,脸上身上出现脓包,有些已经溃烂。但明筝反而是最为平静的一个,她躺在炕上一动不动,其余四人一直在哭天喊地。

张成负责照顾五人的饭食和汤药。在用晚膳前,高昌波神不知鬼不觉地来到万安宫找到张成,把他拉到无人的地方,把从司礼监带回的消息告诉他,并交给他一包药,嘱咐他放进五人的粥里,夜里王浩会带东厂的人把五名秀女带走。

张成面上十分冷静,内心早已翻江倒海。晚膳端来后,他并没有照高昌波的吩咐把药全部倒进粥里,而是倒了一部分,剩下一部分埋到廊下花草下。他叫来手下太监,让他们伺候五个秀女用膳,自己找个托词,溜出万安宫。要离开紫禁城,还要过两道门,好在他身上有李漠帆给他的东厂令牌。

张成一出宫门,便撒了欢地跑,在半道拦下一辆马车,使了银子让车夫送他到上仙阁。他心里清楚自己只有一个时辰的时间,但事出紧急,他不得已必须冒险告知李漠帆。

李漠帆是他的恩公。当年他从边关负伤回乡途中,倒在漫天野地里等死,是兴龙帮的镖号救了他,并把他一路捎带回乡,治病的银子也是李漠帆出的。在他落下残疾被乡下同门亲眷嘲笑走投无路时,是李漠帆安排他进的宫。

这些年在宫中虽然低人一等,但衣食无忧,也了无牵挂。现如今唯一想做的就是报答恩公。因此,李漠帆托人找到他,让他帮忙时他立刻便答应了。此时他心急火燎地望着车窗外的街景,总嫌车马太慢。

上仙阁在夜幕下灯火通明,正是上客的时辰。张成下了马车,由于出来得匆忙,只在外披了件黑色大氅,以掩盖宫里内监的袍服。他紧裹着大氅,直接走到后院侧门前,见大门微敞,便往里面走去。

突然,他的肩被人拍了一下,身后传来一个油腔滑调的声音:"喂,这位爷,你走错地方了吧?"盘阳从侧门的暗影里走出来,上下打量着张成。黑影里又蹿出一个人,绷着脸,不怀好意地瞪着张成。

狐王令(上)

张成急忙一揖手道:"两位小哥,行个方便,我有急事要见李掌柜。"

"李掌柜不在这里。"林栖十分凶恶地说道,他看面前这人面容猥琐又缩手缩脚,行踪十分可疑,便不客气地要撵他走。

这时,萧天正好从街上回来,一眼便看见门前站立的中年男人,他不动声色在远处打量,发现他脚上所穿靴子以及大氅里隐约露出的袍服是宫里当差的行头,心里一动,急忙一步上前,叫住了他:"这位老哥,你找李掌柜,就请跟我来吧。"

张成回头见来人如此清雅不凡,心里大喜,问道:"敢问公子贵姓?"

"免贵姓萧,单字天。"萧天一报上大名,对方就双眼放光地"啊"了一声,急忙躬身一揖道:"你是萧帮主。"

萧天一听此话,心里已确定,此人定是被李漠帆送进宫里的张成张公公。近日宫里没有任何消息,萧天虽然派人手四处打探,仍是一无所获。他也去过长春院,柳眉之同他一样,尽管他有几个朝堂上的朋友,但这些人对于宫中事多是三缄其口。萧天和柳眉之急得团团转却毫无办法。今日,萧天正是从柳眉之处回来。

萧天引着张成向院里走去,从林栖和盘阳面前走过,碍于张成在旁边不便发作,只是用犀利的眼神扫了两人一眼,忍着怒气,吩咐林栖:"速去前院把李掌柜叫来。"

林栖瞥了来人一眼,十分不情愿地慢吞吞转身走了。

"快点。"萧天在背后又催了一句,"盘阳,你也去。"他不放心地叫盘阳跟上。

萧天在前,引着张成直接走到水塘边的清音阁。萧天请张成上首坐了,叫人奉茶。两人刚落座,李漠帆闻讯便风风火火跑来了,一看座上之人,长出一口气——这两天他和萧天等的就是他。

张成一看李漠帆进来,放下茶盅走上前就拜,被李漠帆拉住。"兄弟,又见面了。"李漠帆笑着说道。

"可不是吗? 一晃小半年了。"张成眼里泛着泪光,李漠帆没有改称呼,还是称他兄弟,而不是公公。张成一阵感慨,恍若隔世。稍事停顿,张成这才想到自己来意,他一把抓住李漠帆,回头扫视了一眼林栖和盘阳,欲言又止。

"都是自己兄弟,但说无妨。"李漠帆拍拍张成手背道。

张成打消顾虑,便直接说道:"上次,我按你的吩咐,点了一把火,烧了秀女名册,巧的是此事追查到一个叫梅儿的宫女,也算她倒霉,把这事担下了。但是,我私下寻访,只有一个叫明珠的秀女,却没有找到叫明筝的秀女,本想再慢慢寻访,不想这次事出紧急,我才跑来找你。今夜,王浩带东厂的人,要把五名发急症的秀女拉出宫埋了。"

"什么?"张成一席话,惊呆了在场所有人。四人几乎同时发问,李漠帆与萧天交换了个眼色,林栖和盘阳大眼瞪小眼,盘阳伸出一只手掌,问道:"五名秀女?"

张成只道他们震惊于东厂的残忍,他并不知晓这里面的隐情,便摇着头说道:"我不便久留,情况就是这么个情况。这也是在晚膳时从高公公口中得知,高公公还让我在五位秀女粥碗里下药,我闻了一下,似是蒙汗药,我只下了一部分,她们可能会昏昏欲睡,四肢无力。"

"五位秀女所得何病?"李漠帆并不清楚内情,一脸迷茫。

"脸部肿胀,面貌全毁,宫里有人传是恶鬼附身,所以东厂才要连夜把她们埋了。"张成说完,起身告辞。

"小六。"李漠帆冲门外喊了一声,从外面跑进来一个少年,"小六,你赶上马车送这位老兄到宫门前。"李漠帆一边交代着小六,一边送张成往外走。

萧天坐在座上陷入沉思,宫里传来的消息让他猝不及防。不一会儿,李漠帆赶回来,见屋里三人都不说话,便急了:"帮主,这是咋回事呀?"盘阳把他拉到一边,在他耳边嘀咕了一阵儿,李漠帆才知道这是帮主的主意。

"怎么会多出四位秀女?"盘阳直想乐,看到大家一片愁云惨淡,只好收敛了,"不是只救明筝姑娘吗? 怎么跑出来这么多?"

"一定是哪里出了差错。"萧天站起身,脸色忽而变得严峻起来,"绿竹她们有可能没有找到,也有可能不能确定,总之这件事由咱们而起,这五位秀女里有没有明筝,咱们都得救,不能眼看她们被活埋。"

"帮主,如此说来,咱们的时间不多了。"李漠帆有些担心地道。

"君王,若是五人里面没有明筝呢? 咱们岂不白忙活了?"盘阳说道。

"我说过,这里面一定出了差错,宫里面的事瞬息万变,刚才张公公都说他在私下寻访都没有找到明筝姑娘,何况是作为秀女的绿竹她们。这五位秀女所患恶疾,显然是吃下了百香转筋散,绿竹她们就因为不能确定,才多出这几人,也就是说明筝极有可能就在五人之中。接下来只有将错就错。"萧天转向林栖道,"林栖,你速去长春院接柳眉之过来,他曾对我说,他手下一个仆役的父亲可以出入皇宫,往净房拉恭桶,凭这个咱们可以混入宫里。你速去速回。"

林栖应了一声,跑出去,消失在黑夜里。

"这是我最担心的事,"萧天心情沉重地说道,"当时事发突然,命四名狐女进宫寻找明筝,本身也无把握,她们并不认识明筝,出此差错,也不能怪她们。我了解

狐王令(上)

明筝,这丫头鬼怪精灵,那四个狐女加一起也不是她的对手,若她想留下,谁也没有办法。我估计明筝一进宫便隐藏了自己的身份,四个狐女打听不到,只能靠猜,这就是为何会有五个秀女被下了药。"

"哦……"李漠帆点点头,但又一皱眉问道,"明筝姑娘为何急着要进宫?"

"唉,她想报仇,此事也怪我,我早该在她面前公开身份,她也不会这么冒险了。"萧天有些自责地说道。

"扑哧"一声,盘阳听到这句话笑了起来。

"你还有心情笑。"李漠帆没好气地说道,"别人都急死了。"

"不是……"盘阳忍不住又笑起来,"我想起明筝姑娘一把小剑要保护你们帮主的模样,哈,确实好笑呀,如果她知道她身后要保护的萧大哥是一大侠,她会做何感想?"

盘阳的话,顿时勾起李漠帆的记忆,这个画面确实充满喜感,两人目光相对,想笑又不敢笑,只能憋着。他俩偷眼瞅萧天,只见他铁青着脸,面无表情,拧眉苦思的样子。此时外面传来脚步声,这次林栖动作够快。

"一匹马疯了似的把我驮来,萧兄,"柳眉之一袭白衣似一阵风刮进来,把屋里几人眼睛都晃了一下,"所为何事?"

"宫里有信儿了。"萧天开门见山道,他向柳眉之简单介绍屋里几人,"这位是李掌柜,这两位也是朋友。"

柳眉之深深凝视萧天一眼,点点头道:"你继续往下说。"

"宫里传来消息,万安宫有五位秀女得了急症,面容已毁,东厂的王浩要在今夜动手把她们活埋。"

"这算什么消息? 宫里哪天不死人?"柳眉之一脸失望。

"若是这五位秀女中有明筝姑娘呢?"萧天问道。

"哦,"柳眉之这才坐下来,他恍然大悟道,"难道这便是你谋划的解救之法?"

"嗯,"萧天低下头,坦诚地道,"出了偏差,多出四人,本以为面容被毁会被遣送,没想到东厂要活埋她们,这都出乎我的意料。"

"需要我做什么?"柳眉之站起身问道。

"伪装进宫,再探虚实。"萧天说道。

"这个不难,长春院有个杂役,多年受我接济,他家的营生就是往净房拉恭桶,马车可以出入宫里。事不宜迟,我这就回去,让李二娃的爹带你们进宫。但是,夜里进宫要想好一套说辞,李二娃的爹都是早上进宫。"柳眉之说着,一副急着要走的模样,他又问道:"埋秀女的地方,你可知晓?"

"说是在乱坟岗。"萧天顺口说了一句。

柳眉之急慌慌地告辞而去,也不要林栖去送,一阵风似的便消失在黑夜里。

李漠帆见柳眉之走了,摇着头道:"此人行踪,总让人琢磨不透。"

萧天收回视线,望着屋里三人,目光落在林栖身上,他说道:"林栖,你去宫里一趟,探查一下。"

"凭啥又让我去?"林栖一脸不耐烦。

萧天冷冷看他一眼,补充道:"你腿脚好。"

"我不去。"林栖拧着脖子叫道,"我不愿闻大粪味。"

一旁的李漠帆实在看不下去,气得脸通红,他一拍桌子,吼道:"林栖,你个小犊子,有你这样跟我们帮主说话的吗?你要是在兴龙帮,我早就把你清理门户了。"李漠帆一怒之下冲上前就想揍林栖,被一旁的盘阳抱住腰,盘阳喊道:"我的李掌柜,俺们狐族的事,你别掺和,行吗?"

李漠帆指着林栖,问盘阳:"是你告诉我,这小子是我们帮主的奴才,作不作数?"

盘阳点头道:"作数。按族规,他林栖永远是你们帮主的奴,永世不得翻身。"

"你瞧瞧,"李漠帆指着林栖,"他哪像个奴,他才是主子呢,而我们帮主呢,处处受他欺负,哪有这种奴才呀?"

三人扭到一处,理论不清。萧天端坐在一旁,对三人置若罔闻,根本没留意他们闹个啥,他在脑子里一遍一遍梳理着下一步的行动,不想再出现纰漏。三人见萧天蹙眉沉思,似是置身事外一样,也顿觉无趣,遂松开手。

"林栖,"萧天转向林栖淡淡一笑道,"若你闻不惯大粪味,那就我去。"

李漠帆瞪着林栖,几乎把眼珠子瞪出来,盘阳也向林栖示意。林栖拧着脖子,黑着脸没好气地说:"我去。"

"好。"萧天突然站起身,看着三人,脸色变得严峻起来,"此次给咱们送来一个大礼。林栖,你可记得王浩吗?当年掠走青冥郡主,射伤老狐王的东厂督主,今夜他的末日到了。"萧天的话,像一剂猛药瞬间提振了林栖和盘阳的士气,两人立刻支起耳朵,本以为是救一个不相关的人,被萧天一提点,那个血海深仇的宿主就在眼前,林栖眼睛都红了,一改刚才的顽劣,十分恭顺地站直身子等着萧天吩咐。

"林栖坐拉粪车进宫,想办法潜入万安宫,只要东厂动手,他们若运走五位秀女必有一辆大车,你跟住大车,我们在宫外候着。"萧天吩咐道。

"帮主，"李漠帆突然问，"对付东厂的人，咱们人手够吗？"

萧天略一思索，道："冤有头，债有主，只杀王浩。那些东厂的人，也是上有父母的平民家子弟，放他们一条生路。王浩是王振的左右臂，作恶多端，灭了他，王振就少了一个帮手。"

萧天从怀里拿出乌金泛光的狐王令，举在手里。林栖和盘阳一看，立刻双膝跪下。萧天面南而立，一揖到地，道："老狐王在上，萧天代行此令，谨遵教诲，匡扶正义，惩恶扬善，行天之大道。"

林栖和盘阳在萧天身后叩头行礼，两人一改往日玩痞之气，敛声屏气，一脸严肃和虔诚地三叩首。

三

夜色如墨，更深人静。

一辆简易马车行驶在巷子里，车轮碾过青石板发出"咕噜咕噜"的响声。驾车的李老爹一边挥鞭子，一边不放心地回头查看后面车厢："小子，你怎么出来了？"

"你要熏死我呀。"是林栖的声音，他从车厢里探出头。

"忍一忍，马上到宫门了。"李老爹说着勒住马，他看见宫门前停着一辆马车，还是辆四轮马车，上面堆满大小箱子。

守宫门的禁卫军一看都敲过三更了，还有车马要进宫，走出来一看，还不止一辆，立刻骂骂咧咧地嚷道："不行，宫中有令，这个时辰，禁止出入。"

一匹黑马飞驰到宫门前，马上之人一身飞鱼官服，腰间的金牌在暗夜里闪亮。几个禁卫军认出腰牌，忙上前行礼："参见指挥使大人。"

宁骑城翻身下马，他先是查看了一下守门的禁军，然后眼睛瞟向第一辆马车，看见李达一身短打坐在车上，只是找的这辆马车有些不伦不类。他微微皱起眉头，走到马车前。

"大人，"李达从四轮马车上跳下来，举着手中的路牌道，"这是宫里订下的货物，一路从苏州来，路上耽搁了时辰，直到此时才赶到。"

宁骑城向李达递了个眼色，李达会意转身引着宁骑城围着马车查看一圈，宁骑城点了下头，大声道："下次莫再误了时辰。"宁骑城转向几个禁卫军，"让他过去吧。"

几个禁卫军见指挥使大人开了口，便不好再说什么，反正出了差池也有人担着，便缓缓推开宫门。李达重新坐上马车，轻拉缰绳，马蹄踏上青石板入了宫门。

李老爹心下忐忑，但箭已离弦，岂有回弓之理，遂硬着头皮点头哈腰颤巍巍地走到宁骑城面前，递上手中路牌，一边鞠躬一边哑着嗓音说道："大人，这是我的路牌。"

"你……"宁骑城退后一步，嫌恶地说道，"你一个出入净房的，不该是早上出清吗？大半夜跑来凑什么热闹？"

"大人，"李老爹本来就有眼疾，此时一紧张，眼眶又红又肿眼泪汪汪，"家中明早要出殡，我寻思明天来不了，就趁夜里出一趟。"

宁骑城远远瞟了眼那辆放恭桶的马车，离很远还是有一股刺鼻的味道，便摆了下手："去吧。"

李老爹又鞠一躬，把路牌揣进怀里，跛着脚走到马车前，爬上马车，一甩马鞭，那匹小马驹十分不情愿地抬四蹄向前走，李老爹额上大汗淋漓，他挥动缰绳，催马快行。

李老爹赶着马车一进宫门就向左边的甬道驶去，甬道一团昏暗，只有路过的几个院子里有零星的烛光。

"老爹，"林栖把头探出车厢，深喘了口气道，"先到万安宫。"

马蹄踏在青砖上发出阵阵脆响，在寂静的深宫里尤其刺耳。一队巡夜的禁军打此经过，领头的校尉认出李老爹，打着招呼："喂，老李头，怎么此时来了？"

"哎呀军爷，明早来不了，家人出殡，便夜里抽空来一趟。"李老爹答道。

李老爹的话引得队伍里一片嬉笑声，"出个粪，竟想得如此周全……""怎么这么大的味呀……"

巡夜的禁军与马车在甬道分开，禁军向乾清宫方向走去，马车直奔万安宫。李老爹捏鞭子的手，湿漉漉的，他用手背擦了把额头，方舒了口气。

行到万安宫门口，李老爹回身敲车厢，不见动静，正纳闷，就听见头顶上有人说道："我在这儿。"李老爹一抬头，看见林栖蹲在厢顶。

"啊！"李老爹吓一跳，也不敢多说，"到了，这里就是。"

"你记住，我学猫叫，你听见过来即可。"林栖交代了一句，左右张望了一下，纵身一跃，已上了万安宫的墙头。

李老爹惊得吐了下舌头，忙赶着车先到其他宫的净房去了。

林栖站在墙头大致确认了方向，看到宫里黑漆漆一片，只有东南角有些光亮，便飞身落下,沿着漆黑的回廊向有光亮的地方跑去。

那片光亮来自膳房的院里。此时,张成引着高昌波从轩逸阁出来。高昌波胖脸上堆满笑容,他拍着张成的肩道:"张公公,你这差办得好,我平日没白疼你啊。"

"老奴总记得公公的好,总惦念着何时才能相报呢,这点区区小事,何足挂齿。"张成哈着腰,笑眯眯地说道,"这两个嬷嬷没几个时辰醒不过来,公公还有何吩咐尽管说。"

"一会儿东厂的人来了,你引着他们把那五个秀女抬走就是了。"高昌波压低声音道,"那五个秀女都办妥了?"

"办妥了。"张成低声道,"粥一喝完,五个人就睡过去了,按照你老的吩咐,装进了五个麻袋里。"

"好。"高昌波抬头警惕地环视了一下四周,道,"还有一事,你差人把一名叫明筝的秀女传到这里。"

张成眼皮一眨,以为自己听错了。高昌波看见他一愣怔,以为他害怕担责,便附在他耳边小声说,"你放心,此女被宁骑城看中,要收入房中,宁大人跟我要人,我能不给吗?再说,这宫里也不少这一个女人,只当是拉出去埋了六人。"

"这……这……这宁大人也真是,跟皇上抢女人?"

"皇上还可以再选嘛,哈……"高昌波笑了起来,"你帮我这一次,我定记住你的好,哪天你老哥我发达了,你不也跟着发达了?"

"我这就去办。"张成掩饰着自己的紧张,他走到廊下,叫了一个小太监:"小允子,去把当值的宫女叫来。"他说完,脑子飞快地转动着,明筝这个名字如此耳熟,片刻后,他方想起来,恩公要找的人不也叫明筝吗?张成不禁愕然,犹如百爪挠心,不知所措。

一个高挑的宫女在小允子的带领下,走过来,向张成和高昌波施一礼道:"见过高公公、张公公。"

"小菊,你去寝殿传一个叫明筝的秀女过来。"张成依照高昌波的话说道。

小菊站着想了想,道:"回张公公,没有叫明筝的秀女。"

"如何会没有?"高昌波在一旁插话道,"此女子还是我领进宫的,秀女名册上明筝两字,还是我写上去的。"

小菊愣了半天,道:"容我去拿来名册,定可以有个分晓。"小菊退下,匆忙回大殿去取名册。过了有一盏茶工夫,小菊抱着名册一路小跑过来。

高昌波接过名册,一页一页翻看,直到翻到最后一页,也没有找到明筝的名字。

"四个寝房,确实没有叫明筝的秀女,"小菊想了一下,道,"对了,秀女名册是新录的,不知是否出了差错。"

"新录的?"高昌波眼珠子一转,问道,"那旧的呢?"

"烧了。"小菊道。

这时,小允子跑过来,回禀:"宁大人到了。"小允子身后,一个黑影裹挟着一阵寒风到面前:"烧了?"宁骑城虽刚到,但刚才他们的对话,他听了大半,"那人呢?"

"没这个人。"小菊低下头,嗫嚅了一句。

"不可能!"宁骑城阴气森森的脸上,一双鹰目射出逼人的寒光。小菊被吓得跌坐到地上,浑身打战。

突然,房顶上传来一声窸窣的声响,宁骑城听力果然了得,他警惕地抬眼望着房顶,突然纵身一跃,人已落到屋顶,他飞身在屋顶查看了片刻,从远处传来一声猫叫。"哪来的野猫?"宁骑城低吼了一声,飞身落下,站在庭院里。

"这个时辰,只怕一会儿王浩就来了。"高昌波心急火燎地提醒道。

突然,守在外面的小允子跑进来,小声回禀:"东厂督主到。"宁骑城一听,立刻身体一纵,又一次上了房顶,躲了起来。片刻后,四个身穿黑色夜行衣的东厂番役走进院子,他们身后,王浩身披大氅走了进来。

"高公公、张公公。"王浩一揖手,面目冷酷地问道,"可已准备妥当?"

"请。"张成躬身在前面引路,他们一行走到膳房一侧的杂物间。张成推开木门,中间圆桌上点着一盏灯,昏黄的光亮照到屋角五个麻袋上。王浩点了点头,身后的黑衣人依次走进来,连扛带抬,把五个麻袋搬出杂物间。

"高公公、张公公,告辞。"王浩向身后一挥手,一行人等迅速出了院子,消失在黑暗里。

东厂的四轮马车和三匹马候在万安宫外,一行人抬着麻袋一一放到车上,有两人跟着坐到马车上,其余三人翻身跃上马背,一行人向宫门驶去。

"喵……"一声猫叫,万安宫墙头探出一颗人头,林栖看见东厂的车马走了,才敢跳下来。他身体贴着围墙隐在暗影里向前面跑着,一边嘴里发出怪异的叫声。

刚到甬道口,发现那辆马车早已候在那里,林栖跑上前跳上马车,立刻干呕了一声:"呕,啥味!"

"唉,忍着点吧。"李老爹回头查看了车厢,由于夜里捎带的恭桶少,里面有足够的位置让林栖容身。

狐王令(上)

"跟上那辆四轮马车。"林栖捏着鼻子催促道。

出宫门时很顺利,没人再盘查。李老爹跟着那辆四轮马车一路向西。林栖爬上车顶,撮着嘴发出尖利的鸟鸣。不多时从一处巷子里蹿出几匹高头大马,几匹马迅速靠近马车。

萧天打头,身后的李漠帆手里还牵着一匹马,此马是为林栖备下的,盘阳紧跟其后。

"五个人,全在那辆马车上。"林栖说着,飞身从车顶跃到马背上。

"好,跟上那辆马车。"萧天在前,几人随后,一行人马与李老爹的马车分开来,向西边疾驶而去。

乱坟岗其实是京城一处最荒凉的墓地,半人高的灌木丛中遍布着大小不一的坟头,有碑的,无碑的,杂乱无章。平日城里暴尸街头的乞丐、牢狱里病死的囚犯、忤逆的罪臣等死后都草草掩埋在这里。

四轮马车沿着杂草丛生的土坡,一路摇摇晃晃驶上坡。王浩骑在马上,借着惨淡的月光,看了眼四周,找了个地势平坦的地方,便命几人挖坑。

经过长时间颠簸,车厢里几个麻袋晃动起来,从里面传来"嘤嘤"的哭泣声。王浩催马上前,一脚踹向近前的麻袋,吼了一声:"死到临头,还不安生。"

他这一脚正踢在明筝头上,本来昏昏沉沉的大脑,被踢醒了。她睁开眼睛,方发现自己被绳捆索绑塞在袋子里,此时浑身酸痛,腿脚都麻了,嘴里还被塞进一团布,叫也叫不出来。她瞪大眼睛透过麻袋粗大的纹理,隐约看见前面几个黑衣人在挖一个大坑,心里不由"咯噔"一下,心想完了,明筝呀明筝,你怎么这么倒霉啊。

"行了。"王浩翻身下马,走到坑前查看,"几个丫头片子,够使了。"

几个黑衣人撂下铲子,一个人嬉笑着凑到王浩面前,道:"头儿,就这么埋了,多可惜呀!"

"是呀。"另一个凑上来,"听说都是秀女。"

"找死呀,好好的能埋吗?"王浩瞥了他们一眼,吓唬道,"染了恶疾,你们是活腻歪了。"

几个人一听此话,立刻乖乖地走到马车前,一人扛一个麻袋往坑里扔,麻袋里不断发出惨叫声和哭声。

明筝被摔得腰间一阵剧痛,差点昏过去。这时,泥土劈头盖脸砸下来,明筝脑子里一片空白,便闭上眼睛。心想马上便可以见到父亲和母亲了,只是心里仍有不甘,父母的大仇未报,自己却葬身野地……

突然，身上不再有泥土砸下的痛感，等了片刻，没有泥土砸下来，耳朵里却听见一片刀剑相击的铿锵之声。明筝心里一阵疑惑，她挣扎着抖掉头上的泥土，从缝隙中望过去，不由大吃一惊。

几个剑客正与黑衣人激斗。其中一人长身玉立手持长剑，月光下只见他身形矫健，飒踏无痕，一柄长剑，剑气纵横。明筝看呆了，她从未见过一个人可以把剑使到这种境界。但突然，她又觉得此人极是眼熟，心里猛然一阵狂跳，是他！她不会看错。但是这怎么可能？明筝几乎把麻袋撑破了，她睁大眼睛，她认出来是萧大哥。

此时萧天与王浩已大战了五十多个回合。王浩确实不好对付，他手下几个黑衣人一出手就可以看出来，也非一般东厂番役，而是从各地收罗的武林高手。林栖一人对付两个，李漠帆和盘阳已经很吃力了。

正在双方相持不下之际，空中传来一声尖利的啸声，四匹快马疾驰到近前，马上之人皆是身披白色大氅，兜头罩脸。这些人蹿到近前二话不说便加入战斗，他们的目标是黑衣人。

萧天纵然吃惊，但这些新加入的白衣人，迅速缓解了他们的压力。萧天立刻叫上李漠帆和盘阳去救秀女，这边腾出场地，两厢均做了调整，重新厮杀到一起。

当这边正厮杀到昏天黑地之时，没有人注意到有三匹快马沿着外侧小路疾驶到坡顶。马上的人俯身下望，月光下的激斗一目了然。

"大人，咱们何时动手？"高健望着一旁勒马伫立的宁骑城低声问道。

"先看看。"宁骑城低沉且缓慢地回答，透露出他似乎不急于出手。

"这些人武功确实了得。"高健当真认真地观看起来。

"大人，"一旁的李达突然问道，"这些人为何要劫走秀女？"

"这也是我想知道的。"宁骑城目露寒光幽幽地说道，"看来，有人走到了我的前面。"

"大人，咱们当真不管？"高健有些憋不住了。

"东厂的事，何时轮到你我管了？"宁骑城没好气地白了高健一眼。

坡下，激斗已现出分晓。白衣人个个身手不凡，且手段毒辣，刀刀致命。只一会儿工夫，已有两个黑衣人身首异处。萧天本不想伤及他人，只想取王浩首级，但看到事态失控，便想寻机与白衣人搭上话，却瞥见一个白衣人一扬手四把飞镖打着旋飞出去，接着传来几声惨叫。

萧天见到飞镖，猛然想起那日在西苑街上耍把戏的众人，后来被明筝识出是白莲会十二护法之一白眉行者。萧天想到此,心下一惊,若这些人真是白莲会之人,那他们是如何恰到好处地赶到这荒僻的乱坟岗的呢?

不容萧天细思,只一炷香工夫,王浩连同他的四名手下都已倒地身亡,竟无一活口。

事已至此,萧天虽感意外,但已覆水难收。他收剑伫立,眼见那几个白衣人连招呼也不打,转身就走,他飞身上前,拦到白眉行者面前,拱手一揖道:"大侠,请留步。"

白眉行者仰天大笑,道:"终于报了此仇,痛快!"他向萧天抱拳道,"咱们有缘再见,告辞。"说完,一行人飞身上马,消失在暗夜里。

萧天望着他们背影独自发呆。林栖跃身到近前对萧天提醒道:"主人,坡顶似是有人。"林栖的嗅觉一向最是灵敏。

萧天仰头匆匆扫了一眼,急忙吩咐:"大家分开走,带上秀女送回家中。"

李漠帆把几个秀女从土里扒出来,几个女子吓得浑身打战,哭成一片。他看了半天,几个秀女个个面目全非,肿胀已毁的面容如出一辙。

萧天扶起她们,发现少了一个,正纳闷,突觉脖颈上一凉,他低头一看,是自己的剑。刚才他扔下剑,跳下大坑找明筝。瞬间他心里一阵狂喜,他已猜出持剑之人,他慢慢扭过头,看见一个秀女持剑抵着他,秀女脸又红又肿,还有几处溃烂,但是那双眼睛依然清澈见底,此时她双眸闪动,已泪光莹莹。

萧天按捺不住内心的冲动,颤声道:"明筝,我是萧大哥。"

"你……"明筝哽咽着说不下去,眼泪哗地涌出来。

萧天眼角余光瞥见一个黑影一掠而过,萧天脸色突变,大喊:"别——"伸手去阻止,但晚了一步,林栖一掌击中明筝后背,明筝身体一软,倒下来。萧天扑上前,抱住明筝,冲林栖咆哮着:"下次看清再动手。"

"是,主人。"林栖苦着一张冬瓜脸应道。

第九章　潇潇雨声

一

街上行人四处避让,一队东厂番子叫嚣着横冲直撞而来。小六拉着一个背着药箱的郎中闪身躲到路边包子铺里。包子铺掌柜系着长围裙手忙脚乱地招呼伙计收拾屋外的家什。

"看样子又出大事了。"郎中有些懊恼,埋怨地看着小六。

"可不是,出大事了。"一位食客一边往嘴里塞包子,一边神秘地说道,"听说昨夜狐王令又现身了,这次死的是东厂督主,东厂的人也死了一片,这不,一大早东厂的人就开始上街抓人了。"

"活该,"另一个食客说道,"我看狐族个个是英雄。"

"嘘,不想活了?"掌柜的赶紧打断那个食客的话。

郎中胆怯地抱住药箱子,紧张地望着大街,一旁的小六催促道:"行了,番子们过去了,咱们走吧,掌柜的还等着呢。"

郎中叹口气,跟着小六往前走,一边不放心地问:"真是给一个姑娘看病?"

"走呀,我骗你干吗?"小六催促着。

郎中半信半疑地瞥了小六一眼,嘴里嘟囔着:"若不是看在你家掌柜多年照顾我生意的分儿上,我才不出诊呢。"

狐王令(上)

两人一路疾走,来到上仙阁。小六引着他直接走进后院,院子深处,有一条曲折蜿蜒的长廊,长廊尽头是一个月亮门,里面是一个独立的小院。先前是一个显贵置的外室居所,人去楼空,久置荒芜,被李漠帆以极低的价买来,打通围墙,连在一处,平日用作一些来访的江湖朋友的住所。此时已重新打扫,萧天安排明筝住了进去。

小院是个一进的院落,东西厢房住人,正房待客。由于中庭种着一株杏树,便名曰杏园。院子虽小,却有一亭一台一桥一榭,幽雅精致,古朴可爱。

此时,萧天和李漠帆正坐在正房着急地等着郎中。昨夜明筝被抬进来时,已昏迷多时,她受了林栖一掌,伤得不轻,又加上身上所中百香转筋散之毒,脸上已有溃烂,估计身上也有。

"帮主,明筝姑娘醒了。"郭嫂走进来高兴地通知两人。郭嫂是帮里郭把头的老婆,是小六的娘,他们母子都为帮里做事。兴龙帮除了帮主外,有五个把头,李漠帆为首。其他几个把头都在道上重操旧业,兴龙帮的镖旗已飘至河南山西。

萧天听到明筝醒过来,急忙跟着郭嫂往西厢房走去。

西厢房里光线幽暗,里面的床榻上躺着一个人,衣着还是宫里的秀女服饰,只是面容不忍直视,又红又肿,颧骨上还有溃烂。

明筝缓缓睁开眼睛,她不知道自己昏睡了几个时辰,眼前的一切如此陌生。从镂空的雕花木窗里射入斑斑点点的阳光,身上盖着缎面薄被,旁边还有一座精美的镶铜镜的木制梳妆台。明筝恍然意识到不是在宫里,突然一个慈祥女人的面孔映入眼帘:"姑娘,你可醒了。"

"大婶,这是哪里呀?"明筝惊慌地问道。

"莫怕,"郭嫂笑着说道,"这是上仙阁,我们帮主来看你了。"

"你们帮主?"明筝诧异地抬起头,看见女人身后萧天关切的面孔,愣怔了一下,瞬间想起昨夜的遭遇,想起她被装入麻袋,差点被活埋,然后一群人救了她,其中一个持剑的身影便是萧天。她还未从萧天原来身怀绝技的惊讶中回过神来,便被萧天这个惊人的新身份所震怒,她不清楚他为何要在她面前隐藏身份,想到自己傻乎乎处处保护他的样子,脸都气青了,不由怒道:"你……你到底是什么人?"

萧天知道明筝在气头上,便笑着道:"明筝,待你伤好,我再慢慢给你解释。"

"不行,你现在说,你说呀!"明筝越想越气,由于脸部的肿胀,口齿不清地嚷道,"我最恨被人骗。"

"这件事,是我做得不妥,任你责罚。"萧天倒是承认得爽快。

明筝捂住半张脸,由于说话发力,她半张脸都在疼,刚才的满肚子气,被萧天的一句话消了一半。明筝气哼哼地说道:"这次是你救了我,咱们一报还一报,两不相欠了。"

"不,还是我欠你的,我定会把你身上的病症医好。"萧天急忙说道。

"不用你管,如今我变成这般模样,连我自个儿看着都烦,我不要你管我,你送我回家吧。"明筝心烦意乱地说道。

"我不能送你回家。"萧天道。

"为何?"明筝叫道。

"你中了毒,叫百香转筋散。"

"你如何知道?"

"是我下的毒。"

明筝诧异地仰头瞪着萧天,萧天温和地一笑,道:"明筝,我能让你恢复往日容颜。"

"你……"明筝急了,叫道,"你还没有回答我,你到底是什么人!"

"萧天。若你拜过我父亲为师,论起来,你要称我一声师兄。"萧天耐心十足地说道,"你不能回家,你别忘了你的身份还是秀女,一进家门就会被发现,累及你的家人。我既然敢给你下药,就能医好你,你要相信我。"

直到此时,明筝方才回过味来,她瞪着眼睛问道:"难道这一切都是你事先谋划的?"

"不光我,还要加上你宵石哥哥。"萧天一笑,道。

明筝像泄了气的皮球,窝在了床榻上,原来自己是如此这般被扫地出宫的。

"萧大哥,我不怪你。"明筝冷静下来,想到如今终于脱离皇宫,便止不住庆幸,"是我一时冲动,想到进宫便可见到仇人报仇。进了宫才发现,别说见仇人,连自个儿都保不住,都怪我太任性。对了,我在宫里见到锦衣卫那个头目,宁骑城他知道了我的身世,并在宫里威胁我。"

"什么? 他如何会知道你的身份?"萧天惊讶地问道。

"我也不知道,但是他却叫出我的本名李如意。"明筝一脸惊奇地说道。

"这个宁骑城神出鬼没,不好对付,以后一定要处处小心。"萧天忧心道,"近段时间你留在这里疗伤,必须隐藏身份,出门穿男装,好在这个院子里住了许多参加春闱的书生,大家来自五湖四海,都不认识。"萧天不放心地叮嘱道。

"我……我可以回家看看姨母吗?"明筝抬起头,突然问道,她一想到姨母,心里便很是不安。

"待你伤好后再回吧,免得你姨母瞧见你如今的模样伤心。"萧天的话,提醒了明筝,明筝捂着脸点了点头。

明筝瞥了萧天一眼,突然直起身子问道:"刚才这位大婶为何称呼你帮主?"

萧天一笑,满脸歉意地道:"明筝,我刚才忘告诉你了。"

"萧天,你到底还有多少秘密?"明筝脸都气绿了。

萧天知道以明筝的聪慧,不对她说出实情恐怕难以取得她的谅解,他决定除了狐族的事,不再隐瞒其他的,便缓缓道:"明筝,我知道你看见如今的我有些古怪,我为何隐瞒身份去你家?还记得那本《天门山录》吗?你在回京的路上是否救过一个白髯老者,他是狐族人,也是兴龙帮之人,他在马车上听到你与姨母的对话,怀疑你手中的书是《天门山录》,于是回来禀告了我,我便有了乔装到你家调查此事的想法。这就是前因后果。"

"一个堂堂帮主,跑到人家宅子做出这种事,岂不有失风度?"明筝气归气,但想了想,也算情有可原。

"姑娘教训得极是。"萧天见明筝气消了,便说道,"我请来了郎中,正候在外面,让他来给你脸上和身上的伤诊治一下。"

"我不看。"明筝说道,"不就是肿几天吗?"

"这百香转筋散在江湖上其实是一种易容术,有些被官府通缉的人会服下以改变面容,蒙混官府视线,其实月余时间便会自行好转,但也有极个别体质的人会出现不同反应,你就属于这种。"萧天自责道,"怪我考虑不周,让你受苦了。"

萧天说着走到窗前道:"漠帆,领郎中进来吧。"

不多时,李漠帆领着郎中走进来,郎中仔细看了明筝脸上溃烂的地方,深吸一口气,直摇头道:"此症看上去不凶险,实则不然,如不及时把溃烂部分的脓汁挤出去,便会侵入内脏,伤及四肢。只是做起来极其烦琐,要把溃烂的地方一一清理干净,挤出里面脓汁,抹上药膏。"

明筝一听,立刻捂住脸,不让郎中查看。

郎中走到近前,看到明筝脖颈处也有红肿,便伸手拉开衣领,不想明筝甩手一掌正扇在郎中左脸上,五个指印立时红涨起来。

郎中退了几步,手指着明筝,气得脸通红,一边捂着红肿的左脸,一边对萧天摆手道:"你……我不收你银子,这种病症我医不了,这个小姑娘也太无礼了,我行医多年,还是第一次被人打,你看看我这脸,让我如何见人?说出去岂不丢人现眼,罢

狐王令(上)   155

了,你们另请高明吧。"

萧天费尽口舌,郎中还是提着药箱急匆匆跑了。

"帮主,出了何事?"李漠帆从外面跑进来问道。

"我不治了。"床榻上的明筝哭着说道。

萧天站在当间,脸色阴郁地说道:"明筝身上溃烂的地方,需挤出脓汁,抹上药膏,方能好转。"

"若不挤出脓汁呢?"李漠帆甚是为难地问道。

"毒就会攻入内脏,侵害四肢。"萧天皱着眉头望着里间,然后他看着郭嫂道,"郭嫂,你来吧,把明筝姑娘身上溃烂地方挤出脓汁,抹上膏药。"

"我⋯⋯帮主,这个我干不了,我看着⋯⋯我下不了手,我⋯⋯我还是煎药去了。"郭嫂说着,急忙退了出去。

"啊,这可如何是好?"李漠帆一筹莫展。

萧天站在当间,突然叫住李漠帆:"去给我找根绳子。"

"帮主,你要干吗?"

"去呀。"

刚才还万里无云,转眼天上飘起雨点,首场春雨淅淅沥沥地落下来。

李漠帆淋着雨拿着绳子跑进来,看着萧天问道:"帮主,你不会是想亲自动手吧,人家可是一未出阁的姑娘呀。"

"你站在门口守着,不要让任何人靠近。"萧天吩咐道,"把门锁死,不经我的允许不准开门。"

萧天拿着绳子走进里间,身后没听见动静,他一回头,看见李漠帆瞠目结舌地站在原地。萧天眼神直逼过来,李漠帆一哆嗦,急忙跑出去,哗啦关上大门,又找出一把锁锁死。

李漠帆刚锁上门,就听见房里稀里哗啦瓷器倒地的脆响,接着又是一阵细碎的响声,渐渐声响小了起来,这时传来明筝尖利的叫声:"萧天,此仇不报,我就不是明筝⋯⋯"

窗外细雨如丝,窗内萧天脸上汗如雨下。

此时,明筝脸朝下被绑在床榻上,背部的衣衫已被除去。白如凝脂的肌肤上,布满大大小小的脓包,有的已溃烂,有的刚鼓出红包。

"明筝,你要忍着。"萧天低声说道,双手在空中僵了一下,握了握拳,便伸向溃烂的地方。萧天握剑的手,力道很大,挤向脓包,瞬间便白脓尽出。明筝身体抖动着,尽管咬着被褥,仍然发出痛苦的叫声。

萧天紧咬下唇,动作飞快,背部挤过的部分,很快抹上药膏。萧天望着明筝下身的裙子,犹豫了片刻,闭了下眼睛,咬牙扬手撕开,扔到一边。眼前出现一个少女曼妙的玉体,萧天脸上的汗不停地掉下来。明筝又羞又气,趴着哭得更起劲了……

折腾了有半个时辰,萧天把明筝全身上下抹上药膏,裹上白布,给明筝盖被褥时,发现明筝竟然睡着了,许是闹腾累了。萧天长出一口气,才发现自己浑身都湿透了。他扶着墙走到门边,叫李漠帆:"漠帆,开门。"

门一打开,一把剑直抵到萧天胸前。柳眉之一脸气急败坏的凶狠样子,向萧天吼道:"萧天,你把明筝怎么了?"

李漠帆从后面抱住柳眉之的腰,叫道:"柳公子,你误会了,我们帮主在给明筝疗伤。"

"好一个帮主。"柳眉之乜斜着萧天,李漠帆情急之中,把萧天的身份说了出来。

"你要怎样?"萧天任由柳眉之一把长剑抵到胸前,平静地看着他道,"我看在明筝面子上,不会与你计较。"

柳眉之依然持剑抵着萧天胸口,眼睛向屋里扫了一眼,道:"我要接走明筝。"

"不行,她身上有多处伤,要继续用药。"萧天语气平淡地说道,"待她伤好了,是去是留,由她说了算。"

"欺人太甚!"柳眉之怒道,举剑便刺,萧天身子一闪,躲过一剑。萧天看柳眉之一时不会善罢甘休,便跃身到廊下,大声说道:"柳眉之,你要战便战,漠帆,取剑!"

李漠帆撒腿便往畅和堂跑去,转眼提着长剑跑过来,一个长虹飞跃把剑递到萧天手中。刚才萧天赤手空拳,柳眉之都没有占到便宜,如今长剑在手,几个回合柳眉之便败下阵来。

"这个账,咱回头再算。"柳眉之撂下一句话,便气冲冲地走了。

"帮主,是我的错,我不该在柳眉之面前叫你帮主,这……"李漠帆想到刚才在柳眉之面前失言,心里有些不安。

"无妨,他早晚要知道。"萧天看了眼又飘起细雨的天空,"你下去命人给明筝姑娘煎药。"

"是。"李漠帆匆匆退了下去。

二

傍晚,萧天还在床榻上昏睡便被李漠帆晃醒:"帮主,出事了。"萧天迷迷糊糊睁开眼,望了眼窗外,雨不知何时停了。

"昨夜莲塘巷烧了间宅子,只找到两具焦尸,你知道是谁家吗? 正是李宅。"李漠帆叫道。

萧天瞬间脸白胜雪,他一骨碌跳起来,便往门外跑。

"帮主,你……身上……"李漠帆叫道。

萧天急忙返回,他身上只有一件中衣,他迅速披上外袍,系上腰带,一边问道:"打听到是什么人所为了吗?"

"小六找来李宅的杂役阿福,他说昨个午后宁骑城带人去了李宅,搜查了半天,他说官府已查出明筝是罪臣之后,要是投案可以免他们不死。他们走后,老夫人和管家就打发阿福去妙音山上香祈福,并叮嘱他晚上住一宿,不承想夜里就出了这事。"

萧天双眸一沉,身体僵住,跌坐在床榻上,他已猜出事情的由来,联想到明筝说宁骑城已查出她的身世,他料想必是宁骑城去李宅威胁老夫人要他们交出明筝,老夫人为了保全明筝,才做出如此决绝的行为。他深深地叹了口气,吩咐李漠帆:"那个阿福留下吧,好生相待。"

萧天默默走出去,心里越发沉重,想着老夫人和管家不由黯然神伤,他沿着长廊走向杏园,在心里反复斟酌着如何把这个消息告诉明筝。他走走停停,几次欲掉头,直到天暗下来,他才来到杏园。

雨后的夜晚,月光出奇明亮。萧天站在西厢房的廊下,几次抬起手欲敲门,又踌躇着放下。月光照在他灰色的长袍上,身后拉了很长的影子。

萧天站在门前,看着门下了决心:再不好开口,也要说了。萧天硬着头皮举手敲了敲门。里面静默了片刻,传来明筝怯弱的声音:"谁?"

"明筝,是我。"萧天回答。

房里静默了片刻,传来低低的声音:"我睡下了。"

萧天愣了下,"那好,我明天一早再来。"萧天说了一句,转身欲走。

身后的门却开了,明筝披着一件青色的披风站在门边。虽然只有半日,但是看到明筝脸上的红肿竟然消了,萧天一阵惊喜,看来那膏药还是对症的。

明筝看着萧天,不知为何突然脸发起烧来,火烧火燎,她垂着头,局促地站在门边,有些不知所措。萧天看明筝不自在,自己也突然尴尬起来,脑子里呼地跳进白天的情景,一时竟然忘了要说什么。

"萧大哥,你找我有何事?"明筝低着头也不看他,自顾自问道。

"明筝,是……是有一件事,"萧天被明筝这么一问,才想起来的目的,说道,"明筝,你姨母……她……她过世了。"

明筝双眼瞪着萧天,身体晃了一下:"你说什么,我姨母她……"明筝后背重重地撞到门上,碰到背后的伤处刺骨地痛。萧天抢上一步,扶住明筝。明筝面色煞白,眼睛盯着头顶的房梁,脑子里只剩下最后一个念头,这世上最后一个亲人也离她而去了,然后眼前一黑,昏了过去。

待明筝清醒过来,发现自己躺在床榻上,萧天坐在床边忧心地望着她。"明筝,喝点水。"萧天端过茶盏。

明筝摇摇头,眼里的泪涌出来:"我姨母是如何去的? 她为何不等我回去,我连她最后一面也没见上。"

萧天看明筝的情景,担心她知道真相后会更伤心,便隐瞒了实情,只含糊地说道:"明日出殡,刚刚阿福跑来报的信儿。"

明筝突然坐起身,叫道:"我现在就去。"

萧天一把按住明筝:"你现在去哪儿? 满大街的东厂番子,你脸上红肿还没褪尽,难道还怕别人识不出你是宫里被救走的秀女,你还想被抓回宫里吗?"

萧天的话阻止了明筝,明筝垂下头,眼泪不停地往下掉。

萧天缓和了语气,安慰明筝道:"我已安排好了,你以后便是我兴龙帮的小厮,我已经让小六按你的尺寸到成衣铺做了几身衣服。"

"我是你兴龙帮的小厮?"明筝看着萧天。

"以你的身手,在兴龙帮也只能如此了。"萧天看明筝一脸嫌弃的样子,便不再多说。

"我何时加入你兴龙帮了?"明筝又气又急地问道。

"我不在乎这些小节。"萧天一脸大义地说道。

"我在乎!"明筝气呼呼地说道,"你让人给我做衣服,也不事先给我说一声,对了,你哪来我的尺寸?"

"这……我是估摸着,大概……"萧天急忙咳了一声,打断自己的话,但是明筝

狐王令（上）

还是回过来味，又羞又气，倒在床上蒙上被褥，大哭，一边哭一边又想到最疼自己的姨母，便哼哼唧唧，哭得声泪俱下……

<h1 style="text-align:center">三</h1>

酉时已过，夜幕低垂，细雨时断时续，莲塘巷上各户均已掌灯，微弱的烛光透过窗子，星星点点地映到巷子里，小巷在细雨中显得越发寂静。

柳眉之默默伫立在李宅的门前，注视着一群人在烧成废墟的宅里忙碌，门前摆放着两具崭新的棺木。不多时一个来帮忙的街坊走过来道：“柳公子，这宅子恐怕要重新修缮了，已不能居住。”

“我已贴了出售的告示，不会再踏进去半步了。”柳眉之惨白着脸，向街坊一揖道。

阿福远远走来，他把一切该收拾的都收拾了后，便向柳眉之走来，他有些胆怯，虽说柳眉之是老夫人的独养儿子，但是柳眉之很少出现在家里，除了老夫人生辰和年节回来，一年四季不见他的踪影。而此次他回来，当他声泪俱下给他讲述所发生的惨况时，他却只是拧眉冷面，连一滴眼泪都不曾掉下。

这可是真真出乎阿福的意料，哪有当儿子的听到娘亲死了，冷漠至此的？

“阿福。”听到柳眉之唤他，阿福急忙跑到跟前。

“叫他们把棺木抬到马车上，连夜埋了。”柳眉之简短地说道。

“不等小姐了？不是说好明日一早出殡吗？”阿福问道。

“哼，”柳眉之眼里喷出怒火，他冷冷地望着阿福，“你装什么糊涂，我与那明筝可有半点血缘吗？等她做甚，我母亲，还有我那忠心耿耿的父亲都为了她，为了她们家而亡，我父母做她家的好奴才做到这个份儿上，难不成我还要继续为奴吗？”

“是。”阿福低下头，不敢反驳。

“你跟着马车，我骑马，咱们趁城门还没关，赶紧出城。”柳眉之说道，想了下，从腰间取下一个荷包，递给他道，“你去多赏银子，让棺材铺的伙计动作麻利些，告诉他们到了墓地还有赏。”

阿福接过荷包，转身向棺木跑去。

一群人得了赏，干劲更足，不多时一切准备好，两辆马车上棺木捆绑牢固后，便出发了。一路顺利到了妙音山，新近的雨水使土质松软，很快挖出两个深坑，众人抬起两具棺木分别放入坑中,不多时便耸起两个坟头。柳眉之又打了赏,回到城里时才敲过三更。

柳眉之在西苑街口与阿福分手,问阿福可有地方去,阿福点点头,说道:"有地方住。"柳眉之也看出来,这小子不愿与他一处,便也不再勉强,只是叮嘱了一句:"告诉小姐,她姨母已经下葬,头七陪她去祭拜。"说完便消失在暗夜里。

翌日已时,明筝方醒。看天色大亮,急匆匆往外面跑,在门口被郭嫂拦住,告知她,她姨母已经连夜安葬,明筝闻讯一口气没上来,又昏了过去。

明筝再次醒来已是午后,为姨母的事,再次伤心不已,直到哭累了,昏昏沉沉再次睡去。醒来还是被噩梦惊醒,她看见几个服了百香转筋散的宫女,一个个烂着脸来找她,埋怨她。在这些宫女中还有一个容颜清秀的女子,拉着她问,她的信送到了吗?

明筝惊醒,一骨碌坐起身,她想起那个宫女的托付,要不是宫女托梦,她早已忘到脑后。她只顾着伤心,却忘记了这件事,她起身在卧房里寻找当初出宫时穿的秀女衣裙。

"姑娘,你醒了,你在找什么?"郭嫂听见动静从外面走进来。

"大嫂,你见我从宫里穿出来的那身衣裳了吗?"明筝焦急地问道。

"哦,我收拾起来了,"郭嫂笑道,"虽说绸缎很不错,但是被撕毁,已无法缝补了。"郭嫂有些可惜地道,"不过,你外出的衣服,我也取回来,放在你床边了。"

听到郭嫂说衣裙被撕毁,明筝脸上一阵火烧火燎,不由想到那日萧天为她疗伤时的窘态,再次羞红了脸。郭嫂走到一个木箱前,掀开箱盖,从里面取出一个布包,解开包布里面正是宫里那身衣裳。明筝接过来走到床榻前,急忙打发走郭嫂。

明筝拿起那团衣裳,沿着大襟的衣领摸上去,突然手触到一块硬物,她用牙齿咬开针线,两只手指伸进去,捏住了一个折叠在一起的信笺。看到信笺,明筝长出一口气,总算没有辜负那个宫女。当时在宫里,事出突然,她都没有多看一眼,便塞进了怀里。

此时,她对着窗子透进的光,看见信笺左上角有一排小字,小字不甚整齐,可以看出是仓促写就,凌乱而潦草,写的是一个地址。明筝看了看这个地址,想着今日无论如何要把信送到。

她看了眼床边放的衣物,应该是为她准备的。便走过去抖开一看,鼻子差点气歪。这是一套短衣,黛色上衣,灰布长裤,腰带也是黛色的。怎么看都像上仙阁里伙计的打扮。但此时,她也顾不了这么多了,能出门便好。

她匆匆解开头上的发髻,这宫里的发式还是冬梅帮她梳理的,想到冬梅她心里一阵心酸,也不知她如今的日子过得可好。伤感归伤感,她还是动作娴熟地打理出一个男子的发髻结于头顶。打这种发髻她轻车熟路,以前跟隐水姑姑四处游历,都是这种扮相。最后,她对着铜镜左右打量自己,铜镜里出现一个神采奕奕的少年郎,除了颧骨处有两个黑乎乎的结疤,看不出毛病,更看不出与宫里秀女有何关联。

明筝在屋外廊下匆匆扒了几口饭,对郭嫂说屋里太闷,想去园子里走走。郭嫂很爽快地答应了,昨天萧天还嘱咐她,没事领她出来走走。明筝沿着游廊在园子里兜兜转转,趁郭嫂忙于收拾,便溜出了月亮门。

不知何时天阴下来,空气中都氤氲着水汽,不多时便淅淅沥沥地落起雨滴。明筝没想到出了小院,外面竟然还是个园子。沿着蜿蜒曲折的游廊,一路向前,有一片水池,绵绵的春雨落入池中,泛起圈圈涟漪。岸上栽有几株细柳,柳条已抽出米粒大小绿油油的新芽,水池里红色的金鱼聚在一处争食。

明筝走到池边水榭,只见屋檐上的匾额上书三字"沁芳榭"。由于下雨,榭里滞留了一些人在赏雨。他们三三两两,均是书生的打扮,有坐在木廊上埋头读书的,有两人对弈的,有三四友人品茶聊天的。

明筝正左右张望,一个着锦服的微胖男子,从另一边走过来,他长袍簇新,尤其是腰间一条镶玉的束带惹人注目,明筝看到此人有些眼熟。两人走近时,明筝突然想起,在进京的客栈与此人见过一面,他叫李春阳,是进京赶考的秀才。

明筝知道他不会认出自己,便向前走去。水榭边四个书生争论得脸红脖子粗,一旁石桌上放着几本书籍,明筝匆匆瞟了一眼,是《周易》《中庸》《春秋》等。明筝故意放缓脚步,想听一听他们在争论什么,原来是在评说一篇八股文。题目是:子谓颜渊旧,用之则行,舍之则藏,唯我与尔有是夫!这篇题目,在破题上,四个人有四个见解,大家争论不休。

看来春闱已近,这些学子正夜以继日不放过任何进益的机会。明筝虽未做过八股文,但是从小便在父亲的书房长大,她知道八股文是由八部分组成,由破题、承题、起讲、入手、起股、中股、后股、束股组成,其中破题尤其重要和费思量,这几人各抒己见、争论不休便不足为奇。明筝想了想,也想不出所以然来,她自小喜欢读书,但却厌烦八股文,写文章本应信马由缰,而八股文条框太多,明筝觉得太难了。

突然,一个青衣书生兴奋地一击掌道:"有了,听着,圣人行藏三宜,俟能者而始微示之也。"三人品评良久,有点头的,有摇头的。又有一人道:"此处破题巧妙,我也想出承题来:盖圣人之行藏,正不易规,自颜子几之,而始可与之言矣。"几人听后,有人点头称妙,有人摇头不以为然。明筝听了半天,觉得太无趣,还是快去送信吧。

明筝跑得急,正与一个小厮撞到一起。明筝认出是天天给自己送草药的小六,小六也认出了明筝。

"明筝姐姐,你这是要去哪里?"小六问道。

明筝一看,坏了,遇到谁不行,偏偏遇到他。明筝担心小六去给萧天报信,忙笑道:"小六,我四处转转。你不用管我,你去忙吧。"小六迟疑地看着她,明筝便又钻进那堆秀才里,听着那些酸腐的句子,眼睛盯着小六,看他出了园子,便急急向大门跑去。

由于路不熟,几次绕了远道,好不容易找到大门。只见门边立着一个一袭灰袍的儒雅公子,再仔细一瞧,不是萧天是谁?

萧天站在门边,眼睛一眨不眨地盯着她。明筝想转身走已来不及,被萧天叫住。"明筝,你要出门?"萧天说着,上下打量起她这身有趣的打扮,"挺合身。"

"哼。"明筝鼻子里哼了一声,抬眼看看萧天风流倜傥的样子,自己往他身边一站活脱脱一个跟班小厮,便扭头就走。

"明筝,你去哪儿?"萧天问道。

"这……"明筝瞪着他,看他如今这架势,还真把自己当他帮里的人了,难道去哪儿都得向他回禀?

"你忘了帮里的规矩了?"萧天果然来了一句。

"你真拿我当你兴龙帮里人了?"明筝惊叫道。

"这岂是儿戏。"萧天严肃地看着她。

"我入帮也可以,"明筝说道,"只要兴龙帮能帮我报仇雪恨,我生是兴龙帮的人,死是兴龙帮的鬼。"

"明筝,你我的父亲是故交,他们都配得上'忠良'两字,前后被奸佞小人构陷而死,这几年冤死的忠正之士何止你我的父亲,还有很多人。朝纲已乱,奸人当道,报仇岂止是杀一个人这么简单?"

"萧大哥,依你看该如何做?"明筝问道。

"你若还把我当成你的书远大哥,便相信我,你的事也是我的事,你的仇人也是我的仇人,从长计议可好?"萧天看着明筝,又说道,"在我面前,不可隐瞒,有事便告诉我,有我给你做主,你怕什么?"

明筝一听，眨巴了下眼睛，便从衣袖里掏出宫女的信笺，递给萧天道："这是那日在宫里，一个宫女求我带出来的一封书信，上面有地址，我想给送去。"

萧天匆匆扫了眼信笺上细小的字体，念了出来："芝麻胡同十三号，王铁君。"萧天看着明筝又问道："是怎样一个宫女，你可知道她姓名？"

"不知道。"明筝摇着头，"宫里面，宫规森严，连与其他人说话都禁止。"

两人骑着马，出了上仙阁。一路避开大道，专拣小巷陋街而去。明筝只顾跟在萧天身后，她哪里知道路，只见七拐八拐，来到一个僻静的胡同，停到一个院门前。

开门的是一个少年，看到门前站着一位公子和一名小厮，还以为敲错了门。萧天拱手一揖，温和地问道："请问这位小哥，里面可是住着一位叫王铁君的人？"

"有，"少年支吾了一声，"是我爹。"

"谁呀？"从影壁墙旁走过来一个壮实的中年人，面色黝黑，相貌丑陋，还一脸虬髯，身上狱卒的官服都没有换下，手里握着一杆旱烟，烟锅里还冒着烟，他拿旱烟朝墙壁上磕了一下，问道："你们是……"

萧天压低声音问道："家里可否有人在宫里？"

虬髯男人一愣，一双凶巴巴的眼睛盯着萧天，脸色有些发白，惴惴不安地答道："有，小女在宫里。"

萧天点点头问道："你便是王铁君？"

"正是。请。"虬髯男人急忙闪身伸手相请，萧天和明筝随其走进小院，过了影壁墙，眼前出现一个干净的小四合院，可以看出虽不富庶也是衣食无忧的小户之家。萧天站在天井院，从身上掏出信笺，递给王铁君，道："受人之托，你看无误，我们便告辞。"

王铁君接过信笺，辨认出上面字迹，脸上肌肉一阵颤动，口中喃喃道："是，是小女的字，"王铁君动容地道，"五年了，小女自进宫便音信皆无。"男人眼里漾满泪花，他抬起头，看着面前的萧天，深深一揖："谢公子传信，敢问公子大名，日后定要相谢。"

"举手之劳，何足挂齿。"萧天说着，还了一礼，道，"在下姓萧，单字天。"萧天注意到他身上狱卒的官服，便问道，"老哥，可是在朝中办差？"

"嗨，"王铁君苦笑一声，"在锦衣卫的诏狱混口饭吃，是份苦差，我都羞于在人前走动，像咱这种出身的平民百姓去哪儿能谋到好差事呀。"

"那好，便不打扰了，老哥快看信吧。"萧天抱拳告辞，虬髯男人相送到门外。

狐王令（上）

四

头七这日,萧天和明筝一早赶往妙音山。

柳眉之已早早候在那里,老坟茔的一旁新添了两座坟,坟前祭祀的果品香烛已摆好,他默默伫立在坟前。

明筝看见柳眉之,叫了声:"宵石哥哥……"便泪如雨下。

柳眉之转回身上下打量明筝,看到她脸上肿胀消去,又扫了眼一旁的萧天,向他点了点头,算是打招呼。

兄妹俩走到新坟前,萧天在一旁点燃香烛。两人跪下磕头,明筝想到昔日姨母对自己的种种恩情,止不住伤心难过。柳眉之神色凝重,在一旁默默无语。萧天走上前对着新坟行了祭拜之礼。

礼毕后,柳眉之默默拉起明筝道:"明筝妹妹,这座城里太多让人感伤的地方。我已在苏州府买下一座宅子,你可愿与我一同前往?在那里远离京城,少了很多是非,若你姨母还在世,必是十分高兴,可惜她老人家先走了一步,你看改日我亲自去接你,可好?"

明筝擦了把眼泪,听柳眉之突然说要离开京城,并要带她一同前往,先是一愣,还没有想好如何答话,便听一旁萧天道:"明筝已有住所,就不麻烦柳公子了。"

柳眉之眼神犀利地盯着萧天,不满地说道:"萧帮主,我看这话该我说吧,毕竟明筝是我妹妹,也就不劳烦你了,即日我便让云蘋接回明筝。"

"照我看,你如此做才不妥。"萧天温和地说道,"明筝是我兴龙帮之人,理该由我帮里照拂。"

"你说什么?笑话!"柳眉之不屑地叫道,"我妹妹何时成了你帮里的人?"

"你问明筝。"萧天不急不躁地说道,然后看着明筝。柳眉之诧异地扭头瞪着明筝。

"我……我……"明筝看着他们俩为了自己争得脸红脖子粗,她本想两边都不得罪,但是想到要搬出杏园、离开京城又有些不情愿,便顺水推舟地点点头道:"是呀,宵石哥哥,我已入了兴龙帮,我在帮里挺好的,就不劳烦哥哥费心了。"

这次轮到柳眉之大惊失色,他一步抢到明筝面前,双眼盯着明筝:"明筝,你怎可如此糊涂,你一个姑娘家如何整日跟一群男人混在一起?"

"我……"明筝挠了挠头，觉得宵石哥哥说得有些道理。

"柳公子，明筝不跟我待在兴龙帮，难道还能跟你待在长春院那种地方？"萧天冷冷地说道。

明筝急忙点点头，道："宵石哥哥，你在长春院也不自由，你且照顾好你自己便可，我已经大了，可以自己照顾自己了。"

明筝的无心之语，柳眉之听到耳中，顿时气得七窍生烟，脸上忽白忽红。他眼神掠过萧天的面孔，稍微稳了下心神，突然转变了话题，看着萧天说道："萧帮主，近日被哀伤所困，竟忘了向萧帮主感谢对明筝的搭救之恩，真是羞愧得很呀。"柳眉之说着，躬身向萧天一揖。

"柳公子此话不敢当。"萧天微微一笑道。

"我有一笔大生意，不知萧帮主可有兴趣？也算是我对萧帮主聊表一下谢意。"柳眉之突然微笑着看着萧天。

"哦？"萧天从柳眉之脸上看出一丝得意，不知他所说大生意指的是什么，便问道，"还请柳公子明示。"

"近日，长春院里有人买卖试题，是今年春闱的试题，"柳眉之瞟向萧天，"你可有耳闻？"

"什么？"萧天一惊，春闱临近，也算是今年的一场盛事，竟然有人干这种勾当，"你如何知道？"

"哼！"柳眉之低哼了一声，一脸神秘地道："长春院这种地方，三教九流俱在，一套试题得到的银子可比你们跑镖多得多，你若有兴趣，我可以送你一套，也算是我报答你救明筝所为，咱们就此扯平。"

萧天紧皱眉头，心里非常反感："春闱乃国之重器，岂可玩于股掌之中？"

柳眉之大笑："朝堂之上有人靠此发财，他们做得，咱们如何做不得？"

萧天顿觉喉间发紧，他看着柳眉之，努力压住心中的怒火，目光凌厉地盯着柳眉之道："君子爱财，取之有道。"萧天回头看了眼一旁的明筝，"你大可不必为明筝的事心存亏欠，明筝是我兴龙帮之人，她的事便是我的事。"萧天说完，转身对明筝道，"既已祭拜完，便回吧。"萧天大步向山下走去，明筝看出萧天被激怒，急忙与柳眉之辞别，急急跟了上去。

"你再想想，我等着你。"柳眉之在背后说了一句，眼睛久久地盯着两人的背影，脸色骤然大变。

明筝一路小跑，追上萧天，问道："宵石哥哥所说的试题是怎么回事呀？"

狐王令（上）

"可叹，"萧天神情严峻地说道，"一个学子十年寒窗，却抵不上银子来得快，一旦那些不学无术之人买来试题，那金榜题名的将是他们，如此还要春闱这般兴师动众做甚？倾举国之力，还有何意义？你知道贡院大门处两块匾额，上书着什么吗？"

"什么？"明筝好奇地问道。

"一块是'明经取士'，另一块是'为国求贤'。"萧天道。

"你如何知道得这么清楚？"

"我儿时便住在那里。"萧天叹口气道，"如果此事坐实，这两块匾也只能成为摆设了，此真乃国之大不幸也。"

明筝愣怔了片刻，方才想到怪不得萧天震怒，他父亲原是国子监祭酒，他从小便耳濡目染。又联想到今日在园中所见那些寒暑苦读的学子，深深为他们抱屈，才知道此事的严重性。

"明筝，回城后，我要去拜访一个人，你先回上仙阁。"萧天对明筝说道。

"不，"明筝看着萧天道，"是你说我是兴龙帮的人，还说我是你的小厮，那你去哪儿都得带着我。"

"你……"萧天愣了下，道，"我就随口一说。"

"你一个堂堂帮主，岂可随口一说？"明筝怒道，"反正我可是当真的，你去哪儿都得带着我。"

说话间，两人下了山，纷纷解下马的缰绳，翻身上马。

"不是我不带你，"萧天解释道，"你哪里像我的小厮？"

"我哪里不像了？"明筝反问道。

"那好吧，"萧天自认倒霉，自此身边要拖个累赘，"我去拜访友人，你只可在一旁待着，不可说话。"

两人回到城里，已是掌灯时分。草草找了家酒肆，胡乱填塞些饭食，便又赶路。一路上萧天沉默不语，明筝也不敢多问，怕他一怒又撵她走，只是一味跟随。两匹快马来到一处府邸前停下，明筝实在忍不住，问道："萧大哥，这是哪里呀？"

"我父亲门生，刑部赵源杰的府邸。"萧天一边说着，一边翻身下马，两人把马拴到路边一棵杨树上。萧天上前叩门，不一会儿，一个家仆探出头，萧天报上自己姓名，家仆转身去通报。有半炷香的工夫，院里有了动静，赵源杰一身家常半旧的便袍迎了出来。

"贤弟，怠慢了，快，里面请。"赵源杰说着，看了眼萧天身旁的明筝，"这位是……"

"我的一位随从。赵兄,咱里面说话。"萧天拉住赵源杰,两人走进大门。

一行人穿过影壁,沿回廊直接走到正堂一侧的西厢房,这里用作书房。赵源杰吩咐家仆奉茶,他引着萧天入座。明筝偷眼看萧天,萧天给她递个眼色,明筝想了想没敢坐下,而是站在萧天身后。

赵源杰突然对着萧天躬身深深一揖。萧天一愣,笑道:"兄长,行如此大礼,你要折煞小弟了。"

"上次,贤弟出手解我全家燃眉之急,我还没有来得及感谢呢。"赵源杰这才坐下,"前几次见面过于匆忙,都没来得及问贤弟近况,在做什么营生,哪里落脚?"

"我家帮主,就在上仙阁。"一旁明筝快言快语地插了一句。

萧天不动声色地瞥了她一眼,明筝忙低下头,不敢再说话。赵源杰既惊又喜地望着萧天道:"原来贤弟贵为一帮之主,可喜可贺呀,我就说嘛,贤弟乃人中龙凤,岂会甘于平庸。"

"兄长,谬赞了,不过是帮里人抬举。"萧天看既已说到这个份儿上,也不便再隐瞒,"兴龙帮在京城也有生意,我便时常过来走动。"

"为兄敬仰得很呀,"赵源杰大喜,"兴龙帮乃大帮派,早有耳闻,镖旗遍布北部多地啊。"

家仆奉上茶盏,萧天哪有心思喝茶,见家仆退出,便对赵源杰说道:"兄长,此次深夜造访,是有一件要事相告。"

"哦,"赵源杰一看萧天神情,忙凑近问道,"何事让贤弟如此紧张?"

"兄长,京城近期有何大事?"萧天问道。

"近期嘛,"赵源杰微闭双目,捋须沉思,突然瞪大眼睛道,"便是春闱了,三年一期,万众瞩目。"

"便是了,"萧天压低声音道,"据我所知,试题已流出,朝中有人借此大发不义之财。"

赵源杰大为惊骇,他站起身,在屋里来回踱了几步,神情严峻地说道:"三年一期的会试,以往也听闻有作弊之事,但公然买卖试题还是头一遭听到,"赵源杰望着萧天,"消息确凿吗?"

"今日有人以报恩为名,要送我一套试题,他以为这是个大大人情。"萧天蹙眉道,"我听后也与兄长心情一样,便赶紧跑来告知,你在朝为官,总有手段可以阻止此事。"

"贤弟呀,"赵源杰一声苦笑,"我在朝为官不假,但能不能阻止此事,却真不好说。"赵源杰沉吟片刻,望着萧天问道,"贤弟,我很好奇,要送你试题的这个人,是何方神圣,竟有如此手段。"

"你想必也听闻过他的名号,长春院头牌柳眉之。"萧天道。

赵源杰在屋里反复踱了两圈,似乎恍然大悟道:"贤弟,如此说来,试题必是从长春院泄露出来,我早有耳闻,国子监祭酒陈斌是长春院常客,"赵源杰凝视萧天片刻,"贤弟,恐怕这件事没有这么简单,一个小小的陈斌,他有几个胆敢做这种冒天下之大不韪之事,必是背后有人指使。"

萧天一听,马上顿悟,点头道:"不错,兄长分析得极是,我只是听闻后一时气愤,却没有往这上面想,经兄长提醒,此事背后必然瓜连蔓引牵连众多。"

"哼,牵连再多也是小喽啰,恐怕那主使便只有一人。"赵源杰冷哼一声,"纵观整个朝堂敢如此作为的也只有那个人,陈斌不过是他的一只看门狗而已。"

"王振。"萧天呼地站起身,直拍脑门,"我怎么没想到呢。"萧天望着赵源杰,"难道就没有办法阻止吗?难道眼看着莘莘学子为此事受累而束手无策吗?"

"贤弟,莫急。"赵源杰欣慰地看着萧天道,"贤弟身上侠士风范、古道热肠着实让兄长自愧不如。但这可不比江湖,路见不平,拔刀相助。如今朝堂被王振把持,即便我上疏,奏章也到不了皇上面前。不如把事情闹大,让众学子知道真相,如此一来,必会惊动朝廷。到时候我再联合众位大臣上疏,即便王振极力阻拦,有众学子在外声援,也会让他阵脚大乱,朝堂也会迫于压力,重新择新人备试题。"

"如此甚好。"萧天大为钦佩地望着赵源杰,没想到他寥寥几句话,便破了这个局,看来朝廷之事还是要用朝廷上的方式解决,"不过,贤弟,有件事还需你亲力亲为。"赵源杰说着,看着萧天,"必须得到手一份试题,公之天下,这样才可让他们露出马脚,坐实买卖试题之事。"

"好!本来不过是管个闲事,抱打不平。如今看来,如若能扳倒王振,岂不大快人心。"

"想扳倒王振谈何容易,"赵源杰叹息一声,"你身在江湖,也会耳闻,众多帮派都想刺杀王振,流传最广的数狐王令了,但直到如今,王振仍毫发无损。江湖如此,朝堂也一样,王振几乎把能跟他作对的政敌,都整了一遍,死的死,流亡的流亡。为兄我之所以还在,也是几位大人暗中保全,为兄我谨记恩师的话,等待时机而已。"

"没想到兄长处境如此艰难。"萧天蹙眉道。

"我没什么,"赵源杰站起身,焦虑地说道,"这几日我夜夜合不上眼,贤弟有所

狐王令(上)

不知,前几日东厂督主王浩被刺杀,王振把怒气撒在于大人身上,以他兵部守卫京城不力,才会出此大案为由,强行押解于大人到了诏狱。"

"于谦于大人被押进诏狱?"萧天一惊。虽只是在虎口坡与于谦有过一面之缘,也只是匆匆而过,不曾结识,但是兴龙帮在山西与河南走镖,镖旗所到之处多与当地士绅接触,于谦巡抚山西河南多年,他的清誉在当地流传极广,当地百姓很是爱戴,称他于青天。

"以于大人的为人,定不会妥协,"赵源杰双眉紧锁,悲愤地道,"不知他如何过这个鬼门关。"

"天下谁人不知,诏狱由宁骑城坐镇,那个大魔头生生把那里变成了人间地狱。"萧天忧心地望着赵源杰问道,"朝臣中难道就没有人为于大人喊冤吗?"

"喊有何用,谁都知道于大人冤枉。"赵源杰神情凝重地凝视着方桌上的烛台,眼眸一闪,突然转向萧天,脸上露出惊喜之色,"贤弟,我正苦于解救于大人无策,如今看来你带来的消息竟可帮上大忙。"

"哦?"萧天一愣,静等下文。

"如若坐实买卖试题是受王振主使,即便扳不倒他,也可转移视线,或许于大人的案子会有转机;到时联合众大臣上疏,于大人或许还有一线生机。"

萧天点点头,道:"兄长一片苦心,小弟明白。这便回去逐一去办。"萧天又道,"你若找我,便来上仙阁。"

萧天看天色不早,便起身告辞,带着明筝出了赵府。

第十章　夜半风起

一

诏狱黑漆漆的院落里，晃动着几星火光，一队校尉在火把的引领下急匆匆自东向西走来。火把上跳跃的火苗，照亮了狭长的甬道。地面湿滑，连日的细雨，把路面搅成泥塘。两旁高耸的围墙上，密布的铁网上铃铛随风摇摆，发出阵阵刺耳的声响。

举着火把的校尉走出甬道，前面隐约看见黑压压的一片屋宇。高健回过头，看着走在身后沉默不语的宁骑城，虽然心急如焚，但又不敢流露太多情绪，只能如实回禀："大人，这东厂的人，只拿着一个令牌，便跑来提犯人，也没问出名堂，便对犯人施刑，要不是我正好巡查到此，此犯人恐怕凶多吉少。大人，他们也太不把咱衙门当回事了吧？"

宁骑城披着黑色大氅，神情淡漠地哼了一声，然后乜斜着高健，嘴角挂着一丝冷笑道："你所说的犯人，可是于谦？"

高健一愣，没想到宁骑城嗅觉如此敏锐，干笑了一声，赞道："看来大人也已知晓。"

"我不知晓，我是猜的。"宁骑城道，"能劳烦你这样一个锦衣卫千户如此挂心的人，诏狱里也只有他了，听说你以前在他的兵部待过。"

"是待过三个月。"高健实话实说道，"我只是敬重于大人的为人。"

"你这是在为他说情吗？"宁骑城突然停下来，目光犀利地盯着他。他们身后的卫队也跟着停了下来。高健心里一寒，本来想为于大人免去皮肉之苦，看来连自己也要搭进去了，急忙摇头道："不敢，不敢。"

"哼！"宁骑城鼻孔里冷冷哼了一声，"你这个人呀。"宁骑城甩了一句模棱两可的话，径直往前走去。

高健额头出了一层冷汗，急忙跟了上来。

"要说这个于谦也真够冤的，"宁骑城冰冷的声音在暗夜里显得分外阴森，"只不过为乱坟岗上那几具尸体背锅而已，尸体头上印的狐王令又火了一把，东厂的人抓不到狐族人，就拿于谦撒气。"宁骑城说着，突然转过身看着高健，问道："那五个秀女，你查出什么名堂没有？"

"杨嬷嬷给我的名单上，多出一个香儿，我怀疑这个秀女便是明筝。"高健犹疑地看着宁骑城说道。

"哼！不是怀疑，肯定是她。"宁骑城眼中似闪着火焰般，恶狠狠地说道，"还是被他们耍了。如此看来，整个便是他们谋划好的，包括五个秀女所中急症，狐族人劫走了秀女，明筝现在他们手中。"

"这些狐族人，真是神出鬼没。难不成真如传说中那般，白天是人形，晚上是狐吗？"高健道。

"哼！高健呀高健，你让我说你什么好呢？亏你还是个锦衣卫千户。"宁骑城哭笑不得地数落他。

"大人，我还是有一事不明，那些狐族人是如何知道王浩要去乱坟岗埋人？"

"咱可以收买高公公，他们便可以收买其他人。"宁骑城憎恶地说道，"这群阉人，唯利是图。这次是我轻敌了，晚了一步，不然明筝也不会被劫走。"

"大人为何对明筝姑娘如此上心？"高健愣头愣脑地问道。

"你难道忘了，在这个世上只有她可以再现那本天下奇书。"宁骑城瞪了高健一眼，对于高健的蠢笨他也见怪不怪了，"这件事，你还要继续追查。"

"是。"高健应了一声，方想起来一件事，"大人，我听到下面人禀告，说是几天前莲塘巷一户人家发生火灾，你猜是哪家，大人？怎么会如此巧，正是明筝家，听说扒出来两具焦尸。"

宁骑城脸色一滞，愣了片刻，转身径直往前走去。

牢头王铁君举着火把，提心吊胆望着渐渐走近的众人，看见宁骑城在里面，急忙跑过去，躬身道："大人。"

"谁在里面？"宁骑城问道。

"宫里的高公公和东厂的陈四。"王铁君哈腰低着头回道。

"瞧瞧去，前头带路。"宁骑城阴沉着脸道。

牢头王铁君急忙跑到黑漆铁门前，命几个狱卒开门。沉重的铁门发出沉闷的声响。走进牢房，霉湿阴冷的空气让人顿起鸡皮疙瘩。隐约从地下传来失了人气的叫喊，直觉上恍若进入了阴间。

王铁君举着火把引着他们走向地道口，他们一行下了十几级台阶。火把上的火焰在封闭的空间顿时膨胀一倍，跳跃的火苗照着粗糙的石阶，处处血迹斑斑，空气里都弥漫着一股血腥味。

台阶尽头是牢房。看见火光，两排木栅栏里有了动静，有人低声地哭诉，一些瘦骨嶙峋的手臂伸出木栅栏，在空中摆动。王铁君引着众人继续往前走，他们走出这片牢房，看见前方人影晃动，耳边响起皮鞭抽打的声响，以及人压抑的呻吟声。

"大人，便是这里了。"高健回头看宁骑城。

宁骑城面无表情地瞅着前方，眯起眼睛。前面石壁上插了几个火把，把场地中间照得雪亮。石壁一侧是一排刑具，刑具早已颜色模糊，上面血迹斑斑。中间有个灶台，灶台上炭火正旺，上面烤着几个型号各异的铁器，有些已烧红。

场地正中一个木架上，一个人被"大"字形捆绑着，周围围着几个东厂的番役，一个赤膊的粗壮男人手握软鞭正在行刑，看见突然走进来这么多人愣住了。高昌波首先认出宁骑城，急忙从人群里笑着迎上来。

"宁大人，深夜还巡查，辛苦辛苦呀。"高昌波哈哈笑着说道。

"我这哪里算辛苦，诏狱本就是我的职责所在，倒是高公公那才是辛苦得很呢，不辞辛苦冒雨而来，对我的犯人如此上心，怎不让我感激涕零呢？"宁骑城阴阳怪气的一通说辞，让高昌波脸上一阵红一阵白。

"哦，是这么回事，老身奉先生吩咐，前来问询几件事，不想这个犯人实在是顽固不化，便着人教训一二。"高昌波委婉地说道。

"哼，你是哪来的？我们是奉命行事，你休管闲事。"从他身后蹦出那个行刑的愣头青，他赤膊上阵，两手抖着长鞭，根本不把宁骑城放在眼里。高昌波急忙向他递眼色，但他此时气焰正旺，哪里去留意那个隐晦的眼神。高昌波知道他并不认得宁骑城，这小子是从东厂的番子里新提拔上来的，急于立功。

其他几个东厂的人都是识得宁骑城的,他们纷纷后退。高昌波想阻止已来不及。宁骑城走到拿鞭子的那家伙面前,问道:"你是哪个庙里的?""东厂百户陈四。"陈四手握鞭子对宁骑城道,"我们奉王公公之命,前来提审干犯,你识趣点,不然别怪我不客气。"

"哦,我倒要看看你怎么不客气。"说话间,便觉一阵阴风扑面,陈四稍一迟疑,宁骑城那只鬼影手便劈向陈四,身法之快,旁人都没反应过来。陈四能在番子里脱颖而出也是有几把刷子的,他闪身避过,便甩鞭子迎击,众人纷纷后退,耳边呼呼风起,似是有千万条鞭在眼前舞动,一看这鞭影,便知他用足了十成力。

宁骑城冷冷一笑,他不过想吓唬他一下,没想到这小子来真的,今日若不给他个教训,只怕日后要跳到他头上撒野了。

宁骑城双眸喷火,纵身一跃,飞身到陈四头顶,一个左右劈腿,陈四没来得及挥鞭,便被撂倒在地,接着众人眼前一晃,没待众人看清,只听到陈四一声惨叫,众人回过神来,发现陈四拿鞭子的左臂已被宁骑城活生生拽了下来,血向四处漫渗,陈四像垂死的蝗虫在地上挣扎翻滚。

瞬间,气焰万丈的陈四便被撂到地上,似一只垂死的蝗虫。高昌波面色煞白,额头上滚下豆大的汗珠,他身体一阵颤抖,咬紧牙关尖利地叫了一句:"宁大人,看在老身的面子上,饶过他这一次吧。"

宁骑城拍了拍手,歉意地一笑道:"哎呀,失手了。"

高昌波怒目圆睁凶恶地看着四周早已吓傻的东厂番役,叫了一声:"还不抬走!"那几个人这才回过神来,一个个瑟缩着来到陈四近前,抬着不停惨叫的陈四走出去。高昌波头也不抬,灰溜溜跟着走了。

高健一看东厂的人全撤了,脸上抑制不住兴奋,宁骑城的出手,让他心里别提多痛快了,给了东厂一个下马威,也让他对宁骑城更加服气。

宁骑城悠悠晃晃走到木架前,看着被绑的于谦。于谦上身血迹斑斑,不过神情倒还清醒,他眼神平淡地望着渐渐走近的宁骑城。高健刚才还欢喜的心,此刻瞬间掉进冰窟,他紧张地跟在宁骑城身后。

宁骑城双手抱臂站在于谦面前,道:"不错,你还有口气,"又慢慢绕到他背后,幽幽地道,"既来之,则安之,在我这里生不易,死也不易,早死早托生,更是不易。"

宁骑城掩嘴打了个哈欠,冲高健嚷了一声:"我好好地在府里睡觉,你小子硬把我拉到这里。我乏了,这个烂摊子交给你了。"

宁骑城说完,转身向走道走去,两旁的侍卫也跟着走了。

狐王令(上)

高健和举着火把的王铁君愣怔了片刻,方回过神来。高健一个大步跑到于谦面前,冲王铁君道:"过来帮忙。"

王铁君把火把插进石壁,跟高健一起手忙脚乱地给于谦松绑。高健声音哽咽地说道:"大人,你受苦了。"于谦一笑,道:"这不算什么,我还受得起。"

"王牢头,这里最好的牢房是哪里?"高健急急问道。

"这……这……"王铁君有些迟疑。

"一切后果,我来承担。"高健道。

"'人'字号,跟我来吧。"王铁君在前面引路,高健背着于谦跟在后面,不多时,他们的身影便消失在幽暗的过道里。

二

宁骑城回到宁府,已是四更天。

李达在院子里等他。此时整个宁府一片宁静,宁骑城素来喜欢独处,院子里除了几个厨娘,两个杂役,其他便是府丁了。不过在偌大的京城,也没听说有人愿到宁府一试身手,这个冷清的庭院是多少人躲还唯恐不及的地方,向来平静无波。

宁骑城一边往寝房走一边活动着左手手腕,刚才用力太猛,拉伤了筋。"李达,弄坛酒,送到寝房。"宁骑城对身后的李达交代道。

李达一愣,他家主人已有大半年时间不碰酒了。宁骑城看李达迟疑,便回过头,皱着眉吼了一声:"酒!"李达急忙答应,转身向后厨跑去。李达一边跑去取酒一边纳闷,自那次主人酒后丢失了《天门山录》,恼怒至极,便立下戒酒的誓言,怎么今日又要喝了?

宁骑城独自走向卧房,近来他总是睡不安稳,想着一会儿喝半坛酒,便倒头睡觉。推开卧房门,敏锐的嗅觉告诉他,屋里进了外人。他目光如炬地扫向黑暗的墙角,不动声色地走进去,反身一脚关上门,"嚓唥唥"一声,宁骑城抽出腰间的绣春刀,立在屋子当中。

"出来吧。"宁骑城一声喝。

"哈哈……"角落里发出一阵笑声,从墙角走出来一个微胖的身影,乞颜烈乐呵呵地走出来。

"义父,你也不打声招呼,幸好没伤到你。"宁骑城收起绣春刀,解下身上的黑色大氅,扔到衣架上,划燃火折点燃烛台,屋里顿时大亮。宁骑城这才看见乞颜烈穿着一身皱巴巴的汉袍站在当间,模样既古怪又滑稽。

"义父,你深夜过来,可是有急事?"宁骑城急忙问道。

"你不来马市,只能我来你这里了。"乞颜烈坐到圆桌前盯着宁骑城,道,"那边又催了,我也没办法,只能跑来寻你。"

"这件事我正在运作,"宁骑城皱起眉头,一只手敲着桌面,看着乞颜烈,"也先这么急着要这批货,他想干吗?"

"这批兵器盾甲不仅能解也先如今的困境,还能助他扫平部族里反对他的人,一旦他成为头领,便离他一统中原的日子不远了,也离咱们复元的大业不远了。"

"那……"宁骑城脸上掠过一丝紧张,"草原岂不要重燃战火?义父,我养母她还在阿尔可吗?你何时接她过来?"

"一个堂堂男儿说出如此英雄气短的话。"乞颜烈怒喝一声,"你养母壮实得像头母牛,由我手下族人照顾,你有何不放心的。"乞颜烈看了眼宁骑城,不满地说道,"倒是你,你疯了,你敢让她来这里,她一个蒙古老太婆,一个汉字都不会说,养在你府上,一旦有风吹草动,让王振发觉,你必死无疑。"

宁骑城垂下眼帘,点点头,不再言语。

"你记住,我要尽快见到那批货。"乞颜烈站起身,又不放心地交代一句,便转身向门口走去。

"我送你。"宁骑城回过头道。

"不必。"乞颜烈推门出去。

乞颜烈走后不久,李达端着一坛酒走进来。他看见宁骑城枯坐在桌前,也没敢打扰,只把酒坛放到桌上,拿出酒碗给斟满。宁骑城伸手端过来,一口气喝干。李达看着空碗,寻思了片刻,又斟满一碗,宁骑城端过又一气喝下。连喝了三碗,李达不敢斟了,抱住酒坛不松手。宁骑城也不再强求,趴在桌上睡着了。

翌日巳时,宁骑城方醒过来,口干舌燥,不由轻咳了几声,卧房里充斥着没有散去的酒味。

早已坐在外间等候的高健,听见动静跑进来道:"大人,你醒了。"他不安地看着宁骑城,"大人,你不是戒酒了吗?如何又喝上了?"

"高健,你几时能学会一点规矩?"宁骑城白了他一眼,"你主子衣冠不整躺在床上,你一声不吭便闯进来。"

狐王令(上)

"呵呵，"高健嘿嘿嘿干笑几声道，"我又不是个女人，这有什么。"

"哼，你要是个女人，你还能活着出去？"宁骑城说着坐起身，高健急忙转身去取来外袍，递给他，又弯腰找齐两只靴子，整齐地摆好。

宁骑城穿上外袍，蹬上靴子，对高健道："喝酒这事，不可在外面乱讲，那年我在王振面前可是立过誓言的。"宁骑城说完，看着高健，问道："你一大早跑这里，不会是专门来伺候我穿衣的吧？"

"高公公一早到衙门里寻你，"高健道，"我就是来带个话。"

宁骑城系腰带的手一僵，问道："可是为昨夜那个陈四的事？"

"不是，是王振要见你，他在司礼监候着你呢。"高健小心翼翼地说道。

"为何不早点叫我？"宁骑城急了。

"我是担心你酒没醒……"高健没敢再说下去。

"快去，叫他们备马。"宁骑城说着，走到窗前，他也正有意要去见王振，他瞄了眼外面的日头，甚是晃眼，不由眯起眼睛。

赶到司礼监时，王振正坐在太师椅上端着茶盏品茶，王振最喜饮茉莉香片，揭开碗盖，满屋飘香。近来他心情不好，饮茶的次数便多，鼻孔中氤氲着奇香，方能缓解他焦虑的心情。

看见宁骑城出现在门边，他方放下茶盏。

"小城子，你来了。"王振指指一旁的椅子。

"干爹，我来迟了，让你久候了。"宁骑城说着，躬身一揖道，"干爹唤儿来，可是有事要交给孩儿办？"

"坐下，不急。"王振说着，向一旁的小太监一摆手，小太监转身捧过一盏茶来到宁骑城面前。

"儿呀，我新近得了一块上好的裘皮，想了想，能受起此裘皮的也便是我儿你啦，我便差人依你的尺寸做一件裘皮大氅，你瞧瞧。"王振说着，对身后的陈德全道，"去把裘皮大氅取来。"

不一会儿，一个小太监托着一个托盘走进来，托盘上是一件溜光水滑的灰色裘皮大氅。宁骑城一看成色，便知道极为名贵，不由起身，道："太贵重，孩儿受不起。"

"如果你受不起，那还有谁受得起。"王振朗声笑道。

"孩儿无功不受禄，孩儿——"宁骑城的话被王振打断，王振说道："干爹当然是有差事交给你，也是对你一直对干爹忠心耿耿的鼓励。"

狐王令(上)   177

"孩儿谨听教诲。"宁骑城额头上冒出一层冷汗，今日王振对他恩宠有加，不知是不是与王浩的死有关。如今他失去了左膀右臂，方极力要拉拢自己吗？宁骑城脑中一片混乱，只是乖乖地垂头站在王振身前，王振似乎对宁骑城这个姿态很满意。

"唉，王浩一死，你身上的担子又重了，所谓能者多劳嘛。"王振看着宁骑城道，"东厂督主之位暂时空着，你先掌着，以后再说。"王振说着端起茶盏啜饮一口。

"这……"宁骑城方回过神来，急忙推托道，"不可，干爹，我如今兼着锦衣卫指挥使已是胆战心惊、如履薄冰，如何还能再掌东厂？"

"这件事便这样，"王振突然叹口气，道，"永远都是办不完的差，如今春闱临近，此番会试，皇上很重视，当以储天下英贤嘛，负责此次会试的人一个是陈斌，一个是张啸天，这两人我很信任。你去见陈斌，有一份名单，名单上都是当朝世家之子，他们出得起银子，无非是想买个好前程，这些世家子弟，老子都曾为朝廷出过力，咱们没有理由不照顾。"

"是。"宁骑城接过一张有墨迹的宣纸，扫了一眼，心中的震惊不比挥刀杀戮轻，这是要染指春闱，他深吸一口气，稳了稳心神，不动声色地折好放进怀里，"孩儿一定妥妥地办好。"

"那是最好。"王振笑道。

宁骑城看王振此时心情放松，便凑前一步道："还有一事，孩儿要回禀，便是东阳街上马市，这帮蒙古人生意越做越大，听说连山东、山西那边的商贩也来这里与他们买卖马匹。"

"这有何奇怪，你没见蒙古使团那大阵仗，京城里数他们的使团人数最多。"王振不屑地笑道，"这帮草原上的蛮夷，哪见过像京城这样的繁华盛景呀。"

"这倒也是，"宁骑城说道，"我听说朝中有人与他们也有生意。"

"哦？"王振拧眉问道，"你查一查这事，对了，与其让他们做不如咱们与他们做，马匹生意是个好生意。"

"是呀，这些蒙古人对咱大明仰慕得很，他们那片草原除了马啥也没有，哈哈。"宁骑城的话逗得王振以及身后的几个太监都笑起来。

"行了，我不留你了，好好办差。"王振站起身，一旁的陈德全急忙走上前，递上折扇，王振手握折扇，道，"我该去乾清宫瞧瞧去了，看皇上有什么旨意。"

宁骑城急忙躬身告辞，他走出司礼监，看见王振也在众太监的前呼后拥下出了门，向乾清宫而去，这才松了口气。给王振递上与蒙古人做生意的话，总算可以向

狐王令（上）

义父交差了,下一步就看他们的本事了。他一步出宫门,高健便猴急地跑过来,看宁骑城的脸色没有多大起伏,方才敢说一句:"大人,你出来了。"

宁骑城鼻孔里哼了一声,冷冷地道:"以后东厂是咱爷们儿说了算了。"

"……"高健眨着眼,一时愣怔着,他本来凡事都慢半拍,待宁骑城走出五步之外,他才顿悟,大喊,"大人,大人……"

三

明筝一觉醒来,从床榻望向雕花格窗,满园的春色便尽在眼前。自入住杏园,方发现这是个好去处。匆匆穿上衣裳,便跑到园中,四周燕舞莺飞,中庭一树杏花绽放,站在树下不由得生出一副小女儿的柔肠,要不是自己一身跑堂的衣裳大煞风景,真可以看着杏花赋诗一首。既赋不了诗,便采了些花朵精致的枝子,一路跑向畅和堂。

门虚掩着,里面有说话声,明筝便推门闯了进去。里面的萧天正赤着上身,胸前和臂膀上多处很深的划痕和咬痕,一旁的李漠帆正拿药膏给他往身上涂抹。这时猛抬头看见明筝闯进来,萧天慌忙躲到李漠帆身后,满脸窘态道:"明筝,你一姑娘家,如此不矜持,进来也不敲门。"

明筝举着几个枝子大叫,花瓣落了一地:"萧大哥,你昨晚去打架了?谁把你伤成这样?"

"谁有本事能伤到他呀?"李漠帆笑道,"还不是拜你所赐。"

"老李!"萧天气急败坏地叫了一声。

明筝举着枝子走向萧天,萧天急忙闪身,一把抓起椅子上的中衣裹到身上,明筝把手中枝子放到桌上,伸手就去抓萧天的衣襟,萧天一把抓住明筝的手,稍一用力,明筝顿感手臂发麻。"让我看看!"明筝叫道。

"明筝,"萧天苦着脸问道,"你隐水姑姑没有教导过你男女授受不亲吗?"

明筝一听此言,顿时气不打一处来,道:"萧天,你如今给我说男女授受不亲,那天你把我扒光浑身上下涂抹药,你不知道男女授受不亲吗?依我以前的性子,我便也要把你扒光看个清楚这才算扯平,如今我是越来越矜持了。"

一旁,李漠帆一口茶没噙住,"噗"一声,喷了出去,实在忍不住差点笑岔气。

"笑什么笑……"萧天脸涨得通红,窘得手足无措。

狐王令(上)　　　　　　　　179

“不是，帮主，”李漠帆急忙绷住脸，一本正经地道，“我觉得明筝姑娘的话说得没毛病，冤冤相报何时了，还是要化干戈为玉帛，你们男未娶女未嫁，好说好说……”

李漠帆话未说完，萧天恼得随手丢过来一个茶盏，李漠帆踉跄了一下，弯身接住，看见萧天沉下脸，方知他真生气了，急忙放下茶盏，退到一旁。

明筝看萧天阴沉着脸，这脸说翻便翻，便没好气地道：“小心眼，人家李大哥不过与你说笑一下。”说完赌气走到李漠帆身边，道：“李大哥，我还没吃早饭。”

“好说，”李漠帆偷瞄了萧天一眼，对明筝道，“走，我带你去吃好吃的。”

两人看萧天背过身穿外袍，便悄悄走出去。一走出畅和堂，李漠帆便苦口婆心地说道：“丫头，你既已入了兴龙帮，便不能再称呼帮主的名讳，该称呼帮主。”

“我不是这么叫的吗？”明筝一愣，这个问题确实没想到，“对了，李大哥，你说萧天，不，是帮主，他身上的伤为何拜我所赐，难道是我弄的？”

“可不是你咋的？”李漠帆偷笑，“给你疗伤时……”李漠帆急忙省略了下文，接着说道，“不过，帮主没让人知道，昨日小六拿他衣服去浆洗时，发现了血迹，才告诉了我，我这一大早配了药膏来给他上药，又让丫头你撞上了。”

明筝停下，脸上一阵红一阵白，她伸手看看自己的双手，回想了那天的情景，这才恍惚想到，萧天给她疗伤并不一帆风顺，她哪里是那种乖乖便宽衣的人，势必有一场大战，能把他伤成那样，她也真是从隐水姑姑那里出师了。

“丫头，你也别太自责。”李漠帆看明筝脸上阴晴不定，又伤心又羞愧的样子，急忙劝道，“你曾救过帮主，帮主做这一切都是心甘情愿的。”

“算起来，还是我欠他的多。”明筝噘着嘴叹口气。

上仙阁一大早便开始上客，靠窗临街的座位已坐满客人。李漠帆领着明筝到后厨，一边指着案子上摆放的吃食说道：“想吃什么取什么，我到前面招呼一下。”

明筝端着盘子拣了些自己喜欢吃的点心，又给自己倒了一碗茶，边吃边喝。一些伙计从明筝身边走过，知道是自己人，便也没有人打扰她。明筝吃饱喝足，刚要转身离开后厨，却发现一个熟悉的身影蹲在灶台前，一边往灶膛里添火，一边埋头看一本册子。

“阿福，阿福。”明筝跑过去，踢了他一脚。

阿福转过身，看见是明筝，脸上变换着表情，又笑又哭，最后眼泪鼻涕一大把地哭泣起来：“小姐，可是见到你了。”

明筝尽量安抚着阿福，两人并排坐到灶台前，明筝往灶膛里添了几块柴，左右看了看,问道:"哎,怎么不见小六,我听说平日都是他在灶上忙活。"

"他被掌柜的叫去干别的事了,"阿福挠着头道,"掌柜的说小六机灵,有什么事总要他出去跑。"

"阿福,你如今到了上仙阁,不比家里,"明筝看着他嘱咐道,"李掌柜是个好人,你便跟着他好好干,万不可再耍滑头,多出力多跑腿,你可是记住了?"

"嗯,小姐,你的话是为我好,我记住了。"阿福一双红通通的眼睛望着明筝问道,"小姐,你如今有何打算?"

"阿福,以后不要再叫我小姐了,"明筝说道,"我如今算是入了兴龙帮的伙,你不用再挂念我,你在这里好好干活即可。"明筝看到柴堆上的书,好奇地拿到手上,"这是什么?"

"宝卷。"阿福目露光彩,神秘地说道,"我前几日遇到一个茶客,他告诉我一个好去处,我跟着他去过一次,果然是好去处,好多人在一起燃香祈福,诵读经书。他们告诉我说,我心中有佛,弥勒佛便可保佑我,待我死后便可到西方乐土与我的亲人团聚,想到那时我便可以看到老夫人和老管家,我心里别提多痛快了,我如今每日都在读经文。"

明筝飞快地翻着宝卷,脑子里却想到《天门山录》里的一段记载,顿时已明了。她抬头凝视着阿福,心里一阵酸楚。她回到京城日子不多,与阿福的接触也不多,她没想到阿福愚笨的外表下,竟然是一颗长情的心,对姨母和张伯怀有深情。她怎好驳他的苦心,如果念这种经文能让他脱离思念的苦楚,多念便是。但有一点她必须给他说清楚,她举着册子对阿福说道:"阿福,你以后凡事留个心眼,你去的地方是白莲会的堂庵,念念经文可以,别的你可别参与。"

"小姐,你如何知道的?"阿福惊讶地看着明筝。

明筝不便多说,找了个幌子:"听别人说的。"

两人又坐了一会儿,明筝方想起还有正事要办,便向阿福告辞,转身走出后厨。

上仙阁在这个时辰,已经客满。几个伙计满头大汗绕着大厅跑,被客人使唤得不知东西南北。明筝望着满当当的客人,从座椅的空隙走出来,便被一个衣饰华丽的男人拦住,那人声如洪钟:"小二,我上好的龙井何时端来?"

明筝一愣,低头一看,估计这位主儿把自己当成伙计了。正待要解释,身前走过一个白衣书生,一把折扇一张一合间,已然把话说清:"这位兄台,你唤错人了,此乃我的书童。"明筝一愣神,一只手抓住她拉到墙边一张方桌前。

李漠帆正坐在那儿默默乐着,萧天放下折扇坐到他对面,明筝一看原来是他们两人,也跟着坐下来。她盯着萧天,他这身书生的扮相着实让明筝看呆了。萧天自顾喝茶,李漠帆在对面低声唤明筝,伸手到明筝眼前晃了晃,道:"喂,丫头,你第一次见帮主吗?"

明筝很兴奋,突然说道:"李大哥,我想到一句古语,自古形容美男子都要用'貌似潘安',过时了,太过时了,应该说'貌似帮主'。"

萧天嘴里的茶喷了一折扇,脸红到脖颈,既好笑又无奈。

李漠帆笑得浑身直颤,点头道:"丫头好眼力。"

萧天拿眼睛瞪李漠帆,阻止他再说下去。明筝也乐了,托着腮望着萧天道:"帮主,你真的是我见到的最好看的人。"

萧天稳了稳神,冷静地看着明筝道:"明筝,有些话不好当着人说出来,你自己知道便好。"

明筝想了想,点点头,皱着眉头道:"那我岂不要憋死了?你这个人真是小气。"

"丫头,咱帮主呢,"李漠帆急忙来打圆场,"他是个很腼腆的人,他……"李漠帆看见萧天逼过来的目光,便把下面的话咽进肚里。

萧天一脸心事,不停地望着上仙阁的大门,李漠帆看了眼窗外的日头,道:"看时辰,这早该来了呀。"萧天拧着眉头,对李漠帆说道:"你去外面看看。"李漠帆起身走向大门。

"帮主,你在等何人?"明筝问道。

"是在等人。"萧天看了眼窗外,此时已到正午,看来张成是来不了了。本来今日是与宫里的张成约好见面的日子。

想到宫里的事,他心情骤然紧张起来。难道是宫里出了事?或者是王浩被刺杀的事,张成受到牵连?见不到张成,与宫里的联系也就断了。萧天望着明筝探询的目光,便急忙转移话题,对这个一根筋,让她知道的事越少越好。

这时,林栖和盘阳风尘仆仆地从外面走进来。两人身后跟着李漠帆。李漠帆招呼两人来到萧天桌前,林栖瞪着明筝,盘阳却是一眼认出来,李漠帆急忙给他递个眼色,盘阳立刻低下头。

"主人,按你的要求,把那四个女子送去的地方,保准东厂的人到死也找不到。"林栖压低声音说完,不满地盯着明筝,"主人,为何不把她送走?"

萧天瞥了他一眼,点了点头:"你们下去歇吧。"

林栖充满敌意地一指明筝,没等他开口,李漠帆凑到他跟前,瞪着他道:"她是我们兴龙帮的人,你怎么老想管我们兴龙帮的闲事?"

林栖瞪着明筝,又望望萧天,"她……她……"

"行了。"萧天用湿淋淋的折扇一敲桌面,"散了,都下去歇着吧。"

明筝看两人离去,感到有些面熟,只是一时想不起在哪里见过,听到他们说起四个女子方想起,一定是指那四个与她一起从宫里绑来被埋的女子,看来那四个女子也已安全离开京城,便由衷地钦佩起萧天,看着他说道:"帮主,我要代她们谢谢你。"

"这个不敢当,本来也是受咱们所累。"萧天站起身握着湿淋淋的折扇径直走向穿堂,明筝一路跟在后面,嘴里嘟囔着:"帮主,你看我既已入帮,好歹也要做个事吧。"

萧天回过头,默默看她一眼道:"先养好伤再说。"

"你看,已经好了,亏了帮主你亲自出手,怪不得好得这么快,哈哈。"明筝没心没肺地笑着。

萧天脸上一窘,低着头便向上仙阁后院走去。

"别走呀,你还没说我干什么。"明筝直着嗓子叫道。

"你,别给我惹事,我便烧高香了。"萧天闷声回了一句。

四

明筝一个下午无所事事,在园子里东逛西逛,听酸腐书生们谈古论今,却一直不见萧天来寻她,越想越不对劲。萧天对她一副讳莫如深的样子,又想到小六这两日神出鬼没的,明筝觉得萧天一定有事瞒着她。

一用过晚饭,明筝在杏园便再也坐不住。此时皓月当空,她胡乱编排个理由哄着郭嫂歇息去了,自己悄悄溜出杏园。一路上遇见一些闲逛的书生,她有意避过他们,择小路向畅和堂走去。远远看见门前有两个人站在那里,腰间均佩了长剑,两人身形威武,满脸机警,像是在站岗放哨。

明筝好生惊讶,好奇心使然,便偷偷溜到门前老槐树前,使出吃奶的力气爬上去,透过畅和堂宽大的木格窗,看见畅和堂里人影晃动,隐隐有说话声。她攀着树枝溜到一排雕花大窗的上面,轻轻落到房檐上,头朝下趴到窗上,用舌尖舔舐窗纸,片刻窗纸便露出一个小洞,明筝瞪着眼睛往里面一看,屋里坐了四个人,还站着一个人。

当间坐着萧天，左边是李漠帆，右边坐着林栖和盘阳。小六子站在面前正说道："……连等了两天不见人，我今儿大着胆子上前打听，从宫里出来的太监，要不说不知道，要不便不搭理你，最后还真让我打听到了，那个太监刚巧接任张公公的缺，原来万安宫出了那档子事后，连管事嬷嬷在内全受到牵连，张公公进了浣衣局，何时能出来不知道。"小六一口气说完，端起桌上的茶碗咕咚咕咚喝了个底朝天。

萧天点点头，道："原来如此，怪不得约好的日子等不到他，只要他还在宫里便好办。"

"张成出不来，咱们便没了宫里的消息。"盘阳看着萧天道，"那……咱们下一步该怎么办？"

"宫里的事急不来，只能等等再看。"萧天望着众人道，"秀女之事虽说让咱们除去了王浩，东厂督主之死也算是报了他屠门之仇，但是我已得到最新消息，王振令宁骑城掌印东厂。这样一来，宁骑城不仅统率锦衣卫还掌印东厂，他若死命效力王振，便成为咱们的劲敌，且他本人武功高强，神出鬼没，咱们再想寻王振的纰漏刺杀他将难上加难。只能另寻他法。眼下有一事，或可以助咱们扳倒王振。"

"哦，什么事？帮主快说。"李漠帆在一旁追问道。

"此次春闱临近，我已打听到王振借试题要大发一笔横财，这事虽进行得隐秘，但终究露出了马脚。此事必将激怒朝臣中的忠正之士，咱们只需出手拿到证据，与朝臣配合，参他一本，如此冒天下之大不韪之事，捅到皇上面前，皇上再宠信他，如若舆情汹涌，恐怕也要顾及天下人的口舌而惩治他。"萧天道。

"帮主，你说吧，要我们做什么？"李漠帆问道。

"从手下中找一些相貌周正些的弟子，让他们扮成书生的模样，混入考生之中，多多结交考生，越多越好。"萧天吩咐道。

"就这？"李漠帆茫然地看着萧天，有些丈二和尚摸不着头脑。

"那我俩呢？"盘阳问道。

"你俩好好盯着长春院，盯紧那几个与柳眉之交好的人。"萧天说着扭头看着小六，道："小六，你这几个夜里盯的那个人，找到住处没有？"

"找到了，"小六笑着说，"我连跟了两个晚上，都是回的那个小院，不会错。"小六凑到萧天耳边，一阵嘀咕，萧天点点头。

"帮主，你让小六跟踪的那个人可是……"李漠帆盯着他问道。

"陈斌。"萧天说道，"国子监祭酒，他是今年的主考官之一，另一个便是礼部尚

狐王令（上）

书张啸天。"

突然，林栖站起身，他诡异地望了眼门外，低声嘟囔了一句："李把头，你的人看得住这个门吗？"

"你说这话啥意思，"李漠帆感觉林栖有意辱没他们兴龙帮，"我的弟兄也不是白瞎的。"

萧天一愣怔，他没有理会两人的争执，眼神迅速扫过门窗，不动声色地咳了一声："好了，今日便到这里，散了吧。"

几个人先后走出畅和堂，萧天一反常态，送他们走出去。李漠帆一个劲回头道："帮主，你且回吧。"萧天悠然道："送你们是借口，我难得有心情赏月。"几个人走出小院，萧天站在那棵老槐下。

老槐树上发出窸窸窣窣的声响，一些叶片纷纷扬扬飘下来。明筝抱着树干用尽全力不使自己滑下来，她咬牙切齿望着树下的萧天，连诅咒的法子都用上了，萧天依然纹丝不动。明筝心里恶狠狠地念叨：赏你个鬼的月亮呀！眼看着便要掉下去了，让他发现自己竟然偷窥，那可不是矜持的事了。

"还不下来？"萧天稳稳当当地说道，"那上面很凉快吧？"

明筝听见萧天如此一说，原来他早发现自己了，便气不打一处来，你早发现早说呀，害得自己如此狼狈，但嘴上还是逞强道："我在上面赏月呢。"

刚说完，手一滑，身体直往地下掉。明筝一闭眼，倒霉呀，身上的伤刚见好，便又要跌伤了。只觉得眼前一黑，她的身体掉进一双臂弯里。明筝睁开眼睛，萧天弯身把她放到地上，然后冷着脸说道："你不在杏园睡觉，大半夜跑到这里干吗？"

"我……睡不着，本来想找你下棋来着，后来见有人，我便想躲起来，等他们走了再来找你。"明筝前言不搭后语说着。

"我送你回杏园。"萧天说着，转身回屋，"你别动，在那儿等着我。"

片刻后，萧天从屋里出来，明筝瞪着眼睛惊异地问道："帮主，你为了送我，还专门换了夜行衣？"萧天低头看了看自己一身黑色劲装，点点头道："是。"

"帮主，你真是个讲究人。"明筝嘲讽地说道。

萧天不再搭理她，一路疾走，明筝有意落后，每次都被萧天拖着手臂强行拉走。这一路，明筝心里都在琢磨着：看他那扮相今晚肯定不安分，还不想让我知道。

一到杏园门口，萧天喊来郭嫂，让郭嫂带明筝去卧房，他便转身消失在夜色里。

萧天自那日与赵源杰见面后，心里一直在盘算着怎么得到一份试题。他也曾想到柳眉之,他推测柳眉之手里一定有。但是,他也清楚柳眉之是有条件的,那便是带走明筝,这个是他不允许的。他隐隐感觉到柳眉之绝不像他看到的这么简单,明筝跟他在一起,吉凶难测。

如今,要想拿到试题,便只有一个法子,那便是跟陈斌要。小六连着几个晚上蹲在长春院的门口,还真让他等着了,小六跟了两次,得到了陈斌府邸的确切住址,就在枫叶口巷子。

枫叶口巷子离西苑街不远,隔了一片街区。萧天沿着街边走得很沉稳,他抬头看天,一轮圆月当空,月光清亮,心里不免踌躇,拣这个时候动手,有些不自量力,但时不我待,他别无选择。

陈府的门前挂一盏灯笼,上面书写着一个龙飞凤舞的"陈"字。院门紧闭,里面隐约有灯烛的亮光。萧天低着头默默从府门前走过,发现这陈府的围墙十分高,比四周的邻舍高出几尺。他绕到一侧,发现围墙边竟然有条水渠,隐约听见潺潺的流水声。

由于紧临水渠,围墙上攀爬着茂密的绿藤。才开春不久,这围墙上的绿植便爬满了一片。萧天望着这处围墙,算是个意外的惊喜。他噌噌几下,便借着藤枝爬到墙头。

萧天藏身在一片藤枝里,看着下面的小院,寻找着书房的位置。这是一处两进的院落,前院三间厢房,一间穿堂便到了后院,后院住着女眷,有个小巧的花园和鱼塘。书房应该在前院的三间厢房之间,一般正房待客,那么便只有左右两间厢房的一间是书房了,萧天把目光对准那两间厢房。

突然,萧天感到身下藤枝一沉,一些藤枝被拽离墙头向下面坠去。萧天急忙俯身向下看,发现一个人影吊在藤枝上,发出微弱的叫声。萧天细辨,忽觉熟悉,便一个飞身到近前,看见那人头朝下栽进藤枝里,两只脚在半空踢腾着。

"帮主,救我……"明筝小声地喊道。

萧天一把拉着她后腰上的腰带把她提起来,明筝脸憋得通红,抱住萧天的腰大口地喘着气。萧天气得怒目圆睁:"你……你……怎么跟来了?"不等明筝回答,萧天抱着她,一个纵身稳稳落到墙头上。

明筝坐到墙头上才缓过气来,这围墙真高啊。她瑟缩着向下望了一眼,急忙抱住墙头上的藤枝。明筝胆怯地偷瞄了眼萧天,看见他依然生气的样子,便说道:"帮主,我跟着你,我想帮忙来着。"

萧天低头抵近明筝的面庞,压低声音道:"你连墙都上不了,你是来帮我的?"

狐王令(上)

这时,下面院门突然被敲响,几个仆役跑到前面开门,一个仆役折回身,飞快地往西厢房跑去。片刻后,一个微胖的中年男人一身便袍急急走出来,来到院子里吆喝几声管家,告知贵客到,赶紧沏茶待客,说完跑到院门迎客去了。

萧天认出中年男人正是陈斌,他曾在长春院见过一次。萧天转身靠近明筝低声道:"你别动,待在此处,我一会儿来接你。"说完,便沿着围墙向西厢房的方向慢慢爬去。

只见陈斌慌里慌张地跑过影壁,进来的是一个身形高大的人,宽大的黑色大氅兜头盖脸,遮住了他的面容,但是此人身上逼人的戾气和威武的身姿,让躲在屋脊上的萧天一眼就认出,在朝臣中还会有谁?

"宁大人,深夜来访,不知所为何事?"陈斌略感惊讶。

"路过你家府邸,过来讨杯水喝,难道不可吗?"宁骑城的嗓门依然阴沉,他笑得很怪异。

"贵客上门,岂有不待客之理?"陈斌满脸干巴巴的笑。他引着宁骑城走进了书房,返身急忙关上门。

屋脊上的萧天起身,脚下轻点瓦片挪到房顶,趴下身体,揭开两片青瓦,隐约看见屋里两人坐在八仙桌旁,抵近交谈。

"祭酒大人,果真是明断,是有事找你。近日春闱已近,想必你那里也开始就今年的会试,着手准备了。"宁骑城从衣襟里掏出一张折好的纸,递给陈斌道,"这个名单,是先生叮嘱我交给你的,先生的意思是,这些世家子弟,其父辈都是功勋卓著的人,咱们要照顾。"

陈斌接过宣纸,展开一看,脸色瞬间煞白。他唯唯诺诺地点了点头,犹豫了片刻道:"下官不敢驳先生的面子,只是,如若给这些考生试题,万一出了纰漏,泄露了出去可如何是好?"

"难道他们是猪脑子,敢拿自己的脑袋不当回事?恐怕他们比你我还担心泄露了试题呢,放心吧,这种关系到今后功名利禄的大事,他们会比咱们还上心。"宁骑城不以为意地说道,"总之,先生怎么吩咐,咱们怎么做便是。"

"这些考生——"陈斌还想问,被宁骑城打断了。

"他们可都是孝敬过先生的,你可不要毁了先生的清誉啊。"宁骑城深深地看了陈斌一眼,身体靠到太师椅上,跷起一只腿,眼睛瞟向屋顶。

头上发出一声细微的"咔嚓"声,宁骑城警觉地盯住屋顶,接着又是一阵"咔嚓"声,宁骑城灵敏地跳起来,走向屋外。

此时，屋顶上命悬一线，萧天面色惨白一把拉住明筝，把她慢慢拉到自己身边。刚才明筝靴子一滑，要不是萧天反应快，她直接便掉下去了。明筝低下头看了眼屋檐下，顿时，三魂七魄少了五魄。

宁骑城站在房檐下向上张望，一双鹰目犀利无比，突然一甩手飞出一把匕首，一道银光闪过，匕首飞向明筝身前，速度极快。萧天别无选择，伸出手臂去护住明筝，匕首刺入萧天右臂，萧天一咬牙，生生受了。

明筝瞪大双眼看着面前萧天插着匕首的右臂，血流如注，很快浸湿了她的衣裳，她惊恐地张开嘴，便被萧天一把捂住。

"宁大人，你发现了什么？"陈斌追出房间。

"奇怪，我的匕首飞出去，怎么连个声响都没有？"宁骑城一脸狐疑地走到屋檐下。

屋顶上的萧天，突然看见前面不远处蹲着一只野猫，它此时呈进攻体态，全身弓成拱形，似是这边的血腥味吸引了它。萧天此时正苦于没有对策，看到野猫，猛然咬牙拔下匕首冲野猫甩了过去。由于身体不能动，加上手臂剧痛，投偏了，匕首刺到野猫的尾部，野猫发出惊恐的叫声，飞奔逃窜，慌不择路，没跑几步滑下屋檐，掉落到宁骑城脚下哀哀号叫着。

"宁大人，好功夫啊。"陈斌由衷地夸赞着。

"你这院里有猫吗？"宁骑城仍不放心地问道。

"我家夫人十分讨厌猫，但是四周却时常有野猫出没，甚是讨厌。"陈斌说道。

宁骑城查看四周也没发现什么，便起身告辞，陈斌和管家相送着走向大门。

屋顶上，明筝和萧天坐起身。明筝脸上和身上染上萧天的血，她吓傻了，一动不动地盯着萧天。萧天很从容地从自己衣袍上撕下一片布系到伤口处，然后看着明筝问道："你今日真是给我帮忙了，我让你待在那里不动，你跑过来干吗？"

明筝"哇"的一声哭起来，萧天吓得急忙上去捂住她的嘴。明筝抱住萧天哭得鼻涕眼泪蹭了他一身，压抑着哭腔道："我担心你，我……"

"这是我头次失手，回去别在人前乱说。"萧天咬牙道。

"是。"明筝急忙点头道。

狐王令（上）

第十一章　贡院风波

一

萧天和明筝回到上仙阁已是四更天。两人不想惊动旁人,偷偷潜入园中,回到畅和堂。明筝急于给萧天包扎伤口,点燃了灯烛,这才发现萧天嘴唇发青,面色憔悴。萧天催促明筝回杏园,明筝不肯,萧天此时体力不支,跌坐到床榻上。

明筝急忙扶萧天躺下,这才看清那只受伤的手臂已肿成碗口粗,血迹浸透了半只衣袖。明筝心里一阵阵痛,不停地骂着自己,如此连累萧天。明筝伸手去解他衣襟,被萧天挥手拦住。明筝眼里的泪顺着脸颊掉下来,她一边擦脸上的泪,一边怒道:"萧天,你有本事起来,咱再打一架,起不来便要听我的。"

明筝说完,解开系在他手臂上的布片,用力撕下衣袖,发现他半个胸膛都染上血迹,明筝把他上衣整个撕下来。由于用力过猛,触到了伤口,萧天额头上、胸口上冒出大颗的汗珠,但他任由明筝折腾,不再说话,泰然处之。

明筝端来铜盆,绞出一条汗巾,看着伤口不由手抖心也抖,由于紧张毛手毛脚的,几次触到伤口,萧天痛得倒吸几口凉气,弱弱地说道:"你在家杀鸡也这样吧。"

明筝忙得一头大汗,根本没听见他嘟囔了啥。她用汗巾把萧天的脸部和胸口擦拭干净,便跑到案前,在几个木匣子里翻找,心想萧天在江湖上行走,屋里怎会没有几样像样的疗伤丹药。果然找到几样疗伤的膏药,她拿出几个小瓶一一看过,找出止血散和跌打丸。

明筝高兴地抱着这些宝贝回到床前,拿止血散给萧天的伤口上了药,从瓶里取出一颗跌打丸塞进萧天嘴里,又从一个小红瓶里取出三粒红彤彤的丸药塞进萧天嘴里。萧天抬起头张嘴想问一下,被明筝灌进半盏茶水,便将药咽了进去。

萧天咳了半天,问道:"你给我嘴里塞了什么?"

"都是疗伤的,放心吧。"明筝很有成就感地说着,又自作主张把萧天头上的发髻给松下来,给他盖上被子,轻拍了一下道,"你睡吧,我守着你。"

"你回吧,你在我屋里,我实在是睡不着。"萧天催道。

明筝不理他,她实在是累了,趴到床边便睡着了。

萧天看看他手臂上的伤口,嘟囔了一句:"你给我抹的什么呀,这哪是止血散,唉,还好,幸亏没给我抹上驱蚊虫的绿松膏。"萧天也是疲累至极,不多时便也睡着了。

次日一早,李漠帆手里拿着一张名帖走进畅和堂,进门便闻到浓重的药膏味道,他心里一惊,疑心晚上帮主又私自出去了,显然受了伤,抹了药膏。他匆匆拐到偏房卧室,便看见明筝趴在床边,萧天躺在床上,两人皆呼呼大睡着。

李漠帆站在门边,假意咳了几声,里面的两人纹丝不动。李漠帆便直接走到明筝身边,晃醒了她。明筝睁开眼睛一看,是李漠帆,她不知道自己睡了多长时间,吓得跳起来,忙查看萧天的伤情,看到萧天气息平稳,依然睡得很沉,便放了心。

"丫头,出了何事?"李漠帆盯着萧天受伤的臂膀问道。

明筝伸了个懒腰,拉着李漠帆走出偏房,来到正堂,道:"帮主受了点伤。你别打扰他,让他多睡会儿。"

"在哪儿受的伤?"李漠帆指着明筝问道,"你昨晚也跟着去了?"

"对呀,没有我怎么行。"明筝大咧咧地说道,"不过,我已经给他服过药了。"

"你给帮主服了何药?"李漠帆不放心地追问道。

"这个,还有这个。"明筝把桌上的药膏和丸药让李漠帆看。

"你还给他服了这个?"李漠帆拿着红瓶子问道。

"对呀,三粒,让帮主补补身子。"明筝说道。

"我的姑奶奶呀!"李漠帆苦着一张脸,直摇头。

明筝瞅着他古怪的表情觉得很有趣,看见他手里的名帖问道:"是谁要见帮主?"

李漠帆一愣,看着明筝一笑道:"是给你的,一大早,柳公子托人跑来找我,说是给你姨母办了场法事,让你务必去。"

"哦,"明筝夺过名帖,不满地说道,"给我的,你跑到帮主这里干吗?难道还要让他过目,应允了我才能去吗?"

"你如今是帮里的人了,不比从前,当然要向帮主请个示下了。"李漠帆说道。

"不行,这两天不要打扰帮主休息,"明筝嚷道,"这点小事还用麻烦他?我去便是了,不要告诉帮主。"明筝拿着帖子,鼻子里氤氲着一股淡淡的香味,再仔细看名帖,是一种描了暗纹的名贵纸张,好生奇怪。帖子上只有一个地址,并注明了戌时到。

明筝看着宵石哥哥给她送的这个帖子,粗略地推算一下,从姨母去世到现在应该是到了三七,是个大日子,怪不得宵石要做法事。看来自己也要准备一下。明筝想着心事回到杏园,郭嫂正在清扫院子,看见明筝好生惊讶,问她什么时辰出的门,明筝只推说赏花去了。她心里一阵嘀咕,昨夜她给她点的穴道,她是怎么解开的,直叹息自己真是学业不精呀。

明筝在杏园昏昏沉沉睡了半日,待睁开眼睛,日头已落下,她特意穿上以前的衣裳,上面的小衣选了白缟绫绸的,下面穿了件青色的百褶裙,她希望在法事上姨母可以看见她。她把自己收拾得十分清爽,就去厨屋草草扒了几口饭,对郭嫂推说赏花,溜出了杏园。

宵石帖子上的地址是东竹街马戏坊子。明筝出了上仙阁便向一家油坊的伙计问路,伙计便给她指了指路径。明筝谢过,便急匆匆地走了。

东竹街很远,找到这条街颇费了周章,但是马戏坊子却好找,这条街几乎人人皆知。街边茶馆的一个伙计告诉明筝:"那是一个域外的波斯人开的马戏团,不仅有驯马,还有老虎、豹子等猛兽,有趣得很。不过,今日倒是没听说有马戏,他那个园子今日有念佛修忏会。"

明筝听后有些茫然,帖子上写的确实是马戏坊子,难道那伙计所言佛会便是宵石哥哥所说的法事?明筝抬头看了看眼前一片房子。此时夜幕低垂,路边各户已开始掌灯。一些人神情专注地从明筝身边走过,向前面园子走去。

这些男男女女三五成群,有些低声交谈着,有些沉默不语。明筝索性跟上这些人。院门很窄,过了院门,里面却是别有洞天。一张大棚占了半个园子,大棚后面还有几间厢房,一个院子。园子四处摆放着奇花异草,花香奇异。

突然,不远处传来一声虎啸,吓了明筝一跳。她顺着声音走到大棚的背后,看见几个巨大的铁笼,一只虎卧在那里,似是人们吵到它,它仰头长啸了一声,吧唧了下嘴巴,又卧下了。另两只铁笼里,一个空着,一个蹲着三只猴子。令明筝惊异的是,来来往往的人丝毫不惊奇,似是习以为常了。

明筝正觉得稀罕,突然听到身后两人的对话。

"云蘋,别怕,你不是它的菜,据说它一顿吃三只羊。"

"阿福,这里太瘆人了,你怎么跑到这里念佛呀?"

"咱只是用这个场子,跟马戏老板租的地,听说马戏老板有了银子就不好好排马戏了,天天逛青楼,你说好笑不好笑。"

明筝听着这熟悉的声音,定睛一瞧,叫道:"阿福……"

阿福穿着一身周正的袍服站在那里半天才认出明筝,由于这些天明筝总是衣着男装,猛然面对一个灵秀无比的妙龄少女,阿福便没认出来。倒是一旁的云蘋早就看出,云蘋还是一袭白袍,惊讶地盯着明筝道:"明筝姐姐,真是你……"

"你们俩怎么在这里?"明筝看着他们在一起有些不可思议。

"是这样,"阿福有些不好意思地笑了下说道,"我前两日在街上遇到云蘋,跟他说了如今在上仙阁做事,云蘋请我喝茶,我便对他说起我在这里念佛,他也想跟着听听,我便带他来了,不过,他还不是信徒。"

"你来这里念佛?"明筝诧异地看着阿福,如若不是遇到阿福,她还不知道这处隐秘的场地竟然是白莲会的堂庵。明筝越想心里的疑虑越重,难道宵石哥哥也是信徒?不然,他为何约自己来这里?

"明筝姐姐,你如何也来这里?"云蘋好奇地问道。

"哦,我是听一个朋友提起,过来看马戏的,没想到没有马戏看了,好吧,你们进去吧,我去那边看看。"明筝急于摆脱他们,云蘋跟了几步,看明筝一路小跑没有停下来的意思,便不再追了,阿福跑来拉住云蘋进了大棚。

明筝长出一口气,在一株花草后面探出头,看见两人确实进了大棚便走了出来。她溜到大棚里面,远远看见人群涌动,人们手持蜡烛,嘴里念念有词。前方木台上端坐着一个一身白袍的男子,此人全身皮肤金光闪闪。人们痴狂地望着木台,嘴里不停地念着经文,声浪一波强过一波。明筝从人群里艰难地走过,试图找到宵石哥哥,但是走了一圈,出了一身大汗,也没找到他。

明筝被声浪冲得头晕眼花,便想退出去凉快一会儿。正在这时,一个白袍男子走到她面前,拿出一个名帖交给她,明筝莫名地接住一看,与她早上拿到的名帖一模一样,都是那种描着暗纹熏了香的。明筝抬头看来人,来人伸手相请道:"姑娘,

狐王令(上)

请吧。"

"是我宵石哥哥派你来叫我的吗?"明筝不放心地问道。

"正是,他在后院里。"来人说道。

白袍男子在前面引路,明筝跟在后面,两人走出大棚,沿着一侧小径向后院走去,一路上花草的奇香熏得她有些昏昏欲睡。进了院门便看见院里也有几个大小不一的铁笼,光线太暗,看不清里面为何兽种。明筝转回身,再找那个引路的白袍人却不见了。

"喂,有人吗?"明筝感到如芒在背,四处空无一人,铁笼里有莫名的兽类蠢蠢欲动并发出了粗重的喘息声,明筝心里一惊,待要转身便看见从一侧突然蹿出几个白色身影,明筝来不及跑,便被一张大网兜头盖住。明筝倒在地上死命挣扎,大叫:"宵石哥哥,宵石哥哥,救命呀,来人呀……"

明筝被人拖着走了一段路,突然停下来,接着耳边听到打斗的声响。明筝翻身坐起,看到这边几个白袍人正与一个戴斗笠的黑衣人打到一处。黑衣人左手持剑,剑法犀利,瞬间便把几个白袍人逼到近不了身。明筝再一细看,黑衣人右臂耷拉在身侧,似是受了伤。明筝一阵惊喜,看身姿像是萧天,只不过他左手持剑唬住了她。

"我在这里。"明筝兴奋地叫道。

萧天持剑跃到近前,剑刃挑破兜住明筝的大网,明筝迅速挣脱出来,萧天拉着她便往外跑,沿着小径,跑到大棚前,萧天拉着她进了大棚。里面依然人群涌动,念经的信众陶醉在极乐世界,没有人注意他们的到来,两人躲到暗影里。

萧天扔下头上的斗笠,迅速解开夜行衣的衣襟,由于不习惯用左臂,对明筝道:"别愣着,帮我脱下。"明筝这才如梦方醒,她上前毛手毛脚拉开萧天的外衣,顺着他受伤的右臂拉下衣裳,萧天把黑色夜行衣团成一团,塞进脚下杂物堆里。他里面穿着灰色的袍服,整理了一下,拉着明筝挤进人群里。

两人刚坐到人堆里,从外面便跑进来几个白袍人,他们跑进人群里四处寻找。明筝抬眼看着他们,眉头紧锁,她到此时都不知发生了什么,明筝问道:"帮主,你是怎么找来的?"

"记住,在外面还是叫我萧大哥,"萧天眼睛盯着那几个白袍人,看他们一路走出人群,才回过头说道,"我一醒,老李便对我说了名帖的事。我想想不对劲,便决定过来看看。"

"这里是白莲会的堂庵,那些白袍人为何要抓我?"明筝大惑不解,"我与他们无冤无仇,根本不相识。"

"是很奇怪。"萧天看着明筝,"你见到柳眉之了?"

"没有。"明筝突然想起来,"这一定是他们冒宵石哥哥之名引我来的,对了,回去问问宵石便可清楚。"

萧天蹙眉陷入沉思,明筝扭头看着他,惊讶地叫道:"哎呀,不好,你……流鼻血了。"明筝急忙从衣裙上撕下一片布去擦萧天的脸。萧天抬起头,把布塞进鼻孔。

"拜你所赐,"萧天瓮声瓮气地说道,"你到底给我吃下多少红参丸呀?"

"什么红参丸?"明筝不知他在说什么。

"明筝,"萧天沉下脸很严肃地看着她,明筝一惊,心想这次恐怕又要挨训了,只听萧天说道,"我想了想,你学艺不精,又极不安分,作为我兴龙帮手下,以后绝不能放任自流,"萧天看了看明筝身上的衣裙,"以后跟着我,不可以再穿女装,这也是为了你的安全。我怀疑这次白莲会的人对你动手,与《天门山录》有关,你如今是一本活的天下奇书,打你主意的人很多,不可再暴露自己。"

明筝惊讶地看着他,但听到以后要跟着他做他的小厮,又很不服气:"你凭什么要我做你的小厮?"

"你若能打败我,我便做你的小厮。"萧天说道。

"那你若教我剑术,我便同意,我愿天天服侍你,可好?"明筝嬉笑着说道。

"这个要征求你隐水师父的示下,她若同意,我便教你。"萧天说道。

明筝叹口气,何年何月才能见到隐水姑姑呀,便打消了这个念想。大棚里的仪式似是要结束了,一些人站起身往外面走。萧天拉住明筝也站起身道:"跟着人群最安全。"两人低着头,混进人群里默默向外走去。

在门口遇见几个持剑的白袍人东张西望似在寻人。萧天拉着明筝在人群的裹挟下,顺利地出了院门,来到大街上两人才松了口气,也不敢再停留,匆匆走回上仙阁。

翌日晚间,明筝和郭嫂正坐在杏树下用晚饭,萧天一身夜行衣出现在门口。郭嫂急忙跑进了厨屋,拿来一副碗筷。萧天坐下便吃起来,明筝眨巴着眼睛仔细端详萧天:"帮主,一会儿要出门吗?"

"是。"萧天点点头,看到明筝今日换上了男装,打扮成少年郎的模样,很满意地说道,"多吃点,恐怕要熬夜。"

"我今日睡了一天,精神很足。"明筝笑着说道,又看看萧天依然垂着的右手臂,问道,"你的伤,好些了吗?"

"没有。"萧天看着明筝道，"哪能好得这么快，没有十天半月好不了。"

"那你还要出去？遇到危险怎么办？"明筝急了，想到昨夜他左手持剑虽也能战，但毕竟遇到的都是些宵小，不是强敌。

"不是还有你吗？"萧天左手端起粥碗，喝了一口。

明筝一听此言，瞪大眼睛，这话从萧天嘴里说出来太古怪，他的话怎么听都让人起疑："帮主，你如此看重我，着实让我感动，你真觉得我能担起重任？"

"这次你一定行，走吧。"萧天说着站起身，不容她多想，便拉着她走出杏园。

外面皓月当空，凉风拂面，明筝脑子方清醒了些，想到那日在陈斌府邸失手，难道还是去陈府探听？明筝回头看着萧天，他一个闷嘴葫芦，一点口风也不给她透，生生急死人了。明筝实在忍不住，问道："帮主，咱们这是去哪儿？"

"到地方便知了。"萧天默默赶着路，一路走得飞快，明筝几乎是小跑着才勉强跟得上。

穿过几条街道，街上行人渐渐稀少。明筝认出那天来的那条巷子，果然又来到陈府。萧天走到陈府对面便停下来，他左右张望，找到一户人家的柴垛，纵身跳了上去。

明筝站在下面看着萧天，只见萧天在上面向她招手。明筝满心疑惑，看了半天，不见萧天下来，只好自己爬上去。看着萧天纵身一跃便上去了，轮到她便无比艰难，还不能踩塌了柴垛，最后还是萧天在上面拉了她一把，她才爬上去。

"你跟隐水姑姑都学了什么？"萧天一脸嫌弃地问道。

"我跟我师父一年四季四海游历，你不知我师父身世凄惨，她与亲人失散，一直在寻找。"

"怪不得，你这个师父徒有虚名。"

"你不准说我师父她老人家。"明筝不满地说道。

"不说她，来，看看这个。"萧天一指眼前陈府的大门道，"今夜便在这里扎营了，这叫守株待兔。"

明筝坐到萧天身边，看着对面陈府的大门问道："谁是兔子？"

"谁来谁是兔子。"萧天道。

"难道咱们要抓兔子？"明筝侧脸看着萧天，不知道他葫芦里卖的什么药。

"别问了，一会儿你照办即可，等着吧。"萧天说着伸出左手抓住一根粗大的柴火棍，在手里掂了掂，放回身边。

明筝双手抱膝看着对面陈府，里面隐约透出些光亮，但是大门紧闭，四周寂静无声。偶尔路上跑过一辆马车,也有单骑疾驰而过,只是一个行人也没有。

"难道咱们便一直这么等着?"明筝问道。

"不然呢,你想怎样?"萧天问道。

"我……"明筝打了个哈欠,不好意思地一笑,往他身边靠了靠说道,"我怕我睡着了,耽误了大事。"

"你不是说你睡了一整天吗?"萧天问道,也忍不住打了个哈欠,他正色道,"我可是一早便出去了。"

"你去哪儿了?"

"我去长春院见柳眉之,问他可是找人给你下名帖,他说根本不知道有这回事。"萧天略一沉思,"我到此时也弄不清昨夜的事,一团乱麻。"

"但是有一点很清楚,他们是白莲会的人。"明筝道。

"你为何如此肯定?"萧天问道。

"你知道昨夜我遇到谁了,阿福和云蘋。"明筝说道,"我曾在上仙阁的后厨,看见阿福读一本册子,他说是佛经,我粗粗翻看了几页,便知道那本册子是白莲会的宝卷,这宝卷在《天门山录》中也有记载,所以我一看便知道了。阿福在几天前曾遇到云蘋,便带着云蘋去了堂庵。"

"原来如此。"萧天紧皱起眉头,陷入沉思。

明筝托着腮帮,眼皮开始打架。耳边突然响起一阵马蹄声,明筝急忙瞪大眼睛,看见由西面跑过来一匹马,明筝急忙以手肘触碰萧天,萧天压低声音道:"嘘,看见了。"

一骑慢慢靠近陈府,马上之人在远处下了马,把马拴到一棵树上,便小心地向陈府走来。那人敲开大门,与府里人低语几句,便进了院子。

萧天把手边的柴火棍塞进明筝手里道:"行了,来了一个兔子,走吧。"明筝握着柴火棍不明就里,她看着萧天问道:"你让我做什么?"

"一会儿,这家伙出来,你拿棍敲昏他,从他身上找到试题即大功告成。"萧天轻松地说道。

"原来,你带我来,便是做这个的,"明筝又气又好笑地问道,"那你呢?"

"我给你望风。"萧天煞有介事地说着,用左手臂携着明筝跃身从柴垛落到地上,"走吧,在那匹马后面等着。"

萧天和明筝快步跑过小巷,来到那匹马跟前,那匹马看见两个陌生人,不安地晃着尾巴,打着响鼻。萧天拉明筝到一处围墙的暗影里,他看了眼明筝问道:"你抖什么？真的害怕？"

"不是，我头一次……"明筝止不住颤抖，"头一次打家劫舍。"

"姑娘，没人逼你做绿林好汉。"萧天道，"我之所以让你出手，是怕我一不小心失手，弄出人命来。"

"哦，"明筝点点头，很自信地说道，"我明白了，这个我行，不管怎么说我也是跟着隐水姑姑学了六年艺，对付一个书生还是可以的，你不用出手了。"明筝说完，回头看萧天靠在围墙上一副玩味的模样，这才回过味来，着实恼了，"你也太小看人了！"

"不是，"萧天看明筝生气了，便笑着说道，"我不是受伤了吗？"

突然，听见大门"吱呀"响了，一人跑了出来。那人跑到马前，去解拴马的缰绳。明筝举着柴火棍走出来，抖着手比画了半天，站在暗影里的萧天向她挥了两次手，明筝咬咬牙，一闭眼，结果柴火棍落下，敲偏了。

那人猛地回头，脸上的横肉抖了几下，叫了一声："有贼，有贼呀……"看来这下太轻了，明筝抢起柴火棍又使劲猛敲一下，这一次正打中脑壳，那人歪歪扭扭倒了下来。明筝举着柴火棍看那人的反应，只听身后萧天说："好了，不需要再敲了，翻他的衣袍。"

明筝扔下柴火棍，扑到那人身前，在衣袍里乱翻一气，竟然真从衣襟里翻出几页宣纸。萧天走上前，查看了一下地上的男子，往他嘴里塞进了一个药丸，便拉住明筝飞快地离开了巷子。

"你往他嘴里塞了什么？"明筝一边跑，一边问道。

"清脑丸，只需一炷香工夫，他便会醒来。"萧天道。

明筝把手中的宣纸交给萧天，好奇地问道："你怎么知道这个男子是来取试题的？"

"你怎么这么多问题？"萧天拐到另一个街区，借着屋角透出的光，匆匆扫了眼宣纸，便折起塞进衣襟，对明筝说道，"果然不错，是试题。"

"你还没有回答我呢。"明筝急了。

"好吧，看在你今天有功的分儿上，告诉你吧，"萧天笑道，"我是猜的。"

二

这日春光大好,上仙阁后院的园子里聚满出来赏景的客人,大部分都是先期进京、等候应试的举子。萧天领着明筝也混迹在里面,明筝今日特意穿了件白色小褂,与萧天的白袍相得益彰,更像足了跟着主家的书童。

举子们三三两两或聚在水池边赏鱼,或在水榭里围着石桌对弈。一些人见面寒暄过后,免不了闲谈几句,从时局聊到京师,从诗书礼易聊到花街柳巷,又从闺阁闲情聊到诗词谜语。

明筝跟着萧天听着那些酸腐的调调简直无聊至极,拣个空想溜之大吉,被萧天捉住:"你去哪儿?""我想回杏园睡觉,这些个老夫子太没趣。"明筝打了个哈欠,这时她认出举子里有个熟悉的面孔,片刻后想起正是在进京的客栈中遇到的李春阳,不由兴趣大起跟了过去。

此时李春阳正站在举子中间侃侃而谈:"诸位可曾听闻,今年主理贡院会试的是礼部尚书张大人,听说会试题目已由国子监陈祭酒提交给贡院,现在万事俱备,便等贡院开考那日了。"

众举子一阵感慨,一位举子道:"朝廷内建太学以储天下之英贤,外设府州县儒学以育民间之俊秀,你我赶上好时节,定要在此大展宏图。"众人纷纷点头,十年寒窗苦,到如今离成功还剩一箭之地,是金榜题名还是淘汰回乡,便要见分晓了。众人无不感慨。

这时,一个举子说起一件事:"我一个同乡,连考了三次才中了举,今年也来参加会试,只是家里清贫,凑不齐盘缠,只得担着一扁担菜刀来赶考,我今日出门在上仙阁门口遇到他,我一眼便认出他。"

李春阳一听,忙问道:"你那同乡可是叫张浩文?"

那个举子点点头,另一个举子一脸不满地说道:"怎可如此埋汰读书人,贵省在京城难道没有会馆吗?怎么也不募资接济一下,最起码提供个食宿嘛。"

"你真是书生意气,"李春阳接过话题道,"各省大府的会馆早已人满为患,怎么会轮到他,再说,此次会试皇上要亲自御阅,多大的荣耀呀,只要能动的举子都跑来了,再加上有点身份的都要带三五随从甚至更多随员,住宿都成问题,谁还顾得了这个?"

狐王令(上)

明筝拉着萧天便走，萧天问道："你拉我去哪儿？"

"我认识那个书生，"明筝说道，"走，去看看。"

两人一前一后出了院门，拐上大街，走到上仙阁前门，果然看见一个卖货郎，地上摆着一副卖货的货挑，挑子后面坐着一个青年男子，此时正埋头看一本书，根本没留意货挑面前的生意。

"买把刀。"明筝说道。

张浩文的目光从书页上转到面前的人身上，只见一个白衣书童微笑着看他，张浩文脸一红，道："小哥，要买刀？"

"嗯。"明筝一笑，心想他一定不记得自己，而且自己这身打扮也着实难辨。没想到张浩文面露疑惑，眼睛紧盯着她，似是犹豫起来，看了半天道："小哥，好生面善，似是在哪里见过。"

"哦？"明筝瞥了眼萧天，看到萧天用眼神阻止，便不敢再说下去。萧天走上前，他看出明筝有意帮扶，便说道："这上仙阁的老板是我兄弟，他们正缺伙计，你可愿意帮个忙，既可以挣个盘缠，也有歇脚和读书的时间，你看可好？"

张浩文这才明白是遇到了好人，他们有意要为他解困，如此好意岂有不领之理，不由急忙起身一揖到地道："谢谢两位公子。"

张浩文跟着萧天来到茶楼里，萧天嘱咐了李漠帆几句。李漠帆点点头，领着张浩文去账房支取银子去了。

翌日众举子便发现张浩文到了柜上记账，知是掌柜的善举，甚是欣慰。李春阳和几个相熟的人从后院过来与张浩文打招呼。

他们正高兴地闲谈时，从外面走进来一个中年人，相貌猥琐，衣冠不整。他盯着张浩文看了片刻，突然走上前，双手按着柜台大声道："奇遇呀，张兄弟，你可还认得我？"

张浩文凝视片刻，忽而想起，是进京路上客栈遇到的同道之人，忙从柜里出来，问道："老兄，你何日到此地？"

李春阳也认出此人，当时在城外那个小客栈，他们有缘相遇，如今又在上仙阁聚齐，真是缘分呀，便开口道："陈文达，你可还认得我？"

陈文达看到李春阳，更是既兴奋又心酸，抱住他的手臂掉起眼泪，便把自己的遭遇讲了出来："那日一别后，我便来到京城投奔一个远房亲戚，但找到街巷门牌，那户人家早已搬走。不得已便投奔会馆，但会馆已满，无奈投到一家名为'状元店'

的客栈，此店掌柜黑心，见投宿的人多，便涨了银子，我一怒之下辞了店，又辗转几家，俱不满意。在此间流连之际，被东厂的番子抓进了牢里，在里面关了几天，饿了个半死，挨了两顿鞭子，后来他们翻看行李，看到我携带的考箱、文房四宝和一应身份文书，这才放我出来。"

听他如此一说，众人方知道，他是刚从大牢里出来。

"来，老兄，你且坐下压压惊。"张浩文给陈文达端过来一盏茶。其他人围到身边，也是问长问短，毕竟是同道之人，见他落难，大家都替他难过。

李春阳看着他说道："此间掌柜为人侠义，我们帮你说说，眼看会试在即，你先落下脚，再做打算。"

"全仰仗各位仁兄了。"陈文达感激涕零向众人抱拳作揖。

这时，从门外走进来几个书生模样的年轻人，他们先是左右张望，似是寻人。其中一人认出李春阳，跑过来打招呼："春阳兄，我便来寻你的。"

"源达兄，你如此匆忙，所为何事呀？"李春阳认出是他同乡。

"你可知贡院门口出大事了？"那人大声说道。

众人俱大惊，李春阳道："仁兄把话说清。"

"坊间已传开了，此次会试的试题已泄露，有人以百金买卖，现如今闻听此消息的举子已聚在贡院门前，大家要求朝廷给个说法，我和几名好友知道这上仙阁也住满应试举子，遂过来给大家传个信儿，若没有要事，不如咱们一道去贡院讨说法，有道是法不责众，不讨回公道誓不罢休。"

"真是岂有此理，咱们寒窗苦读十年呀，不行！走，咱们也去看看。"李春阳怒道。

李春阳一声招呼下，众人皆怒发冲冠，纷纷跟着那几个举子走出上仙阁。

张浩文看众人走出去，急出一头大汗，他对陈文达道："我如今不便出去，你把行李放下，你去吧，今夜咱俩搭伙睡一个炕，你且去出一份力，怎么说会试也是咱们大家的事。"

"好嘞。"陈文达站起身便走。张浩文从柜里追出来，往他手里塞进一个饼，道："你先填填肚子。"陈文达看着手中大饼，心头一酸，急忙低下头，大步走出上仙阁，追着众人而去。

此时靠窗的一个方桌前，两个人一边品茶一边默默看着眼前发生的一切，正是萧天和一身乡绅打扮的赵源杰。

狐王令（上）

今日一早，李漠帆便拿着赵源杰的名帖跑到畅和堂，萧天看到名帖很是高兴，他估摸着赵源杰也该来了。两人在茶楼坐下，似是两个老友相聚，相谈甚欢，一番茶水过后，便看到刚才那一幕。

"贤弟，你做事滴水不漏，为兄实在钦佩。"赵源杰抱拳道，"此举若能为这些学子讨回些公道，也是一大善行。"

"兄长，我能做的只是这些了，"萧天压低声音道，"明日我会派人在贡院门口张贴试题。"萧天说着，从衣襟里掏出几页折起的宣纸，放到桌上推到赵源杰面前，"这份便是从陈斌那里得到的原件。如若字迹是出自陈斌之手，那便铁定坐实了罪行。"

赵源杰急忙打开宣纸，扫了一眼，失望地叹口气，道："不是陈斌的笔迹，他的字我见过。这个陈斌很是狡猾，他是不会给自己留把柄的，估计是出自他手下教习之手。"

"即便不是他的笔迹，如今试题已经封存建档，"萧天说道，"他再有后台，也断无回天之力。"

赵源杰点点头，信心满满地看着萧天道："我已与礼部的苏通、户部的高风远、大理寺卿张云通私下说好，待贡院这边一闹起来，便联合上疏；对其他能说上话的朝臣也晓之以大义，多写些奏章。我思谋这些朝臣，不管是哪个阵营的，他们均是受过寒窗之苦从学子一步步考进京师的，定会感同身受，对这种冒天下之大不韪之事，当深恶痛绝。"

"是呀，如今二京十三省学子齐聚京师，此事想压恐怕也压不下了。"萧天沉吟道。

"此事的风头很快便可盖过王浩被刺的风头了，"赵源杰长出一口气道，"前两日我偷偷跟着高健去了趟诏狱，面见了于大人。"

"哦？"萧天也忽然想到，上次见兄长时听他说于谦被押解到诏狱的事，心里一沉，在那地狱般牢狱，生杀予夺全由人，便压低声音问道，"于大人在那诏狱可是吃了不少苦头吧？他还好吗？"

"目前还无大碍。"赵源杰说道，"好在有高健。"

"高健不是宁骑城的手下吗？"萧天不解地问道。

"贤弟你有所不知，高健曾在于大人手下当过差，对于大人仰慕得很，不愧是名士之后，是个有气节的人。"赵源杰说着，焦虑地叹口气，"我和几位大臣对此很是忧心，即便高健能保他一时，但还是要想方法尽快离开那种地方，大家都把希望寄托在这次春闱之事上了，看能不能扳倒王振。"

"兄长，你看还有何事需要我来做？"萧天问道。

"那便是让更多举子知道此事，闹得越大越好。"赵源杰说道。

这时，一个白色身影从外面跑进来，萧天看见是明筝，急忙向她招手。明筝看见萧天便跑过来，来到近前认出赵源杰，看他一身便装，知道不便招呼，便只同他点点头，站到萧天一侧急急地说道："东厂的人围住了贡院，他们驱散人群，后来锦衣卫也来了，全部身披甲胄，但是那些学子一个也没有离去，说是非要面见主考官，讨个说法。"

萧天和赵源杰迅速交换了下眼色。

"兄长，不宜再拖了，恐怕夜长梦多。"萧天道。

"为今之计，直接坐实。"赵源杰神情肃穆地站起身，把几页宣纸小心地塞进衣襟里，"贤弟，你即刻便去把试题张贴出来，让众学子知道真相。"

"好。"萧天站起身，两人四目相视，算是作别，赵源杰匆匆离去。

三

贡院的门前黑压压一片人，应试的举子越聚越多，他们紧张地望着拥过来的东厂番役，外侧则是一队锦衣卫的缇骑，个个身负盔甲，骑着高头大马，严阵以待。

高健骑马过来，一抖丝缰，望着贡院门口的人群，紧皱起眉头。这时一个校尉催马过来："参见千户大人，此番举子闹事，人数众多，还请千户大人示下。"

"不可鲁莽行事，咱们严阵以待即可，"高健叮嘱道，"命你手下后退十步，我已差人去请示宁大人，咱们静候便是。"

"是。"校尉应了一声，掉转马头回队列。

高健催马向前，突然听到有人唤他。"高千户，"只见孙启远从人群里跑出来，手里还举着几页宣纸，他一路慌慌张张跑过来，叫道，"出大事了，有人竟然在贡院门口张贴了会试试题，这眼看不出三日便要开门迎考，这……"

"什么？"高健吓得急忙翻身下马，他在锦衣卫当差这些年来，还是第一次遇到这种事，要知道会试可是举国大事，泄露试题，可是诛九族的重罪。他夺下孙档头手里的几页纸，匆匆扫了一遍，"这……咱们如何确定它便是此次会试的试题呢？"

"让主考大人一看，便可见分晓了。"孙启远说道。

"宁大人来了。"高健身边的随从突然喊了一声。

只见自街边荡起一股尘土,几骑快马飞驰而来。宁骑城身披大氅已到眼前,他翻身下马,看着高健道:"怎么聚了这么多人?"高健急忙把手中的几页纸递给他,宁骑城阴沉着脸,看也不看,一双鹰目逼视着高健:"这几页破纸上写了什么?"

"据说是今年会试的试题。"高健凑上一步小声说道。

"竟有这事?"宁骑城诧异地瞪着高健,"他们怎会有试题?"宁骑城回头望着贡院门口的人群,皱起眉头。"先驱散人群,能压便先压下。"宁骑城咬牙说道。

高健紧张地抓着那几页纸,对宁骑城道:"大人,这个,我看还是先销毁吧。"宁骑城冷冷一笑道:"这张破纸不过是人随手抄录的,能有一,便会有十,有百。"

"这可如何是好呀?"高健紧张地看着宁骑城。

"偏偏是这个时候,贡院三日后便开门迎考了。"宁骑城突然想到难道是陈斌那里出了纰漏,导致试题泄露? 想到此他便再也无法镇定,一把夺过高健手中那几页宣纸,揣进怀里,翻身上马,回头对高健交代,"这里交给你了。"

宁骑城掉转马头,他身后的几个随从也跟着掉转马头,一行人马飞驰而去。高健看着他们的背影,叹口气,便一抖缰绳,向人群而去,眼见天色擦黑,还是劝这些举子早点回去的好。

宁骑城骑马赶到陈府,开门的管家说他家老爷刚刚出门。宁骑城转身便走,真是屋漏偏逢连阴雨,本来便是龌龊事,一不留神被揭了盖子,反正也有人扛。一怒之下,宁骑城便命人打道回府。

回到府里,李达向他递了个眼色,宁骑城退下左右。李达道:"大人,那个云蘋已经候了一炷香工夫。"宁骑城阴沉的双眸精光一闪,脸上来了精神,心情也为之好转,这个云蘋简直是他的神来之笔,他收服了他,把他安插在柳眉之身边,没想到带给他如此多的惊喜,他忍不住催道:"走,去见他。"

李达引着宁骑城穿过回廊径直走向书房,书房的门大敞着,远远看见云蘋披着一件驼色的披风,正坐在椅上发愣,听见由远及近的脚步声,便惊慌地站起身。宁骑城大步走到书案前,李达进了书房便反身关了房门,默默站到宁骑城身侧。云蘋低着头,向宁骑城行了一礼。

"云蘋,今日并不是约见的日子,你来找我,可是有事要回禀?"宁骑城语气平淡地说道。

"正是,"云蘋上前了一步,小心地说道,"大人,我有要事要回禀。"

"快说。"宁骑城按捺住冲动,紧紧盯着云蘋。

"是。我发现了白莲会的堂庵,还有,我在那里见到了明筝姑娘。"云蘋额头上冒出冷汗,他说完看着宁骑城。

宁骑城一听此话,猛地站起身,像一只饿狼终于发现了猎物一样,他盯住云蘋,催道:"快说!"

云蘋只是低着头,看着自己脚尖。宁骑城恍然明了,他嘴角一翘,冷冷一笑:"跟我卖关子,哼,我且信你一次。"说着,宁骑城转身从书橱里拿出一个精致的红木匣子,从里面取出一粒丹丸,放到了书案上,"你自己取吧。"

云蘋浑身抖着扑到书案上,一把抓住丹丸塞进嘴里,仰脖咽进肚里。云蘋低着头退回到原来的地方,又咽了几口唾液,声音暗哑地说道:"白莲会的堂庵在东竹街马戏坊子里。"

"马戏坊子?"宁骑城皱起眉头,"云蘋,你若胆敢诓骗本官,你可知后果吗?"

"大人,小的命便攥在你手里,你不给我解药,我是死路一条,我怎敢诓骗你呀?那个地方确实是马戏坊子,只是听说那几个波斯人得了笔银子跑了,但是那些大铁笼子还在,里面的动物也有人饲养,估计是想装个门面罢了。"

"怪不得我寻不到他们的蛛丝马迹,原来是这么回事。"宁骑城又盯住云蘋问道,"你可曾见到白莲会的堂主?"

"回大人,这个小的还不曾见过。白莲会行事诡秘,堂主是不会轻易露面的,只有在每月的月圆之夜,他们称之为'大佛会'上,堂主会露面,带领信众向天上众神祈福。"

"月圆之夜?"宁骑城抬头望了眼窗外,一轮圆月正挂在树梢间,宁骑城扭头看着李达,"李达,今日初几?"

"大人,今日便正是十五,所谓月圆之夜。"李达道。

"正是,大人。"云蘋说道,"今日我也要去,和阿福约好的在那里见面。"

"阿福是谁?"宁骑城问道。

"阿福原是明筝姑娘家的杂役,不久前她家起了一场火,两位老人走了,阿福便到上仙阁做了伙计。"

"你刚才说在马戏坊子见过明筝姑娘,你可见到她面容有何变化?"宁骑城看着云蘋。

云蘋一愣,眨了下眼,说道:"和以往并无二致啊。"

"她现在哪里落脚,你可知道?"宁骑城问道。

"我……那日人群喧闹,她走后,我追出去,便不见了她的影子。"云蘋说道。

宁骑城重新坐到太师椅上,脸上神色一滞,陷入沉思。

"大人,还有一事,"云蘋接着说道,"长春院里,有人买卖会试试题。"

宁骑城抬起头,盯着他问道:"可是柳眉之?"

"是那个陈斌与柳眉之合伙,陈斌给柳眉之试题,柳眉之帮他交易,两人二一添作五再分。"云蘋说道。

宁骑城咬着牙,一掌拍到桌面上,震得案上文房四宝都跳了起来。宁骑城瞥了眼面前的云蘋,缓和了语气道:"云蘋,干得好,你且回吧。"宁骑城看了眼李达,道,"送客。"

云蘋像得了大赦般,浑身一松,躬身退了出去。

云蘋回到长春院时,正是长春院宾客满堂之时。柳眉之虽没给他好脸但也顾不上训他,只有云轻瞪着一双漆黑的眸子死死盯着他。

柳眉之装扮好去了天音坊,云蘋和云轻跟在身后,守在台口。

云蘋发现云轻看自己的神态不对劲,他靠近他,笑着哄他道:"云轻,今儿个让你受累了。"他与云轻相处已三年,云轻单纯、忠厚的秉性他是知道的,有时候他欺负他,碍于自己的残障,云轻能忍便忍,从来不与他计较,总是宽容待他。往常他耍滑偷懒,只需一句好话,便可冰释前嫌,今儿却有所不同,有些反常。云轻眼里笼罩着深深的恐惧和忧郁,这种神情出现在云轻稚嫩的面孔上,让人看着很是不安。

"喂,云轻,"云蘋说道,"你真生气了?下次我出门逛,一定也带上你。"

云轻面部紧绷,一双漆黑的眸子盯着他。

云蘋让云轻盯得起了一身鸡皮疙瘩,不耐烦地叫道:"唉,真急人,又不会说,也不会写,谁知道你怄的哪门子气。"

云轻嘴角动了动,看得出他眼里的焦虑和不安,但苦于无法表达出来,因而憋得脸通红,眼里的泪忍不住滚下面颊。

"好兄弟,我错了,行不行。"云蘋猜测这两日他频频出去,云轻定是为自己被柳眉之训过,受了很大的委屈。云蘋忙上前去擦云轻脸上的泪,一边继续哄他道,"明儿个,我带你去东兴楼吃馄饨可好?"

云轻摇摇头,目光盯着他的眼睛,突然伸出两个手指在墙壁上比画了几下,乍一看像两条腿在向前跑。

云蘋愣怔住,他盯着云轻手指比画的动作,浑身激灵打了个冷战。云蘋是何等机灵之人,一看便明白云轻比画的意思是他跟踪了他。云蘋只感觉脑子里一片电闪雷鸣,难道云轻看见他进了宁府?云蘋不敢想,脸上出了一层冷汗,他一把抓住云轻的衣领,把他按到门柱上,双眼露出凶光压着嗓音恶狠狠地道:"听着,你个哑巴,敢多事便灭了你。"

云蘋听见台下的叫好声,急忙松开云轻。虽然他不知道云轻到底跟踪了他多久,但一想到他是个哑巴,又不识字,心里也不怎么当回事,他瞪了眼云轻。

云轻漆黑的眸子也狠狠地回敬他一眼,便转身背对着他。

柳眉之下了台,云蘋殷勤地迎上去,背后猛推了云轻一把,云轻被推到一边,也不再往前凑,远远跟在后面。

今日柳眉之心情大好,在休息间很快卸了妆,也没有为难两人,竟还扔给两人几吊钱:"我累了,回房歇了,你们耍着玩去吧。"柳眉之说完,转身便去了。

云蘋十分欢喜地捡了铜钱,见柳眉之走远,向云轻扮了个鬼脸,云轻两只手握成拳头,低着头,也不理他。云蘋拿铜钱转身出了天音坊,沿着走廊跑出去。

云蘋出了长春院大门,走到街上,沿着街边溜溜逛逛东张西望。在云蘋身后,一个瘦小的身影跟了上去,小小的白袍在黑暗中变成一个白点,一会儿便消失在暗夜里。

四

翌日,早朝刚过,一个惊人的消息便在京城的大街小巷传开了。早朝时众朝臣联合上疏,奏请皇上缉拿试题泄露之人,并推迟会试。所谓会试,乃国考呀,此举牵连到大明上上下下多少个家族呀。此消息一出,震惊京师,大家奔走相告,一时间茶馆酒肆坐满愤怒的学子和家中有学子的族中长辈,各种消息在坊间流传,舆情鼎沸。

上仙阁也不例外,一早便聚了众多茶客和赶考的学子。有消息灵通的茶客说:"听说了吗?那些朝臣要皇上彻查,皇上已经恩准了,命三法司联合查办呢。"

"早该查查了,买卖试题发不义之财,都该砍头,想想那些含辛茹苦的学子……"

大家在热议这件事的同时,还有一件事也被人传出来,只是与会试相比,这件事的影响要小得多,那便是昨夜东厂和锦衣卫封了白莲会的堂庵,有百十号人被押

狐王令(上)

到了东厂大牢。各种小道消息在茶客之间疯传，总之今年的春天注定要成为一个多事之春了。

萧天和李漠帆坐在茶客中间，听着他们的议论，相互交换了个眼色。李漠帆悄声问道："帮主，咱们那些假冒秀才该撤了吧？"

"不急，事情还远没有了结。"萧天缓缓饮了口茶道，"赵大人他们只是才递了奏章，离查明真相还远着呢。这背后的势力岂是一本奏章便可扳倒？定会有一场摆不到面上的厮杀。在朝堂上咱们帮不上，只有守住这里了。让咱们的人跟着秀才们学几天咬文嚼字，对他们只有好处，没有坏处。"

"嘿嘿……"李漠帆低头笑了几声。

"你笑什么？"萧天看着李漠帆。

"帮主，你的鬼点子真多。"李漠帆说完，看到萧天一脸不待见地瞥着他，忙纠正道，"我说错了，不是，是谋略，谋略。"

这次轮到萧天忍不住笑出来，他指着李漠帆笑着道："老李，如今看来你是越来越有长进了。"

"帮主，你……鼻子又流鼻血了。"李漠帆指着萧天的鼻子忙起身，想去找帕子，被萧天叫住，回头一看，萧天已经及时处理了，一只手里捏着帕子，一手指点着椅子蹙眉道："坐下。"

李漠帆压抑着不敢笑，知道萧天流鼻血是被明筝喂下红参丹的缘故。这红参丹可是萧天的师父赠予的临别之物，萧天临下山，密谷道长赠送了两样镇山之宝，一是青龙碧血剑，一是这独门炼制的丹药，濒死之人吃下一粒也能起死回生，何况萧天正值壮年，不流鼻血才怪。但李漠帆还是忍不住问道："帮主，那丫头给你喂了多少红参丹呀？"

萧天沉着脸，默了片刻，道："估计有三粒。"

"娘呀，"李漠帆惊得要跳起来，"这丫头暴殄天物呀，够你起死回生三次了，这……帮主，你还受得起吧……"李漠帆担心地上下打量着萧天。

"还行，不过是一天多打几套拳，夜里在冷水里浸个把时辰。"萧天说完，想到明筝一会儿工夫便不见了，他看着李漠帆问道，"明筝呢？"

"不是你让她去后厨找吃的吗？还嘱咐她吃饱再出来。"李漠帆笑着道。

两人正说着明筝，便看见明筝从后厨的方向跑过来，一脸慌张的样子，她跑到两人面前道："阿福不见了，我听小六说他昨晚出去到此时都未回。"明筝说着坐下来，然后琢磨了片刻，突然看着萧天道，"不会是昨晚他……他又去那个地方了吧？"

萧天沉默着，他知道明筝所说那个地方是白莲会的堂庵，而坊间都在传东厂和锦衣卫连夜剿了堂庵。他没有接明筝的话题，而是眼睛望向窗外。只见一个满脸灰垢、衣衫不整的少年往窗里张望。

"那不是云轻吗？"萧天道。

明筝和李漠帆回过头，看见那少年瑟缩在门边向里面张望，像是寻什么人。"我去看看。"明筝站起身便向门口跑去，一边跑一边叫他，"云轻……"

云轻看见明筝跑出来，半天才认出来，只因明筝一身小厮的打扮。云轻识出是明筝后，很激动，拉着她到街上。他两只手比画着，样子很急切。明筝看不懂云轻的手势，不知道他要对她说什么，干着急也无法。云轻很失望，他眼睛通红，眼里泪水涟涟。

"别急，别急，云轻，你听我说，"明筝突然想到一个办法，叫道，"我去拿杆笔，你不会写字，你把你想说的话画出来吧。"

云轻眼睛一亮，刚才的沮丧一扫而光，他猛点头，并对明筝一笑。

明筝转身跑进上仙阁，向柜上记账的张浩文要来纸和笔，又跑出去，门前的云轻却不知去向，正待她左右张望之际，一骑快马自东面疾驰而来，马上之人青袍玉面，腰间佩着宝剑，他早早看见明筝，到了门前翻身下马便急急走到明筝面前："明筝，我正要找你，萧天在吗？"

来人是柳眉之。明筝奇怪云轻为何要躲起来，想必是不想让柳眉之看见他，便迎着柳眉之指了下上仙阁说道："宵石哥哥，他们在里面，出了何事如此惊慌？"

此时，李漠帆在窗前也看到柳眉之，有些纳闷地说道："他怎么来了？"自那日在畅和堂门外与萧天打斗了一场后，他再没有来过。

萧天也是一愣，眼见柳眉之和明筝走进大堂。柳眉之朝他们走来，明显带着怒气："萧帮主，阿福诓云蘋去要钱，输了银子，被人扣下了，我那云蘋可是出了名的乖巧懂事，现如今人被扣下，这事你看该如何了结？不如你出面去说一下，毕竟以你兴龙帮的来头，也是要给些面子的。"

"阿福去要钱了？怪不得不见他影子，在什么地方？"明筝着急地问道。

萧天和李漠帆相视一愣。柳眉之叹息一声道："我领你们去，好歹云蘋跟了我几年，我也不能见死不救。"

萧天看了眼明筝道："这样吧，我跟柳公子去，你们在这里等候消息。"

"不，我也要去，毕竟阿福是跟随我家多年的家仆，若我不去，显得太过寡情。"明筝看着萧天恳求着。

"让她去吧。"柳眉之在一旁道，"我这个妹妹心肠最是柔软，你不让她去，她待在这里还不急死。"

萧天一看拦不住，便决定带着明筝去看看。有柳眉之带路，三人很快离开上仙阁，他们各骑一匹马，向东面奔去。

街上飘着白色的柳絮，两边的树木抽出油绿的新叶，春意益然。三骑马从树下奔过，他们哪有心情赏景，明筝望着前面街巷，扭头看着柳眉之问道："宵石哥哥，阿福耍钱的是个什么地方？"

"叫'同福客栈'，在东竹街上。"柳眉之道。

"东竹街？"萧天眉头一跳，问道，"东竹街最有名的便是马戏坊子了，柳公子可曾听说？"

"听说过，以前也来看过一场马戏，是域外的蛮夷诓骗人的把戏，领着几只猴子和老虎在场子里跑几圈，你便要给他银子，着实可笑。"柳眉之不以为意地说道。

他们穿街过巷，很快来到东竹街。街上寂静得很，临街的店铺门面全都关闭着，地上还可隐隐看见血迹。

"看来这里确实才发生过激斗。"萧天说道，"早上茶坊里还有人说昨夜东厂和锦衣卫封了一个白莲会的堂庵，看来是真的。"

"走吧，咱们只管救出阿福和云蘋，其他的也管不了。"柳眉之悻悻地说道。

"这不是马戏坊子吗？"明筝远远看见马戏坊子的大棚，愕然问道。

"到了。"柳眉之指着面前一家客栈，客栈不大，破旧不堪，上面的四个字"同福客栈"模糊不清，不仔细看便看不清。客栈紧邻马戏坊子，两家只隔了一面薄墙。

柳眉之翻身下马，便走进去，明筝紧跟其后。萧天环视四周，却不见里面有伙计的身影，颇感意外，紧皱着眉头，看见柳眉之和明筝都已进去，便也跟着走进去。

里面与其说是客栈，不如说是个荒废已久的园子。从穿堂走进后院，更是一个人也不见，到处是一人高的荒草、碎瓦块，还夹杂着动物的羽毛等物。明筝寻找阿福心切，四处跑着找寻，回头一看，竟然只剩下自己，身边一个人也没有。

明筝只感到四处阴风阵阵，不由紧张地扯起嗓子大喊："宵石哥哥……萧大哥……"

"明筝，你在哪儿？"

明筝听见萧天的声音，心里稍微安稳了些，她大声喊着萧大哥，身后一阵风过，明筝吓得捂住头，便听见萧天的声音在耳畔说道："你那宵石哥哥呢？"

狐王令（上）

明筝回过头,看见萧天一脸凝重地看着院子。

"他……他呢?"明筝一阵紧张,"不会是出事了吧?"

萧天有种不祥的预感,此地不宜久留,他拉住明筝道:"你不觉得奇怪吗?柳眉之带咱们来到这个废弃的园子,他却不见了,咱们还是快些离开吧。"

"可是刚才我还同宵石哥哥一起走的呀,"明筝一想到这里,惊出一身汗,"宵石哥哥呢?"

萧天知道他和明筝想到了两处,他已对柳眉之起疑,但又不便解释,拉着她说道:"咱们先出去,再想方法。"

"不,既然咱们是三个人一起来的,怎可咱两人回去,置宵石哥哥于不顾?"明筝坚持道。

"唉,"萧天叹口气,又不好说什么,只得妥协道,"找一圈,如果找不到,便回去再想办法。"

两人并肩向园子深处走去,一边走一边四处张望。此时,起风了,一阵风过卷起脚下的浮土、羽毛和枯叶,旋转着飞上了半空,四周皆是呼呼的风声。明筝和萧天顶着风沙,眯起眼睛,在园子里漫无目标地瞎转。

突然,明筝看到里面有一处房子里有灯烛的光亮。她指着那处房屋,说不出话,只拿手指向那里。萧天点点头,拉着她向那处房屋走去。

两人顶着风沙向前走,明筝身体单薄,几乎被风吹走,萧天伸出一只手臂拽着她。京城每年春时总要闹几场风沙,没想到今年风沙来得如此早。

明筝突然感到脚下失重,吓得闭上眼睛,大声喊着:"萧大哥,拉住我,我要被风刮到天上了。"明筝闭上眼睛大叫,但哪里是上了天,而是入了地。明筝只感到一阵天旋地转,身体向天上飞去,与此同时,一只手臂一把揽住了她,把她紧紧抱进怀里,明筝感到胸前一片温热,随后便重重摔了下来,四周一片漆黑,耳边风声顿消。

明筝趴在地上,身上倒是没有受伤,身下土地竟是温热的,她很是奇怪,她四下张望,一团漆黑,也不知萧天跌到了哪里,心下十分惊慌,不由大喊起来:"萧大哥,萧大哥……"

"在这里,别动。"明筝听到萧天的声音近在咫尺,她爬起身,突然听见"哎哟"一声,"别动,我在你下面。"明筝慌得不敢再动,这才明白她身下温热的土地竟然是萧天的身体。过了许久,萧天身体蜷起来,明筝从萧天身上滚到一边,她摸索着扶着他坐起身,一只手碰到地面,地上全是瓦砾石块,不由一阵战栗。

"萧大哥,你痛吗?你摔着哪里了?"

狐王令(上)

"无妨,我皮厚。"黑暗中,萧天长出一口气,把到嘴边的呻吟给吞了回去。

"这是哪里呀?"明筝叫道。

"我推测这是一口枯井。"萧天忍着痛,淡定地说道。

"枯井?你是说咱们掉到了一口井里?怎么这么倒霉呀!"明筝气得想哭。

"不是倒霉,"萧天仰头看了眼井口,从这里望去井口只有巴掌大,看来此井很深,"我看咱们是进了别人设好的圈套里。"

"别人?谁?"明筝抓住萧天的一只胳膊大叫道。

"别动,别……"萧天那只胳膊本就伤着,刚才又摔了一下,此时钻心地痛,"你问是谁?除了柳眉之还有谁?"

"宵石哥哥?不会,绝不会!"明筝双手抱住脑袋,她不愿相信萧天的话,但是她又无法说服萧天。明明是柳眉之引他们来的,却凭空消失,之后他们便落到井里。

明筝摸索着站起身,向上望,只看到手掌大的天光,她运足气力,大声喊道:"有人吗?救人呀!"

萧天盘腿坐着,任明筝去折腾,他在脑子里把今日之事飞快地过了一遍,这之前确实疑点重重,当时只顾担心阿福和云蘋,却没有细想。

明筝喊了半天不见任何动静,她泄气地坐下来,看着打坐的萧天,气鼓鼓地问道:"你说是宵石设的陷阱,那他人呢?"

"他会出现的。"萧天说道,"既是有人设局,便会有人站出来。"

"他为何要害咱们?"明筝不可思议地问道。

"这也是我在想的问题。"萧天说道,"明筝,如今咱们只能自保,你不要再嚷嚷了,没用,还不知要多久才能出去,要保存体力。"

听到萧天的话,明筝瘫软在地上,一只手无意间触碰到一个活物,不由惊叫起来,由于掉下来已一段时间,眼睛适应了黑暗,借着井口微弱的天光,她看到井壁上爬满黑压压的小虫子。明筝生平最怕虫子,这一吓,直惊得头皮发麻,几乎惊厥过去,一头扑到萧天怀里道:"虫子,全是……一大片……"

"是壁虎,如果时间一长,实在饿了,抓几只吃吃,倒是现成的。"萧天说道。

明筝只感到胃里往上翻腾,哭喊着站起身:"我要出去,我要出去。"

"不要说话,保存体力。"萧天拉住她,让她坐到自己身边。

明筝感到耳边出现"嗡嗡"的响声,然后脸上像是有蚂蚁在爬,她急忙用手扑打,一些小虫在她手心里乱动,她惊叫着摇晃着头,眼泪直流,几近崩溃。

"明筝,你静下来。"萧天抓住明筝的手,担心地看着她。他必须让她冷静下来,不然一会儿便把自己体力折腾干净了，还不知要在这里待多长时间呢。

萧天悄悄解开衣襟，光着膀子坐在当地。

不多时，明筝感觉头上身上的虫子不见了，她方静下来，环视四处道："奇怪，这会儿好多了，虫子都跑了。"

萧天沉默着，接着打坐。

明筝看萧天不理她，便向他身边靠了靠道："萧大哥，咱们会不会死在这里？"

"先想想怎么逃出去，才是正事。"萧天闭着眼说道。

"我倒是可以想到许多死的法子，但是逃走的法子却想不出来。"明筝实话实说道。

"死的法子就不劳你去想了。"萧天道。

"你害怕吗？"明筝问道。

"不怕。"萧天道。

"真的？那我也不怕，"明筝笑起来，"跟你在一起，我一点也不害怕，大不了一起死，还有你做伴。"

"喂，"萧天叹口气道，"能不说死吗？"

"是你说的不怕死啊！"明筝拍了下萧天的肩膀，这才发现他光着上身，便又惊叫了一声，往一旁退去："喂，萧大哥，你，你怎么……"

"我热。"萧天道。

明筝搓了下手心，她刚才那一巴掌，竟拍死许多虫子，她这才惊觉她头上和身上的虫子之所以不见了，原来是都到了萧天那里。明筝扑上去，挥动自己的衣袖在萧天背上一通乱打。

"无妨，我还养得起它们。"萧天一把拽过明筝道，"你不要再乱动，记住保存体力。"

"萧大哥，"明筝眼里漾起泪花，她情不自禁扑到萧天怀里道，"你为何对我这么好？"

萧天一愣，脊背绷得笔直，缓了口气道："你既入了帮，我便要对你的生死负责。"

"啊，"明筝身子也是一僵，心里有些失望，嘴里嘟囔着，"原来入帮这么好呀？"

萧天道："跟着我学打坐，这样最是保存体力。"

明筝只得学着萧天的样子打坐，就这样两个人枯坐在井下，也不知过了多长时间，坐着坐着，明筝便觉得上下眼皮打架，身体左摇右晃，萧天轻扶着让她靠到自己肩上,不多时明筝便睡着了,萧天长出一口气,自己也闭目养神。

不知过了多长时间,只听头顶上的井口传来窸窸窣窣的声响,萧天猛然睁开眼睛,他一直等待着这一刻,他倒要看看这个神秘的下套之人到底是谁。他把怀里的明筝轻轻放到一旁,便站起身,他只有右手臂有些不适,身体其他部分经过长时间休息,精力充沛。

他双脚点地,一个飞跃,一只脚踏住井壁,另一只脚踏住井壁另一方,来回交替,蹿至井口处,井口盖着手指粗的铁网。

此时明筝也醒过来,她捂住嘴巴看着似壁虎般攀上去的萧天,既惊讶又崇拜。她不敢发出声音,怕萧天分神掉下来。

萧天身体紧贴在井壁上,脚下踩住一块凸起的石块。这时,井口铁网上出现三个身着白袍的人,萧天一眼便看到了柳眉之,怒火涌上心头,果然是他。他强压下心头火,又看了看另外两个人,面孔陌生,对柳眉之毕恭毕敬的样子。

其中一人对柳眉之道:"堂主,这两人被关了一夜,估计也折腾不动了。"

"你不知道,那个萧天武功极高,不可大意。"柳眉之说道。

"堂主,咱们现在便动手吗?"另一个人问道。

"那些人在虎口坡等着呢,这里的事了结后便与他们会合。"柳眉之道。

"是,堂主。"两人躬身答道。

萧天听到此话,有种石破天惊之感,那个神秘的白莲会堂主竟然是柳眉之,他贴着石壁半天方回过神。这之前的许多疑点便迎刃而解,看来那日诓骗明筝去马戏坊子的也正是柳眉之。

柳眉之的声音传到井下,明筝呆若木鸡,身体僵在那里,脸上泪如雨下,她仰头大喊一声:"李宵石,你个混蛋,你出来……"

"嚷嚷什么!"从井口突然传来凶恶的吼声,声音在井里回荡。

不知何时萧天已回到井底,他站在明筝对面,明筝气得浑身发抖,萧天把她颤抖的身体揽进怀里,一只手轻拍着她的肩,脑子里飞快地想着对策,用极低的声音说道:"柳眉之便是白莲会的堂主,他此举必是要带走你,只怪我太大意,这之前他试探我几次,我都没有在意。"萧天突然托住明筝的脸道,"明筝,听萧大哥的话,你且虚与委蛇,先保住性命再说。"

井口突然传来巨响,铁盖被打开,接着哗啦啦掉下来一团东西砸到两人身上,只听井口有人高喊:"想活命,抓住绳子。"萧天从地下拿起那团绳索,他把绳索绑到明筝腰上,让明筝先上,自己攥着一头跟在后面。

井口上方天光大亮，看样子已是辰时。到井口处，他们一露头，便兜头一张大网盖下来。从后面又跑过来几个人把他们拉出井口按在地上。由于顾及明筝，萧天也只是忍着。他抬眼观察这些身着白袍的白莲会的人，倒是个个身负武功，看来这些人是柳眉之差来专门对付他的。

"李宵石，你出来，你出来呀！"明筝一边挣扎着，一边大喊。

"明筝妹妹，我已经给你准备好马车，跟我走吧。"柳眉之从一侧走出来，向其他几人一挥手。

明筝扭头寻找萧天，只见四五个大汉拿铁链绑住了他，明筝愕然，她望着柳眉之道："萧大哥跟你无冤无仇，你为何要如此待他？"

"为了让你死心，"柳眉之黯然道，"自从他出现在这里，你我兄妹的情义便大不如以前了，明筝，我要你忘掉世上有这个人。"

"李宵石，你要怎样？"明筝惊叫道。

"他武功高强，我是打不过他，但我想看看他有多强。若是他打得过它，便可活，打不过，怪只怪自己学艺不精，怪不得别人。"柳眉之说道，向那几个绑住萧天的白袍人一挥手，几个人便用铁链拉着萧天向一旁的小门走去。

明筝跟着跑了几步，被两个白袍人按住。两人拿绳子绑上明筝走向小门，从门里传来一声虎啸，明筝一哆嗦，这才发现他们走进了马戏坊子的园子。

原来这里与马戏坊子只有一墙之隔，过了小门便看见大大小小几个铁笼，几个人押着萧天到最大的一个铁笼前。铁笼里卧着一只虎，虎受到惊扰突然耸身而立，浑身的毛都立了起来。

"李宵石，你放了萧大哥！"明筝似乎预感到什么，她惊恐地瞪着柳眉之，歇斯底里地叫起来。

"我已说过，"柳眉之淡淡地说道，"你忘了这个人，跟我入白莲会，我保你一生荣华富贵。"

明筝似不认识他般，吃惊地望着他的脸，他还是那个陪她一起长大的宵石哥哥吗？明筝瞪着他只说了一句："你是个疯子，我断不会原谅你。"

"李如意，我做的事都是为了你。"柳眉之转身向众人一挥手。一个人打开铁笼一旁的角门，几个人解开萧天的铁链把他往铁笼里塞，萧天在解开铁链的瞬间跃身而起，与几个人打在一处。突然背后有人拿棍袭击了他，他栽倒在地，被几个人塞进铁笼，然后角门被一把大锁锁住。

明筝一声惊叫，向铁笼扑去，被几个白袍人按住。明筝耳边听到一声虎啸，四

狐王令（上）

周空气都震得颤动起来。从未有过的绝望瞬间吞噬了她,她扑向柳眉之,一口咬住他的手,被身后一人一拳打到头上,一股热血喷涌而出,明筝口吐鲜血倒地,昏厥了过去。

第十二章　血溅虎口

一

刚过辰时,孙启远便被手下从热被窝里拽出来,"宁大人在大牢里等你。"只这一句话便让睡意浓重的孙启远立刻清醒过来,他手忙脚乱地穿好衣袍,便跟头流水跑到大牢。

此时宁骑城正襟危坐在大堂上,仔细看着一摞名册,这是那日月圆之夜围剿堂庵时抓获的人员名册,一旁的高健也翻着名册。孙启远胆战心惊地走过去,躬身一揖道:"参见宁大人。"

宁骑城头也不抬,鼻孔里哼了一声,算是作答。高健突然指着名册道:"大人,你看上面有云蘋的名字。"高健说着,把手中的名册指给宁骑城看,宁骑城点点头,他放下手中名册,看着孙启远道:"你可还记得明筝姑娘?"

孙启远一愣,马上想起来:"是莲塘巷的明筝姑娘吗?她不是进宫了吗?"

"不,有人曾在白莲会的堂庵里看见她,你所抓的女信众里,有没有她?"宁骑城问道。

"没有,我认识明筝姑娘,"孙启远回忆着当时的情景,小心地回答道,"这些人里面的确没有她。"

宁骑城蹙眉道:"名册上的人,关他们几日,让他们找人作保,并立下字据绝不再听信邪门歪道，交了赎金，便可放人。"

"大人，全放了吗？"高健不解问道，"若是里面有白莲会的头目呢？岂不是便宜了他们？"

"问了两天，你们可问出什么吗？"宁骑城冷笑一声，"头目估计早跑了。你现在便去把那个叫云蘋的人给我提过来，我有话问他。"

"他？难道这个人是大人的暗桩？"孙启远惊讶地问道。

"算你聪明。"宁骑城一声冷笑。

孙启远急忙点头退了下去。不多时外面响起铁链叮叮当当的响声，云蘋面色灰白，衣衫不整，脚上拖着两条铁链走进来，他抬头看见宁骑城像看见了救星般眼放精光，倒地便拜道："大人，大人，我有要事禀告。"

宁骑城看了眼孙启远，孙启远会意，走上去吩咐狱卒去了云蘋的脚链。云蘋跪在地上浑身瑟瑟发抖。

"说吧。"宁骑城看着云蘋，急于想从他嘴里知道更多的隐情。

云蘋舔了下干涩的嘴唇，缓了下心绪，道："大人，我发现一个惊人的秘密，我那日亲眼看到了白莲会的堂主，他……竟然是……是……柳眉之。"

"啊！"宁骑城猛地站起身，他盯着云蘋，听到这个石破天惊的秘密，不由震呆在当地。几年里王振和王浩费尽心思想要捉拿归案的白莲会堂主竟然是长春院头牌柳眉之，这也太匪夷所思了。这个云蘋，本是无心插柳，却立了奇功，把一个隐藏多年的大名鼎鼎的朝廷要犯给揪了出来。

高健瞪大眼睛吼道："云蘋，你可知欺骗官府是何罪？"

"小的岂敢欺瞒？我跟随他多年，他虽说脸上涂着金色油彩，但是那些伪装瞒外人可以，却是瞒不了我。我拿我的人头担保，柳眉之便是白莲会北部大堂主，而白莲会的总坛并不在京城，柳眉之受制于总坛主。那日的大佛会宣布了一件大事，说是堂主要去四海云游，要招募一些信众跟随他云游，结果大人带人冲进堂庵，搅了此事，但是大人所抓全是信众，堂主和众护法皆从密道溜走了。"

"哈哈……"宁骑城站起身，冷笑着，"柳眉之，我可真是小瞧你了。"

比起宁骑城，一旁的高健更是被眼前之事震惊得无以复加。得知云蘋是宁骑城的暗桩已是出人意料，而那个柔弱的戏子柳眉之，竟是传说中叱咤风云的白莲会堂主，太不可思议，而这两人他都相熟，心里不禁一阵唏嘘。

"还有什么？"宁骑城很快恢复常态，转身问道。

"我打听到了明筝姑娘的下落。"云蘋道。

"哦？快讲。"宁骑城催道。

"听阿福说，明筝同一个叫萧公子的人住在上仙阁。"云蘋回道。

"好！"宁骑城脸上的阴云一扫而光，露出难得的笑容，他回头对孙启远道："重赏云蘋。孙百户，云蘋是我的人，你好生照看，不得再委屈了他，待过个一两日随众人一起放了。"

孙启远急忙躬身应下，引着云蘋走出去。

"高健，你带一队缇骑去长春院，我亲自去上仙阁。"宁骑城说完，站起身便往外走。

此时上仙阁已乱成一团。昨日午后柳眉之带着萧天和明筝一去便不知所终，撑到后半夜，李漠帆实在坐不住了，天不亮便派人四处打听。林栖和盘阳先后都跑了出去，不久便跑回来，一无所获。

一大早东厂的李东跑过来，告诉他一个消息，更是惊得他六神无主。这李东是帮里老人的侄子，是兴龙帮安插在东厂的暗桩，没有事一般不上门。

李东跑来只为一事，他说："你们店里伙计阿福被押在东厂大牢，是那日夜里清剿白莲会堂庵时抓捕的，作保后交了赎金便可领回。"李东说完，喝了盅茶便告辞了。

李漠帆叫来林栖和盘阳，把前后事给他们一说，三人顿觉此事太蹊跷。那日柳眉之口口声声说阿福诓骗云蘋去耍钱，输了钱被扣下，怎么今日李东过来说，阿福在东厂大牢，让他们交赎金作保？李东的话若是无误，那么柳眉之便是在说谎，柳眉之为何要这么做？想想他们与柳眉之的几次交往，不由得疑心重重。

"帮主和明筝姑娘不会出什么事吧？"李漠帆越想越不对劲，在屋里来回踱着步，后悔得直拍脑门，"我怎么没有跟着去呢！"

"唉，你们帮主武功一流，明筝姑娘那两把刷子也可自保，他们会出什么事？"盘阳在一旁安慰道。

三人正踌躇，便看见小六抓着一个衣衫破烂的小孩，推搡着来到近前，小六道："我在门外抓住一个探子，这家伙鬼头鬼脑，甚是可疑。"

小孩抬起头，双眼通红，张着嘴巴，双手比画着，是个哑巴。李漠帆看着这孩子甚是面熟，猛然想到柳眉之两个书童，其中之一便是个哑巴。仿佛昨日明筝走之前还见过他，后来又忽地不见了。

"你可是云轻？"李漠帆心下起疑，"你可知道你主子和明筝姑娘去了哪里？"

狐王令（上）

云轻猛点着头,漆黑的双眸瞬间涌出泪水。李漠帆激动地抓住他的双臂催道:"快说呀,快说呀。"

"他是个哑巴。"一旁的盘阳提醒道,"生生把人急死。"

"这孩子一定知道什么,没准是给咱们报信的。"林栖道。

云轻双眸眨动着,他突然扬起手臂,比画着写字的样子,嘴里啊呜啊呜大叫。几人眼前一亮。小六手脚快,跑到柜上去取笔墨。

突然,从门口拥进来一群身着甲胄的锦衣卫,大堂里一阵大乱,一些茶客慌乱地择路而逃。宁骑城随后走进来,他挥了下手,对身后的校尉道:"去后院搜。"

李漠帆急忙迎上来,硬着头皮挤出笑脸道:"大人,今日是哪阵风把你吹到了这里,小店新近得了上好的龙井,大人要不要尝尝?"

"李掌柜,你看我像是来你这里喝茶的吗?"宁骑城冷冷说道。

"哎哟,大人,我这里除了茶还有什么呢?"李漠帆嬉皮笑脸地说道。

"还有从宫里出逃的秀女,"宁骑城道,"明筝在你这里,你快把她交出来。"

"天大的冤枉呀,"李漠帆开始发毒誓,"大人,上仙阁你随便搜,能搜出那个秀女,我头割给你。"李漠帆说得理直气壮,把胸脯拍得"啪啪"响。

宁骑城耷拉着眼皮瞥了他一眼,李漠帆低下头,发现云轻藏进桌子下面,李漠帆急忙给盘阳递个眼色,盘阳比那个一根筋林栖聪明多了,一点便透,盘阳跟着云轻钻进桌子下面。

宁骑城没有搭理李漠帆,悻悻地向后院走去。大致过了有一炷香的工夫,宁骑城在后院搜查无果,一众人马匆匆而去。

李漠帆见锦衣卫的人走了,便把云轻从桌子下面拉出来。小六也拿着纸和笔跑过来,大家神情严峻地盯着云轻。云轻手抖得几乎拿不住笔,看得出他从未拿过笔,一只手笨拙地紧紧地攥着,在一张白宣上费力地画了一个方块,在里面横着画几笔,竖着画了几笔,然后默默看着大家。

"你这画的是个屁。"李漠帆急得上了一头火。

"我看像是一个笼子。"一旁小六叫道。

云轻突然抓住小六,猛点头。大家惊讶地重新看向白纸,确实像一个笼子,众人大惊,盯着云轻。

云轻突然跪到地上,双手扶地,额头猛叩地面,发出"咚咚咚"的响声,片刻后,云轻头上鲜血直流。云轻的举动震惊了在场所有人,大家不再怠慢,李漠帆急忙扶起他,大声道:"孩子,我们相信你。"

云轻站起身点点头，脸上全是泪，泪和血混成一片。云轻拉住李漠帆往外走，李漠帆突然明白过来，他预感到这个哑巴孩子一定知道什么，或许他知道萧天和明筝姑娘的下落，不管是真是假，总比在这里傻等强。他回头大叫："有口气的都跟着走。"

众人跑向马厩，纷纷去牵马。

李漠帆骑马带着云轻，其他人各骑一匹马。一出大门，云轻伸手指向东面，众人打马飞奔而去。

途中走错两次，云轻急得跳下马，跑着在前面带路。众人跟在他身后，从当初对他心存怜惜，到后来对他充满敬意。一个哑巴，以自己瘦弱的身躯，干着不可能完成的事。谁也不知道他到底经历了什么，他漆黑的眸子里纠缠着深深的苦痛和恐惧，让人看着都窒息。

一路行进到了东竹街，远远看见马戏坊子的木门，云轻指着木门，像一摊泥瘫倒在地，累得直喘气。

木门上贴着封条，众人走过去，林栖第一个飞身跃上墙头，过了一会儿从里面响起门闩转动的"吱呀"声，林栖从里面打开门："进来吧，里面没人。"

云轻突然摆手，然后指着里面。

"你是说，里面有人。"盘阳看着云轻，云轻点点头。

众人终于明白，里面藏的有人。李漠帆看了下众人，留下人看住大门，其余七八个人跟着云轻向里面走去。大棚四周遍地瓦砾、羽毛，地上还有斑斑血迹，这些激烈打斗的痕迹触目惊心。

云轻指着大棚一侧的小路，里面隐隐有牲畜嘶叫声。云轻突然蹲下身，双手捂住眼睛，不肯再往前走。

众人皆惊，这孩子究竟看到了什么，让他如此失魂落魄？

"小六，你留下照看云轻，"李漠帆看着众人，"咱们走。"

众人向小路走去，从对面走过来两个白色身影，显然这两个人没有想到会遇到人，两个人都飞快地戴上面巾，迅速拔刀刺向他们。林栖挥刀迎战，以一挡二。李漠帆在身后大喊："留个活口。"

众人等不及，也纷纷亮出兵器冲上去。一盏茶工夫，两个白衣人相持不下渐落下风，被夺去兵器按在地上。

"说，里面还有多少人？"李漠帆问道。

盘阳和林栖看两人不肯开口,便上前又打又踹,两人熬不住,其中一个开口道:"爷,饶命呀,里面没有人了,剩下我俩奉命最后撤离。"

"你们是什么人?"李漠帆问道。

"我和他是白莲会的人,其他人已经奉总坛的令,撤走了。"另一个人说道。

"你们是不是绑了我们帮主?"李漠帆揪住一个人的耳朵问道。

"饶命,真不知道,"那个人哭叫着,"只知道枯井里关了一男一女。"

众人相视一惊,李漠帆又问:"他们现在在哪儿?"

"可能都死了。"另一个人怯生生地小声道。

"什么?"林栖一把抓住那人的脖子,"快说!"

"女的吐血而亡,男的也活不久了,他被关在虎笼里。"

此言一出,在场所有人都呆若木鸡,继而暴跳如雷,林栖怒吼一声,一刀捅进那人肚子,鲜血四溅。几人都红了眼,当场把另一人揍成一摊泥。众人沿着小路向里面冲,越往里血腥气越浓。

沿着围墙一排大大小小的铁笼,几只猴子听见脚步声,看到闯进来这些人,兴奋地在笼子里上蹿下跳。另一个笼子里,一只虎冲他们张开血盆大口,发出刺耳的啸声。看到这些,李漠帆瞬间崩溃,双膝一软,跌坐到地上,放声大哭。众人回头去拉他,他哭喊着:"我的帮主呀,你死得好惨呀……"

林栖已跑到前面,在最大一个铁笼前,他看到一只仰面躺着的虎,虎身上伤痕累累,旁边躺着一个浑身是血的人,更是惨不忍睹,衣袍被撕成柳条状,四周散落着撕碎的衣片。听到声响,那人竟然挣扎着坐起身。

"主人……我的主人……"林栖喜极而泣,倒头便拜。

其余人听到这边的动静,抛下李漠帆向这里跑过来。众人看见萧天一身是血,依然活着,全都扑通跪地,倒头便拜:"帮主……"

盘阳大叫:"别愣着了,快拿刀砍掉锁头,救人呀。"

李漠帆红着眼睛抓住铁栏杆看着萧天:"帮主,你……受苦了……"说着泣不成声。

萧天向众人一挥手,嘶哑着嗓子道:"所有人听着,明筝被柳眉之劫走了,他们在虎口坡集合,咱们速去虎口坡救人。"

"帮主,柳眉之为何要劫走明筝姑娘?"李漠帆突然想到一事,急忙道,"刚才我们进来遇到一个白莲会的人,他说一个女的吐血身亡,难不成是明筝姑娘?"

"别说了,快去,速去备车马。"萧天说完,已是气喘吁吁,看来与虎的一番打斗,几乎把他的体力耗完。此时更是面色惨白。李漠帆转身招呼几个帮里弟子,速去备车马。

"帮主,让我带他们去吧,"李漠帆叫道,"先护送你去医馆疗伤。"

"我没事,只是皮肉伤。"萧天抹了下脸上的血,道,"我必须去,你可知柳眉之是什么人?他便是白莲会的堂主,此人狡猾多变,我怕你们对付不了他。"

"啊,"李漠帆眼珠子在眼眶转了几转,才骂出一句,"这……这小子,我看着就不是好东西。"李漠帆看着萧天浑身几乎没有一处好地方,担忧地说道,"帮主,你受伤太重,我怕路上……"

"无妨,这次真是拜明筝所赐,那三丸红参丹,竟然救了我一命,可惜了这只虎。"萧天说着,看了一眼一旁奄奄一息的虎。

几人砍掉锁头,林栖跑进笼里,冲那只虎刺了几刀,虎翻腾了几下,便咽了气。林栖背起萧天,出了铁笼,众人跟在左右,一行人沿着小路返回。

"你们是如何得的信儿?"萧天问道。

"是云轻,"李漠帆指着和小六一起站在大棚边的云轻道,"没有这小子,我们还找不到你。"

云轻看见林栖背上的萧天,惊讶地愣在当地。李漠帆拍着云轻的头,夸了几句,命小六把云轻送回去。众人出了马戏坊子,几个兴龙帮弟子已赶着一辆临时找来的马车等在门口,萧天上了马车,便挥手道:"去虎口坡。"

一声令下,众人翻身上马,跟着马车向西边奔去。

二

一行车马出了城,沿着官道飞奔。

此时,李漠帆坐在马车里给萧天简单地包扎伤口。刚才路过一间生药铺,买了些膏药。李漠帆一边往伤口上抹药一边掉泪。萧天抬起眼皮,瞧了眼李漠帆笑道:"你何时变得如此婆婆妈妈,咱们常年行走江湖,若见不得血,那便及早金盆洗手,回家抱孩子去。"

"帮主,若明筝姑娘真如那人所说……"李漠帆闭了嘴,他看见萧天瞬间变了脸色。

"活要见人,死要见尸。"萧天飞快地说了一句,便闭上了眼睛。

李漠帆给萧天包扎好,抬头看见窗外是连绵的山,马车很快驶上了山路,车身开始颠簸起来。他探出头问马车旁的盘阳:"离虎口坡还有多远?"

"前面便是。"盘阳说道。

萧天挣扎着坐起身,看向窗外吩咐道:"留心车马,他们必是扮成商队或是回乡的乡绅家眷。"

"主人,"林栖从前面催马折回,大声道,"前面一间茶坊停有一辆马车,还有四五匹马。"

"围住他们,探个究竟。"萧天说着,强打精神趴到窗前,看到前方路边有一个草房,门前木杆挑着一面破旧斑驳的旗幡,上书一个"茶"字。此地十分眼熟,半天萧天方想起,当初进京时曾路过此地。

门前草棚下,聚了一些在吃干粮的人。这时,有人发现一群人手拿兵器悄然围上来,顿时一片慌乱,纷纷掂起兵器,与围上来的众人呈对峙的状态。这时,从草房里走出一人,一身黑袍,披着黑色大氅,正是柳眉之。

李漠帆一个箭步冲到前面道:"柳眉之,你个小人,快交出明筝姑娘,否则,新账老账一起算。"

柳眉之看见李漠帆大吃一惊,他怎么也没想到他们动作这么快。想到萧天被自己投进虎笼,这帮人定是不会饶了他,便扫了眼周围几个护法压低声音道:"择机,撤。"

"那明筝姑娘呢?"一位护法小声问道。

"看来生还的可能微乎其微,不用管她了。"柳眉之交代完手下,迎着李漠帆走过来,看到四周慢慢围上来的众人,道:"李大把头,我白莲会与兴龙帮向来和平相处,不要一时冲动,坏了江湖规矩。"

"呸!你个阴损小人,我兴龙帮从今以后与白莲会绝不来往,今日若我们帮主有个好歹,我兴龙帮绝不会善罢甘休。小子,你拿命来吧!"李漠帆挥剑向柳眉之刺去,后面的众人一看,也跟着围过来,双方打成一团。

柳眉之手下有几个高手,突然向李漠帆发动攻击,李漠帆持剑左挡右躲渐渐招架不住。

马车上萧天看到李漠帆的处境,冲林栖大喊:"林栖,去李把头身边。"这边林栖听到喊声跑过来支援,只转眼工夫,便摞倒了一片,林栖腾出手再找柳眉之,却不见了他的踪影。

"老李,先找明筝。"萧天从马车里探出头大叫。

李漠帆提剑冲进草房，只见屋里有两个人缩在角落，李漠帆用剑指着两人，大喊："出来。"一个驼背矮子跑出来大喊："大爷，饶命，我是这儿的掌柜，我不认识他们呀。"另一个瘦高个也瑟缩着走出来道："我是郎中，他们抓我来给一位姑娘看病，我也不认识他们呀。"

"姑娘在哪儿？"李漠帆叫道。

"这里。"郎中指着草房窗下一个炕上，那里躺着一个人。

李漠帆跑上前一看，正是明筝，只是她看上去面色灰白，毫无生气，似是死去一般。李漠帆横抱起明筝，步履踉跄地跑出草房，大喊："帮主，找到明筝姑娘了。"

萧天拄着剑下了马车，看见明筝的样子，几乎站立不住，被身后的林栖扶着走到跟前，他抬手去试明筝鼻息，感到尚有微弱气息，他回头看了眼众人，说道："顾不了别的了，救人要紧，回城。"

众人护着三人退下，白莲会剩余的人看他们撤离，并没有追。

马车在山路上颠簸。车厢里明筝气若游丝，萧天紧张地守在一旁，眉头紧皱。李漠帆坐在萧天身旁，束手无策，两人身上都没有带丹药，只能等到回城了。

"帮主，还有一事，我忘了禀告你。"李漠帆突然想到早上宁骑城来上仙阁的事。萧天一听，沉默不语，想到上仙阁回不去了，这偌大的京城真正让他放心的只有一处了，他叫来林栖。

"林栖，你先行去望月楼，让翠微姑姑请城里最好的郎中，我们随后就到，去吧。"

李漠帆点点头，也只能暂时在望月楼落脚了，他看着明筝忧心地问道："这丫头如何受的伤，难道柳眉之给她用了刑？"

"没有，我能看出明筝在柳眉之心里分量很重，不说两家上辈的渊源，柳眉之与明筝青梅竹马，以前柳眉之敌视我，我一直以为是这个原因，现如今才明白不光是这个原因，作为白莲会的堂主，他野心勃勃，觊觎《天门山录》多时，如今只有明筝能完整复述此书。带走明筝，他策划多次，这次差点让他得逞。"萧天沉下脸，恼怒地攥起拳头。

"啊，那……柳眉之并未对明筝姑娘用刑，那明筝姑娘是怎么受的伤啊？"李漠帆一脸困惑地望着萧天。

萧天垂下头，艰难地往下说道："明筝眼见我被关进了虎笼，她以为……我亲眼看见她……就在我面前口吐鲜血，倒在地上。"

李漠帆惊讶地"啊"了一声，然后恍然大悟道："原来如此呀。"他摇摇头，看着萧天，欲言又止，吞吐了半天，说道："帮主，有句话我不知当讲不当讲。"

"那便不讲。"萧天白了他一眼，怼了回去。

"我不讲，心里又不落忍，"李漠帆硬着头皮说道，"帮主，你难道没有发现这丫头对你情根深种，她——"

"闭嘴。"萧天嘶哑着嗓音，面色已变，眼里的红血丝几乎要滴出血来，他捂住头，那只手也在不自觉地抖着。

李漠帆不忍见帮主如此，只得叹口气，弯腰走到驾车人身边坐下，此时已走到官道上，离城门很近了。

一行车马行至城门前，便各自散开。进了城门，一部分人回到上仙阁，只有一辆马车悄悄来到望月楼后门，翠微姑姑和林栖已候在那里，马车直接驶进后院。

几人抬着明筝到一间厢房，有郎中在屋里候着。萧天看一切安置妥当，便再也坚持不住，瘫倒在一旁，被李漠帆搀住走进隔壁一间厢房，萧天躺到床榻上便昏厥过去。

第十三章　江湖救急

一

三日后,萧天方醒过来。一直在屋里照看他的小六,惊叫着跑出去。不多时屋里聚起一群人,李漠帆坐到床前,眼含着泪说了一句:"帮主,你可醒了,真把我们急死了。"萧天看了眼众人,披上衣袍便下了床,他站起身时,身子不由晃了晃,他推开众人就往隔壁跑去。

李漠帆一边劝众人散了,一边吩咐小六准备饭食。这几天李漠帆着急上火,不停地跑来跑去,人显得异常憔悴,此时看到萧天醒过来,气色也好了很多,才转忧为喜。

隔壁房间里只有夏木姑娘在照看明筝。明筝依然气息微弱,昏迷不醒。萧天坐在床前给她把了脉,李漠帆讲了现下的情况:已经给她喂下红参丹,但是仍然不见好转。陆续请了一批郎中,皆是信誓旦旦而来,扫兴而去,最后留下一句话,还是请家眷尽早准备后事吧。

萧天面色煞白地走出明筝房间,李漠帆急忙给他披上披风。萧天经过这场劫难,整个人清瘦了不少,昔日脸上奕奕神采被哀伤和忧愁所遮蔽,有着与他年龄极不相称的沉稳和成熟。他看着李漠帆忧心道:"现如今,只有一个法子了,便是发江湖帖,求高人来救治。"

"看来只有这样了。"李漠帆点点头,"想来咱们兴龙帮这些年,在江湖上行侠仗义,赢得不少口碑,也有一些帮派欠着咱们人情,我这就回上仙阁办理此事。"

"这几日,赵大人可曾来上仙阁?"萧天问道。

"帮主,我正要和你说呢。"李漠帆担心萧天身体,劝道,"帮主,不如回你房间,我再慢慢和你讲。"李漠帆搀住萧天回到房间,让他躺下,自己坐到一旁太师椅上。

"昨日,我得了信儿,差了人去东厂大牢,交了赎金,把阿福和云蘋给领了回来。我又派出人手去了虎口坡,几经打探,也没有柳眉之下落。想想我就忍不下这口气,咱们兴龙帮与白莲会从未有过过节,与他们河水不犯井水,此番如此整治咱们,我定要向白莲会讨个说法。"

"无关白莲会。"萧天淡淡地说道,"是我与柳眉之的事,他嫉恨我,源于明筝。他想控制明筝,与《天门山录》有关,此人野心勃勃,以前我一直不明白一个乐坊里的人,缘何要弄到那本天下奇书,如今全明白了。"

"看来他一直在打明筝的主意。"李漠帆直摇头。

"现如今盯住明筝的不只柳眉之,宁骑城肯定也在寻找她。此次能在虎口坡顺利带回明筝,估计是柳眉之也认为明筝无救了。你定要叮嘱手下严把口风,不可再把明筝的消息泄露出去。"

"是。"李漠帆点点头。

"还有,此次多亏了云轻那孩子,也不知他是如何得的信儿,他又是个哑巴。你抽空去趟长春院看看他。"萧天交代完这些,突然想到贡院会试之事,便问道,"对了,朝堂可有什么消息?"

"这两日还出了件大事。"李漠帆压低声音道,"贡院的事已闹到朝堂,一些大臣联合上疏,言官们更是在大殿拿出买卖的试题,皇上龙颜大怒,要求当场对质,结果派人去贡院取出封印的考题一看,分毫不差,气得皇上将此次的主考官当堂廷杖三十,张啸天连二十板子都没有挨到便断了气,陈斌倒是挺了过来,被抬了出去。之后皇上降了道旨,陈斌发配云贵戍边。这件轰动京城的买卖试题案,就此便了结了。"

"什么?"萧天一愣,"怎么会就此了结呢?陈斌背后的主使不是还没有被抓住吗?难道这次又让王振那老贼脱身而出?"

"唉,这件大案已经盖棺定论,谁还敢再掀波涛。会试今日便在贡院开考,这次倒是众大臣举荐的主考官主理,也算是那些大臣给王振一次有力的回击,大家也算扬眉吐气一回。赵大人来上仙阁两次,没有见到你,听到你受伤,托我给你捎话,让你安心养伤。"

这时，小六端着一碗粥走进来，李漠帆急忙接过来，把粥碗递给萧天道："帮主，你几日水米未进，先喝下这碗粥吧。我已差人给你配好了汤药，这些日子你在这里静养，调养身子为重。"

"好，这里已无须你再费心，你去把那件要事办了。"萧天接过粥碗道。

"帮主，按以往先例，这江湖帖发出去三日，便会传至整个江湖，愿意前来的人便会找来，"李漠帆思忖片刻道，"是安排仍然住在上仙阁，还是另寻住处？"

"你是担心宁骑城已经盯上了上仙阁？"萧天略一沉思道，"确实会带来不必要的麻烦。"

"如今宁骑城掌印东厂，他手下的暗桩不计其数，当真是防不胜防，就拿这次白莲会的堂庵被清剿来说，白莲会那么隐秘的地方，还是让他们发现了，我觉得其中必有蹊跷。"李漠帆说道。

"是呀，白莲会与朝廷的恩怨由来已久，咱们也不得不防。"萧天道，"这样吧，你另寻一处客栈，先包下几间上房，待他们来后，酌情处置。若明筝的病情稍有好转，我便带她回瑞鹤山庄，那里远离京城，适宜养伤。"

"好，就照帮主的吩咐办理。"李漠帆说完，起身告辞。

李漠帆回到上仙阁，便找来账房许老先生，他也是帮里的老人。许老先生听完大把头要发江湖帖，便亲自书写了数份。李漠帆叫来镖行把头，要他们派人手速速散出去。

三日内果然有了回复。第一个登门的是天蚕门现任掌门玄墨山人。他的名帖一递进上仙阁，李漠帆看到大吃一惊，深感意外。天蚕门远在楚地，他兴龙帮与天蚕门素无往来呀。但是人家既是冲着江湖帖远道而来，便要以礼相待。

李漠帆在畅和堂接见了玄墨山人，此次他只领着两个弟子前来上仙阁。大弟子吴剑德，四十出头，人如其名，相貌端正、稳健；另一个弟子排行最末，陈阳泽，十六七岁，机灵活泼。三人一到便受到李漠帆的热情接待。

小厮端来果品点心，又奉上茶水。一盏茶后，玄墨山人便打开话匣："李大把头，老夫向你打听一个人，贵帮可曾有一个姓萧的把头？"

"姓萧？"李漠帆心里一动，面上仍是不动声色地问道，"玄墨掌门可是与姓萧的有过交情？"

"不瞒大把头，"玄墨山人说道，"上月，我在京城与东厂起冲突，撤离时被围攻,幸遇一个江湖中人搭救,此人武功不俗,辞别时问及出处,他口称是兴龙帮之人,姓萧。昨日我从友人处得知贵帮发出江湖救急帖,想到那日所承之恩,便急忙前来。一来老夫蒙师恩,有些独门秘术,如能帮到贵帮,不失为善行;二来如能见到昔日恩公,也可了却一件心事。"

"哈哈……"李漠帆兴奋地笑起来。

"大把头,你这是……"玄墨山人不解地看着李漠帆。

"玄墨掌门,你可知那日救你的姓萧之人是什么人?"李漠帆笑道,"他便是我兴龙帮帮主,萧天。"

"啊,"玄墨山人又惊又喜地站起身,他的两个弟子也高兴地站起来,玄墨山人点点头,捋着胡须笑道,"我与你家帮主竟如此有缘,善哉善哉呀,那此次要救治的是何人呀?"

"唉,也是帮里之人,只是……"李漠帆便把帮主缘何散帖一一讲述了一遍。

"哦,"玄墨山人听后脸色一沉,沉吟片刻,"没想到贵帮竟与白莲会结下梁子,平日对白莲会堂主也有耳闻,没想到此人做事如此决绝。听你描述,明筝姑娘此症候确实少见,李把头,救人要紧,你速速带我前去。"

李漠帆见玄墨老先生如此深明大义,十分感动,起身便拜,被玄墨山人扶住,道:"李把头不要如此见外,我也无甚把握,只能是尽力而为。"

李漠帆迅速安排玄墨掌门两位弟子暂且在上仙阁休息,并命人备好马匹,与玄墨山人前往望月楼。两人从后门直接进去,来到小院。李漠帆领着玄墨山人先来到萧天房间,小六早已跑进去通禀。待两人走进去,萧天已起身,小六正帮他穿上外袍。

玄墨山人打眼一看,正是那日街上相救之人,不由朗声大笑着抱拳一揖道:"萧帮主,你可还记得老夫吗?"

萧天微笑着揖手,还了一礼道:"前辈,又见面了。"

玄墨山人眼睛打量着萧天,脸上涌起一片阴云,他直接走过去,一只手抓住萧天手腕,另一只手搭到脉上,片刻后倒吸了一口凉气,道:"萧帮主,你此次伤得不轻,不可下床,老夫不是外人,不用客气。"

萧天深深一揖道:"前辈,我无妨,修养一阵子便好,我还要有劳前辈来看一个人。"萧天说着,引着玄墨掌门走向隔壁房间。

夏木姑娘也得了信,早早恭迎在门边,看见三人过来,急忙屈膝行礼。玄墨山人径直走到床榻前,看了一眼昏迷的明筝,走上前伸手试了下鼻息,又手搭脉细诊片刻,略感吃惊地看了眼萧天道:"此症像是气厥攻心所致,俗称假死,一般的郎中遇到此症确实无药可治,在我这里却有一剂,只是此剂十分凶险,敢问帮主,你可愿冒此风险?"

萧天额头上冒出冷汗,他镇定地看着玄墨山人道:"前辈,天蚕门在江湖上有医圣的威名,我也听闻已久,岂有不信任之理,前辈放开手脚,只管下药吧。"

"我所说的一剂,非药也。"玄墨山人从衣襟里取出一个玄色布包,在床边展开一看,里面整整齐齐罗列着大小不一、长短不齐的几十枚银针。

一旁的萧天和李漠帆皆是吃了一惊。

玄墨山人瞥了两人一眼,便不再说话。他取出一根长针,一只手按着明筝面门,前后摩挲两下,便一针刺入阳白穴。一旁的萧天身体晃了一下,被李漠帆扶住,两人都是面色苍白。李漠帆压低声音道:"帮主,咱们别在这里添乱,我扶你回房吧。"

萧天点点头,两人回到房间,坐下等待。足足等了有一炷香的工夫,玄墨山人默默走过来,两人急忙起身,玄墨山人道:"此番要连着行针三天,这位姑娘身边日夜要有人照看,一旦出现情况,速去通知我。"

萧天让小六和李漠帆去安排玄墨山人一行去客栈住下,玄墨山人便向萧天告辞。

这日夜里,萧天听到房门"啪啪"直响,立刻翻身坐起,披上外袍便去开门,看见夏木姑娘双眼放光站在门前:"君王,明筝姑娘,她——"

萧天不等她说完转身便冲进隔壁房间,圆桌上的烛光很暗,他看见床榻上明筝左右翻动着身子,脸上、额头冒出大颗的汗珠,口中还嘟嘟囔囔念叨着:"……虎……虎……来人呀……"萧天一阵激动,看来玄墨山人的这剂猛药下对了,明筝有了知觉。

夏木走到床前,紧张地看着明筝道:"君王,这可如何是好?"

"夏木,在外人面前你我不可暴露身份,"萧天看了眼夏木道,"你便随小六,也称我帮主。"

"是,帮主。"夏木屈膝一礼道。

此时明筝突然伸出双手在前面胡乱划着,额头上大汗淋漓,萧天转身对夏木道:"去取凉水,绞条帕子过来。"夏木应了一声,跑出房去。萧天抓住明筝的双手,大声说道:"明筝,睁开眼睛,你快点醒过来吧。"

夏木递给萧天一杯清水，萧天喝了一口，喷到明筝脸上，被冷水一激，明筝浑身一颤，缓缓睁开眼睛。萧天急忙拿帕子擦去她脸上的水珠，明筝眼神迷离，视线从房顶缓缓移到萧天面孔上，她直直地盯着萧天，突然开口道："萧大哥，你还是原来的样子，那我呢？我投胎成了什么，我不要变成一头猪……"

"姑娘怕是中魔障了，这可如何是好？"夏木在一旁惊叫道。

"夏木，你去备些粥来，这里有我。"萧天扭头对夏木道。夏木应了一声转身出了房间。

"明筝，你看着我。"萧天抓住明筝的双手，一阵兴奋，经过这几日的煎熬，总算苦尽甘来。他长这么大，头次尝到万箭穿心的痛楚，他不能想象明筝就此醒不过来会怎样。如今看到明筝终于有了转机，心里不由百感交集。

"明筝，我是你萧大哥，我没死，你也没死。"萧天大声说着，想让她早日从噩梦中醒来，"我被救了，你也被救了，我们都活着。"

明筝抬起眼皮，她看着萧天，直直地看了片刻，眼皮一合，便又昏了过去。任萧天怎么唤，明筝都没有醒过来。萧天一筹莫展，心里七上八下一片忐忑，呆呆地守到天亮。

二

翌日，李漠帆又收到两个回帖，一个是直隶的天龙会帮主铁掌李荡山，另一个是甘南七煞门掌门太乙玄人张劲之。两人都带着几名弟子赶到上仙阁。

天龙会帮主李荡山，六十出头的样子，面容丑陋，身形瘦高。而七煞门掌门张劲之，则是矮胖之人，面相和善。加上玄墨山人，三位老先生都相识，重聚叙旧自是一番热闹。

用过午饭，李漠帆便请三位老先生到望月楼面见萧天。萧天一看李荡山和张劲之也来了，心里很是感激。他与这两派打过多次交道，兴龙帮也曾帮过他们，此番他们前来多是还人情的。

萧天把明筝的症候与两位又说了一遍，并对玄墨山人讲了昨夜的事，玄墨山人捋须点头，看来心里已有数。

三位老先生相互谦让一番后，还是由玄墨山人先诊脉，然后太乙玄人也把了次脉。太乙玄人道："萧帮主，此姑娘脉相虚、沉相夹，此乃忧虑伤脾，肝气滞，血滞亏，致头目眩晕。你今日有幸请来玄墨山人，便是请对了人，天蚕门有独门秘方，管保此姑娘转危为安，我们来是多此一举呀。"

萧天听太乙玄人如此说，心中一喜。

玄墨山人指着太乙玄人直摇头："你个老滑头呀，把此等凶险之事推给我，你两人在一旁看热闹。"

"能者多劳嘛。"太乙玄人笑着对萧天道，"只管问这老汉要他独门的丹药。"

萧天知道两人相熟，听他们开着玩笑，心里倒也跟着踏实了几分。

玄墨山人看着萧天，知道他表面平静心里一定着急，便直言道："无须忧虑，有方。"他拉萧天到一旁道，"帮主刚才说姑娘昨夜醒过一次，我便放下心来，本来以为要行针三天，现在看来不用了，再行一次便可。我现在先给她行针，然后有一方丹药，叫开窍丸，很对姑娘的症候。"

铁掌李帮主笑道："萧帮主，有玄墨掌门在此，你便高枕无忧了。"

"不过……"玄墨山人沉吟片刻，对萧天道，"经过此番病症，姑娘即便恢复，也已落下病根，再不可受到刺激，稍有不慎，便会诱发头疾，万不可大意。"

玄墨山人说完，走到床榻前，取出玄色布包准备行针。

萧天请两位老先生到自己房间叙话，三人围着八仙桌坐下。李漠帆便在一旁伺候着茶水。不多时，玄墨山人从隔壁房间走过来，此次用时比昨日短。玄墨山人从随身携带的包囊里取出一个黑木匣，递给萧天道："里面有十粒丹药，隔天随汤药服下，我已开了方子，你差人去抓药吧。"

萧天一揖到地，不胜感激地道："前辈不辞辛劳赶来，救人于水火，请受萧天一拜。"

"使不得。"玄墨山人朗声一笑道，"天蚕门曾受恩于兴龙帮，岂有见死不救之理。实不相瞒，老大即使没有见到江湖帖，也会寻上门来的，老大此次前来是有件大事要与众位相谈。"

萧天和在座几人不知缘由，便请玄墨掌门坐下慢慢道来。

玄墨山人长叹一声道："萧帮主，你还记得上次咱们遭遇之事吗？"

"记得，当时你与几名弟子去刺杀王振的座驾，反被暗藏的东厂高手所困。"萧天回忆起那天的所见。

"是，帮主是只看到其一，"玄墨山人道，"年前我便率众弟子进入京城，只为了一事。大家可还记得三年前，新册封的锦衣卫指挥使宁骑城率一队缇骑突袭了楚地天蚕门，大肆搜刮本门的镇门至宝，楚王剑被夺走，并与本门有过一场厮杀。"

"我知道此事。"铁掌李荡山拧眉道,"我帮里有飞鸽传书,说贵门老掌门竟也战死。"

"我师父他老人家,不是战死,而是被气死的。"玄墨山人道,"那一次损失惨重,这还不是主要的,可怕的是我祖师爷留下的独门毒王被宁骑城夺走了。此物是祖师爷留下的,由于太毒,他从不许门里徒儿染指,连我也只是知道有这么个东西,对怎么制成一无所知。"

"玄墨掌门,你所说这个独门毒王,可是那铁尸穿甲散?"太乙玄人显然听说过,双目圆瞪,一脸惊慌地问道。

看见沉稳若仙的太乙玄人闻此物都勃然变色,那该是怎样的毒物呀,其他人皆震惊不已,李漠帆更是凑到玄墨掌门跟前追问道:"老前辈你快说呀,到底是何毒物呀?"

"让太乙兄言中了,正是铁尸穿甲散。"玄墨山人满面愁容道,"此物毒就毒在不易置人于死地,却生生叫人求生不能,求死无望,唉!祖师爷倾尽半生研究它,却到死才让我知晓,死前只留下一句话,一定把此物寻回,不可流落民间。"

此言一出,满座俱惊。

座上之人默默交换着眼色,心情复杂沉重。漫长到几乎窒息的静默之后,玄墨山人接着往下说道:"此毒之所以叫铁尸穿甲散,是因为此毒绝不同于以往人们所见之毒,常见之毒皆是死物,提取植物或提取动物身上物质,加以配制,是死物总有克制的法子。"玄墨山人环视着大家,"而此毒却是活物。"

大家皆惊出一身冷汗,眼巴巴望着玄墨掌门听他讲下去。

"此毒之所以叫铁尸穿甲散,是因为毒中藏有一种尸虫,服食后一无异状,此毒蛰伏在人体两三个月后,尸虫便会在人体内盘活毒发,毒素穿透筋脉,穿透皮肤,在皮肤上与空气结甲繁殖,日久人便失去人样,如同鬼怪,生不如死。最可怕的是,一旦此毒占据人体,想要消灭却不容易。"

这一番描述,让在座之人无不动容,此毒之奇之阴毒,纵观天下恐怕也只有素有医圣之名的天蚕门才想得出。若只是他门中把玩的一种毒物,就此演练医术,倒也无可厚非。但如今此毒落入宁骑城手中,便变成了祸端。

大家各自唏嘘半天,萧天打破沉默,问道:"前辈作何打算?"

"必夺回此物,"玄墨山人目光如炬,"豁出我的性命也要护住天蚕门的颜面,祖师爷一生救人无数,医圣之名可不是凭空而来,此毒若是为害一方,我将无脸去见他老人家。"

"若此毒在宁骑城手里,那麻烦便大了。"铁掌李帮主眉头紧皱,"如今宁骑城已今非昔比,他统领锦衣卫,又掌印东厂,从他手里夺物,便如虎口拔牙。"

"不错,宁骑城如今身居要职,与朝廷作对不是咱们江湖人的传统,几位还要三思呀。"太乙玄人缓缓说道。

"对付宁骑城,是出于私人恩怨,与官府无关。"萧天徐徐说道,"那年宁骑城凭借着那本天下奇书,在各地搜缴奇珍异宝,不仅使天蚕门受害,我们兴龙帮也深受其害,这笔账迟早是要算的。"

"此话有理,"铁掌李帮主点点头,"算我天龙会一个,我早有此想法。"李帮主虽年过半百,但豪气不减当年。

"玄墨掌门,你所说之事晚生听明白了,"萧天转向玄墨山人道,"此次你应江湖帖而来,为本帮解了燃眉之急,我萧天无以回报,愿与前辈一起,竭尽兴龙帮所能帮你夺回此物。"

"好,好兄弟。"玄墨山人感慨地点点头。

"各位前辈,此事不可鲁莽,还要从长计议,"萧天望着座上几位,道,"此番京城里颇不安宁,不如这样,几位前辈随我到城外小苍山瑞鹤山庄小住,一来那里离京城只有半日路程,很是方便,二来可以避过东厂耳目,几位前辈看如何?"

几人均点点头。太乙玄人虽没有吐口要一起干,但也没有说要离开。萧天也不便多言,干脆将他们一起带到瑞鹤山庄,容他细想几日,再做决定。

李漠帆拉着萧天到一边,他担心萧天身体禁不住路途颠簸,毕竟大病初愈。萧天执意要去,并叮嘱夏木和小六日夜守候在明筝身边,定时服用汤药和丹丸。交代完毕,又派人去客栈通知三位前辈的众弟子在西直门前会合,这才动身前往瑞鹤山庄。

三

三日后,萧天从瑞鹤山庄回到望月楼。这几日在庄上把诸事安排妥当,由于牵挂明筝病情,不敢耽搁,便急急赶回来。

他没有从前院进去,毕竟是青楼,鱼龙混杂。他悄然从后院小门走进去,园子里充斥着各种花香,人还未到,便听见槐树下有女子的说笑声。萧天没有理会,闷头往里面走,迎面碰见夏木。夏木看见萧天又惊又喜:"帮主,你回来了。"

"明筝怎么样了?"萧天劈头便问。

"你进来没看见她?"夏木笑道。

萧天一愣,这才回过头到院子里寻找。夏木指着槐树道:"明筝姑娘说,她隐水姑姑最会做槐花糕了,她要做给我们吃。"萧天惊讶地看着夏木,问道:"她竟然可以下地了?"

"哈,帮主,"夏木笑道,"不仅可以下地,还可以爬树呢。"夏木手指槐树道,"你看,在那上面呢。"萧天顺着夏木的手势望过去,只见槐树杈上站着一个黄衣少女,手里举着一根长竹竿,拍打树枝上的槐花,雪白的槐花似雪片般从树上纷纷飘下。

萧天扑哧笑了一声,积郁在心底的忧思瞬间化解开来,他按捺不住内心的喜悦,没想到明筝恢复得如此快。但一想到玄墨山人的嘱咐,生怕又出事,便着急叫了一声:"明筝,快下来。"

明筝在树上正玩得高兴,听见萧天的声音,顿时停下来。她从树枝间看见萧天已站在树下,这些日子不见,他明显消瘦了不少。这几日她从夏木的口中,听到很多她昏迷前后的事,听到他从虎口脱险,而且把老虎打个半死,她的病便好了一半。又听说他整夜守候在她身边,还发了江湖帖请高人给她医治,听到这些她心里荡起一层层暖意,心情一好,病便去得快,再加上丹药的药力,几天时间,她已经生龙活虎了。

"萧大哥。"明筝扔下手中竹竿,树下的小六急忙跑过来接住,明筝蹲在树杈上准备往下跳。"不可。"萧天见她行事还是如此莽撞,急忙上前伸手接住了她,轻轻放下。

明筝瞄了他一眼,看见他真是生气了,忙说道:"萧大哥,我错了,以后再也不爬树了。"

萧天绷着脸,听见明筝认错,感到很新鲜,要是放在以前,那简直不可能。没想到生一场大病,倒是把性格改好了,遂放缓声调道:"你既已康复,这里也不适宜久留,收拾一下,跟我离开这里。"

"萧大哥,前日李把头来看我,我才得知这次多亏了云轻,走之前,能不能让我去见他一面,当面拜谢。"明筝眼巴巴看着萧天,只等他首肯。

萧天微微一笑道:"正与我不谋而合,咱们现在便去,我交些赎金要回云轻的卖身契便是,若他愿意留在这里,让他跟小六做个伴。"

"好呀,不如让云轻入了帮可好?"明筝说着,脸上飞过一片红晕。在黄色衣衫的映衬下,明筝肌白胜雪,乌发如墨,双眸清波流盼,一颦一笑都灵动俏丽,从鬼门关里过了一遭,竟如同脱胎换骨般变了个人。一时间萧天有些神思恍惚,强作镇定转过身去,喊来小六。

"小六,速去找来两套短衣,按我和明筝的尺寸。"萧天吩咐完小六,看着明筝道:"一会儿,还是换上男装吧,街面上有不少东厂番子,不要暴露了身份。"

明筝像泄了气的皮球般,身子矮了下来,她低头留恋地看看身上漂亮的衣裳,有些不舍地道:"这件衣裳是夏木姐姐的,我还是还给她吧。"

萧天和明筝换上短衣,一个像铺里的大伙计,一个像跑腿的小厮。一旁的小六看着他俩嘿嘿直笑。两人没有骑马,而是步行,出了望月楼的小门,拐到街上。

此时已到申时,午间歇市的铺面又迎来客人,街上的行人也多起来,对面一群人围着一面墙比比画画。明筝好奇,便走过去看。离近才发现是官府新张贴的海捕文书,上面有几张画像,萧天匆匆扫了一眼,急忙从后面拉住明筝便走。

但明筝还是看到其中一张画像是柳眉之。明筝瞬间脸色大变,积压已久的怒气又被撩拨了起来。她低着头跟着萧天走了很远才停下来。萧天回头看着她,明筝红着眼睛说道:"我与柳眉之再无任何牵连。"

萧天点点头,但心里却是想到另一件事上了,柳眉之的身份极其隐秘,是如何被官府发现的呢?

"这位小哥,尝尝酥糕?"一位大婶拍着两手面粉过来招呼明筝。明筝看着面前新鲜出笼的酥糕,一下来了胃口。萧天走过来给大婶几个铜钱,看明筝大口咬着酥糕,心里一喜:看来她的身体确实康复了。

两人一前一后向西苑街走去,刚拐到巷口,便看见从巷子里跑出来一个披头散发的年轻女子,女子从明筝身前跑过,把她手里的半块糕碰到了地上,明筝刚要发火,却看见女子拐回来趴到地上抓起半块糕往嘴里塞,狼吞虎咽地咽了下去。这时,从后面传来杂乱的喊声:"抓住她,别让她跑了……"

几个赤着上身的男子追过来,女子转身便跑,被明筝一把抓住:"喂,你跑什么?"

女子匍匐在地,大喊:"小哥,救命呀。"

明筝和萧天一愣,两人交换一下眼色。明筝最看不上男人欺负女人,她上前一步拦住那几个赤身的壮汉,"一群男人欺负一个女人,算什么好汉。"

几个人一看一个小厮拦住他们去路,火冒三丈,叫嚣道:"哪里冒出来的臭小子,敢管老子的闲事,真是活腻了。"

一个壮汉挥拳向明筝打过来，萧天闪身到前面与壮汉扭打起来。明筝转身看见另两个人扑向那个女子，一个男的叫道："拉回到老鸨处，再跑，打断腿。"

明筝一听方明白，青天白日竟干此勾当，心下大怒，跑去拦到两人面前，大喊道："放开她！"两个人一看这个小子又拦到面前，便一起向明筝扑过来，眼看两人的拳头打到眼前，明筝气走丹田，冲其中一人劈出一掌。奇怪的是两个人同时被震出数丈倒到地上，明筝大吃一惊，她惊讶地摊开双手看了看，心想怎么病了一场，变得如此厉害。

不料，耳边传来一句："别看了，收起来吧。"明筝一扭头，看见萧天站在身侧，方明白刚才那雷霆一击的出处在他那儿，心里顿感失落。几个男人一看同伴吃了亏，哪里肯依，一起围攻萧天。萧天三拳两脚打得几个男人屁滚尿流夺路而逃。

此时，女子整理了衣裳站起身，向两人深施一礼。明筝看女人身上的衣裳感到甚是眼熟，突然想起这是宫里宫女的常服，又抬头看女人，虽然脸上有伤，头发不整，但是眉清目秀，又看她行礼时举止有度，仪态端庄，便断定："姐姐可是从宫里出来的？"

女子一听此话，面色雪白，双膝一软跪倒在地："求两位大侠开恩，放奴婢一条生路吧。"

"真是从宫里出来的。"明筝惊讶地说道，与萧天交换了个眼色。

"这位姑娘，那些人为何抓你？"萧天问道。

"不瞒两位侠士，我叫梅儿，是和另外一个姐妹一起从宫里逃出来的，在路上走散了，有些银两细软在姐姐包里，我身无分文，实在饿坏了，便偷了一些吃食，被发现，他们拖我到房中，欲行不轨，我跑出来了。"女子一边说，一边抹眼泪。

"你那姐姐呢？"明筝十分同情地看着她。

"我也想找到她，我入宫多年，在京城没有亲人，跑出来便不分东西南北，不知道去哪里找她。"说着便又嘤嘤抽泣起来。

"这样吧，姑娘，"萧天一听到此女子是从宫里逃出来的，便有心留下他，自从与张公公断了联系，对宫里的事无从了解，此时碰巧遇见这位梅儿姑娘，倒是缘分，想到这里，萧天说道，"若姑娘信任我们，不如跟我们先找个落脚的地方，换了宫里的衣裳，再寻找你的姐妹，你看可好？"

梅儿感激地望着面前两人，她看出他们对她是诚心诚意的，而且通过刚才跟明筝的接触，已发现她是名女子，便更加放心了，她含泪道："谢两位恩公。"

"此地不宜久留，咱们赶快离开。"萧天环视四周，听见小巷里传来嘈杂的说话声,恐是那帮人寻了帮手过来。

明筝扶着梅儿,萧天打头,三人迅速拐到另一条巷子,匆匆向前走去。他们走得很快,过了两条巷子,见前面围着许多人,萧天吩咐明筝在边上等他,他过去看看。

萧天挤进人群,看见路中间躺着一名女子,肚子上被人捅了一刀,身下的血已凝固。四周的人议论纷纷,唏嘘不已。萧天注意到此女子的衣裳,很是惊讶,竟然同梅儿的一样。

萧天急忙跑回明筝和梅儿身边,说道:"这位姑娘,你过去看看,街中央有一具女尸,身上衣裳与你的一样,不知是不是你那位姐姐。"

梅儿一听,脸色突变,双膝一软,差点瘫到地上。明筝连扶带拉拽着梅儿走进人群,梅儿只从人群的缝隙里望了一眼,便叫了一声,捂住嘴巴,瘫到地上,任明筝怎么扶也动不了。明筝丢下梅儿,钻进人群,把地上的女尸看了个仔细。

这时,后面人群一阵骚动,有人喊:"官府来了……"不多时,几个东厂的番子围过来。萧天远远看见孙启远走了过来,忙拖起地上的梅儿便走。

"不,恩公,我姐姐的尸身……我要去收尸……"梅儿哽咽着道。

"再不走,让东厂的人看见你,你还活得了吗?"萧天说道,回头寻找明筝,却不见她的踪影,急得瞬间出了身冷汗。正在这时,明筝从人群里钻出来,向他们跑过来,萧天二话不说,扶着梅儿拉着明筝向街角走去。

"萧大哥,这个女尸我认出来了,便是那日托我送信的宫女,没想到死得如此惨。"明筝说道。

萧天一愣,梅儿也呆呆地看着明筝问道:"姑娘也曾入过宫?"明筝看梅儿已识破自己的女儿身,索性说道:"我曾是秀女。"明筝抬头看见萧天阻止的眼神,便不敢再往下说,改口劝慰道,"姐姐莫担心,你这位姐姐的家人我们知道,到时去向他们知会一声便是,定不会让她抛尸荒野。"明筝回头看着萧天问道:"萧大哥,咱要不要去她家里? 我还记得她父亲是个牢头,叫王铁君。"

"当下先把这位姑娘安置住再说,"萧天冷眼看着四周,发现一些行人甚是可疑,他又看了眼此处的方位,前面便是长春院。

萧天急促地催道:"明筝,这里布满暗桩,咱们快些离开。"

远远看到望月楼的屋脊,两人加快了步伐,直接走到后院小门,明筝推开门便看见夏木和翠微姑姑站在天井着急地来回踱着步,看见他们回来,萧天背上还背着个人,两人急忙迎了过来。

"刚在街头救下一位女子,让她暂时住在耳房吧。"萧天道。

梅儿迷迷糊糊清醒过来,看到身处一片幽静的院落,知道到了恩人家中,挣扎着倒头便拜,被萧天阻止:"姑娘起来吧,"萧天扶起梅儿,"你且先住下,我派人找郎中先给你疗伤,你今后有何打算,说与这位夏木姑娘。"

萧天转回身,想到几个问题,便又问道:"梅儿姑娘,你在宫中可知道一位名叫张成的公公?"

"是张公公?"梅儿猛点头道,"何止认识,张公公为人正直,在宫里不少接济我们,和我一起出逃的宫女叫王玉茹,我们和他都很熟,都是万安宫的。因为秀女那件事,上面把怒气撒到我们身上,张公公被罚到浣衣局服三个月苦力,两位嬷嬷也都降了品阶,众秀女留下了一半,但多数充了各宫里宫女的缺,被册封的只有六人。"

萧天和翠微姑姑面面相觑,翠微姑姑紧张地问道:"这位姑娘,你知道被册封的几人的名字吗?"

梅儿摇摇头,道:"当时我和玉茹被贬到浣衣局,且是永远不得出来。刚才所说也是听其他宫里的宫女来取衣裳时说起的。"翠微姑姑点点头,不再追问。

"夏木,你扶梅儿姑娘去休息吧。"萧天又嘱咐了几句,看着两人走远,突然想到那日张成曾说过,他在万安宫放了把火烧了秀女名册,被一个叫梅儿的姑娘顶了锅,竟然这么巧,难不成便是这位梅儿姑娘?看来所谓巧合都是注定的。

萧天拉着翠微姑姑走到一边说道:"如今不管怎样,总算知道了张公公的下落,等他服完了三个月的苦役,能出宫门,势必会来寻咱们。"

翠微姑姑叹口气,道:"也只有这样了。对了,你们什么时候动身,如今这城里实在不安全,我这望月楼四周都有东厂的番子,你们还是去瑞鹤山庄躲一阵子再说。"

萧天点点头,道:"有一件事,我办完便走。"

萧天说着,走到明筝身边道:"你在这里陪着梅儿姑娘,我去长春院一趟,回来便动身。"

"不,我要跟你一起去。"明筝执拗地看着萧天。

四

申时已过,西苑街上逐渐热闹起来,长春院门前像往常一样,开始清扫准备迎客。几个负责清扫的门童,看着门前骤然增多的商贩很是奇怪,挑担卖货却不吆喝,而是坐在那里,不由得担心这些贩子一天能挣够跑腿钱吗?

这时,一辆简易的两轮马车缓缓停在门口,驾车的少年跳下马车,扶着一位老者走下马车。老者两鬓斑白,驼背,口中叫着少年:"小鱼儿,扶着。"叫小鱼儿的少年拴好缰绳,向老者跑过来,扶着他缓慢向大门走去。

坐在一楼茶桌前的孙启远,嘴里哼着曲子,一抬眼看见一个驼背糟老头在一个少年的搀扶下走进来,便一脸不待见地哼了一声:"老棺材瓤子了,倒是会享福。"

驼背糟老头问一旁的门童:"今儿个天音坊可有曲子听?"

"有的,有的,爷,你走好。"门童应付着。

"呸,一连数日,老子蹲在这地儿,连楼都没上过。"孙启远嘴里嘟囔着,伸手拂去面前的茶水果品,嘴里寡淡无味,便叫一旁手下:"小子,给爷到对面酱香居称两斤猪脸,两斤蹄子,一斤白干。"那手下看着他犹豫了片刻,怯怯地回道:"大人,如果宁大人过来,看见你在这里饮酒,会不会……"

"妈的,我吃口肉喝口酒,你都管着,你到底是哪边的人?"孙启远一脸不耐烦地骂道。

手下点头哈腰,急忙往门外走,与小鱼儿和驼背老者走个正面,手下一转身跑出去。

驼背老者眼角余光扫过孙启远,眼角颤了下,不动声色地向小鱼儿递个眼色,小鱼儿点点头,留在楼梯口等着,驼背老者徐徐向楼上走去,一边哑声说道:"小鱼儿,你在这里等着啊。"

孙启远瞟了驼背老者一眼,便继续喝茶。小鱼儿坐到墙角一把椅子上,目送驼背老者缓慢上了楼,然后便偷眼瞟着孙启远。

驼背老者走上二楼,迎面有小厮搀住他,问明去处,便带他走向天音坊。场子里寥寥数人,台上有一青衣,唱得异常卖力,但是台下客人不买账,依然喝倒彩。青衣狼狈地踌躇片刻,退下场子。

"小哥,今儿个有柳牌子的曲吗?"驼背老者嘶哑着嗓子问道。

狐王令(上)

"柳公子请假省亲去了，过一段时间便回来。"小厮和蔼地回道。

"那好，你去吧，我听会子曲儿。"驼背老者打发走小厮，自己走到边角一个席上坐下。

台上又换了一个人，依然是青衣，台下仍不买账，又是一阵嘘声。客人纷纷起身吆喝，驼背老者也站起身，他走到台角向后台走去，趁人不留意，推开甬道的木门，悄然进去，却与一个人撞了个满怀。

"老先生，没撞到你吧?"来人是云蘋，他去扶驼背老者，却不想被老者躲开，老者也不答话便匆匆走过去。

"那是后台，老先生……"云蘋有些纳闷，觉得老者行为古怪，这后台有何看头，以前有人钻后台是为一睹柳眉之风采，近日柳眉之没有回长春院，这个戏台子也时常空置着，平时为了应付门面也上一两出戏，但总是被喝倒彩的人撵下去。

云蘋略一沉思，遂转身去寻那老者，但搜遍后台也不见其踪影。云蘋一惊，这老者对这里如此熟悉，不得不让人起疑。云蘋想到另一个出口，后台连着二楼柳眉之房间的后门，后门右手就是仆役用的简易楼梯，当初是为了不打扰楼里客人，才设置了这个楼梯，此楼梯直通到街上，有一个隐秘的小门，十分不起眼。云蘋不再迟疑，径直往柳眉之房间走去，走到门前，突然听到屋里有窸窸窣窣的响声，云蘋突然想到一件事:柳眉之有易容的癖好，平时喜欢出门扮成女人，但也扮过瞎子、老人，那么这个驼背老者会不会是……

云蘋身体贴着墙，弯腰来到窗下，用手指沾上唾液捅破窗纸，从洞中看见屋里果然有一个人在走动，正是那个驼背老者，只是在这里他的背挺得笔直。他走到博古架前，抓住一只圆肚青花瓷梅瓶的底座转了两圈，一阵咯咯吱吱的响声，博古架旁打开一扇小门，里面是一间很小的密室。

云蘋惊讶地张大嘴巴，原来密室的开关在这里。云蘋嘴角露出一丝冷笑，他知道这间房里有密室，但是一直没有找到开关，看来他猜得不错，柳眉之在这间密室里放有至关重要的物品，所以才冒此风险前来取走。云蘋悄悄起身，向右手边楼梯跑去，他知道楼梯直通街面，东厂的番子和伪装的锦衣卫日夜监视这个地方，只要他下去摆一下手……云蘋眼里闪烁着疯狂的光芒，像足了一个赌徒又得到一个筹码后的兴奋和不安。

正当他沉浸在兴奋之中，一个人从楼梯跑上来，与他擦肩而过，那人回头拍了拍他的肩。

云蘋回过神，定睛一看是云轻，这个小哑巴眨着眼看着他，眼里满是询问。云蘋不想让云轻起疑，便冲云轻大声说道："后厨没饭了，我去街上吃。"说着指指自己肚子，云轻看着他，点了下头。云蘋转身往楼下走，也不知自己的说辞能不能让云轻相信，总感觉如芒在背。近几天云轻颇有些古怪，总是神出鬼没，而且对他很关心，没事总跟着他。一开始，他还以为是柳眉之不在，他一个人孤单寂寞，但后来不再这么想了，他甚至有些怕云轻，总感到他古怪的背后是知道了什么。

云蘋不安地回头，发现云轻没有跟上来，方放心地跑下楼。

街面那几个挑担卖货的家伙不知去向，只有几个货挑摆在那里。云蘋急得一头火，他正左右张望，看见挑担壮汉咬着大饼走过来。他向那人走去，突然身后冲过来一个人拉住他便往楼梯上拽。云蘋正要发火，看见是云轻。"云轻，你做甚？"他还以为是出了什么事。几步之外的那个挑担壮汉愣怔着盯着他，云蘋向他一挥手，然后拉住云轻往楼梯上走，一边怒不可遏地说道，"你为何总跟着我？"

云轻瞪着云蘋，然后指着楼上，又指指楼下，一边摇头摆手。

云蘋一惊，心里琢磨着他这是何意。

云轻突然伸出手向脖子上比画，然后瞪着他，双眼充满血丝，从他眼神里分明看到了仇恨和怒火。

云蘋猛然明白了，他的身份被云轻发现了，或许他早就发现了。他指楼上是知道柳眉之回来了，指指楼下摇头摆手是让他不要告发，他向脖子上比画是指要杀头。云蘋苦笑着，然后仰面大笑，眼泪都笑了出来："云轻呀云轻，还好你不会说话。哈哈……"

突然，云蘋面色大变，他一把推开云轻，大喝一声："滚，滚得越远越好，别妨碍我……"

云蘋说完便向楼下跑，但一条腿却被云轻死死抱住，云轻嘴里发出"咿咿呀呀"的吼声，云蘋用拳头打、用脚踹都挣脱不出来，云轻仍然死死抱住云蘋的一条腿，他的脸被云蘋打得红肿出血，但他咬着下唇依然死死瞪着他。

云轻的目光快把云蘋逼疯了，他极力想挣脱出来，抓起周围能抓到的东西砸向云轻，砖头、木块，最后云蘋想起靴子里还藏有一把匕首，他拔出匕首，疯狂地向云轻捅去。

云轻胸前被刺了一刀，血喷涌而出，他的双手终于垂下，身体蜷缩着倒在楼梯上。云蘋恐惧地望着云轻，几乎哭起来，他抹了一把脸上的泪，惊慌地看着满是血的双手，慌不择路地往楼下跑。

此时，萧天领着明筝沿着街边走向长春院。为了掩人耳目，两人都是短衣打

狐王令（上）

扮,萧天头上还戴个破斗笠,肩上搭着一捆麻绳。两人看上去像是靠出力讨生活的脚夫。

两人沿着街边走向长春院,就在此时,长春院门口聚起一群人,本来这个街口便热闹,此时更是吸引了众多闲人向那里跑去。还听见有人在喊:"……看见官府的人了……""是不是又出大案了……""走啊,瞧瞧去……"

萧天突然站住,他看着明筝压低声音道:"坏了,咱们还是晚了一步。"明筝不安地望着他,萧天道:"你在这里等我,不要靠近。"两人说话间,看见从长春院里走出来一群人,中间簇拥着一个白衣男子。人群一阵轰动,有人认出是柳眉之,萧天和明筝虽说心里已有预感,但还是无比震惊。

押解柳眉之的众人里有东厂的番役、锦衣卫校尉,这些人一个个壮硕剽悍,把柳眉之护在中间,层层防范。

"我过去看看,你别动。"萧天以从未有过的威严目光逼着明筝留在原地,他飞快地挤到看热闹的人群里。

一辆囚车穿过人群停下来,几个彪形大汉推着柳眉之上囚车。柳眉之面色苍白,却一脸平静。刚才他从房间的密室一出来,便被几个壮汉扑倒,被他们撕去脸上的假面,他心里很清楚自己被人出卖了。柳眉之环视四周,心想:罢了,成者为王败者寇,不过如此。

"押解回诏狱。"一个锦衣卫校尉大声说道。

人群里一个少年向囚车扑去,用双手拽着铁栏。一个壮汉手持绣春刀对少年大骂:"一边去,一边去……"一个戴斗笠的瘦高个一把抓住少年,一个纵身回到人群里。

"你不想活了?"萧天怒道。

"师父,我师父……"少年欲哭无泪,双眼空茫地望着囚车。

"柳眉之是你师父?你也是白莲会的人?"萧天压低声音问道,"你叫什么名字?"

"小鱼儿。"少年道。

"这里不宜久留,跟我来。"萧天拉住他向街边跑去,本想叫上明筝赶紧撤离,但眼前哪还有明筝的身影,萧天心中忧急,又不能喊明筝的名字,瞬间急出一身冷汗。

刚才,明筝看着萧天走进人群,然后眼巴巴看见柳眉之走上囚车,虽说她因为虎笼之事憎恨柳眉之，但是看见他如今落入牢狱，心里终究是不忍。她又急又恼，急是此时无计可施，恼是自己学艺不精，不堪重用。

她想到自己靴子里有把小刀，总比手无寸铁强，她抽出小刀，藏进衣袖里，悄悄向人群走去，她想在人群里找到萧天，她一边走，一边东张西望，突然她感到背后靠上一个人。

"明筝。"一个阴森的声音从身后响起。

明筝全身的血液都在这一刻凝固了，这鬼魅般的声音她几生几世都不会忘掉，这个阴魂不散的宁骑城如何会在人群里？明筝脊背僵直，不敢回头，她心里清楚自己穿着男装，不理他看能否混过去，一瞬间她脑子里浮上无数个逃跑法子。

"我知道你是明筝，别想再从我手里逃走。"那个低沉的声音又近了一步，"我一直跟着你们，那个萧公子怎么把你一个人丢下独自走了？"

明筝的头"嗡"一声，额头上冒出豆粒大的汗珠，本来病症才好转，这一急，便有些头重脚轻，眼前发黑，一头栽到地上。明筝这一举动，着实把身后的宁骑城吓了一跳，有些始料不及。他甩掉头上的宽檐草帽，蹲下身去查看，就在他蹲下身的一瞬间，明筝翻身持小刀刺进宁骑城的肩胛骨，血瞬间溅了明筝一脸。

两人都愣住了。明筝没想到宁骑城根本没有设防，让她如此轻易得手，意外之后，看见血她便蒙了，一脸迷茫地看着宁骑城，手中的小刀也滑了下来。宁骑城一心想辨清明筝面容，看见明筝回过头，像受惊的小兔般瞪着他，也是一时愣住，直到肩胛骨刺痛了一下，才发现这丫头居然行刺自己，而且选择的位置竟在肩部。等他回过神来，明筝已经疯了似的跑进人群里，不见踪迹。

明筝躲进人群里，她在人群里左躲右闪，见宁骑城没有追上，便径直往长春院跑，她知道那里有一个隐蔽的小门，心想先躲进去再说。她闪身跑进小门，向楼上跑去，只上了几级台阶，便发现地下大摊的血，她顺着血迹望过去，看见一个人倒在血泊里，走近一看，不由发出一声惊叫："云轻，云轻……"她上前抱起云轻，发现他早已没了气息，明筝失声哭了起来。

有两个人影跑进来，一个高个子冲到明筝面前："明筝。"

明筝抬头一看是萧天，哽咽道："云轻，云轻在这里……"

萧天先是一惊，继而返身回到小门，拿一根木棍绊住门环，然后跑上楼梯。楼梯很暗，但还是可以看清云轻伤得不轻，面目扭曲，浑身是伤，一双眼睛依然愤怒地圆睁着。萧天把云轻从明筝怀里抱到地板上，重新打量着四周。

跟在萧天身后的小鱼儿突然开口道："我见过他。"萧天一愣，追问道："你在哪

狐王令（上）

里见过？"

小鱼儿有些犹豫，突然又改口道："或许我看错了。"

萧天敏锐地察觉到这中间定有蹊跷，按说柳眉之白莲会堂主的身份是隐秘的，也绝不会让云轻知道，那云轻和小鱼儿其实是不认识的。为了打消小鱼儿的顾虑，他指着明筝对小鱼儿道："她是你们堂主的妹妹明筝姑娘，我是你们堂主的朋友，对我们你还有何担心？"

小鱼儿一听此话，瞪大一双眼睛盯着明筝，突然点头道："是了，堂主曾说过，有一位圣姑，是他妹妹，叫明筝，说是马上要入会的。"

明筝和萧天不由面面相觑。

小鱼儿结结巴巴地说道："那天，在我们堂庵，锦衣卫突然来袭，抓走了很多信众，我看见一个小孩，便是他，吓坏了，趴在地上，我看他可怜，又是个哑巴，被抓住还有好吗？便拉他藏进密道。这个密道只有组织里的人才知道，好在锦衣卫抓了人便走了，密道未被发现，后来我忙别的事，便把他忘了。"

"啊，原来是这么回事。"明筝和萧天心里那个谜团竟然被小鱼儿解开了。想来那云轻藏进密道中，估计是躲了一宿，次日迷迷糊糊醒来爬出密道，没想到又目睹了一场更惨烈的事，那便是萧天被投入虎笼。所以才有了后来他跑去找李漠帆前来相救。这个可怜的孩子呀，眼看便要脱离苦海，却遭此不测。明筝眼泪流下来，她看着云轻那圆睁的双目，突然问道："是谁这么残忍，杀死了他？"

"你看，"萧天突然指着墙上的血迹，那显然不是溅上去的，像是用手指画上去的，萧天道，"听李漠帆说，云轻去找他们时也是画了幅图，他是想说什么呢？"

两人仔细辨，明筝看了会儿，突然说道："我看出来了，这是……你看像不像一张大嘴巴？这是一个箭头，这是……"

"靴子。"萧天飞快地说，他又低头查看云轻的两只手，看见他右手上有血迹，便肯定道，"不错，是云轻画的。"

"他这是何意呀？"明筝看着风马牛不相及的图发愣。

"还用说，"小鱼儿插上一句，"要是我，一定在死前写下行凶者的名字。"

"云轻不会写字，所以他会画出那个行凶者。"明筝看着萧天，突然觉得一阵毛骨悚然。

萧天盯着墙上那血迹未干的图，片刻后，道："记下这个图，这里不宜久留，跟我走。"萧天说着抱起云轻的尸身向楼下走。

"萧大哥，不能出去。"明筝站起身拦住萧天，"刚才，我在街上……我……我与宁骑城交手……我刺了他……一刀,才跑掉。"明筝结结巴巴地说完,一脸恐惧地望着萧天。

萧天看着明筝,没想到自己方离开片刻,便险象环生。看来此时外面已布满乔装的东厂及锦衣卫的爪牙,反而这里倒是比较安全。萧天抬头望了眼楼上,做出了决定:"走,去柳眉之的房间,他的房间如今最安全。"

萧天抱着云轻的尸身往楼上走,明筝和小鱼儿紧跟其后。上了楼梯,便听见走廊里哭声骂声惊叫声不绝于耳,一片混乱。三人迅速拐到柳眉之房间后门,只见房门大开,里面一片狼藉。

萧天把云轻放到地板上,小鱼儿在身后关上房门。屋里桌翻柜倒,衣物瓷器散落一地。萧天捡起一个皱巴巴的面具和一个白发头套,小鱼儿看见一把抢过来,抱在怀里失声痛哭:"师父,我该怎么办呀?"

明筝扶起倒在一边的桌子,突然看见地板上一支笛子,她捡起反复端详着:"小鱼儿,你知道你师父冒如此大的风险回来干甚?"

"他……他说取重要的东西,他没让我上来,他自己上来取的。"小鱼儿抽泣着说道。

"是这个。"明筝眸中一闪,泛上莹莹泪光,"这个是柳眉之父亲生前的爱物,他总是随身系在腰间,记得我少时顽皮,总是夺过来吹着玩,李叔吹得极好,还应该有一把剑,我记得这两样东西李叔从不离身。"

"是这个吗?"萧天在一片碎瓷片里捡起一把手柄已磨光的短剑。

"正是。"明筝夺过来拿在手里,看着不由得潸然泪下,"这是父亲早年赠给李叔让他防身用的,李叔视若珍宝。柳眉之冒着被抓的风险前来取的便是这两样东西。"明筝说着,抹了一把脸上的泪。

这时,从走廊传来沉重的脚步声,萧天示意他们不要出声。他迅速抱起云轻尸身向里面走,看见敞开的密室的门,回头低声叫道:"这里有个密室,快进来。"小鱼儿拉着明筝跑进密室,小鱼儿把密室门再次合上。

"吭当"一声,门被撞开,几个东厂的番子在屋里巡视了一圈,有个档头叫道:"走,下一间。"

密室里几个人听脚步声远去,方松了口气。萧天摸索着站起身,从怀里掏出火折子,引燃后看到里面有一张小桌,桌上有烛台,便点燃蜡烛。密室里亮起一团昏黄的光,这才看清里面只有丈余宽,靠墙有几只箱子。三人坐到几只箱子上,对突如其来的变故,依然惊魂未定。

"柳眉之被抓，云轻被刺死，这之间似是有什么关联。"萧天突兀地说道。

明筝和小鱼儿大眼瞪小眼，两人此时只有胆战心惊的份儿，哪儿有思考的能力？

"要是知道是谁杀死云轻，便好了。"小鱼儿反应过来，"兴许他便是那个告密者，云轻去阻止，便被杀了。"

"完全有可能。"萧天从箱子上站起身，在巴掌大的空地上来回踱步。

"若是那个图便是凶手……"明筝眼露疑惑，眉头越皱越紧抱怨道，"哎呀，云轻呀云轻，你为何是个哑巴，可偏偏画个大嘴巴，你到底想说什么呀？"

萧天脸上掠过一丝不易察觉的惊骇，他深邃的眸子一闪，似是被自己猛然冒出的念头骇住，他走到明筝面前，镇定地说道："明筝，你还记得柳眉之是如何评价他的两个仆从吗？"

"一个是大嘴巴爱说，一个是闷葫芦哑巴。"明筝说完，似是恍然大悟般，浑身一颤，她看着萧天，"难道那个大嘴巴是指云蘋？"

"云轻是孤儿，在世上没有几个相熟的人，跟了柳眉之，便只与云蘋来往。云蘋爱说，柳眉之便给他起了个绰号大嘴巴，这件事尽人皆知。那个血迹斑斑的大嘴巴若不是指云蘋，难道还有别的解释吗？"

"那后面画一个靴子是何意呢？"明筝追问道。

萧天低头瞅着自己的方口玄色布鞋，突然抬起头说道："是官靴。我朝法度森严，一般百姓不可穿靴，只有官府之人并儒士方可穿靴，云轻难道是想说，云蘋是官府的人？"

"官府的暗桩。"明筝接过萧天的话题说了下去，此话一出，有种石破天惊之感，在场的几人皆是惊呆了。

"如此一来，便可解释通了，柳眉之被抓，白莲会堂庵被捣毁，都与云蘋脱不了干系。"

"萧大哥，接下来怎么办？"明筝忧心地问道。

被明筝一问，萧天从神思恍惚中回过神来，道："接下来定会牵连到许多人，迫在眉睫的是先要通知跟云蘋有过接触的人，暂时躲起来。云蘋这事，必须马上通知李漠帆。"萧天说着，目光投向地板上云轻的尸身，"夜里出城，先把云轻埋了，这孩子救了咱们两次。"萧天走到云轻面前蹲下身，伸手盖住他圆睁的双眼，缓声道，"云轻，你是好样的，你虽身有不足，却比健全人多了仁义忠诚，你是一个堂堂正正的男子，一身正气，义薄云天。你的话我们全听见了，你放心地走吧。"

明筝撕下一片衣衫，擦去云轻脸上的血污。小鱼儿也过来帮忙，虽然他与云轻没有交往，但听了他们的谈话，也陡然对他肃然起敬。

　　三人把云轻的尸身收拾妥当，便只等外面官府的人撤去，择机离开此地。

狐王令（上）

第十四章　白衣囚徒

一

即便不是阴雨天,外面日头高照,牢里也如同风雨晦暝一般,暗无天日,清冷凄凉。牢头王铁君顺着石阶往下走,近日犯了风寒的老寒腿越发不听使唤,下了几级台阶便出了身大汗。

石壁上插着火烛,昏黄的光照亮牢门,那门上画有狴犴,青面獠牙,狰狞可怖。这边便是"人"字号牢房,五步一岗,戒备最为森严。牢房里没有窗,只有靠近铁栅栏外走廊里石壁上插的火烛发出微弱的光。

几个值岗的狱卒向王铁君打招呼,王铁君点着头,一路走过来,一边叮嘱着:"哥几个,精神着点。如今咱这牢里关了重犯,宁大人随时都会来,谁碰到刀口上,可别埋怨老哥没提醒。"

"是,是。"几个狱卒应了几声。

"那个白莲会堂主关在哪间?"王铁君问道。

"老哥,你右手第二间。"一个狱卒回道。

王铁君向前面走了几步,看见这间牢房面墙坐着一个白衣囚徒。他面壁而坐,眼睛专注地盯着石壁。水珠从石壁上渗出,在地面上砸出一个个小坑,发出"滴答滴答"的响声。由于这座牢房建在地下,免不了要受地下水汽的侵扰,但有一点好处,便是固若金汤,任何人进了这座牢房都会打消逃出的蠢念,逆来顺受。这便是诏狱让人闻风丧胆的缘由之一。

王铁君看了眼铁栅栏里面丝毫未动的牢饭,叹息一声。他是听送饭的狱卒说这间牢房里牢饭三日未动,才赶紧跑来,他可不想犯人还未审,便在他的牢里一命呜呼,无法对宁大人交差。他又叹息一声,开口道:"这位人犯,听老夫一句劝,好死不如赖活着,你且吃下饭,将养好身子,才有力气受审。或许你也听说过,诏狱里十八般酷刑,那可不是浪得虚名的,若要在这鬼门关里过一遭,没个好身板,那可要白瞎了。"

王铁君看白衣囚徒依然一动不动,便接着劝道:"你瞧你隔壁的人犯,此人姓于,大名于谦,人家获罪前可是朝里大员,但进了诏狱便很守规矩,每日送的牢饭人家吃得一粒不剩,送回碗时还要对我言一声谢,这么好的人犯着实让我很是爱戴呀。"

王铁君看他依然不为所动,便依然耐心地开导道:"这位人犯,你若觉得冤屈,便更要吃饱饭,好有力气申冤呀,最起码要见到主审官,这样你便可以有冤申冤……"王铁君还没说完,突见白衣人站起身来,几步走到铁栅栏前,端起碗呼噜呼噜往嘴里扒,不一会儿一碗冷饭便进了肚。

王铁君见自己说服了他,兴奋地说:"你终于想通了,太好了。"

"你可以走了,我不想有人再来打扰我。"柳眉之寒冰般的双眸瞪着他,把碗扔回到托盘上,起身又回到石壁前,面壁而坐。

王铁君愣怔了片刻,没想到自己的好心换来如此的奚落,悻悻地叹息一声,低声道:"保重吧,若是你见到宁大人,还是这般骨气,我便是真心服你了。"

王铁君伸手到铁栅栏里收拾好碗,拿回托盘。只要看到人犯吃了饭,他便满足了,以后的生死靠自己的造化了。他站起身,抱着托盘,瘸着腿往回走。拖拖沓沓的脚步声回荡在走廊里。

柳眉之不知这样坐了多久,他在暗无天日的牢房里,眼睛盯着石壁,神思却早已飞走。他一直在想,究竟是哪里出了错,让他栽了如此大的跟头。他在一年前终于如愿以偿被晋升为北部堂主,统领北部上万的信众,即便近年几次受到朝廷打压,他们被迫转到地下,他还是干得风生水起,眼看他部署完便可离开京城,却在这个时候被抓住,七八年的努力付之东流,一切前功尽弃。

是哪里出了差错?柳眉之此时的心情便如油煎火燎般苦不堪言。眼前突然模模糊糊浮出一个人影,柳眉之想到那日在虎口坡看见萧天,心里便一阵后悔,没想到自己的优柔寡断还是毁了自己,当初就该一剑了结了他,便不会有后面的变故。定是此人通告了官府,把自己逼入了绝境,还夺走了明筝。

想到此,柳眉之又是满心的不甘。不过是一招落败,岂有满盘皆输的道理?他坐在这里三天三夜苦思冥想,怎么对付宁骑城。但是等了三天,宁骑城这个大魔头一直没有露面,他心里没数,对这个人,他一向拿不准。他把自己抓来,想从自己身上得到什么,他不得而知,但是他想脱身的念头,随着时间的流逝,一点一点变得渺茫。

苦闷至极的柳眉之,面色似雪,眉宇间一片凄楚之色,他突然低吟起一段曲调:"……迢迢路不知是哪里?前途去,安身何处?一点点雨间着一行行恓惶泪,一阵阵风对着一声声愁和气……"

突然,旁边牢房传来击掌喝彩声。柳眉之突然顿住,甚是扫兴地大喝一声:"何人击掌?"

"同是囹圄之人。"从墙外传出来话音。

"于大人?"柳眉之想到刚才牢头口中所夸罪臣于谦,便问道。

"正是。"一墙之隔,于谦坐在草铺之上答道。

此间牢房与别处有一点不同,多了一张矮案,案几上放着一盏油灯。于谦正借昏暗的灯光读一本兵书,忽听得隔壁幽幽曲调,不由放下书细听,瞬间也已猜出是谁。

柳眉之入监时,他是知晓的,也从高健口中得知这位柳牌子的另一重身份,虽震惊,但也不无惋惜。他一路巡查进京,怎会不知民间疾苦,由此派生出各种名目的教门引诱信众,多打着佛祖之名,念佛持戒,可以往生,可以幸福,可见民间百姓对富足安康的向往和渴望。一路之上,他虽对州府的酷政有所矫正,但官官相护,积弊深重,岂是他一人之力可以扭转。

想到此,他不由对隔壁之人充满好奇。同样让他好奇的还有宁骑城对这位柳眉之的态度。一关数日,不闻不问,这个宁骑城打的是何主意?"人"字号牢房还从未这么平静过,记得月初押进来三人,都是朝中官员,均是与贩卖违禁品有关的,天天上大刑,整个牢里都充斥着鬼哭狼嚎的叫声,四天不到,三人都已半残,扔到"地"字号牢房去了。

于谦正若有所思之际,便听见隔壁的人说道:"于大人官誉清明,怎也落得如此下场?"

"所谓天有不测风云呀。"于谦道,"刚才听闻先生的曲调,不愧为长春院的头牌,听过仍是余音袅袅啊。"

"大人如此境地,竟仍有心听曲,心真是宽呀。"柳眉之平时最忌讳别人说他是长春院的头牌,一时恼羞成怒,便讥讽道。

"既是唱曲之人,不待在长春院,如何与我为邻?"于谦听出对方话中有刺,便也打趣道。

"说出来吓死你。"柳眉之不屑地仰头长叹,"天下不公,豪杰蜂起,胜者为王,败者成寇。这岂是你附庸朝堂之人所能明白的道理?"

"哈哈……"墙壁后的于谦朗声大笑,"君子怀德,小人怀土;君子怀刑,小人怀惠。这岂是你贪慕私利之人所能明白的道理?"

柳眉之大怒,他自小也是浸淫经文,岂能不知被于谦比作小人,便怒道:"你自诩是君子,我倒要看看你这个君子,会是个什么下场。"说完,话锋一转,又唱了一曲,"翠巍巍西山一带,碧澄澄寒波几派,深密烟林数簇,滴溜溜黄叶都飘败。一两阵风,三五声过雁哀。伤心对景愁无奈。回首家乡,珠泪满腮……"

"呵呵,你们挺会玩的。"走道上突然响起一个低沉阴森的嗓音。

柳眉之和于谦同时回头,只见宁骑城一身飞鱼朝服威风凛凛地走过来,身后跟着四名校尉,身旁站着同样威风的千户高健。

"瞧瞧,一个唱曲,一个读书,拿我诏狱当养生堂了。"宁骑城阴阳怪气地道,他站在两个牢房中间,既可以看见柳眉之又可以看见于谦,连于谦手中书目都一目了然。

"大人,这个人犯于谦已在押两月有余,却仍未认罪。依下官之意,定要让他吃些苦头,让他好知道身在何处。"一个校尉走到宁骑城面前道。

高健猛地瞪了一眼这个校尉,差点骂出口。

"高千户,瞪什么眼呀?人家校尉说得其是有理,为何不审?还给他一盏灯,这是你安排的吧?"宁骑城乜斜着高健,依然阴阳怪气地问道。

"是这样,大人,容属下回禀。"高健脑门上开始冒汗,他语无伦次地说道,"大人,属下听说,这个于大人,不是,是于犯,是个清官,家里除了几本破书,啥也没有,你想呀,大人,咱们劳神费力审了半天,跑他家一抄家,一堆破铺陈烂套子,招人笑话不是。"

那个校尉还想争辩,谁知宁骑城哈哈大笑,道:"高千户说得有理,这种人懒得搭理。"

高健愣怔着望着宁骑城,额头上汗珠掉下来,他咽了口唾液,没想到如此牵强的说辞,也能蒙混过去。不过转念一想,他刚才说得虽然直白,却正中要害。以往经手的要犯,审后抄家,哪个不是金银满屋,抄家也抄得有气势。朝中落银子,他们落名声。可是面对于谦,宁骑城似乎比自己更了解,一是于谦不贪不腐正直廉洁,二是官誉良好,深受百姓爱戴,所以他宁愿置之不理,也不招惹,真是聪明至极的做法,高健不得不服。

此时,宁骑城走到柳眉之的牢房前,面对着铁栅栏,双手抱臂饶有兴致地望着面壁而坐的柳眉之。

"你的原名叫李宵石,是罪臣原工部尚书李汉江的家奴,我没说错吧?"宁骑城语调一改往日的狰狞,异常温和地说道,"你是长春院的头牌,又与我们高千户熟悉,高千户素来对你有好感,是不是,高千户?"宁骑城转身诙谐地看着高健。

"是呀,柳兄。"高健也有心助柳眉之,忙说道,"柳兄,只要你把知道的白莲会的事说清楚,大人不会为难你,真的。"高健回头叫狱卒,"来呀,拿笔墨来。"

这时,一名狱卒端来一个木托盘,上面有一支笔、墨盒和一卷宣纸。狱卒把这些东西从铁栅栏间送进去,便退了回去。柳眉之回过头,看也不看那些东西,他面色煞白,知道自己躲不过去了,但是头脑还是清晰的,一旦开口,死得更快,便缓缓说道:"你们休想得到一字。"

"不要蹬鼻子上脸,给脸不要脸。"一个校尉在一旁吼道。

"你作为白莲会的堂主,难道不想知道是谁出卖了你吗?"宁骑城依然不急不躁地说道。

这一句话显然击中了柳眉之的痛处,他脸上的肌肉一阵颤动,眼睛通红地瞪着宁骑城。他站起身,慢慢走向铁栅栏,问道:"是谁?"他突然冲向前,抓住栅栏,大声吼道,"谁,你告诉我……"

宁骑城一阵狞笑,并不回答。

"你说呀……"柳眉之猛地摇晃着铁栅栏,大声吼着,接着弯腰把脚下的笔墨纸张,一件件砸向宁骑城,然后抓住栅栏发出"哐当哐当"的巨响。

"来人。"宁骑城闪身躲着,墨盒里墨汁还是溅出来,溅到他崭新的飞鱼朝服上,令他大怒,他指着柳眉之对一旁校尉道,"把他拉出去,让他长长眼。"

"长长眼"是行话,校尉马上心领神会。狱卒打开牢门,另几个校尉提着铁链子走进来,兜头拴住柳眉之便拉了出去。高健本想相劝,一看宁骑城阴沉着脸,也不便多言。他并不傻,知道宁骑城已经给足了自己面子,把柳眉之晾了几天,今天又好言相劝,是他柳眉之不知好歹,也怪不得别人。只得叹息一声,跟在后面。

两个校尉绑着柳眉之，开始柳眉之还挣扎，但是那粗重的铁链压到他脖子上片刻，他便浑身无力，哪里还能动弹，只能像狗一样被拉着走。

走道前方是一片空地，墙壁上插着火烛，一路摆着各种质地的刑具。柳眉之以为只是刑具，离近才发现，每个刑具上都有人，只是被扒光了衣服，只留下一片布遮盖性器，肉体的颜色和刑具混为一体了，这些人个个骨瘦如柴，行将就木，看得人不由得胆战心惊。

离他最近的是三个站笼。以前曾在长春院听客人当趣事讲过，如今活生生摆在眼前。只见笼口上卡着囚犯的脖子，站笼尺寸有限，囚犯站不直，只能微屈膝勉强撑着。他从这名囚犯面前经过时，看见他双腿颤动，眼神迷离，其痛苦之状让人触目惊心，不忍直视。另两个站笼里，囚犯脑袋低垂，双臂乱晃，柳眉之忙闭上眼，双腿一阵发软。

再经过那些酷刑场面时，柳眉之连呼吸的力气都没有了，只感到头重脚轻，几乎站立不住。最后，他被铁链拉着走进一个充斥着血腥气的房间，被锁到一个宽大的木椅上。柳眉之知道他所坐的木椅也是个刑具，再看四周皆是闻所未闻的各种刑具，墙角还有一个灶台，火红的木炭在里面"噼噼啪啪"地燃着，看来想从这间阴森可怖的牢房里活着出去，比登天还难。

一盏茶工夫，宁骑城换了身便装走进来，径直坐到了木椅对面的桌案后面。宁骑城不动声色地端详着柳眉之，与刚才牢房里的疾言厉色相比，此时的柳眉之已虚弱得如同一摊烂泥。宁骑城并不感到意外，参观过他的牢狱刑具的人一般都是这样，毕竟人都是血肉做的。

"你想知道是谁出卖了你？"宁骑城开门见山地问道。

柳眉之面色惨白，嘴唇轻颤，他并没有点头，也没有摇头。

"我很乐意告诉你，是你的仆役云巅。"宁骑城嘿嘿一乐，"他早已为我所用。"

柳眉之抬起头，迟疑地摇着头，布满血丝的双眼古怪地瞪着宁骑城："不可能，他……他怎么可能……一定不是他，不可能，他是我从大街上捡回来的，他能活到今天全靠我，他不会出卖我，肯定另有其人。"

宁骑城干笑了两声，一挥手，吩咐属下道："把云巅带上来。"柳眉之警惕地盯着宁骑城，不知他到底要什么手段。不多时，走廊传来一阵铁链的叮当之声，接着四个校尉一人手里拉着一根铁链，铁链中间拉着一个黑乎乎的类似兽类般狰狞的怪物，圆咕隆咚，蜷缩在一起，看不出首尾。随着怪物被拉进屋，屋里便充斥着一股腐臭味，熏得人睁不开眼睛。

狐王令（上）

"云蘋,抬起头来。"

"宁大人,你饶了我吧,你让我做的,我全做了,我要解药,给我解药吧……"云蘋嘶哑的嗓音咆哮着,在地上滚成一团。

柳眉之听出是云蘋的声音,待他仔细看铁链中间那怪物,不由惊得毛骨悚然。这怪物滚到宁骑城面前,坐在地上,只见他全身呈黧色,皮肤皲裂,似暑天干裂的土地,并结成硬痂。头发已脱光,怪不得看不出首尾,人不像人,比鬼还不如。那结满硬痂的脸上,一双眸子发出绿光,他盯着宁骑城,连滚带爬地到宁骑城桌前,四个校尉忙拉紧铁链,把他拉回原地。

云蘋这时看见了柳眉之,突然大笑着向他扑来:"是我告的密,你杀了我吧,杀了我……"

一股恶臭向柳眉之扑面而来,柳眉之侧身回避,胃里一阵翻江倒海,呕吐不止,几乎把胆汁都吐了出来。

宁骑城一摆手,四个校尉拉着云蘋往外走。

云蘋挣扎着,咆哮着,身上的硬痂扑簌簌往下掉,他疯狂地想撞墙,却被四个校尉用铁链从四个方向把他固定住了。这时,柳眉之才发现,那四根大铁链子竟然是从双臂双腿的骨中穿过。云蘋回过头,双眼变成蓝色,像狼一样啸叫:"嗥——"云蘋的啸叫声响彻整个牢房,在走廊回荡……

"宁骑城,"柳眉之浑身打战,他撕心裂肺地喊了一声,"你不是人!"

宁骑城把两条腿搭到桌案上,悠然地答道:"我帮你收拾背叛你的人,你却骂我,唉,好人真是难做呀。"

柳眉之喘着气,努力压制着自己的恐惧,看来在这里求死也变成了一种奢望。他放缓语气,像个斗败的公鸡,几乎是哀求道:"宁大人,你到底怎样才肯放过我?"

"云蘋吃下的毒,便是那江湖上传闻已久的天下第一毒——铁尸穿甲散。"宁骑城收回双腿,猛地站起身说道,"它可是出自天蚕门祖师之手,他把死人身上的尸虫纳入药方,服后并无异样,只是月余之后,如不服用克制尸虫的解药,那尸虫便会在人体内盘结生长,破肤而出……想不想知道以后他会变成何种模样?"

柳眉之听到此几乎彻底崩溃,他双腿打战,吐了一身,小便失禁,尿水顺着衣角滴到地面上。

"嘿嘿……"宁骑城一声冷笑,"我当是什么大人物呢,不过如此。"宁骑城从桌面端起一个木匣子,走到柳眉之面前,轻启匣盖,只听"啪"一声,匣子打开,里面是一枚乌黑的大药丸。

柳眉之惊恐万状地大叫："不,我不吃……"

"那你是愿意跟我合作了?"宁骑城明知故问道。

"我说……我会把我知道的全告诉大人。"柳眉之额头上冒出豆大的汗珠,他面色发灰,眼神发直,身体不住地颤抖,他舔了下干涩的嘴唇,说道,"白莲会有四大堂主、一个总坛主,四大堂主分布在四个区域,东西南北,我是北部堂主,其他几个堂主,我只见过东堂主,去年他进京取银子时,我宴请过他,其他人没有见过,在总坛之间一直由白眉行者联系,他是十大护法之首。"

"没了?"宁骑城拧眉沉思。

"我手下有四个堂庵,你率人捣毁的是其中之一,还有三处,不在京城,两个在直隶,一个在山东。"柳眉之喘口气,胆怯地望着宁骑城。

"还有呢?"宁骑城显得有些不耐烦。

"大人,知道的我全都说了,"柳眉之不安地看着宁骑城,绞尽脑汁,突然他又想到一事,说道:"还有……那个萧天,他的身份是兴龙帮帮主,上仙阁掌柜也是他的人。"

此话一出,宁骑城探身望着他,眼睛狡黠地眯成一条缝,突然,宁骑城爆发出一阵大笑,饶有兴致地从桌案前走出来,在柳眉之面前踱着步,"兴龙帮——帮主——原来如此,怪不得我每次见到他,总觉得此人很是莫测,而且,明筝姑娘一直跟着他。柳眉之,"宁骑城逼近他,脸色阴鸷地问道,"除了这两个人的底细外,你可认得狐族,你与他们有来往吗?狐山君王你可识得?"

"我与他们没有来往,对于狐族,我也只是在坊间听人说过。"柳眉之一直摇着头。

一阵冷笑后,宁骑城说道:"好,那便说说那本《天门山录》吧。"

柳眉之额头上的汗直往下流,他喘了口气,道:"我从高健口中得知有此书,又从他口中知道你嗜酒如命,便派白莲会的护法跟踪你,在酒肆往你酒里下药,盗得此书。"说完,柳眉之晃动着手上的铁链哀求道,"大人,你要是放我出去,我让明筝默出《天门山录》交给你,绝不食言。"

"哼!"宁骑城冷笑一声,"这个不劳你动手,我自己会干,不过,你说萧天是兴龙帮帮主,这倒是让我很意外。听说你对萧天下手了?"

"他抢走了明筝。"柳眉之神情痛苦,有些语无伦次,"我同明筝一起长大,是我一直守在她身边,如果他不出现,明筝怎会如此待我。"

宁骑城乜斜着柳眉之,脸上挤出一个不怀好意的笑,问道:"她如何待你?"

柳眉之垂下头，嘴里嘟囔了一句："形同陌路。"

"那个萧天竟然在你的虎笼里活了下来？"宁骑城很是好奇地问道。

"他被兴龙帮找到，救了出去。"柳眉之长叹一声，"是我一时优柔寡断，本该一剑了结，反而害了自己，以后兴龙帮也不会放过我。"

"这么说来，我抓你进诏狱，反而救了你，免了兴龙帮的追杀了。"宁骑城点了下头，脸上一副似笑非笑的表情，他在柳眉之面前来回踱了几步，然后转回身道，"柳眉之，你若是没有什么要说的了，咱们今日的谈话便到此，你回去想想，想起什么再告诉我。你今日的表现令我很满意，我会吩咐牢头，你今日的牢饭加菜加酒，并添上一份肉包子，你可满意？"

这时，宁府管家李达在一名校尉的陪同下走进来，直接走到宁骑城身前，附在他耳旁低语了几句，宁骑城脸上掠过一丝慌乱，他向李达递了个眼色，李达退了出去。

柳眉之眼巴巴地看着宁骑城，本想再多说几句，但宁骑城一挥手，对身后的狱卒道："押回牢房吧。"宁骑城目送柳眉之走出去，又说了一句，"好好用膳，我会吩咐牢头对柳公子好生看待。"

二

宁骑城一出衙门，便遣散了身后的随从，独自骑马回府。

在府门前看见早已候在那里的李达，李达跑过去牵住他的马，宁骑城翻身下马，问道："还没走？"

"没走，说是不见你一面，绝不回去。"李达瞄了宁骑城一眼，不敢多言，忙拉着马往侧门走去。

宁骑城站在那里，皱了下眉头，低着头缓步向大门走，过了影壁，沿着回廊向书房走去。偌大的宁府，除了演武场便是放置着兵器架的沙地，即便不爱花草，在春光中也遍布绿叶红花。回廊两侧此时已被不知名的花草占据。宁骑城站在一株叫不上名字的花木前，停下脚步。

突然背后一阵风过，宁骑城眸子一闪，抬起的手臂又落下来。接着一双温软的手臂从背后抱住了他："黑子哥。"

"和古帖，放手。"宁骑城转回身，皱着眉头看着和古帖，这个与他在蒙古草原一起长大的姑娘，出落得越发健硕和美丽了。只是她今天的一身打扮，差点让宁骑城失声笑出来。和古帖穿着汉家女子的衣裳，紧巴巴地箍在她丰硕的躯体上，头上的发式也是学汉家女子的，但是梳得过于毛糙，一些发丝乱糟糟垂下来，在风里飘动。

"你看我这身衣裳好看吗？"和古帖圆圆的脸蛋红扑扑的，一双细长的眼睛看着宁骑城。

宁骑城背着双手，后退了一步，看着和古帖点点头道："其实，你还是穿蒙古袍比较好看。"

和古帖脸色一变，她瞪着宁骑城道："我以为你喜欢汉人女子，所以才把自己打扮成这样，我也不喜欢穿成这样。"

宁骑城沉下脸，问道："和古帖，乞颜烈难道没有交代过，不准私自跑我府里见我吗？"

"交代过，我知道，我是偷跑出来的。"和古帖突然上前从背后抱住宁骑城，把脸贴到他背上，"我阿爹给我定了亲，我不想回草原，我想跟你在一起，黑子哥，你说话呀。"

宁骑城脊背僵直，他慢慢掰开和古帖的双手，淡淡地说道："和古帖，你我的命都攥在乞颜烈的手中，何事是可以自己决定的？"

"我们跑吧！"和古帖凑近宁骑城，眼睛放着光。

宁骑城盯着和古帖，冷酷地说道："我送你回马市，以后不可再提此事。"

和古帖呆呆地凝视着宁骑城，片刻后双目通红，脸色煞白地说道："你如今成了大明的大官便把往事一股脑全忘了，你忘了你儿时被师父打得起不了床，是谁照顾你；你忘了你被罚面壁饿得半死，是谁偷偷给你送吃的？没有我，你死过不止十次了。从小到大，我心里只有你，你呢，原来你不过是一直在利用我罢了。"和古帖说完，怒气冲冲地向外跑去。

宁骑城一个箭步拦到前面："和古帖，我送你走，如今街面上到处是东厂的人——"

"不用你管，"和古帖走了几步，又转回身，望着宁骑城道，"你只回答我一句话，到底心里有没有我，若有，我可以等你。"

宁骑城垂下眼睑，沉默片刻，走到和古帖面前拉住她的手道："和古帖，我从来都把你当妹妹看待，在这个世上除了我养母便是你，你们是我最亲的人。"

"我不要做你妹妹，我要做你的女人。"和古帖大声说道，"我们草原上的女子便是如此，敢爱敢恨，从不压抑自己的爱，你若心里没有我，直说好了。"和古帖直直地盯着他。

"我……我心中已有了一个女子。"宁骑城低声说道。

"好!"和古帖眼泪喷涌而出,顺着脸颊流下来,她擦把脸,转身便走。

宁骑城几步跟上来:"和古帖,我送你。"

"不用你送。"和古帖固执地一路疾走,到了侧门前,牵了自己的马,翻身上马,头也不回冲出门去。宁骑城叫了声,李达急忙牵来他的坐骑,宁骑城跟着和古帖的马疾驰而去。

回来时,天已擦黑。李达跑去牵马时,才发现宁骑城一身酒气。宁骑城从马背上滚下来,被两个家丁扶着往寝室走。"李达,拿酒去。"宁骑城一路含糊不清地说着。

"大人,你又喝酒了,你要误大事啦。"李达跟在他身边着急地说着,一边吩咐人速去备醒酒汤,一个仆役飞跑着去了。

"什么事? 我不管,我要喝酒,给我拿酒……"宁骑城被扶着走进寝房,躺倒在床榻上。

"大人,你交代小的,要我提醒你,你今晚要进宫,面见王公公,你难道忘了吗?"李达对着床榻上的宁骑城大声说。

宁骑城眼神一晃,猛地站起身,走到屋子中间方如梦初醒,他揉了揉额头,酒也吓醒了几分。李达看宁骑城清醒过来,急忙说道:"我已吩咐下去,一会儿大人喝了醒酒汤,便会好受些。"

"你不说,我倒要忘了。"宁骑城看着李达,"去打些水,我净下面,还有,给我准备一套新的朝服。"这时,仆役端来醒酒汤,宁骑城端起碗,一饮而尽。李达从铜盆里绞出一个帕子递给宁骑城,宁骑城擦了把脸,他脱掉身上的便服,依然不放心地低头闻了一下,问道,"李达,我身上还有酒味吗?"

"大人,已去了十之八九,有一点,我想一般人也不会留意。"李达笑着说道。

"一般人? 王振是一般人吗?"宁骑城沉着脸怼了一句,又觉得不该对李达发火,是自己要跑到酒馆喝酒,他上前一步拍拍李达的肩道,"我去了。"

宁骑城换上飞鱼朝服,看了眼外面的天色,匆匆走出去。骑着马一路疾驶,赶到宫里,正是掌灯时分。

今日换值的守宫门的守将正好是高健,高健远远看见宁骑城的坐骑飞奔而来,便从宫门里走出来,身后的两个随从跑上前去牵宁骑城的马。高健陪着宁骑城往宫里走,一路上似是有话要说,又犹豫不决,宁骑城也不说破,只顾默默向前走,眼看便要到司礼监了,高健终于憋不住,问道:"大人,你说柳眉之会被处以极刑吗?"

宁骑城不动声色地一笑:"等你半天了,知道你要问这件事。"宁骑城回过头盯着高健道,"柳眉之如何处置要看上面的意思,你不要插手。"说完,他指着前面司礼监的大门道,"你回去吧,我到了。"

"宁大人,"高昌波正巧从司礼监走出来,迎面向宁骑城走来,他嬉笑着拱手一揖道,"听闻宁大人破获一惊天大案,京城都传遍了,可喜可贺呀。"

"高公公,谬赞了。"宁骑城急忙还了一礼,然后抬眼瞟了下院子里。高昌波急忙说:"先生正在里面候着呢。"

宁骑城辞别高昌波,抬腿走进院里,早有小太监跑进去禀告。王振尖细的嗓音从厢房里传出来:"我那干儿来了。"

宁骑城快步走过天井,上了几级台阶,挑帘子走进房里,王振坐在八仙桌旁,身后站着陈德全。宁骑城刚要行礼,被王振止住,听声音便可知王振今日心情大好,脸上的褶子也浅了些,竟有了几分精气神。

"给我儿看茶。"王振笑眯眯地说道。

"干爹,"宁骑城也露出笑脸道,"儿看你今日神采奕奕,定是有什么喜事喽。"

"哈哈,我一孤老头子,喜从何来?"王振眯着眼睛看着宁骑城道,"倒是你给我带来了好彩头,我儿不知,此番朝中这帮大臣正以科举之事要为难我,他们联名上疏,正闹得不死不休之时,我儿这次雷霆之势的出击,恰当其时,不仅转移了众朝臣的视线,生生封住他们的口,皇上也龙颜大悦。"

宁骑城急忙站起身,拱手一揖道:"为干爹分忧,是儿的本分。"

"说得好。"王振点头道,"我儿堪此重任。"

"对了,干爹,"宁骑城看此时王振正值春风得意之时,便寻下此时机道,"上次,你让儿查与蒙古商人易货之事,儿查出些端倪,据查实,朝中一些大员的亲属私自与蒙古商人易货交易,此事油水丰厚,那些蛮夷之地物资贫乏,所需物品皆从大明所得,那些与蒙古商人交易的人家,个个赚得盆满钵盈。"

"哦? 有这种事?"王振眼缝中精光一闪,"怪不得如今这京城里蒙古使团的人数越来越多,克扣他们的礼单,他们也毫无怨言。"

"我儿,你有何想法?"王振看着宁骑城。

"他们中有人找到我,说是如今草原部落之间,连年征战,弓箭兵器捉襟见肘,要用草原上最好的马换咱们的弓箭。干爹,咱们工部有的是废弃不用的弓箭,做成这个交易不费周章。"宁骑城偷眼看着王振。

"如今弓箭可是紧俏货,谁稀罕他们的马,总是以次充好,若他们真想成交,便用三倍的价钱,用银子或金子。"王振看着宁骑城,呵呵一笑道,"我儿,你看如何?"

"还是干爹思虑周全,儿子受教了。"宁骑城笑着说。

王振十分开心,又与宁骑城说了会儿话,然后看了眼木案上沙漏,便起身道:"我得到乾清宫转一圈了,看看皇上有没有旨意。"宁骑城也站起身,两人一起走到门口,一些随从太监远远跟在身后。

"干爹,如今白莲会的北堂主在诏狱里,儿子还要向你讨个示下。"宁骑城躬身问道。

王振背着手,走了几步,缓缓道:"不急,我今儿便向皇上说一下,听听皇上的意思。"

两人在甬道分了手,一个往南,一个往北。

三

这日巳时,上仙阁的伙计刚清扫完毕,便走进来三位客人,均是商贾的打扮。伙计跑上前引着三人走到中间的一张桌子前,客气地说道:"三位贵客是今儿的头番客人,请问用些什么?"

三人中年长的大汉,气宇颇有些不凡。他并不说话,而是从怀里掏出一个帖子,道:"有劳这位小哥,请把这个帖子递给你们掌柜的。"伙计一看这人架势,再看桌面上那个帖子,心里已明白七八分,此三人定是江湖中人。伙计双手接过帖子,匆匆向里面走去。

伙计走到穿堂,看见小六便叫住他:"小六,大堂上有人拿着帖子要见掌柜的。"小六走过来,拿过那张帖子看了看,道:"这是咱们散出去的帖子,只是这几人来得也太迟了些。如今掌柜的他们都不在这里。"

"小六,你想个法子,我还要去回这几位客人呢。"伙计道。

"这样,你把帖子交给我,我去找主事的账房,让他去回话。"小六说完,便一溜烟往后院跑去。

小六找到账房陈先生,把帖子往他面前一晃,陈先生立刻从算盘前站起身来,拿过帖子端详了片刻,道:"咱这封江湖救急帖散出去,时日可不少了,为何此时才来？不过，按江湖上规矩，拿着帖子前来的，便都是朋友，要好生招待。虽说此时掌柜和帮主都不在，咱们不可怠慢了来人，还是问清了缘由，再做打算。"

一炷香工夫，小六引着三人来到望荷亭，此亭筑在水塘中间，有曲廊连通，与畅和堂遥遥相望，安排在此待客也算给足了来人面子。陈先生迎着三人抱拳道："敢问朋友来自何方，也好向我们帮主回话。"

打头的大汉抱拳道："我等三人乃是白莲会总坛主特使，特来拜会兴龙帮帮主，鄙人是护法白眉行者，这两人是我的属下。"

陈先生和小六听完他们的介绍，当场愣住。片刻后，两人交换了个眼色，陈先生面露难色道："三位侠士，我们帮主不在此地，我是主事的账房，不如三位暂且住下，等待帮主回来。"

白眉行者沉吟片刻，点点头道："好，听候主事的安排，不过有一事还要有劳先生，请把我的拜帖速派人送到你们帮主手中，我想他看过后，很快便会来见我。"说着，他从衣襟里掏出一个烫金边的帖子，交给陈先生。

账房陈先生接过帖子，马上吩咐人引着三人到后院的客房休息，看到他们走后，陈先生拉住小六道："这些人是白莲会的，咱们与他们素无往来呀。"

"哼，陈先生，你是不知情，"小六满脸怒容道，"上次帮主便是被白莲会堂主算计了，险些丧命。如今他们还敢大摇大摆前来，我真想把他们轰出去。"

"不可鲁莽，你小子懂什么？"陈先生瞪着小六，"这白莲会在各省都有分支，势力很大，咱们不好得罪，既然他们拿了拜帖，你便跑一趟，去瑞鹤山庄交给帮主，让帮主决断吧。"

小六骑一匹快马，赶到瑞鹤山庄时，已是申末时。晚霞映红了小苍山诸峰，山林披上一层神秘的色彩。守卫山庄大门的庄丁并不认识小六，便进去回禀。不多时，巍峨的山庄大门打开，一个庄丁道："帮主命你到樱语堂回话。"

小六也是头次来瑞鹤山庄，以前总是听旁人说起，不得眼见，如今总算一睹真容。一路所见不仅阔达，而且奇秀，处处曲径通幽，若不是庄丁引路，恐怕自己找到次日也找不到樱语堂。

此时，樱语堂座无虚席。萧天和明筝等人以及在山庄做客的玄墨山人师徒和天龙会师徒正在堂中品茶。由于前几天七煞门飞鸽传书，门里有事，太乙玄人掌门领着几个弟子已先行离去，不然的话更是热闹异常。如今山庄里只住着天蚕门师徒和天龙会师徒。这些人聚在一处，倒是很对脾气，要么谈论新近发生的江湖中事，要么便是众弟子切磋武艺。

狐王令（上）

小六一路跑进来，一看堂内众人，面生的居多，不由愣了愣，刚才的顽皮相收敛了些，一本正经地走到萧天和众人面前，规规矩矩地行礼道："参见帮主、李把头、明筝姐姐、盘阳大哥、林栖大哥，还有……各位英雄。"小六身体转了一圈，对在座之人一一行礼，众人被小六的滑稽相逗乐了。

"好了，"萧天笑道，"你今日从京城跑来，所为何事？"

小六从怀里掏出烫金拜帖递给萧天道："回帮主，今日白莲会的白眉行者拿着咱们散的帖子来上仙阁，口口声声要拜见帮主，这是他的拜帖。"

众人全都盯着那个烫金帖子。萧天皱着眉头打开帖子看了看，吩咐庄丁领着小六下去吃饭休息。他们一离开樱语堂，大家便一阵交头接耳。

"此时，白莲会怎么会找上门来？"李漠帆问道。

"近日朝廷对他们打压得很厉害，"玄墨山人捋须说道，"现如今堂主也被抓进诏狱，难道与这事有关？"

"老李，"萧天扭头看着李漠帆道，"那日跟咱们一起来的孩子，叫小鱼儿的，可还在庄上？"

"在呢，"李漠帆道，"他是柳眉之的人，柳眉之进了大狱，他也无处可去，我看他可怜，安排在农庄里。"

"你速去叫他过来。"萧天说道。

李漠帆起身走出去，不多时便领着小鱼儿走进来。待萧天把刚才的事一说，小鱼儿双眼发光道："白眉行者是总坛主的十大护法之首，我们堂主也都要听他的，太好了，我要去见白眉行者。"

萧天点点头，对大家道："既然人家递了拜帖，又是白莲会总坛主的特使，岂有不见的道理。这样，老李你带着小鱼儿和小六回京，接白眉行者一行来瑞鹤山庄见面，就说我萧天在此恭候。"

众人议论半天，也觉得如此处置合乎江湖规矩。

次日一早，李漠帆便带着小六和小鱼儿出发了。临走时萧天特意关照小鱼儿，可以跟着白眉行者回到白莲会。小鱼儿很是兴奋，但片刻后又变得愁肠百结，他在这里跟他们相处一久，便有些难舍难分。最后，小鱼儿抹着眼泪随李漠帆和小六骑马而去。

送走他们，萧天回到樱语堂。一进院门，便看见明筝一身素白的衣裙站在院中那株粗大的樱树下。他们回到山庄时，已过了花期，只看见一地落樱。如今树干上还剩下孤零零的几星花瓣,明筝站在树下似是若有所思,直到萧天走到近前,她才发现。

"明筝,"萧天看着她,"这些天忙着招呼客人,也没有问你,在这里可还住得习惯?"

明筝点点头,微风下裙裾飘飞。近日她清瘦了不少,也许是大病一场的缘故,原本活泼开朗的性子硬是给磨出了几分宁静。她抬起头,声音有些低沉:"萧大哥,今日是云轻的'头七',咱们去坟前上炷香吧。"

经明筝一提,萧天方才记起。那日他们出京,把云轻的尸身装进棺木,直接拉走埋在小苍山的半山腰,当时过于匆忙,连纸都没烧一张。萧天点点头,对明筝道:"我去准备些祭祀的物品,你在这里等我。"

萧天回到寝房,换了身月白的长袍,然后吩咐小厮准备一个竹篮并两匹快马。两人骑着马出了山庄大门,一路上坡,来到小苍山的半山腰。山坡上一片杨树林,站在此处远望,触目所及,层峦叠嶂,绿意盎然。两人下了马,放马在山坡吃草。阳光下山坡上开满五颜六色的花,他们从花丛中走过,却无心赏此山中美景。

"明筝,你有什么心事,说给大哥听听。"萧天注意到明筝的反常,一路都沉默不语。

"萧大哥,你说此次柳眉之会被处死吗?"明筝低声问道。

萧天停下脚步,他不知该如何回答,从明筝口中说出这句话,他并不意外,估计这些天她都在为这件事纠结。他与明筝相处越久,越是深知她的心性脾气,明筝就似一汪清泉,清澈见底,至纯至善。萧天试探地问道:"你不想他死?"

明筝眼里泪光闪闪,看得出她心里充满矛盾:"不是,我恨他,有时候我恨不得他死,他为何要那样对你? 但是,我又怕,我怕极了,听到他死,我……"明筝哽咽着说不下去了。

萧天心头一颤,他看到明筝伤心的样子,不知该如何安慰她,他扶着明筝的双肩道:"明筝,我知你把他当哥哥看待,身边只剩下这一位亲人了。"

明筝点点头,萧天说中了她的心思,她一头扑到萧天怀里,抱着他的腰把脸埋进他怀里大哭起来,萧天僵直着脊背任明筝在他怀里哭,脑子却飞到别处。过了片刻,萧天拉起明筝,用手擦去她脸上的泪道:"明筝,或许柳眉之不会死。"

"啊?"明筝梨花带雨地看着萧天。

"白眉行者递上拜帖要见我,或许便是要同我谈柳眉之的事。"萧天思忖片刻,接着说道,"你想,白莲会怎么容许他的堂主被官府掌控? 此次白莲会总坛主派来特使,看来他们也慌了,必是柳眉之掌握有他们很多底细。"

"他们要救他!"明筝恍然大悟,"可为什么要见你?"

"京城里数一数二的帮派就这么几个,兴龙帮算是口碑最好,仗义疏财,名声在外。如今白莲会在京城连落脚之地都没有,他们不找我找谁?"

明筝突然面色煞白,她紧张地盯着萧天问道:"萧大哥,若是果然如你所料,他们要联合兴龙帮一起救柳眉之,你会出手相救吗?"

萧天微微一笑道:"你若要我救,我便救。"

"他那样害你,把你投入虎笼,你不记恨他吗?"明筝惊叫道。

"一只病虎,能奈我何?"萧天一笑。

明筝满面通红,她既兴奋又惆怅,上前拉住萧天的手道:"萧大哥,我要向上天许一个誓言,你必须答应。"

"答应什么?"萧天一愣。

"你若救柳眉之,我便以身相许。"明筝说完,也不管他答应不答应,转身飞跑到坡崖,面对着远山,跪倒在地,大声说道,"天地为证,明筝在此当着远山、白云、树神发个誓言,明筝上无父母可依,也厌倦世人的繁文缛节,今儿个自作主张,把自己许配给萧天,今生今世便只愿为一人而终。若食言,便从此山跌入阴曹地府,永世为畜。"

站在坡下的萧天闻此言,大吃一惊,他急忙跑上前道:"明筝,你……不可……"

"我要报答你的恩情。"明筝执拗地说道。

"我无须你报答。"萧天红着脸,有些不知所措。

明筝低下头,喃喃自语:"萧大哥,我是不是太不矜持了?"

"是,太……太……"萧天一脸窘迫,不知如何回答是好。

"是,我不矜持。"明筝的脸说变就变,突然潸然泪下,"我从小流离失所,跟着隐水姑姑云游四方,隐水姑姑一心寻亲,她哪里知道我是个女儿身,要教会我矜持,让你如今嫌弃我……"

不等明筝说完,萧天一把拉起她,把她拥进怀里,眼里漾出泪光,他紧紧拥住她,她柔软的身子紧紧贴在他胸前。他闭上眼睛,心里的痛岂是别人可以理解的,他吃力地说道:"明筝,你是个好姑娘,我……我怕我……负了你。"

明筝抬起头,凝视着他,道:"我知道,你不会。"

"可是,万一有一天,我离开了你呢?"萧天忧心地问道。

"我会去找你,总之你今生便是我的夫君。"明筝突然破涕为笑道。萧天听此言浑身一颤,他松开她,背过身去,过了好一阵子,萧天转回身,缓缓道:"明筝,此事还要从长计议,眼下不是谈婚论嫁的时候。"

"我知道,大仇未报,不应说这个。但是,"明筝双眸一闪,瞟着萧天,一脸娇羞地道,"咱们先私订终身,也不为过。戏本上都是这么唱的。"

"有吗?"萧天有些哭笑不得。

"有。"明筝郑重地点点头。

"若是我以前有婚约在身呢?"萧天试探着问道。

"婚约?"明筝瞪着萧天,以为他是在逗她,便嬉笑着说道,"那便来一次比武招亲,打一架好了。"

萧天一声苦笑,叹息道:"若世上的事,都可以打一架便做个了断,便好了。"

萧天心里虽然五味杂陈,但听到明筝那几句古怪的誓言,喜悦还是溢满心胸,脸上洋溢着幸福的神采。他看了眼天色,忙说:"别忘了,咱们是来看云轻的。"一句话提醒了明筝,明筝拉着他走到杨树林云轻的坟头前。

两人摆好祭祀的物品,在坟前燃了三炷香。明筝说道:"云轻,今儿是你的'头七',我们来看你了,你是我们的救命恩人,你救了我夫君,以后每年你的祭日,我都会来看你。"

萧天看着身旁的明筝,听到她喊他夫君,脸上一红,但是并没有去阻止,他眼里的忧思和不安在那一瞬间变成了柔情蜜意,等明筝说完,他从竹篮里取出一个酒瓶,歃酒于地。祭拜完,看天色不早,萧天和明筝匆匆赶回山庄。

四

萧天和明筝刚回到樱语堂,庄丁便跑来回禀:"从山外来了五匹快马。"萧天没想到他们当天便赶过来,忙令小厮去通知玄墨山人和李荡山来樱语堂议事。

不一会儿堂上坐满了人,玄墨山人、李荡山以及他们的徒儿,林栖和盘阳也跑过来。一盏茶工夫,曹管家领着众人走进樱语堂,萧天等人到廊下迎接。

众人看到小六随行,却不见李漠帆。白眉行者大步走到众人面前,向诸位一抱拳高声道:"有劳各位英雄相迎,白眉行者这里有礼了。"众人一阵寒暄,萧天走出来,相互引荐一番,这才把客人请进樱语堂,分宾主落座。

小六走到萧天面前回禀道:"回帮主,李把头留在上仙阁,命我带白眉行者一行前来。"

白眉行者盯着萧天,这时也方想起见过此人,突然朗声笑道:"萧帮主,真是不打不相识呀。"萧天微微一笑,看到座上两位前辈投来疑惑的目光,便把曾与白眉行者一起对付东厂督主王浩的事说了一遍。

"白眉行者此时拜会兴龙帮,所为何事呀?"萧天问道。

"萧帮主,两位前辈,"白眉行者站起身,向几位一拱手,"还有座上诸位朋友,我此次前来,是受白莲会总坛主之托,恳请兴龙帮协助我前去诏狱,解救北部堂主柳眉之。"

此言一出,除了萧天不动声色,堂上的各位皆面露惊讶之色,气氛骤然变得紧张,随后便像一串点燃的炮仗扔进了铁锅里,噼里啪啦炸了起来,众人高声叫嚣着:

"救他?"

"他如何待我们帮主,怎可饶他?"

"凭什么去救他,白莲会与咱们有鸟关系!"叫嚣声最大的数林栖和盘阳了。

白眉行者的来意不出萧天所料,他瞄了眼明筝,明筝目光里满是敬佩,迅速回了他一个眼神。萧天抬头默默注视着白眉行者,然后向众人摆手,制止住大家的七嘴八舌,大声道:"大家安静,听白眉行者说下去。"

白眉行者目睹堂上的情状并不意外,他也是有备而来。对于柳眉之与萧帮主之间的恩怨,他有所耳闻,说白了不过是儿女之事,若萧天以此回绝,他便真要看扁了他。

白眉行者看萧帮主已压住众人气焰,便向众人抱拳,满面歉意地道:"各位老少英雄,我知道这个事太难为大家。但是,大家想过没有,柳眉之多在诏狱待一天,咱们大家都多一天危险,此话并不危言耸听。柳眉之认识你们大多数人,特别是萧帮主,还有明筝姑娘,包括李把头,大家都处在危险之中。这些年咱们或多或少都与王振那阉贼有过过节,而宁骑城便是他的爪牙,一旦宁骑城从柳眉之口中得知诸位的真实身份,大家都不好过。只有将他尽快救出来,大家才可保周全。"

李荡山不屑地哼了一声道:"你们中堂堂一堂之主,竟然如此不堪吗?你料定他会出卖大家?"

"李老英雄,"白眉行者站起身,望着大家道,"我想在座的也会有所耳闻,那诏狱不亚于人间地狱,里面的十八般酷刑堪比阎罗地府,都是血肉之躯,有几人能受得住?尽快救他出来,才是保全大家的法子。"

众人顿时沉默下来,大眼瞪小眼。

玄墨山人开口道："恐怕是你们白莲会才会保全吧。"

"老英雄此话一语中的，"白眉行者叹息道，"柳堂主已进入白莲会四大堂主之列，门中诸多机密恐也知十之三四，他此番入狱，害得整个门里都乱了套。诸位请看，"他说着从衣襟里取出一个细小的竹筒，从里面取出一张字条，众人好奇地看着他，他举着那张字条道，"这是我今日收到的总坛主的飞鸽传书，总坛主令我尽快救出柳眉之，若劫狱不成，便混进狱中灭口。"

一时间堂上寂静无声，唏嘘之声四起。

"请问在座的老少英雄，去救他，还是去杀他呢？"

四周议论声再起，众人交头接耳。

萧天看到明筝整张脸苍白如雪，便递过一个眼神。明筝惊慌的神情在萧天笃定眼神的安抚下，终于镇定下来。

"诸位，"萧天突然开口说道，"此番柳堂主身陷诏狱，虽是白莲会之事，与我们皆不相干，但是白莲会总坛主既然派特使有求于咱们，咱们便不能袖手旁观，毕竟大家都在江湖谋生，抬头不见低头见，让白莲会欠咱们人情，总比反目成仇强，不知诸位意下如何？"

席上一片静默，有人小声耳语。

玄墨山人哈哈一笑，点头称赞："萧帮主，此言颇有远谋，不错，大家行走江湖，岂有见死不救之理。再说，白莲会如今势力通达南方诸州府，落他们的人情划算。常在河边走，哪能不湿鞋，谁也不能保证自己没有求人的一天。"

"话是这么说，但是……"李荡山神情严峻地看着大家，"咱们愿意出手相救是一回事，救得了救不了又是一回事。诸位，咱们可是要劫狱呀，那诏狱可是你想劫便能劫的？"

"不错，诏狱素有铜墙铁壁之称。"玄墨山人道。

此时，萧天与白眉行者四目相对，相视一笑。两人很高兴看到话题已从出不出手，转到怎么劫狱上。大家开始各抒己见，一时争论不下，白眉行者也不接话，有意让大家直抒胸臆，大堂上好不热闹。

一炷香的工夫，萧天、白眉行者、玄墨山人、李荡山四人简单沟通过后，萧天便伸手止住大家，堂上立刻安静下来，大家都把目光投向萧天。

"既然大家已达成共识，下一步便是如何劫狱。"萧天正色道，"此事万不可鲁莽，要好好筹谋。刚才我与玄墨掌门和李帮主，以及白眉行者商议了一下，第一步，分头潜入京城，以三天为期，摸清诏狱的地形、驻军部署，回山庄再做打算。"

狐王令（上）

当晚，众人分成四路人马相继离开瑞鹤山庄。白眉行者领着他三名手下和小鱼儿先行离去，李荡山领着两名弟子也离开了山庄。

玄墨山人临走时在山庄大门前叫住萧天。萧天见他有话要说，便跟了过去。玄墨山人拉住萧天低声道："萧帮主，我此番另有计划，待回来后详细告诉你。"

"与宁骑城有关吧?"萧天微微一笑道。

"正是，"玄墨山人惭愧地摇头道，"我这点私心还是让你看出了，我是想借此事对付宁骑城，查寻'铁尸穿甲散'的下落。"

"不算私心，一举两得岂不更好。"萧天笑道。

听萧天如此说，玄墨山人豁然开朗，大笑着离去，几名弟子也跟着与萧天辞别而去。

此时，明筝也收拾好行李，带着小六走到萧天身边。萧天只留下林栖和盘阳守在山庄，由于他俩南方口音太重，像这种混迹在市井中的事，一般排不上他俩。萧天他们最后离开山庄，三人各骑一匹快马，萧天和明筝扮作夫妻模样，小六则是仆从，三人打马而去。

一路上明筝沉默不语，只是不停地快马加鞭。萧天以为明筝过于忧思了，便开导道："明筝，你放心，几大门派联手，会有办法的。"

"唉，我刚刚在想……"明筝回过头，"我知道你答应救他是为了我。我一直以来对他心存愧疚，是我欠他，我父亲的案子连累了他一家人，还有他母亲……此番救他，便是还清欠他的情，如此一来，我与他再不相欠，从此再无瓜葛。"

萧天点点头，看着明筝道："如此甚好。"

第十五章　潜入京城

一

　　三人一路快马疾驰,在黄昏时赶到城门前,萧天看到城门前并无加岗布哨,一切与以往并无二致。三人进了城,骑马路过一个不起眼的小客栈,萧天翻身下马,对小六道:"你先回上仙阁,通知李漠帆来这个客栈见我,今晚我们在此歇息。"

　　小六应了一声,打马而去。

　　小客栈门前立着一根竹竿,挑着一面黑边白底旗子,上写四字"悦来客栈"。萧天和明筝牵马进了院子,有店小二招呼着牵过马匹到一旁马厩喂料去了。两人走进客栈,萧天向掌柜的要了一间上房。掌柜的一脸和气,一双细长的眼睛却盯着两人瞄来瞄去,最后目光停留在明筝身上。萧天看他如此无礼,不由动了气。

　　"掌柜的,我的话你没听见? 还不在前面引路去客房?"萧天怒道。

　　"是,是……"掌柜的答应着,手伸到柜台下面摸出几张告示,一边赔着小心,一边苦着脸道,"客官有所不知,如今官府有令,住店的要逐个核查,不是我怠慢,这是官府发的告示,我不得不遵从,以免误了客官也误了我这小店。"说着,他把四张告示铺在柜台上,掌柜的又向他两人瞄了一眼,方微笑着点了下头,"得嘞!"

　　明筝一把抓过那几张告示,原来是海捕文书。她与萧天对视一眼。萧天展开那四张海捕文书,上面均有画像:一张上写狐山君王,画像凶悍丑陋满脸虬髯,几乎可以当恶魔去吓唬小孩了;另一张上写明筝,画的却是一个束发美目的少年。其余两张画像是远近闻名的大盗。

明筝看完一脸煞白,一双眸子既惊又恐,她低头看看自己身上所穿的青色衣裙,很庆幸出来时听萧天的与他扮成夫妻。

掌柜的看面前一对小夫妻神情有异,以为是被这几张告示吓住了,忙赔笑道:"客官,小的奉命行事,吓着二位了,请跟我来吧。"

那间上房在二楼,掌柜的领着看完房,便离开了。

明筝急忙关上房门,诧异地问萧天:"萧大哥,你难道掐指会算?让我换上女装真是及时,不然一定会被楼下这个掌柜的告发。"

"哪里是我掐指会算,"萧天走到窗前,推开窗户,看着街面,道,"你忘了,宁骑城最后一次见你,是在长春院门前,你那日穿着男装。"

"这……你也记着?"明筝恍然大悟,但是依然诧异地问道,"可是,官府为何要通缉我?"

"与宁骑城有关。"萧天道,"他要抓你,还不是为了那本《天门山录》!此书从他手中所失,王振定会向他讨要。"萧天说着坐到屋子中间的方桌前,"你我现在处境艰难,时刻都要留意周围的一切。"

明筝长出一口气,嘟着嘴带着气说道:"哼,想想便来气,我的画像竟跟那个恶鬼狐山君王搅到一起。"

萧天一愣,瞥了眼明筝问道:"你知道狐山君王?"

"京城里谁人不知?"明筝叫道,"我进京一路便听到他的传闻,从我家街坊那里听到的更多,说他生吞婴儿、扒女人皮……"

"啪"一声,萧天手里的茶碗掀翻到桌上,水泼了一桌。明筝急忙走过来,从桌下找出一块抹布,一边收拾一边道:"与这样的人为伍,还不知以后人们如何编排我呢,会不会说我也生吞婴儿?"

萧天一笑,掩饰着尴尬接着喝茶。

明筝拿着烛台,找到客房里的火折,点燃了烛台上的蜡烛。屋里被昏黄的光照亮。明筝看着房间一侧的床榻,这才想起萧天只要了一间上房,不由一阵尴尬:"萧大哥,我明明看见走廊上还空出几间上房呢。"

"你想让我再要一间上房,好让掌柜的猜疑咱俩并不是夫妻?"萧天放下茶碗,问道。

"那便不要了。"明筝坐到萧天对面,端起萧天给她斟满的茶,一饮而尽。

狐王令(上)

这时，从窗外传来一声口哨。萧天机警地抬起头，他迅速走到窗前，看了一眼窗外道："是小六，你去把他领上来。"

小六抱着一个食篮站在柜台前，正与掌柜的答话，一看见明筝从楼上下来，便跑过去说道："姑娘，你要的饭食全热乎着呢。"

"好，有劳小哥，跟我来吧。"明筝转身走上楼，小六跟在她身后匆匆上了楼。

两人一走进客房，萧天劈头便问小六："李把头如何没来？"

小六放下食篮，哭丧着脸说道："帮主，出大事了！"他用袖头擦了把脸上的泪，"李把头被抓走了。"

"何时发生的？"萧天抓住小六的肩膀叫道。

"听账房陈先生说，是昨个上午，被锦衣卫的人带走的。陈先生使银子买了口风，李把头如今关在诏狱里。我去时他们正商讨着要去瑞鹤山庄报信呢，一看我回来，便托我向帮主讨个示下。"

萧天一阵追悔莫及，他没料到宁骑城连李漠帆都盯上了，当时真不该让他回上仙阁。他拍拍小六的肩膀，道："小六，你回去告诉陈先生他们，这件事我已知晓，让他们照常开门待客，我会想办法的。"

小六点点头，默默从食篮里拿出几样饭菜，拎着食篮走了。

萧天和明筝面对着桌上饭菜却毫无胃口。明筝看萧天一直沉默不语，实在忍不住了，问道："萧大哥，你倒是说话呀，咱们怎么办呀？"

"在这之前是救柳眉之，"萧天平静地开口道，"在这之后便是救柳眉之和李漠帆，多一个人而已。"萧天拿起竹筷道，"先吃饭，吃饱了睡觉。"

"啊，这……能吃得下吗？"明筝看着萧天大口吃起来，自己却一点胃口也没有，在萧天的几次催促下，只好拿起竹筷，吃了几口，便再也吃不下。

萧天看她毫无食欲，也不再勉强。他关紧门窗，只留下方桌上一盏灯，然后走到明筝面前道："我睡前半夜，你睡后半夜。"明筝一愣，没听清他说什么，便看见他走到床榻前倒下便睡，不一会儿便听见萧天均匀的鼾声。

"这人心可真大。"明筝直摇头，她无论如何睡不着，盯着桌上烛光，满腹心事，想想李漠帆如今也到了那该死的地方，心里便如同刀绞般痛。她托着腮帮陷入沉思，不一会儿便昏昏欲睡。

街上更夫敲过三更，更声催醒了萧天，他猛地坐起身。

方桌上烛台的亮光只剩下黄豆般大小，明筝趴在桌面早已昏昏入睡。萧天小心地扶住明筝的肩，轻轻抱起她，慢慢走到床榻前，把她放到床上，盖上被褥。他换上夜行衣,走到桌前吹灭了烛台。他走到窗前,打开窗户,飞身跃过窗台,便消失在黑夜里。

萧天从屋脊上落到一条小巷里,他左右查看了下,辨出此巷子的走向,一边健步如飞向前疾走,一边思忖着此时要去的地方。他有意在明筝睡熟后再出来,是不想让她跟着冒险,再加上她手脚太慢,怕耽误时间。

不多时已跑到一个府门前,门前挑着一个竹篾扎的灯笼,上写着一个"赵"字。萧天左右看着巷子,此时大多数街坊都已熄灯歇息了。萧天来到府门前,轻叩大门。过了一会儿,听见一个苍老的嗓音问道:"是谁呀,大半夜的?"接着听见门闩松动的声音,大门开了一条缝,从里面探出一个白发苍苍的头,睡眼惺忪地望着门外。

"老人家,有劳你向你家老爷回禀一声,说萧公子深夜拜访。"萧天拱手说道。

老仆眯着眼端详着萧天,迟钝地点头道:"哦,好,公子……稍候。"

半炷香的工夫,院子里传来说话声,接着响起一阵细细碎碎的脚步声,从门缝里看到烛烛的亮光。两扇大门被仆役打开,赵源杰披着一件披风,里面只穿着中衣,手里提着一盏灯笼匆匆走过来,笑道:"贤弟呀,你来也不提前打个招呼,让我如此狼狈,哈哈。"

"兄长恕小弟鲁莽,深夜叨扰。"萧天上前拱手一揖。

"贤弟,快别说那见外的话,跟我去书房叙话。"可以看出赵源杰看见萧天很是高兴,他拉过他便走。

两人一路说笑走到书房。赵源杰吩咐管家遣走门外的仆役,自己随手关上房门,一转身看着萧天问道:"贤弟,你如今为何还在京城?我以为你已经走了呢。"

"不瞒兄长,我今日才回到京城。"萧天说着,看到赵源杰一脸惶恐,忙问道,"兄长可是听到什么消息?"

"贤弟,你且听大哥一句劝,赶紧离开京城,越远越好,不如到南方游玩个一年半载再回。"赵源杰说道。

"哦?为何?"萧天暗吃一惊,他看着赵源杰一脸严肃的样子,不像是同他开玩笑。

"贤弟,上仙阁那个李掌柜,我不知与你是何关系,我告诉你,他也被抓起来了,听说与贡院买卖试题案有关。如今朝堂上党争已成剑拔弩张之势,你是一帮之主,兴龙帮又是大帮派,还是不要在京城蹚浑水了。"

"兄长,买卖试题案不是已经结了吗?"萧天一愣。

"唉，如何了结？此次王振吃了大亏，不仅损失了张啸天和陈斌，还把自己的老底儿险些都搭进去。近日他们抓捕了一批人，有朝堂上的言官，还有与买卖试题案有关的其他人。此番疯狂地抓捕，一是为了报复，二是杀鸡儆猴。近来，朝堂上那些在买卖试题案上联名上疏的大臣，告假的告假，抱病的抱病，都躲在府里抱恙不出了。"

"难道就没有人能整治王振吗？"萧天咬牙道。

"还真有一人。"赵源杰说道。

"谁？"

"此人还在诏狱里。"

"于谦，于大人？"

"正是。"赵源杰说到此，神情有些忧郁，叹息道，"我和高风远还有张云通，一直在想法子给陛下上奏章，赦免于大人。但怎奈王振盯得很紧，一直没有机会。"

萧天一皱眉头，道："算来，于大人在诏狱也有几个月了吧，一定遭了不少罪，得赶紧想办法救他出来，不然时间一长还会有好？"

"说到这个，我也是很奇怪。"赵源杰皱眉道，"我从高健那里得知，宁骑城对于于谦始终是睁只眼闭只眼，甚至没有动刑。虽说有高健照应，但若是宁骑城要为难他，也是一句话的事。就此我也是想不通，难道宁骑城这个大魔头竟然敬仰于大人的人品，不愿为难他？"

"宁骑城性情一向古怪、狡猾，城府又深。如果非要给此事一个说法，"萧天一声冷笑道，"照我看，倒是权宜之策，如果朝堂上没有了王振的对手，那王振养着他们这些爪牙作何用途？"

"哦，"赵源杰一听此言，茅塞顿开，不由得佩服地看着萧天，点点头道，"还是贤弟看得通透，如此说来，他们也不是铁板一块。"

"我与宁骑城交过手，不止一次。"萧天道，"胜负倒是各半。"

赵源杰点点头，叹息道："连兄弟你都如此说，看来这宁骑城真是不好对付，如今于大人身陷囹圄，可把我们愁死了。"

萧天眼前一亮，他看着赵源杰突然说道："兄长，你还没有问我此次为何而来。"

赵源杰被萧天这句古怪的话问住，挠着头笑起来："是呀，看我啰里啰唆了半天，还未问兄弟此次为何而来？"说着，他端起茶盏看着萧天。

"兄长，我正在谋划劫诏狱。"萧天平静地说道。

赵源杰一口茶噙在嘴里，吐也不是，咽也不是，最后连咳带呛给喷了出去，眼睛

狐王令（上）

都憋出血丝。如此惊天动地的大事被萧天轻描淡写地来了一句,赵源杰握着茶盏半天没有稳住神。

赵源杰惶恐地起身走到书房大门,打开房门左右查看片刻,反身关上房门。他回到座上,一只手按住萧天握茶盏的手,压抑着腔调,语气粗重地道:"万万不可呀,那是何种地方,势必一去无回,贤弟,要三思啊。"

萧天默默看了赵源杰一眼,素来沉稳有度的这位兄长也被这个大胆疯狂的想法吓得失了分寸,不由充满歉意地说道:"兄长,形势所逼,这次不光是我兴龙帮,几个帮派联合出手,即便我停手,他们也不会住手。"于是,萧天便把这次行动的前因后果给他讲了一遍,如今又多了一个要营救的人,李漠帆。

"原来李掌柜也是兴龙帮的人。"赵源杰点点头,忧心地说道,"看来兄弟真要出手了。"赵源杰叹息一声,"只是这诏狱,不是铜墙铁壁,却胜似铜墙铁壁,我知道你决心已下,便不会更改,但是,你可以思量一下,能有几分胜算,做个周全的谋划。"赵源杰说着,突然走到书案前,取出一张宣纸,拿笔浸墨在纸上描画起来。

萧天好奇地走过来,看见赵源杰用毛笔在白宣纸上勾勾画画,不一会儿,一张图呈现在面前。

"这便是诏狱。"赵源杰指着图说道。

萧天俯身看图,不由惊讶于此图的详尽,问道:"兄长,你如何会绘制此图?"

"是我接手刑部侍郎时,整理案卷时发现的,当年曾经我手整理过,后来刑部的牢狱被划拨到锦衣卫衙门,又在它的基础上完善和改建。这是个两进的院子,重要的人犯其实都在里面院子里,在最坚固的'人'字牢和'地'字牢里,这几处牢房都在地下。这个图或许对你们有帮助,其他的我也帮不上。"

萧天仔细地看着图,诏狱的结构、各个牢房的布局上面都有,不由异常兴奋,他此番来没想到会有如此大的收获。萧天仔细地叠起图,突然笑着说道:"兄长,不如我们一并把于大人也给救出来算了,你看如何?"

赵源杰愣怔在当地,有些跟不上萧天的思路。片刻之间,刚才他还是一名旁观者,怎么突然之间便变成参与者了? 他一时无语,眨动着眼睛。他何尝不想于谦早日出狱,他们一众大臣日夜谋划的便是此事。但是,若朝堂上的事能用江湖上的办法解决,那该少去多少麻烦呀。

"这……这……"赵源杰额头冒汗,心跳加快,一时气都喘不过来了。

"这样吧,兄长,"萧天知道赵源杰不好回答,便说道,"一切随缘吧,若是那天我们找到于谦,便是我们的缘分,兄长看可好?"

狐王令(上)

赵源杰瞪着萧天,眼神渐渐清晰起来,矛盾的心理也逐渐平复下来,他重重地点头道:"一切看天意吧。"

萧天把图塞进衣襟,看赵源杰依然神情紧张地看着自己,便笑着宽慰道:"兄长放心,此番动手,必谋划得当,不会贸然出手。还有,此次定与宁骑城一决高下,若能除去此人,王振也将少一个爪牙。"

赵源杰点点头,思忖片刻道:"也好,宁骑城如今是王振最得意的爪牙,朝中忠正之士多受其打压。张啸天一死,礼部尚书之位空缺,我们也是力争,但怎奈王振又一次捷足先登,被他举荐的陈文君得到。此人任山西知府时便以贪腐出名,后被于大人巡查时上疏降级处置,没想到于大人一进诏狱,他便又出来上蹿下跳,买通了王振,竟然连升数级,从盐运使升为礼部尚书,闻所未闻。"

"冰冻三尺,非一日之寒。"萧天沉吟道。

"是呀,时运至此。"赵源杰望着萧天,"贤弟有何需要,兄必赴汤蹈火。"

萧天一笑,点点头道:"那兄弟告辞了。"

赵源杰急忙提起灯笼要送他,被萧天劝阻。萧天抱拳辞别,闪身出了书房,便消失在黑夜里。

夜色如墨,更鼓已敲过四更。萧天沿着巷子飞奔,眼看到了悦来客栈,他飞身跃上院墙,沿院墙爬上二楼的屋脊,找到入住客房的窗户,出来时他在窗台上放了一根短树枝。

他落到窗台上,伸手去推窗框。只听"哐啷哐啷"之声,却根本推不动,似是从里面闩住了。萧天一惊,转念一想,能从里面闩住窗户的,还会是谁。便急忙把脸凑近窗,压低声音叫道:"明筝,再不开窗,我要掉下去了。"

突然,窗户大开,萧天飞身跃了进去。明筝急忙关上窗户,萧天摸索着找到火折子,点燃蜡烛。屋里顿时大亮,却见明筝一脸怒气瞪着他:"你去哪儿了,为何不带我去?"

"屋里太闷,你的呼噜声又太大,我出去松散松散筋骨。"萧天笑道。

"胡说。"明筝怒道,"我只睡着一会儿,便找不着你了,我都急死了。"

萧天急忙认错道:"是我不对,下次一定带上你,我只不过在四周跑了一圈。好了,天不早了,再不睡,天便亮了。"他拉着明筝,把她拉到床边道,"说好的,我睡前半夜,你睡后半夜,快睡吧。"

明筝经此一折腾,已毫无睡意。

萧天坐到方桌前,从衣襟里拿出那张图对着烛光看起来。明筝走到他一旁坐下,问道:"这是你刚才的战利品?"

"这是诏狱的地图。"萧天说道,手指敲打着地图蹙眉思忖。

"啊!"明筝瞪大眼睛,她急忙凑上前看着地图,嘴里喃喃自语,"还对我说去松散筋骨,你这筋骨松散的……可真是不虚此行呀。"

"去了赵大人府,"萧天老实交代道,"是他给我绘制的。"萧天突然看着明筝,问道,"你可还记得咱们上次在小巷救的梅儿姑娘?"

"那个宫女?"明筝当然记得。

"同她一起出逃的王玉茹,惨死在街巷,"萧天接着说道,"咱们还去拜会过王玉茹的爹,你可还记得?"

"那个牢头王铁君?"明筝说完,猛然醒悟道,"牢头?难道他是诏狱的牢头?"

"正是。"萧天看着明筝道,"天一亮,你便去望月楼,接着梅儿姑娘来客栈等我。"

"那你去哪儿?"明筝听他又要单独行动,不快地问道。

"我去的地方你定不愿前往,我去刑部看看王玉茹的尸身被他们处置了没有。当时咱们走得急,都没有来得及通知她家人。"

两人又说了会儿话,天便亮了。

二

晨光熹微,巷子里传来一阵"嗒嗒"的马蹄声,一辆马车缓缓在一户人家门口停下。萧天下了马车上前叩门,开门的正是王铁君,他身上的狱卒衣服都没有换下,正端着茶碗喝水,见来人十分面熟,又一时想不起来,便愣怔了一下。

"爹,这不是上次捎来妹子信的那位公子吗?"王铁君的儿子一眼便认出萧天。

萧天一笑,道:"还是这位小哥好眼力,在下萧天。"

王铁君眉头一挑,也记起了此人,忙放下茶碗。这时,明筝扶着梅儿走进来。王铁君一愣,望着两位姑娘。明筝和梅儿向王铁君行礼,王铁君脸上的肌肉抽动着,眼睛失神地盯着两位姑娘,半天说不出话来。他儿子急忙用胳膊肘碰了碰父亲,父亲才回过神来,用袖头擦了下眼睛,尴尬地道:"失礼了,两位姑娘让我想到我家小女。"

"老伯，"梅儿扑通一声跪下，哽咽着道，"你家女儿叫王玉茹，宫里名号香堇，十三年前入宫，入宫时十四岁，引她入宫的太监名叫李得顺，我说的可对吗？"

王铁君一愣，忙上前扶起梅儿姑娘："你……你是……"

"我和玉茹一道从宫里逃出来……"梅儿说到这里，一时情急便剧烈地咳嗽起来。明筝急忙上前去安抚梅儿的背，萧天拉住王铁君走到一旁，把事情经过原原本本说了一遍。王铁君听后抱头痛哭，一边哭一边念叨："我那可怜的闺女呀，你死了当爹的都不知道呀……"

"王牢头，"萧天叫住他，"如今我已托人从仵作那里把你闺女的尸身赎出，就在外面马车上。"

王铁君愣怔半天，撒腿便往外跑，一边跑一边喊儿子的名字："大栓，快，跟爹过来。"父子两人跑出去，直奔马车。

王铁君、大栓、萧天加上明筝，四人抬着棺木走进院子。王铁君走到墙角拿起劈柴的斧子撬开棺盖，只见里面躺着一个面色发灰的女子，定睛一看正是自己那苦命的女儿。他扔掉斧头，倒身向萧天跪下："谢公子让我家小女入土为安，你是我王家的恩人呀。"

明筝看着棺木中的女子，身上红绸衣裙，夺人眼目。不由感叹萧天如此短的时间，竟然把事做得如此周密。

王铁君在后院辟出一间房子，设置了简单的灵堂，放置了香烛、果盘等祭祀的物品。大栓和梅儿守在灵堂前，由于不宜张扬，他们不打算通知亲友。

燃上三炷香后，王铁君潸然泪下，对着棺木里衣衫鲜红的女儿缓缓说道："玉茹呀，按理说白发人送黑发人，爹该难过才是，但是，看到你安安静静地躺在自个儿家里，爹心里别提多知足了。如果有来生，爹一定给你许配个好人家。爹知道你这一生心里委屈，爹知道你想家，想爹想你哥，如今你再也不用伤心了，你回家了，爹守着你啊……"

萧天和明筝相继上了香，被王铁君请到正房里用茶。梅儿不愿离开，要为姐姐守灵。他们拗不过她，便由着她去了。

一行人回到正房，王铁君对着萧天又是深深一揖，感激不尽。

萧天微微一笑道："王牢头，你先别谢呢，我也是有一事相求，还怕你不肯呢。"

"哪里的话，公子对小女的大恩大德此生谨记，如有用得着小人的地方，但说无妨。"王铁君拍着胸膛说道。

"如今便有一事想让牢头帮忙，"萧天端起茶盏一饮而尽，然后平静地从怀里掏出折起的纸张,展开来递给王铁君,"你可认得此图?"

王铁君把纸摊到方桌上,不看则已,一看不由惊得倒吸几口凉气:"这……这不是诏狱地图吗? 我在这里待了半辈子,岂有不识之理?"王铁君狐疑地望着萧天,脸上掠过一丝不安,更多的是惊恐和慌乱。

"不瞒王兄,"萧天淡然一笑,"有几个朋友在里面,我要出手相救。"

王铁君一听此言,手一抖,桌上的茶盏被碰到地上,"哗啦"一声,碎了一地。"好汉,英雄……"王铁君慌乱得不知如何称呼才好了,"我不是退缩怕事,这诏狱当真是铜墙铁壁,守卫森严,且机关重重呀! 我看你对我家小女便知你是侠肝义胆,是重情义的好人,真不忍心看你们去送命呀,但凡有别的法子便不要冒这个风险。"

"是呀,"萧天一声苦笑,"但凡有别的法子我们也不会冒这个风险。"

王铁君紧张得胡子乱颤,本来就丑陋的面容此时看上去更加难看。他从萧天的言谈中看出此人身份一定不简单,而诏狱中所关押的犯人哪一个是凡夫俗子? 他虽不知萧天身份,但从他寥寥数语中便能感受到一种英雄气概,早年他也曾在江湖中闯荡过,有了儿女才退出江湖。凭他多年浸润江湖的看人经验,此人身份定是非同一般的尊贵。

王铁君从初闻此事的震惊中回过神来,抹了把脸上的冷汗,开始思谋如何帮萧天,他紧皱眉头,越想越担忧,不禁摇头叹息。

"王兄,诏狱这么大,难道就寻不到一点破绽吗?"萧天问道。

"寻不到。"王铁君回答得干脆利索,"这么多年,别说有人劫狱,便是出逃的又有几人? 萧大侠,外人只知诏狱围墙丈八高,却不知所有围墙都是双层,夹层里填满细沙,如果凿洞的话,很快会被流动的沙子掩埋。里面的水井,都是整块石头镂空出的只容木桶大小的洞口。屋顶设有暗箭,不管你轻功多么了得,只要踏上一片瓦,便万箭齐发。而屋顶屋檐之间密布铁网,网上挂着铜铃,犹如天罗地网,并非夸张。"

"这么说还真是找不到破绽。"明筝在一旁感叹道,"围墙里有沙,房顶上有箭,房子之间有铁网,又有重兵把守,这……"

"你要说破绽嘛……"王铁君摇着头道,"也不知这点算不算?"

"王兄但说无妨。"萧天盯着王铁君道。

"唉,要说宁骑城心思缜密,能想到的他都设防了,唯独地下,"王铁君苦笑着手指地面,无奈地摊开双手,"只有地下。"

萧天一声浅笑，点点头道："王兄，多谢指教。"

"唉，哪里能帮上你呀。"王铁君惭愧道。

"还有一事，"萧天起身走到窗边一张书案前，案上虽说积满灰尘，却有笔墨，萧天取出一支笔，找到一张纸片，匆匆写下些字，然后叠成两个豆腐块大小递给王铁君，道，"还要麻烦王兄，往狱里送个口信。这两个人，一个叫柳眉之，一个叫李漠帆。"

王铁君小心接到手里，信誓旦旦地点头："别的帮不上，这送信一事便交给我吧。"

三

翌日未时，在昏暗的岗房里，王铁君和当值的三个狱卒正在吃晌午饭。狱里为他们提供的伙食不比犯人强多少，只是没有发馊发霉罢了。王铁君站起身从墙上挂着的一个褡裢里，取出一包东西，压低声音道："哥几个，来！"

三个人转回身看见王铁君展开纸包放到木桌上，立刻一股扑鼻的香味溢出来。三人又惊又喜，凑了过来，一个问道："老哥，今儿是啥日子？"一边问一边下手，抓起一块又肥又油的猪头肉塞进嘴里。

"啥日子也不是，临来儿子孝敬的。"王铁君乐呵呵地说着，拿筷子往他们碗里夹肉片。

这时，牢门被叩响，一个熟悉的粗嗓门咋呼着："开门，开饭了。"

"这个刘饭头可真准时，给犯人送个饭，比给他妈送饭还积极。"小个子狱卒不耐烦地叫了一声，"让他等会儿吧。"

"你们吃，我去。"王铁君放下碗向牢门走去。

铁栅栏上了两道锁，下了锁，王铁君把牢门拉开。刘饭头提着两个食篮走进来，看见王铁君乐呵呵地打了声招呼："铁头，今儿你当值啊。"狱里人都喜欢起绰号，不为别的，只为了图一乐。在阴冷酷烈的狱里时间长了，便渴望找点喜庆的事。于是，王铁君便有了"铁头"的绰号，其他人也都有，刚才那个小个子叫"耳朵"，其他两人，一个叫"帽儿"，一个叫"油条"。

王铁君跟着刘饭头向牢房走去。这时牢里的守卫都在换防，长长的过道里只有两名守卫。王铁君看刘饭头腿一瘸一瘸，便问道："刘饭头，你这腿是咋的啦？"

"唉，老寒腿，刚才下台阶太急，又滑了一跤。"刘饭头丧气地说道。

狐王令（上）

"刘饭头,这边交给我吧,"王铁君从刘饭头手里接过一个食篮道,"你腿脚不好,少跑几步,我去'人'字号吧。"

"铁头,谢了啊。"刘饭头往"地"字号走去。

王铁君从一个守卫面前走过,前面的走道寂静无声。他脸上的肌肉由于紧张抽动了一下,一只手从衣角剥出一个方形纸块,迅速塞进篮里一个黑乎乎的馒头里,不动声色走到一个铁栅栏前,把半碗酱菜和一个黑馒头放进去。王铁君向里面看了一眼,那人躺在草垫上,一动不动。王铁君知道这新来的犯人叫李漠帆,是上仙阁的掌柜,昨个刚受了刑。他看里面的人没动静,便开口道:"大侠,吃馒头。"

里面的人依然没有动静,王铁君叹口气,站起身向里面走去。

"人"字号狱里关押了七名犯人,王铁君沿着铁栅栏挨个送饭,在走到柳眉之牢房前,匆匆把另一张纸片塞进馒头。柳眉之坐在草铺中间,嘴里念念有词:"……哆他伽多夜,哆地夜他,阿弥唎哆……"

王铁君把半碗酱菜和一个黑馒头放到铁栅栏里,说道:"活佛,吃饭了。"

王铁君听"耳朵"说,这位柳眉之是白莲会的活佛,所以他也跟着这么叫。"耳朵"人小鬼大,是他们狱里无所不知的人物,最爱打听各种小道消息,所以人送绰号"耳朵"。

最里面的牢房关押的是于大人,王铁君看见牢房里小油灯还亮着,只是越发地暗了。他走过去道:"哎哟,先生,还读着呢?"

于谦从油灯下抬起头,看着牢头提着食篮站在铁栅栏外,便笑道:"是呀,书中自有黄金屋嘛。"

"照我看呀,书中自有牢狱屋。"王铁君蹲下身,从篮里取出半碗酱菜和一个黑馒头,"你少读些书,也许会少受些罪。得嘞,你先吃着,我去给你油灯里添些油。"

"有劳了。"于谦起身递给牢头油灯。

王铁君提着食篮举着油灯从柳眉之牢房前经过时,看见他仍然在念经文,铁栅栏前的饭碗未动,便叹口气向前面走去。

柳眉之把往生咒念到第四十九遍时睁开眼睛,混浊暗淡的眸子在经文的作用下似乎又恢复了些许光彩。在狱里苦熬,他如今唯一的支撑便是念经,可惜他能记下的只有这些。

他目光扫过这间不足丈宽的牢房,满脑子都是疯狂的念头,即使硬着心肠念经文,也止不住要逃走的欲念。刚进来时的那份淡定早已消失殆尽。当他想到云藐那副鬼样子时，对"铁尸穿甲散"的恐惧已震慑心扉，早一天出去，便早一天摆脱那可怕的毒丸。现在宁骑城虽未对他用毒，不表示以后不会，这个人古怪至极，谁又能揣测到他的心思。

他眼睛盯着铁栅栏边的牢饭，肚子条件反射般叫了起来。他要保持体力，不得不吃饭。他走过去伸手端起粗陶碗，仍然是半碗酱菜一个黑馒头。他一只手捏起馒头，在往嘴里放的瞬间，发现馒头一侧被动过手脚，他像被马蜂蜇住似的，猛地把馒头扔了出去，心里一片惊悸。他望着馒头在牢房草铺上滚动着。

他吓得双腿一软，跪倒在草铺上。自从知道宁骑城手里有"铁尸穿甲散"这种奇毒，他对进口的食物特别当心，有一点不对，他便不吃。他稳了下心神，趴到馒头面前，小心地拿起它，三下两下把它掰开，突然从馒头里掉出一个方形纸片。柳眉之捏起纸片，小心地展开，借着走道昏黄的烛光，看见上面写有四个字：静等救援。

柳眉之捏着这张纸片震惊之余，脑子飞快地旋转着。难道是白眉行者找到总坛主，他们要救他？但这四个字明显不是出自白眉行者之手，他的笔迹柳眉之见过。这次宁骑城对他堂庵的剿灭是毁灭性的，白莲会在京城的力量损失近半，仅凭白眉行者和他们几个护法很难劫诏狱。他低头又仔细端详着纸片上的四个字，下笔虽急，但笔势雄健，力透纸背。只这书写的造诣便非他白莲会里人所为，难道另有其人？

他手里捏着这片纸，突然想到一个脱身的主意。只有让宁骑城害怕，事情或许才会有转机。他对着走道上的守卫大喊："哎哟，来人呀，来人呀，肚子痛……"那名守卫闻声跑过来，厉声喝道："嚷什么嚷！"

柳眉之双手抓住铁栅栏，压低声音对那名守卫道："我要见宁大人。"

那名守卫不屑地瞪他一眼，道："宁大人岂是你想见便能见的？"

"我有重要情报要告诉他，"柳眉之摇晃着铁栅栏，吓唬守卫道，"误了事，小心你的脑袋！"

守卫不耐烦地白了他一眼，不为所动。柳眉之突然扬起那张纸片道："那你把这个交给宁大人。"守卫接过纸片一看，立刻绷直了上身，一只手不由按住佩剑，他攥着纸片二话不说向走道跑去。

半炷香的工夫，走道上便响起沉重杂乱的脚步声。宁骑城阴沉着脸快步向这里走来，他身后跟着几个护卫。宁骑城脸上毫无表情，柳眉之坐在牢房暗处看着，实在琢磨不透宁骑城收到这张字条是震怒还是惊恐。

宁骑城一挥手，吩咐属下："打开牢门。"

狐王令（上）

刚才跑出去的那名守卫拿出一串钥匙打开牢门，宁骑城高大的身躯一走进去，那名守卫又立刻关上牢门，几名护卫在门外候着。

"有人要救你?"宁骑城双手抱臂站在牢房中间，盯着坐在墙角的柳眉之。

"大人，你的麻烦了。"柳眉之答非所问懒洋洋地回了一句。

"有人想救你，对你来说岂不是求之不得之事，为何要告诉我?"宁骑城眯起眼睛，饶有兴致地盯着柳眉之。

"与其相信他们，不如相信大人你更稳妥。他们怎会是你的对手，如何能攻破你这铜墙铁壁的诏狱?"柳眉之小心翼翼地说着，眼角的余光瞥着宁骑城。

宁骑城一声冷笑，点点头，道："我最喜欢与聪明人打交道。"

"但是，"柳眉之站起身，走到宁骑城面前道，"宁大人，你也许不了解白莲会，我作为北堂主，被关在你这诏狱里，我的信众他们会不惜代价来救我，即便攻不破这牢狱，但是由此招来的血腥杀戮必将引起朝野公愤，到那时岂不是有损你一个锦衣卫指挥使的荣耀?"

宁骑城嘴角挤出一个冷笑，讥讽地道："你真为我着想，那依柳堂主的意思……"

"放我出去，他们自然便放弃攻击。"柳眉之深深地看了宁骑城一眼，信誓旦旦地道，"我出去后，绝不会再踏进京城半步，宁大人看如何?"

"哈哈……"宁骑城阴森的面孔现出一抹厌恶的情绪，他逼近柳眉之，伸出一只手，手上捏着一张纸片，用冷得几乎掉下冰碴的声音说道，"你用一片破纸，来向我提条件……"说着，他瞬间将字条揉成一团，甩到柳眉之脸上。

"你不想知道这四字出自谁之手?"柳眉之额头上冒出冷汗，想最后一搏，必须说一个让宁骑城忌惮的人。

"说!"

"萧天。"

"兴龙帮帮主?"宁骑城冷冷地望着他，"他会来救你?"

"别忘了，我妹妹明筝跟他在一起。"柳眉之说道，"明筝会念在我们以前的情分上求他的。"柳眉之对此深信不疑，因为他太了解明筝了，"一定是白眉行者说服了兴龙帮，你要知道江湖上，白莲会也是声名显赫，白莲会的面子不是谁都可以驳的。"

宁骑城愣怔了片刻，柳眉之抓住这个机会接着说道："只要你放我出去，我便会见到明筝。她早已答应我默写出《天门山录》，我用此书作为你放我的条件，大人看如何？"

宁骑城脸色一阵发白，眼神游移间有些变幻不定。

柳眉之以为自己如簧巧舌说服了宁骑城，不由一阵窃喜。

宁骑城沉吟片刻，背过身去，他打量着这间牢房，漫不经心地说道："我倒是真想看看，他们用什么手段来攻破我的诏狱。柳堂主，让他们救你出去岂不更好，到那时，你会拥有更多的信众。哈哈……即便你今日不拿出这片破纸，我也该来看你了，今夜是月圆之夜。"宁骑城的声音越发低沉、阴森，说着他伸出一只手，手掌上有一枚黑色药丸。

柳眉之猛地向后退去，眼睛瞪着药丸，身体如掉进冰窟一般，一股恶气从胸口腾起，他如此讨好他，换来的不过是更大的侮辱。他一掌打翻宁骑城手中药丸，歇斯底里地叫道："我不会吃的，休想把我变成云蘑……"

"爱吃不吃。"宁骑城冷冷一笑，转身便走。守卫在外面打开牢门，宁骑城走到门边，又转回身，用极低的声音说道："这是解药，如再不吃下去，小心你体内的尸虫钻出来喔。"

柳眉之大惊，他扑向宁骑城，宁骑城一闪身，柳眉之扑了空，双手却抱住宁骑城的大腿，他狂叫着："你骗人，你想骗我吃下去，我不会上当，我不会上当。"

宁骑城弯腰盯着柳眉之道："你可以自己看看，看看你的皮肤有何变化？"

柳眉之彻底慌了，他盯着自己的手背，刚才还笃定的内心片刻间崩溃了，他慌乱地瞪着宁骑城。

"让你吃还会告诉你吗？它就在那天你吃的包子里。"宁骑城一声轻笑，逼近柳眉之，"每月的月圆之夜，便是你来见我之时，还记得惜月河畔吗？"

柳眉之额头上冒出大颗的冷汗，胃里一阵翻滚，不由呕吐起来，一边吐一边无力地跪到地上，绝望又一次向他袭来，他听到身后脚步声，牢门重重地关上，一阵"稀里哗啦"上锁的声响，接着走道响起一阵嘈杂的脚步声……

柳眉之清醒过来，他惊恐地爬到草铺上，四处寻找那粒解药……

宁骑城走出牢房，外面还在下雨。他踏着雨水径直走到后堂，命人去找高健来见他。

宁骑城坐在太师椅上，端详着手中一张字条。正是柳眉之交出来的字条，刚才他当面揉碎的只是一张白纸。他面色凝重地盯着那四个字，陷入沉思。

没过多久，高健冒雨赶来。他一身甲胄，面色憔悴，不知这时宁骑城要见他所

狐王令（上）

为何事,心里有些忐忑。一走进后堂见只有宁骑城一人坐着喝茶,便上前行礼道:"大人,卑职刚好有一事要向大人回禀。"

"哦?说吧。"宁骑城抬眼看着他。

"有暗桩来报,那工部尚书王瑞庆与蒙古人的马市来往过密,我暗中盯了几天,怀疑他们暗中有交易。"

"这事你不用管了。"宁骑城放下茶盏道。

"不管?"高健很是不解,"若他们暗中交易,这可是朝廷明令禁止的,若是传出去,岂不是要说咱们失察?"

"赚点银子罢了。"宁骑城没好气地说道,"我说高健,该你管的不见你操心,不该你管的你操哪门子心。"

这句话把高健骂醒了,难不成宁骑城也知道?得嘞,高健垂下头,自己一个小小芝麻官,管住自己跟前的事才对。

"大人,卑职明白了。"高健一乐,说道。

"你明白个屁!"宁骑城训道,"场面上的交易便掰扯不清,眼下有人要攻打诏狱了,你还乐呵呢。"

高健一愣,喝道:"哪里来的狂妄之徒,太不自量力了!"

"有人打诏狱的主意,咱不得不防呀。"宁骑城说着站起身,在室内踱着步,吩咐高健道,"你近日着便服去查一下兴龙帮的动向,记住,不可打草惊蛇。"

"是,大人。"高健犹疑了一下问道,"那我手边的事?"

"让你手下盯着便是了。"宁骑城不耐烦地说道,然后阴沉着脸在室内踱着步,"你先去吧,让我好好想想。"

高健躬身退到门边,他看见宁骑城仰面靠到太师椅上,整个脸隐在暗影里,便轻轻合上了门。

第十六章　瞒天过海

一

翌日午后,按约定潜入京城的各路人马相继回到瑞鹤山庄。

樱语堂座无虚席,一些辈分低的弟子索性席地而坐。大家带回的消息五花八门,千头万绪。众人听后心里更是烦乱如麻,理不出个头绪。

萧天看大家说得差不多了,便微笑着站起身,道:"各位请跟我来。"说着,他走到偏堂,众人不明就里相继起身跟着走过来。

偏堂一面墙上挂着一张地形图。这张图是昨夜他和明筝比照着赵源杰的图连夜画出来的。众人站在图下仔细地端详着,玄墨山人沉吟片刻,捋着胡须问道:"难道此图标识的便是诏狱不成?"

"正是。"萧天微笑着道。

"啊——"众人发出惊叹,全都围过来。

"如此详尽啊!"铁掌李帮主盯着地图赞叹不已,"萧帮主,你这一张图顶我们大家跑来跑去多少趟啊。"

"你那是瞎耽误工夫,"玄墨山人打趣道,"打听点小道消息便回来邀功。"

"你个老东西还说我,"李帮主也不依不饶,"你带来的消息算个屁呀,还说诏狱增加布防,加了一个百户所,你知道一个百户所几人吗? 一百一十人,只有这些人守诏狱,不是笑话吗?"

萧天看着两位老英雄斗嘴,笑而不语。林栖在一旁按捺不住,大吼一声:"闭嘴!"林栖说完一脸冷漠地站到一旁。对于林栖的嚣张,玄墨山人和李荡山倒是不以为意,但是两边的弟子却不干了,一个个气不过走到林栖面前,玄墨山人的大弟子吴剑德冲着林栖喝道:"快给两位掌门道歉。"

林栖像是没有听见,白了他一眼,仰脸望着房梁。

吴剑德受此侮辱哪里能忍,拔剑向林栖刺来。大家一看这是要动手呀,竟没有人上前去拦,却呼啦啦向后退去,空出中间一片场地。明筝在一旁看不下去,刚迈出一步,便被身后一只大手抓住胳膊给拽了回来。

明筝转回身,看见萧天给她递了个眼色,在她耳边低语道:"打一架,添点士气也好。"明筝一看此时情景,是得给众人点脸色,不然也镇不住他们,况且这些人行走江湖,素来尚武,以力服人。

吴剑德连刺两剑,林栖依然抱臂不理,只是身子跟着剑身躲闪。这一下彻底激怒了吴剑德,他使出了本门绝活天蚕剑法,阴柔奇幻让人眼花缭乱,四周响起叫好声。林栖一看突然来了兴致,好久没有伸展腿脚了,他跳到一名白莲会护法身前,从他腰间抽出一把长剑,说了声:"借用一下。"转身跳到吴剑德身前。

两人在场地中间比画开来。一时间剑气四横,银光闪烁。众人诧异的目光跟着银光,只感到阵阵寒气,却不见半点招式,只听见耳边"嗖嗖"的风声,却不见剑身。

吴剑德剑法师承玄墨山人,此时玄墨山人站在场外不由暗暗钦佩,林栖的剑法诡异奇绝,远远在吴剑德之上,如再不叫停,恐自己弟子吃亏,便上前道:"剑德,还不嫌丢人现眼吗?这位林兄弟一直在让着你呢。"

吴剑德闹了个大红脸,心下也是对林栖身法很是震惊,便停了手,拱手一揖道:"得罪了。"

"今日我白眉行者也是长了见识啦。"白眉行者走到中间打着圆场道,"门派之间切磋武功,是难得的幸事呀。"

"是呀,是呀。"此时众人纷纷上前寒暄。林栖对吴剑德抱拳还了一礼,然后,两人各自退到主家身后。这时,大家皆把目光投到萧天身上,堂上一片寂静。

萧天微微一笑,走到地图前,接着刚才的话题往下说道:"诸位,这张图出自我一个刑部的朋友,大家毋庸置疑,此图非常精准。据我了解的情况,你们看这些外围的墙,双层且里面灌满细沙。这些屋顶都设有暗箭,一旦踏上,万箭齐发。屋檐之间密布铁网,网上挂有铜铃,一动便响。"萧天说完注视着众人。

下面一片静默,所有人都盯着那张图,大眼瞪小眼。

"都说诏狱是铜墙铁壁,这简直有过之而无不及,宁骑城简直是布下了天罗地网呀,这……咱们如何下手? 从哪儿下手?"李荡山眨着眼睛问道。

玄墨山人盯着萧天说道:"萧帮主,你一定是有了主意,不要卖关子了,快讲给我们听听。"

"如今摆在咱们面前的只有一条路,入地。"萧天说道。

"入地?"众人重复着萧天的话,交头接耳。

"听萧帮主怎么说。"李荡山打断众人道。

"刚才大家带回的消息都很重要。"萧天望着众人道。经过刚才一场短暂的较量,林栖的出手让众人惊艳,而林栖如此修为不过是萧天一名护卫,众人对这位温文尔雅的帮主开始肃然起敬。此时大家已心无旁骛,如果以前还有一些轻视萧天的话,刚才的较量已修正视听。萧天说道:"综合大家的信息,咱们才可以筹谋一套可行的计划,宜早不宜迟。玄墨掌门、李帮主还有白眉行者,你们跟我进入密室,我会把计划详告大家。"

玄墨山人、李荡山和白眉行者相互交换了眼色,遂跟随萧天走进偏堂一隅的密室商谈,盘阳招呼众人回到正堂喝茶等候。

足足等候了一个时辰,四人才从密室里出来。这几位均是江湖上闯荡惯的,个个老辣沉稳,从他们脸上根本看不出任何端倪。他们一出密室,便走到各自弟子面前,招呼着相继告辞离去。不一会儿,樱语堂便只剩下萧天、明筝、林栖和盘阳。

林栖见众人散去,犹豫着走到萧天面前,郁郁不乐地说道:"主人,你总是忙于其他帮派的事,咱们的事,你何时才动手?"

"你这人,小气!"盘阳赶紧给林栖递眼色,不想让他往下说,"别忘了你的身份,帮主怎么吩咐,咱们怎么做便是,少问了。"

"林栖,这怎么能说是别人的事,跟咱们息息相关,宁骑城不除掉,咱们怎会有胜算?"萧天不悦地说道。

明筝不知道他们在说什么,傻乎乎地问道:"你们要干什么?"

"救人啦。"盘阳笑着说,"帮主不是一直在救人嘛。"

萧天叫住盘阳,在他耳边低语了几句,盘阳点点头,拉着林栖走出樱语堂。

"明筝,我带你去见识个有趣的东西。"萧天见明筝还在猜疑,便笑着说道。明筝一听"有趣",立刻点头跟着往外走去。

他们沿着游廊直走到山庄尾部,抬头便可以看见山体,这里有一个隐蔽的小门,此时已经打开,两人走出去,外面便是郁郁葱葱的小苍山。有一条窄小的山路蜿蜒向上,两人沿着山路向山上走。

"萧大哥,刚才在密室里,你们都谈了什么?"明筝好奇地问。

"已经部署好了,大家各司其职。"萧天道。

"啊?"明筝停住脚步,惊讶地瞪大眼睛望着萧天道,"要动手了?"

"对。"萧天平静地说道,"一会儿便动身。"

明筝如坠迷雾里,不安地看着他道:"有……有把握吗?"

两人正说着话,前面出现一片开阔地,像是人工平整过的,明筝跑过去,萧天在后面叫道:"小心,前面是悬崖。"明筝停住脚步,环视四周这才发现此处竟是一座孤立的山峰,他们所处的位置正在山峰的中部,目光所及皆是崇山峻岭,一群鸟儿展翅飞过,冲她唧唧鸣叫。

萧天走到平地中间一个木箱前,明筝从崖边走回来,看见这个木箱很是奇怪:"萧大哥,这木箱从何而来?"

"是我让盘阳和林栖抬来的,你过来看看可还识得。"萧天说着打开箱盖,回头看着明筝。

明筝走到木箱跟前,低头一看,不由暗吃一惊。里面是黑色的巨大的羽翼,黑色的羽毛细密光滑,在阳光下闪着丝绸般的光,宛如活的一般。"简直就是一只大鸟。"明筝喃喃自语,她伸手小心地展开羽翼,手指便触碰到里面做工精巧的木架、钢索……明筝浑身一震,她抬起头,双颊绯红,眼睛放光地看着萧天大叫道:"天呀,飞天翼!"

"何以识得?"萧天问道。

"所幸我读过《天门山录》,狐族人世代生活在崇山峻岭间,那里奇山秀水,峰峦突兀,世代以狩猎和采药为生,为了征服那里耸入云霄的山峰,在万壑千岩中来去自由,他们制作了飞天翼,经过几代狐族人不断完善终于成功,这便是狐族至宝之一。"明筝激动地看着箱子里的飞天翼,突然问道,"萧大哥,狐族的至宝怎会落入你兴龙帮之手?"

萧天微笑着点点头,颇为赞许地看着她道:"看来你真是把《天门山录》熟记于心啦。不错,这是狐族的至宝,当年差点落入王浩的手里,为了保它,老狐王付出了生命。这是我那个狐族朋友托我保管,此次咱们借来一用。"

狐王令（上）   289

"用它?"明筝依然迷惑。

"是,这次劫诏狱没有狐族两样至宝的帮助,很难成功。"萧天说道。

"还有一样?"明筝叫起来,"难道是钻地龙?"

"是,我说过咱们只有唯一的一条路,入地,便靠它。"萧天道。

"好神奇呀。"明筝听到此已是激动不已,一路上的担忧疑惑已荡然无存,剩下的只有期待,她兴奋地抓住萧天的手道:"萧大哥,你已制订好计划了,是不是?"

"是,"萧天皱起眉头,"但是,有一个重要地点确定不下来,诏狱四周戒备森严,街上又满是东厂番子,白天很难接近,只能夜间探查,今夜你便跟我去。那里机关重重,无处下手,也无处落脚,咱们只能冒险从它上头飞过,"萧天看着明筝,一字一字说道,"我操作飞天翼,你可要瞪大眼,记下四周连通诏狱的地貌,回来要详尽地画出来。只有半炷香的工夫,只可一次,没有下次。"

明筝瞪着双眼,刚才绯红的双颊,已变得雪白。

萧天展眉一笑,安抚地拍拍明筝的肩,问道:"怎么,害怕啦?"

"不是,是……"明筝把头摇得像个拨浪鼓,"兴奋!"

萧天从木箱里取出飞天翼,放到地面开始组装。原来竟是一只巨大的类似木鸢的装置。其实木鸢起源于风筝,明筝儿时便喜欢玩风筝,她的闺名便带着一个筝字。明筝眼前一亮,她自小熟读经典,《韩非子》中有类似记载,便笑着说道:"萧大哥,'墨子木鸢,三年而成,蜚一日而败'。看来,狐族的飞天翼竟比那墨子的木鸢不知要精巧和奇幻多少倍呢,怪不得被誉为狐族至宝,让那么多人觊觎。"

萧天笑着看着明筝道:"看来,以后我要尊你一声夫子了,真不知你那个小小的脑袋里怎么装得下这么多东西。"

明筝一笑,顽皮地说道:"我打不过你,脑子再不好使,岂不是要被你欺负死?"明筝说着,看着萧天组装好飞天翼,还是吃惊地发出一声长叹,"啊——"

"别紧张,咱们先试一次,有风便可飞了。"萧天说着,自己先走进飞天翼的翼身下,用绳索勒紧胸前,然后拉过明筝把她绑到一起,他们双手一起抓住翼下的一根支架。萧天扭头看明筝,发现明筝身体微微发抖,便安慰道:"一会儿咱们一起奔跑,然后你便闭上眼睛,我让你睁开,你再睁开。"明筝默默点头,脸上早已没了颜色。

萧天调整好飞天翼,对着悬崖的方向,然后轻轻说了一声:"跑!"两人向前跑,萧天接着道,"明筝,闭眼。"

其实明筝在跑向悬崖的那一瞬间便闭上了双眼,她只感到耳畔风声,心跳快到

狐王令(上)

极限,脚下根本不听使唤,不是她在跑,而是萧天带着她在跑,一股更猛的风扑过来,她的双腿僵直,感到身体随之悬了起来。

"明筝,睁开眼睛。"身旁萧天对她说道。

明筝睁开眼睛,大吃一惊,仿佛坠入梦里,一切都变得那么不真实:眼前郁郁葱葱的山脉,蜿蜒闪亮的河道,远处还有一片碧绿的湖泊……

"萧大哥,咱们真的飞起来了!"明筝惊叫着,身侧那只黑色的巨大羽翼足有七八尺长,随着风势不停扇动着,她扭头看见萧天正专心操作机关上的杠杆,便不敢再打扰他。明筝低下头,看见脚下树林,连枝叶都清晰可见。林中的小道,道边的溪流……正看得津津有味,耳边却听见萧天说道:"蜷着腿,小心,要落地了。"

明筝看见前面一片草丛,却不是刚才的悬崖。接着飞天翼震动起来,明筝闭上眼睛,身体随之落到一片草丛里。从草丛里跑出来两个人,正是盘阳和林栖,两人跑上前帮着解开绳索。

"太快了,为什么不飞远点?"明筝有些意犹未尽。

"你以为是鸟呢,飞个百十里没事?"林栖没好气地怼了一句。

"明筝姑娘,知足吧。今日飞翔算是幸运的,没见过有去没回的,有时碰见老鹰便交代了,被老鹰叼走半条腿也是有的。"盘阳说道。

"你们别吓她了。"萧天说道,"收拾起来,准备出发。"

林栖和盘阳小心翼翼地收起飞天翼,一样一样放入草丛中一个木箱里。明筝直到此时头都是眩晕的,她只好坐到草丛里,呼呼喘着气。萧天走过来,坐到她身边道:"这次你可以看风景,今夜你可要瞪大眼睛,赵源杰绘制的图没有标识周边的地形,咱们必须找到一个入口。"

明筝倒吸了口凉气,直到此时方才进入她的角色,才明白为何萧天要带上她,论脑力也非她莫属。诏狱四周只有从空中看,才最是一目了然。

二

这天傍晚,一辆简易粗糙的拉木头的马车自正阳门进城,一路颠簸到正阳门西北角一个叫"来一壶"的茶楼。驾车人正是盘阳和林栖,他们按约好的时辰赶到。萧天和明筝骑快马早他们一个时辰到,此时正候在那里。

盘阳和林栖走进茶楼,坐在萧天旁边的桌前,向小二要了茶水,四人喝茶用饭,静候天黑。

敲二更时,四人离开茶楼。"来一壶"茶楼离诏狱很近,他们走不多远,便看见一处深宅大院,再往前走便可看见诏狱布满铁网的高墙。他们退到那户人家的围墙外,这户人家从外面看黑灯瞎火,像是里面无人。想想也是,与诏狱为邻,怎会住得安康。

他们走到黑暗的墙角,都脱下外衣,露出里面的夜行衣。明筝也脱掉衣裙,里面也是一身夜行衣。他们重新蹲下,等待敲响三更。萧天借机查看了四周,看中了这户人家的高围墙,围墙连着一侧屋顶,正好可以跑得开。这日夜里月明星稀,确是难得的好天气。

更鼓敲过三更,萧天起身吩咐:"准备吧。"

林栖和盘阳从马车上搬下一根粗大的原木,掰开一头,原来里面是空的,飞天翼藏在里面。盘阳和林栖蹲在地上组装,萧天拿出绳索往身上拴。明筝坐在地上,看着他们忙活,脑门上不住冒冷汗。萧天向明筝招手,明筝站了两站,没站起来。

萧天走过去,一把拉起她,附在她耳边道:"不怕,一切有我。"黑暗里明筝凝视着萧天的脸,深吸了口气,点点头。

萧天走向飞天翼,很快绑好绳索。萧天向林栖做了个手势,指了下明筝,自己托着飞天翼一跃而上,站到了围墙上。明筝惊讶地抬头看着高墙上的萧天。这时,林栖走到她身后,不待见地说道:"走吧。"

林栖一脸不耐烦地托着明筝跃上墙头,明筝等林栖把自己送上墙头,才发觉此墙的高度,绝不是自己能轻易上来的。萧天在上面一把抓住明筝,然后吩咐林栖:"你速去那边等我们。"林栖点了下头,纵身而下,片刻便消失在黑暗中。

萧天飞快地用绳索绑住明筝,一边故作轻松地说:"月光下,人们会看到一只大鸟从头顶飞过,是不是很有趣?"明筝被他这句话给逗乐了。

萧天仰脸试着来风,虽说是夜里,但风依然很大。两人双手抓住翼下的支架,萧天轻声道:"跑!"两人跑起来,明筝显然不适应在屋顶上跑,她无法做到专心,眼睛也无法闭上,在身体离开墙体时那巨大的失重感让她手足无措,双手脱离了支架,惊慌中抱住了萧天的腰,萧天也跟着开始摇晃起来,整个飞天翼都在摇晃,从远处看就像一只受伤的大鸟在盘旋。

萧天脸色瞬间惨白如雪,此时,两人已在半空中,前面便是诏狱,一个不小心便会折羽掉下去,没有比此时更危险和不能出丝毫差池的了。明筝抱着萧天的腰,低头看了眼脚下,乌泱泱一片屋宇,差点昏厥过去,只听见耳边呼呼风声。

狐王令(上)

"明筝,别怕,上来,抓住支架。"萧天在头顶上叫道。

明筝的身体抖得厉害,双手几乎无法抓住支架,若不是两人被绳索绑住,明筝或许已掉下去。萧天勉强伸出一只手臂,抓住她腰间的绳索,把她提了上来,明筝就势爬上萧天的臂膀。在两人相拥的瞬间,明筝一只手终于抓到了支架,四目相对,仿佛过了千山万水般百感交集。

此时他们已到诏狱上空,下面漆黑一片,死一般沉静。明筝环视四周,目光死死盯住下面区域。诏狱四周地形独特,高墙的外面是宽阔的大道,哪里有可容藏身的地方呀?明筝脸上冒出一层细汗,手不由抖起来。

萧天操纵横杆迎着风往前滑翔,明筝的紧张也传递给了他,他低声道:"记下即可。"萧天说着,吃力地操作着羽翼,"风势缓下来,必须落了。"

"别急,让我再看看……那边……"明筝心里清楚他们要进入诏狱,便必须找到一处与诏狱连通的地方,若是没有,便要大动干戈。可是黑压压的一片区域竟然找不到一点漏洞,她心里不服气。此时萧天也急了,他再次催道:"不行,要落了。"

"奇怪,我看见一条断头路。"明筝突然说道,眼睛盯着下方,"哎呀,再等一会儿。"

"记下,明筝,咱们时间真的不多了。"萧天说着,吃力地操作着羽翼,"必须落了。"萧天瞅准一片空地,叮嘱明筝,"要落了,双腿蜷起。"

"轰!"一声,两人倒在一片低矮的草棚上,幸亏是个遗弃的棚子,里面没有人。不多时,林栖气喘吁吁跑过来,帮着两人解开绳索。林栖冲夜空学了几声鸟鸣,半晌后,只看见一辆载有原木的破马车吱吱扭扭驶过来。

三

这日,宁骑城辰时不到便出现在诏狱里,让当值的大小狱官诚惶诚恐跪倒一片。宁骑城一改往日的阴鸷和冷漠,脸上多出一丝生气,他眼光饶有兴致地扫过跪在地上的一片属下,以少有的平淡语气道:"都起来吧,各司其职去吧。"

众人起身,呼啦啦退出去。宁骑城转回身对身后的高健道:"走,跟我各处走走。"宁骑城在前,高健和四名校尉在后,一行人向牢房走去。高健紧跟着宁骑城,近日他越发猜不透宁骑城的心思,不知他脑子里是如何盘算的,只得加倍小心谨慎。宁骑城一边走,一边四处查看,他乜斜着高健突然好奇地问:"高健,若是你来劫狱,你会从哪里攻击?"

高健一愣,不加思索粗声大气地叫道:"若是我? 我不会来。这不是明摆着送死吗?"高健回完话,眼睛盯着宁骑城,不知道他如何会问这么一句不着调的话,心里充满狐疑。宁骑城听后似笑非笑,径直往前走去。

一阵风过,头顶的屋檐上密布的铃铛发出一阵清脆的响声。宁骑城抬头望着头顶上的铁网对高健道:"看来,你对这里的防卫很有信心啊。"高健听不出这句话是夸他还是损他,只得呵呵干笑了几声。

"高健,你放下其他事,来诏狱协防。"宁骑城突然说道。

"啊,大人……"高健愣怔了片刻,惊慌地道,"卑职能力有限,干些缉捕、巡查这等小事还可,守卫诏狱这等千钧重任,怎担当得起?"

"用你担当吗? 不是还有我嘛。"宁骑城没好气地说道,"我天天进宫,对这里不放心,才把你调来。"

宁骑城说完向前走去,高健看着他的背影,心里一片纷乱。

"你去把孙启远给我叫过来,我有事吩咐。"宁骑城回过头吩咐高健道。

"是。"高健急忙撤身离去,一边飞快地走着,一边抹了把额头上的冷汗。高健带着孙启远回到衙门,一走进二门,便有一个校尉走过来道:"高千户,宁大人在后院等着你们,请跟我来。"高健和孙启远一听此话,相互交换了个眼神,跟着校尉向里走去。

孙启远一脸忐忑,他压低声音道:"高千户,你给个痛快话,大人找我来究竟所为何事呀? 就算帮兄弟一把。"高健虎着脸,直摇头道:"孙百户,不瞒你说,我也是云里雾里不知所以。"

天井院里,宁骑城坐在一张藤椅上,四名校尉分立左右两旁。宁骑城座前放着一张方几,几上摆着茶壶,他端起一盅茶,啜饮一口,然后抬头看着走过来的两个人。

孙启远忙上前叩拜:"小的孙启远,拜见大人。"

"起来吧。"宁骑城斜靠到椅子上,问道,"近来差办得如何?"

"这……"孙启远血往上涌,脸上忽红忽白,"大人,一直在办……"

"海捕文书发下去这么久了,为何一点动静都没有?"宁骑城瞥着他,漆黑的双眸深不见底,让人不敢直视。孙启远再次跪下,口中念叨着:"小的无能,小的该死。"

"近日,这诏狱周边颇不安宁,"宁骑城狠狠瞪他一眼,道,"今儿一早,我便听下面的人来报,说是昨夜诏狱上空飞过一只大鸟,甚是怪异,高健,你可有听说?"

高健急忙上前一揖道:"大人,属下也确实听说了,后来又有人说是眼花看错了,是一只大风筝。各种说辞均有,也无处核实。"

"孙启远,你带着你那些番役,不要再像无头苍蝇四处乱跑了。从今日起布防在诏狱四周,给我看好了,连只老鼠都不能放进来。"宁骑城吩咐完,便让两人退下了。

孙启远和高健一前一后走出去。出了二门,孙启远有意放慢步子等高健,他想向高健打探虚实。但高健平时便对他爱答不理的,此时哪有心情与他攀谈,只抱了下拳,便辞别而去。

孙启远撇了下嘴,喃喃自语:"这上头又抽哪根筋,诏狱铁桶一般,有何可防的……"

孙启远手下一百个番役,除去生病、受伤、娘死守孝的二十几人,其余的分成三班,一班岗二十几人,全撒到诏狱四周的街上。孙启远对他们下达的命令是:站累了,坐着;坐累了,躺着,万万不可挪地儿。

孙启远匆匆跑回家,换了身便服,兜里揣了两张媳妇新烙的饼,便跑出家门。媳妇在背后直吆喝:"办个破差,连吃饭也顾不上了。"

"顾不上吃饭事小,顾脑袋事大。"孙启远撂出去一句,便到了街上。

孙启远一路走到正阳门,看见一辆破马车驶过来,车上拉着几根原木,车身上溅满泥浆,像是远道而来。赶车的两个人呆头呆脑,长相怪异,一看便不是本地人,甚是可疑,便走上前,拦住他们。

"喂,站住,哪儿来的呀?"

"你是谁呀?管得着吗?"林栖一瞪眼睛,梗着脖子顶了一句。他旁边的盘阳一眼认出了孙启远,虽然他没穿官服。

"看看,认识这个吗?"孙启远取出东厂腰牌在他们眼前晃了下。

盘阳急忙跳下车,躬身一揖道:"大老爷,我们从山上贩木材,换点咸盐布料。"

"哪边山上呀?"孙启远白了盘阳一眼。

"西边。"盘阳从腰间系的钱袋里摸出点碎银递上去,"爷,跑半天了,口也渴了吧,要不喝口茶去?"

"是口渴了。"孙启远不客气地接过银子,心想刚才只啃了张面饼,连口汤都没来得及喝,正好去喝口茶,他冲盘阳挥挥手,他一向对懂事理的人很宽厚,"告诉你们，近日城门关得早，早点出城。"

"得嘞。"盘阳哈腰鞠躬应了一声。

马车向前行驶，林栖对坐在身边的盘阳一阵奚落："瞧你刚才那德行，真像个奴才。"

"奴才在我身边坐着呢。"盘阳满不在乎地说道，"林栖，你跟着你主子这么多年，怎么一点长进也没有呀。"

"哼……"林栖哼了一声，自顾赶车，不再理他。

"停，我看见他俩了。"盘阳叫住林栖。

街对面一家面馆门前，萧天和明筝坐在布篷下吃面。林栖把马车赶到一旁停下。盘阳走过去向掌柜的要了两碗面。由于没有空桌子，掌柜请盘阳和林栖坐到萧天和明筝对面。

今日，萧天是一个游走郎中的打扮，一身玄色长衣，随身带着一个药箱，肩上搭着褡裢，身后放着一个布幌子。明筝则扮作盲女，手里握着一根长竹竿。

盘阳一坐下，便油腔滑调地提醒明筝："这位姑娘，哪个瞎子大眼珠子骨碌乱转啊？"

"我是瞎子还是你是瞎子？我愿意转。"明筝气哼哼地说道，"本来我就不愿意扮瞎子。"

"好了，"萧天环视四周，压低声音问道："盘阳，东西都带齐了？"盘阳点点头。萧天又道："我和明筝已找到那条断头路，在诏狱西边，路边有一户人家，这户人家是距离诏狱最近的一户人家。动手的地址便选在那里。我已打听过了，那户人家姓钱，是个小买卖人，家里四口人，一个老父亲，一对小夫妻和一个七岁男孩。一会儿咱们过去，下手要轻，不能伤着孩子。"

"主人，"林栖瓮声瓮气地问道，"下手如何轻？"

"笨呀，"明筝瞪着他，"不能伤人性命。"

"不伤人性命？如何下手？"林栖梗着脖子问道。

"头儿，这活难度太大，他做不了，干脆让他在门外放风吧，"盘阳接着说道，"照我看，咱们三个足够对付这四口人啦，让明筝姑娘对付那男孩，你对付一老一少俩男人，我对付那媳妇。"

明筝绷不住笑出声，白了盘阳一眼。

"唉，明筝姑娘，就你刚才那一眼，像极了瞎子。"盘阳一本正经地道。

"盘阳，听你的还是听——"明筝瞪着盘阳说了一半，被萧天打断："好，依盘阳刚才所言,咱们一会儿分头行动。"萧天一脸平静地说完,继续吃面。

"这……你们……"林栖看看这个,望望那个,只见三人低头吃面,没人理会他,他手指自己鼻尖道,"我……放风?"

面馆斜对着一条小巷,叫鱼尾巷。萧天和明筝走进小巷,此时正值午后,不少人家有歇午的习惯,因此行人稀少。萧天举着卖药的幌子,明筝杵着根竹竿,巷子很深,倒是没有几户人家,各个院门紧闭。他们飞快地往里面走,最后一户人家,院门虚掩着,烟囱里还冒着烟。

萧天和明筝走到院门前,萧天从肩上褡裢里取出一个红色锦盒,回头看明筝,明筝已把竹竿扔到一边,此时已不需要扮瞎子了,林栖和盘阳也跟上来。

萧天叩响门环,不一会儿里面传来一个大嗓门女人的声音:"来啦,谁呀?"门从里面拉开,露出一个插满珠翠的中年女人的头来,她看见两个陌生人,眉头一皱,又看见其中一位手上托着一个锦盒,不由一愣。

"大嫂,可是姓陈?你的远方亲戚托我捎来东西给你。"萧天说道。

女人一愣,眼神盯着红色锦盒,双眸狡黠地一闪,笑着说道:"啊,是吗?请进来吧。"

女人背后响起一个苍老的声音:"这家不姓陈,姓钱,出去吧。"

女人忙叫起来:"哎呀,家里有个老爷子整日糊里糊涂,自己姓什么都弄不清了,让你们见笑了,让我看看,是什么东西呀?"

"挺贵重的东西。"萧天说道。

女人拉开大门,萧天托着红色锦盒走进去,明筝和盘阳紧跟其后,盘阳顺势把门闩上。女人看到盘阳一愣:"这人是……"盘阳端详着面前体态粗壮的女人,苦着脸直盘算,恍然想起刚才他说要对付女人,萧天则一声不吭。唉,姜还是老的辣,自己怎么会玩得转萧天,自己讨的霉头自己受吧。

"大嫂。"盘阳微笑着走向胖女人,突然扑上去一把捂住女人的嘴,女人受惊吓,一时蒙住。盘阳迅速从腰间掏出一卷布塞进女人嘴里,女人此时方明白过来,开始死力挣扎。盘阳顾上顾不了下,被女人狠狠踢到下身,痛得龇牙咧嘴又不敢叫,只得痛打女人,女人嗷嗷叫了几声,便萎了下去。

萧天和明筝径直走过天井,走进堂屋,只见西头大炕上半躺着一个生病的花甲老人,中间方桌上一个男子和一个孩子正在吃饭。

"叨扰各位了。"萧天上前行了个礼。

饭桌上父子俩呆呆地望着萧天,萧天把手上锦盒放到方桌上,然后走到男人和男孩中间,快如闪电点了两人穴道。明筝看男孩要倒下去,忙上前抱住他。

"和老人放一起。"萧天拉着男人放到炕上,明筝抱着孩子与男人放到一起。

"你们这是……"炕上老人眼见如此变故,气喘得如同风箱一样,呼呼哧哧咳个不止。

"老人家,我们不是坏人,不会伤你们性命,只是要借你家这块地一用。"萧天坐到炕沿安慰着老人。

这时,盘阳一脸青黑扛着披头散发的女人走进来,把她扔到床上,站在一旁呼呼喘气。老人大惊,口齿不清地哭诉道:"你……你把我儿媳如何了?"盘阳气不打一处来,吼道:"老头,你看看我,是你儿媳把我弄伤了,好不好!"

"放心,老爷子,"萧天冲老人一笑道,"只要你们配合,我们几天后便离去,不会伤到你们。"

"大侠,大侠呀,"炕上老人忽然双手举起,抱拳颤颤巍巍地道,"好汉,你可要说话算话,不要伤我家人性命呀……"萧天和善地点点头。然后他和林栖把这一家三口用绳子捆好,每个人嘴里塞上布,然后用一床棉被盖上。

萧天又从褡裢里拿出一条帕子,从背后捂到老爷子脸上,不多时,老爷子便倒到一边。萧天看到明筝惊讶的眼神,忙解释道:"帕子用香清酥药粉浸过,可以使人沉睡。"

明筝站在一旁看呆了:"你们以前是干什么的?"

"我们可不打家劫舍。"盘阳很正直地回了一句。

四

两日后的黄昏时分,悦来客栈突然来了几拨客人,把掌柜的乐坏了,没想到自己偏僻的小店也有顾客盈门的时候。

小小的马厩里已拴满马,再也腾不出地方来,只好在门外放上一个马槽,添满草料,作为临时马厩。客人们坐在一楼用茶,南来北往的商人、行走江湖的道士、进京献艺的乐师,把大厅挤得满满当当。

掌柜的和两个伙计马不停蹄地忙碌,这时看见又走进来两个人,认出是先前投宿的客人,便上前打招呼:"萧先生,这里客人已满了,不如,你们先上楼,我让伙计把茶点送上楼去。"

萧天点点头,他身旁的明筝无意间向大厅中扫了一眼,不由惊讶地失声叫了一声。萧天急忙递给明筝一个眼色,明筝顿感失态,急忙低下头去。萧天当着掌柜的面说道:"真巧,在这里碰到故人了。"掌柜的一听便知趣地忙别的去了。

明筝刚才失态的原因,是她突然看到短短两日内瑞鹤山庄所见的众人在这里再次聚首。西边两张桌子上商人打扮的是李荡山的弟子;中间一桌,灰布道士打扮的吴剑德正在大谈修仙术,想必是玄墨山人的几个弟子;另外两张桌子上坐着的人衣衫艳丽,桌角堆着大小怪异的锦布包,像是各种乐器,再仔细看这两桌人,明筝猜出来,定是白眉行者一伙的。

明筝有些目不暇接,只听一旁萧天轻咳了一下。明筝急忙收神跟着他往里走。角落里还坐有一桌,正是玄墨山人、李帮主、白眉行者,看来三人正在等他。萧天和明筝一落座,玄墨山人便低声说道:"萧帮主,我们把人都带来了,何时动手?"

"两日前,我们顺利进入离诏狱最近的一户钱姓人家,现在林栖和盘阳带着五名壮汉,日夜不停轮流下去挖土,但是从钱姓人家到诏狱后院地牢也有近十丈的距离,虽说咱手里有钻地利器,仍需大半日。"萧天回道。

"也好,正好让大家养精蓄锐。"白眉行者道。

"萧帮主,我有一事,"李荡山有些羞于启齿,他饮了口茶道,"按说到了此时不该说这个,但也是朋友相托,诏狱里关着一位朋友的岳丈姓胡名镇山,咱们这次也一并带出来吧。"

"我算服你了,老李头,你真是无利不起早呀。"玄墨山人讥讽地说道。

"李帮主,你既开口,我岂有不允之理。"萧天笑道,"咱们既劫狱,救一个也是救,当然多多益善,也不枉费工夫。"

"痛快!萧帮主,"李荡山爽快地说道,"跟你共事,就是痛快。"

"若是还需大半日,"白眉行者接着刚才的话题说道,"那便是明日啦。"

"这也是我此次见三位要说的。"萧天从怀里取出一张图,正是那日赵源杰所画的诏狱地图。萧天把地图展开放到桌面上,与此同时,白眉行者向他的人示意,有两个青色衣衫的男子走到一旁把风。

玄墨山人点点头,赞许道:"还是小心为好。"

"昨日我去见了诏狱一个牢头,"萧天一脸凝重地说道,"他告诉我,诏狱又调防了一个千户,宁骑城行踪不定,但这个千户天天蹲在诏狱。如今诏狱一日四巡,分辰、酉、子、寅四个时辰。因此,他们最为松懈的便是晌午饭点,而最为严密的便是夜间。"

三人盯着萧天，点了点头，相互交换个眼色，然后目光又回到萧天身上。

萧天继续往下说道："此次便定在午时动手。咱们兵分三路，头路是李帮主他们，直接攻正门，此为虚招，不要使强，主要是引防守的兵卒转移视线。第二路是白眉行者和玄墨山人，你们带人从侧面翻墙而入，这里，"萧天指着图上一角，"这里直通二门，这片区域是衙门里放案卷和文员办案所在，宁骑城也会在此处用膳和休息，这里的防卫不严，你们直奔这里，寻找宁骑城。最后，是我这边，我们从地道直接进入地牢，把人带出地牢进入地道出来后，便会向天空发两支响箭，你们见到响箭后，无论战况如何，身在何处，务必撤离。"

萧天说完，端详着几人，道："谁还有补充吗？"

三人思忖片刻，均表示没有问题。

萧天和明筝离开悦来客栈向鱼尾巷走去，两人依然还是原先的打扮，萧天背着褡裢，举着幌子，只是明筝不愿扮瞎子，扔掉了竹竿，跟在萧天身边。

此时天已擦黑，街上行人稀疏，各个行色匆匆，不时有一两匹快马从街上呼啸而过。这时，从鱼尾巷里披头散发跑出来一个女人，一边跑一边尖声呼救："救命呀……杀人啦……"女人尖利的嗓门立刻吸引了街上不少行人驻足观看。

女人身后又跑出来一个男人，从身后抱住女人，两人扭在一处。

"喂，哪里来的狂人敢在天子脚下撒野。"孙启远从人群里蹿出来，向那两个扭打在一处的人跑过去。

"坏了！"萧天站在巷口认出那个喊救命的女人便是那钱姓人家的媳妇，而追出来的男人是盘阳。萧天瞬间面白如雪，额上冷汗涔涔，双手不由紧攥成拳。若是那个女人向孙启远说出家中被劫持，孙启远带人去钱家，那么他们策划许久的这次行动便前功尽弃了。

"萧大哥，怎么办呀？"明筝在一旁紧张地问道。她头皮发麻，呼吸都急促起来，眼看着孙启远带着两个番子围上去。

"你个破鞋，老子杀了你，让你勾搭野男人，让你勾搭野男人……"盘阳骑在女人身上，左一拳右一拳猛扇女人的脸，女人已被打昏，口吐白沫。

四周人群一听，原来是夫妻打架，男人教训女人，一阵嬉笑后一哄而散。孙启远看着盘阳有些眼熟，正要走近追问，盘阳已背起女人向胡同里走去。孙启远看着盘阳的背影，对身后两个番子道："你们守在这里，我过去瞧瞧。"

孙启远跟着盘阳向里面走，在他身后，萧天和明筝也悄悄跟上去。

盘阳背着女人撞开院门走进去，孙启远紧跟着探身张望。突然背后伸出一只手掌，猛推一下，孙启远不由自主随着手掌的力度跌进院里。孙启远倒到地上，摔了个嘴啃泥，骂骂咧咧刚要爬起来，看门里闪身进来一男一女，萧天反身闩上院门。

明筝上前一脚踏到孙启远背上，孙启远诧异地瞪着明筝："明筝姑娘?"院里的盘阳转回身，看到这一幕，倒吸了口凉气。

"怎么回事?"萧天拧着眉，一脸怒火。

"一个不留神，这娘儿们便跑了。"盘阳也吓坏了，一脸大汗，气喘吁吁，一旁地上放着被打昏的女人。这时林栖从屋里跑出来，惊讶地望着他们。

"萧公子?"孙启远从地上爬起来，环视一圈，他指着萧天，认出来这不是投奔到李宅的那个赶考的萧公子吗? 这才发现院子里到处堆着土，已堆出半人高。他眼里一片狐疑，指着土堆，问道："你们这是……"

"你们招呼好孙大人。"萧天示意林栖，面无表情地说道，"不可再出差池。"

林栖和盘阳点点头，林栖上前一脚踹到孙启远的胸口，孙启远嘴里"嗷"了一声便昏了过去。林栖走上前扛起孙启远，盘阳扛起女人，两人一前一后走进屋里，把肩上的人撂到炕上。炕上另外三人倒是很安静，老爷子抱着男孩，男孩的父亲靠着老爷子，这一家三代男人此时用同一个表情望着进来的人。

萧天直接走进一侧的偏房，此时房中已出现一个大洞，洞里泛出昏黄的烛光，借着光亮可以看到洞有丈八深，然后向右侧横挖，开的洞口有半人高。

"怎么样?"萧天蹲到洞口问里面的人。小六从里侧探出身，回话道："帮主，里面的人一直没回来，如今不知道里面啥情况。"

萧天转身走到洞口旁的方桌前，拿起桌上的地图，明筝走过来问道："是不是下面出问题了?"萧天看着地图，皱着眉头道："要说这一带的土质，应该不会有事。"

"你不说有钻地龙吗?"明筝问道。

突然，洞口传来喊声，小六叫道："帮主，从里面出来一个人，是我爹。"萧天扔下地图，跑到洞口，只见小六举着灯烛趴在洞口照着亮，不一会儿，一个全身是土的大个汉子爬出来，小六上前扶着郭把头，只听他喊道："出事了! 帮主呢?"

"郭把头，我在，快说出了何事?"萧天探出身，紧张地望着大个汉子。

大个汉子仰起身，用手拍着身上头上的土，说道："帮主，刚才打到墙体，俺们以为是牢房的墙壁，很是吃力，打了半个时辰，结果错了，打到井里，好在井水深，咱们打到井壁，我往下一看，差一点便见水了。"

"井?"萧天脸色一变,扭头叫道,"明筝拿图。"

明筝跑过去拿图,一边不加思索地说道:"斜了,后院里只有一口井。"萧天看了眼明筝,然后接住图一看,果然如明筝所说。萧天看了看图,对洞里的大个说道:"郭把头,你去对里面的人说,撤回去大致有二丈远,直着往前挖。"

"帮主,还有一件事,钻地龙,毁了,任怎么也动不了。"郭把头说完,看见萧天一时愣怔住。

萧天瞬间后背便湿透了,若是钻地龙坏了,他们的麻烦便大了。萧天突然回过头,大喊一声:"林栖、盘阳,你们过来。"林栖和盘阳闻言急忙跑过来,看着萧天。

萧天面色严峻地说道:"钻地龙坏了,只能用人力了,如今这里只有咱三人可以用,轮流下去,林栖你先守在外面,我和盘阳下去,一会儿换郭把头。"萧天转回身看着明筝,"你在外面,一切小心。"说着,萧天和盘阳便跳进洞里。

翌日辰时,明筝和林栖紧张地趴在洞口。已经挖了一夜,屋里的土已堆满,里面还是没有任何消息。明筝焦急地等待着,一颗心几乎提到嗓子眼,她万万没有想到最后这一段挖得如此缓慢。

明筝看着林栖,突然想到他蹲在这里已经很长时间了,便催促道:"林栖,你去外面看看,你在这里也没有用。"林栖白了明筝一眼,不情愿地向外面走去。

这时,洞口传来粗重的说话声。一旁的明筝十分兴奋,她趴到洞口压低声音喊道:"喂,通了吗?""通了。"是萧天的声音。不一会儿,一个土人爬出来,明筝一眼认出是萧天,她顺着洞壁溜下去,正跌到萧天身上,萧天竟然没站住,两人摔倒在地上。明筝急忙用手拍打萧天身上的土,萧天没有动,任明筝拍打,他已经累得动不了了。

明筝抓住萧天的手,那双手已经伤得鲜血淋漓,明筝眼里的泪喷涌而出:"萧大哥……"萧天在她耳边低语了一句:"无妨,不过破了层皮。"便昏了过去。

又有几个人爬出来,郭把头和盘阳东倒西歪倒在地上,还有两个人,脸上全是土,根本分辨不出是谁。小六最后提着灯出来,小六倒是很精神,他们没有让小六上手去挖,只让他提着灯照亮。

林栖飞身跳下,手里提着水壶、拿着几个碗,分别给几个人端来水。明筝给萧天灌了些水,他才缓过来,看了眼四周,急忙坐起身,盯着林栖说道:"谁叫你下来的,快去上面看着点,那儿还有几个大活人呢。"

林栖应了声,放下手里的水壶,转身跃上去。不一会儿,林栖脸色煞白地跑回

狐王令（上）

来,探身看着洞里的萧天叫道:"不好了,孙启远不见了。"

萧天的火气"噌"一下蹿到头顶,他猛地站起身,怒视着林栖:"何时跑的?"

林栖瞪着眼珠子,眼里一片空茫。萧天一看,也问不出个所以然来。坐着的几人都站起来,紧张地盯着萧天,洞里的气氛瞬间降到冰点,情况万分紧急。萧天颈上青筋突起,他抿紧嘴唇,眸色异常深邃。此时不是问责的时候,孙启远的出逃意味着所有精心准备的计划还没有开始便毁于一旦,急也于事无补。他思忖了片刻,此时也只有快刀斩乱麻了。

萧天看着洞里的几人,飞快地吩咐道:"通知玄墨山人、白眉行者、李帮主,行事提前到巳时。"萧天说完,指了指面前的小六和盘阳,"你们俩,自己分一下,快去通知吧。"小六和盘阳二话没说,拉着林栖扔下的绳索爬上去。

"等洞里最后几人出来,把钻地龙就地拆毁埋起来,郭把头你引着这几人送他们离开小院。林栖,你去外间查看一下,不可再出差池。然后把火蒺藜送下来,巳时一到,咱们便开始行动。"萧天吩咐完,看着几人。

"帮主,你让那五人离去,咱们人手会不会不够?"郭把头问道。

"这五人连日挖洞,体力已经消耗殆尽,攻打诏狱他们出不上力。你和我加上林栖,也够了,再说地牢里空间不大,也容不下那么多人,过道里顶多不超过十个守卫。"

郭把头点点头,这时明筝从上面用绳索吊下一个篮子,郭把头看见里面的牛肉和大饼高兴地大笑:"还是明筝姑娘想得周到啊。"两人坐下,一手大饼、一手牛肉大吃起来。

小六和盘阳一路疾走出了鱼尾巷,便分了手。小六负责通知玄墨山人和白眉行者,盘阳去通知李荡山。小六本来脚力就好,再加上事态紧急,双腿便如蹬了风火轮般跑得飞快。在行到东安门时突然看到前面有一个瘸子分外眼熟,他疾走几步,从侧面一看,竟是逃出去的孙启远。

孙启远此时走得精疲力竭,加上昨晚喝的水里被做了手脚,他猜得出是蒙汗药,由于他胃不好夜里呕吐了两次,药效自然减轻,只是直到此时都头重脚轻。刚才跑出院子时,被土块绊倒又摔了一跤,这条腿火烧火燎地痛。而此时他顾不上身上的痛,脑子里盘算着一件大事,他撞到了通缉的要犯,显然这些人藏身在那间民居里,这要是报告给宁骑城,一定是个头功。想到这里,他便一瘸一拐奔向诏狱。

孙启远一脑门升官发财的美梦,冷不丁撞上小六。小六人小胆大,在兴龙帮多年,也算是个小江湖了。他上前一步,一把抓住孙启远的手腕。孙启远认出这小六是那些人的同伙,以为他们追来了,吓得双膝发软,差点坐到地上。转脸一看,小六身边并无旁人,便来了精神。这里离东厂衙门和锦衣卫都不远,料定周围有番子巡街,便扯开喉咙大喊:"抓逃犯,来人呀……抓逃犯……"

街市上一片混乱,远处一队东厂番子向这里跑来。小六一看,想到自己还身负使命,便丢下孙启远拔腿就跑。

"孙百户,逃犯在哪儿?"一个番子发现瘫在地上的孙启远问道。

"快,扶我去见宁大人,我有大事要禀告。"孙启远一条胳膊搭在番子脖子上,一边踮着脚站起来,他扭头看消失在街巷的小六的背影,恶狠狠地道,"等着吧,一会儿再收拾你们。"

他和两个番子一瘸一拐走到诏狱,却被街角两帮人拦住。一帮人拉着大车,车上是咸鱼,另一帮人是卖杂货的,两帮人不知因为何事发生争执,两边都有数十众,各着一个头目站在街中央理论,吸引了不少行人驻足观看。

孙启远和两个番子骂骂咧咧从人群里穿过,却被困在里面,两厢谁也不让过,十几名大汉拦住他们。此时孙启远也不想惹事,迫不得已向诏狱门前驻守的守卫亮出自己的东厂腰牌,一个满脸虬髯的黑脸汉子认出孙启远,他一挥手,门前驻守的几个守卫跟着他冲过来,本想接应孙启远,谁知一进入人群便被两厢的缠斗搅了进来,一片混乱。孙启远急于脱身,却无法摆脱。

眼见双方缠斗在一起,驻守诏狱的几个守卫也被搅进来,孙启远心急如焚,看这阵势一时半会儿分不出胜负,心一横便趴到地上,趁人不留意从人腿之间往外爬,不知从哪儿伸出一只脚,踹到他脸上,孙启远咬着牙,忍着痛爬了出去。

孙启远狼狈不堪地爬出激斗的场子,向诏狱角门跑去。门前守卫的校尉看见他举着东厂的腰牌大喊着:"我要面见宁大人……"也不阻拦,直接打开角门。

孙启远跛着脚,走走停停,好不容易走到二门,正遇见打此巡视的高健。"高千户,外面都打成一锅粥了,你还在这里闲逛?宁大人在哪里?我有大事回禀。"孙启远问道。

高健也听闻门外有人闹事,本想出去看看,但是想到宁骑城都没有动静,他肯定早得到报信,却按兵不动,想必是另有图谋,便走到孙启远面前道:"我带你去见宁大人。"两人便向二门走去。

此时宁骑城站在天井院里,手握一张硬弓,正在往墙上一个靶子上射箭。"宁大人,"孙启远几乎是跟头流水般扑过来,腿一软跪到地上,"大人,我遇到逃犯明

狐王令(上)

筝,跟他一起的还有萧天,里面有一群人,我被他们绑了一夜,你看我这样子,我刚逃出来……"

宁骑城一愣,他转回身紧走几步到孙启远面前,扔下手中弓,一把抓住孙启远的衣襟,双眸闪着鬼魅般的光芒:"你再说一遍,你看见了谁?在哪儿?"

"在……鱼尾巷,一间民居里。"孙启远说道。

突然,一个校尉气喘吁吁地跑过来禀告:"宁大人,高千户,不好了,那帮卖咸鱼的和那帮卖杂货的在诏狱大门前打起来了。"

宁骑城转身叫住高健:"你去看看,我带人去鱼尾巷。"

"大人,门外有人闹事,你这个时候不能离开呀。"高健说道。

"呵呵,高健,你本事见长啊,我的家你也敢当。"宁骑城似笑非笑地说了一句,转身对身后属下道,"孙档头看见朝堂要犯,你叫上一队人马,跟我去鱼尾巷把他们缉捕归案。"

宁骑城领着一众人马和孙启远刚离开,又一名校尉慌乱地跑来,向高健禀告:"高千户,不好了,诏狱侧墙被攻击,一帮人扛着长梯子马上就要攻进来了。"

高健头有些发蒙,片刻后他猛然意识到大门和侧墙同时遭到攻击,这不是明显要劫狱吗?可此时偏偏宁骑城带着一队人马出了诏狱,他问那名校尉:"院子里还剩下多少人?"那名校尉哭丧着脸道:"刚才宁大人带走一队校尉,咱这里不足百人。"

"去吧,调集所有的守卫,不能让他们进来。"高健说着,想起地牢,便交代,"我去地牢看看,你在这里招呼着。"

那名校尉离开后,高健迅速向地牢跑去。牢门口六个守卫看见高健跑来,忙比肩而立,面容肃穆地望向高健,高健一点头问道:"里面有无异常?"一个当值头目回道:"回高千户,没有异常。"高健命守卫打开铁门,他急急走进去,迅速跑下十几级台阶,在岗房门口,看见当值的牢头王铁君,以及几个狱卒都在,便问道:"铁头,有无异常?"

"回千户,一切正常。"王铁君忙上前,躬身道。

就在此时,从走道里突然传来一声闷响,似雷声震得岗房里桌椅乱晃。王铁君和高健面面相觑,两人都是阅历丰富的人,这哪是雷声呀,明明是火蒺藜爆炸的动静。高健面色突变,他转身便向走道跑去。

几个狱卒惊慌地围住王铁君,王铁君看着狱卒"耳朵""油条"几个人,压低声音道:"哥几个,想活命吗?"几个人恐惧地瞪着王铁君,头似捣蒜般一通乱点。王铁君道:"这动静是有人劫狱呀,敢来此劫狱,皆是三头六臂之人,岂是咱们一群鼠辈能抵挡的?人在做,天在看,与咱们无关,哥几个,听我的口令,倒下。"

"耳朵"第一个躺倒,随后几个人纷纷效仿他,横七竖八地倒了一片。

走道深处一片烟尘,中间出现一个洞口,从里面爬出个人,走道里的守卫这才醒悟过来,大叫着冲过去,只听见刀刃相磕发出的铮铮之声,那人身法奇绝,一阵铿锵之声后,已有两名守卫倒地。从洞口又爬出几人。高健这时赶过去,从腰间抽出绣春刀向迎之人刺去,只听"铮"一声脆响,那人持剑磕开,两人打了个照面。

"是你?"高健认出萧天,愕然地叫了一声,没想到领人劫狱的竟是他。

"高千户,别来无恙。"萧天面色沉静,目光逼人,见到高健后,转手腕长剑收到背后,很儒雅地向高健抱拳道,"此次前来,只想带走几人,绝不想伤及无辜。"

高健将目光从萧天身上移开,看到他身后一身夜行衣的明筝,更是惊讶无比,他们身后几个彪形大汉手持利器已制住另外三个守卫,此时正虎视眈眈地盯着这里。高健抬眼看到那个洞口,竟然恰到好处地开在走道,不得不佩服这群人过人的胆量和智谋。

"萧先生,"他沉吟片刻,也抱起拳道,"想听一句痛快话,你们是什么人?要救什么人?"

"他是我们帮主,我们是兴龙帮的。"身后的明筝大声说道。

"不错,高千户,"萧天一笑道,"此次我们只想带走柳眉之、李漠帆、胡镇山还有于谦于大人。"

高健听到于谦的名字很是惊讶:"为何还有……于谦,于大人?"

"受人之托。"萧天简短地说道。

"明白了。"高健点点头,眉头一蹙,眼眸中立时闪过一丝苦楚,他望着萧天,"想我高健乃忠良之后,誓死忠于朝廷,但怎奈奸人当道,为祸朝纲,我高健纵不能匡扶正义,但出些力相扶忠良,也不愧对祖宗。"

萧天宝剑入鞘,眼露敬意地望着高健道:"受人之托,定保其周全。"

高健轻轻拭去眼角泪花,牙关一咬,一个"好"字未说完,便一头向走道边廊柱撞去,众人闻声看去,只见他一头鲜血倒在地上。

明筝惊叫一声,便要跑过去,被萧天拦住。萧天道:"伤不住他,这样对大家都好。"然后他看着众人命令道,"跟着王牢头,让他带着快去分头找人。"

王铁君领着众人拐进"人"字号牢内,他对萧天道:"只有胡镇山在'地'字号,其他三人都在这里。"萧天吩咐林栖跟王牢头去"地"字号,他和明筝去"人"字号。

狐王令（上）

萧天的话音刚落，便听见一个熟悉的哽咽的喊声："帮主，我在这里。"明筝听出是李漠帆，她早已从王牢头手里拿过钥匙，便循着声音跑过去："李大哥，你在哪里？"

"第四个牢房。"李漠帆带着哭声说道。

明筝跑过去，看见一个铁栅栏里伸出一只手，明筝蹲下来，看见里面躺在草垫上一身是血的李漠帆。明筝急忙去开锁。萧天走进去背起李漠帆便走，李漠帆抱住萧天的背失声痛哭。

"漠帆，你在这里等我。"萧天放下李漠帆对明筝道，"你去找柳眉之，我去找于大人。要快，咱们的时间不多。"说着，两人继续向里面走去。

"柳眉之……"明筝往里走，一边唤着名字，在走到第七间牢房时，看见一堆白衣服。明筝抓住铁栅栏，看清草铺上了无声息地躺着一个人，一动不动，像一堆被弃的破布，在那一堆皱巴巴的破布里，她认出气若游丝的柳眉之。明筝心头一颤，眼泪随之扑簌簌掉下来。她打开牢门，弯腰背起柳眉之，觉得他轻得似一片枯叶。

萧天走到最后一个牢房，看见一盏油灯下枯坐的于谦。此时于谦一脸迷惑，书也被撂到一边，一双不大的眼睛呆呆地看着外面，显然他也发现了异样。

萧天走到铁栅栏前，抱拳道："不才萧天，冒天下之大不韪解救先生于水火，请跟我走吧。"

于谦微微一笑："敢问侠士名号？"

"兴龙帮帮主萧天。"萧天道。

"萧帮主既知是冒天下之大不韪，为何还要老夫随行？"于谦语气笃定地问道。

"这……"萧天情急道，"先生是清官，不该遭受牢狱之苦。"

于谦淡然一笑道："萧帮主既知我是清官，便不该对我用此下策。"

"先生……"萧天急切地回头，看到林栖返回来背起李漠帆、明筝背着柳眉之已撤离，只剩下他和于谦了，"先生，只要活着便可重来。"

"萧帮主，"于谦站起身，拱手一揖道，"你和我虽所处的江湖不同，但是规矩却相同，那便是一个忠字。我若贪慕生死，随你而去，便是把自己逼入不忠不孝之死地，再无脸面活在世间。我既效忠朝廷，便做好了被冤被屈被处死的准备，一心奉上，绝无他念，即便把牢底坐穿，也心甘情愿。"

萧天站在铁栅栏外，听到此言犹如醍醐灌顶，愕然呆立。萧天双眸闪着泪光，渐露仰慕之情。他深深一揖道："晚生有幸在此结识先生，受教了。先生保重，后会有期。"

萧天说完,转身离去,沿着走道跑向洞口。

此时,诏狱院子里一片混战。玄墨山人和白眉行者各率弟子攻入二门,与守卫发生激战,各有伤亡。玄墨山人在院子里四处寻找,不见宁骑城,正在双方相持不下之时,只见远方天空蹿起一支响箭,紧接着又一支响箭蹿上天空。

这是撤离信号,玄墨山人恼恨地直拍大腿,又丧失了一次绝好的机会。但是,再扫兴也要执行,玄墨山人与白眉行者聚到一处,向各自弟子发出撤离信号。

大门里,李帮主带领着众门下弟子,正与守卫斗到酣处。他一部分弟子扮作卖咸鱼的,一部分弟子扮作卖杂货的,冲进大门里引来诏狱一半的守卫,双方正胶着着分不出上下。头顶上蹿上两支响箭,李帮主大喜,心想他们得手了,便不恋战,速传话撤离。

再说孙启远带着宁骑城和一队校尉出了诏狱直奔鱼尾巷,左拐右拐找不到那条断头巷。鱼尾巷有两条,一左一右,孙启远领着众人走错了道,被宁骑城踢了一脚,好一顿骂。

一众人等终于摸到那条小巷,围住那户钱姓人家。可是屋里已人去屋空,堂屋中间方桌上扔着一个敞开的红锦盒,桌上还掉了些碎银。

"人呢?"宁骑城气势汹汹地问道。

孙启远看到大炕上那被绑的四口人也不见了,心里一阵发慌,出了一身冷汗。这时,一个校尉走进偏房,大喊一声:"大人,快看这是什么?"

宁骑城走进偏房,看见那个洞口,想到院子里堆的泥土,什么都明白了,气急败坏地吼道:"这个洞定是通到诏狱,快,回诏狱!"

待宁骑城押着孙启远赶回诏狱,只见院里一片惨状,被打死打伤的衙役守卫倒了一片,宁骑城大发雷霆,一脚踹翻了孙启远,孙启远吓得浑身打战,心里暗骂自己这不是引火烧身嘛!

第十七章 灾民围城

一

　　一辆简易的双轮青篷马车驶向西苑街,此时正是晌午时分,街上车水马龙异常热闹,这辆马车混在车马行人之间并不起眼。这时从街东头突然出现一队疾行的缇骑,他们吆喝着:"锦衣卫办案。"吓得四周行人纷纷后退让道,一众人马打马疾驶而去。

　　青篷马车驶向望月楼偏门,梅儿姑娘早已候在那里,眼看马车驶过来,便拉开大门。马车驶进之后,又跟着进来几匹马,梅儿姑娘看人已到齐,便急忙关上大门,跑到一匹马跟前说道:"萧帮主,翠微姑姑在后院等你们。"

　　萧天、明筝和盘阳翻身下马,林栖赶着马车直接驶往后院。翠微姑姑走出月亮门迎上来,她环视众人问道:"人都回来了?"萧天点点头,众人走向马车,盘阳掀起青布轿帘,只见车厢里横躺着三个人。李漠帆伤势看上去最重,满身鞭痕;柳眉之身上不见有伤,但面容枯槁,气若游丝,显然昏迷多时;只有胡镇山醒着,他一见众人,感激涕零倒头便拜:"各位恩公,在下给你们磕头了。"

　　"使不得,"萧天见他一头白发,少说也有六十来岁了,便扶起他道,"这位老哥,我们是受铁掌李荡山之托,都是朋友,不用客气,你暂且在这里将养身体。"

　　萧天扶着他下了车,盘阳扛起柳眉之,林栖背着李漠帆,几个人跟着翠微姑姑走进小院,里面为他们准备了几间房。柳眉之被单独安置在西厢房里,李漠帆和胡镇山住在东厢房。萧天逐个查看了三人的伤情,派小六去请个可靠的郎中来给他们诊治一下。

小六很快请来一个郎中,给三人把了脉,开了方子。萧天问起柳眉之的伤情,郎中道:"此人无伤,只要开始饮食,便无碍。"萧天和明筝很是惊讶不解。郎中解释道:"我估算,这位公子已断食三日,我给他开的方子是开胃助食的。"

这时,林栖走进来,向萧天递了个眼色,萧天站起身走出正房。林栖低声道:"白眉行者到了。"

两人离开廊下,走到天井中那株老槐树下。白眉行者伫立在树下,他肩上有一处伤,虽换了衣衫血迹仍然洇了出来,萧天看他脸色疲惫,嘴角紧绷,料是此次行动不顺。白眉行者一看萧天走来,抱拳道:"萧帮主,惭愧得很,计划没有完成。"

萧天只是点了下头,道:"此番行动以救人为主,既然人已救出,其他的都是次要的,不妨从头再来。"说着,他领着白眉行者向柳眉之房间走去。白眉行者看到柳眉之安然无碍之后,脸上现出喜色,他退后一步,双手抱拳,深深一揖道:"萧帮主,在下代总坛主向你转达他的敬意,白莲会恩怨分明,今后兴龙帮行走江湖,有用得着的地方,言语一声即可。"

萧天微微一笑,还了一礼道:"前辈此话太客气了。"两人说着走出柳眉之房间,来到老槐树下,萧天话锋一转,问道,"还没有来得及问,你们那边的情况如何?"

白眉行者叹口气道:"人算不如天算,我们攻进院里,根本没看到宁骑城那个魔头的影子,玄墨山人损失了两名弟子,我也损失了三人,一人重伤。铁掌李荡山那边也损失了三四名弟子,他让我带个话,会来接走胡镇山,然后护送弟子的尸身回去安葬。玄墨山人带领弟子回瑞鹤山庄了,让我和你说一下。"

"宁骑城不在诏狱?"萧天也是一惊,他一直担心这个环节,还是出了差错,此次没能杀了他,以后便只能看他耀武扬威了。

"好在人都救出来了。"白眉行者颇感欣慰道,"这次咱们闹出这么大动静,宁骑城那边绝不会善罢甘休。我来时,看到各个路口都有巡街的番子,城门恐怕盘查得更严了,如何出城是个问题。"

"是呀。"萧天沉吟片刻道,"一定得想个稳妥的法子。"

送走白眉行者,萧天徐徐走回小院。此时已是黄昏,小院一片寂静,连日奔波的众人都回屋歇息了。萧天走过李漠帆房间,看见他和胡镇山都已沉沉睡去。隔壁却传来说话声,细一辨,是明筝的声音,他悄悄走过去,西厢房的房门紧闭,窗台

狐王令(上)

有一扇窗未关,萧天走到窗下,里面的说话声清晰可辨,他抬眼望去,看见明筝端着汤药站在柳眉之床榻前。

柳眉之虽然醒来,但依然虚弱,说话的声音也轻飘飘的:"明筝,我知道你不愿见我,"柳眉之眼底一片凄楚,有气无力地低语着,"你们为何要救我,让我死在那里,不是落个清净,大家都痛快吗?"

明筝叹口气,冷冷地道:"我明筝长这么大,不想欠谁的情,以前是我欠你,如今你我两不相欠了,今后各走各的路,再无牵连。"

"明筝,明筝妹妹……"柳眉之突然挣扎着直起身,他神情冲动地看着明筝,"我没想害你,我只是不愿看到你和萧天在一起,他不是个好人,他只是想利用你罢了。"

"闭嘴!"明筝顿足道,"我不是小孩子,是非曲直我分得清,倒是你……你有何面目说萧大哥!"

"明筝妹妹,"柳眉之从床榻上滚下来,抓住明筝裙角,"我知道我错了,你能原谅我吗?"

"原谅你?"明筝一声苦笑,"你我之间谈不上原谅不原谅,你能让萧大哥原谅你吗?"

"又是他!"柳眉之挣扎着站起身,他痛苦地盯着明筝道,"你别忘了,你姨母在世时,曾说过要让你我结亲,我一直以为此次接你回京,便是与你定亲,家里人都知道,难道这不是事实吗?"

"呸!"明筝怒斥着后退了一步,"我告诉你,我已定了亲。"

"谁?"柳眉之嗓音低沉地问道。

"我与萧天两情相悦,已私订终身。"明筝大大咧咧地说道,"你不要再存无望幻想,我已与你说清,你我之间两不相欠。待你伤一好,便离开这里吧。"

柳眉之一阵咳嗽,一口血喷出来。明筝吓了一跳,急忙跑去端来一碗清水,柳眉之挥手打翻水碗,瓷碗落地发出脆响。柳眉之极度沮丧地退到床沿,跌坐到床榻上,他痛心地盯着明筝,眼神可怕至极。他声音暗哑发狠说道:"明筝,你会为你的选择后悔的,我与你一起长大,在这个世界上只有我才是真正维护你的人。那个萧天险恶至极,他只是利用你罢了,你被他骗了,他是个大骗子!"

"你胡说什么!"明筝越想越气,眼泪不争气地涌出来,她转身推门跑出去,一边跑一边哭泣着。

萧天隐在窗后,脸上一片阴晴不定,他望着哭着跑出去的明筝,迈出去的脚又

狐王令(上)

缩了回去。他紧皱眉头靠到墙壁上，太阳穴青筋突突乱跳，心里一阵针扎般痛。柳眉之的话句句诛心，他被说成一个骗子，却无言以对，想到此他双手不由紧握，指甲深深嵌进肉里，他竟浑然不觉。

天色暗下来，四周一片昏暗。远处有人提着灯烛开始掌灯。萧天动了一下已麻木的双腿，浑身如虚脱一般，吃力地向李漠帆房间走去。

东厢房里已点上灯烛，夏木端来一碗粥，李漠帆半靠着喝了半碗。李漠帆看见萧天走进来，光亮下发现他神情不对，忙让夏木把碗端走。萧天坐到床头一把太师椅上对夏木道："夏木姑娘，我有事与李把头商谈。"

夏木一笑，知趣地退了出去，并轻轻掩上房门。

"漠帆，我思忖着，"萧天神色疲倦地垂下眼帘，"此次你受伤过重，我想让你离开京城回山东休养，你看可好？"

"帮主，这点皮肉伤实在不足挂齿。"李漠帆笑着说，"我走了，京城里这一大摊子谁来招呼呀？"

"这个你不用操心，闹了这一场事，上仙阁是回不去了。我已着手散布消息，把上仙阁出售。实际上，我派人把山西那边的韩把头召回，让他以山西商人的身份接手上仙阁。我想让你带着明筝离开京城，在山东躲避一时，你也可借机将养身体。"

"帮主是想让我带走明筝姑娘？"李漠帆是何等聪明之人，他看萧天脸色心里已明白七八分，脸上一片惋惜之色，叹口气道，"唉，我早说过，明筝姑娘对你情根深种，带走她也只是权宜之策，帮主还是要早做打算。"

"我不想伤害她，也不想她被人伤害。"萧天垂下头，脸上一片惨淡，"她身份特殊，又天赋异禀，被心怀叵测之人觊觎，时时处在危险之中，若是我都不能护她周全，她还能去哪儿？"

"帮主，难道你对明筝姑娘只是这些，没有一点思慕之情？"李漠帆偷眼看着萧天，干脆把话挑明。

"漠帆，你如何也糊涂了，我……"萧天抱住脑袋，瓮声瓮气地说道，"你难道不知道我是有婚约的？"

"狗屁婚约。"李漠帆气鼓鼓地直言道，"青冥已是皇上的妃子，你傻呀，你还在等她？要说这个婚约，她青冥已是自行废掉，怨不得你不遵守。"李漠帆向床沿挪了一下，压低声音道，"照我说，帮主，你只管把生米做成熟饭，赶紧与明筝拜堂成亲，让那帮狐人无话可说才是。"

萧天抬起头，已是涨红了脸，直红到脖根："老李，话虽可以这样说，但事不能这么做。狐王于我萧家有恩,我既已应允便不得更改。这个婚约还需青冥来定夺,是成是废都由青冥郡主说了算。虽然此时还没有她的音信,但是,我在老狐王面前发过毒誓,必带她出宫回到狐地。"

"帮主,那明筝姑娘呢?"李漠帆问道。

"老李,"萧天有些上火,大声道,"刚才不是跟你商量吗,你带明筝去山东,我——"

突然,木门被撞开,明筝一脸不满地走进来,瞪大眼睛盯着两人,问道:"为何让我去山东?"

李漠帆看着明筝笑着道:"明筝姑娘,你进来也不敲一下门,哈,帮主是担心你在京城太危险,想让咱俩去山东躲避一时嘛。那可是个好地方,吃得也好,大葱蘸酱,白面大饼……"

"我不去。"明筝打断李漠帆的话,看着萧天问道,"为何要撵我走,是不是觉得我是个累赘要甩掉?既如此为何当初要救我,让我顶着一身脓包死了算了,还费事给我疗伤,还鼓动我加入兴龙帮,这便是帮主所为吗?"

面对明筝的责问,萧天脸上一阵红一阵白,连话都接不上了。李漠帆一看,忍住笑,悄悄躺到床上,干脆拉被子蒙住头,一会儿从被子里发出长短不一的呼噜声。

"你看,"明筝指着床上的李漠帆气呼呼地道,"他倒是睡着了,我还指望他给评理呢。"

"评什么理呀?你说得对,全对,我错了,好不好。"萧天走到明筝身边,耐心说道,"留在京城就等于在刀尖上过活,你一个姑娘家如何能与我们一样?"

"我就要与你在一起。"明筝盯着萧天道,"在我来京前,我便一直在刀尖上过活,我习惯了。"

萧天哑口无言,明筝突然双眸一闪脸颊跳上一个明媚的笑容,道:"别忘了,你和我可是有婚约的。"明筝说完,山雀一般雀跃着"飞"出了房间。

只剩下萧天呆立在当地。

李漠帆掀开被褥坐起身,一脸同情地望着萧天道:"帮主,你麻烦大了。"

"闭嘴!"萧天怒喝一声,匆匆走出去。

二

翌日巳时,帮里派出去打探消息的郭把头回来见萧天。郭把头一身短衣打扮,肩上还搭捆麻绳:"帮主,所有的城门都加强了布防,盘查很紧,没有身份文书很难出去。还有此次咱们救出的三人都上了海捕文书,满大街张贴的都是海捕文书,重金悬赏。"

在座的林栖和明筝不由面面相觑。萧天急忙问道:"宁骑城那边有什么情况?"

"很奇怪,"郭把头皱着眉头道,"那边如同一潭死水,毫无动静。按说咱们掀起这么大的浪头,就是一块石头扔进去也该有几片浪花呀,连咱们打进东厂的暗桩李东都毫不知情。"

"看来,还真是令人费解。"萧天望着窗外思忖着。

"还有一事,此时城外聚了众多灾民,为阻止灾民进城,城门提前一个时辰关闭。"郭把头又说道。

"灾民?"萧天一皱眉,"哪儿来的灾民?"

"不清楚,"郭把头摇摇头道,"我从城门里可以看见外面黑压压的人群,没敢出去,怕一旦走出去便进不来了。"

萧天点点头,吩咐盘阳带郭把头去厨房用饭,然后对林栖道:"你跟我出去看看。"

明筝立刻起身,道:"我去吧,你让他跟着不是闯祸便是惹事,他还不会说本地话。"

"谁稀罕?"林栖蹲在椅子上不屑地白了她一眼,"装瞎卖傻的,我才不稀罕。"

"你说谁装瞎卖傻?"明筝气鼓鼓地瞪着他。

听到两人打嘴架萧天也不去理会,从墙壁上取下两个宽檐斗笠,他戴上一个,另一个交给明筝,并嘱咐她换身短衣。他回头交代林栖一定记得按时给三人送汤药。

一炷香工夫,萧天和明筝穿戴整齐,两人都是短衣打扮,戴着斗笠,宽大的帽檐足以遮住整张脸。两人的穿戴一看便是贩夫走卒出苦力的。两人手里各拿着一根扁担,遇危险还能当武器。

两人一前一后走出巷口,向最近的城门西直门走去。

狐王令(上)

把守西直门的门千总姓魏,兵卒都称呼他魏千总。他此时正站在城门前吆五喝六地大骂,十几个兵卒持长枪横亘在城门洞里,还有一个时辰才能关城门,但城门外已聚满黑压压的人群。这些人衣衫褴褛,携幼扶老,扛着家什包裹,堵在城门前。

“魏千总,”一个伍长气喘吁吁跑到跟前,一脸大汗,叫道,“挡不住了,灾民太多,还是……还是禀明朝廷吧?”

“混账,必须拦住。”魏千总跺着脚大叫,“待一个时辰后关上城门,我上报朝廷再做定夺。”魏千总说着,已是一身大汗。这两三日之间城门前聚起上万的灾民,如果任由灾民进城,恐盗寇四起,伺机作乱,他岂不是要犯下渎职之罪。正在他焦虑不安之时,城门洞被灾民捅破一个口子,一些灾民拥进来。

“魏千总,灾民闯城啦……”

“抓住,抓住他们……”魏千总气急败坏地冲过去。

城门一侧手持长枪的兵卒向四散而逃的灾民追过去,见一个抓一个。一对母女跑进巷口被两个兵卒撵上,母亲摔到地上,包袱被一个兵卒踢到远处,母亲爬着去捡包袱,另一个兵卒趁机抓到女孩。女孩有十岁模样,面黄肌瘦,被兵卒一提扛到肩上。突然,从路边蹿上来一个戴斗笠的少年,上去一脚踢到兵卒腿窝,兵卒腿一软,身子一斜,女孩摔到地上,少年拉起女孩便跑。

跑进巷子,女孩撑着不走哭喊着要娘。片刻后,另一个戴斗笠的男人护着她母亲跑过来,母女拥到一起,抱头痛哭。母亲拉着女儿对两人跪下。明筝取下头上斗笠,扶起母女俩,一脸怜惜地问道:“大嫂,你们从何而来,为何被困在这里?”

“恩人呀,你们身在天子脚下,如何会知偏乡僻壤之苦。如今大旱之年,赤地千里,万亩绝收。我母女本是河南尉氏县人,只因我夫君正月里进京赶考,至今杳无音讯,别无他法,我母女二人跟着众乡亲逃荒至此,只想寻找夫君。我虽容貌粗陋,但也出身书香,至于这般,实属无奈。”女人说不下去,脸上泪水涟涟。

萧天和明筝听到她此番经历,不由也跟着黯然神伤。

“大嫂,你们出来了多少人?”萧天问道。

“有一二百人,途中走散一些,到京城也有百八十人呢。”女人道。

“大嫂,请问你夫君的姓名,我们也可帮忙寻找。”萧天问道。

“他叫陈文达。”女人说道。

“陈文达?”明筝愕然回头望向萧天,萧天骤然皱起眉头,来自河南尉氏县不是他又是谁,这个陈文达为科考变卖了房产,如今他妻女走投无路来投奔,而他现如今在哪里呢?萧天向明筝递了个眼色,用眼神阻止她说出真相,留给这对可怜的母女一点念想。

"大嫂,这个名字我们记下了,也帮你打听着。"萧天从腰间拽下一个钱袋,他看了眼明筝,明筝也立刻从腰间解下钱袋交给萧天,萧天手托着两个钱袋塞进女人手里,道,"你拿着,先找一个客栈住下,再找你夫君吧。"

女人一脸惶恐望着手中两个钱袋,眼里泪花闪动,她摇着头:"不,不,大兄弟,看你们也是出力之人,得银子不易,我怎能……"

"你且收下吧。"萧天指着巷子,道,"前面有一家悦来客栈,我与老板相熟,你去那里歇脚,安顿下来再找陈文达,我们有了信儿也方便去找你。"

女人听罢,纳头便拜,被萧天扶起:"大嫂,快带孩子去吧。"萧天说着,拉着明筝便走,两人快步走出小巷,再次向城门走去。

"萧大哥,此次灾民围城,咱们恐怕更难出城了。"明筝忧心地说道。

"是呀。"萧天拉低了斗笠,眯眼远眺,"李漠帆和柳眉之留在城里一天,便多一天风险,必须想办法尽早送他们走。"

"萧大哥,其实,你可以不用管柳眉之。"明筝说着,眼睛怯生生地看着萧天。

萧天一笑,他很清楚她那颗小脑袋瓜里想什么,便坦然说道:"这是我与白莲会之间的事,既已应承他们总坛主,便要把他安全护送过去。你不要再有负担,也不要再胡思乱想。他把我关入虎笼其实与跟我打一架没什么区别,打完便完了。"

听萧天这么一说,明筝嫣然一笑,似乎困扰她多日的心结瞬间解开,脸上如沐春风般明艳照人。两人混进出城的车马人群里,向城门前走去。

此时,城门前已乱作一团。本来未时是一日里进出城门最繁忙的节点,但是接到指令要关城门。这边是赶着关城门前出城,那边是赶着关城门前进城,再加上城门外众多的灾民拥在城门前,进也进不来,出也出不去,两边的人群皆是炸窝般七嘴八舌地叫嚷。

眼见相持不下,魏千总又调来一队兵卒,这边刚堵住一个口子,那边又被挤破一个口子,跑进来的人被兵卒抓住。兵卒显然人手不够。魏千总气势汹汹地站在城门洞大吼:"关城门!"但是城门洞里全是人,有百姓有兵卒,启动门闸的兵卒干着急,却没办法关。

这时,从大道上飞驰而来一队甲胄闪亮的骑兵,单从服饰上看还以为是从三大

狐王令(上)

营调来的兵部将官,一些守城的兵卒大喜,去叫魏千总:"千总,兵部来人了。"魏千总正自纳闷,那队人马离近了才认出是锦衣卫缇骑。

高健一马当先,直奔到魏千总面前:"魏千总,这里发生何事?"

"高千户,你来得正是时候,灾民围城,我已遣人上报朝廷。"

高健翻身下马,对着魏千总干笑了两声道:"老兄,我如今已不是千户,降作百户了。"高健说着扶了下头盔,露出额头,额头上缠的棉布上还洇有血迹。

"哦?高健你受伤了?"魏千总盯着高健的额头问道,"谁这么大胆,敢对锦衣卫下手。"

"唉,别提了,诏狱里跑出去几个囚犯。"高健压低声音道,"宁大人没割下我的脑袋已是万幸,这件事被他生生压了下去,即便严防也还是走漏了风声,让几个大臣参了一本,要不是找到一个背锅的倒霉鬼,宁大人的锦衣卫指挥使也不保了,他被迫交出了东厂掌印。"

"哦,"魏千总瞪着眼,张着大嘴半天没合上,今年也不知是赶上了什么年份,尽出奇事,铁桶般的诏狱竟被劫了,三年五载发大水的河南、山西竟然大旱,他凑到高健近前轻声问,"那……那个倒霉的背锅人是……"

"是孙启远,"高健近似幸灾乐祸地说道,"这小子那天出门定是没看皇历,怎么那么倒霉,在关键时刻,他带着宁骑城出了诏狱,说是遇见什么逃犯,结果逃犯没抓到,诏狱里倒是逃走了几个。"

魏千总乐得扯着嗓子干笑了几声,笑过又问道:"他个小小的百户,再降……降到……"

"被扔进诏狱大牢里了。"高健沉下脸,摇着头道,"这小子只能靠自己的命数了。"

魏千总绷起嘴,眼珠子在眼眶里转了几圈,压低声音道:"兄弟,莫妄议国事,咱们还是当好咱的差吧。"

高健点点头,向身后的一个校尉喊道:"到人群里盘查。"

今日,高健奉宁骑城之令去各个城门巡查,海捕文书在每个城门都已张贴,过去了几天,仍没有任何动静。他望着城门前聚起的人群,也不知萧天他们出城了没有。正胡思乱想,一阵急促的马蹄声从背后响起,高健回过头,看见一队人马飞驰而来,打头的正是宁骑城。

高健忙迎着跑过去:"宁大人。"

"魏千总,速速关上城门,放跑了逃犯,你这差事可就别干了。"宁骑城说着,望了眼城门洞里已烂成一片片的海捕文书,皱起眉头。

"是卑职的错,卑职马上差人换新的。"魏千总说着,转身跑向城门。

宁骑城鼻孔里哼了一声,走向高健,高健急忙恭顺地低头静立一旁。

"高健,你说那帮逃犯现如今出城了没有?"宁骑城冷冷问道。

"他们傻呀,都几天了,还不走,等着被抓呀?"高健低着头道。

宁骑城似笑非笑地端详着高健,看了看他脑门上的伤,问道:"是谁把你打伤的?"

"这……我没看清……光线太暗,人太多……"高健嘟囔着,一只手扶住头,一脸可怜样。

"你知道当值的牢头怎么说吗?"宁骑城阴沉沉地干笑了两声,"还有那几个狱卒,众口一词,说劫匪穷凶极恶,个个三头六臂,从地底下钻出,黑压压望不到头,说你像个天兵天将从天而降。"

高健脸一红,道:"大人,是有点夸张,他们也是想……"

"我倒是想……"宁骑城打断他的话,阴森地盯着他的脑门,一阵冷笑,"这一招,分寸拿捏得真是好呀。"宁骑城说完转身向城门走去。

高健站在原地,寻思着宁骑城的话,脸上冷汗冒了出来。

大道上一个校尉快马加鞭赶过来,直奔到宁骑城面前,然后翻身下马,走到宁骑城近前低语了几句。宁骑城脸色一变,转身叫高健:"你在这里守着,我进宫去。"

宁骑城只带了两名护卫向宫城疾驰而去。他此时脑子里颇不平静,猜不出王振急着召见他又为何事。那日诏狱被劫后虽下了封口令,但还是泄露了风声,朝堂震动。平素与王振为敌的那帮朝臣立刻联名上疏要追究宁骑城的罪责,有言官更是列出他的十宗重罪。

此奏疏被王振截下,并有意让他过目。他无话可说,十条大罪条条属实,却皆为王振所差使,但在朝臣面前,他百口莫辩。不得已他交出东厂掌印以封众人之口。为掩人耳目,他又交出了孙启远,算是替他受过。到此,诏狱之事才算翻了过去,今日又是所为何事呢?

宁骑城顺着甬道走进司礼监时,天已擦黑。正是掌灯时分,司礼监里小太监们挑着宫灯到各处点灯,一个小太监眼尖,看见他走进来,忙跑到里面通报去了。不一会儿,高昌波笑眯眯地走出来。

"先生正在里面候着你呢。"高昌波笑着说。

宁骑城随高昌波走进房里，看见王振斜靠在一堆软垫上，有气无力，面色阴郁，似是刚发了一通脾气，一旁伺候的两个太监连头都不敢抬。王振看见宁骑城进来，招手指着一旁一张椅子让他坐。

高昌波给宁骑城捧上一盏茶，宁骑城接过端着，并没有喝，而是关切地望着王振，问道："干爹，你脸色这般不好，莫非身体有恙？"

"无妨，只是偶遇风寒。你说怪不怪，这大日头的得此症。"王振说着，手里摆弄着一串佛珠再无下文，只是用眼角瞥着宁骑城。

宁骑城端着茶盏，慢慢啜饮，只等着他开口说下文。

"此次收了你东厂大印，也是权宜之计，"王振数着佛珠开了口，"先要堵住那帮老家伙的嘴。再说了，东厂督主的位置一直空着，放眼朝堂哪个人敢接这个印，早晚不还是你的吗？但是……以后若再出纰漏，我可是无脸面再给你兜着了。"

宁骑城放下茶盏，抖袍服跪倒在地："干爹教训得极是，儿子知罪。"

"唉，坐得好好的，如何出溜到地上去了，来……坐着。"王振向地上的宁骑城摆手，"来，坐着，你说那日逃出去三人？"王振眯着眼睛突然问道。

"是。"

"于谦呢？"

"还在。"宁骑城忙回道。

"唉，你说这老东西为何不跑呢？"王振瞪起眼睛，"他要是借机逃出去多好，我便沿街放十万鞭来庆祝，这个老东西真不让人省心。"

"此人便是茅坑里的石头，又臭又硬。"宁骑城道。

"又臭又硬也得放了，当初拿他入狱，也是仅凭王浩之死以他兵部守卫京城不力为由，并没有抓住他的把柄。"王振神经质地猛抓着头皮，"我今日唤你来，说的便是这事。吏部尚书陈柄乙、户部侍郎高风远联名上疏奏请皇上赦免于谦，皇上已经准了。不过，这次我不露声色，他们也是高兴得太早了。如今山西、河南大旱，皇上已准从国库拨三十万两银子赈灾，这个差我力荐陈文君去办，皇上也准了。"

"啊，干爹，你这招暗度陈仓，用得好。"宁骑城干笑着，一个劲奉承，"怪不得这两日城门口，灾民围城，这个差……以于谦那个老东西交换，咱不亏。"

"你懂什么！"王振干咳一声，道，"我担心于谦插手赈灾事宜，他可是才从两地巡视回京。"

"此次给他个教训，若再不老实，再抓进去不得了。"宁骑城道。

"娃子，此人可不是你想的那么简单，你要时时派人盯住他，不要掉以轻心，绝不可让他搅了咱们的事。"王振眯起眼睛寒光一闪,盯住宁骑城嘱咐道。

"是。"宁骑城急忙点点头,眼角的余光瞥见王振闭上双眼,便起身告辞,王振微点了下头,依然闭着双眼含糊地道:"下去吧,好好办差。"

宁骑城走出司礼监时,夜色已深,宫里更夫刚好敲过头更。

三

阴暗的"人"字号牢房被几支火烛照得通明。王铁君和几名狱卒排成"一"字形有序地向前走着。突然从前方铁栅栏里伸出两只手,一个嘶哑的声音大喊:"大人……我冤枉呀,我冤呀……"

王铁君一看是新近送来的孙启远,便急忙把他伸出的双手给塞进去,好言好语低声地劝解:"我说孙启远,别在这里喊了,进来的人哪一个不说自己冤,你要相信,人命天定,你瞧瞧于大人,这不官复原职了不是?"

铁栅栏里的孙启远瞪起眼睛,一张苦瓜脸扭曲成一团。

王铁君领着几个狱卒继续向前走,他身旁的狱卒"耳朵"拉着他问道:"铁头哥,你真的接到旨意,于犯要放了?"

"你傻呀?"王铁君伸手拍了下"耳朵"的脑袋,"还叫于犯,于大人啦,你没听见吗?官复原职。"

外号"油条"的狱卒突然回头对王铁君竖起大拇指,极是庆幸地说道:"铁头哥,咱们哥几个幸亏听你的,没为难过大人。赶明儿,于大人复了官,也不会为难咱几个。"

"耳朵"和另几个狱卒点点头,心里·阵庆幸。

"唉,你们几个小崽子,学着点吧,人生的学问大了去了。我比你们多吃了几年饭,也看多了人生得失荣枯。记住,与人为善,与己为善,与人有路,与己有路。"

正说话间,几人已走到于谦的牢门前。王铁君打开牢门,两支火烛下,几个狱卒分立两旁,于谦在牢房里已收拾停当,他脱下号服,换上一身灰色长衣,从容地走过来。他走到几位狱卒面前,停下脚步,面对几人,拱手一揖,气定神闲地说道:"几位狱官,于某在此承蒙照顾,就此别过。"

王铁君和"耳朵""油条"几人忙一字排开,诚惶诚恐地躬身还礼,七嘴八舌乱叫一气,有称于大人的,有称于侍郎的。

于谦微微一笑，转身随着前方火烛的指引走了出去。

牢门近在眼前，于谦走上十几级台阶，牢门终于在他面前敞开。刺眼的光亮猛然闪耀着，刺痛了他的双目，他不得不闭上眼，一只手捂在眼上，缓缓走出去。

天井里已是一派夏日的盛景。虽然高墙石壁难寻几片绿色，但是在石板间、砖头缝里、墙角边、屋檐下，那一簇簇、一丛丛、一朵朵绿色的植被在阳光下活得肆意盎然、生机勃勃。

于谦眼角滑过几滴泪，他把目光从草色中收回到这个黑沉沉的院子里，虽然待了近四个月，却依然是陌生的地方，四周的高墙压得他喘不过气来，他稍作停留，便快步向大门走去。

王铁君站在牢门前，看着于谦走远，还没有来得及发出一声感慨，他的名字便被人高声叫起："王牢头！"

王铁君回头一看，暗吃一惊，是宫里的高昌波，便急忙上前行礼："高公公，今日是天上哪片云彩把你老人家唤来了？"

高昌波顺着王铁君的目光瞟了眼远处，目光久久地盯着于谦的背影，若有所思地问道："于大人官复原职了？"

"是呀。"王铁君躬身应了一声。在他的印象里高昌波来诏狱的次数很少，上一次是对于谦动刑，不想惊动了宁骑城，两人闹得很不愉快，虽说面上不说什么，但是梁子肯定是结下了，今日高昌波又跑来不知所为何事，便哈着腰赔着小心问道："高公公有何吩咐？"

"走，带我去见见孙启远。"高昌波说着向牢房走去。王铁君回头望一眼独自走向大门的于谦，跟在高昌波身后向牢房走去。

"王牢头，"高昌波压抑着尖利的嗓音，低声道，"我来的事，不要张扬，你懂吗？"王铁君急忙点头应允。两人一路沿着地下台阶向地牢"人"字号狱走去。

王铁君领着高昌波一路走到孙启远的牢房前。孙启远一看见高昌波，像见了亲娘般一把抓住高昌波的手腕不放，眼泪鼻涕一把一把地流下来，嘴里喊着冤枉，泣不成声。

"呸，你冤枉个屁！"高昌波骂了一声，嫌弃地瞪着孙启远，压低嗓音数落道，"你脑袋锈掉了，自个儿把自个儿挖个坑埋进去，死到临头了，哭有屁用……"

孙启远面色苍白，扑通一声跪到地上，隔着铁栅栏望着高昌波哀求道："高公公，你不能不管我呀，你若能救我出去，我做牛做马报答你的恩情，做你一世的奴才侍奉你……"

高昌波皱巴着脸,不耐烦地点点头道:"行了,别起誓了,唉,谁让我心善呢,就见不了别人被欺负,行了,你的事我管了。"

"高公公,恩人啊……"孙启远说着磕头如捣蒜。

"行了。"高昌波甩了下袖,径直往外走,几步外与王铁君打了个照面,王铁君急忙陪着他往外走,高昌波微笑着道,"王牢头,你当差真是尽职尽责,我会向王公公引荐,你等着晋升吧。"

王铁君听闻急忙哈腰躬身,连连称:"不敢当。"只听高昌波又说:"唉,孙启远这个跟头栽的,可怜见的。"高昌波说着背着双手走出牢门,王铁君站在门内躬身称是,他心知肚明,高昌波看过孙启远,那他离走出牢狱便不远了。他地位低微,看不到朝堂上的明争暗斗,但是这诏狱谁出谁进他心里有数。想到刚刚出去的那一位,他脸上不由露出欣慰的笑容。

四

诏狱大门外,一辆半旧的双轮马车早已候在那里。于府管家于贺站在马车旁眼巴巴地盯着诏狱大门,于谦一走出来,于贺便神情冲动地跑上去,热泪盈眶地喊道:"老爷,你可算出来了。"

于谦走到马车前,看了看眼前的街景,呆了一呆,感叹了一声:"恍若隔世呀。"

"老爷在阴曹地府走了一遭,大难不死,必有后福啊。"于贺喜滋滋地说道,他扶于谦上了马车,自己转身跳上去,接着扬鞭吆马,双轮小马车避开熙熙攘攘的主街,拣安静人稀的小巷回府。一路上于谦挑帘观景,眼里的清冷渐渐被街上的人气所感染,脸上有了笑容。

府门外寂静如常。本来于谦平素喜静,府里吃穿用度又是极简,周围邻家一直以为此府里住着一个老学究,后来才闻知真相,又对他的清誉满心敬仰,便很少过往叨扰,于谦也乐得自在。

马车直接驶进侧门,一个小厮跟着跑过来,于贺把马车交给小厮,他扶着于谦下了马车。于府很小,是个两进的院子,前院正房待客,两厢是书房和客房,天井一侧设有演武场,也是于谦每日习剑的地方。后院住着妇孺家人。整个院子已被家仆清扫一新,天井院里那株老槐也已绿盖满园。

于谦沿着游廊走到老槐树下,伫立片刻,便向书房走去。一旁的于贺眼睛却不安分地瞟着书房的大门,有些忐忑。书房的门紧闭着,于谦轻轻推开,一只脚刚踏进去,房里顿时人声鼎沸,七八个人突然拥到于谦面前,把他团团围住。于谦愣在当地,脸上又惊又喜。他身后的于贺捂住嘴偷乐,然后悄悄把门关上,溜了出去。

再看屋里这群雪鬓霜髯的老者,此时皆变成了顽童,个个以把于谦震在当地为乐,一群人开怀大笑。

吏部尚书陈柄乙第一个走上前,他拉着于谦上下打量:"于兄,终于把你从那个鬼地方弄出来了,哈哈!"陈柄乙虽已近耳顺之年,但得益于长年坚持练太极,胡须虽白却精神矍铄,他朗声笑道:"见你是走着进来的,不是被抬进来的,我们大家都放心了。"

于谦一脸笑意环视四周,一出诏狱便能见到众多好友,他是又激动又感激,为官多年,深知朝堂党争从未停息,自己能走出诏狱跟这些人的努力是分不开的。环视一周才看清在座之人,除吏部尚书陈柄乙,还有户部侍郎高风远、刑部侍郎赵源杰、礼部郎中苏通、大理寺卿张云通。看着众人,不觉心头一热,眼中漾出泪光,他拱手向众人深深一揖道:"于某何德何能,得此同道厚爱。"

大家又是一阵寒暄,几人急忙张罗着给于谦搬来椅子坐下。于谦回头向窗外喊于贺,于贺早已乐呵呵地端着茶盘候在外面,一听到叫他,便推门走进来。于谦手指着于贺,埋怨着:"好你个浑小子,事先也不跟我通个气,让我好有个准备。"

"哈哈……"高风远站起身道,"是我们交代他不要说,便要给你个惊喜。"高风远已近四十,但在这些人里面数他最活泼。他进士出身,喜好诗文歌赋,平日便清高,最厌繁文缛节,心直口快在朝中是出了名的,有几次都险些因为仗义执言惹祸上身,全仰仗他平日为人豪爽正直攒下好人缘才化险为夷。此时高风远哈哈笑着,为自己这个主意得意万分。

"今日见到诸位真是一个大大的惊喜呀,哈哈……"于谦站起身,对于贺道,"快去厨房准备果品酒醪,今日我定要与诸公一醉方休。"

"老爷,早备好了。"于贺把茶盘放到黑漆木圆桌上,便下去唤小厮上酒菜。

众人围坐到黑漆木圆桌前,刚才也笑了也闹了,此时却不约而同沉默下来,于谦望着众人好生诧异:"怎么,嫌我的酒不好吗?"

"于兄,不是你的酒不好,按说也理应为兄长接风洗尘,只不过……"高风远快言快语,毫不理会陈柄乙递过来阻止他下文的眼神,"于兄有所不知,城外灾民围城,此时真无饮酒之心呀。"

"何来灾民?"于谦大吃一惊,望着高风远问道。

"你呀,嘴真快,你既知于兄才进家门,又拿这事让人不痛快。"陈柄乙不满地瞥了高风远一眼,转向于谦道:"本想让你休息几日,看来也是瞒不住了。自开春以来,山西、河南便大旱,春上无雨耕种,很多州县绝收,据查此次大旱是十年来最重的一次。上报的奏章堆了一堆,皇上终于恩准赈灾事宜,只是……"陈柄乙说到此,心绪难平,遂停顿下来。

"有啥不敢说的,我来说,"高风远凑上前,接着说道,"于兄你可知此次由谁主理山西、河南赈灾吗?便是那个新到任的陈文君和工部尚书王瑞庆。这两人是王振力荐的,王瑞庆在贡院一案中也被牵连,却毫发无损,这一转眼又神气活现地去赈灾了,让他主理赈灾,那赈灾银子还能落到百姓手里?还有那个陈文君,极尽溜须拍马、阿谀奉承之能事,这两人倒是天作之合,哼!"

"难道诸位臣公都没有异议吗?"于谦一时气结于胸,他环视诸位,在座诸位皆闭口不语。于谦道:"我巡抚山西、河南时,陈文君在河南任盐运使,我手中还有数份告他贪腐的状子呢。我进诏狱这些时日,他竟然连升数级,成为礼部尚书,这真是滑天下之大稽啊。"

"这种贻笑大方的事在当今朝堂还少吗?咱们这位皇上只听信王振的,不管是朝臣上疏的奏章,还是沸腾的民意都无法上达天听,如今这位王公公可谓一人之下万人之上,哪里还把朝臣放在眼里?"

"一些胆小怕事的大臣躲还唯恐不及,谁还敢进言呀。"赵源杰插话道。

"其实还有一个隐情。"陈柄乙叹口气,对于谦道,"王振曾见过我,以放你出诏狱为条件,换我们闭口,此事张云通与我再三权衡,即便咱们上疏反对,也不一定能扭转局面,还不如先把你救出来稳妥,于是,终达成妥协。"

陈柄乙此话一出,在座的诸位才恍然大悟,纷纷点头。

张云通一副道家风骨,此时他手捻长须道:"不足为虑,仍有转机。"

"此话怎讲?"苏通好奇地问道。

"为今之计,如能握住陈文君和王瑞庆的把柄,此事便还有转机。"张云通说道,"如今最紧迫的其实是城外灾民的安置。"张云通寥寥数语,便切中关键,众人皆点头称是。张云通在众人中学问最高,学贯古今,颇有谋略,大家都喜欢以"张诸葛"来称呼他,凡事都请教他,张云通也乐此不疲。

于谦点头道:"张兄所言极是,可先行开粥棚,以稳定民心,再由户部起草奏章拟一个安置灾民的方案。"

众人皆点头,苏通道:"有饭吃,那些灾民便不会思乱。"

狐王令(上)

此时，于贺与两名小厮端来酒菜：几盘时鲜青菜，一盘花生米，一壶老酒。众人望着圆桌上的酒菜，平素便闻于谦节俭，今日一见果然名不虚传，顿生感慨。朝堂重臣家中所用连平常人家也不如，在座众人不由都心生敬意，几人端起酒盅，纷纷向于谦敬酒，于谦也不相让，豪爽地持酒盅一饮而尽。

众人敬罢酒坐下，话题即转到王瑞庆和陈文君身上。众人议论纷纷，赵源杰忧愤地说道："贡院一案，王瑞庆极力维护陈斌，不惜买凶灭口，要不是刑部的人及时赶到救出国子监教习，便是死无对证。如此欺君罔上，由于王振极力护佑，他竟逃脱三法司的侦查，毫发无损。看来此人定是王振的死党，想动他谈何容易。"

"那便从陈文君入手。"高风远说道，"可先由言官上奏章揭出陈文君在河南任盐运使时贪腐的罪状，再由几位大臣上疏提出更换赈灾官员。只要王瑞庆和陈文君这两个王振的死党能够换下一个，再上去一个廉洁公正的官员随行，他们做事便会有所顾虑，也不至于两省的灾民苦盼而来的赈灾银子全部落空。"

众人听完，就目前来看也寻不到更好的法子，便纷纷点头。

陈柄乙掂起酒壶晃了晃，酒壶已空了，便笑着道："虽说酒逢知己千杯少，但各位明日还要早朝，再者于兄身陷囹圄多日，也要与家人团聚叙话，我看咱们还是各自打道回府吧。"

"陈兄所言极是。"张云通第一个站起身，道，"来日方长嘛。"

于谦笑着站起身，向众人又是深深一揖道："今日的接风酒令于某终生难忘。"

众人笑着相继起身告辞。赵源杰最后一个走到于谦面前，他刚要张口告辞，见于谦上前一步低声道："赵兄，请留步，待我送完客回头与你叙话。"

赵源杰点点头，看出于谦对自己是有话要讲，便悄然退回去。于谦随众人走到门口，早已有小厮打开大门。为了避嫌，诸位大人都是独自步行前来，因此，门外并无车马接送，各自独步出门，在街边分开向各自的府邸走去。

于谦回到书房，见于贺已差小厮撤下圆桌上的酒菜，并摆好茶具。赵源杰站立在书案一侧，仰头盯着墙上挂的一幅画轴，那是一幅前朝大将文天祥的画像。赵源杰见于谦走回来，忙转身上前一步，拱手一揖道："于兄，你吃苦了。"

于谦请赵源杰坐下，淡然一笑，道："苦倒是没吃，牢饭吃了不少。"

"于兄，此番看见你，我心里还是一阵后怕呀。"赵源杰并不想隐瞒，凑近说道，"诏狱被劫，逃出几位要犯，我一直以为你会跟着他们走，现在想来，还后怕呢。"

"唉，"于谦端起茶盅，小啜一口，道，"不瞒你说，当时我真是想一走了之。仗剑走天涯是我年少时的梦想，行走江湖，可比在庙堂上快乐随性，没有钩心斗角、尔虞我诈,岂不是不亦乐乎。"

"哎呀,于兄啊,"赵源杰笑道,"幸亏你没有一走了之。江湖上可不少你一个侠客,但庙堂上不能没有你这样的硬骨头。经此一事,小弟更是对大人敬佩得很呀。"

于谦也笑起来,道:"你说我是硬骨头我认,我这个硬骨头让王振无处下口,只能恨得牙痒痒。"于谦说着,脸色一滞,略一沉思道,"那日在狱中,我遇到劫狱的主谋,姓萧,自称萧天,我见此人气宇不凡,而且手段奇诡,非一般江湖上的小盗小寇。"

"于兄,此人你未必不知。"赵源杰神秘地一笑。

"哦？他是谁?"于谦一愣。

"说到此人,我要先说说他的父亲,你必识得。"赵源杰突然眼眶一热,压抑住心中悲情道,"此人父亲便是原国子监祭酒大儒士萧源,萧天是他的独子萧书远。"

于谦一听此言,愣在当地,突然站起身在室内踱了几步,一阵唏嘘道:"萧源我如何会不知?大儒萧源之子,怪不得有如此风采。他祖上是大明开国元勋萧敬。他父亲萧源被王振构陷,赴云南充军途中死于瘟疫,这在朝中人尽皆知呀。"于谦转向赵源杰,"你如何对他如此了解?"

"于兄,"赵源杰站起身,道,"萧源乃我恩师呀,我几乎是看着萧天长大的。他自幼尚武,十二岁独自离家赴峨眉山拜师,拜在密谷道长门下,所以京城里真正记住他的人不多。"

于谦一笑,道:"这么说来,萧天进京必是要拜会你,那么他劫狱你也是知情的,恐怕你还拜托他把我一并救出来吧?"

赵源杰羞愧地一笑,挠着头道:"什么也逃不出于兄的法眼,我确实拜托他救你出来。"

"他没有食言,确实找到我,让我跟他走。"于谦感慨地道,"如此人物,只可惜不能为朝廷所用。"

"于兄有所不知,贡院一案是萧天向我密报的消息,后来又给我提供线索。要不是咱们及时掌握有利证据抓住王振的把柄,以王振的势力岂会善罢甘休,那些含辛茹苦的学子便会被王振玩于股掌之中,谈何明经取士,为国求贤?"

"看来,此人虽身在江湖,实则心怀魏阙。"于谦道。

"正是。"赵源杰点点头,"不瞒于兄,萧天的真实身份是兴龙帮帮主,他在江湖上声誉很高,他为人正直行侠仗义,而兴龙帮在山东、河南、直隶都有分会组织,帮众甚多。"

于谦点点头,目露期待道:"此人乃人中翘楚,有机会我一定要面见他。"

赵源杰一笑:"你们真是英雄相惜,必会相见恨晚。"

于谦思忖道:"他们闹出此番动静,还会留在京城吗?"

赵源杰一愣,还是于谦心思缜密,此番大动干戈,怕是早已离京而去,不由惋惜道:"是呀,不知是否还能见到他。"

第十八章　铤而走险

一

望月楼门前一如既往地喧嚣热闹。翠微姑姑每日迎来送往,面上笑意盈盈,但只有她自己清楚,每日都是煎熬。一想到这一帮人住在她那后院,即便再隐蔽,也让她日日提心吊胆,如履薄冰。

但奇怪的是,一连十几天过去了,京城里倒是很安静。此时大街小巷人们的话题,已从诏狱被劫转到赈灾上。城外的灾民已暂时得到安置,每日都有粥棚供应稀如白水的粥,虽说吃不饱却也饿不死。有些灾民听到皇上已派大员去赈灾,便拖家带口往回赶,城门外黑压压的灾民已走了不少,城门也恢复了往日的通畅。

萧天比翠微姑姑更关心城门的状况,每日都让小六去城门口溜达。小六人小,又机灵,他喜欢跑到城门前一家果子铺吃糖糕,一边吃一边观察城门的情况。刚开始通关兵卒检查很严,后来便逐渐松懈下来。近几日,有的兵卒已懒到不查身份文书,只对照一下墙上海捕文书上的画像,便直接放行。

小六跑回望月楼,直接跑到后院。萧天他们正坐在正房里商议此事,小六便把看到的如实禀告萧天,萧天听后只是点点头,脸上依然没有一丝轻松的表情。

一旁的李漠帆有些急了,他在这十几天里不仅伤全好了,还吃胖了,翠微姑姑像喂猪一样把他喂得又白又胖。他站起身道:"帮主,不宜在此久留,宁骑城嗅觉灵敏,又遍布暗桩,随时都有可能发现咱们。再说柳眉之伤也基本好了,都可以下地了。不如就此分开,各走各的,京城这么多城门,大家分开走,还怕出不了城?"

萧天抬头望了眼窗外,窗被外面老槐树巨大的树冠遮得严严实实,树上几只蝉正没完没了地鸣叫着。萧天把目光从窗外收回室内,他看到明筝一声不响坐在一旁,蹙眉沉思,便问道:"明筝,你在想什么?"

"萧大哥,如按李大哥的想法,各走各的,"明筝忧心地抬起头,道,"一个人,没有同伴的照应,自个儿一走进城门,在画像前一过,岂有不露馅的?白白送上门。"

萧天点点头,这点也正是他犹豫许久的原因:"在没想到一个万全之策之前,绝不可冒险。此番为救你们出诏狱,搭上多少弟兄的性命,岂能再冒被抓捕的风险。"

"萧帮主。"门口传来一个熟悉的声音,众人望向大门,只见柳眉之一身月白长衣,高束额发,缓缓走进来。屋里众人顿时一片静默,林栖和盘阳本来斜靠在椅子上,看见柳眉之走进来,立刻正襟危坐,露出嫌弃的表情。明筝一脸尴尬,低下头去,双手揉着衣衫,也不去看他。李漠帆干脆转过身,给他个背影。

只有萧天神情自若,他淡淡一笑,道:"柳堂主,看来你身子恢复得不错。"

柳眉之面色依旧惨白,除了神情有些阴郁外,其他也看不出什么。他缓步走到众人面前,向众人一一拜过,又郑重地向萧天深深一揖道:"眉之愧对帮主,谢帮主解救之恩。"

"我救你是受白莲会总坛主所托,"萧天风轻云淡地说道,"再说此次劫狱,白眉行者也参与其中,是兴龙帮与白莲会还有天蚕门、天龙会合作而为,柳堂主何必多想。"萧天转身对林栖道,"林栖,给柳堂主搬张椅子。"

林栖十分不情愿地把自己的椅子让给柳眉之,柳眉之谢过后坐下。他一坐下便转向明筝,明筝看萧天这样待他,也不好再回避,默默看他一眼,柳眉之受到鼓舞,心情也舒朗许多,便问道:"刚才你们是在谈论出城之事吗?"

"是,柳堂主有何高见?"萧天问道。

"萧帮主可知五日后是何节气?"柳眉之突然问道。

"是何节气?"萧天一笑,道,"萧某还真是疏忽了。"

"五日后是七夕节。"柳眉之身子前倾,看着萧天郑重其事地说道,"如果想出城,这是个机会。不知萧帮主是否知道京城里过七夕的风俗?据我所知,京城富贵人家对这个节气极为重视,未婚女子这一日正午往碗水中投小针,以卜女乞巧。而已婚女子在这一日要上妙音山乞拜观音娘娘,以示求子。所以七夕日,京城里不管是平民百姓还是富贵人家,皆会出城去妙音山上香火。"

"原来如此,这确实是个机会。"萧天点点头,环视众人,征求他们的意见。

"冒充富贵人家去妙音山上香火?"李漠帆摇摇头,道,"到城门前受到盘查如何说? 难道平白编排一户人家? 你也太小看守城的官兵了。"

"难道他们会挨个盘查不成?"柳眉之很不以为然地道,"那一日出城的人那么多,可以用人山人海来形容,请问他们要盘查到几时?"

对这个问题,李漠帆显然答不上来。

"七夕是个机会。"萧天肯定地说道,"人多便好蒙混过去,只是还要再想想如何蒙混过去。"

这时,门口传来小六的哭叫声,只见翠微姑姑拎着小六的耳朵走进来。李漠帆一看见立刻瞪着眼睛叫起来:"喂,你个婆娘,你为何这般整治小六?"李漠帆把小六从翠微姑姑手里拉回到自己身边。

"姓李的,你个吃货,你吃下老娘多少东西,你吃下便也罢了,还让你手下来偷。"翠微姑姑也不甘示弱,双手叉腰指着李漠帆大叫,"你问他!"

"小六,你说,"李漠帆被翠微姑姑骂得如此不堪,气不打一处来,揪住小六耳朵问道,"说呀!"

小六被拎着耳朵踮起脚尖,一边龇牙咧嘴一边不得已承认道:"几盒点心而已,真是小气。"

"几盒点心?"翠微姑姑大骂道,"那是人家姑娘出嫁时备下的彩头,你个小崽子,全让你毁了。"

萧天突然站起身,一步走到翠微姑姑面前,问道:"姑姑近日可是有喜事?"

"是,定在五日后七夕那日。是楼里一位姑娘,叫彩虹,被一位行走郎中看中,前几日出了赎金,虽不多,但那彩虹也老大不小了,有此归宿也算圆满。这几日我和楼里姑娘正张罗着打发她,按她娘家习俗,出嫁女要备彩头,在出嫁当天馈赠给送嫁的亲友,这彩头由点心和礼金合起包入红绸中,这可好,才备好的点心,让这小子偷去一半。"

"臭小子,这也偷!"李漠帆伸手拍打小六的屁股。

"我是想让你和明筝姐姐,还有帮主尝尝鲜,"小六跳着脚蹦,躲着李漠帆的巴掌,"我冤枉呀,我不知道那是彩头,我只是吃上一口,觉得好吃,不知不觉吃多了……剩下的我都藏起来了,我这便去拿给你。"小六说着,打了个饱嗝,惹得众人哄堂大笑。

"此事甚妙。"萧天突然大声说道。众人听他如此说,纷纷回头望向他。

"翠微姑姑,你把彩虹姑娘的婚事交由我们来办,一定办得风风光光、热热闹闹。"萧天说着,脸上多日来的阴云一扫而光,他扫视着屋里众人,简单明了地说道:"此次出城就借七夕之日,彩虹姑娘出嫁之时,各位都去准备吧。"

众人愣怔片刻,方如梦初醒,纷纷点头,惊叹道是个好主意。

七夕这日卯时不到,后院里人们便已起身忙碌起来。天还未亮,只得掌灯,翠微姑姑从前院姑娘们处抱来一堆女人的衣服,命这里的男人穿上。男人们纷纷退缩,萧天抱起衣服,命大家穿上。

大家只得从命。李漠帆第一个穿好,由于体胖他穿不上姑娘们的衣服,只得穿了件翠微姑姑的红色襦裙,他从屋里一出来立刻让众人笑得炸了窝。李漠帆对着众人挤眉弄眼,双手叉腰道:"几位姑娘看看,我像个婆娘吗?"连林栖这样从来不笑的人,此时也绷不住了,笑道:"怎么看你都像个老鸨。"

梅儿从衣服堆里拣出一件水绿色裙子递给林栖,林栖跳起来便跑,梅儿在后面一阵追,林栖索性纵身跃到屋顶的房梁上,说啥也不穿。

"不穿算了,"萧天抬头冲房梁上的林栖道,"你驾车,下来吧。"

萧天拣了一件素净的蓝色比甲和灰色襦裙走进自己房间去换衣。梅儿和夏木把小六挤到墙角给他穿上一身杏黄色绉裙,又张罗着给他梳头。盘阳站在一堆女人衣服前,拣出来一件往身上比比,不满意,又拣出来一件,费了半天工夫,很是惆怅了一阵子,一会儿跑到夏木面前,死乞白赖地问道:"夏木姑娘,你说我穿哪件更好看,你给我选一身呗。"然后又凑到梅儿身边:"梅儿姑娘,你也给我梳个头呗。"

夏木和梅儿都躲着他,梅儿道:"盘大侠,你那一脸胡子楂儿,不穿还好,一穿准露馅。"

"可是,他们都穿了,你们不让我穿,是何道理?"盘阳一脸委屈地靠到夏木身边,夏木有些哭笑不得。

这时,柳眉之和萧天换好衣裳走出来。他们两人身着女装一走进来,让屋里人又热闹了一番。柳眉之经常女装出行,所以这身行头在他身上再自然不过了,他穿着青色缂翠竹的外褂,下着翡翠撒花绉裙,形态婀娜多姿又明艳照人。再看萧天,就有点让人忍俊不禁了。他身着女装却毫无女人之态,四方脸上浓眉厉目,棱角分明,眉宇间都泛着凛然之色,没有半分女儿之态,惹得翠微姑姑大笑:"可惜了我这一身女儿家的衣裳,竟把你打扮成道姑的模样。"这一句话更是惹得众人大笑不已。

明筝从房间出来时,已在脸上粘了胡须,并在脸上抹了一层炭灰,穿着车夫的短衣。未走进这间房便听见里面的笑声,她急急跑进来,迎面看见萧天扭捏地摆弄着身上比甲,明筝上前去拉着比甲便大笑起来,一边笑一边说道:"哪里来的大姐呀。"

"呦,这位小哥,别碰我们家姑娘。"李漠帆从一旁走过来,打趣道。

明筝回过头,看见李漠帆,差点笑瘫在地。李漠帆被翠微姑姑在腮帮上涂了胭脂,嘴上还夹着片胭脂,把嘴唇染成大红色。

"好了,准备出发吧。"萧天看屋里众人都已穿戴好,便止住大家说笑,一边吩咐道:"林栖、盘阳、明筝分别驾三辆马车,第一辆马车上,夏木、柳堂主、小六、翠微姑姑;新娘和几个女伴坐第二辆马车;第三辆马车上,梅儿、李漠帆、我和另两位兄弟。现在大家分头上马车吧,把该带的东西都带上。"

"帮主,如果盘查起来,如何回话?"林栖问道。

"实话实说,望月楼姑娘出门,楼里姑娘送行。"萧天道。他说完目视大家,又交代道:"一会儿官兵问话,楼里姑娘回话便行了,其他人保持沉默,不要说话。每辆马车上我都安排有姑娘,大家见机行事。"

说话间已到了巳时,望月楼前停着三辆披红挂彩的马车。一阵鞭炮过后,一群花红柳绿的姑娘簇拥着一对新人走出来。新郎身材瘦小,被一群姑娘吆来喝去早已不知东西南北。新娘头罩红绸盖头,身着大红云缎霞帔,下着大红色绣花绉裙。姑娘们把新郎和新娘塞进第二辆马车,又挤进两个姐妹陪同。

街坊中有人过来向翠微姑姑道喜,翠微姑姑笑着还礼,与几位熟人一阵寒暄过后,便坐上头辆马车。送亲的队伍便出发了,三辆马车迤逦驶出西苑街,向西直门而去。

此时街上已是车水马龙,各种规格的马车似舳舻相继,望不到头。

因是七夕,街上挑担卖货和步行观景的人比平日里多出许多。再加上许多富贵人家出行,车马队伍挤满了街道,那些四轮华盖马车以及佣人仆役挤满大街。一些本来缩在街头巷尾的贩夫走卒此时都聚过来在街上瞧热闹,若是哪家闺秀耐不住烦闷掀开轿帘,便会引起街头一片欢叫。

当望月楼的三辆马车驶过来时,便瞬间引起更大的骚动。一些行人不知从哪里得知望月楼姑娘从良,今儿个出嫁,一些脚夫、乞丐便跟着马车跑,一边跑一边起哄。

在行至一处三岔口时,右边巷子突然冒出来一个商队,有七辆大马车,马车上拉着笨重的大箱子。看马车的式样便知道是蒙古商队,这些马车与望月楼的马车

狐王令(上)

挤到一处，把整个街巷都堵住了。

林栖本来脾气就暴躁，此时看到这些马车目中无人地在巷子里横冲直撞，有辆大车的车辕几次撞到自己的车厢上，便怒气冲冲直接站起身猛抖缰绳，两辆马车瞬间碰撞到一起，那辆马车套着两匹马，于是三匹马相互顶撞嘶鸣起来。

"林栖，"翠微姑姑从车厢里探出头，大叫道，"不要寻事，赶紧走呀。"

"是他们挡住路。"林栖一脸怒气。

翠微姑姑一看，全卡在这里动弹不得了。对方马车里跳下一人，骂骂咧咧走过来。翠微姑姑怕林栖坏事，也急忙跳下马车。

对方走过来的人一身蒙古人打扮，蓝色的蒙古袍一角掖进腰带，露出靴子和腰间佩戴的两把腰刀，他气势汹汹走过来，朝马车用蹩脚的汉话大喊道："让路……让路……"

翠微姑姑走上去，与他交涉起来。

此时萧天在第三辆马车上也看到了这一幕，并一眼认出那个蒙古男人是和古瑞，他盯着那些马车和车上的大箱子，皱起眉头，他们也赶在这个时候出城？从车身来看，若不是十分沉重的东西也用不着两匹马来拉，绝不会是丝绸布匹。萧天顿时对箱子里的东西产生了好奇。

李漠帆和翠微姑姑一前一后已与和古瑞交上火，双方互不相让，吵了起来。他们这一吵，引来更多围观看热闹的行人，这个三岔口渐渐便被堵死了。

蒙古商队这边也是乱作一团。从马车上跑下来几个蒙古大汉，几个男人一看这边全是花红柳绿的女人，本来是找碴儿打架，如今变成了戏耍骚扰，街边的行人也跟着起哄。

林栖本来便一肚子气，此时再也忍不住，要给这些男人来个下马威，教训他们一下。他二话不说冲上前便与和古瑞大打出手。和古瑞异常凶猛，一拳一脚都虎虎生风。林栖出手既狠又刁钻，干脆利索，与和古瑞的花哨架势不同，任那和古瑞东奔西跑都抓不住他，反而露出破绽，被林栖抓住下手，又狠又辣，生生被打得"嗷嗷"直叫，渐渐处于下风。

和古瑞怎肯善罢甘休，迅速纠集几个蒙古大汉走过来，身后跑来一个蒙古女人，大喊道："和古瑞，你回来，别误了事。"

"和古帖，你回去，今日不给这小子点教训，绝不罢休。"和古瑞一把推开和古帖。

此时，围观的人越来越多，已惊动前方守城将士，只见一队兵士排着队向这里

狐王令（上）

跑来,不远处新近晋升为百户的李东,带着几个东厂番子吆五喝六地跑过来,驱赶围观的行人。李东本是孙启远的属下,孙启远被抓进了诏狱,李东顺理成章接替了他百户的位置。

李漠帆看着场地中变成几个人对打一个人,他便叫上盘阳要去帮场,却被明筝叫住:"李大哥,萧帮主不见了。"明筝急得左右四顾,哪里有萧天的影子?李漠帆忙安慰她,他一个大活人,估计是到前面了。李漠帆盯着蒙古商队的马车,突然有了主意,他凑近明筝道:"不如给他们找点乱子,让他们顾不上打架。"

明筝展颜一笑,调皮地道:"走,你跟我上马车,咱们朝那些马车上撞,看看那些箱子里到底是些什么玩意儿。"

李漠帆突然明白了,大笑着指着明筝道:"还是你的脑袋瓜好使,走……"李漠帆跳上第三辆马车,立刻拉住马的缰绳,大喊,"坐稳了……"

马车向路边一辆载着大箱子的马车撞去,三匹马撞到一起,对方的两匹马受到惊吓,突然嘶鸣着高高跃起,腾起前蹄,那辆马车车身突然倾斜,车上的大箱子随着车身的倾斜挣断绳索,滚到地下,翻了几下,顿时碎成几片,里面的弓箭似流水般流出来,整个街面都是弓箭。

围观的人群一阵大呼小叫,几个蒙古汉子从前面跑过来,看见箱子碎裂,弓箭流了一地,很是惊慌,呼叫着向这边跑过来。

"是那两个人,抓住他们!"一个蒙古人指着马车上李漠帆和明筝喊道。

突然,一支箭向明筝射了过来,明筝急忙躲过去,李漠帆见势不妙,急忙拉着明筝跳下马车。这时,十几支箭一起向这里射过来,李漠帆拉明筝到马车后,自己从靴子里拔出一柄短剑去挡飞来的箭,只恨自己的短剑鞭长莫及。突然,一个蓝色身影挡到两人前面,一把长剑银光四射,只听耳畔一片"啪啪啪"的响声,瞬间脚下落了一堆箭。

"萧大哥!"明筝惊喜地看见萧天持剑挡箭。

"果然是弓箭。"萧天看着一地的弓箭,刚才他几乎就要靠近马车了,看见明筝和李漠帆驾车撞过来。"漠帆,去捡一支回来。"

李漠帆弯腰绕到人群里,从人堆里捡起几支箭跑回来交给萧天。萧天拿着箭看了一眼,交给明筝问道:"认识吗?"明筝接过箭,仔细地看了眼箭尾,惊讶地叫出声来:"工部锻造!"

"上车。"萧天说着,看到对方已撤离,估计他们也发现事态不妙想撤了,"不能让他们跑了。"萧天抓住马的缰绳,明筝坐到一旁,萧天叫住李漠帆,"去叫住林栖,让他驾车拦住他们的退路。"

萧天驾着车向蒙古商队靠近，蒙古商队里也发现这辆马车来者不善，突然从其中一辆马车上射出三支箭，萧天用手肘一碰明筝，明筝往旁边一歪，躲过一支箭，萧天持剑挡住一支，另一支由于他手臂拉着缰绳无法躲闪，射进左肩。明筝吓得面色惨白。萧天沉着地驾着马车向最近的蒙古马车撞去，一边嘱咐明筝："明筝，坐稳了！"

"血，一直在流血，萧大哥……"明筝终于尖叫起来。

"无妨，不过是挂点彩，快帮我拉住缰绳，再撞一辆。"萧天把缰绳交给明筝，自己腾出手，持剑向靠近马车的两个蒙古汉子刺去。

明筝紧张地抓住缰绳，看到又有两个蒙古汉子向他们包抄过来，向萧天大喊："在你身后！"但她一看见萧天肩膀的血染红了大片衣衫，便乱了分寸。一个蒙古人嘶叫着向她这边扑过来，她整个身子都僵硬了，也忘了害怕。萧天用受伤的手臂夺过明筝手里的马鞭，扬鞭甩向那个蒙古人，那个人捂住脸一声惨叫退了回去。

萧天站到明筝身后双手稳住明筝拉缰绳的手，马车撞向蒙古商队的另一辆马车，直接把车上的大箱子撞翻在地，箱子开裂，里面的盔甲滚了出来。

此时，从城门赶来的守城官兵和李东带领的东厂番子把这里团团围住。街中央与林栖大战的和古瑞看到惊动了官兵，想逃走，被几个东厂番子控制住。翠微姑姑一看官兵来了，便站在当街，扯开大嗓门一把鼻涕一把泪地哭诉起来："青天大老爷呀，你要为民女做主呀，我们好端端地送女出嫁呀，被这帮人横冲直撞地毁了呀……"

李东从人群里一头大汗钻出来，他一眼看见魏千总，急忙打招呼："魏千总，你在这里呀。"

"李百户呀，这里都闹翻天了，我还能不过来？"魏千总一脸怒气地说道。

突然身后围观的人群又一阵骚乱，有人大喊："是……刑部衙门……衙役过来了……"

李东和魏千总拨开人群一看，只见刑部十几名捕快和众多的衙役已把街边七辆蒙古商队的马车团团围住。一匹马上端坐一人正在指挥捕头，李东认出是刑部赵源杰。李东正在纳闷，被魏千总拉着向赵源杰走过去，这时他俩也看见地面一片弓箭和另一个摔裂的箱子里露出的盔甲。

两人相视交换了个眼色，脸上均失了颜色。按大明律，凡私自携带铁货、铜钱、缎匹、丝锦等违禁物及与外藩交易者一律处斩。况且是弓箭，全是违禁品，更不容私自交易，这可是当斩的大罪。

这时，赵源杰手下几个捕快又打开几个箱子，皆是弓箭盾甲。衙役和捕快把所有大箱子从马车上卸下来，一一查看，这一查，让所有现场的人都瞠目结舌，竟然全是弓箭盾甲等军用物资。

赵源杰下令把携带兵器者押回刑部审理。刚才只忙着查验箱子，此时听到命令再去抓人，哪还有那些蒙古人的影子，只有和古瑞被东厂几个番子扭住立在当街，其他人踪影皆无。

李东见蒙古人逃了，而送亲的队伍还在，便对赵源杰道："大人，这帮人如何处理？"

赵源杰翻身下马，翠微姑姑和李漠帆走到他跟前，一边哭一边讲述着事情经过。赵源杰却全然没有心思听他们唠叨。他东张西望，脑子里盘算着。刚才在衙门管家跑过来递给他一张字条，上面寥寥数字："东升巷三岔口，蒙古商队。"他认出是萧天的字，本以为能见到萧天，而眼前却是望月楼老鸨又哭又闹，心里多少有些失落。

他一挥手，不耐烦地说道："行了，你们走吧。"

"不行。"魏千总从一旁走过来，伸手拦住翠微姑姑道，"案子没结，你们谁也不准出城。"魏千总说着回过头，看着赵源杰道，"赵大人，你如何糊涂了，放跑了他们，你去哪里再找证人？"

"是，是……"赵源杰急忙向魏千总拱手致谢，"我是被吓糊涂了。"赵源杰转身向翠微姑姑道，"各位请回吧，晚几日嫁人能死呀？回吧，随时听候传唤。"

翠微姑姑一听此言，傻了眼，哭哭啼啼地向新娘的马车走去，李漠帆在一旁扶着她，两人一路走，一路吵架。围观的众人见官府来了，也纷纷散了，马车上的人重新跳上马车，原路返回。

李东命几个东厂番役把和古瑞交给几个捕快，向赵源杰告辞而去。身边的番役有些不服问道："百户，咱们抓的人干吗交给刑部呀，这个功劳不成了他刑部的吗？"

"你懂个屁，平日你抓人上瘾了是不是？"李东伸腿跺了他一脚，"蒙古使团在京城有几千人，他们会看着自己的人被刑部押着？看吧，麻烦在后面呢。"

番役猛然醒悟，点头哈腰地连连称是。东厂的人匆匆撤离了现场，只剩下刑部的人在清理箱子。

狐王令（上）

二

翠微姑姑招呼着众人回到望月楼,这才发现少了一辆马车,独独不见萧天和明筝。她急忙吩咐小六、盘阳去找。直到黄昏时分,才有了消息。小六一路飞跑着过来,一边喊道:"那辆马车回来了……"

众人纷纷走出来,不多时看见萧天一身黧色短衣,肩部被包裹着打了绷带,怀里抱着一个人匆匆走过来。众人跑上前,七手八脚接住萧天怀里的那个人,才看清是明筝,面色发白,昏迷不醒。

"帮主,明筝姑娘受伤了?"李漠帆惊道。

"她没受伤,我中了一箭。"他的回答,让众人很是迷糊,看着昏迷不醒的明筝,明明像伤得不轻。萧天看众人疑虑,便把刚才的经历讲了一遍。

原来那会儿他中了一箭,出血不止,明筝夺过他手里的缰绳驾车拐入一条小巷,路过一家生药铺,他被明筝拉进去,掌柜的精通箭伤,只是在拔箭时,忘了明筝在旁,可能是当时的场景太过血腥,他忘了玄墨山人交代过,明筝头疾落下病根,不能受刺激,结果,他肩上的箭是拔下来了,明筝也当场昏了过去。

众人听完,一阵唏嘘,好在人没有受伤,只是吓昏了。翠微招呼着众人七手八脚把明筝送入房里,夏木在一旁服侍她,萧天吩咐去熬些醒神的汤药,便让众人散去。

李漠帆跟在萧天背后忧心道:"帮主,咱们这次没走成,下一步该怎么办?"

"咱们这次虽说没走成,但是咱们无意中干了件震惊朝堂的大事。"萧天一笑,一脸轻松道,"估计此时朝廷又要一阵忙乱,他们一时半会儿不会再在咱们身上费心思了。"

"哦?难道咱们揭了蒙古商队的老底,朝廷要查他们?"翠微问道。

"不仅如此,那些弓箭上刻着'工部锻造',此次交易一定与朝堂上的大臣有关联,没准一查能揪出一窝。今日之事,事发在繁华街市,又是万人空巷的七夕之日,定然已是尽人皆知,想掩盖都无处下手。如今朝堂上已是人人自危,咱们可以放心大胆住在这里,静待事态发展。"

听萧天如此一说,众人都松了一口气。

狐王令（上）

这时,小六领着一个人走过院门,匆匆向这里走来。李漠帆眼尖,一眼认出是上仙阁账房许先生,便走出去迎接。许先生走进来,先是拜见萧天:"见过帮主。"

萧天让人搬来一张椅子,问道:"许先生,你今日见我所为何事?"

"帮主,刚才上仙阁来了一位公公,称呼自己姓张名成,是你和李把头的故人,想要见你,我便把他带来了。"许账房说道。

萧天一惊,面色瞬间变白,手中茶盏也失手掉到地上:"张公公,他来了?"萧天和座上的翠微姑姑交换了个眼色,他努力镇定下来,大声说道:"快请进来。"

不一会儿,小六领着张公公走进来,萧天和李漠帆忙起身相迎。三四个月的工夫,张成瘦了许多,脸上皮肤又黑又皱,背也有些驼了。三人回到房里一落座,张成便打开话匣子:"恩公呀,我一出宫,恍如隔世,一切都变了。"

"是呀,近段时间发生不少事,我们也只能躲起来了。"李漠帆笑道。

"张公公,你老人家此次受苦了。"萧天说道。

"唉,苦命人吃苦还不是像喝水一样平常。"张成啜饮一口茶道,"那次宫里出事又加上东厂督主被刺,受牵连的何止我一个,我在浣衣局当了四个月差,多亏了康嫔才能顺利从浣衣局出来,一出来便到了万安宫。如今万安宫住着一个嫔一个贵人。那康嫔便是菱歌姑娘。"

萧天和翠微姑姑相视一笑,脸上都是又惊又喜,萧天问道:"菱歌姑娘被册封为康嫔了,那其他三位姑娘呢?"

"拂衣姑娘到太后跟前伺候了。绿竹姑娘进了尚仪局,做了女官。只有秋月姑娘跟在康嫔身边,住在万安宫。"张成又啜饮一口茶水,道,"我一到万安宫,康嫔便差我去寻你们,上仙阁我去过两次,听说换了掌柜,新掌柜姓韩,便没敢进去。今日我又去,在门外溜达,遇见许账房,我以前见过他,知道他是李把头的人,这才敢去见他。"

屋里众人听完张成的讲述,皆是一阵唏嘘。翠微姑姑尤为激动,她苦盼已久的宫里的消息,今日终于得到了,竟比预想的还要好。

萧天在屋里来回踱了几步,转身望着张成,问道:"公公,按宫里的规矩,康嫔的家人可能进宫见她?"

"不行。"张成直摇头,"一是康嫔位分太低,二是宫里对省亲之事有严格的管制,有专门的女官负责,规矩甚严。有句话说得极是,一入宫门深似海,从此天涯各一方。"张成说着,看了眼窗外,道,"天色不早了,在外不宜耽搁太久,恩公,可有话让我带给康嫔?"

狐王令(上)

"张公公，你老回去，告诉康嫔，"萧天道，"我们都好，一直在等她的口信，让她按以前说好的办便是。"

张成默默记下，点点头，便起身告辞。萧天和李漠帆一起送他到院门外，喊来小六驾着马车送他回宫。

目送马车拐过街角，萧天默默往回走。李漠帆与他并排而行，几次想开口，每次话到嘴边又咽了回去。萧天似乎身侧长了眼睛，早已把他的心思看穿，不冷不热地开了口："想说便说。"

"帮主，这个青冥郡主一去四五年，杳无音讯，康嫔她们能找到吗？"

"先不说她与我的婚约，她是狐族的郡主，老狐王唯一的骨血，整个狐族都在盼着她回狐地好重振狐族，皇上少一个妃或嫔无足轻重，可狐族不能没有郡主。这件事拖得太久了，我愧对他们，此次但凡有一线希望，也要不惜一切救她出宫。"萧天一脸凝重地说道。

"可是，若真把她从宫里救出来，那帮主你……你岂不是要履行与她的婚约，这……"

"那又如何？比起狐族四分五裂，到处漂泊，我……"萧天没有说下去，却已面白似雪，整个人看上去就像风雪中独立的一株枯树，又干又硬又悲又戚。

李漠帆叹口气，眼里流露出深深的悲哀，他凝视着萧天，低声说道："帮主，恐怕你的这一重身份要瞒不住了，你打算何时告诉明筝姑娘？"

萧天一愣，脸色越加惨白："我……我自有打算。"

李漠帆点点头，感慨道："唉，今日也是巧了，赶上明筝犯头疾，要不以明筝的机灵劲儿，张公公找来，岂有不露馅的？"

"你去把翠微姑姑找来，我有话对她说。"萧天没有理会李漠帆的嘀咕，吩咐他道。

半炷香的工夫，翠微姑姑与李漠帆从前院走过来。萧天也不多言，直截了当地说道："既已跟宫里取得联系，出城之事以后再议。如今只等宫里找到青冥郡主，咱们便开始下一步行动。"

翠微姑姑有些激动，眼睛通红，用力点着头道："一切听从狐山君王指令。"

"你去通知其他狐族人，做好准备。"萧天压低声音道，"一旦救出郡主，便率众离开这里，全部回狐地。"萧天说着，向他们挥了下手，"你们回去吧，我去看看明筝醒过来没。"

翠微姑姑和李漠帆四目相对，各怀心事，默默注视萧天离去的背影发呆。

狐王令（上）

三

明筝的卧房在前院,与夏木和梅儿同住。此时,两个姐妹正守在床榻前,焦急地看着仍然昏迷不醒的明筝。她们把能想到的手段都使了一遍:用帕子包着冰块冷敷,给她灌下醒神汤,给她按摩足底。两人忙活一下午,依然没有起色。

萧天走进来时,两人累得出了一身大汗,却毫无方法。看见萧天走进来,两姐妹急忙闪身,让萧天过来。

萧天坐到床沿,握住明筝的右手腕,开始把脉。他从师父那里只学到一点皮毛,脉搏还算平稳,只是人昏迷了几个时辰还没醒来,让萧天越发提心吊胆。明筝看上去面容平和,肌肤依然闪亮,低垂的眼睫毛像一丛野草,暗藏着勃勃生机,这无论如何也不像一张得病昏迷的脸。萧天握住明筝的手,她的手心也是温热的。

"不再等了。"萧天心口突突跳着,突然抬起头,对梅儿说道,"你去把小六叫来。"

不多时,小六跟着梅儿从外面跑进来。

"小六,你再辛苦一趟,"萧天急切地吩咐道,"去瑞鹤山庄找玄墨山人,把明筝此次的症结给他说一下,让他给拿个主意,或是有对症的丹丸也行,速去速回。"

"好咧,帮主,明筝姐姐平日最疼我了,我现在便出发。"小六说着,转身便跑了出去。

看着小六一溜烟跑出去的背影,萧天心情稍微平稳了些,他又叮嘱夏木和梅儿夜里留一人守夜,轮着睡觉。夏木和梅儿皆是顾大局的稳妥之人,想到有她们守着明筝,他便放心了。

翌日,萧天醒来天已大亮,日头老高了。由于夜里思虑颇多致使夜不能眠,后来听到四更梆响,方迷迷糊糊睡着。一转眼天便大亮了,他起身简单洗漱一下,便走出房门,身不由己走到前院明筝房门前。他没有敲门,直接走到窗下,看见夏木趴在窗下的书案上睡着了,再往屋里瞧,梅儿趴在床边睡着了,床上的明筝依然是老样子。萧天看罢转身便走,心里清楚两个姑娘定是守了一夜,他不愿打扰她们,便直接走出去,心里推算着小六何时能回。

出了大门,向昨日为他拔箭的生药铺走去。想到要去生药铺换药,他今日只穿了件半旧的灰布长衣,腰间系了根同色的束带。他出门一是去换药,再者也是想去

狐王令（上）

街上看看,打听一点消息。

那家生药铺离这里不远,拐过两条街,便看见那条巷子。他臂膀上的箭伤轻了许多,走路也轻松多了。走到生药铺门前,看见一旁多出一个卖字的先生,他的案前围着两人,这人的长相有些面熟,此时正弯腰专心地给人写着状子,那两人一边比画着,一边说着,卖字先生抬起头,认真地听着。萧天这次看清楚了,认出来此人正是陈文达。

"陈文达。"

陈文达正低头写状子,忽听有人唤他的大名,他忐忑地抬起头。春闱过去才几个月,陈文达已两鬓斑白,老了许多。萧天看到他如此惨状,不禁一阵心酸。陈文达恍惚了片刻,一时没有想起面前这位高个子男子是何人。

萧天也不愿多说,直接告诉他:"陈文达,你的妻女进京来寻你,你的家乡正逢大旱,她们母女逃荒进京,你快去与她们母女团聚吧,她们就在西直门附近的悦来客栈。"

陈文达一时愣怔住,视线渐渐模糊,眼里有泪光闪动,他颤动着嘴唇半天才发出几个喑哑的字眼:"我的……妻女……来了?"

萧天不忍再看他,急忙从腰间解下荷包,从里面倒出一些碎银,放到案上,道:"你收拾收拾带妻女回家吧。"

陈文达泪眼模糊地拱手一揖道:"敢问这位小兄弟尊姓大名,来年我进京赶考,定会去府上拜谢。"萧天的打扮不同于往日,陈文达没有认出来,萧天也不愿说破。

"你一把年纪了,回家过日月吧,"萧天想打消他的执念,"不要再进京赶考了。"

"小兄弟此话甚是不妥,十年寒窗苦,只为蟾宫折桂,岂有半途而废的道理?"陈文达一说起赶考,便一扫刚才的颓废之态,双眼闪闪发光。

萧天见他执念太深,苦笑一声,便不再相劝,起身告辞而去。他一踏进生药铺,掌柜的便迎面笑道:"壮士,你对那个疯子是白费心思,他执迷不悟,谁劝他也不听。两年后会试期一到,他准来。"掌柜的说着,引着萧天走进里间,关切地问道,"昨日与你同来的那个小兄弟可好些了?"

"已无大碍。"萧天说着,深深一揖道,"今日前来拜谢掌柜的。"

"嗨,举手之劳,何况壮士出手豪阔,岂有怠慢之理?"掌柜的请萧天坐下,解开他的衣襟,待他一层层解开棉布,露出伤口,不由欣慰地点头道,"伤口肿胀已消,很快便会恢复。"掌柜的开始清理伤口,涂抹药膏。

"掌柜的,你这生药铺地处闹市,街坊邻居又多,定是能听到许多奇闻逸事,不妨说来听听?"萧天风轻云淡地闲问了一句。

"嗨,从昨儿个到今儿,那热闹多了去了,你听说没有,朝堂乱成一锅粥了。"掌柜的眉飞色舞地说起来,"听人说,刑部把从蒙古商队缴获的弓箭上交给朝廷,这一下子,直接捅到皇上面前了。皇上责令三法司联合审理,由大理寺卿主理,那个热闹呀。这第二件事,更是轰动一时,今日早朝,有言官上疏此次赈灾大员陈文君在任河南盐运使时贪腐,状子有丈八长。可不知为何龙颜大怒,当堂廷杖言官,锦衣卫只打了不到三十板子,一名言官便毙了命,另一名言官被抬了下去,唉……"

萧天目光炯炯有神,想到朝堂纷争再起,他们便有了喘息之机,心下一阵轻松,便道:"唉,言官也有硬骨头啊。朝堂有朝堂的事,咱老百姓有咱老百姓的事,都不容易。"

"唉,壮士是个明白人,说实话,在朝为官也真不容易呀。"

这时,外面传来伙计与客人的说话声:"赵大人,小的给你行礼了。"只听另一个浑厚的嗓音问道:"你家掌柜的呢?"

掌柜的在里间听出是熟人,便回了一句:"赵大人,你稍候啊,我正给病人上药膏呢。"

萧天眉头一挑,听到这个声音非常耳熟,不由心头一惊,难道真会有如此巧合之事?

掌柜的向萧天歉意地一笑,道:"壮士见谅,我去打个招呼便回。"掌柜的随后拿一旁帕子擦了把手,便起身向外屋走去。萧天略一迟疑,整理了下衣襟,也跟着走了出去。

只见正堂上站立着一人,正是赵源杰。他此时一身便服,腰间佩着剑。掌柜的笑着迎出来,赵源杰回过头,诧异地瞪大了眼睛,紧走两步,却没有走向掌柜的,而是直接走到萧天身边,又惊又喜地叫道:"兄弟,你如何在此处?"

"兄长。"萧天也没有想到来生药铺换药会遇见赵源杰,顿时喜上眉梢。

掌柜的眼见他俩相熟的样子,朗声一笑,说了一句十分应景的话:"人生无处不相逢啊。"遂把赵源杰让进里屋。

赵源杰一走进来,便闻到很浓的创伤膏的味道,他眉头一皱,敏锐的目光盯着萧天,这才发现萧天解开的衣襟,忙问道:"兄弟,你受伤了?"

掌柜接过他的话道:"你这位兄弟,是条汉子,昨日给他拔下一支蒙古人的箭,带倒钩的,他硬是没吭一声,倒是把身旁一个少年吓晕了。"他嘴里说着,手也没闲着,继续给萧天肩膀涂药。

赵源杰马上明白了,他隐晦地问道:"可是在东升巷三岔口?"

萧天点点头,微微一笑道:"难道兄长没认出我的字?"

"我再蠢,也不会认不出你的字,别忘了儿时恩师总是让我来督促检查你的功课。"赵源杰说着,不由喜不自禁地看着萧天。今日意外的相逢,让他顿时如沐春风,把几日里的愁绪都抛到了脑后。

掌柜的听着两人东一句西一句、风马牛不相及的说辞,看出两人的关系非同一般,不由也跟着开心地笑起来:"难得见赵大人如此开心的样子呀。"

"掌柜的,我还没有好好感谢你医治我的兄弟呢。"赵源杰恢复了常态,向掌柜的抱拳行礼。掌柜的急忙还礼,嘴里不停地说道:"使不得,使不得呀,若早知道你与这位壮士的关系,我不应该收银子呀,你对我一家有恩,我还没有报答,这……老夫惭愧得很呢。"掌柜的急忙面对萧天道,"这位壮士,银子老夫一定奉还,我若收了,下辈子都会寝食不安。"

萧天也笑道:"掌柜的,你若不收,我下辈子也会寝食不安。"

他们三人又说笑了一阵子,便说起掌柜的与赵源杰的渊源。原来,这掌柜的姓潘,早年也是行走江湖的一条汉子。师父是天蚕门下弟子,由于犯门规被驱逐出山门,四处流浪。后凭着绝世医术和秘制的膏药,在京师立足并收了三个徒弟。七年前,师父得了怪病离奇去世,不多久另一个师弟也离奇死了。大师兄把他告到衙门,从他卧房找到一包奇毒,人赃并获,衙门判他谋害师父和师弟。在他万念俱灰之际,案子被新上任的赵源杰破了,揪出了真凶,竟然是大师兄。掌柜的才从死牢里被放了出来,经过打听知道了事情经过,他便带领家人跑到赵府门外跪拜。从此便结识了赵源杰。后来衙门里受伤的捕快都找他拿药,再后来连兵部的人也知道了,在东升巷有个神医。

萧天点点头,站起身对掌柜的说道:"潘掌柜,你可知道玄墨山人?"

潘掌柜道:"如何不知,那是我们祖师爷啊,是我师父的师父,我虽没福气相见,也没资格认他老人家,但是师承一脉不可违。"

"我与玄墨山人是好朋友,有朝一日定要促成你们相见。"萧天说道。

潘掌柜一听此言,二话不说,倒头便拜。萧天和赵源杰急忙拉起他,萧天又问道:"你师父尊姓大名?"潘掌柜道:"许有仁。"萧天点点头,记下了这个名字。潘掌柜转身吩咐伙计准备茶水去了。

屋里只剩下了萧天和赵源杰,两人坐到窗前方桌前,萧天关切地看着赵源杰问道："兄长,你来这里可是身体有恙?"

"我来是为取这里的独门创伤膏,"赵源杰压低了声音问道,"兄弟有所不知,近日朝中颇不平静,你可听说了?"

"人尽皆知。"萧天一笑道,"大街小巷都在传,我也是刚听说,死了一个言官。"

"是,还有一个躺在家中呢,我此次便是为他取创伤膏的。"赵源杰沮丧地叹口气道。

"为何皇上会发这么大火?"萧天问道。

"是我们太莽撞了,有些冒进。"赵源杰承认道,"本来蒙古商队与朝中私自交易军火已掀起轩然大波,矛头直指工部尚书王瑞庆,而王瑞庆的后台是王振,这也是尽人皆知的事,如果我们见好便收,也不会伤及人命。但是,那几个言官秉持着要揭便揭个底朝天的执念,一不做二不休,便把陈文君的事也捅了出来。你想呀,皇上钦定的两个赈灾大臣,一个私自交易军火,一个贪腐巨大,这让皇上的脸面往哪里搁?生生打皇上的脸不是?再说了,皇上一直以来睁一只眼闭一只眼,乐见两边势力相当,所以皇上恩准放了于大人,是看在此消彼长的事态上,若是咱们做大,皇上也并不乐见。"

"哦,"萧天点点头,深有感触地道,"兄长所见,甚是深刻。"

"嗨,这哪是我能看到的层面,这是于大人说的话,我把他的话给你复述了一遍罢了。"赵源杰道。

"于谦于大人,果然是盖世英才。"萧天突然想到在诏狱与于谦的一面之缘,不禁叹息道,"若是我能面见他该多好呀。"

"你们俩真是英雄相惜啊,"赵源杰冲动地说道,"于大人也有意见你,他曾在我面前夸你是人中翘楚。兄弟,不如这样,我做东,咱们择日一聚可好?"

"兄长,择日不如撞日,今日可好?"萧天激动得双目放光。

"甚合我意,痛快!"赵源杰拉着萧天便往外走。

四

正晌午时分,西苑街聚福楼外车水马龙。萧天坐在二楼一个单间里,望着窗外焦急地等着赵源杰。半个时辰前,赵源杰与他定下这个房间,便匆匆离开。赵源杰要先去言官吕良家,把创伤膏交给吕良的家人,然后再去于府请于谦。

萧天望着窗外,脑中却是另一番风景。平心而论,他是很敬仰于谦的,他相信于谦是一位正直的大臣。以萧天如今的处境,让他终日耿耿于怀铭心刻骨的便是狐族的冤案,躲避终究不是长久之计,终有一日他要向朝廷递上陈情的状子,到那时若是朝中多几个像于谦、赵源杰一样的忠正之臣,岂能不昭雪天下?因此他愿意结识于谦于大人。虽然如今他还是朝廷通缉的要犯,但并不担心于谦会忌讳他的身份,因为他知道他们有着共同的敌人——王振,有了这层隐情,他们便可以坦然相处。

萧天正在胡思乱想,看见打南面驶过来一辆半旧的青篷马车。马车停在楼下,从马车上下来两位衣着寻常的男子。萧天一眼认出赵源杰,另一位清瘦的男子正是于谦。

不一会儿,伙计引着赵源杰和于谦走进来,萧天早已站在门口迎接。看见两人走进来,萧天一阵心潮澎湃,拱手道:"大人,咱们又见面了。"

于谦露出一个笑脸,拱手还礼:"我说过,后会有期嘛。"

三人依次落座。

"萧帮主的身世我是从源杰老弟那里得知的,对于令尊我于某一生敬仰。"于谦一落座便侃侃而谈,字字中肯,"虽说令尊贤名依然蒙尘,但来日方长,清者自清,假以时日,自有公论。"

听罢于谦一席话,萧天突然眼眶发红,心里涌起一股热浪,不禁怅然道:"幼时随父亲读书,曾问过父亲,何为国?父亲道:君明臣良,文修武备,国家有道,百姓安康。父亲的话至今仍记忆犹新。朝中有了先生你,自是有了希望。"

"萧老先生字字珠玑。"于谦怅然道,"如今朝堂之乱局也让尔等痛心。身为朝臣有不可推卸的责任。我于某虽德薄望浅,但在此兴衰危亡之际,如不能扶正除邪,扶危定倾,将有何面目见列祖列宗。"

于谦虽只寥寥数语,但铿锵有力,掷地有声。

萧天站起身,脸上除了敬仰,多了一层悲壮,他郑重地拱手道:"大人,萧天不才,但凡有用得着小弟的地方,必肝胆涂地,死而无憾。大人有何吩咐今后只管说来。"

于谦也起身,拱手还礼道:"帮主身在江湖,心存魏阙,令在下钦佩。"

两人四目相对,相视大笑,之后都从容地坐下。这时,伙计端上几盘小菜、酒酿。赵源杰分别给两人斟满酒盅,两人也不再客套,大口吃菜,端酒盅对饮。

"于兄,你可知那日缉拿蒙古商队给我传信的人是谁?"赵源杰乐呵呵地问道。

"难不成是萧帮主?"于谦转向萧天,脸上露出笑容。

"正是。"赵源杰点点头。

"我本是选在七夕那日趁节气人多想混出城,没想到路遇蒙古商队,估计他们也是选这个日子好蒙混过关。"萧天一笑,问道,"大人,那些弓箭盾甲可够一个营房的配置?"

"哈哈,足够了。"于谦笑道,"当天便拉到了北大营。此案三法司已接手,那些弓箭明眼人一看便知出自官坊,与工部脱不了干系。看这次王瑞庆还如何狡辩,恐怕此时王振和宁骑城已是热锅上的蚂蚁了。"

"大人,我看王振和宁骑城也非铁板一块。"萧天突然压低声音,把他在进京路上路遇宁骑城,队伍里面有几个蒙古人的事向两人说了一遍,"我怀疑宁骑城与蒙古商队有关系。"

"哦?"于谦和赵源杰面面相觑。

"兄长,那日刑部缉拿的那个蒙古人和古瑞,你可要看牢了。"萧天说道。

"此话怎讲?"赵源杰一愣。

"若是宁骑城跟蒙古商队有关系,他们必然会让宁骑城想方设法救和古瑞出来。"萧天略一停顿,问道,"你那里的捕快有几个能胜过宁骑城?"

赵源杰倒吸一口凉气,点点头道:"兄弟提点得极是,回去我便多加护卫,严防死守。"

"恐怕此时王振也没工夫顾及这个案子,如今最紧要的是赈灾一事。"于谦说道。

"大人,此案一出,王瑞庆和陈文君都身负官司,难道皇上还不考虑置换赈灾大臣吗?"萧天问道。

"唉,据我所知,皇上已经差内阁首辅杨大人拟接任的名单了。"于谦蹙眉道。

"哦,这是好事呀。"萧天笑道,"大家的努力总算没有白费。"

"贤弟,你有所不知,若是此时换人,便大大地上王振的当了,"于谦一脸凝重地说道,"事态全然没有你我想的这么简单,此一时,彼一时。"于谦放下筷子,深深叹一口气道,"王振已经把咱们逼到绝地,咱们也只有绝地反击一条路可走。"

萧天脸色一变,与赵源杰交换了个眼色,但听到于谦说"咱们",显然把他当成了自己人,心中又是一热,便眼巴巴地看着于谦,听他往下说。

"前几日,我收到来自河南、山西的密报,因我是正月里才从两地巡抚回京,两地一些熟悉的官员,便纷纷写信向我求助。此次赈灾,王瑞庆和陈文君到两地后,

狐王令（上）

马不停蹄遍访当地大户，逼迫大户捐钱、施粥，不从者以忤逆论处。两地官员苦盼多日的赈灾款，却不见踪迹。官员催要急了，两人便说要动员当地自救。"

"难道皇上没有下旨拨三十万两的赈灾款？"萧天疑惑地问道。

"皇上的旨意是有，"于谦说道，"关键是这三十万两白银到了哪里。此前，我们没有弄清情况，组织言官上谏，本想把王瑞庆和陈文君扳倒，迫使皇上更换赈灾大臣，"于谦垂下头，有些哽咽地道，"却导致一名言官当场毙命，此举措已全然失败。"

"大人何出此言？"

"如今就算皇上恩准，也是不能换了。"

"为何？"

"那三十万两银子下落不明，就算换上一个廉洁的良臣又能如何，不过是成了他们的替罪羊。"于谦说道。

萧天全身一震，恍然大悟，心有余悸地看着于谦："他们这一招好歹毒呀。"

"可怜我山西、河南的灾民，正眼巴巴盼望着靠赈灾银子渡过难关呢。"于谦脸色阴沉地说道，"今年的冬粮加上明年开春后的种子，这可关系到成千上万百姓的生死。一旦断粮，饥民便会思乱，天下一乱，豪杰盗匪各地称王，朝廷必然会派官兵镇压……我大明江山岂不是又要经历一番血雨腥风，自立国我们所见的尸山血海还少吗？"

萧天连吸了几口冷气，仿佛于谦描述的画面便在眼前，止不住嘴唇一抖，说道："大人，难道就没有化解的法子吗？"

"我思谋了几夜，法子倒是有，"于谦摇着头道，"却是有风险。"

"此风险难道比饥民造反的风险还大？"萧天问道。

"这个风险便是要冒着违逆的风险，是摆不到台面上的。"于谦苦笑道。

"嗨，非常之时，用非常之法。"萧天松了口气，道，"大人，请讲。"

"关键便是那三十万两银子的下落。"于谦道。

"我明白了，"萧天一笑，道，"只要找到王振藏银子的地方，不管用何手段，拿到便可化解一切悬而未决的问题。"

"兄弟，此言一语中的。"于谦点点头，欣赏地望着萧天。

"妙呀，即使把银子抢过来，谁也不敢声张。"萧天脸上现出一个笑容，"那……接下来呢？"

"查一下各地上报的奏章，找一个余粮库存充足的州府，三十万两银子神不知鬼不觉地拉过去，全部买成粮食拉回灾区，只要能平安度过这次大灾之年，冒险也值得。"于谦苦笑了一声，看着萧天道，"兄弟，为官到这个份儿上，让你见笑了。"

"大人言过了。"萧天目露敬佩，道，"大人心系百姓社稷，在下当全力支持。"萧天说着端起酒盅一饮而尽，望着于谦道，"以大人的身份，对这件事当无能为力，而我率兴龙帮弟兄抢下这三十万两银子，不是没有可能。"

于谦点点头，道："我等虽不宜参与，但可以配合你。你兴龙帮只管抢回这三十万两银子，我和赵源杰负责后面购粮和运粮之事，巧的是此时正好赶上兵部换防，定会做得天衣无缝。"

三人目光碰到一起，眼里都充满喜悦之情。

"如今重中之重是查清这三十万两银子在哪儿。"赵源杰道。

"既是从国库中运出来，而山西、河南两地又不见银子，"于谦思忖良久，说道，"没准儿这银子就没出京城。"

于谦说完站起身，走到窗前望着外面繁华的街市皱起眉头，萧天和赵源杰也相继起身走到窗前。三人并排伫立在窗前，一起望着窗外的街市……

狐王令（上）

第十九章　节外生枝

一

宁府空荡荡的演武场上,宁骑城一身白色劲装,独自站在场中舞剑。这是他每日早晨的功课,剑在他手中似是有了生命般,已达到出神入化的境地。只把站在一旁观看的高健看得瞠目结舌,像今日这般从头至尾看宁骑城的剑术他还是第一次。

宁骑城在场中肆意舞剑,脸上却没有一丝轻松之态。他紧皱双眉,目光阴鸷冷酷,那剑招更是招招快如腾兔,追形逐影。他不时瞟一眼场外的高健,知道他一大早来准没好事。前日的事已经搅得他夜不能寐了,想到和古瑞如今被关在刑部,他便觉得背部阵阵发寒。

待宁骑城收势将剑转腕收回背后,高健才敢走过去。

"大人,我有事回禀。"高健皱着眉头,一脸疑惑地道,"一大早诏狱的牢头王铁君找来,对我说昨日高公公把孙启远带走了,这事很是蹊跷。"

"高公公带走了孙启远?"宁骑城颇感惊讶。

"听王铁君说,高公公来过两次,两人在牢房里说了会儿话,说了什么不知道,只知道这次高公公带来王振的口信,说是要让孙启远戴罪立功查明真凶,就这样直接带走了孙启远。"高健说完,站立在一旁狐疑地看着宁骑城。

宁骑城点点头,从仆役手里接过帕子擦了把脸,缓缓说道:"知道了,今日正好进宫见王振,看他如何对我说此事,再做定夺。"

"大人,这孙启远对大人可是有颇多怨言,大人还是小心为好。"高健提醒道。

"哼!"宁骑城一阵冷笑,"一个小小的东厂番役能奈我何? 他能掀起多大的风浪,我会怕他? 笑话!"

"这倒是。"高健点点头,道,"诏狱被劫这事,孙启远有不可推卸的责任,若是高公公有意维护他,也要给咱们一个说法。"

"如今先顾不上他,我今日去见王振,又少不了挨顿骂。"宁骑城脸色阴沉,望着高健道,"近日接二连三地出事,让人猝不及防。本来灾区赈灾一事便饱受争议,给那些与王振为敌的大臣落下口实,大臣们上奏章要求弹劾王瑞庆和陈文君,这事还没摆平,又冒出蒙古商队私运兵器案,这次牵连的人更多,估计王振也坐不住了。唉,这顿骂是逃不掉的。"宁骑城说着,突然盯着高健压低声音道:"你秘密派几个得力的人,查查刑部,还有他们那日所抓捕的蒙古商队的人关在何处,如何审理? 越清楚越好,去吧。"

高健揖手领令,便转身匆匆走了。

宁骑城目送高健走远,忙吩咐管家李达备马。

宁骑城和四个随身侍卫一路疾驰,行至宫门外。他翻身下马将马交与侍卫,自己直接走向宫门,守门的禁卫一看是指挥使大人,哪敢怠慢,急忙打开宫门。

宁骑城长驱直入,向司礼监走去。由于近几日皇上身体有恙,不上朝,宫里一片死寂。宁骑城知道自己进宫早了些,便放缓步子,故意绕道,向甬道一边的御花园走去。御花园里有一条小道,通向司礼监的侧门。

宁骑城一边走着,一边思忖着一会儿面见王振后的说辞,不知不觉走进郁郁葱葱的花圃之中。时值盛夏,百花盛开,一片鸟语花香。小道尽头便是司礼监的侧门,侧门外站着两个人,正在低语。宁骑城急忙躲到花木后面,隐身在花草丛中,悄悄靠上去。

在远处只看见一般太监的衣裳,离近了才看清这两个人,竟然是高昌波和孙启远,隐隐听见两人的说话声:

"……放宽心吧,此次把差事办好,不愁没有晋升的机会……"高昌波乐呵呵地安慰孙启远,"还有,这次恢复你的百户身份,你可不许跑出去胡吹……"

"谢公公信任,我的这条小命是公公给的,我必然唯公公马首是瞻,全听公公差遣。"孙启远说着,脸色一滞,目露凶光道,"只是这次宁骑城让我背黑锅,我这个冤

狐王令 (上)

呀,他身为锦衣卫指挥使又掌印东厂,竟然干不过几个流匪,理应他来背负罪名,凭什么由我一个小小的番役来背这个锅,我想想便气。"

"好啦,你也别气了。宁骑城东厂的印不是已经被收了吗?"高昌波道,"此次派你驻守鑫福通钱庄,不仅是我信任你,也是先生愿意给你一次立功的机会,才会把这么紧要的事交给你来办。"

孙启远脸上泛出红润,频频点头道:"是,是。要我说先生应该把东厂督主的位置让高公公你这样贤能的人来坐。"

"哈哈……"高昌波不动声色地一笑,道,"孙启远,你小子哪都好,就是管不住自己的嘴,哈哈。"

"不,高公公,小的说的可是肺腑之言。"孙启远极尽奉承道。

高昌波嘴里不说,心里却美滋滋的,他拍了下孙启远的肩,道:"好了,你随我去鑫福通吧,当差要紧,走吧。"

两人沿着侧门的小道拐入甬道,向宫门的方向走去。

宁骑城见两人走远,方从草丛里走出来。他望着两人的背影,想着刚才听到的一番话,心里一阵翻江倒海。他心里清楚高昌波肯定是在王振的授意下起用了孙启远,而高昌波做的事,宁骑城一概不知,看来他是单独执行王振的密令。宁骑城感到脖颈上阵阵寒意,王振口口声声喊着他干儿,其实却是一直都不信任他。

刚才从高昌波口中听到鑫福通这三个字,让他很意外。鑫福通是京城一家名气不大的钱庄,却要让孙启远带人驻守,看来这家钱庄与王振是有牵连的。此时他才知晓,看来王振一直有意对他隐瞒。

思索再三,宁骑城还是决定,以不变应万变。他沿着小道,走到司礼监正门,门口早有小太监看见他,跑进去禀告。

不一会儿,一个小太监走过来,在前面引路,直接把他带到正堂一侧的偏厅。宁骑城看见王振独自坐在靠窗的大炕上,背靠软垫闭目养神,便紧走几步,上前行礼:"干爹,孩儿让你久等了。"

"来了,坐吧。"王振干巴巴地挤出一个笑容,"来尝尝新近上贡的雨前茶,一会儿让陈德全给你备一份,走时带走。"

宁骑城没敢坐下,而是走到炕前,双膝跪下请罪道:"干爹,孩儿办差不力,请干爹责罚。"

"唉,小城子,你这是唱的哪出呀,快起来。"王振说着,向身后的陈德全挥挥手,陈德全急忙上前扶起宁骑城。王振深深看了宁骑城一眼,语重心长地说道:"你是我最信任的人,除了你,我还能信谁去?"

"干爹,此番接连出事,是孩儿料事不周,让对手得逞。"

"俗话说福无双至,祸不单行,"王振狞笑了一声,道,"不过,咱们也没有什么可担心的,只要不露出首尾,谁也拿咱们没法子。"

"可是……"宁骑城犹豫了一下,"只怕是纸包不住火。"

"怎讲?"

"我昨日去刑部拜会赵源杰,他竟然以身体有恙为名拒见我。蒙古商队私带兵器案现在三法司手里,那个大理寺卿又是个软硬不吃难缠的主。"

"不是还有都察院李亦玉吗?前日我还见过他。"王振说道。

"李大人是个老滑头,他两边谁都不得罪。本来还有一点把握,现如今于谦官复原职,他们的气焰便更盛了,处处与咱们作对,口口声声叫嚣着要查出私自交易兵器的幕后主使,此事极是难办。那些弓箭一看便知出自官坊,而这又在王瑞庆的职责内,现在所有矛头都指向他,若不是王瑞庆身处河南赈灾,估计他们都要行动了。"宁骑城一口气说完,便直愣愣地望着王振,等他示下。

王振深吸了口气,微闭着双眼,似是小憩,头还微微摇着。

"还有那个和古瑞,"宁骑城看出王振此时正在筹谋,便索性都说出来,"和古瑞现如今押在刑部大牢,那里虽不比诏狱,但是皮肉之苦还是要受的,只怕这家伙受不住,胡说一气,把先生你……"

王振猛地睁开眼睛,由于速度过猛,眼球往外凸现,里面布满血丝,目光逼人。他打断宁骑城的话,道:"此二人不能留了,和古瑞和王瑞庆,你去办吧。"王振缓和下语气,道:"只要他们抓不住人证,便有转机,最后不了了之。"

"是。"宁骑城点了下头,脸上不带任何表情地应了一声。

这时,陈德全急慌慌跑进来,附在王振耳边低语了几句。王振急忙站起身,抖擞起精神,一边整理衣襟,一边不无得意地吩咐:"去把典籍带上。"说完,他看着宁骑城道,"御前李公公请我过去,我这便去伺候皇上去了,皇上还是离不开我,这阵子迷上了听太祖征战的故事,前日刚讲到太湖大战,今儿个还需接着前日的往下讲。"

宁骑城一脸诧异地站起身:"那孩儿告辞了。"

"去吧,着实操心着差事。"王振不放心地嘱咐一句,"办妥了,给我回个话。"

"是。"宁骑城应了一声,躬身退出去。

二

宁骑城从司礼监出来,径直出宫。他没想到事情进展得如此顺利,得到王振的首肯,他便可以对和古瑞出手了,至于是死是活,便是他一句话的事了,只要这个家伙离开京城他便可以对乞颜烈交差了。

在出手之前,他还需要去见一个人。宁骑城抬头看天空,此时虽然艳阳高照,但今日是十五,晚上是月圆之夜。这个月圆之约,他已经等不及了。

宁骑城一路疾驰,回到府里,直接回到卧房,换下朝服,穿上常服,把管家李达唤了进来。"李达,你听说过鑫福通钱庄吗?"宁骑城似是不经意地问道。

"鑫福通?"李达皱起眉头,想了片刻道,"大人怎么想起问这家钱庄? 它就在山阳街上,这家钱庄口碑不是太好,咱们府上去兑换银子或铜钱都不去鑫福通。"

"为何?"宁骑城问道。

"这家鑫福通索要的抽头比别的钱庄多一倍。"李达撇着嘴说道,"所以这家钱庄生意一直不好,可以用门可罗雀来形容它的凋敝,但是奇怪得很,这么多年过去了,这家钱庄居然还没倒闭,也是邪乎。"

"哦。"宁骑城有些恍然大悟,他点点头,吩咐后厨开饭。

用了午饭,宁骑城便把自己关在卧房里,一下午都不曾出门。直到日落西山,眼看黄昏时分,宁骑城才走出卧房。此时宁骑城换上一件不常穿的绸袍,腰间系着镶玉的束带,一副风流公子的打扮,吩咐管家李达备马车。

李达驾着一辆双轮黑篷马车候在府门外,不多时宁骑城走出来,直接坐进马车里,然后紧紧拉上轿帘,对李达道:"去惜月河畔。"

此时天已擦黑。马车一路疾驶,街上商铺亮起灯烛,已然是万家灯火。马车驶入熙熙攘攘的西苑街,在一家乐坊前停下,阵阵丝竹声从楼上飘来。只见这家乐坊门上挂着一个匾额,上书"惜月河畔"四个隶体大字。

宁骑城从车上下来,回头吩咐李达道:"你候在这里。"早已有一个粉衣姑娘上前行礼,莞尔一笑道:"公子,请随小奴上楼吧。"

"带我去'惜月轩'。"宁骑城说着,转身四处扫视了一眼,抬腿往楼上走。粉衣姑娘笑着说:"原来公子在这里密会佳人啊,那位佳人早已候在那里了。"说着,偷眼瞄着这个器宇不凡的年轻公子,看他脸上丝毫没有赴约时的兴奋和喜悦,却是一脸的冷酷和机警,不像是来此地寻欢作乐的,倒像是来寻仇的。不过见多识广的粉衣姑娘也是见怪不怪了。

"公子,这边走。"粉衣姑娘唤着宁骑城。

宁骑城绷着脸,并不听粉衣姑娘的,而是在楼道上四处窥探,随意推开几间房,直到里面传出来叫骂声,他才作罢。他们走到二楼第四个房间,粉衣姑娘停下脚步,宁骑城看门上一个木牌上书"惜月轩"三字。宁骑城推门进去,反手关上房门。屋里空无一人,窗前琴台上亮着两盏黄纱蒙面的宫灯。宁骑城正纳闷,只见露台前白纱帘一晃,一个白色身影从里面走出来,站到了宁骑城的面前。

宁骑城双眼放光,呵呵一笑,大大咧咧地坐到一旁软椅上道:"柳堂主,别来无恙。"

柳眉之今日一身素白的女装,脸上做了伪装,描眉画眼,与一般女子没有分别。柳眉之面色阴郁地点了下头,缓缓走到另一张椅子前坐下。

宁骑城露出笑容,笑道:"不错,一个很好的开端。你我约定在这个月圆之夜见面,看来你是有信之人。"

柳眉之并不吃他这一套,他冷冷地望着宁骑城,问道:"解药带来了吗?"

宁骑城嘴角挤出个冷笑,道:"这便要看你带来了什么。"

柳眉之胸口一震,深吸了口气,问道:"你想听什么?"

宁骑城从软椅上站起身,收起了脸上的笑容,一脸冷酷地说道:"若不是为了放长线钓大鱼,你以为光凭萧天那几个人,能闯进诏狱带走你们吗?"宁骑城在屋里来回踱了几步,自言自语道,"不过,我也确实小看了他们,我问你,那日攻打诏狱的都是什么人?"

"我当时在牢房,如何会知道外面的事?"柳眉之嘟囔了一句。

"当时不知道,那现如今还不知道?"宁骑城不依不饶地说道,"别忘了,你的小命在我手里,敢对我耍花招,你便会成为第二个云蘋。"

柳眉之浑身一颤,目光一沉,白了宁骑城一眼道:"兴龙帮和白莲会联手。"

"狐族是不是也参与了?"宁骑城问道。

"狐族?"柳眉之皱起眉头,诧异地道,"跟他们有何关系? 没听说跟这些人有来往,我便与他们住在一起。"

"这便奇怪了。"宁骑城皱起眉头,有些惴惴不安,"明明在地道里发现有狐族钻地龙的碎片,怎么会没有他们的踪迹?"

"钻地龙是何物?"柳眉之第一次听说这个东西,不由很好奇地望着宁骑城。

"钻地龙又名纵地兽,是狐族至宝之一,在《天门山录》中有记载,是纵地利器,若没有这个利器,他们是很难挖通地道进诏狱的。"宁骑城望着柳眉之,也看出他是真不知情,便转移了话题,继续问道,"萧天和明筝现如今在哪儿?"

"……"柳眉之沉默了片刻,突然乞求地望着宁骑城道,"你答应过我,绝不伤害明筝,她是个可怜人,父母早亡,孤苦无依……"

"闭嘴!"宁骑城突然大怒,厉声道,"何时轮到你来教我如何做?"宁骑城不耐烦地盯着他,催促道,"快说。"

"在城里。"

"住在哪儿?"

"望月楼。"

宁骑城大为惊讶,没想到他们还敢待在城里,竟然还在离他衙门不远的地方。他一阵冷笑,这些日子他派出多人几乎把京师翻了个个儿,却唯独没把近在咫尺的这些酒肆妓院放在眼里,不由火冒三丈地问道:"他们为何不出城?"

"他们也策划过出城,七夕那日本来借送嫁女出城,却在半道与蒙古商队起了冲突,被刑部勒令回去。"柳眉之说道。

"原来是他们捣的鬼。"宁骑城恍然大悟,目光逼向柳眉之道,"他们出城后要去哪里?"

"我听说他们要去一个农庄,叫瑞鹤山庄,好像是兴龙帮在城外的据点,但具体在哪儿我便不知道了。"柳眉之说完,坐在那里发呆。

宁骑城掩饰着眼里的兴奋,在屋里来回踱着步,有些举棋不定。他费尽心思谋划的这一着棋眼看便可以收网了,却突然又冒出一个瑞鹤山庄。

宁骑城从思虑中回过神来,看到心灰意冷的柳眉之发呆的样子,突然一笑道:"柳堂主的琴艺天下闻名,不妨弹奏一曲如何?"

柳眉之并不领情,他抬眼盯着宁骑城,突然道:"你要怎样才肯放过我?"

宁骑城一笑,从腰中解下一个锦囊扔给柳眉之,道:"从今儿起,你要寸步不离跟着他们,一直跟到瑞鹤山庄。"宁骑城说完,抬脚往外走,走到门口又回过头,望着目瞪口呆的柳眉之道,"下个月的月圆之夜,还是惜月河畔。"说完,飘然而去。

柳眉之一只手紧紧攥着锦囊,心里悲愤难抑,他不知宁骑城要他跟着这帮人到底打的什么主意,但是想到这种鬼也不如的日子看不到尽头,便再也控制不住自己,脸上泪水横流。

狐王令（上）

三

宁骑城扔下柳眉之独自走出乐坊,李达便从一旁巷子里驾着马车过来,宁骑城跳上马车,吩咐直接回府。

马车一路顺畅到了巷子口,突然看见府门附近有两个人在打斗,两人的拳脚都不俗。由于是夜里,已敲过二更,巷子里并无行人,只听得呼呼拳脚之声。

宁骑城从马车上跳下来,突然听见其中一人叫他:"黑子,抓住他,他是个探子。"

宁骑城听出竟是乞颜烈的声音,心里一惊,纵身向打斗的两人奔去。其中一人看见他很是慌乱,连连后退。离近了,宁骑城才发现此人是独臂,看身法有些熟悉,便使出几招无影拳,一拳套一拳,步步紧逼,三招便按住了此人,扳过面孔一看,大叫了一声:"陈四!"

"大人,饶命。"陈四急忙跪下,一只臂膀空荡荡的,衣袖随风飘动。

"你在这里做甚?"宁骑城厉声问道。

"小的想见大人一面,"陈四匍匐在地,一副可怜状,眼睛胆怯地瞄着宁骑城,可怜巴巴地说道,"自小的残疾以后,便被赶出了东厂,家里有老有小要我养活。小的想求大人,让小的回东厂当差。"

"行了,你回去吧,改日我见了东厂百户李东,给他捎个话。"宁骑城看了眼一旁的乞颜烈,急着打发走陈四。陈四唯唯诺诺地感谢一番,眼睛瞟了眼乞颜烈便转身跑了。

宁骑城见陈四跑远,便转回身盯着乞颜烈古怪的衣着。乞颜烈膀大腰圆却穿着一件紧窄的汉人衣袍,头上扣了顶斗笠,耳旁的发辫还是露了出来。这身装扮显得十分猥琐滑稽。

"义父,不是说好不来府里找我的吗?你今日怎么又来了,而且还在我府门外与人大打出手,你是生怕别人不知道我与你的关系吗?"宁骑城压低声音,又急又怒地说道。

"小子,先别教训我,你刚才就不该放了那个人。"乞颜烈说道,"我来时便看见他鬼鬼祟祟躲在暗影里,盯着你府里大门,你被人算计了都不知道。"

"走吧,进去再说。"宁骑城低头往府里走,心里想着这个陈四销声匿迹了有一

狐王令(上)

段时间,不知从哪里冒出来,如何会出现在他府门外,难道真是如其所说求他说情回东厂吗?

两人沿着游廊直接走到书房,李达急忙端来茶水果品。宁骑城对李达交代道:"以后要多留心大门外,找两个府丁守住大门。"李达应了一声,便下去部署了。

乞颜烈啜饮一口茶,放下茶盏,从腰间解下一个布囊,递给宁骑城道:"这是你养母给你做的小衣,让你贴身穿。"

宁骑城急忙接过布囊,刚才的不悦一扫而光,又惊又喜地打开布囊看了一眼,心中不免有些伤感:"我养母她如今还好吗?"

"放心吧,我还能亏待她?"乞颜烈说着,突然指着墙上贴的一张海捕文书上的女子画像问道,"我一进来便看见这张画像,此女子是谁?"

宁骑城难掩脸上的尴尬,就似突然被人偷窥到裸身一样不自在,他背过身敷衍道:"只不过是一个逃犯,我正在抓她。"

"逃犯?"乞颜烈不无怜惜地摇摇头,道,"如此清丽的佳人,竟是逃犯,可惜呀。"

"义父,请坐下说话。"宁骑城伸手相请道。

乞颜烈看了他一眼,以长辈的语气说道:"可别忘了你是在草原长大的雄鹰,与你为伴的,也只能是草原上的雀鹰。"

"义父,此次深夜来访,难不成是要给我说雀鹰之事?"宁骑城打断他的话,问道。

"当然不是。"乞颜烈突然狠击桌案,又恼又怒地说道:"此次弓箭盾甲被缴获,损失惨重啊,黑鹰帮这两年积攒的家底就这样被掏空了,此事绝不能善罢甘休。"

"义父有何打算?"宁骑城盯着他问道。

"我来见你,就两件事。"乞颜烈咬牙道,"一是救出和古瑞,再者我要去见王振,与他交易的兵器悉数被缴,我让他包赔损失的银两。"

宁骑城摇摇头,脸上浮出一丝苦笑:"救和古瑞,我正在想方法,这个我能办到。你想见王振?门都没有。义父,王振是什么人我太了解了,贪而无信。这些年他贪的银两富可敌国,但是他依然没完没了地敛财。让他退还银两,只是痴人说梦。此次皇上恩准的三十万两赈灾款,他都敢往腰包里装,你那点银子算啥。"

乞颜烈一愣,盯着宁骑城问道:"此消息确凿?"

"确凿。因为赈灾不力,朝堂上几乎打起来,连皇上都抱恙不上朝了。"宁骑城说道。

"这三十万两赈灾银，王振会藏到哪里？"乞颜烈双眼放光。

"义父，难道你要动赈灾银的念头？"宁骑城吃惊地看着乞颜烈。

"这还不是被王振逼的。"乞颜烈一双细小的眼睛乱眨了一阵，吧嗒下嘴巴，突然一掌拍到桌面上，恶狠狠地道，"这叫以牙还牙，哼，不退银子，我把它抢回来，咱瓦剌人就是这脾气。"

"义父，你当这里是边关村寨呢，你想抢便抢，说烧便烧？"宁骑城被逗乐了，"义父，这是京城，你还是少惹事吧，等我把和古瑞弄出来，你便离京回草原躲避一时。"

"不，我主意已定。"乞颜烈正色道，"你跟着那个老东西，一定知道赈灾银藏在何处。你告诉我，藏在哪里？"

宁骑城叹口气，道："其实这事王振一开始便没有让我参与，我也看出王振对我并不信任，我只是他手上一个得力的刺客而已，需要杀人时才想到我。"宁骑城顿了一下，眼眸一闪，接着说道，"他们行事虽然诡秘，但还是让我嗅到了蛛丝马迹。义父，有一个鑫福通钱庄，我怀疑便是王振的藏银之地。"

"哦？"乞颜烈凑近道，"小子，这次不用你出手，抢东西这事，我们在行。"

四

赵源杰在牢头的陪同下，高一脚低一脚地从坑洼不平的过道里走来。刑部大牢年久失修，每年朝廷拨的银子还不够衙役的俸禄，再加上这里关押的都是些微不足道的小人物，也引不起上面的重视，因此便任由其衰败也无人问津。

牢头殷勤地在前面引路，手上掂着一大串牢门钥匙，随着他的走动发出一阵叮当之声。牢头叫高福甲，在刑部大牢已将近十年，二十岁上便接替父亲的位置在这里，从狱卒干到牢头。牢房里每一寸地儿他都了如指掌。

赵源杰一边走，一边说道："高牢头，守卫不可松懈。"

"赵大人，你放心吧，"牢头向赵源杰打着保票，"这些日子，增加了十几个狱卒守卫，我每日巡查。"高牢头说完，心里似有疑惑，犹豫了片刻，便问道，"那个蒙古人和古瑞什么来头，好吃好喝还要增加看守？"

"近日三法司将庭审，到时蒙古使团也将列席，所以不能有丝毫闪失。"赵源杰说道。

前面到了牢房区,牢里的犯人听见叮叮当当的声响,纷纷从牢里走到木栅栏前,一个个伸出手,各种嗓门喊着:

"我冤啊……"

"大老爷,冤啊……"

"大老爷,放了我吧,我是冤枉的……"

"你们冤个屁。"牢头大声叫着,"滚回去,你,闫小三,抢别人东西便罢了,还杀人家一家人;就你,李栓子,你霸占人家农田还霸占人家媳妇,弄得一尸两命,你冤什么? 再不老实,把你们从这里赶出去,迁到锦衣卫的诏狱去。"

牢头一顿说辞,过道两旁立刻安静下来,犯人纷纷退回去。显然锦衣卫诏狱声名远扬,对犯人都有一种震慑力。片刻后,牢房里已然恢复常态,发呆的还发呆,捉虱子的接着捉虱子,睡觉的继续睡觉。

高福甲鼻孔里哼了几声,得意地往前走,这句话他经常挂在嘴边,比打板子管用,百试不爽。一旁的赵源杰也被逗乐了,感慨这里真是跟森严的诏狱无法相比。

走道上站着三个狱卒,看见他们走过来,立刻挺直腰板看着他们。高牢头问道:"今日你们值守,有什么情况?"一个狱卒上前一步回道:"回牢头,一切正常。这个犯人一直在睡大觉。"

"晌午饭吃了吗?"赵源杰问道。

"回大人,这个不知道,我们是午后换岗,只看见他在睡觉。"

赵源杰皱起眉头,推开高牢头和狱卒,大步走到这间牢房前。木栅栏里放着一个托盘,上面的饭菜未动。牢里靠墙的草铺上背对着牢门躺着一个人,一动不动,身上还盖着号衣。

"牢头,开门进去看看。"赵源杰心里有些忐忑。

高福甲拎起钥匙串,摸索半天找到钥匙,打开大铁锁,推牢门走进去,一边大声说道:"喂,起来了,赵大人来看你了。"任牢头怎么喊,和古瑞躺着纹丝不动。高牢头急了,上去抓住和古瑞的肩膀把他扳了过来。

高福甲往和古瑞脸上一看,立刻吓得魂飞了一半,不由退了几步,惊叫起来:"啊呀……鬼呀……"只见和古瑞身上很完整,只是脸上一片血糊糊,只看见几个血窟窿。

几个狱卒听见喊声好奇地跟在赵源杰身后走来,一看这情景,几个人一阵鬼哭狼嚎地跑出去,一边喊道:"我的娘呀,吓死我了。"

高福甲浑身颤抖,脸色煞白。他在狱中十几年,还从来没经过这么可怕的事,

狐王令(上)

在他们重重的守卫下，犯人死得如此蹊跷和惨烈。高福甲忍了半天，终于忍不住跑出去，在走道上吐了起来。再看那几个狱卒，一个个雪白着脸蹲在角落里惊恐地看着他。

赵源杰一脸沮丧，像霜打的茄子似的吃力地走出来。高福甲紧走几步，匍匐到赵源杰的面前，嘶哑着嗓音道："大人，小的该死，小的百口莫辩，愿听大人发落。"

赵源杰后背一阵阵发寒，他看着跪在地上请罪的高牢头，叹口气上前扶起他，道："起来吧，高牢头。"

高福甲颤巍巍站起身，这才说出心中疑惑："赵大人，刑部大牢虽不及诏狱那般铜墙铁壁，但也不是想进便进。自大人吩咐卑职加强守卫，我加岗加哨，增加巡查，外面的人是断然做不到这般悄无声息的，定是内部人下手，图的便是灭口。"

赵源杰思忖片刻，道："你能确定牢中死尸就是和古瑞？"

"这……"高福甲一愣，显然被问住了。他愣怔片刻，一时哑口，一双漆黑的眸子惊慌地瞪着赵源杰，"这个……他面部已毁……确实无从查证……"

"凶手想灭口，只需一刀，干吗还要费力去捣毁他的面孔，这不是脱裤子放屁，多此一举吗？"赵源杰冷静地分析道。

"依大人的意思，此人被张冠李戴，那……那个真和古瑞呢？"高福甲似是被自己的言辞惊得目瞪口呆。

"先不要声张，你速去找仵作，验查尸体。"赵源杰道。

高福甲一听此话，招呼着几个衙役拔腿便向外跑。赵源杰凝视着高福甲仓促离去的背影，心情异常沉重起来，心里的疑团也进一步扩大。他心里清楚必须把这个消息火速通知于谦和萧天，事态发展到这个地步，牵一发而动全身。

五

此时已至黄昏，望月楼笼罩在一片温和的霞光中。前院已经开始洒扫，准备迎客。后院隐蔽在一片绿油油的树荫中，反而显得更加静谧。

小院天井中的老槐树下，传来一阵阵清脆的笑声，可以看见两个衣裾飘飞的身影，两人正在习剑。萧天一身灰色长衣，明筝一身青色衣裙，两人身影交织，煞是好看，萧天不时扳住明筝的手臂指正一二。

那日小六从瑞鹤山庄带来玄墨山人的独门丹药，明筝服下后头疾慢慢好转，这

狐王令（上）

才让大家松了口气。明筝身体好转便闲不住，萧天只好答应教她剑法。一来可以活动筋骨，再者也给她找些事做，免得她出去乱跑，暴露了行踪。

两人在老槐下习剑，由于心思专一，并没有发现在离他们数步之远的游廊上，一个人躲在廊柱后向他们偷窥，廊柱边露出一片紫色裙角，一双黑亮的眼睛痴痴地盯着老槐下那个长身玉立的身影。

"梅儿姑娘，你在瞧谁呢？"一个温和的声音从背后响起，柳眉之一身白衣悄无声息地站在梅儿背后。

梅儿惊慌地回过头，脸上一阵红一阵白，她结结巴巴道："没看谁，从这里路过。"

"哦？路过半个时辰了吧，"柳眉之一双凤眼狡黠地冲梅儿眨了下，"我跟着你，腿都站酸了。"

"你……"梅儿脸色一变，怒道，"柳堂主，请你自重些。"

"我知道你是思慕那位萧帮主，"柳眉之上前一步，靠近梅儿低声说道，"哪个少女不怀春呢？"柳眉之从梅儿慌乱的眼神可以看出，他说对了，再说他也不是第一次看见梅儿躲着偷窥了，觉得这是个好时机，便又上前一步，鼻尖几乎贴到梅儿鼻尖上，"思慕是一回事，能不能得到是另一回事，你想得到萧帮主的垂青，必须有吸引他的本钱。"

梅儿一只手摸着脸，重复着柳眉之的话："本钱？"

"不是指容貌。"柳眉之冷笑一声，"你以为像他那样的男人会稀罕这些皮毛吗？"

梅儿张着嘴巴，迷茫地望着柳眉之。

"你刚才称呼我一声柳堂主，那你便应该听闻过我的本事。"柳眉之又靠近一步，几乎把梅儿挤到廊柱上，"我的灵魂一半归了神佛，我便有了神的力量，你若归入我的门下，我便度你神的力量，到那时你就可以梦想成真。"

梅儿盯着面前极其俊美的一张面孔，他的声音悦耳又温和，像磁铁般牢牢吸引了她，让她身子僵住，动也不能动。柳眉之俯下头，温润的嘴唇轻轻贴上梅儿的双唇，梅儿浑身一颤，脑子里一片空白，突然一阵尖锐的痛，使梅儿清醒过来，她的舌尖火烧火燎，柳眉之狠狠咬了她，她又羞又恼，使出全力推开他沿着游廊跑了。

梅儿脸上烧得通红，毫无目的地跑了一会儿，发现身后没人追来，才站定，这才发现前面是围墙。这里是游廊的尽头，靠围墙建有一个小屋，里面堆着杂物和洒扫的工具。

梅儿长出一口气，回过头，惊得叫了一声，柳眉之不知何时站在她身后。"你跑什么？"柳眉之一笑，一只手搭在梅儿的腰间。梅儿看着柳眉之含情的眉眼，竟然转不开双目，久久地盯着他。

柳眉之把梅儿揽进怀里，转身抱进小屋里。屋里很暗，中间却有一片空地，柳眉之控制住梅儿，笑着看着她，一边低声说道："梅儿，跟我去瑞鹤山庄吧，你知道那个地方吗？"

梅儿眼神痴迷地看着柳眉之，眨着眼睛摇摇头。

"我问你，你一直跟着他们，知道他们这几日在屋里说什么吗？"

"说……说银子的事，还有……我听不太明白……"

"梅儿，你记住，你是我的人，我会顾你周全，你只要随时听我召唤便可。"

小屋里全然黑下来，偶尔传来几声呢喃的呻吟声，与屋外鸟雀的啾啾声混成一团。游廊旁一株丁香树，飞过的雀儿踩踏着白色的花瓣，在黑夜落了一地。

半个时辰后，梅儿在一片混乱的梦中惊醒过来。她抬头看着黑乎乎的小屋，屋里只剩下她一人。那个俊美男人的面孔在眼前一晃而过，就像什么也没有发生，像极了一个春梦。梅儿迷迷糊糊站起身，慌乱地跑出去，一边跑一边回想刚才小屋里的事，越想心里越乱。

她一口气从侧门跑到望月楼门外，西苑街上已是一片火树银花，街面上人来人往，车水马龙。她害怕独处，便往人堆里钻。正瞎逛，被一只手抓住，"梅儿，你去哪儿？"

梅儿回头看，见是夏木，心里一下舒坦了，上去抱住夏木便哭。夏木吓了一跳，忙问："梅儿，你怎么了？"

"刚才看见一只死耗子，吓死我了。"梅儿胡乱编排了一句。

夏木笑了起来："嗨，耗子有何可怕。"

"夏木，你在这里做甚？"梅儿好奇地问道。

"瞧热闹呗，"夏木笑着，从腰间的香囊里抓出一把瓜子，塞给梅儿，压低声音道，"翠微姑姑吩咐我在这里望风。"

"哦，原来这样，我来和你做伴吧。"梅儿一边嗑着瓜子，一边说道，"前几日明筝姑娘昏迷不醒，咱们姊妹俩连门都没出过，如今明筝姑娘好了，也该轮到咱们出来耍耍了。"

两人便聊了起来。

"梅儿，你家里还有亲人吗？"夏木问道。

"唉，即使有也无处寻了。"梅儿叹口气，"我十四岁进宫，父母是收了宫里银子的，他们也没想过让我这个女儿出宫，又寻他们让他们再添烦恼，何苦来呢？你呢？夏木，你如何打算？"

"我是孤儿，是翠微姑姑把我养大的，我最大的心愿，也是姑姑的心愿，便是能够回到故乡。"

梅儿叹口气，道："都是苦命人。"

两人正在门口叙话，突然从街上驶过来一辆四轮马车。马车一停，从车上跳下来七八个男人，这些男人个个身形剽悍，腰间佩着剑，只是他们的装束五花八门，甚是怪异，不像是本地人。

这伙人来势汹汹地向望月楼走去。门口的两个姑娘看着这些人神态上带着煞气，早已慌了神，求助地跑到夏木身边，夏木和梅儿不敢耽搁，急忙迎上前。

"各位公子，望月楼的歌舞乃京城里一绝，"夏木硬着头皮强挤出一丝微笑，道，"各位公子何不进来一睹风采啊。"

"叫谁公子？"一个凶巴巴的嗓门打断了她的话。

"各位爷，"夏木急忙改口道，"小奴不识……"

"夏木姑娘？"一个高大的身影从后面走过来，拽开前面的两人凑到夏木面前，他一把拽下脸上的黑色面巾，露出满是横肉的脸。

"和古瑞？"夏木看着面前的男人，有些不敢相信自己的眼睛，那日在东升巷三岔口，明明看见刑部的人带走了他，可是他如何又会出现在这里？

"哈哈，有你在便好办了。"和古瑞说着，上前一把抓住夏木的手臂，道，"夏木姑娘，辛苦你一趟，带路找你们老鸨去。"

夏木惊出一身冷汗，忙说道："我们姑姑不在，你有事给我说吧，我回头转告她。"

和古瑞一听，回头向众人道："砸了她的破窑子，看她出来不出来。"说着，重新裹上黑色面巾。

数条身影从夏木身边掠过，她也被裹挟着走进望月楼。这些人闯进楼里，见啥砸啥，只片刻工夫，大厅里便一片狼藉。楼里的客人被突然而降的灾祸吓得纷纷四散而逃。这时，翠微姑姑听到动静，从楼上气呼呼地跑下来。

"哪来的狂徒，没了王法了，这可是天子脚下。"翠微姑姑怒喝道。

"老婆娘，你还认得我吧？"和古瑞把脸上的黑色面巾拽下来，咬牙切齿地叫道，"你可把我害惨了，这个仇不报，我誓不为人。"

"和古瑞？"翠微姑姑惊得几乎失语，"你不是……不是……"

"不是在牢里吗？哈哈，你个臭婆娘，你以为我会死在牢里……"和古瑞怒吼一声，狂暴地叫道，"哈，臭婆娘，我如今出来，便是向你讨银子来了。"

翠微姑姑急忙稳住自己，她眼角的余光扫了眼和古瑞身后的几个大汉，心里盘算着怎么化解。她向夏木递了个眼色，夏木心知肚明，忙走到和古瑞面前施一礼道："恭喜公子脱离牢狱之苦，夏木向公子道喜了。"

和古瑞听见夏木如此说，又见她眉目流盼、温柔可人的样子，态度不由也软了，对着夏木道："我本不想为难她，只要她肯出银子。"

"哎哟，好说好说。"翠微姑姑看有转机，忙上前赔礼道，"公子呀，七夕那日完全是误会……"

"误会个屁。"和古瑞蛮横地道，"若不是你们冲撞我们的马车，也不会招来刑部的人，别废话，此次的损失必须包赔。"

"哎哟，你看我这里哪有值钱的东西呀，不过勉强混碗饭吃。"翠微姑姑一边哭穷，一边凑到和古瑞面前伸出一个手指。

"一千两。"翠微咬咬牙说道。

"十万两。"和古瑞打断她的话，凶恶地盯着她。

"我的天呀，这不是要逼出人命吗？"翠微姑姑拍着大腿号起来。

"给你三天时间。"和古瑞最后说了一句，视线便转到夏木身上，夏木一阵紧张，急忙后退了几步，和古瑞逼上前，道，"夏木姑娘，你可愿意跟我去游玩几天？"和古瑞说着，一把抓住夏木的手，夏木惊慌地想挣脱，和古瑞身后一个大汉二话不说扛起她便走，夏木在那人的肩上奋力撕打，那人丝毫不为所动，走到外面把她扔到马车上。

"臭婆娘，三日一到，不送银子，便撕票。"和古瑞撂下一句，便领着众人大摇大摆走出去。

"你们……抢人啦……"翠微姑姑和众姑娘跟着跑出来，只见那辆四轮大马车一溜烟驶远了。

这时，从一侧跑过来几个人，梅儿领着萧天、明筝和盘阳赶过来。翠微姑姑看见萧天他们从后院跑出来，大为恼火，怒喝着梅儿："梅儿，你好糊涂，你为何带他们到这里来,这里我可以应付。"

"翠微姑姑,我担心你吃亏。"梅儿满心委屈地说道,她刚才看见那帮蒙古汉子砸东西,便偷溜出去,跑到后院向萧天报信。

"走吧,进来说话吧。"翠微姑姑向四周扫了一眼,急忙招呼萧天他们走进望月楼。萧天看着狼藉的大厅,不由紧皱眉头。

"夏木被和古瑞抢走了,说是拿十万两银子去换。"翠微姑姑怒道,"这个天杀的和古瑞,像从地底下冒出来一样,这便如何是好? 我这里哪有十万两银呀?"

萧天紧皱眉头沉默不语,一旁的明筝沉不住气了,问道:"萧大哥,你不是说和古瑞关在刑部大牢吗?"

"一定是出事了。"萧天望着窗外,突然对翠微姑姑交代道,"你回后院,嘱咐咱们的人这两日不要出门。我去马市探查一下,夏木一定会被拉回马市。"

"我也去。"明筝立刻上前道。

"带上我吧,给你们望个风。"盘阳也走出来道。

翠微姑姑拉着萧天走到一旁,压低声音道:"夏木的两个哥哥都在檀谷峪保卫老狐王战死了,她是家里唯一的血脉,你无论如何要把她带回来。"

萧天点头道:"我早有意去他们的老巢看看了,你放心吧。"

六

四轮马车避过大街和人多的路面,专拣僻街小巷,一路扬鞭策马疾驶。车里挤着五个人,夏木被绑了双手,嘴里塞进一团布坐在中间。她一旁坐着和古瑞,他早已扔下面巾,脱去乔装的狭窄汉服,露出里面蒙古袍子,他一边擦脸上的汗,一边安慰夏木:"美人,别怕,只要那个臭婆娘交了银子,我便放了你。"

"和古瑞,帮主若是回来,问起了咱们怎么说?"对面一个宽脸的汉子问道,"帮主可是严禁咱们出门呀。"

"怕什么? 我叔父回阿尔可还要几日呢,"和古瑞脸上横肉一抖,"对付这般汉人就得这样,我在牢里不能白受一场罪。没事,一切有我呢。"

听和古瑞这么说,几个汉子也不再追问。马车拐入东阳街,马市的大门便在前面。和古瑞从车窗往外看,四周一片漆黑,院子里异常安静。他探出头对前面驾车的人道:"快,下去开门。"

狐王令(上)   365

从车上跳下两个人,跑到大门前去推大门,马车很快驶进院里。

突然,院子里亮起火把,火烛把大院照得亮如白昼,几个身着蒙古袍子、肩背弓箭的大汉呈扇形站在院中,乞颜烈像一头被激怒的狮子站在正中间,怒视着他们。他手握一根长鞭,马车刚一停稳,乞颜烈的长鞭带着呼呼风声,便打了过来。

和古瑞从车里看见乞颜烈站在院中,吓得腿乱抖,心里一阵叫苦,不是说好去阿尔可草原搬救兵吗,如何不到三日便回来了?行踪已暴露,更不敢让叔父看见车上还有女人,只好对夏木小声道:"你待在这里,别动。"

夏木瞪着眼睛直摇头,和古瑞拽着她把她塞进座下,方跳下马车。其他六人已齐刷刷跪倒在地,和古瑞的脚刚挨着地面,"嗖"一声,从空中划过一道黑影,和古瑞惨叫一声,摔倒在地。和古瑞惨叫连连,一边左右滚躲着长鞭,一边向乞颜烈争辩道:"叔父,我也是想弥补咱们的损失,望月楼那老鸨有钱,我想……"

"你个蠢货!"乞颜烈怒斥一声,手腕抖动,长鞭带着风声又向和古瑞扫了过来,一鞭快过一鞭,"你还狡辩,我义子费多大劲才把你从牢里捞出来,你这边的屁股还没擦干净,又出去惹事。"

"叔父,我出去是乔装,没人认出来。"和古瑞委屈地说。

"你……气死我了……"乞颜烈挥鞭子甩了出去,"你跑到望月楼那种地方,是嫌没人知道你出来了?你个蠢货,你要害死我义子了。"

"叔父,你心里只有你那个义子,"和古瑞不服气地站起身,也不再躲避鞭子,怒气冲冲地道,"一口一个你的义子,好像这天下只有他,所有的功劳都是他一个人的。叔父,你别忘了,我才和你血脉相连,他不过是个被你收养的汉人。"

乞颜烈被气得差点吐血,他捂住胸口剧烈地咳着,心里无限悲哀。不错,和古瑞是他一族血脉,但是,这样一个混人如何与宁骑城相比,论武艺、智谋、意志,他连宁骑城的皮毛都不如。若不是从小把他养大,又把他养母挟持在身边,这样一个强大的汉人,他们如何能对付得了。

乞颜烈知道和古瑞没有坏心眼,只不过太蠢,便叹口气道:"和古瑞,不让你出门,是不想刑部的人再把你抓进大牢。"乞颜烈抬起头,看见那几个人都还跪着,便向他们招招手,道:"都起来吧,明日你们护送和古瑞回阿尔可吧。"

"叔父,我不回去。"和古瑞突然跪下来,梗着脖子叫道,"我要将功补过,我知道叔父要抢鑫福通,算我一个,怕死便不是和古瑞。"

"闭嘴!"乞颜烈怒喝一声,又剧烈地咳起来,他一只手抚着胸口,气得说不出话,半天才嘶哑着嗓音道:"你闭嘴,你个蠢货,我乞颜烈如何会有你这样一个后代,真是气死我了,你要让全城的人都知道吗?"乞颜烈对身后的几个大汉吩咐道,"把他关起来,没有我的允许,谁也不能放他出来。"

几个大汉走过来按住和古瑞,和古瑞挣扎着,十分不服气。

"帮主,"宽脸汉子突然上前一步,道,"刚才和古瑞从望月楼带回一个姑娘,如何处置?"

"什么?你为何不早说?"乞颜烈一听此言,脸色都变了,"那还能留吗?拉出去埋了。"

乞颜烈大步跑到马车前,宽脸汉子和另两人提前一步上了马车,里面哪还有人影,只见地板上扔着一卷绳索,乞颜烈怒不可遏地抓住宽脸汉子的衣领问道:"人呢?"

宽脸汉子一惊,脸上瞬间变了颜色:"这……明明在车上啊。"

另一个汉子说道:"她一个女子,即便跑也不会跑多远,咱们快去追吧。"

乞颜烈气得心口剧痛,刚才只顾教训和古瑞了,根本没有留意马车,再加上大门也没有上锁,他回头向身后一招手,吩咐道:"你们骑马沿着这条路追,找到后不要留下活口,快去吧。"

十几个人纷纷向马厩跑去,不一会儿,十几匹快马从马车前飞驰而过,出了大门分成两队,向左右两个方向驰去。

院子里,剩下的人跟着乞颜烈向里面走去,火把一撤,院子里暗了下来。

宽脸汉子走到马车前,准备拉着马去马厩,一想到刚才那位姑娘,他便很奇怪,围着马车转了一圈,两匹马不安分地踏着地面。这时他发现车辕旁多出一块黑影,月光正照在头上,他慢慢走近,看见那个黑影在瑟瑟发抖。

"出来,快出来。"宽脸汉子说着弯腰钻进车下,一把抓住那个人的衣衫欲从车底下拉出来。

"求你放了我吧。"夏木哀求道。

"原来你躲在这里!跟我走!"宽脸汉子正要强行拉走夏木,突然从身后暗影里蹿出一个黑影,一脚踹到他太阳穴,宽脸汉子鼻孔里哼了一声,便一头倒到地上。

夏木惊慌地抬起头,脸上又惊又喜。萧天示意她不要出声,接着暗影里又跑出两人,明筝和盘阳一把拉住夏木,四人飞快地跑到围墙边的暗影里。

萧天看着三人道:"盘阳,你和明筝护送夏木回去,小心不要撞到蒙古人马队,绕道走。"

"萧大哥，你呢?"明筝不放心地问。

"刚才在墙头上听到和古瑞说，他们要抢鑫福通，不知道他们又在密谋什么，我过去探查清楚。"萧天抬头环视整个院子，又说道，"这个院子很大，藏身的地方很多，你们放心吧。"

盘阳和明筝点点头，萧天手扶围墙搭成人梯，回头对三人道："你们动作快点。"盘阳和明筝身上都有功夫，只有夏木不懂武功，此时看见要从萧天身上上去，早已有些头重脚轻站立不住。

盘阳上前架住夏木从萧天身上踏了几步上到墙头，明筝也踏着萧天的背上到墙头。萧天见三人站到墙头上，便放心地离开围墙，潜入黑夜里。

和古瑞被绑了双手，一脸委屈地慢腾腾地向后院走着，押他的两个人不时催他，和古瑞回头张望："急什么，我要见我叔父，我有话说。"

不多时，乞颜烈领着众人大步走来，看见半道上的和古瑞，怒斥几个押送的汉子道："你们磨磨叽叽干什么?"

"叔父，你听我说，你再给我一次机会吧，"和古瑞哭丧着脸道，"我想立功赎罪。"

"立功?"乞颜烈冷冷地看着他，鼻孔里哼了一声，"就因为你今天的胆大妄为，已打乱了我所有部署。"乞颜烈走近他，恶狠狠地说道，"如果今夜找不到你绑来的那个女人，明天就必须送你出城，如果让刑部的人找到你，麻烦便大了。你要知道，这是大明的京城，不是你撒欢的草原。"

"那个女人……跑了?"和古瑞很惊讶。

乞颜烈气得一脚踹到和古瑞腿上，气呼呼地领着众人向后院的几间厢房走去。乞颜烈直接走进正中的堂屋，身后的人呼啦啦跟着走进来。早已有人上前点燃灯烛，堂上明亮起来，众人逐一落座。

"帮主，咱黑鹰帮五大金刚都已到齐，你有何吩咐，尽管讲来。"其中一个黑脸大汉说道，他是五大金刚中最年长的，叫庆格尔泰。

"不瞒众位，"乞颜烈叹口气，脸色依然难看，他被侄儿和古瑞气得焦躁不安，连说话都气喘，"是，是这样，前些日子接到咱们瓦剌部落首领也先的口信，让咱们在京师为大军入关做准备。但是出师不利，花费巨资交易的弓箭盾甲被刑部缴获，据暗桩来报，这批兵器被兵部的人接收，拉到了北大营，真是岂有此理! 再去抢回来，也不太可能，北大营是大明精锐所在。"乞颜烈叹口气，接着说道，"也先在关外，急

狐王令（上）

需这些兵器,咱们身为瓦剌人,定要为部族出一份力。我此次招你们进京,便是为这事,不得不冒险抢王振的藏宝地,抢来银两再交易兵器。"

"帮主,没啥说的,干吧。"五大金刚之首查干巴拉急不可耐地说道,他虽身形瘦小,却看上去精明强干。

"让这个畜生一搅和,恐怕要提前了。"乞颜烈站起身,在座前踱了几步,果断地说道,"那便定在两日后,我义子会暗中探明钱庄的虚实,找到藏银地,咱们攻进去,速战速决。你们回去后各自准备,咱黑鹰帮也不是吃素的。"

"帮主,你那个义子,可靠吗?听说是个汉人?"查干巴拉问道。

"你们不可小看他,说出他的大号怕吓住你们。"乞颜烈压低声音道,"宁骑城听说过吗?"

"是……那个锦衣卫指挥使?"查干巴拉瞪着眼睛,绷住了嘴巴。

"他会探明鑫福通藏银地,你们还有疑虑吗?"乞颜烈问道。

几个人点点头,不再疑虑。

"帮主,放心。"五大金刚排行老二的赛罕得意地道,"火蒺藜我准备了十个,哈哈哈。"

"好,"乞颜烈终于露出了笑脸,"赛罕,这次可是展示你手艺的时候了,哈哈。"

众人一起跟着笑起来,突然庆格尔泰站起身道:"我听见马蹄声,是不是他们回来了?"

"走,出去看看。"乞颜烈率众人向前院走去。

这时,大门已打开,几匹马奔进来,其中一匹直接行到乞颜烈面前,一个人翻身下马道:"帮主,在外面逮到一个可疑之人。"

"哦?那个女人找到没有?"乞颜烈一边往外走,一边问道。

"回帮主,我们这一队没发现那个女人。"

在门外两个人扭住一个戴斗笠的男人,那个男人一边扭动身体,一边大叫:"放了我,我什么也没偷。"

"想偷东西?"乞颜烈一把打掉那人的斗笠,借着身后火把的亮光,看见眼前的男人只有一条胳膊,甚是眼熟,片刻后他想起来:"是你?咱俩还真是冤家路窄,上次让你跑了,这次你可是自投罗网。"

被绑的独臂男人也认出乞颜烈,眼里闪烁着诡异的光。

"说,你在这里想干什么?"

"说实话,你能放了我吗?"陈四低着头,嘴角挤出一丝狡黠的笑。

"你说。"

"偷马。"

乞颜烈一听，一脚踹到陈四的胸口，对身后的人道："拉出去，埋了。"

狐王令（上）

第二十章　鑫福钱庄

一

　　翌日巳时，赵府管家陈顺迎来两位神秘的来客，两人身着便袍一前一后从大门走进来，直接被陈顺请到老爷的书房。赵源杰看见他们从游廊走来，急忙走出去相迎："于兄、张兄，快，里面请。"

　　三人依次在太师椅上落座，陈顺差仆役端来茶水。陈顺看三人神情严峻，知道他们有要事相商，不敢停留，匆忙退下。"陈顺，你到门口看着点。"赵源杰不放心地叮嘱道。

　　"是，老爷。"陈顺应了一声，悄然退下。

　　"于兄、张兄，事情已经查明。"赵源杰直奔主题，看着于谦和张云通道，"仵作能够肯定，那具尸体不是和古瑞。昨日牢头高福甲告诉我一件事，前几日有个犯人暴病身亡，是高福甲验了尸才拉走的，因此有印象，他在案卷上查到此人，因卷宗上没有亲属的记录，只能暂放在停尸房，本想次日交与仵作送到乱坟岗埋了，但是次日那具尸体不见了。"

　　于谦和张云通对视一眼，两人神情忧郁，都有些急火攻心。于谦道："如果和古瑞被换掉，仅凭咱们一面之词，真相难以澄清，毕竟缺少证据，而蒙古使团已向礼部上疏要人，如今的局面太被动了。"

"他们这次出手，让咱们猝不及防，手段太高了。"赵源杰道。

"和古瑞是此案中唯一的当事人，他已消失，"张云通叹口气道，"恐怕又要不了了之了。"

于谦皱着眉头，他身形单薄，在狱中久失调养的身子还未恢复，仍面带病容，他自责道："此事是我大意了，本以为进入刑部大牢由源杰看管，比较放心，没想到王振的触角已经渗透到朝堂的各个地方，让人防不胜防。今后咱们做事必须事必躬亲，不可盲目信任下属。"

"是我的错。"赵源杰低下头，陷入深深的自责，"兄长教训得极是。"

"还有一个情况，"于谦从衣襟里取出一封信件，他举着信说道，"我得到密报，王瑞庆在河南忽患恶疾暴亡。王瑞庆正值盛年，死得如此蹊跷，刚好在蒙古商队私运兵器的事爆出来之后，只有一个解释，有人要灭口。"于谦舔了下干涩的嘴唇，看着无比震惊的赵源杰和张云通，"如今王振两头出击，明日或最晚是后天，河南的奏章便会到达朝廷，这样一来，顺理成章地换了赈灾的大臣，这是王振给咱们挖的一个深坑。"

"太恶毒了，朝廷大员竟然被他们视若蚍蜉！"张云通气得猛击一下大腿。

"怪不得这两日早朝，朝堂上突然口径出奇一致，不管是哪个阵营都要求换赈灾大臣。"赵源杰恍然大悟道。

"如今王瑞庆已死，陈文君贪腐案已查实，即使不能换也得换了。咱们总不能再上疏求皇上不要换了。可是一旦换了赈灾大臣，岂不是替王振他们背了黑锅，那三十万两银子便成了新上任大臣的夺命银了。"

"真没有想到他们竟如此下作，"赵源杰拍案而起，震得桌面上茶盏"叮当"响，"为一己私利，竟置百万灾民于不顾。"

"现如今被逼入死胡同，只能做殊死一搏了，症结所在，便是那三十万两银子。"于谦扭头凝视赵源杰，脸上尽显焦虑之色，"源杰，还没有萧帮主的信吗？"

"没有。"赵源杰摇摇头。

"只听你们说萧帮主如何，哪天也给我引见一下。"张云通满是好奇地说道。

正说话间，陈顺突然推门进来："老爷，门外来了一个孩子，说叫小六，给你捎信，非要见你面。"

"哦？"赵源杰先是一愣，思忖片刻，想起来上仙阁那个机灵的小伙计叫小六，想到这儿他激动地站起身，对陈顺道，"快，请他进来。"

一盏茶工夫，陈顺领着小六走进来。小六走进来看见里面坐着三个人，想到帮

狐王令（上）

主对自己的叮嘱,他仰着脖子道:"我只见赵源杰,赵大人。"

赵源杰早已站起身,笑着说道:"我便是,这两位也是你萧帮主的朋友,你只管讲来,不妨事。"

小六警惕地扫视了屋里另外两个人,听赵源杰如此说,便放下心,从衣襟里掏出一封信交给赵源杰,说道:"帮主说,让你看完信,回个话,我再回。"

"好孩子。"赵源杰欢喜地摸了下小六的脑袋,回头叫陈顺,"快带小六到正堂吃些果子去。"

陈顺领着小六退下后,三个人都神情激动地盯着那封信。

赵源杰急忙展开那封信,匆匆看了一眼,迅速交给于谦,于谦看后又交给张云通。信上说了三件事,第一件看见和古瑞;第二件马市是黑鹰帮的据点,宁骑城有可能是黑鹰帮门下弟子;第三件黑鹰帮正密谋八月初一抢劫鑫福通钱庄。

三人看完信交换着眼色,不由面面相觑。这封信极其简练,但蕴含的信息量却大得惊人,三人竟一时哑口无言。

静默片刻,赵源杰第一个打破沉默道:"和古瑞现身,说明刚才咱们的推测是对的,他被犯人的尸身换下。可是这宁骑城是黑鹰帮的人却是出乎意料,黑鹰帮为何要去抢鑫福通呢?"

张云通拿着信笺皱起眉头:"这个萧帮主想告诉咱们什么呢?"

于谦低着头坐在椅上蹙眉沉思。过了片刻,他突然眉头一扬,大声说道:"太好了,一切都迎刃而解。"于谦兴奋地站起身,走到张云通面前拿过那封信,对他们两人说道:"信上这三件事,看上去不相关,其实是紧密相连的。刚才源杰说得不错,和古瑞被调包救出了刑部大牢,但是谁会有如此手段,而且又有这个动机呢? 只有宁骑城。若萧帮主判定得不错,宁骑城是黑鹰帮的人,他必会去救这个蒙古人。那么,这第三件,便是重中之重。关于黑鹰帮,我也是从辽东守将口中听说的,黑鹰帮是草原上最大一个帮派,黑鹰帮的前身便是前朝大元的流亡皇族,与当今的瓦剌有血缘联姻关系。这也是为何这些蒙古人要私运兵器,定是与关外有联系。上次刑部缴获了那批兵器,他们肯定不会善罢甘休。抢劫鑫福通钱庄,是他们一定得到了密报。"于谦看着他俩,压低声音道,"咱们别忘了宁骑城是王振的心腹,他很可能知道王振的藏银地。"

"难不成王振的藏银地便是这个鑫福通钱庄?"赵源杰瞪大眼睛,听于谦这么一梳理,他才恍然大悟。

"萧帮主干得漂亮,查明了这三件事。"于谦双眸放光,看着他俩道,"咱们才有了扭转危局的转机。"

"于兄的意思是……"张云通望着于谦。于谦点点头,对赵源杰道:"源杰取笔墨,给萧帮主回话。"

赵源杰急忙走到书案前,铺开一张宣纸,于谦走过去拿起笔,说道,"此乃天作之合,在黑鹰帮动手之前,咱们夺到银子,有黑鹰帮做替罪羊,应无后患。"于谦在纸上飞快地写下两行字。

赵源杰面露欣喜:"于兄,若是萧帮主夺银成功,这赈灾的银子岂不是有着落了。"

"善哉善哉呀,"张云通也站起身,说道,"咱们可以商议新的赈灾大臣了,此次肯定没人反驳。"

"是。"于谦终于露出笑脸,道,"此差张兄最合适不过,再加上礼部的苏通,皇上定会恩准,到时以张兄的才干,此番大灾之年定会平安度过。"

"好,我愿担当此任,只是千斤重担是在萧帮主那里,"张云通喜悦过后,又多出一份担忧,"他们能……"

"以我对萧帮主的了解,"于谦笑道,"难道鑫福通比诏狱还坚固,诏狱他们都劫了。"

"原来那帮流匪是他们。"张云通大笑,一边直摇头。

"兵部和刑部都不会袖手旁观,"于谦道,"源杰,你提前把所有捕头、衙役集结好,等着八月初一,对付黑鹰帮便行了。一定要提防着东厂和锦衣卫。"

三人重新坐下,又商议了片刻,便叫来小六,把信折好交给他。小六把信塞进衣襟里,向三位大人鞠躬后,退了出去。

二

小六怀揣着信笺一路疾走。自那日和古瑞带人大闹望月楼后,望月楼歇业两日,后又重新开张。而进入后院的侧门被封死,需绕到后街上一个不起眼的铁匠铺里,从铁匠铺进到院里,有一个小木门,是望月楼后院的侧门。

小六叩了三下木门,给他开门的是林栖,林栖一看见他便骂道:"臭小子,又玩去了,送封信要半日。"

"我没玩。"小六不客气地怼了一句,走进木门。

狐王令（上）

"臭小子。"林栖拍了下他脑壳，急忙锁死木门，转身领着他向小院的正房走去，"大家都在等着你呢。"

"我真没玩。"小六梗着脖子抱屈道。

盘阳站在正房门前，看见林栖领着小六回来，急忙跑屋里回禀。屋里坐着萧天、明筝、翠微姑姑和李漠帆，众人等得焦心，听到盘阳说小六回来了，都松一口气。

小六直接把信递给萧天，萧天接过信，微笑着望着小六道："好小子，差办得不错，下月等你爹跑镖回来，我一定在他面前好好夸夸你。"

"谢帮主。"小六喜出望外地说道。

"去玩吧。"萧天在小六走后，打开信笺，匆匆过目后，拿到烛台前燃了，座上几人目光盯着他，急切地等他开口。萧天微微一笑，道："果然与我预料的一样。让咱们在黑鹰帮动手前动手，有黑鹰帮做挡箭牌，胜算很大。"

翠微姑姑陷入沉思，一脸阴郁，思忖了半晌还是决定一吐为快："萧帮主，我还是那句话，你我远在江湖，为何要为朝堂中人所用，为他们卖命？别忘了咱们都是官府通缉之人。"

"此话差矣。"萧天站起身，眺望窗外，"你我虽远在江湖，但仍是大明臣民，覆巢之下安有完卵，何况关系到百万灾民之生机。于谦和赵源杰皆为朝中忠正良臣，他们用心良苦要力挽狂澜，虽然朝中阉人把持朝政，但我相信，天地存正气，终将邪不压正，奸邪只能逞一时之欢，而无长久之理。"萧天环视众人，接着说道，"此番与他们联手，以兴龙帮之名解赈灾燃眉之急，于百姓、于朝廷都是好事一桩，而且还能借机敲打王振，此次是咱们与朝中大臣一起联合对付王振，为何不做？再者，如果咱们能助于谦和赵源杰这些朝中大臣夺回朝纲，肃清阉人，还大明一个清明的天下，那我们日日所盼的昭雪之日岂不是近在咫尺？"

萧天句句中肯的一番说辞，让翠微姑姑深为感动，她双眼噙泪，频频点头，在座的众人也频频点头，不再有疑虑。

萧天接着说道："此番行动不需要太多人手，但需要严守机密。此事不可让白莲会的人参与，因此对柳眉儿要避之。在座的人中除了翠微姑姑，她要到前院料理望月楼便不参与了，其余人全部参与咱们这次行动。"

"只……只……咱们这几个人？"盘阳不安地盯着萧天。

"有人帮咱们。"萧天一笑道，"这两日夜里我派林栖一直秘密跟踪宁骑城，宁骑城已把鑫福通钱庄探查清楚，咱们只需跟着他便是。"

在座的人皆惊讶不已。看到大家疑惑的目光，萧天便把自己多日跟踪宁骑城得出的结论说了出来："宁骑城虽是王振的心腹，是那个阉人的干儿，但是他还有另一重身份，就是黑鹰帮的门下弟子，想想他奇诡的武功和谜一般的身世，不难发现他身上的疑点。此次刑部大牢和古瑞被调包救走，定是宁骑城所为。刑部大牢虽不及诏狱森严，要做到不为人知却不易，论轻功绝技也只有他有这个能力。"

"还记得那次在虎口坡的遭遇吗？"萧天看着林栖和盘阳接着说道，"当时在锦衣卫里便混有几个蒙古人。前日在马市救出夏木姑娘后，我便潜入后院，趴在屋脊之上，听到他们所有谈话。这才确定马市是黑鹰帮的据点，而宁骑城竟然是乞颜烈的义子。"

众人恍然大悟，李漠帆问道："黑鹰帮？我如何没有听说过？"

萧天扭头看着明筝，微微一笑道："明筝，你给大家讲讲黑鹰帮。"

明筝听萧天让她讲黑鹰帮，便把刚才听得云里雾里的一番话放到脑后，她大病初愈，有些事她没有参与，所以听起来吃力。要讲黑鹰帮，她信手拈来："《天门山录》中记载，黑鹰帮是草原最大的帮派，现在的帮主叫乞颜烈，是前朝大元逃亡的皇族后裔，出生在瓦剌部族。黑鹰帮帮主之下，是五大金刚。每个金刚都统领一支由蒙古勇士组成的剽悍的队伍，现如今人数是谜。黑鹰帮入会时必发血誓，'灭明复元'是他们的誓言。"

在座的众人听完不由瞠目结舌，他们望着萧天等着他的下文。

"京师看上去一派繁华，但繁华的背后却是危机重重。"萧天接着说道，"与黑鹰帮勾结的人是也先，他在关外对大明虎视眈眈。黑鹰帮急于抢劫银子，便是要解也先之急，购买弓箭盾甲。因此绝不能让他们得逞。黑鹰帮在朝中安插到王振身边的宁骑城，这次倒是帮了咱们大忙了。"

"帮主，你这么一说，我算是明白了，"李漠帆笑起来，"咱们等于是捡了个便宜，那个宁骑城把咱们要干的事干了一半，他从王振处探明了藏银地，咱们只要神不知鬼不觉地提前抢过来便行了。"

萧天一拍李漠帆肩膀，笑道："老李，你总算聪明了一回。"

屋里的气氛瞬间活跃起来，大家纷纷笑起来。

"八月初一，不就是明天吗？"盘阳突然想起来。

"是，黑鹰帮明日动手，"萧天皱起眉头，说道，"咱们只知道他们动手的时间，现在还不能确定他们用何种方法攻进去，用何种方法运银子。今夜咱们还要守在鑫福通。听林栖说，在鑫福通碰见咱们的老熟人孙启远了，他如今驻守鑫福通负责守卫。与鑫福通相邻的一户宅子是个米行，咱们已经秘密高价盘下。白天不宜进出,天一黑全部从围墙翻入,不要从正门进,以免引起注意。还有,这个米行的伙计还是原先的人,避免与他们照面。"

众人点点头,不再有异议。

"帮主,若是柳眉之问起来,这里的人去哪儿了,如何回答?"李漠帆突然说道,"这些日子,柳眉之总爱与我套近乎,还拐弯抹角问这问那,似乎与梅儿姑娘打得火热,经常一起出门。却对我说,带着梅儿出门是假扮夫妻,避人耳目,真真假假的说不清楚。"

"哦?"萧天拧眉思忖片刻,道,"柳眉之是白莲会的堂主,咱们还是要以礼相待,但是有关咱们的事,他知道的越少越好。如今困在京城,还是要提醒他注意安全。他若问起咱们的行踪,便说是兴龙帮每年一度的祭祖大会在即,都在准备。"

"这是个好借口。"李漠帆点点头,笑道,"还是帮主鬼点子多,不……不是,是想得周全。"

众人都笑起来,纷纷起身,各自准备去了。

三

山阳街在京城的西南角,并非繁华的闹市,却因几家著名的钱庄而闻名,后来又聚起几家钱庄。钱庄一多,紧跟之后便来了几家镖行,然后酒肆、油坊、米面行也扎堆傍在这里,渐渐热闹起来,号称京师的金银大道。这条街仅钱庄便有日日昌、天成银号、宝丰银号等等,鑫福通在这里并不显眼,因门面小,很多人并不知道。

酉时已过,山阳街上的酒肆早早掌灯迎客。街上车水马龙,人流如织。在人流中由北面悠然过来两骑,皆是富家公子的打扮,锦袍玉带,腰佩宝剑。两人在一个酒肆前下马,抬头看着酒肆门头上的匾额,上书"积香居"三字。门前小伙计忙迎上前,牵过马打着招呼:"两位公子爷,快里面请。"

萧天抬头看了眼楼上,问小伙计:"可有视线好的座位,好一边饮酒,一边赏京城美景。"

"有啊,公子爷是从外地来吧,"小伙计欢喜地说道,"你可是选对了地方,二楼靠北边,不仅视线极好,而且凉快舒适。"

萧天和明筝跟着小伙计走进酒肆,一楼也坐了不少人,两人直接跟着伙计走上楼梯。到了楼上,明筝不由哑然失笑,二楼基本只是搭了个屋檐,连门窗都没有,倒是真凉快。不过这里视线极好,向北面可以看见一片商铺屋宇,楼上也没有几个客人,正合两人心意。

"小二,拣你们店里最有特色的小菜上四盘,再上一壶清酒,去吧。"萧天叫住小伙计吩咐道。小伙计高兴地应了一声,便"噔噔"跑下楼去了。

萧天和明筝靠着木栏在一个方桌前坐下,萧天指着一旁一片屋宇,压低声音说道:"那便是鑫福通,咱们坐在这里可以看见全貌,你看它门面虽只有三间,却是个三进的院子。帮里兄弟已探明,鑫福通的掌柜姓王,据我推测定是王振的亲戚,不然他不会放心把银子存在这里。"

"这么深的院子,咱们怎么找呀?"明筝盯着那片黑压压的屋宇犯了难。

"三进的院子,布局却很古怪。"萧天压低声音道,"林栖曾经夜探过一次,他说,第一进院子是钱庄和五间厢房,应该是住着账房管事等钱庄里的人。最古怪的便是第二进院子,从垂花门便设有岗哨,有守卫轮值,日夜交替不断。而第二进院子左右两侧是马厩,中间是一座藏书楼,这座藏书楼竟然要守卫日夜轮值看守,岂是藏区区几本书吗?定是有蹊跷。"

"那第三进院子呢?"明筝好奇地问道。

"住着女眷。"萧天道,"咱们此次重点是去看藏书楼。"

这时,小伙计端着木盘走过来,把几样荤素搭配的菜肴放到桌上,把一壶酒和两个酒盅放好,便笑着退了下去。

萧天给明筝面前的酒盅斟上酒,明筝直摇头,叫道:"萧大哥,这都火烧眉毛了,你还有心情喝酒?"

"今日这酒必须喝,我要告诉你个好消息。"萧天给自个儿也斟上酒,"小六带回赵大人的那封信里,在末尾附有一句话:得密报王瑞庆患恶疾暴亡。"萧天看着明筝,道,"咱不管王瑞庆是怎么死的,是被王振灭口还是真有病,他如今的下场,是大快人心,足以告慰你父母的亡灵了。"

"工部尚书王瑞庆?"明筝惊愕地问道,"就是原先我父亲手下的司务,后来联合王振构陷我父亲的那个王瑞庆?"

萧天点点头:"正是他。"

明筝眼里透出泪光,她低下头沉吟片刻道:"看来天道还是公正的。"她迅速抹去眼里的泪,"如今困在城里,若不然我定要到父母坟头上香,告诉他们这个好消息。"

"不急,等咱们干掉了王振,一同报喜。"萧天说道。

明筝点点头，喜悦地望着萧天道："萧大哥，会有这一天吗？"

"会有这一天的。"萧天深邃的目光变得坚定，"因为天道昭彰，善恶皆有报。"

明筝点点头，眼里闪着泪光，举起酒盅一饮而尽。明筝饮完又要斟满，萧天夺下酒壶，道："你只许喝一盅，不然醉了，会误事。"

"这是清酒，又不是烈酒，不碍事。"明筝去夺酒壶，被萧天按住，他望着那一片黑压压的屋宇道："一会儿，还要翻墙，我可管不了你。"

"我只是喝酒壮胆，我心里……"明筝看着萧天，说出心里话，"我此次心里一点底都没有，萧大哥，你为何一点也不紧张？"

萧天淡淡一笑，道："我心里有底，咱们这次只需牢牢盯住宁骑城便成功了一半。放心吧，此时焦心的不仅是咱们。多吃点，咱们估计要蹲守一夜了。"

半个时辰后，萧天和明筝离开积香居，牵着马走到街市上。此时街上夜市已休，很多店铺都打烊了。两人把马匹拴到一个不起眼的油坊前面，街面与油坊有处断墙相隔，墙里堆满柴块。这家油坊也已打烊。两人走到墙后暗影里，迅速把身上的绸袍脱下来，露出里面的夜行衣。萧天把绸袍塞进马鞍旁褡裢里，便和明筝迅速离开了油坊，钻进一旁的小巷子。

这一片的巷子呈"井"字形布局，明筝跟着萧天走了一会儿便转迷糊了，正待要问，便看见萧天向她招手。两人蹲到一处高大的围墙下，围墙旁是棵大榆树，萧天对明筝道："应该是这里，正好有棵树，我先上去。"

萧天抱住树干，"噌噌"几下，便上到树杈上，低下头去看明筝，明筝却不见了。

"喂，你在看什么？"在一旁树杈上，明筝得意地向萧天挥手，有意显摆不用他帮忙，她照样能爬上来。

萧天一愣，回头一看，明筝已爬到离他不远的枝杈上。但是那根枝杈似乎经不住她的重量，开始晃动起来，萧天急了，压低声音道："没让你上来，快下去，你在下面望风即可。"

"又让我望风？我爬树很在行的。"明筝总想在萧天面前露一手，便又往上爬了几下，"萧大哥，为何不用飞天翼，用它岂不是看得更周全？"明筝想到那次挂在飞天翼上的神奇经历，很是向往。

"此物乃狐族至宝，不到万不得已，不会用。"萧天道。

"我看狐族人很听你的，"明筝侧头问道："为何？"

"我也算是个狐族人。"萧天轻描淡写地回了一句。

"为何？"明筝心下一惊，略一分神，双手有所松动，身体不由"刺刺"地往下滑，萧天一看，忙伸出手臂，但晚了片刻，明筝急速往下坠落，耳边听见"咔嚓"一声，明筝身体失去重心，落了下去。

明筝从树上没跌到墙外，却跌到院墙里面，先是重重地摔到屋顶上，然后"咔嚓嚓"一阵响，身体又从屋脊掉进黑乎乎的屋里，摔到一堆麦秸上。明筝强忍着身上的痛，挣扎着坐起身，屋里呛人的牲畜粪便的臭气使她狂打了几个喷嚏，她急忙捂住嘴，但她的动静已经惊扰了这里的宁静，她面前突然凑上来几张黑乎乎的脸，把她吓得失声叫了起来。

突然，一只手捂住她的嘴，萧天的声音在头顶响起："别叫了，惊到马了。"明筝没想到萧天随着她落了下来。过了片刻，明筝这才看清，她面前站着三匹马。萧天一把拉起她，看了看她的腿，问道："没事吧，你不是挺能爬树的吗？"

"谁没有失手的时候？"明筝狼狈地揉了揉膝盖，不好意思地问道，"都怨我，这可怎么上去呀？"

"既然进来了，便不能空着手回去。"萧天低声说着，隐在马厩的石槽内向外查看。

"萧大哥，这里既是马厩，那咱们便是掉进了第二进院子了？"明筝向前走了两步，手伸到木栅门，刚要去推门，被萧天一把拉回来。

与此同时，一队家丁从回廊走过来，其中一个家丁手提一盏宫灯在前面照着路，昏黄的烛光照亮了那一队家丁，他们皆是身穿甲胄，腰佩宝刀，有十几个人，其中打头的那人眉眼有些熟悉。

黑暗中明筝一眼便认出来："是孙启远。"萧天一把捂住明筝的嘴，在她耳边"嘘"了一声，示意她不要说话，两人蹲下身，藏进石槽下面。

清亮的月光下，孙启远一身甲胄领着一队家丁走过来，他走到一排马厩前，嘟囔了一句："这些马真他妈的精神，老子都困成这样了，瞧瞧它们。"

"头儿，马可不就这样嘛，要不怎么能日行千里呢？"其中一个随从对孙启远说道。

"几更了？"孙启远问道。

"听见才敲过二更。"

"好，再守一个更便交值了。"孙启远回过头，对身后的队伍大声道，"都精神着点，瞪大眼睛。"

一队人沿着中间碎石小径向里面走去，再往前便是一幢雕梁画栋、吊着飞檐的三层木楼。月光下可以看见一个匾额，上书"藏书阁"三字。这队家丁走到藏书阁

狐王令（上）

前,绕着楼走去,渐渐消失在木楼后面。

明筝看那队家丁走远,从石槽里抬起头,刚要站起身,便被萧天再次拉下,"别动,有人来了。"

明筝一惊,目光从石槽的上面向院中查看。只见从屋脊上飞身跳到院中一人。此人一身夜行衣,头蒙黑色面巾,身形敏捷诡异,身后背着长剑。他机警地落到院中,蹲地查看片刻,便向一旁的马厩跑来。

萧天迅速拉明筝躲到石槽下面,明筝低声问道:"这个贼不会是来偷马的吧?"萧天并不答话,过了片刻,蒙面人并没有走进马厩,却听见屋顶"咔嚓"作响,片刻后响声消失。

萧天拧着眉头,抬起头看见蒙面人已离开这边的马厩,向对面的马厩跑去,萧天很是不解地小声嘟囔:"宁骑城在干什么?"

明筝一听,身子一僵,瞪大眼睛问道:"蒙面人是宁骑城?"

"不是他是谁?"萧天说着,从石槽里出来,站起身紧紧盯住蒙面人。蒙面人跑到对面的马厩前,跃上房顶,从背上取下一个背囊,在房顶似是撒了些什么东西。"那是什么?"萧天一惊,"他在干什么?"

片刻后,蒙面人匆匆向院里几间房子走去,同样是跃上房顶,在做着同样的动作。这次明筝也看得清清楚楚:"萧大哥,他在干什么?"

此时,蒙面人从房顶跳下来,向藏书阁跑去。月光下,蒙面人身法诡异地从树杈上飞跃到藏书阁飞檐上,做着相同的动作。蒙面人的诡异身法让默默观看的萧天和明筝交换个眼色,两人同时点点头,都在心里再次确认,确实是宁骑城。

蒙面人在藏书阁的屋檐上,盘旋了一盏茶工夫,飞身跃下,从一个格窗跳进楼内。

萧天立刻起身,附在明筝耳边说道:"宁骑城去的地方便是藏银地,我必须跟上他,你不可乱动,宁骑城耳目极灵,万一被发现,前功尽弃。"萧天目光严峻地盯着明筝,眼神里满是不容置疑的威严。明筝身不由己打了个冷战,突然发现萧天冷酷起来也足以使人胆寒,他平日纵容明筝惯了,在此生死关头,来不得半点差错。明筝从萧天的眼神里看到了危机,哪里还会有半点顽皮,急忙老实地点点头。她知道萧天不是吓唬她,她不是没跟宁骑城较量过。

萧天沿着马厩前的暗影,飞快地向藏书阁跑去,不多时便消失在暗夜里。明筝只好隐在马厩里,伴在几匹马之间,默默等待。

足足有一炷香工夫,蒙面人从那个格窗翻出来,跃到一旁屋脊上。与此同时,孙启远领着那队家丁从后面走过来,走过藏书阁,在藏书阁转了一圈,几个家丁还说着话:"回去交值了。"

这队家丁沿着碎石小径走后,蒙面人从屋顶跳下来,几乎就是掐着时辰,分秒不差。蒙面人身形冷静地大大咧咧地从碎石小径走到游廊,再从游廊翻到围墙上,便消失在黑夜里。

不多时,另一个黑影向这里飞奔而来。明筝走出马厩,迎着萧天跑过来:"萧大哥,你看到银库了?"

"先弄清一个问题,刚才宁骑城跳上屋顶干什么。"萧天说着,一个飞跃跳到马厩的屋顶上,发现屋顶只压了稀稀拉拉一层瓦,怪不得刚才明筝会掉下来,瓦下面是厚厚的稻草。萧天在瓦上摸到一些粉尘,白色的,放在鼻下,有些刺鼻的味道。他略一沉思,眼前一亮,起身迅速跳下房顶。

"萧大哥,你发现了什么?"明筝问道。

萧天拉着明筝走到暗影里,伸出手让明筝看:"你看这是什么?"

明筝掰着萧天的手,除了有些灰,没发现什么:"这……没什么呀。"

"磷粉。"萧天眼神闪亮地说道。

"哦,磷粉?"明筝诧异地摸着萧天手上的粉末,本以为是灰尘呢,便问道,"宁骑城这是要干什么?"

"磷粉,见火星便着,"萧天看了眼两边的马厩和远处树荫里的藏书阁,压低声音道,"若我推测得不错,这便与他们明日的行动有关,必是趁起火大乱时下手,这样一切难题迎刃而解,你想,起火后定有水车前来灭火,那水车的体积,多少银子也装得下。"

明筝这才恍然大悟:"好机巧的计谋啊。"

"萧大哥,咱们快回去吧,把这个消息告诉大家。"

"不急,咱们还没有见到银库呢。"萧天眼睛盯住藏书阁,"刚才我看见宁骑城走进一个石壁里,走,咱们也进去看看。"

萧天和明筝迅速走到那个格窗前,格窗没有扣死,一推便开了。两人先后跳进去,里面的布局是一个很普通的藏书楼。萧天领着明筝直接走到这层楼后面,一个普通的石壁前,石壁上刻着一些古人劝人读书的诗文,什么书山有路勤为径等等。萧天指着石壁道:"若不是亲眼看见,谁会想到这个石壁便是机关所在。"

"这个石壁?"明筝盯着石壁看,"你看见宁骑城动这个石壁了?"

"不是动,我看见他走进去了。"萧天道。

明筝看着这面黑乎乎的石壁,问道:"萧大哥,有火折吗?我想看一眼。"

萧天看看明筝,问道:"这个石壁可是有何玄机吗?"萧天知道明筝熟读《天门山录》,便是比一般人而言多出很多见识。

"不错,你说宁骑城进入石壁,我便心里有底了。"明筝一笑道,"见石壁皆可归入八卦门。"明筝狡黠地眨下眼,说道,"这是《天门山录》中的一句话,书中记载,十大帮派之一的八卦门,是奇门遁甲之祖,善于纵地设阵,此门设置机关无人能破,只有此门长老能破。八卦门设置密室入口皆是一面石壁。"

萧天低头思忖片刻,突然抬起头说道:"三年前,宁骑城曾追杀过八卦门,当时在江湖上也曾有传言,说是此门一位长老被锦衣卫带走……难道是八卦门帮王振设置的密室?要破此门难道还要请八卦门?"

"远在天边,近在眼前。"明筝得意地一笑道,"你如何把我给忘了?"

"你有破解之法?"萧天又惊又喜地问道,"难道《天门山录》上有破解之法?"

明筝点点头,面带疑虑地说道:"既然宁骑城能进去,我想他必是从书中得到的解法,但是……"明筝盯着石壁,此时萧天已从怀里取出火折,就近找到一个烛台,点亮后叮嘱道:"只有眨眼工夫,便要灭掉,你仔细看。"

烛台被萧天举到石壁前,片刻后便被灭掉。

"《天门山录》上是罗列了石壁的破解之法,但是却要去选择。"明筝说道,"破解之法分为三级,一级里有八个走势,要在八中选一;八个走势里又分八层,再次八选一,方可开启石壁。"

"如此复杂?"萧天听后,额头出了层冷汗。

"对,每一步都不能出错,一旦出错,前功尽弃。"明筝道,"此门皆是按八卦图所构,你若熟悉八卦运势,便好办多了。萧大哥,若你是那位八卦门长老,你会把此门设置成三级中哪一级?"

"若是我被宁骑城绑来为他们修银库,"萧天抱臂沉思,片刻后指着石壁道,"我不想让他们如愿呀,必是最低一级。"

"我同意。"明筝笑着点点头,道,"三级中分日、月、易三级。日代表阳,月代表阴,易代表周易。日是最高级别,月则次之,易是最低级。若是选择易级,则按周易测字运行。再看八个走势,乾、坤、艮、兑、震、巽、坎、离八势,代表天、地、山、泽、雷、风、水、火。它们在八卦中的位置是乾三连、坤六断、震仰盂、艮覆碗、离中虚、坎中满、兑上缺、巽下断。"明筝说着,伸手在石壁上比画着,回头看着萧天问道,"选哪里?"

"这……"萧天对八卦和周易这些玄之又玄的玄学知之甚少，此次听明筝如此一说，脑袋里早已是一团糨糊。

"还帮主呢。"明筝白了他一眼，站在石壁前喃喃自语，嘴里吐出的字符既古怪又陌生，萧天站在一旁看着，干着急帮不上忙。只见明筝一边默念口诀，一边伸手掐指算数。

夜已深，从大格窗射进的月光均匀地洒在明筝的脸上，可以看见她额头上豆大的汗珠，萧天有心想替她擦汗，又怕打断她思路，只能眼巴巴看着她。

足足有一炷香的工夫，明筝突然深吸一口气，一屁股坐到地板上。萧天吓了一跳，急忙蹲下问道："明筝，可破得了吗？"

"太费脑子了，"明筝气恼地瞪着石壁，"八卦门的人简直不是人，气死我了。"

"破不了，算了，反正咱们也知道藏银地便是这里，大不了明日炸了它。"萧天安慰她道。

"算出来了。"明筝挑眉头一笑道，"我说你去开。"

"啊！"萧天愣怔住，不敢多言，又不知道该如何做，傻乎乎地看着明筝。

"萧大哥，你笨死了。"明筝笑着站起身，走到石壁面前，说道，"八卦门的石壁难破在，它看上去就是一面光滑的石壁，你无处下手。其实都在面上，按六十四卦，算了，我说你也不会明白，我叫你做什么，你只管做吧。"明筝说着手扶石壁，一只手在石壁上游走，终于停在一个位置上，她扭头叫道，"萧大哥，手按住这个位置。"

萧天伸手过来，"哪里？"他着急地问道。

明筝用另一只手抓住他的手放到自己手背上，萧天温暖的大手掌一下盖住她的手，她不禁心下一颤，脸上火烧火燎地发烫，萧天的手也跟着颤了一下。此时两人靠得很近，可以听见对方急促的呼吸声，明筝感到空气都在瞬间凝固了，她急忙把自己的手缩回去，飞快地说道："往下，用力。"

萧天头"嗡嗡"直响，全然没有了反应能力，结结巴巴地问："什么？"

明筝一看他可笑的样子，只能亲自动手了，便一只手按住他的手，道："用力，往下按。"

光洁的石壁在他们掌心凹进一个圆孔，萧天这才恍然明白过来，他用力按下去。明筝的手掌在石壁上游走，又停在另一个位置上，这次萧天很快跟上来，按下去，又出现一个圆孔。明筝继续在石壁上寻找，不多时，在石壁上出现八个圆孔。

明筝长出一口气，指着最下面的一个圆孔对萧天道："最下面的圆孔下对应有一块凸起的石板，你的力气可以打开，看里面有没有一个八卦盘，若有按逆时针转一圈。"

萧天立刻俯身到最下面的圆孔,用力按下去,下面有块石板弹出,掀开石板,里面果真有一个八卦盘,他照明筝所言逆时针转了一圈,只听一阵"嗡嗡"的响声,面前的石壁沿着那八个圆孔,渐渐分成两半,面前出现一个足有六尺宽的缝隙。

"石壁破了,太好了。"萧天兴奋地抓住明筝的手惊喜地说道。

"火折子。"明筝好奇地盯着黑乎乎的洞口,有些诧异,"不该呀……"

萧天急忙从地下捡起扔掉的烛台,衣襟里又取出一只火折,想走进洞里再燃,他往缝隙里踏进一脚后便愣住了,这哪里是洞口,他的脚又触到了另一层石壁。萧天头上冒出大颗的汗珠,他紧张地回头看着明筝,尽量轻声地提醒她:"明筝,还有一层石壁。"明筝听出萧天嗓音中的战栗,很坦然地站在原地,对萧天道:"你点亮烛台,让我看一眼第二层石壁的全貌。"

"明筝,巡更的家丁估计要过来了。"萧天说着,燃了火折点亮烛台,高高举起来。烛光亮起的片刻,他俩都被眼前所看见的第二层石壁所震住,他张着嘴半天没有合上。昏黄的烛光下,这第二层石壁宛如天上银河般分布着大大小小或细若拇指或粗若碗口般的石钮。

远处传来沉重的脚步声……

萧天急忙灭了烛台,塞进衣襟里,伸手拉住明筝,明筝抬脚走进石壁的瞬间,外层石壁"嗡嗡"几声,渐渐合上。

里面一片漆黑,明筝环顾左右,很是诧异:"《天门山录》中记载,八卦门设置的机关一般都是双石壁,但是第二层石壁是虚设的,难道……难道这次他们设了双机关?"

"或许,有这个可能。"萧天伸手摸着石壁上密密麻麻的石钮,心里一片忐忑。

两层石壁中间,只有一个人的距离。明筝上下牙打着战,几乎站立不住,她靠向萧天,一只手抓住萧天的手臂,用虚弱得几乎听不见的声音说道:"萧大哥,我若是说我不知道接下来该如何做,你会怨恨我吗?"

萧天抓住明筝的手臂,感到她身体的颤抖,他猛地意识到事态的严重,若解不开这层石壁,他们便被死死困在这里。本来他们便是不可为而为之,他没有理由埋怨明筝,此时明筝已经慌了,他绝不能再慌,他必须镇定。

萧天拉住明筝,故作轻松地道:"不用怕,最坏便是等到明日,宁骑城给咱们开石壁。他打开后看见咱俩,还不吓个半死,我一剑便可了结了他,这叫因祸得福。"

明筝"扑哧"一声笑出来,显然放松了许多。她紧紧靠着萧天,哽咽道:"我可不想死，我还没有和你成亲呢。"明筝感到萧天脊背一僵，一双结实的臂膀慢慢环抱住她，黑暗中看不见彼此，却听得见彼此的心跳，俩人感到从未如此接近过，这么亲密无间，仿佛这世上再也没有什么可以分开两人。

"明筝，若有一天我负了你……"萧天轻声问道。

"你不会。"明筝打断他，"咯咯"笑了几声，"若有那一天，便是你我绝别之日。"明筝说完抬起头，黑暗中虽看不清萧天的脸，却感到他僵直的身体靠在石壁上，明筝踮起脚尖，把脸凑到那团温热的气息前，轻轻凑上去，明筝的唇触到一片湿漉漉的皮肤，像是萧天的面孔，明筝一愣。突然，一团热气扑过来，把她紧紧包裹住，那团热气温暖柔软，几乎要把她整个人融化掉。明筝感到身体悬了起来，似是跌进一个黑暗的漩涡中，耳边只听见一个暗哑的声音："明筝，你记住，以后不管发生何事，你是我萧天爱过的唯一的女人。"

"萧大哥……"明筝刚动了下嘴唇，便被一股热气堵住。明筝这才发现他们不知何时已倒在地上，突然，石壁的下面发出"嗡嗡"声，原来两人的脚蹬住石壁下方。两人都听见了这种声响，萧天机警地坐起来，他一把拉住明筝。刚才还在命悬一线中盘桓，片刻后便出现转机，两个人又惊又喜，也顾不上细思量刚才的亲密举动，呼呼喘着粗气对望了一眼。

"你再蹬石壁下方。"明筝叫道，"点上烛台。"

萧天抬脚便蹬，石壁下面慢慢松动。萧天急忙从衣襟里取出烛台，点燃。他俩这才看清，这层石壁以中间为轴心，像书页般翻开了，露出一人宽的洞口。没想到他俩竟然误打误撞打开了这层石壁。

萧天惊喜地回头看着明筝，烛光下明筝笑得很灿烂。萧天道："老天不负苦心人啊，走，进去看看。"

明筝抬脚迈进去，身体却被萧天拉住："别急，我先进，看里面有没有暗器。"萧天说着，跨进去，举着烛台向里面看。

里面是一条最普通不过的密道，有十几级台阶，通到地下。原来银库是修在地下的。萧天举着烛台，查看着下方，俩人走下十几级台阶后，前方又是一面石壁，明筝惊叫起来："啊，还有石壁？不可能呀，只有'日'级才会有三层石壁。"

萧天举着烛台往后看，看到身后台阶处有一片空地。他走到台阶一侧，忙叫住明筝："这里像是一个门。"说着，便去推。只听"吱"一声，这层台阶下的石板开了。

"里面隐约有光亮，难道有人？"萧天闪身走进去，明筝也紧跟上来，里面是一条一人宽的走道。"这个位置……应该在藏书阁的下面。"萧天道。

前方有光亮,萧天急忙捂灭手中烛台,塞进衣襟里。萧天拉着明筝的手,俩人放轻脚步,悄悄前行。光亮在走道尽头,俩人贴着墙壁,走到尽头,光亮是从一扇小窗里透出来的,小窗一旁是一扇木门,萧天跃身到小窗上,双手扒住窗台,看了看,跳下来对明筝道:"里面没人。"

萧天推开木门,明筝跟着探出头,不由发出一声惊叫。

这是一间正方形的地下室,应该正好在藏书阁的下面。四周皆是石壁,中间放着一张八仙桌,座上有两盏长明灯,四周全是一个个楠木大箱子,有的箱子满当当的合不上,金元宝和银元宝堆在上面,地下也有。

明筝惊得半天说不出话。萧天走到方桌前,看到桌面上放着一个黄金锻造的金盒子,不由好奇地打开,翻看起来,片刻后忙合上。明筝看萧天神情古怪,好奇地伸手去抓金盒子,被萧天拦住,明筝更好奇了,上去便夺过来,萧天有些尴尬:"你不能看。"

"我要看,什么宝贝?"明筝不由分说便打开了。

金盒子里散发着扑鼻的石灰粉味,盒子里铺着厚厚一层石灰,上面有两个红布包,还有一个破旧的信笺用红绳系着。明筝拿起一个红布包,被萧天一把夺过来,说道:"你要看的话,我先告诉你这是何物,你再看。"

萧天解开那个信笺的红绳,看了一眼,说道:"果然如此,这是王振的净身契约,红包里是他身上的物件。对于一个太监来说,赎回自己的身上物,是尤为重要的一件事,让它随身下葬,否则不能进祖坟。"

明筝闻听后退了一步,脸上现出受惊后的潮红,她怒道:"王振这个阉人,害了那么多人,不能让他入祖坟,咱把他的东西烧了吧。"

萧天一笑,一把按住明筝道:"说到底,别看他如今权倾朝野,金银满屋,不过是个废人,给他留下吧。免得他下辈子人不人鬼不鬼,希望他死后能托生成健全之人。"

明筝气哼哼地说道:"那便把他这一屋子银子全搬到灾区去。"

萧天环视着四周,为难地说道:"能搬多少便搬多少吧。"

萧天说完,拉着明筝便向外走,一边走一边说:"银库也看过了,现如今还有一件要事要办。"

"还有何事?"明筝问道。

"连夜去通知赵源杰,让他明日一定盯住来灭火的水车。"萧天说着,拉着明筝向走道走去。

狐王令 (上)

四

八月初一一早，辰时未到，天还没有全亮，鑫福通侧门前便跑来一个人，冲门外的两个家丁说要见孙启远，是远方亲戚。

一个家丁打着哈欠跑回门口耳房，推开门一看，孙启远正躺在炕上呼呼大睡。家丁推醒孙启远说道："一个人在门外说是你的亲戚，要见你。"

"老子刚躺下，狗屁亲戚……"孙启远翻了个身，张嘴打了个哈欠，问道，"男的，女的？"

"是个独臂男人，好像还受了伤，头上缠着绷带。"家丁说道。

孙启远听到"独臂"两字，立刻坐了起来。他一双老鼠眼狐疑地瞪了家丁一眼，翻身下床，骂骂咧咧地披上外袍跑出去。

孙启远从侧门走出去，便看见石阶下蹲着一个衣着褴褛的男人，孙启远下了几级台阶，拍了下那人的肩："陈四。"

陈四抬起头看见孙启远，立刻站了起来："孙百户，你带我去见高公公，我有大事要回禀。"

"我说陈四，我哪还是百户呀，早被撸了。"孙启远看着陈四的惨样，啧啧两声，说道，"你小子如何混成这样，像是城外逃荒的，你这样如何去见高公公？"

"我是死里逃生，活着便已万幸。"陈四沉着脸眼睛血红地说道，他凑近孙启远，压低了声音，"我发现一个天大的秘密，定要宁骑城那小子万劫不复。"

孙启远一听此言，眼里一亮。要论对宁骑城的恨，他不比陈四少，要不是为宁骑城背黑锅，他如何会落到给人看家护院的地步，他以前可是堂堂东厂百户。孙启远盯着陈四道："证据确凿吗？"

"是高公公让我盯着他，"陈四伸手比画了下，"我不折不扣盯了他三个月。"

"好，我带你进去换件衣服，然后带你进宫。我有高公公给的东厂腰牌。"孙启远说着，领着陈四走进角门。

一盏茶工夫，孙启远带着更换了衣裳的陈四，悄悄出了鑫福通侧门。临走时孙启远交代几个家丁，不可松懈，他很快便回来。

孙启远走后不久，本来晴朗的天空，渐渐阴云密布。山阳街上一些挑担行走的小贩紧着收拾摊子，寻思着去躲雨。只有沿街歇脚的拾荒人仰脸望着天空，这里面

狐王令（上）

夹杂了不少外来的灾民。自春夏以来，便很少下雨，大家看见乌云便兴奋不已。

阴云在京城的天空扎堆了半个时辰，却被一阵风吹散了，太阳露出它不屑的面容，大地便又火烧火燎地热起来，街上也恢复了往日的喧嚣。

这时，自西头行过来一列马队，看装束便能认出是蒙古使团。马上之人皆身穿各色蒙古绸袍，脚蹬毡靴，腰佩弯刀、火镰，还有各色鼻烟盒、玉佩等物件，总之腰间挂了一堆零碎，显示着主人的富有。

为首之人一边驱马前行，一边左右查看街道两边的店铺。这时身后一匹马凑到跟前，马上之人压低声音道："庆格尔泰，这些汉字你认得全吗？咱们可是去鑫福通钱庄。"

庆格尔泰此时皱着眉头，搓着下巴上一撮花白胡子，一脸无奈和扫兴："帮主非选我来扮什么使团，这件袍子我穿着难受。"他眯眼看着一旁店铺上的匾额，叫道，"汉人的字看起来都一个熊样，谁分得清？"

"摸错地方可是要坏大事。"说话的是黑鹰帮五大金刚之四叫特木尔，特木尔又高又瘦，人称鬼头精。

庆格尔泰不屑地撇了下嘴，说道："我虽不认得汉字，但认得钱庄。"

"钱庄啥样？"特木尔问道。

"你见过汉人的算盘吗？"庆格尔泰看见把特木尔问住了，不由得意地仰起下巴，说道，"那家伙神了，不管你多大的买卖，几千匹马还是几千张皮货，只要在上面噼里啪啦一扒拉，它便能立刻告诉你卖了多少银子多少铜钱，太神了，所以有算盘的地方就是钱庄，走吧！"

说话间来到一家铺面前，庆格尔泰勒住马，眼睛盯住铺面里立着的一个一人高的红木大算盘，他笑着指着那里道："这便是算盘，走，去看看。"

"庆格尔泰老爹，不是这里。"队伍里跑出来一匹马，马上坐着一位姑娘，正是和古帖，她驱马赶到庆格尔泰面前说道，"帮主知道你们对这里不熟，让我给你们带路。"

"这……不是钱庄？"庆格尔泰瞪大眼睛问道。

"是，这也是钱庄，你看匾额上写着日日顺，不是咱们要去的钱庄。"和古帖耐心地解释。

庆格尔泰闹了个大红脸，特木尔在一旁大笑。和古帖驱马走到前面，免得他们再出错。

和古帖驱马向前，在一片青石台阶前停下。青石台阶上三间普通的格窗门面，门头上悬挂着黑底鎏金牌匾，上书"鑫福通"三字。庆格尔泰盯着那三个密密麻麻的字，又问了一遍："丫头，你没弄错吧？"

"庆格尔泰老爹，你放心吧，就是这里。"和古帖说道。

庆格尔泰和特木尔对视一眼，交换了个眼色，庆格尔泰交代众人在这里待命，他带着和古帖和特木尔大步走向青石台阶。

一个钱庄伙计看见走进来三个蒙古人，不敢怠慢，急忙迎上前行礼道："远道而来的客人，里面请。"

"掌柜的在吗？"庆格尔泰说着不太流利的汉语。

"在。"伙计问道，"请问贵客来此是兑换还是铸银？"

"兑换铜钱。"庆格尔泰大大咧咧地说着，特木尔把背后的一个皮囊扔到地上，说道，"这一袋碎银，足有五百两，兑成铜钱。"

小伙计颇有些诧异地望着三位蒙古人。以前也有蒙古人登门，都是把碎银子铸成元宝，便于携带。可这三人却要把碎银兑换成铜钱，真是奇怪。他们这里的动静早已被当日的执事看见，执事走过来，向小伙计使了个眼色，意思是照办。

但要兑换这么多银子，显然柜台上人手不够。执事又从后面叫来几个伙计。在三个蒙古人的注视下，伙计们拿来秤开始称碎银。皮袋里的碎银，在秤上放一次，便有一个伙计看秤，一个伙计唱斤两，一个伙计在算盘上计数，一个伙计在账簿上记账，整个大厅忙得不亦乐乎，把三个蒙古人看得瞠目结舌。

正在这时，突然听见街上"噼里啪啦"鞭炮的巨响，响声扰乱了这里的次序，记账的听不见唱的两数，不一会儿便乱了套，庆格尔泰叉着腰大喊："错了，全错了，莫非你们要趁机窃我的银子。"特木尔也在一旁起哄。

执事皱着眉头，派一个伙计去街上查看。不一会儿，伙计跑回来，说道："是隔壁米行，改成绸缎庄了，今日开业，做成了几笔大生意，刚刚拉走了几大车货，一个个大箱子，你听，又放开了。"

这时，一个家丁从后堂跑过来，看见执事大喊："执事老爷，不好了，后院走水了，你快去瞧瞧吧。"

执事一听，吓得浑身一颤，丢下手中的账册，带着几个伙计向后院跑去。庆格尔泰向特木尔使了眼色，两人一起挡住执事和众伙计的路，大叫道："你们不能走，你们走了，我们的银子怎么办？"

"三位老板，少安毋躁，我看看便回来。"执事好言说道。

"不行，你这一走，我的银子若是少了，我找谁去？"庆格尔泰横在他们面前。

狐王令（上）

几个伙计一看，这不是明显来找碴儿的吗？其中一个伙计，便推了庆格尔泰一把，特木尔正等着出手的机会呢，一看那个伙计动手，便向伙计打过来，两个人顿时扭打到一处。

伙计哪里是特木尔的对手，很快便被打得鼻青脸肿，其他伙计气不过，纷纷围上来，加入扭打的队伍，大堂上一片混乱，执事拍着柜台，声嘶力竭地喊着："住手，别打了！"

此时鑫福通的侧门，也乱成一锅粥。家丁的头目孙启远一早出门，还没有回来，其他家丁像无头苍蝇般乱转。院里突然着火，股股浓烟从第二进院里冒出来，不时听见马匹的嘶鸣声。他们干瞪着眼瞅着，不能离开门岗去救火，只能待在这里干着急。

从巷子里驶过来一辆运水车，车上坐着四个火甲，他们穿着厚重的防火盔甲，车上放置着水桶、绳钩、梯子等物，运水车停到门口。门前守卫的家丁看见运水车和火甲很是诧异。

"怎么又来一辆运水车，喂，你们是哪个衙门的？"一个家丁问道。

家丁的话显然让坐在车上的几人很震惊，乞颜烈拉下护面，露出满脸虬髯，粗声粗气地问道："小哥，难道刚才已有水车火甲进去？"

"你们回吧，里面已有人灭火了。"那个家丁说道。

"我们也是接到指令前来灭火的，快把门打开。"乞颜烈说着，目光狐疑地望向院里，只见一些黑烟从院里飘出来，已不见明火，看来火势已被控制住，不由心生诧异。身边的查干巴拉有些耐不住性子，从车上跳下来，一把抓住那个家丁领口，吼道："快开门！"

其他几个守门的家丁见势忙拔刀，他们看着这几个火甲面容狰狞，行迹疑点很多。其中一个家丁怒道："好大胆，敢在鑫福通门前撒野。"

乞颜烈急忙制止查干巴拉，跑到几个家丁前好言相劝："我们前来灭火，你们不让进门是何道理？"

"我怀疑你们是冒充的，"那个家丁手指着院内，"已经来了一辆水车，还有四五个火甲。"

"你说我们是冒充的有何凭证？"赛罕一只手抖着绳索，一只手便要去腰间摸刀。

乞颜烈上前按住赛罕拔刀的手，问道："那辆水车是何时进去的？"

"半个时辰前。"家丁不耐烦地说道，"你们回吧，不然，我们便不客气了。"

乞颜烈紧皱眉头，心里莫名地慌乱起来，他预感到哪里出了差错，又一时理不出头绪。正在他犹豫思忖之际，赛罕和查干巴拉驾着水车向大门冲去，四个家丁见状，纷纷拔出刀冲过来。

正在相持不下之际，从巷口突然冲出来几匹马，马上之人皆是捕快的打扮。一匹马打头冲到这里，大喊："住手，什么人在这里肆意闹事？"说话的正是赵源杰，赵源杰一身官服，威严地翻身下马走到众人面前。

几个家丁一看赵源杰的官服打扮认出是刑部的人，胆子便壮起来，一个家丁忙施礼道："大人，这帮火甲很是可疑，非要进院子，大人，你也知道，我们是钱庄，一般人等是不能随便进来的。"

"大人，我们是接到他们主家报案，赶来灭火，这几个人狗眼看人低非说我们是冒充火甲。"乞颜烈说着，眼角的余光飞快地瞟了眼马上那几个捕快，心里不由暗自叫苦，今日真是出师不利，形势不妙。

赵源杰走到乞颜烈面前，沉着脸，上下打量他，说道："是不是冒充火甲，衙门里说去，跟我们走吧。"赵源杰一挥手，马上五个捕快翻身下马，向几个火甲围过来。

与此同时，远处传来一声烈马的嘶鸣声，接着疾驰而来一队人马。门口几个家丁一看是锦衣卫顿时蒙了，刚来了一拨刑部的人，这锦衣卫怎么也来了。只见打头之人正是宁骑城，他连朝服都未换下，一身飞鱼朝服很是亮眼，看来是从宫里直奔而来。

由于一路狂奔，宁骑城的脸色更加阴鸷和惨白，他冲守卫的家丁呵斥道："为何不让水车火甲进入，出了乱子，你们担当得起吗？"

几个家丁顿时缩了脖子退了回去，迫于锦衣卫的威名，他们不敢冒犯。宁骑城回头盯住了赵源杰，似笑非笑地抱拳道："这不是赵大人吗？你也是赶过来查看火势的？"

"宁大人，"赵源杰一拱手道，"我是追捕案犯路过此地，忽听闻此处走水，过来看看。"

"哦，赵大人你追捕案犯为重，这里有我呢，你请吧。"宁骑城很委婉地想撵赵源杰。

赵源杰抬头看了眼远处，点点头道："我看火势已灭，那我便办案去了。"赵源杰说着，翻身上马，他身后几个捕快也跟着上马，一队人马向街上疾驰而去。

几个家丁见有锦衣卫在此，也放下心，遂打开侧门，放水车进去。宁骑城对身后的卫队吩咐道："你们先回府，我进去看看火势。"他身后的卫队，一个个掉转马头先行回府了。

一进到院里，宁骑城便拉下脸怒道："义父，为何不听我的，提前放火？"

乞颜烈一愣，眼里喷出火星："火不是我们放的，我看时辰不到一直候在巷尾，照你的吩咐，赛罕背着箭囊，里面是十五支火箭，现在箭囊还在水车里。我们是看见黑烟才跑过来，我还以为是你动的手脚，这到底是怎么回事呀？那几个看门的非说半个时辰前进去一辆水车，还有四五个火甲。"

宁骑城一听此言，心里"咯噔"一下，拧起眉头，叫道："快跟我去银库。"他催马向前，水车紧跟其后。

前院里一些家丁和后院的女人也跑来端水盆灭火，前院火势基本已灭。他们直接赶到二门的垂花门，里面依然浓烟滚滚，马厩里的马受惊，在院子里四处奔跑，院子里一片狼藉。

院子里并没有看见水车和火甲。宁骑城和乞颜烈四目相视，宁骑城咬着牙说道："进去看看，便清楚了。"

藏书阁的大门大开着，宁骑城一踏进去，便看见七八个家丁被捆绑成一串拴在廊柱上。宁骑城和乞颜烈面面相觑。宁骑城大步走过去，从其中一个家丁嘴里拔出堵在嘴里的草绳，问道："快说，怎么回事？"

"是一帮蒙古人干的。"家丁喊叫起来，"救命呀！"

"蒙古人？你如何知道是蒙古人？"乞颜烈怒道。

"他们都穿着蒙古人的袍子。"家丁喊道，"他们搬走了银子，快放我们出去吧。"

乞颜烈不等他说完，便一刀挑了他，血溅了一地，其他的家丁吓得趴到地上，浑身发抖。

"一个也不能留。"乞颜烈怒道，举刀大开杀戒。

宁骑城抛下乞颜烈向石壁跑去，等乞颜烈跟过来，却看见宁骑城呆呆地伫立在石壁前发愣。石壁已开，锯齿般裂开六尺宽的口子。

宁骑城面色严峻地望着乞颜烈："义父，撤吧。"

"为何？"乞颜烈瞪着宁骑城。

"咱们被人利用了，"宁骑城面色阴沉地盯着洞口，拧着眉头道，"若此时不走，恐怕要替人背黑锅。"

"混蛋，那岂不是白忙活了？如此周密的计划，如何落到这个地步，真是气死我了。"乞颜烈此时气红了眼，叫道，"你不是说，这银库机关没人能破吗？"

"有一个人能破。"宁骑城咬住下唇哑着嗓音说道，他此时才想到明筝，只有她有这个能力，《天门山录》她熟读能诵，破解之法便在书中。他怒火冲天地一拳击到一旁石壁上，石壁纹丝不动，他的手背已血肉模糊。

"这么说是有人走在咱们前面，他们能把银库搬空？"

"银库藏银之多，岂是几个人便可搬空？"

"既来之，便不能空手回，你快走吧。"乞颜烈推开宁骑城，"再晚恐对你不利。"

宁骑城看乞颜烈主意已定，也不再强求，他转过身，突然又回头道："义父，让赛罕把那十五支火箭射出去，给院子里的人找点事干，好给你赢点时间。还有，不要留下把柄。"

乞颜烈点点头，他迅速向院里跑去，叫来他的人，简单布置了一下，赛罕跑到水车里去取箭囊，其他几个人跟着乞颜烈跑向藏书阁。

宁骑城走出藏书阁，却不见自己的马，他走到马厩前，发现院子里马少了不少，宁骑城正奇怪，看见又有几匹马跑进中间的马厩里，其他马厩房顶冒着黑烟，只有这片屋顶没有起火。他跟着跑过去，这才发现马厩的后墙倒塌一片，几匹马跑了出去。

宁骑城看见脚下有重物碾压的痕迹，像是马车的车辙。宁骑城铁青着脸盯着脚下，车辙印在草料和粪便间清晰可见，他瞬间便明白，这坍塌的墙体便是那些人出走的路线。

他拧着眉头，恨得双手握拳，左手手背上刚凝结的伤口又挣破出血，血一滴滴滴到草料上。自己精心谋划了多日的行动没想到败得如此惨，不仅如此，弄不好还要把自己也搭进去。他知道自己的对手是谁，却毫无办法。

他转身往回跑，看见院里背着箭囊正往右侧几间房屋上射火箭的赛罕，告诉他马厩这边有出口，让他叫乞颜烈适可而止，速战速决。说完这些话，他转身跑到马厩，从那个出口跑到小巷，找到自己的马，翻身上马，急忙离开这个是非之地。

五

孙启远从宫里回来，便听见街上行人议论："出大事了，听说一个钱庄被火烧了半个院子。""是失火还是遭抢劫呀？""这谁说得准。""如今城里四处是灾民，保不

狐王令(上)

齐是他们干的。"

　　一个银号被烧了？他没有在意，想到鑫福通前前后后府丁伙计无数，这种倒霉事无论如何不会轮到他头上。但是当他走到近处，抬头看见鑫福通上空熊熊的火焰，便傻眼了。

　　一些街坊拿着自家的家什，端盆提桶地跑过来，有人大喊："快些救火吧，不然烧到俺们家了……"大伙向里面跑去。孙启远魂都吓飞了，大骂今年这么倒霉，好事没遇到一样，倒霉事一桩接一桩。

　　孙启远在门口留下两人，领着几个家丁冲到院里。正碰见柜上的执事，执事浑身是水，他叫住孙启远大喊："火势这么大，为何不报官，叫水车和火甲？"

　　孙启远身后的家丁喊道："他们来了呀，进来了两拨人，两辆水车和两拨火甲。"

　　"你去看看，哪里有水车和火甲，大家灭火还要端水，"执事气得浑身乱抖，"今日倒霉透了，早上柜上来了一帮蒙古人，非要把银子兑成铜钱，像是故意找碴儿，结果在柜上大打出手。柜上一乱，后院突然失火，连藏书阁都烧起来了。这要出大事啊，孙档头，你的命看来不保了。还不快去找人呀。"

　　孙启远头"嗡嗡"直响，听说早上蒙古人来找碴儿，他心里"咯噔"一声，想到早上陈四向高公公回禀的事，心下已明白八九分，这哪里是失火，分明是有人放火，想必是报那次弓箭被缴没之仇。孙启远一阵急火攻心之后，反而镇定了，想到高公公的一句话，有人要倒霉了，这个人还真不一定是谁呢。

　　这时，离东阳街还有两个路口，慢悠悠地驶来一辆水车，似是被水箱压的，左晃右晃，艰难前行。

　　坐在车头的乞颜烈命赛罕抄近道，一路上他们走得太慢了，这辆水车装得太满了。乞颜烈一路上急得大骂："混蛋，不让你们装这么多，你们不听，看看这车跑得还没人走得快。"

　　"帮主，看见那么多银子，不拿，不是傻子吗？"赛罕哈哈大笑道。

　　"你懂个屁！"乞颜烈脸上、额头全是汗，本来这身上的火甲衣便紧，他回头问道，"那火是你们几个谁放的？"

　　"我们一起放的，这不是咱们的老规矩吗？以前跑到边塞村寨，抢过后都放把火，这叫毁尸灭迹。"查干巴拉大笑着说道。

　　"唉，一群蠢猪。"乞颜烈苦着脸直摇头。

　　"帮主，你说谁是猪？"赛罕凑过来问道。

"我，是我，成了吧。"乞颜烈连着叹了几口气。这次行动真狼狈呀！乞颜烈心里苦不堪言，抬头看见再过一个街口便到东阳街，心里稍微好受些。

这时，街角突然出现一堆人，乞颜烈一看这些人的衣着，破破烂烂的样子，知道是逃荒的灾民，便抽出腰中的鞭子向拥上来的人群抽过去，一边大喊："让开路，你们这些叫花子。"

"截住这辆车，里面有银子。"一个人大喊道，"把车砸开……"

不知从哪里跑出来这么多灾民，人们拥到车上，把几个蒙古人拉到车下，围起来便打。几个蒙古人都身负功夫，但无奈人太多，被牢牢地按住，一顿拳脚，几个蒙古人个个被打得鼻青脸肿，躺在地上动弹不得。

疯狂的人群撬开水车的车厢，里面的银元宝像水一样从车厢里流出来，流了满大街。人们兴奋地喊叫着，往各自的布袋里装。

乞颜烈趴在地上，他伤得不轻，咬牙切齿地看着抢银子的人群，想到宁骑城的那句话，气得要吐血。他向离他最近的赛罕叫了一声，赛罕瘸着腿爬过来，扶住他，问道："帮主，这些灾民哪来的呀？"

乞颜烈望着四周围过来的灾民，联想到今日种种遭遇，不由咬紧牙关道："被人算计了，撤吧。"趁着街上人群越聚越多，他们混入人群溜走了。

萧天一身短衣，混在人群里，看着那几个蒙古人狼狈逃窜，示意自己人不要再追，得有人给他们背这个黑锅。他拉低头上的斗笠站在水车旁，示意人们不要拥挤："不要挤，不要挤，每个人都有份……"一边分发银子，一边盯着四处的巷子，他旁边站着明筝，打扮成小叫花子，"没拿的快点来拿，拿了银子，快点出城，回家乡买粮买种过日子吧。"

几个白发苍苍的老人，乌黑的双手捧着闪闪放光的银元宝，向站在水车前的几个人纳头便跪，叩了几个响头，相互搀扶着走了。

萧天看到李漠帆和其他几个人穿着破旧的衣服混在灾民群里，他向他们示意出城，几个人接到指令瞬间消失在人群里。

从人群中走过来一对夫妻和一个幼女，男人正是陈文达，他眼中含泪，两鬓的白发在微风中飘动，他向萧天深施一礼道："萧公子，你的大恩大德我陈某无以回报，我回河南安顿好妻女后，再进京与君相会。"

"你还要进京赶考？"一旁的明筝诧异地问道。

"男儿当立志，赶考图功名，我也要为国为民出份力。"陈文达侃侃而言。

"老秀才，别吹了，走吧。"几个同乡在一旁催道。

狐王令（上）

"怎么是吹呢？你们一群乡野村夫，如何懂得鸿鹄之志哉？"陈文达说着，再次向萧天和明筝深施一礼，背着包袱拉着妻女和同乡一起向城门走去。

"咱们也走吧。"萧天道。

"他们估计都到城门前了。"明筝道，"赶去与他们会合。"

陈文达和众乡亲走到西直门时，已是夕阳西下，太阳的余晖洒在城墙上，把高大的城墙染成一片金黄，显得无比威严。

陈文达和众乡亲走到城门前，倒是把守城门的魏千总着实吓了一跳，只见乌泱泱一片灾民围过来，他慌得急忙跑过去。这时，自城中走来一队官兵，后面还跟着几辆大车。

魏千总抬眼仔细瞧，认出打头的是兵部侍郎于谦，便客气地上前打着招呼："于大人，你这是……"

"魏千总，老夫这次领兵换防山东。"于谦和颜悦色地说道，看了眼四周乌泱泱挤在城门前等待盘查的灾民，笑着对魏千总道，"魏千总，这么多灾民要出城，多好的事呀，你还不快些打开城门，都是穷老百姓，有啥查的？他们一走，你的压力不也轻了不少，京城岂不是也少了祸端？"

魏千总一听，真是这么回事，立刻喜笑颜开地向于谦抱拳道："还是大人看得明白，受教了。"说完，转身向盘查的官兵大喊："开城门，放行！"

于谦在马上向魏千总拱手道："魏千总，就此别过。"然后随着灾民的队伍出了城门。走出去不远，他回过头，望了眼身后的两辆大车，脸上浮起欣慰的微笑。

第二十一章　朝堂对峙

一

卯时刚过，天色未明，乾清宫里大小太监和宫女都已忙碌起来。

一个清扫的小太监伸了下懒腰，捂嘴打了个哈欠，突然瞥见一脸阴郁走到面前的司礼监掌印太监王振，吓得小太监脸色发白，慌忙跪在地上，身子不住发抖，口齿不清地道："小的该死。"

王振鼻孔里哼了一声，他历来最恨偷懒的奴才，他进宫这些年来，哪一天踏实地睡过觉，哪一天不是如履薄冰，尽心尽力地伺候皇上？

早已有小太监跑去回禀执事太监，执事太监慌不择路地奔过来，跪下向王振请安，一边大声教训偷懒的小太监。

王振眉头紧锁，不安地望了一下大殿，问道："皇上醒了吗？"

"皇上昨儿个读书晚了些，这会儿还睡着呢。"执事太监赔着十分的小心说道。

"可是在读我送过来的《太祖遗训》？"王振问道。

"正是。"执事太监躬身回道。

"那我到偏殿候着吧。"王振面色十分阴郁，低着头直接往里走去。他本不想这么早来面见皇上，但是他几乎一夜未眠，思前想后深感事态紧急，已容不得他再有丝毫闪失。

狐王令（上）

昨日，鑫福通的掌柜王福通哭着跑来见他，他这才知道鑫福通被一把火烧了，鬼才相信是失火，一定是有人盯住了钱庄。他精心打造的银库，玄而又玄的密室机关，竟然被人攻破。东厂的人赶到密室时，只看见满地狼藉，大半银箱被搬空，连……连他的金盒子……也不翼而飞。这件事对他的打击尤其沉重，他突然感觉到一股寒气向他袭来，让他如芒在背。

王福通说当日有一帮蒙古人捣乱，认定是蒙古人捣的鬼。但王振不相信那些蛮夷人能破得了他的机关，定是另有其人。能把银库搬空，而又做到神不知鬼不觉，绝非易事，定是一个组织严密的团伙。

这两日东厂的人全部撒出去，带回的消息五花八门，但有几条甚是异常，当天在鑫福通门前出现过刑部的人，有人看见刑部侍郎赵源杰带衙役出现在小巷里，还有锦衣卫指挥使宁骑城也出现在小巷里。

宁骑城当天去那里干什么？虽然他也想到是宁骑城把银库的建造者八卦门掌门生擒来的，但是只交给了王浩，并没有让宁骑城参与，宁骑城应该不知道银库的事。想到赵源杰，王振便气不打一处来，赵源杰跟于谦来往甚密，这在朝中无人不知。王振对宁骑城的不满也始于此，于谦在诏狱竟然毫发无损，这让王振一口气憋在胸中，骨鲠在喉。

联想到前些日朝中的动静，吏部尚书陈柄乙和于谦联合几个大臣上疏要皇上重新甄选赈灾官员，虽然他也乐于把这个烫手的山芋扔出去，但心里总有些隐隐不安。看来这些人是死了心要跟他过不去，他们自以为在赈灾上抓住了把柄，今日早朝定让他们知道自己的厉害，不施以重拳，不足以灭他们的气焰。

寝殿外宫女们站成一列，她们见王振走来，纷纷躬身行礼。王振走到偏殿他经常坐的软榻上坐下，早有小太监捧上盖碗茶。王振接过茶碗，心不在焉地喝起来。

直到辰时，寝殿里才有了动静。候在殿外的宫女们迤逦而入。王振已无心喝茶，匆匆地赶过去。

"先生在外面吗？还不快引进来。"

听声音皇上心情不错，帷幔内一个小宫女走过来向王振深施一礼道："先生请。"

王振躬身走进去恭敬地跪地叩头行礼："皇上，奴才听闻皇上昨个儿又读典至深夜，奴才叩请皇上，万万不可用功过度伤了龙体啊。"

朱祁镇散着一头乌发，面容皎洁红润，他接过宫女递上的漱口水，喝了一口，另一个跪在地上的宫女，急忙举起头顶上的鎏金陶盂，朱祁镇漱了口，面露微笑地看着匍匐在地的王振："先生不必多礼，快起来吧。"

王振谢过恩站起身，一个小太监给他搬来一张软椅，王振再次谢恩，小心地坐到椅子上。

"先生，朕昨夜读《太祖遗训》，又想到先生给朕讲的太祖几次征战的故事，感慨万千，夜不能眠。"朱祁镇两眼放光，盯着剑架上一柄宝剑发呆，"要是朕也能像太祖一样征战疆场该多好呀。"

王振再次起身，拱手一揖，趁机大肆恭维道："万岁爷是大明之圣君，不仅雄才大略，文武双全，而且宽严并济，知人善任。假以时日，当功劳盖世，比太祖爷也有过之。"

"唉，此话差矣，怎可把朕与太祖相比，不可妄语。"朱祁镇训道，但看上去并没有生气的样子，反而双目熠熠生光。

"老奴是说万岁爷胸怀大志，定会给太祖脸上增光。"王振躬身道。

朱祁镇仰面笑道："知我者，先生也。"

王振看朱祁镇心情大好，耐心地等着几个宫女服侍他更衣束发，一切穿戴妥当，又用过茶点，朱祁镇抬脚准备向殿外移驾时，王振突然跪下，头磕着地板咚咚直响："奴才该死。"

朱祁镇一愣，对今天王振的异常有些不安。这么多年王振伴其左右，从东宫到登基朝夕伺候，从来没有出过差错，他也异常信任他，看见他如此这般心下已是十分不忍，只听王振口中念叨："万岁爷如此信任奴才，奴才办差不力，请万岁爷责罚。"

"先生，何出此言？"

"万岁爷有所不知，昨个儿东厂番子来报，鑫福通钱庄被一群来历不明的人抢劫后，放火烧了。在皇城根下竟有人如此放肆，我大明的太平盛世岂容这帮奸逆匪徒破坏！最可怕的是据有人称在出事那天，还看见朝中人从中协助……"

"反了！"朱祁镇眉头一皱，"可有奏章？"

"有。"王振从怀里拿出三本奏章。

"都是谁上疏？"朱祁镇翻看奏章，口中念叨着："李明义……周浩文……王德章……"朱祁镇念叨着上折子的大臣的名字，在脑子里想着这几个人的出处，皱起眉头，一边匆匆过目了下奏章。

"李明义是礼部尚书，"王振知道皇上对这帮大臣还不熟悉，忙说出他们的官位，"周浩文是大理寺左少卿，王德章是礼部左侍郎。"

狐王令（上）

"都是位高权重的大臣呀,"朱祁镇回头望着王振,"先生,他们所奏之事可属实?一个小小的鑫福通钱庄怎会牵扯到这些大臣?"王振凑前两步在朱祁镇耳旁低语了几句,朱祁镇猛地抬起头,"竟有此事?有朕给你撑腰,看谁敢胡来。来人——"朱祁镇对一旁的太监道,"上朝。"

早朝地点便在乾清宫。只有重大日子,如皇帝大婚、册立皇后、正元节、冬至等才会在奉天殿。

此时,乾清宫门外早已聚集一众大臣。清晨微凉的秋风下,大臣们择群而处,四五个一伙,七八个一群,都在低声议论着什么。昨日在山阳街发生的大案早已传遍京城,大臣们岂有不知道的。鑫福通钱庄在一般人眼里只是个钱庄,而在朝堂之上,却是有人知道其来历的,那个掌柜王福通是王振的表亲,这个秘密已经不再是秘密了。

群臣都在努力压抑着自己的冲动,不管身处哪个阵营,这件事都足以震动神经了。这件事的矛头直指王振,王振是什么人?当今皇上的亲信,掌管司礼监和东厂,他干儿宁骑城掌管着锦衣卫,可谓一人之下万人之上。有人敢跟王振作对,这件事本身就已足够鼓舞人心了。

联想到近一年来京城发生的大案,除了鑫福通被劫,还有贡院考题泄露案、诏狱被劫案,最有传奇色彩的便是狐王令的悬案了,这个案子至今未破,传说中的狐山君王一直被书写在海捕文书里,却石沉大海。这桩桩件件都是大臣们私底下谈论的话题,再加上朝堂上日益分化的两个阵营,王振虽说可以一手遮天,但并不是所有人都愿意趋附于他。由吏部尚书陈柄乙、户部侍郎高风远、兵部侍郎于谦组成的阵营日益走到前台,让沉闷的朝堂刮起一股清风。迫使那些左右摇摆不定的大臣日益焦虑,既畏惧王振的势力,又心知肚明那些肮脏的勾当;满心向往公正清明,又分明被私心左右,所以有点风吹草动,最先乱了阵脚的便是他们。

户部尚书张昌吉从人堆里独自向右边走,即使脸上很平静,但眉眼平添的焦虑还是一眼可以看出。他不想参与帮派之争,但想找个清净的地方谈何容易。不一会儿,一个矮胖的人就靠了过来,是他的下属侍郎李卫春,他就像他的影子,总黏着他。

"恩师,要出大事了。"李卫春一脸神秘地说道。

"不要参与他们的事,我们远远观望即可。"张昌吉训斥道。

"我谨遵恩师教诲,不参与他们的事。只是刚得到消息,几个言官要在御前搬

狐王令（上）　　　　　　　　　　　　　　　　　　　401

出太祖内臣不得干政之遗诏,要联合上疏弹劾王振,他们罗列了这些年王振犯下的十大罪状,洋洋洒洒有万言之多……"

张昌吉几乎把眼珠瞪出来,他浸淫官场数十年,凭着思虑周全、做事圆滑左躲右闪战战兢兢才得以保全,眼睁睁看着身边的大臣换了一拨又一拨,或流放或砍头或株连九族,这些大臣有些比他有才华,有些比他有能力,但是他们总是明知不可为而为之,如今听属下如此一说,他的心一阵战栗,难道又要经历一场血雨腥风吗?

与他同样焦虑的还有赵源杰,他站在几个言官组成的人群外,想叫住人群里与几个言官低声交谈的高风远,但是一直没有机会。来的路上,他从与高风远短短几句交谈中得知,今天几个言官要联合行动,让他震惊不已。此时于谦在河南协助张云通和苏通赈灾,朝中他们势单力薄。此时是应该防范王振反咬一口之时,怎可再莽撞冒进?他想联合高风远劝退言官,一想到此,他便想念于谦,他不在,这些人也少了主心骨。

此时,一队锦衣卫校尉已从乾清宫出来,眼看就要早朝,高风远从人群里走过来,赵源杰迎上前,两人交换了个眼色,赵源杰从高风远凝重的脸色上看出挽回的机会不大,不由一阵紧张,手心里沁出冷汗。

"此时并不是最好的时机。"赵源杰压低声音道,他知道朝中这些言官忍王振不是一天两天了,他们以为借着鑫福通被劫,牵出王振贪污赈灾银两一事,就可以借机扳倒王振。但是却忽略了一点,王振痛失钱庄,绝不会坐以待毙,疯狗的撕咬是最疯狂的,此时最该做的便是保持实力,静观其变。赵源杰知道高风远在众言官眼里的分量,他希望高风远能说服那些言官暂忍一时,便加重语气道,"高兄,不能做无谓的牺牲。"

"于兄,我尽力了,却无法改变他们的想法。再说下去,便是对他们的侮辱,你以为他们会为了保全自己而选择沉默吗?"高风远目露泪光道。

"上朝了。"陈柄乙走过来阻止两人争执。

大臣们已按官阶顺序站成两队,赵源杰和高风远急忙走进队伍里。大臣们面容肃穆地整理衣冠,缓步前行走进宫门,两侧的锦衣卫校尉分立两旁,宁骑城站立在汉白玉台阶上,凝视着依次而入的大臣,一如既往的冷若冰霜。

朝臣走进大殿,百官按文武品级左右分开,品阶高的站在前排,低的站在后排。大殿里早有太监在四处掌了灯烛,御座前的香炉里燃了檀香。

御前太监走进大殿,朗声宣告:"皇上驾到——"

王振躬身扶着皇上朱祁镇走上御座,他的目光飞快地扫视了一眼下面群臣,见

狐王令(上)

李明义和王德章站在队伍里，稍微放下了心。群臣整齐划一地跪下山呼万岁，仪式已毕，御前太监朗声道："有本启奏，无本退朝。"

"臣，有本。"

寂静的大殿突然传来一个苍老的声音。大家顺着声音去寻，原来是工科给事中陈友中。大殿里一片死寂，气氛骤然紧张。陈友中五十多岁，唇下的胡须已发白，此时由于紧张和冲动而颤动着。

王振的目光越过陈友中瞪了下李明义，不满溢于言表。李明义吓得浑身一颤，他也搞不懂怎么突然蹦出来个陈友中，原本他是想第一个站出来启奏的，不想被这个老东西抢了先，再看王振那阴成锅底的脸，更是吓得魂差点出了窍，便用恶毒的目光狠狠瞪着陈友中，这头老倔驴，在朝中是出了名的直言极谏。

皇上朱祁镇微微皱了下眉头，他心里有些厌烦这些言官，一言不合就要死要活的，又不好当着群臣的面表现出来，只好很有耐心地道："爱卿，你要奏何事呀？"

"陛下，臣斗胆当着众臣……"陈友中双目突然炯炯闪亮，露出决绝之意，他唇齿轻微战栗，语气也有些不连贯，但在寂静的大殿里却异常清晰响亮，"控告王振欺君罔上、陷害忠良、结党营私的大逆之罪。臣不敢相瞒，王振之罪罄竹难书、罪孽滔天、人神共愤。臣若不供呈给陛下，怎对得起头顶上的乌纱，还请陛下圣聪明断。"

寥寥数语，就像是往大殿里扔来了一个炮仗，一下子炸得满屋子人皆惊恐异常。连亲近陈友中的众人也被他直谏的率性所震惊，何况王振的拥趸了，一个个吓得面如死灰，惊惧异常，就是王振一时也愣在当地，毫无反应。

"你……你说什么，你老糊涂了吧？"朱祁镇迷惑地探下身，有些不悦地看着陈友中，"你可知诬告罪加一等？"

"臣，句句属实，有本可查。"陈友中笃定地举起奏章。

"陛下，臣有本。"突然，李明义声音尖利地喊了一声，他脸色苍白，额头上渗出大颗的汗珠，刚刚陈友中的参本差点让他惊厥过去，若是今儿个因自己的失误导致陈友中的参本让皇上看到，自己岂不被王振恨死，如今他的小命便攥在王振手里，他一家数十口岂有活路？顾不了这么多了，拼了！他高喊着把手中参本高高举过额头。

朱祁镇急忙把目光从陈友中转向李明义，见是礼部尚书，有种解围的轻松感，遂点了下头："爱卿，快讲。"

"陛下，请容臣禀明。"李明义视线内瞥了王振一眼，见他面色铁青，又联想到昨日王振对自己的叮嘱，他明白王振的判断是对的，那些人现在要对他们下手了，王振倒了,下一步就轮到他了。如此他只能硬着头皮站出来,临时起意,即使胡编也要把这潭水搅浑。"臣,告陈友中私结党羽,诬告忠良,意在行忤逆之罪。"

李明义话音刚落,群臣皆已惊出一身冷汗。陈友中只是控告王振陷害忠良、贪污银子,罪之大不过还在朝堂上,而李明义所说私结党羽行忤逆可是跟皇帝作对呀,这是要株连九族的大罪呀。

"哈哈,李尚书,你说我私结党羽可有证据?"陈友中转过身鄙视地望着李明义问道。

"哼,"李明义冷笑一声,"九月初八你在家里广邀群臣饮宴,你们当时在密谋何事?"

陈友中喉咙里"咯"的一声,他本来就有喉疾,此时急火攻心脸色突变,刚要回答,就听一个洪亮的声音在身后炸开了。

"陛下,臣可以证明此事,"礼部左侍郎王德章上前一步道,"当日微臣去国子监正巧路过陈府,李尚书所言不虚,微臣亲眼所见陈友中在府门外迎客。"

皇上朱祁镇的脸色沉下来,盯着陈友中:"你可还有话说?"

"陛下,臣冤枉呀,那日是老母的寿诞……"

不等陈友中说完,李明义接着高声说道:"陛下,当此大灾之年,作为朝臣不能为君分忧,还聚众宴饮,又私下结党,请问是何居心?"

陈友中额上沁出豆大的汗珠,他没想到李明义会揪住自己这个把柄不放。他在京城是出了名的大孝子,在老母八十大寿之日,他不顾几个好友的劝说执意要为老母办寿宴,大错既已酿成,他无怨无悔,问心无愧。"老臣为母尽孝,难道这也是不良居心不成?"

"朕问你,你承认在府里办宴会了?"朱祁镇不冷不热地问道。

陈友中身后的赵源杰和高风远听到皇上如此一问,皆吓出一身冷汗。两人隔着几个大臣,交换了一下眼色,赵源杰对高风远点了一下头,他们不能再任局势如此急转直下,陈友中此时已处于凶险之中,一个闪失便可能玉碎。

高风远上前一步:"陛下,朝中人皆知陈友中是大孝之人,尤其对他老寡母,其孝心感天动地。"

"陛下,"王振躬身下了几级台阶跪到御前道,"老奴只知天下有一种孝,就是对陛下尽忠,对朝廷尽力,肝胆涂地在所不惜,而某些人打着尽孝的幌子,背地里却干着见不了人的勾当。老奴就曾拒绝赴宴,而被人记恨,遭人陷害,请陛下明鉴。"

王振一席话实在厉害,如此颠倒黑白,又如此能言善辩,气得陈友中胡须乱颤:

"哼，老臣只知当臣应为朝廷尽忠尽力，却不知阉人也可为朝廷尽力，难道你忘了太祖遗训，内臣不得干预政事，干预者斩吗？"

这句话点到了王振的死穴，把王振气得七窍生烟："老奴虽为内监，但看到忤逆之事即使有违祖训也要干预，陛下，陈友中已坐实聚众私结党羽之罪，请皇上下旨吧。"

如此公然干预皇上临朝，早已激怒了众言官。

刑部给事中韩峰走出队列，高声道："陛下，不可听王公公一面之词，陈友中所奏王公公的罪状是否属实，可令三法司联合勘审，定可查个水落石出，既可正本清源，又能为朝廷重振法纪。"

王振突然叫了起来："陛下，你听听，这还不算私结党羽吗？陈友中的奏章还未到御前，他竟然要联合三法司了，这恐怕早已是私下商议好的吧？"

"王振，你所犯下的滔天罪行难道也是我们商议出来的吗？青天在上，你敢发这个誓吗？"陈友中怒火中烧几乎豁出去了。

"呸，老奴眼里只有皇上，哪来的什么青天、白天！"王振气急败坏地叫嚣着。

"呜呼哀哉，陛下，若太祖显灵，岂容这等阉人玷污朝堂！"陈友中怒喝道。

王振看到陈友中情绪失控，竟然把太祖都搬出来了，他哪里知道这是皇上的软肋，只需再一步就可把劣势扭转过来。他偷眼窥看皇上，心中暗喜，这一步也省了。

朱祁镇觉得全身的血液好像都涌到了脑门上，不提太祖还好，一提到太祖二字，就像是在扇他的脸，从他记事起太后就在他耳边叮嘱要谨遵太祖训诫，他每天读的也是太祖的书，连这些卑下的臣子也拿太祖压他，更可气的是居然称呼他的先生为阉人！他四肢发颤，气得连话都说不上来。

王振瞅准时机，扑通跪下："陛下，老奴无脸再苟活，他们侮辱奴才是小，鄙视陛下你年轻好欺是真呀！"

朱祁镇好一阵才缓过来，嘶哑着嗓子叫道："反了，反了，朕平时尊你们是老臣，处处护你们周全，才让你们如今越发失了纲常礼法，来人呀——"

宁骑城面无表情地从一侧走过来："陛下。"

"把他们两人拉出去，廷杖三十，看谁还敢如此无视朝纲！"朱祁镇喘着气叫道。

宁骑城转过身，向两边一挥手，上来四个锦衣卫校尉，不由分说，上前拉起陈友中和韩峰就往外走。韩峰正值壮年，而陈友中已尽显老态，怎能受下三十大板？

高凤远这时想到赵源杰的话悔之晚矣，他想保住两人的性命，一转眼却看见赵源杰死死盯着他，这眼神是在提醒他不可再莽撞，高凤远心痛地垂下头。

大殿外响起凄惨的哀号声,不一会儿声音弱下来。一个校尉走进大殿回禀:"陛下,三十大板已毕,两个人……都断气了。"

听到校尉如此回禀,众朝臣皆震惊不已,有的吓得噤若寒蝉,有两个言官当场跌坐到地上,好半天才爬起来。殿中一片死寂,这个时候皇上不发话,谁也不敢多吭一声。

"唉,好生收殓吧。"朱祁镇从群臣脸上,终于看到皇权高高在上的威慑力,心里的那股气顿消,只是没想到这两个人这么不经打,他缓和下语气,"众爱卿,谁还有本要奏?"

"陛下,臣有本。"周浩文走上前,他中等个,唇上一小撮胡子,眼睛细小但炯炯有神,此时由于紧张,细长的眼睛不停地眨动着,多了几分狡黠。他偷眼望了一下李明义,从他眼里读出欣赏和鼓励,这一下激发了他的斗志。他能有今天全是李明义一手提拔的,他也清楚今天是他报恩的时机。他不再犹豫,镇定地说道:"陛下,臣要奏的是……刑部侍郎赵源杰伙同兵部侍郎于谦通匪,抢劫银库,数额巨大,忤逆犯上,请陛下明断。"

周浩文的话音未落,整个大殿又一次地动山摇,朝臣们个个惊悸恐慌,人人自危。赵源杰猛地听到自己的名字,一时愣住,石雕般一动不动,他没有想到他们这么快就出手了,而且还直指于谦。不远处的高风远已失去耐心,他揪心地望了一眼赵源杰,决定不能再沉默了。

"大理寺少卿,你所奏之事可有证据?"高风远高声道出周浩文的官职提醒他,诬陷之罪在他可是要罪加一等的。

"鑫福通钱庄被劫当日,有蒙古人来钱庄以兑铜钱为由闹事,后来后院银库就着火了,这时赵源杰就在钱庄附近并在侧门出现,有钱庄家丁和管事可以做证,当日正在执勤的宁大人也可以做证,难道都是巧合?银库被盗后,北大营有兵卒调动,有两辆运粮车不知去向,据西直门魏千总讲,那日见于谦率兵卒十几人和两辆运粮车出城。"

周浩文不慌不忙侃侃而谈,看来是有备而来。

赵源杰走出来,从陈友中和韩峰被廷杖起,他已有种预感,今天要过一次鬼门关,而且王振明显是冲着他们来的。想到此他竟坦然了,只是他担心高风远也被牵扯进来。既然他们已经盯上了他,那他就得把一切担起来,尽量减少牵连。

赵源杰神态安然地一笑道:"周大人,如果按照你的说辞,只要是出现在案发现场的都是从犯,那么何止这些人,我还可以说出许多。"

"你这是狡辩，"周浩文突然出其不意地说道，"于谦出城后去了哪里？"

"他去山东换防。"

"哈哈，赵大人，"周浩文飞快地堵截住他，"你一个刑部的人如何会知道兵部的事，看来你们早已串通好了。"

赵源杰猛地清醒过来，中了周浩文圈套，他只想赶快撇清于谦的嫌疑，不想把自己兜了进去。赵源杰刚要开口，只听周浩文接着说道："赵源杰，即使没有这件事，你通匪的把柄也早显露出来。那次缴获蒙古商队弓箭盾甲，所抓的那个蒙古商人和古瑞，为何暴毙在刑部大狱中？其实他没有死，有东厂的番役曾看见他出现在望月楼。是你收了蒙古人的好处，私下放的人吧？看来你们早有来往，与蒙古人勾结在一起。不仅如此，"周浩文说道，"据赵源杰府上一个小厮说，他与江湖中人过往甚密，与兴龙帮帮主萧天是把兄弟，萧天曾几次深夜来访。更让人想不到的是，兴龙帮参与劫走锦衣卫诏狱要犯白莲会堂主柳眉之，赵源杰也参与了那次劫狱，如此也坐实了他同白莲会早有联系。如果没有他的协助，兴龙帮如何会如此轻松地把地道挖到诏狱地牢，救走柳眉之，而在他们刑部便有诏狱建造图。"

"陛下，"周浩文紧接着说道，"现在，赵府小厮张小四，就在殿外，我可以当庭与他对质。"

周浩文洋洋洒洒一通话石破天惊，殿中一片死寂，群臣都在无比紧张地关注着事态的发展。

"哼，朕的朝中竟有如此忤逆之人，太让朕失望了！还不快传那个证人，赵源杰，我倒要听听你还有什么话说。"

赵源杰额上渗出大滴的冷汗，从周浩文步步紧逼的说辞中，他看到可怕的一幕，也是他最不愿看到的一幕，于谦和萧天都被牵连了进去，而府中的小厮竟然出卖了他。此时，他才想起来，前些日管家陈顺对他说小四不见了，他并未留意，不想酿成如此大祸，小四不仅见过萧天，没准还偷听到了什么。一想到此，赵源杰知道自己已被逼入绝境。

一个二十出头的小伙子在锦衣卫校尉的带领下，诚惶诚恐地走上大殿，他低着头，脚下磕磕绊绊，浑身筛糠似的跪倒在地上。赵源杰扭头一看，果然是张小四，他气得眼神似刀般死死盯着他。张小四偷窥了一下赵源杰，低下头匍匐到地上，再不敢抬起头。

"张小四，你别怕，"周浩文得意地说道，"今天万岁爷给你做主，你有什么照实说就是了。我问你，你可认识这个人？"

张小四点了下头。

"好,你把赵源杰怎么与于谦勾结,联通白莲会和兴龙帮企图忤逆之事向万岁爷一五一十说清楚。"

就在此时,谁也没有看清楚赵源杰是怎么跑过来的,因为太快,谁也没有反应过来。赵源杰大喝一声"狗奴才……"已抓住张小四的脖子死命掐下去,张小四挣扎着,眼里露出绝望的光,他只吐出三个字"是他们……"已被赵源杰生生掐断了气。

离张小四最近的校尉反应过来,他上前抓住赵源杰的双手,赵源杰转身抱住校尉一口咬住他的脖子,一股血喷溅出来,校尉瘫到地上。大殿里一片惊叫,皇上吓得一把抱住一旁的王振,大喊:"来人呀,反了。"

刚才还志得意满的周浩文望着赵源杰,一边惊慌失措地往后退,一边擦着冷汗涔涔的额头。大殿中间那个被鲜血染红的校尉在地上做着最后的挣扎,在痉挛中更多的血喷出……

宁骑城带着几个带刀校尉从偏殿向这里奔来。眼见几个校尉扑向赵源杰,只见赵源杰突然一转身向大殿中一根柱子撞去,只听"咚"一声,顿时血染圆柱,赵源杰一脸一身的血,他摇摇晃晃转过身,用尽最后一丝力气,大喝一声:"王振,你听着,我赵源杰变成厉鬼也绝不放过你,绝不放过你!"说完,应声倒下。

突如其来的变故惊得整个大殿上的人目瞪口呆,惨烈的现场,横陈的尸身……身心脆弱的人支持不住倒下来,高风远只觉喉头一热有些站立不住,一口血涌上来,让他生生给咽了下去。一旁一只手有力地扶住了他,高风远扭头一看是张昌吉,张昌吉花白的胡子乱颤,眼神用力看向他。

高风远想甩开他,但被那只手死死抓住。

高风远脸上的泪止不住流下来,他明白赵源杰是以自己的死堵住了被王振一伙撕开的口子,保全了大家。

这场变故让王振和李明义也猝不及防,尤其是看到赵源杰满脸鲜血临断气前还在大殿上呐喊,那几句话让王振毛骨悚然。他原以为胜券在握,要一网打尽他的宿敌,没想到赵源杰以死抗衡血染大殿,如今只能草草收场。他知道这种场合不能再让皇上待下去,他躬身上前,发现朱祁镇脸色煞白,嘴里胡乱嘟囔着:"反了,反了……"

"陛下,老奴还是扶你离开这个血腥之地吧……"

王振的提议正中朱祁镇下怀,他早就坐不住了,急忙站起身。王振一挥手,两旁御前太监忙扶住皇上起身,一个御前太监匆忙喊了一声:"退朝,皇上起驾。"

王振走到几个锦衣卫校尉旁,咬牙切齿地叫道:"把这个逆贼的尸身拉出去喂野狗。"说罢,气呼呼跟在几个太监身后走了。

他们的身影一离开大殿,众臣就四散而去。高风远和几个赵源杰生前好友一下就围到尸身前。几个带刀校尉把几个人推开,正欲拖走尸身,高风远聚集在胸口的怒火一下爆发了,他冲几个校尉大喝一声:"谁敢动他,就从我的尸身上踩过去!"

几个校尉面带犹豫,突见宁骑城皱着眉头阴沉着脸走过来。

"宁大人,你看……这……"

"还不走,想让他变成厉鬼去找你们?"宁骑城面无表情地转身白了高风远一眼,径直向殿外走去。

几个校尉像得了大赦一样,飞一般向殿外跑。

二

接下来的两天,各种小道消息像这深秋的风一样肆无忌惮地刮向京城的大街小巷。虽然那日早朝之后,皇上因龙体有恙两日没上朝,大臣们都镇定自若缄口不言,但是那日早朝上发生的事还是被添油加醋地传了出去。

街头巷尾都是议论的声音,上仙阁也不例外,一早大堂里便挤满喝茶的各方来客,大家三五成群聚在茶桌前,说三道四,好不热闹。

"听说了吗? 一个早朝下来,五条人命……"

"真是惨呀,看来这官也不是好当的……那个赵大人真是一个惨呀,听说此人很是清廉……"

这两人只顾说话,没留神一个少年从一旁走过来撞到身上。"喂,小子,没长眼睛吗?"那个人刚要发火便认出少年来,"小六,是你。"

"三爷,是我,小六。"少年正是小六,他傻傻地笑着,"三爷,我正听你说早朝的事呢,不小心碰着你了,听说死了很多人?"

"去去去,一个娃娃家,这是你该操心的事吗?"

"你给我说说呗。"小六缠着问。

"想听说书去戏坊子去。"那人把小六打发走了,继续与好友聊天。

小六走到一边,冲他们的背影扮了个鬼脸,他在这里转悠一天了,帮主让他回城里打探消息,听来听去也就这些。

自那日他们混进灾民的队伍出了城,便直奔瑞鹤山庄。直到前一天,上仙阁韩掌柜派人到山庄捎话,说朝中出大事了,帮主才派他回来。这两日他在大街小巷溜达,听到的也是八九不离十,便准备动身回去。

小六回到瑞鹤山庄时已是黄昏,他一路跑到萧天居住的樱语堂,发现里面坐满了人。萧天和玄墨山人坐在居中的太师椅上,两边依次是明筝姑娘、翠微姑姑、李漠帆、盘阳、林栖,还有玄墨山人的两个徒儿吴剑德和陈阳泽。

小六看见大家神情凝重,忙跑进去单膝跪地道:“帮主,小六回来迟了,请帮主责罚。”小六舔了下嘴唇,正打算把在城里打探到的事向帮主禀告,却看见萧天向他摆了下手。

“起来吧,”萧天道,他紧绷着脸,脸色煞白,眼里布满血丝,“这件事我们已经知道了,盘阳比你早回来半日,你先下去吧。”

小六这才明白屋里的气氛为何这么压抑,大家都默不作声,往日这些人往这里一坐,叽叽喳喳好不热闹。他偷眼瞥了下明筝,发现她眼角还有泪光,突然想起来帮主和明筝姑娘跟那日死在乾清宫的赵源杰是有交情的。小六不敢久留,退了出去。

大厅里众人静默了片刻,玄墨山人接着刚才的话题道:“此时冒险进京,恐不妥。”

“是呀,”翠微姑姑看着萧天,有些急了,“赵大人之所以那样做,还不是为了保全大家。你此时进京,岂不是正中王振的圈套?别忘了东厂的人无处不在呀。”

“大家不要劝了,我意已决。赵兄出殡之日,我必须去。”萧天拧眉斩钉截铁地说道。自从盘阳口中得知那日朝堂上的惨案,他的心就像是在油锅里煎熬,“赵源杰是父亲生前最得意的弟子,在朝堂上无疑是一股清流,其志高远,品如璞玉,一心想整肃朝纲。如今他慷慨赴死,我等如若贪生怕死连送他最后一程都做不到,还算什么兄弟?”

“我也去。”明筝望了眼萧天,“送他最后一程。”

在座的人互相交换着眼色,他们被困京城数月,好不容易脱身,如今又要回去。他们明明知道进京危险重重但又无法阻拦,萧天已经把话说到这个份儿上,每个人都纠结着。

“这样吧,我陪帮主和明筝姑娘一同前往。”李漠帆最后说道。

“也好,”玄墨山人看萧天主意已定,知道他是一个重情义的人,也不再劝了,

"有李把头跟着，他对京城比你们熟，多少有个照应，我们也放心了。"

大家一看玄墨山人都同意了，便不再说话，各自起身回去安排了。屋里只剩下了萧天、明筝和李漠帆，两人从各自的位置走过来，坐在萧天的身边。

明筝忍了许久的眼泪终于流下来，她低下头抹泪，"萧大哥，赵大人此举当真让我意外……"

李漠帆颇不平静地说道："是呀，帮主，我以前只认为江湖中才会有义薄云天的真君子，我……我真没想到朝中大官也会有这么有气节的！"

萧天苦笑一声，仰天道："你们以为这大明江山是谁在扛着？朝中如果都是王振之流江山早就土崩瓦解了，是一批又一批像赵大人一样有气节的大臣在支撑着，江山如画的背后，是血流成河。要论英雄，他们才是。"

"萧大哥，此番进京你是否还有别的打算？"明筝盯着萧天，长时间的相处已让她对他十分了解，听闻噩耗后，萧天一直蹙眉沉思，眼里逼人的戾气是她从未见过的。

"不错，刚才大家都在，我不能说，"萧天脸色突变，双眸似把利剑闪着寒光，"这个仇，不能不报！"

明筝和李漠帆面面相觑，但很快两人眼里也燃起复仇的火焰，两人几乎异口同声道："对，报仇！"

"赵源杰的血不能白流，此仇不报，我誓不为人。杀了王振这个奸佞小人，为冤屈的忠良昭雪，这件事我义不容辞。"萧天望着明筝和李漠帆，语气坚定地道，"明日一早，咱们便出发，"萧天想了一下，"为了避免麻烦，打扮成乞丐混进城。"

商量已定，三人便各自准备去了。

翌日辰时，三人穿戴妥当，向马厩走去。萧天远远看见翠微姑姑朝他们走过来。

小六已经给三匹马喂足草料，正准备套马鞍："帮主，翠微姑姑早早等在这里了。"

"翠微姑姑，你还有事要交代？"萧天问道。

"昨夜我想了半宿，既然你进城了，何不趁机打探一下青冥的下落，那个张公公不是放出来了吗？"

萧天点了点头："我也正有此意，姑姑放心，我有办法联系上张公公。"

"再有，你们一定要当心，东厂的人并不是都穿官服，小心靠上来的陌生人。"翠微姑姑嘱咐道。

三人与翠微姑姑和小六告别后,翻身上马,离开山庄后一路疾驰,赶在晌午前到达京城外一家叫迎客的小客栈。三人把马匹寄存在此,用过午饭,丢下一锭银子作为酬谢,嘱咐掌柜照料马匹,就匆匆离开了。

店里伙计盯着那锭银子,嘟嚷着:"穿得像乞丐,却这么有钱。"掌柜白了伙计一眼,见怪不怪道:"你懂什么?"

三人走到城门前,一眼看见太阳地里一群晒太阳的老乞丐,便慢慢凑过去坐在他们旁边。西直门外有重兵把守着,来往的行人、车辆都要检查。城墙上赫然张贴着几张崭新的海捕文书,看见几个熟悉的名字:狐山君王、柳眉之、明筝、萧天。还有几张离得太远看不清。

"萧大哥,怎么你的名字也在上面?"明筝大吃一惊。

萧天微微一笑:"我早就在上面了。"

"什么?"明筝没听清,萧天也不再解释,盯着城门,想着进城之策。

这时,从城门洞里过来一个车队,守城的魏千总很快就放行了,从他们毕恭毕敬的态度上看,应该来头不小。车队打头的是一辆行李车,上面整齐地摆放着几个木箱,中间的马车相当考究,从拉开的蓝色帷帐间可以看见车里坐着一位慈眉善目的老妇人,身边还有两个女仆。这辆马车后面紧跟着两匹骏马,马上之人皆商人打扮,他们身后跟着六个骑着马的随从。

"看样子像是官宦人家。"明筝说道。

"哎,这个人看上去有些面熟。"李漠帆指着头匹骏马上的人,略一沉思,猛然想起来,"我想起来了,是高大人,高风远。他常和赵源杰一起到上仙阁喝茶。"

萧天一把抓住李漠帆的肩膀:"你可认清楚了?"

"没错。"

提起高风远,萧天突然想起有一次与于谦和赵源杰谈话时说起过此人,他们政见相同,关系密切,与王振等宦官势力势不两立。高风远与赵源杰都同在国子监任过教习,一向很亲近。萧天略一沉思,为今之计也只能冒此风险了。萧天猛地站起身,伸手拉了下破草帽的帽檐,压低声音道:"走,跟上他们。"

明筝和李漠帆一愣怔,还没弄清楚萧天的想法,只见萧天已大步走过去。"找机会和他谈谈,最好让他领咱们进城。"萧天盯着车队,回头给两人解释道,"快去,把咱们的马取回来,跟上他们。"李漠帆点点头,迅速转身向客栈的方向跑去。

马队前行得很慢,前面有行李车,中间有老夫人,不敢太快,高风远也不催促,信马由缰地往前走着。自那日从乾清宫回到家,几日未眠,痛失好友的悲伤依然笼罩着他。

这时,后面一匹马赶过来,马上是府里家丁:"老爷,咱们后面跟着三个人,鬼鬼祟祟的。"一旁的管家一听,脸色一变:"不会是东厂的人吧?"

两人的对话把高风远的思绪拉回现实,他拉住马缰绳,回头查看。远远看见三个衣衫褴褛的人骑着剽悍的骏马在马队百步之外,走走停停。马队快,他们也快,马队停,他们也停,甚是可疑。

"必须甩开他们,"高风远一想到一会儿要去会面的人,马上惊出一身冷汗,自责自己太不谨慎,如今的形势稍有不慎便会有血光之灾,"叫上几个人,在前面的山路拐角动手,狠揍一顿,要他们知难而退。"

"是。"管家拨转马头向后面跟随的家丁驰去,他招了下手,跟过去四匹马,马上之人个个精壮,身背刀剑。

马队进入虎口坡,两边的山势渐高。管家向四个家丁一点头,四匹马驰向山口的背阴处,埋伏起来。马队继续缓慢前行。

半炷香的工夫,山口传来兵器相碰发出的刺耳的响声,接着传来战马嘶鸣和喊声。山口处腾起一股股尘土,渐渐地声音小下来。

马队正好行到一个茶坊前,高风远叫停马队,差人去茶坊给车上老夫人添些茶水。跟上来的管家得意地说道:"老爷,看那边动静,估计让咱们拿下了。"

"好,拉回来审审,看受谁的指使。"高风远吩咐道。

一阵马蹄声后,几匹马来到近前。高风远和管家远远看见三个衣衫褴褛的人各自马上绑着一个家丁,后面跟着家丁的四匹马,另一个家丁独自绑在一匹马上。高风远和管家面面相觑,惊得目瞪口呆,要知道这几个家丁是他花大价钱从镖局请的呀。

"来人呀,保护老爷。"管家一声令下,剩余的几个家丁向来人围过去。

"高大人,且慢!"萧天把马上被绑的家丁扔到马下,高声说道,"此乃误会。"

"放屁,你个狗奴才,东厂的狗番子,休要我们上当!"管家和几个家丁冲上来。

这时,从路边茶坊里跑出来一个人,他跑到两方中间,先是哈哈一笑,然后向双方马上之人拱手道:"高大人,且慢。"又回头冲萧天道,"萧公子,承让。"

高风远定睛一看,喜出望外,来人竟是于贺,于谦府里的管家,于谦最信任的家奴。高风远翻身下马:"于贺,你家老爷呢?"他刚说完,脸色一变,想起对面的不速之客,忙警惕地望着萧天,追问道:"你到底是何人?为何要跟踪我?"

"这真乃大水冲了龙王庙，一家人不认得一家人。高大人，我家老爷候你多时了，你且跟我来见我家老爷，他会告诉你的，这是我家老爷的吩咐。"于贺说完，转过身对萧天道，"萧公子，你也请吧，我家老爷今日出门遇到喜鹊，真是个好兆头，果然又遇贵人。"

双方从刚才的剑拔弩张瞬间变成故人，颇有些戏剧性，气氛一时变得轻松起来，几个被绑的家丁也被松了绳索。高风远和管家一看，家丁一个个也都完好无伤，顿时对这三人神秘的身份产生了好奇，他们武功如此了得，高风远也不由心生敬意。

萧天三人翻身下马，李漠帆拉住三匹马拴到附近树上，不放心地回头询问："帮主，突然冒出的这人是谁呀？"萧天没有见过于贺，但听他与高风远的对话已猜出七八分，果然如他所料，高风远出城是来密会什么人的，没想到是于谦，这也让他喜出望外，他正愁联系不上他呢。

身后的明筝望着那个茶坊失声笑起来："萧大哥，我进京城走的就是这条路，当时，我姨母也是去这个茶坊打的水。"

"我知道。"萧天一笑。

"你如何知道？"明筝大惑不解。

"我们走的是一条路。"萧天撂下一句话便往茶坊走去。

"啊？"明筝皱起眉头，近来萧大哥说话越来越让人摸不着头脑。

破败的房舍里走出来一个一瘸一拐系着围裙的罗锅男人，看到一下子来了这么人，高兴得合不拢嘴，忙着招呼客人："客官，小店就我一个人，既是伙计又是掌柜的，招待不周，多多包涵。"

"掌柜的，好茶伺候着。"于贺说着，引着众人向一旁坡上一棵大榆树走去，沿着石级上了坡，榆树下有一个石桌，几个石磴，桌边坐着一个人，正是于谦。

于谦站起身迎接众人："高兄，萧兄，别来无恙……"三人在这里相聚真是意外之喜。于谦随后把双方的人简要地介绍一遍。高风远这才知道，原来这三个神秘的人其实早已耳闻，不止一次从于谦嘴里听说，可以说神交已久，只是没有机会见面而已。

于谦先是把张云通和苏通在河南、山西赈灾的事简要给他们几人说了一遍，大家很是欣慰。他是前日听闻朝中变故，连夜赶了回来，朝局不明，虽然赵源杰以死化解了王振精心布局的这着棋，显然这时他不宜贸然进京，便暂住在这个小店，着人前往高府，这才有了这次密会。

狐王令（上）

萧天也说出自己进京的目的,原来大家想到了一起。一阵唏嘘感慨后,大家把话题集中到赵府出殡一事上。

"现如今,赵府里外都有东厂的番子,由于赵大人当堂撞死,血染朝堂,他与王振成为死敌,虽然没有定下罪名,但慑于东厂的势力,朝中大臣都不敢去祭奠。"高风远愤然说道,"王振就是想杀鸡儆猴,连出殡都不允许。"

"难道就没有办法了?"一旁的李漠帆插嘴道,"你们当朝的人就是太唯唯诺诺,在我们江湖,讲究锄奸惩恶,怕他做甚?"

对李漠帆的话,于谦笑而不答。高风远感同身受,不住唏嘘点头。萧天与于谦相视一笑:"兄长,你肯定已有了主张,不妨说出来。"

"李侠士话糙理不糙,"于谦接着说道,"其实赵大人已经给咱们指出了一条路,他的死就是答案,现在已经到了决一死战的时候,不是咱们死就是他亡,到了今天,已无退路。"

"杀了王振,还朝堂一个清明。"高风远双眼放光,咬牙说道,"大不了去与赵大人做伴。"

"高兄此话差矣,既然出手,就要想出万全之策,该死的是他王振,而不是我们。"萧天突然开口道。

"萧兄,你有何高见,快快说来听听。"高风远盯着萧天,自从知道这个沉默寡言的清瘦男子就是萧天,对他甚是钦佩。

"各位,那日朝堂之事其实早已天下皆知,赵大人忠正廉洁的名声也是尽人皆知,我们现在要做的就是大张旗鼓地给赵大人办丧事,只要我们人多心齐,他王振能杀尽天下人吗? 古往今来,邪终究压不了正。"

"说得好,萧兄弟跟我想到一起了,"于谦突然站起身,胸有成竹地道,"高兄,我差遣于贺给你传话说今日在这里与你会面,要说的就是这两件事,王振要除,赵兄的葬礼要办,没想到机缘巧合遇见萧兄弟,他说得极是,邪不压正,我们不应该怕他,相反,现在是他王振怕咱们的时候。"

"此话怎讲?"高风远一愣。

"你想呀,一个干尽坏事的人,最怕什么?"于谦笑道。

"对呀,对,对,我想起来了,"高风远眼圈一红,突然站起来,"我想起来赵大人临死前的一句话,他冲着王振喊道,我赵源杰变成厉鬼绝不放过你……"

"厉鬼!"于谦大喝一声,"好,我们就是他王振的厉鬼。"

高风远一愣,不知他在说什么。

狐王令（上）

"哈哈,于兄,厉鬼这个差事就交给我来办吧。"萧天何等的聪慧,两人心有灵犀。萧天接着说下去,"先把王振吓出病来,让他不敢出门,咱们再大张旗鼓地给赵大人办葬礼,让全天下人都看着,是非自有曲直,公道自在人心。"

"好呀……"明筝虽然插不上话,但听得热血沸腾,不住地点头。

李漠帆插了一句:"我看厉鬼让林栖去扮最合适,我见过不少武林高手,但像林栖这样练就一身轻功绝技的不多,简直是出神入化,飞檐走壁如走平路,进出皇宫像进无人之地,太——"他正说到兴头上看见萧天射过来的眼神,急忙闭嘴。

直到此时,高风远才明白于谦和萧天的计策,不禁拍手叫绝:"哈,有萧帮主出手,别说厉鬼了,阎王爷也能搬来。"

"这个高兄放心,装神弄鬼这种事交给兄弟我来办尽管放心。"萧天略一沉思道,"接下来,咱们说说怎么除掉王振这个阉贼吧。"

三人上前,凑到一起,压低声音谈论了约有半个时辰,这半个时辰里,三人反反复复思谋每一个细节,直到三人都满意。明筝和李漠帆站在远处,不时望一眼这里,李漠帆对明筝道:"三个臭皮匠,顶个诸葛亮。况且是三个聪明人,你就放心吧。"

一切安排妥当,高风远突然想起一事,担心地说道:"于兄,你回京如果让王振知道,恐怕麻烦就来了。"

"哈……这就是我约你来这里的原因,我扮作你的家丁潜入京城,这样就不会引起他们的警觉,再说了,在这个时候,他们料想我不敢进京,此时在我家中或许是最安全的。"于谦说着,转身望着萧天三人,"不光是我,恐怕还有他们,都要扮作你的家丁,一起回京。"

高风远恍然大悟,手指着于谦开怀大笑起来。

三

翌日黄昏,西直门外守城门的魏千总刚要发令关城门,就见一队车马行进到跟前,他认出是昨日出城祭祖的户部侍郎高风远大人,便迎着上前道:"高大人,此行一路还顺畅?为何如此匆匆呀?"

"不瞒魏千总,我火速回京,因惦记着赵大人的丧葬之事,头七我必去祭拜。"高风远落落大方地说道。

说者轻松,听者却已惊出一身冷汗。魏千总也算是一条汉子,素来喜欢高风远豪爽正直的品性,他紧张地靠近高风远的马身,压低声音道:"高大人,你在我这里说说即可,千万不要在别人那里乱讲,东厂的人这几日四处抓人呢。"

"我不怕他们,我就是要去赵大人家祭拜,那是我的好兄弟。"高风远说着头也不回,催马进城门。

魏千总摇摇头,向左右兵卒一挥手:"查什么查,没看自个儿都往刀尖上撞,谁敢跟他呀。"兵卒散开,直接放行。魏千总望着他的背影叹息:"难得呀,唉。"

马队进城后不走主街,专拣僻街小巷。此时昼市已休,街面清寂。不久,马队分成三股,各自消失在巷子里。

萧天三人一路骑行,来到西苑街。

李漠帆问道:"帮主,咱们是回上仙阁吗?"

"不行,李把头你忘了,"明筝提醒他,"上次劫诏狱,上仙阁就已经被东厂和锦衣卫的人盯住了,住进去不是自投罗网吗? 不过,总不能还回望月楼,翠微姑姑这一走,恐怕那里也不安全。"

"听说韩掌柜把上仙阁经营得生意兴隆,想不想去看看?"萧天此话一出,李漠帆和明筝不由大眼瞪小眼,很是诧异。

"这……帮主,那地方太引人注意。"李漠帆道。

"不错,最危险的地方也是最安全的地方,他们不会想到咱们还会回去。"萧天说道,"于大人都敢回府,咱们就不敢吗? 就回后面的独院吧,又隐秘又方便。"

"好。"李漠帆点点头。当时买下上仙阁后面一个小院,只是为了安全起见不想让外人买去,没想到如今竟成了来京城后的落脚点。

三人绕过西苑街,经小巷到上仙阁后面,烧饼铺外面的炉火已熄,从屋檐下飘出饭菜的香味。三人牵着马走进窄小的过道,李漠帆抬脚踹掉木门上的铜锁,推开木门,三人拉着马走进小院后,李漠帆反身插上门闩。

小院里一派凋敝,满目荒草。明筝看见马厩里还剩有草料,便依次拉着三匹马走进马厩喂料。李漠帆抄起一把扫把开始扫地面的枯叶。

萧天向两人招手,一脸凝重道:"进屋,我有话说。"说完,他转身走进屋里,直接坐到落满尘土的八仙桌旁,望着进来的两个人,"昨日在虎口坡商议之事,事情重大,咱们必须从长计议。"萧天望着李漠帆,"漠帆,你现在便出城,回瑞鹤山庄,去把玄墨山人、林栖、盘阳、小六、梅儿姑娘叫过来。"

"是。"李漠帆点了下头,又疑惑地问,"小六和梅儿姑娘也叫来?"

"是，我有重要的事交给他们两人，小六可以联系上宫里的张公公，而梅儿姑娘对宫里地形最熟。"

"是。"李漠帆由衷地佩服帮主思谋事的周全，他应了一声，起身去牵了自己的马，便离开小院。

屋里只剩下他和明筝两人，萧天看着明筝突然说道："明筝，你不是一直想知道狐族的事吗？这会儿也没事，给你讲个故事。"

"萧大哥，我以前问你，你总推托不愿说，"明筝一脸惊讶地问道，"你今儿怎么有心情给我讲狐族的事？"

"因为我想既有机会进宫刺杀王振，何不趁此机会从宫里救人，岂不是一举两得？"萧天脸上浮上一个惨淡的微笑。

"从宫里救人？救谁啊？"明筝一愣。

"翠微姑姑的亲侄女，名叫青冥。"萧天轻叹一口气，他没想到自己在明筝面前说起青冥竟能如此轻松，以前他一直对这个名字讳莫如深，萧天看了眼明筝，明筝瞪着一双清澈的大眼睛盯着他，想听他往下讲，萧天顿了一下，接着说道："你还记得在城门洞看到的海捕文书吗？官府通缉的第一个人便是狐山君王，我还记得你说街坊如何说来着？"

"说那个狐山君王，长相凶残，白天是人形，夜里是山狐，手撕大力士，口吞婴儿，吓死人了。"明筝说着笑起来，"都是街坊们编排的，不足为信，你既认识很多狐族人，那你也认识狐山君王吧？"

"认识。"萧天一声苦笑，"狐山君王，其实是汉人，他父亲被贬到云贵充军，他随父同行，路过湖南时被东厂高手追杀，生死一线时，被山上狐族人所救，当时父子两人都身负重伤，便在山上疗伤。救他们父子的便是狐族的郡主青冥。为了报恩，父子俩留了下来。老狐王与他父亲相谈甚欢，一高兴两位老人便要结亲，于是，他便被封为狐山君王，在狐地只有郡主的夫婿才有这个封号。"

"啊，萧大哥，你是说这个狐山君王是青冥郡主的夫婿？"明筝好奇地问道。

"他们只是有个婚约，却并没有成亲，因此还不能算狐山君王，只是大家私下都这么称呼他。"萧天接着说道，"不久，老狐王订下大婚之日，但是谁也没有想到在大婚的前一日，檀谷峪遭袭击，东厂督主王浩率东厂和锦衣卫里的大内高手，血洗狐地，逼迫老狐王交出狐族三个镇界之宝：狐蟾宫珠、飞天翼和钻地龙。老狐王不从，拼死抗争，最后王浩抢走了青冥和狐蟾宫珠。老狐王死前让狐山君王立下血誓，救出郡主，夺回至宝，重振狐族。"

明筝瞪大明亮的眼睛,心里涌上一阵莫名的悲伤,过了片刻,她问道:"这位青冥郡主如何到了宫里?"

"后来,狐族人多方打听,才知道当年王浩抢到青冥后,惊艳于她的美色,为了讨好皇上,便隐瞒她的身份,以江南美女的身份进献给皇上,不久被册封为妃子。"

"妃子?"明筝瞪大眼,"咱们要把皇上的妃子抢过来?"

萧天默默点了下头,他抬眼盯着明筝,看见她若有所思的样子,便问道:"明筝,你怎么了?"

"我在想……青冥,你说的这个妃子,我是不是见过? 我再想想……"明筝拧着眉头,冥思苦想。

"你在哪儿见过?"萧天一愣。

"当然是在宫里。"明筝回了一句。她想起那个月夜在宫里匆匆所见的白衣女子,太短暂,夜里也看不清面容,只记得一双黑得不见底的忧伤的眸子。"若那日我见到的女子是青冥,她的处境并不好,她想回家,她在树上刻着日子,一天刻一道,很是可怜。"

萧天盯着明筝,瞬间脸色变得煞白。

"萧大哥,你怎么了?"明筝看见萧天脸色突变,有些担心地问道。

"明筝,你难道一点也不好奇我为何如此了解狐山君王吗?"萧天咬了下牙,他不想再隐瞒下去。

"你说过呀,你行走江湖多年,结交了很多朋友。"明筝觉得萧天此刻很是古怪。

萧天看了眼明筝,突然说道:"狐山君王,便是我。"

"你……"明筝一时没有反应过来,她站起身瞪着萧天,简直不能相信,明筝头"嗡嗡"直响,有些站立不住,她原以为经过近半年的相处她对他已十分了解,她已把自己托付给他,一心对他,把他看作未来的夫君,但是,此时此刻他竟然对她说他是狐山君王,那个叱咤风云的传奇人物,那个狐王令背后的主人,竟然是他!如此惊天动地的秘密,他一直隐瞒着她。

萧天一步上前,扶住了她:"明筝,我不该隐瞒,但是,这个身份太危险,我不想……"萧天没有说完,明筝已经挣脱了他,往外面跑去。

萧天一个箭步挡到前面:"明筝……"

"萧天,你对我到底隐瞒了多少事?"明筝浑身颤抖,愤怒地喊道,"自从我们相遇,你一次次地变换身份,从一个落魄书生,到家父旧友之子,后来变成兴龙帮帮主,怎么又变成了狐山君王,你是孙猴子,会七十二变吗?"

狐王令 (上)　　　　　　　　　　　　　　　　　　　419

"不是变出来的,是……是我本来便是。"萧天有些语无伦次。

"你本来是什么?"明筝气得眼泪直流,"对了,萧天,我还少说了一样,你还变成别人的夫婿了!"明筝气得呜呜哭起来。

"那个故事你也听了,我和青冥根本没有成亲,只是有婚约而已,"萧天看着明筝,一旦挑破了这层纸,心里便痛快了许多,他扶住明筝的肩膀,安慰道,"救出青冥,是我报她的救命之恩,把她送回狐地,是我对老狐王发的誓言。"

明筝抬起头,泪眼婆娑地看了眼萧天,不放心地问道:"你以后能做到不再对我隐瞒吗?不会又变出什么别的身份吧?"

"再不敢对你有任何隐瞒。"萧天信誓旦旦地说道,突然眼神一晃,又想起一事,急忙低声下气地说道,"对了,还有一事,春上在虎口坡你救下的狐族老人,其实是我,只不过戴了假面。除此以外,我萧天再无隐瞒。"

"什么? 我救下的狐族老人原来是你! 萧天……你……"明筝气得挥拳向萧天一顿乱捶,还是不解气,气得大哭。明筝想起虎口坡那个血腥的黄昏,原来那时起他就在她身边……明筝回想起往事,脸上阴晴不定,感慨不已。萧天以为明筝为自己的隐瞒在生气,忙解释道:"明筝,当时那种情况,是不得已呀。"

萧天一边给明筝擦去脸上的泪,一边急得抓耳挠腮,急忙转开话题说道:"别哭了,夜里咱们要去拜访一个人。"

"谁?"明筝果然中计,瞪着他没好气地问。

"于谦。"萧天笑道。

"为何突然去拜访他,你们不是才见过面吗?"

"当时不便多说,去见他,也是要向他坦白我的身份,救青冥,我想得到他的首肯。"萧天说着,拉着明筝重新坐下。

第二十二章　宫廷深深

一

宫墙外,圆月初升,虽说仍是秋日,乍来的寒气,还是让人有明显不适之感。偌大的皇宫,一片清寂,凉风阵阵,只有值夜的宫女太监瑟缩着躲在避风之地,不时走出去应一下差。

小顺子就没有这么幸运,外面刚响起二更的梆声,就被执事太监陈公公从床上拽起来,叫他去请高公公来司礼监。一出司礼监大门,一阵风卷着几片枯叶猛扑到他脸上,他浑身一颤,不由抱紧双臂。

"呸……呸……"他吐了几口唾液,重新把身上单薄的衣衫裹紧,把腰上的带子系紧。门外的甬道一片漆黑,本来在甬道中间有一盏夜灯,不知何故,此时却熄了。好在有月光,小顺子低着头抱着膀子向高昌波所在的印绶监走去。不远处有一个影子晃了一下,小顺子没在意,以为是哪个小太监也像自己一样倒霉,夜里被差遣办差。

影子突然蹿起来,在半空里晃着。

这次,小顺子看见了,这一看不打紧,几乎把他的魂吓出来,他颤声喊着:"亲娘呀……"只见一张雪白的面孔,披头散发,头发四处飞扬,脸上似乎还往下掉血滴,是鬼无疑。鬼在半空中晃荡,一会儿飘到宫墙上,一会儿又飘下来……

小顺子掉头就往回跑，一边跑一边没命地大叫："鬼来了，有鬼呀，鬼要吃人呀……"

小顺子迎面撞倒一个人，两个人摔到一处，发出噼里啪啦的响声，原来是正打此处路过的守更人，被小顺子撞到，梆子锤头掉一地，他顾不上去捡，训斥小顺子："毛手毛脚瞎嚷嚷个啥，哪儿有鬼？老子天天在这块地儿溜达，鬼呢，鬼呢？"

小顺子认出此人是天大胆，便一把拉住他，颤着手向他身后一指叫道："天大胆，你……你往后……在你身后……"说着，撒腿就跑。不多时，小顺子听见后面传来嘶哑的喊叫声，天大胆眨眼工夫便撵上小顺子，由于他人高马大，双腿得力，一会儿便从后面跑到小顺子前面，声如破竹般没命地高喊："鬼……鬼……有鬼呀……"

喊声在空旷的甬道传出去很远，一些院门打开，一些小太监和小宫女好奇地探出头，他们辨认出是敲更人天大胆的喊声，便惊慌地关死院门。近日，这条甬道常闹鬼，前日一个小宫女遇到，被吓出病来，现在还躺在床上。今天连敲更的天大胆都遇到了，更是让人深信不疑。这消息像此时的寒风一样迅速刮到宫里每一个角落。

司礼监掌司陈德全听完小顺子的讲述，也吓出一身冷汗。但是王振吩咐要见高昌波，还要过去传话，他看着哆嗦成一团的小顺子，宽慰道："你多提个灯笼再走一趟，鬼最怕灯火了，快去吧。"

小顺子岂敢抗命，只得从一个灯架上又提起一个灯笼，硬着头皮走出去，磨磨蹭蹭地出了司礼监大门，他高举着两个灯笼，一边走一边嘴里念念有词"阿弥陀佛，阿弥陀佛……"

没走多远，听见前面有脚步声，小顺子大喊："鬼呀，别找我呀，我和你一样是可怜人呀！"

"小顺子，是我。"

小顺子抬眼一看，原来是万安宫里的张成，见他手里抱着一包蜡烛，神色慌张地走过来。

"张公公，你从哪里来，可是见……"

"有鬼，我见了，吓死我了，宫中谁不知道，俺们宫里都不敢熄灯，这不，我又求神拜佛找到一包蜡烛。"张成极其夸张地又描述了一般，小顺子听后腿都软了。张成明知故问道："外面闹鬼，你小子还跑出来干吗，往鬼嘴里撞呀？"

"我，我去办差呀，去请高公公来司礼监。"小顺子带着哭腔说道。

"不就是到印绶监吗，我正好回万安宫，绕一下而已，行了，今天算你小子运气好,你找个避风的地方猫一会儿再回去吧,改日你小子得好好孝敬我一下。"

"那是,那是……"小顺子顿时喜笑颜开,不胜感激地对张成拜了拜。

张成望着小顺子屁颠屁颠跑回去,方长出一口气,没想到今天如此顺利,前几日他在这一带晃来晃去,也没有遇到司礼监的人。

三日前,小六冒充他的侄子在宫门外等他。他这才知道李把头和帮主已经回到京城。自他从浣衣局回到万安宫,就在康嫔的指使下四处活动寻找青冥,秋月这丫头也总是催促他,但是在偌大的皇宫寻找一个人,宛如大海捞针。上月末,太后跟前的拂衣姑娘打听到一件事,一个废妃企图挖地洞逃走,被关进乾西里。

这个消息一告诉康嫔,康嫔和秋月就要去乾西里看看,为了贿赂守院的太监,康嫔给他一些首饰让他拿外面当了换银子,那日他找机会出宫,不想竟遇到了小六。

小六传了帮主的话,他这才知道宫里闹鬼是怎么回事,听到帮主谋划的事他震惊到无以复加,但是害怕归害怕,他还是咬牙应下了,心想自己一个风烛残年的废人,被萧帮主和恩公高看一眼,能为他们所用,此生也无憾了。近几日他幸灾乐祸地看着宫里平日里耀武扬威的一众人等如今被吓得鬼哭狼嚎的模样,暗自佩服帮主的谋略。

他正苦于没机会见到王振身边的人,恰如累了有人给塞了个椅子,小顺子的出现让他顺理成章轻松地便见到高昌波。他按照小六的吩咐,一路上想着要说的话,不知不觉已走到印绶监门外。院门敞开着,从里面冒出一股浓烟,发出刺鼻的艾叶的味道。张成认出一个小太监小通子,正往火里扔艾叶。

"小通子,你在干什么呀,老远都呛得慌。"

小通子回头看见是张公公,道:"俺家爷说了,这样可以驱鬼。"

"你家爷呢?带我去见他,我有事回禀。"张成在院子里左右张望,除几个小太监忙着熏艾,其余的都歇下了。

"爷在屋里,歇了。"

"快去给我传话,我刚从司礼监那边过来,有事回禀。"

小通子一听司礼监三个字,立刻扔掉艾叶往正房跑去。不一会儿,小通子跑过来说:"爷让你进屋回禀。"

张成掀开棉门帘走进房里,看见高昌波披着棉氅坐在炕上。张成急忙把怀里的一包烛火放到门旁,走到炕前向高昌波请安。

"张公公,什么风把你吹到我这儿了?"高昌波慵懒地抬眼皮白了他一眼。

"高公公,如今宫里闹鬼,吓得那些小子都不敢出门了,便替小顺子带个话,你说他一个劲地求我,大叔大叔地喊,我也不好回绝不是。就请高公公过司礼监一趟,先生有事要吩咐你。"

"嗨,如今这宫里是越来越没有规矩了。"高昌波骂道。

"可不是咋的,"张成说着,又凑前一步,压低声音道,"刚才在司礼监外的甬道里,又碰见鬼了,也不能怨小子们,太吓人了,一看就是一个来寻仇的厉鬼,别说那帮小子,连我这个土埋半截的老家伙都被吓住了。往年也听闻宫里闹鬼,但从未撞见过,只当是那些宫女嬷嬷没事嚼舌根消遣来着,但这次不同,是真撞见了,在几个宫上面飘来飘去,那冤孽气太重。"张成说着心有余悸地缩了缩脖子。

"这个霉头冲的,唉。"高昌波刚才的精神头被浇灭了一半,人也萎了下来,摇着头叹道,"唉,如今咱们还要出去当差,这可如何是好?"

"我早年认识一个道长,听他说过厉鬼的事,厉鬼身上怨气太重,如不及时驱走,消解他身上的怨气,让他附身到债主身上,那个债主就会阳气耗尽而亡。"张成瞪大眼睛看着高昌波。

"啊,"高昌波浑身一震,挺无助地看着张成问道,"我让小子们熏艾叶,你说有用吗? 那你说,这鬼到底是冲着谁来的?"

"肯定不是冲着我来的,我贱命一条,撞见几次了。"张成大大咧咧地说了一句,突然压低声音道,"明摆着,谁身上命案多,就……"

高昌波瞪着眼睛点点头,"可有破解之法?"

"我看只有请道长做法场,驱鬼消怨。这事你问我,可算找到人了,妙音山上三清观,有一个姓高的道长,法力无边,你老可以打听打听,快得道成仙了,这事得速办,要不道长成仙了就不过问凡间事了。"

高昌波腾地从炕上下来,心里突然有了主意,他冲外面高喊:"小通子,准备灯烛跟我出门。"高昌波转回身,望着张成客气地道:"张公公,我就不留你啦,哪日闲了过来咱哥俩喝两盅。"

"一定,以后还要仰仗高公公,那小的就告辞了。"张成躬身退出去,到门口抱起那包蜡烛往外走。

张成走出印绶监发现自己后背已经被汗溻湿了,他慢慢腾腾地走着,不一会儿,听见一阵脚步声,他回头看见高昌波带着两三个小太监挑着几个巨大的宫灯向司礼监的方向走去。张成露出笑脸,想到托付的事办妥了,心里一阵高兴,不由哼起小曲,向万安宫走去。

狐王令(上)

小通子提着两个灯笼走在前面，高昌波走在中间，后面还跟着俩小太监高举着宫灯。一路上阴风阵阵，小通子手不住地抖着，灯笼也跟着乱晃。

"你个小崽子，没吃饭吗？走个道都走不稳。"高昌波抬脚踹了下小通子，小通子身子一趔趄，差点摔倒。

高昌波急着赶路，生怕在道上遇到什么不祥之物。此时招他去司礼监一定有大事，近来王振闭门不出，除了按时去向皇上请安，几乎不迈出司礼监半步。估计跟宫里闹鬼有关。宫里有人传说，那日早朝赵源杰头撞廊柱而亡，现如今变成厉鬼索命来了。

高昌波想到王振此时的处境，感到自己的机会来了。他隐忍多年，追随在王振身边，一直在等这个机会，是时候亮出他的利剑了。他王振如今已没有可以倚重的人，而宁骑城的真面目也该揭开了，想到这里，高昌波一阵冷笑，没想到自己无意间布的一个局，竟然结出意想不到的果实。

小顺子蹲在司礼监大门外的石台下，看见灯影，迎着他们跑过来。

"你小子，从我身边出去，到了这里还不老实，可真会耍滑，看我不到你主子面前告你，还不去开门！"高昌波吓唬他道。

"爷，小的不敢了。"小顺子忙跑去开门。

高昌波径直往里走，穿过庭院，走向正房。此时陈德全已站在院里候他多时，他迎着高昌波过来，压低声音道："高公公，请跟我来。"

陈德全引着高昌波走向偏房，屋里很暗，只有一盏夜灯。进门就看见门旁立着四个身负武功身材高大的东厂高手，腰间佩有宝剑。高昌波往里面看，只见王振坐在正中的太师椅上，身后的暗影里站着两人。

"德全，看座。"王振脸上堆着笑向高昌波招手。

高昌波急忙上前请安，礼毕后躬身坐到陈德全搬来的椅子上，"先生深夜招老奴来，有何吩咐？"

"你在外面都听到些什么，如实说来。"王振面色疲惫地盯着高昌波，昏暗的烛光下，只看见他的双眸混浊，眼袋臃肿，双颊塌陷，整个人憔悴不堪。高昌波心下也是一惊，可以看出这些天王振的日子不好过。

"先生，"高昌波略一寻思，凑身向前道，"宫里这几日闹鬼你也知道了吧，宫里都传开了，说是赵源杰变成厉鬼来找先生了。"

"笑话，我怕他一个死人做甚？"王振眯起眼，双眸里射出冷酷的寒光。

"先生,你当然不怕鬼,你是在世钟馗,专抓小鬼。但是宫里那些人怎么能与先生你比,大家惶惶不可终日,时日长了,恐要出乱子,要是皇上过问起来,事便大了。"

高昌波短短几句话说到了王振心里面,他望着高昌波问道:"你可有什么破解之法?"

"先生,这你可是问对了人,别的我不知道,但独独对此我还知道一二,我认识一个道长,驱鬼降妖,人间独一份。"

"说来听听。"王振混浊的眼眸里精光一闪。

"妙音山三清观,一个姓高的道长,是我本家,法力无边,请他来宫里做法场,一来可以驱赶鬼怪,二来也可以安抚宫里人心。"

"哈哈,区区小鬼,不足挂齿。"王振满意地看了高昌波一眼,"我明天一早,就去禀明皇上,在宫里办一场大法事,这个事就交给你来办,让那些好嚼舌根的蠢货看看,别以为拿一个小鬼就能吓住我。"

高昌波一愣,本来是想在王振面前讨个好,出个主意,没想到王振却让他来办这么大的差,顿时有种受宠若惊的感觉,急忙起身应下,"小的一定尽全力办好差,请先生放心。"

"坐下,"王振向他一摆手,脸上也有了笑容,显然心情好了许多,"此时找你来,不是为了说这个,昌波,你对宁骑城怎么看?"

高昌波听到王振称呼自己名字,而不再称呼公公,心里一热,瞬间两人的关系拉近了不少,又听王振提起宁骑城,高昌波心里一动,嘿嘿笑了一声。

"宁骑城?"高昌波偷偷瞄了眼王振,他在宫里混了这么多年,别的本事没有,就有一项,会察言观色,会说主子想听的话。他知道王振疑心重,朝中大臣能监视的都有东厂的人盯着,不能监视的就打发到地方。莫非王振也对宁骑城起了疑心?他直了下身子,心里一阵窃喜,看来自己终于等到了时机。他压抑着自己的冲动压低声音道:"先生,宁骑城这个人仗着自己一身武艺,从来不把别人放在眼里,桀骜不驯,像一匹野马,他这个人可不好说。"

"哼,只管说。"王振阴沉着脸。

"唉,我就奇了怪了,那个于谦在诏狱待了几个月,出来的时候竟然活蹦乱跳的,这以后处处与先生作对,先生不觉得奇怪吗?"

"你是说……"

高昌波向王振跟前凑了下,压低声音道:"先生,有一事,老奴不知当讲不当讲?"

"何事,只管说来。"王振皱起眉头。

"说到此事,我得先说一个人,此人叫陈四,是原东厂百户,一次跟随我去诏狱提审于谦,不知何故惹恼宁骑城,被打残,断了只手臂,赶出东厂。这陈四不服,扬言非报此仇不可,至此伺机跟踪宁骑城寻机报仇。陈四秘密跟踪宁骑城四个月,把他的老底掀了个底朝天。陈四找到我,说要揭发宁骑城,告他忤逆之罪,我把陈四安抚住,也没有主意,苦于不知怎么办,不想此时先生问我此事,我……"

"竟有此事,若是妄言相诬,可是灭九族之罪。"王振眼神凶恶地瞪着高昌波。

高昌波眼皮一抖,颤声道:"当时老奴也是如此相告,那陈四说宁骑城与东阳街马市的蒙古人有秘密来往,有两次夜里,看见蒙古人深夜潜入宁府,不知密谋些什么,很晚才出来。陈四说宁骑城有一个蒙古女人叫和古帖,而且还信誓旦旦地说宁骑城是蒙古人安插在朝中的奸细。"

王振眯起眼睛陷入沉思,脸上一片阴晴不定。过了片刻,王振缓缓说道:"若陈四所言属实,这倒是让我想到,当初与蒙古人交易弓箭,也是他的提议。想想近日接连发生的事,鑫福通倾注了我多年心血,被劫一空,那个八卦门掌门修筑的密室,也能被破解,若说他没有嫌疑,鬼才信,也只有他有这个手段。唉,真不让人省心呀。"

"先生,照我看,这陈四所言也未必可信,宁骑城是孤儿,流落在京城被招入锦衣卫,还是你提拔的他,看他身手不凡还认作干儿,不能让陈四一家之言坏了你们父子之情。"高昌波偷偷乜了王振一眼,笑着说道。

"哼,什么父子之情。"王振眯起眼睛,脸色越发阴沉,"此人不得不防,你去把陈四秘密带来,我要见他,我要亲耳听到事情的真相。"

"是。"高昌波站起身,毕恭毕敬地躬身道。

"自王浩死后,东厂督主一直空缺,本想让宁骑城一肩两职,幸亏还没有落到实处。现在看来,我对他希望越大失望也越深,若能证实陈四所言非虚,绝不会轻饶他。"王振直视着高昌波,鬼火般的双眸一闪,"这个位置你先担着。"

高昌波浑身一激灵,愣怔了片刻,突然双膝跪地叩头,几乎带着哭腔喊道:"谢先生厚爱,老奴无能无才,怕辜负了先生的重托呀。"

"既用你,你便有可用之处,你对我的忠心日月可鉴,外人我再也信不过了,起来吧。"王振向他摆了下手,"把你印绶监的差事交给得力的手下人,明天便到东厂衙门办差吧。"

狐王令(上)　　　　　　　　　　　　　　　427

高昌波眼泪鼻涕齐下，急忙用袖子抹去。年近五十突然官运来了，那东厂督主是何等的风光富贵，是他这么多年梦寐以求的，连朝中重臣都得忌惮三分。看来宁骑城的背运来了，像那样一个叱咤风云的人物也有今天。

"你先给我办三件事，"王振吩咐道，"第一件事，派个最可靠的人盯住赵府，还有赵源杰他的那群狐朋狗友，看看谁敢去赵府祭拜；第二件事，找道长，就是你说的你的那位本家，来宫里做场法事；第三件事，你们东厂给我盯紧马市那帮蒙古人，还有宁骑城，我倒要看看他还要什么把戏。"

"先生，小的全记下了。"高昌波毕恭毕敬地说道。

"如今朝局不稳，皇上自那日受了惊吓，一直心情不好，太后操劳过度身体欠安，真是一团糟呀，所以，你我要同心协力，杜绝那种事情再发生，对朝臣中敢忤逆犯上者皆杀之。"

高昌波额头上冒出豆大的汗珠，他低着头一个劲地点头称是。

"你回去吧，我也乏了。"王振闭上眼，向高昌波挥了下手。

高昌波躬身退出，门边的几个持剑护卫给他打开大门，然后"砰"的一声，大门在他身后关上。高昌波用袖口擦了下额头的汗，心想，一个屋里住进六七位东厂高手护卫，看来王振也怕了。

高昌波一想到接下来要做的事，兴奋之余心里更是怵得慌。要他去对付那个神出鬼没的宁骑城，他还真是没有多大的把握。思考片刻，高昌波突然找到了自信，宁骑城说到底不过是一介武夫。

二

宁骑城此时骑着他的黑骏马独自出城，他哪里会知道宫里发生的变故，近日诸多不顺让他心烦意乱，连续的失手也让他高傲自负的自尊心受到重挫。

他的腰牌和绣春刀挂在一处，他懒得拿出来，但明眼的守城兵卒看也不看，直接开了城门，别的锦衣卫他们认不准，但宁骑城哪个不认识。

宁骑城打马疾驰，头顶上一轮圆月如影随形，似乎在提醒他今天是月圆之夜，按约定今天柳眉之必须来面见他。从不带香囊的他，今天腰间系了一个，里面有为柳眉之准备的一丸丹药。宁骑城一声冷笑，紧咬牙关，想着一会儿见到柳眉之这个家伙该怎么对付他。

出京城十五里,青石镇外有一片湖,白天是个垂钓的好去处,夜里这里人迹罕至,却可以欣赏湖光月色。但对他们这样各怀心事之人或许只求个僻静。

这个地方是柳眉之选的,宁骑城有一次打此路过,只记得有一片湖。当他顶着月光骑马走近湖边时,也被这里的美景柔软了一下心肠。他翻身下马,把马拴到湖边的杨树下。此时湖边空无一人,湖面在微风吹拂下,一道道泛着银光的涟漪荡向岸边。

宁骑城负手而立,高大的身影在岸边投下长长的影子。四周一片寂静。宁骑城估计了一下时辰,已经近四更,可是仍然不见柳眉之来,他的忍耐已快达到极限,任月影一点点西移,眼看东边已泛起一丝鱼肚白。

这时,从山路方向响起一阵马蹄声。一骑自东面飞驰而来,马上一个白衣人紧打马背,呼啸而来。宁骑城急忙躲到树后,看见那匹马飞快地奔到湖边,马上之人四处张望。

没等马上之人转过身,宁骑城已闪身来到马下,飞身一跃把马上之人拽到马下,三下两下就制服住压在腿下。柳眉之愤怒地喊道:"放开我,你个疯子……"

宁骑城扳过那人面孔,确认是柳眉之后,这才住了手,一把拉他起来,"我以为你不来了,再晚一会儿,我就把那颗解药喂鱼了。"宁骑城阴阳怪气地说道。

"给我,快给我。"柳眉之软下来,知道自己斗不过他,这时不能激怒他,便缓和了语气说道,"我已经拼全力了,骑了几个时辰才到这里。"

宁骑城听闻他的话,仔细打量着他。柳眉之摔得不轻,趔趄了几下才缓缓站起身,腿仍瘸着。今儿个他没有穿女装,一身白色长衣几处被划破,碎布片在风中飘着,看来他没有说谎,应该是从远处紧赶而来。

"说,此时他们在哪里?"宁骑城努力压抑着自己的冲动,这个问题困扰了他许久。

"说……说不清楚,荒山野岭,地名我也说不清。"柳眉之吞吞吐吐地说道。

"柳眉之,我跑这么远不是听你说这个的,"宁骑城看出柳眉之在跟自己兜圈子,胸中一股恶气往上翻,"能让你活着离开京城就说明你还有可用之处,如果你对我没有用了,你的下场就和云蘋一样,你的书童云蘋你还记得吧?"

柳眉之浑身一颤,云蘋如魔鬼的身影时常出现在他的噩梦里,每次听到这个名字都让他颤抖不止。但是说出瑞鹤山庄等于把那些人送入宁骑城的魔爪下,别人都好说,唯独明筝,他仍然是放不下。

"想好了吗?"宁骑城盯着他问道。

"把解药给我。"柳眉之想着必须确保解药到手，他才会考虑告诉他多少。自他在诏狱不幸吃下那个可恶的"铁尸穿甲散"，他一直生活在恐怖之中，每天起床第一件事就是照镜子，查看自己皮肤有无变化，直到确定自己吃下去的解药是真的，他才能放下心。

"想要解药，就要拿出东西来换，这样才公平。"宁骑城冷冷地瞥着他，又走近一步，"还有，我问你，鑫福通钱庄那一票是不是他们干的?"

"很多事他们是背着我做的，我真的知道的不多。"柳眉之一脸委屈地说道。

"那好，我告诉你，鑫福通银库是我找到八卦门，绑来他们的掌门云山隐士修建的。当时我只接到王振的指派，去绑了人，其实并不知道是为他修银库，后来去了鑫福通才明白。八卦门可是奇门遁甲之祖，想要破解堪比登天，这么多年安如泰山，为何此时被破？只有一个解释，必是明筝参与了，你那个好妹妹，她就是一本活的《天门山录》。此书从我手上被你盗走，只有我知道《天门山录》中有八卦门的秘籍和暗语。如今，他们正躺在银子上睡大觉呢，你还在这里欺瞒我，对我说知道的不多。"

"他们抢劫了鑫福通钱庄?"柳眉之大惊，追问道，"这是几时的事？我真的不知晓呀。"

柳眉之额头上渗出冷汗，听宁骑城如此一说，他脑子开始飞快地运转回忆起来。从诏狱被救出来，他就被他们安排住进望月楼后院，还有两个人日夜伺候他，不停地给他喝进补的汤药，禁止他出门，说是外面查得厉害。那段时间他也特别贪睡，也不清楚原因，以为是在诏狱落下的病根。听宁骑城一席话，他才顿悟，原来他们早就防备他，或许他喝的汤药里被加入了催眠的药材也不是没有可能，要不这些时日他为何特别贪睡，再联想到他们身边还跟着一个药王玄墨山人，这还有何奇怪的，怪只怪被他们下了套，他还想着如何保全他们。

"那……他们会把银子藏到哪儿?"柳眉之一想到他们抢了王振的银子，而那些银子足以买下一座城池，眼前几乎冒出金星。

"哈，这个该我问你吧。"宁骑城扫了眼柳眉之，从他脸上的神情来看，不像是知情的样子，便决定继续刺激他，"你还为他们保守秘密，他们跑一边数银子的时候，想到你没有?"

"别说了。"柳眉之愤怒地瞪了眼宁骑城，心里明白他说的没错，萧天与他之间的芥蒂是个死结，不可能化解，他们救他只是把他当作一个人情卖给了白莲会，毕竟白莲会信众遍布大江南北，势力很大。

狐王令(上)

"你真不知情?"宁骑城夸张地大笑起来。

"宁骑城,"柳眉之冷漠地绷紧下唇,凑近一步,眼神迫切地盯着他,"咱们来做一个交易吧,如果我把他们正在密谋的大事都告诉你,你可以把我身上的毒全解了吗?"

宁骑城暗自一惊,然后发出一阵冷笑:"说说看,是什么?"

"你要向我保证一事,不要伤害明筝我才说。"

"这个你放心,我刚刚说过,明筝姑娘就是一本活的《天门山录》,我疼她还来不及呢,怎么舍得伤害她。"

"解药。"柳眉之心一横,冲着宁骑城伸手道。

"妈的,见你的鬼,都说我宁骑城奸,你比我有过之而无不及。"宁骑城怒火冲天地从腰间解下香囊,扔给他。

柳眉之双眼放光地接过香囊,像一个饿久的人看见馒头一样,抖着双手撕开就往嘴里填,他大口地嚼着,努力分辨是否跟上月吃下的一样,直到确认无误,他才平静下来。

宁骑城脸上挂着一丝冷笑,抱着双臂看他吃下去,然后才呵呵笑起来:"这下放心了,说吧。"

"他们在瑞鹤山庄。"柳眉之淡淡地说道。

"哦?"宁骑城吃了一惊,他们果然去了这个山庄,他也已查明瑞鹤山庄在大苍山和小苍山之间的山坳里,名义上是一个南方茶叶商人购置的,"往下说。"

"萧天的身份你知道吗?"柳眉之冷眼望着宁骑城,这下轮到他看宁骑城的笑话了。

"兴龙帮帮主。"

"哈哈,那我告诉你,他就是你们费尽心思要找的狐山君王,你信吗?哈哈……"柳眉之望着宁骑城呆愣的表情,一点也不觉得奇怪。他知道这个消息时比他还震惊,就在三天前,兴龙帮的李漠帆回到山庄,叫梅儿跟他回京。临走时梅儿偷偷跑来与他辞行,并对他说了他们要在京城干的事,这个惊天的秘密,惊得他几日未眠。

"还有一件事要告诉你,他们正在策划刺杀王振。"柳眉之看着宁骑城愣怔无语的表情,快意地说道。

宁骑城往后退了一步,柳眉之透露的消息相当于狠狠扇了他一个大嘴巴,萧天,这个在他眼皮底下的文弱书生,即使后来知道是兴龙帮的帮主,也没有引起他的注意。一个江湖帮派让一个文弱书生当帮主只能自取败落而已,但没想到他……竟然是交过几次手,几次都没能击败,武功之高,智谋之深,让他深深敬畏的狐山君王。

宁骑城凑近柳眉之,恶狠狠地盯着他问道:"不会是你嫉恨萧天,故意编排的吧?"

柳眉之不屑地一笑:"信不信由你,反正我知道的都告诉你了。"

宁骑城掉头就跑,飞奔到杨树下,解开拴马的缰绳,翻身上马。

柳眉之发现不对,追过来,大喊道:"宁骑城,你别走,我要你给我解毒——"

宁骑城发出一阵狞笑,根本不看他,催马就走,一边丢下一句:"下个月,月圆之夜,再见——"

"你个骗子!"柳眉之站在湖边,放声大骂。

三

刮了一夜风,万安宫里一片狼藉。花架东倒西歪,花盆碎了一地,满院落叶。自从菱歌姑娘成为康嫔入主万安宫,把一个空空荡荡的院子变成了种植园,各种花架、花棚,堆得满满当当。虽说院里还住着一个惠嫔,但是惠嫔生性内敛,喜欢刺绣,几乎足不出户。

一早几个宫女和太监就出来清扫,直到此时才清理出一小片地方。秋月从东厢房露了下头,也跑过来帮忙,一边扫地一边埋怨:"妈呀,我的祖奶奶呀,种这些破玩意儿干吗呀?"

一旁宫女小琴嘻嘻笑道:"秋月姑姑,也只有你敢这么说咱们娘娘。"

"你们不知道,咱们主子娘家是种地的,就喜欢种东西,以前爱种稻谷,现在用不着种稻谷,就改种花了。你看吧,要是宫里断了供,咱们娘娘保不齐就带着咱们把这院子改稻田了。"

"秋月,我的珍珠簪子呢?"从东厢房传来康嫔尖利的喊声。

几个宫女回头瞅着秋月,小琴伸手指着秋月发髻上别着的一支珍珠簪子道:"姑姑,在你头上。"

秋月恍然大悟,伸手把头上的珍珠簪子拔下来,扭头向东厢房走去,一边走一边吆喝:"戴你个破簪子喊得震天响,你像个当娘娘的吗?"

狐王令(上)

几个小宫女吓得直吐舌头，小琴鄙视地望了眼秋月的背影说道："这个宫里，娘娘不像娘娘，奴才不像奴才，唉，待在这个破地方，何时才有出头之日，我看是没指望了。"

"不，我挺喜欢康嫔的，很和气呀。"一个小宫女说道。

"你懂什么，皇上都把咱这个地方给忘了，没有恩宠，有何指望，你瞧瞧别的宫里宫女穿什么，咱们穿什么。"小琴撇了撇嘴说道。

"我说小姑奶奶们，有嚼舌头的时间，院子也早清理完了。"张成风尘仆仆从后面走过来，冲着几个宫女喊了一嗓子。

"咦，张公公，"小琴笑着迎上去，"我要的香粉带来了吗？"

"哎呀，下次出宫再说啊。"张成不耐烦地挥了下袖子，匆匆向东厢房走去。

一路上穿过游廊、花架、饲养鸟雀的大小笼子，张成直摇头，心里也不由叹息，若是这些东西能让菱歌姑娘和秋月姑娘缓解心中苦闷也不算白忙活。

此时菱歌已梳妆完毕，正与秋月坐着喝茶。两人虽说是主仆，在外人面前也竭尽全力显示着主尊仆卑，但在这个屋里，大门一关，她们便变回好姐妹。

秋月一见张成过来，急忙起身迎上去，给他搬来一把椅子。张成一落座，就把昨夜的事向两位姑娘说了一遍。

"张公公，你真见到那个鬼了？"秋月问道。

"是呀，真吓人，如果不是小六说那是他们的人扮的，我真会吓昏过去，那家伙，在半空飘来飘去的。"

"这么说，狐山君王和翠微姑姑都来了？"菱歌惊喜地问道，眼圈开始发红。

秋月一瞥菱歌，取笑道："你看你，又来了。"

"我只见到小六，小六是我们兴龙帮的，应该是跟你们的人在一起的，他只告诉我，抓紧找到青冥。"张成略一沉思，压低声音道，"你们的人正在筹划这件事，他们扮鬼就是要吓宫里的人，让他们去请道长来宫里做法事，这样他们就可以混进宫里救青冥了。"

"太好了。"秋月和菱歌四目相望，不由潸然泪下，"总算熬到头了，我们应该把这个消息快些告诉拂衣和绿竹去。"

"两位姑娘，别高兴得太早，现在你们还没有去过乾西里，拂衣姑娘给的信儿也不知道是不是真的。那个地方住了许多人，年老色衰又无生养的妃子多了去了，还有宫女……得尽快去一次，看青冥是不是在里面，这个呀，还得你们去认，老奴我可不认得。"

"是呀，"秋月点头，"菱歌去不成，你一个嫔妃跑那个地方做什么，只有我们仨可以去，但是拂衣在太后身边又走不开，只剩我和绿竹可以去了。"

"嗯。"张成点点头，"到时候我陪着你们去，也好有个照应。"

三人正说着话，宫女小琴一路小跑进来："回娘娘，印绶监的小通子求见。"

菱歌看了眼秋月和张成，张成突然想起昨夜的事，忙向菱歌一点头，菱歌轻咳了一声："叫他进来吧。"

片刻后，小通子喜笑颜开地走进来，给康嫔跪下行礼："康嫔娘娘，小通子给你请安了。"

"起来吧。"

"娘娘，"小通子说着瞟了一眼张成，一脸喜色地道，"娘娘有所不知，高公公今儿一早被宣去了乾清宫，万岁爷降旨，高公公如今成了东厂新督主，已经去衙门当差去了。"

"哎呀，当真是个大喜事啊。"张成说着，与菱歌和秋月交换了眼色，听小通子往下说。

"爷叫你过去，有好事吩咐。"小通子笑着说。

"好，我这就向高公公贺喜去。"张成说完，想到自己乱了规矩，忙躬身向康嫔请示下，"娘娘，你看……"

"去吧，去吧，也代我问声好。"菱歌心里一动，她与秋月对视一眼，秋月心领神会急忙转身取了一个包有碎银的香囊走到小通子跟前，塞进了他手里。小通子以前哪有过这么好的待遇，急忙叩头谢恩。

张成跟着小通子走出万安宫，禁不住好奇，想问小通子印绶监到底发生了何事。小通子一路上把玩着秋月给他的香囊，高兴得合不拢嘴，只是胡乱地敷衍他几句。

张成真想踹他几脚，但一想，这孩子也是可怜，自小被家人卖入宫里，先不说进宫前净身受的罪，在宫里也没过过一天好日子，从没有看见过银子。

"你小子，乐够了吧?"张成拽住他一只耳朵，问道，"高公公，不，高督主叫我何事呀?"

"这个，我哪会知道?"小通子笑道，"你过去就知道了，反正是好事呗。"

两人正说着看见宁骑城从甬道走过来，他一身飞鱼朝服像是从早朝下来，一路心事重重低头快步走着。

张成灵机一动突然叫道："小通子，高公公当上了东厂督主，不封你个百户呀?"

狐王令（上）

"我哪有那命?"小通子说着看见走过来的宁骑城,心里怵得慌,后半句咽回肚里,身子不由往张成身后躲。

"见过宁指挥使。"张成急忙躬身行礼。

"你们刚才说什么? 什么高公公,东厂督主?"宁骑城眼窝深陷,一脸憔悴。他昨夜从青石镇赶回府,几乎一夜未眠,早上急匆匆进宫来见王振,冷不丁听见这两个太监的对话,心里咯噔一下,有种不祥的预感。

"宁大人,你还不知道呀,"张成笑着说道,"高公公现如今成了东厂督主,万岁爷才下的旨。"

宁骑城的脸色变得惨白,他瞪着张成,这个一把年纪的老太监没必要唬他,他急于去见王振的迫切心思在这一刻起了变化,这个消息像是一盆冷水猛地浇到他身上,他一阵阵发寒,停下来,望着远处,不经意地问:"高公公此时是不是在司礼监?"

"是呀。"张成实诚地回答,一旁的小通子直拽他的衣袖。

宁骑城脸上现出一丝冷笑,本来自己一夜未眠,筹谋着怎么去化解将要面临的危局,现在看来,他可以休息几天了。自诏狱出事,他被迫交出东厂大印,王振曾经在他面前不止一次表示过将上奏皇上让他继续坐镇东厂,还说这样可以将锦衣卫和东厂两股势力整合在一起……哼! 宁骑城转回身,心里寻思着自己是不是有什么把柄落在王振手里,但脑子里一片空白,这段时日发生太多事,对他来说首尾两端顾此失彼,被人揪出点端倪做文章也是有可能。想到这儿他心里已有数,他不由打了个哈欠,向宫门走去。

张成望着宁骑城的背影,暗自一乐,以前不可一世的宁骑城也有今天,看见小通子还一脸发怵的样子,笑道:"瞧你小子的出息,怕他做甚,你家爷都成东厂主子了,知道吗? 连朝中大臣都要惧他三分,以后你小子腰杆挺直了,知道吗?"

小通子半懂不懂地点点头:"张公公,那东厂督主是多大的官呀?"

"傻呀!"张成拍了下小通子的脑壳,"看见宁大人了吗,跟他一样大!"

小通子张着大嘴巴半天没合上,直到张成走出多远,他才反应过来,屁颠屁颠跟过来:"那你怎么说爷在司礼监? 爷明明在印绶监里等你呢。"

"懂什么? 这叫杀杀他的锐气,以后见咱俩要客客气气的……"张成胡乱给小通子解释着,从知道高昌波成东厂主子那刻起,他就明白宁骑城在王振面前失宠了,少了这个人,他们的事就好办了。

两人走到印绶监门口,便被一圈人挡在外面。张成一看,全是各个宫里被主子派来向高昌波贺喜送礼的,有太监也有宫女,都是各个宫里有头有脸的人物。印绶监里忙成一团,小通子够机灵,拉着张成从侧面一个角门走进去。

小通子引着张成走到一个不起眼的待客室,轻敲房门:"爷,张公公给你带来了。"

"进来吧。"

原来高昌波在这里躲清静呢,张成进门倒头便拜,头磕到硬实的地面上发出咚咚的响声,嘴里念念有词:"奴才叩见东厂督主。"

"起来,起来吧。你小子就别来这一套了。"高昌波嘴里虽这么说,心里还是挺受用的,脸上不由露出笑容。高昌波虽然贪财爱权,但毕竟在宫里浸淫半生,见多了荣辱沉浮不过一瞬间,这个突如其来的大荣耀给他带来一时的兴奋过后,便是烦恼。他知道以前在印绶监悠闲的日子不复存在了,他如今要给王振卖命了。

一夜未眠的他,今早起来第一件事就是招兵买马。在他离开印绶监前,得先找一部分心腹到跟前。

"张公公,你如今在万安宫真是太委屈你了,今儿找你来,我也不拐弯抹角了,给你个痛快话,跟着我干吧,保你有个好前程。"

"督主,你不是在开奴才的玩笑吧?"张成一时拿不准高昌波的心思,问道。

"跟着我到东厂,我给你个百户干干,可好?"

"那敢情好呀,"张成又躬身叩头,"谢高督主提拔,奴才定粉身碎骨报效督主恩情。"

"唉,"高昌波叹口气,忧心地说道,"奶奶的,这个差事不好干呀,你要打起十二分的精神来,万安宫的差你就放下吧,赶明我会打发人回明你家主子,你现在去办一件事。"

高昌波伏在他耳边说一句,张成一听果然是请道长做法事之事,不由心中暗喜,更加佩服帮主的神机妙算。高昌波从案上拿起一块腰牌交给张成,有了这块东厂腰牌,便可轻松出入宫门。

张成从印绶监出来,一路疾走。走进万安宫时,院子已经打扫干净。他沿着游廊准备先向康嫔请安去,一路上想着突然降临的好事,以后他就可以大摇大摆地公然出入这座宫城了,手里不由紧紧攥住那块腰牌。

大殿一侧的窗下,一个宫女鬼鬼祟祟地在向殿内张望,从里面传来女人们叽叽喳喳的说话声和笑声。张成偷偷走过去,突然拍了那个宫女的肩膀,那个宫女吓得一哆嗦，忙回过头，竟然是小琴。

"你在这里做甚?"张成问。

"啊，张公公，我，我看绿竹姑娘过来了，想向她打听件事，要不，等她出来再问吧。"小琴尴尬地说着，又补充道，"她那个尚仪局的执事姑姑是我同乡。"说着便退出去。

张成看着小琴离去，急忙迈步走进屋里。此时康嫔坐在居中的座上，绿竹和秋月一边一个正说到兴头上。三人看见张成进来，秋月高兴地迎上前："张公公，你可回来了，我们正说着要去乾西里呢。"

"我的姑奶奶们，你们别只顾了高兴，别忘了这是在宫里啊。"张成突然压低声音，指着门外，"刚才你们都说什么了? 外面有人呢。"

"啊，谁?"秋月惊叫道。

"小琴，我老远看见她在这里鬼鬼祟祟，不知她听到多少，"张成看着三人，"你们以后一言一行都要小心着点。这丫头心里鬼着呢。"

三人面面相觑，努力回想刚才都说了什么，绿竹脸上一白，"我说，我说终于熬到头了，再也不用在这里提心吊胆了，做梦都梦到家乡。"

"你说你这丫头，心里怎么存不住一点儿事呢?"张成皱起眉头。

"张公公，就算小琴听到这些话，"康嫔说道，"她也不一定会明白我们说的是什么，何况她俩咋咋呼呼的没个正经。"

"是这样最好，现在这个节骨眼可别出乱子呀。"

"张公公，一早小通子找你是为何事呀?"康嫔不放心地问。

"大好事呀，"张成从怀里取出那块腰牌，压低声音道，"简直是神在助咱们，高昌波当了东厂督主，让我跟着他干，还承诺给我个百户干干。"

三人传看着那块腰牌，秋月走出去看了眼门外，关上房门。"张公公，你成了东厂的人，那宫里的人巴结你都来不及了，"秋月道，"肯定不会为难你的，是吧?"

"哈哈，我就知道你这个丫头要说什么，让我带你们去乾西里。"张成说道，"你们现在收拾一下，康嫔要是去，得换上宫女的衣服，还要想好说辞交代好身边的宫女。我在外面等你们。"

一炷香的工夫，三人收拾停当，穿着清一色的宫里低级宫女的服饰走出万安宫。康嫔专门交代两个平日里受过她恩惠的宫女，说自己身体欠安需要休息，外人不可打扰，让两人守住寝殿大门。张成在宫门外看了三人一眼，点点头："一会儿，你们什么也不要说，听我的就是。"

沿着甬道，走出去不远，天空便变成铅色，不一会儿沙砾般的细雪便落下来。天气骤然变冷，一路上也没遇到几个人，宫里人都缩进屋里取暖呢。一路上张成凭借手中腰牌畅通无阻，走到乾西那几所破院子时，雪下得更大了。

张成知道住在这里的大都是废妃和年老又无生养的嫔妃，但没想到这里竟如此凄凉，路过其他的宫总能见屋顶冒出取暖燃炉子的烟气，这里什么也没有，死一般寂静。

院门边的门房推开一条缝，一个白发的老太监哑着嗓子叫道："是何人呀，不知道这儿是什么地方吗？没有太后口谕任何人不许进入。"

张成走到门边，把手中腰牌在他面前晃了晃，道："今儿个早上，万安宫失窃，有人看见窃贼跑进这个院子，督主命我带人来这里看看。"说着一回头，秋月走上来，道："是呀，公公，我看见那个贼跑到这个院子，就麻烦你让我们进去，一会儿就出来了。"说着，从手绢里露出两锭银子，老太监眼睛一亮，接过银子，不放心地交代："要快点出来呀。"

四人依次从窄小的木门走进去，院里空空荡荡只有两排房子，房间里黑咕隆咚寂静无声。

"快点，挨着房子找吧。"张成吩咐道。

三姐妹却愣在当地，她们在皇宫待了大半年，眼见的都是碧瓦红墙，满眼浮华，不承想皇宫里面竟然有这么破败的院子，院子里住的都是人老色衰的嫔妃宫女……三人不禁一片悲凉，瞬间联想到自己不由一阵心惊。

"姐妹们，咱们可不能老死在这里，一定要找到青冥郡主，逃出这个鬼地方。"秋月像对自己发誓似的说道。

绿竹紧紧拉住菱歌的手，两人也是这么想的。

张成在一边低声叫道："还愣着干吗？"

三人迅速散开，张成和秋月跑到南边那排房子，菱歌和绿竹跑到北边。

"唉，真遭罪呀。"张成说着，看着面前残破的木门，轻轻推开，里面一排三张炕，上面躺着三个花白头发的女人，张成望着秋月，秋月摇头，道："不是，我们郡主才二十二岁。"两人从屋里走出来，走到第二个木门前。

门开着，里面有两个中年女人坐在一个小几上，一个给另一个梳头，两人看见有人来，呆瞪着双眼盯着他们，一动不动。

两人转身就走，一直走到第三间屋子前，突然，从北边传来菱歌的喊声："秋月，

狐王令（上）

过来——"菱歌的声音里有惊喜又有恐惧。张成和秋月交换了个眼色,立刻向她们的方向跑去。绿竹站在路中间向他们招手:"快来,在这里。"

秋月一愣,弄不清绿竹话里"在这里"是指她们还是指青冥郡主,她的心怦怦乱跳,张成扶了她一把,她才站稳。绿竹引着他俩走到其中一间房里。屋里很暗,只有靠窗一张炕,此时传来低声的抽泣,菱歌跪在屋子当中高低不平的地面上。

秋月愣了一下,眼睛这才适应这里的阴暗。她看见只有一层薄被的炕上,背对着他们坐着一个女人,一头乌发一直垂到地面。秋月猛然醒悟,菱歌以前是服侍郡主梳头的,看来这个女人必是青冥了。

秋月鼻子一酸,扑通跪下,绿竹也跟着跪下。

"郡主,我是菱歌呀!"

"郡主,我是秋月。"

"郡主,我是绿竹。"

过了一会儿,那个背影缓慢地动了一下,慢慢转回身。三人都暗吃一惊。青冥面容虽无大变,但是却消瘦得厉害,肤如白雪,双目犹如一潭湖水漆黑深邃看不见底。昔日那个秀雅轻灵、天真无邪的青冥郡主已消失得无影无踪。

青冥瞪着那双漆黑的大眼睛,看着她们就像看见幻觉一样,一脸的不相信。她迟疑地转动着眼珠,依次看过菱歌、秋月、绿竹,片刻后,脸上有了变化,她张开嘴,但是什么也说不出来,突然,她眼里溢满泪水……

"郡主,我是菱歌。"菱歌扑到她面前,"我们来救你出去……"

"你是菱歌?"青冥终于认出菱歌,向她伸出一只手。菱歌站起身,走到青冥身边,一把抓住青冥冰凉的手:"我是,郡主,我们找你找得好苦呀!"

"你们……"青冥已经很长时间不说话了,她艰涩地吐出每一个字,马上就被泪水所打断,她已经很长时间不会流泪了。但是,突然看见她们,她好像从一具行尸走肉又变回了人,她感觉自己身上一点一点有了气血,她张着嘴,脸上的泪流进嘴里,菱歌拿手帕给她擦泪,她想了半天,终于说出她想说的话,"狐山在哪儿?"

"郡主,是狐山君王安排我们进宫来找你的,这次一定救你出去,咱们一起回狐地。"菱歌心酸地说着,不忍看她。

"回狐地?真的吗?"青冥惨白的脸上飞上一层红晕。

"郡主,你一定要保重身体,"秋月凑上来说道,"要不,狐山君王看见你这个样子会心疼的。"

青冥漆黑的双眸闪了闪,她点了下头。在这暗无天日的后宫生活了五年,仿佛已经过去了一生,她原以为以后就这样了。她不是没有抗争过,死过又活了过来,人有时候总想一死了之,但死到临头,又有牵挂,为了那一丝牵挂,又会顽强地活下去。青冥闪烁的双眸一瞬间又恢复死寂,她叹了口气:"让你们如此费力,救我一个废人,我于心不忍。"

"郡主,你如何说出此话?老狐王升天了,我们狐族只有郡主你了,大家都在等着你呢。"菱歌几乎抽泣地说道。

也不知是菱歌的话感动了她,还是她看见菱歌她们被感动了,青冥突然上前抱住了菱歌:"我好想你们呀,想檀谷峪……"

"郡主,你一定要振作起来,咱们的好日子就快来了。"秋月在一边安慰道。

"是呀,"绿竹也插话道,"狐山君王智慧超群,他会做到的。"

"姑娘们,时辰不早了。"张成一直站在门口望着院子,这时,他回头催促着她们。

"郡主,我们必须走了。"菱歌握住青冥的手,青冥身体一抖,双手猛地抓住菱歌的手,"别走……"

"郡主,别怕,我们再来就是带你离开这里的时候,你要多吃食物,一定要保重。"菱歌说着,禁不住哭起来。秋月走过来硬拉住她走出去。

四人沿着窄小的木门走出乾西里。张成给三位姑娘指了回去的道,然后,他们就分开了。他准备出宫,他急着把宫里的事转告李把头,张成目送三位姑娘离去,便匆匆向宫门走去。

狐王令（上）

第二十三章　上山之路

一

　　张成出宫,一路上遇到不少跑过来跟他打招呼的太监,有熟悉的,也有不熟的。这群人平时看着不起眼,但他们的耳目最明,嗅觉最灵。为了在这片红墙下活着,个个都有一套趋炎附势的本领。

　　张成知道高昌波坐上东厂督主宝座,自己连带着也沾了光,如今他走到哪里甩一下手中的腰牌,任何人都不敢再小看他,他弯了十几年的腰终于可以挺直了。人一旦心气顺了,精神也跟着好起来。想到这一切,他便由衷地感激李漠帆,若不是他,他早已暴尸荒野了,哪还有如今这种日子。

　　张成是一个知恩图报的人,现如今恩人交付给他的事,他时时刻刻不敢怠慢,给兴龙帮做事他也有种自豪感,再说与那几个姑娘处熟了,渐渐把自己当作她们之中的一员,与她们感同身受。

　　张成出了宫门,一路比自己想象的还要顺利。可见东厂势力之大,在京城可谓是盘根错节,呼风唤雨。他一路疾走,很快来到西苑街,拐进小巷,烧饼铺前的炉火还在燃着,一阵烤熟的烧饼的香气直钻入鼻孔。

　　烧饼铺前聚了一堆人,人堆里突然跑出来一个人冲他笑:"张公公,你来了。"

　　"小六,是你小子,你家主子在吗?"张成看见小六,提着的心才算是放到肚里。

小六观看了一下四周,引着张成走进一旁一个木门。

院子里落了一层雪,马厩里拴着七八匹马,林栖正站在院里拌草料。小六进去后一溜烟跑进正房。不一会儿,萧天迎出来,他身后还跟着明筝、李漠帆、梅儿、盘阳。几人寒暄过后,立刻走进房间,李漠帆嘱咐小六到烧饼铺盯着街面。

张成一落座,就把宫里这几日发生的事说了一遍。屋里众人皆又惊又喜。惊的是高昌波成为东厂督主,宁骑城在王振面前失宠,他们少了一些麻烦;喜的是青冥郡主有了下落,一切的走向都比他们想的要顺利。

"青冥姑娘在乾西里,看上去身体很虚弱,一定吃了不少苦,那个地方破败不堪,比冷宫都不如,是一些年老色衰有病的宫人等死的地方。"张成说着,叹了口气。

萧天双眉皱成一团,眼神里满是惊惧:"怎么可能?"他说到一半停下来,张成的描述太出乎他的意料。他一直以为青冥进宫,再不济也会生活无忧,比宫外漂泊流浪的日子会好,没想到竟然是这个结果。他深深自责道:"我为何早没有想到呢?"

明筝偷偷看着萧天,他脸上的不安和紧张使她感到陌生,他在她面前的每一种情绪她都了如指掌。但此时此刻,她心里很难过,想到萧天背后还有另一个女人,那个幽禁在宫中的神秘女子,曾经与她还有一面之缘。那个美如仙子的女子与他还有一纸婚约……明筝不敢细想,他们费尽心力把她救出来后,她将如何面对她?

一旁的李漠帆看到明筝神色有异,忙接过话题,与张成聊起东厂新督主高昌波,这才让尴尬的气氛活跃起来。"哎呀,张兄,以后见面,要改口叫你张百户了。"李漠帆乐呵呵地说道。

"狗屁百户,还不是给高昌波卖命。"张成摇摇头。

"那你以后行事可是方便多了,看来高昌波很信任你。"李漠帆道。

"这个倒是,我在宫里也有年头了,而且经常与高昌波打交道,他也了解我,多年受冷遇,没有靠山,他都知道。"张成说着,抬眼看了下窗外,"呦,时辰不早了,我不宜在外久留。"

李漠帆看张成要告辞,便叫住萧天,萧天这才从混乱的情绪中回过神来,他站起身叮嘱几句,告诉他这边妙音山高道长做法场的事一说定,就让小六去找他。

几人正要送张成出门,小六又风尘仆仆跑过来。萧天让李漠帆送张成,自己叫过来小六问道:"又是何事?"

"帮主,是于大人府里的管家于贺,他在外面呢。"

"快带过来。"

不一会儿，一身脚夫打扮的于贺匆匆走进来，摘下草帽，说道："萧帮主，不好了，我家主人和高大人在妙音山被扣下了，我跑回来给你报信。"

"什么？你慢慢讲。"萧天头"嗡"一声，此次谋划的重点就是要请到高道长，这点对高风远来说并不难，那高瑄道长是高风远的叔伯，怎么会在这上头出了问题，难道还有隐情？

"今儿一早，我家主人扮作高府家丁和高大人出城，以前往妙音山占卜问卦为名，一路上都很顺利。谁知道到了山上，高大人和我家主人进去就没有出来，我在外面候了一夜，感到事出蹊跷肯定凶多吉少，就跑来搬救兵，萧帮主你救救我家老爷吧。"

这时李漠帆走回来，两人说的话听了大半，"这还了得，帮主，抄家伙去救他们吧。"

"还没有弄清事由，不可鲁莽行事。"萧天说道。

明筝在一旁偷笑道："那个老道，最是古怪，他们贸然前往去找他，当然要碰壁了。"

众人全都转向明筝，明筝却不再说下去。

"明筝姑娘，你如何知道呀？"于贺惊讶地问道。

明筝一笑，离开众人跑到马厩里给马匹喂草料去了。

李漠帆看着萧天，指指明筝："也许你能问出点什么。"

"这丫头今天怎么怪怪的？"萧天皱起眉头。

"是吗？"李漠帆暗自发笑，作为旁观者他看得很清楚，当着明筝姑娘的面，说要解救青冥，这事放在哪个女子身上也不会舒服。他暗自叹口气，心道：若果真把青冥郡主从宫里解救出来，不知这两位女子该如何相处，帮主如何选择？想到这里不由摇头叹气，嘟囔道："我看难呀……"

萧天不去理会李漠帆，抛下他走到马厩，看见明筝在喂她的枣红马，便也抱过一把草料站在她一旁喂马，他看她一眼，突然一笑说了句玩笑话："借你的书用一下，好吗？"

"我哪来的书呀？"明筝没好气地说道。

"那你如何知道那个老道最是古怪？"萧天问道。

"你——"明筝扔下草料，白了他一眼，她一句不疼不痒的话，就在萧天面前露出马脚，对，她是想到了《天门山录》里有关十大帮派的记录，其中一章就是三清观。明筝想了想，摇摇头，"一个怪人而已。"

"上面怎么说的?"萧天着急地问道。

"不知道你在说什么。"明筝回呛他道。

"《天门山录》上怎么说的?"萧天耐着心又问了一句。

"我不想说,你能把我怎么着?"明筝白了他一眼。

萧天直到此时才注意到明筝脸上的情绪,想到刚才张公公来后的变化,心里什么都明白了。他冷下脸,负手而立:"明筝,救青冥郡主是我萧天义不容辞的责任,你可以不说,但是难不住我。"

萧天突变的脸色和决绝的语气,让明筝愣在当地,她从未见过他用这种语气跟她说话。以前她故意气他,而他总是默默忍受,从未计较。但此次,在救青冥这件事上,他发这么大的火,让明筝不禁有种百爪挠心的复杂情绪。

萧天转身离去,明筝下意识地一把抓住他的衣袖央求道:"萧大哥,我不是有意的……我错了……"

"你没错。"萧天站住。

"我知道错了,以后再也不这样了。"明筝低下头。

"上面怎么说的?"萧天回过头恢复了温和的语气。

明筝偷偷瞥了萧天一眼,看他恢复了常态,心里对自己的这点出息一千个不满意,恨不得揍自己一顿,但嘴上却老老实实地说道:"《天门山录》上说:现任道长高瑄,道法高深,性情古怪,供奉鲁班,专伺机甲。"

明筝望着萧天,看他正在用心思考,才松了一口气。

萧天不再理会明筝,开始思考这几句话的意义,显然这对说服高道长关系重大,他一边想一边踱回屋里。屋里几个人正在讨论。这时玄墨山人和两个弟子正走进来,听说了这事,也加入进去,一时间说什么的都有。

"林栖,飞天翼在什么地方?"萧天突然扭头问蹲在板凳上的林栖。

"在上仙阁。"林栖道。

"去取过来,一会儿咱们就出发去妙音山。"萧天又面向于贺道,"于贺,我一会儿带几个兄弟跟你上山,你放心,我有办法让道长放了你家主人和高大人。"众人望着他,看见他说得如此自信,明白他已有了主意。

大家分头去准备了,明筝悄悄走到萧天身后,小声问:"萧大哥,你有何法子去制服那个老道?"

"这个法子还是你告诉我的。"萧天一笑。

"我? 我何时说过呀?"明筝迷惑地看着萧天,那样子摆明了他不说清楚,绝不

狐王令（上）

罢休的样子。

"是不是你说,他专伺机甲?这样一个痴迷机关遁甲的人,咱们就投其所好呗,飞天翼虽是狐族秘术,但早已驰名天下,被各派名流侠士所追崇,用它引出高道长,只要他肯跟咱们见面,便有希望说服他。"

"你可真够狡猾的了,"明筝撇了下嘴角,"老道这么不好说话,你能说服他?"

"高道长只是不愿与朝堂之人打交道,所以我们过去,兴许会有机会。"萧天说着,眼睛望向院里,看见林栖背着一个木箱走进来。

玄墨山人走过来:"萧帮主,需要我的人,你言语一声。"

萧天一笑,拱手道:"前辈,你且在这里休息一日,等我从妙音山回来,再做打算。"

玄墨山人领着两个弟子回房间去了。其他人围上来,看着萧天,从众人的眼神里看出来,大家都想去。萧天略一思索,道:"小六和梅儿姑娘留下,其余人现在出发。"

众人应了一声,对萧天的安排毫无异议,大家抓紧准备去了。李漠帆和盘阳去马厩牵马,他们一共五人,选了五匹最壮的马。马拉出马厩,明筝才发现没有她的枣红马,明筝返回马厩,看见那匹枣红马卧在地上,她上前去牵它,枣红马一动不动。

盘阳跑过来:"明筝姑娘,这马不知吃了何物,刚才口吐白沫,它行不了路,骑别的马吧。"

"怎么了?"萧天走过来,看见卧在地上的枣红马,"你骑我的马吧,时辰不早了,今晚必须赶到妙音山,明日一早进山。"

六人骑着马分成三路出城,李漠帆一身富家阔商的打扮,和于贺扮作一主一仆先出城;盘阳和林栖打扮成镖行镖师背着货箱第二个出城;萧天和明筝扮成官家贵少相约出城狩猎也顺利出城。

二

时值冬日,天上飘着雪花,城门的守城兵卒也没有耐心细查,急着躲在避风处烤火呢。他们出城都很顺利,不到一个时辰就在城门外的茶摊前会合了。

官道上人员车马都很少,他们一行从一片片农庄、被白雪覆盖的麦田,渐渐进入山里。前方的路上,积雪越来越厚。天色暗下来,在白雪的映照下,天空变成灰暗的铅色,雪野越发白得刺眼。马行进的速度也慢下来,有些马匹显出疲态,呼哧呼哧喘气。

而明筝骑的那匹大黑马却越发精神,它在雪地里撒欢,越跑越远。她听见背后萧天的喊声:"明筝,稳住它⋯⋯"明筝甩鞭子拉缰绳想制服它,但这匹大黑马哪里肯听明筝的使唤,估计一路上都憋着这口气呢,这时全使了出来。它驮着明筝撒了欢地在林子里乱窜,一会儿明筝就迷失了方向。

明筝环视周围,除了干巴巴的林木什么也看不见,脚下是深浅不一的雪地,哪里还看得见大家的身影。明筝气得挥起手中鞭子打在大黑马的屁股上:"都是你,和你的主人一样,总想欺负我⋯⋯"

马开始尥蹶子,明筝被颠得一阵天旋地转,手一松,从马背上滑下来,重重地摔在雪地上。大黑马在她身边转了一圈,便跑了。

明筝躺在雪地上,浑身酸痛,也动不了,眼睛直直地望着头顶上的天空,一瞬间突然想到在那个世界的父母,她感到此时离父母如此之近,或许只隔了身下这一层薄薄的雪。一阵风过,树枝上的落雪飘到她脸上,她闭上眼睛,脸上全是雪片。

不知过了多长时间,一阵马蹄声传过来。大黑马在她身边停下来,从马上飞身跃下一个人。

"明筝⋯⋯"

萧天扑到明筝身边,一把将她抱到怀里,一只手迅速解开身上大氅包住明筝冰凉的身体,用自己的体温暖着她。他紧张地托起明筝惨白的脸,只觉得她的脸冰凉一片。

"明筝,你不能⋯⋯你这是怎么啦?"

当时萧天发现大黑马发飙就交代其他人先行进山,他催马去追。他让明筝骑大黑马,是想着大黑马脚力好,又健壮,会比较安全,没想到大黑马会发飙。他追了一会儿就失去了目标,心里一阵后怕,他一边寻找,一边吹口哨。

可能大黑马听到他的口哨声,从远处发出嘶鸣。萧天听到后,迅速向那个方向追去,大黑马似乎嗅到他的气味,向他奔过来。萧天看见大黑马的身影,一阵高兴,但是离近后却看到马背上是空的,那一刻,萧天头"嗡"的一声,几乎背过气去。

好在大黑马跟他多年,通些人性。他一跃上马背,大黑马就嘶鸣一声,带着他在林子里跑来跑去,最后终于找到这里,看见明筝倒在雪地里,安静得似一片落叶,萧天吓得魂都飞了出来。

萧天紧紧地抱着明筝,脑子里全是明筝的音容笑貌,他早已习惯了有她在身边,不管是吵吵嚷嚷还是赌气生气,只要她在便好,如果失去了她,将是他无法承受之痛。想想自己对她的苛责和不顾,他满心悔意。

"明筝,你不能死,你一定不能死……"

"我要被你勒死了。"

萧天听见怀里微弱的声音,急忙低头查看,只见明筝翻着白眼吐着舌头。刚才还满心悲伤的萧天,瞬间被逗乐了,急忙松了双手。

"明筝,你好点了?"萧天又惊又喜,双手拉着大氅裹住她,不安地问道。

"一点都不好,我被你的大黑马暗害了。"明筝活动了一下被萧天暖过来的双臂,要不是差点被他勒死,她真不愿意动弹,赖在他的怀里又温暖又舒服,还可以就势惩戒一下他的高傲自大,何乐而不为呢。

"是我的错,本想着这几匹马就它脚力好,想让你省点力气的。"萧天惭愧地说道。

"让我省力气,我差点死在它身上,怎么办,动不了了。"明筝开始耍赖。

"你不用动。"萧天说着站起身,一把抱起她,向大黑马走去。

"萧帮主,不,狐山君王,"明筝阴阳怪气地说道,"你对你的这本书可真好呀,你就当我是书算了。"

萧天嘿嘿一笑,也不说话,任她挖苦讽刺,他只管大步走到大黑马前,把明筝放到马上。

明筝大叫:"我不坐这个,它不听我的!"

"它听我的。"萧天说着,跃上马背,把明筝往自己怀里一揽,催马就走。

似乎是为了印证萧天的话,大黑马在主人的手下异常乖觉和顺从,驮着两人步伐既轻松又沉稳,马蹄敲打在冰冻的路面上,发出悦耳的"嗒嗒"声。

明筝越发气不过,嘴里嘟嘟嚷嚷地说道:"喂,我没说错吧,这马就是欺生,还有你,我在你眼里就是那本书,你用得着,就翻几页,用不着就甩一边,以后我改名字了,不叫明筝,叫《天门山录》。"

萧天任她在怀里发牢骚,就是含笑不语。他望着远处的山道,辨认着雪地上的马蹄印迹,估计李把头他们已到了山下。

前行了一阵子,萧天突然觉得耳根清净了,忙低头一看,明筝靠在他怀里已经睡着了。萧天长出一口气,一只手紧紧揽住明筝,一只手拽着缰绳,催马前行。

前方已见山的轮廓,奔驰了几十里山路,大黑马也开始呼哧呼哧喘气。萧天望着山道上新鲜的印迹,推测李把头应该就在前方不远的地方,他拍了下大黑马的脑袋,不忍再让它劳累,决定休息一下,明早定能赶上。

萧天小心地翻身下马,还是惊动了明筝,明筝睁开眼睛问道:"到了?"

"没有,咱们休息一下再走,大黑马跑不动了。"萧天扶着明筝把她抱下马背。

"它会跑不动?"明筝瞪着大黑马,终于出了心中一口恶气,拍了拍大黑马的屁股。

大黑马摇了下尾巴,在他们身边卧下,呼哧呼哧打着响鼻。

明筝走到一棵榆树下,靠着树干坐下,这才发现自己身上披着萧天的大氅,而他只穿着单薄的袍子。萧天在四周走来走去,身上佩剑发出叮当之声。不多时萧天抱来一些枯树枝挡在四周,既可以避风,也可以起到隐蔽的作用。

"萧大哥,你别瞎折腾了,一会儿天便亮了,我们还指望你斗老道呢。"明筝叫住萧天。

"哦,不叫我'喂'了。"萧天一笑,转回身走到明筝身边坐下。

"我想叫你什么就叫你什么,谁叫你变来变去呢。"明筝理直气壮地说道。

"我何时变来变去了?"萧天有些哭笑不得。

"那我问你,萧书远、萧天、兴龙帮帮主、狐山君王,这些都是谁?"明筝瞪着他。

"我承认这些都是我,但我从来没有变呀。"

"你敢说你没有变?"

"我变的只是外表,这里,初心不变。"萧天说完,心里一片敞亮。

"萧大哥,我只想问你一件事。"明筝突然说道。

"什么?"

"你能不做狐山君王,离开狐族吗?"

萧天看着明筝,没有马上回答。

"你已经为他们做了很多……"明筝哽咽着说。

"我必须完成我背负的重托,一些事是由不得自己的。"萧天低下头,沉吟了片刻,他站起身离开明筝向远处的山路走去。

明筝望着他渐行渐远的背影,脸上的泪哗地流下来。

狐王令(上)

三

一阵马的嘶鸣声吵醒了明筝,她睁眼一看,天已大亮,萧天正在往大黑马背上套马鞍,她发现自己窝在一片干草里,身上裹着大氅,不知睡了多长时间,自己是怎么睡着的,明筝脑子里一片混沌。

"醒了,快起来吧,咱们该出发了。"萧天说着,又勒了下马鞍。

明筝看他的脸色,一定是一夜未睡。唉,自己这点出息,该生气时不知道生气,该悲伤时不知道悲伤,她昨夜应该很伤心地哭了,竟然睡得这么香,真是没心没肺呀。

"你嘟嘟囔囔说什么?"萧天走到她背后问道。

"啊,我哪有说话呀?"明筝急忙自己翻身上马,这次大黑马很配合,很给她面子。

大黑马歇足了,一路疾驰。两人很快来到山下,李把头他们正坐在一个茅草搭成的亭子里喝茶,亭子旁有间木屋,一个村妇正坐在炉子前烧水,看见他俩急忙起身迎客。

"一起的,"亭子里的李漠帆冲村妇说道,"再准备些炊饼。"萧天和明筝走进亭子,村妇端上两碗热茶。萧天看村妇慈眉善目的,便接过茶碗,问道:"大婶,这进山的路可好走?"

村妇脸色一变,问道:"你们要进山? 你们是外地的吧? 不知道这个地界的规矩吧?"

"啥规矩?"李漠帆问道。

"俺们在这里住了半辈子,也只是在近处打个野鹿,逮个野猪,从不敢越过山门一步,你们也许不知道,这妙音山山顶就是三清观,那些道士个个成仙成道,神龙见首不见尾,这些年口口声声要进山的人多了去了,却只见去,不见回,也许跟着成仙了?"

农妇的话引得盘阳和林栖大笑,萧天和李漠帆笑着直摇头,只有明筝正襟危坐,认真地听农妇说话。于贺听后神情更加紧张。盘阳看着他笑着说:"村里人没事都爱编些神仙、妖魔鬼怪的故事。大家听着图一乐呗。"

萧天和李漠帆走到一边小声商量了一会儿,然后,两人走到众人面前。"林栖,

狐王令（上）   449

你穿上飞天翼到山顶见到三清观的人,递给他们这个,"萧天说着,从怀里取出乌金的狐王令,"就说狐山君王拜见高道长。"

林栖接过狐王令,揣进怀里。

盘阳和李漠帆打开木箱,于贺站在一旁观看,脸上现出不可思议的惊讶之色。明筝也过来帮忙,她曾经见识过,那次体验她一生也忘不了,怪不得那么多人觊觎它,连王振这个坐拥众多宝物的人也要不择手段得到它。它的精巧和奇特让其他宝物都失去了光芒,显得世俗和平庸。

飞天翼慢慢展开羽毛,在早晨清冷的阳光下发出明亮的光芒。盘阳骑马过来,他将带林栖前往前面坡上,一有风过,林栖就可以操纵飞天翼腾空而起。

两人骑马走后,众人也骑上马沿山道上山。萧天回头问于贺:"那天你们上山顺利吗?"于贺想了想道:"一路上,两位大人交谈甚欢,上山时还顺利。到了山门前是高大人先上,然后有位道士下来,引着我家老爷走进山门,他们不让带随从和马匹,我就只好在山门外等他们,但怎么也等不到他们,我感觉不妙,就回去找你们了。"

一行人迤逦而上,村妇仍站在道上向他们张望着。山道时而平缓时而陡峭,覆盖了一层雪,分外难行。不一会儿,盘阳从后面赶过来。他向萧天说道:"一切正常。"

在一个简陋的石砌的山门前,萧天命令大家下马。虽然他不相信山下村妇的话,但还是谨慎为好。山石垒成的山门,一个字也没有,什么也看不出来。

李漠帆笑着第一个走进去,他看看四周什么也没有,向他们挥手:"村妇胡说八道,快进来吧。"说着,便大步向前走。

"李把头,慢着!"明筝突然叫住他,她看到一些古怪的标记很不一般。

萧天知道其中的厉害,尤其是明筝熟悉《天门山录》,可以说他们中只有明筝了解三清观。萧天见李漠帆不以为意继续向前走,便厉声叫住他:"李把头——"但已经晚了,眨眼的工夫,就像眼前突然刮过一阵风,飘过一阵雪片后,李漠帆就不见了踪影。

众人这才站定,个个身上都惊出一身冷汗。面前的路平平坦坦,雪白的一层雪,连一点痕迹都没有,一个大活人便凭空消失了。

萧天回头望着明筝:"你可知道是怎么回事?"

明筝眨着眼睛,努力地回想,并不时地摇头:"这……让我想想。"萧天回头向其他几个人摆手,他们聚拢到一起,慢慢向后退。

"萧大哥,在《天门山录》里是有三清观的记录,它在十大帮派排第五,但文字是最少的。你知道道教奉老子为太上老君,而高瑄高道长最是推崇老子的《道德经》,他尊道崇德,三清观里一切皆按《道德经》里篇章字序命名,而他又痴迷机关遁甲之术,因此所有机关设置皆是文字之谜。"

萧天站在一旁听着这些如坠迷雾之中:"这……这老道也真是太怪异了。"他盯着她,知道这一次可真是太为难她了,"明筝,你别怕,能解多少是多少,大不了,咱们攻上山去!"

"萧大哥,你别傻了,弄不好,咱们连人都见不了,就被机关要了性命。"明筝看着面前的路面,"萧大哥,你去把上面的雪扫去,让我看看。"

萧天听明筝这么一说,腾空而起,将要落下之时接连几个扫堂腿,轻点地面又腾空返回。路面上的雪被扫去一片,露出下面的木纹,原来路是木头铺的。明筝蹲下身,仔细察看下面木头纹路,成片的木板并没有规律,看了一会儿便有些眼花缭乱。明筝索性坐到地上,屁股被硌了一下,她扒开雪看见木板的连接处并排放着五块鹅卵石,鹅蛋大小,排列整齐。明筝环视四周,皆是茂密林木,而这鹅卵石不像是随意放的。

明筝陷入沉思,她盯着那五块鹅卵石,脸色发白越来越难看,脑门上渗出大颗大颗的汗珠。"明筝……"萧天紧张地看着她道。

"我儿时《道德经》倒背如流,可如今要用却……"明筝终于开口说话,"第五章是……天地不仁,以万物为刍狗;圣人不仁,以百姓为刍狗……是……天……对,第一个字是天……"

明筝站起身,面对萧天道:"只能赌一把了,我并没有把握,高道长把进山的路都设成字谜,走错一步,就会掉进陷阱。我想此时李把头就是掉进了陷阱里,咱们快些进去找到他,他也会少受点罪。"

萧天一把抓住明筝的手:"你说吧,怎么走?"

"你……你别抓着我呀。"明筝想挣脱出手。

"我怕你掉进去。有我最起码有个垫背的。"萧天严肃地说。

明筝扑哧一声笑出来,突然想起那次掉进马戏坊陷阱里,他的作用还是很重要的,瞬间的心猿意马后,马上被面前的严峻所震慑,眼前的一切让她头皮发麻,只能冒险一试了,看自己猜测得对不对。

明筝再一次仔细看面前的木纹时,刚才的杂乱无章渐渐有了眉目。明筝一阵暗喜,她指着面前的路说道:"看见没有,木纹中间暗藏着一个字,看出来没有?"

萧天凝神细看,果然看了出来:"天——"

"萧大哥,你去试一下,我拿不准,'天'字是能走还是不能走,你拿重物放上去,如果不动,就可以走。"

萧天迅速回头叫盘阳:"去搬块石头。"

不一会儿,盘阳抱着一块石头走过来,萧天接着冲"天"字的一撇投去,只听"哐"一声,石头转眼不见了,木板又恢复了原样,脚下却传来轰鸣声,所有人都看得心惊胆战。

"这便是了,天字不能走,跟我来。"明筝突然信心十足地说道。

众人跟在明筝身后小心地绕过"天"字走到前面,明筝一挥手止住大家脚步。她俯身四下张望,萧天问道:"还要找鹅卵石?"

"不一定,总之有暗号,"明筝说道,"道士有时候也要下山,这暗号是留给他们自己人看的。"明筝低头寻找,一旁的萧天道:"怎么没有鹅卵石了?"

明筝大笑:"《道德经》共八十一章,这要多少鹅卵石呀。"明筝看到一处木板中间镶着一块石头,石头被打磨得很平滑,上面刻着图案。"在这里。"明筝一阵高兴,她蹲下来盯着图案,上面画了一个月亮,月亮中间一个"正"字,旁边还画了一个太阳。

萧天盯着那幅图突然开口道:"是正字,上面写着呢。"

明筝不作声,她仔细看着那个图,又陷入沉思:"不对,暗语只是一个数字,或者数字的组合,这个正字,不对……"

明筝的话提醒了萧天,萧天也觉得她说的有道理,哪有把谜底放到牌面上的。

"一个月亮上写个正字,代表什么?正……正月?是正月吗?"明筝双眸一亮,"正月里多少天?"

"三十一天。"

"是三十一?"

"那旁边怎么还有个太阳?"

"难道是再加一日?"

"三十二?"

"让我想想,第三十二章是……"明筝凝思默想,"道常无名,朴,虽小,天下莫能臣。对,是……道。"

"天……道,"萧天眯起眼睛,点了下头,脸上现出难得的微笑,"这个高道长,真是个有趣之人。"

"你还说他有趣？难为死我了！"明筝说道。

萧天打头扫除掉路面的雪，下面的木板纹路虽然繁杂，但因为心里有了谜底，一会儿路面就清晰起来，一个道字呈现在眼前。

"走吧。"

几人刚刚走过道字，从前方传来一阵爽朗的笑声。众人止住脚步，看见一行人从一处山石后走出来。打头的是一位五十岁左右身穿青色道袍的道士，此人长身玉立，头挽道髻，唇下三绺长髯，身上自有一种绝尘的仙风道骨，让人肃然起敬。

萧天突然看到道长手中拿着一物，正是狐王令，心里已猜出七八分，他大步上前，拱手一揖道："对面可是高道长？"

"这位必是狐山君王了。"高瑄微笑着盯着萧天看了片刻，突然话锋一转，脸上露出孩童般淘气的神情，"哎，你是怎么破解的？"他看了一眼萧天一行身后的路，充满好奇，这些年还没有一个人在没有得到他暗示的情况下，如此轻易地进来，但转念间，又点头捋着胡须道，"也不奇怪，能造出飞天翼，这点雕虫小技又算什么。"

萧天嘿嘿一笑，此道长虽工于机巧，却也不失率真本性，又拱手道："道长，你接到狐王令，我的人呢？"

"是呀，你的人呢？你快快叫他，"高瑄急急说道，"刚才他飞到山顶，把令牌扔到我面前就飞走了，我是追着他下来的，我此生最大的愿望就是能一睹飞天翼的真容。"

"哦，"萧天一笑，拱手道，"高道长，请恕晚辈如此无礼冒犯，实属无奈之举。"

"狐山君王何出此言？"高瑄继而笑道，"你是我想请都请不来的贵客呀。"

"道长如此大度，让小弟甚是欣慰，"萧天说道，"那就先请道长把我的人放了吧。"

"你的人？放了？什么人呀？"高瑄一脸迷惑。

"前日，我的两位兄长还有刚才一个兄弟，他们……"不等萧天说完，高瑄已恍然大悟，他冷下脸转身望着众弟子，大弟子韩文泽走过来，面带窘态道："师父，你在山顶专心修行，我便没有打扰你，本以为又是山下村里的狂妄之徒，便有心教育一番。"

"人呢？"

"在修青峰塔。"

"修塔？"

"主要是搬砖和泥。"

萧天一听,既可气又可笑。好在人没事,但想想高风远和于谦两位大人在搬砖和泥,还是忍不住气道:"高道长,我这两位兄长,可不是一般市井之人,他们是朝堂中人。"

"哦,是这样,这就怪不得我徒儿了,我以为是什么逸士高人,我有话在先,朝堂中人一律不结交。"

"高风远虽是朝廷官员,作为你的侄儿前来看望你,难道有什么不妥吗?"

"高……是高风远?"高瑄突然想起来自己是有这么个侄子,"是我长房侄儿,那另一位大人是……"

"兵部侍郎于谦。"萧天话一出口,便见高瑄神情突变,眼前一亮,看来这位道长虽远离京城,但对朝中事还是知道一二的。

"你怎么不早说呢。"高瑄回头叫道,"文泽,你干的好事,快,快前面带路去见他们。"说完又回头叮嘱萧天,"看清脚下,跟着我走。"

众人早已领教了他的机巧设计,哪还敢造次。在高瑄的带领下,上山的路异常顺利和快捷。在道观一旁的山崖上,一座九层塔已现出雏形。韩文泽知道自己闯了祸,急忙先行跑到被木板围起的工地。

不一会儿,韩文泽带着四个人走过来。于谦、高风远和他的随从,还有腿上打着绷带的李漠帆。于贺第一个跑过去,走到于谦面前简要地把经过讲了一遍。高风远气呼呼地走到高瑄面前叫道:"喂,有你这样待客的吗? 你可是我老叔。"

高瑄把气又撒在弟子身上,转回身教训起韩文泽:"我让你们修塔,你们可好,想出这招,还有多少人在工地?"

"十几个,不过这些人都是擅闯道观,掉进陷阱里的,他们是自作自受。"

"既然让人家修塔,便要好吃好喝,别忘了给工钱。"高瑄一向护短,此时话锋一转也不多加责罚,反而给徒儿出了这招,看得周围几人哭笑不得。高瑄吩咐完,回过头来看看高风远,又看看于谦,笑道:"修塔也是积德嘛。"

"道长说得极是。"于谦微微一笑,"干了一天搬砖的活总算见到了道长,心里高兴得很呀。"

高瑄这才寻思着问他们的来意:"你们……来见我,不会是占卜问卦的吧?"

于谦笑道:"让道长言中了。"

"哦,是占卜人还是事?"

"人。"

"谁?"

"王振。"

"看来是要占卜生死。"高瑄呵呵一笑,环视了一圈众人,道,"进我的书斋详谈吧。"他转身吩咐弟子,"给众人准备午饭。"

一行人跟着高道长走进三清观,直接走到大殿旁的书斋里。众人坐定后,高瑄直言道:"你们想刺杀王振,这个事我帮不上忙。"

"老叔,我们只借用你的身份,不用你动手。"高风远说道。

"不用我动手,谁动手?"

"我。"萧天道。

高瑄望着萧天,沉吟片刻:"这些年多少人想杀他,都没有成功。我虽然在妙音山闭门不出,但天下事也知一二,近日观天象,月亮运行至端门外遮掩了金星,此天象预示大凶之兆。"

"除此祸患,也是顺应天道。"萧天道。

"话是这么说……"高瑄眼神犹疑地望着众人。

"那老叔是应许了?"高风远高兴地问道。

"不,你们去干你们的,与我何干。"高瑄转眼就翻脸。

"这……"高风远和众人面面相觑,怎么说了半天又回到原点。

"高道长,我们此次筹划周全,绝不会连累三清观,"于谦明白高道长的顾虑,解释道,"三清观里上上下下上千人,全靠道长你的护佑,我们绝不会让你有丝毫闪失。"

高瑄一脸惊讶地扭头望着于谦:"你怎知我观里人数?"

"哈哈,你忘了我在你观里搬了一天砖。"

"你们呀,"高瑄手指着他们,又是点头,又是摇头,"真是服了你们了,但我有个条件,事情过后我要看到飞天翼,而且是拿在手里看。"

"好,我答应你。"萧天爽快地回答,至此所有人都松了一口气。

看到高瑄总算答应了,于谦就叫其余众人去用午饭,他叫上萧天和高风远,在书斋里又把这两天自己搬砖时细思的筹划当着高道长他们说了一遍,最后,他又添上救青冥郡主的环节,最让萧天惊叹的是,竟然用上了飞天翼,如此一来,连高瑄都惊叹,完美得简直天衣无缝。

第二十四章　凤凰祥瑞

一

十一月初一,是宫里选定的道士做法事的日子。早在几天前各宫里都传开了。近日被闹鬼以及各种耸人听闻的骇人传言惊吓到的各宫里的人,都松了一口气,数着时辰盼望道士快些驱赶和镇住那些张牙舞爪的妖孽。

灰暗的天空又开始飘雪花,即使是这样一个让人盼望的好日子,天也不给个好脸,仍然阴沉着。各宫都紧闭着大门,不敢有丝毫松懈,似乎担心妖孽被驱赶到自己宫里似的。偌大的皇宫一片寂静,长长的甬道上被细雪铺成白色。

此时,甬道上跑出一条歪歪斜斜的脚印,慌张杂乱地向前延伸着,一直到万安宫门前。一个人猛拍宫门,一个扫雪的宫女开了门,看见是张成很是惊讶:"张公公,你老早呀。"

"早个屁,快领我去见你家娘娘。"张成匆忙地说道。

小宫女一看张成一脸焦躁,忙吐了下舌头,心道这去了东厂当差,连脾气也大了,但明白他如今身份变了,不再是宫里供人差使的下等太监,摇身一变成了东厂督主的红人,便只好低眉顺眼地前头领路去了。

张成抬头看了眼天空,时辰不早了。从妙音山到京城车马行程也就是三个时辰,高道长一行是卯时出发,眼看已到巳时了。法事将在正午开始。他看见秋月从游廊走过来,忙叫住小宫女:"你忙去吧。"

秋月看见张成一脸大汗走过来,心下一惊。眼看今天这个日子她们姐妹就要脱离苦海,她和菱歌几乎一夜未睡,用狐族最古老的咒语祈福,生怕出了纰漏。这一早就看见张成匆忙赶来,一种不祥之感猛地向她袭来。

昨日她们四姐妹本来是约好要在万安宫里聚会,但是只有拂衣来了,左等右等不见绿竹,三姐妹很是诧异,又猜不出原因,只好作罢。今日一早,秋月便开始望眼欲穿等拂衣和绿竹,没等来她俩,却等来了张成。

"张公公,你怎么来了?"秋月本来想笑,却比哭还难看。

"见了康嫔再说吧,出大事了。"张成哭丧着脸说。

一听此言,秋月心里咯噔一下,脸变得煞白。秋月也顾不得礼节宫规了,张口叫道:"菱歌,菱歌……"

菱歌正在寝殿由两个小宫女梳头,由于她忘了交代,两个小宫女又给她梳起了高髻,她往铜镜里一照才发现。前日张成过来交代她们,今日要伪装成下等宫女去和青冥会合。她又不好责骂,只好想出头疾犯了,让小宫女把发髻散了,重新梳。

菱歌听到秋月惊慌的叫声,碍于两旁的宫女,只得嘴里怪罪着:"这丫头越发没了规矩。"话是说给两个小宫女听的,心里也已发毛,不出事秋月是不会乱了方寸的,身体便已站起来,对身边的梳头宫女望春道:"你们先下去吧。"

秋月跑进来,一眼看见两边的宫女,这才知道自己冒失,急忙躬身一礼:"娘娘,请你示下……"

菱歌看两个宫女走远了,瞪了一眼秋月:"总是这么毛手毛脚。"菱歌看见她身后的张成,也是一愣。前日张成走时说没有大事不会再来这里,他是冒着风险来的。一个东厂的百户经常往后宫里跑,总是不妥。菱歌脸色一变,莫非真出事了?

"娘娘,出事了!"张成咽了一口唾沫,舔了下干涩起皮的嘴唇,不安地说道,"昨日,绿竹犯了事,被打发去了浣衣局,听里面的小太监说是被人告发的。那个地方我待了三个月,跟牢房不相上下。只怕是绿竹姑娘来不了了。"

菱歌和秋月面面相觑,秋月喃喃自语:"在这个节骨眼上出了这事,为何早不事发晚不事发,偏偏就在昨天?就差一天,就差一天呀。"

"是谁告发的?"菱歌问道。

"听说是你们宫里的小琴。"张成咬牙说道。

"是她?"菱歌大吃一惊,"昨晚,宫里女官来了,传来口信,说是尚仪局缺人手,咱宫里小琴耳聪目明,甚是机灵,有意叫去听差,问我可否愿意。"

"那你如何说?"张成问道。

"我和秋月并不喜欢她,想着她走了图个清静,便答应了,原来……"菱歌叫道,"是她又择了高枝。"

"这丫头我早就看出不是个省油的灯,这下可好,害惨了绿竹,我说呢,绿竹一来,她总是很热情又总是好奇地问这问那。"

"你不知道,绿竹来这里都是偷偷溜出来的,这下可好,她把绿竹挤兑到浣衣局,她去顶替了绿竹。"秋月越想越生气。

张成叹口气:"我早说,你们要提防着点。"

"现在说这个还有何用,绿竹怎么办?"秋月几乎哽咽起来,"我这就去浣衣局。"秋月转身就走。

"回来,小姑奶奶呀,你别再添乱了。"张成一把抓住她,把她拉回来。

"张公公,你说怎么办,我们不能看着她自己留在这里,我们拔腿就走吧?"秋月焦心地说。

"现如今只能以大局为重,"张成劝道,"眼下是顾不上她,你们一会儿等到拂衣便去见青冥,从西直门进来的运水车正午后就要出宫,运水车是咱们的人,你们就藏身在车里出宫,听明白了吗?"

这时,那个梳头的小宫女急慌慌跑过来,进了门连施礼都忘了,结巴着回道:"娘娘,太……太后传懿旨,在……在大殿……"

菱歌呼地站起身,她被封为康嫔已是半年有余,除了见过一次皇上外,从未被太后召见过,连太后的模样都没见过。在这个离乾清宫最远的宫里,住着两位最不受皇上和太后待见的妃子,一个康嫔,一个惠贵人,两人与世无争又自得其乐,一个嗜好耕种,一个醉心刺绣,两人也不参与争宠,怎么就招惹到太后了……传旨来了……

还是张成沉住气,他叫住菱歌道:"娘娘,不要紧张,不妨听听。"说着退到一旁。

秋月搀扶着菱歌走出去,与同样听到口信的惠贵人在院子里相遇,两人一同向正殿走去。太后身边掌事的陈嬷嬷早已等候在那里,康嫔和惠贵人疾走几步上前行礼。

"康嫔、惠贵人,快免礼。"陈嬷嬷笑嘻嘻地上前道,"今儿个,太后高兴,在慈宁宫摆宴,传所有嫔妃到场,太后专程让我来看看二位嫔妃,说平日里这儿是太冷清了点,今儿个皇上也过来,好久没有这么热闹了,一会儿三清观的高道长作法,让大家去瞧个热闹,也好驱驱近日的晦气。"

惠贵人禁不住喜出望外,急忙向陈嬷嬷致谢,又令一名贴身宫女送上一个沉甸甸的荷包。康嫔愣了半天,要不是秋月拉了下她的袖子,她仍然傻愣着。陈嬷嬷只道是平日被冷落惯了,一时没反应过来,不由怜惜地道:"康嫔,太后对我说起你,说你柔嘉淑顺,克令克柔,甚是惹人喜爱呢。"

康嫔身子一颤,差点跌倒,一旁的秋月急忙扶住她。秋月看见菱歌面色惨白,内心也如刀割般疼痛,其实这一刻她感同身受,心情一下子跌进谷底,太后的懿旨等于断了她俩的退路。菱歌挣扎着稳住身子,但眼泪还是止不住流下来,她等了大半年,唯一的一次脱身的机会就这么失去了。她强打精神躬身一礼道:"谢太后想着妾身。"

陈嬷嬷点了点头,看到由于太后召见她们感激涕零的样子,也不由怅然感慨起来:"太后仁德呀!"惠贵人急忙称是,一旁小心地赔着笑。

"好啦,懿旨我也传到了,老身该回去交差了。"陈嬷嬷望着两位嫔妃,"你们也快快回去重新梳妆吧,"说着目光就盯在了菱歌的头上,"康嫔呀,虽说你在自己宫里可以随意一些,但也不能辱没了皇家的颜面,你瞧你的发髻,是不是太随意了些。"

"是,陈嬷嬷教导得极是。"菱歌强颜欢笑,硬是把眼里的泪水逼了回去。

康嫔和惠贵人送陈嬷嬷出了宫,回来的路上,惠贵人对康嫔道:"姐姐,一会儿咱姐俩一起去吧,也好做个伴,你是知道的,我与那些姐妹不熟。"

菱歌含笑答应了,两人就此告别,各回自己寝殿。

一回到这边,张成便从偏殿走出来,他已从两人面色上看出一定不是什么好事,就急忙问:"陈嬷嬷来干什么?"

"张公公,今儿一早我就听见乌鸦叫,"秋月哭丧着脸叫起来,"怎么办呀,太后要开宴会,传所有嫔妃到场,菱歌要去赴宴,我也得跟着去。"

"绿竹在浣衣局,我和秋月又要去赴宴,"菱歌惨白着脸,眼神发直地说着,突然她看着张成和秋月,想到一件事,"太后要办宴会,那么拂衣,拂衣肯定也脱不了身,她也走不了。"

眼前的突变惊得三人目瞪口呆,这么一算,四人都脱不了身,那么他们的计划……张成的脸瞬间变成了灰白色,他张着嘴,半天说不出话。

"只有一个人了,"菱歌眼睛盯着秋月,"只有秋月了,我去赴宴带别的宫女,秋月……"

"不,"秋月眼睛一红,眼里立刻溢满泪水,"不,咱们说好的呀,咱们姐妹四人一起来，也要一起走，走出这个鬼地方，回到咱们家乡，都说好的呀。”

"傻孩子，"张成突然说道，"菱歌姑娘说得对，只剩下你了，只有你能带着青冥离开皇宫，全看你了。"

秋月眼神发直，曾经魂牵梦绕的这个日子，眼看着已在眼前却变得面目全非，支离破碎。她不停地摇着头，眼泪顺着脸颊往下流，她终于喊出来："不，要走一起走！"

菱歌一巴掌甩在秋月脸上："秋月，你忘了来之前，咱们在翠微姑姑面前发的誓言了吗？你我命如草芥，如果能换回青冥郡主，咱们狐族便还有希望，咱们父母兄长的仇便有血偿的一天。"

秋月摇摇晃晃地站住，听了菱歌一番话，虽然心如刀绞，但也冷静下来，仿佛一瞬间长大成熟了："菱歌，你别说了，我听你的。"

"那好，给我梳头吧。"菱歌淡淡地说道。

张成擦了下眼角的泪，起身告辞。他必须赶回衙门了，一会儿高昌波要带人在宫门口迎接三清观的车马，也要例行检查。"两位姑娘，老奴先走了，你们多保重。"

菱歌看张成走后，回过头对秋月说道："你要记住，你代表咱们姐妹，我们出不了宫没什么，你一定要完成咱们的使命，青冥郡主就交给你了。"说着从铜镜下的首饰盒夹层里取出一个藕色绣金的荷包，交给秋月。

秋月接住荷包突然跪下，抱住菱歌泣不成声。

"你走吧，把望春叫过来。"菱歌紧咬住下唇，她怕控制不住自己哭出声，她说完回过头，急忙擦去脸颊上的两行清泪。

秋月转身走出去，在门外叫住望春，望春低头应了一声，默默走进去。

秋月沿游廊向宫门走，天空又飘起雪花，一会儿地上就白了一片。雪片飞到她的脸颊上，凉飕飕的，分不清是脸上的泪还是融化的雪。

出了宫门，秋月脑中突然蹦出一个念头：临走见一眼绿竹。这个念头一冒出来就牢牢地占据了她的心。她知道这要冒风险，但一想到她就要和绿竹、拂衣天各一方，拂衣在太后身边她见不到，而绿竹就在浣衣局，她身上这个荷包里面有为收买乾西里门房老太监准备的两个金元宝和五十两银子，只要拿出十两银子就可以收买看院的太监。

秋月抬头看了眼灰蒙蒙的天空，时辰尚早，跑这一趟应该来得及。一拿定主意，她沉甸甸的心似乎敞亮了些，走起路来步伐也轻松起来。

天寒地冻，在外面走动的人非常少，一些办差的小太监和小宫女也都行色匆匆,这时对面一个小太监叫住她:"秋月姐姐,你这是去哪儿?""啊,小通子。"秋月看见小通子抱着一个白布包匆匆走来。

这时,甬道里出现两行宫女,一个个手里端着各色托盘,托盘上各种锦囊和盒子,看样子是为太后摆宴做准备。打头的是一位面貌雍容的中年女官。秋月认出来是魏姑姑,尚仪局的当家姑姑。

秋月心里咯噔一下,暗叫不好,怎么会遇见她呢,她因为常去找绿竹而被魏姑姑训斥过两次,但此时躲已来不及了,只能低头退到墙角。秋月眼睛盯着地面,眼角的余光看见这一行人迤逦而过。

突然,一个熟悉的声音在她面前响起来:"哎,这不是万安宫里的秋月吗?你跑到这里干什么?"说话的是小琴,这个声音无论如何她都能辨认出来。秋月抬起头,眼含怒火,狠狠地瞪着队伍里托着木盘的小琴。

小琴有意放大声音:"哎哟,你还瞪我,我好怕你呀。"小琴一边说着,一边向她炫耀似的拉了下身上崭新的胭脂色襦裙,挑衅地望着她道,"你以为这是在万安宫呀,我告诉你,我再也不用受你的气了。"

"小琴,绿竹是不是你告发的?"秋月看着她,怒火再也忍不下去。

"是又怎么样。"小琴挑衅地望着她。

"你个浪蹄子!"秋月说着,一把抓住小琴的衣襟,准备扇她个耳光教训一下,为绿竹出口气。小琴却撒泼似的随手扔了托盘,与秋月扭打到一处,一边大喊大叫:"哎哟,要打死人了,救命呀……"

走在前面的魏姑姑,听到身后的队伍乱成一片,一阵恼羞成怒,气势汹汹地冲过来,看见两个宫女扭打到一起,从腰间抽出软鞭,向两人甩过去。宫里人都知道魏姑姑本家是武状元,而她也自小练武,一手软鞭舞得风生水起。

小琴一阵鬼哭狼嚎,两人躲着鞭子分开来,小琴眼尖,看见自己身下一个藕色荷包,急忙抓到手里。没等小琴打开荷包,魏姑姑就一把夺过来,她打开一看,顿时两眼发亮叫道:"好呀,这个荷包是谁的?"

秋月额头渗出豆大的汗珠,她知道自己闯下了不可原谅的祸,正不知该如何脱身,听到魏姑姑的问话,只能一声不吭静待机变。魏姑姑见两人都不吭声,把荷包里的金元宝和银子倒到手里数了数。

直到此时,小琴方发现自己所处的险境,她扯着嗓音喊道:"姑姑,不是我的,是她的呀!"

"是她的!"秋月也跟着大喊。

"来人呀,把两个贱婢拉到慎刑司,大刑伺候,看她们招不招。"魏姑姑说完,她身边四个年长点的宫女,拉起秋月和小琴就走,小琴挣扎着撕心裂肺地哭着。

墙边的小通子早已吓得双腿发软,身子靠到了墙上。

二

宫门前一阵鼓乐响起,一队车马迤逦而来,马上之人皆束发,头戴道冠,身着青色道袍。中间有一辆四轮马车,马车上罩着青布鎏金帷幔,帷幔半闭着,里面端坐着一个三绺长须的道士。早已闻讯赶来瞧热闹的百姓挤在宫门前大街上向这里张望,议论纷纷:

"快看,三清观的……"

"大法师……"

"来超度亡灵的……"

突然,从一旁斜刺里跑出一队身着盔甲的锦衣卫,拦到道士的队伍前。道士们勒马停下,一个个面容肃穆,也不与前方人理论,只是冷漠地对峙着。

高昌波从他的方向一眼瞧见锦衣卫中的宁骑城,不由火冒三丈,这件事明明交给东厂来办,与你锦衣卫何干,难道你想拆我的台?高昌波一侧头,看见孙启远已退到后面,暗骂了一句,便叫张成,张成应了一声,向前走去。

张成从道士的队伍里辨认出李漠帆和萧天,他俩虽说打扮成道士还粘了假须,但他还是一眼认了出来。他不知道宁骑城怎么会出现,但是此时无论如何不能出纰漏。

他走到宁骑城面前,笑着拱手一揖道:"宁指挥使,他们是太后请来宫里做法事的道士,我们督主在这里亲自迎接他们。"

"哦,是这样。"宁骑城皮笑肉不笑地呵呵两声,"但是如果这些道士中间混入逆匪,威胁宫闱,这个责任由谁来负?"

"不会的,"张成背后直冒冷汗,他大声说道,"这些道士是高督主亲自请来的,再说,东厂的人也会在场监督。"

"怎么,宁指挥使不信任本都督吗?"高昌波十分不悦地打断张成的话,走过来说道。

"宫墙之内责任所在,敝人不敢松懈。"宁骑城硬邦邦地回道,"既然是高督主亲自请来,又能担保他们进宫,若是宫里出了需要担责的事由高督主担着,下官便放心了。"他的目光从众道士身上扫过,一挥手,手下众人呼啦啦闪到一边。

道士的队伍继续前行,车马停在麒麟客栈,车马上的所有物品卸下,高道长与高昌波在上等客房用过茶点。一行人就在高昌波的带领下声势浩大地从东华门进宫。

张成紧跟在高昌波的身后,招呼着众道士,和东厂的几个百户一起,检查他们所带物品。他瞅准一个机会,走到李漠帆和萧天身边,简短地把宫里的情况说了一下,至于四个狐女,只有秋月有机会出宫。

萧天没想到宫里突发变故,但事到眼前,已无法改变,只能是谋事在人成事在天了。从刚才宁骑城出现,他就预感到今天的事会困难重重。他低声问张成:"宫里锦衣卫多吗?"

"多,"张成四下瞄了一眼,低声说道,"宁骑城似乎是冲着高昌波来的,本来东厂督主和锦衣卫指挥使一直是宁骑城一人兼着,虽然也有人不满,但慑于王振的势力没人敢说。现在大家都知宁骑城在王振面前失宠了,两人之间的矛盾也从暗里转为明里了。"

萧天和李漠帆对视一眼,萧天点了点头,对张成低声道:"张兄,一会儿我们必须干掉四个锦衣卫。"

张成一愣,倒吸口凉气。

"你知道他们值守的地方,你带我们找个不起眼的地方,我们再动手。"李漠帆见张成仍然愕然地望着自己,便解释道,"这样做也是不想给你惹祸上身,你明白吗?帮主说了你不能有事,如果我们穿着道袍动手,你就脱不了干系,咱们就往锦衣卫身上推。"

张成猛然醒悟,眼里闪着泪花,心里不由泛起一阵阵暖流,急忙点头道:"有,有个地方,又偏又僻。"

张成所说的这个地方挨着宫墙,在甬道尽头,原是守更人歇脚的地方,后被宁骑城要过来当夜里值守的禁卫交接落脚的地方。

此时道士的队伍迤逦前行,张成有意落下,与他遥相呼应的是萧天、李漠帆、盅阳,还有玄墨山人。那玄墨山人穿不惯道袍,而他身上的道袍又过于胖大,可能是临时从一个道士身上扒下来的,他一路上都在摆弄。不过,好在他不用粘胡子。

在甬道的拐角处,张成抽身而出,他向四人摆手,四人瞅准机会转身跟过去。张成带着四人很快走到另一条甬道里。路上遇到一些太监和宫女,他们看见张成气宇轩昂地在前面带路,以为是公干,急忙躲闪。

很快进入那条甬道。突然从对面步履整齐地走来一队身着盔甲的锦衣卫。如此不期而遇,使几人的神经骤然绷紧,张成脑子里一片空白,萧天和李漠帆对视一眼,萧天沉着地紧跟在张成身后。

"喂,你——"一个锦衣卫手指张成,"你们来这里做甚?"

张成本来看见锦衣卫便紧张,又见校尉高大威武气势逼人,心里已乱了方寸,结巴着说不出话。那个锦衣卫站住,对身后的几人一使眼色,其他几人迅速围过来。张成正准备解释说自己是东厂的,身后突然跃出两个身影,出手之快让他心惊胆寒,还没看清,已倒下了两个锦衣卫。

张成一回头,只听萧天说道:"既来之,就是他们了。"张成迅速退到墙边,让出面前的空间。只见盘阳和玄墨山人一人抓住一个开打起来,萧天跃上高处出腿扫向中间一人。锦衣卫虽看上去威武不凡,但很多是官宦人家的孩子,只为了充充门面,真正身负武功的不多。眨眼工夫,五名锦衣卫连佩刀都没有出鞘就被撂翻在地。

张成心惊肉跳地望着他们,不停地左右看着,生怕再撞上什么人,恨不得挖个地洞钻进去。

"这儿有藏尸的地儿吗?"李漠帆问道。

张成一脸大汗,双腿直打战:"藏尸?没有呀,我的爷呀,这儿是皇宫,哪来的藏尸地儿?"

萧天看出张成已被吓坏了,再让他找地儿藏尸,太难为他了。他环视四周,这里确实偏僻,他抬眼看见前面墙头上露出一些干巴巴的树枝,就问:"墙那边是什么地儿?"

"啊,"张成看了一下,"是一处花园。"

"好,进花园,换衣服,把道袍就地掩埋。"萧天说道。

张成望望高大的围墙,又回头望望他们,满脸疑惑。

盘阳明白萧天的意思,他从一名锦衣卫身上解下绣春刀运力向一边宫墙刺去,寒光一闪,绣春刀没过大半,刀刃已深深刺进墙体。玄墨山人走过来,运用他们天蚕门的独门气功,手到风起,只听轰的一声,墙面裂开,裂缝似一条爬行的蛇,伏在上面。接着,萧天和李漠帆一起出拳重击,又一声轰响,烟尘四起,露出一个半人高的窟窿。

"快,把他们先抬进去。"萧天在一边说道。

狐王令(上)

张成眼瞅着这一切，算是心服口服了，急忙跟着盘阳一起搬尸体。萧天叫住他："张兄，这里不用你了，你回吧，免得他们生疑。"

"好。"张成应了一声，就向甬道前面走去，他一路疾走，心里想着正好到道场上瞄一眼。远远听见铜锣和各种法器奏出的乐声，心里不由默念诸事皆顺，诸神保佑。远远看见高道长在场上步罡踏斗，召遣神灵，不由心生敬畏，目露痴痴的憧憬，想到过往亲人……

突然，他的手臂被人猛地一拍。张成吓了一跳，定睛一看，原来是小通子，小通子仰着脸，邀功似的说道："爷，我告诉你一件事，你赏小的点什么？"

"去去去，一边玩去。"张成不耐烦地白了小通子一眼。

"你可别后悔，以后秋月姑娘怪罪你，你可别说我没告诉你。"说完，一溜烟跑了。

只片刻，张成忽觉不对，转身向小通子追去。

三辆运水车依次进入御膳房。宫里主子的饮用水都是从京西的玉泉山运来的，而宫里水井里的水则是宫里众多太监和宫女使用。由于今天太后设宴，因此午间加了一趟水。每日天不亮早间的水车就离开宫里了，这一趟自西直门进入城里，在街市上耽误了一会儿，这会子头人正向御膳房的管事太监回话。

一些太监和宫女按规矩取水样，拿银针测水。一切都按部就班地进行着，来接水的各处宫女会依次前来。院里有个隔开的棚子，是几个赶车人歇脚的地方。由于此处不比别处，他们聚在一处不敢乱动，只能闷头吃干粮。

明筝和梅儿都是一身短衣打扮，脸上抹了灰土，脏不拉叽的，一看就是从乡里出来的不济事的少年郎。她俩混在几个赶车人中间，也不显眼。只是两人焦急不安的情绪与几个赶车人不一样。

她俩能不急吗？眼看着几辆水车上的水都卸完了，可宫那边连个人影也没看见。萧天临行前交代，水车一到，那边听见马车上的铃铛声，就会赶过来。四个狐女加上青冥郡主，会事先换上宫女的服饰过来取水，她们进入御膳房后，会先藏起来，待水卸完，择机进入水车里，其中一辆水车上标有记号，是狐族人都认识的羽毛的标示。这辆水车是经过三清观高道长改造过的，机关巧妙。

而来往于皇宫和玉泉山的运水车头人是兴龙帮的熟人，他们冒险前来，都是担着人头的，如果接不到人，那大家岂不是白忙活了。明筝实在忍不住了："不行，不能等了，水卸完车就得出宫，我得过去看看。"

"明筝姑娘，再等等吧，一定是哪个环节出了纰漏。"梅儿脸上冒出一层冷汗，她在宫里生活过多年，深知宫里不比别处，波谲云诡，瞬息万变。

"不行，一定是出事了，不然，不会这样。"明筝抬头望着外面，心急如焚，这些日子所有人奔走忙碌，不就为了能在今天把这位狐族郡主救出宫闱吗？千钧一发之时，怎能出纰漏？想到萧天没日没夜地筹谋，如果今天失败了，那对他将是多大的打击！况且他此时还身负重担，不知道他们四人去刺杀王振能不能成功，但最起码在她这里别出错。

想到此，明筝下了决心，豁出去了，她靠近梅儿压低声音道："我出去看看，你在这里盯着，想办法拖着，我不来，别走。"她突然捂住肚子，哎哟叫了起来。

院子里管事公公回过头，不耐烦地叫道："小子，叫什么？"

"爷，我可能吃坏了肚子，我想上茅厕。"明筝捂着肚子弯着腰叫道。

"你个小崽子，这是何种地方，你以为是你们村呢？忍着，不准出门。"

明筝捂着肚子就往外跑，心想只要要赖跑出这个门就好办。明筝一边大声嚷嚷着一边往外跑，刚出了院门，从身后突然蹿出三个太监拦住她，两个太监一边一个扭住她的胳膊。正在此时，走过一个人大声问道："胡闹什么，成何体统？"

众人抬头，看见张成领着几个人由此过。明筝眼前一亮，突然往地上一蹲，大叫："哎呀，我肚子疼，你们宫里人太欺负人呀，给你们出力干活，连拉屎尿尿都不许……"一个年纪长点的太监嫌弃地撇了撇嘴："看你那腌臜样！"

张成一眼瞧见被他们扭住的人是明筝，又一听原来是这么回事，再看明筝频向他使眼色，已明白怎么回事。那年长太监也认出张成，忙上前寒暄。张成笑着走过去向年长太监说道："今日太后设宴，又请来三清观大法师作法，可不能出乱子，这个家伙交给我，你快去忙吧。"说完厉声对明筝道："你个小崽子，我今儿教你懂点规矩。"

年长太监也乐得脱身，便带着那两个太监回院里了。

张成回头对身后几个随从吩咐道："你们快去道场盯着点，我也正好想出恭，跟这个小崽子一起去一趟。"几个随从嬉笑着点头去了。

几人一走远，明筝急忙问道："我们苦等了半天，眼看着水车里水卸完了，还是不见人影啊。"

张成脸皱成苦瓜样："明筝姑娘，出大事了。"他拉着她走到一处背风的凹墙处，"坏事了，我刚刚得知秋月被关进慎刑司，这事搞的，唉，菱歌去往太后处赴宴，拂衣在太后身边走不开，绿竹被罚进了浣衣局，本来就只有秋月可以去接青冥的，这下好了,全都去不了了。"

"那怎么办?"明筝惊叫道。

"只有你去了。"张成飞快地说道,"我来这里就是找你的,"说着从怀里翻出一包东西塞进明筝手里,"你快换上吧,现在就跟我走。"

"这是什么?"明筝指着那个包问道。

"宫女的衣服,也不知合适不,顺手偷的。"

明筝皱了下眉头,抓起那包衣服跑进墙角,张成在一旁不停地催促,明筝再次走过来时,张成不由失声笑起来,这衣服也不知是哪个胖宫女的,明筝穿着又大又胖,但总比没有强。两人迅速向乾西里的方向跑去。

两人跑跑停停,专拣僻静小道走。一路上没遇到人,也难怪,今儿宫里难得有大热闹瞧,得空的还不都去看稀罕了。张成在前面走着,回头叮嘱明筝:"路,你记下了吗?"

"路? 什么路?"明筝迷惑地问道。

"回御膳房的路,"张成说着,一边四下里瞅着,"我把你送到乾西里,你要想办法自己进去,找到青冥,带她回到御膳房,然后藏进水车。我现在是拿命来给你带路,你知道吗? 要是高昌波一直看不见我,要出事的。"

明筝头"嗡"的一声,差点被脚下的路绊倒:"我自己?"张成点了下头,"我必须赶到道场,萧帮主他们已经到了。"

拐过甬道就看见一片灰色低矮的院落,孤零零地蜷缩在角落里。"你身上带刀了吗?"明筝突然伸手向张成要道。"我的姑奶奶,你想做甚?"张成伸手从皮靴里拔出一把匕首交给她。"快刀斩乱麻。"明筝说着一推张成,"你快走吧。"

张成的背影消失在甬道里,明筝迅速向那个院落跑去,四周一片静谧,在这偏僻的被人遗忘的冷宫,有种让人窒息的万念俱灰的平静。

明筝一咬牙,觉得事已至此,已无选择。她跑到院墙边,找到一处低矮的地方,纵身一跳,连爬带扒翻过墙头,身体没停稳,扑通一声掉下去,摔了个嘴啃泥。她爬起来,一抬头,看见不远处站着两个白发女人,两人痴呆地盯着她,嘴里嘟囔着什么,明筝下意识地摸出匕首……

"一只蛤蟆。"

"明明是只羊。"

"蛤蟆。"

"羊。"

明筝在两个女人蛤蟆和羊的争论中走过去,她发现两个女人根本就没有看她,两人痴呆的模样让人心酸。她向院里跑去,一扇扇门或紧闭或敞开,门前有人坐着,院子里也有人在溜圈,只是一个个都如那两个女人一样又呆又傻。明筝一看,心里已有数,这个院子里都是些年老色衰之人,可以说只是一些活死人,这种地方用不着守卫,顶多有几个看门的太监。她拿定主意站在院子里大喊了一声:"青冥!"

喊了几声,青冥没有出来,把守门太监给叫了出来。老太监瘸着一条腿赶过来,诧异地望着院子里站着一个宫女,哑着嗓子问道:"喂,你谁呀你?"

明筝走到老太监面前,趁其不备,一把勒住老太监脖子,把匕首架到他的脖子上。老太监"妈呀"叫了一声,双腿一软往地下秃噜,"姑奶奶,饶命呀……"

"说,青冥在哪儿?"明筝问道。

"不晓得呀。"

"长头发的女人。"明筝加了一句。

"啊,长头发的只有一个,我带你去。"老太监颤巍巍领着明筝走到一扇紧闭的房门前,"就这个女人头发长。"

"跟我进去,别耍花招。"明筝一脚踢开房门,拉着老太监走进屋里。只见一个女子盘腿坐在炕上,背对着自己,一头黑发垂到地上。明筝看着头发觉得就是她了,便大声问道:"你是青冥?"

女子回过头,看着明筝愣了片刻。

明筝看见青冥瞬间也愣住了,心中一片恍惚,她记起那日被罚提铃,夜晚撞见的那个仙女般的妃子不是她,但是又似是她,结结巴巴地道:"你……我以前见过你……"

"你不是……你,菱歌她们呢?"青冥望着面前这个衣着不整的陌生宫女,心里一凉,她只知道菱歌她们今天来接她,并带她出宫,她早早穿好菱歌拿来的宫女的衣服就坐着在等她们……

"一时解释不清,你跟我走吧。"明筝不愿多说。这时她才看清对面墙上,坑坑洼洼地刻着些图案,这些图案很面熟,突然她想起来和狐族人穿的大氅上的刺绣一样,或许是他们心中的图腾。她心里已确信此女子就是青冥了,便缓和了语气道:"出去,我再告诉你事情的缘由。"

她手下的老太监一听要带走人,便急了:"不可,不可呀,这里的人没有太后的懿旨是不能走出这个大门的。"

"你个老太监，你给我听着，"明筝说着，顺手抄起炕上的被单绑上了老太监的双手，把他推到门后，"你记住，如果有人问你，就说她变成凤凰飞走了，记住没有？"老太监盯着她手中的匕首，不敢乱动，直点头。

"我不走。"青冥冷冷地望着她，一种拒人千里的样子。

"你……不走？"明筝气急败坏地叫道，"萧大哥为了救你筹谋了这么长时间，你竟然说不走？"

"你说什么？"青冥深邃得不见底的双眸中，突然泛起一层涟漪，"你再说一遍。"

"萧天在外面等你呢。"明筝气呼呼地编了个谎。

"他为何不来？"青冥瞪着漆黑的眸子望她。

"有事！"明筝心烦意乱地望着青冥，"你不走是吧？"

"扶我起来吧。"青冥伸出一只手。

"你……"明筝不悦地白了青冥一眼，看她使唤自己如家奴，"你真把自己当主子了。"这句话到嘴边又被她咽了回去。她只想赶快带她离开这里，她上前去扶她，心里大吃一惊，青冥在她手上就如同一张纸片般轻薄，她不敢再有丝毫的不恣，乖乖地扶着她下了炕。

三

慈宁宫里酒宴已开始，难得皇上朱祁镇有这个兴致，与太后坐在一起吃酒，他们母子看上去母慈子孝，一片安好。朱祁镇自上次早朝受到惊吓，又惹上寒症，在寝宫服汤药闭门不出已有六日之久，今日正好借着太后摆宴出来散散心，又听闻三清观大道长亲自来宫里做法事，心情自是大好。

太后的下首坐着郕王朱祁钰，此时见皇上朱祁镇几杯酒下肚面色发红，神采奕奕，一颗悬着的心才放下。

朱祁镇身后，王振躬身寸步不离地服侍着，每样菜肴都要亲自尝过之后才端到皇上面前。太后斜眼瞥着王振，又扭头望了下大殿中两排端坐的嫔妃，脸上的不悦越来越明显。王振又选了一道菜，乐呵呵地端到皇上面前，低声说道："万岁爷，尝尝这个，你定喜欢，金丝酥雀如意卷，还有这个凤尾鱼翅……"

朱祁钰看见母后面露不悦，急忙端着酒盅走到皇兄面前，深深一揖打破僵局道:"皇兄,小弟敬皇兄。"

朱祁钰本来就是个谨慎之人,前些日朝堂上党派之争,他也有所耳闻,皇上这些日的病情多少也与此事有些关联,这血光之灾是冲谁,他当然心知肚明,他也看出母后对王振是满腹嫌恶,但是由于他往日曾和于谦等大臣有过交往,心里不免有些担心,不知皇兄对他会不会心生嫌隙。"皇兄,小弟看皇兄容光焕发、神采飞扬,臣弟甚是欣慰啊。"

"钰弟,朕身上已无大碍,哈哈,来,喝酒!"朱祁镇笑着望了眼朱祁钰,看到他满脸谨慎的笑容,哈哈一笑,在朱祁镇看来这个弟弟从小就懦弱得如一摊稀泥,真想不明白太祖的血液是如何在他的身上流淌的。

朱祁钰看皇兄一饮而尽,自己也爽快地抖斛而进,然后躬身退回座位。朱祁钰从皇兄的脸上也没看出什么,心里仍然有些惴惴不安。

"来人,把前面的香炉撤了,熏得我眼睛都睁不开了。"太后突然说道。太后身边的拂衣忙走下去,与另一个宫女把香炉搬到外面去。下面的众嫔妃都默默地坐着,一边矜持地拿捏着用最文雅的样子,吃着面前食盘里的菜肴,一边看着台上太后。她们心知肚明,刚才太后的那般话是说给大太监王振听的,但王振揣着明白装糊涂,还是一个劲地给皇上布菜。

拂衣从菱歌身边走过,看见跟在菱歌身边的不是秋月而是梳头宫女望春,心里已明白了七八分。两人四目相对,那一瞬间两人眼中都溢满泪水,她俩明白以后她俩将永远相伴,留在这深似海的宫城里了,此时此刻她们的姐妹情义又深了一层,如同亲人一般。

拂衣从殿外回到太后身边,帮太后端着酒盘。

"王公公,你到道场上去看看,这儿用不着你了,也给这些嫔妃一个服侍皇上的机会。"太后实在忍不住了,只好硬生生赶人。

"是,太后,"王振急忙躬身作揖,"老奴是应该退下去,但担心这些年轻主子服侍不好皇上,还是让老奴服侍吧。"

"母后,"皇上微笑着道,"让王公公留下吧,我都习惯了,换个人不习惯,再说她们也不知道我的喜好。"

"皇儿,"太后手指着下面的嫔妃,"我给你选的这些妃子,哪一个不是伶俐乖巧,慧心独具。"

"母后,"皇上看母亲变了脸色,不好当着众嫔妃的面再驳她的面子,他虽然不喜欢母亲给他选的这些妃子,但也不想因为此事让母亲不悦,"我们一起去看看高道长做法事如何?"他想借此转移一下母后的视线。

"不可啊,皇儿,"太后望了眼大殿外,隐约可以听见外面锣鼓的声音,"道场上煞气太重,近来宫里又不太平,皇儿你身上的寒症刚刚见好,不可沾染污秽之气。"

"这样吧,"太后眼望着王振,一脸威严道,"王公公,你跑一趟,本宫赐酒一壶,赏给高道长等众法师。"

拂衣端着盘子走到王振面前,王振不敢违抗,急忙跪下从拂衣手中接过玉盘,起身退出去。

太后见王振终于离开了皇上,脸上的阴云散去,向下面的淑贵妃使了个眼色,淑贵妃款款起身,向皇上朱祁镇走去。

王振眼角的余光早已看到这一幕,他就知道太后早想把他驱离皇上身边。王振冷冷一笑,如今不是他离不开皇上,而是皇上离不开他。数十年来的习惯,抬头低头间的默契,多少个日夜的相伴,不是几个美貌的妃子便可以替代的,王振端着玉盘向大殿外走去。

廊下两旁站着两排御前侍卫,王振端着玉盘从他们身边走过。在拐角宁骑城走出来,他目送王振背影离去,刚才大殿上的事他站在侧殿看得一清二楚,心里一阵冷笑,仗着皇上的信任,他连太后都不放眼里。

宁骑城心里虽然一万个鄙视王振,但是在这个以权力为尺码的皇城,有谁可以撼动王振?他清楚他不是王振的对手,这些天他之所以气定神闲,对王振与他的疏远和王振起用高昌波一直保持沉默和装聋作哑,是因为他手里有一步棋,定要一举把目前的颓势扳过来。

他在等待机会。自那个月圆之夜柳眉之告诉他,萧天一伙在密谋刺杀王振后,他便进入了平静的蛰伏状态。旁人很少看见他的身影,只当是他今非昔比,在王振身边失了宠,受到了打压。他大部分时间待在府里,而把亲信派往各处,尤其是王振身边,他要弄清楚萧天他们会在哪里下手。

那个月圆之夜所得到的信息太重要了,他的煞费苦心终于有了回报,这多亏了那神秘的"铁尸穿甲散",这味毒丸奇在它可以瞬间摧毁人的意志。现如今,柳眉之变成了他手中的另一丸毒药,比"铁尸穿甲散"更具破坏力,就看他如何用了。想到此,他心情舒畅地一笑。

在他的计划里,重回权力中心,易如反掌,只要在王振遇刺时及时出现在他身边便行了,然后他腾出手,再解决未决的事。一想到跟他斗了几年的狐山君王就是萧天,他浑身的骨节都在嘎嘣作响,这一次看他们如何脱身,在皇宫就犹如瓮中捉鳌。

他在三天前就注意到了三清观。他的耳目从宫里打探到王振密派高昌波到三清观请高道长。他听到这个消息，眼前突然豁然开朗，他派高健带人早早进入宫里各处，静待他们出手，而他则躲在暗处，择机出击。

这时，高健突然从旁边闪身走到宁骑城身边，他一脸凝重，紧皱眉头的样子，似乎出了什么紧急的事情。

"何事如此惊慌？"宁骑城不满地盯着高健。

"大人，出事了，"高健舔了下干燥的嘴唇，"手下在藕香亭附近发现五具尸体，奇怪的是外衣皆被扒去，从里面穿的中衣看，应该是咱锦衣卫的人。"

"哦，他们真的来了，已经动手了。"宁骑城眉头紧锁，略一沉思，交代高健道，"记住，这件事交代下面不要传出去，现在不能打草惊蛇。"

"大人，是何人所为，会不会惊了圣驾？"

宁骑城眼神笃定地压低声音道："一切都在我的掌握中，怎么，连我都不信任吗？"

"当然，"高健急忙点头，但是仍然忧心地道，"今日宫里进来的外人较多，怕不好掌控啊！"

"哈哈，又不是只有咱们，"宁骑城一笑，"你没看东厂那帮人急赶着向主子表忠心吗？把心妥妥地放进肚里，去吧。"

宁骑城打发走高健，心里已然明了，对方已经出手了。唯一出乎意料的是，对方竟然敢伪装成锦衣卫，这不是往他和王振的伤口上撒盐吗？宁骑城不敢大意，撇下高健尾随王振而去。从现在开始王振的周围随时可能出现刺客，但他不会贸然出手，他会等到最后一刻。

王振端着玉盘一边走，一边生气，心里那口气越聚越重，他看到太后对自己的提防，他对皇上的一片忠心她视而不见，却独独因皇上信任自己而耿耿于怀。

王振阴沉着脸，沿游廊一路向前，他身后有四个小太监随行。前方响起越来越大的喧哗声，鼓乐铜锣刺耳的响声，再加上众道士口念经文的声音，把个平日里静谧的慈宁宫搅得形同闹市。许多闲下来的宫女太监围着道场看热闹。

王振不满地停下，前方几个东厂值守的人在划拳行乐，那几个人猛然看见王振站在面前，立时傻了眼。

"你们高督主呢？"

"在……在那边。"

"滚!"

"是。"

门廊下伫立着几个锦衣卫,个个戴着面盔,身体紧绷沉默无语,像几个立在那里的柱子,与这里喧嚣的场面格格不入。王振从他们面前走过,不由多看了几眼,他感到很意外,这里如何会出现锦衣卫,宁骑城不是抱病回府了?锦衣卫何时在慈宁宫布下了岗哨?

一个高个锦衣卫突然迎着王振走来,王振一愣,停下脚步。高个子开口道:"王振,王公公?"王振恼怒地望过去,何人如此大胆敢直呼他大名:"你是谁?"

"要你脑袋之人。"说此话的正是萧天,他在这里已经静候多时了。

萧天他们自换上锦衣卫的服饰,就围着慈宁宫转,不知转了几圈,才选在这个地方等王振。这里离太后的大殿不远,又是进入道场唯一的通道,四处守卫不多,人员杂乱,又有游廊和众多廊柱可以做掩饰。

玄墨山人早已按捺不住心中的仇恨,他瞪着双目低吼一声:"王振,拿命来……"

王振一惊之下,眼见这名白髯大汉向自己扑来,他才意识到宫里混进刺客,扯着尖细的嗓音大喊:"来人呀,抓刺客……"但是他很快发现,他的嗓音淹没于铜锣之中,他身后的四个随从很快被那几个锦衣卫制住。

王振久居深宫,闲暇时也练就了几手三脚猫功夫,他别的不擅长,擅长跑。他"咣"地把手中物件向玄墨山人扔去,转身便跑,萧天和盘阳同时扑向他,他像泥鳅一样闪身溜出去,沿游廊向里跑,萧天施展轻功去追。

与此同时那几个东厂的人发现这边情况,迅速跑来。盘阳和李漠帆迎着他们大打出手,由于不断有人跑来,他们一时也得不了手。这时,高昌波恼羞成怒地领着一众人等赶过来,一边大喊:"抓刺客……"怎奈声音被铜锣盖住,玄墨山人一人堵住他们众人。

萧天几个飞跃赶上王振,伸手去抓王振的衣领,一把绣春刀刺向王振的脖子,王振傻了眼,双腿发软,他颤抖着哀叫道:"英雄,刀下留人呀,你要什么我都可以满足你……"

突然,一个黑色影子从一侧游廊的飞檐上像箭般射过来,一柄青光宝剑挡住绣春刀,接着一阵阴鸷的狂笑从一旁传来:"萧天,你的小命今天落在我手上,放下你的刀……"

王振一眼看见宁骑城，像看见了救星，大声喊起来："我儿，我儿，救我呀。"

"干爹，你的命就是我的命，他若敢动你一个指头，我必让他粉身碎骨。"宁骑城说着一步步逼近萧天。

王振大受感动，大喊道："我儿，前阵子是干爹误会了你，被那个高昌波蒙骗，这个混蛋，儿呀，你是最忠心的人，爹心里有数了。"

萧天万万没想到会在这里遇见宁骑城，他像是从天而降，萧天迅速一转手把王振拉入自己怀里。萧天看到宁骑城身后一队锦衣卫正向这里跑来，他心里一阵悲凉，千算万算却漏了一人，这个宁骑城明明被高昌波打压了下去，怎么会突然冒了出来？如此大好的一次机会，还是失算了。眼看着玄墨山人、盘阳、李漠帆被锦衣卫团团围住，萧天一咬牙，留得青山在，不怕没柴烧，只能先退了。

"宁骑城，你先放我的人出宫，不然，我与王振同归于尽。"萧天大喝一声。

"妄想！"宁骑城叫道。

"不，不，我儿，放了他们，放了好汉。"王振急忙劝阻宁骑城，他一刻也不想被刀抵住脖子了，他劝着宁骑城。

宁骑城略一沉吟，向身后的高健一挥手。高健向手下众人下令："放了他们！"

"看谁敢放！"高昌波气势汹汹地赶过来，大喝一声，"好呀，你们锦衣卫这是要造反了。"

"高公公，你来得正好啊。"宁骑城一脸不屑地说道。

"宁骑城，你……"高昌波走到跟前，这才发现被萧天挟持的王振，脸色忽地变得惨白，"这……这……"

"高公公，你是想早点要了我的命吗？"王振在萧天手上，恶狠狠地说道，"还不快放了那些人！"

宁骑城鄙视地瞥了眼高昌波，阴阳怪气地说道："你说呢，高督主？"

"当然……当然听先生的，快，快放人……"高昌波吓得出了一身冷汗，转身向手下大喊道。

宁骑城向萧天逼近了一步，他紧紧盯着萧天，就像看着到手的一件猎物。他心里清楚萧天就像一只煮熟的鸭子，跑不远，即使跑远了，他也能摸到他的老巢。想到这里，宁骑城放下手中宝剑，对萧天，更像是对王振说道："只要你放了我干爹，我便放了你。"

萧天挟持着王振往一边退去，他看到锦衣卫退出去，玄墨山人、盘阳、李漠帆很快混入人堆里，由于他们穿着锦衣卫的服饰并没有引起宫里人的注意。萧天看到

狐王令（上）

他们已经全身而退，眼睛盯着宁骑城，他明白与他交手，他没有获胜的把握，在他面前更不可能杀了王振，于是，一咬牙，把王振往宁骑城怀里一推，纵身跳到廊上，飞快地向宫墙跑去。

"抓住那几个刺客！"宁骑城扶住王振后，向锦衣卫大声命令道。

萧天身子凌空跃上屋脊，运用轻功似蜻蜓点水般在屋脊上跃上跃下，转眼没了踪影。那些锦衣卫校尉仰脸望着空荡荡的屋脊，甚是震惊，没想到此人武功如此高超。

四

天空又开始飘起雪花，临近黄昏天便暗下来。

甬道里薄薄的一层雪上，留下一行歪歪扭扭的脚印。一个宫女背着另一个宫女，几乎是小跑着一路过来，其中一个宫女喋喋不休："唉，真是倒了八辈子霉，你说你一个大活人，你不走路，非要我背着你，你是谁呀你……"

说话的人正是明筝，她已累得出了一身大汗。背上的青冥面色平静，眼睛只顾四处看着，并不理会明筝的牢骚，可能嫌明筝跑得太快，颠得慌，就开了口，只听见极细的嗓音柔柔地说道："你……太快了……我……头疼……"

"什么你你的，我有名字，叫我明筝。"明筝腾出一只手，往额头上擦了把汗，"还嫌快，我都想飞，再不快点，跟不上车了。"明筝说完，便不再理她，眼睛盯着面前的路，脑门一阵突突乱跳，她只顾飞快地往前走，直到此时，她才发现路不对。

"天呀，难道走错了？迷路了？"明筝额头上瞬间渗出豆大的汗珠，她惊愕地叫着背后的青冥，"喂，你在宫里待的时间长，你认路吗？咱现在必须赶到御膳房。"

"你问我吗？"青冥才反应过来，她四处看了半天，说了一句，"不知道。"

明筝一听气不打一处来，身子一闪把青冥撂到了地上："你知道点什么？"

青冥坐到地上，就势盘起腿，抬头平静地看着明筝，任明筝满脸通红、急眉瞪眼地看着她，她心平气和淡淡地说道："你把我送回去吧，我等萧公子，他会来救我的。"

明筝愣了半天，才意识到她嘴里的萧公子就是萧天。

明筝一咬牙，躬身拉起她的双手重新把她背上。她知道青冥说得不错，萧天在她的父亲老狐王面前发过血誓，豁出性命也要救她出来。如此一想她的命也是萧天的命,救她便是救萧天,她只得忍气吞声继续往前走。

明筝一边走一边四处看,努力回忆着刚才张公公领她来时走过的路,越看越感觉不对,她应该是在上个岔口拐错了,但是现在再退回去,又怕耽误太长时间。她正左右为难,对面走过来一队巡逻的禁军,其中一个尉官扭头看着她。

"喂,哪个宫的?"尉官大声问道。

明筝腿一抖,真是怕啥来啥,她咧开嘴几乎带着哭腔道:"这个……这个宫女犯了疫症,他们都不敢来送,算我倒霉,让我背她去乾西里。"

尉官看了一眼明筝背上的宫女,面色惨白,披头散发,瘦弱不堪的样子,可不是得了重疾是什么。尉官急忙捂住鼻子,"我问你,路上可发现有身穿锦衣卫官服的人走过?"

"啊……"明筝张着嘴愣了半天。

尉官一看也问不出什么,便一挥手,带着那队兵卒向前跑去。

明筝长出一口气,背上的青冥不满地拍了下明筝的背:"谁得了疫症?"

"得了,我没说你得了疯症就不错了。"明筝没好气地说。

这时,头顶上一黑,像是飞过一片乌云,转瞬之间,又恢复了明亮。明筝一愣,停下脚步,抬头看两旁的围墙。

"明筝?"突然从空中传来一声惊叫。明筝立刻听出是萧天的声音,她一顿,弯身放下背上的青冥,向声音跑去:"萧大哥,你在哪儿?"

萧天一身锦衣卫的盔甲从墙上纵身跳下,他看着面前的明筝惊呆了,她此时不是应该待在御膳房,迎接四名狐女和青冥才对吗?他马上意识到一定出了事,不然明筝不会穿着宫女的衣服出现在这里,他上前一把抓住明筝,"你怎么在这儿?"

明筝终于看见了亲人,她几乎是扑进了萧天的怀里,两只手紧紧地搂住了萧天的脖子,眼泪鼻涕一起流出来。萧天忙抓住她两只手把她从脖子上放下来,一边着急地问:"出了何事?"

"我被张成叫去接青冥,四个狐女都出不来,一个被罚去了浣衣局,一个被抓到慎刑司,那两个在太后身边。"明筝气喘吁吁地说道。

"你去接青冥郡主了?"

"我接了。"

"人呢?"

"在那里。"

明筝说着伸手指了下身后盘腿坐在地上的青冥,萧天这才发现甬道墙壁边坐

狐王令(上)

着一人,一个穿着宫女服饰披头散发的女子。萧天愣了半天,他慢慢蹲下身,这才看清这个披散着头发的女子竟然是青冥。他身子晃了下,五年的时间,足以沧海桑田,何况是相貌?眼前女子竟然那般陌生,萧天呆愣了片刻,才认出确是青冥。

萧天突然掀袍角单膝跪下,眼睛发红双目噙泪,颤声道:"郡主,萧天救主来迟了。"

青冥乌黑似深潭的双眸闪了一丝光亮,就像空中的雪花一样,旋即便飘走了。她平静似水,淡淡一笑:"起来吧,她是谁?"

青冥像第一次看见明筝一样,盯着明筝。

萧天没有起身,仍然单膝跪着,脸上一红,就像做错了事被抓个现行一样心虚地说道:"这是明筝,是家父生前好友的女儿,与我形同兄妹。"

一旁的明筝从来没见过萧天如此低声下气过,她走到萧天身边很不耐烦地道:"萧大哥,你起来,凭什么给她跪下呀。"

"明筝,别没规矩。"萧天厉声说道。

"起来吧。"青冥的声音轻得几乎听不见。

萧天站起身,这才想到目前事态的危急。他看着明筝问道:"你们怎么走到这里?"

"不是'你们',是我,是我一个人在走,她不走,是我背着她走过来的,走错了道,迷了路。"明筝赌气地说道。

"什么?"萧天一听此言,一步走到青冥面前蹲下身,一只手握住了青冥的脚踝转了一下,"郡主,你的腿?"

"没事,早已没有知觉了。"青冥淡淡地说道。

萧天和明筝都暗自一惊,明筝立刻趴到青冥的面前,气呼呼地说道:"那你怎么不早说。"

"说与不说,不是一样吗?"青冥淡淡一笑。

萧天站起身,心急如焚。他左右张望,皇宫如此大,对外面的人来说如同迷宫,既迷了方向,想找回原来的路堪比登天。已经没有时间做选择,也不可能按原计划走出去,只能见机行事了。如今,青冥又是这种状况,他们三人能不能走出去,他心里也没有底。

"明筝,你仍按刚才那样,背着青冥,我在前面探路,出发吧。"萧天说完,大步走到她俩的前面。明筝虽然不情愿,但是也没有选择,她走到青冥面前弯着腰背起她。

萧天把头盔拉低,遮住了半张脸,一只手紧扣着腰间佩刀。两人一前一后,沿着宫墙迅速向前走着。

小雪花变成大片的雪,眼前的宫墙、屋脊上一片白茫茫。明筝走着,实在体力不支,脚下一滑,不由发出"哎哟"一声。萧天迅速回转身子,跃身过来,一把扶住明筝。明筝身子晃了一下,双腿站住。

"明筝,你受累了,坚持住啊。"萧天看着明筝一脑门的大汗,甚是心疼,但又不能替她,在宫里一个锦衣卫背着一个宫女成何体统,马上就会露馅。

明筝抬起头,突然她眼露恐惧瞪着前方,用极低的声音飞快地说道:"萧大哥,你别回头,过来一个人,在你身前,是宁骑城。"

萧天一听,身体猛地绷直了,一只手下意识地往外抽绣春刀。接着一阵清晰的靴子撞击地面发出的砰砰声,虽然隔了一层雪,仍然感受到那人步伐矫健,声音越来越近。

明筝面色发灰,她知道这两人撞见,将是一场刀光剑影你死我活的大战,在宁骑城面前他们三人想全身而退,宛如痴人说梦,她果断地说道:"萧大哥,你带青冥走吧,我去引开宁骑城,他不会杀我,他一直想从我嘴里得到《天门山录》。"

"你胡说什么,动起手来,我不会输。"萧天叫道。

"可我背上还有一位你的郡主呢。"明筝苦笑一声,"多走出一个是一个。"明筝说完,身影一闪把背对着萧天,青冥从她背上滑下,萧天一惊,急忙伸手接住。明筝像条鱼一样弯身到萧天身旁,一把抽出绣春刀,只听见"哐啷"一声,明筝持刀向走过来的宁骑城扑过去。

萧天抱起青冥,青冥在他怀里轻盈得像个婴儿,他虽然心如刀绞,但脑子却清楚明筝说得不错,他头也不回向一旁的围墙纵身跃上。他怀里的青冥突然伸出一只瘦弱无骨的手,抹去了他脸颊上的泪,定定地望着他。萧天站到墙头,这才看出他们离宫墙已经不远了。

明筝没想到绣春刀如此沉重,她扑向宁骑城时,险些拿不住刀。倒是宁骑城被突来的变故弄得不知所措,他明明看见一个宫女和一个锦衣卫鬼鬼祟祟站在墙下,刚开始还以为是一对私通的男女,本来打算过来教训一番,想看看是哪个狗崽子。

刚才他一路追踪萧天,他不得不承认萧天的轻功在他之上,在这个阴霾的大雪天,玩这个游戏,对他来说真是充满刺激。但是,当他走近这对狗男女时,他发现有些不对,那个宫女身上还背着一个宫女。

狐王令(上)

接着,他就看见那个宫女手持绣春刀向他扑过来,而那个锦衣卫双手横抱着另一个宫女纵身飞上宫墙,看身法不是萧天又是谁?"站住,萧天……"

那把绣春刀歪歪扭扭向他刺过来,他定睛一看,面前的宫女横眉冷目、咬牙切齿的样子像足了一个人,不,就是她,明筝! 宁骑城发出一阵阴鸷的狂笑,太出乎意料了。

"明筝姑娘,你把自己打扮成这样是来见我吗?"

"宁骑城,少废话,拿命来。"明筝持刀又向他刺过来。

"你先把刀拿稳了,"宁骑城一闪身躲过去,"要我教你绣春刀如何使吗?"

"让你知道我的厉害。"明筝斜着刺过来。

宁骑城虚晃一下,一把扣住绣春刀,明筝拔了几下,没拔出来。宁骑城耳目很灵,他听到不远处沉重的脚步声,接着看到高昌波领着一队东厂的人迅速向这里跑过来,想必是他们仍然在搜查刺客。

"别动!"宁骑城说着一把夺过明筝手里的绣春刀,就势一拉背后的黑色大氅把明筝小小的身子整个遮住了,然后对着墙站着。

"什么人?"高昌波尖利的嗓音大叫,"抓住他!"一众东厂的高手向宁骑城围过来。

"高督主,你不会连我都不认识了吧?"宁骑城回头看他。

"宁指挥使,你在这里干什么?"高昌波一看,忙赔上笑脸。

"撒泡尿。"宁骑城懒洋洋地道。

"好,你继续。"高昌波向背后一挥手,一众人等迅速向前跑去。

明筝听见脚步声远了,从宁骑城的大氅里钻出来,又羞又怒,她眼露凶光,闪身与他保持距离,"宁骑城,你欺人太甚!"

"我刚救了你。"宁骑城指着那些人的背影,"他们是东厂的,一盘问你还不露馅?"

"你为何要救我?"明筝满脸疑惑。

"我不想他们抓住你。"宁骑城阴阳怪气地一笑,"我救了你,你告诉我,刚才萧天带走的那个宫女是谁?"

"你别问了,我不会说的。"明筝迟疑了一下,道,"你救了我一次,这个人情我欠着,以后还你。"

"哦? 如果我把你送出宫,是不是等于又救了你一次,你又欠我一个人情?"宁骑城微笑着说,他很少笑,笑起来很恐怖。

明筝往后退了一步，对于这个男人的传闻，她听得多了，不管是来自民间还是官场，他都是恶魔的代名词，他神出鬼没的行事作风和高如惊雷的武功，都使他成为一个不好对付的人，他救自己，定是有所图。明筝脑中一阵电闪雷鸣："你别妄想，即使你把我送出宫，我也不会给你默出《天门山录》。"

"最起码你欠我人情吧。"宁骑城哈哈一笑。他已决定把明筝送出宫，连路线他都想好了。他不愿明筝落入高昌波手里，看她跑回老巢岂不更有趣，再说她的哥哥柳眉之也在他手里，她还能跑远吗？

"你……真送我出宫？"明筝几乎不相信自己的耳朵。

"别忘了，你欠我两个人情。"宁骑城迷般呵呵一笑，"跟我来。"

明筝如走进雾里，似信非信硬着头皮跟着宁骑城向一旁一个长长的甬道走去。

五

慈宁宫里的酒宴还在继续。在太后的授意下，几个在太后面前得宠的妃子按位分先后给皇上敬酒，一派祥和。

皇上朱祁镇也不愿驳太后的面子，对所有敬酒的妃子都好脸相待。他喝着酒，目光扫视着一旁，发现王振被太后指使出去一直未回，不免心里一阵烦躁。

"皇上，"太后饮过几杯酒后面色红润，微有些醉意，她微笑着望着朱祁镇，"皇上既然身体已痊愈，就该让你的妃子去寝殿服侍你，也好为大明开枝散叶，增加子嗣呀。"

朱祁镇望着大殿外面，心里的烦乱更深了，他不接太后的话题，闷头喝酒。

太后从朱祁镇的这个眼神就猜出他在找王振，心里的气又蹿出来，堂堂一个皇帝宠信一个阉人，根本不把自己这个太后放心里，虽说不是生母，但她自认对他胜于亲生，她无比失望，于是声调一变，把太祖搬出来："皇上，你既日日念太祖的文典，想太祖一生戎马，神威英武，平定四海，虽重政务，但也广施雨露恩宠，因此子嗣众多，枝繁叶茂，这方是盛世呀。"

朱祁镇突然不耐烦地扔下酒盅，只听"叮当"一声酒盅滚到了地板上，两边的宫女太监都吓得一哆嗦。朱祁钰看出皇上对太后的不耐烦顿时惊出一身汗，太后当场黑了脸。

酒宴上的气氛突然急转直下。这时，一个人从一旁躬身跑过来，弯腰拾起酒

狐王令（上）

盅,匍匐在地小心地举起酒盅,一脸笑容道:"皇上豪气万丈,酒风不输太祖当年啊。"

说话者正是王振,他短短一句话,立刻缓和了酒宴的气氛,朱祁镇见王振回来,心下喜悦,朗声笑起来,并转过身对太后一笑道:"母后教诲得极是,孩儿记住了。"朱祁镇说得无比谦虚,也给太后挽回了面子,太后也顺势笑起来。

王振小心地退到皇上身后,这时御膳房呈上来皇上最喜欢喝的土茯苓绿豆老鸭汤,王振用银箸试过后端到朱祁镇面前,果然皇上一见胃口大开,拿银勺喝起来。

王振这才得空擦去额头上的汗,刚才在路上险被刺客杀掉,直到此时他的心还狂跳不已。他抬眼看见高昌波从偏殿向他跑过来,他挥手招来手下一个太监,自己从一侧走入偏殿。

高昌波一头大汗,不住地喘气,他身后跟着同样一头大汗的张成,此时张成比高昌波更不好过,他不得已放下明筝回到高昌波身边,也没有免去一顿骂,跟着高昌波一路上提心吊胆生怕撞见自己人,好在一路上都没出事。

高昌波看见王振走过来,急忙上前一步:"先生,你说怪不怪,这些刺客就像人间蒸发了一样,了无踪迹。"

"你个笨蛋,你手下一群窝囊废。"王振压低声音大骂,"全是废物,这次若不是宁骑城及时出现,你恐怕就见不到我了。"

高昌波垂下头,任王振骂完,他闪烁其词道:"先生,有……有一事我弄不清楚,他……他宁骑城的锦衣卫怎么会出现在慈宁宫? 当初,你部署他监视赵府来着,还有……这几个刺客他们是怎么混进宫里来的? 而且,咱们明明看见他们就是锦衣卫的打扮,这……"

"你老小子想说什么?"王振眯眼盯着他。

"我看这几个刺客就是锦衣卫的人。"

王振微眯起双目,冷冷地乜了高昌波一眼。高昌波浑身一颤,哈腰抬手臂用衣袖拭了下额头上的冷汗,急忙解释道:"先生,老奴没有诋毁谁的意思,只是这事蹊跷,不得不引人深思啊。"

"呸,今天明明是他出手救了我。"王振虽然嘴里否定了高昌波的话,但心里也起了疑心,"那个刺客的模样我一辈子也忘不了,给我查所有锦衣卫人员动向。"王振想了一下,"先不要打草惊蛇,你秘密去查,对宁骑城也要派人监视。"

"是。"高昌波点了下头,长出了口气,脸色也恢复常态。

狐王令（上）　　　　　　　　　　　　　　　　　481

"还有，此事不可惊动皇上和太后，听见没有。"王振咬牙切齿地交代，"想要我的命，没这么容易。"

突然，他抬头看见宁骑城和他的下属高健慌慌张张跑过来。他急忙向高昌波递了个眼色，高昌波何等机灵，看见宁骑城满脸笑容地迎上去："宁大人，你可发现可疑之人？"

高健走上前回话，由于身穿盔甲，只能拱手一礼道："回高督主，卑职带人搜查刺客，在藕香亭发现五具尸体，当场有手下认出是锦衣卫，只是他们的衣服被扒光了。"

"哦，如此说来，刺客就是穿了他们的衣服混进慈宁宫行刺的。"王振向宁骑城问道，"我儿，你怎么看？"

"干爹，他们是如何混入宫里的呢？"宁骑城回头望了眼大殿外，含沙射影地说道，"这帮道士，是今日入宫人数最多的一群人。"

听宁骑城如此一说，高昌波脸都绿了，高道长是他请过来的，这不是明摆着想把脏水往自己身上泼吗？他急忙上前说道："此话差矣，虽说道士今天入宫人数众多，可他们都是在东厂的严密监视下，不敢有一丝违逆的行为。"

"高督主，你此话说得有些托大吧，你真能保证刺客不是混进道士队伍才进到宫里的？"宁骑城微笑着说出的话却寒气十足。

"宁指挥使，你不要血口喷人。"高昌波忍无可忍怒目而视。

王振看两人已然撕破脸皮，便上前一步，冷着脸道："还没有追究责任呢，你们便这般争吵起来，成何体统！今日再出现任何纰漏，你们俩一个也跑不了，都得担责。"

这时，慈宁宫的外面传来巨大的喧哗声和一阵阵喊声，这才转移了他们的视线，王振望着外面，担心又出什么幺蛾子，对高昌波说道："你快到外面看看，是不是道场上出什么乱子了，快去！"

高昌波不敢耽搁，提起袍角扭头就往外跑。张成一看，也跟着跑了出去。

"我儿，有你在我身边，我就放心了。"王振微笑着看了一眼宁骑城，缓步走向大殿。

宁骑城留在偏殿，目送王振走向皇上身边，高健凑上前，压低声音说道："大人，咱说的这段话，王振能信吗？"

"信不信由他吧。"宁骑城阴着脸说道。

"大人，你刚才送出去的宫女，我怎么看着有些面熟呀，想不起在哪里见过了。"

狐王令（上）

高健说道。

"一个朋友托我办的事,这个宫女的娘亲死了,见最后一面,人家送了一个金元宝,我能不应下吗?"宁骑城嘴角露出一个惬意的微笑,这个谎说得让他自己都很感动。

高健瞥了眼宁骑城,一脸惊讶:"大人,我发现你变了。"

"你说什么呢?"宁骑城一皱眉,瞪着他。

"大人越来越有人情味了。"高健笑道。

"你这是夸我吗?"

"当然是。"

外面的雪已经停了,虽只是申时,但天空灰暗似傍晚。高昌波从偏殿一走出来,就看见一些宫女和太监神情异样地向前面的道场跑去。前面更是出现一波又一波喊声。高昌波有些莫名其妙,他一把抓住一个跑动的小宫女,叫道:"你跑什么,出什么事了?"

"宫里出大祥瑞了。"小宫女含糊其辞地说了一句就跑出去。

"大祥瑞?"高昌波站着纳闷。

只见高道长在众道士的陪伴下向慈宁宫大殿走来,他满面红光,神态飘逸,道袍翩飞,玉树临风。众道士尾随在身后大声念经文,一众人等来到大殿外,早已有人跑去回禀皇上和太后。

殿内跑出一个御前太监,传高道长觐见。

高道长手持拂尘大步走进大殿,向皇上和太后躬身一礼后,道:"恭喜皇上,恭喜太后,宫中出现祥瑞,是大吉之兆啊。"

朱祁镇从未见过如此仙风道骨的道士,听他如此一说,心下大喜,忙问:"道长快讲,何方祥瑞?"

"得驻飞霞腾身紫薇人间万事令我先知。"高道长默默念了一句咒语,然后说道,"此乃凤凰祥瑞。"

这时,从大殿外飞跑来一名御前太监,扑通跪倒在地大喊:"启禀皇上,空中出现一只巨大飞禽。"

朱祁镇眼前一亮,正要起身,从外面又跑进来一个宫女,匍匐在地几乎带着哭腔喊道:"启禀皇上,飞来一只大鸟,有五彩的羽毛。"

"果真是大祥瑞呀——"朱祁镇兴奋得几乎跳起来,他扭头望着太后,"母后,

狐王令（上）

此乃我朝大吉之兆呀!"

"是呀,皇上,咱们也过去瞧瞧吧。"太后也禁不住一阵狂喜。

众嫔妃紧跟着皇上和太后向大殿外走去。灰暗的天空下,在西南方向一只巨大的鸟展翅飞过,其身上五彩的羽毛在空中发出耀眼的光芒。

众人一阵惊呼。朱祁镇慌忙跪下,眼望西南方向虔诚地双手合十,念道:"神灵助我大明,千秋万代,永世昌明……"太后和众嫔妃在皇上身后纷纷跪下,口中念念有词。

菱歌在众人后面跪下,突然手腕被一只手抓住,她扭头一看是拂衣,"拂衣……"两人紧紧抱在一起,拂衣把嘴唇贴在菱歌耳边说道:"看见了吗?是咱们的飞天翼,一定是来接郡主的,一定是的。"

菱歌点点头,早已泪流满面。

两姐妹跪对着西南方向,重重地磕头。

皇上朱祁镇被王振搀扶起来,拂衣上前搀扶起太后。朱祁镇看众嫔妃和宫女太监都跪在地上,甚感欣慰,他抬起手道:"都起来吧,把高道长请来。"

众人让出一条道,高道长走过来,向皇上深施一礼。

"高道长,你可算出此祥瑞出自哪里?"朱祁镇问道。

高道长微摇着头,闭上双目,伸出右手,掐指算着,口中还念念有词:"天清地宁,天地交精,九天玄女,赐我真明,我今召请,三界诸神,如有违抗,如逆上清,金光速现,道气长存……"高道长口中越念越快,到后来只见摇头张嘴而没有了声音……突然,高道长顿住,睁开双目,双目放光地高声道:"此祥瑞出于宫里,来自西南,乾西里。"

太后愕然地望着皇上:"乾西里,那不是冷宫的位置吗?"

朱祁镇叫住身边一个御前太监:"你,快去跑一趟。"

御前太监急忙跪下领旨,不敢耽搁,一溜烟地向西跑去了。

朱祁镇望着太后和众嫔妃以及高道长,心情大好,高声说道:"诸位爱妃,咱们进殿,吃着酒宴,耐心等待。"说着扭头看着王振,"王公公,给高道长赐座,赐酒宴。"

"是。"王振微笑着去请高瑄。

高瑄呵呵一笑。自王振又出现在皇上面前起,高瑄的心情就直转直下,他明白萧天他们失手了,一次大好的机会啊,他仰天叹息,如果此时自己手里有一把剑,一

狐王令(上)

定一剑了结这个阉人。无奈,他手无寸铁,这场闹剧还要演下去。

他向一旁的众道士一挥手,点了下头,众道士会意,径直回道场收拾行头,准备打道回府了。

宁骑城站在廊下盯着那一众道士的背影出神,高健从一旁走过来,问道:"大人,真有祥瑞吗?"

宁骑城一阵冷笑,"骗骗皇上可以,骗不了我。"

"可是,我明明看见一只巨大的飞禽呀。"高健惊呼道。

"你看见的只是巨大的翅膀而已,走,跟我去瞧瞧那帮道士。"宁骑城说着走出去,高健急忙跟在身后,两人一前一后向道场走去。

此时,高道长跟在王振身后走进大殿,这时已有宫女搬来座椅,挨着龙案摆在朱祁钰一旁。高道长与郕王见过礼后入座。

这时,跑出去的御前太监跑回来,身后还跟着一个满头白发的老太监,两人跪下,老太监浑身打战,几乎摔倒。

"启禀陛下,这位是乾西里守门人魏公公,魏公公有事回禀。"御前太监说完,回头催促魏公公。

魏公公声音嘶哑,含糊不清地道:"回陛下,回太后,是玉嫔,七日不进水米,老奴今日看见……看见她化为一只……一只凤凰,飞……飞走了。"

朱祁镇和太后面面相觑,朱祁镇又惊又喜:"果真是祥瑞啊!"

"玉嫔是谁?本宫如何记不得了?"太后乍然问道。

"太后,这或许便是宫里闹鬼的因由,"拂衣从一旁给太后的酒盅里斟上酒,说道,"高道长法力无边,有诸神卫护,如今开渡了她的魂魄,再不会为祸宫里了。"

太后点点头,联想到近日宫里连连闹鬼,原来竟与这玉嫔有关,看来真是由怨气而来,既是化为一只凤凰飞走了,也不失为一桩好事。太后笑容满面地说道:"皇上,高道长真是名不虚传,此次定要重赏啊。"

朱祁镇此时满面红光,宫中出现祥瑞无论如何都是大喜之事,他作为一国之君当然无比荣耀,传出去百姓也会认为他这个皇帝做得好,才会出现祥瑞。他高声传旨,重赏高道长,重赏三清观。

王振看此时皇上如此兴奋,大殿里一团喜气,便悄悄走到一侧偏殿。他看到高昌波早已等在那里,急得一圈一圈地乱转。他一走过去,高昌波就凑上来。

"先生,我有事要禀告。"高昌波急慌慌地说道。

"慌什么,我刚才看见……"王振看见一个身影跑去见高昌波,但记不住那个人的名字了。

"东厂百户孙启远,他刚刚跑来禀告了一件大事。"高昌波压低声音道,"孙启远奉我的令在赵府周围设岗监视,今天府里突然来了一伙人,打头的便是于谦,这里面有高风远、张云通、苏通,还有一些人官职太小记不住,总之,数十人在赵府院子里,大张旗鼓地给赵源杰办丧事呢。"

王振眯起双眼,眼里露出恶毒的凶光:"公开与我对着干呀。"他回头望向大殿,压低声音道,"近来怪事连连,这祥瑞出得也太他妈的邪乎了,我本来打算让你带人扣下这帮道士细细盘查,但现在看来,此举太不合时宜了,难得皇上这么高兴,不能给他添堵。这帮道士算他们走运,一会儿你监视他们离宫。那个老杂种说什么玉嫔变成凤凰,也只能骗骗那帮女人了,玉嫔是谁?"王振瞪着高昌波。

高昌波一哆嗦,说道:"你老忘了,五年前,王浩从狐地抢来的老狐王的女儿,隐瞒身份以江南美女之名进献给皇上,后被册封为玉妃,因屡次犯戒被贬为玉嫔,一年前她逃跑未遂,被打坏双腿送到位于乾西里的冷宫。"

"是她。"王振微闭上双目,陷入沉思。

"先生,你不觉得这里面有大蹊跷吗?"高昌波问道。

"蹊跷的事太多,"王振叹口气,"还有,刚才高健说的事你派人查一下。"

"是。"

"事已至此,这件先按下不说。现在皇上正在兴头上,让他高兴几天。"王振叮嘱道。

"那边呢,赵府出殡之事呢?"高昌波问道。

"也好,哼,让那个家伙入土为安,不再祸搅咱们。"王振咬牙说道,"不过,去赵府的人员,一个不漏全部记录在案,不急,咱们给他们来个秋后算账。"

六

雪后的大街上,阴冷清净,行人稀少。南洼子胡同里却由于赵府今日出殡,显得特别热闹。路面上的积雪早已被人踏出一条道,好奇的邻居三三两两探头张望,一看满胡同的东厂番子,又都退回去。

赵府里传来铜锣乐器之音,夹杂高低长短的哭声,远远飘来烧纸的白烟。孙启远向赵府走去,虽然他感到很晦气,但上头的命令,他也不敢不执行。他走到门前,

狐王令 (上)

府里管家陈顺戴着孝站在门前迎客，一看他这身行头，以及身后众多的番子，二话不说跑进大门。

陈顺沿着游廊直接跑到停灵的花房，房里一边站着白花花戴孝的家眷，另一边站着赵源杰生前好友，高风远正与谦商量出殡时走的路线。陈顺慌慌张张跑过来，喊道："大人，不好了，东厂的那个孙启远，在大门外要进来。"

于谦环视了眼众人，笃定地道："你先过去，稳住他们，说主事人一会儿出来。"

"于兄，你看怎么办？"高风远看着于谦。本来府里办丧事这几日都是偷偷摸摸的，无奈人越来越多，事也按不住了。"于兄，赵夫人曾交代不要通知外人，但今日出殡这事不知如何给泄露了出去，怕就怕东厂的人来捣乱，错过了时辰。"

"是我通知的大家，"于谦镇定地说道，"这些人都是赵源杰生前好友，大家最后送他一程，是人之常情。你放心，来的人越多，他们越不敢怎么样。"

"哦？"陈顺将信将疑地看着于谦，但一想到主人生前就非常敬重此人，当下也就深信不疑了，"那……我去让孙启远进来。"

"你等一下。"于谦说着，转身走出去，向西厢房走去。

此时，西厢房里李漠帆、盘阳、林栖，正围住一张大炕，炕上躺着青冥，玄墨山人正在用银针为青冥的脚行针通脉。

青冥已脱下了宫女的裙装，穿着一件狐族女子的长裙，世间少有的月白色丝绸上，绣着五彩的羽毛。林栖一见这狐族衣服，睹物思乡，掉起了眼泪。盘阳在一旁好一顿奚落。

青冥微闭着双目，肤白如雪，面无表情，只有又长又翘的睫毛扇动时，才能判断出她醒着。几个人眼巴巴地盯着玄墨山人，玄墨山人行针已毕，开口道："暂无大碍。"几个人这才松了口气。

这时，于谦推门进来，看了眼众人："萧帮主呢？"

李漠帆转回身，哭丧着脸道："大人，不瞒你说，这次行动失败，被搅得七零八落，要多狼狈有多狼狈，王振没杀死，明筝姑娘被困在宫里了，帮主救出青冥郡主，一回来，就又出去了，谁也不知道他去了哪里。"

"糊涂，"于谦叫道，"眼下就出殡，跟着出殡的队伍出城，这是计划好的，怎么……"于谦突然停下，想起明筝，叹了口气，"也难怪，萧帮主与明筝姑娘情深义重。"他想到眼下的事，"你们必须躲一下，这会儿外面东厂的人要进来，来者不善，我本来是想和你们萧帮主商量呢，这下，我就拿主意了，你们到东厢房混入家眷中。"

"这……我们像吗?"盘阳挠着头问。

"只能这样了,"于谦走到青冥面前,看了一眼,"怎么能说行动失败了,不是把郡主救出来了吗?王振那个阉贼,这次算他走运,下次就不会这么走运了。"于谦的话,让众人沮丧的情绪多少好了些。

于谦一走出去,李漠帆看看大家,问道:"咱要不要去找帮主?"

"你忘了你们帮主留下的话,不许去找他。"玄墨山人在一旁说道,"以他的武功,你们不用担心,他去找明筝姑娘,自有分寸。"

"既然不用管他,就快按于大人的吩咐戴上孝,坐到那边亲属堆里。"李漠帆催促大家。

"青冥郡主怎么办?"林栖问道。

"什么怎么办,背上,快走吧。"玄墨山人一拍林栖的肩膀,起身就走。

陈顺按于谦的交代出去见孙启远,一出大门,看见乌泱泱一群东厂番子,心里一阵七上八下。

"孙百户,我主家今日办丧事,不便待客。"陈顺略施一礼道。

"怎么,我带弟兄们前来吊唁,不欢迎吗?"孙启远毫不客气地一边说着,一边向身后一摆手,数十人一拥而上,跑进院里。

一进大门,孙启远便愣住了。

只见当院站着众多朝中官员,他们今天虽然都是家常的装扮,但孙启远还是一眼便认出来。为首的就是兵部侍郎于谦,在他身后站着大理寺卿张云通、户部侍郎高风远、礼部郎中苏通,还有几位面孔陌生,想必是从外地赶过来的。

孙启远尴尬地搓了下手,干笑了两声:"几位大人也在呀。"

"孙百户,我刚刚听你手下说,你们要抓这里所有的朝廷官员,"于谦向他走了几步,话语气势逼人却又从容不迫,"所以,我带着他们走出来,也省得你一个个抓了,你说,是去你们东厂牢狱,还是锦衣卫诏狱?我刚从诏狱里出来没有几个月,连去的路都很熟。"

"这……是谁在胡说八道。"孙启远训斥着几个番子,挥手打向一个番子。心里不由暗暗叫苦,跟这个硬骨头磕上,他知道不会有好果子吃。高昌波让他带人来这里搅场子,还说最好抓几个人吓唬一下,最好谁也不敢跟着出殡,他一看这势头,这哪是他能对付得了的。

狐王令(上)

"各位大人，误会，小的也是前来吊唁的。"孙启远急忙拱手道。

"原来如此，那就请吧。"于谦让出道，伸手相请。

这时，陈顺从影壁跑过来，对于谦道："大人，一个自称张昌吉的前来吊唁。"

于谦和几位大人一愣，张昌吉？难道是户部尚书张大人？众人面面相觑，朝中几乎无人不知，张昌吉是出了名的明哲保身中立的一派，你们闹翻了天，他谁也不看一眼。今天他能出现在赵府，真是石破天惊之举。

孙启远一听也不走了，也要看看是哪个张昌吉。

管家陈顺和于谦大步走向大门。门外站着一个一身布衣的老者，体态微瘦，气质儒雅，正是张昌吉。他身后跟着两个家仆，也是朴素的穿着。

张昌吉在赵府看见谦一点也不惊奇，倒是于谦看见张昌吉满脸惊讶。张昌吉执了同辈的礼道："于大人，老身没有来迟吧？"

"张老，来得正是时候。"于谦慌忙还了晚辈礼，他一揖到地，然后上前搀扶。

院里人们闪开一条道，几人径直走进灵堂，身后的人也都陆陆续续走过来。

张昌吉走到灵前，早已有人端来火盆，张昌吉点燃了草纸，立在棺材前哀叹一声："嗟呼，天之生人，厥赋维同，良之秉彝，独厚我公，忠厚义烈，德望何崇，纸灰飞扬，朔风野大，怅惘不见，杳杳音容。冀公陟降，鉴我微衷！"

张昌吉一篇悼词立时催得众人潸然泪下，众人神色肃穆。他们中有赵源杰的同窗好友，有朝堂中一个衙门的同仁，有多年知交，赵源杰的突然离世将成为他们心中永远的痛，痛到极致便触发了心中久积的怒火。

不想竟真有几个不知天高地厚在此时触霉头的，五六个东厂番子在棺木前探头探脑，此举一下激怒了众人。高风远和苏通抓住两个靠前的番子，摔翻在地。其他几个番子围起来要攻击，突然发现他们反而被更多人包围了。

孙启远见势不妙灰溜溜躲到角落里，一个档头跑来请示："百户，是抓还是不抓？"

"抓个屁，你能抓完吗？明日还早朝呢。"孙启远本意是想说，把他们抓走了，明日早朝皇上见谁去，但他看见那个档头傻了吧唧的样，也懒得教训他，一脚把他踹到一边，大喊一声："都给我听着，撤——"

孙启远带着人如过街老鼠般逃出去，他回头瞥了眼众人，嘴角不屑地一笑："走着瞧。"

这群番子一离开，众人一片欢欣鼓舞。于谦向张昌吉深施一礼，道："张老，你能来，我代赵兄及其家眷感激涕零。"

"我虽人老，却不糊涂，善恶能分得清，诸位，告辞了。"张昌吉来得快，去得也急。

于谦嘱咐陈顺送张昌吉到府门外。不料陈顺送走张昌吉却迎来了另一位不速之客，更让在场的众人惊讶不已。只见高健一身素雅的长衣出现在灵前，平日见惯他着盔甲或锦衣卫的飞鱼服威武神勇的样子，今日这样的高健，竟有几分滑稽。

高健是个性情中人，他也不管众人异样的目光，走到灵前，抓起一把草纸，一边烧一边哭，压抑多日的悲伤倾泻而下，竟比女人哭得还要声泪俱下。

于谦和高风远过来相劝，高健一把抓住于谦的手臂，说道："两位大人，你们告诉我赵兄坟冢所在之地，往后年年的今日，我必去祭拜。"

于谦和高风远对望一眼，由于赵源杰死前被贬为庶民，没有在京城立碑权，因此在征得赵夫人的同意下，他们决定把碑立在小苍山，那里离瑞鹤山庄只有一箭之地，因此，两人有些犹豫。

稍一停顿，于谦说道："高兄，你今日能来送赵兄一程，我们也没有什么可隐瞒你的，赵兄的坟冢在小苍山。"于谦此话毫不夸张，今日进府的人，如果不是和赵源杰有着深厚情谊，是不会冒着被王振打击报复的危险出这个头的。

高健记下，向众人拱手施礼后，大步走出去。

眼看时辰到了，府门大开，车辆马匹都已备齐，由于有女眷，多出了好几辆马车，一共五辆马车。这时候，院里乱哄哄的，女眷们莫不悲号痛哭。棺材被几个精壮大汉抬到第一辆马车上，女眷们相扶着先后坐到其他马车上。

家眷中林栖背着青冥郡主走到最后一辆马车边，盘阳早已在车边等着了。盘阳跳上马车，扶青冥躺在软榻上，看来于谦专门安排了这辆马车，可以让青冥郡主少受点舟车劳顿之苦。林栖坐到车头拉住马缰绳，回头看他们几人也先后上了马。

李漠帆、玄墨山人、盘阳伴在马车四周，其他的人也都上马跟在灵柩的后面。

哀乐一起，出殡的队伍出发了，出了府门，队伍浩浩荡荡，一些街坊邻居走出来，刚才东厂的人在，他们都没敢出来，此时都跑出来，不少人跟着送行，一些人大喊着："赵大人，一路走好……"

李漠帆看着此情此景，不由叹息："如此看来，赵大人真是个好官呀……"话说到一半，他突然看见一个少年模样的人正挣扎着越过人群向这里跑来，不是明筝又是谁？

狐王令（上）

李漠帆立时翻身下马，向人群跑去，明筝看见李漠帆向自己跑来，激动不已，"李大哥，终于赶上你们了。"

明筝在一天里经历了数次历险后，猛然看见李漠帆就像看到亲人一样激动，一颗忐忑不安的心总算放下了。她此时无比狼狈，鞋还跑丢了一只，脚上布满伤口，瘸着腿。

李漠帆一把抓住明筝，又向旁边张望着："帮主呢？"

明筝一愣，"他带着青冥出来了。"

李漠帆一看，坏了，两人不在一块儿。顾不得细想，他拉着明筝就去撵队伍。玄墨山人也看见明筝，高兴地拉过李漠帆的马离开队伍过来。李漠帆扶明筝上了马，自己拉着马缰绳在地上跑。

"李大哥，你也上马吧，我很轻，不会累着你的马。"明筝看着在地上跑的李漠帆很过意不去。

李漠帆"呵呵"笑了两声："我舒展一下筋骨。"

"李大哥，那帮主去哪儿了？"明筝又问道。

"那还用说，去找你了。"李漠帆此时心情也舒展开了，刚才还在担心明筝的安危，如今见她回来了，虽然帮主暂时未回，但是他的身手是不用人担心的。此次行动虽然没能杀死王振，但救出了青冥郡主，不管怎么说人都活蹦乱跳地回来了。

"马车上还能坐一人，明筝姑娘你上马车吧。"林栖勒住马缰绳，停下马车。

明筝一听，立刻答应了下来。她一路急奔而来，此时是又累又饿，脚还伤了，她几乎是滚下了马，狼狈地爬进车厢。这才发现里面还躺着一个人，她认出是青冥。

青冥闭着双眼，安静地躺着。明筝放轻动作，悄悄坐到角落。马车继续前行，明筝坐下后才留意到青冥身上的衣裳，蚕丝在昏暗的车厢里无声地发出幽暗的光亮，丝丝缕缕、温温婉婉地透出莫测的异族的神韵。她从未见过如此美丽的衣裳，再看自己身上的粗布短衣，不由自主惊奇地伸出手去，手还没有落到那闪亮的丝绸上，她的头顶轻飘飘地传来一句冷若冰霜的话："别碰我的裙子。"

明筝吓了一跳，急忙缩回了手，身体也往角落缩了缩。

出殡的队伍眼看到了西直门。守城门的魏千总早已听到了兵卒的通报，他一看白幡从远处路边晃出来，突然捂住肚子对手下说："哎哟，我中午吃坏了肚子，妈的，疼死我了。"说完，一溜烟跑了。

狐王令（上）   491

城门口的兵卒一看,头儿都不管,几个人一合计也缩进岗房里喝水去了。出殡的队伍浩浩荡荡从城门走出去,队伍刚出城门,后面一骑似风般追赶过来,李漠帆眼尖,一下认出来:"帮主,是帮主……"

狐王令 (上)

狐王令

HU WANG LING

下

常青 著

河南文艺出版社
·郑州·

第二十五章　拜主大典

一

雪落了一阵子,山尖已经白了,天地之间,一片白茫茫……萧天披一件裘皮大氅站在瑞鹤山庄大门旁的岗楼上,原木搭起的二层门楼也被雪覆盖了。萧天面色忧郁地极力远眺,这场雪下得酣畅,纷纷扬扬的大雪,让人分不清哪里是山,哪里是路。

他的目光停留在前面那片山上,山顶也被大雪覆盖了,想起山间的那座新坟……那天出殡时的情景仍然历历在目,想想初来京城时在赵府里与兄长推杯换盏高谈阔论的情景仿佛就在昨天。只是这一别后,便是两个世界,坟里坟外,不仅隔着山,这不尽的雪,还有那份未尽的情义……

那日祭祀过后,于谦与他拱手告别,只说了一句保重。想想前方的路,于谦又能比他轻松几分呢? 朝堂上的波诡云谲,党争的乱局,面对权势的危险……但他还是义无反顾地走了,走向那场风暴的中心。如果说在这个世上还有让萧天满心敬佩的人,于谦便是一个,他的坚韧、智慧、忠诚,让人心生敬意。

有那么一刻,萧天突然产生了一种豪情,真想跟着于谦就这样走了,既然郡主已经回到狐族,也是他该离开的时候了,但是这个念头也只是一晃而过,老狐王和父亲对他的重托让他无法一走了之。虽然郡主回来了,但是那扣在狐族头上的莫须有的罪名仍然压得他喘不过气来。那一刻,鸟语花香的檀谷峪第一次浮现在他的脑海里。他知道他的使命还没有完成,他不该心生杂念。想到这里,他烦乱的思绪才算清晰起来。

眼看便到正元节,这是大明朝最隆重的节日,朝臣们可放节假至上元节,山庄里大多数人都远离故乡,远离亲人,如不能让大家在这里过一个热热闹闹的新年,他如何对得起他们的亲人?想到山庄里千头万绪,再加上年节的诸多物事还都没有准备,萧天的眉头越皱越紧……

这时,身后传来脚步声,木楼梯吱吱呀呀响了起来。接着传来翠微姑姑敞亮的大嗓门:"哎呀,我的君王,终于找到你了。"翠微姑姑人未到,身上庞大的裙角已伸到眼前。她已换下汉人衣衫穿着狐族公主的盛装,头上插着五彩的羽毛,她的身后站着李漠帆,李漠帆在她浓艳服饰的映衬下,像一颗灰不溜秋的土豆。李漠帆看出萧天对他多管闲事的不悦,急忙解释道:"是,是这个老娘儿们逼我来找你的。"

翠微姑姑一听此言,立刻翻脸:"你个老东西,别敬酒不吃吃罚酒,别忘了,你站在我的地盘上。"

萧天本来想一笑了之,听翠微如此一说,回过头道:"这么说,我是他的帮主,我也是站在你的地盘上了?"

翠微方知失言,也难怪,如今这个山庄里住着各种各样身份稀奇古怪的人,不仅有兴龙帮的,还有天蚕门的,甚至连白莲会的人都住在这里,还有什么门派都不是只是萧天朋友的,这些人的存在让山庄更像一个杂居地而不像是庄子,他们都是萧天的客人,个个以主人自居,让山庄变成如今这个模样。但是,翠微也知道萧天是不会允许任何人对他的朋友有丝毫不敬的,因此忙赔笑道:"君王,我一贯口无遮拦,胡说八道惯了,你别介怀。"

"何事?"萧天问道。

"你忘了今日是拜主大典,一切都准备好了。"翠微姑姑笑着说道。

"青冥郡主身体好些了吗?"萧天急忙问道,他这才想起今日是个大日子,拜主大典对于狐族来说,不亚于承认新主承袭爵位。虽然现在狐族被朝廷废黜了爵位,但是在狐族人心里他们的王,永远是存在的,是不受外界干预的。

"好多了,那个玄墨山人真乃奇人也,几服汤药下去,郡主脸上便有了红晕,照我看,再让玄墨山人行行针,郡主没准能站起来了。"翠微姑姑兴奋地说道。

"好,我这就过去。"萧天说着,突然想起一事,又吩咐道,"翠微姑姑,你去多布置一些椅子,我要向郡主介绍我的朋友。"又对李漠帆交代,"去把庄子里咱们所有朋友都请到言事堂。"

李漠帆犹豫片刻，忐忑地问道："帮主，这位郡主是什么性格，咱们也不了解，你也知道咱们这帮人，大多行伍出身，行为粗陋，说话又过于火爆，会不会让郡主心生厌烦呀？还是先不过去吧？"

萧天黑下脸，对李漠帆更像是对翠微说道："你们是我的人，他们既认我就必须认你们。"说完，头也不回，大步走下楼梯。

留下李漠帆和翠微，两人怒目而视。

狐族进行祭拜时的言事堂，是隐藏在山体中的，很少有人知道这个地方。今天既是拜主大典，隐藏在石壁中的大门早早打开，不用再走密道，而是直接走到后山上便可看见洞口了。

山庄里所有狐族人都穿戴起平时很少穿的狐族服饰，戴起狐族节日里戴的羽毛头饰，个个光彩照人，夺人眼目。住在山庄里的其他人也早已听闻狐族大典的事，聚在院子里好奇地观望着，这才发现庄子里原来有这么多狐族人。

此时，最忙碌的要数明筝和小六了。明筝一早起来便寸步不离地跟在夏木的身后，好奇地看夏木穿狐族服饰装扮头上羽毛。小六不知从哪里找到一个插满羽毛的帽子扣到头上，走到哪里那个插满羽毛的帽子便晃到哪里，惹得众人大笑不已，也有狐族人很反感，但对于一个孩子，又不能真的发怒，最后也就随他去了。

夏木用了整整一个时辰才穿戴打扮完毕，她满心欢喜地在铜镜前仔细端详一番，转身看见明筝，便紧紧皱起眉头。她实在看不上她身上的棉袍，便从自己的箱子里翻出一件蓝色烟纱碧罗衫，里面套着蚕丝，又轻柔又保暖；下罩散白花水雾百褶裙，这是她在望月楼最喜欢的一套衣裳了，从不舍得穿。又把她头上的发髻散下来，梳了一个高髻，把一个用珍珠编成的头饰戴在明筝头上，在她的巧手之下，明筝立刻变成了一朵含苞欲放的芙蓉花，着实讨人怜爱，与她站在一起，她身上的汉服一点也不比狐族服饰逊色。

明筝对着铜镜看来看去，欢喜异常："谢谢姐姐，这件衣裳太漂亮了，我从未穿过这么好看的衣裳。"

"是你人好看嘛。"夏木笑着说。

"姐姐，你们今天拜见郡主，不害怕吗？"明筝好奇地问道，她脑子里青冥郡主就像窗外的雪花一样，缥缈冰冷，让人看得见，摸不得。

"郡主是我们狐族的神，我们希望天天看到，时刻伴在身边，如何会害怕呢？"夏木说道。

"但是……"明筝心里充满矛盾，她明显感到青冥郡主对自己的冷漠和不屑，"她好像不喜欢我呢。"

"哈，怎么会呢？"夏木轻抚着明筝的长发，笑眯眯地说道，"我们都知道是你千辛万苦把她从宫里救出来的，她怎么会不喜欢你呢？"

"你是如何知道的？"明筝想不出她们在宫里的事，夏木是如何知道的。

"是狐山君王告诉大家的。"夏木说道，"他说，你千辛万苦把郡主从冷宫里背出来。明筝妹妹你真了不起呀。"

明筝毕竟心思单纯，从夏木的嘴里听到萧大哥夸她，马上就开心起来，这几日心里对他的怨气也消了不少。但是，笑过之后，又陷入烦闷。那日他们跟随赵府车队出城来到小苍山，坟前祭拜时，她才看见萧天，她见萧天跪在坟前痛哭，没敢去打扰他。后来跟随李漠帆回到山庄就再也没有见到他。

或许是乍然回到这里有待处理的事情太多，也或许是他有意在躲避她，明筝想到这里，默默走到窗前注视着外面的落雪，心情瞬间复杂起来。

园子里落了一层雪，听雨居在雪中像个含羞的处子一般宁静安逸。这一片园子是瑞鹤山庄里最雅致、最有江南韵味的建筑，青瓦白墙、水塘游廊间错落有致地分布着一间正房和一东一西两间厢房。明筝和夏木住在西厢房，东厢房住着翠微姑姑，正房是青冥郡主的住处。一墙之隔便是寒烟居，也是分正房和东西厢房，正房住着玄墨山人，西厢房住着他的几个徒儿，东厢房住着柳眉之。庄子正中靠后的园子是樱语居，萧天和兴龙帮的人住在那里。

明筝落寞地望着窗外。如今已过去多日，萧天也没有来看她，她几次都想跑去找他，但是又都半路跑了回来。她对自己说，他哪像她一样无所事事，可以随时跑出去玩。倒是柳眉之时常来看她，明筝虽然嘴上不说什么，但是她知道自从出了虎笼这件事，他们便再也回不到从前无话不说的时候了，明筝其实一直躲着柳眉之。

明筝看着窗外发呆，一旁的夏木笑起来："看把你愁的，想什么呢？"

这时，小六晃着一头羽毛跑过来："明筝姐姐，看谁来了？"

明筝和夏木抬头一看，萧天粘着一身雪花走进来。

"萧大哥……"明筝又惊又喜，多日不见她发现萧天明显消瘦了些，她跑过去扑打他身上的雪花，她的手触到他的大氅，发现有些地方被雪水浸湿了，看来他在外面停留了很久。

"我来带你去言事堂拜见郡主。"萧天说着，眼前一亮，他盯着明筝不由得赞叹道，"你若不叫我大哥，我还真是认不出来了。以前……"

"以前都是穿破小子的衣裳，"明筝嘟着嘴，嫌弃地白了他一眼，"跟你出门，从来都没有穿过女装，在你眼里，我是不是很丑啊？"

"不是，我不是这意思……"萧天一笑，在他心里再美丽的衣裳也衬托不出明筝美如璞玉的气质，他转身对夏木说道，"你过去看看郡主准备得怎么样了，大典就要开始了。"

"是。"夏木屈膝一礼，应了一声，转身走出去，小六也跟着跑了出去。

"明筝，"萧天走近明筝，眼里慢慢融开笑意，"听李把头说，你脚上受了点伤，好了吗？"

"早好了。"明筝脸上随即绽开一层红晕。

"以后再遇到什么事，不要自作主张了。"萧天望着明筝，一想到那日在宫里明筝那副决然的表情，他就忍不住心痛。

"嗯。"明筝点点头，"我不是好好的吗？"

"这次只是侥幸而已。"萧天说道，"宁骑城肯放了你，不是他真想放了你，这些天我都在思考这个问题，我想高昌波得到东厂掌印，王振一定是拿住了宁骑城的把柄，他是乞颜烈的人这件事怕是包不住了。宁骑城肯定不希望你落到他的对手高昌波手里，所以才把你放了，你知道你这样做多危险吗？"

"萧大哥，知道了，以后再不擅做主张了。"明筝听出萧天语气里的关切，心头一暖。

"还知道我是你大哥？"萧天仍然绷着脸。

"那你罚我好了，只要你能消气。"明筝突然调皮地说道。

"这可是你说的，今天罚你跟我去见青冥郡主，见郡主要行礼的，你就简单点，磕个头就行。"萧天轻描淡写地说道。

"磕头？"明筝拧起眉头，立刻翻了脸，"你走吧，我不想去看什么拜主大典了，我不去，跟我有何关系，不去……"

"我请了庄子里所有朋友，"萧天耐心地说道，"让郡主认识一下我的朋友们，还有你……"

"你以为她愿意认识我呀？我不想见她。"明筝说出心里积郁已久的想法，想到那日回山庄的路上，青冥郡主和她对面而坐，居然一句话也没有说。更不用提什么救命之恩了，她费尽气力背青冥郡主出来，在最后关头冒死引开宁骑城，仿佛她就该如此。她忍住眼里的泪，突然对萧天发起火来，"你走，你走呀，见你的郡主去吧。"明筝说完扭头往门口走，走到门边回过头，赌气地说道："萧天，你别惹我，大不了我便去浪迹天涯。"

"喂，算上我一个。"李漠帆从外面探进半个头说道。

"出去……"明筝冲着门发火，一把抓住头上的珍珠头饰，向萧天砸过去，萧天接到手里，道："明筝，你听我说……"

"不听！"明筝怒不可遏地叫道，抬脚要走出房间，被李漠帆挡住。李漠帆关上房门，拉着明筝走进来，皱着眉头说道："明姑娘，不是我说你，你怎么能这样对帮主说话，若是别的兴龙帮弟子敢这般说话，那可是要帮规处置呢，最少打三十板子。"

明筝瞪着李漠帆，心里的委屈瞬间爆发，眼泪顺着面颊往下掉，一边不服气地叫道："谁稀罕是兴龙帮的人，我走……我离开这里便是！"

"李把头，你别在这里添乱了！"萧天大喝一声，急忙走到明筝身边，"明筝，我答应的事，必会践行。"说着一把抓住明筝，匆匆擦去明筝脸上的泪珠，拉着她就往外走，一边走一边说："一会儿见到郡主不磕头也行，行个礼总可以吧。"

"不，不可能，我不！"明筝大叫道。

"帮主，我用不用磕头？"一旁的李漠帆插嘴道。

"你不磕头，你是我请的朋友。"萧天不耐烦地回道。

"那明筝为啥要磕头？"李漠帆问道。

"她……她是我妹……"萧天搪塞了一句。

"我不是你妹妹。"明筝拧着脖子说道。

"帮主，明筝也要加入狐族吗？"李漠帆又问。

"我不加！"明筝在一旁大叫。

萧天气急败坏地回过头："老李，你有完没完了？"

李漠帆急忙退到一边，跟在萧天的身后，听萧天絮絮叨叨像哄小孩子一样，给明筝讲解怎么见郡主，怎么行礼，怎么称呼……李漠帆在旁边扑哧一笑，心想明筝要是照他说的做才怪，那就不是明筝了，一会儿肯定有热闹瞧了。

明筝跟着萧天一走出西厢房，迎面看到园子里的一幕，震惊得嘴巴都合不拢了。只见一座四人抬的步辇停在正房的门外，不一会儿林栖和盘阳双手合力抬着青冥郡主走出来，青冥郡主身后跟着翠微和夏木，拉着她长长的裙摆。她身着白色的只有狐族才有的羽毛织就的长裙，巨大的裙摆上星星点点缀满各色宝石和动物头骨碎片，头上的帽子高出几尺，一根根绝美的孔雀羽毛在白雪的映衬下，发出惊世骇俗的幽幽蓝光。等在外面的狐族众人围着步辇开始唱歌,歌声低沉、有力,有时似耳语有时又似咒语。

院里的歌声引来更多的人,兴龙帮的众人和天蚕门的众弟子围拢过来,步辇在歌声中踏雪而行……青冥郡主神情庄重,肤白胜雪,她微闭双目,轻启朱唇,一阵轻灵如雪后莺啼般空灵、清脆、甜美的歌声缓缓传来,就像在你耳边低低地吟唱,余音绕梁,不绝如缕……

所有人都被这歌声所吸引,不由跟着步辇向后山走去。

言事堂里早已布置一新,迎面墙上新描画的九尾神狐盘亘壮丽,木台上的王座新铺了柔软名贵的裘皮地毯,软榻上加了棉垫和黛色绸面的靠垫。两旁各摆着一个巨大的铜制香炉,此时袅袅的青烟从炉盖弥漫出来,一种神秘的从未嗅过的香气涌入众人的口鼻,使人们头脑清明如洗。两排十八张楠木太师椅,椅上也都铺着软垫。

步辇直接抬到木台上,林栖和盘阳抬着青冥郡主端坐到王座上,待两人忙完走下木台,发现两排椅子已座无虚席,连小六都占了把椅子。林栖的牛脾气立刻燃起来,他望着座上各色人等,大吼了一声:"各位,我们狐族的拜主大典,你们凑什么热闹!"

一旁坐着天蚕门大弟子吴剑德,他听林栖如此说话也不气恼,在这个山庄住得无聊透了,总算有个热闹瞧瞧,怎肯错过,于是笑嘻嘻地说道:"萧帮主请我们来的。""是呀,是呀,都是一家人,干吗这么见外。"他的师弟陈阳泽满不在乎地说道。由于座少人多,很多狐族人只好站在两排椅子后面。而座上众人座次也都没有一点章法。

小六早早给李漠帆占了个座,此时看见他走过来,急忙挥手示意。待李漠帆坐到座上才发现一旁坐着柳眉之,他脚边还卧着一只花脸的猫。虽然这些日子柳眉之在山庄安心养伤,没有任何过分的举动,但是他还是毫不掩饰对柳眉之的厌烦。他看了眼柳眉之说道:"喂,柳大堂主,这儿有你什么事呀,你坐这儿干吗?还带着一只猫。"

"李把头,话不能如此说吧,我也是萧天的客人。向你介绍一下,这是'大将军'。"柳眉之随和地说着,一边弯腰抚摸那只猫的背。

"把一只猫称作大将军?也只有你能做出来了。"李漠帆撇了撇嘴,不屑地望着那只猫,"怎么长得与你有几分相像?"说完放肆地大笑起来。

"你,真是岂有此理。"柳眉之也恼了。

坐在首席的玄墨山人看不下去了,站起来冲坐在椅子上乱纷纷的众人说道:"各位,虽说咱们是被邀请来的,但也要守点人家宝地的规矩。"座上众人相互望望,各自把身体都端正起来。翠微姑姑坐在玄墨山人对面一脸余怒,不时担忧地望着青冥郡主,心里不停地责怪萧天。但是坐在木台上的青冥却平心静气一脸安详,就像下面什么都没有发生一样。

林栖看见萧天和明筝走进来,心里的怒气再次爆发,他大步走到萧天面前:"管管你的手下吧,看看他们把这里都搅和成什么样了?"

萧天四下一看,微微笑道:"怎么啦,挺好啊。"

林栖指了指座位,又指了一下四周,"咱们的人都在外面站着,他们倒好都坐着。"

这时,青冥郡主突然开口道:"林栖,一切听从狐山君王的。"

林栖望着青冥郡主一愣,急忙低头退下。

"在座的都是咱们狐族的贵客,"萧天高声说道,他走到两排椅子中间,向众人拱手一礼道,"青冥郡主能重新回到狐族,仰仗各位朋友的帮助。今后,狐族绝不再像从前一样闭门锁山,故步自封,要走出去结交各处朋友,互通有无。"

萧天的话让玄墨山人颇为赞赏,不住抚须点头。萧天转身向前,大步走向木台,向青冥郡主躬身一礼道,"郡主,请允许我向你介绍我们狐族的朋友。"说着,按座位把在场的人一一向青冥郡主做了介绍。

萧天每介绍一个,青冥郡主都微微点一下头。介绍到明筝,萧天顿了一下,似乎在思考词汇:"这位是,我的异姓妹妹。"

青冥郡主微微点一下头,竟然开口道:"小妹。"

明筝不知该不该还礼,迫于礼貌,最后还是走上前,行了一礼。

翠微姑姑站起身,开口道:"吉时已到,拜主大典开始。"

四周的狐族人慢慢向木台走过来,一边走一边低声吟唱着一首低如耳语般的曲子,低沉的歌声在山洞巨大的空间里产生了共鸣。如果说刚开始其他人还是抱着来看热闹的心理,此时已开始心生畏惧。这些狐族人唱着歌把双手慢慢举过头顶,最后聚集在木台前,跪下叩拜,行大礼……那种溢满狐族人脸上的庄严和崇敬震撼人心……

翠微姑姑和萧天也走上前恭敬地跪下,行叩拜大礼。

翠微姑姑口中如念咒语般,大声吟道:"太阴幽冥,云光日精,天降神狐,永照我庭。赫赫阳阳,风火雷霆,显露神光,护我郡王,天下清明,族人安康……"

众狐族人重复着翠微姑姑的祝词,唱歌般吟诵着……

众人行礼完毕,青冥郡主抬起双手,双唇颤抖着:"我的族人啊,起来吧。"青冥郡主的声音像空谷里一股清泉,轻灵、悦耳、动听。众人纷纷站起身,眼睛痴迷地盯着他们的郡主。只听青冥郡主说道:"我的族人啊,你们经受了太多苦难,远走他乡,痛失亲人,但是,这一切都会过去的,我要带你们回到狐地,回到咱们的家乡。"

"啊……回狐地。"

"回家乡……"

"回家。"

众狐族人兴奋地举着双手,高声喊着。

青冥郡主扬了一下手,喊声顿时停住,大家盯着木台上那个绝色美人,只听她缓缓说道:"此时,大雪封山,咱们走不了,年后开春,咱们便动身。"

众人又是一阵欢呼。这时,翠微姑姑突然走到台前,她看出这是个绝佳的机会,便把她酝酿良久的话,当着众狐族人的面说出来:"既然现在走不了,依我看把老狐王生前最后的嘱托给办了吧,郡主大婚,正好赶上过年,大家好好热闹一下。"

翠微姑姑的一番话,又引得众人一阵欢呼。大家开始起哄:"青冥郡主,狐山君王,青冥郡主,狐山君王……"

萧天一阵窘迫,他万没有想到翠微会在此时谈及婚事,他原本是打算在青冥身体康复后再与她谈论此事,当然最好是青冥能够提出来与他解除婚约,此时当着众人他有些猝不及防。他远远望向木台上的青冥郡主,只见她依然从容淡然,没有丝毫反对的意思,反而显得他有些无措和慌乱。

明筝此时站在萧天身后,脸上一阵红一阵白。小六站在她身后,也是跟着起哄。一旁的柳眉之一直暗中观察着明筝,此时故意叫好:"哎呀,简直是一对璧人呀,郎才女貌。虽说我不是狐族人,但是与狐族人交往已久,听说老狐王有遗诏,狐山君王恐怕只有娶了郡主才会成为真正的狐王。"

他身后几个狐族人纷纷点头称是,一个劲儿地欢呼。

翠微姑姑走到萧天面前,她是故意要在众人面前将他的军:"君王,你看我的主意可好?"

萧天面色有些发白,既不好当着众人回绝,也不好就这样答应……一向雷厉风行做事果断的他,此时脑中一片空白。

林栖一个箭步走到萧天面前,大声问道:"主子,你不会是想反悔吧?"

萧天面白如雪,心中隐隐剧痛,看到四周众人期盼的目光,心一横便答道:"这事当然要听凭郡主的意向。”

众人松了一口气，全都抬头盯着木台上的青冥郡主。

青冥郡主依然淡然地望着下面，漆黑的双眸不曾泛过一丝涟漪，谁也看不出她是高兴还是忧伤，她就那么静静地似一尊雕像一样立在王座上，美丽得不带一丝烟火气息。

过了许久，山洞里鸦雀无声，所有人都盯着木台。只听郡主清冷的嗓音响彻洞穴：“狐山君王是父王为我选的夫婿，也是狐族未来的新狐王，我将谨遵父命，大婚之日，便是新狐王拥立之时。”

青冥郡主的声音轻柔、清越，似玉珠落盘般字字清晰，她的话音刚落，众族人便欢呼起来，声浪一阵高过一阵……

萧天呆立在当地，浑身一颤，脸上丝毫没有喜悦之色，反而多了些迟钝和茫然，他眼角的余光偷窥了一眼明筝，明筝站在那里，像木头般呆滞、悲凉。

此时，明筝的心就像一片落叶，慢慢往下沉，悠悠地沉到湖底。她望着萧天，离他如此之近，几乎触手可及。但是在这一瞬间她才搞明白她和他之间却是隔着千山万水……明筝头猛地一沉，身后伸出一只手扶住她，她一看是小六，小六吃惊地低声问道：“明姐姐，你没事吧？”

“没事，有点头痛。”明筝努力平静自己，没想到自己太不争气，眼泪还是滑到脸颊上。

李漠帆早已看出这些人的用意，他急不可待地站起身：“诸位，我们帮主刚死了兄长，你们就逼着他成婚，这……尸骨未寒呢！”

这时，山庄的曹管家披着一身雪跑进来禀告：“帮主，来了几个车把式，还有一个叫梅儿的姑娘求见。”

萧天正左右为难，听见曹管家报告此消息，如同大赦般解脱出来。潜入皇宫那日往御膳房运水的几个车把式一直没有音信，他本来是想派人去村里打探消息的，此时几人前来正和心意，便说道：“领到樱语堂，我这就去见他们。”

萧天转向青冥郡主躬身说道：“郡主，我去处理一下，这些人也参与了郡主的营救，当时与他们失去了联系，此次他们能送回梅儿姑娘，咱们必要表示谢意。”

“去吧。”青冥郡主淡然一笑，“以后君王不用处处请示，你自行处置就是了。”

萧天急忙躬身道谢。萧天走后，大典也就接近尾声，不久青冥郡主宣布典礼散了，按狐地的族规，应当酒宴三日，在这里减免二日，也要有一日的酒宴。众人开心至极,狐族跪谢郡主,其他人在当地躬身行礼,以致谢意。

众人等青冥郡主的车辇离开之后,便欢笑着拥出洞穴。

柳眉之一直站在原地没动,等一脸落寞的明筝走过来时,他悄然走到面前,儒雅一笑道:"明筝妹妹,我好些日子不见你了,走吧,一起去喝几杯。"

放在往日,明筝定会一走了之。但此时,明筝却爽快地答应了。

酒宴摆在前院里,正房和东西厢房已经搬空,摆满四方八仙桌,连院里雪地里也摆了五六张桌子。一些自知位分卑微的小厮不敢进屋,站在当院围住桌子就开始搬坛子倒酒。虽说山庄住了五湖四海不同身份的人,但是所有人都信守各自的帮规,没有允许是不准饮酒的。今天大家都放开了,终于可以痛饮一次,也不管是狐族、天蚕门还是兴龙帮的,大家聚到一处就是大口喝酒。

柳眉之和明筝坐在西厢房靠里一张桌前,桌上已上了热腾腾的菜。远在偏远的山野,又是大雪封门的季节,除了野味什么也没有。桌上摆了一盆烧兔肉,一盆清炖野鸡,两个大海碗。柳眉之给明筝的碗里斟满酒,自己也斟满一碗。

"明筝妹妹,自家母去世后,咱们兄妹还是第一次坐下来喝酒,"柳眉之自责地说道,"以前我做下了不该做的事,伤了妹妹的心,我,我一直悔恨不已,我……"柳眉之说不下去了,将碗中的酒一饮而尽。

明筝听柳眉之言语真诚,望了他一眼,发现他面容憔悴,一副大病初愈的样子,心里也有几分不忍,想想近半年时间她都没有理睬他,一直对他耿耿于怀,但是毕竟那件事也已经过去了。

"宵石哥哥,"明筝叹口气,"我希望你以后不要再做伤害大家的事,如果你痛改前非,他们是会原谅你的。"

"是,我也是这样想的。"柳眉之听见明筝又肯叫他的乳名了,心里十分欢喜,"明筝妹妹,以后你有何打算? 天下没有不散的筵席啊,开了春恐怕就要各奔东西了。"

"我……"明筝一阵迷茫,她能去哪儿呢,以前她从未考虑过这个问题,也用不着考虑,什么事都有萧天为她想好了,可是以后呢,他就要与郡主成婚了,想到此,明筝心里一阵凄楚,不由端起一碗酒往嘴里倒。

"明筝,你别这样,我懂你的心思,我早就看出来了,"柳眉之眼眸一闪,他阴郁的眼神里充斥着怨毒的怒火,"你心里有他,但是他只想他的荣华富贵。"

"不是,你不知道。"明筝抬起头,她不允许柳眉之这样说萧天,她知道他有苦衷。

"如果我是他，便会抛下一切，带你远走高飞。"柳眉之望着明筝热切地说道。

"你……你永远不会懂他。"明筝摇摇头。

"他抛下你，你竟然还为他说话，你就一点也不恨他？"柳眉之有些不可思议地望着明筝。

"我……我想我也该走了。"明筝眼神空洞地望着面前的酒碗。

"好呀，你这样想就对了，明筝，跟我走吧。"柳眉之推开酒碗，一只手拉住明筝的手，"跟我加入白莲会，我保你也能坐到堂主的位置，你我兄妹联手也能开疆辟土，干出一番大事来。"

明筝惶恐地从柳眉之手里抽出自己的手，她从他放光的眼神里看到一种让人恐惧的魔力，她害怕下一秒便被他说服，然后跟着他走了。

"明筝，跟我走吧。"柳眉之又说了一遍。

"她哪儿也不能去。"萧天的声音从门口传来。

明筝和柳眉之抬头一看，只见萧天和梅儿大步走进来，身后还跟着李漠帆。明筝看见梅儿又惊又喜，急忙拉她坐在身边，萧天和李漠帆也不用人让，径自坐到桌前。

柳眉之见两人来者不善，他起身又找来两个碗，给两人一边倒酒，一边故意说道："我和明筝妹妹正在说你大婚后我们的打算，是吧，明筝？"

明筝不看萧天，也不搭理柳眉之，而是跟梅儿小声说起话来。

萧天阴沉着脸，拿起面前的酒碗一饮而尽，然后扔下碗，对柳眉之说道："柳堂主，伤好后，请自行离去，明筝的事不用你操心。"说着叫住明筝，"明筝，你跟我来，我有话要跟你说。"

"我对你无话可说。"明筝头也不回地说，依然看着梅儿。

梅儿明显感觉到气氛很诡异，桌边的三个男人各怀心事默默喝着各自的酒。她看见柳眉之一对凤眼脉脉含情地瞟着她，她与他也有段时间没有见面了，在他的目光下，她脸颊有些发红，在这种场合她不便与他多言，便决定还是带明筝离开这里再说，便起身拉起明筝就走："明筝，走嘛，我有话跟你说。"明筝被梅儿拉着走出去，萧天一看也立刻跟着走出去。

李漠帆最后走到柳眉之面前，伸出手指警告他道："你小子，不要打明筝姑娘的主意，听见没有……"

李漠帆一走，屋里只剩下柳眉之独自一人生闷气。

柳眉之倒满酒，一碗接一碗地喝起来。

这时,门边探出一个头,是吴剑德,他已经喝得站不住了,跌跌撞撞走进来,左右看看:"咦?人呢?这些孬种,我就去茅房一趟,他们就跑了,唉,还有一个,好,好样的,是我天蚕门的弟子。"吴剑德摇摇晃晃坐到柳眉之身边,抱起面前的酒碗笑起来。

柳眉之看他醉成这样,知道他走错了房间,也懒得说出来。平日他和天蚕门众人共居一个院子,相处挺好,只是他们帮规森严,平日也没有过多来往。玄墨山人的房间从不让外人进入,他一直很好奇。有时候从其他弟子嘴里也听说过一些天蚕门的高深功夫,更多的时候他们缄口不言,似乎无时无刻不防备着什么,这更勾起了柳眉之的好奇心,平日没有机会,今日机会难得。

柳眉之主意已定,刚才的气恼很快烟消云散。他站起身热情地给吴剑德倒酒,又递给他一块兔肉。吴剑德一手抓着肉大口吃着,一边大碗喝着酒。柳眉之笑着道:"都说天蚕门厉害,有啥厉害的,也给兄弟说说?"

吴剑德一笑:"你懂什么叫厉害吗?什么狗屁功夫,没有了命,啥也不是,命最厉害,本门就研究这个,你说厉害吧。"

柳眉之一愣,细想之下还是不知道说的什么,就又笑着说道:"嗨,我以为什么功夫呢,你有本事说出个一二来?"

"本门最厉害的就是师父的医术,给你说你也不懂。"

"那有何厉害?有武功厉害吗?能杀人吗?"

"你听说过铁尸穿甲散吗?"吴剑德红着脸张着满是酒气的嘴说道,"那就是本门秘术,是祖师爷传下来的。"

柳眉之一听此言,手中的坛子差点扔了,他浑身一阵乱颤,愣了半天,他万万没有想到让他刻骨铭心、衔悲茹恨的身中之毒竟出自天蚕门,他放下酒坛,激动得脸变得通红,他一把抓住吴剑德的衣领,低声问道:"原来铁尸穿甲散是贵门秘术?"

"哈哈,知道天蚕门的厉害了吧?"吴剑德红着脸得意扬扬地继续说道,"江湖上传得最邪乎的便是它了……哈哈……"

"你知道解药吗?它在哪儿放着呢?"柳眉之紧张地摇晃吴剑德,但任他怎么摇晃,他都醒不过来了,他已喝得烂醉。

二

梅儿姑娘拉着明筝从西厢房一出来,就被兴龙帮的几个人认出来,他们绕过方桌要拉她坐下喝酒,忽一抬头,看见跟在后面的萧天,几个人便上前纠缠着帮主到酒桌上喝酒。

明筝和梅儿借机跑出院子。两人手拉手,相互说起那日宫里分别后的情景。原来那日从宫中出来,几个车把式知道事办砸了,心里忐忑不安,生怕兴龙帮怪罪,不敢放梅儿姑娘走,就好言留到家里。为了不让梅儿起疑,他们便把与兴龙帮的渊源讲给她听。

几年前他们村里流窜来一群乞丐,后来人越聚越多,竟然在他们村拜起码头,祸害村里人。后来村里的老族长想到一户人家的儿子在兴龙帮做镖师,就请他回来主持公道。那名镖师带着一众兴龙帮的弟兄一鼓作气把那群人打跑了,并放出话来,再来为祸乡里兴龙帮绝不手下留情,至此村里再无歹人敢来横行,村民都感念兴龙帮的恩情。

这次兴龙帮有事找到他们,他们便一口应下,哪里敢有半点推托,只是这几辈子传承下的往宫里送水的营生,关系到村里老少的安危。事办砸了,大伙权衡利弊后,就跟着梅儿姑娘来兴龙帮负荆请罪。让这几个车把式没想到的是,帮主接见了他们,非但没有追究这件事,还送给他们一些野味过年。他们看见帮里人往他们马车上绑了一只野猪,两只野鹿,还有人领着几个车把式到东厢房喝酒,席间帮主也敬了他们几杯酒,几个车把式不禁感激涕零。

两个女子叽叽喳喳把过往讲了一遍。明筝拉住梅儿上下打量,果然是胖了些,便笑道:"那些村民是不是把好吃的都让你吃了,看你的脸都吃圆了。"

"哈……"梅儿一听到这话,几乎笑岔了气,"我长这么大,都是伺候别人,这几日在村里简直被人当娘娘伺候了……"

说话间,两人已走出前院,喧闹的声音越来越远。她们沿着游廊向听雨居走去。此时已到申时,天边的晚霞映到被白雪覆盖的院子里,倒是别有一番滋味。明筝拉住梅儿的手,说道:"看到你回来,我便放心了,之前一直为你担心着,这下好了,我可以无忧无虑地走了。"

梅儿一愣,猛拉紧明筝的手,问道:"明筝,你要走……你要去哪儿?"

"回山西。"明筝淡然一笑,"在这个世上,我只剩下一个亲人了,便是我的师父隐水姑姑,我出来的时间太长了,回去看看她。"明筝说完,头也不回地向听雨居的月亮门跑去。

剩下梅儿愣在当地,她再愚钝也看出明筝情绪不对,她站在原地想了想,急忙转身向前院跑去,还是向帮主说一声稳妥。

明筝跑回空荡荡的听雨居,园子里空无一人,大家都在前院酒宴上。她再也止不住眼里的泪水,想到刚刚言事堂众人的欢呼,以及萧天的隐忍,他竟然没有反对,那他对自己的誓言呢?便像这落雪般消失殆尽。在郡主面前她竟然这般人微言轻。他背叛她……竟也背叛得这般理直气壮!明筝在那一刻更是痛下决心,正如柳眉之所说,天下没有不散的筵席,既然他应下了郡主,便成了一道她该离去的逐客令。

她匆忙收拾了行囊,披上一件棉大氅,拿起自己的剑便离开了西厢房。一路上并没有遇到任何人,众人应该还在酒宴上。为了不引起旁人注意,她没有骑马,沿着庄上小路径直向山庄大门走去。

守门的正是几个兴龙帮的弟兄,他们认出明筝,明筝胡乱编出个理由,说是想看看外面的雪景,便出了庄门。明筝站在山庄大门前伫立良久,默默流下两行泪后,便义无反顾地踏雪前行。

茫茫白雪下,四周景物也被雪染白了,目力所及皆是白茫茫一片。明筝穿着短靴,每踏一步,皆是雪没腿肚,前行得十分吃力。正在她一步步在雪地前行时,身后传来阵阵马蹄声。

明筝感到不妙,急忙向山路边林子里跑,但雪地上留下的足印却把一切都暴露无遗。明筝紧跑着想躲起来,那匹马嘶鸣着已奔到近前,听见烈马的嘶鸣声,明筝便已猜出是谁,想躲却已来不及了。

"明筝……"萧天从大黑马上翻身跃下,身体拦在明筝面前。萧天一把抓住明筝的手,另一只手拽下她肩上的背囊,怒道:"你这是要去哪儿?"

"这是我的事,与你没有关系。"明筝伸手去拽背囊。

"明筝,我知道你在生我的气,我让你失望了,"萧天又急又怕,有些语无伦次,"你如何惩罚我都行,但是你这样一声不响便要走,你知道这一路多危险吗?明筝,听大哥一句话,留下来吧。"

"你让我留下来做什么?看你和郡主成婚吗?"明筝哽咽着问道。

萧天一愣,面色煞白,他张了张嘴,没有说出话来,过了片刻,突然哑声道:"明筝,你我若是做不成夫妻,做兄妹可好?"

"萧天,亏你想得出来。"明筝流着泪怒道,"我要的是与你成亲,你却要我与你成兄妹。我曾说过,你若负我,便是你我永别之日,你可还记得?"

"明筝,我既答应过你,便永不会负你,你要相信我。"萧天也急了。

"放屁,萧天,你个混蛋,伪君子,你便要成婚了,还对我说什么永不负我,你这是什么鬼话?你松开我,让我走,你我在今日便是诀别了,再要见,便是来生。"明筝伸手去推萧天,萧天堵在她面前如石雕般伫立着,一动不动,明筝抬起头,心里一惊,萧天看着她竟然哑然痛哭,眼泪顺着脸颊不停地往下掉。

看着萧天满是泪痕的脸,明筝心里如同万箭穿心,一个性如坚冰的铿锵男儿,若不是被逼到绝地,如何会在一个女子面前痛哭流泪,有道是男儿有泪不轻弹。明筝身子晃了一下,不由后退半步。萧天看到明筝腰间佩剑,一把抽出来,他突然跪到雪地上,看着明筝道:"你真要离开我,便从我的尸体上踏过去,否则,你永远不要在我面前说'走'这个字。"萧天说着,一脸决然地瞪着明筝道,"你只要说一个'走'字,我不用你动手。"萧天慢慢把剑放到脖颈上,眼睛死死盯着明筝。

"你……你……"

明筝身子晃了晃,眼泪很快模糊了视线……等她再次睁开眼睛时,发现自己坐在萧天的怀里,大黑马驮着他们向庄门驰去。明筝被冻僵的四肢慢慢温暖过来。她恨自己的无能,恨自己的没脸没皮,既贪慕他温暖的怀抱,又想获得尊严,可他就要成为青冥的夫婿了。明筝一想到此,脸上的泪便不住往下掉。

萧天再不敢提及与青冥有关的事,尽量说些明筝开心的事。"明筝,不如这样,先给隐水姑姑去封信,告知你的情况让她老人家好放心,等开了春,天气暖和,我陪你回去看看。"

"我才懒得写信。"明筝有气无力地说道,"我干吗让你送?"明筝赌气说道,萧天越是对她关心,她心里的痛就越深,她低下头,不去理他。

大黑马驮着他俩一回到山庄,夏木便跑着迎上来。几个庄丁牵走大黑马,夏木跑到萧天面前,她已脱下狐族长裙,穿着一件青色棉比甲,她向萧天屈膝行礼:"君王,郡主有事要见你。"

"是不是郡主身体又有不适?"萧天回过头问道。

"不是郡主,是翠微姑姑。"夏木喘了口气,面露难言之色,一时吞吐起来,在萧天追问的眼神下,夏木只好说实话,"刚才翠微姑姑突然昏厥,请来郎中诊脉,说,说是喜脉。"

狐王令(下)

萧天和明筝刚才还剑拔弩张的,这时听见这件稀奇事一阵面面相觑,明筝虽然在碧玉年华,还未经男女之事,但是喜脉还是听明白了,她失声笑起来:"翠微姑姑要当娘了。"

萧天也差点笑出来:"要说翠微姑姑这个年龄有了孩子也算喜事,但是孩子父亲是谁呢?"

"郡主叫你去就是想和你商量这个事。"夏木说道。

"好,我这便过去。"萧天说着,看到明筝脸上的怒气已经消了一半,知道明筝最喜热闹,就对明筝道,"走吧,一起去吧。"

在夏木的带领下,三人一路匆匆向听雨居走去。

萧天和明筝沿游廊走到尽头,一路上谁也没有开口说话。尽头是一片水塘,此时被雪盖住,水塘边的垂柳也变成银色,微风吹来,垂柳上的雪片迎风飘扬。明筝身上的棉大氅已被雪沾湿,被明筝解下拎在手里。萧天急忙把自己的裘皮大氅解下披到明筝身上。明筝一闪身,又把裘皮大氅扔到他怀里,冷冷地说道:"狐山君王,你的大氅披在我身上,不怕有人误会吗?"

"明筝……"萧天开口却发现自己很难往下说,他愣怔着站在风口任寒风吹着自己,心里比头发还要乱。

明筝望着远处冰冻的水塘,寒风刺面,心就如同水塘一样,渐渐被冰封起来。"这样,我今天修书一封,派帮里镖行里人送到山西,你看可好?"萧天跟在她身后,问道。

"萧天,以后我的事,你少管。"明筝嚷起来。

萧天听到明筝直呼其名,脸色瞬间又变得惨白。明筝不再与他同行,她故意走到夏木身边。萧天跟在后面走,只听着两个丫头一路上小声叽叽喳喳说个没完,他猜两个人是在议论孩子父亲是谁,萧天脑子里已猜出个七七八八,必是庄子里的人。

走过月亮门,就看见听雨居水榭亭子上红纱飘动,与白雪相映煞是好看。原来亭子木梁四周搭了防风布,青冥郡主身着白色狐皮大氅靠在软榻上赏雪,双手抱着暖炉,脚下生了炭炉,面前的矮案上摆着茶水和点心。青冥郡主眼神幽远、空灵,从远处看就像是绣在绢上的一幅画。

萧天走到亭子前单膝跪地行礼道:"郡主。"

夏木见君王都行此大礼,也不敢怠慢,急忙双膝跪下磕头:"参见郡主。"夏木旁的明筝呆在当场,走也不是,留也不是,行礼也不是,不行礼也不是,一阵尴尬。

青冥郡主的目光从远处收回来,盯着面前的萧天,似是埋怨又像心疼地说道:"我说过,以后不必行此大礼。起来吧。"青冥郡主抬头望着萧天身后的明筝,眼睛盯在她身上。

"是我的疏忽,"青冥郡主微微一笑,"我还没有来得及感谢明筝妹妹的救命之恩呢,夏木,去把我箱子里那件百鸟来贺裙拿来赠予妹妹。"

夏木低头退下。明筝急忙挥手道:"不,不不,我不要,我哪里能穿得了呀,我……"

萧天见她诚心诚意,便对明筝说道:"郡主盛情难却,你就收下吧。"

青冥郡主请萧天和明筝进到帐里就座,两人围着炭炉坐下。

"谢谢郡主。"明筝很意外,青冥郡主一直以来对她都是爱答不理的,今天怎么如此和善?明筝从来猜不出这位郡主的心思。

"郡主,刚才听夏木说起翠微姑姑的事,你可是为这事找我?"萧天问道。

"正是。"青冥郡主叹了口气,"作为晚辈,我其实是为姑姑高兴的,只是她不肯透露孩子父亲的事,我想请你私下里查一下。"

"查什么查?我的男人我不知道,还用你查?"游廊里翠微姑姑大步走过来,径直走进亭子里,一屁股坐到明筝身边,伸手拿起案桌上的橘子剥起来。萧天一笑,急忙起身,"翠微姑姑,我听闻你身体有恙?"

"什么有恙,是有了身孕。"翠微姑姑大咧咧地说道,身后的夏木不由捂嘴笑了。

"姑姑,"青冥郡主都替她臊得慌,"怎可当着这么多人的面谈论此事?"

本来翠微就窝着一股气,听青冥如此一说,气更大了:"那个男人欺负我,你可是我亲侄女呀,你也欺负我?"说着竟然呜呜哭起来。

萧天阴沉着脸站起身,从腰间"刺啦"一声抽出佩剑,对翠微姑姑道:"走,你跟我去,你只需说出那个人的名字,是杀是剐你一句话。"

翠微姑姑回头看着萧天,叹口气:"要想杀他,哪还用你动手?我不想杀他,我想让他娶我。"

翠微姑姑这句话,真是语不惊人死不休,在场所有人都惊诧地大眼瞪小眼,又不好笑出声。萧天尴尬地将宝剑入鞘,又坐了回去。

"姑姑,你是怎么考虑的?"青冥郡主皱着眉问道。

"考虑什么?有什么可考虑的?"翠微姑姑一边吃一边说,"我在想如何养胎,吃什么好。"

"你真要生养?"青冥郡主吃惊地问。

"为什么不生?"翠微姑姑嚼着橘子,含糊地反问道。

"可,孩子父亲是谁?"青冥郡主接着问道。

"与你有关系吗?"翠微姑姑不耐烦地道。

青冥郡主见问不出什么,便转变了话题继续说道:"这几日姑姑确实操劳过度,有些动了胎气,以后就不要在我身边服侍了。但是,你看我这样一个无用之人,身边又少不了人,随便叫个人待在身边,我又不喜欢。现在大雪封山,又一时找不到合适的女子,"青冥郡主眼睛盯着明筝,淡然一笑,"我就喜欢明筝妹妹这样的,一股伶俐劲……"

萧天一愣,他迟疑地看了眼青冥郡主,没想到她打明筝的主意,青冥郡主乌黑的眸子深邃明亮,面色平静一脸慵懒之色,给人一种弱不禁风、没有半点缚鸡之力的弱态,但是在这表象之下暗藏了什么心思,谁也不知。没等萧天反应过来,翠微姑姑笑起来,一拍大腿大声说道:"总算说到正事了。"翠微姑姑转向明筝:"明筝,你说姑姑待你如何?"

"姑姑一直关照明筝,明筝感念姑姑恩情。"明筝坦白地说道。

"这就得了,这次就算你帮姑姑了,替我暂时照顾青冥郡主可好?"

"这,这……"

没等明筝回答,萧天抢着说道:"明筝如何会服侍人呀,她天天舞枪弄棒,丢三落四,毛手毛脚,脾气暴躁,到时候服侍不了郡主,再把郡主气病了……"

"我在你眼里就没有一点好吗?"明筝越听越气,赌气说道,"我可以……"

"这样吧,"萧天不等明筝说完,抢着对青冥郡主说道,"梅儿姑娘怎么样?"萧天笑起来,像是捡到了一个宝,"她在宫里服侍多年……"

"不要跟我提宫里。"青冥郡主突然翻脸,脸色煞白,声音嘶哑道,"我听到这两个字就想死,你知道一个人在地狱度日是如何熬过来的吗? 每一时辰,每一天,每一月,都像把刀在心上刻,刀刀见血,你懂吗?"

"郡主,你别说了,我就服侍你吧。"明筝打断她的话,她好像又看见那个漆黑寒夜里,宫中一个孤单的身影执着地往树上一道一道刻字,明筝心里有些不忍。

明筝说完白了一眼萧天,她看到他紧张不安地盯着自己,她知道萧天不想让自己接近青冥,但是她偏要待在她身边,或许是她潜意识里想惩罚萧天,看他难受,让他选择背弃自己,既然走不了,大家都一起不好过罢了。

萧天愣在当场,他没想到明筝会答应,这不是明摆着跟他对着干吗? 此时在青冥面前,他又不便对明筝发火。他抬头瞄了眼青冥,只见青冥静若止水的脸上,波澜不惊的样子。他真是猜不透她的心思,他与青冥一别五年,五年前那个明朗快乐又充满少女情怀的青冥已消失,五年的苦难把她塑造成如今的模样,表面手无缚鸡之力,内心却硬如磐石。他是越发看不清她了。此时他想阻止已不能,明筝都答应了。也好,给她找个事干,总不会闹着要走了,但是他仍然不放心地说道:"既是这样,就让明筝妹妹受累,先照顾你一段时间,等开春,我一定想办法给你找更合适的人来服侍你。"

青冥郡主目的已达到,便不再多言,只是笑笑。

萧天转向夏木道:"夏木姑娘,以后你和明筝一起服侍郡主,她小,很多事都不懂,你要教着她啊。"夏木急忙点头。

青冥郡主靠到软榻上,目光再次凝视远处。

萧天看此时再留下就有些尴尬了,便站起身想告辞。不料,青冥郡主扭过头,说了一句:"留下吃晚饭吧。"

没想到,萧天竟然答应了。青冥郡主一笑,吩咐在暖阁摆宴席。

暖阁是萧天专门为郡主的到来临时改建的,紧邻水榭,坐落在水塘边。考虑到郡主腿脚不便,怕她寂寞,修建了一通到底的四扇花格雕窗可以让她看看远处的风景,此时云遮雾绕的小苍山一片白茫茫。暖阁的木地板下是空的,直通火塘,因此里面温暖如春。

酒宴开在软榻边,因为郡主不能久坐,累了就可靠到榻上。萧天还是第一次与郡主一起用膳,虽然一旁坐着翠微姑姑,但还是不免拘谨。夏木端着木盘进来,身后跟着明筝,萧天注意到明筝盯着托盘里的食物眼神发直,急忙干咳了一声,明筝这才回过神来。

翠微姑姑伸手抓一个鸡腿,一边吃一边道:"算了,我的事不用你们操心,现在说说你俩大婚的事吧。"

萧天一愣,怎么突然又转到自己身上了,他望了眼青冥道:"郡主身体还在调理恢复中,这时候恐怕不妥。"

"有何不妥,君王,"翠微姑姑扔下手中鸡腿,道,"我这两日按咱们狐族的惯例算了算,正月十五是最好的日子,如果你们没有意见,我就照例办理了。"

青冥郡主轻声道:"姑姑,我一切听从君王的安排。"

萧天下意识地转着手中的酒盅,没留意到酒全洒了出去。他沉默了片刻,道:"请玄墨山人再为郡主把脉,确保郡主身体康复,再行大婚不迟。"

青冥郡主淡然一笑:"明筝,给君王斟满酒。"

明筝正暗自发愣,冷不丁被郡主召唤,竟不知所措。一旁的夏木急忙上前去拿酒壶,被青冥郡主叫住,"怎么我说的话,没人听呀。"明筝不想在郡主面前让萧天难堪,她急忙走上去拿过夏木的酒壶,走到萧天面前往他酒盅里倒酒,也不知是心慌还是壶里酒太满,洒了一桌子。萧天慌着去擦,另一只手夺过明筝手里的壶,明筝抬眼看了下他,萧天低垂着眼帘往自己酒盅里倒酒。

这时,从窗中看见李漠帆带着几个人跑过来,不一会儿,脚步声临近暖阁,但是李漠帆没有进来,而是站在棉门帘外面说道:"帮主,你出来一下,有事要禀告。"

没等萧天答话,翠微姑姑大嗓门说道:"有话进来说呀,站在外面鬼鬼祟祟的,还当你做了什么见不得人的事呢。"

"我来见帮主,有你个婆娘什么事呀?"

萧天知道这两人一见面就会杠上,急忙站起身要告辞,但一看见明筝,又改变了主意,对郡主道:"我出去看看。"萧天转身走出去。李漠帆神色紧张地在原地打转,看见萧天出来,压低声音道:"帮主,出了一件蹊跷事,玄墨山人房中失窃,丢失了一盒秘丸。"

"什么?"萧天一把抓住李漠帆的衣襟,"怎么回事?你可知是什么秘丸?"

"这……他没说是什么,我想也必是独门毒药,要不他也不会这么紧张。"李漠帆说道。

"大雪封山,此时失窃,必是山庄人所为。"萧天担忧地皱紧眉头,"接二连三地出事,真不是好兆头。你知道吗?翠微姑姑有了身孕,你去查一下,这个男人是谁,躲着不出来,查出后我绝不轻饶他。"

"什么,那婆娘,她,她……"李漠帆瞪着眼睛发呆。

萧天的心思集中在那盒失窃的秘丸上,没去理会李漠帆的失态。

萧天思忖片刻觉得时间紧迫,必须赶紧行动。他转身走进暖阁,对郡主说道:"郡主,山庄出了一些事,我现在必须过去查一下。告辞。"说完,他向明筝一招手,"明筝,跟我走。"

明筝一愣,瞄了一眼郡主。

萧天这才想到,明筝要在这里服侍郡主,他这个习惯动作差点把他出卖了,他自嘲地一笑:"噢,我忘了这事了,明筝你好好照顾郡主。"说完,他掀开棉门帘走出暖阁。

三

　　此时已是酉时,寒烟居的院门已被天蚕门两个弟子守住,他们见萧天和李漠帆等人匆匆赶来,急忙迎上去:"萧帮主,我们掌门在凉亭等你。"

　　寒烟居的东南角有一处假山,当初挖听雨居的水塘时土堆到那里,就势建了一个凉亭,是这个院子的最高处,不仅俯视寒烟居,连一旁的听雨居也一览无遗。萧天沿石阶往上走,台阶厚厚的雪上,清晰地看见一双靴子的足印。

　　玄墨山人背着双手一脸焦躁地在亭子里来回走着,萧天走上来直接问道:"前辈,失窃的到底是何物?"玄墨山人皱着眉头,直摇头:"怪我太大意,只是这盒秘丸是我费尽心思调制出来的,用于对付宁骑城的,这……这个贼真是太可恶。"

　　"前辈,此话怎讲?"萧天一时听糊涂了。

　　"自从祖师的铁尸穿甲散被宁骑城夺走后,我就一直苦思对策,最后想到以毒攻毒,这味毒叫作迷魂散,准确地说它不致命,但是吃下后在一天之内,迷失本性,听人摆布。我用此毒只想诱使宁骑城说出铁尸穿甲散的下落。这味毒正因为不致命,反而异常难调制,我用了近半年的时间,前两日才放进最后一味药材,本想大功告成即可偷偷潜入宁府去实施我的计划,却偏偏出了这事。"

　　"既不致命,前辈无须急躁。"萧天松了一口气。

　　"你不了解,这味毒一旦服下就摧毁人的意志,比置人于死地还可怕。那一盒里有三丸呢。"

　　"三丸?"

　　"唉,我又犯下了大错,为了追讨那一丸铁尸穿甲散,又制了三丸毒。祖师曾立下门规,自他之后再不研毒,唉……"

　　"前辈,你说铁尸穿甲散只有一丸?"萧天问道,这个倒是没有想到。

　　"是呀。"玄墨山人皱眉叹息,"盛放铁尸穿甲散的木盒,我从祖师那里见过,里面是千年坚冰密封的冰盒,只有一丸,祖师的解药还没有调制出来,就被东厂的人刺伤。他的遗言就是要找到那丸铁尸穿甲散。"玄墨山人眼望寒烟居的院子,此时院里已开始掌灯,星星点点的火光,让人联想到此事更觉扑朔迷离,"会是谁下的手呢?"

　　"依我看,前辈,"萧天走到近前,压低声音道,"知道你秘密调制丸药的人最有

狐王令（下）

嫌疑。"

"知道的只有我的大弟子,吴剑德。"玄墨山人捋着长须,摇摇头,"我大弟子跟我多年,我视他如己出,他没有理由偷这三粒毒丸呀。"

"你是如何发现失窃的?"萧天追问道。

"唉,是我太大意。"玄墨山人说着不免后悔不已,"那最后一味药材加入之后,连续熬制了一天一夜,起出后团了三个药丸,放在一个木盒里晾制,木盒就放在密室的桌上。"

"密室的门锁了吗?"

"锁了。"

"门锁没有被撬的痕迹?"

"没有。"

萧天望着下面院子,"这个院子里除了你的弟子,就住了一个柳眉之,咱们下去看看能不能找到一些线索。"

两人走下凉亭,李漠帆和几个兴龙帮的兄弟跟在后面。天蚕门的一些弟子已得信站在当院里。玄墨山人看了一眼问道:"吴剑德呢?"陈阳泽走过来回道:"师父,大师哥喝醉酒还没醒,在屋里躺着呢。"

"他什么时辰回到这里?"萧天问道。

"就在刚才,他被柳堂主背着回来的。"陈阳泽说道。

萧天看了眼东厢房,房门大开,从屋里传来起伏的鼾声,一股刺鼻的酒气在空气里弥漫。几人走进去,看见吴剑德横躺在柳眉之的炕上,柳眉之斜靠在一张太师椅上,两个人都是鼾声大作。而那只叫作"大将军"的猫立在八仙桌上虎视眈眈地望着众人。

萧天不明白柳眉之怎么和吴剑德喝到一处了。

两人走出房间,萧天思谋片刻道:"前辈,唯今之计只能在大范围里搜查,前辈看如何?"

"这……这么兴师动众恐怕不妥吧?"

"这样吧,"萧天知道玄墨山人一向为人低调,便说道,"你的院子,你带人搜,那几个院子我带人搜,前辈看如何?"

玄墨山人也想不出更好的主意,只能点头道:"有劳萧帮主了。"

萧天对玄墨山人道:"前辈,你既来到东厢房,就先搜这间吧。"

玄墨山人明白萧天的意思,向院子里的众弟子一招手:"先查这间房。"众弟子闻听呼地都围过来。

萧天领着李漠帆等人走出寒烟居，向别处搜去。

这边，天蚕门七八个弟子拥进东厢房，开始翻箱倒柜。响声惊醒了吴剑德，他迷迷糊糊地睁开眼，看到众人和师父都在场，吓得酒醒了一大半。玄墨山人黑着脸问道："我问你，你中午跟谁喝酒？"吴剑德想了半天，模模糊糊回忆起一些片段，一扭头看见倒在太师椅上依然大睡的柳眉之，道："和柳堂主喝了一会儿子。"

玄墨山人不再说话，在房间里四处查看。

吴剑德看着众人在柳眉之房间翻箱倒柜，甚是纳闷："喂，你们这是做什么？"

陈阳泽一步蹿到他面前，小声说道："闭嘴吧，大师哥，出大事了，师父研制的秘丸被盗了……"

"啊……"吴剑德一屁股跌坐到炕上，他深知师父为这味秘丸费尽心力，而且只有他有密室的钥匙，想到此他脑门上开始冒汗。

这时，柳眉之也被屋里的动静弄醒了，他迷糊着双眼，站到屋子中间突然大叫一声："你们都是何人，来我房间干甚？"

玄墨山人走过去，拱手道："对不住了柳堂主，全院都在搜，老夫丢失了一个物件。"说完，他看基本上都搜过了，便一挥手："去西厢房。"

众人一走出去，柳眉之便走到吴剑德面前："吴兄弟，这到底是怎么回事，什么秘丸让你师父如此兴师动众呀？"

吴剑德愣怔着走到方桌前，端起一碗茶一饮而尽，道："师父费了半年时间研制的毒丸，叫迷魂散，这可怎么了得，这个贼，我抓住了一定把他千刀万剐。"

"啊？毒丸，会致死啊？"柳眉之问道。

"师父说，这味秘丸不会致死，却能让人迷失本性，被人轻易控制。"吴剑德想起刚才师父看他的眼神，心里一阵害怕，"怎么办呀？"

"哎呀，这下你麻烦大了，你想呀，你是大弟子，出这种事……走，我跟你一起，咱们也快帮着去找吧。"柳眉之拉起吴剑德向外面走去。吴剑德虽说酒醒大半，但腿还是软的，被柳眉之拉着有些跌跌撞撞。

夏木和明筝一人手提一盏灯，在廊下挨着点灯。这时，两人发现一旁的院子灯火通明，人声嘈杂，明筝举着灯向远处看，这时林栖和盘阳从院门跑进来，直接去了正房，想必是去见郡主了。想到刚才萧天被李漠帆匆匆叫走，明筝便对夏木说道："一定是出事了，你在这儿，我过去看看。"夏木一把抓住她，"明筝，你如今是在服侍郡主,没有得到郡主示下,怎能乱跑?"

明筝愣了愣,嘟囔着:"真麻烦,都怪我一时心软,答应下来。"

夏木一笑,"其实郡主脾气性格可好了。"

"真的?"明筝直想笑,"你没觉得她脾气古怪?"

"没有呀。"夏木眯起眼,笑着说,"我每天都在神前祈祷,让我变得像郡主一样美丽那该多好呀。"

"哈哈,"明筝笑起来,"你已经够美了,不过你说得不错,我长这么大还是第一次见到像郡主这么好看的女人,真的像古画里的人物。"

"夏木……"

"不好,郡主在叫……"夏木拉着明筝就往正房走,与林栖和盘阳打个照面,两人神色慌张急着往外走,明筝叫住了林栖小声问:"林大哥,出了何事?"林栖回了一句:"山庄有贼。"明筝一愣。

夏木一边应了一声,一边把手中的灯挂到灯架上。明筝只顾望着林栖和盘阳的背影发呆,被夏木一把拉进屋里。

青冥郡主已脱去外衣靠在软垫上,炕下的火盆烧得正旺,屋里暖洋洋的。青冥郡主一只手托着头,另一只手把玩着自己的头发,不经意地问道:"你们在外面说我什么话了?"

"回郡主,明筝姑娘说你是她见过最好看的女人。"夏木笑着说。

"明筝,这是你的心里话?"青冥郡主淡淡一笑。

"是呀。我以前身边都是老的少的道姑,哪有你好看。"明筝说道。

"夏木,你去吧,你在我身边熬了几天,也不曾睡过一个好觉,今天有明筝陪我,你去睡吧。"青冥郡主吩咐道。

夏木一愣,走也不是,不走也不是,她是真不放心明筝,但看到青冥郡主催促她的眼神,她只好躬身一礼,退了出去。

青冥郡主看见夏木走出房间,冷下脸看着明筝:"你把我比作什么? 道姑? 你是存心不想让我好是吗?"

明筝一愣,刚才还温柔似水的青冥郡主转眼就变了脸:"我,我没别的意思,我说的都是实话呀。"

"那你说,我美还是你美?"青冥郡主冷冷地问道。

"当然你美了。"明筝想了想,"大哥总说我像个假小子,我也没有你那么长的头发,美人都是长发,不像我,头发总跟刺猬似的,乱七八糟。"

青冥郡主扑哧笑了一声:"明筝,你真的很会讨人喜欢,是不是你大哥他很喜欢你。"

"那当然。"明筝毫不含糊地点点头。

青冥郡主面色一阵发白,她努力稳了稳心绪,说道:"但他还是答应了大婚之事,你难道不恨他吗?"

这次轮到明筝黯然失色,她愣怔了片刻,淡淡地说道:"大哥说这是他的宿命,他认命。"

"你难道就不恨我?"青冥郡主深邃的目光久久地望着明筝,她的目光时而执拗时而缥缈,语气虽然轻柔,但言辞却咄咄逼人,"我在你眼里不过是个废人,我知道你会武功,你一剑就可以要了我的命,不,不用一剑,我的身体根本不用你费多大力,你一掌便可以要了我的命,明筝……你还犹豫什么?"

明筝瞪着青冥郡主,听到她此番言论不由往后退了一步:"郡主,你在说什么呀,你为何要把我看得如此不堪? 想想你的身份吧,你是狐族的郡主,是所有狐族人对未来的希望。为了救你出来,多少狐族人付出了生命,以前我根本不了解他们,如今我看到他们把你当神一样供在心里,你却说出这样的话,你对得起他们吗?"

青冥郡主一反常态突然闭上眼睛,她胸口起伏不定,面色依然苍白,嘴角嗫动着默念着什么。

明筝站在一旁看着,怎么也看不懂青冥郡主到底在想什么? 她嘴里默默念的又是什么? 对于这个谜一样的女人,明筝只能敬而远之,她试探着上前,"郡主,若没有吩咐,我退下了。"

青冥郡主突然睁开眼睛,目露凶光,声音嘶哑:"明筝,别以为你说了几句好话,就可以糊弄我相信你。"

"那我怎么做,你才肯相信我呢?"明筝赌气问道。

"帮我做一件事。"青冥郡主冷冷地说道。

"何事?"明筝急忙问道。

"所有认识你的人,都说你聪慧学识过人,而且写了一手好字。"青冥郡主伸手指着一旁木案上的几个鹿皮包袱,"山庄看似铁桶一般,其实也不安全,这几个包袱是那次大火中我父王抢出来的狐族的典籍,一直放在翠微姑姑身边,你把它们重新抄写一份,以防万一。"

"这个不难,我就去办。"明筝松了一口气。

"不急，我大婚时才要。"青冥郡主缓和了一下语气，"白天你要服侍我，就晚上做这事吧，我睡觉轻，不喜欢被打扰，你就去外面暖阁抄写吧。"

明筝愣了一下，眼里噙着泪也不说话。

"怎么了？"青冥郡主抬眼看着她，"干不了？"

明筝咬住嘴唇，狠狠心点了下头。

"那你下去吧，今天晚上就开始抄写。"青冥郡主打了个哈欠，"我要睡了。"

明筝走到炕边，抱起那几个鹿皮包袱，没想到那么沉，一下竟然没有抱动。明筝用力抱进怀里，转身就往外走，走得急，在门口撞到了一盏灯，明筝狼狈地扔下手里的东西，去扶灯盏，身后传来青冥郡主不耐烦的声音："吵死了……"

明筝用裙角兜着那几个鹿皮包袱，一走出屋门，外面的寒风兜头就灌进全身，她冷不防打了几个冷战。门外角落一个黑影跑过来，是夏木。原来她一直没睡，操心正房里的事，看见明筝出来，急忙帮她抱住一个鹿皮包袱，刚才屋里的谈话，她在门外也听了个七七八八。

"明筝，我去向郡主求情，让你在屋里抄写吧，暖阁夜里是不生火的，岂不要冻坏了。"夏木忧心地说道。

"算了。"明筝忍不住，眼里的泪扑簌簌掉下来，赌气道，"冻死倒好了，一了百了。"

第二十六章　清风明月

一

暖阁的木案上点着一支蜡烛。一阵子风过,刮得雕花大格窗呼啦啦乱晃,烛火也跟着晃动。白天这里温暖如春,而此时由于火塘已灭,这里的温度跟室外已没多大区别。夏木帮明筝取过来纸和墨盒,明筝望着夏木,知道她是为自己担心,便说道:"夏木姐姐,你快回去休息吧,若是郡主知道你在这里,又要责罚我了。"

夏木叹口气,忧心地看了眼明筝,知道自己也无能为力,便低着头默默走出暖阁。明筝听着夏木的脚步声远去了,听着外面呼呼的风声,只觉得冰凉的寒气从四面八方往身上灌,她不由紧紧裹了裹身上的衣裳。

此时明筝思虑万千,即使郡主不差遣她抄写,她也无论如何无法入睡。想想自己的处境,难道自己还要傻傻地等待萧天的回心转意吗?只恨自己心肠太软,答应留下来,这事已经够烦心了,再加上一个反复无常的郡主。郡主的话还在耳边回荡,郡主对她几次三番的态度,还有郡主变化多端的面容,都让她百思不得其解,她不愿把郡主想象成一个恶毒的人,她曾听萧天讲过那个美丽善良如仙女般的青冥,她多希望那个青冥才是真实的青冥呀。

明筝冻得在原地打转,她看了眼那几个鹿皮包袱,心想还是找点事干吧,不然自己不是被冻死也要被自己的胡思乱想折磨死。她抱起一个包袱,解开捆绑的麻绳,展开鹿皮,里面是四个木盒,木盒已经炭化,显然是过了火,听青冥说是从大火中抢出来的,看来不假。

拉开木盒的上盖,露出里面发黄的书籍,用牛皮包的封皮。明筝拿出来对着烛火翻看,牛皮封皮还挺新,用细密的针脚缝起来的纸张却有新有旧,新旧的字体也不同,发黄的纸张上的字迹潦草而凌乱,而新纸张上的字迹却像是出自名家之手,笔力劲挺,行云流水般自然舒展。明筝寻思,这新纸上的字迹定是后来修订而成,而狐族竟然有如此修为之人。

册子上写满密密麻麻的人名,像是一个家族的族谱,明筝寻思这应该是狐族的族谱。后面是狐族历代狐王的小传,这里记载有十几位狐王,翻到这里,明筝停下来,她发现狐王的姓氏各异,很好奇难道王位不是代代相传?看来只有在文章里找答案了,她平日就喜欢听故事,此时早已被深深吸引,凑近烛光,认真读起来:

狐王张志坚。至元二十一年,自南岭随文将军发兵抗元军,将军被元军千户王惟义擒获,几次解救无果,死伤惨重,逃至江西遇失散属下数众,一起逃至天门山深山中。与山匪黑麻子交战三昼夜,夺得一片栖息之地。后闻将军亡,统领众人大哭三日,立下规矩宁死不降元,后统领众人进入深山。一夜遇一美丽女子,自称九尾狐仙,言明一片世外桃源檀谷峪,并指明路线,醒后方知是一梦。当即便唤来众人随他去檀谷峪,一番跋山涉水,果然是一方好山水,自此驻扎,为避元军追杀,隐瞒身份自称狐族。

狐王刘起。延祐二年,山匪头领率百十人来围攻寨子,攻了两日,首领受伤,族人战死五十多人,命女人进山,男人守寨。刘起请命带精壮夜间出寨绕匪后攻之。首领允准。刘起率众攻成,大败众匪。首领感念刘起功高,召集族人,宣布禅让首领之位与刘起。

狐王赵天杰。洪武元年,水患连连,山寨断粮,赵天杰奉首领命出山寻粮。方知外面已改朝换代,新朝大明,是汉人当政,当下欢喜无比,并派人回山告知族人。向远处进发,路遇两军交火。元军残部与新朝将士对峙,眼看被元军残部包围,新朝军士处于下风,赵天杰率众似天降神兵冲击元军残部帅帐,刺死元军首领,与新朝军士合力一举歼灭元军残部。后方知是朱元璋队伍。朱元璋凯旋,念起解救之恩,遂赐予王爵之位,号狐王,驻扎之地封为狐王领地。赵天杰带着粮食和新皇恩宠回到檀谷峪,老首领率众族人相迎,当下宣布,首领之位禅让与赵天杰。自赵天杰起,狐族首领称狐王。

明筝揉着发红的眼睛,看得心潮澎湃,这个远离尘世远在天边的世外桃源狐地檀谷峪,竟然有如此传奇精彩的历史。原来狐族是前朝大将军文天祥旧部的后裔。明筝想起儿时与父亲一起读史,记得史书中记载当年文天祥抗击元军被俘后,誓死不降。他手下众部也誓死不降,史书中记载文天祥旧部全部战死。

……原来文天祥的旧部并没有全军覆没,幸存的兵卒躲入崇山峻岭间隐遁于世,这些文天祥的旧部与山林间的部族通婚后逐渐繁衍形成了今日的狐族。后来,太祖起兵,建立大明,恢复汉制,狐族才从山林中走出,并帮太祖抗击元军旧部,得以封王。

"如此说来,狐族也都是忠良之后呀。"明筝望着发黄的书页,不由发出一声感叹。由此想到萧天,他是不是也知道这段历史呢?他和他父亲决定留在狐族,是不是与此有关系呢?明筝捧腮思索,等她发现自己又不由自主想到萧天时,猛皱起眉头,又羞又恼。急忙把自己的思绪引到书册上。

她看到这个包袱里其他几个盒子里也是类似的东西。明筝又解开另外两个包袱,其中有一个盒子很特别,盒子雕刻精美,上面刻着狐头,四周全是纹饰,就像狐族人衣服上的刺绣一样。

明筝端详着这个木盒,好奇心越来越大,里面会是什么呢?她轻轻抽开木盒的上盖,烛火下看见木盒里是几本发黄的书籍。明筝拿出一本端详着,封面上的字迹与刚才看到的都不相同,只见上面写着"杂记"二字,一旁还有落款签名,明筝仔细看着那个签名,不由惊得目瞪口呆,她有些不相信自己的眼睛,用手背揉了揉眼,再看过去仍然是那三个字:文天祥。

明筝捧着那本杂记,仿佛有种隔世之感。自小跟父亲读史,前朝南宋灭亡已经一百多年,太祖灭了大元也已过八十年,此时再过十几日便是正统十四年,她粗略地算了一下,这本杂记应该出现于一百六十年前。明筝愣怔了片刻,联想到刚才读的狐王小传,猜测到这可能就是文天祥的副将、狐族的始祖张志坚保存下来的。他同文天祥并肩抗元,战斗到最后一刻,在主帅被擒救援无果之后,带着残部和主帅的遗物奔走他乡,宁愿入深山野岭隐遁其间,也誓不降元……

在这个凄风苦雨、风雪交加的夜里,明筝的心又一次因手上的书稿温暖起来,一阵阵热血沸腾。虽说屋里滴水成冰,但她毫无冰冷的感觉。突然有一刻,她竟然觉得青冥郡主让她在地冻天寒的夜里来抄写是否另有心意。

她小心地翻看,一目十行,匆匆地浏览着,越发感到这本杂记的弥足珍惜。这一看心情越发激动,这本杂记是文天祥当时在平江一带与元军作战的记录,有元军排兵布阵的图谱,人员马匹装备的详细描述。

　　她又拿出盒子里另一本书籍,上面的字迹有些模糊,但仍然可以辨认,上写"兵法步略",一旁的落款仍然是文天祥。明筝深深吸了口气,今日看到这些完全明白了,为何萧天会死心塌地地为狐族效力,为狐族不惜背弃与她的情意,这些狐族人的气节与忠诚感天动地,精贯日月,若她是萧天,或许也会这般去做。

　　明筝突然潸然泪下,她想起儿时父亲曾对她讲过文天祥的故事,父亲道:"孔子说成仁,孟子说取义,只有忠义至尽,仁也就做到了,文天祥是做到的一个人。为何要读圣贤书?所学习的是什么?便是一个'仁'字,从古至今,有几人能做到呢?"父亲的话仿佛又在耳边回荡,明筝眼含热泪望着手中发黄的书页,胸中涌动着无尽的感慨。

　　明筝把剩下的两个盒子打开,里面的书籍记述的是狐族的秘术,包括草药的分类,一些常见病的药方,织锦的秘术,蚕的抽丝方法,还有机巧的秘术,造天屋、造飞天翼、造盔甲等等。明筝看到这些,心里竟惊出一身冷汗,这些都是狐族最神奇的秘术,而郡主竟然让她一个外人来抄写,她到底是如何想的?她难道不知道这些书籍的价值吗?

　　明筝摇摇头,不愿意再想这些想不明白的,守着这一堆宝贝,凄风寒夜也突然变得其乐融融。她先拿起族谱抄写起来,一口气写了一页纸,她的蝇头小楷得过父亲的真传,写得又快又好。为了不冷,她简直停不下来,这才发现原来狐族的几大姓氏皆出于文天祥的几个部将,还有檀谷峪当地几个部族。

　　接着,明筝拿起《杂记》抄写,一边抄写,一边想象着一百六十多年前文天祥与元军抗争的往事,感到分外有趣。到后来她又开始抄写《兵法步略》,这个她尤其喜欢,她抄写一会儿,就抱着书籍看着跑几圈以抵御寒气的侵袭。说来也怪,她越是用心读,越是感受不到寒气,反而是她写累了,想休息时,越发地冷了。于是,她不敢停下来,时时刻刻地写下去。

　　不知过了多长时间,她隐约听见一阵急匆匆的脚步声,一轻一重,似乎是两个人。她不愿意停笔,头也不抬。只听见木格门被轻轻推开,静默了片刻,沉重的脚步声来到她身后,一件厚重温暖的裘皮大氅披在了她身上。

　　明筝冰凉的身体随之抖了一下,是因为太温暖,不用看也知道是谁。只听见背后萧天大声说道:"夏木,你去叫醒林栖,让他去烧火塘。"夏木胆怯地应了一声。明筝放下笔，回头叫住夏木，"夏木姐姐，你回来。"明筝把身上的裘皮大氅扔到萧天怀里，叫道："你来做什么，半夜三更，不知道男女授受不亲吗？"

夏木缩着膀子，低着头，去也不是不去也不是。她看到明筝对狐山君王发火，心里很惶恐。但奇怪的是，任明筝如何放肆，狐山君王却是一副完全无视的模样。最后夏木低声道："明筝姑娘，是我喊来的狐山君王，我……担心你受冻。"

萧天僵着一张脸站在一旁的暗影里，一动不动，也不搭话。

整个晚上他和李漠帆带着人在山庄里查找那个失窃的木盒，几个院子都查了，没有一点线索。这时，夏木急慌慌地跑来找他……越是怕出事，就越是来事。一路上萧天都想不明白，青冥为何要这样做，也许她听闻了一些传言，拿明筝出气，如果是这样，他绝不能坐视不管。

走进如同冰窟的暖阁，他整个人也如同跌进了冰窟里，看着昏暗的烛火下，明筝瘦弱的身体在伏案书写，他瞬间几乎崩溃了。

一旁的夏木为难地看着两人。片刻后，萧天低声说道："算了，我去烧火塘吧。"夏木急忙上前，"君王不可，还是我去吧。你好好劝劝明筝姑娘，郡主没说让她一夜就写完，可是，她却这般较劲，还是让她早点休息吧。"

明筝看也不看两人，重新拿起笔，在纸上飞快地写着。烛火一暗，一个身影已来到近前，萧天伸出一只大手抓住明筝执笔的手，明筝执拗地暗自发力与萧天的手抗衡，她哪里是萧天的对手，憋了半天气还是功亏一篑，无奈被逼着抬起头，与萧天的目光撞到一起。

"明筝，我知道你心里有气，"萧天一脸憔悴，目光凄楚地说道，"是我辜负了你，你把气发到我身上，不要再这么折磨自己了，好吗？"

明筝一松手，那支笔掉到纸上，墨水四溅。

"我不怪你……"明筝的声音低得几乎听不见。

"你……你说什么？"萧天从不敢奢望明筝会原谅他，这句话一出，萧天整个人都愣住了，以为自己听错了。依明筝的性子，她不闹着出走，不拿剑在他身上划上几下，出出血，他都觉得交代不过去。他甚至想过她会自杀，他整日如履薄冰，生怕明筝出事，没有想到明筝会说出这样的话，"你不怪我，你……你是说……你愿意留下？"

明筝身体一软，靠到了木案上，她望着萧天凄凉地一笑："你不是说我们可以是兄妹吗？"她看着萧天憔悴的面容，突然明白他所遭受的痛苦一点也不比她少，既然世上很多事不能相忘，那么相守也是一种活法。

"你愿意与我成为兄妹？"萧天面色苍白地问道，他诧异地瞪着明筝，不知道她那个小脑袋瓜里都经历了什么。但萧天知道这句话一出口，他和明筝之间就再也不可能回到从前了。

"我还有选择吗？"明筝面色平静地说，"你出去吧，我还有事要做。"

"明筝，我这就去找郡主，我不能看着她这样待你。"萧天擦去眼角的泪珠，冲动地说道。

这时，木格门被推开，青冥郡主坐在木轮椅上被夏木推了进来。"我怎么待她了？"青冥郡主温柔地问道，"明筝，你说呢？"

"郡主待我挺好。"明筝白了眼萧天，有意把话反说。

青冥郡主抱着暖炉，看着明筝不满地道："明筝，怎么你一来这里，就把这个地方搅和得鸡犬不宁？大半夜君王跑到这里兴师问罪。"

萧天看着青冥郡主，担心她误会，急忙上前道："郡主，是我的话太唐突了，冒犯了郡主。"

青冥郡主一笑，扭头望着明筝，问道："你一直在抄写？拿过来让我看看。"

夏木急忙走到木案前，却被郡主叫住："我说让你去拿了吗？"夏木尴尬地退了回来。

明筝一看青冥郡主叫她，便把刚才抄写的一沓纸拿起来，走到青冥郡主面前递给她。青冥郡主看着纸上密密麻麻的小楷，脸上露出惊讶的神情，片刻后眉头却越皱越紧，突然青冥郡主两只手抓住一沓纸张，几下撕成一堆碎片，嘴里大叫着："气死我了，明筝，你写这些蚂蚁大小的字，是欺负我患有眼疾，看不见吗？"

青冥郡主说着，一把抓过纸片扔到了明筝脸上。纸片落到明筝的头上、肩膀上，明筝向后退了一步，瞪着青冥郡主，然后目光盯着飘向四处的纸屑，眼里的泪再也忍不住，扑簌簌掉下来。

萧天目睹这一幕，青冥郡主的霸道行径让他无比震惊，他气得浑身颤抖，突然意识到自己犯了一个错，真不该把明筝搅进他和青冥之间，他正要开口，突然，李漠帆从木格门外冲进来，没好气地说道："郡主，明筝姑娘做错了什么，要你如此欺辱她？"

青冥郡主并没有搭理李漠帆，而是看着明筝，语气平淡地说道："你既然承诺了，就要做好。"然后，她看了眼萧天，转向夏木道，"送我回屋吧。"

夏木推着木轮椅走出去，木轮轧在木地板上发出咕噜噜的声响。

李漠帆一看青冥郡主离开了暖阁，上前一把拉住明筝道："明姑娘，走，跟我走吧,不在这里受这个窝囊气。"

明筝挣脱开,一边擦泪,一边把李漠帆往门口推,"李大哥,你们走吧,不要管我。"

"明筝,我答应你,你想走就走吧。"萧天不再犹豫了,刚才的一幕让他痛下决心,也让他明白了让明筝留下真的是个错误,他不能再让她受委屈。

"你胡说什么呀?"明筝瞪着萧天气鼓鼓地说,"我为何要走?"她发现自己已经深深地被这些书籍所吸引,受点委屈算什么,只要能让她看这些典籍。她不再理他们,而是蹲下身捡起几片纸,看了一眼,想了想也许郡主说得不错,字确实太小了。

"大不了,我重新写。"明筝说着,在木案上重新铺上宣纸。

李漠帆古怪地望着明筝,然后拉着萧天走到一边,压低声音道:"明筝中了什么蛊了? 这哪像那个天不怕、地不怕的明筝呀?"

萧天脸一沉,直接走出暖阁,李漠帆也急忙跟了出去。

"帮主,你去哪里?"李漠帆见萧天往游廊里走去,不解地问。

"见郡主。"萧天冷冷地道。

"这⋯⋯"李漠帆抬头看天,漆黑的夜空只有几点星光,估计早过了四更了,"帮主,你这个时辰见什么郡主呀? 劝明筝回去睡觉才是正事。"

萧天叹口气:"郡主这是把对我的火气撒在了明筝身上,你没听她刚才说,既然承诺过,就要做到吗? 她不是在说明筝,是在说我。我已想好了,正月十五就大婚,你也回去准备吧。"

"帮主,这事你必须听我一言,"李漠帆上前一步拦住萧天,"帮主,你还真打算娶青冥⋯⋯郡主,说白了,郡主也就他们狐族认,天下人谁不知道老狐王已被朝廷撸了爵位,谁还会认她是郡主? 再说了,就算不在意她妃子的身份,她那一身残疾,你娶她,你,这不是把自己一生都毁了吗?"

"男人一言九鼎,岂能反悔?"萧天冷酷地回了一句。

"但是,此事也是有隐情呀,再说是她先入宫在先,悔婚也是她在先呀。帮主,你可要三思呀。"李漠帆苦苦相劝。

"情与义,你让我作何选择?"萧天突然低吼了一声。

"那明姑娘呢?"李漠帆问道,"帮主,你不会看不出明姑娘对你一片深情吧? 你要是辜负了明筝,你于心何忍呀?"

"已经辜负了⋯⋯"萧天黯然神伤地道,"我无法选择,我宁愿辜负明筝一人,也不能辜负狐族众人。"萧天冰凉的声音在黑夜里回荡,"我现在能做的,就是让她不要再因为我而受委屈。"萧天说着撇下李漠帆向正房走去。

"帮主……"李漠帆望着萧天的背影心如刀绞,在他心里,明筝和萧天是多么般配的一对,如果不能在一起,老天爷都替他们感到惋惜。他叹口气,狠狠一拍大腿,"老李呀老李,你连自己的事都没理清楚,管别人的闲事干吗。唉,什么别人,是帮主呀……"李漠帆喃喃自语,心里清楚萧天内心的苦痛不知比他大多少,只是他要担当的事太多,儿女情长的东西哪里顾得上。

正房的窗口还亮着一星烛光,萧天站在门外,略一停顿,伸手拍几下门,里面夏木紧张地问道:"谁呀?"萧天答道:"夏木,是我。郡主睡了没有?"夏木听出是萧天的声音,急忙跑出来开门。"君王,郡主让你进来。"

萧天跟在夏木身后走进里间,只见朱红的帐幔已拉开,青冥郡主披散着一头乌发坐在正中的床榻上,身上披着白色的裘皮褥子,看见萧天走进来,微微一笑道:"君王,深夜至此,是有事要说吗?"

萧天压了压心中的怒气,说道:"是有事要说。我已决定正月十五与你行大婚之礼,郡主看可好?"

青冥郡主乌黑的眸子眨也不眨,平静地望着萧天,片刻后,她淡淡一笑道:"你可是想好了?"

"早已想好了。"萧天冷冷地回道,"但有个条件。"

"你说吧。"青冥郡主深邃的双眸盯着萧天说道。

"不要再为难明筝。"萧天一说到"明筝"这两个字,眼窝里一热,他急忙望向别处,但这个眼神和他眼角的泪痕根本逃不过青冥的眼睛,她沉吟片刻,轻声说道,"你可以一走了之的。"

"青冥!"萧天的怒火终于在这一刻爆发了,他上前一步,一把抓住她的手腕,大声说道,"你给我听好了,别再对我耍什么手腕,收手吧,你既然要嫁给我,就要听我的,你给我记住了。"

"你敢如此对我?"青冥郡主眼里满是泪。

萧天松了手。一旁的夏木吓得躲在角落里发呆。

"夏木!"萧天大声叫道,"把一旁的房间收拾出来,我今夜就住进来。"

"这,这……"夏木六神无主地看看青冥郡主,又看看萧天,"这恐怕不妥吧,不合族规吧?"

"夏木,照君王吩咐的办。你和明筝都搬这间房里吧。"青冥郡主说完,似乎是太累了,倒在了那一堆褥子里。

夏木走出正房，东厢房住着翠微姑姑，只有西厢房了。夏木点上灯，匆忙地收拾自己的物品，房间里有两张炕，她睡一张，另一张明筝睡。这时萧天走进来，他径直走到窗前书案前，一眼看见明筝的那把剑放在桌上的剑架上，他抚摸着那把剑，看见书案上有几页纸，上面有一些墨迹。

萧天抽出那几页纸，从里面掉出一条白色绢帕，只见上面寥寥数字，不看还罢，看过后萧天更是肝肠寸断。只见帕上简淡飘逸地绣了四行字：一花一世界，一叶一追寻，一曲一场叹，一生为一人。萧天望着绢帕，脑中一片空白，有种心被掏空后，空茫茫的痛感，他闭上双眼，虚弱地抓住帕子，叠了几下，塞进衣襟里，头也不回地走出去。

"君王……"夏木见萧天神态有异，不安地追过来。

"不要收拾了，我不会住这里，刚才失礼了。"萧天说完，匆匆消失在夜色里。

二

翌日，青冥郡主和狐山君王要在正月十五举行大婚的消息在山庄里传遍了，本来就到了年尾，新年的气氛下，又突然爆出这条大喜讯，大家伙心里都热切地盼望起来。虽说闹出失窃的风波，但由于几天里一直风平浪静，大家也就把此事丢到了脑后，开始准备大婚的一应事物了。

最高兴和忙碌的就数翠微姑姑了，整个听雨居就听见她的大嗓门吆五喝六的。最悠闲的两个人一个是青冥郡主，一个是狐山君王。青冥郡主只关心一件事，就是每天要看看明筝抄写的东西；狐山君王自那天夜里来郡主房间发了通火后，便不见了踪影。

翠微姑姑派夏木、林栖、盘阳四处找萧天，因为大婚的很多事要找他商量，可是几天都不见他人影，主意谁来拿呀？青冥郡主更是一问三不知的主儿。最后还是夏木带来了信，说狐山君王整天跟在玄墨山人身后不知忙些什么。翠微姑姑非常生气，几次派林栖去叫，最后萧天派梅儿姑娘过来帮她料理一些事情。至此翠微姑姑才不再催他。

清冷的月光流水般穿过窗户泻在书案上。萧天坐在案前，刚刚写好一封信。他身后坐着玄墨山人和李漠帆，两个人在静静地喝着茶。萧天把信封封上，唤来小六。

信是写给隐水姑姑的,名义上是邀她春天时来山庄做客,实则是请她来接走明筝。几天里,萧天思谋再三,他只信任抚养明筝长大的隐水姑姑,把明筝交到她手里,他才放心,明筝一走,他便再无后顾之忧,也好放手一搏。

"小六,你告诉镖行的弟兄,务必亲自上夕山尼姑庵,面见隐水姑姑。"萧天叮嘱道。

"是,帮主,我记下了。"小六郑重地接过信封,转身走出去。

"帮主,你真要送走明筝姑娘?"李漠帆哭丧着脸,十分不忍的样子,他对萧天的行为越来越理解不了,或许站在他的角度来看,他永远也想不明白。

"跟着我有什么好处? 前路漫漫,太多艰辛与危险。"萧天平淡地说道。

玄墨山人啜口茶,放下茶碗道:"你说也怪了,依明筝姑娘的脾气,不是受制于人的主呀,怎么被青冥郡主挤对成那样也不反抗,我都听说了,她没日没夜地抄写什么典籍,而青冥郡主总能挑出毛病然后给撕了。这两个女子是在较什么劲呀?"

李漠帆向玄墨山人又使眼色又嘬嘴巴。玄墨山人瞪着李漠帆道:"唉,李把头,你这是……"

"哎呀,你老是哪壶不开提哪壶,拦都拦不住。"李漠帆皱着眉头说道。

玄墨山人一愣,还没明白过来,就看见萧天瞪着李漠帆道:"还嫌不够乱是吗?"

萧天走到门边关上房门,转回身对着玄墨山人和李漠帆说道:"这几天,虽说风平浪静,但我心里还是隐隐有种不祥的预感。这样吧,从今夜起,我们三个人轮着值夜,今天夜里我出去。"

"这个主意好。"玄墨山人道,"连着几天也没有找到一点线索,这个贼偷这盒秘丸到底想干啥?"

这时,游廊里传来飞快的脚步声,片刻后来到门前,三个人互相交换个眼神,只见门被推开,天蚕门的陈阳泽一步跨进来,他看见玄墨山人,大声说道:"师父,大师兄不见了。"

"什么?"萧天和玄墨山人几乎同时站起身。

"其实一早就没看见他,我以为他只是跑出去练剑了,也没在意,但直到此时他还没回来,我和几个弟子四处去找,但没有找到。"陈阳泽望着玄墨山人。

玄墨山人和萧天面面相觑,萧天紧皱眉头,沉吟片刻:"难道是他?"玄墨山人痛苦地一挥手:"不可能,我的徒儿我心里有数,纵使平日里泼皮一些,但绝不会与我有二心。"

"不是他又会是谁，事到眼前了，你还不承认。"李漠帆没好气地说道，"还不是跑了呗？"

陈阳泽听出他们是在议论大师兄，急着想替大师兄辩解，但面前三人都是前辈，哪有他说话的机会，不由急得抓耳挠腮。

萧天转身走到剑架旁，取下长剑挂到腰上，对屋里人道："我出去看看。"听他这么一说，李漠帆也急忙跟上，玄墨山人点点头，道："走，随我到山庄大门，问守卫今日出山庄的人中，有没有吴剑德。"

四人一路疾走，此时山庄四处都挂了灯，一队巡夜的庄丁举着火把从他们身边走过。一些道路上的积雪已被清除，他们沿着小道很快走到大门旁的岗楼前。

今天值夜的正好是管家曹波安，他在岗楼上远远看见走过来的三人，便下了楼，早早候在门前，见三人过来，一一施礼道："帮主，玄墨掌门，李把头。"

"曹管家，我们前来有话要问你，咱们里面说吧。"萧天抬腿走进门岗。屋里摆设简单，一张桌和几把椅子，几个人走进来一落座，玄墨山人便开口问道："曹管家，出入山庄的人你这里可有记录？"

"不曾记录。"曹管家说道，"但是，由于前些日有失窃的事发生，君王下令不见令牌不放人，因此如今出入山庄都要有令牌。"说着，他从腰间取下自己的令牌，椭圆形的桃木上刻着一个"鹤"字，"就是这种，但每个院子的令牌都不一样，像你们寒烟居是一个"烟"字，听雨居是"雨"字，樱语堂是"瑞鹤"两字，前院是"鹤"字，因此一看令牌便知是哪儿的人出入。"

玄墨山人端详着这块令牌，他扭头问陈阳泽："阳泽，寒烟居的令牌是谁掌管的？"陈阳泽脸一白，吞吞吐吐地道："是，是大师兄，一共有三块，前日给宏师兄一块，他出山庄去置办药材，他手里应该还有两块令牌。"

玄墨山人忧心地望着萧天："萧帮主，你怎么看？"

"如果今夜吴剑德不回来，那他就是走了。"萧天眼里含着冰霜说道，"看来所有的疑点都集中在吴剑德身上，只有他有你密室的钥匙，只有他知道你秘密配制的秘丸，只有他身上有出入山庄的令牌，难道都是巧合？"

"唉，都怪我心慈手软，下不了这个狠心，心存侥幸，我是真不愿意是他呀……家门不幸！"玄墨山人一拍大腿，冲陈阳泽道，"走，回去。"

玄墨山人满脸怒气头也不回地走了，陈阳泽跟在师父的后面一路小跑。

"真是吴剑德偷的？"李漠帆望着这对师徒的背影问萧天。

"目前看来是这样，但是，我觉得没有这么简单。"萧天说着一边起身往外走，一

狐王令(下)

边交代曹管家:"从今夜起,出入山庄不仅要有令牌,还要逐个登记。"曹管家点头应允。

萧天和李漠帆一回到樱语堂,萧天便持剑出去了。

这天夜里萧天穿行在山庄屋脊之间,几次从听雨居的暖阁经过,他看见那盏微弱的烛光,看见火塘里的火苗,心里安稳了些。他坐在不远处的屋脊上,远远地望着暖阁,透过落地雕花木格大窗,看着那个熟悉的身影……

月朗星稀,寒气四卷,两个孤独的身影,一个圈在案前,一个独立飞檐。无声无息间,又开始落雪,萧天坐在檐上,从怀里摸出一个酒囊,对着那个身影喝了一口,心里一暖,竟生出一丝满足,此生若能日日如此,抬眼便能见所思所想之人,足矣……

三

翌日萧天直睡到未时,被李漠帆摇醒:"帮主,快起来吧,出事了。"萧天一骨碌坐起来,这才看见四周站了一堆人,都是天蚕门的弟子。

"萧帮主,我师父不见了。"陈阳泽着急地看着他。

"几时的事?"萧天迅速跳下炕,几下穿好外衣,提着剑就往外走。屋里的众人跟在身后,陈阳泽简单地把事情经过讲了一遍。原来昨夜回去后玄墨山人躲在房间里独自生闷气,弟子们也不敢打扰,都各自歇了。今早众弟子眼看到午时不见师父出门,就派陈阳泽去看看,结果陈阳泽走进师父屋里,看见地上散落了一地茶碗的碎片,却不见师父的人影。

萧天赶到寒烟居玄墨山人所居住的正房,一走进去就看见一地碎片,萧天蹲下仔细查看,看到地面有拖拉的痕迹。萧天心里咯噔一下,不由紧张起来。这时,柳眉之从一旁走过来,看见门口围观的众人,也挤进去探头问道:"出了何事?唉,玄墨掌门呢?"

众人不去理会他,都看着萧天。萧天阴沉着脸走出正房,往外走去,众人只得跟着他,出了院门,萧天对众人道:"分两路,一部分在山庄里寻找,一部分跟我出山庄到四周寻找。"萧天说着,吩咐李漠帆,"把帮里弟兄叫上,跟我出去找。"

李漠帆转身向樱语堂跑去。不多时,已集聚不少人。萧天吩咐立刻开饭,用过饭后出山庄。李漠帆知道昨夜萧天一夜未睡,早晨才回去补觉,到这时滴水未沾,就派人准备饭菜。萧天闷头吃饭，李漠帆在一旁忍不住问道："帮主，这到底是怎么回事呀？"

"房里有打斗痕迹，"萧天说道，"但是，线索乱成一团麻，他在暗处，咱们在明处，只能等下去。一会儿出山庄，查看一下进山的路，就能确定到底是外面的人还是山庄的人。"

用过晚饭，马匹也都准备好了，一应人等上马出山门。

路面被皑皑白雪覆盖着，偶尔看见零星的马蹄印迹，这些印迹是来往于山庄的人留下的，顺着零星的马蹄印，可以看到两条道路，一条通往山上，一条通往山下。

萧天站在岔道口，对身边的李漠帆道："你带几个人到山上看看，我带人顺着道路下山看看。"

"帮主，你看这雪上一点痕迹都没有，我还是跟你下山看看吧。"李漠帆看着这片山坡，干净得像新蒸出来的大馒头一样雪白。

"不行，还是上山看看才放心。"萧天说完，已催马向山下奔去。众人也自动分成两队，一队跟着萧天下山，一队跟在李漠帆身边。

"走吧。"李漠帆只得催马向山上走。

上山的路积雪很厚，他们骑着马并不轻松，雪没过马的膝盖，他们走了一阵子，马渐渐慢下来。这时走在前面的一个弟兄叫起来："李把头，你看这里有马蹄印，那边还有生火的树枝。"李漠帆从后面赶上来，问道："哪儿呢？"

那个人手指路边，几个人催马过去。只见路边林子里，有人为堆起的雪窝，一旁有生过火烧成炭的一堆枯枝。李漠帆翻身下马，走过去把手伸进炭里，扭头道："还是热的。"他站在雪窝边四处张望，周围散布着一些脚印，李漠帆招手让大家下马，吩咐他们去四周查看。

众人在这片林子里散开，向林子深处走去。

李漠帆沿着一溜脚印向前走，走不多远脚印就消失了。他扫兴地四处看着，心想，在这里生火休息的人是谁呢？谁会来这个地方？与玄墨山人的失踪有关吗？会是他的大弟子吴剑德吗？

林子深处越来越暗，眼看天色已晚。李漠帆转身往回走，他使劲吹了个口哨，告诉林子里的弟兄收兵了，然后他向路边走。这时他看见前方不远处有一个黑乎乎的影子，李漠帆心里一惊，不会是遇见熊瞎子了吧。

李漠帆急忙躲到一棵树后，那个黑乎乎的影子似乎预感到有危险，正企图往树上爬。李漠帆看了半天确定不了，这个黑乎乎的影子是熊还是人，本来天色也暗，又在林子深处,再加上那个东西圆滚滚的。

李漠帆拔出腰间的刀,悄悄向前移动。那个黑乎乎的影子爬到树干中间掉了下来,发出嗷嗷的叫声,还说了一句骂人话。这下李漠帆听得真真的,他握住刀紧跑几步,上前抓住那人的大氅,大叫一声:"什么人?"

那人的兜头被李漠帆扯掉,露出盔甲般的后脑,听见喊声那人一阵哆嗦,不由扭过脸。李漠帆一看,惊叫一声。就算看见鬼也没有比这更可怕的了。这人脸上密密麻麻布满褐色的鳞片,五官已变形,丑恶到极致,李漠帆三魂已丢了两魂,刀也从手中脱落,掉头就跑,没命地喊着:"鬼!鬼!"

那个黑乎乎的身影缩到树后,急忙用兜头遮住脸。

四

临近年尾,各处衙门都忙碌起来。按朝廷惯例,要上交奏章、考核、查找纰漏等等,各种繁文缛节。

此时诏狱也不例外,王铁君带着他手下的狱卒,连着两天挨个儿牢房排查,宁骑城昐咐要上报一份翔实的名单。王铁君此时拿着那本名册,光是昨天就划掉了三个人,有的单人牢房里死了人也不知道。

今日一早,他就叫了几名胆大的手下,跟着他下地牢。

几个人手拿火把,从黑黢黢的走道里向地牢走去。他们每走过一间牢房,就站在木栅栏外,几个人举着火把照明,王铁君对着名册大声喊罪囚的名字,直到罪囚答应,在名册上用墨画个标志,然后走向下一间牢房。

一行人沿着走道缓慢地往里走,最里面一间牢房与别处不同,是一根根手腕粗的铁栅栏铸造的。那几个举火把的狱卒不约而同停下来,相互催对方走,但都不肯挪动步子。王铁君恼了,骂道:"瞧你们这点出息,一个废人能把你们吓成这样?"

"爷呀,这哪是个废人呀,简直比鬼还可怕。"狱卒"耳朵"小声嘟囔着。

"那咋的,他被锁进这铁牢里,还能跑出来吃了你不成?"王铁君不以为然地夺过"耳朵"手中的火把,走到铁栅栏前举起火把,他望着里面先是一愣,继而大叫一声:"我的娘呀!"王铁君一声大叫,吓得身后那几个狱卒抱成一团。

"爷,咋的啦?"

"人呢?"

"爷,你眼花了吧,你再看看。"

王铁君高高举起火把向铁栅栏里探看,窄小的空间里只有一张烂成碎屑的草席和一些破棉絮,空气里混杂着一股霉臭味。王铁君打了个喷嚏,不敢相信地睁大眼:"娘呀,摊上掉脑袋的大事啦!"他回过头看着那几个缩到墙角的狱卒,红着眼叫道,"找死呀,快过来!"

那几个人哆哆嗦嗦挪过来,一看牢房里是空的,都松了一口气,但紧接着都吓得跳起来,一个个抓住铁栅栏叫起来:"人呢?""人去哪了?""这可是铁牢呀!"

"爷,不对呀!"狱卒"油条"叫道,"这间牢房怎么看着这么别扭呢?"

"打开,进去瞧瞧。"王铁君命令道。几个狱卒躲闪着,最后决定一起行动,他们从一长串钥匙中找到这个牢号的钥匙,咔嚓一声打开大铁锁,几个人一起走进去,当他们走到墙壁边,不由被眼前看到的惊呆了。怪不得他们感觉牢房不对头,原来墙壁上竟然堆积了厚厚的一层土,从上至下,原先的石头墙壁被完全遮住了,所以整个牢房比别处小了许多,这便是他们进来时感觉不对劲的地方,比其他牢房足足少了三分之一的空间。王铁君一脚踢开地上的草席和棉絮,中间露出一个黑乎乎的洞口。几个人围着洞口惊得目瞪口呆。

王铁君迅速翻看名册,哭丧着脸骂道:"娘的,眼看年关了,这年怎么过呦!"他看了半天,又对着牢号,"罪囚叫云蘋,我这就面见宁大人。"

王铁君出了牢门,就往前院衙门跑,在衙门前与牵着马的高健相遇。高健把手中坐骑交与身后随从,看着惊慌失措的王铁君,打趣道:"王牢头,何事如此惊慌?莫不是有人越狱了?"

王铁君蹙眉咧嘴不敢多言,只匆匆说道:"高千户,实在有要事面见宁大人,得罪了。"他匆忙向衙门跑去。

门前的校尉上前拦住道:"宁大人不在。"王铁君一愣,身后的高健说道:"我也有要事面见宁大人,他不在这里肯定在府里,不如一起去吧。"

此时宁骑城正站在他书房的书案前,案上是一幅新绘制出的地图,图上文字清晰地标注着大苍山、小苍山还有瑞鹤山庄的位置。他眼神阴鸷地死死盯着地图,一动不动,直到管家李达悄悄走到近前,他才回过神来。

"大人,高健和王铁君在门外候着,都说有要事要面见你。"李达赔着小心请示道,他知道近来主人诸事不利,脾气一点就着,只有加倍小心才是。

宁骑城抬起头,他消瘦了不少,脸更如刀刻般棱角分明,他略一沉思,自那次王振在宫中遇刺以来,他忙于应对,已经有段日子没去诏狱了,王铁君见他,必是有事要报:"去,让他们进来吧。"

不一会儿,高健和王铁君走进书房,王铁君紧走两步直接匍匐在地:"大人,小的罪该万死!"

宁骑城一愣,脸色更加阴沉:"起来说话。"

"大人,铁牢里的要犯云蘋,他,他越狱,跑了。"王铁君结结巴巴说完,身体缩成一团,眼神胆怯地盯着宁骑城。

"云蘋跑了?"宁骑城怒气冲冲,上前一把抓住王铁君的衣襟,另一只手下意识地去腰间抽刀,没有摸到。这时高健一个箭步过来,拉开宁骑城道:"大人,你先消消气,听牢头把话讲完。"

"何时跑的?"宁骑城瞪着血红的眼睛问道。

"不,不知道何时。"王铁君躲到高健身后,接着说道,"今日我带人清点名册,才发现牢房里被挖出一个洞,后来我差人爬进去,洞竟然通到衙门后堂上。"

"什么?这么大的动静怎么早没发现?"高健吃惊地问,"他是如何挖的洞?什么工具?"

"唉……"王铁君耷拉着脑袋直摇头。

"是我大意了。"宁骑城一掌击到书案上,只听咔嚓一声,书案掉了一个角,王铁君望着那个木块浑身一抖。"我早应该把他处置了,"宁骑城说道,"这个家伙服下奇毒后,身体已经变异,刀枪不入,想要置他于死地还真不容易,挖那个洞,他根本不用工具,一只手就足够了,本来我是想留着他派个大用场,却被他跑了,当时就应该把地面也用铁铸造。"

高健和王铁君听宁骑城一番讲述,吓得面面相觑。

"大人,你是说这个怪物有了不死之身?"高健惶恐地问道。

"刀枪对他不管用,只有用火烧,或是用火药炸掉。"宁骑城紧锁眉头阴冷地说道,"他这一跑,等于多了一个敌手,他一定会伺机报复的。"宁骑城望向王铁君交代道,"这件事不要上报,你告诉手下,都给我闭嘴,谁敢多言,杀无赦。"

"是。"王铁君浑身一颤,已吓出一身冷汗。

"大人,这家伙会跑到哪里呢?"高健问道。

"高健,传令下去,各个卫、所都备足火烛火把以备不时之需。"宁骑城看着王铁君,"你回去也照此办理,去吧。"王铁君急忙退出去。

宁骑城在室内来回踱了几步,目光望着高健:"说说你的事吧。"经宁骑城提醒,高健才想起自己的事,刚才被云蘋越狱的事搅和得忘了,便上前一步压低声音道:"大人,真让你猜到了。王振把自己遇刺一事,表面上交给大人你来查办,实则是高昌波也在私下里查办。"

"哼,我就知道老家伙会留一手,这事与我无关,我怕什么?"宁骑城冷冷一笑,正因为猜到这点,他才迟迟不采取行动,他明明知道这次刺杀是萧天干的,可是王振不信任他在先,所以他也不打算告诉他实情。

"这两天我得到暗桩的密报,大人,咱们的麻烦来了。"高健说道。

"有何麻烦?"宁骑城不屑地看了他一眼。

"大人,高昌波秘密调查了那五个锦衣卫的尸身,麻烦就出在他们身上。其中有两个人的身份是假的,是冒名顶替进来的,要说这种事时有发生,大家也是心照不宣。要进锦衣卫出身这一关不好过,而有些人家使些银两买通关节,也没什么大不了的。只是这次高昌波抓住这个细节大做文章,他给王振的密信里说,是经你的安排,刺客是你的手下。"

"高昌波,这个混蛋!"宁骑城恶狠狠地瞪着窗外,"当时不是我赶到阻止他们行动,王振还会有今天? 这就是他对我救命之恩的回报。"

"大人,"高健头一次听到内幕,"那大人岂不是太冤了?"

"想要他命的不只萧天,朝中那几个大臣,个个跟他不共戴天,没准他们都是一伙,哼,咱们就继续瞧热闹吧。"宁骑城冷冷一笑。

"大人,高昌波有意要在王振面前构陷你,你不可不防呀!"高健试探地说。

"哼,老子不陪他们玩了。看他们能把我怎么样?"宁骑城走到书案前,"你过来,看看这幅图。"

"大人,你又找人重新绘制了?"高健走过去望着案上的图。"比以前的那幅清晰多了,连山中的路都标清了,怎么这里还有一个山庄?"

"想知道是何山庄吗?"宁骑城指着图呵呵一笑道,"瑞鹤山庄。"

"倒是没有听说过。"高健摇摇头,"这些富人真是吃饱了撑的,跑到山里建什么山庄呀。"

宁骑城嘴角上扬讥笑一声道:"见了面,你可以问问他们是怎么想的。"高健一愣怔,听出宁骑城话中有古怪,还没反应过来,只听他接着说道,"你的人如今在哪里?"

高健见宁骑城问那队缇骑的事,急忙答道:"两日前已进入小苍山,是按照你的吩咐驾的马车,一共三辆。"高健有些不明白,"大人,为何不让骑马?"

"还用问,当然是避免被人发现。"宁骑城嘴角浮上一丝笑意。

"那山里会有什么人?"高健一直不明白宁骑城肚子里打的什么鬼主意,而他只是依照吩咐去做,什么也没问。

前日,他调集数十人坐上大车前往小苍山,带足数日的口粮,给兵卒们说去狩猎,往年也有惯例,临近年尾打些野味犒劳将士。只是这次很隐秘,只带几匹战马,大部分兵卒坐在车上。

"看这里,"宁骑城指着地图上那片山庄道,"知道这里是谁的老巢吗?我得到密报,萧天就是狐山君王,哈哈。"宁骑城得意地用手掌猛地盖下去,"端他的老巢!高健,如果我把朝廷重犯捉拿归案,还用看他高昌波的狗脸吗?你速去召集人马,今夜出发。"

高健像没听见一样,身体前倾,眼睛还盯着书案上的地图。"高健!"宁骑城又唤一声。

高健方回过神来,他不经意地擦了把额头上冒出的冷汗,点了点头,"大人,几时出发?"

"酉时。"宁骑城说着,看到管家李达探进半个身子,看了下里面又撤回去。透过窗户,他看见李达身后跟着一个身形高大穿着大氅的蒙面人,心里一惊,仍然不动声色地吩咐高健,"你下去准备吧。"

高健施礼退出去。在廊下与李达迎面相遇,高健点头示意,与他身后的蒙面人擦身而过。高健一皱眉,闻到此人身上浓浓的羊膻味,他转回身看见那人露在大氅下面的靴子,一眼认出款式出自蒙古一带。

高健一边走,一边思虑万千,他发现宁骑城与蒙古人有联系不是一次了,这一次难道与晚上的行动有关?宁骑城的那一句"萧天就是狐山君王"让他听后百爪挠心,他该怎么办?

"高百户。"身后李达喊他,他回过头,李达跑着传达宁骑城的口信,让他在会客室等。高健暗自后悔,刚才为何不跑出去,此时想走也不能了,他只得跟着李达去往会客室。

此时书房里,宁骑城迎上前,蒙面人去下面巾,露出了乞颜烈憔悴不堪的脸,两腮的胡子蓬乱也没有打理,看得出他近来心情低落,日子过得并不好。宁骑城不敢怠慢,急忙行礼:"义父,你怎么来了?"

"这要问你。"乞颜烈大咧咧坐到一张太师椅上,"如果我今天不来,你是不是就一直躲着我?"

宁骑城一笑:"儿子哪敢呀。"说着,他抬头扫视窗外,把窗户关上。"义父不知,如今我处境艰难,这段时间接二连三地出事,我上赶着擦屁股都来不及。"

"所以,你也就顾不上你义父的死活了?"乞颜烈接上他的话说道,"我这次来,是给你带来了一个大好的消息,瓦剌部的首领也先派人来见我了。"

"他们近来派了一个千人使团来朝贡,现如今满大街的蒙古人,这有什么可喜的?"宁骑城不以为然地说道。

"哼,这你就不知了,按大明的惯例,蒙古使团朝贡,每次都得到比朝贡的物品多得多的回赠,好彰显他大明天朝上国的神威和富裕,但这次你可知他们得到多少回赠?"

"多少?"

"几乎空手而归。使团的人肺都气炸了,扬言要征讨大明,这正是也先求之不得的。"

宁骑城一惊,大明上下有此权限可以处置朝贡回赠的人不多,他一声冷笑:"这恐怕又是王振干的,以前每年使团得到丰厚回赠都会分一部分给他,今年王振痛失银库,高昌波接手调查银库被盗之事,一直把蒙古人列为怀疑对象,他是一个爱财如命的人,此次定是对蒙古使团回赠下手,以报复银库被盗。"宁骑城摇摇头,一脸厌恶。"义父,这样一来,岂不是又要打仗?"

"所以,咱们建功立业的时机到了。"乞颜烈微微一笑道。

"也好,我再也不想在这个鬼地方待下去了。义父,我提兴龙帮帮主萧天的首级来见你,作为条件,你让我带走养母,我要回草原。"

乞颜烈眨巴下眼睛,问道:"萧天? 你发现他的行踪了? 那些银子呢?"乞颜烈听到萧天就联想到银库,那次的失手让他痛失了一次绝好的机会,这个仇此生不报绝不罢休。

"我有暗桩密报,"宁骑城走到书案前,指着案上的地图道,"瑞鹤山庄,萧天就驻扎在那里,我想银子也会藏在那里。萧天还有一重身份,他便是朝廷一直想要缉拿的狐族要犯狐山君王,我已派人盯住那里,他们插翅难飞。"

乞颜烈走近书案,盯着那张图一阵双目放光,不由激动地搓起双手。片刻后,乞颜烈突然说道:"好小子,你若是缉拿了朝廷要犯,不是就立了大功吗? 朝廷定要为你加官晋爵,你小子好好给我待在朝中,别想撂挑子走人。记住我的话,你养母有我照顾,你还不放心吗?"

"义父,王振现在根本不信任我,他派人暗中查我,我留下迟早会被他除掉。他这人疑心很重,一旦对手下不再信任,便什么事都做得出来。"宁骑城一想到王振就忍不住烦躁,"即便是我立了功,也只是保一时,难长久。"

"你一身武艺还怕那个阉人?你待在锦衣卫将会有大用场。"乞颜烈微笑着努力说服他,"起码要等到也先大军攻城时。"

"我何时才能见我养母?"宁骑城知道与他谈不拢,一想到将要到来的战争,更加担心养母的安危。

"你刚才也说了,现在风声紧,过一段日子吧。"乞颜烈说道,"这一打岔忘了正事,也先让我给他弄一份京师的守城部署。这事就交给你来办,这可是我黑鹰帮献给也先的礼物。"

"好吧,那要等我从小苍山回来。"宁骑城走到书案前,"我酉时就出发了。"

"噢,就在今晚?"乞颜烈望着宁骑城,细长的眼睛里黑眼珠骨碌碌转了几圈,沉吟片刻,突然起身抓起一旁的面巾系上,戴上兜头,转身就走,一边走一边说道,"那事你记住去办。"推门大步走出去,门外的风趁机呼地钻进来。

乞颜烈从府里角门出去,此时已近黄昏,午市已散,街面上异常冷清。宁府对面街角旮旯里蹲了几个人,一看他出来,急忙站起身,拉着马走过来。

乞颜烈接过和古瑞递过来的缰绳,翻身上马,"快,回马市。"

和古瑞一愣:"叔,你不是说带我们出来透透气吗?这也没下馆子,也没听曲儿,就回去了?"

"你个憨犊子,"乞颜烈拍了下他的脑壳,压低声音道,"白花花的银子要不?"

和古瑞一听,立刻翻身上马,他一招手,其他几个人也跟着上了马,一声呼哨,几匹烈马疾驰而去。

"叔,银子在哪儿?"和古瑞催马撵上前面的乞颜烈。

"回去就集合队伍去小苍山,咱们要赶在宁骑城的前面。这小子发现劫持鑫福通钱庄的那伙人的下落了。"

"你是说兴龙帮的人,在小苍山?"和古瑞兴奋得嘴里发出一声嘶鸣。

"如果不是我闯进宁府,那小子是不会说的,这么长时间不来见我,一定是有了二心。"乞颜烈阴险地撇了下嘴,略一沉思,回头叫住和古瑞,"你小子没有在宁骑城面前多嘴吧?"

"我才懒得见你那个干儿呢?"和古瑞一脸鄙视,"一个汉人……"

狐王令（下）　　　　　　　　　　　　　　　　539

"你记住绝不能在他面前透露一点他养母的消息,知道吗? 这小子很奇怪,似乎听到风声似的,几次都提出要见他养母。"

"那个婆娘不是早死了吗?"和古瑞哈哈一笑。

乞颜烈回头瞪着和古瑞,举起鞭子差点打到他身上。

"叔,叔!"和古瑞大叫着躲着鞭子,"我绝不会说的。"

"我只是担心这小子一旦知道真相,咱们就驾驭不了他了,现在他之所以对我毕恭毕敬,就是因为我手上有他的养母,你明白吗?"乞颜烈教训着和古瑞,"宁骑城这个大魔头发起狂来,不把你撕成四瓣才怪,长点心眼吧。"

"是,我记住了。"和古瑞再不敢造次,乖乖地点头附和着。

狐王令(下)

第二十七章　迷离前尘

一

宁府的会客厅在前院,与书房隔着一个演武场。高健此时坐在太师椅上,管家差小厮端来茶水,高健端起盖碗茶,盯着茶碗里漂动的茶芽,叶脉淡绿赏心悦目,喝下一口齿颊留香。即便如此,也抚不平他烦躁的心绪。

行动在即,他被宁骑城留下,看来宁骑城还是对他不放心。高健内心无比纠结,他虽不喜欢宁骑城,但宁骑城对他有知遇之恩,在外人眼里宁骑城是个大魔头,但是他对高健却很宽容,几次犯错最后都不了了之。高健喝着茶,感觉嘴里越来越苦,何去何从呀? 他能眼看着锦衣卫去捉拿萧天吗? 于心不忍啊。报信,找人通知萧天,让他躲起来,这又意味着背叛宁骑城。

高健知道自己只是个小人物,永远成不了大气候,如果萧天死在他手上,他将永无宁日。而得罪宁骑城顶多被再降一级。想到此,他打起精神,如果自己一点行动都没有,他将无法面对自己的良心,他瞥见一旁案几上有一方墨,左右查看无人,便撕下自己的一片衣袖,手蘸墨匆匆写下几个字:宁发兵,瑞鹤山庄。写完藏于袖中,心想自己已尽力,只能听天由命了。这才想到一个更要命的问题,谁去送信? 高健烦乱地在室内转着圈子。

这时,府门前似乎传来喧闹声,高健透过窗子去看,看见有算卦的幌子在门前晃着,似是看见青色的道袍一晃而过。高健心里一动,急忙叫小厮跑去门前探看。

一会儿小厮跑回来道:"有算卦的道士,非进来,说是府里有不祥之兆。管家说这些道士是骗银子的,正要撵他们走。"

"我过去看看。"高健此时正烦躁不安,逮个机会正好去外面透透气,说着沿游廊走到影壁前,看见门前站着一老一少两个道士。老年道士头戴道冠,手拿拂尘,眼睛炯炯有神,最显眼的是他直到胸前的花白长髯。小道士个子高挑,举着算卦的幡子,立在老道士身后,面无表情,一动不动,像个木偶。

白胡子老道手捋长髯道:"叫你家主人出来,一见便知。"

"你这个白胡子老道,好没道理,我家主人正在会客,哪有闲工夫见你。"管家李达不耐烦地说道。

小道士对管家的怠慢很是生气,低着头就去拉老道士走,老道士微微一笑:"不急,既来之则安之。"

高健走上前,拱手一礼道:"敢问这位道长,从何而来呀?"

"噢……"白胡子老道见从里面又出来一个人,又显然不是这家主人,便不知怎么称呼才好,索性免了称呼直接道来,"贫道云游四方,近日歇脚在妙音山三清观,有幸观瞻京师盛景,忽打此府路过,抬头看见不祥之云气,想向这家主人道明。"

换作平日,高健抬手便会把这两个胡说八道的道士轰走,但今日他听说自三清观而来,甚是欢喜。"原来两位道士来自三清观,是妙音山上的三清观吗?"

"正是。"

"那你可认识三清观的高瑄高道长?"

"不瞒你说,高道长是我师弟。"白胡子老道说道。

"太好了。"高健心里一阵冲动,本来就快撞到南墙了,突然来了个峰回路转。管家李达见高健与老道士相谈甚欢,也不好再撵他。高健转身对李达说道:"李管家,你去回禀大人,说是妙音山三清观的道长要见他。"

李达犹豫了一下,他心里在责怪高健的多管闲事,保不齐要连累他一起挨骂。高健看李达不走,便又说道:"宁大人有个习惯,在出门前要卜一卦,你说这两位道长来得是不是很巧?"

一听此言,李达点点头,他知道宁骑城酉时便要出门,此次行动事关重大,想到此便转身进大门去请示了。

高健见李达走进府里,便笑着说道:"道长,可否给我看看手相?"说着伸出一只手。白胡子老道见高健极力为他们说话,也不好驳他的面子,便伸出一只手去接高健的手,在两人的手相触的瞬间,高健把那个写有字的布片塞进了白胡子老道的衣袖里。

白胡子老道一愣,高健压低声音说道:"请务必交给高瑄高道长。"

白胡子老道目光深邃地盯住高健片刻,然后不动声色地握住高健的手,看了看,微微一笑道:"这位壮士,木星丘塌陷,看来时运不济,土星丘隆起,壮士是个重情义之人,一生为情所困。"两人正说着,只见宁骑城一身戾气从大门里走出来。

宁骑城听到后一句,哈哈大笑:"这点倒是让老道你说对了。"

高健急忙抽回手,向宁骑城一躬身道:"大人,这老道确实很有修为,他说我说得很准呀。"

"老道长,你说看见我这宅子上有不祥之云气,何以见得?"宁骑城似信非信地问道。

"你说无根之水是不是不祥之云气呀?"白胡子老道风轻云淡的一句话,让宁骑城瞬间脸色煞白,他盯着老道士看了片刻,突然一挥手:"请到府上喝杯清茶。"

高健和李达在一旁看着有些摸不着头脑,见宁骑城已朝前面走了,两人才相邀两个道士。更奇怪的是,小道士扭头就跑,被老道士一把抓住,拉回身边。高健看着那个古怪的小道士,以为是出山门不久没见过世面。

几人相继走到会客厅一落座,宁骑城就问道:"老道长,请把话说明吧。"

"我之所以说是无根之水,是因万物皆有母,何况人乎?要想化解不祥之云气,贫道以为,少开杀戮,多积福报,远离逆道,多行大道,方可化解,才能长久。"

宁骑城不等老道士说完,脸上已是怒不可遏,一种被戏耍受辱的感觉让他不由抽出刀架上的长剑指向老道士,老道士岿然不动,他身后的小道士冲到前面以身体挡住长剑。

"滚,滚出去!"宁骑城歇斯底里地大声喝道,老道士说中了他的痛处,他岂止是无根之水,还是无本之木,他心中最痛的那个地方,被老道士狠狠地踏了一脚,这么多年来他对于自己的身世讳莫如深,这是一处不能触碰的禁地。

老道士呵呵一笑,抬腿便走,可是小道士却死死盯着宁骑城,他灰不溜秋的面孔没有一丝表情,就像戴了一个假面。老道士回头叫小道士:"本心,见也见了,该走了。"

高健急忙走上前:"道长,我去送你。"他从刚才寥寥几句话,听出这位道长确实不凡,明显有助宁骑城开悟的意味,此乃善举,一个锦衣卫指挥使,杀人无数,而道长有此胆量来面见他,定是世外高人。

高健领着两位道士走出大门，高健深深一揖道："敢问道长法号？"

白胡子老道淡然一笑："贫道法号吾土。"说完，与小道士相伴而去。

高健望着老道长飘逸的身影，沉吟片刻，感觉这两个字有些耳熟。突然"吾土"二字电光火石般在脑中炸响，他记得当年在小酒馆与宁骑城对饮，从宁骑城嘴里第一次听到那本天下奇书《天门山录》时，得知此书的作者便是吾土，后来此书在宁骑城醉酒后被盗走，宁骑城曾费很大功夫寻访吾土，但是这个神秘的道士却像人间蒸发般无影无踪……难道真是他？他如何会出现在这里？

要不是李达跑出来叫他，高健还不知要愣怔到何时。高健跟着李达往回走，心里思忖着要不要把这个老道士的身份告诉宁骑城，但是一想到那张写了字的布片在吾土身上，他急忙打消了这个念头，叹了口气，事已至此，交由天命吧。

二

吾土和本心一走出巷子，吾土就从衣袖里摸出那个布片，匆匆过目后，吾土对本心道："高道长还在悦来客栈，正好把这个交给他，回客栈吧。"

"师父，刚才见过那个人，你对我说的话我信了。"本心低着头一边走，一边说。

"还称那个人？"吾土道士一声长叹，"那个人是你兄弟。"

"不，我……"本心低着头，后面的话咽到肚里。他如何会有一个杀戮成性的兄弟呢。他默默地走着，不再说话。

两人下榻的客栈离西直门不远，远远就看见城墙上有士卒在走动，沿街的店铺有的已歇业，开始了年尾的扫除，准备迎新年。有的早早就张贴了红春联。

客栈二楼一间上房里，高瑄正与一名弟子对弈，围棋盘上，黑白双方正胶着在一起。一名弟子望着窗外，突然回头道："师父，吾土道士回来了。"

"快，收起来。"高瑄急忙推乱盘中棋子。

"师父，我就要赢了你了。"那名弟子遗憾地叫道。

"长进了啊，敢赢你师父我！"高瑄伸手拍了下那名弟子的脑壳，"快，收起来，别让我师兄看见这个，去，把我的经书拿来……"

高瑄刚抓住一本经书翻开一页，吾土道士便推门走进来。他直接走到高瑄身边，一把夺过他手中的书，把一块布条塞进他手上道："老七，你先看看这个。"

高瑄疑惑地望着手中布片，他展开后一看，大吃一惊："师兄，这是从何而来？"

"我刚刚带本心去见宁骑城了。"吾土道士看了眼身后的本心。

"你去见那个大魔头干吗？我说呢，一来到客栈你们就消失了踪影，我以为你又玩失踪了。"

"还不是为了他。"吾土道士回过头，"本心，把你假面揭了吧。"

"师父，不……"本心往后退了一步，低下头，捂住脸。

"假面？"高瑄的两个弟子好奇地望着本心，本心越往后退，越引起他俩的好奇，再加上已得到吾土道士的首肯，两人一使眼色便一起扑向本心，一人抱住他双手，另一人去揭假面，两人发现本心虽是吾土的弟子，身上却没有功夫。一个弟子从本心脸上揭下一张假面，几人去看本心，本心把头低得更低了，但是，还是把几人吓到了。

一个弟子一声惊呼，差点坐到地上："天呀，你，你，宁骑城！"

这三名弟子都曾跟高瑄出入宫里，更是跟宁骑城打过交道。本心被揭去假面后，让众人惊异的是，他的五官竟然跟宁骑城如出一个模子。俊美的额头，笔挺的鼻梁，除了眼神，其他跟宁骑城简直无二。本心的眼里透着一种悠远的宁静和淡泊，只有这一点是与宁骑城不同的地方。

"他叫张念祖，法号本心。"吾土道士长叹了口气，"说起他的身世，那就话长了。我也是在年前，寻到一些《天门山录》的蛛丝马迹，跑来京城偶遇宁骑城后，发现的这个秘密。宁骑城竟然是他失散多年的孪生兄弟。"

"师兄竟然有如此奇遇，你快说说。"高瑄催促道。

"早年我出去游历，有一年去北方误入匪窝，后仓皇逃出又被困在草原上，几经周折不想进入瓦剌部落，一个部落头目命我帮他们造弓箭，我当然知道造出来的弓箭必将射向自己同胞，便不肯答应，就被他们关了起来。后来这个部落去边境劫掠，被当时的戍边大将张竟予给打得落花流水，我也被张将军救出来，在他的军营里养伤。后来，瓦剌部落展开了疯狂的报复。他们联合了另两个部落一起攻城，张将军在既无援军，粮草又断的情况下，不敌对手。但张将军宁死不舍城池，将士们也都效仿他。眼看瓦剌人要到眼前，张将军把我叫去，让我回张家堡，他把妻儿托付给我，他有一对才出生未满月的双胞胎儿子，大的叫念祖，小的叫念土。"

吾土道士擦了把眼里的泪，接着说道："等我赶到张家堡，发现已有零星的瓦剌人来村里抢掠，我跑到张家，发现几个瓦剌人抱着两个襁褓出来，我心想不好，就上前与几个瓦剌人打起来。我只抢到一个襁褓，待我去追另几个瓦剌人时，竟不见了抱襁褓的人，我怕伤了怀里的婴儿，忙返回张家。只见地上斑斑血迹，却不见张将军夫人的影子。后来便听到张将军阵亡,有人目睹他身上被射了几十支箭。我悲恸欲绝,带着孩子回到中原,发誓要设法找到那个孩子,此我四处游历,念祖被我送到白云山一位好友的道观里。我每年会去住一两个月。"

"师兄,如此说来,他们是张将军的遗孤。"高瑄说着,望着本心,本心靠在墙上暗自垂泪,"师兄,你既然见到了宁骑城,可有跟他说明他的身世?"

"世事弄人呀,他如今身上杀戮之气太重,误入歧途,认贼作父,如果今日就告诉他身世,只会适得其反,弄巧成拙。只能再择时机,现在还不是时候。"吾土道长叹口气,"此次去见宁骑城,主要是让念祖见一见他的兄弟。"

"也是,毕竟是一母同胞,只是这两兄弟差异可是太大了。"高瑄摇摇头,突然想到手中的布片,举着问道,"那,这是何意呀?"

"我也不知道,那个壮士看上去不像是奸诈小人,恐怕有难言之隐,他给我这个还嘱咐我,务必交给高瑄高道长。"吾土道长说着,又补充道,"似乎他们晚上要出门。"

高瑄又看了看布片叫道:"瑞鹤山庄?怎么这么耳熟?"

"师父,你忘了兴龙帮的萧帮主就住在瑞鹤山庄。"一旁的弟子护剑提醒道。

"对了,我想起来,萧天,对,是萧天他们。"高瑄猛地站起身,"坏了,这个传话的人肯定是想告诉咱们,锦衣卫要清剿瑞鹤山庄。"高瑄此时急得团团转,他并不知道瑞鹤山庄的位置。

"萧天?"吾土道士略一沉思,拧眉道,"难道是故人?"

"师兄,你也认识兴龙帮的萧帮主?"高瑄问道。

"早年间,在檀谷峪曾邂逅一位萧公子,是叫萧书远,应该不是一个人。"吾土摇了摇头,把这个想法打消掉。他望着高瑄不解地问道,"奇怪,这个人为何要把信交给你呢?他认识你吗?"

"我从没有跟锦衣卫的人打过交道,那他为何要点名给我呢?"高瑄站在原地打转,突然他想到,"他是不认识我,但他肯定认识一朝为官的高风远,我怎么把这个要命的事忘了,这个人一定了解高风远,知道我是他的叔伯。"

吾土道长一拍大腿:"是啦!"

"如此说来,他是希望我把信送给高风远,哎呀,我怎么这么愚钝,高风远与萧帮主有交情,他定可以把信传到瑞鹤山庄。"高瑄一拍大腿,立刻起身叫他的弟子,"护剑,你跑一趟吧,速速去我侄儿的府邸,把这个布片交给他,要快,骑我的马。"

当护剑一路疾驰拍开高府大门时，天已黑下来。门里出来一个老家仆慢吞吞地问道："哎，小道士，你找谁？"

"我找你家老爷，快让我进去。"老者退后几步，并没有因为护剑的莽撞而发火。因为老爷的叔伯在妙音山三清观当道长，家里时常冒出来一两个道士，老家仆也不敢得罪，只得匆忙跟在身后说道："老爷在书房，此时不便打扰呀。"

护剑直接往里面走。此时高府里已开始掌灯，一些仆从好奇地看着护剑。听到喧哗，高风远从书房探出头，一看是护剑，知道他叔伯又进京了。

"护剑，怎么就你一个人？"高风远走出去，站在廊下问道。

"师兄，师父托我交给你。"护剑说着把手里的布片交给高风远，也不管高风远乐意不乐意被叫作师兄。

"我是你哪门子师兄？"高风远皱着眉头不乐意地接过布片，展开看了一眼，立刻吓出一身冷汗，他一把抓住护剑，眼里充满血丝，"你从何得来？"

"哎呀，师兄，说来话长，我怕耽误你事，你别问了，我走了。"护剑说完转身就走。

高风远迅速走进书房，对着灯烛，仔细辨认那块布和字体。感到字体有些眼熟，但是一时还是无甚头绪，想到事关重大，他又一时没了主意，便大声叫管家："张管家，快给我备马。"

高风远从府里侧门出去，策马向于谦的宅子跑去。

好在两家离不太远，开门的是管家于贺。高风远二话不说就往里面跑，于贺知道两人的交情，便跟在后面说道："大人，我家老爷在演武场。"高风远扭头便向演武场跑。

于谦一身短打，手持一柄长剑正在习剑。只见他身形矫健，一柄长剑迎风舞出，光华四射，剑气逼人。于谦在剑光中瞥见高风远慌张跑来，先是一愣，忙依势收剑，大声问道："风远兄，何事惊慌？"

"我问你，"高风远跑到近前，压低声音道，"瑞鹤山庄，你知道吗？"

于谦一愣，他当然知道瑞鹤山庄是萧天的驻扎地，这是一件极其隐秘的事，这世上也不会有几人知道，即便是高风远他也没有告知呀："你从何而知？"

"快别问了，说来话长，"高风远拿出手里的布片，"宁骑城要对瑞鹤山庄下手了。"

于谦展开布片一看，大吃一惊。"你可知道谁住在那里？"于谦一把抓住高风远的手，"是萧帮主他们。"

"啊？"

"那你可知瑞鹤山庄的位置？快派人去报信吧！"

"具体位置我也说不清，当时给赵兄送葬时，打小苍山过，当时萧帮主对我说在山坳里，"于谦略一沉思，"这样吧，我派于贺现在就去小苍山报信。"

二

瑞鹤山庄这一夜恐怕没有几人可以睡着觉。李漠帆所带的一小队人马一回到山庄，在林子里遇到鬼怪的事便在山庄传开了。又加上庄子里接连发生的怪事，禁不住让人浮想联翩。

等萧天那一路人马回到山庄，发现院子里皆是人。李漠帆听闻帮主回来了，便一路小跑着向萧天禀告："帮主，我见鬼了。"

萧天阴沉着脸，把马缰绳扔给跑过来的小六，一边捉弄地道："我记得，你可不是第一次遇见鬼。"

"帮主，这次是真的，就在山坡上的林子里。"李漠帆心有余悸地说道，"还有人为造的雪窝，烧过的干柴，就在离它们不远处我遇见了这个鬼，哎呀娘呀，那个丑呦，跟说书的说的阴界十八层地狱里跑出来的小鬼一个样。"

萧天这才站住，李漠帆的话让他心里有些警觉，"后来呢？这个家伙跑了？"

"噢，不是，"李漠帆挠着头皮，不好意思地道，"是我跑了。"

"李把头呀，你可真行，哪是什么鬼呀，自己吓自己，没准是个野人呢？"萧天望了眼远处的小苍山山脉，忧心地道，"不过，这些年从未听闻过有野人出没。本想着大雪封山会给咱们片刻的安宁，没想到，这片山林也危机四伏了。如果不是野人，那会是何人？这样，明日一早，我们再上那片山林看看。"

"帮主，那可要多带些人手。"李漠帆不放心地道。

萧天的目光从远处收回来，脸色更加难看："我在山下发现一些可疑的车辙印，像是马车轱辘，奇怪的是印迹很深，像是载有重物。老李，你去查一下，这两天山庄里马车外出的情况。"

"帮主，这两天马车外出很频繁，再过几天便是除夕，山庄住了这么多人，厨房里正准备年夜饭呢。"李漠帆道。

"是这样。"萧天望了一眼大门，"岗上要多加人手。"他看看李漠帆，"吩咐弟兄们回去歇着吧,明日还要忙活呢。"

李漠帆转身跑到弟兄们中间,简单交代了几句,大家伙就散了。李漠帆回头看着萧天孤单的身影向樱语堂走去,便紧跑几步追了上来。

"帮主,你不去听雨居看看?"李漠帆凑近问道。

"看谁?"萧天阴沉着脸,没好气地问道。

"看郡主。"

"她身边有一帮人守护着,还用看?"

"那看看明姑娘?"

"……"萧天叹口气,一言不发地往前走了。

"帮主,有句话我不知当讲不当讲。"

"那就不讲。"

"可我又憋不住。不如,不如你把她俩都娶进门得了,一妻一妾多好呀。"李漠帆呵呵一笑,很为自己的主意得意。

"老李呀,你让我怎么说你。"萧天被气得哭笑不得,"哪个是妻,哪个是妾,你倒是说说看。"

"郡主是妻,明姑娘是妾。"李漠帆胸有成竹地道。

"我已然对不住明筝,你竟然还出这种馊主意侮辱她,你给我闭嘴,从今以后,不许再提这件事。"萧天怒道。

"帮主,我是替你着急呀,我看你这样闷闷不乐,我……"

不等李漠帆说完,萧天犀利的目光便止住他的下言,萧天木着脸,淡淡地说道:"我自己的罪,自己受,去忙你的事吧。"

李漠帆望着萧天落寞的背影,一阵叹息。

翌日,萧天由于夜里失眠直到黎明时才浑然睡着,不久便被一阵吵闹声惊醒,他坐起身,发现小六趴在一旁。小六看见萧天醒了,急忙给他拿来外衣和大氅,说道:"帮主,李把头让我守在这里,说你醒了让你去寒烟居。"

"什么时辰了?"萧天昏头涨脑地问道,突然心里一紧,这才品味出刚才小六的话,"你说,李把头去了寒烟居,又出事了?"

"帮主,玄墨掌门被找到了。"

"什么?你小子也不早说。"萧天猛地站起身,几下穿好外衣就往外面跑。小六也跟着跑出去。

狐王令(下)

寒烟居正房里挤满天蚕门弟子,玄墨山人躺在炕上,陈阳泽坐在一边正给他喂水。炕边一把太师椅上坐着李漠帆。这时有弟子来报:"萧帮主来了。"众人闪出中间一条道,李漠帆也站起身。

萧天径直走到炕边,看到玄墨山人虽面色不好,但并无大碍,这才放下心。萧天坐到李漠帆让出来的太师椅上,道:"前辈,你让我们好找呀!"萧天说着问一旁的李漠帆,"玄墨掌门是如何找到的?"

"是老先生自己回来的。"李漠帆说道,"我只是听到信便跑来看。"李漠帆说着,走到众人面前道:"好了,你们师父回来了,大家都去忙各自的事吧。"众人这才退出去。

陈阳泽见众人都出去了,才回过头说道:"萧帮主,我早上出门做功课,就看见师父摇摇晃晃走回来,而且满头大汗,进来就喊口渴……"

玄墨山人睁开眼睛,几人的目光都集中到他身上。只见玄墨山人抬起身子,坐直了说道:"中了歹人的道,我想了想,应该是吃下了一粒自己配制的迷魂散,这两天的事,我一点也记不住了。但是身体的反应还有,头晕,肚子胀,总想跑……我估计已经跑了半夜了,腿很疼……这些都是迷魂散的症状。"

玄墨山人的话,震惊了四座。

"你吃下了迷魂散?"萧天站起来,玄墨山人的话让事态更加扑朔迷离,"在你失踪前,吴剑德就不见了,这一粒迷魂散从哪里冒出来? 难道还另有其人?"

"秘丸是我配制的,里面药材的药性我一清二楚,若不是,又如何解释我这两日什么都不记得了?"玄墨山人焦虑地说道,"可怕就可怕在这个偷窃之人如果不是我大弟子吴剑德,那又会是谁呢? 他到底想干什么?"

"前辈,你能回忆出那一日你在哪里用餐? 跟何人接触过?"萧天问道。

"不瞒你说,自丢失了秘丸,我就再没出过这个院门,吃饭都是弟子送过来的。这几日我在配制另一味药丸——弥消散,用于化解迷魂散。"说着,他看向陈阳泽道,"去拿弥消散,在这个屋顶上。"

"啊?"陈阳泽一愣,立刻放下手中瓷碗,转身跑出去。不一会儿,他手捧一个竹制方盒走进来,"师父,你看是这个吗?"

玄墨山人揭开竹盖,里面有三粒药丸,玄墨山人捏起一粒含进嘴里,不一会儿,他点点头。显然这味药丸没被动过手脚。

"这么说,还有两粒迷魂散……"萧天皱着眉头说道,"前辈,你难道一点线索都没有? 有没有弟子对你心怀怨恨的,或是与你有过节的?"

"没有。"不等玄墨山人开口，陈阳泽气呼呼地说道，"你不能这么说我们，天蚕门的弟子个个都敬仰师父，以父亲视之。"

"阳泽，不可这样与萧帮主说话。"玄墨山人斥责陈阳泽，他回头看着萧天道，"也正如阳泽所言，我的这些弟子，我心里都有数……"玄墨山人摇着头道，"其实到现在我都不相信我大弟子会背叛我，我和他情同父子呀……"说到伤心处，玄墨山人眼角湿润了。

"真是邪了门了，这个歹毒之人。"李漠帆恶狠狠地说道，"咱们忙活了半天，这，连个影子都没找到。奶奶的，让我抓住非扒了他的皮不可。"

萧天望着屋外，陷入沉思。

陈阳泽急忙扶着玄墨山人重新躺下，又给他盖了床被子。萧天看着他，问道："阳泽，这两日你见到柳堂主了吗？"

"那一闲人，谁有工夫招呼他呀。"陈阳泽不屑地说道。

"好好说话。"玄墨山人躺在炕上冲陈阳泽黑下脸。

"没见他。"陈阳泽急忙站起身，规规矩矩地回答道，"这两日发生这么多事，先是大师兄不见了，接着师父也不见了，我们忙得四脚朝天，谁会留意他呀。"

"漠帆，"萧天回头吩咐，"你去柳堂主房间看看，看他在不在。"

一会儿李漠帆跑来，直摇头。玄墨山人盯着萧天问道："萧帮主怎么突然问起他来了？"

"我只是觉得很奇怪，以前不管何事柳眉之都要冲到前面凑热闹，如今怎么不见他的身影？"萧天说着，突然想到一人，便对李漠帆说道，"你去听雨居，请梅儿姑娘过来，有话问她。"

李漠帆点点头，转身去了。这边萧天又问了几个弟子，大家都摇头，想不起柳堂主是何时出去的。不多时，李漠帆领着梅儿姑娘走过来，许是在路上听李漠帆说起此事，梅儿一脸窘迫，小脸通红，低着头跟在李漠帆身后走进来。

"梅儿，你莫怕，"萧天在心里斟酌了一番，他不想让梅儿难堪，但是山庄早有传言，柳眉之与梅儿过往甚密，甚至有人说两人俨然一对情侣。对这些传闻，萧天不便追究，只想试着从她口中打听到柳眉之的下落，便问道："梅儿，这两天你见过柳眉之吗？"

梅儿直摇头，脸上一阵红一阵白，急着辩白道："萧帮主，我是经常去见柳堂主，但我是跟他念经文，你不要听山庄里人瞎说，我与他什么事都没有，我……"

萧天打断她的话，又问了一遍："梅儿，最后一次见柳堂主是哪天？"

狐王令（下）

"是……"梅儿想了想,道,"前日,我去厨房给翠微姑姑要果品,翠微姑姑害喜,喜吃橘子,那日我端着一盘橘子,正撞见从后厨出来的柳堂主,我问他来厨房做甚,他答肚子饥,寻口吃食,就是这样。"梅儿说完,一脸迷惑地望着他们,突然问道,"难不成柳堂主也失踪了?"

萧天看梅儿一脸惊慌,急忙安慰道:"现在还不能这么说。梅儿,你先回去吧。"

萧天向李漠帆一挥手,李漠帆引着梅儿走了出去。

萧天拧起眉头,在室内来回踱着步,一声不吭。

"帮主,我看还是派人找一找吧。"李漠帆说道。

玄墨山人从炕上坐起身,吩咐几个弟子道:"阳泽,你叫你师哥他们协助萧帮主去四周找一找。"

萧天沉默了半天,突然说:"这个鬼必须揪出来,要不山庄永无宁日。"

"还有外面那个鬼呢。"李漠帆打断他道,"帮主,山林里那个鬼该怎么处置?他迟早要为祸山庄的。"

玄墨山人盯着李漠帆,萧天用眼神止住了李漠帆下面的话,他走到玄墨山人身边,说道:"前辈,你安心休息,外面的事我来办。"萧天转身吩咐陈阳泽,"从今日起要小心饮食,在那个人没抓住前不可掉以轻心,每顿饭食都要用银针试过,记住了吗?"

陈阳泽点点头,说道:"我会寸步不离师父的,萧帮主,你也要小心。"萧天微微一笑,难怪玄墨山人会如此喜欢陈阳泽,他功夫不见得最好,但是看一眼便知道,这是个赤胆忠心的人。

萧天领着李漠帆走出寒烟居,望着头顶上的大太阳道:"老李,现在召集人马再去一次山林,搜一搜,看能不能搜到你说的那个鬼。"

"好嘞。"李漠帆兴奋地搓着手,"帮主,你一见便知道了,样貌丑陋得连鬼都不如,咱这次可要带足绳索弓箭,看他怎么跑。"

集结的众人用过午饭,马匹喂饱了草料上了鞍子,便整装出发了。这次萧天把林栖和盘阳也叫上了,两人武艺出众,在众人之上,此次出击,要一把擒住那个鬼,不给山庄留隐患。

萧天骑着大黑马走在前面,他回头望了眼山庄大门,在积雪的掩盖下,只看见冒出尖的木阁楼,楼上站着三四个守卫的庄丁。他忧心地问一旁的李漠帆:"老李,今儿是什么日子?"

"二十六,还有四天便除夕了。"李漠帆说道。

"是啊。"萧天皱紧眉头，一脸的忧郁，"老李，我有种不好的预感，总感觉要出事。但是又不知是哪里出了问题。"

李漠帆扭头望着萧天，对于帮主的想法他从来都摸不到头绪，不是不想为帮主分忧，而是压根儿就搞不清楚，两人就像是走在两条平行的线上，永远不会有交集，但这丝毫不影响李漠帆对萧天的感情，这份感情一半是恩情一半是崇拜。他知道最了解萧天的是明筝姑娘，可惜两人如今又是这样。

"帮主，那就当出来打猎，散散心好了。"李漠帆找不出其他安慰的话，就随口说了一句。

萧天嘴角浮起一个自嘲的微笑，拉了下缰绳，催马前行。

十几人的队伍沿着山道上被大雪冰封的车辙的印迹迤逦而行。

三

傍晚时分，听雨居传来阵阵箫声，轻柔，涓细，似脚下不经意间潺潺流过的溪流。明筝听着箫声，渐渐放下手中笔，不由入了迷，耳中的箫声云卷云舒，凄婉、清丽。

"夏木姐姐，谁在吹箫？"明筝问走进暖阁送茶水的夏木。

夏木莞尔一笑："是郡主。明姑娘也喜欢？"

明筝点点头，一脸惊讶道："儿时经常听父亲吹箫，好些年不听了，但是没想到郡主身为狐族人竟会吹箫。"

"郡主吹箫是跟长老学的，哦……就是君王的父亲，萧老先生。"夏木充满感情地说起往事，"那年萧老先生和萧公子被东厂追杀，萧公子为了护佑父亲，身负重伤，两人往深山奔逃。那日我家郡主在崖上采药草，你不知道，在檀谷峪女子都会制香，虽然她在狐地贵为郡主，但是老狐王一直教导她'宠而不骄，骄而能降'，让她跟狐族人一起劳作和生活。所以狐族人会的她也都会。

"就在崖头她看见萧家父子面临绝境，郡主毅然吹起号角，唤来了狐族勇士，她奔下崖头护住了那对父子。东厂督主王浩以朝廷要犯为名要当场斩杀，被老狐王制止，就此也得罪了东厂。老狐王救下萧家父子，得知他是国子监祭酒后，提出一个条件，要他们加入狐族，却遭到萧老先生拒绝。老狐王一怒之下要率众人离去，若他们这么一走，伤势严重的这对父子必死无疑。郡主向老狐求情，要他收留这对父子,但是族里有族规,不可收留外人。萧老先生听到这话,却说:命可无,姓不可改。就抱着昏迷的儿子傻呆呆地坐在血泊之中。老狐王还没有见过如此迂腐之人,怒而率众勇士离去,郡主也被两个卫士挟持着带上马。但是不多时,这队人马又奔回来,老狐王显然被萧老先生的气节折服,突然答应下来,可以不加入狐族,进山谷疗伤。

"郡主被父亲罚进幽闭树,因为她偷拿走老狐王的号角,当时郡主拿来只是好玩,没想到救了这对父子的命。幽闭树是棵老橡树,是整个狐地的祖宗树。树干粗大,足有十人合抱,树根盘根错节,根须如碗一般粗,密密麻麻盘亘在一片山坡上。狐人用老橡树上的藤蔓在树顶编织了一个小屋,一般犯了错的人都要进幽闭树面对天空反思。

"萧公子伤得很重,狐地所有的长老都来了。在狐地长老就是神,他们无所不知,学识渊博。当然是相对狐地普通族人。在狐地相对封闭的环境里,族人没有机会识字,语言是口口相传而来,大家会说不会写。而长老都是会写字的人。最后长老翻找出秘籍,查找出方子。

"按方子采来的药草经郡主之手细细筛选后,用陶罐熬制。那些日子整个山谷都弥漫着一股草药的香味,郡主每天都到萧公子的竹楼送汤药。萧公子那一战身上挨了十七刀,大大小小的刀口让身经百战的老狐王看得都胆战心惊,心里不由暗自佩服他年纪轻轻竟然有如此英雄气概。老狐王叮嘱手下人,要尽最大力量来救治萧公子。

"老狐王所做的一切让萧老先生感激不尽,为报恩,萧老先生视郡主为己出,尽心尽力教授她识字,读诗书。有一次,郡主听见萧老先生吹箫,喜欢得不行,就拜了师。老狐王见萧老先生学识渊博又对郡主充满浓浓爱意,便提出干脆两家处成亲家,把郡主许给萧公子。萧老先生哪里肯依,一是自己是罪臣的身份,二是儿子到现在都在生死之间。最后郡主发话,萧公子康复便与之订婚。就这样,郡主更加尽心尽力地照顾萧公子。没想到萧公子康复后不久,在订婚大典上王浩带领东厂的人突袭了檀谷峪……"夏木说不下去了,眼里聚起一汪泪水。

明筝轻轻地拂去夏木脸颊上的泪珠,她看出夏木是一个一心为主的忠仆,也被她心地的纯良所感动,她说这一切其实都是为她的郡主挽回一些情面,只是想告诉她,郡主对萧公子一往情深,让她知道这点。明筝安慰她道:"夏木姐姐,你所说的我都记下了,不管郡主对我如何,我不会怪罪她,因为她是我大哥的救命恩人啊,我会尽心尽力服侍她。"

狐王令(下)

"明姑娘……"夏木凝视着明筝，感激得无以复加，"其实，郡主真的是个很善良的人。"

明筝看着夏木微微一笑，并没有附和她的意思，但是听到她说萧天的父亲在狐地是长老，便在脑中闪过一个念头，是什么让萧老先生放下宁可死也不改姓的念头，加入狐族成为长老的呢？难道是这典籍中隐藏的那段浴血往事？明筝心里已经确定，典籍中修改的部分定是出自萧天父亲之手，这个想法一出，心中不禁感慨，不愧为一代大儒。

夏木看明筝神情恍惚，以为是生郡主的气，便尴尬地一笑，难为情地说道："明姑娘，郡主性情大变是，是因为她，她心里不好过，她的腿废了，她……"夏木说着，声音越来越小，到最后几乎听不见了。夏木知道很多时候，自己的郡主太过分，她伤害明筝的行为，她也看不过去。

"夏木姐姐，你多虑了。"明筝一笑，这是她说的真心话，这几天潜心抄书，烦乱的心绪慢慢平静下来，刚才又听到夏木所讲的那段往事，让她明白了郡主对她的猜忌，其实她也是深深地爱着萧天的，萧天不愿背弃婚约，是因为郡主对他父子有恩，如果萧天选择了自己，她能跟他一起背负背信弃义的骂名吗？她的选择是不能。

"你放心，郡主要求我做的事，我一定尽心做好。"明筝反而开始安慰夏木，想到手中典籍有一部分出自萧老先生之手，明筝再看那些典籍，竟有了几分亲近之感，她回头对夏木道："夏木姐姐，放心好了，我必在大婚之前，把一套重新誊写的典籍交给郡主。"

"明姑娘，你，你真是个好人。"夏木感动得有些哽咽起来。

"怎么不见林栖?"明筝岔开话题，不想看见夏木难过的样子。

"啊，你不知道?"夏木说起这个，脸上有了色彩，"听他们说山林里有野人出没，形似鬼怪，可吓人了，君王带人到山林里擒去了，不知今日能不能抓到。"

"野人?"明筝毕竟还是童心未泯，"怎么不叫上我呢?"

夏木笑起来，有意要讨明筝开心，便说道："叫上你，野人看见这么个如花似玉的姑娘，还不抢了去呀。"

明筝笑着去追夏木，夏木抱起木托盘一边跑出去，一边说道："明姑娘，我去给你准备晚饭了。"

夏木走出去，刚才天边还有一道晚霞呢，转眼间便暗下来，夜幕已降临，听雨居四处都开始掌灯。夏木沿小径向厨房走去，先是把郡主的晚餐差一个女仆帮自己端过去。郡主的晚餐很简单，她似乎是下午吹箫累了，只吃了一些粥，就躺下歇了。

夏木回到厨房，匆匆吃下一些东西，就张罗着明筝的晚餐，她整理好食盒，提着就走。因为君王吩咐过，不让其他人进入暖阁，所以送饭都是她亲力亲为。沿小径走到池塘边，突然隐隐听到一阵哭声，夏木停下来，仔细一听，好像就在前面灌木里。

夏木放下食盒，走近那几丛被白雪覆盖的灌木，叫道："喂，谁在里面？喂。"声音一下子消失了，夏木走过去什么也没有看见。她奇怪地四处张望，突然一道黑影从一旁一闪而过，夏木一愣，发现从灌木里跳出一只猫，"嗖"一声不见了。

夏木长出一口气，走回去重新提起食盒，向暖阁走去。

明筝用过晚饭，就催促夏木早点回去休息，夏木一天之中要奔波在郡主和她之间，实在是太辛苦了。夏木知道明筝的好意，便收起食盒走出暖阁。

明筝走到铜盆边，净了手，走回书案，看着书案上写完的厚厚一摞纸，有种满足感。她重新拿起毛笔，去墨盒里蘸墨，忽然发现自己的手抖得厉害，明筝很奇怪，以前从没有手抖的毛病呀！她用另一只手抓住拿笔的那只手，两只手抖得更厉害了。

明筝不得不放下笔，她望着窗外，透过雕花大格窗可以看到外面的池塘，夜幕下一些家仆已点上灯笼。明筝突然跑到窗前，好奇地望着外面，自言自语道："我这是怎么了？我这是在哪儿？"

"明筝，明筝妹妹。"突然从外面传来熟悉的声音。

明筝好奇地推开暖阁的大门，向外面跑出去。迎面碰上一个正点灯的女仆，女仆吃惊地叫道："明姑娘，你去哪儿？"

明筝好像没听见一样，向池塘跑去。明筝飞快地跑着，脸上、双手、胸口都出了一层汗，跑出去让她舒服多了。正跑着，灌木里突然蹿出来一个人大声叫着她："明筝妹妹！"

明筝停不下来，她回头看着这个人，有些面熟，就是想不起他的名字了，明筝很奇怪，自己的记性一向很好呀，怎么会这样呢？

那人的身边还有一只猫，猫比他俩跑得都快。

池塘边那个女仆看见这可怕的一幕，转身向西厢房跑去。夏木刚洗漱完躺到炕上，就听见门被砰砰拍响，她披衣服坐起身问道："什么事？""夏木姑娘，你快来吧，明姑娘，她一个人跑了。"

"什么？"夏木一惊，不明白女仆在说什么，忙叫住她，"你进来说。"

"我也不知道是怎么回事，明姑娘又唱又跳地跑了，我看着就像是被鬼附体一样。"女仆说着瞪大眼睛，"不会是遇到鬼了吧？"

"闭嘴,不许胡说八道。"夏木急忙穿好衣服,到这个时辰了还不见林栖和盘阳的影子,难道君王他们还没有回来?这可怎么办?我该去向谁说呢?夏木想到寒烟居玄墨掌门在家,也只有向他们求助了。便吩咐女仆不要瞎说,自己向寒烟居跑去。

刚出门,就看见暖阁方向冲天的火光。

"走水了,走水了!"一些人从四处跑来,惊慌地大叫着。

"天呀……"夏木一阵心惊肉跳,转身向暖阁跑去。

明筝沿着冰封的水塘越跑越快,她的身影在月光下拉下长长的影子。她身影的后面,慢慢跟上来一个人和一只猫。

不多时,柳眉之赶上明筝,他拉着明筝向山庄大门跑去,明筝看上去已经毫无意识,他说什么,她就跟着做。柳眉之按捺不住自己的冲动,他回头看着听雨居方向的火光,邪魅地一笑,自言自语道:"没想到那支蜡烛有这么大的威力,够他们忙活一阵子,最好是烧得一点不剩,这样就不会有人再追查明筝了,只当她已烧成了灰。"

柳眉之更没想到的是迷魂散竟然让他如此轻易就实现了梦寐以求的愿望,带走了明筝。这只是第一步,只要明筝听话,还愁得不到那本奇书《天门山录》?有了此书,天下人都要敬畏他三分。

想到此,他禁不住仰天长啸,他身边的猫跟着他一起鸣叫。"喵。"猫叫声既恐怖又阴森。明筝也笑起来,学着猫怪异地叫了一声:"喵。"柳眉之更加得意地笑起来。

沿着积雪未化的小道,两人很快来到山庄大门处。远远看见增加了人手的门岗上,到处晃动着人影,他们也看到了火光,却干着急,不能过去。

"谁?"

柳眉之望着走过来的庄丁,面孔有些熟悉,便只好报出真名:"柳眉之,明筝。"那人似乎认出了明筝,叫道:"明姑娘。"看明筝没反应,有些尴尬。柳眉之忙说:"明姑娘急死了,快放行吧。"

"那也要按惯例,这是萧帮主吩咐的。"守卫说道,"口令?"

"龙城飞将。"柳眉之想到那天给玄墨山人吃下一粒迷魂散,就问出这个口令,真是太浪费了,玄墨山人身负武功,自身的定力很大,有自发的抵触,不像明筝这么毫不抗拒。

"令牌?"

"这里。"柳眉之从怀里取出两个"烟"字令牌,这两个令牌是从吴剑德那里得到的,真是完美,柳眉之再一次对自己充满自信。

"行了,我问你们,这大半夜去哪里呀?"庄丁不解地问。

"没看见起火了吗,我们去向萧帮主报信。"庄丁一听,急忙闪身,他向大门边几个人一挥手让放行。山庄大门吱呀呀发出响声,明筝欢快地跳起来,拍着手发出猫的叫声,一旁的庄丁怪异地盯着明筝,柳眉之急忙拉住明筝道:"快走吧,别开玩笑了。"

柳眉之拉着明筝一出山庄大门,便向一侧山峰跑去。

山庄守卫中一个人嘟囔了一句:"为何不骑马? 这要走到何时呀?"

"也许马匹都被进山的人骑走了。"一个庄丁随口说了一句。

几个人摇摇头,大家回过头把视线再一次集中到那团火光……

三

山林里,积雪足足有半人高。柳眉之走得越来越慢,他已经跟不上明筝了。他们沿着上山的路走着,厚厚的积雪成为他们面前最大的阻碍。柳眉之早早便在山顶探查出一个隐秘的山洞,而且在里面藏匿了一些食品。只要他们找到那个山洞,他便大功告成了。

积雪太深,又是夜里,两人深一脚浅一脚走着。明筝走到他前面,也许是药力的原因,明筝感觉浑身有使不完的力气,那只猫紧紧跟随着。柳眉之看到明筝已经偏离了路线,他急得喊她,又不敢声音太大,他知道萧天他们外出还没有回来。

明筝跟着猫跑进一片林子,猫疯狂地在雪里刨着,找什么东西。明筝跟着猫学,也疯狂地在雪里刨。猫刨了一会儿,又向树上爬去。明筝也跟着向树上爬去,她身上的衣裙太长,缠在树枝上,她气呼呼地撕开裙角。

一猫一人,一前一后爬到树上。他们爬树的动静惊飞了一只窝在窝里的乌鸦,乌鸦嘎嘎嘎地飞起来。

这时,树杈上一个黑乎乎的东西立起来。猫弓起背,一双栗色的眼睛目不转睛地盯着那个黑影,突然猫发出一声狰狞的长鸣,猛地向那个黑乎乎的东西攻去,黑暗中突然伸出一只手臂,向猫击去。猫发出一声尖厉凄惨的叫声,被甩了出去,很快滚下树。

明筝也学着发出尖厉的叫声,向树下滚去,一下子摔到雪地里。

那个黑影跟着跳下来,他一把抓住明筝的胳膊,仰起脸,他粗糙干裂如同覆盖着鳞片的脸上,一双浑浊的眼睛闪着光,嘴里口齿不清地发出似驴的叫声:"呃……呃……"明筝被他抓着手臂,一边挣脱着,一边发出猫叫声,那只猫听到后,又从远处蹿回来,向黑影攻去。

不远处的柳眉之听到猫的声音不对,立刻警觉起来。

他收养这只猫已有一段时间,当时就是在这片山林里遇到的这只猫,他能找到那个山洞,也多亏了这只猫,为收服这只猫他付出了很多心血,他一直觉得这猫的出现能给他带来好运,因此非常爱惜它。

柳眉之迅速向猫叫的方向跑去。他跑进林子,月光穿透林木照在下面的积雪上,虽然是夜里,视线却很好,他高一脚低一脚地踏在积雪上,辨认着方向。

远处传来更响亮的似哀鸣般的叫声,柳眉之心里一惊,感到有不测发生,拼命向声音跑去。在前方林子里,看见一个奇异的画面,一个黑乎乎的东西抱着明筝,明筝的双腿和双手挣扎着,那只猫站在黑乎乎的东西上面,不停用爪子和嘴攻击,但是那个黑乎乎的家伙不为所动,哀鸣般的叫声就是从那个怪物的嘴里发出来的。

柳眉之望着那个怪物,一阵阵头皮发紧,他悄悄从腰间抽出宝剑。这把宝剑是新近得到的,削铁如泥,他视为宝物。他默默在心里念叨,希望一剑封喉,了结这个家伙。他悄悄移步,走到怪物身后,猫早已发现了他,它不再用爪子攻击,而是死死盯着柳眉之。

宝剑在空中划出一道寒光,柳眉之跃身挥剑向怪物砍去,剑光一闪,只听"咔"的一声,宝剑的刃竟然卡在怪物的肩胛处,柳眉之提力拔剑,竟然毫无反应。这一惊吓,让他毛骨悚然,难道真遇到怪物了?

"啊!"怪物发出怒吼,把怀里的明筝扔到雪地上,他笨拙地回过头,柳眉之这下看清了他的真面目,白天吃的东西差点都吐出来。但奇怪的是怪物看见柳眉之并没有采取行动,而是拔出肩胛上的剑放到地上,呆呆地站在原地,张着嘴巴看着他,似乎惊呆了。一瞬间,柳眉之想到一个人,后背立时被冷汗浸透。

怪物拔下剑后,他的肩胛毫发无损,这一切让柳眉之惊呆了,看到怪物并没有伤害自己的意思,受到惊吓的心绪稍微平静了些。他颤巍巍地问道:"你,你,是……云蘋?"

"呃……呃……"怪物发出委屈的哀鸣,过了一会儿,他伸手戴上兜头,用大氅遮住自己丑陋变形的身体,慢慢从衣襟里摸出一个东西举过头顶。柳眉之迟疑了一下，接过来一看，心里顿时明白了。

"云蘋，你如何会在这里？"柳眉之望着手中的玉牌，当他确定面前就是云蘋时，心里真是又惊又喜，惊的是半年时间云蘋竟然变成这个样子，而他也被宁骑城灌下同样的毒，看见云蘋的今天就像看见自己的明天，能不让他胆战心惊吗？不过庆幸的是这个怪物落到他手中，从云蘋能给他跪下来看，他还是认他这个昔日的主人的。

柳眉之略一沉思，用威严的声调说道："云蘋，你可知罪吗？"

云蘋突然匍匐到地上，呜呜地哭起来。

"你个背主家奴，你出卖了我。"柳眉之怒道，看见云蘋仍然趴着，并不时头撞地面，便缓和了语气，继续说道，"你也知道了我的真实身份，我乃白莲会北堂主，既然信奉大慈大悲的弥勒佛，便有普度众生之愿，唯有一颗慈悲之心。即使你伤害了我，我依然会原谅你，我也有度化你受害的躯体，让你早日脱离苦海之意，你可知道？"

云蘋扑倒在地，磕了三个头，这才抬起头，口齿不清地说道："我，我该死……"也许是许久不说话的缘故，他的头颤抖得厉害。

"云蘋，你告诉我，你是怎么到这里的？你不是在诏狱吗？"柳眉之问道。

"呃……"云蘋似乎很激动，过了片刻，他缓慢地开口道，"我……挖洞……挖呀挖……想出去……挖错了方向……挖到衙门……后堂里，我……害怕跑不出去了……藏了几天……听见他们要去小苍山……看见几辆大马车……藏进马车下面……便到了这里……"

"他们？是谁？"柳眉之问道。

"宁……骑城。"

柳眉之听云蘋结结巴巴地讲完，心里大吃一惊，原来他竟然是随宁骑城的锦衣卫到了这里，锦衣卫到这里必是要清剿瑞鹤山庄，真是上天助他，他顺利离开了山庄，不仅带走了明筝还得到了云蘋。柳眉之暗暗得意，他平静地望了眼云蘋道："锦衣卫既然来了，宁骑城肯定随后便到，宁骑城这个邪恶的魔鬼我一定要抓住他，有神护佑我，我必能战胜他。云蘋，你可愿意跟随我，同我一起锄奸惩恶？"

云蘋嘴里发出"呜呜呀呀"的声音，像哭声又像笑声，最后云蘋在雪地上磕头似捣蒜，结结巴巴地说道："主人，主人，我生是你的人，死也是你的鬼……"

柳眉之扑哧一声被云蘋的话逗乐了，他与吴剑德的几次谈话，让他更加了解了铁尸穿甲散，他心里清楚，云蘋服下奇毒，在不服解药的情况下身体产生了巨变，看来已经刀枪不入了,这简直是神赐给他的一名虎将,有他在身边,宁骑城也不是对手,更别说萧天他们了,想到这里柳眉之仰天长笑。

柳眉之上前扶起云巅,这才想到明筝,他四处张望,不仅明筝,连猫也不见了。他叫住云巅:"云巅,明筝姑娘你认得出来吧?"云巅点点头道:"是……她。"

"你快去找到她。"柳眉之下了命令。

云巅点了下头,向林子深处跑去……

黑黢黢的山林,月光洒在积雪的小道上,一支队伍缓慢地向前蠕动。由于积雪太深,马蹄踏进雪里,没入腿间,全然没了速度,变成艰难的跋涉。一些马匹失了耐性,不停地打着响鼻,时不时仰天嘶鸣一声。有的滑倒了,连人带马在雪中挣扎。

高健拉着缰绳催马走出队伍,回头看着马队狼狈的样子,心情越发烦躁。他目光越过队伍向后方寻找宁骑城,看到他夹在队伍中间,急忙策马赶了过去。

"该死,这要走到何时?"高健来到宁骑城面前发着牢骚。

"急什么……"宁骑城看上去一点也不急,"再下场雪才好呢。"

"大人,再下雪,行进的速度更慢。"高健急道。

"一场大雪后,一切都会了无痕迹,大地会变得干干净净。"宁骑城不急不躁地说道。

高健回头望了眼小道上的马蹄印,明白了宁骑城为何说要再下场雪,大雪一过,就更是神不知鬼不觉,他们就如同天降奇兵。想到这里,高健后背直冒冷汗。或许是为了印证宁骑城的话,不一会儿,天空中竟然真的飘起雪片。

高健听到一旁宁骑城得意的冷笑:"这一次,绝不让他再跑掉。"高健心里一颤,宁骑城与萧天交过几次手,每次萧天都能破了宁骑城的围攻,这两个对手,可谓是旗鼓相当,不分轩轾,此次一役,不知会是什么结局? 无论是何结局,都不是他高健所希望看到的。

他暗自叹息一声,他细微的表情没有逃出宁骑城的视线,他扭头望着高健:"你叹息什么?"

"我想此次大人一定胜券在握,只是,只是不要大肆杀戮才好。"高健说着,只顾自己的哀愁而完全忘记了对方是宁骑城。

宁骑城一乐,在这个世界上从没有一个人敢在他面前这么劝他,但是这话出自高健之口,他倒是也能为之动容,如果高健不说这话,那就真不是他了。"好,我记住了。"

"如果明筝姑娘也在这里,你把她交给我好吗?"高健突然说道。

宁骑城猛地阴沉下脸，连声调都变了，变得既威严又冷酷："怎么处置俘虏还轮不到你来指手画脚吧。"

"不是，大人，我只是不想让别人伤害她，没有别的意思，毕竟她家与我家是故交。"高健急忙解释道。

"好吧，那我告诉你，年前春上，我曾到她家提过亲，你还记得吧，后来被选秀的事闹黄了，可我早晚是要娶她为妻的。"宁骑城说完呵呵笑了两声，催马向前而去。

原地只剩下高健瞪着一双干巴巴的眼睛发呆，愣了半天，他才催马赶上队伍，一想到宁骑城的话，脑袋都要裂开了，明姑娘瑶台仙子般的人物怎能跟宁骑城这种人在一起呢？刚刚还只是单单为萧天担心，如今变成了为明姑娘担心，他甚至一点也不为他送出去的那块报信的布片感到内疚了。

一个校尉从前面催马赶到宁骑城面前报告："大人，前方林子里发现有烟火，似是有人。"

"停。"宁骑城一挥手，行进的队伍停下来，宁骑城叫住高健，"带几个人，跟我到林子里看看，不要骑马。"

高健翻身下马，带上自己三个手下，跟在宁骑城的身后，向那片冒烟的林子跑去。临近林子发现雪地里有杂乱的马蹄印，他们沿着印迹向林子里走去。透过树丛隐隐看见微弱的火光，以及晃动的身影。

宁骑城回头提示他们不要发出声响，几个人悄悄前行，身体借着林木和积雪慢慢接近那群人。最后他们趴在离那群人最近的一个雪窝里。只见前方不远处拴着七八匹马，马匹一侧围着柴火聚了一堆人，火堆上烤着一只羊，他们正有说有笑地吃着羊肉。这群人个个剽悍壮硕，脸上胡须旺盛，衣着也很古怪。

"大人，我看像是蒙古人。"高健附在宁骑城耳边说道。他认出其中一人就是在宁府里碰见的那个人。

宁骑城不动声色地盯着那帮人，脸色越来越难看。他没想到乞颜烈会给他来这一手，想赶到他的前头。这帮人他只认出乞颜烈和他的侄儿和古瑞，其他人可能是帮里的高手，看来黑鹰帮这次赌上了老本要一雪前耻。

宁骑城回过头，对高健道："回去。"几个人按原路返回，宁骑城原本打算到前面让队伍休整一下，现在计划被打乱了，看来必须赶到蒙古人的前面，好占据有利地势。他吩咐高健带人到前面联系前期到达的队伍。高健领令，亲点了几个属下，又突然想到一事，转回身问道："大人，咱们何时出击？"

"不急，"宁骑城冷着脸道，"在他们最放松警惕的时候。"

"噢,啥时候?"

"大年夜,如何?"

高健点了下头,不得不佩服宁骑城的谋略,自己这辈子恐怕都只能望其项背,但是这恐怕也是他这辈子接到的最沉重的一次指令了。高健翻身上马,催马向前。后面几个人跟在他身后,向黑黢黢的山道奔去。

四

此时,瑞鹤山庄乱作一团,所有人都聚到了听雨居,在众人的共同努力下,暖阁的大火终于被扑灭了。玄墨山人领着众弟子在废墟里扒了半天,只找到一只青花瓶。

青冥郡主坐在水榭边的高台上,裹着厚厚的被子,披着裘皮大氅,眼神呆滞。她身边坐着翠微姑姑,同样面色苍白。四处挂着的灯笼把这一片空地照得亮如白昼,那片变成废墟的暖阁看上去就更加触目惊心,惨不忍睹。

玄墨山人手捧着青花瓶走到青冥郡主面前,非常同情地道:"郡主,就找到了这个。"

"啊!不!父王啊……女儿不孝,女儿九死不可赎罪!啊……"青冥郡主发出凄楚的哀哭声,在场的人无不动容。翠微姑姑想安慰郡主,根本劝不住。

玄墨山人叹口气,问一边的夏木:"暖阁里有什么?"

"玄墨掌门,你不知道,郡主让明筝姑娘抄写的根本不是经文,而是我们老狐王留下的典籍,是我们狐族至宝,传承了百余年,有了它才有了今日的狐族。"夏木说道。

"那明筝姑娘呢?"玄墨山人问道。

"忙着救火,还没顾上找她呢。"夏木说道。

"我派阳泽去叫萧帮主有段时间了,怎么还没回来?"玄墨山人急得在原地打转。

突然,从院门外传来急促的马蹄声,众人闪出一条道,只见萧天连马都没下,竟然骑着黑马径直奔到众人面前,他翻身下马时,竟一只脚踏空摔了下来,人们从未看到他惊慌的模样,历来沉稳有度的萧天也失了分寸,大家都跟着慌张不安起来。萧天跑到那片废墟前呆立片刻,转回身大声问道:"明筝呢?"

所有人都静默着。过了片刻，翠微姑姑说了一句："是不是烧成了灰，也不可知。"

"夏木，这把火是如何烧起来的？"萧天歇斯底里地一声怒喝，他望着面前的废墟，一阵头重脚轻几乎站立不住，他走时不祥的预感真的应验了，但是到底发生了何事？暖阁如何会起火？明筝呢？

"君王，"夏木不知何时已到萧天身旁，她看着萧天着了魔的样子，急忙安慰道，"你先别急，这把火确实起得蹊跷，但是有个女仆在起火前曾见过明筝姑娘。"

"谁？把她领过来。"萧天着急地叫道。

"是我，"一个中年女仆从一旁走到众人中间，"我是负责烧火塘的，就在起火前，我看见明筝姑娘从暖阁跑出来，而且很奇怪的样子，唱着歌，沿着池塘向前跑，就像，就像有鬼魂附体一样。"

"你叫她没有？"一边的玄墨山人突然问道。

"我叫了，我说明筝姑娘，她理也不理地往前跑，还跑得很快。"

"坏了，萧帮主，我怀疑有人给明姑娘服下了迷魂散，"玄墨山人紧张地说道，"这些表现符合迷魂散的症状。但是，这个人为何要对明筝姑娘下手呢？"

萧天紧皱眉头，心里的疑团慢慢清晰起来，他环视四周，突然大喊陈阳泽："阳泽，你见到柳眉之没有？"陈阳泽一愣，马上回道："没有啊，他就像人间蒸发了一样。"

"老李，骑我的马到山庄大门，把当值的卫长叫过来，快去。"萧天叫道，李漠帆拉着马，翻身上马便冲出去。

"难道是……"玄墨山人一愣，目光盯着萧天。

萧天一阵自责，懊悔地说道："是我大意了，该防备的人没有防备，才造成今天的局面。狼终归是狼，再喂也变不成家狗，总有伤人的一天。"

这时，从院门跑进来一个系着围裙的男人，一边跑一边大叫："帮主，出人命了。帮主，出人命了！"

萧天一看，跑进来的是厨房的伙夫大老刘："老刘，快说。"

"水缸里，有具死尸。"

"什么？"玄墨山人和萧天都是一惊。

"我去吧。"玄墨山人说着，带着几个弟子跟着大老刘走了。

到处都是一团乱，萧天感到头皮都是麻的。但是，此时他不能乱，这里所有人都仰仗着他呢，他强打起精神，回头看了眼坐在水榭边的青冥郡主，她的眼睛已经哭得又红又肿。他抬腿向青冥郡主走去。

萧天径直走到青冥郡主身边，蹲在她面前，一只手握住了青冥郡主的手，青冥郡主抬起头，诧异地望着萧天。萧天这个温柔的动作让青冥郡主手足无措，脸上竟飞上一片红晕。

"青冥，你放心，不会有事，纵火之人一定会找出来。"萧天安慰道。

"可是，明筝姑娘，还有所有的典籍……"青冥郡主一阵悲伤，"我真是自作自受，干吗要逼明筝姑娘抄写……"

一旁的翠微姑姑手臂一碰青冥郡主的臂膀，说道："郡主快别自责了，这哪里是你的错？"

"是呀，郡主还是回房休息吧，夜色不早了，这里有我便行了。"萧天向翠微姑姑说道，"翠微姑姑，你也回房休息吧。"说着，萧天回头向夏木和林栖使个眼色，几个人上前，林栖抱起郡主向正房走去。这边刚处理好，院门外就传来哭声，玄墨山人低着头走进来，身后的陈阳泽还在抽泣着。

"前辈，尸身是……"萧天急忙问。

"我的大弟子吴剑德。"玄墨山人忍不住攥紧腰间佩剑。

"原来如此。"萧天一声厉喝，心中已了然大半。

这时，院门外传来一阵马蹄声，不一会儿，李漠帆领着一个身着盔甲的庄丁卫长走过来："帮主，今日当值的是这位田兄弟。"

"好，我来问你，今日出山庄的都是什么人？"萧天问道。

"三批人。"姓田的卫长从甲胄里掏出一本册子，翻了几页念道，"都记录在册，巳时，有两人拿厨房的令牌出山庄，一个叫陈二，一个叫张石头。申时，是帮主你带队伍上山。卯时一刻，有两人拿寒烟居的令牌出山庄，一个叫柳眉之，一个叫明筝。"

"柳眉之！"玄墨山人咬牙切齿地叫了一声。

"果然是他，终于水落石出。现在看来这一切都是他的谋划。"萧天怒气冲天地说道，"柳眉之窃取了那盒迷魂散，后来又杀害吴剑德得到了两个令牌，喂你服下一粒迷魂散，喂明筝服下一粒迷魂散。"萧天来回踱了两步，"奇怪，让明筝服下迷魂散的动机很明显，就是要带走明筝，他打明筝的主意不是一天了，为何要喂你服下迷魂散呢？"

"是从我这里得到……难道是口令？"玄墨山人脸一红，"惭愧，老身武艺不精，师祖就可以做到失去意念后自行入定昏睡，我还是功力不够，让这个恶人钻了空子。现在怎么办?"

"他们跑不远,咱们兵分两路,去追。"萧天说着,向自己的黑马走去。

"好,柳眉之必须血债血偿。"玄墨山人回头叫弟子,发现身后已站了一群人,玄墨山人点了点头,"走,去为你们的大师兄报仇。"

众弟子一声回应,个个摩拳擦掌,跑去牵马了。

不久,队伍又一次集结完毕,萧天留下一部分人看守山庄,其余人分成两路,一路萧天领着上山,一路玄墨山人领着下山。队伍蜂拥而出,人喧马嘶,在山庄外岔道上分开,相背而去。

五

月光下的小苍山山顶在白雪的覆盖下显得异常宁静安详。其实在皑皑白雪下,此地到处怪石嶙峋,陡峭异常,有些山峰宛如刀刻般笔直。只听一阵山风过后,吹得岩石上的积雪纷纷飘落,风在这里打着滚地翻过,发出阵阵似海啸一般的声音。

在山峰间的雪地上,只见一只花猫灵巧地向前跑动着。它身后跟着一黑一白、一高一矮的两个人。一身黑衣的矮子身上背着一个女子,高个头的白衣人手里挂着一根木棍,两个人跟着花猫的足印向前飞快地走着。这两人正是柳眉之和云蘋。

"主人,还有……多远?"云蘋望着前方陡峭的山峰,不由担心起背后的明筝。刚才他听从柳眉之的话,去找明筝。但是明筝跟着猫根本没有停下来的意思,他一急,捡起一根树枝扔向明筝,没想到正砸在她的头上,她就倒在了地上,猫扑上他,咬了他一口,结果崩掉了两颗牙,现在猫看见他就躲。

"快了,山洞就在主峰的下面,有一个很隐秘的洞口。"柳眉之用木棍指了指前方,心满意足地望着面前的两个战利品,当时他来探测这个山洞时,可没想到真会派上用场。当时在山庄住得心里郁闷,上山散心,不想遇见这只山猫,有了这个发现,一切都像是上天安排的。

柳眉之盯着雪地上的山猫,生怕跟丢了:"那个洞口在夏天都不易发现,现在被积雪覆盖,便更不容易找了,只有猫能找到。"

"喵……"山猫听见柳眉之的声音,在前面发出呼唤的叫声。

"快,跟上猫。"柳眉之不再说话,眼睛追寻着山猫。

两人加快脚步,跟着山猫向怪石嶙峋的山峰走去,积雪被风吹得从耳边呼啸而过。山猫在前方四处跑动,最后在一个地方开始刨起来。柳眉之从云蘋身上接过明筝放到雪地上,云蘋跑去帮忙,山猫一看见云蘋,"喵……"地惊叫一声,蹿出去很远。

云蘋不管山猫,自己挖起来,只见他伸出两只手臂,插进雪里飞快地翻动,像两只重铁铸就的铁器一样,转眼已挖出丈许深。柳眉之看得心惊胆战,要知道这可是常年积雪被冰封的冻土呀,怪不得他能从诏狱挖个洞出来,还迷了路挖到衙门后堂,即使挖到皇宫也不奇怪。这次可让他见识了他的本事,有了他,敢问这个世间谁还是他的对手?

"主人,看……见洞口了。"云蘋的声音从洞里发出来。

"干得好。"柳眉之欣喜地道,他从背囊里取出火折,引燃后点着木棍,变成了火把,火光下看见雪层下,一个黑乎乎的洞口。他叫住云蘋,"进来吧,你背着明筝。"

转眼,云蘋爬上来,他走到柳眉之面前背起明筝往洞口走去,山猫仍然躲在远处,柳眉之向他招手,它一动不动,警惕地盯着云蘋的一举一动,直到云蘋消失在洞里,它才跳进去。

柳眉之在洞口前眺望了片刻,把刚才挖出的雪又重新堆到洞口,他走进去后,把四周的雪聚到一处,堵住洞口。

穿过洞口后,走过一段很窄的夹缝,往里走深处竟然是一个巨大的天然溶洞。柳眉之举着火把站在溶洞中间,不由兴奋地哈哈大笑。"跟我来。"柳眉之叫住云蘋,云蘋背着明筝跟在他后面。两人走到溶洞里面,这里又套着一个小溶洞,里面竟然有柴和稻草,角落里还堆着一袋干粮,里面有牛肉干和地瓜干。

柳眉之把火把插到一个石头缝里,云蘋把明筝放到稻草上。柳眉之命令云蘋生火,自己则扔下背囊,从里面取出一个木盒,打开后里面有最后一粒迷魂散,他回头看着明筝,深知迷魂散的药力正在一点点丧失,他必须尽快叫醒明筝。

他走到明筝身边,一只手掐住她的人中。他跟天蚕门的弟子住了这么长时间,多少也学到一些医术。不久,明筝醒过来,神志依然不清。她坐起身,好奇地望着周围,开始蹦跳着拽头顶上的钟乳石,大声叫着:"我要,我要!"

云蘋生着火,走过来问柳眉之:"主人,明筝姑娘不对劲呀。"

"被人下了毒,若不是我把她救出来,她早就没命了。"柳眉之信口说着。

"主人,你真是菩萨在世。"云蘋一听明筝也中了毒,满心同情,他对此是深有体会的。

柳眉之不去理会云蘋的奉承,他此时的烦恼来了,怎么才能让她安静下来,默写《天门山录》呢? 他盯着明筝一次又一次跳着去拽钟乳石,突然有了主意,他叫住云蘋:"云蘋,你看明筝这么喜欢,去弄几个。"

云蘋听到主人吩咐,便向里面自己个头能够到的地方跑去,不一会儿,听见两声脆响,云蘋举着两根又细又长的钟乳石跑过来。明筝一看喜上眉梢,伸出双手就嚷着要。柳眉之一把抓过来,说道:"明筝,你想要它,要用东西交换呀?"明筝不假思索地点点头。

"我要《天门山录》。"柳眉之笑着说道,"明筝妹妹会写这个,而且写得又快又好。"

明筝迷茫地瞪着大眼睛,问道:"我真的会写?"

"你会的,你来教哥哥写,好吗?"柳眉之温柔地望着明筝。

明筝点点头。柳眉之大喜过望,急忙从背囊里取出笔墨,在一块石板上铺开纸张,并把毛笔蘸足墨汁递给明筝。明筝接过来开始在纸张上写起来,写一会儿便托腮想想,一副很认真的样子。

柳眉之窃喜,他转过身走到火堆前烤着火,并取出一些干粮放在火上烤。直到此时,他才感到饥肠辘辘,正要吃些地瓜干,突然云蘋走过来,小声说:"主人,明筝姑娘睡着了。"

"啊。"柳眉之手中的地瓜干失手掉到柴火里,他回过头,看见明筝趴在石板上呼呼大睡。云蘋伸手到柴火里捡地瓜干,只听"刺"一声,一股臭味扑鼻而来,云蘋抱着手臂疼得在地上打滚。柳眉之吓了一跳,本想这家伙刀枪不入,谁知如此怕火。

"混蛋。"柳眉之怒骂着云蘋,云蘋也没想到会这样,他呆呆地盯着自己被烧焦的手指,一时不知该怎么办。柳眉之从干粮袋里取出几块牛肉干扔给他,缓和了语气道:"以后见到火,躲远点。"

柳眉之盯着那个木盒,开始思考最后一粒迷魂散的问题,他知道明筝的药力马上就没有了,一觉醒来,又该恢复往日的明筝了。

柳眉之纠结的是给明筝服下,还是留着对付宁骑城。思谋再三,还是决定用来对付宁骑城,他给玄墨山人服下迷魂散没有问出来结果,只听到一句,被盗了都盗走了。不假,是被盗了,这个偷盗之人就是宁骑城,这就更印证了解药只有宁骑城有。

没有解药,他就会成为第二个云蘋,其实成为云蘋也没什么不好,刀枪不入,但是他又无法容忍别人把他当作怪物,那样他的宏图大志就会泡汤,他需要人们对他崇拜和敬仰,他要成为万众瞩目的堂主。

柳眉之走到明筝身边,她趴在石板上睡得正香。他抽出她面前的几页纸一看,不由怒气冲天。上面写的哪是《天门山录》,而是画的图画,有山有水,有云有飞禽,画得密密麻麻……柳眉之愤怒地将纸团成一团,撕成碎屑。他站在当地,怒火攻心,即便是使毒都不能让明筝为自己所用,那还留着她何用?他心中清楚有才如明筝者不多,也看出来即使得到她的身也得不到她的心,他必须在她醒来前做一个了断。

既然他得不到,那就谁也不能得到她。

柳眉之盘腿坐在地上,嘴里念念有词。云藓看见主人这样,也急忙跑过来,跪下跟着默默念叨。有一炷香的工夫,柳眉之突然睁开眼睛,神情激动,热泪盈眶,他大声喊道:"大慈大悲的弥勒佛啊,你普度众生,给我启示,我要永远服侍你……"说着,柳眉之匍匐在地,头重重地磕在地上。

云藓禁不住好奇,吞吞吐吐地问道:"主人,你……看到了什么?"

"当然是弥勒佛的金身了,你要是修炼到我这个地步,你也能看见,他告诉我说,明筝姑娘中毒太深肉身难保,她已经被度化,魂魄已到天界的真空家乡,但是她的肉身却要在罪恶世界受苦,所以需要我们的帮助。"柳眉之说完,脸上露出无上崇敬,向前方又是磕头,又是念咒。

"主人,我们如何帮她?"云藓急切地问道。

"云藓,"柳眉之盘腿坐到地上,一脸威严手指着北面道,"你速速背着明筝姑娘出洞口,到北面有一个山崖,你把明筝姑娘推下去,她就可以返归天界,免遭劫难。"

云藓顿时喜上眉梢,跪地磕头,然后起身走到昏睡的明筝身边,拉起她的双手扛到肩上,向洞口走去。

柳眉之望着云藓的背影,突然闭上眼睛,身体匍匐在地,发出压抑的近乎疯狂的叫声:"啊——啊——"

云藓兴高采烈地爬出洞口,用手扒开积雪,留出一人可以出入的道,然后返回去背起明筝爬出来。这时,从他脚边蹿出来一只猫,那只山猫蹿到他前方,虎视眈眈地瞪着他。

云藓露出烧焦的手指向山猫要挟般挥舞着,山猫突然立起背部,随时都要出击的样子,云藓恼了,突然扒开兜头露出恐怖的面孔,龇牙咧嘴向山猫发出吼声。山猫立刻被云蘋的样子唬住了,"喵"发出一声尖厉的叫声,向洞外跑去。

云蘋背着明筝走出洞口,踏着没过膝盖的积雪向北面走去。阵阵寒风下,云蘋的背影摇摇晃晃。那只山猫立到一块石头上,冲着云蘋发出凄厉的叫声,这只山猫或许把明筝看成它的同类,它或许明白明筝正面临危险,不停地哀鸣着,试图唤醒明筝。

"喵……喵……喵……"

在离这座山峰不远的小道上,一队人马打此经过,正是萧天他们。此时已近五更,队伍已在山上寻找了半夜,人困马疲,萧天眼看大伙实在疲惫不堪,便宣布打道回府。

这时,不少人听见凄厉的叫声,困意顿消,队伍停下来。"什么声音?"众人警觉地四处张望。

"像是猫叫。"李漠帆说完,突然想起一事,叫住萧天,"帮主,这会不会就是柳眉之的那只猫,你听声音,就在这上面……"他仰起头,望着山峰,"我见过这只猫,就是这叫声,几次我都想逮住它,但它鬼得很,一般人都近不了身。"

萧天迅速翻身下马,从马鞍下抽出一卷绳索:"快,叫上几个人爬上这座山峰。"李漠帆跟着翻身下马,一挥手,身后的几个弟兄跑上来。

萧天已经开始攀登。他一手握着匕首,每走一步都在结满冰的山体上凿出一块可以落脚的截面,山体又陡又滑,稍有不慎就有掉下来的危险,他咬紧牙关拼尽全力登上山崖,回头把肩上的绳索扔下去。

山崖下的人接住绳索迅速爬上来,萧天嘱咐来人拉好绳索接应其他人,自己转身向山峰间跑去。"喵。"又一声猫叫,这一次离得很近。萧天环视四周,发现这片山崖是个圆形,他们爬上来的这边是西边,猫叫声似乎在北面,萧天警惕地从腰间抽出长剑,向北面跑去。

北面山崖的下方是万丈深渊,一个黑乎乎的影子趴在山崖边看了看,然后慢吞吞地转身,向躺在地上的一个人走过来,嘴里含混不清地嘟囔着:"明筝姑娘,你……不要怪……我,主人说了……你就要……上天界……享福了……"

云蘋拉着明筝的两只胳膊,吃力地往山崖边拖。

突然,身后响起一阵细碎的声响,云蘋以为是猫,连头都不回,大吼了一声:"死猫……滚……"他的话音未落,肩上就中了一剑。只听"当啷"一声,剑卡在肩上。

萧天大吃一惊,他运力提气拔剑,几下才拔出来。要知道他手上可是师父亲传的碧血剑,平日削铁如泥,现在却抵不过此人的肉身。再看此人被黑色大氅包得严

狐王令(下)

严实实的怪异的圆滚滚的身躯,他想到李漠帆嘴里所说的鬼怪,难道是他?没有时间多想,他上前一步,把剑架到他的脖颈上。

云蘋被激怒,突然蹿出来的人如此恶毒要置他于死地,他大吼一声,以手臂去挡长剑,却发出金属相撞的声音。萧天一阵心悸,知道自己不是这个怪物的对手,便想拖住他,让后面的人来到后,围而攻之。萧天纵身一跃,已到怪物左边,怪物缓慢地转回身,刚要挥动手臂,萧天又是一跃,已到怪物右边。

从山崖西侧赶过来的众人,看见这一幕都惊呆了。

"帮主,就是这个鬼呀!"李漠帆一眼便认出来。

"老李,你快来救明筝,我拖住他。"萧天冲他们喊道。

众人这才发现山崖边躺着一个人,李漠帆掀开蒙在那人身上的衣裳,一看正是明筝,但见她脸色灰白,已昏迷很久。"快,来个人。"一个身材壮硕的弟兄跑过来,李漠帆抱起明筝放到那人背上,交代道,"你带几个人护送明筝姑娘下山。"

"是,李把头。"那人背着明筝就走,一旁几个人拥过来护着他向山下跑去。

云蘋眼看着对方上来这么多人,早已无心和萧天打斗,他瞅准一个空当撒腿就跑,李漠帆和几个兄弟跑去追,被萧天叫回来。"李把头,别追了,先回去救治明筝要紧。"

云蘋跑出去,他回头看看没有人追过来,心里一阵窃喜。一边跑一边合计,主人交代的事没办好,他一定会生气的,如果迁怒于自己,说不定就会扔下他独自走了,还是不说为好。

云蘋主意已定,便撒腿向洞口跑去,却看见那只山猫正蹲在洞口看着他。云蘋向山猫挥动着手臂,山猫"嗖"的一声跑进洞里不见了。

众人分成两路,一路从原路山崖上返回去牵马,一路护送明筝走山路,两边约好在山下会合。

"放下来。"萧天跑到前面背着明筝的壮汉身边,那人急忙蹲下,几个人把明筝平放到地上,萧天紧张地试了下明筝的鼻息,脸上冒出一层冷汗。一旁的李漠帆急忙问道:"帮主,有无大碍?"萧天从怀里取出一个锦囊,摸索了片刻,叫道:"还好,里面有红参丸。"说着从里面捏出一粒药丸塞进明筝嘴里。

"暂时无碍。"萧天说着脱下自己的外衣裹到明筝身上,然后起身弯腰背起明筝,一旁的壮汉急忙凑上前道:"帮主,我来背吧。"知道这个兄弟是好意,萧天淡淡一笑,道:"你休息一下。"

"行了,你凑什么热闹呀?"李漠帆拍了下壮汉的肩膀,向众人一挥手,"出发,快点到约定地点,不要让那几个兄弟等急了。"

萧天背着明筝走在众人的身后,一直紧绷的心终于可以放下了。明筝冰凉的身体软绵绵地伏在他背上,呼吸也均匀起来。萧天心里从来没有这样的踏实和满足过,他真希望一直这样走下去,走到地老天荒……他眼里慢慢聚起一片雨雾,喃喃自语道:"说是要护你周全,可每次都让你受伤,若有来生,定与你生死相随……"

月光下,被雪野映照的苍茫天空此时又飘起雪花……

第二十八章　红蜡成双

一

落了半宿雪，次日推门一看，雪已堆到门边。一大早，山庄里的人便忙于清扫道上的积雪。由于两路人马都是黎明时才返回山庄，往常的早饭时间便往后推了，庄子里到处是人，忙得人仰马翻。

听雨居的走廊里，夏木端着一盆热水走到西厢房。屋里靠窗的火炕上，玄墨山人正在给明筝行针，明筝脑门上的曲差、神庭、阳白等穴道上密布银针。他身后站着陈阳泽，手里托着一个红木匣子，白布包里整齐地放置着几种型号的银针。

一旁的太师椅上，萧天靠在椅背上打起瞌睡，头往下一栽一晃的。夏木走到椅子前，被玄墨山人止住："不要叫醒他，让他睡一会儿，他太累了。"夏木点点头，从一旁的炕上取过来被子轻轻盖在萧天身上。

这时，门外传来木轱辘的响声。门被推开，青冥郡主坐着木轮车被林栖推进来。夏木急忙迎上去，微一屈膝行了礼，道："郡主，你怎么来了。"

"我过来看看。"青冥郡主轻轻说道，看到萧天坐在太师椅上睡觉大为不满，"夏木，怎么能让君王睡在这里呢？"

"噢，郡主，"玄墨山人替夏木回道，"萧帮主太累了，还没来得及走出去，就睡着了。睡着就行了，习武之人没那么多讲究。"

"老前辈说得甚有道理。"青冥郡主把目光投到明筝身上，问道，"明姑娘可有大碍？"

"无妨，我已喂她服下解药弥消散，睡一觉便会恢复。"玄墨山人说道。

两人的谈话还是吵醒了萧天，他揉着眼睛坐起身，看见青冥郡主来到身边，急忙站起身，道："不知郡主过来，失礼了。"

"君王，还是回房好好睡一觉吧。"青冥郡主看着萧天布满红血丝的双眼，不知道他几天没有回房就寝了，整个人都显得苍老和憔悴，青冥郡主忍不住心疼地说道。

"刚才小憩了一下，就可以了。"萧天看玄墨山人行完针，目露感激地望着他，"前辈，辛苦你了。"

"哪里话，明筝姑娘又不是外人，即便你不叫我，我也是要来给她诊治的，也想从她身上看看迷魂散的药力。"玄墨山人收完针，转身面向萧天道，"明姑娘的症状很简单，看上去面色发青体态无力，其实是体力极度透支的表现，她在迷魂散的作用下，过度狂躁亢奋，服下弥消散，休息几天便会痊愈。"

萧天的脸上浮上笑容："前辈，我送你回房休息吧。"

"这个时辰了，不睡了。"玄墨山人看了眼窗外的天空，道，"老夫年龄大了，没那么多瞌睡，几天不睡也没事。"

"既如此，那就到樱语堂，我有事要和前辈商议。"听萧天如此说，玄墨山人点点头，近段时间山庄连遭暗算，虽说已找到歹毒恶人，但是他终未落网，而小苍山四周隐患众多，频频发现可疑的印迹。

萧天看玄墨山人应允，便站起身，对青冥郡主道："郡主也一同过来吧，我也有事要和郡主商量。"

青冥郡主一愣，这还是萧天第一次主动要她参与他的事。青冥郡主点点头，萧天向站在门口的小六道："小六，去通知帮里几个把头，到樱语堂。"

樱语堂的院里，积雪被扫出一条细长的小道，道上印满各色脚印。几个小厮跑来跑去送着茶水。

正房里两排太师椅上座无虚席。正中的位置上并排坐着萧天和青冥郡主，左边上首坐着玄墨山人，依次是弟子陈阳泽、李漠帆和几个兴龙帮把头，右边上首坐着翠微姑姑，盘阳、林栖，以及山庄几个管事位列其后。

在经历了一系列惊心动魄的事件后，众人第一次踏踏实实坐下来。大家伙议论纷纷,先是从玄墨山人丢失秘丸开始,接二连三的失踪,以及吴剑德的死亡,最后明筝姑娘被劫走,桩桩件件,竟然都是出自柳眉之这个看上去温文尔雅的人之手,众人唏嘘不已。陈阳泽更是发出要与白莲会势不两立的吼声。

萧天一直默默听着众人的谈话,他知道大家伙需要时间发泄一下,憋了那么多天了。他扭头看了眼青冥郡主,青冥郡主默默回了他一眼,他冲她微微一笑。

昨夜回山庄的路上,他反思了一路。他知道山外乌云密布,已不容他有半刻分神。他必须坚强起来,不能再沉迷于儿女情长。他平静了一下心绪,把目光转向玄墨山人:"前辈,我有一事要跟前辈说,昨夜在山上我遇到一个怪人,前几日李把头他们也遇到过,他们叫他怪物,我看却是个人,只不过很奇怪,我的剑竟然伤不了他。"

"哦,竟有这种事?老夫行走江湖多年,刀剑伤不了的还真没听说过。"玄墨山人陷入沉思。

"我听说过。"一旁的陈阳泽突然说道,"你忘了,师父,你曾给我说过,中了铁尸穿甲散的人,最后身体会结满厚厚的壳,几乎刀枪不入。"

玄墨山人立刻警醒地直起身,瞪着萧天道:"你再给我说说那人的模样。"

萧天听陈阳泽说出铁尸穿甲散,心下一惊,努力回想着那个人的细节:"他把自己包裹得很严,戴着兜头,只露出下巴,光线太暗只看见皮肤发黑,疙疙瘩瘩,像极了鱼身上的鳞片,很恐怖。"

"哎呀!"玄墨山人猛地一拍大腿,"这正是中了铁尸穿甲散的毒。"

"难道宁骑城把那丸药给这人服下了?"萧天问道,"可有解药?"

"没有解药。师父的解药没制出来,就仙去了。"玄墨山人显然很兴奋,他站起身,搓着双手,"看来这次没白来呀,这个怪物就是师父那丸铁尸穿甲散的受体,我必竭尽所能抓住他,带回天蚕山,余生当尽力把师父未完成的解药研制出来,这才有脸去见师父他老人家,哈哈。"说着,玄墨山人兴奋地大笑起来。

在座的人无不被玄墨山人的想法所震撼,萧天想了想,也没有比这更好的法子,这个怪物如不把他关起来,这一带的老百姓恐怕都要遭殃,但是有一个问题,大家都忽略了,萧天问道:"这个怪物如何会和明筝在一起?当时情况十分危急,他正要把明筝往山崖下推,除非这个怪物和柳眉之在一起。"

"很有可能。"李漠帆接着说道,"我在那个地方看见了柳眉之的猫,我们是听到猫叫才找到的明筝姑娘。"

"天呀,柳眉之那个恶人就很难对付了,再加上一个怪物,岂不是更加可怕?"陈阳泽倒吸了一口凉气。

玄墨山人和萧天四目相对，均点点头。两人都同意这个说法，柳眉之和这个怪物在一起。

"看来，下一步我要仔细研究研究怎么对付那个怪物了。"玄墨山人皱着眉头说道。

"师父他老人家没有留下话吗？"萧天问道。

"有，但是在秘盒里，被宁骑城夺走了。不过也好，这粒奇毒已用，宁骑城，再也不用怕他了。"玄墨山人站起身来，突然得到的这个信息让他如坐针毡，本想告辞回去，忽想到萧天有事要与他商议，便面向萧天，问道，"萧帮主，你说有事要商议，还有何事？"

"噢，"萧天看大家把目光都转向自己，便说道，"这是一件私事，但是对于一个族群来说又是一件大事，我将奉父亲和老狐王的遗命，与青冥郡主行成婚大礼。"

听到萧天突然宣布这件事，在场所有人都是一惊，继而有的高兴有的沉默。首先是青冥郡主，她一向宁静如水波澜不惊，此时竟然控制不住激动的心情剧烈咳起来。翠微姑姑急忙上前去抚青冥郡主的背部。

陈阳泽直到此时才知道萧天与青冥郡主有婚约，他低声问师父："师父，萧帮主吃错药了吧，放着明姑娘不娶，娶个废人？"

玄墨山人微闭双目，手捋胡须，瞪了弟子一眼道："混账东西，你懂什么？男人如果没有担当，何以称男人。"

往常最是活跃的李漠帆此时一声不吭，萧天宣布大婚，也是他意料之中的事，他只能深深叹息一声，垂下头去。

"我也有件事要和君王和郡主商量。"翠微姑姑走到中间空地上，向众人施了一礼说道，"既是办喜事，就讲究个好事成双，对吧，各位，君王和郡主，你们介意我跟你们一起办婚事吗？"

翠微姑姑此话一出，房间里像炸了锅似的一阵哄堂大笑。

"你个死婆娘，"李漠帆本来心里就憋着一肚子气，一听这话，肺都气炸了，他一步跳到翠微姑姑面前叫道，"有你这样占便宜的吗？人家君王和郡主大婚，你跟着起什么哄！"

"这怎么叫起哄？这叫好事成双。"

"什么好事？明摆着是占便宜，这下什么都省了，哈！"

"我肚子里怀了崽，难道不是好事吗？"

"啊？你要脸不要脸？你把姓李的脸都丢尽了……"

"李漠帆，"翠微姑姑跳到李漠帆面前，手指着他的鼻子，吓得一旁的林栖一步蹿上来，为防止两人大打出手，他站到两人中间，伸开双手挡着他们，但是他刚拉开架势，耳中却听到翠微姑姑一声尖叫，"李漠帆，你，你到底是娶不娶我？"

"我没说不娶，但咱别在这里凑热闹好吗？死婆娘。"

堂上众人目光跟着他们两人晃来晃去，最后听到翠微姑姑的一声大喝，所有人都惊得瞠目结舌，什么情况呀？原来翠微姑姑的男人是李漠帆。最惊讶的要数萧天了，这么多天没见过萧天笑，此时萧天扑哧笑出了声。

"看看，看看，你让大家都笑话死了。"李漠帆用手捂住半张脸，惭愧地向众人道，"家教不严，惭愧。"

这样一来，大家更是笑得前仰后合。

"喂，我说一句啊，既然是好事成双，"盘阳咧着大嘴站起来道，"也不在乎再成一对，诸位，还有没有要成婚的，一起吧。"

在座的又一阵哄堂大笑，翠微姑姑上去一脚踹到盘阳的屁股上，骂道："你个小崽子，你以为婚姻大事是儿戏呀？老话说了，百年修得同船渡，千年修得共枕眠。"

萧天一摆手道："好啦，我同意翠微姑姑和李把头的婚事和我们一起办。"

"帮主，你，你怎么能同意呢？"李漠帆急得直挠头。

"李把头，我们翠微姑姑愿意跟你，是你的福气，那是下嫁。"盘阳乐呵呵地说道，"你还挑三拣四的。"

"有你啥事呀？"李漠帆气鼓鼓地瞪着盘阳。

"怎么会没有我的事，唉，李把头，有你这样对待小舅子的吗？"盘阳以小舅子自居，逗得众人又一阵哄堂大笑。

这时，从门外走进来夏木姑娘，她屈膝施礼道："君王郡主，明姑娘醒来了，她请求见你们。"

萧天一愣，忙说道："快请。"

大家看见门外一抹青色的衣衫一闪，明筝款款走进来。她步履不稳，还带有大病初愈的虚弱，面色苍白，双眸含霜，一夜之间明筝就像换了个人。她轻轻走上前来，直接跪到了萧天和郡主面前。刚才的欢乐气氛在明筝到来后戛然而止。众人突然想起一事，都觉得心里像被根针扎了下，隐隐作痛。

"明筝，你这是？"萧天探身叫道，"快起来呀。"

"我什么都知道了……"明筝抬起头，脸色更加苍白，"大哥，郡主，夏木姐姐把一切都告诉了我，山庄里频频出事的罪魁是柳眉之，他与我虽没有血缘，却是我家的家奴。毕竟是我求你们把他从诏狱里救出来的，还求你们留他在这里疗伤。现如今，他不仅恩将仇报，还害死了玄墨掌门的大弟子，又火烧暖阁，致使狐族典籍毁于一旦，这一切都与我脱不了干系，我愿接受任何的责罚。"

李漠帆一个箭步走到明筝身边，企图把她拉起来："明筝，这与你无干，快起来。"李漠帆环视众人，"我说得对不对？"明筝挣脱他的手，依然跪着。

玄墨山人点点头，开口道："明姑娘，你多虑了，那个柳眉之虽是你家家奴，但是一人做事一人担，我们只会去找他报仇，与你没有关系。"

"是呀，明姑娘，我们不会责怪你的，再说那个恶人不是连你也要害吗？"陈阳泽道，"这样的奴才早该一棍杖毙了。"

"你们不怪她，可不代表我们。"翠微姑姑阴阳怪气地说道，"狐族相传了几代的典籍毁在明姑娘手里了，这是事实。"

李漠帆立刻瞪了翠微姑姑一眼："你少说一句会死啊。"李漠帆抬头看见萧天面色很难看，便瞥了一眼青冥郡主。

此时所有人都注视着青冥郡主。青冥郡主面无表情地看了明筝一眼，然后转向林栖道："林栖，按照狐族人的族规，毁坏典籍是什么罪？"

"回郡主，按照狐族族规，毁坏典籍是谋逆之大罪，要投进竹篓里沉湖。"林栖越说声音越小，心虚地望了眼萧天，只见萧天立时铁青了脸。

在座众人一阵议论纷纷，陈阳泽喊道："这是你们狐族人的族规，明姑娘又不是狐族人。"

青冥郡主面对明筝淡淡地说道："你虽不是狐族人，但是你既然认君王是大哥，那也就是认下了自己狐族人的身份，明姑娘，我说得对吗？如果不对，你可以当着众人的面澄清君王不是你的大哥，你与他没有任何关系，如此便可以一走了之。"

萧天的脸色越发难看，他突然扭头瞪着青冥，原本他想隐忍，但是没想到青冥竟然说出如此恶毒的话，看来她处处为难明筝，就是嫉恨他与明筝的关系。此时此刻，他已经退无可退，他牺牲了与明筝的感情竟然换不来她一丝的同情，这样的女人与蛇蝎有何区别，她敢再逼一步，他便不再忍下去。

没等萧天开口，明筝大声说道："郡主，我接受狐族人的责罚。"

萧天看着郡主，双目射出两道寒光。"郡主，"他抬头看着众人道，"明筝毕竟年幼无知，若说责任，首先是我，该受到责罚的也是我……"

萧天没想到明筝竟然屈从了，明筝越是忍让，他心里越是不安和自责，看着她可怜兮兮地跪在那里,萧天禁不住一阵心疼,这还是那个天不怕地不怕口无遮拦的明筝吗?他不能眼睁睁看着她这样糟践自己,他宁愿看见她发怒耍泼,跟所有人大喊大叫,也不愿看见她如今怯声怯气的样子,他知道这一切都是他的错。

"依君王的意思,是不能责罚了?"青冥郡主看着萧天。

明筝看到萧天和郡主为了自己剑拔弩张,气氛都紧张起来,便直起身道:"郡主,请容我将功补过,给我点时间,我可以把全部典籍默写出来,交给郡主。"明筝说道。

在座所有人都惊呆了,只有面前的萧天不为所动,反而看着郡主道:"郡主,如果明筝能把所有典籍默写出来,将功补过,处罚便免了吧?"

青冥郡主直视着明筝道:"这么说你认同了你是狐族人的身份?我可以这么说吗?"

"是的,郡主。明筝在世上只有大哥一个亲人,今生愿追随他左右。"明筝的话让在座很多人为之动容。明筝接着说道:"郡主,我现在便回房默写典籍。"说完自行站起身,施礼退了出去。

明筝走后,众人静默了片刻,还是翠微姑姑先开口道:"咱们还是接着说大婚的事吧,最起码先定下日子吧。"

不等大家开口,萧天站起来说道:"择日不如撞日,就后天吧。"说完,便往外走,他走到门边头也不回地交代道,"翠微姑姑,大婚之事你和郡主商议,还有李把头,你们一起商议吧,我要到山庄各处看看。"说完快速走了出去。

萧天径直向樱语堂院门走去。偌大的院子里只有他一个孤单的身影,他一边走着,一边从怀里掏出一块白色的帕子,帕子上清丽的数十个字,早已刻到心里,此时再看,字字扎心。

二

次日,便是年二十九了,山庄里一派忙碌的景象。与往年不同的是,今年的除夕,不仅是除旧迎新全山庄欢聚守岁,还是两对新人成婚的大日子。这就比往年多出了许多事需要处理。

萧天一早便去山庄各处巡视,青冥郡主说受了寒气,躺在暖炕上发汗。可忙坏了另一对新人,翠微姑姑和李漠帆跑前跑后征询意见,在哪里拜堂?洞房设在哪里？宴席在哪里开？他们跑去问萧天，根本不见萧天的人影；跑去问青冥郡主，郡主躺在火炕上根本起不来。最后差点把翠微姑姑和李漠帆的腿跑断，翠微姑姑气得不再跑了，自己拿主意，这才把大婚的诸事安排好。

拜堂在樱语堂，萧天和郡主的新房在正房里，李漠帆和翠微姑姑的新房设在听雨居的正房。除夕那天这样安排：午时两对新人拜堂成亲，晚上大家一起喝酒守岁。翠微姑姑和李漠帆思来想去，觉得这个安排既周全又省事，两人各自把自己夸了一通后，便叫上各自的手下，开始布置新房和喜堂。

翠微姑姑喜不自禁地瞥着李漠帆："看见没有，还说我爱占便宜，没有咱们张罗，他们猴年马月能拜上堂。"

"你个死婆娘，有你这样上赶着要把自己嫁出去的吗？"李漠帆笑嘻嘻地呿喝着。

"你个死鬼，怎么是我上赶着要嫁，是我肚子里你的崽子上赶着要出来，我不把他爹娘凑一起，我能对得起他吗？"翠微姑姑说着上去给了李漠帆心口一掌，李漠帆接了一掌，大叫："你还真打呀！"

盘阳从他们身边经过，龇牙咧嘴地叫道："喂喂，你们能不能消停点，整个院子里都是你俩打情骂俏的笑声，真是没见过像你们这样的，为老不尊……"

"盘阳，你个臭小子，你说谁呢？"翠微姑姑扭着腰肢走过来，吓得盘阳急忙闪人，走到门口，盘阳回过头，吐了下舌头道："你看人家君王两口，再看看你们……"

盘阳的话倒是提醒了李漠帆，他转身披上棉大氅走到翠微姑姑面前道："你在这里招呼着该咋办就咋办，我去瞧瞧帮主。"

李漠帆沿着清扫过的小道向山庄大门走去。他知道萧天最不放心的就是山庄的防卫。虽说现在大雪封山，但周边出现很多不明来历的车痕，疑点重重，真够人担心的。

萧天果然在山庄大门处，玄墨山人也在。两人站在雪地里，望着远处皑皑白雪下的山脉默不作声，直到李漠帆走到跟前，两人才发现他。"老李，你来得正好，你看看那边山脉上，是炊烟还是雾气？"萧天拉住李漠帆走到他的位置，让他往山脉上看。

李漠帆顺着萧天的手势看过去，白茫茫的山野间，雾气腾腾，什么也看不出来，"帮主，这，这真看不出来，要不还是我带人去看看吧？"

"要去也是我去，家里的这摊事，还要你来管。"萧天道，"昨夜，就有人看见前面山脉好像有烟气，没看到明火，但是有烟气就说明有人在烤火取暖或是做饭。"

玄墨山人沉吟了片刻,道:"我跟你一起去。"玄墨山人望着远处,"我想那柳眉之估计还待在山上,还有那个家伙,我也想亲眼见见。"

李漠帆还是犹豫了一下,道:"帮主,明天就是除夕了,万一你们走远了,到了时辰赶不回来,怎么办?"

"你放心,我必赶回来。"萧天拍拍李漠帆的肩膀,道,"这次,只有我和玄墨掌门两人去,你不要透露出去。"

"这,如何使得?万万不行呀。"李漠帆大声道。

"以往人员太多,早早就打草惊蛇,这次只有我和你们帮主,怎么,你连我们都不放心?"玄墨山人笑着说道。

"两位功夫了得,只是这个怪物,他刀枪不入呀。"李漠帆哀求着,"你们还是多带点人手吧。"

"不用,此次出山,只是探查,无妨。"萧天打断李漠帆的话,与玄墨山人走到一边,两人聊了几句,玄墨山人便回去准备了。这时,萧天才回过头对李漠帆道:"老李,我有种不祥的预感,小苍山里危机四伏。那天下山在山道上见的大车车辙印迹,我回到山庄四处寻找,院子里所有大车的车轱辘我都看了一遍,找不到车距与山路上相同的马车,你说怪不怪,我不出去看看,心里不踏实,眼看到年关了,我不想在这个时候出事。"

经萧天这么一说,李漠帆的脸色也严峻起来,他点点头。

"还有,你派人把洞穴重新伪装起来,万一有事,庄中人能有个地方躲。"萧天接着吩咐道,"我不在时,加紧巡查,柳眉之出逃后,我心里总是不太踏实,特别是夜间的巡逻。"

"帮主,你,你给我交个底,你……明天会回来吗?"李漠帆询问地望着萧天,心想,如果帮主明天不回来,这次大婚就可以不了了之,别人也不会说什么。

"你说什么呢?"萧天白了他一眼,突然想到一事,走近他身边,压低声音道,"你一会儿去看看明筝,她……"萧天眉头一皱,忧心地嘱咐道,"她有头疾的病根,不能累着,这个,你要多跑几趟啊……"

"好,我一会儿便去。"李漠帆急忙点头。

这时,只见玄墨山人骑一匹枣红马飞驰而来,萧天向李漠帆挥挥手,转身走向拴在树下的大黑马,萧天翻身上马,与玄墨山人一前一后出了山庄大门。几个守卫在他们走后,重重地关上山门,上了三道闩。

李漠帆心里惦记着明筝,便扭头向听雨居走去。

听雨居西厢房里,烛台高筑,书案上摆满纸张。明筝坐在案前,专心地书写着。李漠帆不想打扰她,便转身去找夏木,夏木正好从郡主房间过来。李漠帆拉住夏木道:"夏木姑娘,明姑娘写了多长时间了?"

"李把头,我急死了,你看明姑娘她,昨夜四更天才睡,今天辰时起来就开始写,一直写到现在,你劝劝她,让她歇息一下才好。"夏木说道。

李漠帆走到书案前,轻轻唤道:"明姑娘,明筝……"李漠帆轻唤了几声,明筝就像没听见一样,手中毛笔在宣纸上飞快地划动着,一行字一挥而就。

李漠帆叹口气,默默走出来,在夏木无奈的目光中走出西厢房。眼看明日便是除夕,萧天出山庄了,不知去向,明筝又这样,郡主吧倒在炕上,除了翠微活蹦乱跳的,这几个人都让人发愁。

除夕这日,天色放晴,好多天不见的太阳终于露了脸。大家一看老天爷都来给他们添喜气了,格外高兴。众人一早便开始挂红灯笼的挂红灯笼,贴喜字的贴喜字,大红的毯子铺满樱语堂,红色的帐幔也挂起来,正中的几案上两根粗大的红色蜡烛,并排放着,喜气洋洋。总之在山庄能找出来的东西都用上了。

翠微姑姑早早把自己新娘的装束扮上,就拖着红裙子四处吆五喝六地指挥起来。直到此时她才从小六嘴里得知萧天昨夜出山没有回来。她气得把李漠帆叫到跟前,大发雷霆:"你个死鬼,你怎么能在这个节骨眼上把他放出去?"

"帮主出山是有正事。"李漠帆为萧天辩解着。

"呸,你以后要随我改口叫君王,记住了吗?正事?有比拜堂成亲更正的事吗?"翠微姑姑沮丧地一拍大腿,"我怎么跟郡主说呀,如果萧公子不回来了,该怎么办?"

"我们等等他。"

突然,青冥郡主坐着木轮车被林栖推着过来,她身着盛装,红色的长裙拖在木轮车后面,被林栖托在手上,红色的盖头掀开半边,露出青冥美丽得让人炫目的面容,她今天重重地上了浓妆,鲜红的嘴唇把她的脸色也映衬得红光满面。大家见惯了她苍白病态的样子,今天看见她鲜艳的容颜,不禁惊艳,大家认定少女时的她定是个绝世佳人。

青冥郡主看着喜堂非常满意地点点头,然后对李漠帆说道:"让大家都进来吧。"

经过郡主允许,山庄里的人蜂拥而来,把喜堂挤了个水泄不通。如此一来,这

狐王令(下)

个怪异的大婚现场就呈现在眼前。两个身着盛装的新娘端坐在喜堂的正中,所有太师椅上坐满了人,就等新郎了。

几案上的沙漏一点点昭示着时间的流逝。青冥郡主放下了红盖头,纹丝不动地坐在当中的太师椅上,一旁的翠微姑姑可不像郡主那样,她就像是屁股下撒了一把石子一样,如坐针毡。

另一位新郎,胸前挂着红就跑出去,站在山庄大门处踮脚往山庄外的道上眺望。但是,山道上依然悄无声息。

"李把头,帮主会不会遇到那个山鬼了?"身旁的小六问道。

"闭嘴。"李漠帆看了看天色,估计已到午时,心想算了,不等了,没准帮主就是想逃婚呢,想到此他对小六一挥手,"不等了,回去开宴席。"

"李把头,你和翠微姑姑还拜不拜堂?"小六问。

"拜啥拜?喝酒去。"说着就往回走。

樱语堂的人见李漠帆一个人回来了,就大声嚷起来,都不知道发生了什么事。李漠帆一看,怎么也得解释一下,便清了两下嗓子,向众人打着手势让大家安静,众人不再说话,都看着他。李漠帆又清了下嗓子道:"诸位,狐山君王有事,连夜跟玄墨掌门一起出山了,到现在还没回来,我想,大家如果饿了,就先开宴席,你们看如何?"

众人一阵目瞪口呆,有先开宴席再拜堂的吗?众人弄不清楚,也有人说,没准是狐族的规矩吧,听到这个,已有人按捺不住想去先饱口福了。众人议论纷纷,有的站起来想走,有的坚持坐在原地不动。正在大厅里乱糟糟时,山庄曹管家跑进来,大声喊道:"听我说,萧帮主刚回来,已回房换衣服,大家少安毋躁。"

大厅里众人一阵欢呼。不一会儿,玄墨山人迈着沉稳的步子走进来,坐在上首的人急忙给他让座,众人一看老先生回来了,悬的心都妥妥地放下了。李漠帆跟着走到玄墨山人座边,问道:"玄墨掌门,可发现情况?"

玄墨山人不动声色地回道:"先不说这个,先办喜事。"

不一会儿,萧天大步走进来,他换上新郎的衣服,身前披着红,只是左手包扎了一下,显然他这趟出山挂了彩。他快步走到大厅中间向众人行礼,然后向曹管家示意。曹管家做今天的傧相,他微笑着走到中间,大声道:"吉时已到,两对新人走到堂前。"

萧天走到青冥郡主身边,由于青冥郡主无法站立,她就坐在椅子上。他们身后站着李漠帆和翠微姑姑。由于事先萧天嘱咐他,尽量往热闹里说,曹管家家乡在鲁南穷乡僻壤,但婚俗却繁文缛节,尤其是傧相的说辞,如绕口令般又长又多。

只听曹管家朗声唱道:"一拜天地日月星,二拜东方甲乙木,三拜南方丙丁火,四拜西方庚辛金,五拜北方壬癸水,六拜中央戊己土,七拜三代老祖宗,八拜父母兄长亲,九拜师长情谊重,十拜亲友一礼行。"不等他说完,两对新人已经拜晕了。

曹傧相唱完,接着说道:"夫妻对拜……"四周众人一片欢呼。

曹傧相主持完大婚之礼,接着说道:"狐族众人听令,向新狐王行叩拜大礼……"

曹傧相的话音刚落,萧天和郡主面前呼啦啦跪下一片。其中翠微姑姑和李漠帆在队列前,众人行三叩首的大礼,一起高呼:"参拜狐王……"

萧天抬起手止住他们,说道:"兄弟姐妹们,我萧天既被老狐王选中,临危受命,必会与你们一道同仇敌忾,抵御强敌,雪耻前辱,重振狐族。"

萧天说完,众人开始欢呼,声浪一阵高过一阵,大家喊着:"狐王,狐王……"

曹傧相走上前,伸出双手止住大家的喊声,高声叫道:"两对新人入洞房……"萧天横抱着青冥郡主在众目睽睽之下走进正房。这时李漠帆和翠微姑姑又吵起来,原因是翠微姑姑让李漠帆也学萧天抱着她进洞房,李漠帆嫌丢人,两人大吵起来。

"你抱不抱?"

"不抱。你把我老李家的人都丢尽了。"

"那我不走。"

"你个老婆娘,别以为我怕你,你不走,就待在这里……"

众人围着这两口看着笑话,起着哄。萧天已从房里走出来,叫着众人道:"走啦,别看了,喝酒去。"

翠微姑姑拦住他,叫道:"我的狐王呀,你刚大婚不在洞房里陪新娘子,你跑出来凑什么热闹啊?"

萧天没有理会,径直拉着众人向设酒宴的前院走去。不久,李漠帆从后面跟过来,想取笑萧天:"帮主,你这么急着去喝喜酒啊。"萧天没有回头闷头走路,李漠帆走到近前,看见萧天瞪了他一眼,李漠帆尴尬地一笑,这才发觉自己的话很不合时宜。

十几桌酒宴在大厅里排开,弟兄们自那日拜主大典后,就没有沾过酒。今天是大喜的日子,两对新人成婚,又是除夕,没理由不喝个痛快。一时间众人推杯换盏,萧天今天是主角,往日他很少沾酒,今天借着新郎官的身份,挨个与大家敬酒,对方喝他也喝,似乎不喝醉不罢休,后来连玄墨山人都看不下去,把他手里的酒碗抢过来,替他喝下。

这边酒宴正进行到兴头上,突然翠微姑姑惊慌失色地跑进来,手里举着个信封,叫道:"狐王,不好了,郡主走了!"

萧天已喝到八分醉,回头看着翠微姑姑,不知道她又闹哪样。翠微姑姑直接走到萧天身边,一把拉住他叫道:"狐王,郡主真走了,这可如何是好呀?"

直到此时,萧天才听清翠微姑姑所说的话,酒一下醒了三分,"你说什么?青冥走了,怎么回事?"

"你看这封信,便知道了。"翠微姑姑说着,把手里的信封交给萧天,萧天急忙拆开,从里面掉出来两块白绢,上面都写了字。四周桌上的人也都围过来,不知发生了什么事。

萧天拿起一块白绢,只见上面写着:

狐王亲启

青冥以残破之躯,终等到大婚之日,萧公子没有辜负父王之所托,承诺誓言,青冥倍感欣慰。青冥之所以忍辱负重活到今日,无不为狐族来日所思,把千斤重任托付与你,青冥将以瞑目了。青冥深知自己蒙尘,早已辜负公子,是不该以婚相逼,然为了全族考量,青冥是不可为而为之。请公子念我对狐族的忠心,原谅青冥。我也知自己时日不多,悄然离去是最好的选择,青冥已为狐族选了新的狐王妃,便是明筝姑娘。

望狐王知我心意,此生安好。

青冥亲笔

萧天看过后酒已经全醒,他颤抖着双手打开另一块白绢,只见上面是青冥郡主的郡主令:

狐族全族人见令如见郡主

狐族历经劫难,虽不胜其苦,然全族人同心协力,屡渡难关。狐族一代一代繁衍至今,先辈所留典籍,是狐族神圣至高无上之宝藏,需一代一代传承下去。如今这些典籍毁在我手里,我已是狐族千古罪人,我愿以死谢罪。

现发出郡主令:谁能让狐族典籍重现,便是我狐族股肱之人。所有狐族人都要拥立她为新郡主。

众人看完青冥郡主留下的郡主令大感意外,喜宴变了味。萧天把两块白绢交给翠微姑姑,他已潸然泪下。从字里行间可以看出,青冥自从宫里出来,便精心布下这个局,可惜的是他们竟然都被她蒙骗了。尤其是他,一直以为青冥对明筝耿耿于怀,殊不知青冥逼迫明筝抄写典籍,逼迫她承认狐族身份,竟然是有所托付。想到这里,檀谷峪那个明艳清丽的青冥瞬间又回到他的脑海里,他不禁深深自责,似心口被重重地击了一下,钻心地痛。

萧天转身大喊:"老李,带几个人,跟我去把青冥郡主追回来。"

"帮主,青冥郡主她身有残疾,如何走呀?"李漠帆问道。

"你呀,你难道还没有看出来,这一切都是郡主事先谋划好的,估计她的腿也能走了。"萧天紧皱着眉头,郡主如果跑进山里,就麻烦了。

"翠微,你怎么没看好郡主?"李漠帆怒气冲冲地瞪着翠微姑姑。

翠微姑姑一脸委屈:"我说呢,这次郡主回来总是怪怪的,脾气性格都不似以前的样子,原来她存心要离开呀……她怎么这么傻呀,她能去哪儿呀,她不会寻死吧,天呀,我想起来了,我听她好几次说起,了无牵挂了,可以放心走了……"不等翠微姑姑说完,萧天已大步跑出去,边跑边向院子里的人大喊:"快,备马!"

狐王令(下)

第二十九章　佳人寒怯

一

　　铅灰色天空下,时断时续地飘着雪花。远山笼罩在白色雾霭里,山与天空已混为一体,分不清哪儿是山,哪儿是天。堆满积雪的山道上,人迹罕至。时而有耐不住饥饿的山雀从窝里飞出,"呃……呃……"地鸣叫着,希望能觅到食物。

　　此时,山道上出现一个蹒跚的身影,艰难地在雪地上前行。他不时左右张望,显然对这里的地形很陌生。他几次跑到岔道上又返回来,急得对着空荡荡的雪地大喊:"喂,有人吗?"

　　刺耳的喊声惊飞了几只小雀,它们扑棱着翅膀飞到对面的崖边。崖边的一个身影引起来人的注意,在这个大雪飘飞的午间,竟然还有人有此雅兴站在崖边观景,不管是什么人,既然是人便可问明路径。来人既紧张又兴奋,他踏着厚厚的积雪向崖边跑去,一边跑一边大声说道:"喂,这位乡亲,我迷路了,请问瑞鹤山庄如何走啊?"

　　崖边的身影听见喊声,似是受到了惊吓,那人转回身,竟然是女子的装扮。女子看见山道上有人过来,急忙蒙上面巾,转身向崖边走去。她形迹古怪,似是双腿有疾,挪动得十分吃力,眼见女子向崖边靠近,山崖下是万丈深渊。来人一看,似是猜到什么,飞快地跑过去,一把抱住了女子。

"姑娘，为何如此想不开呀，不可呀，不可呀。"

"你，你是人还是鬼？"

"是人，人呀，姑娘放心，是人。"来人松开双手，由于在雪地迷失方向，身上的衣服在雪中结成冰凌，看上去像个雪人。他开始抖动身上的雪，解开兜头的面巾，这才露出他的面容。"姑娘别怕，我叫于贺，是受人之托来拜见朋友，不想迷了路。"

原来那日于贺被于谦派往小苍山报信，于贺知道事情紧急，便不敢耽搁，他骑上府里最年轻精壮的黄骠马，于谦还嘱咐厨房给他备了三日口粮，亲自交给他一块兵部的令牌，使他能够顺利通过城门。于贺辞别老爷就连夜直奔小苍山而来。虽说他来过几次，但大雪封山时的小苍山他还是第一次来，加上夜黑风疾，进山的大道没有找到，见到一条小道就迫不及待地上山了。

等到天亮，他才知道自己早已迷失方向，来时走得匆忙没有带上指南针，只能凭感觉在山里转来转去。后来无奈之下他决定登高寻找目标，他知道瑞鹤山庄建在山谷里。于是他骑着马艰难地往山上走。不想在半道竟然遇到劫匪，劫匪只有一个人，又矮又胖裹着黑色的兜头大氅，把脸捂得严严实实，于贺本想拔出腰间宝剑击退他，不承想宝剑和剑鞘冻在一起，拔不出来。

劫匪对他不屑一顾，根本不理会，把他拽下马。于贺站起身扑向他，两人扭打在一起，于贺这才发现此人身体坚硬如铁，他的拳头击打在他身上，如同打在铁壁上一样，差点把自己的手打残。于贺心有余悸不敢再进攻，眼看着劫匪牵着他的马带着他的干粮走了。于贺失去了马和干粮，别无他法，只能让自己尽快找到瑞鹤山庄。于是他奋力往山上走，不知不觉就到了这里。

此时，于贺关切地看着面前的女子，发现她面容惨白，双目空洞，似是遇到什么大难，便开解道："姑娘，你叫什么名字？有何化解不了的心思，非要寻短见？"

"我叫青冥。"青冥看此人拍干净身上的雪，露出还算体面的衣着，听他谈吐也不像凶恶之人，这才放下心来。于贺也观察对面这位姑娘，只见她面容姣好，眉清目秀，看衣着是出自富贵人家，怎么就跑来这荒山野岭寻短见呢？"姑娘，劳烦听小人再唠叨一句，天高云阔，有何想不开之事呀？"

"你我本不相识，此后，各走各的路便是。"青冥冷下脸，转身走去。

于贺的热心肠被当面泼了一盆凉水，一阵尴尬，突然他转身撵上来，问道："那我想请问姑娘，你可知瑞鹤山庄怎么走？"

青冥站住，回过头冷冷地道："不知道。"

于贺看着青冥，想到这小苍山方圆百里，没有几户人家，这位姑娘应该也是这

狐王令（下）

山里人,既是山里人就应该知道瑞鹤山庄。

"姑娘,你,你怎么如此不近人情,"于贺紧追上青冥,"你不能看着我在这里冻死饿死吧?"

"死正是我求之不得的。"青冥淡淡地说道。

"唉!"于贺一拍脑袋,自己怎么愚蠢到跟一个寻短见的人谈论生死,"姑娘呀,不如这样,你给我指一条道,让我去瑞鹤山庄借匹马。刚才我忘了告诉你,我在这山上遇到劫匪,他劫走了我的马和干粮,我借来马就可以回家了,我母亲还等着我回家过年呢。我一走,你再接着跳崖,如何?"

青冥回过头,她看着于贺也真可怜,便如实地说道:"我真的不知道,我和你一样迷路了。但我和你又不一样,我根本不需要找到回去的路。"

于贺愣怔了半天,他看出这姑娘没有说谎,也真看出这姑娘是一心要寻短见。如果放在平日他一定会闲事管到底,但如今身负使命,不敢再多耽误时间了,便痛惜地叹口气,准备转身离去。这时,只听见身后扑通一声,于贺回头一看,姑娘一头栽到雪地上。

"喂,"于贺跑到青冥身边,扶起她让她坐起身,"姑娘,你还是告诉我你家在哪里,我送你回去吧。"

"这位先生,我患有重疾,将不久于人世,我想找一个清静的地方了结自己,你走吧,把我身上盖满雪,明年开春我就会化作一汪溪流。"说完青冥风轻云淡地闭上双眼。

于贺一听,心里实在不忍。索性躬身把青冥背上肩膀,好在她十分轻盈。青冥大声叫起来,踢腾着双脚。于贺只管往前走,边走边说道:"我家老爷常说,见死不救,牲畜也。"

此时天已放晴,他站在坡上向四处眺望,发现坡下有一片屋宇,于是倍感鼓舞,只要找到人家就可问清楚瑞鹤山庄的位置,也可把这个寻短见的姑娘安置下来,一想到此,他喜不自禁地向那个方向走去。

青冥见状一时无法脱身,也明白遇到了好心人,只是心里更觉凄凉。她出门时把玄墨山给的丹丸一口气吞下肚子,刚才凭着药力才爬上高坡,而此时随着药力消尽,她已全然没了精神,连抬手之力都没有,只能任由他背着走。

青冥闭上眼睛,一只手无意间触碰到一个硬物,那是她从萧天换下的衣衫里搜到的令牌,出庄门就是用的这个令牌,此时就紧紧攥在她手里。她低头望着令牌上"瑞鹤"两个字,眼泪哗地涌出来。这是她从他身上拿到的唯一的东西,她把令牌贴在脸上,片刻后她猛然醒悟,既是决定离去了,便再无牵挂。她决然地扬手一挥,把令牌扔了出去。

想到在瑞鹤山庄的这段日子,她不禁又一次泪流满面。这些日子,本可以是她一生中最安宁幸福的时光,有萧公子和族人的精心呵护,但是她残破的心岂可修补?看着他们只不过是徒添悲伤而已,可以说是度日如年。

这一切的确是她精心谋划的,包括命明筝抄写典籍,她是想用最快的方式让明筝了解狐族的历史,但没想到暖阁起火,典籍毁了一半,好在有明筝,仰仗她奇异的记忆力,这些宝贝不会丢失,这是她唯一欣慰的地方。

她要想尽一切手段把他们逼到绝处,只有这样才能考验出人的真性情,才能知道父王的临终托付是否选对了人,新狐王是要以狐族全族人利益为先的。不止一次,她也曾打过退堂鼓,看着萧天和明筝在那里苦苦挣扎,她有时也于心不忍,但是最终她咬牙坚持住了。

青冥脑子里浮现出明筝那张明艳的笑脸。她脸上浮上一丝笑意,是苦涩的。只有她清楚自己是多么嫉妒她,在她身上她似乎看见了过去的自己,但明筝有一点跟自己不同,她表面上柔弱,但内心却无比坚强。这也是青冥看中她的地方,虽然很难,但是考验过关了。这点让她很满意,她知道有一天明筝会明白她的心意。直到此时,青冥并不后悔自己的选择,她爱萧公子,但是她知道,萧公子心里已经没有她的位置。

唯有离开,才会让他记住她的好。也唯有这样,她才能保住她脆弱的一碰即碎的骄傲。

于贺背着青冥踏着积雪向坡下走,四周开始出现树林。于贺看见积雪上有一些马蹄印迹,心里正高兴走对了路,突然从树林里冲出来七八匹马围住他们。马上之人裹着皮草,戴着皮帽,个个精壮剽悍。

于贺不敢再动,他扫视众人,看装束不像汉人的打扮。于贺虽说只是个管家,但在北京城他跟在老爷身边也见过大场面,遇到险境反而冷静下来。此时他略一观察,心里暗自叫苦,这次遇到的可不像上次那个劫匪好打发。看这些人的容貌,摆明了就是一群蒙古人,胡子拉碴,耳朵上吊着耳环,却把自己肥硕的身体塞进汉人的衣服里,显得不伦不类,滑稽可笑。

确实被于贺识破了,这些人正是乞颜烈他们。

和古瑞催马走到于贺面前,喝道:"喂,你是什么人?"

于贺一看闯是闯不过去了，只能硬着头皮装可怜："好汉，我们是山那边的小户人家，我，我媳妇身患重疾，我背她去看郎中。"

和古瑞一听，翻身下马，凑到眼前："女的？我看看……"说着就去看于贺背后的青冥，于贺闪身躲开。

乞颜烈一看这小子又犯花痴，急忙叫住他："回来。"

于贺看乞颜烈像是这群人的头目，忙向他躬身道："好汉，请行个方便吧，我这女人实在病得厉害。"

"走吧，走吧。"乞颜烈向于贺挥了下手，他不想在行动的节骨眼上招惹是非。

于贺一看，扭头就走，连走带跑向坡下奔去。

乞颜烈突然又喝道："喂，你回来，我问你，瑞鹤山庄怎么走？"

于贺一听，心里一紧张，背着青冥向前面跑去。乞颜烈见他神色紧张撒腿就跑，心里顿时起疑，本来只是试探地问了一句，若是这里的乡民，不会不知道。他向和古瑞一摆手，和古瑞催马追了过去。于贺哪里能跑得过马。和古瑞瞬间撵上他们，翻身下马，拦到他们面前。

"你小子，我看着你就不像好人。"和古瑞说着掀起青冥蒙在脸上的兜头，"呀，好美的娘子，是你抢来的吧？"

"和古瑞，搜搜他的身上。"赶过来的乞颜烈下令道。

于贺躲闪着，大叫起来："青天白日，你们这是要抢劫吗？"和古瑞不管他怎么说，把他背后的青冥拽下来，青冥腿一软倒到雪地上，又上来一个人，两个人脱下于贺的棉大氅搜起来。和古瑞在衫子夹层里摸出令牌，大叫起来："帮主，你看这个。"

于贺一看急出一身冷汗，猛地扑向和古瑞，他知道这个令牌绝不可落入蒙古人手里。和古瑞见他扑过来，也不躲避，而是诱他上前，一个反扑死死架住于贺双臂，上腿直踹于贺腿弯，于贺摔倒在地，被和古瑞压到身下。

"哼，"乞颜烈翻看着令牌，一声冷笑，"冰天雪地的，出现在这里，一看你们就来路不明，原来是个探子。和古瑞，把这两个人绑到马上，会有用处的。"说完一阵得意的大笑。

又上来两个人，把地上的青冥绑住双手，扛到一匹马上。于贺五花大绑，嘴里还被塞进一团麻绳，被人扛着绑到另一匹马上。

"帮主，你看！"和古瑞站在一处崖头，大叫，"咱们还等什么？那个山庄不就在下面吗，我看里面张灯结彩像办喜事，咱们现在冲进去，定让他们措手不及，哈哈，没准还能把新娘子抢过来呢。"和古瑞淫邪地笑道。

"你小子,除了女人,还知道什么?"乞颜烈怒气冲冲地道,"脑子里一团糨糊,呸,带上你的人赶紧躲到隐蔽的地方,进攻山庄,是他宁骑城要干的。记住,等他们双方打得差不多了,咱们再出来收拾残局,懂吗?"

"帮主,高呀,你这叫作……"和古瑞抓耳挠腮想不出夸赞的词,只好讨好地干笑了几声。

"记住,咱们来的目的是银子,一会儿听我命令冲进山庄,别的不管,咱们只管抢银子。"乞颜烈不放心地交代和古瑞。

"放心吧叔,这个我能干好。"和古瑞兴奋得双眼放光。

这时,一个蒙古人从坡头催马奔来,吹起急促的口哨。乞颜烈迎上去。"帮主,不好,西边发现一队人马向这里奔来,有百十人,个个身着盔甲,拿着武器,应该是官兵。"

"到了,定是宁骑城。"乞颜烈抬头看天,推算了下时辰,应该是到了申时,冬日的天很短,转眼就黑,他转向众人,脸色威严:"潜入林子,我不发令,绝不可暴露行踪,快!"

和古瑞向众人招了下手,指着一边树林迅速率队奔过去。乞颜烈走在最后,看了眼雪地上杂乱的马蹄印,已经没有时间收拾了,只得催马奔向林子。

坡下百丈之外,悄无声息地行进着一支队伍。

宁骑城拉住缰绳,从甲胄里掏出牛皮地图,在眼前展开扫了一眼,看见这条道往前有一个三岔路口,一条道上山,一条道通到瑞鹤山庄,一条道下山。他们此时正经这条下山的道而上。他又端详了半天,扭头找高健,刚才还在身边。他勒马回头叫道,"高健……"却不见高健的人影。

这时从队伍后面催马奔过来一个校尉,向宁骑城禀道:"大人,高百户去追一个溜号的兵卒了。"

"溜号?"

宁骑城皱着眉头似信非信地点了下头,一挥手让那个校尉归队。他回头望着队伍后面那一片林子,四周静悄悄的,哪儿还有人影?宁骑城太了解高健了,心道这个滑头,想溜不成?

突然,从林子里蹿出一匹马,高健骑在马上,马上还驮着一个人,正大声哀求着,四肢乱颤。片刻间高健已奔到宁骑城面前,把马上之人推下马摔到雪地上,道:"大人,抓来个暗桩。"

宁骑城没想到高健真抓了个人回来:"什么人?"

"这小子,几次想溜,这次让我逮个正着。"高健挥皮鞭抽到雪地上,那小子哇哇叫了两声,跪下哀求:"大人饶命,我是被人逼迫的,他们说我要是不干,就杀我全家。"

"说,谁指使的?"宁骑城面容狰狞,愤怒地问道。

"是东厂的高督主……"

"你与他的人见过几次?"

"两次。"

"都说了什么?"

"他,他命我随时禀告大人你的动向。"

"来人,拉出去埋了。"宁骑城脸色乌青,口气轻轻的一句话,却令人毛骨悚然,他向来最恨背叛的小人。从他身后过来几个人拉着那个人就走。那人哭号着,声音渐渐远了。

"高健,你怎么看?"宁骑城阴沉着脸问道。

"高公公的手也太长了,都伸到大人你的眼皮子底下了。"高健琢磨了片刻,道,"大人,还是小心为好,不然被出卖了都不知道。"

宁骑城嘴角挂着一丝笑意,高昌波处处以他为敌在王振面前争宠,他早已见怪不怪。在武功上高昌波不是他的对手,但是在阴谋诡计上他不是高昌波的对手。他听出高健的关心,说道:"再多出卖一次而已,他们早就不信任我了。我此次只能用一次胜利来扳回这一局。"

高健催马跟在宁骑城身边,两人并肩前行,沉默了片刻。宁骑城脸上阴晴不定地望了他一眼,道:"高健,你似是有心事呀。"高健一阵苦笑,"我一人吃饱全家不饿,有甚心事?"

"没有就好,此次抓捕狐山君王若是大功告成,我便禀明圣上给你官复原职。"宁骑城手指着前方那个三岔口,布置道:"一会儿,你带一部分人守住这个地方,绝不可让山庄里的人跑下山,宁可他们上山,绝不可放他们下山,放走一个,你就要好好摸摸自己的脑袋了。"

"是。"高健点头,还下意识地摸了下脑袋。他知道宁骑城把他布防在外围还是提防他,但是他却有种如释重负的轻松感,只要不让他亲自上阵就行,他对萧天暗藏着一种好感,是一种对英雄豪杰的向往之心在作怪,因此他无论如何下不了手。

"前几日进山的人,此时应该已围住山庄。"宁骑城望着高健,"高健,你看什么时间发动进攻最合适呢?"

高健抬头,迷惑地看了眼天空,此时西边阴云密布,恐不久后又会是一场风雪,便开口道:"我看天一擦黑就干吧。"

"好。"宁骑城似笑非笑地道,"有点长进,听你的。"

二

此时瑞鹤山庄里一片混乱。青冥郡主留下遗言出走,使得喜宴变了味道。翠微姑姑穿着大红的喜服坐在地上大哭,一些狐族人摔了酒碗叫嚷着要去找郡主。萧天喝住众人,吩咐林栖备马,自己跑进房间换下新郎的喜服,就奔到院里,院里已聚起几十人,他翻身上马,带着众人向山庄大门奔去。

萧天骑在马上,想到青冥留给自己的信,回忆起自青冥被救出宫闱,她的一系列反常没有引起他应有的注意,反而是渐起嫌隙,自己一直对她怀有敌意,殊不知她早早就有了退出的心思。她想成全自己和明筝,竟然用这种极端的手段,让他痛心不已。

"主人,郡主会去哪儿?"林栖在一旁急切地问道。

"我也不知道。"萧天愧疚地说道,狠力地抽打着马屁股,马受到惊吓,嘶鸣着向前冲去。

山庄大门处守卫一看从里面冲出来数十匹战马,打头之人是萧天,知道是山庄里有事,急忙跑下岗楼去推开大门。他们骑马奔出大门,突然迎面飞来一阵箭雨,不少人中箭,有的人落马。大门外一片混乱。

"快,关上大门!"萧天大喊一声,迅速催马回奔,他猛然意识到山庄被包围了,他被眼前一幕惊出一身冷汗,事态十分危急。他肩部中了一箭,好在只擦破了点皮。受伤的人被众人连抬带拉弄回到大门里。

李漠帆从身后跑过来,大喊道:"帮主,咱们被人围住了。"萧天翻身下马,向岗楼上跑去,这时楼上一个卫士大喊道:"是锦衣卫。"

萧天跑到楼上,远远看见门外雪地上堆起的几个雪堆,不仔细看还以为是被风吹成的,但是在雪堆后面,隐约看见身披盔甲的锦衣卫手持弓箭对着山庄大门。远处的路上还有一队人马正在快速向这里靠近。萧天转回身,靠近里侧大声喊道:"李把头,放响箭!"

山庄的上空,突然炸响了三支响箭。

狐王令(下)

樱语堂里的玄墨山人和翠微姑姑一见顿时愣住,其余人也都眼望响箭愣在当地。玄墨山人说道:"萧帮主刚走,这定是遇到了什么情况。"翠微姑姑脸色苍白,叫道:"玄墨掌门,你不知这是族里暗语,三支响箭就是遇到强敌,要咱们快撤。"

"啊?"玄墨山人眼观前方,"强敌?此时?这……"

"这,这可如何是好?"翠微姑姑已乱了方寸。

"撤往哪里,你可知道?"玄墨山人问道。

"后山山洞里,有一条密道通往山上,玄墨掌门,咱们快些撤吧,你跟我来。"翠微姑姑说着来回张望,没有找到夏木。

"这样,你带着众女眷快些撤到山洞里,我带着弟子们去接应萧帮主。"玄墨山人说完,叫住陈阳泽,让他马上召集弟子们上马。

翠微姑姑点头道:"也好,玄墨掌门,你告诉狐王,我们这就撤到山洞里。"玄墨山人领着众弟子向山庄大门奔去。翠微姑姑站在院子当中大喊,"快,所有人赶快跟我躲到山洞里,快点!"

翠微姑姑还是没有见到夏木,心想不好,不光夏木还有明筝姑娘呢。想到明筝她心里愁肠百结,如果青冥真的就此失去了踪迹,那么按照狐族族规,青冥发出的郡主令指定的人就是新郡主,那么明筝就将成为狐族新郡主,一想到此,她加快了步伐,绝不能跑了一个郡主,这个再出什么事。她叫住身边的狐族人,命他带着大家先去山洞。

翠微姑姑跑向听雨居。一走进院门就看见西厢房里亮着烛光,有人影晃动。翠微姑姑扯着嗓子大喊:"夏木、明筝,快出来。"片刻后,门哗啦推开,夏木跑出来,看见翠微姑姑狼狈的样子吓了一跳,"姑姑,这是怎么了?""别问了,出大事了,现在跟我去山洞里躲起来。"翠微姑姑又看着屋子,"明姑娘呢?"

"在里面呢,我怎么劝都不听。"夏木说着直叹气,"不吃不喝,一直写……"

"顾不了这么多了,你跟我进去,绑也要把她给我绑走。"说着,翠微姑姑跑进屋里。

明筝自那日暖阁被烧毁,典籍损毁大半,就暗下决心尽自己全力来补救。这几日她几乎不进水米,想早点凭自己的记忆把损毁部分写好。早晨她听见外面鼓乐齐鸣,明明知道今天是郡主大婚之日,虽然她心里愁苦万端,但是她躲在屋里强迫自己充耳不闻。

这时,她抬头看见翠微姑姑跑进来,仍然理也不理继续写着,直到翠微姑姑过来架住她的双臂,她才回过神来。看见夏木神色匆忙地在整理她写过的纸张,把它

狐王令（下）

们收到一个包裹里，这才发觉不对劲，大喊起来："姑姑，你这是做什么？我还没有写完呢。是不是郡主改变主意了，她要惩罚我也要等到我写完啊。"

"夏木，你动作快点。"翠微姑姑神色严峻地指挥着夏木，然后拉住明筝道，"明姑娘，我告诉你吧，郡主偷偷离开山庄走了，如今生死不明，不过留下了郡主令，你是她指定的新郡主，我的小主子呀，我也说不清到底发生了何事，脑子一团糨糊……刚才新狐王发出三支响箭，这是暗语让山庄里的人躲进山洞，如不是遭遇强敌，狐王是不会发响箭的，快跟我走吧。"

明筝听完翠微姑姑的一通话，惊得呆立一旁，脑子一时跟不上事态的变化……郡主出走了？不是刚刚才完成大婚吗？难道这不是她心心念念的吗？什么郡主令？与自己怎么会扯上关系？到底发生了什么事？

"我的姑奶奶呀，不信，你自己看看……"翠微姑姑看到明筝愣怔的表情，知道她一定不会相信，放在谁身上也不会相信这突兀的变化，翠微姑姑急忙从衣襟里掏出青冥走时留下的两封信，她知道凭自己根本说不清，不如让明姑娘自己去看。明筝接过两块白色绢帕，看着上面密密麻麻的字，待她看完不由倒吸几口凉气，眼睛直呆呆地瞪着翠微姑姑。

"姑姑，这，这是真的？她……郡主怎么这么傻呀，她会去哪里呀，她的腿？萧大哥呢？"明筝一连问了几个问题。

翠微姑姑懒得回答，迅速拉住明筝向外面走，一边走一边絮叨着："别问了，我啥也不知道，快些跟我去山洞，我已经弄丢了一个郡主，你这个未来的郡主可不能在我手里再有什么闪失。"

听到翠微姑姑这么说，明筝眼角一湿，这么多天的委屈已在瞬间化作感动，但随之而来的便是为郡主的安危而担心，她在这冰天雪地里能去哪儿呢？若是有个好歹，她岂不是要一辈子都担负着愧疚之心，她以为这样一走了之，就可以成全她和萧大哥，郡主啊，你怎么这么傻呀。

"我的姑奶奶呀，别在这里哭，到山洞有时间让你哭，"翠微姑姑一边拉着明筝走出去，一边嘟囔着，"我到那儿也找地方哭一场，我那可怜的侄女呀，也不知她跑到哪儿去了。"

"姑姑，我要见萧大哥。"明筝突然挣脱翠微向外跑去。

翠微姑姑一把抱住她，嚷嚷着："我的姑奶奶，这个时候了，狐王哪有时间见你呀，你跟我走吧。"

"姑姑，我要和萧大哥一起去找青冥郡主，她跑不远的……"

"哎哟,气死我了,你咋不听劝呢?"翠微姑姑叫道,她怒气冲冲地指着窗外道,"锦衣卫都封住门了,你出得了山庄吗?"

明筝愣住,刚才满脑子青冥的身影,翠微姑姑的怒喝让她清醒过来。她这才想到如今危急的局势,他们被围困住了。

翠微姑姑拉起明筝便走,明筝不再言语,她返回去抱住书案上的包袱往外走,夏木抱着一个包袱,另外两个女仆扛着几个包袱跟在后面。她们穿过甬道直接往后院走去。

在山体前洞口处,盘阳领着几个狐族人正在等她们,山庄里众多妇孺需要时间撤离。盘阳一看见她们过来,立刻跑上前接应。

"盘阳,告诉我到底发生了何事?"翠微姑姑一把抓住盘阳的衣领问道,盘阳知道翠微姑姑的性格,看到无法再隐瞒只得把实情相告:"姑姑,事态危急,不知何时宁骑城带领锦衣卫摸到这里围住山庄,看样子他们是有备而来,要清剿瑞鹤山庄,眼前要有一场硬仗要打。狐王有令,要你带好女眷,不得出山洞,等到夜里,择机上山。洞里有粮食,但不多,你们要有准备。"

"宁骑城?"翠微姑姑忧心地望着盘阳,"他怎么会摸到这里?""别问了,我也不知道,我只是奉命来封洞口。"盘阳一挥手,高声叫喊,"还有人吗? 快去四处催催,没过来的人,快点过来,要封洞口了。"几个男人骑马分头去四处查看。

只听"轰隆"一声巨响后,四周一片黑暗,洞里一些妇女小声地抽泣起来。翠微姑姑知道外面的人此时已经把洞口全部封死,再布上遮盖物,把一旁密密麻麻的藤蔓拉过来,再把洞口处用积雪埋上,待干完这一切,那几个狐族人就会骑马向山庄大门迎敌去了。翠微姑姑眼角滑下两串眼泪,她大声说道:"哭什么,咱们的男人在外面为咱们遮挡敌人的弓箭,不是让咱们坐在这里哭的。掌灯……"

黑暗里一阵窸窸窣窣的响声,不一会儿,有人燃起火折子,有人递上火把、蜡烛,虽说跑得匆忙,但是这几样东西不少人都带着呢。山洞里被火把照亮,大家惊慌的心情稍微得到了安抚。翠微姑姑接住火把,举着向人群里一照,除了妇女还有一些年长的男人,他们是一些既没有武功,又不会骑马的男人。

"大家跟着我往里走。"翠微姑姑举着火把,向前面的洞穴走去。男人都自觉地站在一边,让妇女和孩子先走。大家默默跟在翠微身后,这个洞穴的秘密只有少数几个人知道,翠微姑姑是其中之一,当初在建造的时候,萧天就考虑到如果遇到紧急情况该怎么转移,这个天然大溶洞里面有一个天然通道,直通小苍山的山顶。

大家走过言事堂,几个狐族人跑到高台下向着墙壁上的九尾神狐磕头膜拜,祈

狐王令（下）   597

祷着能逢凶化吉。翠微姑姑举着火把从言事堂走过，穿过一片钟乳石林立的区域，走到一片狭小的洞里。翠微姑姑停下来，对后面的人说："停下吧，咱们就在这里等，到后半夜再进山。"

这片洞体虽然不大，但是四处可以听见流水声，中间是大片平坦的区域，有水喝又可以休息。人们慢慢聚集到中间，有人燃起蜡烛。大家团团围坐在一起。翠微姑姑举着火把向人群里照了一下，这才发现夏木和明筝不在人群里，这一惊非同小可，她扯着嗓子喊："夏木，明筝！"

"在这里……"夏木远远回了一句。

翠微姑姑向来时的方向望去，隐约看见两个模糊的身影。这才想到她们背着很多行李，她站起身一脚踢到一旁一个男人身上，"喂，快起来，就知道自己往前跑，就不知道帮娘儿们拿行李？"

"翠微姑姑，你这可是冤枉我呀，"那个男人委屈地说道，"我们都想替她们拿来着，但是她们谁也不让碰，也不知是什么宝贝。"

翠微姑姑不再理会他们，一听她们不肯让外人拿，不用问就知道肯定是典籍，她刚才只顾领人往里走，却把这最重要的事给忘了，真是多亏了两个姑娘。翠微姑姑二话不说向夏木和明筝跑去。

夏木背着一个包袱，手提着两个包袱。明筝肩扛着两个鹿皮包袱，两个人吃力地走着，翠微姑姑上前从一人手里接过一个包袱，夏木不肯，拉着包袱道："姑姑，你要小心别动了胎气。"明筝一听，也急忙把翠微姑姑手里的包袱又抢了回来。

三人走到人群里，翠微姑姑命几个男人搬来一些石块，临时搭成一个桌子，又有女人拿来褥子铺上，明筝和夏木把几个包袱放到临时的桌子上。明筝找来一根蜡烛放在石块上，她把这里当成书案，开始重新梳理匆忙揉进包袱里已写好的书稿。

翠微姑姑命令所有男人去四处寻找树枝，洞穴里太冷，时间一长肯定受不了，必须找东西取暖，男人应声四散而去；翠微姑姑又命令带食物的人把食物全部交到她面前。女人们都站起身，开始打开包袱，翻开口袋。不一会儿，翠微姑姑面前的石台上堆满了五花八门的吃食，有饼子、窝窝、肉干、腌菜，还有几壶酒，翠微姑姑看着这些食物，心里有些发毛，这一点东西怎会够这些人充饥，这次出逃还不知要走到何时。她望着四散开来席地而坐的女人和孩子，心头阵阵发酸。

过了有半炷香的工夫，男人们陆续返回，洞穴里一些藤类植物的干枝被尽数搜出，统统被抱过来。不一会儿，中间的空地上生起一堆火，人们纷纷围拢过来，围着火挤到一起。翠微姑姑按人头分发食物,说是食物,也只是半块小饼。人们目光敬畏地盯着小饼,没有人抱怨食物少,他们恭恭敬敬地接过来,一边一小口一小口地吃着,一边小声地议论着外面的局势。

翠微姑姑夺过明筝手里的笔,把一块小饼递到她面前,又偷偷在她手心里塞了几块肉干,道:"明姑娘,这个时候你还有心情写?"

明筝把肉干退给翠微姑姑,低声说道:"姑姑,你就让我写吧,这是我能为郡主做的唯一的事。"说完几口吞下手里的小饼,夺过翠微姑姑手里的笔,低头又写起来。

翠微姑姑一阵叹息,既拗不过她,只能任她去了。

三

山庄门前,两军对垒。面对一片混乱,萧天的脑子反而越加清醒起来。

此时呼啸的北风加上密集的雪花铺天盖地而来,四周一片白茫茫。外面的人怎么也不会想到在他们包围了瑞鹤山庄,眼看就要得手时,天气骤变,这种天气反而对突围有利,只要集中所有力量,撕开一条口子,杀出去跑进白茫茫的雪野,便可脱身。

四周的弟兄在又一阵箭雨中退回来,他们用刀刃挡着飞过来的箭,退到几辆马车组成的掩体后。这种天气射箭已完全失去了杀伤力,一支支箭被迎面的风雪裹挟着在半空中歪歪斜斜地落下来。

萧天快步来到李漠帆和林栖身后,他清楚这些弟兄个个身负武功,要想撕开一条口子冲出去并不难,萧天只想多拖延一点时间,好让山庄里的人从洞穴里脱身。

玄墨山人从一侧过来冲萧天道:"萧帮主,我带人再攻一次,我还就不信了,看他们能带多少箭,阳泽,走。"玄墨山人说完,催马向大门冲去,只见十几匹战马踏在积雪上,雪花四溅而起,冲出大门。片刻后,从对方阵营里又射出一阵箭雨,只不过已没有刚才密集了。

萧天也看到这个变化,他粗略一算,前后发起五次进攻,山庄大门外地上密密麻麻落了一地的箭。萧天知道只有让他们的箭耗完,真正的战斗才会开始。萧天命小六在一旁生起一堆火,他叫来李漠帆围着火坐下来。"帮主,火烧眉毛了,你还能坐得住?"李漠帆急躁地在火堆边来回走动着,萧天一笑,命其他人分成两组,轮着在火边烤火。

此时玄墨山人带着人退回来，直接催马来到萧天身边，他翻身下马，一屁股坐到火边问道："萧帮主，咱们还要坚持多久？"

"前辈，有个以逸待劳的方法。"萧天眼望对方阵地，发现对方竟然也在那里生起了一堆火，原来宁骑城也扛不住了。萧天一笑道："此次老天助咱们，赐了难得的风雪天，锦衣卫再凶悍也是人，何况他们驻守在风口，这种风雪天只需半夜他们也会自损一半。现在是想多耗点时间，好让山庄里女眷撤出去。以咱们的实力冲出官兵的围堵不会有太大问题，咱们要考虑的是如何减少伤亡，寻一个好时机，杀出重围。"

玄墨山人点点头，萧天虽年轻却是个难得的将才，玄墨山人已不止一次领教过他过人的胆识和才干，因此对他言听计从："那依萧帮主看来，何时是好时机呢？"

"宁骑城要抓的人是我，还得我去应战。"萧天压低声音道，"我与宁骑城缠斗时定会吸引住他的注意力，你带人马从边上杀出一条血路上山。"

"……"玄墨山人一愣，马上问道，"为何要上山？"

"凭我的直觉，宁骑城定会在下山的路口设有埋伏，我与他交手过几次，彼此的套路都了解。还有你带人马上山与从洞穴撤出的女眷会合，一定要确保她们的安全，我会设法脱身去找你们。一旦上了山，他们便奈何我不得。"

"不可。"玄墨山人想到萧天以一人之力来掩护他们撤出，这让他于心不忍，相处时间越久，他越是从心里敬佩这位年轻人，他们之间有种忘年之交的亲近感，"我也留下，好与你有个照应。"

"前辈，这里不需要你，可是撤出的兄弟们需要你来坐镇，山上的情况还不知道，没准比这里还要危险，别人怎能胜任这重担，你老就别推辞了。"

萧天如此一说，倒是把山上说得比这里还要危机四伏，玄墨山人也不好再推辞，但是他心里明白，萧天是把更多生的希望留给了他，对面那个大魔头宁骑城岂是个吃素的角色，他这次必是抱着一决胜负的心来找萧天决战的。

玄墨山人一想到此眼角有些湿润，他叫住陈阳泽，让陈阳泽从他马上取下一个皮囊。陈阳泽抱着皮囊跑过来，交给师父。玄墨山人从皮囊里掏出一个玉瓶递给萧天道："萧帮主，这是我天蚕门独门秘术的护心丹，虽不能起死回生，但在关键时刻或能帮上你。"

萧天接过来，急忙起身深施一礼："前辈厚爱，叫晚辈不胜感激。"

"以后不要再前辈前辈地叫了，我愿与你做兄弟。"玄墨山人爽朗地说道，"好

狐王令（下）

兄弟，你这次如若大难不死，我定与你结拜。此次为兄听兄弟的部署，定会竭尽全力确保大家的安全。"

萧天点点头，也顺着玄墨山人的称呼道："大哥，一言为定。"

"好。你我兄弟在这里喝杯践行酒。"玄墨山人回头叫陈阳泽拿酒来。陈阳泽倒是机灵，跑到萧天面前叫了句："师叔。"乐得玄墨山人仰天大笑，萧天身后的李漠帆也跑来凑热闹道："阳泽，还有我呢？"

陈阳泽嫌弃地瞪着他道："与你有何关系？"

"怎么与我没有关系呢？"李漠帆指着萧天道，"他是我大哥，你说你该不该也叫我一声师叔啊？"

玄墨山人和萧天举着酒囊互敬，然后仰脖咕嘟咕嘟喝下，两人擦着嘴角，听着陈阳泽和李漠帆斗嘴都不由一乐。

与他们的篝火相距十几丈，是另一处篝火。

一阵风过，大片的雪扑过来，在空中不停地旋转舞动，最后落下来，火苗疯狂地吞噬着雪片。宁骑城坐在火边阴沉着脸，一脸戾气，他的身体已经冻僵，这个鬼天气，他真想把老天爷从天上拽下来放锅里给炖了。他回头看了眼四周的兵卒，一个个哆嗦着蹲在风口。

他命随从再生一堆火，让兵卒轮换着烤火，不至于被冻死。随从领命带着几个人飞快地跑出去寻树枝去了。不多时，几个人抱来一些湿乎乎的枯枝，从火堆里取出一根燃烧的树枝慢慢引燃，四周都弥漫起呛人的烟雾，即便如此，兵卒们也是兴奋地奔向火堆，几个领兵的百户大声地呵斥后，兵卒开始按顺序烤火。

宁骑城突然惊觉对方不再攻击，四周一片宁静。他站起身，身上的盔甲异常沉重，他跟跄了一下，身后一位随从扶住了他。他动了动几乎冻僵的脚，眼望山庄大门处，只见里面也生起几堆火，火边围满人，从那边竟然还飘来烤肉的香气。

宁骑城怒不可遏，他本以为对方会不顾一切，拼命要杀出一条路冲出来，这样他就可以堵在山庄大门处以逸待劳，杀尽对方羽翼，待对方实力大损时冲进去擒贼擒王。但是对方似是看破了他的心思，就是不按套路出牌。考虑到山庄里地形复杂，他的人马撒进去根本不起作用，围堵才是最好的办法，看来对方也识破了这点，他们不上当，只是佯攻来跟他耗时间。

一匹马踏雪飞驰而来，高健翻身下马跑到宁骑城面前，只见他面无血色，显然是冻得不轻，嘴巴也不利索了："大……人，这……雪，弟兄们，快……受不了了。"

"高健,把你的人全部带过来吧。"宁骑城决定要改变战术了,"他们以为风雪会帮他退兵,哼,做梦去吧。"

"大……人,不埋伏了?"高健疑惑地问。

"现在轮到咱们进攻了。"宁骑城一声冷笑。

"是。"高健扭头就回到马前,被宁骑城叫住,"高健,过来,先暖和一下。"高健随宁骑城到火边,高健在火边烤了下手,就急忙回马前翻身上马,他担心他的兵卒,想快点带他们过来烤火,让他们也暖和一下,不然真要死人了。

高健催马前奔,在拐角处惊见林子里有火苗闪现。他一惊,如此荒郊野岭,而且这边还开有战端,这些人竟然还敢聚在这里? 高健略一寻思,还是先带队伍过来,一会儿回禀了宁骑城再说。想到这里,他用马鞭抽打着马屁股,奋力向前冲去。

高健带着队伍过来与大部队会合后,便来到宁骑城面前把刚才在林子里见到火光的事告诉他。宁骑城拧眉寻思,他对高健道:"不管林子里是谁,只要不与山庄里的人是一伙的,就不管他,你派个人查探一下。"高健领命下去。

宁骑城翻身上马,命令休整好的队伍跟他出击。

飞扬的雪花在众多火把的照耀下,变得妖娆多姿。火把照亮了半个天空,就像把墨色的天空撕开了半片,四周低沉的天空变得几乎触手可及。宁骑城催马立在队伍前面,凝视着对面的山庄大门。

突然,没等宁骑城叫阵,对面山庄大门洞开。山庄里一众人手举火把一字排开,萧天从中间催马过来,他手持长剑迎着宁骑城而去,两人中间只隔数丈。

宁骑城眼中含着冰霜,手持绣春刀指着萧天道:"狐山君王,你的山庄被我包围了,你若识时务,就束手就擒,不然,我定会杀得整个山庄片甲不留。"

萧天听宁骑城直呼自己狐山君王,还是有些意外。他的这个身份对外隐藏得很好,外面人一直认为他只是兴龙帮帮主,可是宁骑城却直呼他的真实身份,他是如何得知的? 萧天一声冷笑,催马又近半步,道:"宁大人,狐山君王可是朝廷通缉要犯,你有何凭证指认我就是狐山君王?"

"哼,"宁城骑一阵狂笑,"我当然是从你身边人口中得知的,你身边也不是铁板一块,不要再浪费时间了……"

萧天听到此言,稍一愣神,他想不出在哪里出了纰漏,看见宁骑城信心满满拉开架势要与他厮杀的样子,也不容他多想,便大声应道:"好,宁骑城,既然说到这儿,那就要凭你的本事啦。"萧天持剑一抖丝缰,拉开了架势,"我记得咱们交手过多次,每次落荒而逃的人可不是我吧?"萧天故意刺激他道,"你以为拿了柄皇上赐的绣春刀就可以横行天下吗?"

萧天的几句话,句句都像打在宁骑城的脸上。宁骑城怒喝一声:"萧天,看刀!"只见宁骑城挥刀向萧天直劈过来,他周身都充斥着肃杀之气。萧天持剑迎着绣春刀一挡,两人在空中较力,只听"当啷"一声,撞击得火星四溅。接着两个人招招相接,只见漫天刀光剑影,雪花也避之不及。刀与剑、马与马、人与人纠缠在一起,两人战得酣畅淋漓,斗得天昏地暗,让人眼花缭乱,两边的人都傻了眼,一时根本分不清谁是谁。

这边玄墨山人看到两人缠斗到一起,便按计划开始部署,他吩咐众人把火把绑到能绑住的地方,下令所有人上马跟随他冲出去。李漠帆跑到玄墨山人跟前:"玄墨掌门,我留下吧。"

玄墨山人回头看了眼李漠帆,心里清楚李漠帆与萧天的交情,也敬他是一条汉子,虽然萧天命他带全部人马撤走,但是李漠帆如果能留下,他也会稍微安心一些。玄墨山人点点头,拍拍他的肩膀,什么也没有说,翻身上马,冲身边弟兄们低声喊道:"跟着我向西边冲,弟兄们走喽……"

这边众锦衣卫校尉正盯着中间的两人,只见两人缠斗得昏天黑地,只见光影不见人,却在不经意间发现有一队人马正悄悄向他们冲过来,待他们反应过来,马队已冲了过来。锦衣卫慌张应对,呼喊着贼寇要突围。这边阵形已乱,被马队冲出一个口子,想堵住已不可能。双方人马在这里也缠斗到一起。

高健眼见口子越撕越大,双方都有伤亡,便领着他的人马从东面跑来支援。他抬头看见宁骑城与萧天缠斗正酣,两个人已不知大战了几百个回合,身上都有了伤,他在宁骑城身后大喊:"大人,贼寇有部分突围了。"宁骑城略一分神,萧天的长剑就到了眼前,宁骑城只能咬牙接招。

高健忍不住停下来,在一旁观战,看得出来,萧帮主的剑术比宁骑城要略高一筹,如果是在江湖上,两人那可真是棋逢对手,或许还可以成为朋友。可惜如今变成死对头。

宁骑城挥绣春刀应付着,眼角的余光看到高健,恨得牙痒痒,他还有心情在这里观战,每次都是在关键时刻掉链子,他怒喝一声:"高健!"

高健浑身一激灵,这才回过神来,催马向那边混战的人群奔去。混战的双方都是训练有素的人。一边是宁骑城的锦衣卫,他素来治军严明。另一边虽然人员复杂,但都是在江湖上历练过的身负武功之人。锦衣卫乱了阵形,只靠单打独斗,时间一长,优势就到了玄墨山人这边。

玄墨山人择机撕开一条口子杀了出来,紧接着后面的人也都跟着冲了出来。玄墨山人回身查看了下伤亡情况,死了五个弟兄,其余的多是刀伤,并不严重,便命令冲到前面的三岔口上山。

此时山门前缠斗的双方都渐渐体力不支。宁骑城分寸已乱,他想拿下萧天,力不从心,想抽身而出,萧天又不放过他,已是恼羞成怒气急败坏。萧天仍然不急不躁,有板有眼地见招拆招。气得宁骑城哇哇大叫:"萧天,你今天若落到我手里,我非生吃了你不可。"

"哈哈,不会给你这个机会。"萧天说着,他听到西边的厮杀声渐渐消失,料到玄墨山人带人马已冲出去。他暗中已看好一个方位,等一会儿他将从那里杀出去,直接下山,如宁骑城追击过来,他就直接把他引到山下,这样更好。

突然,萧天眼角的余光看见山庄大门处晃动着一个人影,让他暗吃一惊。玄墨山人不是已带人马全部撤出了吗?萧天一分神,宁骑城的绣春刀晃了一下,划到眼前直刺心脏。一旁一个熟悉的声音大叫:"帮主,小心。"

萧天持长剑挡住,回头一看李漠帆举着火把跑过来。萧天虚晃一剑,回头冲李漠帆叫道:"老李,你快撤。"

"帮主,你别说话了,你我兄弟一场,本应生死与共。"李漠帆大声说道。萧天闻听心头一热,回身全力对付宁骑城。

宁骑城一声冷笑道:"临死,又来个陪葬的。"

"谁是陪葬的,还不一定呢。"萧天说着,嗖嗖连着使出几个致命招数,宁骑城疲于应付,萧天接着虚晃一招,回头叫住李漠帆,"老李,上马,跟上我。"萧天说着,看准方位催马冲了出去,李漠帆翻身上马紧跟在萧天身后。宁骑城掉转马头看到这两人要跑,立刻喝住一旁兵卒道:"截住他们,射箭!"

众兵卒只见两匹烈马疾奔而来,躲闪不及的被踩在马蹄下,上前迎战的哪是萧天的对手。听到命令射箭,一些兵卒弯身找箭,无奈箭囊里已是空空如也。宁骑城一边催马直追,一边传令其余人冲进山庄,寻找贼寇。

萧天在前,李漠帆在后,两人催马奔到三岔口,向山下疾驰而去。不远处,宁骑城带着骑兵追赶而来。

这时,高健派出去的探马回来,跑到高健面前禀道:"高百户,林子里是几个蒙古人,此时他们正向咱这个方向而来。"

高健一听,眉头皱起,这个地段怎会出现蒙古人?

四

原来，乞颜烈听到放哨的回来禀告说看见官兵，他便命马队躲到坡上林子里。乞颜烈趴在雪窝里向下观察，发现宁骑城领着锦衣卫官兵从坡下小道上行进过来。他粗略地算了下人数，并不多，心想原来堂堂一个锦衣卫指挥使手下也就这么些人。

和古瑞跑过来趴到他身边，问道："叔，咱冲进去吧？"

"不急，等等看。"乞颜烈望着远处隐藏在山谷里若隐若现的一群灰色建筑，脸上露出贪婪的笑意。

和古瑞瞥见乞颜烈脸上的笑容，知道他此时心情不错，便趁机开口道："叔，那两个俘虏如何处置？跟着怪麻烦的，要不让我就地埋了吧？"和古瑞看乞颜烈回头瞪着他，又说道，"要不，那个女的留下，模样挺好……"

乞颜烈挥手打了和古瑞一巴掌，说："我大哥怎么弄出你这个种，脑子里不是糨糊就是女人，这是玩女人的时候吗？滚一边去。"乞颜烈不放心又叫住他，"回来，不要动那俩俘虏，他们对咱而言是累赘，但有人会出大价钱要他们，懂吗？"

和古瑞似懂非懂地点点头，怕乞颜烈再动手，离他远远地站着。

"过来，趴我身边。"乞颜烈缓和了语气，语重心长地道，"我的侄儿呀，此次咱们夺银子事关重大，是咱们建功立业的好时机，若能助他先夺了这花花江山，你要什么没有，懂吗？"

这次和古瑞总算听明白了，他双眼放光望着乞颜烈狠点头："懂了，叔，全听你的。"

在他们身后的林子里，十几匹马分别拴在树下，十几个蒙古人围坐在一起，有的人开始吃身上带的干粮。在这堆人不远处一棵老槐树下，于贺和青冥被反绑着双手，由一根麻绳拴在树干上。

一路上于贺不停地懊悔，非但没有完成老爷交代的事，还连累了一位姑娘，没有救成反而落入狼口。于贺看到此时蒙古人在吃干粮，放松了对他们的看守，便动了逃跑的念头。

他用手拉住麻绳晃了晃，想引起背后那个姑娘的注意，然后他低声道："姑娘，咱们想办法逃吧。"青冥被麻绳晃醒，她刚才几乎昏睡过去，一路上的奔波让她的体力极度透支,浑身酸软无力。此时她听见和她绑在一起的那个人说要逃走,沉默了片刻,道:"你能逃,快些逃吧,我走不了。"

于贺一听急了,说:"姑娘,这话如何说起,是我连累了你,我一定要救你。"

"我的腿有残疾,根本走不了。"青冥虚弱地说道,"这位大哥,你能跑快跑吧,刚才我没有给你说实话,你别怪我,瑞鹤山庄就在这座山的谷底,你顺着坡跑下去,就会看见一片房子,我看这帮人不像好人,你跑到山庄里给他们报个信吧。"

"谢谢姑娘指路,我会带你一起走的。"于贺两只手努力挣脱麻绳,无奈绑得太紧,手背上勒出血也没有挣脱。青冥突然说道:"让我来。"说着,她慢慢挪到他身后,弯身趴到他被绑的双手前,用牙开始咬麻绳,片刻后青冥满嘴都被勒出血沫,于贺双臂用力挣着,突然麻绳从中间断裂。

于贺挣开双手,他仍然背着手坐着,两只手迅速去解青冥的麻绳。于贺扫视四周,见没人往这里看,便偷偷站起身,来到青冥身边拉起她的双手把她背到背上,向林子深处跑去。

几个蒙古人吃着干粮,一个人冻得缩着脖子道:"这天要把人冻死,生个火吧,暖和一下。"一旁一个瘦高个道:"不行,头儿怕暴露目标,还是问一下吧,省得一会儿挨骂。"瘦高个站起身,向乞颜烈的方向走去,突然他看了眼旁边的老槐树,刚才这里还绑着两个人,此时只看见一堆麻绳扔在树下。

"不好,他们跑了!"

他的喊声立刻惊起众人的目光,几个蒙古人跑到树下,和古瑞远远听见说有人跑了,气急败坏地跑过来,上前就给了瘦高个一拳:"妈的,连个人都看不住。"

乞颜烈抓住麻绳看了眼,望着树下雪地上清晰的脚印道:"他们跑不远,那个女的腿残,沿着脚印快追。"

树林里积雪漫过膝盖,于贺背着青冥拼命向前跑,步伐跌跌撞撞地跑不快。青冥在背后焦急地拍着他的肩,说:"放下我,你快跑吧,你把我放下。""姑娘,我不会放下你。"于贺说着。不多时便听见身后纷乱的脚步声和喊声:"站住,再不站住,放箭了。"

于贺加快了脚步,只听耳边"嗖嗖"两声,于贺感到小腿一阵剧痛,跌倒在地,两人摔到雪地上,青冥的大腿上也中了一箭。青冥一把抓住于贺腿上的箭拽了出来,她以前在檀谷峪经常给人治箭伤,她看出这支箭只伤到一层皮肉,不碍事。她飞快地说道:"你快跑,要不咱俩都走不了,你叫上庄子里的人才能救我,快跑。"

于贺看到后面追赶的人近了,便不再坚持。他瘸着腿,一边跑一边说道:"我会带人来救你的。"

和古瑞看见地上躺着一个人，另一人跑了。他命人把青冥重新绑上抬回去。他追了几步，突然举起弓弩，搭上一支箭射了出去，本想射到腿上，手一抖射偏了，只见前方那人一头倒在地上。

和古瑞领着众人跑上去，只见那支箭正中后心。乞颜烈从后面走过来，气急败坏地抓住于贺衣领把他的身体翻过来，发现已没了气息。乞颜烈怒不可遏地瞪了和古瑞一眼，扭头往回走去。

这时，一个在前方刺探情况的蒙古人跑回来，对乞颜烈回禀："帮主，山庄大门处两边打起来了。"

"好。"乞颜烈脸上的怒气一扫而光，他兴奋地叫道，"弟兄们，振作起来，咱们的好运来了，出发！"

山庄大门被高健带的人一举捣毁。他命人冲进山庄查找漏网之人。众兵卒窝在雪窝早就麻木了双腿，此时听到命令进山庄，欢呼着向前冲去。

这时，从侧面小道上突然冲出来一队人马，呼啸着从兵卒的身边冲进山庄。高健一愣，大喝一声："你们是何人？"那群人并不搭话，催马闷头往山庄里闯。几个兵卒试图拦截，怎奈马队风驰电掣般闯了进去。

"快，速速向宁大人禀告。"高健派出一个校尉去找宁骑城。

蒙古人冲进山庄后就傻眼了。山庄这么大，黑压压一片房子，如何才能找到银子？"叔，这往哪儿去呀？"和古瑞望着面前三四条道路不知往哪里走。乞颜烈也没想到这片庄子这么大，如果一间间房挨着搜，这何时才是个头。

"先找到主宅再说，跟我来。"乞颜烈催马向前面疾驰，众人跟随其后，向中间最高大的一片屋宇奔去。

山路上，宁骑城追到三岔口便停住了，他望了眼下山的路，心里窝着一团火，又一次让萧天跑了。这时，从山庄方向奔来一匹马，马上之人大声喊道："大人，大人，山庄冲来一群不明身份之人，高百户请你过去。"

宁骑城掉转马头向山庄疾奔，他想到来的路上处决的那个东厂的暗桩，以为是高昌波来了，便命令手下："快，不能让东厂的人在咱们前面进山庄。"

众锦衣卫接到命令，一个个催马直奔山庄而来。

高健看到宁骑城疾驰而来，举着火把催马迎上前。两马相错时，高健压低声音道："大人，是蒙古人。"

宁骑城紧张的心里稍微镇定了些，"乞颜烈？"他望了眼山庄方向，没想到义父

狐王令（下）　　　　　　　　　　　　　　　　　607

也来这里插一脚,那天在府里与乞颜烈说起过瑞鹤山庄,他们跑来难道是想分一杯羹？宁骑城望着高健问道:"他们来了多少人?"高健想了下,说道:"十几个人吧。"

"高健,这些人不用管他们,他们是想趁火打劫求财,不会与咱们为敌。你带人搜,看还有没有漏网之鱼。"宁骑城吩咐道。

"大人,你受伤了,你的背部……"高健借着火把的光看见宁骑城背部甲胄已被血染红了,肩部也有血迹,"大人……"

"皮肉伤而已。"宁骑城说道,这才猛然感到背部刺痛,这种痛更加刺激了他,再次让萧天从他手下逃脱,他是又恨又气,但是他也明白萧天的武功在他之上,这也是没有办法的事。

"大人,山庄里应该还有人,刚才突围出去的都是男人,这么大个庄子,难道会没有女人?"

"没错。抓住几个人质,看萧天他们来不来救。"宁骑城恶狠狠地说着,催马往山庄驰去。

整个山庄被众多晃动的火把照亮了。一队队人马举着火把一个院子一个院子地搜,所到之处却空空如也。宁骑城恼羞成怒,亲自带着高健跑到中间的院子,看见上面写着"樱语堂"三字,高健在一旁说这应该是主宅。

从里面传来说话声,宁骑城从腰间抽出绣春刀闯进去,看见一帮人正坐一张八仙桌前大吃大喝,屋里大红的帷帐被撕成碎片,整个屋子被翻了个底朝天,四处一片狼藉。桌前的乞颜烈看见宁骑城杀气腾腾地闯进来,装作不认识地叫道:"你们是何人?"

"你们又是何人?"高健手持长刀指着他们问道。

"讨债人。"乞颜烈不动声色地说道,"山庄的主子欠了我们银子,我们来讨。"

"讨到了?"宁骑城沉着脸走过来问道。

"屁,一个子儿也没找到。"一旁和古瑞叫道,"只看见一桌子菜,俺们也饿了,先吃饱再掘地三尺。"

"想掘地三尺,你问了现在的主人了吗?"宁骑城不阴不阳地冷笑一声。

乞颜烈哈哈一笑,站起身道:"来的路上抓了两个探子,不知道大人感不感兴趣?"乞颜烈向宁骑城递了个眼色接着说道,"只可惜被箭射死一个,还剩一个女人。"

宁骑城一听,立刻问道:"在哪儿,让我看看。"

"去,把那个女人弄过来。"乞颜烈命和古瑞去带人。

不一会儿，和古瑞扛着一个麻袋走进来，他把麻袋放到中间，解开麻袋的绳子，从里面露出一个脑袋。青冥被一团麻绳塞住嘴巴，发不出声，她低垂着头，长发遮住了半张脸，但是她清秀的面容还是展露出来。

宁骑城一看，有些眼熟，却一时想不起在哪里见过。他向高健挥了下手，高健会意，急忙上前掏出被绑女人嘴里的麻绳，问道："你是哪里人？叫什么？"

青冥抬起头盯住宁骑城，那道目光仿佛一把闪着寒光的匕首，猝不及防地向宁骑城射过来。

只这一瞥，令宁骑城浑身一颤，他立刻想到她是谁。因为这目光几年前他也见过，他几乎不敢相信自己的眼睛，青冥郡主如何会出现在这里？青冥正是几年前王浩从檀谷峪带进京城，由他护送进宫里献给皇上的。这个女子的身份也只有他和王浩、王振知道，后来宫里传出她死在乾西里了，怎么此时落到蒙古人手中？他脑中晃动着一万个疑问，突然想起刺杀王振当日，萧天背负一个宫女逃出宫，原来是这么回事。宁骑城前后一串联，心中已了然。此时表面上却装作漠不关心的样子，道："从哪里抢了一个女人，扔到我面前充功？"

乞颜烈看宁骑城不感兴趣，便从衣襟里掏出那个令牌往他眼前晃了一下，道："这个兵部的令牌呢？"

宁骑城一愣，盯着乞颜烈手里的令牌，认出是兵部的。"你从何得来？"

"从那个死了的男人身上，他和这个女人是一伙的。"乞颜烈说道，"这个买卖怎么样？"

"好。"宁骑城装出对令牌喜出望外的样子，实则是压抑不住自己的狂喜，只要抓住这个女人，不怕萧天不出头，他装作很犹豫，最后还是咬牙说道，"成交。不过你得把令牌给我。"他太了解乞颜烈，他疑心很重，太顺利会让他怀疑，看来他还不知道这个女人的身份。

"这可不行，我只给你这个女人。"乞颜烈说道，"你可以从她身上得到你想要的东西。"

"就这么一个来历不明的女人，你就跟我交换山庄里的财宝？"

"这里到底有没有财宝，还不知道呢。"

争执了半天，最后两人终于谈定。屋里的蒙古人兴奋异常，个个摩拳擦掌要在山庄里找财宝。宁骑城命高健牵来一匹马驮着青冥走出院子。高健十分不以为然道："大人，你要这个女人有何用？"

"好生看押起来，先给她弄口吃的。"宁骑城深邃的双眸泛着狡黠的光，他轻声吩咐道。

　　"……"高健一愣，忍不住问道，"为何呀，这……"

　　"她是狐族郡主，你说为何？"

第三十章　又陷狼穴

一

　　翠微姑姑清点了人数,人群里没有看见明筝和夏木。这里就是洞穴出口,离地面有丈余高,几个男人正从一侧岩壁上攀爬到洞口,他们背着粗大的藤条往下放,人们依次抓住藤条往上爬。只有两根藤条,一次只能上两个人。

　　翠微姑姑叫来梅儿跟她回去找明筝和夏木。梅儿举着火把,她们沿着崎岖的来路往回走。翠微姑姑低声叫着她俩的名字:"明筝,夏木……"两人一直走到当初休息时的溶洞才看见一团微弱的火光。

　　"明筝,夏木?"

　　"翠微姑姑,是我们。"夏木应了一声,起身向火把跑来。

　　"急死我了,大家都走了,你俩怎么还待在这里?"翠微姑姑说着,望了一眼烛光下还在挥笔书写的明筝。

　　"姑姑,明筝姑娘不走,我想留下陪她。"夏木迟疑地说道。

　　"不行。"翠微姑姑发火道,"都得跟我走。"

　　"姑姑,"明筝抬起头,放下手中笔,走到翠微姑姑面前,为难地指着那一堆书稿道,"姑姑,此番出逃翻山越岭不说,恐怕还有追兵,带着这些典籍多有不便,若是路上遗失,岂不是罪过大耶? 我留下守住这些典籍是最好的办法,洞穴如此之大,要想藏身很容易的。"

明筝十分清楚,此次狐族又面临一次劫难。这些天与典籍为伴,她已对狐族掌故了如指掌,在狐族的记载中这不算大劫难,狐族能够在历次的劫难中度险重生,与历代狐王的英勇善战和守护典籍有着密切的关联,典籍就是狐族的根,守住根就守住了希望。既然郡主把典籍交给了她,她将拼命守护它们。还有一点,就是她相信萧天会带领狐族化险为夷。

翠微姑姑听明筝如此一说,感到十分有道理,想想洞穴出口人爬上去都很艰难,要带上这些典籍确实不易,但是待在溶洞里风险同样大,万一官兵发现了洞穴呢?翠微姑姑左右为难。

"姑姑,你不要犹豫了,我以前跟着隐水姑姑常年住在山上,我能应付,你们快走吧,还有带上夏木,留下的人越少越不容易暴露。"明筝说道,"再说,我待在这里正好把损毁的典籍修补好,也算对得起郡主对我的托付。"

"唉……"翠微姑姑叹了口气,本来充满憧憬的未来生活瞬间变得支离破碎,郡主出走生死不知,唯一的栖息地这片山庄又被围剿,被迫出逃。她和李漠帆总算结成了夫妻,但是连一个晚上都没有过成,就被迫分开……此时她心酸难过地望着明筝,"明姑娘,真难为你有这份心,守护典籍是我们狐族儿女的事,却让你……冒如此风险,我真感激不尽。"翠微姑姑说着就要跪下,被夏木和梅儿扶住。

"姑姑,何出此言。"明筝上前扶住她,"这里不宜久留,你们快些走吧。"

"明姑娘,我还是留下吧。"夏木不放心地说道。

"姐姐,你留下我还要分心去照顾你,更麻烦了,你跟翠微姑姑走吧,等官兵走了,你们来接我。"

"也好。"翠微姑姑说着从身上解下一个布囊交给明筝,"里面是肉干和面饼,我一会儿再派人给送些干粮来。"翠微姑姑叫夏木和梅儿,"咱们走。"

夏木忍不住回头望着明筝,眼角挂着泪,边走边哭。

梅儿嘱咐道:"明姑娘,保重啊。"

明筝重新坐到石头上,脸上挂着笑容,向她们挥了挥手。三人越走越远,巨大的溶洞里那星烛火越来越小……

洞口的人少了许多,人们有序地爬上藤条。翠微姑姑叫住厨房老伙夫,查看了下干粮,拿出一部分叫夏木和梅儿给明筝送过去。两人举着火把走了。

不多时,两人回来。翠微姑姑招呼着两人爬藤条,夏木却让翠微姑姑先上,翠微姑姑知道夏木是担心自己身体笨爬不上,便好强地抓住藤条要在她们面前露一手。

只见她伸手攥住藤条,双腿勾住,两只手飞快地交替向上,两条腿像蛤蟆一样,一纵一跃,已到了洞口。看得夏木和梅儿目瞪口呆,翠微姑姑吊在洞口冲下面哈哈一笑道:"老娘还是有些功夫的。"

洞外寒风凛冽。翠微姑姑命所有人灭了火把,好在四周的积雪白茫茫一片,在雪光的映衬下,周围景物清晰可见。

早爬出洞口的人们集聚在不远的树林里,为了御寒,人们挤成一团。这些人很多是从檀谷峪逃出的狐族人,他们早已习惯了这种逃亡生活。还有部分是兴龙帮的人,也有部分是惹了官司被迫离家、被山庄收留的人,因此,他们一心一意跟山庄共存亡,毫无怨言。

翠微姑姑见里面的人都出来了,便命几个男人把洞口用藤条塞住,然后往洞口上堆满雪,直到洞口看上去跟其他地方无异才罢休。翠微姑姑还是不放心,一想到明筝和典籍都在里面,她便格外上心,查看了半天方点头。

翠微姑姑看了下四周,这里是小苍山的半山腰,此时估计有四更天,她远远地望着山下谷地,看见瑞鹤山庄四周都很安静,只有里面仍然有火光晃动。她暗暗高兴,这么说狐王他们冲出来了。

夏木走到她身边,指着下面道:"姑姑,你看,他们在庄子里像是在四处找什么。"

"找人呗,不过是个空庄子而已,"翠微姑姑得意地笑了一下,对一旁的夏木道,"你和梅儿跟我走,咱们去前面看看能不能与他们接上头。"

翠微姑姑找了个避风的地方安顿好大家,便带着夏木和梅儿沿着小道向山下走。一路上寂静无声,只有脚下靴子踏在雪上发出的沙沙声,走到半路,突然听到几声鸟叫,翠微姑姑一惊,急忙回了一声。接着又是几声鸟叫。

"林栖,出来吧。"翠微姑姑听出来是林栖,便压低声音叫道。

不一会儿,从一旁林子里走出来几个人,玄墨山人和林栖在前,后面跟着几个天蚕门弟子。翠微姑姑高兴地迎上去,看了一圈有些发愣,没看见萧天和李漠帆,便问道:"狐王和我相公呢?"

玄墨山人和林栖交换了个眼色,玄墨山人道:"狐王和李把头为掩护大伙撤离,与宁骑城在山庄前交手,我刚刚已派盘阳去探查情况了。"

翠微姑姑点点头,她听到李漠帆与萧天在一起,也不觉得奇怪,男人的世界她不懂,李漠帆更是把义字看得比什么都重,他又怎会离开他的帮主独自逃走呢?

狐王令 (下)

"大伙都跑出来了？"玄墨山人问道，想到萧天的嘱咐，他必须确保大伙的安全。翠微姑姑便把明筝留在洞穴的事告诉了他们，玄墨山人听罢也是既感动又担心，但是就目前来说，也只能如此，他们奔波在这荒山野岭里居无定所，典籍被所有狐族人视为珍宝，是绝不能再有闪失的。

"翠微姑姑，你前方带路，咱们两方会合后，再行商议去处。"玄墨山人对翠微姑姑说道。林栖返回他们的藏身地，不一会儿，一些人牵着马跟着他走出来。

在翠微姑姑的带领下，两部分人终于在山中间一个树林里会合了。这里距离瑞鹤山庄很远，虽然俯身可以看到山谷里山庄里的灯火，但是要想从山庄到这里也得有半天的路程。玄墨山人在四周布了岗哨，命人生起一堆柴火，所有人围着火坐下休息。人们奔波了大半夜，尤其是女人，一旦有了落脚点，再加上与亲人会面后，心里踏实下来，不一会儿四周便鼾声四起。

玄墨山人与翠微姑姑并排坐在火边，他看翠微姑姑着急担心的样子，便安慰道："你且好好休息，盘阳会把外面的消息带回来的。"

二

瑞鹤山庄里火把四处晃动，几路人马已经搜了近两个时辰，仍然是一无所获。宁骑城站在樱语堂外面的庭院里，他一动不动已经站了两个时辰，谁也不知道他在想什么。他望着四处的亭台楼阁，猛然抖了下黑色大氅的下摆，对身边的高健说道："一定有密道。"

高健凑上前，不以为然地说道："大人，此处山庄本身就很隐秘，修在山谷里，还有修密道的必要吗？"

这时，一队人马奔过来，打头的翻身下马，从甲胄里掏出几张白宣纸，禀道："大人，这是在听雨居那个院子里捡到的。"

宁骑城接过纸张，一旁站立的校尉急忙举起火把过来。宁骑城凑着火光往白宣纸上看去，只见娟秀的楷体字写满一页，字体工整又不失灵动，清秀又暗藏风骨。宁骑城看了片刻，越看越觉得眼熟。纸上写的内容他倒是不感兴趣，像是普通的家谱。但是字迹太像一个人了。他脸上的肌肉不由一抖，一旁的高健以为是发现了什么重要信息，忙问："上面写了什么？"

宁骑城突然像一个被点着的炮仗，猛地爆发了。他大喊："来人！"几个校尉跑到他面前,他发令道:"山庄一定有密道,寻找密道,每个房间都查。"说完,他几步跨到马前,翻身上马,命那个捡到白宣纸的人前面带路,"走,去听雨居。"

高健有些晕头转向,他也急忙翻身上马,跟在宁骑城身后出了樱语堂院门。

听雨居里的兵卒看见长官过来,又重新返回,站在游廊两侧。宁骑城翻身下马,直冲冲地沿着游廊走到正房,他在屋里转了一圈,又拐进东厢房,翻了几样东西扔到地上,又踏进西厢房。

宁骑城站在门口,一眼看到窗下刀架上的一把长剑。宁骑城径直走到长剑前,仔细地端详着剑身,剑上刻着一个如意的符号。宁骑城嘴角掀起笑容,他轻轻拿起长剑,嘴里嗫嚅了一句:"我终于找到你了。"

一旁的高健看见宁骑城看着剑,双眼放光,一副猎人嗅到猎物时的兴奋和贪婪,不由好奇地问道:"大人,你在找谁?"

宁骑城回过头,没好气地道:"高百户,收起你的好奇心,干点正事吧。"

"我知道了。"高健低头一笑,他认出了剑的主人是那位明筝姑娘,他多次见她佩带此剑。看来这位冷血杀手也有柔情的一面,一直惦念着明筝姑娘,"剑在,她一定还在山庄里。"

宁骑城不去理会高健的提示,眯着双眼环视着屋里,不放过任何一个细节。"高健,去把那个女人带上来,她也许知道内情。"宁骑城突然转身对高健说道。

高健点头,领命而去。一会儿工夫,高健领着两个随从抬着青冥走进来。宁骑城指了下一旁的太师椅,两个随从把青冥放到太师椅上,退到后面。

青冥面色苍白,杂乱的长发遮住了半张脸,她抬头狠狠地盯着宁骑城,刚才她被蒙古人拉到他面前,只一眼她便认出了他。当年她被王浩从檀谷峪劫走,就是被他押送到京城,她如何会忘了他,变成鬼她都能认出来。她恨得牙痒痒,但是满腔的怒气过后,便是深深的恐惧……青冥脑中一片空白,她只是离开了几个时辰,山庄便遭此变故,此间到底发生了什么,她无从了解,她只知道山庄被围剿,狐族又面临生死关口。

"青冥郡主,你还认得我吗?"宁骑城黑着脸,俊朗的脸上却现出一个邪魅的微笑。

青冥久久地注视着宁骑城,目光冰冷似刀:"宁百户,不,应该是宁指挥使,你还活着呢?"

"活着呢。"宁骑城慢慢走近青冥,一字一句地说道,"你不在宫里,怎么跑到了这儿?我记得皇上封你为玉妃,这可是大逆不道,要诛九族的大罪呀。"

"我狐族本就被你们这群奸佞小人污蔑,也不在乎再加上这一条,你少废话,要杀要剐随你。"青冥说完闭上眼睛,不再搭理他。

宁骑城压了压心中的火气问道:"那你告诉我,你是怎么落到那伙蒙古人手里的。"

青冥扭过头,看也不看他。

宁骑城从刀架上取出那把剑,一边看着剑刃上泛出的寒光,一边问道,"这把剑的主人叫明筝,我没说错吧,她在哪儿?"

"别费力了,你不会从我嘴里听到任何事。"青冥冷冷地瞥着宁骑城。

"告诉我,山庄里是不是有密道通往外面?"宁骑城此时失去了耐心,粗暴地吼道。他看见青冥索性闭上双眼,扭过头,便气呼呼地嚷道,"既然这样,那我只好把你送回宫里了。"他见青冥身体抖了下,便缓和了语气接着道,"如果你说出山庄的密道,还有萧天他们的藏身地,我就放了你,如何?"

宁骑城话没说完,谁也没料到,青冥猛地从椅子上起身,向一旁墙上撞去。若不是宁骑城轻功了得飞身扑住她,她一定撞墙而亡。宁骑城气得哇哇大叫,高健及随从再不敢大意,死死按住她。

"天亮后,把她绑到山庄大门上,看萧天出不出头。"宁骑城气急败坏地叫道。高健和几个随从抬着青冥走出去。

这时,从敞开的门看到一旁院里熊熊燃烧的火光,浓烈的烟雾漫进院子里,宁骑城几步跑到门外,一个校尉跑来回禀:"大人,那几个蒙古人不听劝阻要烧房子。"

宁骑城气急败坏地赶到樱语堂,只见东厢房已经从里面烧了起来,和古瑞拿着火把走向西厢房。院子里几个人正往马上绑东西,都是锦缎细软之类的,几个人一边绑一边骂骂咧咧:"什么财宝,连个铜钱也没见到。""快点,去其他院子看看。""这是主宅,这儿什么都没有,其他地方更不会有。"

"和古瑞!"宁骑城大喊一声叫住他。

和古瑞举着火把已引燃了屋檐下的枯草,火光把院子照得明亮如昼。宁骑城愤怒地冲到和古瑞面前,一把夺过他手中的火把扔到地上。他愤怒地瞪着他,这伙来自草原的莽寇在边塞劫掠惯了,抢了便跑,跑前还不忘放火烧村寨。虽然他也是从小跟他们在一起,但是他从未烧过房子,也未杀过边民,为此他没少挨鞭子,但是他一旦认下死理,是任谁都无法改变的,直到现在他都痛恨这种做法。宁骑城身后的随从迅速跑进屋子去扑火,不一会儿火势得到了控制。

"小黑子,你骗我们说有银子财宝,在哪儿呢?"和古瑞被宁骑城夺下火把很是恼火,不依不饶地向宁骑城叫嚣着。

宁骑城一把抓住和古瑞的衣领,怒喝道:"你给我闭嘴!"宁骑城说着抬脚踹到和古瑞腿窝里,和古瑞扑通摔了个嘴啃泥,仍不依不饶地叫着:"叔父,他又打我。"

"这个臭小子,"乞颜烈从一旁走过来,笑着为和古瑞开脱道,"他是空欢喜了一场,有些气不过。"

宁骑城不去理会和古瑞,径直走到乞颜烈面前压低声音道:"义父,这里耳目众多,甚是不便,既然没有找到财宝,你们快些离去吧。"

"你就这么打发我走了?"乞颜烈有些心不甘地乜了他一眼。

"你还想怎样?"宁骑城不耐烦地问道。

"别忘了我交给你的事。"乞颜烈狠狠盯着宁骑城片刻,以提醒他记住此事,说完扭头向其他几人挥了下手,"好啦,走吧。"他们几人翻身上马,向院门疾驰而去。

宁骑城望着他们的背影,越加心烦气躁。乞颜烈变本加厉要他刺探朝堂机密,怎知他如今在朝里地位岌岌可危,原本计划周密的行动,本想抓住朝廷通缉要犯狐族的狐山君王,以此来邀功,可人算不如天算,又让萧天跑了。

高健走到他身后:"大人,你脸色很不好,还是休息一下吧。"

"那个女人安置好了?"宁骑城一只手按住额头,丧气地问道,"她还是不肯说吗?"

"唉,这个女人也真是可怜。"高健望着宁骑城皱着眉头问道,"大人,她到底是什么来头?"

宁骑城阴鸷的目光里带着一丝嘲讽:"高百户,你的好奇心真是重呀。"宁骑城说完,一只手急忙扶住廊柱,他身上的伤此时剧烈地疼起来,他皱了下眉头,有气无力地吩咐,"下去休息吧,巡夜的部署好。"说完,一脸落寞地往听雨居走去。

"大人,我去把随行的郎中叫来。"高健看出他伤得不轻,急忙匆匆跑出去。

三

夜色如浓稠的墨,却在雪野的映照下,一点点化开,变得模糊、空幻。本该是一年里最安逸祥和的夜晚,却在这里注定要变成一个噩梦。

地上的积雪被夜风吹得平整无痕。李漠帆拉着两匹马从林子边走过来,他身后跟着萧天,萧天有些狼狈,走得十分缓慢。李漠帆不时往后看看萧天,他知道他身上有伤。两人小心地绕进林子往山上走来。

"帮主,要不歇会儿吧?"李漠帆说着,把两匹马分别拴到两棵树上,跑过来看萧天。萧天靠到一棵树上,一只手捂着肩膀,血已染红了衣袍。萧天撩起下摆撕下一片布衫,李漠帆接过来帮他绑到肩膀上。"帮主,你还行吧?"

"没事,一点皮肉伤。"萧天从树枝上抓了把雪填进嘴里,冰得他不由闭上眼睛,他吞下雪,喘了口气,"宁骑城功夫了得,如果时间延长,我真没有把握能战胜他。"

"不管怎么说,他也是你的手下败将。"李漠帆不无得意地说道。

"胜与败,有区别吗?"萧天苦笑一声,他站起身,看了下天,道,"天快亮了,咱们需快些赶到山中与他们会合。"

李漠帆扶着萧天,两人向两匹马走去。突然两人停下,同时盯住前面雪地上的一支箭。那支箭直直地插在雪地上,箭尾结满冰凌。"去看看。"萧天对李漠帆说道。李漠帆紧走几步,去拔雪地上的箭,没有拔出来,他一急,手伸进雪里,不由惊讶地叫起来:"帮主,是个人。"

李漠帆几下扒开那人身上的积雪,把他的身体翻过来。此人早已没有了气息,脸上沾满了雪。萧天走过来伸手抹掉他脸上的雪,不由大吃一惊,叫道:"这,这不是于府的管家吗?"

"于府,你说是于谦大人?"李漠帆疑惑地说道,"你可看清了?"

"没错,我几次去于府,每次都是他开的大门。"萧天说着,急忙拍打他身上的雪,在他衣襟里翻了翻,什么也没发现。他盯着尸体上那支箭,伸手用力拔了下来。萧天把箭放到眼前,一下就认出是蒙古人的箭,"是蒙古人干的。"

李漠帆听得一头雾水,盯着那支箭,"蒙古人怎么会出现在这片林子里? 还有,这位于管家来这里干吗?"

"于管家是于大人的心腹,一般情况是不会让他亲自办差,除非是……"萧天猛然惊醒,"除非是于大人得到信,宁骑城要围剿瑞鹤山庄,于大人派管家来这里给咱们报信,结果却……"萧天站起身,来回踱步,"目前,只有这样才能解释得通,于管家是因为咱们而发生不幸。至于这支箭出自何人之手,还要再查。"

李漠帆认同地点点头:"那于管家的尸身怎么办?"

"只能先藏起来。"萧天痛心地道,"来日,我要亲自把于管家送回于府交与于大人。"

两人在树林里一棵歪脖槐树下,挖了个雪窝,把于贺的尸身埋进去,在他身上盖满雪,堆出雪丘,做了标志。两人在雪丘前拜了三拜才离开。

两人沿着林子里的小道,继续向山中艰难跋涉。萧天经过那场血战,体力消耗很大,又加上有伤,走得缓慢。李漠帆执意让他坐到马上,虽然马也很疲累,走这种山道马也没有多少优势,但是总比一个伤者走得快。萧天拗不过他,只好坐到马上,让李漠帆牵着往山上走。

四处除了风声,寂静无声,偶尔飞过一两只觅食的山雀。

"帮主,咱们都走到这里了,怎么还不见他们?"李漠帆有些沉不住气了,"不会出什么事吧?"

萧天骑在马上,头不时要避开前方触到头上的树枝,眼睛机警地四处巡视。他没有理会李漠帆的牢骚,他心里有数,玄墨山人也是经过大风大浪的,是个可以委以重任的人。如今山庄遭遇突袭,他绞尽脑汁也想不明白宁骑城是如何找到瑞鹤山庄的。这件事使他骨鲠在喉,时时不安,如果这个落脚点也没有了,他将带着他们去哪里? 还有青冥郡主到底去了哪里? 他心中各种念头交织在一起,乱成了一团麻。

正在这时,前面突然蹿出一个人抱住李漠帆大叫,李漠帆吓了一跳,再一看竟是裹着羊皮的小六。"六儿,是你!"

"叔呀,叔,叔……"小六兴奋地叫了一嗓子,拔腿就往回跑,不一会儿,带着玄墨山人等几个人跑过来。

"萧帮主可好?"玄墨山人大步跑来,看到马上坐着萧天,这才放下心来,"兄弟,我们在这里守候多时。"

"大哥。"萧天看到大家个个精神抖擞的样子,满意地笑了。李漠帆急忙告知玄墨山人,萧天身上有好几处伤。玄墨山人命人小心地把萧天扶下马,在一旁铺下毛毡让萧天坐下,萧天一笑道:"皮肉伤,无碍。"

玄墨山人查看了萧天的伤势,一边从怀里掏出一个瓷瓶,在伤处上药粉,一边给萧天说明当下的形势:"山庄里,从洞穴出来的妇女老人和我带出去的人都在小苍山云玦顶,那里有几个洞穴,目前比较安全,就看下一步宁骑城会不会进山了。"

"山中不比山庄里,方圆百里不怕他进山。"萧天略一沉思,"青冥郡主有信吗?"

"林栖跑出去,到现在还没有回来。"玄墨山人回道,他叹口气,突然想到一事,望着萧天道,"有一事得告诉你,明姑娘她留在洞穴里没有跟人群出来,听翠微姑姑讲,她是和典籍一起留在那里的。"

"糊涂……翠微姑姑怎么能把明筝留在洞穴里?"萧天一听急了。

"是明筝自己非要留下,要把那些典籍从洞穴里搬出来实属不易,所以翠微姑姑就同意了。"玄墨山人道。

"宁骑城是什么样的人你们不知道吗?"萧天气得几乎跳起来,"瑞鹤山庄如此机密的所在他都能找到,山庄里那个洞穴会难住他? 如果他找到了,不仅典籍被毁,明筝也会……"萧天站起身,向自己的马走去。

"帮主,你去哪儿?"李漠帆追过去。

"这样,"萧天回过头,感到刚才在玄墨山人面前有些失礼,便缓和了语气道,"大哥,你带人回到云玦顶加强警戒。我这会儿回洞穴把明筝带出来,然后与你们会合。"

玄墨山人想了想:"也好,明筝独自待在洞穴里确实不妥,你去也好,只是你身上有伤,还是带着李把头一起吧。"玄墨山人向李漠帆嘱咐了一句,"照顾好萧帮主。"说完,玄墨山人招呼人向来路走去。

萧天翻身上马,刚才经过短暂休息,再加上玄墨山人给他的伤口上了天蚕门独门创伤药,伤口已经不痛了。他催促着李漠帆心急火燎地向洞穴的方向走。他们所在的方向离那片山坡不远,为了更快些,他们冒险离开林子,来到小道上,这样马可以奔跑起来,比在林子里走要快。

"帮主,还是回林子里吧,走小道太危险,要是遇到进山的锦衣卫就麻烦了。"李漠帆有些担心。

"你不是说,宁骑城是我的手下败将吗,怕什么?"萧天说道,催马疾驰。

李漠帆一时无语,他知道此时萧天心里一定焦急万分,恨不得一步跨到明筝身边。唉,他叹口气,做事周密谨慎的萧天,一遇到明筝就完全失了分寸,本来嘛,英雄难过美人关,萧天为了誓言毅然放下这段感情,但毕竟他也是个有血肉的男儿,如若明筝在他眼皮底下出了差池,那他如何能过得了心里这一关。

李漠帆想到这儿,也明白了萧天会不惜任何代价去找明筝,也就不再抱怨会暴露踪迹,暴露踪迹算什么,或许他连命都会豁出去。

两人一前一后沿着山道向山中疾驰。从山道的弯路上就可以看到山谷里瑞鹤山庄黑压压一片屋宇了。那个洞穴的出口在坡上面,两人骑马过去,瞬间愣住了,一片白茫茫雪地,厚重的积雪把四周所有山石道路遮盖得了无痕迹。

"这……怎么找呀?"李漠帆发愁地问道。

萧天翻身下马,走到这片坡地的中间。他环视四周,这场大雪遮蔽了所有辨识物。他记得有一次专门从洞穴爬出来过,印象最深的是四周稠密的各种藤类植物,当时正是盛夏,繁茂的植物像一张网盖在洞口,他拔出腰中佩剑斩断藤蔓才爬出来。

"没别的办法,只能一点点摸索了。"萧天说着,根据记忆在洞口附近开始刨雪,他飞快地用双手在地上挖着,李漠帆也跟着加入其中。很快两人挖出一片裸露的土地,地上现出光秃秃的藤茎。萧天抓住一根粗大的藤茎站起身往上拽,顿时盘根错节的藤茎从积雪中腾起,雪泥四溅。

萧天顺着藤茎继续寻找,发现一处地方藤茎堆积在一起。他用力抖起藤蔓,藤蔓盘亘着被腾空拽出,露出一个黑乎乎的洞口。李漠帆兴奋地趴在洞口往里面俯瞰。萧天叫住他,"你藏在这里,我下去。"说着,身上绑着一根藤蔓的根茎就往洞口下。

"帮主,千万小心。"

"知道了,你看着四周,有事给我发信号。"

萧天双手攀着岩壁向下走,这里地势他十分熟悉。有时进山为了省脚力他从这里出去过几次。从外面走要一天的路程,从这个洞口出去只需半个时辰。洞里没有外面的刺骨寒风,手脚更灵活了。不一会儿他从岩壁上下到地面,他借着上方洞口微弱的光,看了看四周。他把腰间的藤茎解开,放到一块凸起的大石头上,向里面走去。

这一路怪石嶙峋,道路又窄,两边的石缝里不停地滴着水。他略一沉思,明筝应该还待在里面那几个溶洞里,那里宽敞且容易藏身。他从衣襟里取出火折子,火折子燃了,他看到一旁有扔掉的火把,急忙捡起一根点燃。

萧天举着火把向里面飞快地走着,走过一个溶洞,里面空荡荡漆黑一片又寂静无声。他心里开始担心起来,这么巨大的溶洞,只剩下她一个人,她该多么害怕和无助呀!他太了解明筝,嘴上很犟,其实就是小孩子脾气。他忍不住轻声唤了一声:"明筝,明筝你在哪儿?"

他的声音在巨大的空荡荡的溶洞里产生回声,什么也听不清,只听见呼呼的风声,把他吓了一跳。他举着火把继续往前走,这里又进入一个小溶洞,他一眼看见角落里亮着一星火苗。他一阵兴奋,迅速向火苗跑去,脚步声发出巨大的声响,他也顾不了这个,待他跑近,却发现烛光下无人,正愣怔着,猛听见身后有声响,一回头,看见一根木棍向他袭来。

萧天扔下火把,闪身一躲,伸手抓住来人手臂,准备就势把她按到地上。就在萧天擒住那人手臂的瞬间,他猛然辨认出来,急忙又伸手把她从下面拉回怀里,叫道:"明筝,是我。"

怀里的明筝听到如此熟悉的声音,抬起头看见是萧天,突然"哇"地大哭起来,经历了刚才的惊吓,和独自一人与这片洞穴的黑暗作对,现如今猛然看见自己日思夜想的人,她是又喜又悲,又惊又怕,百感交集之下整个人都瘫在萧天怀里,萧天变成了一座靠山,任她趴在怀里哭,一动不动。

萧天不敢移动身体,明筝柔弱的双臂紧紧抱着他的腰,即使那里有三处刀伤,在她手臂的牵扯下,阵阵作痛,他仿佛忘却了疼痛,他知道这种短暂的亲昵会转瞬即逝,对他来说弥足珍贵,他看到她的瞬间除了心痛就是深深的自责。

突然,明筝离开萧天,向后退了几步,羞涩地揉着眼睛:"你,你怎么来了?"她突然想起来,他带人寻找郡主去了,便问道,"郡主呢?"

"还,没有消息。"萧天望着明筝,两人说到郡主都有些尴尬,不由都沉默下来,不知怎么开口。萧天望着明筝,犹豫了一下试探地问道,"郡主留下字条,你知道吗?"萧天说着望向明筝,在微弱光影下,明筝的脸红成了火球。

"你别说了,我不会听她的话,你把我明筝当什么人了。"明筝背过身。

"不管怎么说,"萧天安慰她道,"郡主出走,躲过了这一劫,也是幸运的事。"

"这一劫?"明筝这才想起问外面发生的事,"山庄到底发生了什么事?"

"宁骑城带锦衣卫围住了山庄,好在大家都突围了出去。"萧天以命令的口吻道,"你这就跟我出去。"

"啊?那典籍怎么办?"明筝问道。

"留在这里。你跟我走。"萧天飞快地说。

"不行,我答应郡主,一定要守好它们。"明筝望着萧天,心里有气,这些天他对她不管不问,一见她就对她发号施令,便赌气道,"刚才是你吓住我了,其实这里很安全,不会有事,你走吧,别管我。"

"他们已经进入山庄,你不走时刻会有危险。"萧天耐下心劝道,"宁骑城诡计多端,这个洞穴并不安全。"

明筝不理他,径直走到烛火边,竟然坐到石头上,拿起笔开始往宣纸上写字。萧天在一旁看得汗都下来了,他蹲到她身边,索性开始给她研墨,嘴里嘟囔着:"算了,你不走,我也不走,要是被抓住,正好抓一对,我呀,往那菜市口大铡刀下一躺,一了百了,明年这个时候就是你我的忌日。"

"谁和你是一对?"明筝停下笔,瞪着萧天。

"你呀……"萧天一笑,"反正要死啦,死前总得说句真心话。"

"那……郡主呢?"明筝故意问。

"我只能带走一个。"萧天刚说完,明筝猛然背过身子,肩膀一耸一耸似在抽泣。

"明筝,你别哭了,你不如打我一顿吧。"萧天胡乱说着。

"我干吗打你?"

"好好出口气。"

明筝被他的话逗乐了,突然扑哧笑了一声,脸上飞上一片红晕。她不再理他,站起身开始收拾石台上的纸张,把它们放进一旁包袱里。

"明筝,你怎么不写了,墨都研好了。"萧天故意问道。

"我可不想跟你死在菜市口。"明筝乜了他一眼,她看着身旁三个包袱,犯了难,"但是这些包袱怎么办?"

"交给我,"萧天提起三个包袱,向里面走去,一边走一边对明筝说道,"你拿着灯,来这里。"萧天熟练地摸到靠岩壁一个巨大的钟乳石上,上面有一个自然的凹洞,他把三个包袱放进去,回头问明筝:"怎么样?"

明筝高兴地直拍手:"太好了,这个地方真隐秘。"

两人正在说着,突然从山洞入口方向听到一声爆炸声。萧天从岩壁上跳下来,一把抓住明筝道:"不好,像是山洞入口被炸开了,咱们快走。"

"那里还有一些东西呢。"明筝想起来,自己随身的包袱和一些干粮在那里。

萧天拉着明筝往狭长的通道跑去,在通道口萧天让明筝在那里等他,他独自一人返回,去取明筝的东西。

明筝紧张地望着那个快要燃尽的火把渐渐远去,心都提到了嗓子眼,不一会儿,她听见急促的脚步声,那截火把就剩下一星火光,萧天背着一个包袱跑过来,他扔下燃尽的火把,拉住明筝就往出口跑。

"明筝,你猜我刚才听到谁的声音?"萧天鼻腔里散发出一股怒气,"柳眉之!"

黑暗中,明筝看不清萧天的脸,只感到他握住她右手的手掌一直用力,明筝感到一阵痛,但她忍着没有发出声音。柳眉之这个名字让明筝刚刚平复下来的心绪,又一阵翻江倒海。

洞穴里由远处传来一阵喧嚣声,不过此时萧天拉住明筝已经攀上洞口的岩壁……

第三十一章　鬼魅身影

一

除夕辰时,柳眉之离开了云玦顶。这两日在洞穴里睡了两天,他养足了精神,云蘋的表现也很让他高兴,前两日他独自下山,弄了一匹膘肥体壮的黄骠马,还有一袋干粮,最高兴的是里面有一袋牛肉干,他和云蘋美餐了一顿。昨日他出去又牵回一匹马,柳眉之毫不吝啬地夸了他一通。

这日一早,柳眉之叫醒云蘋道:"知道今儿是何日吗?"

云蘋从角落里爬起来,不敢凑太近,怕自己的丑态让师父难受,他远远地问道:"师父,今儿是何日呀?"

"每年的除夕夜,都是白莲会大会师的日子。我告诉你云蘋,可别小看咱们白莲会,信众有十几万人,总坛下面分东西南北四大分会,每年轮流坐庄,今年轮到北部堂会坐庄,所以咱们今日必须赶到会师地,与其他三大堂主会面。"柳眉之说着,一脸得意的笑容,眼里满是自信,"今年,他们会实现承诺,把北部首座堂主这个位置交给我。"说完,他哈哈一声大笑,片刻后瞬间收起,眼望前方放射出异样的光。

"师父……"云蘋扑倒在地,磕了几个头,"谢师父收留我,我定跟随师父,赴汤蹈火生死与共。"

"好,完成这件大事后,我就会一门心思来对付宁骑城。"

一听到宁骑城这个名字,云蘋变得焦躁不安,他抓耳挠腮地晃动着身体,凑近一步道:"我恨不得抓住他吃他的肉,喝他的血,师父,咱何时找宁骑城报仇。"

"他会来这里的。"柳眉之一阵冷笑,他心里清楚把狐山君王就是兴龙帮帮主萧天这个惊天秘密告诉了宁骑城,便可以坐等他们两厢残杀,他一是可以坐收渔翁之利,二是双方不管谁落败他都可以收拾这个残局。他不由暗暗得意,望了眼洞穴外面的天空,道,"走吧,速去速回,今夜还要赶回来。"

会师地就在京城外的虎口坡,离小苍山半日路程。那里依山环水,周围山势险峻,附近又有小镇。四年前的除夕柳眉之曾在这里目睹过一次会师大会。当时他还只是北部会里大师的弟子,在会里分为三个等级,堂主掌控一切,下面传教收信众的是大师,最下面联络办事的是掌事,也称掌事师傅。

那一夜,让柳眉之一生难忘。

他偷偷从长春院溜出来,跑到白莲会秘密会堂,一家听书唱曲的堂子,面见自己的师父,琴师李甲康。李甲康与他同为乐籍,对他并不歧视,甚至与他很是亲近。他与师父在密室读宝卷,咏经,在弥勒佛金像前三拜九叩后,两人起身赶往会合地——西直门外一个茶坊。他们到时,那里已聚集了二十几个人,其中有掌事师傅陈其亮,他是个脚夫,平日里与李甲康没什么来往,都是听从堂主的差遣。

众人相伴而去,其间路过一个小镇,石门镇。镇里两个信众找到掌事师傅陈其亮,他们的棺材铺受强人欺凌,求白莲会为他们出头,收取了信众的银两后,陈其亮带众人去捣毁了棺材铺对手的铺子,大家高兴而归。却被李甲康一顿训斥,当场陈其亮和李甲康发生争吵。

不承想陈其亮从靴子里拔出匕首,刺入李甲康的胸口。可怜李甲康才过不惑就撒手人寰。在他们之中李甲康地位最高,陈其亮次之,突然间头目被刺死,众人皆惊,不知所措。

陈其亮这时把众人叫到一处,从布囊里掏出棺材铺信众给的三十两银子,让人去钱庄兑成三十串铜钱,分发给众人,并告诉大家,他之所以刺死李甲康完全是上天的旨意,李甲康是混进来的奸细,所以处处与他作对,只有他才能带领大家返归天界,免遭劫难。

众人手捧沉甸甸的铜钱,个个兴高采烈,疯狂地呼喊:"陈其亮大师,陈其亮大师……"在众人的欢呼中,陈其亮坐上大师的位置。面对突如其来的变故,柳眉之没有一点心理准备,他被眼前发生的一切深深地震撼了。他黯然神伤,独自买来一口薄棺殓了师父。

没想到陈其亮并没有放过他，在坟边拔出匕首插到坟头，让他选是跟着他干还是进坟墓陪葬。那一天柳眉之在生死关头猛然警醒，师父不是死在陈其亮的手里，是死在他自己手里。烛光佛念与世无争的清平世界只存在于师父的想象里，这个世界从来就是你不强大，就要被强大的对手吞掉。

怀着对陈其亮的痛恨，柳眉之服从了他，但他发誓要以其人之道还治其人之身，为师父报仇。在那个除夕的午后，在师父的坟旁，柳眉之迅速地成长起来，他把最后一锹土盖到坟头，整个人都像从泥土里重生一样，他不会再懦弱，不会再让别人欺负自己，他学会了怎样保护自己。

这天夜里，盛大的会师场面再次震撼了柳眉之。上万的信众从四面八方赶来山谷，围在用木板搭成的高台四周。高台上铺着金色的锦缎，周边是一根根胳膊粗的蜡烛，黄色的火苗把整个金色高台映照成一片闪闪发光的仙境。教众披着白色兜头，手拿蜡烛，跟着高台上的大师低声咏经。远远望去，恍如仙界。

柳眉之跟着陈其亮走进会场，众人皆激动得泪流满面。陈其亮告诉柳眉之，只要跟着他好好干，回去就把他升为掌事师傅，作为师傅被信众敬仰。如果可以像高台上的堂主一样，被万民膜拜，还有什么是不能放下的？

那个除夕夜，离此时已过去了四年，恍如隔世。柳眉之骑在马上，心里一片感慨。自那时起，他的生活发生了翻天覆地的变化，他从普通信众一步步走到今天的位置，从掌事师傅到大师，又到堂主，不过跨越了两个年头，今天他将迎来崭新的起点，如此离他心目中的首座堂主就更近了。

两匹烈马在官道上疾驰，不管是田间还是村镇皆被积雪覆盖，一片白茫茫。两人来到石门镇，柳眉之勒住马缰绳，对身后的云蘋说道："走，跟我祭拜一下师父。"柳眉之掉转马头，拐到镇西口，那里有一片坟岗，由于师父没有家眷，当时他只能草草掩埋。之后一年，他又回来了一趟，重新修了坟。那次在坟前，他还带来了陈其亮的一缕头发。陈其亮直到死时都不知道是谁动的手脚，他被堂主宣布是奸细，被教众乱棍打死。

柳眉之站在长满荒草的坟前，坟上没有任何标志，师父在世时常说，生前在台上被人指指点点厌烦了，死后一定要清清净净，不要任何人知道。作为一代琴师，他就这样走了。

柳眉之闭上眼睛，他想起那些黑暗的夜晚，凄风苦雨下无处躲避的他，一次次蜷缩在师父的身边，听他讲弥勒佛，他不知道佛是什么，只知道师父的故事给他无尽的温暖。师父已死，对他来说佛也死了。他心里除了怨气再也盛不下其他的。

唯一让他欣慰的是,他为师父报了仇。柳眉之站在坟头望着远处的石门镇,过了石门镇就是虎口坡,他喃喃自语道:"师父,你老人家好好享受清净吧,我有空再来看你。"

柳眉之领着云蘋从坟岗出来,催马向虎口坡而去。一路上再没有心思留意周围的景物。他蛰伏在瑞鹤山庄已近半年之久,自他从诏狱中逃出,由于身中奇毒受制于宁骑城,还是第一次去见北部会的人,也不知会里是个什么情况,以前白眉行者总会隔段时间来见他一面,细细算来,不觉一阵心慌,白眉行者已经两个月有余没有来见他。

离那片谷地还有半里有余,他便发现不祥端倪。路上寂静无声,看不见过往的车辆和人马,偶尔过来一队人马还是官家的驿站车马。柳眉之越想越觉得不对头。记得四年前,这条道上早已熙熙攘攘,人员车马络绎不绝,大家嘴里不说,但都知道是奔着同一个目标。当时之所以把会师地定在偏远的山区,就是为了避开官府的耳目,不至于引起他们的注意。

可此时已日落西山,路上却只有他们两匹马,前后不见人影。

"师父,你说……会师大会……很……热闹,人山人海,是……真的吗?"云蘋望着杳无人迹的官道,想着师父的话,不由问道。

柳眉之皱着眉头,心情越发沉重,他已预感到定有大事发生,决定先到谷地再说。他们两人催马前行,拐过山口,直奔会师地而去。如果说刚才还是预感,踏进谷地那一刻,柳眉之犹如醍醐灌顶,差点从马上跌落。

谷地一片白茫茫,死寂一片。过膝的积雪平整无痕,连个印迹都找不到。柳眉之催马奔进雪地,站在中间望着面前空荡荡的山谷,几乎是绝望地发出一声怒吼:"你们人呢?为什么要骗我?"

突然,谷口奔来一骑枣红马,马上之人催马直接来到柳眉之面前。来人一身公子打扮看不出身份,他在马上抱拳高声道:"可是京城柳堂主?"柳眉之一直看着来人,努力辨认着,但来人却是个陌生面孔,他平稳了一下心绪,道:"正是在下,公子是……"

"白眉行者派我来通知柳堂主,今年的会师大会改在昆山了。"

"白眉行者在哪儿,带我去见他。"柳眉之压着心中怒火,对年轻人说道,"对了,还没有请教你的尊号。"

"堂主客气了,小的叫吴阳,白眉行者属下新晋级的护法。"年轻人说道。

"好一个年轻有为的护法,那你就前面带路吧。"

"这也是白眉行者的意思,他让我带你去见他。"吴阳笑着说道。

"云巅,"柳眉之向云巅招了下手,看云巅催马过来,他转向吴阳道,"我的这个弟子,相貌丑陋,但是对我忠心耿耿,你不要介意。"

"无妨。"吴阳笑着说,等云巅来到近前,吴阳还是吓了一跳,他急忙勒马退到柳眉之这边,说道,"柳堂主,那咱们出发吧。"

"他在哪里?"柳眉之问道。

"在石门镇茶坊。"吴阳说着,催马在前面带路。

三人从原路返回,来到石门镇。这个小镇只有一条街,这条街上只有一个茶坊,茶坊门前挑着一根旗杆,上书"云起",两个字狂草书成,煞是惹人眼目,不知这位茶坊掌柜什么来路,但单就这两个字,煞是费人思量。柳眉之把黄骠马交与云巅,自己跟着吴阳来到二楼一间雅室,一推门便愣住了。

里面坐着七个人,个个精壮。从精气神就可看出都是习武之人,白眉行者坐在上首的位置。柳眉之心里一惊,不祥的预感又一次浮上心头,这种场面他需要有一个人为他压压场子,他冲窗口吹了下口哨。不多时,云巅沉重的脚步声嗵嗵地响起来。

门被推开,云巅走进来,虽然他身披大氅戴着兜头,但他可怕的外貌还是引起屋里人一阵阵倒吸冷气。云巅十分恭顺地立在柳眉之身后,一动不动。

白眉行者朗声一笑,起身抱拳道:"柳堂主,多日不见,看来你身体康复得不错。请坐。"

柳眉之一阵冷笑,径直坐到白眉行者对面的桌前。

"白眉行者,"柳眉之坐下便直接问道,"为何到此时才通知我会师大会改了地址?我们北部会里的人呢?他们去会师大会没有?"

白眉行者不慌不忙地给柳眉之斟满茶,然后说道:"我今天来见你,是受总坛之托,来向你宣布一件事。"白眉行者饮了口茶,犹豫了片刻,缓缓说道,"近来,由于朝堂对白莲会追剿越来越紧,因此总坛商议决定,暂时关闭北部会,避一避风头。"

柳眉之突然发出一阵狂笑,他站起身,一只脚踏在椅子上,指着白眉行者道:"你知道你在说什么吗?关闭北部会,哈哈……我不相信,我不相信总坛会瞎了眼,难道他们不知道这两年北部会信众上万,堂庵逐渐增加,我每年向总坛上交的供奉是所有分会里最多的,难道他们都没有看到吗?没有我如何会有这种局面?白眉行者,这两年你在我这里杀了几个朝堂酷吏,你难道不清楚吗?"

"柳堂主,请你对白眉行者客气点,"白眉行者身后的吴阳插话道,"现如今白眉行者已不归北部会了,他是总坛首座的金刚护法。"

"噢,哈哈。"柳眉之又一阵狂笑,"原来如此……"

"柳堂主,你且听我说完,"白眉行者也站起身,"正因为这两年咱们屡屡与朝堂作对,因此才会处境艰难。"

"江湖上谁不知白莲会因刺杀王振名震四方,收了不少信众。"柳眉之鄙视地乜了他一眼。"王振作恶多端,祸国殃民,人人可诛之,我是替天行道。"柳眉之叫道。

"不错,王振害得李府,你家主人,工部原尚书李汉江满门抄斩,使你就此流落乐坊变为乐籍,你当然对他恨之入骨。"白眉行者看了眼愤愤不平的柳眉之,接着道,"你的身世我很同情,但是你想过没有,刺杀王振就是与朝堂作对,王振权倾朝野,咱们怎能斗得过他,而他举手之间就可倾覆白莲会。现如今京城满大街东厂番子,谁被指认是白莲会的人就被抓走,信众已被抓走几百人,对白莲会是个从未有过的打击,以后百姓谁还会进白莲会的堂庵? 进去就会招来牢狱之灾。因此首座关闭北部会,也是想避过这个风头,再择机复会。"

柳眉之额头上冒出豆大的汗珠,他一屁股坐到椅子上,端起面前茶盅一饮而尽,然后问道:"我们北部会首座呢,他怎么说?"

白眉行者静默了片刻,平静地道:"你们首座死了。"

"你说什么? 再说一遍?"柳眉之诧异地瞪着白眉行者。

"总坛处死了他,并宣布遣散北部会。"白眉行者依然平静道,"他要为如今的局面负责,这也是给其他三个会的警示。"白眉行者尽量控制自己的情绪,因为他心里清楚今天的见面注定不会很平静。

柳眉之一把推开面前的青花茶壶,它从八仙桌上滚下去,"啪"的一声摔成碎片。柳眉之隔着桌面抓住了白眉行者的衣襟,怒喝道:"是你杀了他。"

"我是奉命行事。"白眉行者保持着平静说道。他身边几个护法拥过来,虎视眈眈地瞪着柳眉之,却被白眉行者喝退,"你们退下,这是我和柳堂主的事。"

"还称呼我堂主,我已经什么都不是了,对吧?"柳眉之怒不可遏地吼道,白眉行者没有动,他想让自己的被动唤起柳眉之的冷静,但他没有想到,转眼之间一把短刀就直刺到他胸口,他甚至都没有看见从哪里拿出的刀,因为他对柳眉之根本没有防备。

血从白眉行者胸口喷涌而出,溅了柳眉之一脸。两人迅速分开,白眉行者瞪圆了眼睛,他做梦也没想到,自己会栽在柳眉之这个小白脸手上,他挣扎着退到墙角,伸手指着柳眉之,喘息着断断续续说了一句:"你这个小人……"话没说完便倒地吐血而亡。

屋里大乱，白眉行者身后的护法对眼前突发的杀戮猝不及防，一个个惊慌失措，纷纷掏出刀剑冲柳眉之而来，突然一个身影挡到柳眉之身前。

云蘋与他们七个人大打出手。只见那七个人，一个持剑，两个拿刀，其他四人分别使鞭子、锤、双截棍和飞镖。七人的兵器五花八门，武功也是分三六九等。顶尖之人就是持剑的吴阳，他挥剑向云蘋刺去，剑刃上寒光闪烁，直逼人眼目，他师从泰山派，此派极其讲究，每一招都花式繁多，令人看来惊叹不已，但其实只是金玉其外而已。

云蘋一下被吴阳繁杂的剑式迷惑了眼睛，他呆呆地盯着令人眼花缭乱的剑花，满心羡慕而忘了下手。几人看到云蘋窘态，暗自得意，纷纷拥上来，锤子、飞镖一起攻击，只听见一阵"叮当"之声后，锤子、飞镖纷纷落地。

这一下，他们震惊不小，惊异于他练就的是何功夫，竟能刀枪不入。正在纳闷间，云蘋已发怒，他冲到他们中间，三下两下摁倒一片。有一个使锤的壮汉，不知死活，从背后袭击云蘋，被云蘋抱住身体摔到地上扭断了脖子，当下就断了气。其他人一看，都缩着脖子蹲下，不敢再动。最后只剩下吴阳，吴阳持剑指着云蘋，脑中一片空白，自他出山后还没见过有如此功夫的人。

站在角落观战的柳眉之一阵大笑，他为眼前的胜利沾沾自喜。他喝住云蘋，走到那一群缩在角落的人面前道："你们的头目，白眉行者，是他先背叛了首座，竟然杀了他，这种背主求荣的畜生，不杀之天地不容。"柳眉之走到吴阳面前，把他手中的剑扔到地上，拍了拍他的肩膀道，"我知道你们是受他蛊惑，现在他得到应有的报应，你们要是想走，我放你们走，如果你们愿意跟随我，那我也是求之不得。"柳眉之走到窗前，对着他们扬起双臂，面色庄重地说道，"昨夜佛给了我启示，他告诉我，白莲没落，金禅兴起，命我以金禅之名，带领信众返归天界。"

云蘋莫名地兴奋起来，又唱又跳，倒地就拜，大呼："金禅……金禅会……"其余人犹犹豫豫地互相观望了片刻，知道此时只有顺服才能活命，而天下有什么比活命更重要的事呢，便纷纷跪下叩拜。

"我以金禅会堂主之名，向你们保证，"柳眉之接着说道，"你们如果跟随我，将会成为护法，你们可愿意？"

"不行，你们起来，白眉行者待你们不薄，你们怎能背叛他？"吴阳望着几个人，愤愤不平。

"算了吧，吴阳，"其中一个说道，"白眉行者已经死了，俗话说识时务者为俊杰;再说,咱们去南部背井离乡不说,不是同样受人排斥。跟谁不是跟,还不如跟柳堂主在家乡好。"

其他几人纷纷点头,吴阳闭上眼睛一阵摇头叹气。

柳眉之哈哈一笑,赞同地看着刚才说话的人,道:"这位兄弟说得很好,我会带你们重新回到京城,在那个繁华之地,会有咱们的堂庵、众多的信众,享受金禅会无忧的富贵,将来与我共同归返天界。"

除了吴阳,其他几人已被柳眉之所描述的美妙前景触动,纷纷跪下,声呼:"堂主,谨听教诲。"

"好,"柳眉之回头望着吴阳,他看出吴阳也心动了,只是还在犹豫,他是真心喜欢这个年轻人,一心想把他留在身边。他的身边必须有几个得力的人,云蘋只能是一个杀手,偶尔使用,想要在京城立足还是需要像吴阳这样的人。

"这样吧,咱们先把白眉行者入殓,把他葬了,你再决定是留是走。"柳眉之耐心地说道。

柳眉之的话让吴阳吃了一惊,他点点头。

于是,柳眉之花重金买来一口上好的棺木,殓了白眉行者。他跟茶馆伙计说白眉行者突发重疾而亡,伙计一看这些人个个凶悍,尤其那个又黑又丑的家伙,唯恐躲避不及,哪里还敢过问。

他们一行人抬着棺木,葬到坟岗上。柳眉之一看,坟头离师父的坟头不远,心想两人可以做个伴,也不错。

来时一路上满心期盼,回时却已时过境迁,短短几个时辰,对于柳眉之来说已是生死轮回。他胸中的怒气已被释放。如今他摆脱了白莲会,杀了白莲会金刚护法,自立金禅会,这一切虽说只是临时起意,却是他一生梦想,这一切的到来让他自己都有些晕眩。

他突然看到一片广阔的天空,看到天空上飘浮的白云。以前他只看到脚下一片地,天与地的区别就在这里,天可以让人无限陶醉,而脚下的地除了给你挫败感,什么也给不了你。

柳眉之仰天大笑,笑自己以前蠢得离谱,如今一切才刚刚开始。他站在山坡上,望着他的几个手下,高声宣布道:"跟我回小苍山,我要去瑞鹤山庄拜会一个老朋友,他手里有一张藏宝图,有了这个图,咱们还怕没有立足之地吗?你们在石门镇等我。待我办完了事,咱们就回京城。"

"是,堂主。"几个人一听藏宝图,心里十分高兴,想到将来跟着新堂主吃香喝辣,不由激动不已,纷纷跪下叩拜。

柳眉之看向吴阳,问道:"你呢,吴阳,你想好了吗?"

吴阳见柳眉之厚葬了白眉行者,与他接触后感觉他也不像想象的那么冷酷,毕竟是白眉行者先杀了柳眉之的首座,柳眉之为首座报仇也算是为主尽忠,看到其他几人都愿意留下,他也就不再坚持,便躬身一礼道:"柳堂主。"

"好……"柳眉之仰头笑道,"吴阳,你就做金禅会的掌事。只要你好好干,堂主绝不会亏待你。"

"是,堂主。"吴阳跪下叩谢。

众人一片欢喜,云蘋更是喜欢得不得了,以前只有他一个人跟在柳眉之身后,如今一下子多出来六个人。但看了一圈,他们都有了职位,唯有他没有被封,心下十分不爽,他吞吞吐吐地问道:"堂……堂主,那……那……我呢?"

柳眉之一回头,乐了,说道:"你是我的金刚护法,他们全部听你的。"

"啊……"云蘋猛地被这个大名头镇住了,双膝一软,跪下叩头。

其他人听见这个封号,由于忌惮他诡异的武功,也不敢有任何反驳之意。众人从山坡上下来时,来时的散漫已不见,一个组织严密、官阶森严的金禅会出现在石门镇上。

当夜,柳眉之留下云蘋照看这几个人,其实他还是对他们不放心,怕他们跑了。跑了倒是无所谓,怕就怕他们跑回南方给总坛报信。现如今他落脚不稳,还要与宁骑城斗,暂时还腾不出手来对付白莲会。

他嘱咐云蘋看好他们,自己连夜赶往小苍山。此时已是除夕之夜,小镇上家家户户贴红对联,放鞭炮,一家人聚在一起守岁,街道上人迹罕见,不时从路边的屋檐下飘出阵阵饭菜的香气。

一路疾驰,柳眉之赶到小苍山时已近三更。他骑马拐入山道后发现路上厚厚的积雪上满是马蹄印和车辙印迹,待他赶到三岔口,远远便听见双方交战的嘶喊声,看来宁骑城已经在攻打山庄了。他催马奔到一边山坡上,便看见山下瑞鹤山庄门前一片火光。

他兴奋地翻身下马,把马拴在一边树上,自己只身跑下山坡,从侧面跑到山坡下,藏身在雪窝里,静待时机。

二

瑞鹤山庄经过半夜的激战和一拨拨搜寻,终于渐渐安静下来。各处晃动的火把逐渐熄灭,樱语堂被点燃的屋檐也被扑灭,四处弥漫着呛鼻的烟火味。一些兵卒实在熬不住困,寻着个落脚点倒头就睡。

只有派去值夜巡逻的一队人马,举着火把在山庄四处走动,按照规定,一个时辰后就会换防。这时,这队人里一个低个子突然嚷嚷起来,骂骂咧咧道:"见了鬼了,我的肚子疼,哎哟……"

一旁一个人打趣道:"让你贪嘴,像捡个大便宜似的,在厨房啃了两个兔腿,你不肚疼才怪呢。"

"你还说我,"低个子嚷起来,"你不也吃了,咱们在这个鬼地方熬了几天,吃过一顿饱饭吗?哎哟。"

"别吵吵了,"从队列外走过来他们的头目,"一会儿就换防了,忍忍吧。"

"头,我想忍,但是,我去趟茅房吧……"

"滚,瞧你那点出息……"

低个子捂着肚子从道上向一边花圃里跑去,花圃里积雪很厚,他跑了几步,找到一个隐蔽的地方,解开身上的甲胄,没有看见身后闪过一个黑影。

一张俊朗的脸隐在暗处,眼睛盯着那个兵卒,手中握住一把短刀,此人正是柳眉之,他矮下身子瞅准时机,只见寒光一闪,短刀直刺进兵卒背后,那个兵卒连哼都没有来得及就断了气。

暗影里柳眉之迅速拔出短刀,在雪里擦去血迹。他环视四周,那队巡逻的兵卒向西走去。他急忙解开死者的甲胄,剥下他身上的兵卒的外衣,穿在自己身上,胖瘦合适,就是短了点。他又穿上甲胄,戴上头盔。自己看了看身上的装扮,还算满意,便从花圃拐到道上。

此时已近四更天,四周一片黑暗。但是对于在这里住了大半年的柳眉之来说,闭着眼也能摸到想去的地方,这也是他不带云蘋来的原因,虽然有风险,但是带云蘋是累赘。他要在天亮前找到宁骑城,他怀里揣着那最后一丸迷魂散,成败就在今夜。

他看到只有听雨居院里亮着烛火,便悄悄向那边走去。从月亮门里看见一个火把引着两个人走出来，柳眉之闪身躲到墙边。

原来是高健举着火把领着郎中走出来，高健不放心地问："大人身上的伤，到底如何？"

"暂时无碍。"郎中一边安慰道，一边蹙眉叹息，"以大人的武功，能把他伤成这样的人，也算是凤毛麟角，看来是棋逢对手了。"

"是呀。"高健点点头，他很同意郎中的观点。两人相伴而行，向东边宿营的临时住所走去。

柳眉之藏在墙边听到两人的谈话，心里窃喜，原来宁骑城被萧天所伤，看来真是上天垂怜他，助他擒住这个魔头。

他眼见火把的火光消失在道路尽头，便转身悄悄走进月亮门。沿着游廊向前走，看见西厢房里有光亮，这间房曾是明筝的住所，如今却被宁骑城占有，真是让人匪夷所思。柳眉之看到门前有四个全副武装的守卫，便退回到廊柱后面，略一思索，想到一个绝妙的主意，退出月亮门。

一炷香的工夫，柳眉之重新回到这里，这次他手里多出一个托盘，托盘上有一盅汤药，他弄到这些东西一点也不费力。他大摇大摆地从月亮门走进去，故意把脚步踏得很沉，西厢房门前的守卫听到脚步声，其中一个跑出来大声问道："什么人？"

"高百户派我来送汤药。"柳眉之平静地回道。

四个守卫不再言语，看着柳眉之端着托盘走过来。其中一个守卫，帮着推开了西厢房的门，柳眉之匆匆瞥了眼室内，眼角的余光看见宁骑城只穿了件中衣，端坐在书案前，眼睛呆呆地盯着上面的一样东西。他除去了甲胄、头盔，烛光下的宁骑城，哪里像一个刚刚经历了血战的将军，却似是一个书生，清秀的脸庞消瘦憔悴。

听见脚步声，宁骑城回过神，他抬起头的瞬间双眸又恢复了犀利和阴鸷，看见一个兵卒端着托盘进来，他有些不耐烦地点了下头，道："告诉高健，以后不要再送什么汤药了。"

柳眉之控制住双腿的抖动，低着头躬身走过去，即使他穿着锦衣卫的盔甲，把自己隐藏得毫无瑕疵，但在看见宁骑城的瞬间，他还是感到恐惧，宁骑城那戾气嚣张的气场无形中已震慑住他。

他把托盘轻轻放到书案上，没想到一眼看见书案上放着一柄剑，是明筝的如意剑。柳眉之的手微微抖了一下，他没有想到宁骑城会如此在意明筝，或许他一直在找她，为了那本《天门山录》，或许还有别的，柳眉之从宁骑城的眼神里窥探到一些端倪，他先是松了一口气，也许此时，宁骑城的心思不会在其他地方，这正是下手的

狐王令（下）

好时机。

柳眉之把汤盅放到书案上，悄悄退到后面。

宁骑城伸手抚了下肩部的伤，刚才郎中涂抹的创伤药起了作用，已不疼了。他伸手握住剑柄，望着剑柄上雕刻的那个如意，轻声道："我会找到你的主人的，你暂时归我了。"说着，握住剑向上方一挥，不由嘲讽地一笑，"这也太轻了，简直是个玩意儿。"

宁骑城收起剑，突然瞥见旁边一双靴子，猛然回头看见送汤药的竟然还在这里，便怒道："你怎么还没走？"

柳眉之扑通跪到地上，道："高百户嘱咐，看你喝下，再，再走。"柳眉之故意结巴着说完，便跪下不动了。

宁骑城没好气地哼了一声，走到书案前，端起汤盅一饮而尽，然后把汤盅扔到托盘上，道："行了，滚吧。"

"是，高百户还嘱咐，要扶你躺下再走。"柳眉之仍然跪着不动。

"这个高健，真是多此一举。"宁骑城没好气地道，"那你就等着吧。"

宁骑城重新回到书案前，从一旁拿过来一张牛皮地图，俯身看了起来。过了一会儿，宁骑城身体开始摇晃，他伸手扶住书案，脸涨得通红，眼神慢慢发直。跪在地下的柳眉之慢慢抬起头，他盯着宁骑城的一举一动，知道药效开始起作用了。

他起身放轻脚步来到门前，轻轻闩上门闩，然后拉上帷帐，仰头哈哈一笑。他慢慢走到宁骑城面前，看见他身体抖个不停，他身上的症状与玄墨山人近似，武功越高的人药效催化得越快，宁骑城刚刚经历了一场激战，全身的血液都处在活跃状态，药效立竿见影。

宁骑城出于本能想控制自己的抖动，但是他已无法控制自己，他跌倒在太师椅上。柳眉之从一旁炕上的褥子上撕下几块布条，上前把他手脚都捆住了。

宁骑城被牢牢绑在太师椅上，仍止不住身体的抖动，眼睛不停地翻着白眼。柳眉之知道是时候了，不能耽误时间。他走到宁骑城面前，一把抓住宁骑城的发髻，问道："你看看我，你认出我是谁了吗？"

宁骑城对着他翻了下眼，摇了摇头。

"你是不是很难受？"

宁骑城点点头。

"我有解药，你只要回答我几个问题，我就把解药给你，你吃下就会好了。"柳眉之看见他无力地点点头，就问道，"你知道铁尸穿甲散吧。"

宁骑城迟疑地点点头。

"告诉我,你把解药放哪里了?"柳眉之眼里冒着光,他盯着宁骑城,眼睛眨也不眨。

宁骑城摇摇头,垂下头去。

柳眉之猛地拉住宁骑城的发髻,着急地叫道:"你说呀,铁尸穿甲散的解药你放在哪里?"

"没有。"宁骑城翻了下白眼,眼神迷离地看着柳眉之,可能是柳眉之太过用力,把他发髻上的簪子拉了出来,一头乌发散了下来。宁骑城发了脾气,说:"没有,你听到没有。"

"怎么可能没有,你忘了,你给柳眉之吃过解药。"他有些慌了,语无伦次地说道。

"哈哈,那是骗他的,只有一丸铁尸穿甲散,让云蘋吃下了,哈哈。"宁骑城摇头晃脑,哈哈笑起来。

"那你让柳眉之吃下去的是什么?"柳眉之怒不可遏地问道。

"是跌打丸,哈哈……"

"啪"的一声脆响,柳眉之狠狠扇了宁骑城一个耳光,"你让他吃下的是跌打丸? 你个混蛋,我恨不得剥了你的皮。"柳眉之拔出靴子上的短刀,刺向宁骑城左肩,宁骑城低吼了一声,血喷溅而出。

"啊,你个孬种,我要杀了你!"宁骑城脸上肌肉乱抖,剧烈的疼痛似乎使他清醒了些,他眼睛血红地盯着柳眉之,不停地晃动,致使绑住他的布条都被扯断了几处。

柳眉之被宁骑城气疯了,想想自己这几个月生不如死的日子,竟然是一场骗局。他没控制住自己,拔刀就刺,宁骑城的吼叫声引起外面守卫的怀疑,只听一个守卫大声问道:"宁大人,你怎么了?"

柳眉之忙跑到窗下,回了一声:"大人在换药,没事。"

柳眉之返回身,从炕上褥子里掏出一把棉花塞进宁骑城嘴里。宁骑城挨了他一刀,肩膀上血流不止。柳眉之本想再补一刀,但看着他衣衫已被血染红,心想血尽人也就亡了,用不着他费事了。他仍然不放心,便在屋里四处翻动,想找找看。

他把宁骑城的官服和盔甲扔到地上,一点点仔细搜寻。从衣衫的夹层搜出几张宣纸,上面有字,他一眼认出是明筝的字,一看内容应该是明筝抄写的典籍,柳眉之鄙夷地一笑道:"宁骑城,你去天国见明筝吧。"

柳眉之把那几张纸揉成一团,扔到一边,他只专心搜寻了,没有留意身后太师椅上,宁骑城眼睛里的浑浊慢慢退去,随着体内血液大量流出,宁骑城的眼睛越来越明亮,他深吸了口气,忍着剧痛双臂一震,绑住他的布条断了两根,他迅速伸出一只手去扯嘴里的棉絮。

柳眉之听到身后的动静,回头看时,已经晚了。宁骑城大吼了一声:"来人啊!"

柳眉之诧异地瞪着宁骑城,不知道他身上发生了什么,怎么药效失灵了。他来不及多想,便握住短刀向太师椅上的宁骑城刺去,此时宁骑城虽身上有伤,但是神志已渐渐清醒,他一只手紧捂着肩膀的伤口,喊道:"有刺客……"

话音未落,大门处出现撞击声,几个守卫用重器撞击木门。

柳眉之拼命向宁骑城刺去,宁骑城身体离开太师椅躲过一刀,伸手抓住书案上如意剑刺过去,冷冷说道:"柳眉之,今天是你自己送上门来了。"

"这是被你逼的,如果我早知道你给我吃下的不是铁尸穿甲散,我也不会找你。"柳眉之开始感到后怕,语言也软下来。

"哈……"宁骑城握着手里的如意剑,在空中停下来,"我可不想脏了这把剑。"

突然,木门被撞开,四个守卫冲进来,柳眉之还想做拼死抵抗,无奈已没有还手之力,被四个守卫生擒。宁骑城也因失血太多倒在地上。不多时,郎中又被唤回,郎中给宁骑城服下几粒丹丸,包扎了伤口,庆幸的是刀太短,没有伤到要害。

宁骑城被灌下一大碗热汤,这才从极度的虚弱中睁开眼睛,刚才经历的事情,只记得大半,看见柳眉之要行刺他,至于柳眉之是怎么进来的,他脑子里一片混沌,抬头问面前的守卫:"刺客呢?"

"回大人,被我们绑在外面树上。"

宁骑城从炕上坐起身,一旁的郎中劝道:"大人,你还是躺下歇息为好,刚才失血过多,实在不宜再走动。"

"我的身体我清楚。"宁骑城叫一旁守卫,"送郎中回去休息吧。"郎中走之前,又再三交代一番。

宁骑城披上衣服,坐起身叫道:"来人。"一个守卫举着火把来到近前,"走,到院里去。"宁骑城在那个守卫的搀扶下走到外面,另一个守卫给他搬来一张椅子,宁骑城坐在廊下椅子上,看着院子里被绑在树上的柳眉之。

此时柳眉之被绑在树上,被室外的寒风一吹,不由双腿打战,额头冒冷汗。他心里清楚落到宁骑城手里准没好,直到此时他才后悔没带云蘋,虽然从宁骑城口中得知自己没有吃下奇毒铁尸穿甲散,这种解脱的幸福感也只维持了片刻,便又落入了冰冷的现实中。

宁骑城盯着树上的柳眉之，并不急着开口。他肩膀的伤口隐隐作痛，他知道这一刀是柳眉之给的，这一次不会再放过他，他阴森森地开口道："柳眉之，说说吧……"

"你想听什么？"柳眉之试探地问，脑子飞快地转动着，想着脱身的方法。

"你给我服下了什么？"宁骑城从守卫那里已知道了他的伎俩，又看到他身上穿着锦衣卫的衣服，心里已知道了个大概。

"迷魂散，我从玄墨山人处拿的，只能致人迷惑，性命无忧。"柳眉之说道，"我只想从你嘴里打听铁尸穿甲散的解药。"

"你满意了。"宁骑城冷冷一笑，"我现在实实在在告诉你，你吃下的是跌打丸。该我问你了，你在这里住了多久？"

"半年。"

"告诉我，这里有没有密道，萧天他们会在哪里藏身？"

"……"柳眉之沉默了片刻，突然抬起头道，"如果我告诉你，你会放了我吗？"

"不一定。"宁骑城冷冷地道。

"那我不说。"柳眉之垂下头。

"你不说是肯定不会放过你。"宁骑城风轻云淡地道，"我那诏狱里十八般酷刑，你是没跑了。"

柳眉之的身体在风里颤抖，他点点头，几乎哀求道："我帮过你，你不能这样对我。"

"你帮过我？"

"瑞鹤山庄，还有萧天的真实身份不都是我告诉你的？你在朝堂立功受爵，难道我一点功劳都没有吗？"

"呸，你给我闭嘴。快说！"宁骑城厌恶地站起身，只想冲上去狠狠抽他一顿，怎奈此时他两个肩膀都有伤，这口气暂时忍了。

"我知道山庄里有一个洞穴，女眷藏在里面，明筝肯定没来得及跑出去。"柳眉之想用明筝引起宁骑城的注意，虽然他知道明筝已被云巅推下了山崖。果然，此话一出，宁骑城眼神一闪，直接走过来，走到他近前道："知道就快讲。"

"那条道很隐秘，说不清楚，还是我带你去吧。"

宁骑城深深看了柳眉之一眼，咬牙切齿道："你再敢耍滑头，我一刀劈了你。"

"我只求自保，哪还敢耍你。"柳眉之可怜巴巴地说道。

"你在前面带路。"宁骑城一挥手，两个守卫走过来解开麻绳，把他从树上松开，

狐王令（下）

又用麻绳将其五花大绑，宁骑城对身边守卫道："去把高健叫来，让他带着人跟我一起搜。"守卫领命而去。

柳眉之垂着头，想着进了洞穴是否有机会逃走。这时，高健带着一队人睡眼惺忪地走过来，看到被绑的柳眉之，或许是在路上已从守卫那里听闻了全过程，他除了诧异，就是愤怒。

高健询问了宁骑城的伤势，宁骑城看到人已到齐，便命令出发。四周兵卒举着火把，柳眉之在前面带路。他们沿着小径向后院走，最后走到山体前，无路可走了，大家停下来。柳眉之指着山体道："就是这里，原先有一个洞口，现在被他们填上了，只需炸开即可。"

宁骑城派几个人回营地取来火蒺藜，点燃后果然炸出一个洞口。众人跟着柳眉之走进去，大吃一惊，里面竟是如此巨大的洞穴。宁骑城走着走着停下来，他对里面的地势不清楚，再加上必须提防柳眉之从这里逃跑。

柳眉之看宁骑城停在原地，有些急了，大声说道："这里面深着呢，走呀。"

"行了，你就不用跟着走了。"宁骑城转身叫高健，"高健，你带人押送柳眉之回营地，好好看着。"

柳眉之不情愿地回过头，大叫："没有我，你们什么也找不到。"

高健命人押着柳眉之往回走。几人沿着原路走出洞穴，向营地走去。火把的光影下，柳眉之不时地窥视着高健，慢慢心里又有了主意，他渐渐与高健并排而行，一边走一边叹息。

"高大人，人生真如曲里唱的那样。"柳眉之说着便悲悲戚戚地哼唱了起来，"……没来由犯了王法，不提防遭刑宪，叫声屈动地惊天，顷刻间游魂先赴森罗殿……"

"唉，柳眉之，你这是何必呢？"高健忍不住叹息道，"当日，你在长春院，拥趸众多，生活安逸，谁想到你会涉猎邪术。"

"在高大人眼中，我当日很好吗？"柳眉之一声苦笑。

"当然，总比现在好。"高健摇摇头，看了眼被五花大绑的柳眉之，虽于心不忍，但军令不可违。

几个人押着柳眉之来到临时营地，这个院子以前是山庄储藏粮食、过冬之物的仓房和马厩。两排房舍已被用于安顿兵卒，尽头一间屋子变成临时羁押监牢，房前有两个守卫。此时已到后半夜，四处鼾声一片，两个守卫抱着长枪靠在墙上打瞌睡。

高健大力咳了一声，两个守卫忙打起精神，上前寒暄，看见他们又押来一个犯人，急忙打开监牢的房门。高健往里面一看，青冥蜷缩着身体靠在角落里，房间的后墙上破了一个洞，风不停地灌进来。

高健回过头，对身后的部下道："你们几个去找些柴草，把屋后那个洞塞上，不然要冻死人呀。"几个人犹豫了一下，有两个人慢吞吞走出去。高健看着柳眉之，道："送你到这儿，你就委屈些吧。"

柳眉之笑着道："高大人，你看，我被绑成一个粽子了，连坐下都难。"

高健一看，也是，既到了牢房，就不应该还捆绑着。他走到柳眉之面前，逐一解开捆绑的麻绳。在高健弯腰去解麻绳的时候，柳眉之眼睛瞄上了高健腰间的绣春刀，他的双手一被松开，一只手就伸到高健腰间，待高健警觉时已晚了，柳眉之极快地拔出腰刀，一刀刺进高健腹中，当即又拔出，顿时血溅四壁。屋里几个随从惊呆了，待反应过来，其中一人持刀砍向柳眉之，柳眉之躲闪不及，左胸被刺破，幸亏身上穿着甲胄，不然他命就没了。杀红眼的柳眉之反身直刺那人，那人没想到他会不按规矩出招，连躲也不躲迎着他的刀冲过来，他吓得一分神，对方的刀已到近前，直刺进他胸口，他瞪着眼睛倒地身亡，柳眉之顺势又挥刀撂倒两人，冲出房间。

几个人大喊着："来人呀！"冲出去追赶柳眉之，院子里已空无一人。听见喊声，那两个出去的人跑过来，他们一起在院子里空转了一圈，各个屋里鼾声如雷，这会儿谁也不会起身去追逃犯。几个人骂骂咧咧赶紧回牢房，去看高大人的伤势，担心另一个犯人再出意外。

柳眉之并没有离开，他躲在马厩里。他对这个院子了如指掌，见那几个人回房了，他沿着马厩走到尽头的草料堆，这里有一个隐蔽的小门，是山庄里养马人为了省事不绕路，在墙上掏的一个洞口，被草料掩盖，极其隐蔽。

出了这个门，就到了前院，离山庄大门不远了。柳眉之蹲在草料堆里，从内衣里撕下一条布匆匆包扎伤口，把身上的甲胄脱下扔到地上，浑身一轻，转身出了小门，消失在黑夜里。

那几个兵卒在院子里没找到逃犯，急忙向牢房跑去。看见屋里那名女犯人还在，高健躺在血泊里，顿时吓得不知所措。其中一个年长的说道："哥几个，别愣住了，快去禀告宁大人吧，这个娄子捅大了。"

他们关好牢门，留下四人守住这里，另几个飞快地向后院跑去。

此时，宁骑城在几个随从的带领下，已走到最里面的溶洞，他发现地上有一些

狐王令（下）

随手扔掉的行李、火烛、燃尽的火把等物,在火光的照耀下,可以看到里面的大致情景,中间有一堆燃尽的炭堆,这里一定曾经进来过很多人。

宁骑城握紧了拳头,惋惜自己又晚了一步。正在这时,从身后传来喊声:"宁大人,宁大人……"

宁骑城回过头,看见来的道上,几个人举着火把匆匆跑过来。

"大人,出事了,高百户被刺身亡。"一个人喊道。

"什么?"宁骑城浑身一震,他缓缓回过头,猛然警醒自己又做错了一件事,不该让高健押送柳眉之,他瞬间就猜到了原因。

"是刚才那个人犯刺……刺……刺死高百户,他,他跑了。"

宁骑城有些站立不稳,一旁一个随从急忙扶住了他。宁骑城猛然感到心里一阵刺痛,高健跟随他多年,是他身边时间最长的一名部下。宁骑城后悔得牙都要咬断了,柳眉之,本该一剑了结了他,怎么糊涂到要高健去押他回营。高健呀高健,憨厚老实的他如何是柳眉之的对手,他还是小瞧了柳眉之,他忘了困兽则噬,结果害了高健。

宁骑城眼里几乎要喷出火苗,他身上的刀口又开始火辣辣地痛起来,他飞快地扫了眼头顶上的洞口,咬牙切齿地向众随从命令道:"回去。"

几个火把的火苗摇晃着向回去的方向前行,众人跟着宁骑城撤出,渐渐消失在黑暗的洞穴里。

三

初一一早,一骑快马从冷冷清清的街道疾驰而过,两边的街坊关门闭户沉浸在年节的热闹和忙乱中,快马择僻道穿小巷,很快奔到一户人家府门前。府门上一个"于"字,墨迹斑驳,另一个"宅"字更是模糊不清。不过门两侧一副大红的春联倒是映衬出年节的喜庆。

于府的下人引着来人直奔书房而来。于谦坐在太师椅上端着茶碗正与上门拜年的高风远喝茶,听见下人来报,急忙放下茶碗,迎到门口。来人中等身材,精悍壮硕,一看就是行伍之人。他看见于谦掀起衣角就拜:"大人,末将来迟了。"

于谦上前扶起,道:"钱千户,可有于贺的消息?"

来人是北大营的钱文伯,曾跟随于谦多年,后赴任驻守京师北大营。前几日得到于谦送去的口信，便派人寻找失踪的于贺。找了几日无果，便亲自向于谦回复。

此时钱文伯站起身，脸色凝重又焦虑地道："大人，我派出三队人马，依次在必经之路上多方盘查，始终没有于管家的消息。"他说完顿了一下，压低声音接着说道，"但是昨夜，在北大营里值夜的巡防抓获了一个可疑之人，从他身上缴获了一件东西，我带来了，请大人过目。"说着，钱文伯从衣襟里掏出一块令牌，递给于谦。

于谦接过来一看，大吃一惊："这，这是我的令牌，是我交给于贺的。"于谦盯着钱文伯，问道，"执此令牌的是哪里人？"

"是个蒙古商人，叫和古瑞。"

于谦和高风远面面相觑，高风远惊道："这令牌怎么会落在他人手里？"

"这个和古瑞惹了那么大的官司，被人从牢中换走，竟然还敢待在京城，他到北大营干什么？"于谦突然敏感地嗅到某种关联，不安地问道，"抓住他时，他在干什么？"

"什么也没干。他拿着令牌混进北大营，只是四处转圈，后来遇到巡防队，问他口令他答不出，才被发现。抓住他时，他口口声声说自己迷路了，错进了营房，然后就开始呜里哇啦不知道说些啥。"

"绝没有这么简单。"于谦立刻吩咐道，"你回去严密看守，下午我到营里亲自审他。"

"是，末将告辞。"

待钱文伯离开书房，于谦再也坐不住了，神情紧张地在房间里来回踱着步。高风远也嗅出其中的诡异，突然说道："于兄，我看你的管家于贺凶多吉少啊。"

"是我思谋不周。于贺一定是在路上遭遇蒙古人被害，然后被他们拿到了令牌。"于谦紧皱眉头，心里为于贺的遇害悲痛不已，"是我没有料到，半路上会杀出一拨蒙古人。"

"唉，事发突然，也是没有办法的事。只是如若于贺遇害，也不知信送到没有？现在也不知小苍山是什么情况，我可是听说宁骑城带着一队缇骑出京城办案，估计早已到了小苍山。"

"我倒是并不担心瑞鹤山庄，毕竟萧天他们个个身负武功，有勇有谋，瑞鹤山庄依山而建，牢固易守。宁骑城虽然带着一队缇骑，但是在萧天他们面前，并没有太大优势。而且宁骑城如今在王振面前已经失势，他此次前往小苍山围剿瑞鹤山庄并没有告知王振，我想接下来就是一场窝里斗，高昌波早看宁骑城不顺眼，一心想除之，肯定会借着此事大做文章。他们窝里斗的好戏不足挂齿，但是，我担心蒙古

狐王令（下）

人有动静。"

"我可是听说这次蒙古使团对朝廷回赠的礼单破口大骂,很是不满,甚至口口声声嚷着要给朝廷点厉害瞧瞧。"高风远说道。

"那哪是朝廷给的礼单,是经王振动过手脚的。"于谦痛心地说道,"这次瓦剌使团来了两三千人,虽然人员有虚报的嫌疑,但是如按以往先例,他们算计着能得到朝廷近三千份的回赠,估计可以够他们部落一个冬季的给养,但是礼单交给他们手中后,与想象差距太大,他们能不闹事吗?不仅是冬季生活没有着落的问题,而是觉得被轻视受欺辱。"

"这个阉人,真是误国呀,上次没有除去他真是遗憾。"高风远扼腕叹息。

"如今王振似已察觉,为自保他藏进宫里,天天神秘莫测,想要再对他下手,真比登天还难。"于谦叹口气,"如今,咱们能做的,就是防患于未然了。"

"依于兄所见,他们真敢来进犯吗?"高风远也紧张起来。

"这些使团的人天天在京城里乱转,你以为是闲得没事吗?"于谦仰天长叹,"他们早已看透如今的朝堂,一直想伺机而动,别忘了他们心中一直有要复辟大元的大梦。"

"……"高风远只感到脊梁骨阵阵凉意,"那于兄要怎么处置蒙古商人和古瑞?"

"想必可以从他口中得到一些这方面的消息。"于谦说着,转回身从架子上取下一件棉袍,"可愿随我去北大营,见见这个和古瑞?"

"愿随于兄前往。"高风远本来就是一个闲不住的人,又值正旦假期,又无家眷拖累,当然乐此不疲。

两人都是家常的装扮,各骑一匹快马,向城门奔去。此时,街道上热闹起来,出门走亲访友的人流车马熙熙攘攘,络绎不绝,将于谦和高风远裹挟其间,想快也快不起来。

突然,从西直门方向一骑快马绝尘而来,人群相继后退让道,马上之人手执了八百里加急的令旗,从人群面前飞驰而过,引来众人一阵不安和骚动,有人推测道:"定是边关又出事了。"

人群里于谦和高风远相视一愣,随后两人催马离开人群,向城门方向疾驰而去。

举着八百里加急令旗的快马直接飞奔进紫禁城。

狐王令 (下)   643

高昌波第一个得到消息，他命手下叫来孙启远，两人相伴迅速快步向乾清宫而去。近几个月，自那次王振在宫里遇刺以来，他一直没有出过乾清宫的大门，一直伴着皇上，服侍着皇上。住的地方是偏殿里面一间小阁子房，极其隐秘难找。

　　高昌波和孙启远从乾清宫角门进入，守值的禁军都熟悉他俩，一路畅通无阻。他俩沿着角落甬道拐弯抹角来到偏殿，小顺子抱着一件裘皮褥子从里出来，正与他们打个照面。高昌波急忙拉住小顺子问王振是否在里面，小顺子一脸慌张，似乎没心情，只是对付着说道："先生去见皇上了，到现在还没有出来，我要到殿外候着了。"

　　高昌波与孙启远交换了个眼色，两人心里都清楚王振见皇上肯定与边关八百里加急战报有关。两人站在当院里，左等右等不见王振回来，正有些烦躁不安时，听见甬道那边传来密集的脚步声。

　　两人急忙迎出去，只见甬道里在众多东厂高手的护卫下，王振拧着眉头一脸冰霜走过来。看见院门前恭恭敬敬站在一旁的高昌波和孙启远，他只是鼻孔里哼了一声，抬了下头。两人便受宠若惊地跟进院里。

　　一众人等来到角落的西厢房里，王振直接坐到太师椅上，小顺子弓着身子跟着进来，拿裘皮褥子给王振盖到腿上。高昌波和孙启远忐忑地走到近前，给王振行礼。

　　"免了。"王振有气无力地说了一句，眼睛瞪得溜圆道，"刚刚，皇上接到八百里加急军报，瓦剌的也先接连攻下几座城池，这帮该杀的瓦剌人……背弃信义，皇上非常震怒……"

　　高昌波与孙启远面面相觑，两人惊得半天合不拢嘴。

　　王振瞥着两人，突然问道："说说吧，小苍山上那场戏是什么结局？"

　　高昌波看了看孙启远，孙启远得到高昌波的首肯，上前一步颤声回禀："派出去的人联系不上锦衣卫里的那个暗桩，估计是被宁骑城发现后做了，咱们的人没能进瑞鹤山庄，在外面盯守了一夜。他们双方经过激烈交战，山庄里的人成功突围，宁骑城虽然进了山庄，但是没有抓住狐山君王。"

　　"哼，"高昌波一阵冷笑，"宁骑城偷偷摸摸出城，本想立个大功，没想到却栽个大跟头。看他怎么向朝廷交代？虽然他有折子上奏，说是去追捕狐山君王，但是也算得擅自带着缇骑出京城，是要被砍头的。"

　　"还有，"孙启远又近一步道，"在瑞鹤山庄里竟然出现一拨蒙古商人，他们在里面大肆搜缴，据探子核算，他们抢走不少丝绸布匹和粮食，拉了两辆大车出山门。"

"宁骑城早与城里马市蒙古商人有联系,而且关系密切。那帮人的底细我派陈四已核查清楚,他们皆来自瓦剌部落,是黑鹰帮的人,帮主叫乞颜烈,竟然是宁骑城的义父。"高昌波在一旁插话道,"先生还记得鑫福通钱庄的案子吗?其中有几条线索都跟这帮人有关联,而且陈四曾亲眼见到宁骑城出现在马市里。"

"这家伙终究还是露出了狐狸尾巴。"王振抿着唇角,满脸杀气地说道,"如果他早与瓦剌人有勾搭,那这次也先犯疆,保不齐也与他有关联。如果他们里应外合,岂不是……"王振脸上冒出冷汗,他"噌"地站起身,在室内来回踱着步。

"那群野蛮人,每每来京城咱都是好吃好喝地供养着,没想到竟养出了个白眼狼。"高昌波扯着公鸭嗓子喊道。

"哼,我早就看出瓦剌部落心怀不轨,幸好今年给他们使团的回赠,让我给扣下了大半,连他们拉来贸易的牛羊,也让我给他们扣下了。"王振愤怒地说道。

"先生真是高呀,给这些野蛮人一个教训。"孙启远道,"看这些家伙还敢不敢小觑咱大明天朝。"

"但是,"王振话锋一转,"此次他们把事闹大了,皇上很愤怒,咱们必须为皇上分忧,皇上不靠咱们靠谁?所以,你们给我精神着点,此次也先进犯是坏事也是好事,正是咱们为朝廷建功立业的大好时机。"

高昌波和孙启远立时躬身点头道:"是是,是。"

"你们跟着我就等着晋爵封赏尽享荣华富贵吧。"王振尖着嗓音把一幅美好图画展现在他们面前。高昌波和孙启远面露惊喜,两眼放光,一动不动地盯着王振。

"孙百户,你此次立了大功,"王振接着说道,"能把宁骑城这个叛贼揪出来,想到他我就来气,我把他当儿子般对待,他却在背后给我使绊子。"

"先生,让我带着东厂的人去把他抓回来吧?"高昌波眼见孙启远的风头盖过他,心里岂肯落他人之后。

"哼,想拿宁骑城?就你们两个谁是他的对手?"王振斜乜了他俩一眼,"还得想其他的办法。"王振在屋子里接着踱步,突然他盯着孙启远,"你跑一趟,我写一道密令,引宁骑城回京,要做得不显山露水,不然引起他疑心,他跑了可不好办了。只要他回到京城,再想出城便不容易,首先收了他的锦衣卫大印才是要紧,你们明白吗?"

"妙呀……"高昌波和孙启远几乎同时发出赞叹,不由得佩服王振的足智多谋。

"孙启远,你若能引宁骑城回城也算大功一件,我就向皇上推举你为锦衣卫指

狐王令（下）

挥使,如何?"王振说完看着孙启远。

孙启远一听此言,眼前金星乱闪,头顶上突然落下一个大富贵,砸得他措手不及,呆若木鸡。

"还愣着干吗? 还不谢恩。"高昌波心里虽然有些酸意,但是由孙启远做锦衣卫指挥使总比宁骑城好,最起码孙启远肯听他的,不会高高在上瞧不起自己。孙启远被高昌波捣了下脊梁骨才清醒过来。

孙启远倒头便叩,头磕在砖板上发出"咚咚"的响声。

"起来吧。还不到你磕头的时候。"王振心情好起来,"但是办不好差,可是要小心脑袋了。"

孙启远又俯身磕了个头,道:"请先生放心,小的对先生肝脑涂地,忠心不贰。"

"好,就等着你这句话,起来吧。"王振笑了起来,转身走到窗前书案上,拿起笔一挥而就,然后又看了看,满意地合上,塞进一个信封里,交给孙启远道,"你依计行事,不可让他有丝毫疑心。"

孙启远接过密信,小心塞进衣襟里,躬身向王振告辞。王振留下了高昌波,孙启远向高昌波作揖辞行,便离开乾清宫。

孙启远回到家中,酒足饭饱带足路上的干粮,在马厩选了一匹膘肥体壮的烈马,翻身上马,向小苍山的方向疾奔而来。

四

此时的小苍山,云霞遮目,山顶被晚霞涂成金色,多日不见的太阳在此时终于露了下脸,但是转瞬之间,又躲到了云层里。

山间一片密林里,冒出一线细烟,被白雾包裹着,不仔细看,根本看不出来。烟雾下面是几个裹着层层皮草的女人,在火边煮谷物。四周三三两两或坐或躺着一些人,他们身上更是盖着五花八门的避寒物品。

萧天在营地巡视一圈回来,走到火边问煮粥的大妈:"粮食还剩多少?"大妈拉下脸上的裹巾,露出嘴巴,木讷地回道:"都在里面了。"大妈说着用木棍搅着铁桶里混合着粟米高粱的糊糊,又转身去一旁雪地取来雪块扔进桶里,她显然认为桶里的糊糊不够这么多人分食。

萧天沉着脸转回身,在横七竖八的脚和脑袋中间走出去,一扭头看见明筝靠着

狐王令(下)

一棵树睡得正香,她身旁挨着坐着梅儿和夏木,两人背靠背也睡着了。明筝身上搭着的一件棉比甲滑落在腿上,萧天悄悄走到近前,蹲下来为她把棉比甲重新盖在身上。

萧天见明筝虽然睡着,但好像被梦困扰,脸颊不时现出痛苦的抽动。萧天有些担心,急忙摇晃她想让她醒过来,明筝被摇醒,嘴里断断续续叫着:"郡主……"

明筝猛地睁开眼睛,她看见眼前的萧天,愣了一下,突然抓住他的胳膊说道:"我,我刚才梦见郡主了,她,她站在悬崖边,呼喊着让我去救她。"

"明筝,你做噩梦了。你看咱们在林子里,我已派出多人下山寻找郡主,你放心吧。"萧天说道。

听萧天这么一说,明筝头靠着树干,点点头,眼睛一翻,又接着睡着了。萧天看她实在是太累了,想到这些天她一直熬夜修复典籍,如今这些典籍不在她身边,她终于可以好好睡一觉了。萧天便不再打扰她,看着林子边的崖壁,想着那帮去冰窟叉鱼的人怎么还没动静。

他刚走出林子,就看见玄墨山人领着几个弟子从山涧里爬上来,看来他们收获不少,几个篓子里扑棱乱跳着几尾鱼。随后李漠帆跟着爬上来,他乐呵呵地举着剑,上面穿着三条小鱼。

"你们都别跟我抢啊,这是我家娘子和儿子的口粮。"李漠帆说着,乐呵呵地跑去找翠微姑姑了。其余人看着呵呵一笑,便拎着竹篓向火边跑去。

横七竖八躺倒的人群,似乎听见捞到鱼了,不少人翻身坐起来,眼睛盯着那个竹篓,盯着里面活蹦乱跳的几条鱼。玄墨山人向众人说道:"一会儿不仅有鱼吃,我的弟子已布下陷阱,没准能逮到野猪呢。"大伙一听,都高兴地坐起来,有的口水都要流出来了。萧天对他们叮嘱道:"还是熬成热鱼汤喝吧。"于是,几个人拎着竹篓跑一边雪堆里收拾鱼去了。

李漠帆拉着翠微姑姑走到火边,把那个穿着鱼串的剑直接架到火堆上,翠微姑姑嘴里骂着死鬼,眼睛顿时眯成一条缝。发现周围无数双眼睛盯着那把剑,翠微姑姑不好意思又骂起来,"你个死鬼,这么多人,你穿了这一串,你让谁吃呀?"

"只让你一个人吃。"李漠帆说道,又一把拉她坐下来。

"这么多人,你只让我一个人吃?"翠微姑姑"呼"地又站起身。

"这么多人也就你一个人怀有身孕,对吧?"李漠帆看看四周,似乎是征求大家的首肯,四处的人嬉笑着纷纷点头。

"哼,我翠微从来不吃独食,有饭一起吃。"翠微姑姑说着,一扭脸走了。

李漠帆从后面追上来，嬉皮笑脸地说道："婆娘，没想到你还挺仗义的，是我错了，一会儿烤好了，大家一人一口可好？"

俩人正说着，只见林边小道上出现一个人影，疾步如飞，足见轻功了得，那架势非林栖莫属。李漠帆高兴地冲萧天喊道："帮主，林栖回来了。"

萧天一听，迅速跑过来，玄墨山人紧跟其后而来。两人并排而立等着林栖。林栖两天没有消息，此时急急而回，一定是带来了山下的消息。

林栖看见他们，更是加快了步伐，一边大声喊道："狐王，有郡主的消息了。"

此话一出，林子里的不少人都听见了，纷纷聚拢过来，翠微姑姑拉着李漠帆跑到林栖面前，一把抓住林栖的胳膊叫起来："你看见郡主了，她在哪儿？你为何不把她带回来呀？"

林栖被翠微姑姑推搡了几下，垂下头，没有回答。

"你个臭小子，你要把我急死呀？"翠微姑姑催促着。

林栖低着头，突然声音哽咽起来："她被宁骑城绑在山庄大门上。"

人们顿时愣住了，个个目瞪口呆。萧天走到跟前，一把拉过林栖问道："你别一会儿蹦出一个字来，到底怎么回事？说呀！"

"我看见锦衣卫押着郡主从里面走出来，他们把她绑在山庄大门的柱子上，周围有重兵把守。"接着，林栖把他躲在山庄外看见的一切说了出来，"狐王，要想办法救郡主呀。"

萧天被这个新情况打击得几乎站立不住，他以前还侥幸地以为，青冥出走能逃过一劫，没想到竟然落到了宁骑城手里。四周的人群刚刚由于有鱼吃而好转的心情，瞬间又跌进谷底。大家神情凝重，议论纷纷，一个个出谋划策说着营救郡主的主意。

林栖抑郁已久的情绪在这个时候突然失去了控制，他瞪着萧天大叫起来："狐王，难道郡主落入敌手，你不感到难过吗？是不是郡主死了，就如你所愿了？"

"林栖！"李漠帆怒喝一声，试图阻止他进一步发泄。但是林栖此时就像豁出去了，他疯狂地大叫："狐王，郡主出走，你一点责任都没有吗？如果不是你另有所爱，让郡主伤心，郡主能出走吗？郡主一死，就遂了你和明筝姑娘所愿了，是不是？"

"林栖……"萧天气得脸上的肌肉直跳，如此不堪的话摞到他头上他可以忍，但是他不想让明筝受辱，"林栖，我萧天就是豁出自己这条命，也会与宁骑城决战到底，救出郡主。"萧天说完夺路而去。

玄墨山人挡到萧天身前道："大家冷静一下，冷静一下。"玄墨山人一把拉住萧天手臂,担心他一气之下跑出去,再与宁骑城决斗。他向众人示意道:"郡主既被绑在门柱上,说明宁骑城不会加害她,想利用她来引出咱们的人,所以目前来说,郡主性命无忧,这点大家可以放心。"

大家看着玄墨山人,听他说得有道理,纷纷松了一口气。

"救郡主,要从长计议,不可莽撞而为。"玄墨山人接着说道。

"依老掌门所见,怎么才能救出郡主呢?"翠微姑姑急躁地问道。

玄墨山人拧眉苦思。萧天抖了抖大氅上的雪,面色严峻地说道:"还是我去吧,宁骑城想要的人是我,用我萧天去换回郡主。"

"不行呀,帮主,咱还是想想其他的办法吧。"李漠帆站出来第一个反对。

"死鬼,你懂什么?他的女人被人抓住,当然得他去营救。"翠微姑姑不满地瞪着李漠帆。

"帮主去,我也去。"李漠帆回头瞪着翠微姑姑道,"如果你做了寡妇,我允许你改嫁。"

李漠帆的话气得翠微姑姑对他一阵拳打脚踢,李漠帆被踢飞在地,一边捂着屁股一边叫屈:"你个婆子,你还真打呀……"

众人忍不住一阵哄笑,本来很难过的一件事,眼见变成闹剧。

突然,夏木慌慌张张跑到众人面前,喊道:"不好了,狐王,明筝姑娘不见了。"这时,梅儿也跑过来,说道:"刚才你们的谈话,她都听见了,她哭着跑了。我没撵上。"

"她会去哪里?"萧天心里突突跳起来,一种不祥之感向他袭来,他看着梅儿,梅儿摇摇头,想了想道:"也许,她一会儿就会回来吧?"

"没有这么简单。"萧天瞬间有些站立不稳,他太了解明筝,她跑出去,绝不会是哭哭就回来,她一定会去山下救青冥。萧天回过头,他面色苍白,转眼间的变故,让他方寸大乱,他大声下令道:"备马,跟我下山。"

玄墨山人想拦已不可能。一众青壮年,纷纷向马匹跑去。玄墨山人不放心,叫来几个弟子也跟着去了。不多时,林子里传来人嚷马嘶,数十匹马向山下奔去。

明筝裹着斗篷,屁股下垫着一块木板,沿着缓坡从雪上滑下去。她当年跟着隐水姑姑奔走江湖时,雪天最喜欢爬山,爬上很难,下去却毫不费力,因为她跟着隐水姑姑学会了滑雪。她听隐水姑姑讲,她儿时生活在塞北,一年中半年时间与雪为伴。

顺着小道很快滑到山中间,已隐隐看见山庄里的一片黑压压的屋顶。明筝知

狐王令（下）

道此去绝无回头之路,她听到他们对萧天发泄不满,她知道这一切有她的责任,如果没有她,他们会很好地相处下去。总之她和萧天是要有一个人去面对宁骑城,与其让萧天落入宁骑城手里,自己悲恸欲绝,不如用自己换回青冥。

自己本就在世上毫无牵挂,父母姨母已亡,李宵石变成了柳眉之,她与他再无瓜葛,她苟活着只为父母报仇,而此一项,萧天会替她完成。她也终于听到了她想听到的话,她知道萧天心里有她。如此这般她真的了无牵挂了,她会在郡主走后,自行了结自己,她藏了一把萧天的飞刀在靴子里,死在他的刀下,是个不错的选择。

山庄门前死一般的寂静。一队缇骑手持绣春刀在山庄门前巡视,山庄两旁的门楼上,站立着不少人守卫。在大门中一个柱子上,青冥被绑在上面,她低垂着头,及膝的乌发披散在胸前。

门楼上一个缇骑眼尖,看见远处移动着一个人影,对一旁的人说道:"喂,看见一个人朝山庄而来。"旁边的人凝神远望,确实看见一个人影,衣衫飘动,像是个女人向这里跑来。这时巡视的那队缇骑也走过来,站立一排看着那个移动的身影。

明筝踏着积雪慢慢走近山庄大门,大门前一个缇骑迎面大喝一声:"什么人!"明筝没有理会,继续向前走。被绑在门柱上的青冥听见叫喊声缓缓抬起头,她结满冰霜的双眸模糊看见一个身影,越来越近,当她看见是明筝走过来时,便疯狂地大喊:"明筝,你快走,你快走呀……"青冥急了,因为她突然明白明筝来要干什么,她不想因为自己一个废人而害了明筝。

那个缇骑从腰间抽出绣春刀,看见来人是一个瘦弱的女子,手中又没有武器,就把长刀入鞘,问道:"你是何人?"

明筝没有理会青冥的怒吼,她走到那个缇骑前面,说道:"我要见宁骑城,你告诉他,明筝拜访。"

缇骑疑惑地看了她一眼,转身向大门走去。其他人慢慢围住了明筝,明筝弯腰从靴子里抽出飞刀握在手心里,她心里有把握宁骑城会愿意交换青冥的,因为宁骑城一直觊觎《天门山录》,他想方设法找她,就是为了让她默写出《天门山录》。

一旁的青冥眼泪掉下来,她嘶哑地吼道:"明筝,你走呀,走呀,宁骑城不会放过你的。"

明筝看了眼青冥,淡然一笑:"青冥姐姐,一年前在宫里,我见你往树干上画道道,以此计算离家的日子,你那么盼望回家,听我的话,跟着萧大哥回家吧。"

青冥一愣,眼神迷离地看着明筝,问道:"那夜……那个小宫女,是你?"

明筝一笑,没有回答。

这时，山门里冲出一骑，马上之人一身黑色大氅像一片乌云瞬间飘到眼前，明筝只觉得眼前一黑，宁骑城已来到跟前。宁骑城骑在马上绕着明筝转了一圈，饶有兴致地盯着她。

明筝退后了一步，眼睛瞪着他。

宁骑城翻身下马，似笑非笑地望着明筝，道："真是你？明筝，哈哈哈，我本来想引来萧天，没想到你来了。"

"宁骑城，我要和你做个交易。"明筝逼视着他，"用我来换青冥如何？你放了青冥。"

宁骑城得意地冷笑着，深深地望着明筝道："交不交易，我说了算。你已经来了，还能跑得了？我干吗还要放了青冥，多一个人，就多了一份制服萧天的筹码。"

明筝眼睛里喷发出怒火："我就知道你会这样，如果你不照我说的做，你只能收到一个尸身。"说着，明筝把手里的飞刀架到自己的脖子上，刀刃划破皮肤，雪白的脖颈上宛如盛开了一朵梅花。

宁骑城一惊，急忙想伸手安抚明筝，明筝退后一步叫道："放了青冥。"宁骑城忙点头答应，他转身叫手下放人。

两个人走到青冥面前，把她身上的麻绳解开。青冥跟跄着走了几步，瘸着腿挪到明筝面前，她早已泪流满面，摇着头痛心地道："明筝，你怎么这么傻呀，你为何要来救我？"

"青冥姐姐，狐族不能没有你，你走吧，带着他们回到檀谷峪，回到你们的家乡，告诉萧大哥，如果有来生，我还愿意做他的妹妹。"明筝说着，脸上露出笑容，她不想让青冥看见她悲伤的样子。

"明筝，我的好妹妹，你让我如何面对他啊！"青冥失声痛哭，抱着明筝的腿不放。宁骑城一挥手，叫来几个手下，拽着青冥离开明筝，几个人抬着青冥向外面走去，他们把青冥扔到山庄门外的道路上，然后走了回来。

宁城骑走到明筝面前，冷冷地说道："你的条件，我都做到了，青冥也给放了，把你手里的刀交给我吧。"

"不行。"明筝把刀从脖颈处放下，紧紧地攥在手里，"你不准给我提条件，再多说一个字，我就死在你面前，到时候你一个字也得不到。"

宁骑城望着明筝愣怔了半天，脸色由红转白，嘴巴张开又合上，他突然转身冲身后手下怒道："回山庄！"

青冥从雪地上爬起来，眼睁睁望着明筝被众官兵带进山庄，紧接着大门"砰"的一声关闭了。青冥脸上的泪又一次止不住流下来，她趴在雪地里失声痛哭着，突然山道上传来杂乱的马蹄声，青冥回过头，看见萧天打头纵马奔来。

一众人等迅速来到跟前，看见青冥郡主，纷纷惊讶地翻身下马。萧天走到青冥面前，没等萧天开口，青冥突然指着山庄大门道："明筝，她用自己做交换，他们才放了我，你们快去救她啊……"

众人都被这突然的变故惊呆了，只有萧天似乎早有预感，他猛地向自己的坐骑跑去，玄墨山人向李漠帆一使眼色，李漠帆立即明白，迅速抱住萧天的腰，大叫："帮主，你冷静一下，带郡主回去再想办法吧。"

在众人的合力阻止下，萧天被拉下坐骑，林栖把郡主抱上自己的马，李漠帆不放心萧天，一直拉着缰绳。

萧天夺过缰绳，面如土灰，颤声说道："放心，明筝没有脱离魔爪前，我不会有事的。"

众人不敢在山庄外久留，簇拥着青冥向宿营地驰去。

次日，负责在山下放哨的探马突然跑回山顶，萧天和玄墨山人以及青冥、翠微姑姑正在商议救明筝的办法，那个探子直接跑到萧天面前回禀道："帮主，山下锦衣卫一早就撤离了山庄。"

萧天一听此言，身体晃了一下，一头栽倒在地。众人赶紧扶起他，玄墨山人给萧天把了把脉，只说了一句："急火攻心而致。"大家商议着既然宁骑城走了，不如暂回山庄再想办法。

第三十二章　寒光乍现

一

昨日,宁骑城命手下把明筝带回山庄后,他骑马前后查看了山庄大门,叮嘱把守此处的百户严加守卫,增加巡逻的密度,这才催马返回前院营地。

他一进院,就看见几个随从押着明筝往以前关押青冥和柳眉之的那间牢房走去,他叫住其中一位校尉,道:"此人是我一位朋友,不是朝廷囚犯,把她送到听雨居,你们在院门外把守。"

明筝远远听到他们的对话,心里一阵忐忑,不知宁骑城又要什么花招。那几个人听闻此话,态度立刻温和了许多,他们领着她走到听雨居,把她往里面一送,然后几个人站立在院门外。

冬日的夜,总是提早降临,月亮门里黑咕隆咚,明筝慢吞吞地走进院子,发现这个院子是整个山庄保持最完整的,刚才路过樱语堂时,她看见主屋的屋檐烧毁了,寒烟居的一处后墙被掏出一个大窟窿,地上散落着一堆瓶瓶罐罐和稀奇古怪的药材,以前那个地方估计是玄墨山人所建的密室。

明筝直接走到西厢房自己的房间,摸黑找到烛台和火折,点燃蜡烛,看见屋里竟然还是自己离开时的样子,只是刀架上自己来不及带上的如意剑不见了踪迹。明筝把自己一路上紧紧攥着的飞刀,又插回到自己的靴子里。宁骑城并没有跟上来,而是去了别处。本来她以为,宁城骑会对她严加看守,甚至会把她五花大绑,她已做好了准备,如果他敢对自己不敬,她就立刻了结自己的性命。

出乎她的意料,宁骑城似乎对她并不在意。有了这个发现,明筝稍微松了口气,她疲惫地坐到自己的炕上,头靠着墙壁,闭上眼睛休息,不一会儿她的上下眼皮开始打架,为了安全起见,她弯身从靴子里摸出飞刀,紧紧攥在手里。

突然,屋顶上轻微地响了一声,像是瓦片的碰撞声。明筝没有听见,她太累了,心里一放松就瞌睡了。屋顶上一个黑影手拿一块瓦片,放回了原地。他站起身,拍打了下手上的灰尘,纵身一跃,双脚落到地面。

宁骑城拉下黑色兜头,露出他那张面无表情的脸,他缓步走到门前,门外看守看见宁骑城从里面走出来都甚是诧异,宁骑城命其中一人去营地端晚饭,手下领命而去。

不一会儿,那个手下端着托盘走过来,上面有一碗粥,两个面饼。宁骑城从怀里掏出一个纸包,把里面的白色粉面倒进碗里,又拿汤勺搅了搅,吩咐那个手下,给西厢房里的人送去。

手下躬身答应,也不敢多言,匆匆向西厢房走去。他敲敲房门,里面的明筝被敲门声惊醒,迅速坐起身,手执飞刀望着门口。过了一会儿,那名手下低着头,端着托盘走进屋里,把托盘放到八仙桌上,一句话也没说,躬身退了出去。

明筝往桌上一看,是一碗粥和两块面饼,粥还冒着热气。明筝舔了下嘴唇,心想既然要死,也不能做饿死鬼,先吃了再说。明筝犹豫着,悄悄从炕上下来,跑到窗前向四处张望,院子里空无一人,一片死寂。她放心地坐到八仙桌前,看了看面饼,拿到鼻子前嗅了又嗅,咬了一口,又放下,觉得还是喝粥吧,她端起热气腾腾的粥碗,一口气喝完。

明筝放下碗,舔了下嘴唇,已经好几天没吃过热饭了,她又拿起面饼,刚啃了一口,眼睛就开始发直,上下眼皮开始打架,不一会儿她就趴到八仙桌上睡着了。

突然,房门被轻轻推开。宁骑城悄无声息地走到八仙桌边,他轻轻一推,明筝就从桌边倒到了宁骑城的怀里,宁骑城双臂抱起明筝,把她轻轻放到炕上,他伸手到她的靴子里,摸了半天,一无所获。又向明筝身上摸去。

宁骑城犹豫了一下,一皱眉,一只手伸进明筝的衣襟里,他脸上有些发红,但是终于找到那把飞刀,他迅速把飞刀塞进自己衣袖里,然后从一旁拉过一床棉被给她盖上,悄悄走出去。

宁骑城关好房门,走到月亮门,一个手下向他回禀:"大人,刚才山庄外有人拿王公公令牌,要求见你。"

"他人在哪儿?"宁骑城一愣,急忙问道。

"在营地用餐。"

宁骑城急忙跑到自己马前,交代守门的部下加强警戒,自己催马向前院营地奔去,一路上他都在想此人会是谁,王振此时派人来见他是什么用意? 他直接来到供兵卒用餐的营房,只见一张方桌上,一个熟悉的背影,正在呼噜呼噜地喝粥。

"孙启远?"宁骑城认出给王振送信的人竟然是孙启远,虽是有些意外但也不难理解,他能被王振派往鑫福通钱庄,便可看出已为王振所用。这个昔日京城街面上的小混混,东厂档头,如今竟成了王振面前的红人了。

孙启远放下大海碗,看见宁骑城进来,急忙离开座位,毕恭毕敬地向他行了一礼,道:"见过宁大人,大人在外公干,可是辛苦了。"

宁骑城哈哈一笑,没想到孙启远进了趟诏狱,越发会说话了,宁骑城大大咧咧在孙启远的旁边坐下,指着凳子示意他坐下,孙启远点头哈腰地坐了下来。

"孙启远,不对,你看我这记性,定是早已官复原职了吧。"宁骑城笑着说道,"孙百户,你今日到这里所为何事?"

"小的奉了先生的密令,给宁大人带了一封信来。"孙启远笑着,从衣襟里掏出一封牛皮纸封口的信。

宁骑城接过信一看,脸色一变,只见信上洋洋洒洒一页纸,写了两件事:第一件事是告诉宁骑城,瓦剌部落也先进犯边境;第二件事是朝堂里有人把他勾搭瓦剌商人进行黑市买卖的事上疏朝堂,事情重大,速回来面议。看此信的笔迹,确是出自王振之手,字迹圆浑华丽,看上去柔弱无骨,但每一笔都劲力十足。王振在所有太监中自称先生确是实至名归,在他早年没有去势进宫前,是县里一名教习,肚里还是有些文墨的。这封只需两句话就可以说完的信,硬是让他写了一页纸,明显有在宁骑城面前显摆的意思,宁骑城微微一笑,说道:"干爹好文采呀。"

孙启远赔着笑,他知道宁骑城是个戒心很重的人,也突然明白为什么王振要亲自写封信了,只让他口头传达,未必会说服宁骑城回京。

宁骑城恭敬地展平纸张,折好重新收回信封里,然后小心地塞进衣襟里,他看着孙启远,问道:"我不过出来几天,朝里就出了这么多事?"

"那天八百里加急的战报上奏朝堂,朝野都震动了,一片征讨声,想咱大明天朝一向待他们草原部落不薄,如今他们背弃信义,进犯边关,咱们能坐视不管吗?"孙启远侃侃而谈。

"这么说朝廷要派兵去征讨了?"宁骑城问道。

"这个……哪是我等会知道的事?"孙启远尴尬地一笑道,"倒是大人你要提防上疏你勾搭瓦剌商人的事,这次回去,先生就是和你商量这件事。还有,我听说北大营,于谦的部下……叫什么钱文伯的,那个千户抓到一名刺探军情的瓦剌探子,叫和古瑞,竟然是那个私运军火案的案犯,后来说是死在牢中了,这次却离奇地出现在北大营,据说是为也先刺探军情来的,这个人你我都认识,这对你极其不利啊。"

宁骑城心里一惊,额头上冒出冷汗,他陷入沉思,这两件事应该都是真的,他虽然没有见过也先,但是从乞颜烈那里早已有所耳闻,也先早有进犯大明的意图。至于后者,他与乞颜烈见面时,见过他手里的令牌,定是乞颜烈让和古瑞拿着那个令牌出入北大营探查消息的。想到这里,宁骑城深感事态危急到出乎他的意料,他努力保持着镇定对孙启远道:"明日一早,我就打道回府。"

孙启远一听,先是松了一口气,然后站起身道:"大人,既是如此,恕不能久留,小的这就告辞,好回去禀明先生。"

"也好,你见到先生,代我谢谢干爹的提醒和报信。"宁骑城说道。孙启远点点头,躬身一揖,告辞而去。

宁骑城看着孙启远离去,想到明天回到京城要面见王振,心里一阵百爪挠心。虽然上奏说是去缉拿匪首,但是毕竟瞒着王振,若是抓住萧天还好说,如今他逃出山庄,再想抓住他就如同大海捞针,摆在他面前最好的一次机会已经丧失,这次是空手而归。宁骑城唯一想不通的是,这次王振似乎对他特别宽容,对这件事提也不提,是何原因呢?

虽然有这么多的烦心事,但是此时宁骑城心里却被另一种情绪所左右,既紧张又兴奋,那就是明筝终于回到他身边。他知道自己必须小心谨慎,依明筝的脾气,她是什么事都做得出来的。他刚刚给她灌下蒙汗药,只是希望头天夜里不要出意外,他搜出了她藏匿在身上的飞刀,心里算是平稳了些,也没有必要待在此地了。

宁骑城走出仓房,叫来传令兵,下令道:"明日一早,回京。"

二

晨雾弥漫在山间,林间十丈外就模糊一片。天不亮,从瑞鹤山庄已走了一批人，他们是先前坐马车来的先遣人员。此时山庄大门大开，一队铁骑从山庄大门奔驰而来，宁骑城阴沉着脸，披着黑色大氅一马当先，众部下追随其后。

马队后面跟着四辆马车，一辆坐人，后面几辆拉着伤员和一具简易的棺木，里面是高健的尸身。驾车的都是身着甲胄的缇骑。

前面那辆马车很简陋，素色粗布的帷幔遮住车窗，前面的门帘也紧紧拉着。车厢里倒是很宽敞，只是里面只有一位乘客，此时明筝半躺在座位上睡得正香，马车吱吱呀呀向前疾驶，摇晃之下，明筝越发昏睡着。

也不知过了多长时间，明筝眼皮跳了几下，缓缓睁开一条缝，看着车厢一脸迷惑，等她意识到是在马车上时，她突然坐起，那一瞬间似乎记忆重新回到她身上，她瞪着眼睛大叫："喂，停车，停车……"

与马车并行的一个护卫，听到车厢里的叫喊，立刻催马向前面队列驰去，他撵上宁骑城道："大人，明姑娘醒了，嚷着要停车。"宁骑城回过头，道："不用理她，加快速度进城。"宁骑城说着，挥手甩下马鞭，催马前行。

那个骑兵掉转马头向回疾驰，到了马车旁边，对着两个驾车人一挥手，马车在他们的手下，加快速度前行。

明筝坐在座位上，上下颠簸着。她拉开窗帘，辨认着外面的景物，以此推测是去哪里，看了半天，越看越像是进京之路。心里的担忧更重了，她急忙伸手进怀里，却意外地发现飞刀不在了，明筝惊出一身冷汗。她突然又想到自己是如何上的马车？怎么一点记忆都没有？昨晚发生了什么？她脑子里一片空白。

明筝瞪圆眼睛，她曾有过一次被人下药的经历，马上意识到定是宁骑城对她的食物动了手脚，不然，她就是再疲累，在这种情况下也不至于昏昏沉沉睡得什么也不知晓。

明筝此时被一阵阵恐惧所包裹，她低头查看自己衣服，里面的中衣，外面的襦裙、比甲，没发现有不妥的地方，座上放着一件狼皮褥子，她认出是夏木的，一定是他们从夏木的炕上拿来的。

明筝此时已坐不住，想到宁骑城拉着她进京，宁骑城会怎么处置她呢？她早从李漠帆的嘴里听说过诏狱的酷刑，与其到时候受其凌辱，不如此时做个了断，但是自己的刀呢？明筝急不可耐地在周身翻了个遍，靴子也脱了，都没有找到。她得出一个结论，飞刀被宁骑城搜走了。想到这里明筝不由愤怒地吼叫："宁骑城，你个混蛋，你给我出来。"

四周除了马蹄声、车轱辘的响声，什么也听不到。驾车人听到她的喊叫，开始吆喝马匹加快速度,但是无奈马车破旧,这辆马车原本是山庄伙房里的厨子用来采买用的,想快也快不到哪里去。

明筝不再犹豫,她看到前面有一个拐角,在马车减速的瞬间她猛地蹿到两个驾车人的身后,从一侧直跳了出去。明筝倒到雪地里,她的脚扭了一下,她忍着疼,一瘸一拐地向路边的枯草丛跑去。身后传来喊叫声,明筝忍着疼,连跑带滚到山道旁的坡下,这时,头顶上传来马的嘶鸣声,马蹄声离自己越来越近,突然,四只马蹄出现在她的眼前,挡住了她的路。

明筝不得不抬起头,看见马上之人一张似笑非笑的脸。

"你跑得还挺快,"宁骑城的脸说变就变,他怒火中烧地叫道,"你敢再跑一次,看我敢不敢把你的腿掰断。"

明筝急忙缩起腿,她一点都不怀疑,对于他来说,掰断一个人的腿也就是瞬间的事。她挣扎着站起身,即使死也要死得有尊严,她可不想让他看自己的笑话。她瘸着腿往坡上爬,宁骑城骑着马,从一旁看着她爬坡。

马队停在前面等着他们,宁骑城骑马走到明筝面前问道:"你是自己走过去,还是坐我的马过去?"

明筝理也不理他,瘸着腿径直向前面走去。

在马车前,宁骑城骑马拦在她面前道:"你自己选择,是坐马车,还是坐我的马?"说着,宁骑城一脸坏笑地在马上做了一个十分猥琐的搂抱的动作。

"坐马车。"明筝厌恶地白了他一眼,向马车走去,匆忙爬上马车,坐到座上直抱怨自己倒霉的脚,要不是脚崴了,没准就能跑了。车厢一摇晃,宁骑城弯身上来,坐到了她对面。明筝瞪着他,一时惊得哑口无言。

马车颠簸着继续前行,宁骑城那么个大块头挤进车厢,车厢里瞬间变得十分狭小。明筝努力缩小自己的身体,尽力往里面去。但是满心的怒火还是忍不住了:"你干吗老看着我。"

"是你在我眼前,我不光看你,我还看你脑袋后面的一个蜘蛛。"宁骑城冷冷地说道。

明筝一听,不相信地回过头,车篷顶上盘了一张大网,一只黑色的蜘蛛正吊在网上打秋千。明筝平时最怕这些虫,她"啊"地叫了一嗓子,抱住头,突然眼前闪过一道亮光,待她抬起头,看见一把飞刀正穿过蜘蛛身体刺进车篷顶上。宁骑城起身一把拔下飞刀,把刀身上血肉模糊的一团东西从车窗甩出去。

明筝认出那把飞刀,她想夺回来,但很快被宁骑城看穿:"别想了,它放在我这里比较好。省得你把自己身上扎几个血口子，又死不了，净给我找麻烦。你知道不，京城的郎中个个都是骗子，会狮子大开口，我可没有银子使在你身上。"

明筝被他的这番话气得脸一阵红，一阵白。"宁骑城，你是个人吗？"

宁骑城抱着双臂，冷冷地看着她："那你说呢？"

"你是个畜生。"明筝怒不可遏地望着他。

宁骑城并没有被明筝激怒，反而十分开心的样子，只是眼睛眯成一条缝，语气更加冷酷和充满魔性："那你可想好了，跟一个畜生在一起，什么都有可能发生。"说完，他闭上眼睛，随着马车的颠簸，片刻后，竟然从宁骑城的嘴里传出忽高忽低的鼾声。

明筝几乎崩溃了，她头靠到车厢上，身体禁不住一阵颤抖，面对这样一个魔头，连死都变得不能自主。此时她只剩下一种本能，她突然想到了绝食，这是她唯一能做的事了，想到此，她也不再纠结，安然地合上眼皮。

对面宁骑城眯起的眼睛渐渐睁开，奇怪刚才还寻死觅活的明筝，怎么突然安静下来，竟然闭上眼睛像是睡着了，难道是她想通了？以他对明筝的了解，不会这么简单，他心里有些忐忑，害怕明筝又想出别的幺蛾子来。

车厢里两人都闭着眼睛，一副昏昏欲睡的样子，两人各怀心事，一路再无话。一直到城门前，宁骑城才从马车里出来，跃身上了自己的坐骑，领着这队缇骑回到衙门。

不多时，管家李达得信从府里快马加鞭赶过来，宁骑城交代他给明筝安排住所，又叮嘱了一些细节后，管家李达带着几个家丁护送马车回府。

明筝从车窗里看见马车离开衙门，走街串巷，最后停在一个府门前，她抬头一看，门上两字"宁府"，明筝大吃一惊，不是抓她进诏狱吗？怎么跑到这里？没待她明白过来，管家和家丁已经打开大门，马车径直驶进去，最后停在一个小门前。

李达拉开门帘，很温和地一笑道："小姐，到了，请下车。"李达说着，又十分小心地解释道，"我家主人吩咐要小的们好生照顾小姐，小姐有什么要求尽管说，小的一定尽力去办。宁府不比别处，规矩甚严，主人生性严厉，如果出了差池，小的们就会被重罚，轻者暴打一顿，重的就会被赶出府，小的们无父无母，在府里讨碗饭吃，小的们不想丢了饭碗，恳请小姐体谅小的们的难处。"

明筝坐在车里，还没下车就听见他叽里呱啦说了一堆，明摆着就是警告明筝，不要闹事，不要为难他们。明筝没好气地哼了一声，心想他们也太高看她了，既到了这里就如同我为鱼肉，他为刀俎。

狐王令 (下)　　　　　　　　　　　　　　　　　　　659

李达领着明筝走进里面的小院，没想到遍布演武场的宁府里竟然还有这样一个精巧独立的院子。院里积雪很厚，一片洁白无瑕，看得出这里平日无人居住。沿着院墙修有游廊，沿游廊可以直接走到正房，李达看出明筝的好奇，便没话找话道："这个小院，原本是主人修来供养母亲大人的，只是老妇人一直没有成行，所以一直空着。"

"他竟然有娘？"明筝说完脸一红，不认同宁骑城也不该对长辈不敬，她忙纠正道，"我怎么听说他是个孤儿？"

"是养母。"李达笑着说道，"如果主人知道了咱背后谈论他养母，会被……"

"怎么样？"明筝扭头问道。

"唉，不好说。"李达摸摸脑袋，想了一下，"是卸胳膊还是卸腿，真不好说。"

明筝一吐舌头，鄙夷地白了李达一眼，"我要是你，早找机会逃跑了，跟谁不行，要跟这个魔头？"

"跑哪里呀，"李达一笑，"跑哪儿都能给抓回来，还要挨顿痛打。我们都不敢，真的，跑不了。"

明筝也不傻，早已听出李达话里有话，这话是对她说的，便没好气地回了他一句："放心，我不跑。"

李达顿时喜出望外，跑到前面引着明筝走进正房。房间不大，作为一个老人用也够使了，也许是一直没有主人的原因，扑面一股阴冷潮湿的霉味，屋子里虽说不上奢侈，但也处处显示了用心。屋角摆着一把红木雕刻的摇椅，雕刻精美又结实耐用，显然是为老人准备的。

窗下是一个大炕，上面有炕桌，丝绸面的垫子，绣金丝的靠枕，炕下脚几上铺着猩红毯子，中间是一张红木雕花的圆桌，沿桌摆有两只红木小圆凳，空地上摆着一个焚香的方鼎。

李达躬身道："小姐，你以后就住在这里，没有主人的允许，你最好不要离开这个院子，一会儿服侍你的人就会过来打扫房间，这个炕也会烧起来，到时候屋子里就暖和了。方鼎里的香是皇上赐的安神香，可金贵了，一会儿让下人给你焚上，晚上就会睡个好觉。我这就去命下人给你端一些时令瓜果和茶水。对了，忘了告诉你，这个院子到了春天，百花盛开，尤其是桃花多，院子有十几株桃树。"

明筝并不为其所动，她坐到红木圆凳前，呆呆地望着这个房间，下意识地想着，不知道到了春天她还会不会活着？

一炷香的工夫，屋子里的人走马灯似的来来去去，把明筝眼睛都晃花了。圆桌上摆满果品点心,方鼎里飘来一股奇异的香味,清幽柔顺;接着一个托盘摆到眼前,三个精美的瓷碗,两碟小菜。明筝盯着那几个瓷碗,心里有了主意。她只等用人们离开了。

李达见一切都尽善尽美,便向明筝告辞离去,他叮嘱屋里的两个服侍明筝的婆子,交代完了后,便走出小院。院门前按主人的吩咐设了门岗,有四个家丁看着。木门上新换了一把大锁,钥匙只有两把,一把他拿着,另一把等主人回来交给主人。他尽量小心翼翼地把一切安排好,这才准备回房休息。

他前脚刚踏进房间,后脚就有一个家丁跑过来。

"管家,那个姑娘把所有吃的都砸了。"家丁一脸慌张,"两个婆子吓坏了。"

"快,带我去看看。"管家李达端起桌上一碗冷水咕咚咕咚一口气喝完,便拔腿又向小院跑去,一路上直摇头,主人就够怪了,弄回来个女人比他还怪,他愁眉苦脸地奔到小院门口,打开门锁,进了小院,看见两个婆子站在外面正候着他呢。

"管家呀,这姑娘说了,她要绝食。"一个婆子说。

"她还说,不要再给她送饭,送来就砸。"另一个婆子说道。

李达皱着眉头向屋里探了下头,看见一地碎瓷片和饭菜,忙回头道:"你们还不收拾了。"

两个婆子急忙低着头跑进去打扫,李达一想事情重大,还是赶紧回禀主人吧,万一出了事,岂是他一个小小的管家能承受得起的?

李达跑到马厩,选了匹快马,翻身上马往衙门里去了。到了衙门口,遇到衙门里同知范先生。范先生一看李达就知道是找宁骑城的,忙走到马前告知:"李管家,你是寻宁大人吗,他这会儿不在衙门。"

"范同知,我家主人去了哪里?"李达一抱拳在马上行礼道。

"宁大人先是送高百户的棺木去了高府,然后就进宫了,"范同知说道,"你还是回府里等着吧。"

李达一听,无奈地摇摇头,掉转马头,沿原路返回。

三

此时宁骑城正走在乾清宫外的甬道上,脑子里还是刚才棺木送进高府时,高老先生白发人送黑发人的凄凉场面。他的手不由握紧腰间的绣春刀,从牙缝里挤出几个字："柳眉之，这个账总有一天要清算。"

从小门绕进花圃，他左右看看，竟迷失了方向。这个地方他平日都是从正门进，今日一路胡思乱想竟走错了路径，正不知往哪里去时，突然看见前面小道上走过一个人，从那人走路的姿势，宁骑城一眼认出是高昌波。高昌波走路总是塌着腰，从来没看见他直过身子，或许是做奴才的时间太久了，如今做了东厂的督主，依然是这个德行。

宁骑城急忙闪身到树后，等高昌波进了前面一个院子，他才从树后走出来，他知道高昌波去的那个院子就是王振的居所。此时宁骑城倒不急着进去，他在花圃里溜达了一圈，脑子想好了对策才绕过花园向院门走去。

在门口看见小顺子蹲在院子里一个火炉前，一边扇着火一边吹着烟气。宁骑城问道："小顺子，先生在屋里吗?"小顺子抬起头，眼睛被熏得泪水涟涟，他忙着点头，道："在呢，在呢……"

"这么说，我来得正是时候?"宁骑城道。

"谁呀，是我干儿来了?"屋里听见动静的王振，哑着嗓音喊了一声。

"干爹。"宁骑城听见喊他，急忙大步跨上台阶，掀开棉门帘，走进屋里。本想着会看见高昌波，没想到屋里的大炕上只坐了王振一人，此时王振手里端着一本书，抬眼望着他。

王振脸上堆着笑，眼角四周干巴巴的皮子皱成一朵菊花样，他目不转睛地看着宁骑城。"来，坐下吧。"王振推开手里的书，手里把玩着一颗灰色的晶莹剔透的珠子，珠子在王振手中不停变换着颜色。

宁骑城认出那颗珠子，正是从狐地檀谷峪青冥郡主手里得到的，被狐族称为镇界之宝的狐蟾宫珠。宁骑城垂着眼皮坐到炕上，他记得当时听王振说把宝珠送给了皇上。

王振看着宁骑城深深叹了口气："儿呀，你这次祸可是闯大了。"

"干爹，此话怎讲?"宁骑城没想到他一进来，王振就向他撂下这么一句话。

"众臣还有言官，纷纷上疏，说你与瓦剌有勾连之事，着实麻烦。"王振说着，抬起眼皮乜了宁骑城一眼，他想等宁骑城解释，但宁骑城一声不吭，坐在炕上，似乎是等着他训示似的。

"你也不想解释一下?"王振问道。

"是与他们做过一些小生意。"宁骑城心里清楚王振一定把他查了个底朝天，再多说也是无益。

"完了。"王振啪啪地敲着炕桌,"肯定会授人以柄。"

"那依干爹的意思,孩儿这次该如何应对?"宁骑城试探地问。

"还用问吗?先躲避风头为妙。"王振转动着狐蟾宫珠,摇头晃脑地沉思片刻,道,"正逢边境有事,瓦剌那帮野蛮人又来造次,此时正是敏感时期,等咱们的边关守将好好教训了那帮家伙,这件事过去了,你再出来,可好?"

"依干爹的意思……"宁骑城眼睛盯着王振问道。

"无官无职一身轻,看那帮劳什子还能拿你怎么办。"王振耷拉着眼皮,手里摇晃着狐蟾宫珠,云淡风轻地说道。

宁骑城倒吸一口凉气,他看不见王振的眼神,不知道他心里到底怎么想的,但是有一点很清楚,自己这次是彻底得罪了王振,他要清理门户了,这是要他交出锦衣卫大印了。宁骑城知道一切都被王振算计好了,只能硬着头皮说道:"孩儿听干爹安排就是。"

"好孩子。"王振阴郁的脸上露出了笑容,他没想到宁骑城会爽快地答应,他点点头接着说道,"那好,你把衙门里的事交接一下,先休息一段时间,等过了风头,干爹再让你出山。"

"是。"宁骑城从炕上下来,向王振躬身行礼,他眼神扫过墙角,看见帷幔后面露出一只靴子,宁骑城不动声色地说道,"孩儿全凭干爹护佑,这就回去了,孩儿告辞。"

宁骑城转回身,他心里清楚高昌波就在屋子里,估计还布置有大内杀手,若他敢有半点不服,便会身首异处。他苦笑着,走出房间,走到院子里,室外的冷风吹到他的脸上,只觉得从头凉到了脚。

回来的路上,他没有骑马,一路牵着马,失魂落魄地走到闹市。此时华灯初上,他站在十字路口,偌大的京城竟然不知该往何处去。他不知不觉走到一家酒馆,里面的小二看他锦衣卫的打扮颇有来头,不敢怠慢,忙端上酒菜。

宁骑城看着那壶酒,几年前因醉酒失书,那本《天门山录》生生让他断了酒瘾,此时,他端着酒壶一通大喝,一气喝下一壶,又向小二要了一壶。他端着酒壶,眼里的泪和着酒一起吞进肚里……直喝到酩酊大醉,两旁的伙计也不敢来劝,都躲到角落,远远地看着。

宁骑城酒醒时,已是翌日巳时,阳光照到桌面,他竟然趴在桌上睡了一宿,此时他抬起头,模糊中看见面前的桌上菜盘狼藉,五六个酒壶横七竖八地扔在桌上。

酒馆里陆续上客,两边的食客侃侃而谈,说起朝堂之事,显得一个比一个神通广大。

"看见街上那个过去总在这一片晃荡的姓孙的东厂档头了吗,听说他就任锦衣卫指挥使了,以后见了可要当心了。"

"你胡吹吧,谁不知道指挥使大人是一个姓宁的。"

"姓宁的被撸了官职,听说与瓦剌有勾结……"

"看吧,马上便会倒霉了。"

"你不信? 敢打赌吗?"

"赌什么?"

宁骑城一掌拍到桌面上,震得茶壶乒乓直跳,他从腰里取下一个荷包,扔到桌面上,起身就走。

第三十三章　笼中金雀

一

　　宁骑城回府后闭门谢客。宫里各种消息不时传来,有关孙启远新任锦衣卫指挥使的圣旨也下来了,朝会时人们关注的重点转移到新赴任边关守将的问题,人选在朝堂上争论了半月之久才定下来,此人并不为人所知,是个无名之辈,但后来的各种传言中有一种比较可信,就是这位守将与王振有着亲属关系。

　　宁骑城待在府里,每日喝得烂醉,变得更加沉默寡言,一想到自己在锦衣卫里拼杀了五六年,身上新伤压旧伤,如今落得这个结局,心凉至极。他心里清楚他的府邸已被东厂和锦衣卫的暗桩盯住,他稍有不慎便会引来祸端,若是放在以往他早就一走了之,在这个城里还没有能挡住他步伐的人,但如今小院里住着明筝,他决心要带走她。

　　但是想在王振的眼皮底下人不知鬼不觉地溜出京城也没那么容易。他心里聚集的怒气只能用练武来消解。他每日喝了酒来演武场,一待一天。他把兵器架上的兵器逐一耍一遍,直到满身大汗,累得倒到地上。每天管家李达都会小心翼翼地跑来向他回禀小院里明筝的情况。

　　此时,宁骑城刚拿上长枪在场上绕场一圈,李达就慌慌张张地跑过来,也不等宁骑城把一个招式练完,李达就喊起来:"大人,小姐她已经三天没用餐了,你看怎么办呀?"

"她这么想死,就让她饿死好了。"宁骑城怒不可遏地扔下长枪,向书房的方向走去,李达跟在后面,欲言又止,但想想还是明说吧,就开口道:"大人,要不你过去劝劝她?"

"哼,"宁骑城鼻孔里哼了一声,"我去她死得更快。"

李达愣了半天,他搞不懂自己的主人和这位明筝姑娘是什么渊源,两人的相处如此古怪,便不敢再多言,只能愣愣地站着看着主人。

宁骑城发完了火,乜了李达一眼道:"院子里那几个婆子是干什么吃的,她不吃,你们就由着她的脾气吗?"

李达一愣,明白了主人话里的意思,但又怕理解错了,望着主人道:"难道……"

"有何不可,她不吃,你们就给我往嘴里灌。"宁骑城阴沉着脸,"告诉那几个婆子,小姐出了事,她们都脱不了干系。"

李达吓得缩起脑袋,连忙点头,急急忙忙退下去了。

宁骑城怒气冲冲地走进书房,一进门竟看见乞颜烈大大咧咧地坐在太师椅上。"义父,你……,"宁骑城脸色一变,急忙反身去关门,转回身看着乞颜烈叫道,"都什么时候了,你还敢出现在大街上?"

"你看,我有备而来嘛。"乞颜烈拉了拉身上汉人的衣衫,又向他指指搭在一旁的兜头大氅,"没人能认出来。"

宁骑城苦笑着坐到他旁边的椅子上。宁骑城早预感到乞颜烈会来见他,定是为了和古瑞被抓的事,于是故意问道:"今日又是为何事而来?"

"出大事了,和古瑞被北大营的人抓住了。"乞颜烈看着宁骑城一脸期待地道,"你想想办法,把他弄出来。"

"义父,你……"宁骑城又一阵苦笑道,"你以为我还是以前的我呀,你知道我这些天为何老老实实待在家里吗?我在闭门思过。我已经不是锦衣卫指挥使了,孙启远那个家伙接任我的职位,现在王振不抓我,主要是碍于他是我干爹,已经是很给面子了,估计他的爪牙正在四周日夜监视着我。再说我与北大营的于谦也早结有梁子,你让我如何下手?"

"你小子,你……"乞颜烈听闻宁骑城把自己推得干干净净,便急红了眼,"你小子平日里看上去挺聪明的,怎么越到节骨眼,越掉链子?"

"义父,我有今天,还不是拜你们所赐。"宁骑城说道。

"拜我们所赐?你小子也太忘恩负义了吧,"乞颜烈怒了,"你别忘了,你是怎么长大的,你是喝谁的奶吃谁的饭,才活到今天。"

"我当然记得。"宁骑城冷冷一笑,脸上肌肉颤动,双眸含着寒霜。

"记得就好。"乞颜烈缓和了语气,"如今正是你报答养育之恩的时候,我知道你从不会让我失望。"

"我对你来说,一直都是个好刺客。"宁骑城嘴角挤出一个笑容。

"哈哈,你是我的义子,我最信任的人,当然把最重的任务交给你了,难道要交给那些不成器的家伙吗?好了,不要胡思乱想了。"乞颜烈站起身,准备走了。

"义父,我养母是不是已经不在了?"宁骑城走到他面前挡住了他的路,盯着他问道。

乞颜烈先是一愣,继而哈哈大笑道:"你胡说什么,她在草原上好好的,每天还放牧呢,她有羊群马群,过得别提多开心了。好了,你别操心你养母了,该操的心不操,你好好想想怎么救和古瑞才是正事。"

宁骑城叹口气,白了乞颜烈一眼,问道:"那你告诉我,和古瑞是怎么让北大营的人给抓住的?"

"嗨,这个臭小子,出去玩摸错了路,跑到人家大营里了。"乞颜烈轻描淡写地说了一句。

"义父,还不肯跟我说实话吗?"宁骑城沉着脸,走到乞颜烈面前道,"他定是混进北大营刺探军情被发现了。"

乞颜烈尴尬地干笑了两声,抱着大氅望着宁骑城道:"让你看出来了,确实是这样。"

"看来义父真是信任我呀。"宁骑城嘲讽地笑了笑。

"唉,不是怕牵连你吗?"乞颜烈解释道。

"你们牵连我还少吗?我已经被朝堂扫地出门了。"宁骑城没好气地说,"义父,这是我最后一次给你做事了,这件事后我就回草原了,金盆洗手再不会回来。"

乞颜烈看到宁骑城逼人的眼神,知道他不是在玩笑,只能暂时先稳住他,先让他救出和古瑞再说,便笑着点头道:"好,一言为定。"

送走乞颜烈,宁骑城便一身便服戴着宽檐草帽骑马出了府门。他专拣偏街陋巷一路出了城门,并不走官道,而是走庄户人走的羊肠小道,一路疾驰到了白庙庄,远远就可以看见北大营巍峨的营门了。

宁骑城牵着马走到一家酒坊,门前一根竹竿上挑着一个酒幡,上书一个"品"字。宁骑城把马拴到旁边树上,独自走进茶坊。一个小二正在抹桌子,看见有客人进来,忙上前招呼。宁骑城从怀里摸出一把匕首交给他,小二吓了一跳,只听宁骑城道:"我和你们掌柜的是故人,把这个交给他就知道了。"

小二拿着匕首一溜烟跑到后院,不一会儿,一个尖细的嗓音从后院叽叽喳喳叫嚷着传出来,接着掌柜的走出来,有四十出头,清瘦白净,到这个年龄竟然没有胡须,倒是显得年轻,他几步走过来,身后还跟着一个浓妆艳抹的女子。

"大人……"掌柜的兴奋地张嘴,刚说了两个字就被宁骑城用手势打断,再一看宁骑城身着便装,便改口道,"客官,请上座。"

宁骑城走到里面拣靠窗一个桌前坐下,掌柜的随后坐到他对面,把手掌上的匕首还给宁骑城。宁骑城接过来,重新插进靴子里。那位女子捏着丝绸手帕也跟着坐了过来。掌柜的看宁骑城脸色不对,急忙对那个女子道:"娘子,你去柜台上招呼着,仔细了小二的手长。"女子一听,急忙闪身去了柜台。

"秦有福,你当真是有福呀。"宁骑城嘴角挂着笑,连刺带讽地说道。

掌柜的傻傻一笑,摸了摸光溜溜的下巴,叹口气,"啥子福呀,我一个太监,躲在这鸟不拉屎的地方,混着日子过一天是一天吧。"

"你知道自己是个太监,你还成亲? 不想活了,要是被发现你是从宫里偷跑出来的,还有好吗?"宁骑城没好气地道。

"我这娘子,也是刚从良的,就想和我搭伙过日子,她是真喜欢我。"秦掌柜喜滋滋地说道。

"你们俩还真是一对。"宁骑城有些哭笑不得,这个秦有福当年得罪了东厂督主王浩,被扔进大牢里,当年他刚赴任指挥使一职,有意从牢里放了一些人,这些人没有犯案卷宗,连名册都没有上,其中就有秦有福。两年后,一天衙门口跪着一个人要见他,一问才知道是他,出于感恩给宁骑城带来了几坛酒,从此他时常跑来送酒,后来熟了,也就知道了他现在的营生。

这是宁骑城第二次来这里,由于这酒坊所处的地理位置独特,因此宁骑城也逐渐与他交往起来。

"大人,此次来是有事吗?"秦有福看着宁骑城似有心事的样子,不由问道。

"有件事需要你帮忙。"宁骑城略一沉思,道,"驻守北大营的人中,其中有一个叫张超的百户,你可认识?"

"张超?"秦有福摸着下巴,想了想,"大营里很多人我都认识,就是说不上名字,见面熟,他们经常来我这小店喝酒。"

"那好,你就跑一趟,找来张超。就说他同乡找他有事。"宁骑城叮嘱道。

秦有福看了看天色，点点头道："好吧，这会儿也该放饭了，我这就去。"

这个张超是宁骑城的邻居，宁府里如今明筝住的那个小院子就是从张超家祖业中买来的。张家以前是做茶叶买卖的，后来家道中落，最后剩下孤儿寡母，经宁骑城介绍，张超从了军，现在做到了百户。

不多时，张超随着秦有福走进酒馆，一看果然是宁骑城，急忙抱拳行礼，两人寒暄了一番后，秦有福跑厨房张罗酒菜去了，宁骑城便开门见山地问道："近日，营里是否抓获了一名瓦剌人，叫和古瑞？"

"是呀。"张超一笑道，"还是我的那队人马在巡营时抓获的。"

"如今这个人关押在哪儿？"宁骑城看出张超有些犹豫，便笑着说道，"蒙古使团里的人找到朝堂，为他说情，今日我只是来了解下情况，不会为难你。"

"难道大人你不知道吗？"张超一脸迷惑，"他今天早上就被东厂督主提走了。"

"什么？你是说高昌波？"宁骑城后背一紧，不安地问道，"高昌波如何会知道你们抓住了这个瓦剌人？"

"是于谦于大人放的话，"张超说道，"高昌波领着东厂的人带着囚车拉走的，至于他们之间说了什么，咱们就不得而知了。"

"于大人审过那个瓦剌人？"宁骑城诧异地问道。

"审过。听在场的兵卒讲，这个瓦剌人是个厊包，看起来人高马大的，几皮鞭下去就吓尿了，什么都招了。"张超一脸鄙视地说道，"估计这会儿，这家伙已到了诏狱，那些过场下来，指不定怎么哀号呢。"

宁骑城万万没有想到，短短几天，事态已肆意发展到无法控制的地步。他强装镇定地送走张超，一下子瘫坐到椅子上。他感到背后阵阵凉意，和古瑞是个什么德行，他会不知道吗？估计他已和盘托出黑鹰帮的事和他的事，自己又被人出卖了一次。这之前他还庆幸和古瑞落在于谦手里，而不是王振手里，可是这样一来，他是死定了。怪不得于谦会把和古瑞交给东厂，肯定是得到口供后，把他的底细了解了个底朝天，交给高昌波就是让他们相互厮杀呢。

于谦与王振这样一对死对头，这次竟然合作了一把，对付的却只有一个人，就是他。别人可能不会明白，但是他一眼就看清楚了。于谦想通过和古瑞干掉王振身边最得力的人，在于谦眼里东厂和锦衣卫里全是一堆废物，只有他宁骑城不好对付，一旦干掉了他，再对付王振就容易多了。而王振这个疑心很重的人，一直怀疑他与瓦剌人有勾结，这正合了高昌波和孙启远的心意，他俩人时时刻刻都想着把他除去而后快，此时俩人不知正躲在哪里偷偷乐呢……宁骑城想到这里，一阵悲戚，对这里的一切都深恶痛绝，瞬间那盘亘在心的退意已决。

秦有福端来酒菜，一看就剩下宁骑城一个人枯坐着，想到张百户公务在身也没有再问，开了一坛老酒，把宁骑城面前的碗斟满了。

宁骑城连着喝干了三碗后，起身告辞。秦有福按惯例又给他带了两坛老酒，还有一些自己卤的熟肉。

宁骑城回到府里，天已擦黑。他抱着一坛酒拎着几包肉就往小院里走，守门的家丁一看，急忙打开院门。宁骑城走进小院，有个婆子急忙上前接住他手里的酒坛，跟在他身后走进屋里。

此时，明筝坐在炕上靠着软垫打盹，由于三天没有进食，她整个人都昏昏沉沉似睡非睡，她听见房门响了一下，以为是婆子又来催她吃饭，便闭上眼睛，头靠到墙壁上。

宁骑城站在屋子中间望着蜷缩在炕上的明筝，小脸雪白，了无生气，一股不把自己弄死绝不罢休的劲头。宁骑城一股怒气从胸中腾然而起，他一屁股坐到圆凳上，对着一旁的婆子一挥手，阴冷着脸说道："倒上酒，给她端过去，肉也给她端一份。"

明筝迷迷糊糊中听到这个声音，吓了一跳，立刻惊醒了，坐直了身体，虽然眼前直冒金星，但是她还是稳住了自己。一眼看见宁骑城竟然坐在屋子当中，还带了酒菜，便使出了全力喊道："宁骑城，谁让你进来的？"

"哼，别忘了，你在我家里。"宁骑城鼻孔里哼了两声，挥手退下两个婆子，便撕扯着纸包里油乎乎的大肘子啃起来。

扑鼻的香味猛烈地刺激着明筝的嗅觉，她不由自主地舔了下干涩的嘴唇，身体往后靠到墙壁上，大声地发泄着："吃死你，噎死你。"

"唉，在一个快要饿死的人面前饱餐一顿是种什么样的乐趣呀。"宁骑城说着，满不在乎地继续吃着。

"宁骑城，我今天把话给你说清楚。"明筝被他气得眼泪都快掉下来了，她努力支撑着自己，一字一句地道，"我告诉你，如果你囚禁我是为了让我给你写出《天门山录》，那你就死了这条心吧，你不会得到一个字。你如果逼我，我就死给你看。"说着，她从衣袖里摸出一片尖利的瓷碗的碎片，做了个抹脖子的手势，恶狠狠地望着宁骑城，接着说道，"宁骑城，那本《天门山录》害了多少人，你帮着王振那个阉贼四处搜刮奇珍异宝，害得多少人流离失所，你难道就不怕遭报应，遭天打雷劈吗？"

"是，你说得不错，我就是个魔鬼，我会遭报应的。"宁骑城扬脖把杯中酒一饮而尽,"我被王振利用,被乞颜烈利用,我杀人如麻。哈哈,这就是我,你还想说什么?看看你自己吧,你又比我好多少呢?你难道没有被人利用?没有被人出卖?你用自己换下青冥郡主,你以为你就很了不起吗?你只是个傻瓜而已……"

"可我一点都不后悔,青冥是郡主,狐族不能没有她,反正我也是个孤儿,我无牵无挂……"

"好个无牵无挂!我问你,狐族跟你有何关系,值得你豁出自己?"

"萧天是狐王,他是我大哥,你说跟我有何关系?你不过是萧天的手下败将而已。哈哈,别看你在我面前怪神气,不过是我大哥的手下败将。"

明筝看着宁骑城,看见他眼睛凶恶地瞪着她,眼里的红血丝几乎要爆出来,就像一个猛兽看着自己的猎物,明筝缩起脖子,不敢再说下去,担心他失去控制会一口吞了她。

不过宁骑城并没有进一步发作,而只是瞪着她,接着呆呆地望着桌上的酒碗,缓和了语气:"其实,我并不想与狐族为敌。"

"你还要怎么为敌?你几乎赶尽杀绝了。"明筝提醒他。

宁骑城闭上眼,深深叹口气,扔下手里的肘子,端起桌上的酒碗一饮而尽,撂下酒碗,看着明筝道:"你为何每次看见我,总是要死要活的样子,不在我面前整死自己誓不罢休,你告诉我,我到底怎么你啦?"

明筝一愣,想了想,却真是回答不上来。

"我动你一根手指了吗?"宁骑城皱起眉头,突然像是想起了什么,接着说道,"别忘了,我还救过你的命,把你从狼群里救出来,可是你是如何对待你的救命恩人的?"

明筝愣怔了片刻,恍惚想起来,确实有这回事。

"我要你给我写《天门山录》了吗?"宁骑城问道。

"你还没来得及呢。"明筝想到那天偷偷给她喂下的药和搜走的飞刀,气势汹汹地说道,"你还偷偷给我喂下蒙汗药,还搜走我的飞刀。"

"那又怎么样?"宁骑城说道,"我不过是担心你会自杀,才拿走的。"

"那你干脆放了我不就行了。"明筝叫道。

这次轮到宁骑城愣怔住了,他眨了下眼,摇摇头,小声地嗫嚅了一句,"我为什么要放了你。"

宁骑城的言行彻底把明筝给整糊涂了,"那你把我关在你家里,到底想干什么?"

"哼，等我厌烦了，没准就会放了你。"宁骑城黑着脸说道。

"宁骑城，怪不得别人说你是魔鬼，你身上就没有一点人气儿。"明筝恶毒地攻击他，"你知道做人是要有感情的吗？"

"别给我提什么感情，我压根儿就不知道那是什么东西。"宁骑城又一次爆发了，猛地往嘴里灌了一通酒，"我生下来就没有爹娘，不知道有爹娘的感觉是什么。我被丢在羊圈里，跟一群小羊羔争夺母羊的奶才活了下来，一个草原上的女人在一个死去多时的母羊身边发现了我，把我带走了。后来我又被人强行从养母身边带走，丢到一群人高马大的瓦剌男人中间习武，受尽百般折磨，从小到大我得到最多的就是伤疤。"宁骑城说着突然站起身，他一把扯下身上的衣衫，露出他肌肉劲爆的上身，从脖子下面，一道道丑陋刺目的伤疤出现在眼前，吓得明筝急忙捂住眼睛。

宁骑城重新整理下衣衫，冷冷地望着明筝道："所以，别在我面前提感情，也别耍花招，你只要照着我说的做，就不会挨打。"

"我凭什么要照着你说的做？"明筝迷惑地问道。

"因为你是我看上的女人。"宁骑城威严地说道。

"……"明筝眼珠子差点瞪出来，到此时她才明白宁骑城把她囚禁在这个小院子里，竟然是看上了她！明筝有些哭笑不得，她真是感叹世界上竟然还有这样的男人，她必须让他清楚地明白，她不会成为他的女人，"宁骑城，你不要妄想我会成为你的女人，绝无可能。"

宁骑城冷冷一笑，说："我不急，我会等。"

明筝突然感到一阵天旋地转，几乎要昏过去："你等不到这一天。"

"你也不要高兴得太早。"宁骑城幽幽地说着，"也许，你很快就会自由了。"

明筝没听懂他古怪的前言不搭后语的说辞，瞪着眼睛坐起身问道："你要放我？"

"是我要去劫狱。"宁骑城又一次扬脖喝下一碗酒，"诏狱，这个地方我已经很久没有去了，救和古瑞那个混蛋，我知道……我不一定能回来。"

"你，要去劫狱？"明筝笑起来，越想越可笑，"你怎么说的像我们这些朝廷通缉要犯似的？"

"这次，你说对了，我也将是被通缉的一个，不久也会在海捕文书上有个画像。"宁骑城有些醉了。

"不如，你劫狱时带上我如何，我可以给你望风？"明筝故意嘲笑他。

"妄想。别以为我不知道，你想借机逃跑。"宁骑城也不生气。

"那你就必死无疑了。"明筝狠狠地说道。

"早死早托生……"宁骑城说着，头垂到桌面上，他真是醉了。

俗话说酒后吐真言，明筝望着趴在桌上的宁骑城，看来他说的是真的，和古瑞是黑鹰帮的人，宁骑城与他们素来往来密切，看来这次是为黑鹰帮到诏狱捞人。如果真如他所说回不来了，那她岂不是真的就可以摆脱这一切了？

明筝心里一阵兴奋，这时看见炕桌上的肘子便再也按捺不住饥肠辘辘的肚子的召唤，管他呢，先吃饱再说吧。明筝抱着肘子啃起来，正啃得津津有味时，突然看见宁骑城猛地警醒过来。

宁骑城素来睡觉轻，多年刀尖上的生活，让他养成睡眠很少、眯一下就醒的习惯。他惊讶地望着明筝，明筝想起自己信誓旦旦要绝食，此时却趁他睡着大吃特吃，便非常尴尬地扔下肘子，又急忙把嘴里没来得及咽下的肉吐了出来。

宁骑城惊吓的不是明筝偷吃，而是他垂下的手臂碰到了他腰间的绣春刀。刚才他是真睡着了，如果明筝想杀他，他此时已在阴间转悠几圈了，想到此他后背一阵发凉。宁骑城望着明筝脸上粘着的肉末，古怪地笑了起来，同时欣慰地嘟囔了一句："明筝呀明筝，你一点也没变。"明筝慌忙地抹着嘴，并不知道他嘟囔点啥。他站起身，走到炕前，看了眼炕桌上那个肘子，被明筝啃去一半。

"你怎么吃这么多？"

"我三天没吃饭了。"明筝说着打了个饱嗝。

"绝食不好玩吧？是我给你带来的这个消息，让你胃口大开了吧？"宁骑城在一旁冷嘲热讽。

"是又怎么样？"

"哼。"宁骑城冷冷哼了一声，转身往门外走，在门口宁骑城又回过头，"明筝，昨天我看见了狐族丢失的狐蟾宫珠，你想要回来吗？"

"什么？"明筝大吃一惊，她当然知道这个珠子对狐族的重要性，但是从宁骑城嘴里说出来，多少让她感觉怪怪的，还没有来得及细想，宁骑城已大步走出去。

宁骑城在门口叮嘱李达晚上加强警戒，径直往前院自己的寝室走去。李达又加了班岗哨，然后跟在宁骑城身后向前院走去。

"李达，给我备马。"

"大人，你这个时辰还要出去？"

宁骑城点点头，李达便拐到马厩去牵马。宁骑城望着李达走远，自己走进屋里，直接走到里面一间密室，拿出一套夜行衣，从木箱里取出弓弩，然后走出密室。

宁骑城很快换好夜行衣，背上弓弩，把腰间的绣春刀换成自己的长剑。他从窗里看了眼外面的夜色，脑子里开始思谋行动的路线，这个想法从脑子里一冒出来就让他有种报复的快感，在以前他想都不会想，去王振那里盗走狐蟾宫珠，他一定是疯了。但此时，他全身都爆发出一种力量，一定要给王振点颜色看看，至于为何要去盗走狐蟾宫珠，他却没有细想，他不认为是为了讨好明筝。

这颗珠子他以前一直以为在皇上那里，没想到被王振扣下了，他想不出这些年王振还私自扣下多少奇珍异宝。这些年，他像一条忠诚的狗一样为王振卖命，如今被他扫地出门变成了丧家犬。

宁骑城嘿嘿一阵冷笑，退意已决的他，知道在京城的日子不多了，如果今天能顺利出来，那么下次去劫诏狱，就不知会不会幸运了。他看时辰差不多了就向马厩走去。李达又给马匹添了草料，待马吃完，给它系好马鞍牵到宁骑城面前，宁骑城二话不说，翻身上马打马而去。

<h1 style="text-align:center">二</h1>

宫里禁军的巡防宁骑城非常清楚，出入皇宫对他来说易如反掌。他把马拴在宫墙外，只身从连绵的屋檐上纵身进入皇宫。纵横交错的屋顶对他来说如走平地，很快他就来到乾清宫外的甬道。

他站在宫墙上，可以清晰地看见灯火明亮的大殿，路上举着宫灯办差的宫女太监。他找到王振住的那个偏殿外的小院，从屋顶轻落地面，迅速躲到屋檐下的暗影里。院里几个小太监提着宫灯走进来，手里提着食盒，小顺子从正房走出来，问了一句："主子要的羊羹呢？"

一个小太监走出来把食盒递给小顺子，小顺子接过食盒，看了眼其他的，说了一句："退下去吧，主子只用这个。"

几个小太监躬身退回去，在院门口与两个人相遇，一个太监的食盒被碰到地上，汤水洒了一地。一个声音高声骂道："该死的，烫死我了，没长眼吗？"是高昌波的声音。

"还不滚？高督主，你没事吧？"是孙启远的声音。

几个小太监看见碰到的竟然是东厂和锦衣卫的头目，早吓得匍匐一地，忙着又是叩头又是掌脸。

"滚,滚……"高昌波拍了拍被浇了汤汁的靴子和衣角,顾不得跟几个小太监计较,快步向院里走来。两人都是崭新的官袍和官靴,精神抖擞神气活现。

躲在屋檐暗影中的宁骑城急忙把身体贴到墙上,他一见两人同时出现,眼里立刻喷出仇恨的目光,他没想到自己的率性所为,竟然有意外收获,他倒是想看看这两人深夜至此,到底又有何勾当。

两人走进屋里,宁骑城看四处无人,闪身跃到屋顶。他轻抬腿缓落步,小心翼翼来到屋顶中央,俯身揭开两片瓦,从木梁间俯瞰屋里的动静。

王振坐在炕桌前一手执汤匙喝着羊羹,一手握着狐蟾宫珠在手心里转着。高昌波和孙启远一走进去,王振就喝退两边太监,只留了两个东厂侍卫在身边。高昌波看了眼孙启远,两人似乎在用眼神交流谁先禀告。最后,高昌波一脸忐忑地上前,禀道:"先生,出了点纰漏,那,那个瓦剌人和古瑞……"

"怎么了?"王振推开碗,关切地看着高昌波。

"他,他死了。"高昌波看见王振变得犀利的眼神,浑身一颤。

"笨蛋。"王振一掌拍在炕桌上,"我还指着他来钓大鱼呢。你个笨蛋!"王振气得一脚踢到高昌波的肚子上,高昌波没敢动,硬是结结实实挨了一脚。

"先生,不能怪高督主,实在没想到这小子……这么软包,不经打。"孙启远双膝跪地替高昌波说了句话。

"还有谁知道此事?"王振问道。

"审问时,只有三四个狱卒在场。"高昌波回道。

"你回去一定要让他们闭口,放出话,那个瓦剌人还活着,看他们黑鹰帮来不来救他。尤其是等宁骑城,若是他来,咱们布下天罗地网一举拿下,岂不是省去很多麻烦。"王振微眯眼睛,露出凶光。

"宁骑城狡猾得很,不一定上当呀。"高昌波上前一步道,"不如我带着人封了他的府邸,一举抓获吧。"

"哼,你去抓他? 你是能对付得了他还是能抓得住他?"王振眯着眼斜乜了他一眼,哼了一声,"之所以不对他采取任何行动,就是不想打草惊蛇,就你们根本对付不了他,咱们只有引君入瓮这一个万全之策。如今瓦剌人已供出他原来是黑鹰帮潜入大明的内奸,这就由不得他不来,毕竟他得听命于人,看着吧,他会来的。如果他来劫狱,那不正中咱们的下怀吗,还就怕他不来呢。他若来便当场射杀,不留活口,以免后患。那天晚上,放了他一马,本来想着如果他不交锦衣卫大印,就当场捉了他,没想到他小子竟很聪明,躲了一劫,这一次,定让他有来无回。"

"老奴这就回去准备。"高昌波躬身道，脸上出了一层汗珠。

"如果不是抓住了和古瑞，谁会想到宁骑城会是瓦剌的奸细，这次于谦竟然会主动向咱们示好，真是没想到。"一旁的孙启远说道。

"你懂什么？于谦是有目的的。"王振冷笑了一声，"他想让皇上同意他推举的守边将领，他知道首先要过了我这一关，但是，我又不傻，放着这么好一个建功立业的机会，为何要拱手让与他人？我是老了，不然我还想亲自带兵打他一仗呢。让文武百官看看，他们不待见的太监也有领兵打仗的本领。以前有郑和七下西洋，今儿有王振领兵打仗，哈哈……"王振越说越兴奋，最后仰脖大笑起来。

高昌波和孙启远双双跪下，高呼："先生威武，先生威武。"

突然，院子里传来喊声："有刺客！"接着传来护卫的奔跑呼喊声。

王振正在兴头上猛地愣住了，高昌波和孙启远急忙站起身六神无主地四处看。王振已经滑到炕下，两个护卫急忙架着他往里面一个密室走。高昌波和孙启远这才想起，向王振高喊着："先生，你先躲起来，我们出去看看。"

两人一前一后跑出去，咋咋呼呼地跟着几个护卫向前面一个飞跑的影子追去。他们刚跑出院子，一个黑影从屋脊落下，闪身走进屋里，宁骑城一把抓住炕桌上的宝珠，握在手里把玩了一下，立刻被冰冷入骨又温润的手感所震惊。他从晶莹的珠体里看到一只飞翔的狐，真乃宝物呀，怪不得王振爱不释手。宁骑城嘴角勾起一个坏笑，迅速将其揣进怀里，几步来到窗前，跳上窗台翻了出去跃上房顶，临出去弯身从背后拔出一支箭，"嗖"的一声，甩到红木雕花炕桌上。

此时甬道上，几个护卫追上那个黑影，几个人按住他，撕开他的黑色面巾，竟然是小顺子，小顺子双手被绑在背后，嘴里塞着一团枯草。高昌波和孙启远跑到跟前，一把掏出小顺子嘴里的草。

"我不是刺客，"小顺子吓得跪倒在地上，"是一个人逼我跑，不然就割掉我的鼻子……"

"那个人呢？"孙启远抓住小顺子的衣襟问道。

"不知道……"

"快，回去看看。"高昌波猛然意识到上当了，掉头就往回跑，众护卫和孙启远紧跟其后。几人回到院里，四处一片寂静，几人跑进正房，一个护卫从密室探出头，见众人回来，两个护卫搀扶着王振走出来。

所有人都注意到了炕桌上那一支羽毛箭，众人不由自主向后退了一步。孙启远走上前一把拔下那支羽毛箭，拿在手上看了看："不像出自官坊，倒像是草原上

狐王令（下）

的……这，上面刻着一个'宁'字……"这时，王振走到炕桌前，忙乱地翻了半天，突然一把推开汤碗和细碎的东西，叫了一嗓子："哎呀，我的心肝……"

"宝珠?"高昌波这才意识到发生了什么，"那个刺客故意让小顺子引开咱们，偷走了先生的心肝呀。"

"谁这么大胆?"孙启远叫道，突然想到箭上的刻字，瞪着眼睛问道，"难道是宁骑城?"

"还会有谁? 只有宁骑城有这个手段，他刚才就在这里。"王振既震惊又气急败坏地喊道，"孙启远，你速速带领锦衣卫给我把宁府抄了，发下海捕文书，全城通缉宁骑城。"

三

从午后就刮起西北风，一直没有停的迹象。山庄里满目疮痍，除了听雨居完好外，另两处院子樱语堂和云烟居损坏严重，樱语堂的正房坍塌了一片，里面的家用物品被风刮得满院子都是，李漠帆带着众人在听雨居收拾出一间正房后，众人把青冥郡主抬了进去。

青冥自从那日被萧天等人从山庄门前的雪地抬回驻地，身体就时好时坏。玄墨山人跟着扎针施药，病情仍然是不得缓解，再加上露宿雪地，反而又加重了，因此山下岗哨一来报宁骑城撤了，玄墨山人便毫不犹豫地让众人把青冥抬回山庄。

几天里，萧天也病了一场，他是积劳成疾，又加上听到明筝被宁骑城带走，急火攻心便倒下了。睡了一觉，萧天服下些汤药，脑子迅速清醒了，他知道此时最不能倒下的就是自己，如今正是山庄最艰难的时刻，自己无论如何都得挺住。

萧天命人找来几床棉被，一路匆匆走到听雨居正房，夏木和梅儿正在给青冥喂水，翠微姑姑坐在一边看着。听见脚步声，翠微姑姑看见是萧天过来，身后还跟着两个人抱着棉被，急忙接了过来，她轻声退下他们，急忙给青冥盖上。

萧天走到炕边看青冥，只见她双唇轻颤，面色煞白，似乎是冷得发抖。"玄墨掌门把过脉了吗?"萧天不安地问道。

"把过了，回去配药了，只是玄墨掌门说，寒烟居里的药材被毁坏了一些，只能是有什么用什么。"翠微姑姑忧心地说道。

萧天把棉被往上拉了下，手指触到青冥的面颊，不由一惊，凉似冰块，他回头盼咐道:"梅儿,再去加几个炭盆。"

"这不是加几个炭盆的事,"翠微姑姑忍着眼里的泪道,"体虚至此。"翠微姑姑看着萧天:"你去忙别的吧,这里有我们就行了,外面乱成一团麻,你该干啥干啥吧,有事去叫你。"

萧天点点头,正欲转身离去,突然,一只冰凉的手抓住了萧天的衣边,青冥微微抬起眼皮,显然她没有睡着,她张了张嘴,萧天急忙俯身下来:"郡主,你想说什么?"

"快去救明筝,不要在这里。"青冥的声音虽然微弱,但是能听得清。

"郡主,"萧天心里一颤,他紧紧握住她冰凉的手,安慰道,"你不要胡思乱想,好生将养身体,外面的事,有我呢。"

"她怎么那么傻呀,"青冥眼里涌出泪珠,声如蚊蝇般虚弱地说道,"救我一个废人,太不值了……"

萧天心里一阵刺痛,他紧握住郡主的手,声音哽咽着:"郡主,你怎会有此想法,你是狐族的郡主,老狐王的掌上明珠,所有狐族人都敬仰你,我想明筝她豁出去救下你,不是让你妄自菲薄的,你能懂她的心吗?"

"我的苦心,没有白费,她懂咱们狐族,她懂……"青冥答非所问地低吟了几句,就开始咳起来。翠微姑姑过来提醒他不要再让郡主讲话,萧天点点头,端起夏木手里的水碗,喂她一汤匙水。

青冥脸上露出微笑,用微弱得几乎听不见的声音说道:"萧公子,还记得吊脚楼吗?"

萧天端碗的手一抖,他望着面色苍白、气若游丝的青冥,就像看到了九年前的自己,当时自己命悬一线躺在吊脚楼上,岂不是和青冥如今一个样子吗?青冥照顾他半年,把他从阎王爷面前抢了回来。萧天抑制不住愧疚的心情,端着水碗点了点头,突然趴在青冥身上失声痛哭起来。

屋里的几个人都被眼前这一幕惊住了,萧天是一帮之主,如今又是狐族新狐王,平日里无不是给人以顶天立地的大男人形象,如今竟然能伤心到这个地步。

翠微姑姑急忙领着夏木和梅儿走出房间,边走边抹着眼泪。

青冥伸出手,轻轻地抚摸着萧天头上的发髻,缓缓说道:"我的日子恐怕不多了。"

萧天猛然抬起头,他盯着青冥,眼里的泪还在眼眶里盘旋,他开始从心里恐惧起来,他一把抓住青冥的手:"我会治好你的,玄墨山人医术高明,你要相信我……"

"萧公子,你有没有喜欢过我?"青冥眼睛盯着萧天,迫切地想知道这个她无数个夜晚都在想的问题。

"青冥，"萧天深深地望着她，一字一句地说道，"青冥，你是我萧天今生唯一的妻子，这个正妻的位置永远都是你的。"

青冥脸上突然涌起一片红云，她张了张口，把后面的话咽了下去，她没有想到萧天会对她说出如此情深义重的话，对于一个女人来说，一个男人对她说出这样的承诺，她还有什么不满足的？

青冥笑着合上眼睛，眼角流下两串泪珠。她突然明白她是不应该问他那句话的，他心甘情愿把妻子的位置给她，可是他心里的位置永远是她可望而不可即的。她是被刚才他的真情流露冲昏了头脑，她就不该有这个奢望，因为那是他为另一个女子留下的。此时她平静了下来，真的想睡了，便笑着说道："我想睡一会儿。"

萧天站在旁边，又给她掖了掖被角。青冥闭着眼睛说道："我没事，你不要再耽误时间了，快去救明筝吧。"

萧天尴尬地站在原地，想了想，突然说道："有件事我要去办，你就先休息吧。"

萧天心情沉重地离开正房，他确实有件紧要的事要办，那日领明筝出洞穴，把典籍留在洞穴里。回来后大事小事太多，竟然把这事给忘了，此时突然想起来。

萧天带着几个人走到后山，看到洞穴的进口处被炸出一个洞，他命几名手下清理，自己带着两个人进去，他举着火把走进里面，虽然这个洞穴宁骑城也进来过，却丝毫没有被破坏的痕迹。

他径直走到藏典籍的那个小溶洞，找到那个巨大的钟乳石，看见三个包袱完好无损地躺在里面，不由触景生情，眼泪喷涌而出，他只趴到钟乳石上感伤了片刻，便振作起来往回走，外面还有很多事要做。

次日清晨，萧天和玄墨山人骑着马在庄子里巡视，两人都默默无语，虽然宁骑城撤出山庄，但是他们会不会卷土重来，两人心里没底。这个季节转走他方不太现实，最起码要熬过这个冬季。

"萧帮主，"沉默多时，玄墨山人终于开口，"这里就交给我了，你多带人手，想办法救明筝吧。"

萧天叹口气，"如今郡主病成这个样子，我再不敢离开半步，以前是我疏忽大意，让郡主误会，现在只能先派人手去打探消息，再做决定。"

玄墨山人点点头，他看着萧天，知道他做事稳妥，也不再说什么。他突然又想到一事，便问道："于管家的尸身找到了吗？"

"昨日已入殓。咱这里没有合适的棺木，只是李漠帆的一个手下做过几天木匠，砍了棵树草草钉了个棺。回到京城再置换吧，我将派李漠帆亲自送到于府。"萧天说道。

"好。"玄墨山人很钦佩萧天年纪不大做事如此周全，"唉，老夫虽然云鹤多年，不问朝政，但是朝中曲直我也有所耳闻，于谦大人是个值得尊敬的好官，这年头宦官当权朝政险恶，他也着实不易。"

"是呀，于大人心系百姓国体，"萧天不禁感怀，"狐族的遭遇他曾深表同情，其实，我之所以一直跟于大人交往，就是抱着一个希望，希望有朝一日，于大人能上疏皇上，还狐族以清白。"

"这个想法没错，但是只要王振当权，就很难做到这点。"玄墨山人叹口气，眺望着远山的山顶。

这时，从后院的小道上匆匆跑过来一个人，只见衣裙飘飞，离近了才认出是夏木姑娘。

"狐王，不好了，郡主不行了。"夏木面色苍白，惊慌地说道。

萧天和玄墨山人互望一眼，两人都吃了一惊。萧天问道："郡主服下药，不是好些了吗？"

"是呀，今天一直都挺好的，脸色红扑扑的，我们看着都很高兴，可是突然就……"

"不好，"玄墨山人脸色一变，"或许是回光返照，走，快去瞧瞧……"说着，他掉转马头就向听雨居奔去，萧天一看，紧追其后而去，夏木愣了一下也拔腿跑过去。

听雨居正房里聚了一堆人，大多是狐族人，也有兴龙帮几名女眷。青冥郡主躺在炕上，旁边坐着翠微姑姑，一旁的梅儿正从热气腾腾的铜盆里绞出一条热帕子，给青冥郡主擦着头上冒出的汗。

玄墨山人走到门口，人们让出一条道。玄墨山人直接走到炕前查看青冥的状况，萧天紧接着走过来。

"玄墨掌门，不用瞧了，我自己的身体自己清楚。"青冥郡主笑着说，然后吩咐梅儿扶她坐起身。梅儿看她太弱，就劝她还是躺着好。青冥郡主这时看见萧天，向他伸出手，萧天急忙走过去。

"扶我坐起来。"青冥郡主虚弱地说道。

萧天坐到炕上，伸手扶住她，使她靠到自己怀里。萧天心里一颤，青冥靠向他的身体，轻得如同一片羽毛，萧天一阵难过，轻轻说道："青冥，你别胡思乱想，你会好起来的。"

"不会了。"青冥郡主微微一笑,她慢慢抬起头,目光温柔地望着萧天,双颊泛着红光,"狐王,我心里清楚得很。"

"青冥,不要叫我狐王,我不配这个称呼,是我的无能致使狐族四处飘零,我发誓不报此仇、不还狐族清名我不配活在世上。"萧天拧眉自责地说道。

"我相信你,就如同当年我父王相信你一样。"青冥说着,可能是说话太多,她开始喘息起来。梅儿急忙递过来一碗水,萧天接过来,喂青冥喝下。青冥喝了一口,只是沾了下唇边,就推开,接着说道,"我苟活到今日,就是为了完成父王的心愿,如今我的使命已然完成,狐族有了你,我可以放心地走了。盘阳,林栖……"

"在。"盘阳和林栖从后面走到炕前,"郡主,我们都在。"

"狐族有了新狐王,你们可高兴?"郡主问道。

"高兴。"盘阳和林栖双双跪下,匍匐在地。

"狐族的族规,持狐王令者号令狐族。父王是从前辈狐王手中接过的狐王令,今天狐王令传到了萧公子手里,他是你们的新狐王,你们今后听从他的号令,记住了吗?"

"记住了。"盘阳和林栖再次叩头,炕边的翠微姑姑听到这里,捂住嘴扭过头抽泣起来。

"我只剩下一个心愿了,"青冥郡主看着萧天,"我听到了我想听的话,我知足了。以后,我不能在你身边照顾你了,我把你交给明筝姑娘,希望她可以替我好好照顾你,所以,你一定要把她救出来。"青冥说着,望向狐族众人,"你们听着,明筝姑娘为了救我身陷狼穴,我感念她的大仁大义,今日,当着众狐族兄弟姐妹的面,我要把郡主的封印传给明筝姑娘,见印如同见我,我死后,明筝姑娘就是你们的新郡主。姑姑,拿印来。"

翠微姑姑从一个包袱里取出一个木匣子,从里面拿出一块月牙形晶莹剔透的翡翠,翡翠精雕细刻,外形奇异,有着狐头龙身,这种形象闻所未闻。青冥郡主接过来,说道:"这块狸龙玦,其实是狐蟾宫珠的底座。狐蟾宫珠已失,狸龙玦绝不可再失去。若狐蟾宫珠能回到狐族,它就能给狐族带来祥瑞和安宁。我早已把它交给姑姑,就是想有朝一日,能交给明筝姑娘,此时,我等不及了,交给你,希望你早日救出明筝姑娘。"青冥郡主说了一大堆话,把手中碧绿的狸龙玦塞进萧天手里,她似乎真是累了,深深出了口气,合上眼似乎想睡一会儿。

突然,翠微姑姑两只手上前抓住青冥的手,急迫地大喊:"青冥,青冥呀,我苦命的侄女呀……"翠微大哭起来。

众人这才发觉青冥郡主已经没有了呼吸。萧天悲痛地把青冥抱进怀里,眼前突然浮现出翠绿的山谷里,一个明艳靓丽的身影,那个一身异香总是低头微笑的青冥,那个在他病榻前操持数月不辞辛苦的少女,就这样突然撒手而去。

萧天愧疚自责,悲恸欲绝,久久地抱着青冥不愿撒手。

最后,李漠帆硬是把他拉走。林栖和盘阳迅速遣散众人,把灵堂布置出来,把青冥的尸身抬到灵堂里。夏木和梅儿搀扶着翠微姑姑回到她的房间,以防她悲伤过度动了胎气。

傍晚时分,萧天走进翠微姑姑的房间,夏木和梅儿从炕边退到后面,萧天此时已恢复了常态,只是眼里多了几分悲戚。翠微姑姑从炕上坐起身,望着萧天道:"狐王,你找我有事?"

"翠微姑姑,我决定明日一早把青冥葬到后山坡上,然后就和玄墨山人一起进京。此番进京一是要救明筝,再一个就是要联手除去王振和宁骑城,只有除去了他们,咱们狐族才有和平的日子可过。我在青冥面前发了誓,定要让狐族恢复荣耀,昭雪于世。"

"狐王,翠微我任凭你差遣。"翠微姑姑点点头道。

"这个狸龙玦,你先拿着。"萧天郑重地把木匣子放到翠微姑姑手里,后面的话没有说,翠微姑姑看见他眼里的忧伤,也不想再伤他的心,如今青冥走了,明筝又落入狼口,他身边最重要的两个女子都离他而去,而明筝能不能救出来,也是个未知数,他怎能不痛苦。

萧天沉默了片刻,交代道:"你留下驻守山庄,我会把最强壮的人手给你留下。"萧天说完,看着一旁的夏木和梅儿道:"有劳两位姑娘,一定要照顾好翠微姑姑。"夏木和梅儿急忙屈膝行礼,点头称是。

次日一早,众人抬着棺木走到山庄后山一片山崖上,早早有族人挖了一个深坑,族人们唱起了歌子,人人手里拿着一枝松柏枝,一边唱一边在空中画着圆弧。

棺木抬进坑中,人们把手中的松柏枝扔进坑里,萧天跳下深坑,把四处散落的松柏枝一丛丛整齐地放到棺木上。在狐族只有死者的至亲才被允许进到墓穴为死者做最后一件事。在狐族人的葬礼上,哭泣是不祥的,不被允许的。他们用青翠的叶子寄托哀思,陪着死者留在泥土里。用歌声代表对死者的思念,歌声不断,思念不断。

坟头耸立起来时,在翠微姑姑的带领下,歌声达到了高潮,嘹亮委婉的歌声,在雪野如泣如诉,令人肝肠寸断。众人唱着歌子围着坟冢走了一圈又一圈。

眼看日出山头,这支哀伤的队伍不知要转到几时了,玄墨山人递给李漠帆一个眼色,李漠帆上前拉扯着翠微姑姑,在李漠帆的拉扯下,这支队伍才掉头往回走。

走到半路,山庄管家曹波安一路急匆匆跑过来。

"帮主,"曹管家走到萧天面前,由于萧天的多重身份,在山庄里人们早已约定成俗,对萧天的称呼,各帮称呼各帮的互不干扰。兴龙帮称呼萧天为帮主,狐族称呼萧天为狐王,而天蚕门称呼萧天为师叔,虽乱但也伦理清晰。

曹管家压低声音道:"帮主,山庄大门处来了一个道姑,口口声声要见你。"

"道姑?"萧天脑中一片空白,"可报上尊号?"

"说是隐水姑姑。"曹波安说道。

"啊……快,快请到寒烟居。"萧天猛然惊醒,隐水姑姑不正是明筝的师父吗,一个月前他曾写信让隐水姑姑前来接走明筝。

曹波安急忙称是转身走了。萧天对身边的玄墨山人道:"此道姑是明筝姑娘的师父,一定是收到我的信,匆匆赶来了。"

"这……"玄墨山人一皱眉,"这如何是好?人家师父来接徒儿,这明筝姑娘的事该如何开口呀?"

"事到如今,再不好开口,也要说了。"萧天道。

由于此时樱语堂正在修缮,萧天他们也搬到寒烟居居住,因此就叫曹管家把隐水姑姑直接请到寒烟居见面。萧天和玄墨山人一行人加快步伐,走到寒烟居玄墨山人居住的正房沏上茶等着隐水姑姑。一转眼工夫,消息传出去,李漠帆和盘阳前后脚跟过来看热闹,天蚕门几个弟子也悄悄溜进来。

众人坐下不到一盏茶工夫,曹管家就领着一个中等身材偏瘦的白发女道姑出现在碎石小径上,她一身灰蓝的道服,干净历练,足下步伐迅速有力,虽然满头白发,但是面容却是中年模样,一看身负武功,非一般闲女人。

隐水姑姑在曹管家之后走进房间,只见正堂上两排太师椅上坐满了人,正中两位器宇不凡,一位鹤发童颜,一位青年才俊。隐水细思信中所述,心中已大致有了意向。她向在座的众人行道家礼仪,拱手一礼道:"贫道隐水,今日叨扰各位了。"

萧天和玄墨山人起身还礼,萧天一步走到近前道:"隐水姑姑,晚生萧天,这里静候多时了。"

"萧帮主,"隐水姑姑一抱拳,"我行走江湖多年,你的威名如雷贯耳,只是今日得以见面,失敬。"

"隐水姑姑,你折煞晚生了。"萧天说着,急忙给隐水姑姑引荐玄墨山人,以及在座的众人,隐水姑姑与所有人见过礼,眼睛不时扫过门外,众人当然清楚原因,便请隐水姑姑坐下,给她端来茶碗,四下突然异常安静。

隐水姑姑显然感到屋里众人的怪异,按理说她一来,明筝就应该过来见她,怎么直到此时还不见这丫头的人影,越发没了规矩。"萧帮主,明筝这丫头呢?"隐水不得不开口了。

萧天面带难色,突然走到隐水面前单膝跪下道:"隐水姑姑,晚生对不住你老人家托付,明筝姑娘,她……"

隐水姑姑脸色一变,她急忙扶起萧天,说道:"萧帮主,使不得,你且起来说话。"

萧天看着隐水姑姑,把发生在瑞鹤山庄的事,前前后后说了一遍。"……如今明筝被宁骑城带走后,我派出人多方打探,还是没有下落。我本与玄墨掌门商议好,明日就进京寻找,不想今日你老人家便来了。"

"我跟你们一起去。"隐水姑姑隐忍着,眼泪还是涌出眼眶,"这么些年,我已经不会流泪了,本以为眼泪都在那些年流尽了,没想到这丫头又出了这事。她十岁起便跟着我,我把她视为己出,听到她被锦衣卫抓走,就像剜我的心一样。"

众人看见隐水姑姑伤心,一阵劝解。

"罢了,看来这次我非要找朝廷出面不可了。"隐水姑姑此话一出,在场的人都一愣,不明白她所说的找朝廷出面是什么意思。

"众位,你们有所不知,我也不再隐瞒。我在出家前,是边关守将张竟予的妻子。二十五年前与来犯瓦剌人的那场血战,使我失去了丈夫和一对才出生未满月的双生子,为了寻找他们,这些年我隐姓埋名,奔走四方,到如今我已满头白发了,也不再对找到那对双生子抱有希望,我此时要找朝廷,以忠烈的名义要求他们放了我在世上唯一的亲人,不放明筝我就死在那里。"

隐水姑姑的话震惊了在场所有人,二十五前发生在边关的那一场血战,很多人都不知道,但是玄墨山人和萧天知道。

"那场战役我知道,老夫这么多年行走江湖,见过的惨况多了,但是那场战役是我今生见过的最惨的一次,守军全军覆没,一个人都没有留下,瓦剌人不仅抢粮食,连女人孩子都不放过,全抢了去。"玄墨山人悲恸地说道,"我听人讲,那个守城的将军姓张,最后被瓦剌人的箭射死,当时的场面太惨烈,真是万箭穿心,他身上拔下的箭……"玄墨山人说不下去了。

"姓张的将军就是我的夫君……"隐水姑姑低头闭上双目。

"隐水师傅,这么说你一直在设法寻找你那一对双生子,可有下落?"玄墨山人问道。

"没有……"隐水姑姑摇摇头,道,"这么多年过去了,我已不抱希望了。"

"隐水姑姑,你是张将军的夫人?"萧天直到此时才弄清楚,不禁惊讶地问道。

隐水以为萧天不相信,急忙从衣襟里掏出一个布包,揭开包皮,里面是一张明黄的圣旨,她眼睛湿润地说道:"此道圣旨是当今皇上的爹——宣宗皇帝所拟,建文年间所颁发的,虽然离现在有近三十年了,但是由朱瞻基亲手书写,不怕他们不认。"

"隐水姑姑,"萧天见隐水误解他的话,急忙说道,"你可听说过萧善?"

"萧善?"隐水姑姑一愣,突然说道,"我倒是认识一位萧善,他也曾驻守边关,任辽东总兵,我公爹曾是他手下一名副将,萧善曾有恩于张家,丈夫经常向我提起萧善将军。请问萧帮主,你与萧将军有何渊源?"

"隐水姑姑,萧善是我祖父。"萧天说道。

"什么?"隐水姑姑没想到在这里会遇见恩公的后代,不由喜出望外,"原来萧帮主是萧善将军的后代,怪不得你年纪轻轻却有如此威名,竟然是将门之后,可你为何没有在朝为官,而是隐遁江湖?"

"我父亲一生心系儒学,我幼时与父亲起了争执,便去了武当山习武,后来时为国子监祭酒的父亲得罪权贵被发配云贵,我便陪他前往,路上被东厂追杀,后被狐族所救,就留了下来。后来的事你都知道了。"萧天简短地说了自己的经历。

隐水姑姑点点头,一时的生疏感被几句交谈冲淡,他乡遇故人,怎能不高兴。他们又接着谈了片刻,便说到了明筝身上,隐水姑姑问道:"萧帮主,你说明筝会被锦衣卫关押在什么地方,我直接去找他们?"

"隐水姑姑,你的心情我们都理解,但是即使你拿出了能证明自己身份的文书又能如何? 如今朝堂是一潭浑水,谁会为了一个死去多时的守将得罪锦衣卫呢?"萧天说道。

"那……依你将如何?"隐水姑姑六神无主地问。

"咱们明日进京,先打探清情况再做决定。"萧天安慰道,"隐水姑姑,你远道而来,先休息,咱们明日还要赶路。"

隐水姑姑思索片刻,点头答应。

萧天安排隐水姑姑到听雨居住进原来明筝的房间,有梅儿姑娘在旁照顾。隐水姑姑离开后,萧天和玄墨山人就安排明日进京的人手,考虑到要留一部分人在山庄驻守,他们决定只带李漠帆和林栖,连同隐水姑姑,他们五人一同前往。

三

天色渐明,在通往京城的官道上,一辆庄户人家的大马车急匆匆地向前行驶着。驾车的人是一身短打扮的李漠帆,旁边坐着同样农户打扮的林栖。车厢里并排坐着员外郎打扮的玄墨山人和夫人打扮的隐水姑姑。马车的后部拉着一具简易的棺木,旁边用麻绳捆绑着一些截成段的原木,萧天就坐在原木上,他也是一身短打扮,戴着一个烂边的草帽,脸上沾满灰土,像极了做苦力的脚夫。

不久便来到城门口,驻守的兵卒并列两旁,看见妇孺老人基本不查,直接放行,看见青壮年要上去看看面相,看看身份文书,尤其是骑马的过客,无论是出城还是进城,盘查得尤其严格。

李漠帆驾着马车,缓慢往城门前行走,还有一段距离时,他就看见城门楼上新张贴的海捕文书,见画像极像宁骑城不由得一愣,再仔细看上面的文字,写着缉拿逃犯宁骑城,得赏银千两。李漠帆不由哈哈大笑,一旁的林栖不识字,不知他笑什么,瞪了他一眼。李漠帆把缰绳交给林栖,拍拍他的肩膀:"你先驾着,我去去就回。"

李漠帆跳下马车,跑到车后,压低声音对原木上的萧天道:"帮主,你快看城门上的海捕文书。"萧天坐在原木上正在观察来往车辆,忽听李漠帆这么一说,他回头看城门上一片海捕文书,旧的上面贴新的,最上面的一张显然是最近张贴的,纸张还是雪白的。

萧天不由一惊,感叹世事变迁如此之快,这才几天,宁骑城就由一个耀武扬威的锦衣卫指挥使变成了阶下囚。又一想,既是通缉他肯定跑了,那明筝会被关在哪里? 想到这儿,心里的焦虑又重了一层。他镇定了片刻,对李漠帆道:"先进城再说。"李漠帆应了一声,转身返回马车上,接过缰绳驾车到城门前。

一个兵卒看了他们一眼,问:"马车上拉的什么物件?"

另一个兵卒掀开车厢门帘,看见里面一对老年夫妻。

萧天抄着双手,哭丧着脸,对车下几个兵卒道:"拉的棺材。我兄弟伐树让树砸死了。"

"呸，今儿真倒霉，大早起弄个这。"一个兵卒朝另一个兵卒道，"你去看看那个死人的模样。"

"不去。"另一个兵卒抱怨道，"让走吧，人家是进城，哪有逃犯往城里逃的？"

兵卒不耐烦地向马车挥挥手，李漠帆向兵卒点点头，驾车向城里驶去。由于节庆刚过，街上充斥着各种做买卖的小贩和赶集市的人流，马车在拥挤的人群里缓慢地行驶着。此时萧天和林栖交换了位置，萧天坐到前面给李漠帆指认道路。萧天去过于府，但那几次都是在夜里，如今大白天倒是认得吃力，拐错几个路口后，萧天才指出那条道。

玄墨山人掀开帘子问萧天："兄弟，咱们五人一同进府，是否不妥？"

"大哥，你放心，没有什么不妥。"萧天回头说道，"你见过于大人就知道了，他是个很随和的人，好交朋友。"

玄墨山人点点头，便不再说话。

马车停在一个府门前，萧天跳下车，跑到门前拍门。不一会儿，出来一个老仆，萧天对他说："你去见你家主人，就说朋友送于贺回来了。"老仆一愣："是于管家？"萧天点点头。老仆忘了关门，转身就往里面跑。

不一会儿，萧天看见从游廊走过来几个人，打头的正是于谦。于谦一身便服急匆匆走来，他这几天派出打探的人回来，都没有于贺的消息。于贺跟他有年头了，府里大事小事原先都是于贺操持，如今于贺不在，他忙得四脚朝天，苦不堪言。

刚听老仆说有人送于管家回来了，他一阵高兴，待走到大门前，只看见一身脚夫打扮的萧天，并没有于贺的影子，细思极恐，于贺岂用送吗？萧天见于谦匆匆走来，急忙拱手深深一揖。

"大人，我送于管家回家了。"萧天一脸肃穆地道。

于谦瞬间什么都明白了，他身体微微一晃，闭了下眼，待睁开时已是满眼泪光，"萧帮主，你在哪儿找到的？"

"在小苍山，一片林子里。"萧天说着，从背后取出一支箭，"这是当时从于管家背后拔下的。"萧天说完突然单膝跪地就拜，"谢于兄，我知道是你派于贺前来山庄报信，只可惜……"

于谦急忙上前扶住萧天，"起来吧，我既认下了你这个兄弟，就不能见死不救。看来山庄是虚惊一场？"

萧天点头道："请于兄放心，我们自有应对。"

于谦松了口气，他拿着箭，仔细地看了片刻，突然抬起头，看着萧天道："我知道凶手是谁了。"于谦说着眼里的愤怒喷射而出,这才发现他们竟然还站在门口,忙拱手道,"萧兄弟,老夫失礼了,快,快里面请。"

"于兄,我来得唐突,"萧天回身一指门外,"还有几个朋友,不知可否叨扰大人?"

"哪里的话,是我怠慢了。"于谦忙嘱咐一旁的老仆,开角门请马车驶进府里,自己引着萧天走到院里等候,不一会儿马车过来,于谦一个箭步来到棺木前,拉开木板看到里面面目已发青的于贺,禁不住垂泪伤心,他叫来几个家丁抬走棺木,并叮嘱老仆在后院设灵堂。

"于兄,节哀顺变。"萧天劝慰道。

"实乃相处太久,于贺与我亲如一家。"于谦哀叹道,他这才发现院子里还站着玄墨山人和隐水姑姑,另两人李漠帆和林栖于谦见过,对于这两人却很陌生。萧天急忙上前向于谦一一介绍,当说到隐水姑姑时,萧天说起了边关守将张竟予。

于谦大惊,他在兵部多年,虽然与张竟予将军没有谋过面,但是张将军的英名早已如雷贯耳,不仅如此,张将军还是于谦恩师的大弟子,于谦恭敬地走到隐水姑姑面前,深施一礼,道:"张夫人,属下怠慢了。"

隐水姑姑还了一礼,眼里也是噙满了泪水。

于谦抱拳环视一圈,说:"众位英雄,请到在下书房一叙。"

众人相继走到游廊,沿游廊走到书房,书房里早有下人摆好椅子。于谦请玄墨掌门和隐水姑姑上座,他坐在隐水姑姑侧首,萧天挨着玄墨掌门坐下,李漠帆和林栖坐下首。

下人送来茶水,于谦退下仆人,关上房门。萧天见屋里没有了外人,便问道:"于兄,你如何说知道凶手是谁?"

"萧兄弟,"于谦看了眼众人,"近来京城发生很多事。前几日北大营抓住一个瓦剌探子,叫和古瑞。这家伙是个胆小鬼,没有上刑就全招了,他是黑鹰帮之人,帮着也先刺探京城布防。从他身上搜出一块令牌,他就是拿这块令牌混进的北大营,而这块令牌是我交给于贺连夜出城用的,刚才又看到那支射入于贺后背的箭,就能断定,是和古瑞这帮黑鹰帮的人截住于贺,射死了他并得到令牌。"

众人对于谦的分析纷纷点头,没有异议。

"还有一件事,你们想不到,"于谦接着说道,"那个和古瑞供出宁骑城也是黑鹰帮的人。我就略施小计,把消息透露给王振,王振派东厂督主高昌波来大营接走了和古瑞,关在诏狱,不出我所料,和古瑞肯定是有什么说什么,现在宁骑城被全城通缉。"

众人一阵唏嘘,李漠帆十分兴奋:"没想到宁骑城会落到这个下场,他帮着王振干尽坏事,现在倒是落个被王振通缉,哈哈……"

只有萧天和隐水姑姑脸色依然紧绷着,听到这个消息丝毫没有高兴的意思,这引起了于谦的好奇,他问道:"萧兄弟,你似有心事,不妨说来听听。"

"于兄,实不相瞒,此次来还有一事相求,"萧天决定和盘托出,"那日在瑞鹤山庄,宁骑城抓住了青冥郡主,并把她绑在山门上想引诱我们出来。结果明筝姑娘偷偷下山,用自己把青冥换了回来。我们此次前来也是想救出明筝姑娘。这位张夫人还有一重身份,就是明筝姑娘的师父。"

"于大人,"隐水姑姑见于谦露出疑惑的眼神,不等他问便说道,"我自那年痛失丈夫和一对双生子后,就隐姓埋名四处寻找孩子,有一年病倒在路边,幸遇一名进货的生药铺的掌柜,他医好我的病,看我孤苦无依就介绍我到山西夕山入道观拜师,道观的道长是这位生药铺掌柜的远房亲戚,此后我就成为一名道姑,有了这个身份,倒是方便我行走江湖寻找骨肉。六年前,我接到生药铺掌柜一封书信,请我收养一名孤女,后来我才知道此女是工部原尚书李汉江之女,李尚书遭人陷害满门抄斩,家中女眷拼了性命保住这最后骨血,生药铺掌柜是李尚书家街坊邻居,曾受李大人恩惠,此女从一片废墟中爬出时,正让生药铺掌柜撞见,冒了风险抱进马车,拉出城躲了起来。后来这个孩子就跟了我,我们以师徒相处,我把她视为己出,她就是明筝。老身是受恩人所托,万不可出了差错呀!不管想什么办法,我都要救明筝出来。"

于谦这才恍然大悟,感叹世事艰难,官吏人家都如此,更何况百姓呢?他叹口气,略一寻思,发现一个问题:"你们说是宁骑城带走了明筝姑娘?但是怎么可能?如今宁骑城被东厂和锦衣卫的人满城抓捕。"

"会不会羁押在牢房里?"萧天问道。

"羁押在牢房里不是没有可能,"于谦蹙眉沉思,缓缓说道,"如今东厂是高昌波掌印,锦衣卫指挥使换成了孙启远,这两个人好得跟一个人似的,东厂和锦衣卫总是联合出手。如果宁骑城把明筝投入大牢,不管高昌波还是孙启远,他们都会知道,但我怎么没有听他们说过最近收押了一个女囚?前两日高昌波来大营接和古瑞时,还讨好地对我说,可以用诏狱里的犯人跟我做交换。"

"大人,他们何出此言?"萧天很是疑惑地望着于谦。

"他们害怕我不交出和古瑞。"于谦说道,"后来,我向他们提了另一个条件,就是推举一个人做守边将军的副将，但是王振压根儿不同意。"

"大人，难道坊间流传的边关告急是真的了？"一直默默无语的玄墨山人突然问道。

"草原上的瓦剌部落在也先的带领下屡屡犯关，"于谦沉下脸，一脸忧郁地道，"但是朝中王振当权，朝廷派去的守将是王振亲属，不仅不懂军事，更是个草包，这次当真要误国了。我只能用这种方法，本想给他配一个会打仗的副将，结果真是要气死人。"

"没想到京城里会出这么多事。"萧天皱着眉头，望着手中的茶碗，看得出他心情焦虑不安。

于谦望着萧天道："这样吧，我现在就派人去见孙启远，问一下牢里有没有这么一个女囚，他们欠我一个人情，定会实话实说。这样大家心里也有个底。"于谦说完起身步出书房，派人打听去了。

不一会儿，于谦重新回来坐下，对隐水姑姑道："张夫人，我派人收拾出后院，你可就此安歇，你看可好？"

"不劳大人了。"隐水姑姑感激地一笑，"没想到我夫君死去多年，还有人记得，我心里知足了。"

"夫人此言差矣，张将军忠烈为国，理应受此殊荣。"于谦说道，"在我兵部的功劳簿上，张将军的赫赫战功永远在册。"

隐水姑姑的眼睛再次湿润，这么多年她把夫君埋在心里，只是偶尔想起泪湿满襟。而这两日屡屡说起他，心中积压太多的委屈和思念，终于可以一吐为快，如今又有于大人把无限荣光给予夫君，她怎能不感激涕零。"于大人，有你这句话，我夫君在天之灵可以安息了。"

于谦看隐水姑姑没有留下的意思，便说道："这样吧，萧帮主，我给你们找一家客栈，是自己人开的，你们可以随意住下去，你们看如何？"

萧天点点头，由于京城盘查很严，东厂的番子遍布大街小巷，上仙阁是回不去了，如果不熟悉的客栈确实会有很多麻烦。想到这里，萧天起身拱手一揖道："有劳兄长了。"

"哪里，我于某人向来喜欢结交江湖好汉，诸位都是我敬仰的人。"于谦谦虚地说道。

众人离开书房，走到角门前。于谦命下人给他牵来马，其他人还坐着马车，于谦骑马在前面带路，马车跟在他后面。一行车马穿街过巷，很快来到一条僻街上，他们在一家不大的客栈前停下来。客栈是临街的两层小楼,楼上是客房,楼下是酒肆供客人吃饭饮茶。门口有一个旗杆挑着一面布幡,上书"祥云"两字。看来这是这家客栈的名号。

由于于谦一身便装,客栈的小二没有认出来,于谦走到柜台前,掌柜的才认出来,忙扔下账本一脸恭顺地迎出来。掌柜的是个独臂的残疾人,身高马大声音洪亮,跟着于谦走出来,于谦给掌柜的指着从马车上下来的五个人,道:"王掌柜,这五人是我的朋友,你一定要照顾好了。"

王掌柜笑眯眯地望着众人,由于无法拱手行礼,只能躬身鞠躬以代行礼。他行完礼回头对于谦脸露难色道:"大人,只是这次没有上房可用。"

"为何?"于谦有些不满地问道。

"大人,你上次领来的那几个道长还在这里住着呢,他们占着两间上房,这几位朋友只有委屈住在后院了。"王掌柜说道。

"你是说高瑄道长还住在这里?"于谦问道。

"是呀。他说是陪他一位师哥,那位师傅一看就是得道之人,鹤发童颜,但是就是不知他每天忙什么,早出晚归的样子,回到房间就与高道长对弈,两人能对到凌晨。"王掌柜回道。

一旁的萧天听见他们之间的对话,对住不住上房并不在意,便说道:"于兄,我看这里挺好,我们都是江湖行走之人,没那么娇贵,住哪里都可以。"

于谦听萧天如此说,便也不再为难王掌柜。吩咐王掌柜在堂上摆一桌饭菜,让他们用过餐再回房休息。王掌柜下去忙活了,于谦向众人介绍道:"此人以前是位副将,只因受伤退隐回乡。当年看他贫困潦倒流浪街头,我便找到兵部一些人,共同出资给他找个营生。所以众位住这里尽管放心。"

萧天拉于谦一起坐下,几个小二端着托盘走过来,托盘上是几大碗牛肉、猪肘子,又搬来一坛老酒。萧天抢过坛子给于谦满上,桌面上几个海碗都满上,他们也不便多说,相互看着对方,然后都是仰脖一饮而尽。

店小二看着这一桌子人,颇感古怪,一个个端着海碗,也不说话,都是一饮而尽,再斟满再饮。

饿了半天了,林栖也不客气,撕开肘子大口啃起来;李漠帆一直给隐水姑姑夹菜,关怀备至。平日里李漠帆就与明筝姑娘交好,如今明筝的师父来了,明筝不在,他就多了份心思;玄墨山人与于谦甚是投缘,两人碰了几杯酒,萧天做起酒保,不停地给两人斟酒。正喝得起劲,一个家仆打扮的年轻人跑进大堂,一眼看见于谦,便跑了过去。

于谦抬头一看派出去打听的人回来了。

"老爷,我回到府里,看你不在,老张头说你来了这里,我就跑来了。"家仆说道。

"快说,问到什么没有?"于谦催促道。

"我跑到衙门,正遇到要进宫的孙大人,我就报上老爷的名号,说了要问的话,孙大人急着进宫,只是匆忙地说了两句。一句是宁骑城回城后什么犯人也没有提交,第二句是宁骑城夜闯皇宫,盗走宝物狐蟾宫珠,现在全城都在搜捕他。"

众人一听,全都大眼瞪小眼呆在那里。

林栖丢下猪肘子,瞪着眼睛问道:"你再说一遍,宁骑城盗走什么?"

"名字很古怪,什么狐蟾宫珠?我也记不清,总之是个宝物,好像是从王振手里盗走的,这下可把王振气死了。孙启远就说了这些。"

"好,你先回府吧。"于谦打发走下人,他兴奋地看着众人神采飞扬地说道,"这么看来,宁骑城跟王振翻脸了,这是好事,王振少了一个得力帮手。上次交手,就是由于宁骑城的出现,让王振躲过一劫,没了宁骑城看谁还能救他。"

"妙呀。"玄墨山人佩服地望着于谦,"他们这样窝里斗,倒是咱们下手的好时机。"

萧天依然十分冷静,一进京城,他就被京城里瞬息万变的局势所压迫着,此时他焦虑的不是宁骑城的事,而是明筝如今在哪儿。他越来越担心她的安危,宁骑城如今变成了丧家之犬,已不足为虑。

看到萧天的忧郁,于谦知道他与明筝姑娘的感情,因此急忙安慰他道:"萧兄弟,我回去再多派些人手四处打探,你们且先住下。"

萧天看了眼隐水姑姑,知道此时她的心情也不比他好到哪里,便点点头道:"好,我们先住下,我也会四处打探。"

于谦这时起身告辞,萧天跟着走到门外送行。

这时,从外面走进来一老一少两个道士。两人都是道袍背囊,行色匆匆。老道士戴着一个长檐草帽,小道士戴的草帽上还遮着面纱,总之这两个道士着装十分古怪。

他们与于谦、萧天迎面相遇,于谦对两人微微点头示意而过,萧天不以为意,一脸心事地跟在于谦后面送行。在他们相错的一瞬间,老道士死死盯住萧天。

于谦和萧天在客栈外拱手告辞,于谦翻身上马催马而去。萧天转回身回到大堂里。桌上的几人酒足饭饱,相继起身离开饭桌,小二领着他们拐到后院,这是个四合院,天井中间种着一棵老槐树。正房住有人,东西厢房空着,小二引着他们走到东厢房。

穿堂口,老道士隐身在一个红木雕花屏风后面,一直盯着他们……

第三十四章　再次邂逅

一

　　小二引着五人来到东厢房，只见房间里家具一应俱全，收拾得也还算干净，屋里除了有些潮湿没有毛病。众人挺满意，玄墨山人首先发话："这间房留给隐水姑姑，咱们去西厢房吧。"隐水姑姑含笑谢过大家，也不愿此时就休息，仍然跟着他们到了西厢房。

　　西厢房倒是比东厢房宽敞些，里面两面墙边都有炕，中间是红木雕花隔断，摆设与东厢房基本一样。小二道："这里可以住两位，旁边还有一个耳房，小是小些，也可以住两位，以前都是老爷们带的下人住的，图一个方便，如果两位相不中，我再带你们到其他地方。"

　　李漠帆打断小二的话，说："好了，就这样吧，我们就要这三间房了，你歇着吧。"打发走小二，李漠帆接着道，"挺好，帮主和玄墨掌门住西厢房，我和林栖住旁边耳房。"

　　西厢房红木雕花隔断边有一张八仙桌，正好有四把椅子，萧天招呼众人坐下，他看着林栖："林栖，你到这个客栈四周和院子里转一转。"林栖立刻领悟萧天话里的意思，扭头走出去。

　　"此次进京幸亏有于大人照应，"萧天说道，"来的路上，我看见很多东厂的番

694

子在街上巡视。"

"是呀，"玄墨山人点点头，"他们肯定每家客栈都会查。住在这里起码不用提防这个啦。"

"萧帮主，咱们下一步该怎么办？"隐水姑姑无法掩饰自己的不安，着急地问道。

"等到夜里，我先出去看看，我知道黑鹰帮在京城的一个据点，宁骑城如果无处可去，也许会去那里。"萧天压低声音，接着说道，"既然于大人派人去见孙启远，孙启远说诏狱没有见人，那我敢肯定，宁骑城把明筝带在身边，他这么做只有一个目的，那就是想从明筝那里得到《天门山录》，这样就可以解释得通他为什么愿意交换青冥郡主了。所以我认为，明筝暂时不会有事。"

桌边的几人纷纷点头，同意萧天的分析。

"帮主，夜里我跟你一起去吧？"李漠帆央求道。

"不行。你留在客栈，这里离不开你。"萧天委婉地说，不想驳他面子，他的那几下身手，真不敢领出去。

"也好。"玄墨山人点点头，"明日我出去走走，在京城我有几个熟人，让他们也打听着。"

这时，门外发出几声沉闷的响声，接着就听见兵器交接的铿锵声。萧天一跃而起，叫道："不好，有情况。"他看一眼李漠帆，"老李，你招呼好隐水姑姑。"萧天从腰间拔出长剑，玄墨山人也呼地立起身。

突然，门被一个身体撞开。林栖一脸怒气推搡着一个白髯道士："进去……狐王，在外面抓住一个探子，他鬼鬼祟祟在门外偷窥。"

"众位，误会，我不是偷窥，是来会友。"老道士不卑不亢地说道。

众人看那道士，只见他有五六十岁的模样，一身灰蓝色道袍，倒是干净利索，头上的发髻和唇下的胡须都白了，眉目端正，眼神明亮。萧天看着先是一愣，有种似曾相识的感觉。老道士看着萧天，看出他眼神里也流露出疑惑的神情，便拱手道："萧公子，一别十年有余，你可还记得我？"

萧天又是一惊，声音也有种熟悉的感觉，但是就是想不起来了。

"檀谷峪，老橡树上幽闭台，漫天星辰下你我曾推杯换盏……"老道士缓慢地说道。

这句话瞬间打开了萧天的记忆，他瞪着面前的老道士，马上猜到了这个道士的身份，萧天刚才的笃定一扫而光，不由一阵心颤，眼睛瞪得血红，他轻轻吐出几个字："你是吾土……"

一旁的林栖猛地扭头瞪着吾土道士，眼里凶光毕露。正当一圈人还没有弄清来龙去脉时，林栖已经一步蹿到吾土道士面前，一把揪住他的衣领，手中的弯刀抵到吾土道士脖颈上，林栖眼睛血红地瞪着他，"我要把你这个老道，千刀万剐，我要千刀万剐了你！"

其他几人惊愕地望着这突如其来的一幕，不知所措，他们都望着萧天，以为萧天会喝退林栖，但是萧天只是一脸寒霜、面色雪白地扶住桌子坐了下去。

"萧公子，林壮士，"吾土道士被林栖揪住，依然面色平静，众人听见他竟然连林栖的姓也称呼得一字不错，更是惊讶。看来他们之间自有恩怨，便也不再着急，看看吾土道士怎么说。吾土道士任林栖把弯刀抵着脖颈，平静地说道："我既来，便不惧死，说实话贫道今天来见你们，就为了这个结局。"

此言一出，众人皆惊。

吾土道士眼望萧天，接着说道："这几年，我每天都像在烈火上灼烤一样，生不如死。几年前，我回过一次檀谷峪，看到那里变成一片废墟，我当时死的心都有，但是我忍住了，我知道自己罪孽深重，要死也要死在你的剑下。"

萧天坐在桌前，眼神直直地盯着对方，双手不由握成拳头。林栖看吾土道士有话说，便松了手，让他说完再杀也不迟。吾土道士走到萧天面前，看着他说道：

"十年，弹指一挥间，世间万物，变幻莫测。但是贫道并不是寡情之人，那年你在崖头救下我，留我在檀谷峪小住，还跟这位林壮士切磋过武艺。绝美山川，人间桃源，再加上与你畅谈甚欢，那段日子是贫道一生中最美的记忆，以至于后来忍不住在《天门山录》里多赘述，不承想给你们带来滔天大祸……"

直到此时，玄墨山人、李漠帆和隐水姑姑才明白过来，原来这个道士就是那本搅动江湖风云的《天门山录》的作者，也难怪林栖要对他动手了。

吾土道士说着，从道袍里掏出一本发黄的册子，双手捧着呈献给萧天。萧天接过来一看，大吃一惊。册子第一页贴着一张白纸，第二页是目录，与去年春上在明筝手里看到的一模一样。"道长，此书从你手中遗失，你是如何拿回来的？"

"去年，我听到风声，那本书从王振手里遗失，东厂和锦衣卫在京城大肆搜寻，当时并不知道是宁骑城酒后遗失。于是我就进京沿街四处化缘，择机查找。真想不到机缘巧合让我碰到，不知何故此书落到一个小姑娘手中，我就跟踪她，最后在长春院得手，为了让那些心怀叵测的人死心，我一把火烧了那间房子。《天门山录》终于失而复得后，我第一个想到的就是要找到你们，当着你们的面来烧毁它，可惜，那时狐族已被朝廷列为逆匪，狐山君王被通缉。后来我猜出狐山君王应该就是你萧公子,便又开始四处打探你。不承想今日让咱们再次邂逅,我也不用再辛苦寻找了。刚才,听林壮士称呼你狐王,贫道甚感欣慰,死在狐王手下,此生足矣。"

"不……"突然从门外闯进一个小道士,他匍匐在地,几步爬到萧天面前,头重重地磕着地面,声嘶力竭地说道,"请宽恕我师父,他一生向善,云游四方,帮助过无数人,从没想过要害人,他即使犯下过错也是被别人利用呀!"

"本心,你退下。"吾土道士严厉地望着徒儿,"此乃师父一生所负的孽债,必由师父偿还。"

"师父……"本心道士抱住吾土的腿,低声抽泣起来。

刚才本心道士一直趴在地上,此时他抱住吾土道士的腿,众人可以看清他的面容,这一看不要紧,李漠帆第一个惊得跳起来,拔出腰间大刀,持刀指着本心道士,"你,你到底何人?"

玄墨山人也吃惊地站起身,不由得暗自扎开了架势,萧天看见两人如此古怪,这才注意看了看本心道士的脸,这一看也是唬得一愣,一只手也猛地伸向腰间佩剑。

吾土道士看见众人神态,急忙伸手护住本心,心疼地喊道:"你这个孩子呀,我怎么交代你的,不管发生何事,不要出来,你也知道你的容貌容易让人产生误解,你竟然连面巾都不戴。"

"师父,我哪里还顾得上这些,我无论如何都不能见你入险境而置之不理,"本心望着众人,"我愿替师父他老人家承担罪责,求你们看在他老人家年事已高的分上,放过他吧,一切由我来承担。"

"你们不要误会。"吾土道士一只手臂护着本心,一只手臂抬起来安抚众人,他看见他们拔刀持剑已扎起架势,急忙解释道,"我知道我这个徒儿长相有几分像宁骑城那个大魔头,但是……"

不等吾土说完,李漠帆几乎叫了起来:"道长,岂止是有几分像,简直就是一模一样。如果不是看见他穿着道袍,我就一刀劈过去了。"

"众位,少安毋躁。"吾土道士急忙说道,"听我解释,本心他,他的身世……他其实是宁骑城的孪生兄弟。"

众人一听,怪不得如此相像呢。但本心似乎很忌讳别人把他和宁骑城联系到一起。本心垂下头,脸憋得通红,眼里噙着泪。众人却都毫不避讳地直直地看着他,惊诧于双胞胎的性格竟然能如此迥异,本心说话行事,一看就是一个温良谦卑的人,而那个宁骑城简直是另一种极端。

"道长，你是如何收下这个徒儿的?"萧天突然开口问道。

"这孩子命苦呀。"吾土道士垂泪道，"他是我恩公的孩子，此事说来话长，这要追溯到多年前。有一年我到关外，忽遇一股蒙古人到关内劫掠，当时那里时常遭遇蒙古部落抢劫，我没能躲过去，被一个部落首领擒住。他看我一身道袍，似乎知道些道家的东西，就命我带着一些部落里的男人制作弓箭，我会是会，但一想到这些弓箭总有一天要射向自己的同胞，我就宁死不从。后来被他们丢进了羊圈里放羊，我也曾逃跑过，但是几次都被抓回来，于是我跟着这部落颠沛流离了几年。有一年，他们又去关内劫掠，一支铁甲骑兵迎头痛击了这个部族，他们闻风丧胆而逃，我就被这支骑兵救了出来，我对领兵的将军感激涕零，他又留我住了一阵子。

"第二年我又一次去拜访将军，去得不巧，又有一股蒙古人来犯。据将军说此部落是蒙古各部落中最强大的，这次是遇到强敌，将军已做好最坏的打算，他把我叫到大帐拜托我去距营地十五里的东安县城埠阳堡，那是他家眷的住址，有他的妻子和才出生不满月的一对双生子，他拜托我带走他们到关内避一避。我听到此话，心中悲痛，显然将军是在向我托付后事，我立刻答应，出了大帐，骑上马就往东安县城而来。走到半路我惊异地发现，已有不少蒙古部族流窜到那里，一些村庄遭到抢劫，等我马不停蹄赶到埠阳堡，那里已是硝烟四起，我辗转打探到将军家眷的院子，看见几个蒙古人驮着几个包袱从这个院子里出来，一个蒙古人怀里的包袱似是一个襁褓，我就追过去，与蒙古人搏斗，蒙古人受伤后，便把襁褓扔到地上跑了。我下马抱起那个婴孩就往回赶，当我再回到那个院子，只见院子里一片狼藉，地上人摞着人，七八具尸身，有家仆、老人，但是没看见将军的妻子和另一个孩子，整个院子找了一遍都不见，后来我匆匆葬了这些人，带着这个孩子回了关里。"

屋里突然发出一声沉闷的响声，刚才众人的注意力都在吾土道士身上，没人留意隐水姑姑，此时只见她一头栽倒在地上，昏死过去。

众人一片手忙脚乱，李漠帆跪在地上托住隐水姑姑让她靠到他身上，玄墨山人上前急忙掐她人中。萧天紧皱眉头，突然回头问吾土道士："道长，你所说的将军，可是姓张，叫张竟予?"

吾土道士十分惊讶："是，你是如何知道的?"

众人又一次唏嘘不已，屋里除了两个道士，其他人都明白为什么隐水姑姑会突然倒下，是谁也承受不了这突来的冲击。

"道长，你知道隐水姑姑是谁吗?"萧天问道。

"……"吾土道士不解地看着萧天。

狐王令（下）

"她就是张将军的妻子。"萧天不顾吾土道士愕然的眼神,回头看着本心道士,拍了拍他的肩膀,"这位是你的母亲。"

本心道士突然瞪圆了眼睛,身体晃了几晃,被吾土道士扶住,本心道士脸色煞白,突然朝隐水姑姑看过去,眼神发直,一动不动。

隐水姑姑被玄墨山人掐入中苏醒过来。她缓缓张开眼,看着吾土道士:"那日,蒙古人进村劫掠,有三个蒙古人跑进我家,我公公为保护我和孩子与蒙古人抗争,他哪里是那些蒙古人的对手,几个家仆也先后被刺死。他们先是冲进房里抢东西,我带着孩子藏起来了,后来一个孩子突然啼哭,被他们发现,我拼死护住孩子,被他们击中后脑昏了过去。等我醒来,发现两个孩子都不见了,我就疯了般跑出去……"隐水姑姑突然失声痛哭,"二十多年了,我找了二十多年……"

在场所有人无不被这个场面所感动,个个眼含泪水。众人也都感叹这个离奇的故事,萧天简短地把隐水姑姑的事告诉了吾土道士,吾土道士听后仰天长叹,道:"张将军呀,一定是你的在天之灵引导他们母子相见,你终于可以安息啦。"吾土道士回头看着萧天道,"这也是我这些年四处云游的原因,我总感觉那对母子还活在人间,我把本心托付给一位师兄后,就不停地四处云游,期望能找到他们,没想到在我余生竟然能了结所有心愿。"

吾土道士走到隐水姑姑面前,他把本心道士拉到她面前,双膝跪下:"恩公夫人,贫道这就把你这个儿子交给你,本想把宁骑城也找到,但是现在他被通缉,恐怕一时不好寻找。今日我要了结我的债,所以顾不了这么多了。"说着向隐水姑姑磕了个头。隐水姑姑急忙上前搀扶:"道长,我怎受得起,快起来。"

"狐王,"吾土道士从桌上拿起那本《天门山录》,"我今天当着众人的面烧了它,我随你们处置,吾土不会有任何怨言。"

由于中间插入刚才那一幕,众人把吾土道士的来意都忘了,这才想起吾土道士与狐族的恩怨,众人皆看向萧天,看他如何了结。

萧天站起身,走到吾土道士面前,从他手里夺过火折子,捏在手里道:"道长,狐族被屠,檀谷峪变成一片焦土,这个仇恨比天还高,但是我萧天是个是非曲直分得清的人,我不会把这个恨迁怒到你的身上。仇要报,但不是杀你,你也太小看我啦。这本书不用烧,交给我。道长信得过我吗?"

吾土道士没想到萧天会对他说出这话,他感动地点点头。

"这本书落到那些宵小手中,只会变成一本夺宝图,但是如果落到明君手里,就是一幅江山社稷图,大明境内,山川地貌,部族庙堂,无不尽列其中。"

玄墨山人点头称是:"萧帮主,你是想……"

"如有机会,献给皇上,以证我狐族儿女对大明的赤胆忠心,还狐族清白,我将殚谋勠力促成此事。"萧天说完,接着一阵苦笑,"只是此时时机不到,不把王振这个阉贼扳倒,我是不会交出此书的。"萧天看着吾土道士,"道长,你与我狐族的恩怨,至此一笔勾销。"

吾土道士心潮起伏,不能言语,只是向萧天和众人深深一揖,虽然林栖还是有些气不过,但是刚才狐王的一番话,也确实有道理,毕竟导致狐族生灵涂炭的是东厂和王振,与吾土道士无关,他只是把狐族至宝写进了他的书里。

从刚才的剑拔弩张,到此时双方能够和解,一阵激烈冲突后峰回路转,众人都松了一口气。何况中间还插进一段骨肉至亲二十多年后相聚的感人场面,大家都倍感轻松和喜悦。

众人重新坐下,李漠帆让出他的座位让吾土道士坐下,他和林栖还有本心道士站立在旁边。刚才只顾着替隐水姑姑高兴,这时李漠帆想到一个问题,他直直地望着本心道士,惊讶地叫了起来:"本心,那么说来,宁骑城有可能是你弟弟?"

"怎么是有可能?就是。"玄墨山人说道。

玄墨山人这句话说完,望向众人,从他们的眼神里看出大家心情突然都变得有些怪异和复杂。是呀,在这之前大家还对宁骑城痛恨有加,恨不得把他千刀万剐,但此一时彼一时,宁骑城转眼变成了本心的兄弟、隐水姑姑的儿子、张竟予将军的骨肉至亲,这让他们情何以堪?

隐水姑姑看出大家的疑虑和不安,她说道:"有道是生由父母,修行靠个人。今日我隐水仰仗诸位终于寻到失散多年的骨肉,我已是知足,至于那个孽障,不认也罢,诸位不要介怀我,你们该怎么办就怎么办,杀人者偿命,欠债者还钱,天经地义之事。"

"隐水姑姑,你言重了。"萧天蹙眉沉思片刻,望着众人道:"刚才吾土道长讲了事情经过,他救下了一个孩子就是本心道士,那么另一个孩子很可能被蒙古人抢走,从宁骑城跟黑鹰帮的关系就证明了这点,黑鹰帮是草原上一个很大的帮派,宁骑城从小应该是生活在草原上。"萧天看了看众人,"现在既然知道了这层关系,也少了很多环节,咱们直接找到宁骑城,告诉他真实的身份,让他不要再认贼作父,回头是岸,岂不更好?"

"这个大魔头,他会听进去吗?"李漠帆担心地问道。

"我带着他兄弟本心亲自去,不由他不认。"隐水姑姑说道,"我在江湖上也有耳闻,锦衣卫指挥使勾结王振作恶多端,万万没想到,他竟是我的儿,他爹如果天上有知,岂不要气死。张家历代忠良,怎么出了他这个败类!"

"如果他还是个男儿,听到自己身世,岂有不幡然醒悟的道理?"萧天说道,"咱们应该试一试,如果他拒不悔悟,继续跟咱们作对,那另当别论,再想他法。"

"有道是浪子回头金不换,应该给他一个机会。"玄墨山人捋着胡须说道,"咱们不看别的,看着隐水姑姑,看着张将军的面子,也要给他一个机会,他毕竟是忠烈之后。"

萧天点点头,望着众人道:"玄墨掌门说得不错,现在咱们要做的,就是找到他,让隐水姑姑和本心道士去说服他。"

隐水姑姑听见众人有保全宁骑城的意思,突然捂住脸失声哭起来。本心道士急忙蹲下劝慰她。众人看着他们母慈子孝,心中一片暖意。

隐水姑姑擦了擦眼泪,对众人说道:"当年夫君看见诞下一对双生子,当时就给两个孩子起了名字,大的叫张念祖,小的叫张念土。如今这个孩子回到我身边,我也不知是大的还是小的,就按照先来后到的顺序,叫本心念祖,你们看可好?"

"念祖?甚好。"吾土道士哈哈一笑。

众人也是频频点头。

二

夜幕低垂,华灯初上。西苑街上夜市初开,由于在正月里,天寒地冻,行人寥寥无几。只有一些耐不住寂寞的富贵人家公子贵戚,往来于烟花柳巷,只见满眼锦衣绣袍,华鞍骏马,一些灯火辉煌的楼前,停满朱缨宝盖的豪华马车。

巡街的东厂番子倒是识趣,路过这些歌舞坊间,打个卯露个头就晃了过去,他们心里清楚里面的人岂是他们得罪得起的。

宜春院紧挨望月楼,左边胡同遍布一些小吃摊和杂耍卖艺人,人气很旺,摩肩接踵。一个女子披着镶白狐毛领的兜头大氅,从人群里挤出来,她手提着一个食盒,低着头急匆匆地朝宜春院里走。

"秀儿,这是从哪里来呀?"

"呦,还给人买了吃的?"

"秀儿,听说那两位贵公子留宿在你那里,老鸨得了一千两银子,是真的吗?秀儿你本事大呀……"

宜春院门口几个闲下来的女子边嗑着瓜子，边围过来连羡慕带讥讽地撂下一堆话，秀儿答也不是，不答也不是，但也不能这样让她们白奚落一顿，于是腰肢一扭，乜了她们一眼道："那位爷要给我赎身呢。"说完，扭着腰上了楼。身后几个女子个个撇着嘴角敌视地瞪着她的背影，"呸呸呸"吐了一地瓜子皮。

秀儿上了楼，解下大氅拎着，露出了她粉藕色紧窄的小袄，下身水绿色的百褶襦裙，粉粉嫩嫩，婀娜多姿，一路兴高采烈地回到房间。她一推门，迎接她的是一把闪着寒光的长剑。

"公子，是我啊，秀儿。"秀儿小声说着，胆怯地去推门，突然门敞开，一个身影一闪而过，一把搂住她拽进房里，只听门"砰"一声，重重地合上了，然后是插门闩的声音。

秀儿被一搂一拽，撂到屋里，惊得心咚咚乱跳，等她站定看见屋里那个富家公子正在翻看食盒，秀儿一笑。她在宜春院也有年头了，什么样的男人没见过，但是，前天她一见到他就有三魂七魄都离她而去的感觉，以至于他说什么，她就身不由己地去做。此时她望着他的背影，丝绸衣衫黑发飘逸，身材颀长玉树临风，她轻轻走过去，一只手搭在公子的背上，只感觉公子背部一僵，回过头来。

宁骑城从衣襟里掏出一个金元宝递给秀儿："有劳姑娘了。"他尽力放缓声音，乌黑的双眸蒙上一层神秘的狡黠，接着嘴角上扬，挤出一个心不在焉的微笑。秀儿眼睛放光直愣愣地盯着宁骑城，不由自主地靠上去，软声细语地道："公子，奴婢愿尽心尽力地服侍公子。"

突然，从一旁的四折屏风后面发出呕吐的声音，而且声音很大。

秀儿很败兴地扭过头，不耐烦地瞥了眼角落，不满地道："公子，你这兄弟真是不讨人喜欢，要不把他送走吧。"

"不妥，我这个兄弟杀了人，外面一堆东厂番子等着抓他呢，你且忍耐，等过了这个风头，我自有办法。"宁骑城说着拎起食盒，"天色不早了，你先歇息吧。"

秀儿一看，叹了口气，向那个屏风白了一眼，扭着腰肢向里间自己的卧房走去。宁骑城见秀儿走了，拎着食盒走到屏风的后面，明筝被捆在一张椅子上，一脸鄙视地瞪着宁骑城。一旁的八仙桌上放着一盏油灯，火焰忽大忽小，飘忽不定。宁骑城把食盒放到桌面上，拿起桌上一把小剪刀修剪了灯芯，火苗呼地蹿了上来。

宁骑城从食盒里取出几样小吃，夸张地搓着手，显出垂涎欲滴的样子。明筝没好气地道："喂，这位公子哥，是你被全城通缉，你搞清楚没有？"

"难道你没有被通缉过？你从宫里偷跑出来，就是株连九族的大罪，如今你我彼此彼此。"宁骑城得意地说道。

"谁跟你彼此彼此，"明筝有些哭笑不得，"你与刚才那位姑娘倒是彼此彼此。"

"看我对她好，你吃醋了？"宁骑城一边嚼着大饼，一边说道。

明筝故意恶心他，又做出呕吐的样子。

"你真的不吃？"宁骑城根本不为所动，大口地嚼着，举着大饼在明筝眼前晃了晃，然后解开她上身的绳子，只留双腿还被捆着。明筝活动了一下双手，并不搭理他。"真的不吃？"宁骑城又问了一遍，见明筝赌气闭上眼睛，便自顾自吃起来。

明筝想到自己的处境，如何能吃得下。那天夜里的遭遇一直萦绕心间，她不清楚外面发生了什么。四更天宁骑城闯进她的房间，命房里两个女仆给她换上男子的衣服，把她拽出房间，她的脚还没落地就被他托到一匹马上，随后他翻身上马，只听见他对管家交代，把账房里剩下的银子分下去，府里人全部遣散，李达和众家仆不知所措，哭倒一片。宁骑城交代完便催马奔出角门，他们刚拐过街角，就看见一队缇骑和众多东厂番子向宁府集结。他们奔到城门时已晚了一步，看见孙启远站在那里。宁骑城又掉头往城里跑，在街上兜了一阵子，最后停在宜春院门前，这里依然灯光明亮，还有客人出入……

"你到底犯了什么案子？"明筝实在忍不住问道。

宁骑城满不在乎地丢下手里的食物，拉椅子向明筝靠了靠道："你真想知道？"

明筝立刻警觉地向后靠去，努力拉开她与宁骑城的距离，宁骑城一笑："你这样有用吗？如果我愿意你早就是我的人啦。"明筝又羞又恼，真后悔不该多此一举，便打定主意不再理他，脸一背，闭上眼。

"当然，我承认，我不敢，不是我没有这个胆量，是我怕你死在我手上。"宁骑城倒是挺坦然。

"你知道就行。"明筝气得胸口起伏不平，脸上也是一阵红一阵白，"宁骑城，如今你自顾不暇，何必带上我这个累赘呢？咱们商量一下，你开个条件。"

"你也要赎身？"宁骑城哈哈一笑，"刚才那个窑姐也想。"

"宁骑城！"明筝真的恼了，她吼了一声。

宁骑城急忙上前捂住了她的嘴，明筝扭动身体挣扎。"不要再叫我宁骑城，就当这个你痛恨的人已经死了。"宁骑城坐回去，他眼角向窗边扫了一眼，然后看着明筝，"听说你饱读诗书，那你就给我再取个名字。"

"呸，名字岂有自己说换就换的？那是祖上的传承。"明筝怒道。

"我不知道祖上是谁，我就是祖上。"宁骑城一副泼皮相，"他们既然通缉宁骑城，我就换个名字好了。给我起一个响亮的名字。"

明筝白了他一眼："就你这样，还要响亮的名字，我看称呼你独狼，倒是合适。"

宁骑城想了想，也不说好，也不说不好，他沉默了片刻，一改刚才的嬉笑泼皮，脸色阴沉下来，他盯着明筝，缓慢地说道："你我都是无家可归之人，我带你去一个地方，天高云淡，绿草如茵，可以盘马弯弓，也可以放牧牛羊可好？"

"我要是不去呢？"明筝不知道他脑子里又打什么鬼主意。

"你还有选择吗？"宁骑城马上露出凶恶的面目。

"你这是明抢啊！"明筝快被逼疯了。

"有什么不好，抢到手就是自己的。"宁骑城飞快地说道，"我自小就是这么活下来的，不抢，我早就饿死了。"

"可不是嘛，你从小跟着瓦剌人抢掠，你知道大明子民如何看待你们这些强盗吗？没有进化的蛮夷。"明筝毫不客气地说道，"我和你不一样，我有亲人。"

明筝想到萧天，眼泪就在眼眶里打转，她无法想象他此时会怎样，她如今真是悔不当初，一时冲动就跑去自投罗网，越想越伤心，眼泪像断了线的珠子，扑簌簌往下掉。

"谁跟你是亲人？萧天？"宁骑城盯着明筝脸上的泪，越想用冷酷的话去刺痛她，"他如今换回了妻子，正阖家团圆呢吧。"

"我还有隐水姑姑，"明筝几乎哭起来，"我要去找她。"

"道姑？那我更不能放你了，我可不想你出家。"

"你到底要怎样？"明筝声嘶力竭地问道。

"让你跟我就这么难吗？"宁骑城一步逼到明筝面前，脸几乎抵近明筝的额头，咬牙切齿地说道，"有时候，我真想把你的脑袋瓜砸开，看看你到底怎么想的。"

明筝一听此话，眼泪更是流个不停，如今身陷魔爪，逃又逃不了，打又打不过，死也死不了，真是快被他逼疯了。

宁骑城转身而去，不一会儿，他又走回来，手上攥着一个圆圆的东西，他把东西往明筝手里一塞，又坐回到刚才的座位上。

明筝感觉手中一凉，急忙低头去看，竟然是一颗滚圆的珠子，有一个半鸡蛋大小，在昏黄的灯光下，珠子发出金色的光圈，并且不时变换着色彩，精美绝伦。明筝满脸惊诧，刚刚还满腔的伤感，此时已抛到脑后，她目不转睛地盯着圆珠，发现更神奇的是圆珠的里面竟然有天然的纹路，她对着烛光定睛一看，一只狐活灵活现，随着光线舞动，更难得的是它竟然是一只九尾狐。明筝自小读经，记得在《山海经》里，九尾狐被描述成瑞兽，是子孙昌盛的征兆，是大大的祥瑞。明筝心头一颤，难道这就是狐族被王振抢去的狐蟾宫珠？听翠微姑姑讲，先人是借玉珠就像天上的月亮而取的名字，月也称作蟾宫，有诗曰，凉宵烟霭外，三五玉蟾秋。明筝一阵胡思乱想，她有些冲动地望着宁骑城，想证实一下，她看见他翻动着食盒又开始吃。两人的目光交织到一起。

"别高兴得太早，"宁骑城冷冷地说，"这是我给你的聘礼，怎么样，出手还阔绰吧？"

明筝的冲动被宁骑城当面一盆冷水浇灭了。明筝一皱眉，但是忍住了，如果是旁物早丢到他脸上，但是此时她任他在一旁冷嘲热讽，手里却紧紧攥着宝珠，转瞬间她想到一事，此珠如何落到宁骑城手里，难道是……明筝低声问道："你抢的？"

"聪明。"宁骑城打了个响指，"还猜到什么？"

"从皇宫抢的？"明筝瞪大眼睛，"怪不得全城通缉你。"

"猜对了一半，是从皇宫抢的，但是从王振手里。"宁骑城道。

"他的东西你也敢抢？你们俩闹翻了，他不是你干爹吗？"明筝好奇地问。

"我们只是互相利用罢了，即使我不抢宝珠，也是这个下场，索性来个痛快的让他好好记住我。"宁骑城嘴角浮上一丝冷笑。

"这，"明筝第一次露出灿烂的笑容，"你知道吗，这是狐族至宝，他们为了寻回宝物死了多少人啊。宁骑城，从今天起我不叫你大魔头了，叫你独行侠可好？"

"刚才还叫我独狼，现在又改成独行侠了。"宁骑城走过去一把从明筝手里夺过宝珠，"让你玩一会儿，你想多了。"

"唉……"明筝眼睁睁看着宝珠被宁骑城放进怀里，又丝毫没有办法，只能干着急。

宁骑城似是听到什么动静，机警地跃身到窗前，小心地掀开帘子一角，看见街上自东面过来一队身着甲胄的锦衣卫，打头的那人是个独臂。宁骑城一眼认出此人是陈四，独臂还是拜他所赐，便不由暗暗骂道："这群宵小，山中无老虎，猴子称大王，再遇上看我怎么收拾他们。"又回头看看计时的沙漏，瞥了眼明筝低声道："三更快到了，一会儿咱们离开这里。"

"去哪儿?"明筝不安地问。

"你只要跟着我就行。"

"我要单独骑一匹马，你不会落魄到只剩一匹马了吧？"

宁骑城一笑:"我不上当,我就只剩下这一匹马了。"

三

三更天,西苑街仍然有车马过往。宜春院前依稀听见迎来送往的说话声。宁骑城和明筝一身富贵公子的打扮从楼上走下来,一身珠翠的老鸨嬉笑着走过来:"哎呀,独公子,玩得可尽兴吗?"明筝一愣,盯着宁骑城,宁骑城低声道:"你给取的。"

宁骑城十分豪爽地从怀里拿出一个金元宝扔给老鸨:"老鸨,这是给你的,让秀儿好好休息呀,不要打扰她。"老鸨立刻笑眯了双眼,急忙点头称是。

走到门口,明筝忍不住问道:"你刚才去秀儿的卧房干什么了?"宁骑城从怀里掏出一个锦囊,在她面前晃了晃。明筝立刻明白了,向他呸了一口:"宁骑城,你好无耻,你送给人家的银子,走的时候再抢走,你到底什么人呀?这个秀儿,也太好欺负了,她就让你拿走了?"

"我给她下了点蒙汗药,估计要睡到明日午后了。"宁骑城老实地说。

明筝白了他一眼,甩下他向前面走,刚走两步就被一只铁钳般的大手抓住手臂。她被牵引着走到黑骏马前,背后宁骑城问:"你自己上,还是我抱你上? 我不介意抱你上去。""我介意。"明筝叫了一句。她急忙拉着马鞍翻身上马,宁骑城随后一跃而上。

一驰离西苑街,前面的路一团漆黑,四周也沉寂下来。只听见黑骏马四蹄有力地踏在青石板上发出"嘚嘚嘚"的声音。明筝看着四周,辨认出是向西南方向驰去,离闹市越来越远。

一路疾驰,黑骏马停在一个院子前,宁骑城下了马,他示意明筝不要下来。明筝坐在马背上向四周环视,感觉这个地方有些眼熟。宁骑城走向院门拍门,过了很长时间,不见有人开门。宁骑城有些不耐烦,加重力气拍门,片刻后有女声在里面模糊地喊了一句。

门下方出现昏黄的光影,门从里面拉开一条缝,露出一个披着羊毡的女子提着一个灯笼站在门口,她又圆又宽的脸蛋上,有两块很红的冻斑,看上去有十七八岁。"和古帖,是我,宁骑城。"黑暗里宁骑城对女子说道,和古帖一惊,"全城都在通缉你,你还敢出来。"和古帖一把抓住宁骑城的衣襟要拉他进去。

"你把门打开。"宁骑城说着,回头牵过黑骏马。和古帖举着灯笼睡眼惺忪地看见马上还有一人:"这人是谁?"

"我义父呢?"宁骑城把话题岔开,"你去把他叫起来,我有话要给他说。还有先给我腾一间房住一宿,我明日就走。"

和古帖十分不情愿地张罗去了。明筝从马上下来,宁骑城小声对她说:"知道这是什么地方吗?"明筝得意地瞥了他一眼,她已认出来是东阳街的马市,她和萧天曾在这里救出夏木,对这里并不陌生。她冷冷地道:"我来过这里,也是夜里,但走的不是大门。"

宁骑城马上明白过来,他退后一步,换了种眼光看着明筝:"你也会干这种事?夜探民居,可不是你一个姑娘家该干的事。"

"哼,是民居吗?"明筝一声嘲讽。

"好吧,你既然来过我就不多言了,这里可是住着黑鹰帮的不少高手,你最好在房间里老实待着,以免遇到麻烦。"宁骑城说着,从怀里掏出一物塞进明筝手里,"这个还是你拿着吧。"

明筝只感到手心里一凉,低头一看,狐蟾宫珠在手心里发出幽幽的蓝光。只听宁骑城在一旁说道,"快收好了。"

和古帖一路小跑过来:"帮主已经起来了,叫你过去。"

"你先带我到房间去。"宁骑城说着,环视院子,四周黑漆漆的,空气里弥漫着一股牲畜粪便的臭味,他向后院看了看,"和古帖,这里住了多少人?"

"十几个。怎么了?"和古帖突然想起什么,冲动地问道,"黑子哥,我哥哥和古瑞,他到底怎么样了?"

"我一会儿去见义父,就是说这事。"宁骑城不打算告诉和古帖。

"义父?你是蒙古人?"明筝从背后小声地问宁骑城。

和古帖听见尖细的女声,这才认真地看了看宁骑城的背后,恍然大悟地噘起嘴:"你……也和我哥一样,领些不三不四的女人回来,我可不给她做饭。"

宁骑城也不解释,只是催促道:"给我找个僻静的地方,我窝一宿就走了。"

和古帖满脸不高兴地举着灯笼在前面带路,不时回头偷看宁骑城两眼,明筝可以感觉出这个小姑娘对宁骑城的好感,和古帖慢吞吞地问:"就住一宿,你要去哪儿呀?"

"我要回草原了,去乌兰察布见我养母。"宁骑城突然像换了个人,整个人年轻得像个少年。

"你不知道?"和古帖诧异地问道,"我没有记错的话,娜仁大妈两年前就去世了。"

"你说什么?"宁骑城一把抓住和古帖的手臂,灯笼在风中剧烈地摇晃起来,"你再说一遍。"

和古帖疼得直叫,一旁的明筝看不下去,凑上去掰开宁骑城的手,和古帖一边揉着手臂,一边说:"你真不知道啊,我……娜仁大妈是染上了瘟疫,几个毡帐的人都死了。"

"为什么要瞒着我?"宁骑城一把推开和古帖向后院跑去,不一会儿又跑回来,他看见和古帖和明筝还傻乎乎地站在院子里,一把夺过灯笼举着,命令和古帖道:"快去开门。"

和古帖再不敢多言,她知道自己的话捅了娄子,急忙向马厩旁一个小院跑去,里面是个小四合院,和古帖直接领着他们走到正房,推开门垂手站在门旁,看着宁骑城胆怯地哀求道:"黑子哥,要是,要是帮主问起来,不要说是我告诉你的。"

宁骑城一屁股坐到中间八仙桌旁的一把椅子上,向她摆摆手,连话都懒得说。和古帖走后,宁骑城又枯坐了一会儿,这才扭头看向明筝,看见明筝靠墙坐在炕前,不声不响地看着他。

宁骑城面色雪白,像是十分吃力地站起身,他瞪着明筝,一字一句地道:"你听着,你若敢跑,让我抓回来,剥皮抽筋。"明筝长这么大,这是她听过的最恶毒的话,不由浑身打战,这个男人的脾气瞬息万变,他现在就对她这么干,她也不奇怪。

宁骑城仍不放心,一把拉过明筝把她用一根长鞭捆在太师椅上,这才关上房门,又上了一道锁。他像个疯子似的向后院乞颜烈的卧室跑去。

后院正房里亮着烛光,乞颜烈久等宁骑城不见,正着急地来回踱着步,听到脚步声,他回过头,看见宁骑城一脸凶相站在门口。乞颜烈也是窝着一肚子的火,"你杵在那儿干啥?我问你,和古瑞的事办了吗?"

"办砸了。"宁骑城喘了口气,直截了当地说,"他死了。"

"死了?"乞颜烈冲宁骑城瞪起眼睛,怀疑地凝视着他,一句话脱口而出,"怎么你还活着?"说完,乞颜烈才察觉不妥,忙纠正道,"我是说,你怎么没受伤?"

宁骑城冷冷地回道:"我打听到的,和古瑞在诏狱已死,我就没有去。我今天来见你,也是想向你说一声,估计和古瑞对东厂的人什么都说了,这个马市也不再隐蔽,已在他们的掌握当中,你早做打算吧。"

"你,到底是他死了,还是你怕死不敢去?"乞颜烈气得脸色铁青。

"我是那种贪生怕死的人吗？我今天冒险来见你，你竟然说出这话？"宁骑城也恼了。

"宁骑城，你今天连义父也懒得叫了，你是不是觉得如今你翅膀硬了，多我这个人是累赘？你就这样报答我的养育之恩吗？我把你从草原带到这个富贵之处，指点你让你成为可造之才谋取功名，你以为就为了让你安享富贵吗？我指望你有朝一日帮助咱们部落，这点小事你都做不好！"乞颜烈忽又想起来什么，"他们说城里在通缉你，可是真的？"

"是真的。"宁骑城回答。

"为什么？你告诉我个原因，你坐着锦衣卫指挥使的位置不是好好的吗？你还认王振为干爹，他们竟然敢动你？"

"我和王振翻脸了。"宁骑城答道。

"是何原因？"乞颜烈惊诧地问道。

"你别问了，以后我帮不上你了，你好自为之吧。"宁骑城说着，脸色一变，"现在该我问你了，我养母两年前就死了，你为何一直瞒着我，还骗我说她好好的，有羊群马群，为何连她最后一面都不让我见？"

乞颜烈猛然听见宁骑城提及他养母之事，有些恼羞成怒，他扬起双臂，气急败坏地喊道："是谁告诉你的？反了，全反了……"

"乞颜烈，你养我一场，我也为你做了二十年奴隶，你我之间两清了。"宁骑城冷冷地道，"从此天各一方，各自珍重。"说完，宁骑城转身就走。

"你去哪儿？"乞颜烈阴沉着脸问道。

"这是我的事，无须告诉你。"宁骑城抬脚就走。

"那你看看这是谁？"乞颜烈哈哈一阵狂笑，对着外面喊了一声，"和古帖，你叫他们把她抬过来。"

和古帖探出头，胆怯地避开宁骑城，向后面一招手，只见两个蒙古大汉抬着一把椅子，椅子上绑着一个人，被一块黑布蒙着头，此人挣扎着发出细微的哭声。宁骑城大吃一惊，他辨认出是明筝的哭声。他几步上前，被身后几个蒙古汉子蹿上来束住双臂。

"乞颜烈，你我之事，为何要牵连外人，你放了她。"宁骑城一脸愤怒，看到明筝如今落到他手中，又悔又恨。

乞颜烈走到明筝面前，伸手揭去蒙在她头上的黑布，明筝被布条封住了嘴巴。乞颜烈向和古帖一挥手，和古帖走过来撕开了布条，明筝长出了一口气，恐惧地望着这个地方。

"好个美人啊。"乞颜烈看着宁骑城阴森森地一笑。

宁骑城面色煞白,刚才的气焰瞬间被浇灭,他死死地盯着乞颜烈,不知道他要干什么。乞颜烈此时倒是一下子轻松起来,他看着宁骑城瞬间被他制服的样子,刚才的怒火也消失了大半,他像教训孩子似的,走到宁骑城的面前,伸手扇了宁骑城一巴掌,宁骑城咬着牙低下头一动不动。

"你个捣蛋货,想抱得美人逍遥快活,也要问问老子同不同意。"乞颜烈厉声道。宁骑城身边几个蒙古大汉哈哈大笑。乞颜烈向几个人一挥手,他们便松开了宁骑城。

宁骑城额头上冒出豆大的汗珠,腰间的佩剑也不知何时被卸下,如果只有他一个人,他对付这些人勉强还能应付过去,但是明筝在他们手中,他就没有把握了。

"宁骑城,你错了没有?"乞颜烈威严地问道。

宁骑城低下头,不敢再激怒他。

乞颜烈盯着宁骑城的一举一动,他从和古帖说宁骑城带回一个女人起,就感觉事情不对,这些年宁骑城都是独来独往,从未听说他跟女人有瓜葛,如今看来,这个女人对宁骑城有着不同一般的意义,他再次试探道:"混账,给我跪下。"

宁骑城犹豫了片刻,还是跪了下来。

乞颜烈像发现了宝贝似的开心地笑起来。

明筝坐在椅子上,怒其不争,如不是被捆绑着双手早过去了,"宁骑城,男儿膝下有黄金,你懂不懂,认贼作父,还如此卑躬屈膝,你是个男人吗?"

乞颜烈和大堂里众男人听到此话,一阵哄堂大笑。

宁骑城面色如雪,仍然跪着,额头上的汗,不停地掉下来。

"好了,起来吧。"乞颜烈说道,"想要抱得美人归,有个条件,你可愿意?"

宁骑城面无表情看着乞颜烈,点点头。

"好吧,你拿京城布防图,来换这个女人,条件不高吧?"乞颜烈说道。

"宁骑城,"明筝这才明白这帮蒙古人的险恶用心,她冲着宁骑城大喊,"你敢这么干,我就死到你面前。"明筝说着用力去挣脱身上的绳索,乞颜烈大叫:"抬走她。"他一分神,背后一个硬物直抵后心,他回过头,已经晚了,这才发现宁骑城已抽出他腰间的弯刀,对住了自己。四周的人都慌了,宁骑城身法如此迅疾诡异,大家再不敢轻举妄动。

"儿呀,宁骑城……"乞颜烈软下来,眼中露出哀求的神情。

"宁骑城这个名字还给你,我就是一只独狼。"宁骑城说着,一把搂住乞颜烈,持弯刀抵住他的脖颈,退到明筝身边,宁骑城冲和古帖道,"把她绳索解开。"和古帖惶惶不安地走过来,看见乞颜烈在宁骑城手里,也不敢违抗,便上前去解明筝身上的绳索,越紧张越解不开,宁骑城大怒:"快点!"

"你走不了,外面都是我的人。"乞颜烈缓和了语气道,"咱们还是合作吧,何必弄得剑拔弩张的。如今你被通缉,能去哪儿,还是跟着我干吧。"

"独狼,别听他的。"明筝从椅子上起来,趁和古帖不注意,从她腰间抽出一把匕首,攥在手里。和古帖吓得急忙藏到墙角。

"我儿,你带来了一个妖女,她会带你走上邪路。"乞颜烈气急败坏地道,"把所有出口堵住!"乞颜烈狂躁地叫道,"你敢动我一根指头吗,你是我养大的,你敢弑父,你个孽障!"

宁骑城手一抖,犹豫了一下,松开了手,他一把抓住明筝的手,持刀指着乞颜烈道:"你别逼我,我只想一走了之。"

"哼……"乞颜烈一阵冷笑,他退后几步,黑鹰帮里四大金刚闻讯赶来,他们手下几个蒙古大汉手持兵器走到近前,"你既不愿再跟随我,我留你何用?"

四大金刚冲到近前,宁骑城看到一场恶战不可避免,好在明筝在自己身边,他把她护到背后,与几个人开始交手。一阵兵器交接的铿锵之声,宁骑城纵有以一当十的功夫,但被众人围住,束住手脚,堂间窄迫,也是一阵狼狈应付,再加上明筝在一旁,碍手碍脚,宁骑城越发苦于应付。

"把这一对贱人通通拿下,这就是敢跟我作对的下场。"乞颜烈在一旁咆哮道,"不留活口。"

四大金刚和几个蒙古大汉听到命令,下手更狠,呼呼舞动刀斧,刀刀致命。宁骑城拼死力搏击,也不得不后退,明筝在身后,更是没有招架之力,眼看两人就有被擒之虞。这时,门口一阵喧嚣,院子里传来撕打喊叫之声。乞颜烈错愕,抬头看向门口。

"哎呀!"只见一个蒙古汉子被重重踢进门里丈余,匍匐倒地发出呻吟之声。接着一阵风过,从门外走进来几个人,个个气宇轩昂手持兵器望着屋里众人。明筝从拳脚缝隙间,看见门口几人,不由又惊又喜,朝他们喊道:"师父,大哥,我在这儿……"

第三十五章　惊天一爆

一

　　门口一下子拥进来六个人,使屋里激烈交锋的双方都愣住了。隐水姑姑手持宝剑跨到近前,她身后跟着吾土和围着面巾的本心,一旁是手持长剑的萧天,玄墨山人和李漠帆最后来,林栖在院里驻守。隐水姑姑听见明筝的声音大喜:"明筝,莫怕。"众人这才看清屋里形势,宁骑城正与七八个蒙古汉子交手,明显处在下风,处境危险。

　　乞颜烈看见突然进来的闯入者,怒不可遏地大叫:"来人呀,来人呀,一群废物。"他眼见形势有变,趁众人呆愣的瞬间,猛然出手一把掳住明筝,明筝正为看见师父和萧天他们而高兴,没有防备背后突袭而来的乞颜烈。

　　乞颜烈用弯刀抵住明筝,众人一片慌张,几个蒙古汉子也暂停攻击宁骑城,退守到乞颜烈周边。乞颜烈狂躁地叫道:"把兵器都放下,不然我一刀让她身首异处。"几个蒙古汉子在四周跟着叫嚣:"放下……"

　　门外传来奔走相号的嘶叫声,院子里一些原本睡下的人被喊醒向这里跑来。萧天回头向李漠帆使了个眼色,李漠帆领悟,拎着大刀向门口走去,他必须守住大门,以免他们从背后攻来。

　　隐水姑姑盯着乞颜烈,一双饱经风霜和苦难的双目,此时骤然目眦尽裂,眼前的乞颜烈虽然身材走样,发胖变老,但是二十多年前的那一幕已刻骨铭心,她不由得心胆俱裂:"老贼,你还认得我吗?"

乞颜烈见冲在前面的老尼姑对着他眦目哀号,叫道:"哪来的疯婆子,我再说一遍,把兵器放下,不然……"

"老贼,你变成灰,我也认得你……"隐水姑姑又上前一步,"放下我徒儿。我找了你二十五年了,国恨家仇,今天是跟你算总账的时候了。"隐水姑姑怒道。

"你个疯婆子,你是谁呀,你……"乞颜烈被隐水姑姑的雷霆气势所迫,向后退了一步。

"你当然不会记得,"隐水姑姑又逼近一步,"二十五年前,在辽东安东县埠阳堡你闯进一户人家,杀了一家七口人,抢走一对双生子,当时他们还不满月。"

乞颜烈一愣,满脸狐疑地盯着隐水姑姑。

"你想起来了?"隐水姑姑怆然长笑,"老贼,你是不是很诧异,其中一个女人竟然没有死?我怎么会死呢,我的血海深仇还没报,我的一对骨肉还没有找到,我怎么会死呢?"

"你个疯婆子,你来这里发疯,我不认识你……"乞颜烈眼角的余光扫了一眼屋里一侧的宁骑城,看见他一动不动地盯着自己,心下立刻有点紧张,他拉紧了明筝,他心里清楚自己面对的是一众强敌,就剩下手里这根救命稻草。

隐水姑姑突然望向宁骑城,宁骑城先是一愣,不由退了一步,他发现女道姑看向他的眼神古怪,眼里含着泪水,渐渐地泪水满溢出来,她冲他大喝一声:"你个孽障,还不给我跪下。"

宁骑城有些恍惚,他不知所措地愣怔着。

萧天看着宁骑城厉声道:"宁骑城,面对你的母亲,你还不跪下!"

宁骑城听见萧天的声音,不屑地瞥向萧天,多疑的性格和对萧天的敌视使他脱口而出:"萧天,你别以为你从外面随便找个老太婆冒充我的母亲,我就会就范。"

"哈哈,说得不错,"乞颜烈大笑,回过味来的乞颜烈开始反驳,"你们一派胡言。"

"看看到底是谁在一派胡言。"吾土走上前,看了一眼一旁的本心,本心突然一把拽下脸上的面巾,仰脸看着他们。宁骑城和乞颜烈定睛一看,不由大吃一惊,纷纷后退一步。

吾土接着说道:"乞颜烈,这是我的徒儿,是二十五年前被你抢走的一对双生子中的一个,我从军营赶到埠阳堡张将军家时,看见你们劫掠而归,怀里抱着婴孩,我拼尽全力只抢回了一个,另一个还是被你们带走了。"吾土说着,转向宁骑城,"刚才我们所说,就是你的家事,你就是另一个孩子。"

"啊,师父啊……"明筝困在乞颜烈的怀里大喊大叫,"师父,你老人家为何从未对徒儿提过,难道你这些年带着我奔走四方,就是为了寻找那对双生子?"

隐水姑姑身子晃了下,咬牙说道:"孩子,伤痛太深,我自己背负尚且吃力,怎能拖累你呀。"

宁骑城脚下踉跄了一下,手里的剑"当啷"一声落到地上。他抬起眼,又仔细地看了看本心,遽然一震,简直就是看着另一个自己,世界上会有如此雷同的人吗?若不是双生子又如何解释呢?宁骑城面色猛然变得煞白,他不由退了一步,双腿不停地打战,最后双膝一软,跌坐在地上,他像是突然得了癔症一样,双眼发直,盯着前方。

"乞颜烈,你害了我儿呀。"隐水姑姑再不能忍,望着瘫在地上的宁骑城伤心地哭起来。

萧天早已伺机而动,悄然闪身到乞颜烈一侧,趁着局面混乱,挥剑向乞颜烈刺去,乞颜烈听见侧面风起,扭头一看,急忙挥起弯刀挡剑,身前就空虚了,明筝就此脱离向萧天的方向扑去,萧天一边持剑回击,一边伸出臂膀接住明筝,把她拥进怀里。

明筝扑进萧天怀里的瞬间,早已热泪盈眶,她手臂紧紧搂住萧天脖颈,萧天身体迅速腾空在原地转了一圈,两人的目光在空中短暂但热烈地交织在一起。萧天只能匆匆地一瞥,便迅速把明筝送回自己身后紧紧护住她。

乞颜烈失去了手里的人质,变得气急败坏,他对身后众蒙古汉子大叫:"勇士们,神考验你们的时候到了,拿出十二分精神来,教训这帮汉人。"

隐水姑姑要不是忌讳乞颜烈抓着明筝做挡箭牌,早就出手了,此时看见明筝安全脱险,再没有顾虑,淤积在心中多年的仇恨此时全部化为力量,挥剑向乞颜烈刺去。屋里顿时大乱,众人也都与蒙古汉子交上了手。

吾土口中默默念道:"天网恢恢,疏而不失,此乃善也。"然后也从腰间拔出佩剑开始迎战;玄墨山人和萧天各站一处地方,以一当十,他两人身边吸引的敌手最多;明筝从萧天手里接过一把匕首,对着来犯敌手也应对起来。

一片混乱的交战中只有两人不动,一个是本心,他从未见过这种杀伐场面,又因不通武功,又急又惧,面白似雪,呆立良久,索性盘腿坐于中央开始默念经文。另一个是宁骑城,他跌坐在一侧,眼睛失神呆呆发愣,似乎眼前的打斗与他无关,或是他根本没有看见。

明筝眼见师父与乞颜烈交手,自己帮不上忙,便盯着宁城骑,一想到师父数十载风吹雨打浪迹江湖就是为了寻找宁骑城和这个只会念经的小道士,气就不打一处来,她瞅准空隙向宁骑城喊话:"喂,宁骑城,你眼睁睁地看着你母亲与你家仇人交手,你竟然一动不动,你是个人吗?"

宁骑城依然保持那个姿势盯着地面,脸上的肌肉颤动着,嘴里叽里咕噜地说着什么,谁也听不清。

此时,门口聚集的人越来越多,林栖和李漠帆应对起来开始吃力。萧天虽然在里面应战,但目光没有放过任何一处变化,他看到门口的险情,急于脱身去救急,他不想起杀心,往往挑筋断骨即可,怎奈蒙古汉子不依不饶,萧天大怒,开始招招催命。

这时,玄墨山人也发现了情况,一掌击退两个敌手后,迅速向门口支援,对萧天道:"不宜久战,告诉隐水姑姑,让她速战速决。"萧天应了一声,转过身几招落英飞花,两个蒙古汉子便应声倒地,萧天收剑去支援隐水姑姑。

玄墨山人与李漠帆并排而立,迎接从门外扑进来的蒙古汉子。这些人体态肥胖,个个力大无穷,但灵活不足,手持弯刀或是斧子在如此窄迫的地方,无法施展,李漠帆和玄墨山人来一个收拾一个,很快从屋里冲到院子里。林栖此时也蹿到院子里,与那些蒙古汉子近身肉搏。

五六个蒙古汉子见他们来者不善,扎起架势犹豫着后退。

这时,从街上传来阵阵急迫的马蹄声,还夹杂着人的喊声,听动静可不止几个人。众人皆是一愣。玄墨山人和李漠帆紧张地交换了下眼色。和古帖从外面跑回来,慌张地叫起来:"不好,是官府的人!"

二

数丈之外,乌压压的东厂番子向这个大院围过来。在他们之后,一队身着盔甲的缇骑渐渐奔来,打头的孙启远紧拉着缰绳奔过来,他身边的高昌波似乎仍然有些睡眼惺忪,不停地在一旁问:"启远老弟,消息可靠吗?你没有搞错吧?"

"老哥,你放心吧,陈四报的信,准没错。"孙启远眼神泛光,他急于立功向王振表忠心,都想疯了,今天终于让他逮到一个好机会,他怎能不兴奋,"马市这周围我布下了天罗地网,就等着宁骑城出现,你想呀,他能跑到哪儿,最后还不是要回到这里。陈四还说,不只有宁骑城,来了一群人,哈哈,没想到还有落网大鱼呢。"

高昌波的瞌睡瞬间丢到了爪哇国,一听到有立功的机会,他立时兴奋起来,他们确实需要一场胜利来巩固彼此的地位,在这点上,他和孙启远有着同样的迫切感。

"咱们带的人手够吗?"高昌波想到宁骑城心里有些胆怯,毕竟在东厂和锦衣卫里高出宁骑城武功的人不多,如果能在这次把宁骑城除掉,那他们就可以高枕无忧了。

这时,陈四跑回来向两人回禀:"高督主、孙指挥使,刚才咱们的人爬到墙头一看,发现里面的人打起来了。"

"哦……"高昌波略一沉思,点点头道,"好,不急着冲进去,把这个院子给我围起来,先看看战况再说。哈哈。"

"老哥,高明呀。"孙启远不失时机地奉承着,"老话说得好,鹬蚌相争渔翁得利,妙!"

"你我兄弟守住这里,做一回渔翁啊,哈哈……"两人得意地哈哈大笑起来。

院子里的人似乎感觉到外面隐藏的危险,猛然间爆发出求生的欲望,疯狂地向对面的敌人冲去。这些蒙古汉子拿着各式武器冲过来,玄墨山人和李漠帆穷于应付,有些寡不敌众。

屋里还是一片激战。隐水姑姑与乞颜烈交战到此时,渐渐体力不支,在招式上慢慢缓下来。坐在附近念经文的本心,眼睛一直没有离开过隐水姑姑,他看见母亲体力不支,一急之下,站起身向乞颜烈走去。

隐水姑姑知道他没有武功,忙喝住:"念祖,你站住,听着,母亲纵然战死也是心甘情愿,我们张家的血海深仇一定要报。"

"母亲,"本心张着双手看着气急而泣,"儿无能啊,不能替张家报仇……"

"我儿,你活着就好,张家的骨血没有断……"隐水姑姑说着一口血喷吐出来,乞颜烈一声长啸,欺身近前,眼看隐水姑姑身处险境,突然从斜刺里穿进一柄长剑,挡到乞颜烈弯刀的刃处,只见"当啷"一声,火花四射。

本心上前抱住母亲,萧天一步到近前和乞颜烈交上手。两人弯刀对长剑,见招拆招地激斗起来。

本心扶母亲坐下歇息,明筝这时摆脱敌手,走到近前,"师父,你哪儿受伤了?"

隐水姑姑脸上一笑道："明筝，这个是……"隐水姑姑拉过本心对明筝道："明筝啊，这是我大儿子叫张念祖，你来见过。"

明筝抬头看本心，心下惊惧，天呀，世上竟有如此相像的人，简直就是个道士版的宁骑城，明筝虽然只是轻皱眉头，还是让本心看出来了，本心低下头，突然走向缩到屋角的宁骑城。

本心一把拉住宁骑城道："你为什么不认母亲，她老人家寻找咱们半辈子，你……"

宁骑城一句话也不说，厌恶地瞪着本心，甩手摆脱本心的拉扯，抱住双臂重新靠到墙上，把脸转向墙壁，面如死灰，眼神凝滞，如同死去一样。

"念祖大哥，"明筝叫住本心，"你无须理他，他认贼作父，乞颜烈是他的仇人他却把他当爹供着，他不是人，你不要理他。"

"明筝……"萧天一边应对着乞颜烈一边回过头，他听见明筝的话过于刺耳，他不愿明筝搅和他们母子三人相认，于是便说道，"明筝，你快去外面，支援一下李把头。"

明筝听见萧天的话，不敢怠慢，恶狠狠地瞪了一眼宁骑城，拔腿向门外跑去。屋里只余下萧天和吾土，两人对着各自的对手，地上东倒西歪地躺着被打伤的蒙古汉子。

吾土连着几个太极推手，把敌手震翻在地，接着上前一脚送出，那个敌手便飞了出去。吾土收回掌，盯着与萧天激斗的乞颜烈，道："萧帮主，你且下来休息，让贫道见一见仇家。"

萧天听吾土这么说，心里清楚吾土与张将军情谊深切，也有意成全吾土为张将军报仇的心思，急忙闪身退出。他环视四周，看到只剩下吾土和隐水姑姑母子三人，也就放心地离开这里，直奔院子而去。临出门，萧天瞥了眼宁骑城，眼里思绪烦乱，来不及细思，便跑出屋子，外面交战双方正打得热闹。

吾土望着乞颜烈，眼里的怒火足以烧死他。乞颜烈此时疲惫至极，刚才与萧天交手已是处于下风，几次被萧天所伤，此时他放眼室内，地上倒了一片，有几个活着的，也几乎不能动弹。他没有想到自己在京师苦心经营的一切，竟然毁在这几个人之手，看此时情景，他们不把他置于死地，是不肯罢休的。

"哈哈哈……"乞颜烈突然仰头大笑，"想置老子于死地，没那么容易！"乞颜烈说着突然跳到一旁，抓住一个火烛冲到木台上，引燃了木台上的虎皮毯子，"你们谁也别想活着从这里出去,哈哈……"

吾土感觉不妙,跳到高台上去灭火,本心担心师父也跑过去,吾土和本心随手抓起手边的东西扑向起火的地方,试图扑灭大火。

就在此时,突然听见一声巨响,一股炽热的气流滚滚而来,红色的火焰瞬间吞噬了所经之处。伴随着巨大的爆炸声,四周开始颤抖震动……

隐水姑姑被震得扑到地上,她眼前一黑,差点失去知觉,但是内心的恐惧使她挣扎着坐起身,她望着那一团火光绝望地大喊:"念祖,念祖……"

从浓烟里爬过来一个身影,本心一脸漆黑,身上衣服碎成一片片,腹部血肉模糊,似乎一直在流血,肠子都被炸了出来,他一直不停地往肚子里塞。

"我的儿呀……"隐水姑姑几乎要疯了,她一把抱住本心,双手堵住不停流血的肚子,手指间触碰到儿子的肠子,隐水姑姑尖声哀号着。本心脸上毫无痛苦的样子,只是母亲的表情吓住了他,他一边给母亲擦眼泪,一边大喊:"我的兄弟,我的兄弟,你还不过来?"

宁骑城不知何时跪到了他俩面前,他双眼呆滞,不知所措。

本心血糊糊的手,一把抓住宁骑城的手,道:"母亲,你别哭了,快告诉他,他是我兄弟,母亲快告诉他,我们的身世。"

"你们的父亲张竟予是宣德年间的戍边大将,祖籍辽东府安东县埠阳堡。二十五年前,也就是你们刚出生不久,你们父亲奉旨坚守安东县城,后被瓦剌部落联合其他部落的蒙古人攻陷,你们父亲拼命抵抗,在后无援军的情况下,死于敌人的箭雨下,你父亲被人抬走时,万箭穿心……而亡……"

隐水姑姑盯着本心肚子里潺潺流出的鲜血,仿佛又看见了二十五年前那场血战,她的眼泪已干,只是紧紧捂住那个血窟窿,不敢再动。

"母亲,你别难受,你还有一个儿子,你还有一个儿子呢!"本心把母亲的手拉到宁骑城的手上,隐水姑姑望着宁骑城,母子四目相望的那一刻,宁骑城突然"啊"地大吼了一声,眼泪喷涌而出。

本心面色绯红,他知道自己的时间不多了,他一把抓住宁骑城的手道:"兄弟,你记住你叫张念祖,你叫张念祖。"

隐水姑姑摇摇头,道:"不,他应该是张念土。"

"母亲,你听孩儿说,"本心猛地拉住隐水姑姑的手道,"我知道我活不成了,可弟弟,他要好好活着,他要帮我照顾你,他是张家的血脉,他一定要好好活着。他是张念祖,从今儿起,宁骑城被炸死了,他死了……"本心抓住宁骑城的手,眼神飘忽涣散，他几乎用尽最后的力量来看着他这个孪生兄弟，"弟弟，不可认贼作父，不可忘祖背宗，你可记下了……"他的声音变得飘忽起来，"你把衣服脱下，换上我的衣服，把你的衣服给我穿上，快……"说完这些，本心的脸慢慢变得灰白，他已经用尽了所有的力气，话尽人终，他的眼睛大睁着，死死盯着宁骑城。

隐水姑姑只感到一阵天旋地转，她眼睁睁看着刚回到身边的儿子在她怀里撒手而去，不由得肝胆俱裂，猛然喷出一口鲜血，倒在本心身上……

浓烟散去，萧天和明筝跑进一片废墟里，只看见一片血肉模糊，明筝放声大哭："师父，师父啊……"她看见地上到处是木屑，木台已经炸飞。

"木台下定是藏有火蒺藜，乞颜烈引燃了它。"萧天一边查看四周，一边说道。

明筝看见木台边一具尸体，突然扭头叫萧天："大哥，快来看，宁骑城他被炸死了，肠子都出来了。"

萧天跑过来看见离木台不远处宁骑城躺在一片血泊中，上身光着，肚子上缠着衣服，似乎是想堵住血窟窿。宁骑城的眼睛直直地盯着前方，萧天走过去给他合上眼皮。

"大哥，他真的死了？"明筝心里有些不敢相信，在这之前她还深陷其手中，苦思脱身之计呢。

"快找找其他人。"萧天四处寻找，突然看见窗口处挂着吾土，他迅速叫了声，"明筝，快过来。"两人跑到窗下，吾土悬空挂在窗上，早已没了气息。两人满心悲痛把吾土的尸身抬下来。

这时，玄墨山人和李漠帆也赶过来，看到眼前的惨烈情景，都不由皱起眉头，眼含悲痛。大家继续寻找，在木台里坑洼处发现乞颜烈的尸身，明筝有些急了，师父和本心呢？

李漠帆站在墙角突然大叫一声："你们快过来！"

几个人向李漠帆跑过去，看见墙壁的角落里坐着一个人，正是本心。他一脸黢黑，衣服碎成片，怀里紧紧抱着一个人，众人定睛一看，他怀里的人正是隐水姑姑，大家走近才发现隐水姑姑面色乌青，早已没了气息。

"师父！"明筝扑到隐水姑姑面前，本心道士眼神呆滞，眼睛一眨不眨盯着怀里的隐水姑姑。

众人一看，心里不由一阵酸痛。萧天走过来，拍了拍本心道士的肩膀："本心，隐水姑姑已经不在了，你要节哀。"

本心道士一动不动，任他们拉扯隐水姑姑的尸身，他下了死力就是抱着不放。

玄墨山人一看本心的样子，叹口气道："唉，恐怕是患了失心疯，勉强不得。"他摸了下本心的脉，摇摇头道，"一日之内，痛失所有亲人，母亲、师父、兄弟，他恐怕一时好不了，给他点时间吧。"

明筝跪在师父面前放声大哭，"师父啊……徒儿还没有孝敬你呢，你就走了……"

萧天一把拉过明筝："别再刺激他了，咱们现在得想想法子，怎么把这三具尸体抬回去。"

"怎么是三具？不是两具吗？"明筝看了看面前的师父和那边的吾土道士。

"还有宁骑城。"萧天说道，"死者为大，不管怎么说，他也是隐水姑姑的儿子，即便以前他对我们做过诸多伤害的事，但看在他母亲和父亲的面子上，他毕竟是忠烈的后代，我们要厚葬他。"

玄墨山人点点头道："再说，他还有个兄弟本心道士呢，一起带走，把他们母子葬在一起吧。"

李漠帆突然从木台下叫道："这里有个暗门。"

萧天大喜过望，跑过去，掀开坍塌的木台，下去探勘，不一会儿他探出头大叫，"是密道，应该是通到外面。这个乞颜烈在这里经营这么多年，挖一两条密道不足为奇，奇怪的是，他怎么没有跑出去？"

"这还用问，他应该是想炸死众人，然后自己从密道逃跑，肯定是火蒺藜出现意外把自己给炸死了。"李漠帆说道。

萧天向玄墨山人道："趁着东厂的人还在外面观望，咱们快些离开这里。"

玄墨山人看着本心，于心不忍地向萧天问道，"这，那我可下手了……"

萧天跑到他跟前，玄墨山人伸手迅疾地点了本心头部和腰部几个穴道，本心一声不吭倒在地上。萧天上前背起隐水姑姑就走，接着玄墨山人又迅速给本心解了穴。明筝拉起本心就走，本心像个玩偶一样，神情呆滞地任明筝拉着手走。

李漠帆皱着眉头走到宁骑城的尸身跟前，想到这个不可一世的人物竟然是这个死法，也是一阵唏嘘，刚要弯腰去背，便听见一阵呐喊声和杂乱的脚步声，只听见陈四叫器的声音："冲进去，活捉宁骑城！"

李漠帆没有反应过来，便被玄墨山人拽了过来，两人闪身弯腰跑进密道，玄墨山人又把密道口用四周爆炸时的碎屑堵住，这才放心地跑进去。

众人相互协助，连拉带拽，艰难地把两具尸身拉进密道。李漠帆跑到萧天身

狐王令（下）

边,愧疚地道:"帮主,晚了一步,宁骑城的尸身没来得及就……"

"这样也好,东厂和锦衣卫明摆着是冲宁骑城来的。"玄墨山人道,"尸身留给他们,他们的目的达到了,咱也好脱身。"

萧天沉吟片刻,说道:"宁骑城落个被东厂和锦衣卫追杀的结局也是不幸,毕竟是张将军的儿子,咱们有机会定要把他的尸身赎回。"

众人皆点点头,只有本心木然不动。

密道里,有人划亮了火折,引燃一支火把。明筝接过火把拉着本心走在前面,本心手指冰凉僵硬,明筝回头看了眼,发现他垂着脑袋面无表情,明筝叹口气,心里也替他难过。她身后是李漠帆背着隐水姑姑的尸身,后面是玄墨山人,林栖背着吾土的尸身跟在后面,萧天持剑断后。

密道竟然有数十丈之远,他们可以听到头顶上的人声和战马的嘶鸣声。

萧天在后面催促大家:"快点,不然天明了就不好办了。"

密道拐了几处弯,火把下终于看见前方有一个石壁,明筝回头叫起来:"看见门了,应该是出口。"她转身的工夫,本心似乎是站立不稳向前跌了一下,不知碰住了什么,四支箭从地板下飞了出来。明筝一阵惊叫。

"明筝,怎么啦?"后面的萧天惊慌地问道。

"是机关。"玄墨山人说道。

"好险呀……"李漠帆擦了把额头上的汗道,"要不是明筝转身,本心道士跌了一下,不敢设想……"

萧天从后面跑过来,来到近前查看了片刻,然后命令他们全部趴下,自己抬脚向石壁撞去,只听"嘎吱吱"一声响,石壁裂开一条缝,竟然看见外面的月光。

"这是哪里呀?"明筝惊讶地问道。

萧天一步走出密道,不由发出一声惊呼,"原来是这里。"

明筝抢先一步跑出来,呼吸着外面清新的空气。原来这条密道竟然修到了护城河堤上。清冷的月光照下来,冰冻的河面平整又光滑,映射着淡淡的月光。

三

马市惊天一炸,把围在外面的东厂番子和锦衣卫都吓得够呛,强烈的震感阻止了他们冒险的行为,他们守在原地不敢动,只见黑黢黢的大院里冒出一股股浓烟,呛得他们不停地咳嗽。

高昌波派出两个番子前去查看,所有人候在原地,他担心再次爆炸,稳妥起见还是等一等。孙启远从一侧跑过来:"督主,现在冲进去吧。"

"不急,看这情势双方已经开始火并了,再等一等。"高昌波得意地道,"此次,咱们不费一兵一卒,就清剿了马市里的黑鹰帮,把京城里这个心腹大患给拿下了。"

"督主,你料事如神呀。"孙启远也乐开了花,只是望着眼前的浓烟,摇着头道,"这帮家伙造的火蒺藜如此劣质,看来这帮草原上的匪寇不过如此。"

"也不可小看他们。"高昌波望着浓烟渐渐散去,院子里一片死寂,又等了会儿,前去探查的两个番子跑回来,回禀道:"里面的人炸死了一片……"高昌波和孙启远交换了个眼色,高昌波得意地站起身,向守在门前的陈四大喊:"陈四,冲进去,抓活的。"

陈四带领锦衣卫开始撞击院门,几下把院门撞开。孙启远从他隐身的马车后站起身,兴奋地挥舞着手中的绣春刀,对他身后的众锦衣卫大喊一声:"弟兄们,冲进去,抓住宁骑城!"

院子里一片凌乱,地上东倒西歪躺着受伤的蒙古人,有的已经死了,有的还有口气,喘息着在地上挣扎。东厂番子和锦衣卫四处翻找,不见他们要抓的人,最后便向爆炸地跑去,只看见地上的斑斑血迹,一阵搜寻,有人发现宁骑城的尸身,便大喊:"陈百户,找到宁骑城了。"不久,也找到了乞颜烈的尸身。

陈四兴奋至极,仰头哈哈大笑,拿刀又往宁骑城的尸身上捅了几下,这才心满意足地跑去向孙启远回禀。孙启远得信兴冲冲赶来,又仔细地查看了爆炸地,却不见其他人的踪迹。"不对呀,明明这里发生过激战,看血迹也应该有死伤,应该不只是这两人,其他人呢?难道会飞不成?"

"一定有密道。"高昌波沉思片刻,"一定是从密道逃走了。"高昌波当下叫来几个手下,在废墟中寻找。不多时果然找到密道,高昌波和孙启远看了密道口,便派了人下去。

两人来到平坦的地方站定,高昌波道:"早朝时面见先生,咱兄弟俩可要思量好说辞。"

"是,是,"孙启远点头道,"兄弟全凭兄长提携。"

"既是大获全胜,就不要留有遗憾,你说呢?"高昌波微眯眼睛,压低声音道,"这一炸,可以把所有的敌人都炸死。对先生说,黑鹰帮和宁骑城,还有那个狐山君王都被炸死了,岂不大快人心?"

"兄长所说甚有道理。"孙启远点着头,心里清楚这个老狐狸是要到王振面前邀功呀,不过转念一想,这个功劳也有他的一半,不由开心地笑起来。

"还有,为了彰显咱们的大获全胜,把宁骑城和乞颜烈的人头挂到城墙上,以儆效尤。"高昌波晃着脑说道。

"还是老哥想得周全,太好了,咱们现在便去面见先生,让他也高兴高兴。"孙启远笑着说道。

两人出了马市,此时已是旭日东升,两人苦熬一夜,眼前硕果累累,他们最大的敌手宁骑城竟然被炸得肠子都翻出来,一想到这个当年不可一世、武功奇绝的大魔头竟然是这个结局,他俩肚子都想笑破。两人都曾被宁骑城压制刻薄过,这个翻身仗打得太过瘾了,俩人志得意满像凯旋的将军一般。

他们身后,陈四率领锦衣卫和东厂的人押着伤者,一些番子收拾起死尸也跟着撤离。此时一些早起的人远远地围着观看,不时从人群里传出议论声,都是说夜里那一声惊天的爆炸。

在人群里晃动着几个蒙头巾的人,他们看着官府的人离开。其中一个拉下围巾,露出圆胖的脸蛋,她此时眼含泪水盯着马市的大门。一旁一个虎背熊腰的男人拉了她一把:"和古帖,走了。"

"让我再看一眼。"和古帖恋恋不舍地看着前面的院子。

"走啦,等咱们找到也先,带他们来给咱帮主报仇,咱们迟早会回来的。"四大金刚之首庆格尔泰一把拉住和古帖就走。

和古帖被拉着走了几步,又一次回头,看了一眼,重新裹上头巾。几个人渐渐消失在人群里。

红日初升,温暖的阳光照在西直门的城墙上,几个守城门的兵卒靠着墙晒太阳,暖洋洋的好不舒服。出城的人不多,稀稀落落的,一些挎着篮子卖烧饼果子的人在人群里穿梭。

这时,远处响起哀乐,一行马车渐渐靠近城门。几个兵卒一阵懊丧,好不容易迎来个艳阳天,又碰见出殡的。魏千总一皱眉,这几天也不知是第几起了,他向兵卒挥下手,上面交代要严查尤其是出城的人,害怕混进通缉的嫌犯。

离近了才发现,竟然不是一口棺木,是两口,两辆马车拉着缓缓走来,四周跟着一些出殡的人,个个把嘴脸紧紧捂着,魏千总走过去拦在中间,队伍中一个人翻身下马,跑到魏千总面前,匆匆解开捂着嘴鼻的白布,露出面容。

李漠帆躬身向魏千总行了礼,道:"大人,家门不幸,我本家一门二人沾染恶疫,昨日不出三个时辰,都死了。"

魏千总一听,忙向后闪了闪,问道:"可向官府报备?"

"报了。他们还叫来衙门里的郎中,叫我们速速掩埋,不宜拖延。"李漠帆说着,向队伍里的萧天看了一眼,他们是做好了万全之策的,万一守门的千总不让通行,他们就准备闯关。

魏千总看了眼第二辆马车,发现一个蓬头垢面的男人穿着破破烂烂的道袍趴在棺木上,他指了下那个道士问道:"这是怎么回事?"

李漠帆回道:"大人有所不知,这个道士是我本家的小儿子,被叫回来,发现家人都死了,得了失心疯,疯了,他趴在母亲的棺木上不吃不喝,啥也不知道了,唉,这叫一个惨啊……"

李漠帆看魏千总来回巡视那两口棺木,就说道:"要不,大人,我叫人掀开棺木,你看看……不过,大人要先把口鼻全捂住。"

魏千总看了眼那个疯道士,叹了口气,一个人伤心绝望到这个地步是无法伪装出来的,只看一眼,就能让人生出无限的悲情,他冲李漠帆挥了下手:"去吧,去吧。"

听到这句话,跟在棺木周围的人都松了口气,李漠帆翻身上马,从魏千总身边走过,又冲他拱手作揖。

出了城门,李漠帆回过头不经意间看见城门楼上挂的人头,突然大喊一声:"快看这里……"几人从马上回头,只见城门前挂着两个竹篾扎成的竹篓,里面是两颗人头,他们立刻认出是宁骑城和乞颜烈的人头。几人急忙回过头,心里不免沉重,看来想赎回宁骑城的尸身是不能了。

一行车马沿着官道迤逦而行,渐渐离京城越来越远。

众人的心情都异样沉重,来时相伴而来,离时却变成冰冷的尸体。与他们一同前来送殡的还有高瑄道长和他的弟子韩文泽。昨日听到那一声爆炸,他们师徒就感到不妙,一夜未敢入睡,等到黎明时李漠帆前来敲门,告诉他这个噩耗。他和弟子跟着李漠帆赶到附近的一家棺材铺,算是与他师兄见了最后一面。

萧天与高瑄道长并排而行。两人都没有想到事态会发展到这个地步,高瑄道长望着第二辆马车上依着棺木而卧的本心道士更是愁容满面,他对萧天道:"本心如今变成这样,如何是好呀?难道就不能医治了吗?"

"玄墨掌门都没有办法,咱们能有何法子?"萧天道。

"唉,这个本心原本就懦弱好静,现在突然发生这么大的变故,他变成这样也不足为怪,只是这以后咱们如何处置他呢? 吾土一死,他连个去处都没有了,是跟我上妙音山呢,还是留在你的瑞鹤山庄?"

萧天倒是还没有想过这个问题,他略一沉思,道:"这个要看他了,他愿意去哪儿便去哪儿吧。"

"唉,"高瑄道长摇摇头,"想到本心的身世,也真算得上是一个传奇,你说他竟然跟宁骑城是兄弟,一想到这兄弟俩的性格,真是天差地别呀。"

"是啊……"萧天一笑道,"高道长与吾土道士也是师兄弟,你们的性格不也迥然不同吗? 看来同一个师父也教育不出同样的人。"

"我这个师兄,论才智论品行都在我之上,师父曾经非常器重他,但他就是个闲云野鹤,爱远游涉奇。"说着,高瑄道长擦了下眼角的泪,仰头长叹,"师兄,这一下,你可是不能再云游了,可以安安静静地享受清闲喽。"

萧天点点头,想到自己与吾土自相识以来,也算是颇多传奇,因《天门山录》的出现改变了一切,若不是此书惹下这么多祸端,他本应与吾土成为忘年交的良师益友,想到这些,他心里也是一阵唏嘘。

萧天只顾着与高瑄道长叙谈,此时他才想起明筝,他扭头在队伍里寻找。昨夜自救出她,一直马不停蹄地忙碌,还没有来得及跟她说上一句话,他看到明筝跟在马车后面低垂着头,一脸悲哀的样子,急忙催马来到她跟前。

"明筝。"萧天拉住马,与明筝并排而行。

明筝眼睛红肿,眼睛下面一片瘀青,一看就知道她一定哭了很长时间。明筝回过头看着萧天,眼里一片茫然,就像是刚从一个噩梦里醒来似的,不知所措。

萧天关切地看着她,想说点什么来安慰她,但是想了半天也没有说出来。他知道隐水姑姑在明筝心里的分量就如同她的母亲,她们师徒相伴生活了数年,明筝从一个不谙世事的小女孩变成一个侠肝义胆的少女,这种类似母女的情分,深入骨髓,任何语言在她面前都变得苍白无力。

"大哥,在世上我再也没有亲人了……"明筝神思恍惚地说道。

"胡说。"萧天立刻打断她的话,"你还有我呢,你如何把我给忘了?"

明筝一阵苦笑,并不说话,然后垂下头问道:"郡主好吗?"

萧天听她问及郡主,才突然想到她还不知道山庄里发生的事,便说道:"回去你就知道了。"萧天说着从马鞍旁解下一个葫芦递给明筝,"这是酒,你喝一口,会好一点。"

明筝接过酒葫芦,拧开盖子,对着嘴咕咚咕咚喝了几大口,不一会儿小脸变得通红,萧天一看,急忙夺过酒葫芦,"怎么像喝水一样啊。"

"我还要喝。"明筝大声喊。

萧天不给,从身上掏出干粮递给她:"吃点这个吧。"

"我跟你换。"明筝说着从怀里掏出狐蟾宫珠放到萧天眼前,萧天一看,眼神立刻发直,内心的震惊简直不亚于看见吾土交给他的《天门山录》,他急忙一把夺到手里,拿在面前翻来覆去地看着,惊异地望着明筝,口齿都开始打结,几乎结结巴巴地问道:"从……何而……来?"

明筝不愿意说,但看到萧天震惊又复杂的目光,有些心虚,小声说道:"从宁骑城手里。"

"太好了。"萧天阴云密布的脸上突然绽开一个笑容,要不是在马上,他估计就会高兴地抱住明筝转一圈,"你知道这是何物吗?"

"狐蟾宫珠。"明筝干巴巴地说道,"交给你了,把它还给郡主吧。"

萧天一笑,把宝珠还给明筝道:"还是你拿着合适。"

"喂,这是你们狐族的至宝,我拿着算怎么回事?"明筝不满地瞪着萧天。

"那天是谁说的,大哥是狐族人,她便也是狐族人?"萧天故意问道。

"那是我一时冲动,我不会待在这里的,我要像吾土道士一样云游四方,没准我带着本心道士一起云游。"明筝说道,抬起眼皮看了眼卧在棺木一旁的本心道士。

"你们俩一起云游,我会首先反对。"萧天认真地说道,"一个疯丫头和一个疯道士,你以为江湖是这么好玩耍的?"

明筝白了他一眼,不再理他。眼看车队已经进入小苍山,山道有些泥泞,近日的暖阳天,致使山道两侧的积雪开始融化。三辆大车的车轱辘碾轧在泥泞中,泥浆翻滚,四溅而起。

车队缓慢地上了山坡,远看坡上有一个孤零零的坟冢,那是赵源杰的墓,如今他终于不再寂寞了,一下子多了两个伴。萧天交代李漠帆和林栖去挖墓穴,高道长的弟子韩文泽也过去帮忙。高瑄走到两口棺木前,由高道长做了简单的法事,超度亡灵。

萧天盯着隐水姑姑棺木旁的本心道士发起愁,玄墨山人看出萧天的心思,走过来和他商量:"咱们去试着说服他如何?"

"试试看吧。"萧天说着和玄墨山人走到第二辆马车跟前。本心卧倒的姿势很像一个婴儿,他蜷成一团,偎在棺木旁,披散的乱发遮住了面孔,身上的道袍快变成柳条了,看着都让人心酸。

"本心道士,"玄墨山人语调温和地说道,"起来吧,到了你母亲的墓地了,你起来看看可还满意?"

本心道士一动不动。玄墨山人和萧天交换了眼色,换萧天来说,萧天又走近了一步,"本心,起来吧,到了。"

任两个人怎么说,本心一动不动。眼看太阳落山了,李漠帆、林栖、萧天和韩文泽四人抬起棺木,本心抬起头,看见棺木被抬走,突然蹿到近前拦住去路。玄墨山人在一旁叫明筝拉住他,明筝跑过去拉住本心的手臂,本心一甩,明筝被扔出去有丈余远,额头磕到一棵树上,红肿了一片。

玄墨山人看明筝拉不住他,只得亲自上来,用没有受伤的手臂,牢牢地牵住了他。几人看见终于制服了本心,就赶紧抬棺木下葬。不多时,两个新坟赫然出现在眼前。

玄墨山人放下本心,本心跌跌撞撞地跑到一个坟头前跪了下来。众人也不再招呼他,而是按照长幼顺序分别向两座坟行礼祭拜。祭拜完毕,萧天对高瑄道长说道:"此时天色已晚,不如到山庄留宿一晚,明日一早赶路。"

高瑄道长也不推辞,点头答应。

萧天又道:"山庄刚遭遇锦衣卫的袭击,缺东少西还请道长见谅。"

"我哪里会介意。萧帮主你有所不知吧,锦衣卫要清剿瑞鹤山庄的那张字条还是我送出去的。"高瑄道长笑着说道。

萧天一惊,如果高瑄道长不说,他还真不知道这件事有如此曲折的隐情,便好奇地说道:"道长,还请你从头说来。"

"一切都是天意呀。"高瑄道长捋须说道,"那日我师兄吾土带着他的弟子本心,以求签算卦为名在宁府门前转悠,我师兄是想让本心见一见他从未谋面的兄弟,正巧被管家叫进去,里面宁骑城的一个属下就塞给了吾土一张字条,就是这么来的。我一看情况紧急,就命弟子送到我侄儿高风远家里,因为我知道你们交好。"

"原来如此,你可知是谁跑到小苍山来送信吗?"萧天说道,"是于谦大人家的管家于贺,可惜于贺在山中遭毒手,还是我亲自把棺木送到于府的。"

"啊……"高道长这也是第一次听到下面的事,一阵唏嘘感叹。

"是谁塞的纸条呢?"萧天低眉沉思,突然想到一个人,或许只有这个人会做出这事。高道长看见萧天豁然开朗的样子,忙问道:"萧帮主可是想到塞纸条之人啦?"

"一定是他，高健。"萧天回忆了与高健交往的点滴，肯定地点点头道，"此人品行纯良，不愧是世家出身。"萧天看着高道长，由于此中原因，两人又亲近了些，萧天伸手向前道，"高道长，请……"

萧天和高瑄向各自的坐骑走去，众人都走到坐骑前，这才发现本心还趴在坟头上，萧天叹口气道："把他抬到马车上，拉回去，如果他不听话，点他穴道。"

众人一看，只能这样了。几个人上前，把他连拉带拽地抬到马车上。众人纷纷上马，向坡下的山庄驶去。

林栖早已回去把他们回来的消息带到山庄，翠微姑姑、盘阳以及天蚕门的众弟子和兴龙帮帮众都赶到山庄门口迎接。萧天领着高瑄道长在前面，后面是玄墨山人、明筝、李漠帆、韩文泽，赶车人驾着两辆马车跟在后面，本心披散着头发盘腿坐在大车上。

一行车马进入山庄，众人翻身下马，马匹交与山庄里人。高瑄道长环视山庄，虽然夕阳西下，四周景物模糊，但是高瑄还是赞叹不已，"你这里真是'山光悦鸟性，潭影空人心'，好去处！"

萧天一笑，道："既如此，高道长可要多住几日。"说着，萧天对围在周围前来迎接的众人介绍高瑄道长，众人也是早有耳闻，纷纷行礼问候。萧天又把山庄里众人向高瑄道长一一介绍，大家又是一阵寒暄。

众人在这里招呼远客，不想身后发生意外。盘阳看见一个孤单的身影站在人群外，身上褴褛的衣服看上去像是道袍，以为是高道长的人，便上前招呼，走近一看见那张面孔，惊得后退一步，拔出长刀指着他，大叫一声："你，你?"

本心一动不动，冷冷地望着他。

盘阳大叫一声："混进奸细了，你，宁骑城！"

盘阳挥刀向本心砍去，本心并不躲避，仍然一动不动看着他。盘阳心里一慌，举刀的手臂就慢下来。"盘阳……"只听一声断喝，就见一个灰色身影从这边人群里射出来，似一道闪电飞到本心面前，"当啷"一声，萧天持长剑架住了大刀。这边的众人皆惊出一身冷汗，围拢过来。

"盘阳，"萧天大喝一声，指着本心道，"他不是宁骑城，他是本心道士。"

"狐王说得没错，"林栖跑过去收起盘阳的大刀，"宁骑城被炸死了，是我亲眼所见，肠子都炸出来了，如今他的首级就挂在城门前。"

盘阳疑惑地又看看本心，一头雾水地愣在当地。

萧天明白本心的面貌不被人误解才怪，只是刚刚进山庄还没有来得及对大家讲明,于是说道:"众位,外面风大,再加上贵客在此,咱们还是去樱语堂,我把这件事给大家讲明,以免再引起误会。"

萧天引着高瑄道长和玄墨山人向樱语堂走去,众人相继跟在后面走了,只剩下明筝远远地看着本心,她看他孤零零站在原地没有走的意思,急忙跑过去叫他。

"念祖大哥,走吧。"明筝看着他身上烂成一片片的道袍,胸前还有一大片血迹,就不忍再看下去,她扭过头,声音哽咽道,"念祖大哥,我知道你心里难过,但是你也不能这么糟践自己,刚才多悬呀,要不是大哥身法快,你不被砍死也得被砍伤,你这样子,师父她老人家在天之灵如何可以安息呀?"

本心突然蹲下身,他抱住头从胸腔里发出压抑已久的低沉的抽泣声……

"念祖大哥,"明筝也蹲下来,看着他一头沾满泥土的散乱的发丝,心酸地说道,"一会儿,我去找几件大哥的衣服,你先换上,不然,你这样子真会被认为是疯子,你跟我去樱语堂,让大家认识认识你,以后就不会有误会发生了。"

本心突然站起身,头也不回向一旁花圃里跑去,转眼消失了踪迹。

"念祖大哥……"明筝一脸愕然地站起身,她追了几步,突然听见身后有人喊她,明筝一回头,看见夏木向她跑过来,没到近前就跪了下来,明筝以为她脚扭了,忙扶住她道,"夏木……"

夏木眼里全是泪,结结巴巴地道:"郡主,担心死了,以为再也见不到你了……"

"郡主呢?"明筝没有听清夏木说什么,跟着问起来。

夏木也不回答,拉着明筝就往樱语堂走,"大家都在等你呢。"一边走一边擦脸上的泪。明筝紧紧拉着夏木的手,她与夏木相处的时间最长,也最喜欢她,夏木的温柔与善良,总是让与她相处的人感到温暖和舒适。明筝走着,伸手到怀里摸了下狐蟾宫珠,想到一会儿献给青冥郡主,能够完璧归赵,也算是狐族的一件喜事。

夏木拉着明筝走进樱语堂的院门,看见樱语堂已经修缮完毕,烧毁的半边墙壁以山石重新垒砌起来,屋里两排太师椅上坐满了人。夏木突然向明筝屈膝行礼,明筝笑起来:"死丫头,又来捉弄我。"

突然,翠微姑姑、林栖、盘阳以及众多狐族人从屋里各个地方走到门口,翠微姑姑打头走到明筝面前道:"恭迎新郡主。"说完跪地行礼,众人随后也都跪地行礼。明筝望着他们在自己面前跪下行礼,称呼自己为郡主,眼珠子都要瞪出来了,她慌张地向屋里寻找,看见萧天坐在上首微笑着看着她,她的肺都要气炸了,这些人今天到底是怎么了?

行礼完毕,翠微姑姑看明筝一脸茫然,猜想到萧天还没有把青冥去世的事告诉明筝,于是说道:"青冥郡主临终留下遗言,我族历来是禅让贤能之人即位,狐王如此,郡主也如此,郡主选定了你为我族新郡主,请受狐族人一拜。"

众人在翠微姑姑的带领下,又行拜见之礼。

"翠微姑姑,你说什么?青冥郡主她……"明筝终于听明白了,原来在自己离开的这段时间出了这么大的事,她走到翠微姑姑面前扶她起来,从衣襟里掏出狐蟾宫珠道,"本来我还想把这个宝珠交与青冥郡主呢,可是她……"

翠微姑姑无比惊讶地看着明筝手里的狐蟾宫珠,突然转身狂喜地向众狐族人大叫:"兄弟姐妹们,咱们的新郡主夺回了狐蟾宫珠,咱们的镇界之宝回来了!"

众人一阵欢呼,接着又是一阵倒地叩拜。

明筝一脸恍惚,她看到萧天得意的微笑,这才明白她把狐蟾宫珠交给他时,他看了一眼,没有接却让她拿着,因为他早已料到今天的情景。想到她的新身份,如今她成了狐族的新郡主。明筝脑中一片空白,世间事转瞬变换,昨日她还在死神前徘徊,来不及细思,如今天地已换,这种冲击让明筝一阵心悸,接着便倒到了地上……

明筝醒来时,已到次日午后。夏木看见明筝醒来,兴奋不已,她跑到炕前,说:"郡主,你终于醒了。"一旁的梅儿也走过来,欣喜地望着她。

明筝捂住脑袋,一听到"郡主"两个字,她的头又开始嗡嗡作响。她看看夏木又看看梅儿道:"你们,还是叫我明筝吧,我听着顺耳。"

"那怎么行,这岂不是要坏了规矩。"翠微姑姑端着一个木匣子从门口走进来,脸上带着微笑道,"郡主,你看这是什么?"

明筝坐起身看着翠微姑姑掀开木匣子的盖,一道青碧色的光在眼前一闪,再看匣子里,正应了那句古诗:翠竹法身碧波潭,滴露玲珑透彩光。一个翠绿的形状似狐狸又有着龙首的玉珏上静静地放着狐蟾宫珠。看上去翡翠鲜明珠磊落,一对世间罕有的宝物,怎不让人叹为观止。

"这是狸龙珏,与狐蟾宫珠珠联璧合,是狐族至宝,这么多年庇护狐族繁衍传承至今,每当它们失散的时候,狐族总会遇到大劫难,但是一旦它们合到一起,狐族就会转危为安,这是大祥瑞啊……昨日当你拿回狐蟾宫珠的时候,狐族人是多么的欢欣鼓舞啊。"

明筝睁大眼睛看着翠微姑姑,此时她混乱的大脑也逐渐清晰起来,她曾抄写典籍,对狐族事物知晓得很是详尽,此时也渐渐回想起来。狸龙珏是历代狐王颈上之物,如护身符般一直传承下来。被之后的狐王赐予郡主,成为郡主的身份象征。

"郡主啊,你夺回了宝珠,对狐族居功至伟呀。"翠微姑姑接着说道,"青冥郡主真是没有看错你,大家都在说你给狐族带来了好运,如今大伙虽然心情悲痛地埋葬了青冥郡主,但看到新郡主回来了,就像是看到了新的希望,大家伙都盼着你和狐王早日完婚。"

"完婚?"明筝瞪大了眼睛,脸颊涨得通红,感觉自己像一片羽毛被一只手抛上天空,越飘越远。

"丫头呀,你苦尽甘来。"翠微姑姑笑起来,"按狐族的规矩,狐王正妻去世,填房进门要守孝一年,这一年要住在正妻的房里,早晚祭拜,作为夫人,其实是与正妻一样的。"

明筝听着这些古怪的礼仪,脑子里嗡嗡直响。翠微姑姑知道她猛然听到这些还不适应,便说道:"这个匣子今后就有了新主人,你要收好。从今儿起夏木和梅儿来服侍你的起居,你也看到了,你现在住的是青冥郡主原来的房间。"

翠微姑姑说完把木匣子交与夏木,又小声叮嘱了几句,这才转身离开。明筝见她走出房间,急忙问一旁的夏木:"大哥在哪儿?"

夏木愣了片刻,才恍然明白她口中大哥是指何人,便道:"狐王交代我,等你醒了,去告知他,我这就去。"

夏木跑出去后,梅儿一脸喜悦地跑到明筝跟前笑道:"姑娘,恭喜啊,有情人终成眷属。"

明筝的脸又一次涨红了,她嘟着嘴道:"你也戏弄我,你听听这都什么呀,什么填房,还要守孝,还……"

"姑娘难道是等不及了?"梅儿在一旁笑着问。

"梅儿……"明筝站起身追着梅儿打,两人正闹着,夏木跑回来,道:"郡主,狐王在后山青冥郡主坟前等你,走吧,我带你去。"

明筝一听先是愣了一下,接着急忙收拾衣裙,她在炕上躺了大半天,蓬头垢面的。夏木和梅儿也急忙打来洗脸水,两人帮她梳头打扮,往她头上你插一支簪子我插一支翠花,明筝嫌两人麻烦,最后把头上的珠翠全部撤下,拣了梅儿一身素色百合花的百褶裙,套上一个素色的比甲就跑出去。

夏木引着她走到后院的小门前,对她指着那条小道:"到了这条小路的尽头,就看见了。"然后屈膝辞别,转身走了。

明筝只身走着,远离了人群和喧嚣,从昨天到现在她感觉恍然若梦,自己傻呆呆地看着周边变换的色彩和美丽的景致,满心胆怯不敢触碰,生怕一不小心触动了哪个机关,又被打回原形。

她小心翼翼地向前走着,这片山坡此时正沐浴在午后的阳光下,她惊异地发现干枯的杂草间已有鲜嫩的小芽在萌动,温暖的阳光照在她冰凉的面颊上,就像是一只带着温度的手在抚摸她。经历了那么多凄风苦雨的日子,终于迎来了阳光,她被这个温暖的午后所打动,眼中不由湿润了。

坡上伫立着一个灰色的身影,长身玉立,衣带飘飞。

萧天定定地望着小道上缓慢走来的明筝,一袭白色的长裙垂及地面,乌黑的长发拖至腰间,消瘦下来的面孔上多了一份成熟和坚韧,少了一丝娇柔和青涩。仿佛瞬间那个稚气满身、天不怕地不怕的小姑娘就长大了。这个瞬间他还想起第一次见到她时,在虎口坡雪窝里被她救起,她稚气调皮地冲他眨着眼睛……

本以为他和她,今生会错过,没想到上天对他如此眷顾,还是把她送到他面前。萧天看着渐渐走近的明筝,看见她眼神不安地盯着他面前的坟冢,他走向她。

明筝有些犹豫,她看着脚下的坟冢,想到青冥郡主不由满心难过。萧天拉住她的手,明筝冰凉的手指一接触到萧天温暖的手掌,不由浑身一颤。萧天拉着明筝走到坟冢前,萧天单膝跪下,明筝不由也跟着跪了下来。

"郡主,我和明筝来看你了,告诉你个好消息,狐蟾宫珠又回到狐族手里,你可以瞑目了。"说完,萧天站起身,看到明筝跪在那里流泪,急忙把明筝扶起来。

明筝擦了一把脸上的泪,白了萧天一眼,阴阳怪气地说道:"你来祭拜你的妻子,也不说一句情话?"

萧天眼皮跳了一下,不答话,也不生气,只是微笑着看着明筝。

"你才死了妻子,还能笑得这么开心。"明筝故意气他道。

萧天依然不吭声,拉着她的手往坡上走去。明筝气急了,想吵架都吵不起来,终于甩开萧天的手,大声说道:"萧天,我何时同意嫁给你了? 还是填房,还要守孝。"

萧天看她终于把心里的憋屈发泄完了,微微一笑道:"他们说的话,你可以不听。"萧天把她拉到近前,"我知道,你听到这几个字心里不舒服,我听着也不舒服,我们堂堂工部尚书的掌上明珠怎么可以做填房呢? 要不这样,你不要嫁给我了。"明筝一愣神,脸色一变,接着又听萧天压低声音道,"你娶我如何? 我入赘如何?"

看着萧天一本正经地说着不着调的话,明筝终于憋不住笑起来。同时心里的那股无名之火也被浇灭,这么多天的思念之情像洪水一样袭来,明筝猛地扑到萧天的怀里,双臂紧紧地搂住了他的脖颈,眼泪扑簌簌掉下来。

"明筝,从今以后,我不会再让你受委屈。"萧天紧紧拥抱着明筝,眼角瞬间湿润了,把明筝柔软的身体拥进怀里,就像拥抱了整个世界,幸福的感觉铺天盖地而来。"明筝,你知道吗?你能留在狐族,是我做梦都不敢想的事。"

"大哥,我如今明白了青冥姐姐为何逼我抄写狐族典籍,她是用心良苦啊。"明筝便把看到的狐族的历史对萧天讲了一遍,还提到了萧天父亲萧源修整典籍的事。

萧天一惊,原来他竟然不知道,他看着明筝道:"我只知道父亲参与修整典籍,但是对典籍的内容知道得并不多,没想到狐族竟然是前朝抗元大将文天祥残部的后裔,明筝,难不成这是你要留下来的原因吗?"

明筝一笑道:"物以类聚,人以群分。明筝自小仰慕英雄,愿倾尽一生追随之。"

"我的好明筝啊……"萧天突然兴奋地举起明筝,明筝猛然双脚离地,眼前直冒金星,一边拍打着萧天,一边大声叫起来:"啊……放我下来,放我下来……"

突然,从树丛里闪出一个人,死死盯着他们。明筝吓得瞪大眼睛,萧天看见明筝面色有异,忙放她下来。明筝心里一惊,在树丛里露出一张阴郁的脸,斜乜着她。这个面孔就像一个噩梦经常出现在她脑中,瞬间想起那是宁骑城的脸……明筝一阵惊慌,双膝一软,萧天看她脸色突变不知发生了什么,急忙上前抱住了她,"明筝,你怎么了?"

明筝身上一阵颤抖,她想到宁骑城已经死了,可能是幻觉。

萧天看她面色惨白,急忙抱起她,向山庄走去。

第三十六章　踪迹难寻

一

次日一早，高瑄道长和他的弟子韩文泽向萧天和玄墨山人辞别，高瑄道长本想带走本心，只是一夜未找到他，只得作罢，就拜托萧天暂时照应一下。萧天和玄墨山人把两人送出山庄大门，两人骑马离去。

玄墨山人与萧天往回走，萧天环视着四周问道："兄长，你昨夜可见过本心？"

"我也正想问你呢。"玄墨山人皱起眉头，捋着长须道，"我的一个弟子见他在山庄里溜达，过去叫他，他又跑了，不知去向。依照我以前见过的类似患者，要不痴傻不知，要不忧伤不能自拔，本心与他们都不一样，我也不知如何下手。"

"难道就没有对症的汤药？"萧天问道。

"世间最难治的不过是心病。"玄墨山人叹口气，稍微停顿了下，眼神深邃地望着前方，"但是事不至此吧。"

"兄长此话怎讲？"

"表面看确实是本心痛失三个亲人，但是细思之下，这三个亲人与他真正有联系的也就是他的师父吾土，但吾土长年远游，一年估计也就见一两面，另两个亲人更是才相认，母亲与他相认不过两天，那个兄弟宁骑城还没来得及相认就被炸死了，何来情感？"玄墨山人摇摇头，"我总觉得还有别的原因。"

"不过,本心性格本就内向,不多言语,是不是也有这个原因?"萧天问道。

"还是得先找到他,细细把过脉,再做决断。"玄墨山人道。

萧天点点头,两人商量好回去就派人在山庄里寻找,先找到他把他控制住再商议怎么医治。

萧天回到樱语堂就叫李漠帆派人手寻找本心。这时,小六气喘吁吁跑过来,一进门就大喊:"帮主,我看见那个疯子了,在马厩里,跟着马吃草料。"

萧天和李漠帆一听,立刻跑出去。

小六在前面一边跑一边说道:"刚才,我去给马拌草料,我就看见草垛上躺着一个人,嘴里还衔着一撮草料,正呼呼大睡呢,我认出是那个疯道士,就赶紧过来报信。"

"小六,你怎么不拿绳子绑住他呀。"李漠帆在一旁发急。

"我不敢呀,都说疯子会像狗一样咬人。"小六委屈地说道。

三人沿着花圃边的小路,一路疾走。

马厩里十几匹各色骏马正在吃草料,他们跟在小六身后向里面的草料堆走去,萧天示意他们放轻脚步。三人来到尽头的草料堆前,只见草料堆上除了几个破草垫,空无一人。

"人呢?"小六一脸疑惑,左右查看。

"一定是躲起来了。"萧天走到草料堆前,看见草料堆中间有一处塌陷,料定是夜里本心睡的地方,萧天叹口气,对李漠帆道,"走吧,咱再去其他地方找找。"萧天又叮嘱小六,"如果今夜他还在这里过夜,你速来回禀。"

小六点点头,萧天和李漠帆走后,小六依然不甘心地在草料四周翻找。小六走到墙壁边,拿起铲草料的木锨,铲起草料往一旁堆放。突然,一边草料里伸出一只手臂,接着是一条腿,趁小六铲草料的工夫,那只手臂来到小六身后,飞速点了几处穴道,小六身体一僵,倒在地上。

本心从草料堆里钻出来,他满身都是草,拖着小六的身体走到一旁房间里,把他撂到炕上,然后返回草垛,一头钻了进去。

萧天和李漠帆在山庄四处寻找,找了半天也没有发现有用的线索,李漠帆抱怨着骂了几句气话,想起翠微姑姑交代的事,就离开萧天向前院跑去。萧天独自走了一会儿,不觉走到听雨居的月亮门口,便抬脚走了进去。

院子经过重新整修焕然一新,翠微姑姑搬出院子,在前院另辟了一处宅子与李漠帆过起了小日子。烧毁的暖阁被拆除了,视线豁然开朗。萧天看见夏木和梅儿在廊前晾晒书籍,便沿着游廊走过来。

夏木听见脚步声抬头看见萧天,急忙屈膝行礼:"参见狐王。"

梅儿听见夏木的话音,也急忙转回身,躬身抱拳道:"参见帮主。"

萧天温和地冲她们摆摆手,直接走进房里。倒是身后两个姑娘互相惊讶地看着对方,夏木小声道:"你怎么称呼我们狐王为帮主啊?"梅儿一摊双手,道:"他本来就是我们的帮主嘛。"

萧天只当什么也没有听见,气定神闲地走进房间,看见屋里书案上、八仙桌上、地上都是摊开的典籍,明筝只穿着轻薄的长裙在它们之间来回跑动整理着。看见萧天进来,明筝擦了把额头上的汗,道:"哎呀,你可来了,你看全都乱了套了。"

萧天一笑,缓缓走过去,俯身看了看四周的典籍,说道:"不急,有你在,也不怕有遗失,你给补齐就行了。"明筝白了他一眼,发嗲地叫道:"哈,原来你找了个不用出银子的帮工啊……"

"谁说我不出银子啦?"萧天压低声音道,"我倾尽所有。"

明筝瞥了萧天一眼,见他春风满面竟然破天荒地说了句恭维话,"那你不觉得亏本吗?"明筝脸上挂了一丝嘲弄,向后退了一步,她心里一直对翠微姑姑的话耿耿于怀,虽然在外人面前她一切照旧,但是此时当着萧天的面,她还是忍不住拿不好听的话刺激他,"倾尽所有买来一个填房?"

萧天脸上一白,他看着明筝半天没有说话。

明筝在萧天默默的注视下,瞬间就慌乱起来,她有些心虚,她只是发个牢骚,跟他开个玩笑,萧天的反应让她吓一跳,她想等他先开口说话,但是萧天只是深情地看着她的眼睛。

"明筝,这是最后一次,我不想再听到。"萧天沉下脸说道。

明筝忍住眼里的泪,她没想到他会翻脸,便又摆出来一句不着调的话:"我看得出来,既然你与郡主伉俪情深,为何还要我?"

萧天脸色煞白看着明筝:"你为何说出此话?"

"我只是不想做一个替代品,我不是青冥的替身。"明筝说完就后悔了,她只是发泄一下积蓄在心里的怨言,她一向说话不知轻重。她看见萧天身体晃了晃,额头上的青筋都暴起来,脸上的肌肉颤动着,她第一次看见萧天被自己气成这样,她看见他握起拳头,怀疑他会一拳向自己打来。

"……是我错啦。"萧天转身向外面走去。

明筝追了几步,看着萧天头也不回大步向前走的背影,委屈地哭起来。她的哭声惊动了外面的夏木和梅儿,两人不知发生了什么,急忙往屋里跑,明筝关上房门,背靠在门上,脸上的泪哗哗地流下来。

夏木推了下门,没有推开。梅儿向她招手,一把拉夏木过去,附在她耳边说道:"你没看见帮主出去的时候,脸色都变了,两人这是闹别扭了。"

夏木吓一跳。"刚才不是还好好的吗?"

梅儿眯着眼睛冲夏木妩媚地一笑:"情人之间的事情,谁能说得清呀。"

夏木伸手指点梅儿的鼻尖,小声道:"主子的事,咱最好不要多嘴。对了,"夏木一笑,指着梅儿道,"你给我说实话,是不是喜欢盘阳。"

"他,那个油嘴滑舌的家伙,我才不会喜欢。"梅儿说着脸涨得通红,急忙把话题又转了回来,"帮主是不是欺负明姑娘了,你听她哭得好伤心呀。"

夏木不满地瞪了梅儿一眼:"梅儿,你能不能不要再把我们狐王叫作帮主,把我们郡主叫作明姑娘?"

梅儿愣了会儿神,点了点头:"是啊,可是我真的是叫习惯了呀。夏木,你不要这么小心眼呀,你看我们帮主还有明姑娘都成了你们狐族人,我还没有不高兴呢,你倒是先找我的不是了。"

夏木扑哧一声笑出来,急忙上前拉住梅儿的手,道:"好姐姐,是我的不是,不过你放心,我们狐王心里有明姑娘。不对,是新郡主。"

"你怎么知道?"梅儿好奇地问道。

"我就是知道。"夏木轻轻一笑道,"我在听雨居服侍过青冥郡主,如今又来服侍明筝郡主,我看得出来,你放心吧。"

梅儿松了一口气,点点头,突然双手合十,默默念道:"菩萨保佑,菩萨保佑。"

夏木一笑,也学梅儿的样子,双手合十,默默念道:"神狐保佑,神狐保佑。"

门后的明筝,把两个女子叽叽咕咕的对话都听得一清二楚。她躲在房里独自发了会儿呆,便起身披了件青色的大氅走出去。门外的夏木和梅儿看见她走出来,急忙不放心地跟上来。

明筝已经恢复了常态,她冲她们一笑,说道:"我没事,让两位姐姐见笑了。"

夏木急忙屈膝行礼道:"郡主,莫要这么称呼,坏了规矩。"

"我不管这些,如今在这个听雨居,没有郡主奴仆之分,我把你们当姐妹,两位姐姐为我好,明筝心里记下了。"

梅儿一笑,看着明筝和夏木道:"郡主如此抬举咱们,咱们就更要用心服侍,郡主可以不拘小节,咱们可不能乱了尊卑位分。"

夏木没想到平日不爱言语的梅儿,说起话来如此周全,真不愧是从宫里出来的,见过世面,喜悦地点点头道:"正是如此。"

明筝看说不过她们,只得作罢。

明筝吩咐她们准备一些鲜果之类的东西,她要到前面山坡上祭拜师父。夏木和梅儿一阵忙碌,准备了一个提篮,里面有几样时鲜的果子和一壶酒。明筝不准备带她俩去,商量了半天,两人才同意。

梅儿去马厩牵来一匹马,扶着明筝翻身上马,把提篮系在马鞍一侧。两人目送明筝出了院门。

明筝骑马奔到山庄大门处,如今这里守卫得比以前更加严密。此时当值的是李漠帆,他看见明筝骑马到门前,不放心地从岗楼上一路小跑下来,他拉住马嚼子,问道:"明姑娘,你这是去哪儿?"

明筝指了下身旁的提篮,道:"李大哥,我去祭拜我师父,一会儿就回来。"

"你如何一个人去啊?萧帮主呢?他怎么不陪你一起去啊?"李漠帆问道。

"李大哥,我想一个人去。"明筝说着,脸上已经抑制不住悲哀,眼泪在眼眶里打转。

李漠帆急忙招呼手下打开大门,明筝骑马直奔出去。

李漠帆看了看明筝的背影,急忙向一旁站立的几个兴龙帮弟兄吩咐道:"去,找几个人远远地跟着。"吩咐完这些,他依然不放心,急匆匆向樱语堂跑去。

二

明筝沿着山道一路向上,雪融化后,路上的泥土松软,还带着一股新鲜土腥味。再往上走了一段路,就看见土坡上三个坟冢。明筝把马拴到一棵杨树上,从马鞍上解下提篮,向坟冢走去。

明筝提着提篮走到中间一个坟冢前,把篮子里的两碟果品,摆在坟冢前,又从篮子里取出酒壶。明筝跪了下来,想到那些年与师父相依为命,师父带着她游历江湖,点点滴滴,最终化为巨大的悲恸。

"师父呀,"明筝再也抑制不住内心的悲痛,哽咽着哭泣起来,"徒儿不孝,是徒儿给你带来祸患,如果不是我,如果不是为了救我,你老人家如今肯定还好好地待在夕山呢?"明筝越想越伤心,眼泪止不住地流下来。

突然,从一旁伸出一只手抓住酒壶,歃酒于泥土,顿时空气中弥漫着香醇浓烈的酒的的味道。明筝回过头,泪眼婆娑中看见一个身影在她旁边跪了下来。

"本心……"明筝看见衣衫褴褛披头散发的本心在坟前叩头。明筝已经几天没有见到他了,所有人都在找他,而他此时终于出现了,明筝怎能再让他溜走? 急忙挪了几步,抓住他的衣袖道:"本心,你这几天都去哪儿了,你知不知道所有人都在找你?"

本心并不答话,只是目光呆滞地望着坟头。

"本心,跟我回山庄吧?"明筝几乎是恳求他。

"给我说说你师父吧。"本心嗓音含混不清地说道。

"师父她老人家……"明筝重新跪下,望着坟头,想起往事,不由得泪水盈盈,"我十岁时家门遭遇劫难,满门抄斩,我被几个女眷藏在水塘逃过一劫,后被生药铺掌柜送到夕山,至此与师父相依为命有六年时光。师父她老人家待我如己出,我们相处那么长时间,我从未听师父说起她的身世,只是很多个夜晚,我被师父的哭声惊醒,当时我什么也不知道,如今我才明白,师父她老人家忍受了如此巨大的悲痛。这些年师父从来没在道观待满一个月,我以为师父是喜欢游历江湖,到如今我才明白,师父一直在寻找她的骨肉……"明筝说不下去了,她捂住嘴,不想让自己的哭声惊扰本心,片刻后,明筝接着说道,"师父是在寻找你呀……还有,还有……"

本心浑身一颤,等着明筝说下去。

"不提他也罢。"明筝突然转过身,道,"宁骑城他认贼作父,辱没祖宗,他死有余辜。但是本心,你们家就剩下你了,你是张家唯一的血脉了,你要振作起来啊。"

"给我讲讲父亲。"本心低着头含糊地问道。

"什么? 你说什么?"明筝听见他嘟囔了一句,没听清他说什么。

"父亲。"本心又模糊地重复了一句。

这次明筝听清楚了。"你是问你父亲是吗?"明筝听见本心在与她交谈,并不像他们说的那样是个疯子,心里非常高兴,她一拍本心的肩膀,大声说道,"本心,你终于想到你的父亲了。我告诉你吧,我也是听萧大哥说的,你的父亲是个大英雄,是个大大的英雄,戍边大将军。说实话,你的性格可是真不像你父亲,倒是那个死了的宁骑城更像一些,可惜了,他真是辱没了你父亲的声誉。"明筝看见本心有些摇摇晃晃,便叫道,"我说的是实话,你别不高兴。"

明筝接着说道:"萧大哥祖上与你祖上交好,萧大哥祖上是开国大将萧善,与你祖上曾是上下级的关系。你父亲在宣德年间,也就是当今皇上他爹那会儿任辽东卫大将军总兵,当时边关不稳,蒙古各部落战争频繁,尤其是瓦剌和鞑靼长年征战,战败一方一旦物资缺乏就会累及边关,你父亲就是在一次瓦剌蓄谋已久的入侵时,在无援军的情况下,守城直至战死。听吾土道士讲,你父亲身中百箭而屹立不倒。"

"呃……喔……"本心匍匐在地,从他胸腔里发出恐怖的哭泣声。

明筝不再说下去,她擦了把脸上的泪,道:"本心,你要振作起来,你这个样子,让你父母在天之灵如何安息呀?"

本心突然站起身,跌跌撞撞向一旁山上跑去。

明筝站起身就去追,一边追一边喊:"本心……念祖大哥,你回来,你回来呀,你有什么心里话,给我说说,你不要再憋在心里了,我知道你没有疯。"

本心爬到山坡中间,身体停了下来,明筝气喘吁吁跑过来,在下面大喊:"本心,你跟我回山庄吧。"

本心愣了片刻,转身迅速爬到坡上,钻进荒草里不见了。

明筝捂住脸失声痛哭,她走到师父坟前,想到师父心心念念的这个儿子,如今变成这样,心里更加难过了。

这时,她耳边响起一阵急促的马蹄声,她急忙去擦脸上的泪,泪还没擦干,萧天已跑到近前。

"明筝,你来祭拜,怎么不叫上我呢? 你独自出山庄,遇到危险怎么办?"

一听到萧天的声音,本来本心的事就让她伤心,又想想在听雨居他甩手离去的样子,如今站在师父坟前便不管不顾肆意发泄出来,哭得像个泪人一样。

萧天看着明筝跪在坟前泪流满面的样子,既心疼又自责。早上他不该甩开她就走,回来的路上他细思量后,才想明白她说出那些话的缘由,他走到她身边蹲了下来。

明筝看着他,往后挪了一步。

萧天伸手托住她的脸,温热的手指划去她脸上的泪珠,明筝泪眼婆娑中看见一双明澈的眸子脉脉含情地望着她:"明筝,今天是我不好。"萧天拉起她,"惹得你伤心难过,怨我有些话没有给你说清楚。"

明筝背过脸,低下头,听他往下说。

"明筝,青冥去世前曾问过我一句话,她问我喜不喜欢她,我没有回答她,因为我不想让她难过,但是我又不想说谎。"萧天拉过明筝盯着她黑黢黢的大眼睛,接着说道,"你明白了吗? 我什么也给不了她,我能给她的只有一个名分。"

明筝在这一刻,清清楚楚地听明白了,她突然觉得自己的小肚鸡肠十分可恶,对萧天的怨气顿时消失得无影无踪。想到这一点猛然涨红了脸,有些不好意思地吞吞吐吐地说道:"大哥,我……我不是这个意思,我一点都不会嫉妒青冥姐姐,我……"

"你很大度,我当然知道。"萧天微微一笑。

"只不过是有那么一点点的嫉妒而已。"明筝娇嗔地说道。

萧天把明筝拉进怀里,用自己温暖的胸怀环抱着她,压低声音道:"还嫉妒吗?"

"……我错了。"明筝把脸埋进萧天的怀里,眼里的泪奔涌而出,想想那片坡地上那个孤零零的坟冢,她竟然还要为难他,是什么把自己变得如此猥琐?

"一花一世界,一叶一追寻,一曲一场叹,一生为一人。"萧天托起明筝的面颊,问道,"你还记得吗?"

明筝惊奇地睁大眼睛:"你从何而知?"

萧天一笑:"从那天起,你就是我萧天一生一世的爱人,我的心里再也不会容下他人。"

明筝把头再次埋入萧天的怀里,泪水又一次夺眶而出。

第三十七章　泪湿阑干

一

瑞鹤山庄十里之外有一个集市叫石坪镇,逢五和十五是周围山里人赶集采买和出售山货的日子,每到集日四面八方的人聚集而来异常热闹。今日正逢初五,山庄曹管家列了采买的单子正往前院里走,被小六看见拦着不让走了。

"曹叔,你好歹带着我去,我在庄子里都闷出病了。"小六跟着一阵软磨硬缠。

"你这个毛小子,别跟着添乱啊。"曹管家忙得脚不挨地往前疾走。

小六缠着曹管家不放,曹管家硬是没辙,只得答应带他去,小六这才撒手,兴奋地跑回马厩他的住处,拿他平日积攒的碎银去了。

曹管家带着账房李先生坐上马车车厢,小六和赶车人并排坐在前面,马车驶出山庄大门,出了三岔口,沿着下山的路一路向西,向石坪镇驶去。

路上积雪已融化,初春的朝阳下,车上每个人身上都被晒得暖洋洋的。曹管家叫着小六打趣道:"六子,你急着跑集市上干吗呢?寻媳妇吗?"曹管家的话把大家都逗乐了,赶车人嘿嘿地笑了两声:"小子,赶明儿叔给你张罗一个,是俺们屯里一枝花。"

"呸,俺才不稀罕。"小六抱着他的钱袋,撇着嘴不理他们。

马车很快就驶进石坪镇,虽说是镇,就巴掌大块地方。从东到西一条街,沿街

狐王令 (下)

一二十个铺面，平时冷冷清清，只有逢集才会热闹起来。此时已近正午，远远就看见街面上车马人流涌动，街边站满出售山货的山里人，中间紧窄的过道人流摩肩接踵，川流不息。

小六从马车上蹦下来，兴奋地往人群里钻，被曹管家一把抓住："六子，回来，不准乱跑，不然下次不带你了。"曹管家的话一下点中要害，小六只得跟着曹管家和账房先生一起走。曹管家嘱咐完赶车人马车停放位置，便朝他们走来。

三人汇入赶集的人流，被人流裹挟着向前面走去。

两边货摊上卖什么的都有，大都跟吃有关。各种山珍野味药草，琳琅满目。还有就是卖作物种子，什么稀奇古怪的作物种子都有，眼看到了春播时节，卖种子的又常兼卖农具，各种型号的铁器都有，让人看得眼花缭乱。

曹管家一路走一路瞧，似是乐在其中。转了几圈，他才想到正事，从衣襟里掏出他采买的单子来，左拐右拐走到卖药草的货摊前，仔细地端详着药草与账房先生小声地谈论起来。

他们身后的小六四处张望着，心早飞了出去。看见前面街角处围了一堆人，不时发出叫好声："打得好，打呀，打——"小六毕竟年龄小，平日就喜看热闹，这次岂能放过一个瞧热闹的大好机会，他甩下曹管家和账房先生向那堆人跑去。

远远看见一群衣衫褴褛的乞丐正在打一个人，一堆人打一个人，周围还有这么多叫好的。小六很好奇，他灵巧地从人群里挤进去，看见地上趴着一个同样衣衫褴褛、披头散发的男人。众乞丐年龄相差很大，有头发斑白的老乞丐，还有仅仅四五岁的小乞丐，他们叫嚣着不分轻重地打着地上的男人，那男人一动不动任他们打。

小六问一个围观的中年人："大叔，这些乞丐为何打这个人？"

"这个男人以前没见过，估计是流落至此。"中年人叹口气说道，"身上的衣服像是个道袍，他在这里躺了几天了，看来活不成了，这些乞丐嫌他晦气，挡了他们的财路。"

"挡他们的财路？"小六一脸怜悯地望着地上的男人，听闻穿着道袍，小六心里"咯噔"一下，不由一阵紧张，便不顾前面的众乞丐想看个分明。

中年人笑笑道："连小哥你都觉得他可怜，路上的人都不忍看见，于是不少人给他丢铜钱，他身上的钱被乞丐捡走了，他连动都不动，也不要钱，唉。"

小六不等他说完，飞快地挤进乞丐堆里，大叫了一声："别打了，再打就打死了。"他的话镇住了几个年少的小乞丐，几个人往后退缩，空出一片地方。小六离近了发现男子身上的确是件道袍，虽说破破烂烂，但还是可以辨认出底色。

小六心里猛然一阵紧张，他扒开男子披散的乱发，露出他的面容。虽然他脸上满是污垢，肮脏不堪，但是那额头的轮廓和眉目，小六一眼便认了出来，正是全山庄都在寻找的本心，虽然看见他的容颜总让他有些心惊胆战，但是他心里清楚，他是宁骑城的同胞兄弟，他是本心。

山庄里帮主派人四处寻找本心，大家都找疯了，没想到他竟然流落到这里。他看见几个小乞丐还在拿柳条打本心，便大喝一声："住手！"他向他们挥手，"别打了。"

小六试图叫醒本心，本心的背上被柳条抽得一道道血印，道袍更是变成一堆破烂。他推着本心，发现本心身体僵硬似铁，他吓得脸色都白了："本心，你不会死吧？"

突然一只瘦骨嶙峋的手抓住了他的肩膀，一个洪亮的声音在他耳边叫道："小子，你认识他？"

小六扭头看见是那个老乞丐，老乞丐满是皱纹的脸上一双眼睛闪着精光，小六不满地推开他脏兮兮的手，点点头道："老乞丐，让你的人住手，再打，我可是不客气了。"

"呦呵，"老乞丐站起身叫了一声，"小子，你敢在我的地盘撒野。"

小六环视四周发现乞丐们渐渐围拢来，他突然指着老乞丐道："喂，老乞丐，我是瑞鹤山庄的，你敢胡来，一会儿我当家的来了，看不把你们全都收拾了。"

"呦呵，小子，行啊，你瑞鹤山庄的怎么了，在我的地盘，不拿银子休想带走人。"老乞丐叫住众乞丐道，"把他好生看住了，就要有肉吃有酒喝了。"

"你，"小六看着几个乞丐抬走本心，知道这个老乞丐想讹钱，便发狠地冲着老乞丐道，"你等着。"

小六转身往回跑，看见草药摊前曹管家和账房先生已离开，恐怕一时在人群里不好找到，便心急如焚地向镇子东头马车停放的方向跑去，远远看见驾车人坐在车上打盹，便大叫起来："老何头，快，给我解下马，我要速回山庄。"

驾车人被小六喊醒，看他一个人慌慌张张跑回来，一把掮起脚旁的锄刀，叫道："出什么事了？"

"你别管了，我要回山庄报信，我看见本心道士了。"小六气喘吁吁道。

"那个疯道士？"驾车人急忙解下车辕、车横，把套绳都堆到地上，"你快点回来。"

小六二话不说翻身上马，向山庄奔去。

此时山庄里众人正聚在樱语堂议事，萧天和玄墨山人居中，两边分别是天蚕门弟子、李漠帆和明筝等人，众人正巧说到本心的事，自那日殡葬之后，就一直不见本心的踪迹，在山庄发现过几次，均被他溜走。

众人正苦于没有应对之策，突然看见小六气喘吁吁跑回来，一进门就大喊："帮主，我看见本心道士了，他被一帮乞丐扣下，还被打伤，快不行了。"

萧天几乎跳起来："快说，在哪里？"

"帮主，我跟曹管家去集市采买，这才看见了他，可惨了，快被那帮乞丐欺负死了。"

"本心道士跟随吾土道士能不会武功？"天蚕门一个弟子问道。

"这个本心正值壮年，即使不会武功，也不至于被一群乞丐欺负呀。"玄墨山人摇摇头，不可思议地说道。

萧天深邃的双眸望着窗外道："还有一种情况，就是他一心求死，对世间事绝望至极。"

"看来那一日对他的打击太大，这个本心是个心思很重的人，你说得极有可能。"玄墨山人说道。

"还远不止这些。"萧天若有所思地道，"应该宁骑城这个兄弟的事对他也有影响。"

"你怎么不把他带回来。"明筝急得在一旁插了一句。

"被乞丐们扣下了，他们还恐吓我。"小六气呼呼地叫道。

"走，过去看看。"萧天站起身就往外走，他回头看见玄墨山人也跟着走出来，急忙阻止道，"兄长，我去足矣，你的伤还没有痊愈，你还是在山庄等消息吧。"说着，萧天命令陈阳泽道："阳泽，随你师父回寒烟居。"

陈阳泽很机灵地扶着玄墨山人往外走，玄墨山人想想对付一帮乞丐也不宜太张扬，便点点头道："也好，这次找回本心，一定要严加看管，曹管家采买来草药，我要给他下几服猛药，把他身上的癔症先治愈了。"

明筝跟着小六跑出去，萧天知道拦不住，便带着她和李漠帆以及几个兴龙帮的兄弟向马厩走去。众人纷纷拉出自己的坐骑，翻身上马，一阵人喊马嘶，马队飞驰奔向山庄大门。

一行人马飞奔到石坪镇，街上人流少了些，正是歇午的时刻。小六先是飞奔到马车跟前，看到曹管家和账房先生都等候在此，萧天吩咐他们套好马车候在此地，他们奔向西头乞丐窝。

赶集的人流散去，只见街角的一片空地上，横七竖八或躺或坐着一群乞丐。老乞丐见打东面奔过来一行人马，也是一惊，刚才小六走后，他也打听到了小苍山里的瑞鹤山庄是远近闻名的大户，甚至与江湖帮派有走动，连官府都拿他们没有办法，锦衣卫都来过，走了后，山庄一切照样。

老乞丐是这帮乞丐的头，他望着马队打头的人器宇轩昂地向自己的地盘驰来，心里有些发虚。他使眼色给几个身强体壮的年轻乞丐。几个年轻乞丐迅速站起身，围住了萧天。

萧天翻身下马，径直走到老乞丐面前。

李漠帆冲地上还卧着的老乞丐一声吼："老乞丐，还不站起来，我们庄主要问你话。"

"老李。"萧天止住李漠帆，对着老乞丐拱手一揖道，"老人家，刚才冲撞了你，还请见谅。"

老乞丐见萧天温文尔雅的样子，心里的戒心放下了，他站起身，趾高气扬地道："没事，大人不记小人过。"

"你……"身后的李漠帆气不过刚要与他理论，被萧天拦下。

"刚才我的一位小兄弟回来，说你这里收留了我们山庄的一个兄弟，他患上癔症，十分危险，还请老人家行个方便，让我把他带回山庄医治。"

"哦，病人啊，"老乞丐看萧天说话很和善，便开始嚣张起来，他走到另外几个乞丐身边问道，"你们谁见了？"

"没见，没见。"几个乞丐参差不齐地说道。

"你说谎，"小六跳到近前，气鼓鼓地指着老乞丐的鼻子说道，"我明明看见他躺在这里，你把他藏哪里了？"

一旁一个乞丐站起身，撇着嘴说道："既是来赎人的，一点诚意都没有，也不见银子，也不见酒肉，凭什么告诉你们？"

"你打我们的人，还敢说这个话，你是不想活了。"李漠帆瞪着眼睛冲过来。

萧天向明筝使眼色，明筝马上明白立刻拉住了李漠帆，这帮乞丐一看就是街上的混混儿，跟他们是讲不清道理的。萧天微微一笑，走近老乞丐。老乞丐看他神态温和，也没有防备。萧天在接近老乞丐的瞬间，飞起一脚踢倒他身边的两个年轻乞丐，虚晃一下，闪身来到老乞丐身后，一脚踹到他的腰窝，老乞丐叫了一声："哎哟，我的妈呀！"便嘴啃泥趴在泥地里。

"说，你把那个人藏哪儿了？"萧天一脚踏在老乞丐背上，声音威严地问道。

老乞丐呻吟着，一只手指着墙角。

明筝和小六跑到墙角，只见那边靠墙坐着几个小乞丐。明筝跑到他们面前，那几个小乞丐一个个瞪着眼睛看着她。这时，一个四五岁的小姑娘站起来，向她跑过来，上来拉着她的手，道："跟我来。"

明筝看着那个小姑娘，心头一酸，跟着那个小姑娘走到墙壁边，看见几个小乞丐的身后躺着一个人，似是已经昏迷。只见他一身破烂的衣服和遍体的伤，正是本心道士，看到这种惨状，明筝忍不住泪流满面。

她回头叫萧天："大哥，本心在这里。"

李漠帆上前按住老乞丐，萧天抽身向明筝跑去。

明筝蹲下身，想拉本心坐起来，手指触碰到他冰冷僵硬的手指，吓得一声尖叫："大哥，你快过来看看，他是不是死了？"

萧天跑过去，用力搬动本心的身体让他坐起来，把遮住脸的乱发撩到一边，露出他的面孔，这才看见他面色发青，嘴唇干裂起皮，看上去奄奄一息。他急忙用手背去试鼻息，停了会儿，缓声道："还有口气，明筝，去拿水囊。"

小六从腰间解下一个水囊，递了过来。

萧天给本心干裂的嘴唇里灌了几口水，然后从怀里掏出一个小瓷瓶，从里面倒出一颗丹丸，塞进本心嘴里。

"幸亏带着玄墨山人给的护心丸，吃下它，生命暂时无碍。"萧天看着小六道："你快去把马车赶过来。"

小六得令，迅速向西头跑去。

明筝拿手帕蘸着水给本心擦了下脸，脸上的泥土擦掉，露出本心俊朗的面孔，明筝拿手帕的手止不住颤了几下。萧天看见明筝背过头，知道她又想到了宁骑城，便说道："明筝，他是本心，你害怕的那个人再也不会出现了。"

"我知道，我就是……"明筝心有余悸地说道，"每次一看见本心，就忍不住想到宁骑城，就像是噩梦一样。"

"他们是双生子，不仔细看，当然就像一模一样。"萧天宽慰着明筝。

街面上响起急促的马蹄声，车把式老何驾着马车驶过来，小六坐在他旁边，到了近前，小六跳下马车，向萧天跑去。

萧天命李漠帆松开老乞丐，这次老乞丐老实多了，也不敢再张狂。萧天从衣襟里取出一个钱袋丢给老乞丐，道："里面的银子够你们吃一阵子了。"

众乞丐纷纷面露喜色，鞠躬致谢。

狐王令 (下)

李漠帆和老乞丐以及众人一起,把本心抬到马车上,车上堆满了刚刚购置的货品,把本心置于马车中间,账房先生和曹管家坐到前面驾车人旁边,小六跟着李漠帆,与他共骑一马。一切准备就绪,发现明筝不见了。

　　萧天抬眼四处寻找,看见明筝抱着一个小乞丐不放。萧天走过去,才发现是那个小乞丐抱着明筝不放,眼里泪水涟涟,哭得明筝也跟着掉泪。

　　萧天骑着马走到老乞丐面前道:"我把这个小姑娘领走如何?"

　　老乞丐还没有发话,其他几个乞丐纷纷伸出手指,有说十两银子的,有说五两银子的,一片叽叽喳喳听不清楚。

　　"十五两银子。"老乞丐伸手一比画。

　　萧天从怀里又取出一个钱袋,从里面摸出十五两银子扔给老乞丐,众乞丐喜不自禁,拥在老乞丐四周,争着去看银子。

　　萧天骑马来到明筝面前,叫住明筝道:"明筝,走了,把她带走,以后她跟着你了。"

　　"什么?"明筝仰脸看着萧天,"你是说咱们可以带她走?"

　　"就是这个意思。"萧天看着明筝点点头,眼里充满宠溺。

　　明筝把小乞丐放下,用手背擦去她脸上的灰尘,小姑娘似乎也听懂了刚才他们的对话,眼里放着光彩。

　　"告诉姐姐,你叫什么名字?"明筝问道。

　　"莲儿。"小乞丐有一双乌黑的大眼睛,扑闪扑闪地望着明筝。

　　"跟姐姐走吧,"明筝拉住她的手道,"以后再也不会有人欺负你。"

　　明筝把小乞丐抱上自己的马,她也翻身上马,萧天跟在后面,两匹马来到众人前面,一起向山庄的方向疾驰而去。

　　众人骑马在前,渐渐与马车拉开距离。

　　萧天侧脸看着明筝身前坐着的小姑娘,笑着道:"看着真是跟你小时候有几分像。"

　　"你何时见过我小时候?"明筝纳闷地问道。

　　"当然见过。别忘了咱们的父辈有交往,那一年京城里传为奇谈的神童宴,我可是随父亲同去的。"萧天说道。

　　"唉,"明筝叹息一声,"儿时的事,我大致都不记得了,就像是上辈子的事。我更多记得的是跟着道观里的师姐们四处化缘,就像这个小乞丐一样,我看见她就想起了我。"

"这个小乞丐遇到你,也是她的福气。"萧天宽慰道。

明筝看着萧天,若有所思地说道:"大哥,我有种直觉,我觉得本心根本没有病,所谓的癔症只不过是咱们想象的,他只是在回避现实,他不愿面对现实,现实对他的刺激可能远远比咱们想象的要大,他只是在逃避。"

"哦? 你何出此言?"萧天望着明筝问道。

"大哥,那天我去祭拜隐水姑姑,本心突然出现在我面前,他竟然问起隐水姑姑,还有他父亲张竟予将军。"明筝说道。

萧天一愣,他深深地看着明筝道:"你怎么不早说,若是这样,便不是一个疯子所为……"萧天说着若有所思地拧眉沉思,片刻后,缓缓说道,"现在咱们必须帮他走出来,帮他重新站起来,他不能再这样消沉下去。"

突然,身后马车上曹管家向他们大声喊着什么。

萧天一愣,意识到一定又出了什么事,掉转马头向马车奔去。明筝也随后跟了过去。

"帮主,不好了。"曹管家匆忙地说道,"我刚刚回头查看,却发现,发现人不见了。"

萧天催马到马车后面,发现大车上除了货物,人已踪迹皆无。

"本心——"萧天气得挥马鞭甩到山道上,荡起一片尘土。

"大哥又跑了。"明筝懊悔地叫了起来,"咱们就应该绑着他。"

众人沮丧地回到山庄,曹管家和几个人去卸货。萧天命李漠帆领着几个人沿山道再去寻找,找到后一定绑着回来。

二

次日傍晚,山庄已沐浴在夕阳的余晖里,山庄大门突然被叩开。值守的天蚕门弟子陈阳泽跑向樱语堂,向萧天回禀了有人在门前喊着要见庄主。

萧天立刻跟着陈阳泽赶往山庄大门,看见李漠帆和玄墨山人已到。李漠帆一看见萧天来,就气不打一处来地叫道:"帮主,又是那几个乞丐,想讹银子。"

萧天走到门前,命人打开一扇门,他只身走出去。

门外七八个乞丐簇拥着老乞丐走过来。老乞丐这次倒是很客气,也学乖了,向萧天躬身说道:"庄主,你要找的人我们知道在哪里。"

"喔?"萧天一皱眉头,望着那几个乞丐,看着他们蠢蠢欲动贼眉鼠眼的样子,不露声色地说道,"我们昨天不是已经接走了吗? 哪还有要找的人?"

"庄主,昨日你真接走了,还是在半路又让他跑了。"老乞丐狡黠地望着萧天道。

"接走了。"萧天淡淡地说。

老乞丐有些失望,但是仍然笃定看着他道:"可是我明明看见就是他呀。难道是我看错了?"

"你在哪里看见的?"萧天盯着他问道。

"石坪镇东头,他被绑在柱子上,眼看就要被金禅会的人献给神了。"老乞丐说道,突然压低声音,面色神秘地接着道,"听说这个月金禅会为了祈福,要大祭活人,一刀刀割呀。"

萧天一听,便不再与老乞丐兜圈子了,立刻问道:"你可愿意给我们带路?"

老乞丐眼睛一亮,看他相信了自己的话,便眼神游离地望了眼萧天身后山庄里的楼台亭阁,萧天立刻明白向身后的李漠帆叫了一声:"李把头,拿银子。"

李漠帆听见萧天喊他拿银子,很不情愿地从怀里掏出一个钱袋扔给萧天。萧天接到手里把玩着钱袋,眼睛盯着老乞丐厉声道:"你给我带路,找到我们要找的人,定不会亏待你。但若是你使奸耍滑,你有几斤几两自己掂量掂量。"

"庄主放心。"老乞丐急忙点点头,对于萧天出手的阔绰,他是见识过的,当下应承。萧天吩咐给他们一匹马,老乞丐十分笨拙地上了马,他吩咐马下几个随从先回镇上。

这边,萧天召集了兴龙帮十几个人,又命人叫来林栖,一切准备就绪,玄墨山人走到跟前说道:"兄弟,他所说的金禅会为何没有听说呀? 不会是他要讹诈吧?"

"但信其有吧。"萧天道,"去看看也无妨。"

等人马到齐,萧天领着众人策马而去。刚拐过三岔口,就听见身后急促的马蹄声,萧天回头一看,见明筝骑着她的枣红马飞速奔来。

"明筝,你怎么来了,那孩子谁看着?"萧天不由问道。

"夏木看着呢。"明筝一笑道,"别想撇下我。"

"那你跟在我后面,不许胡闹。"萧天不放心地交代她。

老乞丐在前面领路,萧天催马跟上他,一边走一边问老乞丐道:"老人家,你所说的金禅会是怎么回事? 我怎么从没有听说过?"

"我也是才听说。"老乞丐说道,"打从年前就听说有一个天神来传教,以前这里有白莲会的信众,也有堂庵,但后来白莲会的几个堂主不知去向,信众便四散而去了。今年这些人来到这里占据了堂庵,不久以前白莲会的信众都转而信金禅会了,今日是他们大聚会的日子,每次都要搞祭典,祭典的最高品级便是活人祭。据说是神找到罪大恶极之人,来消灭他们,福报大家。照我说,他们只不过是找一些老弱病残、无力反抗的人充数而已。”

萧天越听心里的疑惑越深,又问道:“为何这么说?”

“上次他们就是抓了我的一个兄弟,还不是看我们乞丐好欺负,但是后来我带着所有人马跟他们干了一架,至此他们不敢再来找我们的麻烦。今日我本来是去瞧热闹的,看看他们今日找到的替死鬼是何人,这一看,就认出正是你昨日带走的那个疯子,刚开始我还以为自己看错了,我是爬到跟前才确定的,绝不会看错。”

一行人马从山道上疾驰而过,夕阳很快落到山那边,天也暗下来。他们来到镇上,这里的人们习惯了日出而作日落而息的生活,整个小镇静悄悄地沉浸在夜幕下。老乞丐领着众人直接来到镇东头,十几匹马踏破了小镇的宁静。

面前是一个破旧的院子,大门紧闭。但是从里面传来低沉又杂乱的咏经的声音,从小院断墙残壁处可以看到影影绰绰的烛光,遍布小院的每一个角落,越发使得小院笼罩了一种神秘的色彩。

“就是这里,我就不进去了。”老乞丐说着欲言又止地看着萧天。萧天点点头,随手掏出钱袋丢给老乞丐。

“如果你报错了信,你会知道后果的。”萧天说道,不等萧天说完,老乞丐已拿着钱袋逃之夭夭。

萧天命众人把马匹拴到远处一片林子里,然后他们藏好了兵器,散开到镇子四周。

这时一些镇上的信众陆续向院子走去,萧天发现他们都围着严密的兜头,让人看不清面目。萧天和明筝跟在他们身后,也学着他们把大氅的兜头盖着脑袋,其他几个人也陆续跟着一些信众走过来。

看门人并不严查,只问了一句话:“何事前来?”

“求福。”所有人都说着这两个字。

看门人很快放行,小木门一次只能过一人,人们依次走进去,秩序井然。进门迎面是一个小小的影壁,上面龙飞凤舞的两个大字:金禅。走过影壁,院子里豁然开朗,让人惊讶不已。只见成百人手举蜡烛,站在院子里,前面的屋檐下墙壁被挖空,可以一眼看见大堂里高高的木台,木台四周围满蜡烛,台上竖立着一根木杆,上面五花大绑绑着一个人。

明筝猛拉了一把萧天，萧天对她点点头，他知道她要说什么，那个被绑着的人确实是本心。

这时，高台上一个一身白衣的男子低声咏念起神秘的经文，然后两个手持大刀的人从一旁走过来。台下的信众突然群情激动，兴奋地向台上举起蜡烛，口中唱起经文。白衣人口中高声念道："大劫在遇，天地皆暗，日月无光，鬼神共弃，除却罪恶，引入光明，金禅护佑，百姓安康。"

台下的信众皆跪下，以崇拜的目光望着台上除却罪恶之人。

萧天悄悄伸手摸到腰间长剑，他一把抓住明筝压低声音道："你到门口，接应我。"明筝点了点头，向木门走去。

高台上两个持刀的走向被绑之人。本心此时抬起头，他一直处于昏昏迷迷的状态，他看见两个手持大刀之人朝自己走来，他脸上露出不屑的笑容，他的笑容让两个人手中的大刀一颤，两人交换了个眼色。

一身白衣的吴阳拉下兜头，急迫地催促着两人："你们愣什么，身为护法遵命行事，杀了他，咱们好回去面见柳堂主交差。"

吴阳往台下看了看，信众的热情感染了他，他嘴角挂着微笑，不屑地瞥了眼被绑在木柱上的人，对两个护法说道："一个叫花子，你们还等什么？"

本心脸上的冷笑更加邪魅，他眯着眼睛盯着两个护法，嘴角一斜，挤出几个阴森森的字："来呀，杀了我，二十年后，老子又是一条好汉。"

一个护法已举起刀听见他这句话，又放了下来，另一个护法一咬牙，闭着眼睛举刀向本心刺去。突然听见"当啷"一声，那个护法的大刀被从台下飞过来的匕首磕飞，台上的三人一愣，回过头来，一个身影已飞身到台上。与此同时，李漠帆和林栖也飞身上来。台上的三人看有人来砸场子，一个个拔剑迎战。

本心闭上的眼睛再次张开，他本来以为这次总算死到临头了，没想到耳边传来一阵锵锵之声，待他睁开眼睛，便看见萧天飞身上到台上，他没有想到自己又一次被萧天救下，他心中的恼怒比感激要大。萧天为什么不肯放过自己，他已经一心求死了，为什么还一次次要救他？他咬着嘴唇，嘴角的血一滴滴落到脚面上……

这边木台上，吴阳对阵萧天，李漠帆和林栖对阵两个护法。台上一打起来，台下顿时大乱，有说是官府的，有说是寻仇的，虽说众说纷纭，但是信众们行动一致，纷纷扔下手中蜡烛向院门逃窜。

被弃的蜡烛点着了院子里一处柴草，很快着了起来。院子里顿时乱成一团，人们相互推拥踩踏，一阵阵鬼哭狼嚎响彻院子。

两个护法根本不是李漠帆和林栖的对手，败下来后躲了起来，吴阳与萧天只过了几招，就心里清楚自己不是萧天的对手，他一看院子里的情况，知道大势已去，辛苦几个月开辟的一个堂口被这几个人搅和了。便趁萧天一不留神蹿了出去，与两个护法藏身在人群里。

萧天看见他们逃走，也没想再追。这时，李漠帆和林栖已解开本心的绳索，李漠帆大喊："帮主，他还活着。"

"带走，快点。"萧天向他们一挥手，几个人护着本心向木门走去，在门口明筝早早推开大门，他们众人在人群的簇拥下，迅速走出院门，向巷子里走去。

<h2 style="text-align:center">三</h2>

寒烟居的西厢房腾出一个铺位让本心疗伤，天蚕门的弟子听说那个疯道士差点被当成祭典的贡品给宰了，又听说这个疯道士与那个不可一世的宁骑城是孪生兄弟，一个个按捺不住好奇，纷纷以探视的由头来看个分明，一时间西厢房里走了一拨又迎来一拨。

玄墨山人最后只得发话，没有他的首肯不可再探视，至此西厢房里才安静下来。玄墨山人给本心细致地把了脉，查看了背部和身上的伤，发现本心身体并无大碍，而且他的筋骨很强壮，这点超出他的意料。

次日一早，萧天前来探视，玄墨山人便把本心的情况给他说了。萧天走到炕边，看着睡得正香的本心，回头对玄墨山人道："兄长，你是说不用再以癔症来下药，他醒来后，会不会再跑？"

"这个我也说不准，还需慢慢观察。"玄墨山人道，"他疯跑这么长时间，如果是有情绪要发泄，也应该发泄得差不多了，而且那日又差点丢了性命，在这些刺激下他会慢慢好转起来。"

萧天点点头，一颗悬着的心放了下来，但突然又想到一点，便问道："兄长，你是如何判断本心不是癔症呢？"

"眼神，我从他的眼神里发现的。"玄墨山人道，"昨晚，你们把他抬进来，人都散去后，他醒了过来，我发现他的眼睛环视四处，还有眼角的泪水。如果是一个得了癔症的人，他的眼神不可能是清澈和明亮的。"

萧天一笑，心情豁然开朗道："但愿本心能从悲痛中走出来。"

萧天说着走到门口，他山庄里事务繁忙，便向玄墨山人告辞。玄墨山人送走了萧天，还没有走到院中间，就听见明筝的声音在背后响起来。

"玄墨掌门，我来看看本心道士。"明筝笑嘻嘻地说着。

玄墨山人一笑，道："要来还不一起来。"

"谁来过了？"明筝问道。

"还有谁？"玄墨山人笑起来，"你们两个呀，总能想到一起。"

"我才不和他一样呢。"明筝小脸一红，"玄墨掌门，你也拿我取笑。"

玄墨山人哈哈一笑，对于萧天和明筝这一对璧人，玄墨山人分外喜欢，眼见他们度过那么多劫难终于走到一起，由衷地为他们高兴，他尤其喜欢明筝这丫头，看见她不免要多说几句。说了几句玩笑话后，玄墨山人宽慰她道："放心吧，丫头，本心会好起来的。"

明筝感激地向玄墨山人行了一礼道："玄墨掌门，我代我师父谢谢你。"

"你个傻孩子，怎么行如此大礼，快起来。"玄墨山人扶住明筝道，"不可如此见外，我与萧天是拜把兄弟，这么算来我也是你大哥，一家人如何说两家话？"

明筝笑起来："我岂不是又多了一个大哥？"

玄墨山人笑道："去看看本心吧，要让他开心起来。"

明筝跑进西厢房，看见陈阳泽绞了一条热帕子要给本心擦脸，本心突然一把夺过去扔了出去。陈阳泽忍住没有发火道："我好心给你擦擦脸，你看看你那张脸，简直就像锅底了，又脏又臭。"

明筝从地上捡起来，走到铜盆前，洗净绞干。陈阳泽回过头看见是明筝，忙站起身道："师娘，是你呀。"

明筝被他的古怪称呼逗乐了，笑道："阳泽，你这称呼从何而论呀？"

"萧帮主是我师叔，那你是萧帮主的夫人，我可不是要称呼你师娘嘛。"陈阳泽振振有词地说道。

"好了，不跟你开玩笑，你去歇着，这里交给我吧。"明筝捂住嘴忍住没笑，但心里还是挺受用的，怪不得萧天和玄墨山人都宠爱这个徒弟，就是会讨人喜爱。

"师娘，还是我来吧，这个人时而疯癫时而咆哮的。"陈阳泽道。

"阳泽，让你受累了，"明筝道，"本心是我师父的长子，如果按辈分也算是我师兄，我照顾他是理所应当的。"

陈阳泽点点头道："那好吧，我一会儿过来替换你。"说完，走了出去。

明筝走到炕边，坐到本心身边，拿手中的帕子给他擦脸，本心闭着眼睛一动不动。明筝看着他的脸，看到他脸庞的肌肉在颤动，便轻声说道："本心，我知道你醒了，你听我说好吗，这些天山庄里所有人都在找你，你知道我有多担心吗，有好几个夜晚我都被噩梦惊醒，梦见你出了意外，我是哭醒的。本心，你失去了所有亲人不错，但是你还有我们呀，萧大哥和玄墨掌门都是至情至善之人，你就留下来吧，不管多难，咱们可以风雨同舟。"

明筝说完看着本心，本心依然闭着眼睛，只是眼角流下两串泪，片刻后，本心点了下头。

明筝心头一喜，本心点了头，这就说明他愿意留下了。明筝高兴地叫起来："本心，你愿意留下了，太好了，我一会儿便去告诉萧大哥。"

这时，门口响起脚步声，夏木领着小莲儿走进来。夏木一看明筝高兴的样子，好奇地问道："郡主，你这么高兴，是有什么喜事吗？"

明筝一看到莲儿，上前抱住她在空中转了一个圈，莲儿稚嫩的童音"咯咯咯"地笑个不停。明筝放下莲儿，对夏木道："本心他愿意留下了。"

"好呀，"夏木这才想到来找明筝的目的，忙叫起来，"郡主，一高兴啊我都忘了正事啦，狐王在樱语堂等你呢。"

"有事？"明筝问道。

"你去了就知道了。"夏木一笑。

"死丫头，要骗我，看我回来如何收拾你。"明筝嘴里这么说，其实心思早飞了出去，她也急着把这个好消息告诉萧天。

明筝出了寒烟居，由于心情大好，就连眼里看到的景物也分外美好起来。眼见春日正盛，寒烟居旁边的花圃里几株迎春花鹅黄的花瓣缀满枝头，四周一些海棠红艳艳的花朵点缀其间，嫩黄油绿红艳直刺人眼，远处几株白玉兰上，朵朵花瓣，随风摇曳，春意盎然。

樱语堂边的水塘里，不知何时水面的厚冰已融化，微波荡漾，岸边的细柳也抽出嫩绿的柳条随风起舞。明筝走近水面，看见水面上印出一个美丽的身影，一身浅绿的长裙宛如这岸边的柳树似的，身姿袅娜，明筝羞涩地提起百褶裙就跑，似是一朵风中芙蕖，裙摆在风中荡成一朵大大的喇叭花……

明筝跑进樱语堂，过了院门，沿着游廊往里面走。映入眼帘的一切，让她突然愣住了。院子正中，那棵樱树盛开了。满眼的粉色花瓣，密密麻麻挂满枝头，壮观如天边的云霞，靓丽如碧天的云朵。白云朵朵都不足以夸耀这棵樱树带给人视觉

狐王令（下）

的震撼,看着这棵樱树,明筝想到这个院子的名字,原来是来自这棵樱树。

　　粉色的花瓣在风中似花雨纷纷扬扬,院子里四处都是淡淡的樱花的香气。树下传来琴声,悠悠扬扬,清清淡淡,似花语在向人娓娓倾诉,又似满院的樱花缥缥缈缈,似有似无。

　　明筝这才看见樱树下抚琴的萧天。他一身白色衣衫,头上一支碧玉发笄将头发束起,低头凝目,轻抚琴弦……明筝看呆了,一时眼神无法错开,她见惯了萧天杀伐决断,却是第一次看见萧天儒雅飘逸的一面,不由如痴如醉,突然来了兴致,微笑着吟了句前人以樱花而作的诗以助兴:

　　　　初樱动时艳,擅藻灼辉芳
　　　　缃叶未开蕾,红花已发光

　　萧天抬起头,脸上洋溢着赞叹的神情,他没有停手,也开口吟了句以樱花而作的诗:

　　　　昨日雪如花,今日花如雪
　　　　山樱如美人,红颜易消歇

　　明筝移步到樱树下,她抬头看着头上千朵万朵的花蕾,耳边听着琴瑟之音,那清逸袅袅的余音,就像眼前的粉嫩纤细的花瓣撒落到她的心田,搅动得她春心浮动,过往的记忆如一只彩蝶扑棱棱向她飞了过来……

　　明筝粉颊如花,眉目藏情,她轻轻步到萧天一侧,缓缓坐下,一只手轻抚到琴上,萧天看出她要抚琴,便用一只手按下琴弦。明筝羞涩地低下头,一只手划动琴弦。这是儿时母亲弹过的一首乐府琴曲。

　　萧天听得痴迷了,眼里浸出泪光。山无棱,江水为竭,冬雷震震,夏雨雪,天地合,乃敢与君绝。这是明筝用此曲向他表白啊。萧天侧目望着明筝粉红如樱花花瓣一样的面颊,满心洋溢着幸福的喜悦,一曲终了,四目相望。

　　"大哥,这个樱花飘飞的春日,是你送给我最大的惊喜,我想我一生都不会忘却了,有你在身边,我此生足矣。"

　　这时,翠微姑姑和李漠帆从游廊走过来,李漠帆一看此情,急忙拉住翠微姑姑往回走,翠微姑姑看见樱树下两人亲密的身影,微笑着推开李漠帆,亮开大嗓门说道："哎呀，原来你们俩躲在这里密会呢？"

突然听到翠微姑姑的大嗓门，萧天和明筝都囧成大红脸，两人急忙分开，萧天站起身向翠微姑姑道："姑姑，可是有事情？"

"哎呀，是不是嫌我扰了你们的好事？"翠微姑姑笑起来。

明筝红着脸，站起来就向院门跑，被翠微姑姑拦住了，"郡主，你跑什么？"明筝羞红了脸，直往她背后躲。

李漠帆在一旁气得直跺脚："你个好事娘儿们，我说明天再来，你非要在，在……"

"在什么？在这里说就对了。"翠微姑姑挺着渐渐隆起的肚子，几步走到萧天面前道，"狐王，我昨日看星象，近日有个好日子，我看你和郡主的婚事就办了吧。"

"真有好日子？"萧天脸上露出喜色，但是瞬间又暗淡下来，"恐怕不妥吧，青冥郡主刚刚……"

"狐王，青冥已入土为安，"翠微姑姑说道，"按咱们狐族的族规，入土为好，不应再有悲哀，生者要尽早开始新生活，这也是青冥临终嘱咐我的事，只有把这件事办完，我的使命才算完成了。"

萧天向翠微姑姑深施一礼道："那就全仗姑姑安排了。"

翠微姑姑笑着回头道："郡主，你可是要当新娘了，唉！"她回头看，哪里还有明筝的影子，早跑没影了。

"你就别嚷嚷了，人家姑娘家难为情呢。"李漠帆说道。

"狐王，你看呢？"翠微姑姑问道。

"尽量从简，一切按族规来。"萧天简短地说道。

"只是有一条，狐王，"翠微姑姑有些犹豫地看了他一眼道，"你向明筝姑娘言明了吗？她的身份，行礼那日她要先去祭拜青冥，还有那日她不能穿红色喜服。"

萧天点点头，并没有回答她的问话，而是又重复了一遍："一切按规矩来。"

四

翠微姑姑看星象得出的好日子是四月初十，还有五天时间，但是山庄里却已传遍了，这件婚事被许多人看好，大家都为一对新人高兴。

山庄历经风雨，终于有了一段平静祥和的日子。大家都在为婚事尽心尽力地准备着。连日的风调雨顺,也让山庄周边农田里的作物长势喜人。诸事皆遂人愿,大家都喜不自禁。

明筝出于少女的羞涩,连着两天都不好意思出门,她待在屋里写写画画,烦了逗着莲儿耍一会儿,再烦了就跑到外面水榭边看水塘里的金鱼,其实她的心思早飞到了萧天那里,她真想知道他在干什么。

到了这日下午,听见夏木回来说,大家都到农庄帮忙去了,看见狐王去了,甚至还看见了本心,他跟着牛犁地。

"本心能下地了?"明筝兴奋地问夏木。

"他们看见他了。"夏木笑着道,"郡主这下放心了吧,他应该是大好了。"

"我在屋里要闷出病来了,"明筝突然扔下手中的毛笔,道,"我也要到农庄去看看,"她抬头大声叫莲儿:"莲儿,莲儿。"

莲儿从外面露出一个头,两只乌黑的大眼睛忽闪忽闪地眨动着,奶声奶气道:"郡主,你叫我吗?"

"莲儿,咱们去农庄玩玩吧?"明筝笑着问道。

"莲儿不玩,莲儿还有功课没做。"莲儿乖巧地道。

"功课? 夏木,是你给莲儿布置的功课吗?"明筝不满地问道。

"不是我,是梅儿。"夏木回头看着莲儿道,"郡主允许你出去玩了,去吧。"

"谢郡主。"莲儿有模有样地向明筝屈膝行礼,莲儿的乖巧逗得明筝哈哈大笑,喜欢得不得了,她回头看夏木,"是你教她的?"

"是梅儿。"夏木也笑起来,"竟然教她宫廷礼仪,这小娃竟也学得一丝不苟,着实让人疼爱。"

明筝牵着莲儿的小手,这些天莲儿吃胖了,小手肉嘟嘟的,甚惹人爱。两人走到后院,出了角门,沿着铺满青草的小道向田里走去。清新的微风阵阵拂面,有一股新鲜泥土的气味。莲儿看见田地里的大黄牛,兴奋地摇着小手:"牛,牛,牛……"

田里的人不时回头,看见明筝纷纷行礼。明筝环视了一圈,没有看见萧天的身影有些失望。正在这时,田垄边坐着一个人回头看了她们一眼,莲儿认出那人,高兴地跑过去:"大哥哥——"

明筝这才注意看那人,一身粗布短打扮,发丝散在面孔上,头上只用一只木簪绾住发髻,面孔被头发遮住了大半,只看见棱角分明的下巴和刚毅的嘴唇。明筝一愣,缓缓走过去,目不转睛盯着那人的面孔,正巧那人也站起身看她。

两人目光相对,明筝一惊:"本心?"

本心并不答话,只是点点头。

明筝心里一阵轻松:"看见你恢复了,真是太好了。本心,这两天我本来是要去看你的,但是……"

本心的声音很低,却听得很清:"我听说,你要大婚了?"

明筝脸一红,低下头:"我原本是要告诉你的。"

"我不同意。"本心的声音很沙哑,但是掷地有声。

"你,你为何……"明筝吓一跳。

"你师父隐水姑姑也不会同意你去给人做妾。"本心低着头说道。

"你是如何知道的?"明筝有些出乎意料。

"是你让我留下来,"本心眯着眼睛瞥了眼明筝道,"你师父必会怒其不争。"

明筝瞪着他,他此时脸上的污垢已被洗去,他眯起眼睛的那一刻,让她想到一个人,那神情和眼神几乎是一个模子刻出来的,难道不是一个人?明筝一阵慌乱,身体一晃,被本心一把抓住手腕,明筝心里更是一惊,连手上的力度都如此相像。

"你想到一个人,是吗?"本心藏在发间的双目闪闪发光。

明筝一阵心悸,脚下一滑,几乎摔倒。本心扶住她,眼睛并没有离开她的脸,明筝面色如雪,"你,你……"

"我是本心。"本心说着收回手,转身向田里走去。

明筝这一惊非同小可,她几乎完全混淆了本心和宁骑城,她仓皇地跑回听雨居,害得莲儿怎么也跟不上她的脚步,路上摔了几跤,额头也摔破了。梅儿和夏木看见明筝失魂落魄地跑回来,后面的莲儿还受了伤,不知道出了什么事,问莲儿,莲儿也说不清。

夜里,明筝发起烧,一阵阵地说胡话。夏木和梅儿没了主意,只好连夜跑到樱语堂唤来萧天。萧天给明筝喂下些水,问起明筝白天都去了哪里,见了什么人。夏木一一说了,直说到明筝下午去了田里,萧天点点头,向她俩挥挥手,让她们下去歇息,自己来照顾明筝。

夏木和梅儿悄悄退下去,轻轻关上了门。

萧天拿手帕擦去明筝额头上的汗,明筝昏睡着迷迷糊糊又开始说胡话:"你是谁? 你是谁,你告诉我呀。我知道,我知道了,你是,你是宁骑城。"

萧天皱起眉头,他深邃的双眸凝滞住。

明筝说了一会儿胡话,似乎是累了渐渐睡着了。过了一会儿,明筝眉头一耸一耸,接着又开始说胡话:"你,我知道是你,你不会得逞,我不会跟你走,你休想! 你出去,出去!"

萧天猛地站起身,脸色变得煞白,他像一只困兽在屋里来回转着圈,最后他坐回到炕上,看着昏睡着的明筝,一只手给她披了披被角,然后伸手到明筝的脸颊边,轻轻地抚去她面颊上的泪珠。他深吸了口气,紧紧皱着眉头,枯坐着想起那些他一直不敢面对的日子。

几声鸡鸣叫醒了打盹的萧天,他抬头看了眼窗外,晨曦渐近。这时,明筝眨了下眼睛突然醒来,她第一眼竟然看见萧天,不由又惊又喜,看到窗外还漆黑一片,这才知道萧天守在这里一整夜,不由感动得急忙坐起身。

萧天忙扶她躺下,"别动,你昨晚烧得很厉害。"

明筝看见萧天发黑的眼袋,心里不忍,叫道:"夏木,梅儿——"

"别叫她们,是我让她们歇息的。"萧天说着,一笑道,"眼看就要拜堂了,我可不想我的新娘病得起不来。"

明筝还是坐了起来,心疼地望着萧天道:"大哥,我已经好了,你快回去睡一会儿吧。"

萧天看着明筝道:"我很担心你,你说了一夜梦话。"

"真的?"明筝想到白天的事,心里一紧张问道,"我都说什么了?"

"明筝,你白天是不是见到本心了,估计是又让你想到宁骑城了,梦里喊的都是他。"萧天努力放缓声调平静地说道。

明筝闭上眼睛,点点头。

萧天一笑,温和地问道:"明筝,是不是你又想到被宁骑城带走的那些日子?他把你关到哪里了?受刑了吗?我一直不敢问你,怕刺激你,让你难受。"

明筝睁开眼睛,气鼓鼓地说道:"他把我关到他府里。"

萧天一愣,脸色越加难看:"什么?他府里?"

明筝点点头道:"就在他家,有一个他为养母准备的小院,他把我关在那里,还给我配了两个恶婆子专门看着我,那几天暗无天日。"明筝抱住双臂,不再说下去。

萧天额头上的青筋都暴了起来,他看着明筝问道:"明筝,他,他怎么你了?"

明筝嗽着嘴道:"我绝食来着,我一心求死,那几天我昏头昏脑,以为再也见不到你了,我伤心欲绝。后来,有一天,宁骑城拿着酒还有肉,就坐到我对面,又吃又喝。"

"后来呢?"萧天紧张地问道。

明筝突然警醒地瞪着萧天,不满地问道:"大哥,你,你想问什么,是不是以为我,我被宁骑城欺负了?"

"不,我没有这个意思,我不会。"萧天见明筝眼中含泪,忙拉住她的双手道,"明筝,你能回到我身边,便是我最大的心愿,你在我眼里与以前没有两样。"

"我不懂你说的什么鬼话,我告诉你吧,后来他喝醉了,我,我当时太饿了,我,我就啃了两个肘子,没有死成。"

明筝的话把萧天给逗乐了,他能想象得出来当时的情景。萧天从明筝的叙述里,发现其实宁骑城很是善待她,也没有为难她。萧天不由伸手把明筝搂进怀里,向对明筝更像是对自己说:"一切都过去了,该忘记的就忘记吧。"

四月初十,说到就到了。这日天不亮,听雨居里就忙得人仰马翻了。梅儿和夏木一趟一趟地穿梭在明筝身边,莲儿早早就搬了个小木凳坐在明筝身后,两只大眼睛瞪着这些忙碌的女人,一脸好奇,有时候不知道看到什么,就高兴得哈哈大笑起来。

明筝穿上了青冥郡主送给她的蓝色百鸟来贺裙,狐族独有的蚕丝织成的锦缎富贵奢华,摸上去手感绵软顺滑,穿身上薄如羽毛,长长的裙摆上成百上千的各色鸟,或栖或飞,或展翅或翱翔,美轮美奂,目不暇接。明筝身着此裙,感觉有种异样的飘逸,一种不真实的虚幻感觉。

莲儿坐在那里欢喜得直拍手,大喊着:"像个仙子,像个仙子。"

明筝看着身上的裙子,也笑了,她没有想到自己会这个样子嫁出去,不是像自小看到的新嫁娘一样,穿着红色喜服,而是穿得像小鸟,这是要飞走吗?虽然她不想说,但是心里还是多少有些遗憾,不过想到萧天,她也顾不上这些了,她今天应该是个最幸福的新娘子。

几个狐族男子抬着步辇来到院子里。夏木把准备好的一提篮五色花瓣交给明筝,明筝提着小篮子拉着莲儿走出来。聚在院子里的人越来越多,他们看见明筝走出来,一阵欢呼。

本心混在人群里,一边跟着人群走,一边拿着一个酒葫芦喝酒。即使是今天这样的日子,他依然不修边幅,头发披散着,身上沾着草叶。他跟着人群随着车辇走着。

明筝站在车辇上,让夏木把莲儿抱上来,莲儿坐在前面,明筝站在她身后,一路走,一路向众人撒着花瓣,人们欢呼着,笑着。

喜堂设在樱语堂。拜过堂后,萧天便会随明筝到听雨居居住,这里用于议事和会客。整个大厅都被细细地装扮起来，大红的喜布悬挂在木梁上，地上铺了红色地毯，一派喜气洋洋。

翠微姑姑挺着肚子早早候在这里，虽然今日的婚礼少了一个环节，但是她还是挺满意的。昨夜萧天专门去前院拜访了她，求一事，就为了拜堂前不去山坡上祭拜青冥，改为晚上他陪明筝去。看萧天为难的样子，也体谅他的难处，便答应改日去祭拜。

翠微姑姑看萧天和明筝一起走进来，便大喊曹管家，曹管家胸前插着一朵红花，满脸喜气地宣布："拜堂大礼开始。"

突然他头顶上的一块喜布滑落下来，正好盖在他身上，他挣扎着要出来，却被绊倒在地上滚了起来。本来是拜堂大礼，众目睽睽之下，突然闹了这一出，堂上一片哄堂大笑。接着，不知何故，一块一块喜布从天而降，砸在人们头上，堂上一片混乱。喜布下的人群相互推搡，摔倒一片，场面更加混乱了。

萧天不知发生了何事，一旁的李漠帆抬头看房梁，看见梁上晃动着一个身影，大叫："房上有人。"林栖听见立刻纵身上了房梁，他在房梁之间跃来跃去，追逐着那个身影。那个身影被追得无处躲避，便溜下房梁，跑进人群。此时，大堂上所有的喜布都掉了下来，堂上乱成一锅粥，明筝呆呆地站在中间不知所措。

突然，被林栖追逐得无处可跑的那个身影，跌跌撞撞跳上喜桌，上面的香烛供品滚了一地。李漠帆大喝一声，从一旁蹿上来，一把按住那人的大腿，把他掀翻在地，喜桌也翻滚到一旁。众人合力上前抓住了那人，揪住他衣襟才看清他面容，竟然是本心，他已经大醉，浑身散发着浓浓的酒气。

盘阳上前就是一个嘴巴子，本心也不还手，像一摊泥一样倒在地上。好好一个日子被搅和成这样，众人无不义愤填膺。上去抓住本心就打，本心也不还手，任人们在那里打。

萧天看着混乱的场面，急忙出手制止。他拉开众人，让人把本心扶起来。明筝拖曳着长裙走过来，她看着本心，想起那日在田里说的话，知道他是处心积虑要这么做的，不由又气又怒道："本心，你有何居心非要搅了婚事。"

"我不同意你跟他。"本心喷着酒气，冲明筝喊道。

"这是我的事。"明筝气得直哭，后面的话说不下去。

"有媒妁之言，父母之命吗？什么都没有，你这就是私奔。"本心的话实属强词夺理，明筝父母早亡，唯一的师父也离她而去，本心搬出这些明摆着找碴儿，众人摇着头，等着看萧天怎么收拾他。众人没有等到萧天动手，明筝先扑了过来，扬起手臂就打，没想到萧天抓住了她的手，他把明筝拉到身后，然后对众人抱拳道："大家散了吧，不要再责怪本心了，他可能不愿看见这些喜布，他毕竟刚刚失去了三位亲人，正在热孝之中，在这个时节，确实不宜举办喜事，是我考虑不周，大家见笑了。"

众人没想到萧天如此大度，不由暗自钦佩和赞叹。既然萧天这样说了，大家便都散了，拜堂被搅和了，宴席没有免，众人兴高采烈走向厨房所在的前院。

明筝没想到她苦盼多日的婚事竟然这样收场，一怒之下哭着跑了，夏木和梅儿，以及莲儿都愣了，片刻后才想到去追明筝。

萧天见明筝跑了，并没有去追，他目光转向本心，略一思忖，夺过他手里的酒葫芦，问道："本心，你还能喝吗？"

本心一愣怔，本以为自己搅了他的婚事，他不会与自己善罢甘休，预计两人要在婚礼现场再过一次招，他也做好了与萧天过招的准备，没想到萧天会这么问他，他愣了半天，不知如何回答。

"你敢与我一醉方休吗？"萧天盯着本心问道。

"舍命陪君子。"本心眼神一横道。

"我会与你公平待之，我先喝到你喝过的量，这一壶是吧。"萧天转身向李漠帆道，"老李，准备酒。"

李漠帆厌烦得龇牙咧嘴道："帮主呀，你今日是洞房花烛夜，你与这个，这个本心拼什么酒呀？"

"你以为明筝还会让我进屋吗？"萧天一笑道，"我今晚陪兄弟，你也来。"萧天说着向李漠帆摆手，他们三人坐到一张八仙桌旁。

本心听到萧天的话，无所适从地垂下了头。李漠帆气急败坏地向身后几个随从吼了声："准备酒菜。"身后几个随从慌忙跑出去。

李漠帆一脸怒气盯着本心道："你说说，你算老几呀，你反对我们帮主和明姑娘的婚事，你站着说话不腰疼，你知道他们经历了多少风风雨雨，过了多少道沟沟坎坎才走到今天，还要什么媒妁之言父母之命？你知道吗，他们双方都是无父无母的苦孩子，他们本也是出身高贵，官宦世家的贵公子和贵小姐，世道艰难，只能随遇而安。"

"老李，好了，不说了，今晚只喝酒。"萧天看几个随从端来酒菜，便拿起一坛酒打开，给三个大碗里倒满酒道，"我先喝三碗。"萧天拿起酒碗一阵咕咕咚咚，三个碗喝到底朝天。李漠帆一把抓住萧天的手臂道："帮主，你今晚真不打算入洞房了，哪有你这样的喝法。回头明筝那边，我看你怎么交代？"

"回头给她赔罪，你别管了。"萧天又往碗里倒满酒，把另外两只碗分别放到本心和李漠帆面前，萧天端起酒看着本心道，"本心，前些天你一直在寒烟居养病，我也一直没有抽出时间去看你，今天就当赔罪了，来，咱哥儿俩喝了这一碗。"

本心抬起头，看着萧天，这还是他第一次直视萧天，四目相对，两人的目光谁也没有避开，而是直直地盯着对方的眼睛，似乎想看到对方的心里，剖肝挖肺，在所不惜。

"本心，"萧天举着酒碗接着说道，"我与你称呼一声兄弟，不比寻常，你我这一声兄弟是续了咱们两家祖上的情义，你父亲与我祖父有袍泽之谊，我敬仰你父亲，敬他是个英雄，你既继承了他的血脉，断不会是个孬种。我知道你的遭遇，我也知道你会挺过来，我不会看错你，兄弟干了这一碗。"

本心先垂下眼皮，在萧天明澈坦荡、英气逼人的目光下，他败下阵来并心服口服，于是端起酒碗，一饮而尽。

"本心，"萧天又给本心面前的碗里倒满酒，"一直想问你今后的打算，是留下来，还是回道观？"

"从今以后叫我念祖，"本心第一次在萧天面前开口说话，"我留下来。"他看了两人一眼接着说道，"这里离我母亲的坟头近，我要为她守灵三年。"说完，他又端着酒碗一饮而尽。

"张念祖，好——"萧天叫了声好，也端着碗一饮而尽。

没有一炷香的工夫，三坛酒喝空了，三个人酩酊大醉，东倒西歪倒头就睡。

第三十八章　似忆曾识

一

翌日一早,萧天迷迷糊糊地睁开眼睛,发现自己倒在一堆喜布里,旁边李漠帆横躺着还在打呼噜,他抬头看见八仙桌上东倒西歪的五个空酒坛,心想坏了,昨晚是新婚之夜啊。他吃力地站起身,环视四周没有发现本心,可能是他醒了,先走了。

萧天整理了下身上的衣服,向听雨居走去。走到月亮门门口,他心虚地向里面探视,正巧看见梅儿从正房里出来,忙向她招手。梅儿看见萧天在院门口探头探脑,急忙跑过来,一边跑一边嚷起来:"帮主啊,你大天亮才回来,你知道昨晚是什么日子吗?"

萧天有些紧张地在原地搓着手,问道:"明筝生我的气了吧?"

"帮主,放在谁身上不生气?"梅儿替萧天发着愁,"这可如何是好呀,你说说,没有拜成堂不说,你连洞房都不入。"

"我不是,我,我喝醉了。"萧天苦着脸,急得直挠头。

"哼,照我看,不是帮主你喝醉了,是那个本心没安好心,他把你灌醉了。"梅儿气呼呼地道,"我真是奇了怪了,那个本心不过一个道士,竟然比你们的酒量还大,我看见他一大早精精神神跑出去了,跟没事人一样。"

萧天蹙眉,沉吟片刻,抬头望了眼正房:"醒了吗?"

"刚躺下,不知道睡着没有呢。"梅儿皱着眉头,压低声音道,"帮主,我看你这一顿骂是免不了了,我先干活去了。"梅儿说完闪身走了。

萧天沿着游廊走到正房门前,听见里面静悄悄的,犹豫了一下,轻轻推开房门,刚要踏步进去,突然一柄闪着寒光的剑拦胸挡到面前。萧天一愣,明筝从里面现身,她只穿了件粉色中衣,外面匆匆披了件青色的大氅。

"明筝,"萧天一脸憨笑,"春日早寒,咱还是进去说话吧。"

"萧天,我告诉你,从今以后,你不准踏入我的房子。"明筝满腔怒气地说道。

"你这是说的啥话?"萧天胸口挺着长剑直接走进屋里,然后反身关上房门,道,"你我夫妻有话好好说,这个还是收起来吧。"

"谁跟你是夫妻,拜过堂了吗? 入过洞房吗?"明筝眼里憨着眼泪气呼呼地说道。

萧天垂下头,靠近明筝低声下气一揖到地,道:"娘子,我这里向你赔罪,是我的错。"

明筝抱住长剑,白了萧天一眼道:"一身酒气,你跟谁喝了一晚上,连洞房都不入了?"

"这……"萧天看明筝生气的样子,又不敢不说,只得照实说道,"跟本心和李漠帆。"

"又是本心?"明筝一听此话气不打一处来,"他到底存的什么心,我非要弄清楚不可。"说完就要往外走,被萧天一把抓住手臂,萧天稍一使力,明筝手里的长剑掉落地上。萧天顺势把明筝揽进怀里,"你就穿成这样出门吗?"

明筝听到萧天话音有变,她抬起头,看见萧天已变了脸,他阴沉着脸,眼里逼人的寒气和威严让明筝感到分外陌生,她愣住了,只听他一字一字说道:"虽然你我没有拜成堂,也没入洞房,但你依然是我萧天的妻子,为人妇者,夫唱妇随。"萧天说完,松开明筝,转身离开房间走出去。

明筝退了几步,一屁股坐到炕上,眼里的泪夺眶而出。

明筝再无睡意,她吩咐夏木给她梳妆,然后叫来梅儿,"姐姐,你去樱语堂打听一下昨晚的事。"

"是。不过,"梅儿赔着笑说道,"明姑娘,你就原谅帮主这一次吧。"

"你不知道我的担忧,我是担心他被人蒙蔽。"明筝不想在夏木和梅儿面前说太多,但是她心里的忧虑越来越深。

"明姑娘是担心那个本心?"梅儿低声说道,"我也看出这个本心有问题,昨晚他们三人喝酒,帮主和李把头酩酊大醉,可是他跟没事人一样,一早便跑出来了,在前院正被我撞上,他连个招呼都不打,转身便走。"

夏木白了梅儿一眼,一边给明筝梳头,一边宽慰道:"我倒是没看出什么,男人嘛,喝酒很正常,刚才我从厨房回来,正碰上樱语堂几个小厮,听他们说,昨夜,帮主和本心还有李漠帆喝得大醉,三人倒到地板上睡了一夜。"

明筝坐在那里发了会儿呆,突然站起身穿了平日里的裙子,也不允许夏木和梅儿陪同,便匆匆出了房门。夏木追出去问道:"郡主,今晚狐王是在这里休息吗?"

"他把这里当什么了,想来便来,想走便走。"明筝气哼哼说了一句,跑出小院。剩下夏木站在原地发愁。梅儿上前拍拍夏木的肩膀道:"这一对冤家,从来都说不清楚。走吧,咱们带着莲儿去池塘看鱼儿吧。"

二

明筝独自走到后山。后山是山庄里人起的名,因为在山庄的后面。这里被开辟出一块块梯田,由于土地肥沃,每年春季播下种子,也不用怎么打理靠天吃饭,到秋收季节每每收获颇丰,有时赶上好年景,不仅够山庄里人一年伙食,有富余还与其他庄子易货,换些其他物品。

那天她在田间见到过本心,今天她决定再去碰碰运气,看能不能再遇到他。明筝沿着小道向田间走去,泥水溅到她的藕色百褶裙上,她急忙拎起裙裾,这时,她看见一个熟悉的身影,沿着田埂向山上走去。

明筝认出是本心,他依然不修边幅的样子,嘴里衔着几根狗尾巴草,腰间挂着一个酒葫芦,似乎又是喝过了酒,摇摇晃晃地向山上走去。

明筝急忙提着裙裾躲到一株老槐树后,本心从树前一摇一晃着走过去。明筝从树后盯着本心走的路径,心里充满疑惑,她悄悄跟到后面。

本心早已发现了明筝,他嘴角挤出一丝苦笑,把嘴里的狗尾巴草吐了出去,故意引起她的注意似的,四处张望,然后飞快地向山上跑去。

明筝一看,也加快脚步跟了上来。本心走到一处尽是碎石的坡上,明筝穿着又薄又窄的绣鞋,被脚下的石子硌得龇牙咧嘴,好不容易走过这个坡,看见本心跑到崖头一片荆棘前,明筝小心地跟上去,却听见哗啦啦的声音。

明筝好奇地探过身,猛然意识到他的行为时,已经晚了,不由气得满脸通红,急忙背过身去,躲到山崖拐角处的一棵松树后。明筝尴尬地闭上眼睛,听到声音没有了,便睁开眼睛,却看见本心已站在她面前不怀好意地看着她。

"喂,我撒尿有这么好看吗?"本心歪着脑袋讥讽地说道。

"没有,我没看见。"明筝脸涨得通红。

"你跟着我干吗?"本心眯着眼睛问道。

"我看你想干什么坏事。"明筝此时豁出去了,她一定要搞明白那件事,便直截了当地说道。

"我能干什么坏事,你刚才不都看见了。"本心嘴角挤出一个笑容,他看着明筝,眯起的眼眸突然闪出一道光,挑逗地说道,"难道你想和我干什么坏事?"

明筝瞪大了眼睛,盯着本心的脸,头嗡嗡直响,她本能地向后退了几步,紧张地抓住裙裾,刚才从本心脸上看到的神情,以及他说话的语调,让她又一次想到宁骑城,难道世界上真有连语调和眼神都惊人相似的双胞胎吗?她从本心的脸上,分明看到的是宁骑城。

明筝腿一软,差点跌倒,被本心抬起胳膊扶住,他脸上肌肉抽动着,眼睛盯着明筝,声音阴森森地说道:"你想到了一个人,那个人叫宁骑城,是不是?"

明筝脑中一片空白,面白似雪,她颤着声音问道:"你是谁?你到底是谁?"

"张念祖。"本心说完,抽回了手臂,明筝身体一晃差点跌倒,本心头也不回从坡上走下去,向田里走去。

明筝呆呆地站在远处,努力回想着被宁骑城带到马市那次惊险的遭遇,那天听到爆炸后,担心师父她老人家,她就向里面跑被萧天死活抱住不放,待烟雾散去,她跑进去找到本心时,本心抱着隐水姑姑的尸体……难道是自己错了?明筝双膝一软跪到地上,无助地哭了起来,在这个世上,老天给她开了多大一个玩笑,环视四周众人,她是最熟悉宁骑城的人,但是不管她心中有多少疑问,别人都不相信。

明筝抬起头,泪眼迷蒙中,她终于想到一个鉴别的办法,只有这个办法可以证明自己,明筝咬了咬牙,要最后试一试。

明筝回到听雨居,叫来梅儿,让她去打听一下,本心如今住在什么地方。梅儿出去后,不多时便回来了,对她说:"本心已从寒烟居搬到前院住,跟小六住在一起,有时帮小六喂喂马,闲了还会到农庄帮帮忙,帮主也没有给他交代差事,说他是热孝其间,以守孝为主。"

"大哥竟然让他在这里长住了?"明筝大吃一惊。

"姑娘,你难道不知道,帮主已经在众人面前重新确认了本心的身份,称呼他张念祖,让他留在兴龙帮。"梅儿诧异地道,"我觉得帮主平时挺英明的,怎么被这个疯疯癫癫的本心迷惑住了,这个本心整日来去无踪、神秘莫测的,谁也不知道他在想什么。"

"唉!"明筝忧心地叹了口气,打发梅儿下去了。

明筝再也坐不住,她从枕下摸出一把匕首,藏进腰间转身离开房间,碰见夏木推说自己头疼,出去散散步,便离开了听雨居。

她沿着寂静的甬道向前院走去,此时已近黄昏,正是晚膳时间,她正可以趁人都去用餐的时间跑到本心的住处,她不信找不到一点蛛丝马迹,非要证明给萧天看看不可。

院子里没有人,一排马厩里马匹安静地各自吃着草料,不时有马打着响鼻,一片咀嚼草料的声响。

明筝沿着一排简陋的茅草房,挨个进去探查。有的是空地,有的住着人,看着里面没有她熟悉的东西,她便走到下一间,有一间他认出小六的耍头,什么风筝呀,陀螺呀,其他几间也是空的,她有些失望,难道是自己遗漏了什么,最后就剩下靠尽头的一间房子了。

门是关上的,明筝站在窗下,小心扒着木格窗往屋里看,一眼看到方桌上一个酒葫芦,明筝心下一喜,原来本心住在这里。明筝轻轻推开门,转身关上房门,她站在门口看了眼室内,房子不大,倒是干净舒适,一炕一桌一椅,靠墙一个木箱子。

明筝走到木箱子面前,看见箱子竟然上了锁。明筝看着这个箱子,她想不出这里会放什么,心里的疑惑越来越深,索性撬开看看再说。于是,她从腰间取下匕首,对着锁口探进去,刀刃碰着锁芯,发出刺耳的声音。

"要不要我帮你?"

明筝耳边骤然响起这熟悉又有些放荡不羁的声音,明筝手一抖,忙收回匕首,她不敢回头,她再清醒不过,她辨认出来这就是宁骑城的声音,连一丝伪装他也懒得做了,前几日他还把声音伪装起来,让她一时犹豫不决,而此时这声音和这语气……

明筝缓缓回过头,本心就站在她背后,明筝身体靠向木箱,双手紧紧抱住匕首,她盯着他的脸,有气无力地说道:"我知道,你是宁骑城。"

"你的话,谁会信?"本心双手叉腰,歪着头斜视着她,一双忧郁深邃的眼眸看着她。

"我可以证明。"明筝固执地说道。

"你怎么证明我是宁骑城?"本心突然来了兴致,眼神里跳跃着一种蠢蠢欲动的情绪,他好奇地望着她。

明筝突然双手举起匕首,指着本心道:"你,你敢把衣服脱了吗?"

"哈!"本心一笑,眼神里突然涌出一种含情脉脉又带点邪恶的神情,"这有什么不敢的,明筝,我敢脱,你敢看吗?"

明筝咬牙闭上眼睛,急得双手一阵紧抖,眼泪都憋出来了,她知道自己无论如何不是宁骑城的对手,只得大声说道:"我不知道你是何居心,你冒用本心的名号,待在这里到底想干什么? 这里的人待你不薄,萧天更是数次救你,你不能再做伤害他们的事。我只是想证明你就是宁骑城,我不想看到你继续蒙蔽大家,你身上如果有伤疤,便是宁骑城。我看到过宁骑城身上的伤疤,我永远都不会忘,你敢让我看你身上吗?"

"这么说来,你与宁骑城曾经很亲密呀。"本心戏辱道。

"你不要胡说八道。"明筝急得直叫。

"那你如何看见过他的身体?"本心又凑近一步,压低声音道,"只有同床共枕的人,才可以看见对方的身体。"

明筝大吃一惊,她瞪着他,直摇头。

"你不怕你的夫君误会吗? 听说你们俩这两天在闹别扭,"本心狡黠地一笑,"如果他因为这件事不要你了,你可别哭鼻子。"

明筝手里的匕首落到地上,她虽然知道本心是在威胁她,但是这件事难免不被萧天误会,她如何可以说得清呀,宁骑城胸前背后密密麻麻的伤疤她是不会搞错的,但是要如何在众人面前说清楚呀?

明筝寻思片刻,突然心一横,道:"即使所有人误会我,我也要告诉大家真相。"

刚才还是一副嬉皮笑脸的模样,此时听见明筝做了决定,本心突然像换了个人,他平静地盯着明筝,眼神里流露出敬佩的神情。他弯腰拾起地上的匕首,交给明筝道:"好,既然你做了决定,你说去哪里,我就跟着你去,任凭你们处置。"

这次倒是轮到明筝吃惊了,她不相信地看着他。

"要不,直接去樱语堂,走吧。"本心说着直接走了出去。

本心在前,明筝在后,两人一路再无交谈,径直向樱语堂走去。此时天色已晚,山庄各处都开始掌灯,星星点点的灯火迷了明筝的眼,她越走越慢。

本心站在前面等她,明筝望着他竖长的身影,虽然他穿着粗布短衣披头散发,但是那骨子里散发出的傲气,是任何人都不具有的,从她进入京城的第一天起,在那个虎口坡就与他打交道,一直到被他带入府里,如果说这个世界还有一个和宁骑城打过最多交道的人那必是她,她不会看错,让他蒙枉。

明筝坚定了信心,快步走了过去。

本心见眼看她走来,也不说话,继续向前走去。

三

樱语堂里萧天正与玄墨山人、李漠帆说着一件事,就是那日救本心时,在石坪镇遇到的金禅会的事。

"以前没有听说过,"萧天继续说道,"这个金禅会是何背景仍是个谜,这两日我派兴龙帮的人去石坪镇打听,也是众说不一,那日咱们等于砸了他的场子,我心里一直对此事有些担忧。"

"以前听说过白莲会,据我看这个金禅会跟白莲会也差不多,说到这里我不得不提我天蚕门的仇人柳眉之。"玄墨山人皱起眉头道,"柳眉之是何种人我就不说了,我想这些人大致都是一些宣扬邪术的人,蛊惑一些无知的民众,因此捣坏一个窝点是为民除害,兄弟不必介怀。"

"是呀,"李漠帆点点头道,"我看里面的人一个个神神道道的,不像好人。"

萧天忧心地摇摇头,道:"你们有所不知,当年柳眉之在京城时他的信众很多,这是一股不可预知的力量,我们不可小觑。"

"兄弟,你多虑了。"玄墨山人正说着,看见明筝走进来,便放下话题,乐呵呵地看着明筝道,"弟妹呀,这么早就过来催人啊……"话到一半,看见后面还跟着本心,他急忙闭嘴,看着两人的神态有异,屋里人都站起身,看着他们。

萧天一步走到明筝面前,他目光迅速地在明筝和本心脸上扫过,蹙眉凝目望着明筝,连话音都变得严厉起来:"明筝,你先回去,我一会儿过去。"

明筝眉毛一挑,就像没有听见他的话,手指着本心道:"我把他拉来了,你自己问问他,他到底是谁?"

"明筝!"萧天眼神里充满埋怨和怒火,他严厉地说道,"我怎么跟你说的,又瞎胡闹。"

明筝从没想到萧天会用这种语气跟她说话,她气呼呼地站在原地瞪着他,只听萧天接着说道:"他是张念祖,我比你清楚。"萧天说着伸手拉住她的手臂道,"你先回去吧，现如今你已为人妇，跟以前大不一样了，做任何事都要先征得夫君的同意，不过我也知道你没有父母告知你这些，以后要记住了。"

明筝眼里憋着泪水，在玄墨山人和李漠帆在场的情况下，她忍住了，但是那件事她一定要说清楚，她指着本心说道："他……"

萧天怒了，大喝了一声，道："我说过了，他是张念祖。"

萧天的突然发飙，惊呆了在场所有人，李漠帆走过去想劝劝，被萧天一把推开。这时本心突然开口了，他说道："明筝姑娘一直觉得我是宁骑城，我知道我与宁骑城有一张相同的面孔，我也知道，宁骑城以前做过很多伤天害理的事，他对不起你们，有道是父债子还，兄弟相偿，也算合情合理。此时我来，就是一个目的，欠债还钱，杀人偿命，任你们处置。"

玄墨山人点点头道："甚善。"接着笑着说道，"但是一码是一码，不可混为一谈。"

"明筝姑娘是见不得我这张脸吧，"本心说着，突然从袖口抽出一把短剑，向自己的左脸上刺去，转瞬之间血珠喷涌而出，众人大惊，想阻止已来不及。

"念祖——"萧天大喊一声，第一个飞身到跟前，上前伸手去夺短剑，一掌抓住剑刃，血从萧天的手心涌出来，本心一愣，盯着萧天鲜血直流的手，短剑被萧天牢牢握住，血珠四溅，也分不清是萧天的血还是本心的血。

明筝吓坏了，急忙大叫："来人呀！"

从外面跑进来几个人，看见萧天和本心脸上身上都是血，也都不敢动，还是玄墨山人在一旁以内功逼退两人，把萧天手里的短剑夺下，萧天右手掌划开一道深深的刀口，一直血流不止。本心的左脸被划开一道长长的口子，肉皮翻开，鲜血流了一身。

这突如其来的变故，让在场的人都瞠目结舌。

"快去，快跑到寒烟居叫我的弟子带着药膏前来。"玄墨山人第一个反应过来，大声喊着一旁的小厮，几个人撒腿就跑。

不一会儿，陈阳泽背着一个药箱跑进来，一看现场，也是一惊。玄墨山人命陈阳泽给萧天包扎，他亲自给本心往脸上上药，然后用棉布紧紧地裹了起来。

大家忙碌了一阵子，萧天手上裹着厚厚的棉布，本心脸上裹着棉布几乎遮住了整张脸，只露出一双眼睛。萧天走到本心面前说道："念祖，不管别人说什么，我萧天只认你是念祖。"

本心眼里涌动着泪光，他几乎哽咽地说道："你……何必……为我，为我这样！"

"念祖,你的父亲与我祖父曾经患难与共,同仇敌忾。我父亲生前曾经不止一次提到你父亲张竞予,称他为边关的铜墙铁壁。我知道你是什么样的人,不需要任何人来证实,念祖,我愿与你义结金兰,你看可好?"

本心没想到萧天会如此待他,他眼里的泪滚滚而下,他哽咽着垂下头,作为一个男人最重要的便是被认同,被尊重。这段时日他几次被萧天救下,他再笨岂能看不出萧天对他披心相付,如今又说出要与他结金兰之义,他原本枯井般的一颗心彻底被萧天打动,萧天和他的弟兄们用言行让他感受到从未有过的温暖和踏实,这些便像一股清流慢慢注满他干枯的心田,让他再一次心潮澎湃,他不再退缩,突然跪下道:"兄长,请受兄弟一拜。"

萧天急忙扶起本心,由于一只手缠着厚厚的棉布,他只用一只手拉住他,他回头看着李漠帆和玄墨山人,轻松地说道:"两位哥哥,你们是我们结拜的见证人啊。"

李漠帆也很感动,又多了个兄弟也是大喜事,急忙吩咐手下人拿来酒水和结拜用的公鸡,在高案上点燃香烛,李漠帆用刀割破公鸡脖颈取下几滴血流进酒碗里。

在他们忙碌的时候,明筝一脸落寞地走出樱语堂,她本来一心想指认本心是宁骑城,没想到峰回路转,却是这个结果。有那么一刻,她看着他们几人称兄道弟、兄弟情深的样子,真以为是自己弄错了,她脑中一片混沌,默默走出去。

她走到门边,听见里面萧天和本心高声念道:

"皇天在上,今日萧书远与张念祖结为异姓兄弟,皇天后土,实鉴此心,今后若背义忘恩,天人共诛。从今以后,萧书远与张念祖死生相托,吉凶相救,福祸相依,患难相扶。"

萧天说完转身望着本心,本心也转身望着萧天,两人四目相对,本心多日里第一次露出笑容。李漠帆端着滴了公鸡血的酒递给他俩,两人接过酒,先是歃酒于地,然后仰脖一饮而尽。

"甚好,"玄墨山人坐在一旁的太师椅上,捋着胡须哈哈一笑,"你们两家原本就是世交,如今兄弟缔结金兰之好,接上了上辈的情谊,可喜可贺呀。"

"兄弟,为兄有话要说,"萧天说道,"吾土道长仙去了,兄弟不如脱了道袍,还你原本的身份,你是张家长子,将来要为张家开枝散叶,我这个山庄虽小,但是有一帮好兄弟,你既与我结拜,他们也是你的兄弟,以后咱们一起携手打拼,你看可好?"

"念祖愿听兄长吩咐。"此时的张念祖向萧天深深一揖,然后转向玄墨山人和李漠帆,两人也都十分周全地还了礼。

萧天叫手下去端酒菜,一会儿一桌子丰盛的菜肴摆上桌面,但看到张念祖被包扎的面孔,萧天说念祖可以不喝,咱三个人喝。但是谁知张念祖揭开包扎的棉布,对着缝隙往嘴里先灌进一碗酒,可能是酒洒出来滴到伤口上,张念祖疼得一阵龇牙咧嘴,嘴里却大叫:"好酒。"

萧天大笑,道:"兄弟的性格,我喜欢。"说着举起酒碗,一饮而尽。

这四人在这里推杯换盏,好不热闹,直喝到三更天才撤。临走,萧天吩咐下面把张念祖的东西搬到樱语堂西厢房,这间房自李漠帆搬走与翠微姑姑同住后,一直空着。

手下扶住喝得大醉的张念祖住到了西厢房,几个手下送走了玄墨山人和李漠帆。萧天看一切都安排妥当,这才坐下来喝了一口茶,一旁的随从过来问道:"帮主,你今儿是在这里住下,还是回听雨居?"

萧天直到此时才感到事情棘手,他向随从摆摆手,让他下去休息。四周静谧无声,他想到明筝,心里有些忐忑。晚上他对明筝大发脾气,明筝其实就像一潭碧水,清澈见底,她的一个眼神一句话,他都明白是何意思,她是好意他当然明白,只可惜自己一次次怒怼她,如今到了不可收拾的地步。

一想到要如何过了这一关,萧天皱起眉头。他与明筝成婚几天了,接二连三地出事,没拜成堂,连洞房也没进,今日又怒怼了她,明筝能不生气吗?萧天坐不住了,他站起身出了门,往听雨居走去。

一路上只听见风声和虫鸟的叫声,萧天一边走一边在想怎么给明筝赔罪,说点什么好话,其实明筝很好哄,只是她执拗起来,几头驴都拉不回来。

走到听雨居的月亮门前,萧天平静下心绪,探头看见里面正房里还亮着灯光,心里一喜,走到游廊上正碰见提着灯的夏木。夏木吓一跳,认出是萧天,急忙走上前,屈膝行礼:"狐王。"

"这么晚了你去哪儿?"萧天没话找话问道。

"回狐王,我去上门闩。"夏木道。

"郡主睡下了?"萧天问道。

"没有,刚进房里。"夏木道。

"她去哪儿了?"萧天一愣。

"郡主一直在院子里舞剑。"夏木犹豫了一下,小心地说道,"看上去有些生气。"

萧天皱起眉头,向夏木挥了下手,夏木退下去。萧天慢慢走到正房门前,屋里亮着灯光,从窗上看见一个纤细的身影,萧天硬着头皮敲了下房门:"明筝,是我。"

狐王令 (下)

等了片刻，屋里传来怒气未消的一句话："我不想再看见你。"

"我可是你夫君。"

"你不是了，我要悔婚。"

话音刚落，屋里的灯火灭了，萧天站在门外愣了半天，他在廊下来回走了几圈，低着头默默往回走去。

四

翌日卯时，萧天从噩梦中醒来，他一骨碌坐起身，右手伤口肿起很高火辣辣地疼着，他叫来手下帮他穿好衣服，便向听雨居走去，想着睡了一夜，明筝的气也该消了吧。

看着天色还早，萧天拐到寒烟居找玄墨山人先给手换药。玄墨山人已起来，正在院子里习剑，有弟子看见他，萧天不让打扰玄墨山人，让弟子给自己换药。

从玄墨山人处出来，又到前院处理一些庄子里的事情，看看天空阳光正好，这才向听雨居走去。

走进月亮门，萧天看见夏木和梅儿在院子当中晾晒衣物，莲儿拎着一个小木桶四处捡拾落到地上的各色花瓣。他没有打扰夏木和梅儿，而是蹑手蹑脚走到莲儿身边，蹲了下来。

莲儿看见萧天，脸上绽出笑容，萧天把手指放嘴上，发出"嘘"的声音，然后悄悄说道："莲儿，咱们玩个游戏吧。"莲儿忙点头，萧天笑着说，"去找郡主，吓她一下，如何？"

莲儿肉嘟嘟的脸上，双眼放光，高兴地点点头，也学着萧天的样子小声说道："我知道郡主在哪儿，我带你去。"说完提着她的小木桶，拉着萧天的手向水塘走去。

水塘边柳树成行，嫩绿的柳条随风飘荡，柳絮满天飞舞，像雪花一样。水塘边的亭子里，一个孤零零的身影坐在石台上。萧天弯身抱住莲儿，在她红扑扑的脸蛋上亲了一下，附在耳边说了一声："你去给郡主说，有个傻子知道错了，去。"

莲儿一听，感觉甚是有趣，便欢蹦乱跳地向亭子跑去，她直接跑到明筝面前。明筝正盯着空中飘飘扬扬的柳絮发呆，突然感到裙摆一动，低头看见莲儿一张红扑扑的小脸，明筝本来皱着的眉头舒展开，她弯下腰，摸了下莲儿的脸蛋道："莲儿，你怎么来了？"

"郡主,有个傻子知道错了。"莲儿咯咯咯笑着说道。

明筝一皱眉,问道:"莲儿,你说什么呀?"

"有个傻子知道错了,"莲儿笑着,向后一指道,"是狐王让我说的。"

明筝抬起头看见萧天慢慢向这里走来,她看着莲儿又气又想笑,便附在莲儿耳边说道:"你去给狐王说,有个人让傻子气死了。"莲儿呵呵笑了起来,突然觉得这个游戏甚是有趣,便转身向萧天跑去,由于跑得快,脸蛋更红了,像一个红苹果。

莲儿跑到萧天面前,萧天看见莲儿兴奋的样子,也高兴起来,他抱起莲儿急忙问道:"郡主怎么说?"

"郡主说,有个人让傻子气死了。"莲儿说完哈哈哈笑起来。

萧天也跟着笑了起来,他对莲儿说:"我跟郡主有事要说,你先去找梅儿姐姐,我一会儿再跟你玩。"莲儿乖巧地点点头,独自跑去玩了。

萧天走到亭子里,明筝气哼哼地背过身去不理他。想想昨晚他当着那么多人面呵斥她的样子,她就一心委屈。萧天在背后突然叫了一声:"哎哟,这只手不行了。"明筝愣了一下,突然想到萧天昨晚夺剑受了伤,还是忍不住回过头。

"活该!"明筝看着萧天包着棉布的手,"疼得厉害吗?"

萧天皱起眉头,点点头,笑着说道:"你要是不生气了,我的手也就不疼了。"

"萧天,我生气跟你手疼有何关系?"明筝白了他一眼,往亭子边走去。

"怎么能说没有关系呢?你我是夫妻嘛,夫妻连心。"萧天跟到明筝身边赔着笑说道。

"你真这么想吗?我以为你只要有兄弟就行了,你还要什么妻子,还要什么家!"明筝眼里憋着眼泪,瞪着萧天道,"你信任过我吗?你只信任你的那些兄弟,我在你心里到底算什么?"明筝说完,哭着跑了,她沿着水塘的堤岸向远处跑去。

萧天呆呆地在原地站了一会儿,转身往回走。

一路心情郁闷地走到庭院里,看见夏木,他向她招了下手,夏木急忙跑过来,萧天压低声音对她吩咐道:"你去跟着郡主,她去哪里都要回禀我。"夏木点头,屈膝行礼,退到一边。

萧天径直出了月亮门,走回到樱语堂。

午后,明筝陪着莲儿在院子里玩耍了一会儿,让梅儿把莲儿引走了,自己回到房里。夏木悄悄跟进来,看见明筝从衣架上取下鹅黄的比甲,便好奇地问:"郡主,你要出门?"

"夏木,去院里摘些鲜花来。"明筝往她月白色掐腰小衣上套上了比甲,看了眼下身的藕色百褶裙,上面溅了不少泥点,便跑到窗下的箱笼里找衣服。

"郡主,你这是要去哪儿啊?"夏木不放心地问。

"去祭拜师父。对了,"明筝回头问夏木,"我的那件百鸟朝贺裙呢,我要穿上那件,让我师父她老人家看看。"

夏木想了想,走到箱笼前,打开箱盖,在里面小心地翻动着,最后找到那件衣服,双手托着走到明筝面前。明筝一笑,拿起衣服跑到屏风后面换上了,然后又穿上比甲,在铜镜前晃了晃,心满意足地跑出去。

夏木跟着跑出去,看明筝走到花圃里采了一捧鲜花抱在怀里,便走过去说道:"郡主,你要出山庄,是不是先去回禀狐王一声?"

"不!"明筝似乎是故意赌气似的,"偏不,你们谁都不许跟着我,我要和我师父单独说说话。"

明筝前脚刚出了听雨居,夏木便往樱语堂跑去。

风和日丽,碧空如洗。小苍山近在眼前,不由让人眼前一亮,感叹千山一碧,再也寻找不出其他词汇可以形容出这种草木葱郁百草争春的胜景,明筝骑着马似是闲庭漫步般闯进了这春日的胜景里,不由触景生情,年年岁岁花相似,岁岁年年人不同。

她翻身下了马,从马鞍边的布囊里取出花束,向山坡走去。却看见山坡上有一匹马在吃草,她吃了一惊,正环顾四周,看见一袭灰袍从坡上缓缓向她走来。

"你怎么跟着我?竟然还给我带来了鲜花。"萧天笑着直接从明筝手里抢过花束,明筝诧异地望着他,但是萧天不容她开口就拉着她走到了坡上。

明筝看见师父的坟前,已摆好了香烛果品,还有一壶酒。萧天把鲜花放到坟头,先跪了下来,叩头道:"师父,你的徒儿夫婿前来看你了。小婿不才,愿倾尽所有,护你徒儿一生周全,你老人家可以放心了,今日在你面前留下誓言,此生绝不负初心。"

明筝听到此处,眼里的泪唰地涌出来。

萧天站起身,把明筝拉到近前低头看着她,明筝一肚子的气不知何时已烟消云散,只发狠地说道:"你在师父坟前说的话,可是要记住了。"

"永生不忘。"萧天说着,弯身抱起明筝就走。

"去哪儿呀?"明筝在萧天怀里踢腾着。

"你不是说也没有拜成堂，也没有入洞房吗？"萧天走到他的马前，把明筝放到马背上，然后翻身上马，策马向三岔口奔去，明筝只听到耳边风呼呼地响，她叫了起来："你要带我去哪儿呀？"

"去一个你没去过的地方。"萧天催马奔驰，养精蓄锐的黑骏马此时发了飙般向前冲，明筝吓得缩起身子，靠在萧天厚实强壮的胸膛前，一动也不敢动，萧天一只手环抱住她，免得她被马颠出去。明筝像是找到一根救命稻草似的，紧紧抓住萧天的手臂不放，嘴里大喊着："我觉得我要飞出去了。"

黑骏马沿着山道向大山里飞奔，萧天不停地催着马，明筝不敢睁开眼睛，她觉得发髻被吹散了，满头的乌发随着身子飘飞，耳边是风声、偶尔飞过的鸟鸣声，马蹄的声音越来越响亮，明筝几乎瘫在萧天怀里，她觉得她要昏过去了。

突然，四周静下来，一个温和的声音在耳边响起："明筝，你睁开眼睛。"明筝这才从昏昏沉沉的状态中清醒过来，她睁开眼睛，被眼前看到的景色惊呆了，她急忙揉揉眼睛，有些不敢相信眼睛看到的一切。

眼前是一个幽闭的山谷，山谷三面环山，一面临湖。湖水碧蓝映照着蓝天，湖面的一角几乎被一种水生植物盖住，开着一种小白花，甚是可爱。萧天下了马，伸手去接明筝，明筝看到他右手上还包着棉布，就要自己下马，但是她双腿已经麻木了。

萧天一笑，还是把她抱了下来。

"这是哪里啊？"明筝惊奇地问道。

"这里离小苍山不远，"萧天指着面前的湖面说道，"这是玉女池，据当地人讲，是天上的织女来人间沐浴的地方。"

明筝笑了起来："太有趣了！"

明筝站到松软的土地上，花草齐膝，不时有成群的蜜蜂嗡嗡着飞过去，一群群蝶儿在花丛间嬉戏，各色蝶儿似乎沾上了花草的颜色，在明媚的阳光下闪着绚烂耀眼的光彩。明筝从没见过这么美丽的山谷，她兴奋地去追逐一群蝶儿，一边跑一边发出咯咯咯的笑声。

萧天松开马的缰绳，任马儿在草丛中随性吃草，他慢慢向明筝走去。远处，明筝已摘了一大把五颜六色的花，她身着蓝色的长裙在花海里跑来跑去，在萧天眼里就像一只美丽的大蝴蝶。萧天也弯腰采花，他采了一把粉色的花走过来。

明筝跑了一会儿，累了，便躺在了花草丛中。萧天走过去，坐到她身边道："知道这是什么花吗？"明筝坐起来拿起那把花放在眼前看，摇摇头。"它叫羽叶灵，看它的花瓣像不像羽毛,这种花在檀谷峪最多了。"

"大哥,檀谷峪有这个山谷美吗?"明筝十分向往地问道。

"比这里大得多,也比这里美,那是一处真正的人间仙境。"萧天笑着说,从明筝口中又听到她喊他大哥,他放心了,心情也随之一荡,"等翠微姑姑产下孩子后,我就带你和族人回檀谷峪。"

"檀谷峪竟然比这里还美?"明筝惊讶地环视四周,脑子里想象着比这里还美会是个什么样子,她陶醉地喃喃自语,"我要在檀谷峪建个花房,还要建楼台,我天天坐在楼台上看花看天上的星星。"

"我全答应你,我亲自给你建楼台。"萧天笑着说,"知道我为什么带你来这个山谷吗?"

明筝摇摇头,温热的阳光暖洋洋地晒在她身上,微风送过阵阵花香,她看着眼前的萧天,从没有见过他如此温和,一双凤眼双目含情地看着她,"那日是我不好,醉酒误了良辰,如今补过可好?"

明筝的脸骤然红涨起来,她慌忙摇头:"不可——"话音未落,她已被萧天拥入怀里,她躺倒在松软的草丛中,从发丝间伸出一朵黄色的蒲公英,她望着蒲公英却闻到一股熟悉的味道,让她回忆起那次跌入陷阱,在漆黑的井下她就是这样蜷缩在这股熟悉的气味里,让她感到从未有过的安全和迷恋,也许在那时,她就一直期盼着这一天。

但是,明筝还是一把推开了萧天,萧天脸色一白,"你还是不肯原谅我?"

"是。你可知拜堂成亲对一个女子是多么重大的事,误了良辰就说明你根本不在乎我,你的心里只有你的兄弟,你的大业,我在你心里有位置吗?"

"你的位置何止是在心里,"萧天伤感道,"你对我而言无处不在。"

明筝乍然听萧天开天辟地般说了句情话,很是惊讶,她深深地望着他,"你说的可是真的?"

萧天俯下身,脸几乎贴到明筝脸上,鼻尖触到明筝面颊,滚烫滚烫,他眼里流露出的绵绵情意,瞬间就把明筝所有的怨气和不满赶到了九霄云外,萧天含糊地说了一句:"我是你的夫君。"说完,脸俯下嘴唇将要触碰到明筝时,一只纤纤玉手挡到了中间。

"夫君,我有话要说。"

"以后再说。"

"不行。"

"你说。"

"咱们这是要补那日的良辰吗？"明筝吃力地喘了口气，萧天的分量很重，她想推开他，但是被他双臂拥着，丝毫动弹不得，她想想此时不宜激怒他，幸亏她跟隐水姑姑习过六年武，不然岂不被他压成渣渣。但是即使这样，她也要把话说清楚。"我师父隐水姑姑对我说过，她说一个女子……"

"咱能不能长话短说。"萧天声音喑哑地提醒她。

"好吧，长话短说就是，一个女子跟一个男子一旦拜了天地，就是一生一世，必要一生一世相随，一生一世不离不弃，"明筝感到身上一轻，舒服地喘了口气，瞥见萧天不知在忙活什么，气愤地问道，"我说的话，你在听吗？你在忙活什么？"

"你说，我听得见。"萧天瓮声瓮气地道。

"我隐水姑姑还说，女子在拜堂后，一定要给她夫君立规矩。"明筝说着感到身上一凉，忙低头看，天呀，她那一身高贵无比的百鸟来贺嫁衣呢？

身上一沉，萧天的脸不怀好意地凑过来："你要给我立规矩。"

明筝此时顾不上礼义廉耻，瑟缩在他宽大的衣袍里，点了点头："第一，不准纳妾。我隐水姑姑说了……"

"先把你隐水姑姑放一边行吗？"萧天有些忍无可忍地道，"改天我一定再去好好祭拜她，感谢她给我教导出一个好娘子。说吧，还有什么？"

"第二，生几个孩子，我说了算。"

"这个你也要当家？"

"我隐水姑姑说了，为人娘亲是一个女人的福气，我要好多孩子。"明筝还没说完，只觉眼前一黑，嘴唇便被堵上了，她喘着气挣扎着叫起来，"还没有说完。"

"以后再说。"

…………

恍如一梦，明筝从恍惚中睁开眼睛，看见头顶上一片星辰，一颗颗明如宝石，璀璨夺目。明筝诧异起来，慢慢从脑中碎片般的记忆中找到了答案，脸上猛然红涨起来，她发现自己蜷缩在萧天的衣袍里，身下茂密的草丛似柔软的床榻，她也不知自己睡了多久，头顶上的星辰诙谐地提醒她，她这个初为人妇的女人是个十足的懒虫。

明筝急忙拉开萧天的外袍，看看自己的衣服已经被整理过了，只是有一两处扭结了，不由脸涨得更红了，连这种事都让夫君做了。明筝心里一阵懊恼，暗骂自己怎么如此不矜持，怎么不知羞耻地躺在这里大睡了一觉。她抬头四处寻找萧天，发现在湖边有一处篝火,火光映照着一个忙碌的人影。

明筝望着那个人影,心里泛起一股浓浓的甜蜜。她站起身,拿着他的外袍向篝火跑去,走到近前她放轻脚步,看见萧天只穿了中衣站在篝火边烤鱼,离得很远,就闻到一股清香。明筝跑过去突然从背后抱住了萧天的腰。

"醒了。"萧天回过头,笑着问道,"你几天没睡过觉了?"

明筝脸一红,嗲声道:"还不是因为你。"

"你呀,有时候是好心添乱。"萧天眉目含笑道,"有时候看人,我比你看得清楚,毕竟比你多吃了几年饭,在江湖上多栽了几个跟头。你说呢?"

明筝一愣,明白萧天是对她说本心的事,明筝点了下头,从那天本心跟她去樱语堂见萧天,到后来他挥刀划破面颊,明筝已经对自己的判断产生了动摇,她完全混乱了,只得承认道:"是我,我糊涂了。"

"来,快吃吧。"萧天举着一条烤好的鱼递给明筝,"不要再想这件事了,都过去了。如今你是有夫君的人了,你可做好当别人娘子的准备了吗?"

"什么准备呀?"明筝一愣。

"很简单,夫唱妇随。"萧天一笑道。

"啊,你也要给我立规矩?"明筝不服地说道。

"就一条。"萧天伸出一指道。

"你说。"

"听话。"

"这么简单?"

"就这么简单。"

"好了,你的夫君向你发话了,"萧天装出一副威严的样子,举起烤鱼道,"把它吃完。"

明筝非常配合地屈身接住,口中念念有词:"遵命,谢夫君。"明筝说完哈哈地笑起来,"真香啊……"明筝手拿着木扦子闻了闻上面烤得焦黄的小鱼,食欲大开,刚咬了一口,突然想起什么,她抬头看了看天,不由叫道,"大哥,这个时辰了,如果山庄里发现咱们俩不见了,会怎么样?"

"你终于想到这个问题了?"萧天大笑起来,"想知道吗,可能会大乱。"

"那可如何是好?"明筝想想听雨居那一院子的人,不知道会急成什么样。

"但是,我也不想赶夜路回去,"萧天咬了口鱼,看着明筝笑着说道,"今夜就在此安营扎寨吧。"

"太好了。"明筝索性也不再去想,"好不容易跑出来一次。"

明筝和萧天并排坐到篝火旁,两人一边吃着烤鱼,一边说着话。萧天看着明筝,眼神里满是幸福的喜悦,他笑着说道:"明筝,你知道吗,今日是我这些年来过得最轻松幸福的一天,没有拔剑迎敌没有被追杀,和自己的女人在一起,我真想永远和你这样过一辈子,生一群孩子,你教他们识字,我教他们习武,盖一片房子,种一片庄稼,多好呀!"

"大哥,难道我们不会这样吗?"明筝把身体靠到萧天怀里,望着满天的星辰,月亮也升起来,似银盘坠在空中,"这也是我梦里的景象,你和一群孩子……"明筝一只手托着脸颊,脸上溢满了幸福的微笑。

"会有那么一天。"萧天望着远处的天空,发现那里云层厚重,似在酝酿一场风暴……

第三十九章　再起波澜

一

翌日一早,萧天带着明筝骑马赶回山庄,刚到山庄大门就看见李漠帆从岗楼跑下来,大喊着:"帮主,你可回来了,把我们急死了。"萧天翻身下马,然后扶着明筝下了马。

明筝看见木栏上拴着她的枣红马,惊讶地叫起来:"怪不得回来时,没找到它,它自己回来了。"

"昨天下午它就回来了。"李漠帆皱着眉头,一脸的抱怨道,"只看见这匹马回来,我们还以为出事了,吓得我们跑出去四处找,人马半夜才回来。帮主,你以后再带着夫人出去,一定要事先告诉我们一声。"

"好,是我考虑不周。"萧天笑着安抚李漠帆道,"李把头,让你担惊受怕了。山庄没事吧?"

"帮主,还真出事了,要不我干吗急着等你回来呢。"李漠帆哭丧着脸说道。

萧天和明筝一愣,两人对视一眼,萧天急忙说道:"出了何事,快说。"

"帮主,你还记得山庄在石坪镇的货栈吗? 昨天让一伙人给砸了,并命咱们两日内搬出,曹管家出面去协商被对方给扣下了。咱们搬出后他们才放人,他们放了小六回来报信。我刚才正琢磨,如果你再不回来,我就带着兴龙帮的弟兄去镇上了。"李漠帆说完看着萧天。

"我知道有个货栈,"萧天略一思索,道,"一直由曹管家和农庄上的人经营,主要是出售自产的粮食和山上的野味,这么多年相安无事,为何此时出事?"萧天盯着李漠帆问道,"不会是房东捣的鬼吧?"萧天问道。

"这个?"李漠帆倒是没有想过这个问题。"张铭夫家财万贯,岂会因为这点银子跟咱们过不去?"

"这样,一会儿你随我去镇上,叫上小六带路,去拜访房东,问个究竟,看看砸货栈的这伙人到底什么来头。你去准备吧,一会儿在这里等我。"萧天布置完,就随明筝向听雨居走去。

"大哥,我也想跟你去镇上。"明筝用乞求的眼光看着萧天。

萧天摇摇头,一只手拉住明筝道:"不行,以后我不能再让你跟着我去冒险了,你是我夫人,你待在家里,我心里会很踏实,别忘了我们昨天说好的,要听话。"萧天笑着安慰她道,"我很快就会回来。"

萧天把明筝送回听雨居,夏木和梅儿惊慌失措地从里面跑出来,萧天直接吩咐夏木道:"夏木,你去樱语堂把我的物品收拾一下,搬到听雨居来。"

夏木一喜道:"狐王,你要搬来听雨居住吗?"

"怎么,难道你们还真想让我们夫妻继续分居呀?"萧天佯装生气地说道。

"太好了,奴婢高兴还来不及呢。"夏木喜笑颜开地跑去了。

萧天辞别明筝后直接走到山庄大门处,看见李漠帆和小六已候在那里,还有五个兴龙帮的弟兄。萧天走到小六面前直接问道:"小六,曹管家是如何被扣押的?"

"昨日,正午时分,货栈一个伙计跑回来,说是有人想用咱货栈的房子,让咱们搬走。曹管家就让我赶着马车带着那个伙计去瞧个仔细。到了货栈就看见七八个人围着货栈的门面,曹管家就与他们理论,说房子的租期是十年,还有四年才到期。那伙人中有一个年轻英俊的男子,我好像听他们的人喊他吴公子,他说他给的租金是咱们的三倍,让咱立刻搬出,曹管家大怒,说你们知道这是谁家的买卖吗?主家是瑞鹤山庄。谁知那伙人哈哈大笑,并扬言搞的就是你们瑞鹤山庄。说完,他们竟然动起手,开始砸货栈,我们就与他们的人打起来,但是寡不敌众,他们抓住了曹管家,扬言腾房就放人,并把我放了,让回来传信。"

萧天听完与李漠帆交换了眼色,道:"看来他们就是冲着咱们来的,走吧,到镇上看看。"

众人翻身上马,此时庄门已被守卫打开,他们骑马奔出山庄,向石坪镇疾驰。

不是集日,镇上甚是安逸静谧。行人寥寥无几,街面上的铺面十有四五不开,开的铺面里也不见人影。一些掌柜伙计坐在门外晒太阳,看见一队人马从镇上经过,都纷纷站出来观看。

萧天他们一行人马直接来到镇上货栈的铺面前,只见大门倾斜倒地,里面一片狼藉。萧天翻身下马走进铺面,里面的东西已被抢空。李漠帆一边踢着脚下的木凳,一边骂道:"他娘的,这些人简直就是找死。"

这时,小六带着一个缩头缩脑的男人走过来,说:"帮主,这个是货栈的伙计,刚才躲起来了,看见咱们来,他才敢跑出来。"

萧天回过头,看着那个伙计问道:"你知道砸货栈的是什么人吗?"

"不认识。他们一伙人,可凶了,曹管家被带走后,我们原本要把货物收起来,不承想被他们全搬到车上拉走了。我和另几个伙计企图阻止,但是他们人多,又拿着兵器,我们没有办法都回家了,只有等你们过来了。"伙计说完胆怯地看着他们。

萧天听完,点点头,打发伙计先回家了。他对小六道:"你去镇上找来老乞丐,我有事要问他。"小六点头跑出去,不多时,老乞丐一瘸一拐随小六走过来。

李漠帆已在铺面中间清理出一片地方,放了一张椅子让萧天坐下。老乞丐走进来嬉笑着向萧天请安,萧天一摆手,问道:"老爷子,我向你打听一个人,你可听说过张铭夫?"

老乞丐一听,摇头晃脑地笑道:"在石坪镇谁不知晓他张铭夫呀,号称张大财神呀。"老乞丐说完,并不再往下说,而是笑嘻嘻地看着萧天。萧天一笑,从怀里掏出一个钱袋,从里面摸出几个碎银扔到老乞丐脚下,老乞丐忙弯腰去捡,开始絮絮叨叨地说起来,"这个张财神呀,是石坪镇一霸,他朝中有人,京城也有大生意,这个石坪镇一半的田产都是他家的。"

"朝中何人?"萧天打断他的话,问道。

"朝中,那可是大大的高官呀,据说当今礼部尚书李明义是他家大舅爷,所以呀张财神手眼通天啊,在这个石坪镇无人敢惹呀。"

萧天向小六使了个眼色,小六带着老乞丐走出去。

"帮主,难道是张铭夫所为?咱租他的房子,他想涨价直接明说不就得了,干吗还要绕这么大的弯子?"李漠帆在一旁不解地说道。

"走,去会会这个张大财神。"萧天说着站起身就向外走。

张财神的府邸很好找,站在街面上,看到屋檐最多、院墙最高的那家就是了。萧天站在张府门前左右观看,李漠帆已走上台阶到府门递送拜帖。

这时，小门打开从里面走出来几个人，一位府里仆从送客出来，走出的几位来客衣着绸缎，其中一人引起萧天注意，此人身形高大腰佩宝剑，他身后三人也都佩有宝剑，满脸戾气。

仆从赔笑行礼道："吴公子慢走。"

被称为吴公子的人抱拳还礼，转身走出来，他与萧天错肩而过，急匆匆而去。萧天与他正面接触的一瞬间已认出此人正是那夜在金禅会与自己动手之人。

台阶上，李漠帆与府里仆从见过，并拿出拜帖，交与仆从。仆从接过拜帖看了看，转身跑进府里。

萧天走上台阶，对李漠帆说道："刚才那个人，我认出来，是那夜在金禅会和我们动手的人，估计那几个人都是。"

"金禅会？"李漠帆诧异地叫了一声，然后压低声音道，"难道张铭夫也是金禅会的人？"

"不可不防。"萧天叮嘱道，"你我见机行事。"

不多时，小门又一次打开，依然是刚才那个仆役走出来，躬身一揖道："小的是府里管家，让两位久候了，老爷在会客厅等你们，请吧。"

萧天和李漠帆随管家走进府里。进门是一面描金雕石影壁，上书"金玉满堂"，院里亭台楼阁，池馆水榭，应有尽有，可见其财神的称号不是浪得虚名。随管家走进会客厅，堂内雕梁画栋，连待客的太师椅也描金镶玉。管家走进去回禀："老爷，客人到了。"

"哈哈，萧庄主真乃稀客、贵客呀。"一个微胖的中年人从里面走出来，他一身绸缎家常便服，手里转着两只核桃，面色红润，皮肤细腻，没开口先笑，一看就是一位养尊处优的乡下豪绅。

萧天拱手一礼道："张员外，今日前来拜见，叨扰了。"

"哪里的话，像你这般贵客，我是请也请不来的呀，哈哈，请坐。"张铭夫伸手向里面请。

萧天简单介绍了下李漠帆，三人依次落座。张铭夫呵呵一笑道："萧庄主恐怕是无事不登三宝殿吧？"

"让员外说着了，小弟确有一事要有劳员外。"萧天看着张铭夫，发现他一脸坦然，丝毫不像是有意要为难自己的意思，便接着说道，"张员外，瑞鹤山庄在石坪镇有个货栈，也不是什么重要买卖，只是出售一些田里的剩余土货，这个货栈租用的是贵地，不知为何昨日被一伙人砸了，口口声声要我们腾房子，张员外可知此事？"

"事是刚刚知晓。"张铭夫倒也爽快,呵呵一笑道,"也不是什么大事,还劳萧庄主亲自跑一趟。"说着,张铭夫端起茶碗,手掀碗盖撇着茶叶,呷了口茶道,"事确有些鲁莽,他们年轻不懂事,哈哈,我在这里向萧庄主赔罪了。"

萧天一愣道:"这么说,张员外是认识这帮人了?"

"也不尽然。"张铭夫吧嗒一下嘴,说道,"是个熟人不假,是京城里我那大舅爷的朋友,大舅爷来信交代要我尽地主之谊,善待他的朋友,你想,我岂有不照办的道理。"

萧天听到此心里微微一动,笑着说道:"我听说员外的大舅爷是当今朝廷的礼部尚书李明义李大人,真是敬仰敬仰啊。"说着,萧天起身施了一礼。

张铭夫哈哈一笑,脸上泛着红光,可以看出他深为自己的这位大舅爷自豪和得意。萧天脸上带着恭敬,心里却是五味杂陈,他虽离开京城有一段时间,但是京城里的局势依然牵动着他的神经,他知道李明义是王振的死党,去年春闱考题泄露案,张啸天被皇上廷杖而死后,他便神秘地接任了礼部尚书一职,可见与王振的关系非同寻常,一年过去,恐怕他的位置更加稳如磐石。而李明义竟然与金禅会有关系,可见金禅会在京城势力有多大,连朝中高官都与他们有来往,萧天稳了稳心神,故意问道:"你大舅爷的朋友可是金禅会之人?"

张铭夫哈哈一笑。"萧庄主可真是神通广大呀,连这个都知道,哈哈哈,"张铭夫干笑了几声,道,"他们突然看中那几间房,非要不可,我还正想找人去庄上找你呢,不承想你就来了。"

萧天也是朗声一笑道:"确实是区区小事,"萧天笑了一下,又问道,"敢问张员外,他们要这房子是作何用呀,那几间小房子,存放个货物还行,不知他们有何用?"

"哎哟,这个我倒是没有问过呀。"张铭夫一愣,但很快又笑嘻嘻地问道,"这么说,萧庄主也有意相让了?"

"区区小事,何足挂齿。"萧天看着张铭夫,道,"只是还有一事,不知张员外可知道?我的管家被他们扣押起来,现在活不见人,死不见尸。如果是张员外的朋友还请捎个一言半语,先放了管家,你看如此可好?"

"还有这事?"张铭夫吃了一惊,萧天从张铭夫的反应来看,他不像是装的,可能确实不知道。张铭夫扭头看向一旁的管家,问道,"这事你知道吗?"

管家碍于萧天他们在场,十分难堪地点点头,低头附到张铭夫耳边嘀咕了几声,张铭夫一皱眉头,一张胖脸慌了,他转向萧天,压低声音问道:"萧庄主,你可有得罪过金禅会?"

萧天蹙眉坦言道："前些日子，我庄里一个兄弟发癔症，疯疯癫癫跑出去，我们四处寻找，最后他竟然被金禅会的人捕去当祭典的活体，眼看就要丢了性命，我们不得不贸然出手相救，当时场面混乱，踢倒的蜡烛烧了帐子引燃了大火。"

"原来是你们呀。"张铭夫大吃一惊，他慌忙喝退左右，然后压低声音道，"你们可是闯下大祸了，萧庄主呀，你们还不赶快躲起来，还来我这里问什么铺面的事，哎呀，岂知已大祸临门了。"

萧天和李漠帆听到此话，面面相觑。

李漠帆憋不住问道："还请张员外明示。"

"哎呀，你们呀……"张铭夫直摇头，"你们真是把瑞鹤山庄当世外桃源了，住在山中不问世事，现如今像我这样闲云野鹤般的人都不得不面对了，前两日，我不得不把一片田地供奉给金禅会，我这个心疼呀，可是没有办法，我大舅爷信上有交代。如今金禅会在京师可不得了了，你们以前应该听说过白莲会吧，现如今白莲会在京城土崩瓦解了，又凭空出了个金禅会，势头可比白莲会要大得多，而你们偏偏得罪的是金禅会呀。"

萧天和李漠帆听完此话，又是一阵面面相觑。

"张员外，如果说那次解救行为冒犯了金禅会，也只能说是个误会，我们并不想与他们为敌呀。"萧天说道。

"误会？你们烧了人家的堂庵，他们在石坪镇的信众有好几百人，这个后果可不是一句误会就可以消解的。"张铭夫摇摇头，看着他俩道，"瑞鹤山庄在方圆百里算是有名望的，你我也没有结过任何梁子，我今日劝两位还是带着主要亲眷出去躲避一阵子再回来，至于你庄上管家，我会保他性命无忧。"

李漠帆气不过，大声说道："一个金禅会就能把你们吓成这样，我倒要看看这帮人有什么能耐。"

"他们砸了我们的货栈也该两清了，难道他们还要没完没了了不可？"萧天也动了气。

"刚才我的管家说，他们根本不用那几间房子，但是也不让你们用，宁愿出钱让房子空着。"张铭夫直摇头道，"这帮人真不是好惹的，连我那在京城为官的大舅爷都让着他们三分呢。"

萧天一皱眉，突然问道："张员外，你可知他们在镇上的住址吗？"

张铭夫想了想道："应该还在那个堂庵里吧，虽然过了火，只是烧毁了一部分，也没有听说他们另有住地。"

"张员外,事已至此还请你出面给说和一下,有道是冤家宜解不宜结,对于上次的鲁莽行为我们愿意赔偿。"萧天说道。

"此话甚合我意,萧庄主不愧是见过世面之人,不拘于小处,你退一步,他方能让一分,这个和事佬我是做定了。"张铭夫笑着点头道。

"那就有劳员外了。"萧天起身深深一揖道,此时想知道的都已探听清楚,实在没必要再在这里耗下去,他知道张员外虽然口头答应,但是金禅会会不会就此罢手也不得而知。一旁的李漠帆十分不情愿地站起身,脸上还是一脸怒气。

出了会客厅,管家引他们来到门口,萧天微笑着与管家行礼告辞,然后不经意地问了一句:"管家小哥,刚才你送出去的那几个人可是金禅会的人? 其中那个吴公子你可认识?"

"噢,认识。此人叫吴阳,是金禅会的护法之一,武功不俗,经常来府里。"

萧天一笑道:"看来,你家老爷也入了金禅会了,你是不是也要入会呀?"

"我家老爷才不会入会呢,"管家直摇头,说道,"我家老爷平日最喜琴棋书画之类,最讨厌这些神神道道的东西。"管家说着,忽然想起什么,"不过,这帮人在这里待不长,我听那个吴阳说,今日就会离开石坪镇。"

萧天脸上一变,他是有意想从管家嘴里套出一些话来,不承想竟听到这个,正疑惑间,突然看见门外台阶上站着小六,小六正跳脚往院子里瞧呢,萧天急忙与管家告辞,与李漠帆大步走出去。

萧天一踏出张府大门,小六就跑过来说道:"帮……庄主,"小六慌忙改嘴,萧天不止一次交代他们在外面要称呼他庄主,小六道,"曹管家自己回来了,回来后什么也不知道了,就像个傻子一样。"

"快,回去看看。"萧天和李漠帆急忙走到门外拴马的地方解下坐骑,翻身上马,小六跟在后面向货栈奔去。

小镇从东到西一条街,眨眼就到了地方,几个随从已把屋里收拾出来,曹管家坐在一张椅子上,看不出哪里不一样,只是离近了,看见曹管家眼睛直勾勾瞪着前面一块地方,萧天他们走过来他也没有任何反应。

"曹管家。"萧天叫了一声,他依然没有反应。

萧天抬头问一旁几个人,"曹管家是怎么回来的?"

"回帮主,我看见是从一辆马车上下来的,马车走了,他就站在街上,是小六把他领回来的。"

"是,当时他就站在街上发呆。"小六在一旁几乎哭起来,"我看他身上也没有受伤,他怎么变成这样了?"

萧天脸色越来越难看,他突然扭头对屋里几个人说道:"我有种不好的预感,这伙人为何放了曹管家,是他们突然良心发现吗?不会是,那么必然是他们又有了其他行动。咱们现在速回山庄,曹管家肯定是被那伙人使了毒,至于是什么毒,回山庄让玄墨掌门看看再说。"

屋里人迅速行动起来,两个人架着曹管家来到外面,把他扶到一匹马上,与他人同骑,其他人都翻身上马,然后向山庄的方向奔去。

二

此时瑞鹤山庄里已乱成一团,连着两支响箭在山庄上空炸响。

樱语堂里几个兴龙帮的弟兄跑到院子里,盯着天空大喊:"怎么回事?出了何事?""谁放的响箭?帮主呢?"

只听另一个喊道:"帮主到镇上去了。"

西厢房里张念祖正在一个随从的帮助下给脸上的伤口换药。自从那日与萧天结拜后,他就住在了樱语堂西厢房里,萧天还给他安排了一个随从服侍他的饮食起居,随从叫兔儿,别看年龄小,只不过比小六大两岁,但是特别机灵能干,尤其腿快。

自那日与萧天结拜后,山庄里再无人叫他疯道士或者本心了,而是遵照萧天的吩咐叫他张念祖,因他与萧天成了拜把子兄弟,所有人见了他不敢怠慢,都是一副敬畏有加的样子。

张念祖在西厢房里大睡了两日,脸上的伤也好多了,红肿消了下去,但肯定会留疤痕,玄墨山人还特意交代伤口没长好前,不要吃大酱、辣椒等刺激性食物,以免疤痕更加厉害。张念祖根本不放在心上,反而故意吃些刺激性食物,似乎疤痕越明显越高兴似的。

张念祖走到铜盆前,从水中看到一个既熟悉又陌生的面孔,熟悉的是眉眼依旧,但是脸上那道可怕的伤疤,像一条既丑陋又恐怖的虫子趴在他左边的面颊上,让他有一种从未有过的新鲜感,似是脱胎换骨般新奇。

"或许没有人再把我与那个人混为一谈了吧?"他在心里问自己,对脸上丑陋的伤疤充满好感和期待,"我就将是我了,不再是任何人了。"

他回过头,叫过来兔儿:"兔儿,你看我怎么样?"

"大哥，你还是赶快上了药，让我给你包起来吧，免得一会儿进来人把人家吓住。"兔儿龇牙咧嘴地急忙转过头。

"真的那么可怕？"张念祖露出很吃惊的样子，在他眼里这道疤没什么呀。他有些得意地又望向铜盆，这时他听见院子里杂乱的喧嚣声，问一旁兔儿："怎么回事？你去看看。"

兔儿放下药膏，飞快地跑出去。眨眼工夫又跑回来，气喘吁吁地喊道："大哥，不好了，出事了。"

张念祖斜眼瞪了他一下道："瞧你那熊样，好好说话，出了何事？"

"山庄里不知谁放了两支响箭。"兔儿惊慌地叫道。

"什么响箭？"张念祖一惊。

"大哥，你有所不知，咱们山庄组织严密，一旦出现危险就以响箭为信号，通知大家防范。"兔儿喘了口气，接着说道，"我上一次看见响箭，还是锦衣卫突袭山庄时，可是今日又发响箭，难道锦衣卫又杀过来了？"

张念祖脸色一变，脸上的肌肉一阵颤抖。兔儿以为张念祖是害怕的缘故，急忙道："大哥，如今萧帮主不在山庄里，咱们还是去寒烟居吧，他们个个武艺高强……"

不等兔儿把话说完，张念祖突然问道："萧帮主去了哪里？"

"听说曹管家被镇上的人扣押了，帮主到镇上要人去了，到现在还没有回来。"兔儿说道。

张念祖突然一皱眉头，对兔儿道："你快些把我伤口包好了，我要去外面看看。"

张念祖胡思乱想了半天，猜不出院子里到底出了何事，见兔儿还没有包好伤口，不免急了："兔儿，你磨磨叽叽有完没完？"

兔儿出了一头汗，手忙脚乱地给张念祖包扎好脸上的伤口。张念祖对兔儿道："我让你给我买的剑呢？"

兔儿转身跑出去，从一个木箱里取出一柄崭新的剑，张念祖一看鼻子差点气歪，他抢着剑上下晃了几下，叫道："这是剑？简直就是小儿的玩具，这让我如何使？"

兔儿惊得瞪大了眼睛，他捂住嘴巴，过了半天才问道："大哥，听他们说你不会武功呀？我以为你要跟着天蚕门的弟子学剑呢。所以我才给你买了这把剑，我现在使的也是这样的剑，我也跟着天蚕门学习呢。"

张念祖听到此话，肺都要气炸了，他吼道："谁说我不会武功，别忘了我的师父吾土道长，可是有名的剑侠，以前我身为道士不愿动武，现在我随了俗，就要大开杀戒。"

张念祖嫌弃地看看手中这把剑,摇摇头,但是有总比没有强。张念祖只得硬着头皮提着剑走出去。院子里早已聚了不少人,兔儿提着他的那把小剑也跑出来。张念祖和兔儿站在院子里看了半天,人们都咋咋呼呼不知跑到何处了。

"走,去听雨居看看。"张念祖说道。

两人出了院门,沿着小道向前走,突然看见不远处拥过来一堆人,为首的正是玄墨山人,他手持长剑,他身后的众弟子也都手持兵器。两下里聚到一处,玄墨山人立刻问道:"念祖,你那里没事吧?"

张念祖摇头,看着他们问道:"到底发生了何事?"

"奇了怪了,"玄墨山人一脸的警惕和不安,"刚才是谁射的两支响箭?这院子里也没什么异常呀。"

玄墨山人身后的众弟子也议论纷纷,一个说道:"师父,不会是有人误射吧?"

"玄墨掌门,寒烟居没事,樱语堂也没事,咱们去听雨居看看……"张念祖提醒道。

玄墨山人点点头,带领众人向听雨居跑去。

听雨居在山庄的最里面,有两条小道,一条从水塘边可以过去,一条是近道。大家不约而同选了近道,一路上并没有反常的迹象。大伙跑到门前,像往常一样,院门虚掩着,里面寂静无声。

毕竟是女眷的宅院,众人走到院门前,玄墨山人挥手止住大家,道:"各位留步,我与念祖进去即可。"玄墨山人大步走进听雨居,园子里竟然空无一人,玄墨山人皱紧眉头,这园子里的人呢,便大声说道:"夏木姑娘,梅儿姑娘——"

玄墨山人唤了半天,不见人影,不由与身后的张念祖交换了个眼色,张念祖二话不说,快步沿游廊向正房跑去,一边跑一边回头冲玄墨山人叫道:"一定是出事了。"

两人一前一后跑到正房门前,突然看见旁边倒了两个女仆,张念祖一个箭步到身前,上前搬过女仆的脸,女仆是昏睡过去了。玄墨山人来到近前,掰开女仆的眼皮,又伸手到鼻下,然后放在面前嗅了嗅,说道:"是迷药。"

张念祖转身跑向正房,推开门看见一个女子趴在八仙桌上,不远的地上还躺着莲儿。张念祖急忙走向八仙桌搬起女子的头,叫道:"玄墨掌门,是夏木姑娘。"

玄墨山人环视房间,心下恐慌:"怎么不见明姑娘?"

"明筝身边还有一个梅儿姑娘,她也不见了。"张念祖疑惑地看着玄墨山人。

"先把夏木姑娘弄醒,也许她知道些什么。"玄墨山人说着,急忙从衣襟里掏出一个布囊,拿着布囊往桌上倒出五六个小瓶瓶,他在几个瓶子间挑出一个小瓶,从里面倒出三四粒药丸,在张念祖的帮助下,塞进夏木姑娘嘴里。

接着,两人抬起夏木放到一旁的床榻上。片刻后,夏木咳嗽了几声,睁开眼睛,看见面前的玄墨山人和张念祖吓了一跳。

张念祖看夏木醒来,急忙问道:"夏木姑娘,嫂夫人呢?"

夏木更是惊讶地看着两人,坐起身向屋里看了看,说道:"出了何事?我如何躺在这里,我刚才正在给郡主梳头呢。唉,郡主呢?梅儿姑娘呢?"夏木迷茫地捂住额头,看着他俩。

玄墨山人和张念祖相视一眼,虽然无言,但从对方的眼神里都看出,此事蹊跷,显然是被人算计了。两人额头都冒出冷汗,玄墨山人沉吟片刻,阴沉着脸说道:"难道那两支响箭与明筝和梅儿有关?看来明筝和梅儿若是不在庄上,便是出事了。"

"玄墨掌门,你看会是谁干的?"张念祖咬着牙问道。

"快走,赶到庄门看看,没准咱们能截住他们。"玄墨山人说完,招呼众人匆匆向外跑去,剩下夏木急忙从床榻上下来,一路跑着追过来:"玄墨掌门,你告诉我,出了何事?"

"你的郡主被绑走了。"张念祖回头撂了一句,两人一路跑出院子,一出大门,张念祖对着众人大喊:"郡主被绑走了,快,去庄门截住绑匪。"

众人一听,立刻炸了窝般大喊大叫起来。

这时从远处传来急促的马蹄声,众人纷纷向后看,只见从前面道上飞奔来一匹马,马上一个披着盔甲的人大喊:"玄墨掌门,不好了,有一帮人袭击山庄大门。"

玄墨山人飞快地奔到马前,只见马上之人背上满是血,到了近前便滚了下来,众人急忙扶住他,玄墨山人忙问:"快说!"

"有一伙人,袭击了庄门,他们已经闯了进来。"

"什么?闯进来了?"玄墨山人大惊。

"我射了两支响箭……"来人尚未说完,头垂了下来。

众人一听,原来响箭是出自山庄守卫之手,看来山庄又遇强敌了。玄墨山人命一名弟子背受伤之人回寒烟居救治。那名弟子走了以后,众人都看着玄墨山人,此时萧天不在,唯一能带领大家杀退来敌的只有玄墨掌门了。

玄墨山人笃定地望了眼众人,大吼一声:"我倒要看看是何方妖孽跑来瑞鹤山庄撒野。"说完,抽出宝剑向庄门跑去,众人摩拳擦掌紧跟在玄墨山人身后向山庄大门跑去。

没跑多远，已远远看见前方有几匹马。

玄墨山人突然攥起手指伸入口中，吹起口哨，哨音凄厉刺耳，在山庄上空鸣响。这是狐族的求救信号，是从萧天那里学到的，当时觉得有趣，没想到此时派上了用场。不一会儿，从庄子四周跑出来不少人。玄墨山人大喊："围住前面几匹马。"

人们向那几匹马跑去。来人看见人群拥过来，疯狂地抽打马背，马受惊，狂躁地向前面奔去，眼看就到了山庄大门处。早已被响箭纠集过来的人，围成一圈，手持利器虎视眈眈地盯着那几匹马。

玄墨山人加快步伐，没想到张念祖比他还快，已蹿到他前面。玄墨山人不放心，毕竟张念祖是萧天的拜把子兄弟，若出意外他如何向萧天交代？便大声说道："念祖兄弟，你身上有伤，让我来对付他们。"

张念祖心里清楚玄墨山人是担心他的身手不敌那些人，一边跑一边向玄墨山人解释道："玄墨掌门，你放心，我跟着师父不光是布道念经，也学了些功夫。"

"好，这我就放心了。"玄墨山人看张念祖这几日如脱胎换骨般重新振作了起来，心里很是欣慰。

他从后面看着张念祖奔跑的身姿，知道他此话不假。吾土道长教出的徒弟轻功不俗也不稀奇，他真是小瞧张念祖了。心里同时暗暗钦佩萧天的眼力，他尽其所能救治张念祖，关键时刻就多了员虎将。

张念祖跃身跳到当头的马前，挡住了他们的路，他这才看清那几匹马上之人的真面目。他们有五个人却有七匹马，中间两匹马上驮着两个麻袋，张念祖一见，心里一动，难不成两个麻袋里绑着明筝和梅儿，想到此眼睛都红了，他狂甩马鞭，大喝一声："把人留下。"

一匹马来到近前，马上之人又矮又胖，围着厚重的面巾，直接冲过来持大刀向张念祖砍来，张念祖挥剑去挡，只听"当啷"一声，张念祖手中的剑断成两半，一半飞出去很远掉到地上。躲在人群后的兔儿大吃一惊，急得抓耳挠腮，大骂："好呀，铁器铺老板骗我，看我回去怎么骂他。"

对方几匹马上之人哈哈大笑，一个青色衣衫的年轻人叫嚣道："这些人不过如此，他们的庄主在镇上，远水解不了近渴，哈哈。"

"念祖，接着。"玄墨山人大喝一声，把身边一个弟子的宝剑夺过来扔给张念祖，张念祖纵身一跃，接住宝剑。天蚕门以剑术为本，弟子手中宝剑都不是俗物，玄墨山人也是有意试探一下张念祖的功夫。张念祖接过宝剑，掂在手中试了下，虽然无法与他过去使的剑相比,但是比兔儿给他买的强多了。

张念祖持剑刺向马上之人,马上之人虽力大,但在马上却无法施展,被张念祖处处掣肘,不得已跳下马来。他一下来,正合张念祖心意,张念祖更是步步紧逼,剑力极猛。兔儿原本躲在人群后,此时他竟然兴奋地蹿到人前,为张念祖摇旗呐喊:"大哥,刺他后面,大哥,刺他屁股……"

兔儿那个兴奋呀,他万万没有想到被山庄里人嘲笑的疯道士竟然是个武功高手,他简直不敢相信自己的眼睛。他刚到张念祖身边时,几个兴龙帮的伙伴还嘲笑说他跟了个疯道士,一点武功也没有,在镇上还差点被人当祭品宰了,当时他是沮丧至极,如今张念祖骤然出手,不仅在众人面前露了脸,也让他在众伙伴面前长了脸。他看见周围天蚕门的弟子也开始用惊奇的目光看着前面打斗的张念祖时,他喊得更起劲了,一脸的自豪:"大哥,好剑法!"

张念祖与矮胖之人越战心里越奇怪,他几乎刀枪不入,他心里猛然想到一个人,背后出了一层冷汗,决定挑开他的面巾看一看他的真面目。他虚晃一剑,故意露出破绽,对方果然上当,紧跟上来。张念祖猛然一个反身偷袭,剑刃直刺对方面颊。张念祖持剑抵到对方脸上,竟然硬如钢铁,他持剑挑破面巾,只见对方的面巾被剑砍成碎片,瞬间滑落到地上,那人露出狰狞的面目来。张念祖心里暗叫一声不好,果然是他。

只听四面一阵阵惊恐叫声,众人纷纷后退,刚才还兴奋得摇旗呐喊的兔儿吓得差点栽个跟头:"鬼呀——"

矮胖之人正是云蘋,此时他看见面巾被人挑开,索性把头上剩余的部分也扔到地上,他仰脸举起手臂哈哈大笑,他此时的面孔比以前又大了许多,皮肤上层层叠叠的壳状物堆积如山,五官已严重挪位,眼睛基本找不到,只看见一点鼻孔和歪到右脸上的嘴巴。

众人纷纷后退,他们都被眼前这个比鬼还可怕的东西震慑住了。只有玄墨山人还站在原位,他呆呆地瞪着那个怪物,在别人纷纷后退时,他径直向云蘋走了过去,一旁的张念祖急忙跟在他旁边,一只手拉住玄墨山人道:"玄墨掌门,你小心了,这家伙刀枪不入。"

"你叫什么名字?"玄墨山人盯着云蘋大声问道。

云蘋一愣,他看着面前白须老者,不愿理他,含混不清地嚷道:"让,让开路,不然,让你们一个也活不成。"

"我问你,你可是中了铁尸穿甲散之毒。"玄墨山人紧盯着他问道。

"哈哈哈……"云蘋仰头大笑,"是又怎样,我不是很好嘛,刀枪不入,天下无敌,哈哈哈。"

"你跟我走吧,我会医治你。"玄墨山人紧张地说道。

云蘋身后的吴阳听见玄墨山人的话急了,他们此时已接到人,任务已完成,不能在这里久留,便催促云蘋道:"金刚护法,杀出一条血路,赶快离开山庄。"

"吴阳,你带他们先走,我挡住他们。"云蘋说完,挥起大刀向玄墨山人砍来,张念祖闪身护到玄墨山人身前以剑挡开大刀,回头叫道:"玄墨山人,他是不会跟你走的。"玄墨山人仿佛中了魔咒似的,呆呆地看着云蘋,连云蘋的刀劈过来,他也忘了躲,张念祖一看,转身向后面天蚕门弟子大喊:"把你们师父架走,不然等着收尸吧。"

张念祖对付着云蘋,等天蚕门弟子战战兢兢把师父拉走,他才喘了口气。面前人虽多,但是在云蘋露出真面目后,这些人都吓坏了,士气大落,又加上都是武功平平之人,要他们对付云蘋,几乎不可能。

只有他一人继续与云蘋缠斗,他心里很清楚,他功夫再高也奈何不了云蘋,时间一长只怕自己也会有闪失。正在相持不下之际,他看到对方四匹马冲到庄门前,与庄门的守卫打了起来,不一会儿,庄门被攻破,四匹马连同另两匹驮着麻袋的马匹冲出庄门。

张念祖眼睁睁看着那两匹驮着麻袋的马冲了出去,又气又急,眼里的血丝都暴了出来,他感到脸上的伤口钻心地痛,他大吼一声,向挡在他前面的云蘋刺去,只听"当啷"一声,手中宝剑竟然折断,震得他虎口一阵剧痛。接着一道白光闪过,雪白的刀刃劈到胸前,张念祖手中的剑只剩下半尺长,他一闭眼,心想完了,死在他手下,真是自己的报应。

突然耳中一阵铿锵的金属碰击声,接着就听见众人欢呼:"萧帮主回来了,萧帮主回来了。"张念祖睁开眼睛,看见萧天持剑正与云蘋打到一处。张念祖翻身坐起来,心想萧天又救了他一次,他眼含热泪,大叫:"大哥,他刀枪不入,你小心了。"

萧天回过头,匆匆扫过张念祖问道:"你可还好?"

"大哥,"张念祖突然双膝跪下,"嫂夫人被他们劫走了。"

萧天身体跟跄了一下,转过身惊讶地望着张念祖,他一回到山庄便受到这个打击。张念祖看到云蘋的刀又挥下来,便一个纵身跃到萧天面前,夺过萧天手中的剑向云蘋刺去,由于刚才虎口受伤,他剑上的力度就大不如从前,云蘋一刀劈过来,他连人带剑滚到一边。云蘋越战越勇,慢慢向山庄大门靠近。

云蘋独自退到山庄大门处,他的可怕面貌吓到了守门的兄弟,他们惊叫着四散而去,云蘋大笑着走出山庄大门。

山庄一片狼藉,萧天虽然赶回来得还算及时,但是还是晚了一步。萧天命李漠帆去清点一下伤者,他与张念祖、玄墨山人回到樱语堂。刚一坐定,李漠帆就跑回来回禀道:"帮主,听雨居的几个女仆都醒过来了,只有嫂夫人和梅儿姑娘被绑走了。山庄大门处守卫的兄弟死了五人,伤七人,其他地方没有伤亡。"

萧天紧皱着眉头,明筝被劫持让他痛不欲生。他勉强打起精神吩咐李漠帆道:"对山庄里死亡的弟兄一律发放银两给家属,让其好好安葬;受伤的人还要有劳天蚕门的弟兄来医治。"

玄墨山人点点头,对萧天道:"这个放心,天蚕门义不容辞。"

"帮主,这帮人为何要绑走嫂夫人?"李漠帆惊讶地问道。

萧天蹙眉深思,从昨日曹管家出事,到他们袭击山庄绑走明筝,再加上在石坪镇张府里所见所闻,他不得不得出一个结论,他紧紧握住了拳头,脸上的肌肉颤抖着,咬牙说道:"他们真的找上门来了。"

玄墨山人捋须说道:"那个家伙曾在山庄外面出现过,今天总算见识了,我可以肯定他中了铁尸穿甲散的毒,他是个铁尸穿甲散的活体。我们天蚕门这次已退无可退,必须活捉了他。"

张念祖坐在一旁沉默不语,他心中了然一清,但是苦于说不出口,只能低着头听在座的人去推测,双手紧紧抓住椅子把手,脸上一阵红一阵白,眼神也变得阴鸷和恍惚。

"他们是金禅会的人,这点毫无疑问了。"萧天想了下,接着说道,"上次咱们去解救念祖时,无意烧毁的那个堂庵就是金禅会的一个堂口,如今咱们跟他们结下了梁子,但是即便如此,他们也不至于要劫走我的夫人呀,看来还另有隐情。"

这时,陈阳泽匆匆走进来,向众人回禀道:"按萧帮主的吩咐,给曹管家灌了清毒散,他吐出了一大摊污物,闻出里面有能致人神经麻痹的剧毒成分,如川乌、草乌、雪上一支蒿等,已给他喝下五物汤。"

众人看着陈阳泽,李漠帆问道:"他们为何要给曹管家喝下这种药,又不置人于死地?"

"可能不想让他说出看见的一切。"陈阳泽说道,"喝过药如同傻子一样。"

"这一切都是他们预先谋划好的,为了把咱们一部分人吸引到镇上,他们好下手。"萧天说道,"我最奇怪的是,他们好像对山庄里的地形很熟,直接跑到听雨居。"

"难道山庄里又出了内奸不成?"李漠帆心有余悸地说道。

玄墨山人点点头,又回到刚才的话题,"这个金禅会到底是什么来头?"

"据张铭夫讲,金禅会已在京城取代了白莲会,甚至比白莲会的势力更大,"萧天十分诧异地说道,"他们会把明筝带到哪里呢?有何意图?难道是逼咱们交巨额赎金?为何也不给个明话?一切都不合江湖规矩呀。"

"看来要想救弟妹,还要去跟金禅会的上层接触,"玄墨山人说道,"这帮人确实不好对付,就那个家伙几乎无敌于世,没想到我祖师创造的铁尸穿甲散威力如此可怕,怪不得他老人家,不传授弟子,将之密封于冰窟。也就因为太神秘,被外人传得神乎其神才遭到偷盗,唉……"玄墨山人一说到铁尸穿甲散就停不下来。

张念祖实在听不下去,他站起身走到萧天面前,拱手道:"大哥,此事因我而起,这个祸是我闯下的,我义不容辞要把嫂夫人救回来,我想到京城去打探金禅会的底细,然后回来禀告众位,你们看可好?"

玄墨山人对他的身手没有异议,便看向萧天。萧天沉思片刻,从刚才一进山庄大门看到张念祖与敌手激战,也看出他已从萎靡不振中恢复过来,这点恐怕是唯一值得他欣慰的事,便也想给他一个机会,就点头道:"也好,念祖,你先行一步进京,我们把山庄里安置好,咱们在京城会面。"

当天晚上,张念祖只身一人,骑马赶往京城。在山庄大门处萧天和李漠帆等在那里给他送行。

"念祖,这是我的亲笔信。"萧天从衣襟里取出一封信交给张念祖,"你到京城住进上仙阁,那是兴龙帮的产业,是咱们自己人,把信交给韩掌柜就行了。有何需要,给掌柜说。"

张念祖接过信,揣进怀里,向萧天和李漠帆抱拳,道:"兄弟先行一步,在京城等你们。"

"你在京城不可贸然行事,一切等我们去后再定夺。"萧天嘱咐道。

张念祖点头应了一声,翻身上马,清冷的月光下,漆黑的山道就像蒙上了一层黑纱,张念祖催马疾驰,他脸上的刀疤在风中刺痛,他眼里闪着精光,心里只是反反复复重复着一句话:又回来了。

三

一缕纤细的白烟从闪着金属光芒的鼎上袅袅升起,香是一种罕有的香型,整个屋子都弥漫着这种香气。两个白衣女子站在床榻两边安静地候着,她们知道香氛能很快唤醒床榻上的女子。果然,不一会儿女子眼睫毛扇动了几下,缓缓睁开眼睛。

两个白衣女子缓缓走上前,屈膝一礼,退到一边,等待差遣。

明筝呼地坐起身,摸着头,仍感到昏昏沉沉。她望着眼前陌生的一切,惊讶地张着嘴巴,半天合不拢,她在心里默默念道:这是哪里呀?

明筝环视四周,只见屋子富丽堂皇,地上铺着猩红盘花样的波斯地毯,中间黑漆描金圆桌,围着四张同样的圆凳,巨大的红木雕花床榻,底下还有铺着毯子的脚踏,床榻前摆着焚香用的制作精美的大鼎,奇异的香味就从鼎中袅袅吐出。再看床榻前的两名女子,个个眉清目秀,体态婀娜,她们静静地看着她,似是等待她的差遣。

明筝直到此时,脑子里还是一片空白。她想到那个下午,她和梅儿还有夏木正在院子里逗着莲儿玩耍,突然听见"嗖嗖"两声,接着看到空中两支响箭依次响起。梅儿一看大叫一声:一定出事了,便拉起她和夏木跑进正房,她回到房中,只闻到一股奇异的香气,接着便什么都不知道了。

"我这是在哪儿? 到底出了何事?"明筝惶恐地瞪着床榻前的两个女子问道。

两边的白衣女子屈膝一礼,面带微笑,却不开口说话,而是来到身边搀扶明筝下了地。明筝急忙低头看自己的衣服,心里舒了口气,身上穿的依然是自己的贴身中衣。

一位女子双手托着一个木盘走过来,上面放着一件用上好的白色丝绸做成的上衣和一件百褶裙,另一个女子走过来,在明筝面前默默展开百褶裙,这件裙子薄若鸿羽,上面用金丝线穿上细小的珍珠,层层叠叠地密布其上,让明筝叹为观止,不由想到一句诗词:罗衣何飘摇,轻裾随风还;顾盼遗光彩,长啸气若兰……

明筝穿上衣裙,看到两位女子虽不言,但是从眼里射出惊艳的光彩。明筝再看两位女子的衣着,竟然和自己身上的相差无几,只是她们的裙上没有金丝和珍珠。明筝拉住其中一个脸上有酒窝的女子问道:"快告诉我,这是哪里? 你们为什么不说话？"

两名女子急忙躬身后退,也不回答也不起身。

这时,从外间又走进来两名女子,手里都端着托盘,上面摆放着碗碟。两名女子直接把碗碟摆到圆桌上,向明筝屈膝行礼后,转身走了出去。闻到饭菜的香味,明筝才感到肚子里咕咕噜噜一阵乱叫,她望向圆桌上的饭菜,有四碟小菜和一碗粥。四碟小菜颜色各异,有青笋、拌萝卜丝、红烧肉块和烧鸽子,明筝看到这些口水几乎流下来。但是她被一件事惊呆了,这几样小菜都是她平时最爱吃的,连萧天都不会知道,这家主人是如何知道的,难道是巧合？这也太匪夷所思了吧？

明筝坐到圆桌前,拿着筷子却不敢下箸,她看着身边两个像木偶一样的美丽女子,想从她们身上寻找答案看来是做不到了,只能自己行动了。明筝看着面前一排雕花格子大窗,中间是对开门的两扇门,她走到门前,发现那两位女子跟在自己身后,但并没有阻止她出去的意思。明筝心里大喜,急忙拉开一扇门。

当她刚要走出去,那个脸上有酒窝的女子急忙上前来,帮她把衣领上的一块薄丝绸盖到面孔上,她们两个也同时盖上白色的薄丝绸,虽然眼前敷上一层丝绸,但是依然看得十分清晰。两个女子轻轻拉开房门,突然间一种沉重的声浪涌过来,明筝吓一跳,不知哪来的如此厚重的声浪,就像是有一万个人在地底下吟唱一样。明筝诧异地瞪着外面,门外的走廊空荡荡的,可是声浪却骤然高昂。

明筝小心地迈着步子,似乎害怕一不留心就会跌入山崖一样。声浪阵阵涌来,听不清吟唱的是什么,但是那个节奏竟然如此熟悉,让她不由一阵紧张。她慢慢走到走廊上,走廊很长,隔一段距离就会有一盏宫灯,微弱的光影把走廊照耀得更加扑朔迷离。

明筝感到头有些眩晕,急忙伸手去扶雕花木栏,她把身体靠到木栏上,不经意地望了眼下面,这一望不要紧,差点被惊出一身冷汗。她看见木栏一边的楼下,巨大的场地上坐着密密麻麻的人,刚才她听到的吟唱的声音就是从这里发出来的。

明筝站在木栏边,这才看清整个建筑,这是一个有着巨大穹顶的屋宇,建有三层,每层由走廊连接,走廊里有一间间房间,明筝就是从三层的一个房间走出来到了走廊,而楼下巨大的场地上坐满了人,人群被一丛丛蜡烛分开来,变成一片片的。

明筝惊讶得说不出话来,她看见前面不远处打开一扇门,一个与她有着相同衣着的女子走了出来,身后同样跟着两名白衣女子。

明筝来了精神,快步走过去,与白衣女子擦肩时站住了,明筝向她一笑,看到这名女子面色稚嫩,最多不过及笄之年。女子看见明筝先是一愣,而后缓缓一笑。

"这位妹妹看来真是面善,我叫明筝,你叫什么?"明筝没话找话道。

"听兰。"女子小声地说道。

终于听到有人说话,明筝心里一阵狂喜,不由默念一声阿弥陀佛。她急忙压低声音问道:"小妹妹,你知道这是什么地方吗?"

"啊?"听兰瞪着一双明亮的眼眸几乎笑起来,"你怎么会不知道?"

"我可能睡了一觉,想不起来了。"明筝露出为难的神色。

"这里是京城大名鼎鼎的金禅神堂啊。"听兰笑着说。

"你说什么? 京城? 这里是京城?"明筝倒吸一口凉气。

"姐姐,你不是……你……"听兰把到嘴边的话咽了回去,小姑娘看上去很腼腆,又不爱多言。

明筝额头上出了一层冷汗,她知道自己的处境,遇到这个会说话的不容易,她必须从她嘴里得到尽量多的消息,因此没时间感叹,她装作一副想起来的样子,说道:"小妹妹,你不知道,我患有脑疾,时常忘事,时常不知道在哪里。唉,以前都是我妹妹来帮我恢复记忆,如今到了这里,没有人帮我,我就什么也不知道了。"

"原来如此,姐姐莫急,"听兰乖巧地一笑道,"我来告诉你吧。"她指了一下楼下的会场,接着说道,"今天是集会日,所有信众都要来这里。集会日是每月的十五这天,在这天堂主会根据神的旨意选出信男,堂主会把一个玉女赐予信男为妻,死后双双进入极乐世界。"

"什么玉女?"明筝越听越惊异。

"啊? 这你也不记得了?"听兰也惊讶地看着她,笑道,"像你我这样的,都是玉女啊。"

"什么?"明筝瞪大眼睛,她知道自己处境很糟,没想到糟糕到这种程度,"可是,我有夫君呀。"

听兰一把捂住明筝的嘴,害怕地瞪着她,"你,你们家也太狠毒了。"

"什么意思?"

"姐姐,你难道不是家里保荐来的吗?"

"啊,我不知道呀。"

"哎呀,我看出来了,"听兰直摇头,怜悯地望着她道,"你夫家一定是嫌弃你患有脑疾,所以把你举荐到这里成为玉女,把你这个包袱给甩了还能得到一笔银子。"

"妹妹,你是如何来的?"明筝打断她对自己的推测,好奇地问道。

"我是自愿来的。"听兰红着脸低下头,"我家是乐籍,即使我不来这里,我也要被父母卖到乐坊学曲儿，如若跟到不好的师父，还会被转卖到楼里做姑娘。我的姐姐就是这样子，虽然现在从了良，夫家还是拿她的银子做油坊，但是一家子却嫌弃她，日子并不好过，所以我宁愿做玉女，也不到乐坊。"

"傻妹妹，如果你被指给陌生的男人，你该怎么办？"

"反正我们死后会进入极乐世界，我就等这一天呢。"听兰充满希望地说道。

"你没有想过逃走吗？"明筝问她。

"没有。我在这里吃得好，穿得好，比在家里舒服多了，还有人服侍我，为什么要逃？"听兰笑着说道，"姐姐，如今我又多了你一个朋友，我很开心呢。"

听兰突然扶住栏杆，对明筝叫道："姐姐，金刚来了。"

"什么金刚？你是说堂主？"明筝紧张地问道。

"不是，是金刚护法，堂主说他是天上弥勒佛的金刚，被弥勒佛派往人间护佑金禅会，所以叫他金刚护法，他肉身钢甲，刀枪不入。"听兰拉住明筝走到木栏旁，"你看吧，一会儿就会有信众排着队去拿这种兵器刺他肉身，只要拿刀刺过他的人，都不再怀疑金禅会，我就拿剑刺过一次，那一次我是跟着父亲和大哥来的，第二天我就同意来做玉女了。"

"你做玉女是你父亲和大哥的意思吧？他们得到多少银子？"明筝没好气地问道。

"五十两。"听兰红着脸说道，突然指着下面，激动地叫道，"看呀，来了。"

明筝低头看到楼下一个木台上，突然点亮一圈圈犹如手臂般粗的蜡烛，木台上亮如白昼。这时，金刚走到木台上，他又矮又胖，脸上和全身都闪耀着金色，又穿着金色绸缎，一片金光闪闪。木台下传来一阵阵欢呼声，接着一个白衣师傅走上来说了几句，台下又一阵欢呼，接着信众们争先恐后地在木台一边排起队。信众们上台拿着各自家里的刀或匕首等物，走到金刚面前演示一下。这些人在刺过金刚后，表情各异，或惊讶或狂喜，有的人干脆倒头就拜。

明筝越看越觉得这个矮胖的金刚像是在哪里见过，但是想不起来了。她现在顾不得想这个，而是着急怎么脱身。明筝前后看了看，这一看又吓一跳，走廊里站了不少与她服装相同的人。这些女子无不是容颜清丽，举止端庄。她们也像听兰一样，兴奋地趴在木栏上向楼下看，还有人附和着大叫：金刚，金刚。

"听兰妹妹，"明筝小声附在她耳边问道，"你知道服侍咱们的这些女子，为什么不说话吗？"

"她们……"听兰回头看了眼身后的两名女子，叹口气道，"她们当初也是玉

狐王令（下）

女,但后来犯了错,被堂主惩罚,割下了舌头,还服了开心散。"

明筝一听,紧皱眉头问道:"究竟是什么错,要把人家的舌头割下?"

"小声点姐姐,"听兰四处看了下,小声说道,"她们或是不服堂主指派,或是想逃走。你要知道玉女里,像我这样自愿的毕竟是极少数,大多是被歹人拐卖的少女,或是走投无路卖女求活路的人家。"

"开心散是毒药吗?"明筝想到服侍她的那两个女子,看上去神情便与常人不一样。

"开心散就是开心散,服下后什么忧愁也没有了,只会服从堂主的旨意。"听兰说道。

明筝疑惑地望着听兰,看着她轻松地说出这些耸人听闻的可怕事情,竟然面不改色心不跳,她有些怀疑听兰是不是也服了开心散。想到这里,她暗自庆幸刚才圆桌上的饭菜她一口没动。身处魔窟,如何逃脱呀?

"姐姐,你莫慌,"听兰看出明筝的担忧,笑着说道,"我刚来时,也像你这样,晚上还偷偷哭过,后来就慢慢适应了。"听兰说着,拉住明筝的手道,"走吧,姐姐,该咱们出场了。"

"咱们?"明筝身上一僵,急忙问道,"咱们下去干什么?"

"金刚下去后,堂主就该上来了,他要依据神的旨意选出信男,然后从咱们这些玉女中指认一个为他的妻子。"

"不,不,我不下去。"明筝突然甩下手,往回走,被听兰一把拉住,急忙叫道,"姐姐,玉女已经指认好了,你急什么,咱们下去只不过站在那里吸引台下那些信众的目光而已,让他们争抢当下一个信男。"

"啊?"明筝这才松了口气,问道,"信男还要抢呀?"

"当然了,不是所有人都有这个资格,这要看他捐献给金禅神堂多少田产和银子。"

"原来如此。"明筝在心里终于明白了,所谓的金禅会不过也是某些人敛财的手段罢了。

明筝和听兰跟着前面的玉女缓缓向前走,玉女和侍女排成两队。队伍里静默无声,所有女子都面容肃穆。她们沿着走廊依次走向楼梯,从楼梯下到一楼,所有侍女站在木台后,玉女们缓缓走向木台,在烛光的照耀下,玉女个个恰如蟾宫妙人,白绸飘飞,珠光闪耀。台上的倾城之貌,惊得月落星沉花颜尽羞。

这时台下一阵骚乱,信众们拥到木台周围。一些人大声喊着:"仙女,仙女下凡

狐王令（下）　　　　　　　　　　　　　　　　　　　　803

了，仙女下凡了。"一些男人疯狂地往前面挤着，几乎把身体贴到了木台上。

金刚又走进来，他伸出两只手臂，四处瞬间安静下来。这时那个白衣师傅走上来，大声地宣布："金禅会的信众们，堂主来看你们了。"

明筝一听急忙偷偷回过头，只见一个身披金色大氅的高个子男子走了上来。明筝定睛一看，差点没有气晕过去，竟然是柳眉之。几个月不见，柳眉之比在瑞鹤山庄时明显丰腴多了，更加英气勃发，看来他心情不错，满目喜悦双颊发红。明筝真恨不得扑上去狠揍他一顿，但是想想还是先找机会脱身为好，便强忍住心里的厌恶背过身，她面向台前，眼下是成百上千的信众，可她眼睛什么也看不见，脑中一片空白。

"金禅起，万家福。"柳眉之那带着磁性的嗓音，立刻迎来疯狂的呼喊声，一浪高过一浪："金禅起，万家福……"

明筝的耳朵几乎被震聋了，她急忙捂住耳朵。却突然感到自己的脚被一只手抓住了，明筝紧张地往后退，眼看疯狂的信众在高台四周呼喊，明筝抬起脚想摆脱那只手，无奈那只手像铁钳牢牢地攥住了她的脚踝。她用力挣脱不开，反而摔倒了。明筝觉得自己的身子被拉到台口，她紧张地双腿踢腾着，却看见脚旁一张熟悉的面孔，半边脸被棉布缠住，只露出半张脸，一双眼睛。明筝猛然认出来，这不是张念祖吗？他如何会出现在这里？明筝一时愣怔住，却听见张念祖冲他大喊："明筝，等着我们来救你。"

明筝这才确认此人就是张念祖，她突然爬到台口，冲张念祖喊："去告诉萧天，是柳眉之。"她的话音被周围的声浪吞噬掉，但是明筝相信张念祖听懂了，她看见他冲她点点头躲到了人群里。

明筝站起身，一直悬着的心慢慢放下了，她看见张念祖，便知道萧天也进京了。

听兰从一旁靠近她，"你听见了吗，刚刚堂主选定的信男姓胡，快看，指认的玉女过来了。"

明筝回过头，看见木台上走过来一个身着红衣的女子，红色的嫁衣裙摆一直拖到台下，明筝一惊，这个女子的眉眼怎么如此熟悉，就是记不住在哪里见过。那个胡姓信男兴奋地跑上来，看了女子一眼，就给堂主跪下了，不停叩拜。

台下的信众更加疯狂地欢呼，胡姓信男抱起红衣玉女走到台下，不承想被兴奋中的信众夺过来举到了头顶，红衣玉女被无数人举着，在山呼海啸般的欢呼中，渐行渐远……

听兰和明筝几乎看傻了,两人瞪着眼睛,面面相觑。

到这里仪式基本就结束了,木台上女子们惊叫着向楼上跑去,生怕被心怀邪念的信众拉走,木台上一片混乱。明筝想找柳眉之,但是台上哪里还有他的影子? 听兰拉着明筝就往楼上跑,一边跑一边说:"上次,我被两个信众差点抱到马车上,吓死我了。"

"金刚护法他们呢? 怎么不管管?"明筝抱怨道。

"你傻呀,金刚护法是对付外人的,这些人都是信众,他们能来这里,都是出了银子的,并以娶到玉女为荣,所以别指望护法保护我们。"听兰气喘吁吁地说。

"我想见堂主,去哪里找他?"明筝一边跟着听兰跑,一边问道。

"你想见堂主?"听兰笑起来,"他如何会见你? 不过,如果你成为堂主的女书童,那就另当别论了。"

"什么?"这次轮到明筝大笑起来,她想到在长春院时柳眉之就喜欢把身边近身服侍的小童叫作书童,她忽然想到了云轻和云巅,感叹世间时过境迁,早已物是人非。

听兰看她脸上神情飘忽不定,以为她真想给堂主当书童呢,便附到她耳边小声说:"这书童其实就是小妾,我认识的一个玉女就在不久前做了书童,是她悄悄告诉我的,她说堂主性情瞬息万变,经常挨打挨骂,还不能见人……"

"……"明筝听到这些有些无语,她真想不到如今的柳眉之成了这个模样,便气呼呼地问道,"他有几个书童?"

"十个。"听兰扭过头,吓唬她道,"你出去可别乱讲,不然要被割掉舌头的。"

两人从走廊走进各自的房间,身后的侍女也跟着进了房间。明筝一走进房里就看见里面有三个侍女,其中一个坐在圆桌旁,看见她进来,走上前屈膝行礼,竟然开口说话:"明筝姑娘。"

明筝听声音如此耳熟,待她仔细一看,竟然是梅儿。明筝大吃一惊,她几步跨到梅儿身边,拉着她说道:"梅儿,是你? 你也被绑到这里了?"

"我不是被绑来的,"梅儿神气地一笑,"我是自愿来的。"梅儿看明筝如坠迷雾中的样子,笑了起来,片刻后方说道,"我如今是花姑,是金禅会的圣姑,柳眉之的未婚妻。"

"你……"听到这里,明筝全明白了,她脸色煞白,手指着梅儿,"是你,你个奸细,是你出卖了我。"明筝直到此时才明白,她突遭厄运原来是被自己人出卖了,没想到竟是梅儿,她走过去挥手去扇梅儿,不承想被梅儿一把推开。

狐王令(下) 805

"明筝，你不要怪我，不过是人往高处走而已。我梅儿也不是天生就是个奴才，我做了二十年奴才了，我不信这个邪。柳公子是那个拯救我的人，我只信奉他，你们从来只是把我当奴才，只有他把我当人。"梅儿叫道。

"柳眉之呢？我要见他。"明筝怒喝一声。

"堂主也正有此意。"梅儿一笑。

"那我问你，是你在听雨居下的毒？"明筝瞪着梅儿问道。

"是。"梅儿淡淡一笑，"我奉堂主之令，请你来金禅会。但想到你一定不会痛痛快快前来，堂主才出此下策，其实堂主心心念念把你当成他最亲的妹妹来着。"

明筝冷冷哼了一声，背过脸去。

"明筝姑娘，请吧。"梅儿一笑道。

明筝知道如今的梅儿已被柳眉之控制，多说无益，便跟着她往外走。屋里的几个侍女也跟了出来，她们一行沿着走廊下了楼。此时，偌大的会堂已空无一人，显得空旷和阴森，刚才还被烛光照耀的金碧辉煌的木台，现在看来显得无比猥琐和粗鄙。明筝站在地面仰望整个建筑，环绕的三层走廊也都隐在黑暗中，模糊不清了。

"明筝姑娘，请这边走。"梅儿走到明筝面前说道。

明筝跟着她继续向前走，一路上再无话。她们走出堂庵的大门，来到院里，一片清亮的月光照着一片普通的庭院，明筝这才弄清此时的时辰，应该是敲过二更了。她们穿过一片花圃，走进一处遍种花木的园子里。

园子里种满海棠、牡丹、梅花、翠竹，不时有白衣女子的身影从花丛中翩然而过，宛如身在仙界一般。

"梅儿，这里是什么地方？"明筝惊讶地问道。

"不要再问了，明筝姑娘，堂主在里面等你呢，不过，你要先委屈一下了。"梅儿说着，从衣襟里掏出一块白布围在明筝眼睛上。

"梅儿，你这是做什么？"明筝眼前顿时一片漆黑。

"这是规矩。"梅儿从容地说道。

接着有两只冰凉的手拉住明筝的手向前走，梅儿的声音从前面传来，"走好，前面全是台阶，咱们要下台阶了。"明筝的一只脚突然踏空，她被两边的侍女扶住，原来是到了台阶边，奇怪的是，要往下走。不知道下了多少级台阶，她们终于走到了平地。又走很长一段时间。

"明筝姑娘，咱们到了。"梅儿说着伸手解开她头上的白布。

明筝的眼睛被强光照耀得很不适应，急忙揉揉眼睛，再次睁开眼睛看到一个拱形的大堂,四周墙壁上插满火把,前面正中的位置是一座木雕的宝座,木头被涂上金色,在烛火的映照下闪闪发亮。宝座的正中坐着一个身穿金色长衣的男子垂着头似是在打盹。宝座四周的台阶上站着几位白衣女子,她们手里个个拿着一支白玉兰。

梅儿缓缓走到宝座前,屈膝行礼,道:"堂主,明筝姑娘到了。"

男子一震,醒了,他抬起头,看向明筝。明筝也看向他,果然是柳眉之,他有些慵懒地斜乜着她,脸上的笑意越来越浓,他打量着她,温和地说道:"明筝妹妹,别来无恙啊?"

"柳眉之,还真是你。"明筝一声冷笑道,"你到底要怎样?"

"哈哈。"柳眉之一阵大笑,他站起身,一旁一个白衣女子急忙跪下举起一双手,让柳眉之扶住,"明筝妹妹,你来到我的金禅会,感受如何呀,有没有被镇住? 啊,你看到没有,我的信众,成千上万,他们……"柳眉之越说越兴奋,他挥着手臂,"他们崇拜我,爱戴我,他们把我当成他们心中的神。"

"没看出来。"明筝干脆地说了一句。

"没关系,有的是时间,你可以慢慢地看。"柳眉之微笑着,重新坐回到宝座上。

"柳眉之,你为何把我弄到这里来?"明筝上前了几步,逼视着他。

"哼,这就要问问萧大帮主,为何要烧毁我的堂庵了,我与你们虽说天各一方,各走半边,但是也不容侵犯。"

"柳眉之,你的护法在镇上胡作非为,拿活人祭祀,你知道不知道? 我们只是救了一条生命,你还妄言信奉弥勒佛,你就是这样普度众生的吗?"明筝怒斥道。

"好个伶牙俐齿啊。"柳眉之一笑,"我说不过你,这点我自小就知道,李府的大小姐饱读诗书,通晓吏治,我自小就甘拜下风。但是,你现在在我手里,我只是小小地惩戒一下他们,让他们以后做事要有个忌讳,不要处处与我作对而已。"

"惩戒?"明筝怒不可遏地接着说道,"柳眉之,你好没有良心,你忘了当年你是如何对待萧大哥的,你把他关入虎笼,差点害死了他,而萧大哥并没有记仇,还与白莲会白眉行者联手把你从诏狱里救了出来。柳眉之,你就是这样报恩的吗?"

柳眉之呼地站起身,歇斯底里地叫道:"住嘴,当初他是为了救他兴龙帮的人才去的诏狱,顺手救下我,我为何要承他的情,他把你从我身边抢走,他霸占了你,我恨不得把他千刀万剐。以后别在我面前提他的名字。"

明筝厌恶地盯着宝座上的柳眉之,如果说以前还有姨母给她的亲情让她对他有一丝眷恋,把他看作自己的兄长,如今这种眷恋已荡然无存,他早已变成了陌生

狐王令（下）

人，一个她不认识的心怀叵测又诡计多端的狂妄小人。

"你要怎样？"明筝知道下面该提条件了，他既然颇费心机把她掠到手，一定是有图谋的。

"明筝妹妹，"柳眉之平静下来，他恢复了常态，"你别把我当成忘恩负义之人行吗。我对你，对李氏一门都是有恩必报的。你也看到了，我的金禅会如今在京城已是家喻户晓，我有使不尽的金银，我把你接来，是想让你过上好日子，跟你的宵石哥哥过几天好日子不好吗？"

柳眉之看明筝脸上一愣怔，以为自己的话打动了她，接着说道："你虽出身高贵，却是劫难频频，过着颠沛流离的生活，如今你宵石哥哥发达了，我要你过上真正富贵小姐的日子，不好吗？"

"你若还承认是我的宵石哥哥，就把我送回瑞鹤山庄。"明筝冷笑道。

柳眉之一愣，瞪着明筝，脸色瞬间大变，他猛地一脚踹倒身边一个白衣女子，白衣女子滚到宝座下，惶恐地跪下不敢动。柳眉之上前几步，对着明筝道："看来那些话我是白说了。明筝妹妹，你怎么就这么执迷不悟呢？你跟着我多好，在我的金禅会我会把你奉若神明，放着荣华富贵、锦绣前程，你为何不要？"

"我消受不起。"明筝冷冷地回道。

"那就别怪我不客气了。"柳眉之沉下脸，缓缓地说道，"当然你在我这里也不会受委屈，你只要按我的要求写下《天门山录》，我就放你回去。"

明筝一阵冷笑，费了这么大周章还是为了那本书，她鄙视地望着柳眉之说道："不就是想要《天门山录》吗？干吗绕那么大一个圈子，我现在时常犯脑疾，有些想不起来了。"

"那就回去慢慢想吧。"柳眉之冷下脸，扭头恶狠狠地叫了角落里的梅儿，"梅儿，带她回去。"

梅儿叩头拜过后，拉着明筝往回走。一旁的四个侍女也忙跟了上去。

第四十章　黑衣夜行

一

敲过三更的街巷,依然有赶夜路的车马走动,不时有马车疾驶而过。即使是夜里才开市的西苑街,此时也有许多店铺茶坊打烊,只有一些歌舞坊门前有车马走动。

一个黑色身影迅速穿过西苑街的街面,向已经打烊的上仙阁快步走去。上仙阁里的灯灭了大半,只有柜台上点着一盏油灯,账房先生正在算盘上噼里啪啦核算当日的流水,几名小伙计在四处收拾桌椅,韩掌柜坐在前面喝茶,这时突然看见一个黑衣人推门进来,马上迎了上去。

"张公子,我正四处找你呢。"韩掌柜压低声音道,"你的家人到了。"

张念祖一惊,没想到才三日他们就赶到了,忙问道:"他们在哪个房间?"

"甲字丑号。"韩掌柜说道。

张念祖点点头,转身向楼梯走去,他一边走一边伸手捂了下左脸上的伤口,刚才在金禅会后花园闪躲时碰到了树枝上,此时火烧火燎地疼。他走到二楼,他的房间是甲字子号,丑号应该是他房间的隔壁。

张念祖走到窗前,听见里面有说话的声音,从窗上透出明亮的烛光,看来他们还在等他。他在窗上轻轻地敲击了三下,里面瞬间静下来。然后房门突然打开,李漠帆从里面探出头，小声叫他："念祖兄弟，进来吧。"

张念祖走进屋里，屋里点着三支拳头粗的大蜡烛，八仙桌和床榻上都坐着人。张念祖一看，来的人还真齐全，萧天、玄墨山人、陈阳泽、小六，再加上李漠帆，一共五人。

萧天上前给张念祖拉过来一把椅子，让他坐下。李漠帆倒了碗茶端到张念祖面前，张念祖也不客气，端起来仰脖咕咚咕咚喝了下去，他擦了下嘴角，看着在场的各位说道："情况我基本了解清楚了。"

在场的所有人都是一惊，才两三天时间，他竟然都摸清了。

张念祖看出众人的疑义，为了打消他们的怀疑，他只能把吾土搬出来，他平静地说道："在我去瑞鹤山庄之前，我跟随师父在京城盘桓了大半年，只为了接近宁骑城，当时我师父是想说服宁骑城离开王振，不要做他的爪牙助纣为虐，所以对于京城我非常熟悉。"

这段话一说，在场的人再无异议，他们眼巴巴盯着张念祖，听他说下文。

"如今京城颇不安静，表面依然歌舞升平太平无事，但是据我在坊间听到的消息，边境守军节节败退，朝堂整日为此争执不休。"

众人显然也被这个消息震住，几个月躲在山中，不承想一回到京城，就有种山雨欲来风满楼的危机感，都不由捏了一把汗。

"先说那个在瑞鹤山庄出现的鬼怪，我打探出了他的底细，会让你们吃惊不小。"张念祖卖了个关子，端起茶碗喝了一口。

"快说呀，急死我了。"李漠帆有些沉不住气了。

"他叫云蘋。"张念祖说道。

"不可能。"李漠帆立刻反驳道，"云蘋我再熟悉不过了，我在上仙阁那会儿，他经常去我那里玩，他是柳眉之的两个书童之一。另一个书童叫云轻，云轻死后，云蘋也消失了，当时大家都怀疑是云蘋杀了云轻。"

"听念祖说下去。"萧天神色严肃地向李漠帆挥了下手，然后看向张念祖："念祖，你接着说。"

他们的反应都在张念祖的预料之中，因此他并不意外，他接着说道："此事说来话长，"张念祖又喝了一口茶，道，"我刚才说过，我和师父一直企图接近宁府，对他府里的人事也知道得颇多，他府里管家姓李名达，虽然宁府被抄家，他却跑了出去，我找到了他，从他嘴里知道了很多秘密。"

一听到秘密，众人都很兴奋，都往他身边靠了靠。

张念祖接着说道："这个云蘋曾是宁骑城的暗桩，用于监视长春院里的动静，当时长春院里有些隐姓埋名的达官显宦与柳眉之交好，宁骑城想挖出这些大臣从中牟利。后来云蘋在另一个书童云轻面前露了马脚，云蘋就杀了云轻。宁骑城知道云蘋已被察觉，便觉得留着也是个祸害，就想不知不觉处理了他。宁骑城曾从天蚕门得到一味毒，他只在江湖上听闻过不知这味毒的厉害，便有意一试，他让云蘋服下了铁尸穿甲散。"

"哼，"一旁的玄墨山人双目圆瞪，"原来如此。"

"听李达讲，宁骑城开始也只是当成一味夺人命的毒而已，就让云蘋服下了，扔到诏狱里任他自生自灭，后来竟然忘了，过了月余，狱卒才发现他没有死，而且变成了可怕的模样。至此，宁骑城才知道铁尸穿甲散的厉害。"张念祖看了眼众人，接着说道，"宁骑城知道了铁尸穿甲散的可怕之处后，就想出一个毒辣的主意，他把柳眉之绑到诏狱，让他服下一粒药丸，对他说是铁尸穿甲散，并让他看到云蘋的样子，柳眉之吓坏了，并且信以为真，宁骑城骗他说有解药，只要他配合，就给他解药。柳眉之很快就范，给宁骑城传递消息。这之后兴龙帮的很多消息以及瑞鹤山庄的被围剿，都是这样来的。"

"原来是这样。"李漠帆怒不可遏地叫道，"怪不得这几个月我们总是被追挨打，原来都是柳眉之从中传递消息。"

张念祖捂住左边脸，脸上神色黯淡。

"念祖，你脸上的伤是不是……"萧天关切地望着张念祖，不等萧天说完，玄墨山人站起身，走到张念祖面前，查看他左脸上的伤，打开包布，回头叫陈阳泽："阳泽，拿药膏。"

玄墨山人简单地给张念祖处理了下伤口，张念祖就接着往下说道："听李达讲，云蘋的出逃也是个意外，他从地牢里挖了个洞，不承想挖到后堂，他藏进大车里出的诏狱，就跟着缇骑直接来到了小苍山，后来你们在山中遇到的那个鬼，就是他。"

"这之后的事，大家都应该清楚了，"萧天站起身说道，"柳眉之偷得玄墨山人的药丸，并挟持明筝逃出瑞鹤山庄，在山中碰到云蘋，这对鬼师徒又聚首了。"萧天长出了一口气，看着张念祖问道："念祖，难道云蘋跟这个金禅会与柳眉之有关系？"

"大哥，让你说对了。"张念祖突然一拍桌子站起身，道，"金禅会的堂主就是柳眉之。"

"什么？"玄墨山人和陈阳泽都拍案而起，"这个欠了天蚕门血债的人，就是金禅会的堂主。"

"安静。"萧天急忙去稳住大家冲动的心绪，看着张念祖道，"念祖，你接着说。"

"柳眉之如今在京城的势力非常大，云蘋被他蛊惑，死心塌地跟着他，被他说成是弥勒佛的金刚，下凡护法金禅会，再加上百姓目睹云蘋刀枪不入，岂有不信的道理，如今信众有上万人。"张念祖想到明筝，他眼睛望着萧天道，"大哥，就在今夜，我见到了嫂夫人。"

"她，她如今怎样？"萧天脸上一变，急切地问道。

"放心，柳眉之与嫂夫人的渊源太深，一时不会有事。"张念祖接着说道，"此人野心很大，他劫持嫂夫人很可能还与《天门山录》有关。"

听了张念祖的话，萧天的脸色缓过来了些，但仍然心有疑问，"念祖，你今天如何会见到你嫂子？"

"是这样。"张念祖就对众人把晚上他怎样混入信众的队伍，怎样看到玉女，辨认出明筝，并与她说了话，对大家一一讲了一遍，说到堂庵的地址，他停顿了一下，脸色一变，道，"刚才我潜入后花园，看到一件奇事，我看到了梅儿，她被人称为花姑，带领着一众女仆押着嫂夫人向里面隐秘的住所走去。"

"梅儿？"众人一阵惊呼。

"难道梅儿便是那个与金禅会里应外合的叛徒？"玄墨山人蹙眉说道。

"若是她出卖了嫂夫人，便能解释通咱们心中的疑惑了。"李漠帆怒气冲冲地说道，"我早听闻梅儿与柳眉之勾勾搭搭，没想到她竟然早已效忠于他。"

萧天沉着脸点点头，他转向张念祖问道："他们的地址是哪儿？"

"你们还记得夕照街的大戏院吗？就是那个地方，戏园子荒废了一段日子，被柳眉之买下，改成了堂庵。后面有个园子，我夜里探查了一下，应该就是柳眉之的秘密住址。"

众人听后不禁唏嘘不已，李漠帆说道："明天咱们也去瞧瞧。"张念祖直摇头道，"每月十五，是集会日，除此之外都是在小堂庵里做功课，就是念经文、唱歌之类的。"

"这样吧，天色不早大家先安歇吧。念祖你也先歇下，我和漠帆到街上随便转一转。"萧天站起身说道。

"我陪你们去吧。"张念祖也站了起来。

"也好，念祖，你陪他们去那个地方看看，其余人先歇下。"玄墨山人说道，众人没有异议，各自回房歇下。

萧天、李漠帆和张念祖穿戴妥当，沿走廊走出去。

二

夜色深重,街面死寂一片,四周的民居都隐没在黑暗里。三人走街串巷,三人都有上乘的轻功,虽说李漠帆弱些,但是也可以勉强跟上。只见三条黑影纵身高跃,飞檐走壁,很快来到夕照街。

这条街巷是个东西走向的商业街,混合了众多的老字号,有钱庄、油坊、丝绸庄、听曲的各种小坊、大大小小的酒肆和茶坊,连棺材铺都有两间。直到此时有些铺面还亮着烛光,偶尔还有人从铺面里往外泼水,还有喊伙计的吆喝声。

"这条街上还有三间堂庵,平日里聚会,都有几十人。"张念祖指着街角一间乐坊说道。

萧天看看四周,他们继续往前走。

这时,从街边小巷子里突然传来喊声,一声高过一声,紧接着传来杂乱的脚步声和夹在其间女人的哭喊声:"救命,杀人了!"

三人一愣,李漠帆叫道:"谁让咱遇到了,不能不管。"

三人快步走到旁边的巷子口,看见自小巷里披头散发跑过来一个女人,身后五六个男人紧追不放,一边还骂骂咧咧。

女人几乎撞上李漠帆,女人大叫:"求好心人,救我呀!"

李漠帆问道:"追你的是些什么人?"

"人贩,他们要把我卖到妓院。"女人哭泣着说道,眼看几个男人追到近前,萧天叫住李漠帆道,"你带她先走,这里有我们。"

"大哥,用不着你动手。"张念祖迎着那几个男人走过去,一边走一边活动着手腕。那几个男人一看有人带走了女人,叫嚣着骂道:"小子,不想活了,也不问问这是谁的地界?"

"阎王爷的地界。"张念祖低着头声音暗哑地回了一句,眼神不屑地瞟了他们一眼,其中一个光着上身的粗壮男人冲张念祖挥起拳头,张念祖也不躲闪,上去直接捉住壮汉的一只手臂,向后猛磕,只听"咔嚓"一声,直接掰断,壮汉疼得满地打滚。

其他几人见势不妙,相互交换了眼色,突然一起向张念祖发起攻击,其中有人手持匕首,有人手持菜刀。张念祖不慌不忙,突然弯身专攻下盘,连着几个扫堂腿下来,已倒了一片,接着张念祖逐一踢飞了他们手中刀具,六个男子横七竖八地躺在地上哀声求饶："好汉,饶命啊!"

萧天这才缓缓走近他们,威严地问道:"你们是干什么的? 为何欺负良家妇女?"

"好汉,冤枉呀,"那个光着上身的壮汉爬起来,挪到萧天面前,"那个女子是我新娶的小妾,正要入洞房,她跑了。"

"这……"萧天一愣,逐一望向其他人,其他几个人纷纷点头。一个说道:"好汉,我兄弟此话不假,你去看看那个女子红嫁衣还没脱去呢。"

"哼,看来你们觉得很冤枉啊?"张念祖冷冷地说道。

"这样,你们先回去,如果真如你们所说,那名女子会送回去。这里有些银子,你们自去疗伤吧。"说着,萧天从衣襟里掏出一个钱袋扔给那个壮汉。

李漠帆没有走多远,那名女子身上多处受伤,腿上也受了伤,刚才是豁出性命在跑,此时知道性命无忧后,身上的力气也几乎用尽,她在李漠帆的搀扶下,艰难地往前走着。

萧天和张念祖很快赶上,萧天叫住李漠帆道:"漠帆,此女子是那家的新嫁娘,咱们问清楚再走。"

李漠帆停下来,这时三人皆看清女子身上红色的嫁衣,在月光下变成紫红色。三人有些尴尬,正愣怔间,女子瘸着腿凑到萧天面前,她瞪着一双眼睛惊讶地望着他,似是认出萧天,激动地又哭又笑半天才说出一句话:"狐山君王,我是拂衣。"说着,女子突然跪地大哭。

萧天一听此话,也愣在当地,他急忙弯身托起女子的脸颊,拂去她脸上纷乱的发丝,这才看清女子的面容,不是拂衣又是谁?

"拂衣,怎么会是你?"萧天惊呆了,"你不是在宫里吗? 她们三人呢? 菱歌、秋月、绿竹呢?"

拂衣匍匐在地大哭不起,李漠帆知道四名狐女进宫的事,只有张念祖不知情。李漠帆一看,对萧天道:"帮主,拂衣姑娘身上多处有伤,这里也不是问话的地方,还是回上仙阁吧。"

萧天点头,李漠帆背起拂衣就走,他们沿原路返回,此时已接近黎明,路上寂静无声,他们很快回到上仙阁,韩掌柜给他们留了门,他们直接来到二楼,给拂衣腾出一间房让她先歇下,其他人挤到一间房也歇下了。

翌日巳时,拂衣醒过来。小六一早被萧天派出去到成衣铺给拂衣买来一身家常的衣衫,拂衣谢过小六,换上新衣,把那件刺眼的红色嫁衣扔到了角落里。

拂衣穿戴妥当,也用过饭,这才走到隔壁房间。

房里几人早早候着她,萧天先是请玄墨山人给拂衣把了脉,玄墨山人手写了一个方子交给陈阳泽,陈阳泽拿着方子跑出去配药去了。屋里只剩下萧天、玄墨山人、张念祖和李漠帆。

显然拂衣没醒来时,萧天已把四个狐女的事给他们讲了一遍,在座的无不被四女子的大义所感动。萧天看拂衣睡了一觉,精神好了许多,便迫不及待地问道:"拂衣,你是如何从宫里出来的?"

"狐王,"拂衣走上前屈膝行礼,她已从李漠帆嘴里得知狐族的事,也知道了青冥郡主香消玉殒了,她眼含泪水,抑制着自己的悲痛,缓缓道来,"宫里出事了。"

萧天急忙拉起拂衣,让她坐到一张椅子上,拂衣接着说道,"菱歌自封康嫔以来,不争宠不结党,专注花木药草,清新脱俗。后被太后发现甚是喜欢,遂有扶持她的意思,一次太后有意招康嫔赴宴后被皇上临幸,不久怀孕,太后大喜。菱歌便趁机把还在浣衣局的秋月要了回去,我们姐妹团圆,没高兴几天,就出事了。菱歌怀孕四个月时突发恶疾,当时我和秋月请遍太医,太医皆说不出什么,各种汤药服下也不管用,不久就小产了,菱歌在死前拉住我和秋月的手说,胎儿的事一定是有人做下的手脚,咱们竟然浑然不觉,细思极恐,一定要我们找机会逃出宫。菱歌死后,我磨着太后把秋月要了去,在太后宫里当差,不想这时绿竹又出了事,被绑到慎刑司,不久传出噩耗,绿竹死了,我们两人都没有见到绿竹最后一面,绿竹的死让我和秋月更坚定了逃走的决心。"

拂衣说着擦了把眼里的泪水,接着说道:"这时宫里出了乱子,正好给我们一个逃走的机会。月初时,边关来报瓦剌部落的也先率部接连攻下几座城池。朝里整日争吵,司礼监掌印大太监王振鼓动皇上亲征,皇上年轻气盛,在王振的怂恿下决定亲征。这下可是气坏了太后,太后通知后宫众嫔妃翌日到乾清宫去面圣。我得到这个消息后,就和秋月有了逃走的计划。"

拂衣喘了口气,看了众人一眼,接着说道:"翌日,我和秋月跟着太后的銮驾出了宫,在甬道里与其他嫔妃的步辇相遇,趁乱我和秋月溜出队伍,我早就准备好出宫门的令牌,以出宫采买为由跑了出来。本来,我和秋月走前是想找张成问明京城里的情况,不想事发突然,没有时间去找张公公。我和秋月跑出宫后,不知道该去哪儿,而且当时我们还穿着宫里的衣服。我们只好凭记忆去望月楼想看看翠微姑姑在不在。由于路不熟,迷了路,就四处打听,遇见几个人说正好在望月楼附近住,愿意领我们去,我和秋月就跟他们走,走到半路一个窄胡同,我感到不对,但已来不及,那几个人把我和秋月绑了,拖到一辆马车上。后来就到一个堂庵里,被他们威胁不听话就送回宫里,我和秋月没办法就待在那里,后来才知道进了金禅会成为玉女。"

众人听到此,无不惊讶。萧天急忙问道:"拂衣,你是说秋月也在金禅会里?"

拂衣点点头,突然跪倒在萧天脚下,哀求道:"狐王,救救秋月吧。"

萧天急忙扶起拂衣道:"快起来,我们既然知道秋月深陷魔窟,岂有不救之理。"萧天望着众人,在室内来回踱了几步,紧皱眉头道,"看来此时,京城真乃多事之秋,外困内忧。这个金禅会又出现得如此诡异,而他的堂主也算是咱们的死对头了,明筝深陷其中,现在又多了个秋月。"

"一个是救,两个也是救。"李漠帆大大咧咧地说道。

"哼,这次可莫怪我天蚕门下手狠,我要新账老账跟柳眉之一起算,必要抓住云蘋。"玄墨山人咬牙道。

萧天沉思良久,说道:"此事事关重大,咱们还需好好筹谋,从长计议。"

众人点头,萧天便把刚才想到的一些细节说给大家听。

第四十一章　夜巷救人

一

拂衣又在上仙阁休息了一日，在玄墨山人精心的医治下，拂衣身上的伤，很快好了起来。小六一日三餐都照顾得很好，拂衣脸上又焕发了光彩。这日到了晚上戌时，萧天和李漠帆走进房间，看到拂衣都已准备妥当，很是欣慰。

"拂衣，我再问你一次，"萧天温和地说道，"如果你不愿意，我不勉强你回去。"

拂衣屈膝行礼，她自那日被萧天他们救回来，简直就像变了个人，找到自己亲人后的那种幸福让她面色红润、眼神发亮。她看着萧天，激动地说道："狐王，拂衣的命是你给的，为救秋月和郡主，我愿意赴汤蹈火。"

"好。"萧天点点头，冲动地拉拂衣坐到圆桌前，开始交代她一些事情，"一会儿，我们带你回到那个男人那里，你放心他绝不敢再欺负你，让你回去主要是想让你回金禅会给秋月和明筝送信，因为你是唯一可以接触到她们的人，这对救出她们很重要，你懂吗？"

"我知道。"拂衣点点头，眼神坚定地望着萧天，听萧天进一步往下讲。"明筝的身份很特殊，你一时可能接触不到，没关系，你多去几次多打听。"萧天嘱咐道。

"我在宫里见过明筝郡主的模样，我记得她的样子。"拂衣想起去年春上在宫里寻找明筝时的狼狈情景，不由扑哧笑出了声。

狐王令 (下)　　　　　　　　　　　　　　　817

"拂衣,你笑什么?"

"我在笑,也许我和明筝郡主真是有缘分,"拂衣笑起来,"去年春上,我在宫里绞尽脑汁找她,如今我又要在金禅会找她,狐王,你说我们是不是特有缘分?"

"哈哈,确实有缘啊。"萧天也笑起来,他看出短短几天,拂衣的精神状态已大好,不由高兴地说道,"看见你笑,我就放心了。"萧天又说道,"你见到秋月,一定告诉她我们很快就会救她出来,让她在里面尽量多地了解金禅会里的情况,把知道的都告诉你,你听到什么都速来上仙阁见我。"

三人走出客房,来到门外,张念祖驾着一辆两轮的轻便马车已候多时。这时,玄墨山人和陈阳泽,后面还跟着小六也走出来,他们三人向他们点点头,算是告辞,便走向华灯初上的街市上。

拂衣好奇,问道:"他们去哪里?"

萧天一笑,道:"他们去金禅会的堂庵,做个好信众不会太难。"

拂衣微笑着上了轻便马车,张念祖挥鞭子催马前行,萧天和李漠帆各自上马,他们一行人马向夕照街疾驰而去。

穿街走巷来到一个街口,这里不是闹市,街巷寂静,有些人家已经掌灯。拂衣叫停住,她掀开窗帘对一旁马上的萧天说道:"就是这里,拐进去,看见一个屠夫的院子,就到了。"

他们拐进巷子,没走多远,看见一个赤着上身的汉子从院子里往外托半扇猪。萧天一眼认出这个人,只见他的一只胳膊还绑着绷带,只能用另一只胳膊,但是仍然力大无穷。

李漠帆叫住了他:"喂,杀猪的。"

屠夫最讨厌别人唤他们杀猪的,他皱起眉头一脸怒火地瞪向他们,马上人的面容让他一惊,继而认出来,他惊慌地撂下半扇猪,一把从猪身上拔出杀猪刀,冲门里大喊起来:"四儿,狗剩,癞子,快来呀,夺我女人的几个人又让我撞见了。"

呼啦啦从院子里冲出来一群男人,他们衣冠不整,个个手拿刀斧,有的刀上还滴着血,估计刚刚剖开猪肚,听见喊声就跑出来了。

当日的一个伙计,叫嚣着冲过来:"哈哈,又让咱们撞见了,你们摸摸头上长了几个脑袋,过胡同口打听打听,俺们胡家兄弟也算当地一霸,竟然欺负到俺们的头上。"

"兄弟们,别给他们废话,抄家伙吧。"大汉叫道,抢起大刀向李漠帆冲去。

李漠帆对这种大阵仗还是有些心怯,急忙催马躲到萧天马后。萧天翻身下马准备迎敌,他知道这些当地小霸王不给点厉害瞧瞧,他们不会服气。正当萧天要出手时,一个黑色身影从马车上凌空翻了出去,站到萧天的前面,只见张念祖背着手冷笑着望着这群屠夫。

众人持刀向张念祖拥过来。张念祖以迅雷不及掩耳之势,空手夺得一把大刀,挥刀冲进众人之中,对方虽然人多,但不过是凑了个人头,跟张念祖根本过不了几招。众人被张念祖气势所迫,节节败退。

李漠帆在一旁看得呆了,眼珠子几乎瞪出来,他凑到萧天跟前,小声对萧天道:"真没想到,本心道士武功如此了得!我以前真是看走眼了,帮主,你又添一猛将啊。"

萧天微微一笑,笃定地拍了拍他的肩膀,疾步上前助战去了。李漠帆看到对方不过是一群乌合之众,一个张念祖就够了,自己便抱着膀子观战。

转眼工夫,地上趴了一片。大汉一看自己的人悉数被撂倒,他们全部加起来也打不过对方一人,只得低头认输。他突然跪倒,一只手举起杀猪刀,叫道:"好汉,我认输,希望你不要为难我的弟兄们。"

"好。"萧天看也差不多了,喊张念祖住手,张念祖本就没有使出全力,不过是教训一下而已,此时他拍拍手,走到萧天身后。

"抬起头,报上姓名。"萧天说着,借着月光打量这些人。

"好汉,我叫胡老大,他叫胡老二,"大汉说着,指着刚才叫嚣着冲过来的那个人,然后指着后面的人道,"他们都是我的徒儿。"

"胡老大,你听着,"萧天威严地说道,"我们今天来,是把你的娘子送过来,那日之所以出手,全因我认出新娘子是我失散多年的妹妹。今日送回,是因我有事要外出,把我妹妹暂时寄养在你这里,如果你再敢欺负她,下次就不会这样好说话了。"

这时,拂衣从马车上走下来,站在他们面前。胡老大一听原来是这么回事,也自知理亏,便不敢多言,唯唯诺诺地站起身,向拂衣躬身一揖。拂衣不去理他,只淡淡地说道:"给我腾出一间房,没有我的允许,任何人不得进入。"

"是,是。"胡老大急忙点头。

"还有,今日之事不得对任何人提起,你可要管住你的兄弟们,如果你管不住,我来代你管。"萧天厉声说道。

"管得住,管得住。"胡老大回头对身后的兄弟们吆喝道,"记住好汉的话,谁也不准透漏半个字,听见没有?"

"听见了,大哥。"身后地上一片横七竖八的兄弟,纷纷坐起身,参差不齐地说着。

萧天本想走了,转念一想,问了一句:"胡老大,你是金禅会的信众吗?"

"不是。"胡老大捂着身上的伤,说道,"我干这个,平素鬼神不怕,都知道我是憨大胆,我什么也不信。"

"不是?"萧天一愣,"那你如何能娶到玉女?"

"金禅会的堂主拿一事跟我做交换,"胡老大说道,"这几条巷子里的信众,谁不听话,我就去收拾他。"

"胡老大,你就住在这个院子里,我们记住了,过些天我们来接妹子。"萧天眼神逼视着胡老大。

"好汉放心,承诺过的话,绝不食言。"胡老大信誓旦旦地说道。

"我妹子喜欢听道,她要是去金禅会,你就送她去。"萧天嘱咐道。

"放心,我把当她菩萨供在家里。"胡老大讨好地说道。

萧天看该交代的都交代了,便转身和李漠帆翻身上马,张念祖也跳上马车,他们催马疾驶离开了胡同。

此时夜色正浓,张念祖驾着马车,与骑马的萧天并行。张念祖问道:"大哥,此时去哪儿?"

"咱们也去见识一下。"萧天鼻子里哼了一声,说道,"柳眉之从长春院出来以后,真是把自己的所长发挥到了极致,他竟然想出这么多鬼点子,怪不得金禅会在短短时间发展如此神速,咱们躲在山中都跳不出他的触角,这一次是真要与他过招了。"

张念祖嘴角挤出一丝冷笑,他狠狠咽了口唾液,把话咽了回去。

一旁的李漠帆说道:"他在京城这么繁华的地方开堂口,估计与朝中定有往来,没有朝中势力,他如何在这里立足?"

"漠帆说得不错,这也是我最担心的事,因此动手前,必须把他的底细摸清楚。"

三人一边说,一边催马向前行走。

在一个三岔口,前方突然传来厮杀声,一众黑衣人与一个蒙面人厮杀,蒙面人看上去受伤了,手持长剑且战且退。萧天急忙勒住马,张念祖立刻叫道:"是官府的人,看他们脚上穿的是官靴,"

"官府在追杀一个人? 这个人会是什么人?"李漠帆像说绕口令似的问萧天,不承想萧天已经催马蹿了出去,直奔那些黑衣人而来。只听黑衣人中一个头目在说:

"不好,他的接应来了。""千户,怎么办?"只听那个被称作千户的人大声道:"抓住,一起带回衙门。"

"抓住逆贼同党,一同带回衙门。"另一个黑衣人奉命大声向属下喊道。

萧天催马冲到几个黑衣人面前,挥刀去挡他们手中大刀,萧天看着他们手中兵器,认出是绣春刀,急忙回头对李漠帆和张念祖叫道:"这些人是锦衣卫,你们小心了。"黑衣人头目气急败坏地叫道:"知道我们是锦衣卫还不快束手就擒,不然被押到衙门有你们的好果子吃。"

萧天持刀挡在蒙面人前面,与几个锦衣卫激战起来,他抽空看向蒙面人,这才发现他伤势严重,已经站立不住,用剑支撑着自己站住,一边用沙哑的声音向萧天说道:"谢英雄出手相助。"

张念祖奔到近前,由于没有趁手的兵器,不能与锦衣卫近身搏斗,萧天急忙喊住李漠帆:"漠帆,把你的剑给念祖,你过来照顾伤者。"李漠帆一听,急忙从前面抽身而出,把长剑扔给张念祖。李漠帆的剑出自兴龙帮原帮主之手,也是兴龙帮的镇帮之剑,削铁如泥。

张念祖接住这把剑,真是如虎添翼,迅速杀入锦衣卫的阵营里,他与萧天一个左边,一个右边。不一会儿,锦衣卫就招架不住,受伤倒了一片,剩下的纷纷溃败。李漠帆背起蒙面人来到马车上,驾着马车就走,锦衣卫看到后又急又气,嘶叫着就去追,萧天和张念祖也急忙上马,催马去撵马车,不一会儿就把那些锦衣卫远远甩到身后。

他们一行在漆黑的夜里,穿街走巷绕过了几条路口才停下来。

萧天和张念祖从马上下来,马车上的蒙面人被他们摇醒,萧天问道:"这位仁兄,锦衣卫为何要追杀你?"

"不瞒诸位英雄,我叫钱文伯,"蒙面人去掉面罩,萧天从怀中取出一个火折燃着,看到黑衣人的胸口和肩胛都受了重伤,鲜血把衣服都浸透了,他眼神游离,一会儿清楚一会儿昏昏沉沉。

萧天一看,伤者估计快挺不住了,急忙问道:"钱老兄,你说个地址我们好把你送过去。"

伤者点点头,想了又想,断断续续说道:"鱼……肚胡……同里于府。"

萧天一听急忙叫住李漠帆道:"快,把这人送到这个地方。"李漠帆却不答话,似是想起什么,问道:"帮主,你忘了鱼肚胡同了,只有一个于府吧?难道是于谦于大人家?"

伤者听到他们对话点点头，吃力地说道："让你们说着了，我不是什么逆匪，我是于大人手下副将。"

萧天一听，立刻明白是怎么回事，冲李漠帆叫道："快，去于大人家，快点。"

萧天把自己的坐骑也拴到前面车辕上，为的是让马车跑得更快，他担心还没有到于府，伤者就断了气。他也跳上马车，李漠帆挥马鞭催两匹马前行，加上一匹马脚力确实不一样，马车飞快地向前疾驰。

鱼肚胡同漆黑一片，萧天举着火折认出宅门，飞快地跳下马车，去拍府门。过了好大一晌，从里面提着灯笼走出来一个人，迷迷糊糊地问："谁呀，深更半夜的？"

"去叫你们家老爷，就说钱文伯在门外。快去！"萧天说完反身跑回马车。

又等了半炷香的工夫，从里面传来吵吵嚷嚷的说话声，很远就听见于谦的声音："他们在哪儿？为何不开门，快点让他们进来。"只听见院门被推开的吱吱呀呀的响声，李漠帆驾车驶进院里，随后张念祖也跟着骑马进了院子。

于谦提着一盏灯笼站在院中，他披着外衣里面只穿了中衣，神情诧异地望着马车和另一匹马上之人。萧天急忙从马车上跳下来，走上前拱手一揖道："于兄，别来无恙？"

于谦脸上的表情更加诧异了，他瞪大了眼睛，一把抓住萧天，又惊又喜道："不是钱副将吗，怎么会是你们？"

"兄长别急，钱将军在马车上，不过是身负重伤。本来这趟回京也是计划这两日来拜见兄长的，不承想刚才在胡同里救下钱副将，听钱副将说到鱼肚胡同，我就想不会这么巧吧？"萧天说着，引着于谦走到马车前，掀开布幔，提高灯笼，烛光照到里面躺着的一个已经昏迷的人脸上，于谦点点头，回过头道："正是钱文伯，快扶到我书房里，我派人去请郎中。"

张念祖和李漠帆架着钱文伯向书房走，于谦立刻派一个小厮去请郎中。萧天便把在街巷遇到黑衣人和蒙面人撕打，他们如何救下他，逐一说了一遍。

于谦点点头，激动地拉住萧天的手，道："萧兄啊，你此举无意间救下了多少人的性命呀！"

萧天一愣，以为于谦说笑，"区区举手之劳，谁让我看见呢？"

"你不知道，萧兄，"于谦压低声音道，"钱副将是去刺杀王振，幸好被你救下，如若不然，落在锦衣卫手里，不知又要冤死多少人！"

"哦……"萧天额头上也冒出一层冷汗，"好险呀。"

两人说话间走进书房，于谦反身插上门闩。张念祖和李漠帆已把钱文伯抬到里间卧榻上,他俩忙着给伤者撕开外衣,查看伤口。于谦看到张念祖,眉头一皱,虽然张念祖的脸上伤口还包着布,但是眉眼还是隐约外露。

萧天看到于谦的疑惑,急忙说道:"这位是我的拜把子兄弟,叫张念祖,他的身世是个传奇。"萧天便把张念祖的身世对于谦讲了一遍。

于谦听罢一愣,马上恍然大悟道:"张竟予将军是我兵部的荣耀,是大明的功臣。他的血脉又续上,真乃可喜可贺。"

外面的谈话传到里间,他们的声音虽然不大,但是里面听得异常清晰。张念祖垂下头,露在绷带外面的眼睛,泛着泪光。

外面的谈话继续着,只听于谦接着说道:"我以为你已经离开京城,没想到你还没有走。"

"一言难尽。"萧天叹口气,"此次进京,是与金禅会有些事要了结。"

"金禅会?"于谦大吃一惊,"萧兄竟然也与金禅会有瓜葛?"

"对。"萧天直言道,"你知道金禅会的堂主是谁吗?"

"这倒是不知道,只知道此人很神秘,神出鬼没的,身边还有一个更为神秘的高手护卫,号称打遍京城无敌手。"

"这个金禅会的堂主,就是以前白莲会的北部堂主柳眉之,我有两个人落入他的魔窟生死未明,我此次是要不惜一切代价救出她们。"

于谦朗声一笑,抓住萧天的手,兴奋地说道:"此人是你我共同的敌人。我们兄弟又可以联手了。"

这次轮到萧天吃惊了,于谦拉住萧天坐到桌前,压低声音说道:"你知道金禅会背后是谁支持吗? 是王振。我手中有确凿的证据证明金禅会与王振的金钱交易,而且,金禅会在京城广揽美女,促使一些人贩四处买卖女子,这些女子其实就是供王振手下一伙官员淫乐的工具,王振为了抓住他们的把柄好牢牢控制他们,可谓无所不用其极。我派人跟踪他们,对这些人了如指掌,连礼部尚书李明义都在他们之列。而这些女子其实都是一些出身凄惨的良家女子,一旦进入金禅会便被控制,服下一种毒,短时间没有感觉,时间一长就会侵害大脑,变成木偶般任人摆布,甚是悲惨。朝中一些正直的大臣早有奏章上疏,但是根本到不了皇上面前,刑部也有衙役去过金禅会,但是有王振的势力护佑,都不敢动手,刑部侍郎陈畅曾与我说过此事,他说金禅会不除必祸乱京城。我也早就有意从金禅会入手,但是朝中局势瞬息万变,我还没有来得及查清此事,边关就出事了。"

于谦叹口气接着说道:"你知道此次我为何派钱副将去刺杀王振吗? 此人有动

摇大明百年基业的祸心,王振竟然鼓动皇上亲征,一个奴才竟然要领兵打仗,千古奇闻。朝中大臣们听到此事,无不如同晴天霹雳一样,如今整个朝堂乱成一锅粥,言官在宫门外上谏不成撞死三个人了,但是至此都改变不了皇上的决心,无奈之下,我只能派人刺杀王振,这也是不得已而为之。"

"没想到,如今朝堂危机竟到如此地步。"萧天黯然神伤地看着于谦,烛光下,才几个月不见,于谦看上去已苍老了许多,萧天心中一痛道,"于兄,有道是覆巢之下安有完卵,作为大明子民,怎么说也要出一份力,于兄,有用得着的地方,你尽管吩咐。"

"兄弟,"于谦眼里泪水闪动,"我就等你这句话呢。"他沉吟片刻,压低声音道,"此时,朝中所有反对皇上亲征的大臣,已达成共识,如果阻止不了皇上亲征,就必须在出征前刺杀王振。唉,皇上太年轻,没有一次出征的经历,他又处处听信王振的,王振只是个狂妄小人,如何能指挥千军万马,而他们的对手是素有草原铁骑之称的瓦剌人,这如何不叫人焦心啊。"

"兄长,上次刺杀王振没有成功,我心里一直窝着一股火,今日听兄长如此说来,为国为己,这个王振都必须除去了。"萧天目光坚定地望着于谦,"钱将军没做完的事,我来接着做。"

"好兄弟!"于谦冲动地点点头,"兄弟,狐族的事,我一直放在心上,瞧准机会我就会上疏,还狐族以清白。"

"大哥,你知道狐族的渊源吗?"萧天望着于谦,心情激动地说道,"我也是从狐族典籍里才知道此事的。狐族是宋朝抗元大将文天祥残部的后裔。当年文天祥誓死不降大元,他的残部听闻文将军死了,也誓死不降,后隐遁到深山老林里。若干年后便有了这支神秘的族群,后太祖起兵赶跑了蒙古人,恢复汉制,建立大明,狐族才从深山现身。"

"原来狐族人乃忠烈之后。"于谦大为惊讶。

"是呀,我这才明白当年父亲为何执意要留在檀谷峪了。"萧天叹息一声。

"你父亲乃一代大儒,忠心日月可鉴,我也定要为你父亲讨个清白。"于谦说道。

"谢于兄。"萧天双眼噙泪感激地望着于谦。

这时,里间的李漠帆叫起来:"大人,你快过来,他似乎有话要说。"于谦转身向里间跑去,他跑到卧榻边,一把抓住钱文伯的血手,只听钱文伯模模糊糊的声音说道:"大人,是我无能,没有杀了那个阉贼,反而死了几个弟兄,我愧对大人。"

"不要说了,钱将军你是我最得力的副将,你不能有事呀,怎么郎中还没有来?"

于谦急得满地打转。

萧天突然叫住李漠帆："漠帆，你和念祖回上仙阁，把玄墨山人请来，别忘拿他的药箱子。"

一听萧天要请玄墨山人，于谦急忙点头："对对对，怎么把这个老爷子忘了？"

俩人急忙跑出去。过了有一炷香工夫，俩人带着玄墨山人匆匆走进来。玄墨山人这是第二次见到于大人，一阵寒暄后，于谦领玄墨山人到卧榻上给伤者号脉。玄墨山人坐下仔细地号了脉，面色忧郁地道："几处刀伤都很深，今夜要看他的造化了，我先给他服下一丸本门的独门护心丹，如果今夜能挺过来，就无忧了。"说着，玄墨山人开了个方子交给于谦道，"这几味草药，我这里没有，你差人速速寻来。"

于谦拿着方子转身走出去，在廊下招呼小厮速去抓药。

于谦走进书房，急忙命一旁的小厮去准备茶水。钱副将服下药丸昏昏睡去。几人一看暂时无碍，便走到外间围着圆桌坐下。萧天想起晚上之事，问玄墨山人道："兄长，你今天可进得堂庵？"

"唉，别提了，提起来就是一肚子气，"玄墨山人直摇头，说道，"他们门禁甚严，根本溜不进去，我趁乱挤进去又被轰了出来。"

"为何呀？"萧天问道。

"进去得有引路人，还要有号牌，咱们什么也没有，可不就给轰了出来。"玄墨山人一脸余怒地叫道，"这帮人神神道道，鬼点子也太多了。"

李漠帆听得不明就里地问道："啥叫引路人？啥叫号牌？"

于谦呵呵一笑："这是他们为防止外人混入其中而使的手段。你想进入堂庵必须有一个信众引荐，他做保人，有了保人可以发给你一个号牌。"

张念祖一直默默听着，此时他抬起头，含糊地说了一句："大哥，你忘了咱们也有一个现成的保人。"

萧天一愣，片刻后会意地冲张念祖一笑，"对对，多亏念祖提醒，怎么把他忘了？"

李漠帆急忙问道："咱们还认识金禅会的信众，我怎么不知道？"

"胡老大。"萧天说着哈哈一笑，接着萧天给在场的于谦和玄墨山人讲了那晚的经历，现场的气氛一下子轻松起来，这个难题迎刃而解。

"帮主，何时去见这个胡老大？"李漠帆急不可耐地问道。

"事不宜迟，现在马上天就亮了，就在今天晚上。"萧天交代道，"咱们的人都去，有了号牌，就可以自如出入金禅会，可以探听到更多翔实的消息，这对以后的营救很重要。"

于谦点点头，突然又想到一件事，说道："对了，有件事我要提醒你们，金禅会有一个人物非常厉害，京城里人人传说那人刀枪不入，叫金刚护法，此人是个非常难对付的人。"

"兄长，你有所不知，"萧天叹口气，道，"这个金刚护法的来历我们查清楚了。"萧天就把那天张念祖说的云蘋的事给于谦讲了一遍，接着说道，"此番玄墨山人进京的目的就是擒住云蘋，带回天蚕山一边治疗，一边研制解药。"

"原来如此。"于谦脸上露出了难得的喜色，他身边有了这些江湖侠士的相助，对付王振似乎有了更大的把握。

二

天色渐暗，街上的铺面有些已掌灯，稀稀落落的光影洒在街面上。这时，从东面走过来一行人，打头的是胡老大，今天他特意穿了件体面的灰色长袍，腰间系着镶玉的腰带显得格外精神。他一边走一边咋咋呼呼对身边的萧天卖弄自己的本事："大哥，这几条街没有人不认识我胡老大的，有事只要我一句话。"

萧天一身商人的打扮，绸质的长袍腰佩宝剑，他默默听着胡老大吹牛，并不打断他，只是一双眼睛警醒地四处巡视。萧天赞许地伸手拍了下胡老大的肩膀，胡老大一缩脖，真是被打怕了，萧天一笑道："我这些朋友，都听说金禅会里玉女个个美如天仙，想进去瞧瞧热闹。"

"哈哈，这个容易，我带你们去。"胡老大说着瞄了眼一旁的拂衣，拂衣白了他一眼。拂衣往后退了一步，与萧天身后的其他人走在一起。萧天身后跟着李漠帆和张念祖，这两人一左一右盯在胡老大身后，一旦发现他不老实，就会出手。胡老大跟这帮人交过两次手，栽了两次跟头，哪还敢造次，一直规规矩矩跟着萧天走。这行人中，玄墨山人和陈阳泽跟在最后，小六早早跑到前面去了。

一行人走到一个胭脂花粉铺前，胡老大对萧天道："就是这里。"众人一愣，看到一些人匆匆走进去，有女人也有男人。

"这个铺面是个摆设，"胡老大说道，"跟我进去吧。你们别说话就行了。"胡老大说着，看着拂衣赔着笑脸说道，"姑娘，你得跟在我身边，这样才像夫妻。"

拂衣深知自己的使命，匆匆扫了眼萧天，萧天点点头，拂衣不情愿地走到胡老大身边。胡老大喜不自禁地看着拂衣，两人并排走进去，众人跟在他们身后往里面走。

众人走进胭脂花粉铺，里面像一般的胭脂铺一样，只是比一般的铺面大出几倍，左右两边摆着一些时新的货色，中间是宽阔的穿堂。胡老大领着众人直接走过穿堂，一边走一边对萧天说道："大哥，这里面深着呢，你们也真是找对了，如果不是我领着，你们是进不去的，别看这个门面小，这里面可是四进的大院子。"

"呵，还真有意思，你说说看。"萧天看了眼四周问道。

"前面是门楼，咱们现在要去的地方，就是发号牌的地方。过了门楼是以前的戏园子，被金禅会买去后，就改成堂庵了，一般的信众只能到这里。后面还有两进院子，一进院子是百花园，用来办仙人宴的地方，最后一进院子是禁地，应该是堂主和师傅们的住地。今日让你们赶上了集会，逢四和七是鞭恶日。"

"什么是鞭恶日？"身后的李漠帆好奇地问道。

"就是信众在这日对着烛火说出自己所做的恶事，然后祭台上由玉女以身替罪被鞭打师鞭打，替信众消灾。每次的鞭恶日都人山人海，被鞭打过的玉女就成仙，接着就开仙人宴，为信众祈福，不过这个一般的信众是无福消受的。"

众人听胡老大的一番话，对这个金禅会真是开了眼界了，各种匪夷所思的仪式是他们闻所未闻的，萧天和玄墨山人交换了个眼色，萧天低声说道："咱们就见机行事吧。"众人领会，遂跟着胡老大往里面走。周围出现的人也渐渐多起来，这些信众无不围着厚重的长长的披风，披风兜头紧紧遮住面孔，他们匆匆而过，似乎生怕被旁人认出。

走过长长的阴暗的穿堂，只有两边的墙洞各有一盏油灯。前面是个垂花门，有四级台阶。他们走进去便看见门里聚集了很多人，默默候着。这里同样很昏暗，只有远处墙边的几案上放置着灯烛。胡老大打手势招呼他们跟在他身后，他和拂衣在此时被一些熟人认出，几个人从队伍里走出来，与他抱拳寒暄，并不时偷窥拂衣几眼，再与胡老大挤眉弄眼地玩笑几句。胡老大倒是大方，哈哈笑着也不介意。

胡老大指着前面的厅堂对萧天他们说："这里是金禅会护法发号牌的地方，你们放心，有我做保人，他们一定发给你们。"说话间他们跟着前面的人走进去。这里仍然是一间穿堂，两边各有一扇描金镶玉的六折屏风，人群在这里自动分开，男子去左边屏风，女子去右边屏风。

萧天他们跟着胡老大走到左边屏风，拂衣回头看了他们一眼向右边屏风走去。屏风后面是一张文案，案上一盏宫灯，一个看上去像账房先生的瘦小男子手持毛笔,案上展开一个册子。他身后站着四名人高马大的护法,个个一脸威严手扶佩剑。胡老大笑嘻嘻地走到账房先生面前:"'笔杆子',是我,胡老大。"

被称为"笔杆子"的瘦弱男子抬起头,也是一乐:"胡老大,听说堂主赏给你玉女做老婆,你小子好福气呀。"

"那是,说明咱对金禅会忠心,看见没有,我身后的这些朋友,都是冲着我来的,也要入会。"胡老大一阵吹嘘。

"笔杆子"向胡老大身后看了看,微笑着点点头。

"'笔杆子',愣啥呀,给号牌呀。"胡老大不耐烦地叫道。

"笔杆子"探出头,细声细气地问道:"胡老大,听说你那媳妇,把你揍得不轻,胳膊都扭断了,是真的吗?"

"奶奶的,你们都是听谁说的?"胡老大不满地嚷道。

"甭管谁说的,是不是?""笔杆子"压抑着笑声猥琐地问道。

"你们这是吃不到葡萄说葡萄酸,回头再给你们算账。快点,我的号牌,一共六个。"胡老大没好气地说着,不由得捂住被扭伤的胳膊,这个细小的动作正好让"笔杆子"逮个正着,不由呵呵地笑起来。胡老大一把抢过"笔杆子"手中的号牌,向萧天他们挥手向里面走去,身后又传来"笔杆子"的笑声。

所谓的号牌,其实就是一块长方形的竹子雕刻的字符,有半个手掌大,尾部拴着一束金色流苏。每个字符代表一个信众,字符取自《金刚经》。萧天他们各自拿到一块字符,都低头逐一看了一遍,六个字符分别是:法、言、相、名、心、罗。众人收好字符,遂向屏风外走去,在过道里放置着一个木箱,一些人从里取出披风戴在头上。小六也跑过去,从里面取出披风在众人面前摆弄起来。

"都戴着吧。"萧天从里面取出一个白色的披到头顶。

"这样最好,"胡老大点着头说道,"这样你们进去谁也认不出你们。"

"前面就是堂庵?"萧天看着胡老大问道。

"是。"胡老大说着,看见拂衣从那边走过来,就向她招手。拂衣走了过来。

"胡老大,出口在哪里?"萧天问道。

"在堂庵的左侧,有一个出口。"胡老大说着,眼睛仍然不离开拂衣。

"好,你可以走了。"萧天笑着说,"我们进去随便看看。"

胡老大有些不舍地看了拂衣一眼,拂衣扭过头对他说,"你先走吧,我今天过来瞧瞧姊妹们。"

"那你还回家吗?"胡老大可怜巴巴地问道。

"她当然回去了。"一旁的萧天答道,他看出这个胡老大真是对拂衣姑娘动心了,便笑着安慰道,"一会儿,我妹子就回去了。"

有了萧天这句话,胡老大立刻振奋起来,他笑着向他们告辞,一溜烟跑进人群里不见了。

萧天把众人聚拢到一起,说道:"进去后各自行事。"众人点点头,逐渐分开。他们随着人群走向里面一扇双开的黑色大门。大门推开,众人走进去后,不由全都愣住。只见眼前晃动着成千上万支细小的蜡烛,点点烛光就像夜里看见的萤火虫一样密密麻麻,与密密麻麻的烛光一起扑面而来的,还有声如蝇虫般一浪高于一浪的吟唱的歌声。

众人站在当地愣怔了半天,皆被眼前的阵势镇住。这时,前面的声浪更高了,人们传来欢呼声。只见前面一个木台上,走上来一个一身白衣的女子,女子一上台就被绑到一根圆柱子上。

"他们开始了,"萧天想到刚才胡老大的话,道,"这是鞭恶日的仪式。"

突然,拂衣直瞪着木台,脸色大变,她迅速地向前面跑去。萧天一看,向众人一使眼色,众人也跟了过去。他们穿过人群,走到木台前方时已经挤不动了,拂衣向前挤着,萧天从后面一把拉住她,叫道:"拂衣,怎么回事?"

"木台上绑着的是秋月。"拂衣几乎哭起来,"以前我认识的一个玉女就在鞭恶日被打死了。"

"你看清楚了?"萧天和众人都一愣。

"没错,是她。"拂衣踮着脚看着木台,眼里的泪哗地涌出来。

四周的人群像海浪般涌过来涌过去,声浪一声高于一声。木台上被绑在圆柱上的秋月无助地呆呆地望着屋顶,为了减少自己的恐惧,她嘴里开始哼唱着自小唱过的歌谣:"星子在天,船儿在河……"

这时一个身着金色大氅的金禅会师傅走上台,他向台下人群挥手致意,然后高声念道:"淤泥源自混沌启,金禅一现盛世举。信众们——向往极乐世界,只有摆脱恶念,接受神灵洗涤,肉体方可进入。让神灵好好地鞭打吧,鞭打掉一切罪恶,向往极乐世界。信众们,跟我大声念:金禅起,万家福……"

萧天在台下看着那个披金色大氅的人,有些失望,他不是柳眉之,看来这只是个一般的师傅。他身后的李漠帆急不可耐地叫住萧天,由于四周太吵,他只得大声喊道:"怎么办呀?"一旁的拂衣也在紧张地望着他。萧天抬起头,看见台上的师傅已经取出金色长鞭,台下的人群激动地喊道:"打,打,打!"

一道金色的光一闪而过,台上的秋月身体抽动了一下,雪白的衣裙上一道血印。拂衣一把拉住萧天,哭道:"她会被打死的,她会被打死的。"萧天紧皱眉头,如果此时就出手,那他们就会过早暴露,但是如果置之不理,岂能眼睁睁看着自己姐妹被打死?后面的玄墨山人看出萧天的为难,直截了当地说道:"如果现在出手,苦心筹划的一切都将泡汤,大家还是忍耐一时吧,如果这位姑娘有造化,就不会有事。"

拂衣一听此言,捂住脸背过身去。

突然,张念祖挤到萧天跟前说道:"我有办法,大哥,你身上有银子吗?"萧天一愣,忙从衣襟里摸出一个钱袋,张念祖攥到手里跑进人群里。

李漠帆不解地盯着他的背影问道:"他搞什么?"

萧天也丈二和尚摸不着头脑,眼看着张念祖跑进人群不见了,气得大叫:"念祖,念祖,你去哪儿?"

李漠帆气哼哼地叫道:"不会去买酒喝了吧?"

萧天不去理会李漠帆的胡言乱语,揪心地望着木台,金色长鞭每抽一鞭,人群里都会发出震撼的叫声。突然,台上跑上来另一个披金色大氅的人,他夺过对方的长鞭,大喊道:"你没有吃饭吗?我来……"对方愣了半晌,被这个师傅一脚踹下木台,台下传出海啸般的附和声。

只见这个师傅一上来就把那个长鞭舞动起来,长鞭在木台上上下翻飞,呼呼地发出啸声,整个木台都笼罩在金光之中。台下的所有人都惊呆了,所有人都兴奋地高声叫嚣着……萧天和李漠帆都看呆了,李漠帆哭丧着脸大喊:"完了,完了,这下哪还有活头呀?"

李漠帆身后的拂衣一听此话,双膝一软,倒了下去,幸被旁边的陈阳泽抱住。

玄墨山人突然叫了一嗓子:"这小子行呀,是张念祖。"

听玄墨山人如此说,所有人都瞪大眼睛望着木台,连差点昏厥的拂衣都振作起来。

高台上那个披着金色大氅的男子,一张脸隐在兜头里,在他身体随手臂晃动的间隙,可以看到左边脸上的包布。看到这个细节,萧天他们都振奋起来。张念祖在台上舞鞭子的动作慢下来,这时人们才看到他身后的圆柱,惊奇地发现圆柱上的白衣女子变成了红色,白色的长裙已被鲜血染红,人们发出欢呼声,他们从没有看到过如此完美的鞭恶日仪式。

萧天他们虽然很震惊,但是相信张念祖是会保护秋月的。

仪式完成，几个护法抬起秋月往里面走去，拂衣挤过人群向秋月跑去，秋月躺在木板上眼睛大睁着，一脸的困惑。拂衣扑上去，一把抓住秋月的手，秋月看见拂衣大喜，头抬起来，被拂衣伸手按下去，并示意她闭上眼睛。秋月何等聪慧，马上明白过来，看到拂衣跟在身旁，安心地躺下了。

这边木台旁，聚集的人群慢慢散开，人们开始回到队列里举着蜡烛吟唱。萧天他们从人群里走过，正在寻找张念祖，他从一边跑了回来，萧天一把拉住他，其他几个人迅速围过来。萧天笑道："念祖，你小子，快说……"

"那袍子是我掏银子买的，"张念祖一笑，道，"至于那血，是鸡血，那边有个厨房，厨子正在杀鸡。"

"鸡血？不可能吧，我怎么没有看见鸡呢？"李漠帆摊开双手，吃惊地问道。

"你傻呀，我能掂着鸡上台吗？"张念祖笑起来。

萧天拍拍张念祖的肩膀，赞叹道："有你在身边，我就轻松多了。"

"这倒是……"李漠帆也笑起来，"念祖，我以后绝对要对你刮目相看，进京这几天，你着实让我开眼了，以前我总以为你是个只会念经布道的闷葫芦呢。"

听到他们对自己的夸奖，张念祖不好意思地垂下头，脸都红了，半天也不知道说什么好。玄墨山人也点点头，他看出张念祖平时虽然不多言，但心里比谁都有数，真是个不可多得的好兄弟。

突然，张念祖抬起头，对萧天说道："忘了件事，刚才我跑回来时，看见一个人。"

"谁？"

"以前在京城就见过，后来听说晋升为新的锦衣卫指挥使。"

"孙启远？"萧天立刻说道。

"对，就是他，穿着便装，身后跟着四个随从。"张念祖说道。

"孙启远是王振身边的一条狗，看来于大人说得不错，王振一伙儿与金禅会早已勾结在一起，"萧天看着玄墨山人，道，"孙启远来这里必是去见柳眉之，咱们不能放过这个机会，这样吧，我和念祖跟踪孙启远，大哥，你领着他们在堂庵里四处逛。"

这时，拂衣跑回来，她笑着说："秋月被抬回住处，她的伤不重，休息几天就好了，我偷偷告诉她咱们都来了，要救她出去，她高兴得都哭了。"

"拂衣，你跟我走，"萧天打断拂衣的讲述，看了眼众人，挥了挥手，众人迅速散去。

"拂衣，你知道堂主在哪里会客吗？"萧天问道。

拂衣眨巴着眼睛想了想，摇摇头道："我在这里的时候，从没有出过房间。"

萧天转向张念祖，张念祖略一思索，压低声音道："大哥，刚才我看见厨房里好大动静，杀鸡宰鹅的，像是要宴请宾客，不如咱们潜入厨房，看他们把菜肴往哪里送，跟踪他们不就知道了。"

"好主意。"萧天赞许地看着张念祖道，"走，咱们现在就去厨房。"

张念祖在前，萧天和拂衣跟在后面。三人都围着长披风，兜头盖着面孔，与里面来来往往的信众毫无异样。张念祖引着他俩从堂庵的侧门出去，外面是庭院，与普通庭院毫无二致。他们沿着一侧石径往前走，两旁都是花木和竹子，前方有一个独立的小院，很远就闻到炖鸡的香味。

不断有白衣女子走进去，有时是单个，有时是五六人一队。萧天他们急忙躲到一丛竹子后面。拂衣看着那些白衣女子说道："这些人是侍女，我知道她们都不会说话，呆呆傻傻的。"萧天点点头，"一会儿，她们出来后，咱们跟着她们走。"

不多时，一队白衣女子走出来，人人手里捧着一个红木托盘，上面放着做工考究的陶瓷盘，都有盖扣着。她们步伐匆匆从他们面前走过。萧天他们跟了上来。

白衣女子们走向前方一个隐在茂密的林子间的圆形木门，院子里隐隐有灯烛，影影绰绰。四个护法手提宫灯守候在两旁。白衣女子们迤逦而入，从里面院子里传来琴瑟之音，歌舞之声。

萧天他们藏进林子里，蹲在草丛中看着那个院子。

"看来，这个不起眼的小院定是柳眉之待客的地方。"萧天说道。

"咱们如何能进去？"张念祖盯着那几个护法，"就四个守卫，也不是对付不了。"

"不可，"萧天急忙说道，"如今不可莽撞，先不要打草惊蛇。"

"那就只有混在侍女的队伍里进去了。"张念祖说道。

萧天与张念祖对视一眼，两人意会。一旁的拂衣直摇头，"我可以混进去，你们……"

萧天打断拂衣，伸手捂住她的嘴巴。小径上又传来脚步声，走过来三名白衣女子。张念祖跃身蹿到三名女子面前，三名女子呆呆地看着他，拂衣跑过去夺过她们手中的托盘，一一放到地上。张念祖一手抓一个，另一个被萧天拎着衣领拉到林子里。三名女子瘫倒在草丛里，浑身颤抖蜷缩在一起。

"拂衣，你去掉两人的衣服，用我的衣服绑住她们，你在这里看着她们。"萧天对拂衣说完，走到一个看上去年长一些的女子面前，蹲下身温和地说道："姑娘，你别怕，我们不会伤害你，只想让你带我们进前面那个小院，回来后就放了你们姐妹，你听清楚了?"

那个女子茫然地瞪着他,然后迟疑地点了点头。

拂衣很快扒下那两名女子的白袍,用萧天和张念祖的袍子裹住她们赤裸的身体,用披风将两名女子背靠背绑到一起。萧天和张念祖捡起地上的白衣袍穿到身上,好在袍子很大,他们两人又都是瘦高的身材,穿着也看不出端倪。白袍上也有兜头,他们把该遮住的地方都隐藏起来,这才跟着那名女子走出去,端起地上的托盘,盘子里的菜肴还完好无损。

三人向小院走去,前面女子的步伐有些踉跄,似是吓住了。萧天和张念祖低着头紧跟在后面。未及门口,鼻子就被一股奇香袭扰,萧天忍不住差点打出一个喷嚏。两厢的护法推开院门,三人端着托盘缓缓走进院中。

过了木门,走在雕工精美的抄手游廊上,萧天和张念祖抬头观看,两人都是阅历颇多见多识广之人,皆被面前的景象惊呆了。只见游廊建在水面上,水池里荷叶舒展,荷叶四周放置着一盏盏制作精美的荷花灯,竟别有一番风情,点点灯影照亮池水,又与水面波光相映,星星点点扑朔迷离,更是增加了不少情趣。水池中央建有一座水榭,水榭四周垂着白纱,只看见里面人影绰绰,丝竹歌舞之声均出自那里。

萧天碰了下张念祖,张念祖这才醒过神。那个女子在前面不远处等他们,她看萧天和张念祖走过来,便转身继续向前走。沿游廊向前,看见一片屋宇,上面题有字"净水轩",看见一些白衣女子的身影在里面走动。净水轩前面有一座曲桥通到水池中间的水榭,从这里可以看见水榭的上方也题有字"藕香榭"。

梅儿在里面指挥着她们:"堂主要的'佛手金券'快上去,还有那个,李大人要的'松鼠鲤鱼'到了吗?"

"花姑,都到了。"

"上去吧。"

萧天和张念祖没想到在这里碰见梅儿,两人虽是怒火冲天,恨不得上前一剑刺死这个叛徒,但是他们都咬牙忍下了。两人交换了个眼色,默契地互相点了下头,悄无声息地走进净水轩,依次站在一排托着木盘的女子身后。

梅儿为了仙人宴操碎了心,已忙得头昏眼花。她依次掀开陶瓷盘,手中拿着一对银箸,一边查看一边试吃,然后向查过的挥手示意。

"姑娘们,精神着点,今日的仙人宴有朝中贵客,可别出错。"她交代了几句,放了行。

女子们端着托盘,小心翼翼地走上曲桥。萧天和张念祖低着头小心地跟了上来。走上曲桥，眺望园子，一钩弯月当空，水榭灯影朦胧，与水面上荷花灯相映成趣。旁边相连的水榭上坐着众乐师，奏着喜庆的乐曲。

从曲桥上可以看见水榭里面四面摆放着方几，几上菜肴美酒一应俱备。东面和西面各放置着一尊青铜铸造的方鼎，袅袅细烟从鼎上溢出，那种奇香就是从鼎中飘出来，让人欲醉欲仙。中间的空地上七八个身披五颜六色披帛的女子以舞助兴，长长的披帛在空中变幻出眼花缭乱的图案。只是越往近处走，越发觉不对劲，那几个舞女身上竟然只穿了薄如鸿羽的胸衣，身体大部分露在外面，雪白的肌肤在烛光的映照下，凸凹分明，胸口圆滚滚的双乳随着身体的舞动时隐时现……

萧天跟着侍女们走进水榭，一路上提心吊胆，到了里面反而放心了，如此香艳的场面，不会有人留意他和张念祖，所有人的目光都盯在舞女身上。

亭子正中坐着柳眉之，他身后站着云蘋，左首坐着李明义，右首坐着高昌波，孙启远坐在旁边，还有几个人叫不上名字。这些人酒足饭饱眼睛痴呆呆地盯着中间舞池里几乎裸身的舞女。

萧天扭头看了眼张念祖，他担心张念祖年轻把持不住，没想到张念祖根本没有看裸女，而是目露寒霜地盯着高昌波和孙启远，一只手紧握着，如果腰中有剑，估计他已拔出来了。萧天轻轻咳了一声，被乐曲声掩盖住，但是张念祖听到了，他看了萧天一眼，两人四目相视，均会意。

柳眉之斜靠到榻上，满面红光，得意扬扬地看着这帮朝中重臣在他的仙人宴上毫无招架之力的样子，拿着酒壶对一旁的李明义说道："李大人，来，我敬你。"

李明义哪里肯跟他喝酒，此时眼都要看直了，嘴角下斜挂着一丝涎水。孙启远是他们中最年轻的，有些把持不住，脸憋得酱红。一旁的高昌波一脸的鄙视，毕竟是太监，在这个时候显出太监的本色来，他环视一圈，众人的丑态皆看在眼里，此时也只有他还保持着清醒，想到王振的嘱咐，心里暗骂好个柳堂主用这招来对付我们，他知道再不叫停，后果不堪设想，他看出孙启远眼珠子都红了。

高昌波突然站起身，哈哈笑着对柳眉之道："柳堂主，难道你是成心要与洒家过不去吗？我是来与你喝酒的，你叫来这些个女子搅了好兴致。"说着走过去，拍了下孙启远的几案，孙启远这才回过神，"启远，别只顾看热闹，忘了喝酒。"

柳眉之一笑，向她们挥了挥手，道："好了，下去吧。"

孙启远恋恋不舍地看着中间那帮女子依次退下，目光跟随着跑出去很远才收回来。孙启远端起几案上的酒一饮而尽，这时神志也清爽了些，他听出高昌波说的话里有埋怨他的意思，立刻想到今天来这里的目的，急忙起身对柳眉之说道："柳堂主,我们都听说你身边这位金刚护法刀枪不入,今天能否让我们也开开眼,让几位大人亲手一试?"

柳眉之以为他们又要提出什么新要求,这几个月为与王振疏通关系,他已奉上几十万两银子,几乎把金禅会半数存货拿了出来,如今王振的胃口越来越大,不得已就想出仙人宴的招数笼络这些人。此时听到他们忽然对云蘋产生兴趣,让他很惊讶。

"金刚护法,"柳眉之扭头叫身后的云蘋,发现云蘋藏在兜头里的眼睛血红,神态有异,心想难道云蘋看见面前的裸女也动了心?不免有些好笑,又一想,虽云蘋体内中毒变异,但毕竟是个正值青春的青年,柳眉之一笑,道,"金刚护法,给几位大人展示一下。"

云蘋领命走到中间,双腿叉开像磐石一样站立不动。

孙启远首先站起身,他从腰间抽出绣春刀,慢慢走向云蘋,突然举刀向云蘋胸口刺去,只见绣春刀带着风声刺向胸口,绣春刀碰到胸口发出"砰"一声,刀刃弯卷起来,孙启远不服瞪大眼睛再用力,猛地被刀刃崩出去。孙启远喘着气,不敢相信地瞪着云蘋。

李明义接着走过来,他夺过孙启远的绣春刀,挥刀斜着向云蘋砍过去,只听"嘶"的一声,刀下掉了几片布片,露出云蘋令人毛骨悚然的皮肤,竟然毫发无损。李明义惊得瞪大眼睛,但看到从破损的衣衫里裸露的皮肤,李明义一闭眼,急忙躲闪着回到座上。四周发出叫好声,他们议论纷纷:"不愧是金刚呀……"

孙启远转身看看高昌波:"高督主,你来试试。"

"不用了,"高昌波摆了下手,似乎很满意,大笑道,"真乃耳听不如眼见,今儿算服了。"说着,高昌波转向柳眉之道,"柳堂主,今儿前来做客,其实是受先生之托,有一事相商。"

"啊,大人请讲。"柳眉之一听果然王振有事找他,立刻振作了精神坐起身。

"是这样,柳堂主可听说前几日先生被刺之事?"高昌波问道。

"竟有这事?"柳眉之故作惊讶地问道,"在京城谁如此大胆敢跟先生作对?"

"刺客中死在当场的一个人,身份已查明,出自兵部。"高昌波嘴一撇说道,"定是先生的死对头、兵部的于谦派人干的,此人领着朝中一干人等如今公开跟先生对着干,妄想阻止皇上亲征,你说该不该杀?"

柳眉之点点头,犹疑地望着高昌波。

高昌波笑着说道:"金刚护法如此神功,不建功立业太屈才了,柳堂主,如若金刚护法刺杀于谦得手,等于清除了先生的宿敌,你将是立了奇功一件,先生定不会亏待你,金禅会在京师可就站稳脚跟了。柳堂主,你意下如何呀?"

柳眉之一愣,没想到自己绕来绕去,还是没有躲过党争,他当然知道王振是什么货色,但是他辛辛苦苦创立的金禅会岂能止步于此,所谓识时务者为俊杰,与最大的当权者合作总不会吃亏,他是再也经不起失败了。柳眉之看着高昌波郑重地点点头道:"金刚护法任先生差遣。"

"好。"高昌波高兴地点点头,举起酒杯,众人看到高督主与柳堂主谈好了,都站起来举杯相贺。

一旁的萧天和张念祖默默互望一眼,各自垂下头去。

"柳堂主,东厂的人已打探清楚,三日后,于谦按惯例回北大营,出京城后走西关官道,这一路山路多,弯道也多,是下手的好机会。得手后先生会亲自来赴仙人宴,给柳堂主庆功。"高昌波笑道。

"一言为定。"柳眉之笑着,但心里并不轻松,他用笑容掩饰着内心的不安。众人举杯都是一饮而尽,而后坐下。柳眉之向一旁挥了下手,叫道:"奏乐。"四周的侍女托着盘子依次上菜,然后依次走出去。

萧天和张念祖一走出水榭,两人的目光就碰到一起。

"他们要刺杀于大人。"

"怎么办?"

第四十二章　啼血囚鸟

一

这日午时,明筝用过午饭,坐在圆桌前绣荷包。这是她昨日冲梅儿发了顿火后,才讨要到的东西。梅儿很不情愿地给她端来一个做女红的箩筐,里面放着几块锦缎、剪刀和各色丝线。梅儿虽然妥协了,但仍絮叨个没完:"明筝姑娘,堂主让你静心修书,不是让你绣荷包的。"

"我如今想不起来,等我想起来了,自然就写好了。"明筝不愿多言,端着箩筐摆弄起来。

明筝从未动过针线,之所以要这些,只为了掩人耳目,打发走梅儿。梅儿看着明筝忙着绣荷包,又气又恼,又不敢施强,只能在一旁干着急看着她们。明筝拿剪刀连剪了几个荷包,古怪的样子让她自己都哭笑不得,一旁服侍她的两个侍女,实在看不下去了,每人走过来帮她剪一个,一个是如意式样,一个是元宝式样。

明筝看着两个侍女娴熟的动作,心头一酸。她想到自己如今的身份,已为人妻,却连针线都没有动过。看着荷包,便开始思念萧天,她不敢想此时萧天在哪里,心里的牵挂时刻折磨着她。

两个侍女看出明筝不会女红,一个年长点的,便好心过来,手把手教她。另一个侍女跑过来,手指门外,原来梅儿气不过,摔门而去。明筝看梅儿走了,开心地把她俩拉过来坐在身边,一起绣荷包。明筝看着荷包在两个侍女手中有了模样,高兴地直叫:"啊,太好看了,我来试试。"明筝拿过来,一只手捏着绣针,问道,"这位姐姐,你叫什么名字?"

女子一愣,冲明筝张了下嘴,明筝看到她嘴里只有舌根,吓得一哆嗦,忙说道:"对不起,我忘了,你们不能讲话。"

两个女子似乎已经习惯了,脸上没有丝毫痛苦的表情,反而是荷包更加吸引了她们的注意,兴高采烈地摆弄着荷包。

这时,响起几声轻而短的敲门声,三人皆抬起头,两个侍女急忙起身去开门,明筝以为是梅儿又来了,但是门外却站着一名陌生的女子,此女子身着玉女的服饰,只不过多了一件白纱的披帛裹着半个面孔。年长的侍女似乎认出来人,急忙拉着女子进来。两人用手势比画了几下,侍女带着来人走过来。

女子走到明筝面前,拉下蒙面的披帛,雪白的面孔上一道红色鞭痕清晰可见,她缓缓走上前,突然跪下行叩拜大礼,明筝一愣,不知道此女子是什么来历,却听见她开口讲话:"狐女秋月,前来叩拜郡主。"

"秋月?"明筝恍然记起萧天说过去年春上进宫的四名狐女中,有一位叫秋月的,明筝再仔细看此女子的面容,隐约可以看出一些端倪,恍惚记得见过此女。

"郡主不记得奴婢,但是奴婢却记得郡主,当年在宫中郡主曾一口气咏诵'女诫'。"秋月说道。

明筝急忙起身去扶她,诧异地问道:"果然是你,你如何会在这里呀?"

秋月叹口气,便把自己和拂衣怎么从宫中逃脱,怎么落入金禅会的经历给明筝详详细细讲了一遍。又把前日遇到拂衣,被狐王解救的事也讲了一遍。

"什么?你见到狐王了?"明筝简直不敢相信,她知道萧天定会来救她,没想到如此快,明筝看着秋月脸上的鞭痕,问道,"这么说是他们出手,你才躲过一劫?"

"是呀,我只看到一个高个男子上了台,他夺下鞭子,在台上舞得眼花缭乱,然后他冲我喷了几口血,当时看上去我的白衣袍都被染红了,其实我只挨了三鞭子,如果不是他们出手相救,我恐怕小命早没了,我这条命是狐王给的,为狐王我可以赴汤蹈火,希望郡主相信我。"

"秋月,我当然信你。"明筝高兴地搂住秋月,想到萧天他们已经潜入京城,不由振奋起来。秋月给她带来了一个最好的消息,她感激还来不及呢。

"秋月,"明筝突然想到一件事,"他们为何要鞭打你?你犯了何罪?"

"郡主,因为我是玉女,"秋月说道,"这座楼上的玉女,被金禅会养着有吃有喝,就要为他们做事,鞭恶日每月都要鞭打一名玉女,打死的不在少数,这是他们一项最吸引信众的仪式,还有就是每月十五选信男,这天是要送被选上的信男一名玉女做新娘,这月十五被选上的新娘就是拂衣。"

明筝想起刚来那日看到那个新娘有些面熟,原来竟然是拂衣,便问道:"拂衣呢?"

"郡主放心,拂衣已被狐王救下。我今天来这里就是拂衣给我带的口信,让我来见郡主。"说着,秋月从发髻里小心地取出一个纸团,递给明筝。

明筝急忙接过,展开一看,上面是萧天的笔迹:

吾妻,一别甚念,在外谋划多时,汝且奉迎石,以求延时。

明筝看过揉成一团塞进方鼎里与香焚了,然后低头在屋内转了一圈,她想着萧天所说"汝且奉迎石",难道是让自己先向柳眉之妥协,以换取更多时间让他们准备?

"秋月,拂衣见你还说了什么?"明筝问道。

"来不及多说,她如今已不是玉女,按说不能进来,只不过那几个护法认识她,又给了好处才放她进来,她也只说看看姐妹就走,护法跟在她身后,她只给我塞了这个字条,又说一句'好好保重',就走了。"

明筝点点头,又问道:"我屋里这两个侍女你认识吗?"

"认识。"秋月拉着年长的女子对明筝道,"她叫含香,是个寡妇,被人贩卖来的,还有一个三个月大的女儿不知去向,她哭了半个月,逃出去三次,最后被剪掉舌头。她叫乐轩,是个童养媳,夫家败落为还债把她卖到这里。"

明筝看着两人,两人似乎并不知道在说她们,依然拿着荷包玩弄着。明筝叹口气:"这些姐妹真是可怜,如果有机会一定救她们出去。"秋月看着明筝道:"郡主宅心仁厚,只是她们被迫服下迷心散,如今根本不知道痛苦,你让她们离开这里,她们定不会跟从。"

"对了,"明筝一把抓住秋月道,"你想办法告诉狐王,是梅儿出卖了我,是她在听雨居下的毒。"

"狐王已经知道了。"秋月压低声音道,"他们进来堂庵,碰见了她。"秋月抬眼看了眼窗外,机警地压低声音道:"郡主,我该走了,不然撞上花姑就麻烦了。"

秋月走了两步又想起什么,急忙转回身,对明筝交代道:"在这座楼上,午时最松懈，因为所有护法都要吃饭。还有我的房间在一楼，在这座楼上，楼层越高玉女的等级越高。不知把郡主安排在这里是何用意，按照规矩，每月月底所有玉女都要抽签，选出下次鞭恶日受刑的玉女和十五日的新娘。郡主，你好好思谋一下，我该走了。”

秋月轻盈地出了房门，来到走廊便将披帛围住面孔，匆匆下楼。

二

明筝在屋里来回踱步，想想秋月的话，细思极恐，如今离月底没有几天了，她现在才明白柳眉之为何把她安排在这个楼上，这是最好的威逼她的手段。想到萧天递过来的字条上那句“汝且奉迎石”，“石”就是指李宵石，是柳眉之的本名，萧天让她暂且讨好他答应他的条件，肯定是萧天也想到了她脾气执拗不愿妥协，怕她吃亏，看来萧天什么都替自己想到了。

明筝坐下来，反复思索后有了主意，她冲门口大叫：“来人！”

推门进来一个护法，问道：“明姑娘，何事？”

“取笔墨来。”护法急忙点头跑了出去。

不多时，进来两个侍女，一个端着笔墨，一个手捧纸张。明筝走到端笔墨的女子面前查看了半天，又走到另一个面前看纸张，她抻开一张宣纸，叫了起来：“不行，去换了，我要徽州宣纸。”那个侍女低头退下。明筝只想拖延时间而已，过了有一炷香的工夫，那个侍女走回来，手捧着一沓宣纸走进来。

明筝找不出其他理由，便坐下摆出一副冥思苦想状，半天写下一两个字。这边的动静很快就把梅儿吸引来了，梅儿笑嘻嘻地走过来，看着明筝伏案书写的样子，啧啧称赞：“明筝姑娘，你昨个儿不是还嚷着要绣荷包，今儿怎么就不绣了。”

“那个劳什子活，我死活学不会，算了，我想通了，既然表哥想要我写出那本书，写了给他就是了。”明筝噘着嘴说道，“你去告诉李宵石，我怕他了，不然他明天就把我嫁出去了。”

“姑娘，谁是李宵石？”梅儿看了明筝一眼，不解地问道。

“把我的原话说给你们堂主听，他会明白。”明筝气鼓鼓地说道。

梅儿点点头，转身走出去。

过了两个时辰，眼看到了晚饭时间，梅儿又颠颠地跑过来，她一脸喜色，人未进门,声音先跑进来:"明筝姑娘,堂主命我带你到后园与他一起进餐,请吧……"然后转回身,对屋里的两名侍女道,"收拾物品,明姑娘不住这里了。"

明筝一声冷笑,道:"我的这位表哥,改弦易辙了。"

"堂主说,前些日子,后园子有外人,你入住恐不方便,如今客人走了,正好让姑娘搬进去。"梅儿笑嘻嘻地说着,一挥手,身后一名侍女托着一件崭新的青色衣裙走进来,又进来两名侍女拿走了圆桌上的笔墨和纸张。

明筝一看,身上玉女的白色衣裙终于可以脱下了,她长出一口气,在屏风后面换上了新衣,走到铜镜前重新整理了下衣裙,她发现衣裙的料子是名贵的江南织造出产的,青色是她最喜欢的颜色,可以肯定这款衣料是柳眉之亲选的。

几人走出房间,梅儿引着她走在前面。明筝故意把脚步放慢,她看到走廊里走动着一些玉女,她希望秋月能看到她,知道她搬走了,她如今搬到的院子更不好见到秋月了。下到一楼时,正巧秋月走过来,她看到她们先是一惊,然后叫住梅儿,讨好地问道:"花姑,你这是去哪里呀?"

梅儿估计都不知道此女子的名字,她不耐烦地推了秋月一把:"去一边,让开路。"明筝用手臂推了身旁的侍女含香一把,含香趔趄了一下,来到秋月面前。秋月看见了明筝的动作,就打手势问含香,含香便打手势回答了几个问题。秋月急忙退到一旁,看着她们一行向侧门走去。

出了堂庵的侧门,沿着小径往里面走,前面有一片水塘,此时太阳已落山,晚霞的余晖掩映在水面上,一片姹紫嫣红。沿着水塘岸边一直往前走,可以看见水塘另一侧是一个布局精致的园子,从这里可以看见亭台楼阁。梅儿瞥见明筝一直看着那边,便说道:"水面那个建筑叫藕香榭,是堂主开仙人宴的地方,咱们还要往前走。这片宅子是四进的大宅子,最里面那进院子是堂主居住的地方。"

明筝想到头一日被绑来时,所见的修在地下的密室,便问道:"你们堂主住在地下吗?"梅儿被问得一愣,道:"堂主,是个风雅脱俗的人,他的居室外遍种梅兰竹菊,你一会儿便知道了。"

不多时,她们一行走进一个掩映在绿树下的小院子,院门很小,门楣上一块木牌,上书:竹园。她们一走进去,院门就被重重地关上。院门左右各站着一个人高马大的护法。众人走进院里,当中的庭院里被竹子占满,竹子中间建有一个凉亭,凉亭上有仿制的座椅,庭院有崎岖的碎石小径通到后面屋宇,这片房子分正房和东西厢房。花姑引着明筝走到西厢房,几个侍女开始收拾房子,花姑道:"姑娘,你就住这里,你看这里绿树成荫,马上天气转热,这里是避暑的好地方,又清静又阴凉。"

说着,指着中间的凉亭道:"一会儿,在那里用餐,我先去准备晚餐了。"

明筝一时无事可做,便向凉亭走去。四周翠绿的竹子,确实是赏心悦目,她坐到凉亭上的竹椅上,四下寂静无声,只听见风吹过竹子发出的沙沙声。从院子一侧飘过饭菜的香味,那个地方估计是厨房的所在。

这时,从院门处传来脚步声,明筝抬眼看去,只见柳眉之匆匆走过来,他身后跟着一个矮胖的人,明筝认出是那个金刚护法,看来柳眉之去哪里都带着他。

"明筝妹妹,让你久等了,我来迟了。"柳眉之看上去心情很好,他比以前胖了些,可能是近来志得意满,看上去更加风流倜傥。他身后的金刚护法凑到她面前似乎是想和她说话,被柳眉之制止。

"明筝妹妹,我看了你写的几页纸,我很高兴,"柳眉之笑道,直截了当地说道,"你知道吗?听说吾土道士已死,如果你能为我完成这本《天门山录》,将有助我们金禅会今后的发展,我将不胜感激。"

明筝淡淡一笑,直言道:"我能有什么好处呢?"

柳眉之看着明筝,听她如此一说,他俊俏的面孔上慢慢绽开笑容,他没有想到明筝也有跟他讨价还价的一天,他盯着明筝问道:"你想得到什么?"

明筝看着柳眉之紧逼的目光,突然警醒,她想到萧天字条上的那句话,便把到嘴边的话咽了回去,对柳眉之说出去等于白说,还会引起他的警觉,她歪头想了想,说道:"别急,我还没有想出来,等我想出来了再说,你能答应吗?"

"你能想出来,我就能答应。"柳眉之轻松地一笑,他向亭下的梅儿一招手,几个侍女端着盘子走上来。柳眉之看着明筝说道:"明筝妹妹,我们多长时间没有在一起吃饭了?"

明筝叹口气,轻声说道:"如果姨母还活着,她老人家看到你如今的气象一定会高兴的,她不会想到那个卖入乐籍的儿子,会成为万众瞩目的人物,唉!"

柳眉之没有想到明筝会说这样一番话,他在她面前向来都有一种抬不起头的感觉,这一番话深深打动了他,他眼睛瞬间湿润了,几乎哽咽地说道:"明筝妹妹,这个世界上也只有你还记得我母亲,有时候连我都忘了,我不孝啊,你依然是这个世上我最亲的人,我定会好好待你。"

明筝眼里涌出泪水,是屈辱的泪水,只有她心里清楚这一番话是多么的言不由衷。

柳眉之看到明筝流泪还以为是被自己的话语感动的,冲动地上前握住明筝的手,道:"是哥哥不好,委屈了你,不要怪我了。"

明筝越想越气突然放声大哭,柳眉之起身相劝,眼看也劝不住,突然想到一个主意,对明筝道:"明筝妹妹,我带你去瞧个热闹,定让你开怀大笑。"

明筝止住哭泣,看着柳眉之说道:"你这里的热闹我看过了,不喜欢看。"

"这次你定喜欢。"柳眉之说道,"今日给我的金刚选媳妇,你可愿意跟我瞧瞧热闹?"

"什么?"明筝盯着柳眉之身后那个身躯矮胖、总是蒙面、行为怪异的人,她总觉得在哪里见过,眼前就像蒙了层纱就是想不起来。"那新娘是哪里人?"

"我让他自己选。"柳眉之回头望着云颟,笑道:"金刚,我对你如何? 如果你把我交代你的事办成了,我还要赠你一座宅子,你就安家了,哈哈,可好?"

云颟感激涕零,他急忙走到柳眉之面前,跪地叩拜,嘴里含混不清地说道:"主人,云……云颟,感激不尽……今生……都……无法报答主人的……恩情……主人交代的……事……赴汤蹈火……一定办好。"

柳眉之点点头大笑。明筝听得清清楚楚,柳眉之称呼金刚云颟,心下大惊,不由仔细地观察起这个金刚来。

他们匆匆吃了些酒菜,柳眉之就起身,领着明筝向外走,金刚和梅儿以及几个侍女跟在身后。出了院门,一路向西,沿水塘走到一处堤岸边,那里泊着一只木船,几个人上了船,两个侍女划着木桨,不一会儿就到了对岸,走上一座曲桥,看见前面一座水榭上题:藕香榭。明筝看出正是刚才路过的那个园子。

藕香榭里茶水已经摆好,几个侍女站立两边。柳眉之坐到正中的位置,明筝靠左首坐下,云颟坐到右首。柳眉之心情极好,这时对花姑说道:"难得藕香榭不宴请宾客,你去把我的书童叫来,让她们也来瞧瞧热闹。"

梅儿抿嘴一笑:"哎呀,我的堂主,真是难得你这么好的心情,好的,我这就去叫她们过来。"

梅儿扭着身躯跑出去,不多时,一阵叽叽喳喳的吵闹声就从院门传过来,接着从曲桥走过来一众花红柳绿的女子,一个个婀娜多姿,她们走进藕香榭排成两列向柳眉之屈膝行礼。柳眉之笑着说:"先来见过明姑娘,我的妹妹。"众女子好奇地望着明筝,有些低声议论了几句,便再次屈膝行礼,口称:"姑姑好。"明筝想笑,什么古怪称呼,但也不想多言,便点点头。柳眉之一挥手道:"好了,赐座。"

女子们择位坐下。一名红衣女子娇滴滴地起身说道:"堂主,刚听花姑说今儿给金刚选新娘,大喜的事如何没有美酒助兴呀?"众女子一阵附和声,有女子又提出,既有酒也要有菜才配。柳眉之大笑,然后就吩咐梅儿去办了。

转眼酒宴摆上来,女子们围拢来端着酒杯向柳眉之争宠,场面好不热闹。明筝不动声色地喝着茶,她看着坐在右首的金刚,云蘋拉了下脸上的蒙面巾,把自己捂得更严了。

"明……筝姑娘,"云蘋开口说道,"你如何……不……记得了,我是……云蘋。"

"你是云蘋?"明筝当然记得云蘋,自那日宁骑城去长春院抓捕柳眉之,云轻死在当地后,他就消失了,明筝心里一直有个疑问,是不是云蘋杀死了云轻?一年后云蘋竟然以这种面貌现身,他身上到底发生了什么?如何变成这般模样?

"你是云蘋?你如何变成这样?"明筝问道。

云蘋不再回答,依然低着头。

"是你杀死了云轻。"明筝厉声问道,想到云轻明筝的心里便一阵刺痛。

柳眉之推开身边女子,他显然听到明筝与云蘋的对话,有些不悦地对明筝道:"明筝妹妹,大喜之日不要扯些不高兴的事,你既知道了他是云蘋难道不为他高兴吗?以前他是个微不足道的奴才,如今他成了万人敬仰的金刚护法,难道不值得为他骄傲吗?"

明筝忍不住直言道:"你怎么不问问他高兴吗?如今成了这般古怪模样,人不人鬼不鬼的。"

"你,"柳眉之直摇头,"妇人之见。"柳眉之看向云蘋,得意地说道,"如今的云蘋威震朝野,无敌于世。云蘋,记住我的话,是金禅会成就了你的威名。"

云蘋急忙起身,走到柳眉之面前恭敬地深深一拜。

柳眉之满意地大笑,然后看着明筝似乎是想证明他刚才所言,看明筝不再言语,柳眉之自讨了个没趣,便下令带玉女上来。梅儿向曲桥的方向挥了下手,不多时,一队白衣女子依次向藕香榭走来。

"云蘋,你喜欢谁,就告诉我。"柳眉之笑道。柳眉之身边的众女子也跟着起哄,来一个,就怂恿云蘋说:"这个好。"

众玉女一个个愁眉苦脸,战战兢兢,似乎已经知情,看来梅儿已告诉她们是给金刚护法择新娘。其中一个女子无意中看了云蘋一眼,吓得一口气没上来,昏倒在地,一旁的两个侍女急忙把她拉了出去。

虽说是给他择新娘,云蘋看上去不比那些女子轻松,为了看得更清楚些,他把蒙在脸上的面巾拉了下来,这一个小举动,引得下面一片惊叫声,有些胆小的女子吓得哭了起来。

云蘋知道柳眉之赐给自己新娘是笼络他,他只是把自己当奴才使唤,寂寞孤独的日子他过够了,有个女子在身边任他支使,想想也不错,凭什么他柳眉之过着王爷般的富贵日子,美妾环绕,锦衣玉食,而他不能呢,他知道自己身中剧毒能活多久还不一定,只能过一天算一天。

想到这里,他干脆把蒙面巾摘下来扔到地上,他从来都蒙着头,从未在人前露出过真面目,此时一时兴起,他忘乎所以高兴地站起身,向玉女们走去。

只听四座一片惊叫声,玉女们有一半瘫到地上。连明筝都惊得叫了起来。云蘋的脑袋上头发已掉光,头皮上层层叠叠的壳状物,比乌龟的形状还可怕。

不等他走到近前,又有两名女子昏了过去,女子们浑身打战,生怕他选中自己。云蘋在众女子中走了一圈,突然指着边角一个女子,对柳眉之道:"堂主,就是她了。"

众女子一阵低低的祷告声:"阿弥陀佛,不是我。"

边角的女子听到这句话,话也没说一声,便倒到地上昏了过去。

"花姑,那名女子叫什么?"柳眉之开心地问道。

"回禀堂主,"梅儿喜滋滋地走上前说道,"咱们金刚真是火眼金睛,看中的女子也是女子中的极品,她叫听兰,一十六岁。性情温柔,知书达理,不可多得。"

明筝听到听兰的名字,心一下提到嗓子眼,她急忙看过去,早已有侍女扶起瘫倒的听兰走出去。

"好,金刚,听花姑如此说,你可高兴?"柳眉之问道。

"谢堂主成全。"云蘋高兴地跪下谢恩。

柳眉之大笑,四周的众女子也跟着开心地笑起来。柳眉之端起酒杯,众女子争相献媚,云蘋加入其中,大家开始相互庆贺。

明筝也端起酒杯,脑子里却盘算着怎么样才能去见听兰一面。

三

回到竹园,明筝仍然没有从惊惧中回过神来,藕香榭上宴席未散,她便以头痛为名离开了。明筝走在竹园的碎石小径上,想着刚才宴席上的种种情景,对柳眉之仅存的怜悯也丧失殆尽,只剩下痛恨。又联想到萧天递过来的字条,看来还是萧天更了解柳眉之,他之所以让她曲意奉承,就是知道柳眉之什么事都能做得出来。

走回房间,明筝往太师椅上坐下,便把两个侍女叫到跟前:"含香,乐轩,你们过来。"两个侍女从门边走过来,规规矩矩地站在她面前。"我知道你们不能说话,我只想让你们听我说,"明筝看着她俩,恳切地说道,"我一天也不想在这里待下去,我一定要逃出去。你们愿意跟我一起逃吗?"

两个女子傻呆呆地抬起头,茫然地看着明筝,然后两人面面相觑,垂下头去,头摇得像个拨浪鼓似的。

明筝并不气馁,接着说道:"我知道你们是怕了,被打怕了,被欺负怕了,但是与其在这里等死不如殊死一搏,没准我们能逃出去。"两个女子依然垂着头,只是两人的手开始不安分地揪着衣裙,明筝看出她俩有些心动,只是害怕而已。

"那好吧,我不会连累你们,"明筝一笑,安慰她俩道,"明日我见花姑,让她把你俩换走,再派两人服侍我,我就是失败了,也绝不连累你们。"

突然,含香抬起头,眼里含着泪点点头,接着跪了下来。乐轩看含香跪下,她也跟着跪了下来。

"你们是同意跟我一起逃走了?"明筝问道。

两个女子点点头。明筝急忙扶起她俩,高兴地说道:"这里也非铜墙铁壁,我们一定能逃出去。"两名女子又惊又喜,虽不能说话,但是俩人的眼神把内心的期盼和渴望表达得一清二楚。

"一会儿,我要去见听兰,你们俩人,一个留下守在这里,如果有人来,就指着床榻,打手势告诉他我不胜酒力,睡了。"明筝说道,"今日夜里,是一个好机会,堂主喝了不少酒,肯定会疏于防范,我要到园子里看看,把道路勘察清楚。"明筝看着含香,"你跟我去吧,乐轩留下守在这里。对了,乐轩你把衣服脱下,我换上你的衣服出去,会方便些。"

三人紧张地准备起来,明筝穿上乐轩的白袍子,领着含香走了出去。出了西厢房的门,走到廊下,外面月朗星稀,院子里寂静无声,明筝远远看着中间正房紧闭的大门,心想不如趁柳眉儿回来前,去里面看看。她转身沿游廊向正房走去,一旁的含香可是吓坏了,急忙去拉她,用力摆手,想阻止她。

此时门前也没有护法,正是进去的大好时机,平日这里守卫很严。明筝岂肯放过这次机会,她对含香道:"你藏在这里等我,我去去就来。"明筝飞快地沿着游廊向正房跑去。

紧闭的大门轻轻一推就开了,明筝站在门外四处张望了一下,急忙走进去。里面是一间空荡荡的正堂,正面高挂着一副大匾,匾上写着斗大三个字"金禅会",下面是一张长条几案,几案上两盏长明灯。几案前方两排十二张楠木太师椅。

明筝往里走,走到后堂处,看见两边的墙上分别挂着宫灯,这时鼻孔中嗅到一种气味猛然让明筝回想到头天到这里时的情景。她的嗅觉一直很敏感,她环视四周,但这里与那天见到的神秘的密室显然不同呀。

明筝四处查看,那种气味越来越强烈,明筝正百思不得其解,突然听到大门响,接着一阵脚步声传过来。明筝吓得急忙往屏风后面躲。三个身着金禅会护法长袍的男子走过来,他们直接走到后堂。明筝认出其中一人,正是在石坪镇上遇到的吴阳,只见他走到墙壁边,抠出一块青砖,伸手进去,不一会儿地面传来咯咯吱吱的响声,接着地面出现一个一丈多宽的方正的洞口,三人走进洞口。

明筝看着三人走进去,这才恍然想到,头天自己被蒙上眼睛走进的地下密室必是这里,明筝从屏风后走出来,小心地走到洞口,看见有台阶直通下面,更加坚定了刚才的判断。

明筝沿着墙壁走下去,听见前面三人的对话。

"吴大哥,我不敢进去了,今天你进去查看吧。"一个男子说道。

"瞧你那熊样,几具女尸就把你吓成这样。"吴阳道。

"不过,真是挺吓人的。"另一名男子说道。

"行了,你们俩在外面候着,我进去瞧瞧。"吴阳大大咧咧地说道。

两人显然很感激,忙不迭地恭维道:"还是大哥体恤咱们……"

三人下了台阶,前面是宽阔的大厅,只有墙壁上插着一支火把,里面显得阴森森的。三人走过大厅直接向前走去。明筝为了防止被发现中间离了很远的距离,她小心地下了台阶,走到这边的大厅,借着阴暗的光线看到大厅的正前方宝座的轮廓,她认出头天来的地方正是这里,这是柳眉之的密室。

明筝看到宝座一旁的方鼎里忽明忽暗,显然燃着香。她所闻到的气味就是出自这里,由于地下不通风,这里长年燃着薰香,这种香是祛除异味和霉菌的。明筝不敢耽搁,沿着刚才三人的路线走去。前面是长廊,有些单个的房间,但门都紧闭着。

长廊的前方传来一些杂乱的声响,似是人声还混杂着女人的哭泣声。明筝停下来,她目测了一下距离,自己不好再往前走了。想到刚才三人的对话,明筝猜出这里定是关押了许多女人,明筝心想就这一条贩卖人口,如果坐实,柳眉之就有牢狱之灾了。

想到此明筝转身往回走,悄悄离开这里。能找到这个密室就是今天的意外之喜。明筝沿着台阶匆匆往上走,她必须在他们上来之前离开洞口。她走到洞口,看看四周没有异样,急忙上来,然后沿着墙壁向大门匆匆走去。

刚迈出大门,就听见院门处传来一阵笑声。明筝站到门口,清亮的月光下院子里一片朦胧,一时迷了方向,突然从一边伸出一只手拉着她就跑。明筝愣怔着,这才认出是含香,含香拉着她跑到一边游廊下的草丛里。

这时,游廊上走过来七八个人,两名女子搀扶着有几分醉意的柳眉之,身后跟着两名侍女四名护法,一旁的梅儿还在絮絮叨叨地说个不停:"堂主,我看今儿金刚是真高兴了,还喝了酒。那大婚之事,搁在什么日子好呢?"

"什么日子?"柳眉之没好气地说,"我把他当神似的宠着,是让他为我办事,事不成什么也没有。你告诉他,事成后大婚便隆重办理。哈哈,一定会让他满意。"

"知道了,堂主。"梅儿笑嘻嘻地说道。

"梅儿,"柳眉之停住,看了梅儿一眼,冷森森地笑道,"吴阳给我说,上月的支出多出了上万两银子,有这事吗?"

"哎呀,我的堂主呀,"梅儿亮起大嗓门喊起冤来,"这么多的迎来送往,不算仙人宴,藕香榭也没有消停过几日,这些都是需要银子的呀。堂主,我梅儿对你的忠心青天可鉴呀。"

"行了,我也没说你不是,"柳眉之哈哈一笑,压低声音道,"你只要心中有数即可。还有,这边西厢房里住着的这位,你要给我好生招呼着,她每天干些什么,去哪儿了,都要给我禀告。"

"是,堂主,我会好生招呼的。"梅儿说道。

几个人从游廊拐到东厢房,声音也渐渐远了。明筝后背惊出一身汗,她拉着含香走上游廊,沿原路返回。刚回到房间,就听见外面传来叩门声,明筝急忙跳到床上,用被褥蒙住只露出一个脑壳。含香急忙把乐轩藏进偏房,方去开门。

"明筝姑娘呢?"花姑含笑问道。

含香双手合十放到耳侧。

"睡了?"花姑说着,走进里面,看见卧榻上睡着的明筝,点了下头,对含香低声道,"好了,不要叫醒她,我也该回去歇息了。"说着,打了个哈欠,走出门去。

听见关门声,明筝一跃而起,她走到窗边,捅开窗纸一角,看见花姑领着个侍女沿游廊向院门走去。

"含香,走。"明筝说着拉着含香就走。两人悄悄推开门,身后的乐轩轻轻把门合上。

"含香,咱们去堂庵,有没有近路?"出了竹园的门,明筝小声问道。

含香站住想了想,点了点头。她走到前面,四周漆黑一片,又在树荫下,明筝什么也分辨不出,只能跟着含香向前走,他们沿着一条小径,一旁是高高的院墙,一旁是种植的花木。两人默默走着,四下里只听见虫鸣声,偶尔听见头顶上鸟雀飞过时发出的一两声嘶鸣。

跟着含香七拐八拐出了小道,看见前方一个黑乎乎的建筑,明筝认出是堂庵,含香走到中间侧门,门没有上锁。里面四周放置有夜灯,大厅里静悄悄的,两人绕过木台,直接走到楼梯口,上了楼。到了这里,明筝就熟悉了,她走到了前面,匆匆跑上三楼,直接来到听兰的房门前,窗上还有光影。

明筝把耳朵贴到门上,听见里面隐隐有说话声,知道听兰不会睡着,便敲敲房门。屋里突然一片寂静,连灯烛也被突然熄灭。

"听兰,开门,是我。"明筝简短地说道。

里面传来窸窸窣窣的声响,接着灯烛重新点燃,门"嘎吱"一声拉开,听兰站在门口,看见是明筝急忙拉她进来。

"明姐姐,你疯了,如果让护法撞见,你可就惨了。"听兰说着,急忙关上房门,看见明筝身后还跟着侍女含香,就冲含香说道,"明姐姐可能不知道这里面的厉害,你也不知道吗?"含香低下头。

"你莫怪她,是我执意要来的。"明筝看着听兰,看见她眼睛依然红肿着,想必一直在哭,便忧心地问道,"听兰,看见你在藕香榭昏过去,我实在不放心,过来看看你。"

"明姐姐,"听兰一听此话,眼里的泪又忍不住往下掉,"我今天才知道,你与堂主沾亲带故,求姐姐给堂主说说情吧,我不想嫁给金刚,这太可怕了……"听兰嘤嘤地哭起来。

"恐怕不管用,堂主是个六亲不认的人,"明筝一声冷笑,"你看看我不是也像你一样是个囚鸟吗?"

"那我就只有一死了。"听兰绝望地看着明筝。

"听兰,"明筝急忙说道,"我来看你,就是怕你做傻事,"明筝拉听兰坐到桌前,说道,"如今虽说是选中了你,但是不还没有定日子吗?"

听兰点点头,眼巴巴地看着明筝。

"那咱们还有应对的时间。"明筝说道,"不要怕,咱们慢慢跟他周旋。"

"如何周旋?"听兰似乎听到希望似的,急忙擦了擦脸颊上的泪问道。

"如果明日花姑来,你就先是大哭大闹,她定要用好言好语来说服,最后你就当是没有办法只得答应,先答应她。"

"为何要先答应她?"

"这样可以让她放松警惕,咱们好想到对策。"明筝说道。

"那我答应了,她如果说出大婚的日子怎么办?"

"大婚的日子不是金刚能定的,堂主让金刚为他办一件大事,什么大事我暂时没打听出来,他们口风很严,事成后才会大婚,或许是对金刚的奖励吧,所以说咱们还有时间。"明筝说道。

"明姐姐,我还是很害怕。"听兰头趴到明筝肩膀上,又嘤嘤地哭起来,"咱们该怎么办呀?"

"会有办法的,"明筝看着圆桌上的烛光,安慰道,"我知道会有人来救咱们的。"

"谁?"听兰突然抬起头,抓住明筝的胳膊问道。

"现在不方便说。"明筝一笑,"你只要按我说的做,先与他们周旋。记住了?"

听兰点点头,道:"明姐姐,在这里我只相信你。"

"这就好,记住我说的话。"明筝看了眼窗户,道,"我该走了,有事我会让含香来找你。"

听兰起身相送,明筝走到门口,突然停下,问道:"听兰,有件事我想问你,你知道金禅会有个关押女人的密室吗?"

听兰面色一白,点点头道:"知道。我曾在里面待了三天,很多女子在里面不服驯化,被打死了,我为了活着,什么都愿意做,才出来的。"

"怎么驯化?"

听兰垂下头,似是不愿说,脸上现出惊慌的神情,她看明筝一直在等她开口,索性就说了出来:"就是要愿意为金禅会献身,听他们召唤。他们找来妓院老鸨,教授她们技艺,一些姿容秀丽的女子,就被他们送进一些官宦显贵家里做禅师,名义上夜夜念禅,实则是供那些达官贵人淫乐。"

明筝大惊:"听兰,你以前?"

"我九死一生,"听兰苦笑道,"被那家人送回金禅会时,只剩下最后一口气,那时我不过十五岁,前日我刚过了生日,我想我活不过十七岁。"

明筝上前急忙把她抱进怀里,眼里的泪夺眶而出,嘴里怒叫道:"柳眉之,你丧尽天良,我明筝今生绝不放过你。"听兰抱住明筝失声哭起来。

明筝扶住听兰的脸颊,擦去她脸上的泪:"听兰,你听着,姐姐一定救你出去,相信我。"

听兰点点头,说:"姐姐,我信你。"

听兰身后的含香一直低着头抹泪,此时她也上前来,与听兰和明筝紧紧抱在一起。

"好了,我们得走了,听兰,记住姐姐的话。"明筝说着与含香走出房间,两人沿着走廊里侧迅速向前跑去。

此时更深夜静,四处一片寂静。廊中挂着的宫灯有一半已熄灭。两人下了楼梯,突然听见前方有脚步声。含香拉着明筝跑入二楼躲到暗影里,几个护法巡视到此,直接走上三楼。明筝听见他们脚步声远了,才从走廊里走回楼梯,下了楼,沿原路返回。

回到竹园,看到园子里寂静无声,明筝的心才放下来,一晚的冒险幸好有惊无险。一进房间,明筝迅速换上自己的衣裙,吩咐含香和乐轩下去休息,自己则坐在圆桌前,对着微弱的烛光用极细的狼毫笔往一方手帕上给萧天写信,她要把今天所见所闻告诉萧天。

匆忙写完,她小心叠成小小的一团,塞进自己衣袖里。就看明天能不能见到秋月了。明筝想着睡意突然来袭,她走到床榻前躺上去,一时半刻便睡了过去。

四

翌日已到巳时,含香看着明筝依然睡意酣重,就没有叫醒明筝,想到昨夜她可能太劳顿了,就想让她多睡会儿。谁知花姑竟一早跑过来,一走进屋里,看见明筝依然睡着,两个侍女坐在圆桌前绣荷包,气便不打一处来。

"你们两个死丫头,也不看看这都什么时辰了,还让明姑娘这么睡着?"花姑指着两人的鼻子尖数落着。

含香急忙站起来,打手势做个写字的样子。

花姑便不再说话,走到书案的一旁,伸手翻了翻放在上面的宣纸,看见上面密密麻麻的字,由于她不识字,便不再说什么,临走交代道:"一会儿,你们服侍明姑娘起来,催促她多写,堂主急着要呢。"

两个侍女急忙屈膝行礼,不停地点头。打发走花姑,两个侍女一回到圆桌前,竟看见明筝已坐起身。

"花姑走了?"明筝问道。

含香和乐轩急忙走过来,含香打手势指着书案上的书稿。明筝点点头,说道:"我都听见了,她进来我就醒了,只是不想与她说话。"

明筝洗漱完后,稍微用了点早餐,便走出房间,在廊下看着外面的大日头,转身问含香:"咱们去外面转一转如何?"

含香急忙摇头,转身指着书案。明筝知道含香要说什么,花姑每天来都要查看她书写了几页纸,明筝走到书案前,转来转去,突然有了主意,她端起墨往里面加了许多水,开始研磨。明筝向含香招手,含香走过来,明筝把墨交给她,含香接着研起来。

过了片刻,明筝走过来查看,满意地一笑,然后小心地端起墨向书案上那些纸张泼去,顿时,写过的和未写过的纸张上沾满墨迹。明筝一笑,说:"走喽,找花姑要纸去。"

含香和乐轩刚开始一愣,听明筝这么一说,竟然开心地笑起来,咯咯咯地笑个不停。这是明筝看见她俩第一次笑。

三人走到院子里,向院门走去。外面艳阳高照,鸟语花香。在这个阴森森的院子里,百花竟然疯了似的竞相盛开。

三人沿着水塘的岸边向堂庵走来,她们一路上小心翼翼,一路上并没有遇到一个人,明筝暗自诧异,当她远远看见堂庵的高高耸起的屋檐时,心里一阵狂喜。

这时,看见一长溜身着白衣的女子从藕香榭的方向走来,打头的竟然是花姑。此时花姑也看见了明筝,她先是一愣,然后平静地走过去,笑着说道:"明筝姑娘,你出来怎么也不说一声?"

明筝并没有马上回答,她的眼神迅速地往人群里扫了一眼,她看见秋月也在人群里,便高兴地说道:"花姑,我是来找你的。"

"找我?"花姑脸上绷不住地阴沉下来,"明筝姑娘,难道没有人给你讲这里的规矩吗?这里不管什么人都是不能轻易走出居所的。"

"真的?"明筝看着秋月向自己身边靠近,十分高兴,好机灵的女子,便决定与花姑理论理论,"花姑,你说此话好没道理,我身边有一个会讲话的人吗? 是不是你故意这样安排,我如何会知道你们这里的破规矩?"

"你,"花姑看着明筝身后的含香和乐轩,气得直瞪眼,"明筝姑娘,你这样做要是让堂主知道了,我会很为难的。"

"我不为难你。"明筝说着跑进白衣女子的队列,道,"我跟着你们一起走,我只是待在院子里太闷了,想出来热闹一下。"明筝说着一只手拉住了秋月的手。

"明筝姑娘,"花姑急忙上前一步把明筝拉过来,"你若是如此任性,我可是要禀明堂主了。"明筝看见花姑拉她,索性也拉着她,两人拉扯起来。

秋月一看见明筝,就知道她是有意要接近自己。当明筝去拉她的手,她感到一样东西被塞进手心,心里马上什么都明白了。秋月紧紧攥着那样东西,趁乱悄然退到后面。

突然,从堂庵走出一队人马,女子们一看呼啦啦跪下一片。

明筝转过身,看见柳眉之一身白衣外披镶金边的大氅默默走过来,他身后跟着云蘋和其他十几名护法。柳眉之阴沉着脸站在那里,不怒自威。花姑急忙屈膝行礼:"堂主。"

"花姑,你们在这里拉拉扯扯做什么?"柳眉之看看明筝又看看花姑。

"堂主,明姑娘她不愿好好在院子里待着,要出来闲逛,我就说了她两句。"花姑气呼呼地说道。

"明筝,花姑说的可属实?"柳眉之问道。

"可我出来是专门找她的。"明筝故意混淆视听。

"你找她做什么?"柳眉之压住火气问道。

"没有纸了。"明筝说道。

"天呀,我昨日才给你送去的纸,今天巳时去看你,你还没有起床,难不成你一会儿工夫写完了一沓纸?"梅儿怒气顿生。

"不能用。"明筝一摊双手,很无奈地说道。

"明筝妹妹,"柳眉之缓缓走近明筝,他眼神犀利地盯着她,声音不大却掷地有声,"你又开始在我面前玩这些小伎俩,难道你忘了身处何地吗?"

"柳眉之,别在我面前装什么堂主,你什么货色,你自己应该清楚,你听着,善恶到头终有报。"明筝眼神逼视着他,再也装不来顺从的姿态,要不是离得远,她的巴掌都上去了。

"哈哈,这才是你的真面目吧,前几日你都是装的对吧?"柳眉之突然大怒,对着身后的云蘋大叫,"把她投入地牢,我不信她不向我屈服,我就等着你来苦苦求我的这一天。"

"柳眉之,我也等着呢。"明筝厉声道。

柳眉之突然伸手向身后护法的腰间拔出大刀,指着明筝,"你……在这个世上没人敢这么跟我说话。"

"你敢杀我吗?"明筝鄙视地看着他,"你敢以下犯上,家奴要杀他的主人了!"

柳眉之气得猛地把刀扔到地上,冲云蘋叫道:"把她给我关起来。"

云蘋和两个护法跑过来,云蘋含混不清地说道:"明……筝姑娘,不可……这么……对堂主。"

两个护法扭住明筝就走,一旁的含香和乐轩一看明筝被押走了,急忙跑到柳眉之面前跪下,不停磕头。

柳眉之嫌弃地一脚踹开含香,对另两个护法喊道:"把她俩一起带走。"

秋月望着突如其来的变局,面色如土。她目光紧紧跟随着明筝,不安地凝视着。

已是申时,初夏的阳光火辣辣地泼洒着。早市已收,街道上行人稀少,大多数人还躲在阴凉的家中歇午。西苑街自西向东乌泱泱行来一队车马,前面有四匹骏马卫士护佑,中间是一辆四轮华盖的豪华马车,后面还跟着数十名侍女。

一些在树荫下乘凉的路人,看见这队人马都坐直身子,猜测着定是哪位皇族的女眷,不由好奇地向马车里窥探。只见马车窗帘挑了一角,隐约可见一位贵妇高高梳起的发髻。

这队车马很快驶离西苑街,径直向宫门行驶。

"吴阳。"马车里一声呼唤,打头的护卫突然掉转马头来到马车前,回禀道:"堂主有何吩咐?"这打头的护卫正是吴阳,由于骑在马上不便行礼,吴阳躬身道,"前面便是宫门,高公公的人应该在宫门前候着了。"

"我一会儿乘他的小轿进去,你便守在这里。"车厢里的柳眉之低声说道。他今日一身贵妇打扮,只为了进宫时不引起旁人注意。

吴阳点点头,掉转马头回到前面,转眼到了宫门前。果然在宫门前站着四个太监,旁边是一乘两人抬的小轿。张成站在四人中间,看见车马队过来,心里不由暗骂一声。

张成迎着吴阳走过去,拱手一揖:"高公公吩咐我在这里恭候柳堂主。"

"可是张公公?"吴阳问道。

"正是。"张成回道。

吴阳转回身走到马车前道:"堂主,是张公公。"

柳眉之扶着吴阳伸出的手,款款走下马车。他不去理会张成诧异的目光,径直走到那乘小轿前,吴阳急忙掀起轿帘,柳眉之默默坐进去。张成对两边的太监一摆手,小轿晃晃悠悠向宫门而去。

张成如今是高昌波手下的得力干将,惧于东厂的威名,他所到之处皆是阿谀奉承,哪敢阻拦过问。此时把守宫门的禁军连问都不问,急忙放行。柳眉之掀开轿帘一角,心里一阵叹息,得罪东厂真不是他可以承受得起的。柳眉之一路上冥思苦想,脑中逐渐有了清晰的思路。此次面见王振,是想联合他做殊死一搏。

昨日,梅儿秘密跑到他那里,告诉他一个惊人的消息,让他方寸大乱,思来想去也只有这一步棋可走了。他派梅儿日夜监视明筝,果然不出他所料,萧天的动作如此快,他们已经杀进京城。这帮人如今是他的心腹大患,如果不在王振出征前把他们剿灭,定会后患无穷。如今仅凭他手下的力量,他没有把握,只能拉上王振,以东厂和锦衣卫的势力,足以灭了他们。想到此,柳眉之有些暗暗得意。

小轿沿着甬道,很快来到乾清宫旁一个角门前。张成命把轿子直接抬进院里。柳眉之下了轿,也不敢耽搁,紧跟着张成走进了一个穿堂,七拐八拐进了一个阴暗的偏殿。抬头看见高昌波正站在门前,高昌波向张成点了下头。

"柳堂主,你去吧。"张成伸手相请。

柳眉之跟着高昌波向里面走,一边走一边道谢:"谢高督主在先生面前引荐我,日后当重谢。"

"好说,好说。"高昌波淡淡地说道,"近日先生情绪不好,整日与那帮朝臣斗气,你可要长话短说,越快越好。"

"是,是。"柳眉之急忙附和道。

阴凉暗淡的大殿里,一盏巨大的方鼎里焚着檀香,一缕白烟丝丝绕绕飘向空中。靠墙的床榻上放着案几和茶壶,王振靠着软垫借着窗外的光亮看奏折。听见脚步声,他抬起头,一双皱巴巴的眼睛盯着来人。

高昌波上前一步,回禀道:"先生,我把柳堂主带来了。"

王振目光盯着柳眉之,眉头越皱越紧。柳眉之上前双膝跪下,叩头行礼道:"拜见先生,为了方便进宫,高督主吩咐我扮上女装,让先生见笑了。"

王振这才舒展眉头,干笑了两声:"起来吧。"王振看柳眉之站起身,又干笑了几声,说道,"你不说,我还真以为你是个娘儿们呢。"高昌波见王振笑起来,也跟着大笑起来。

"柳堂主,我还是很欣赏你的,"王振看着柳眉之点着头道,"你孝敬我的那些东西,我也都收下了,看得出你是用心了。"

"先生,那些东西不足挂齿。"柳眉之上前一步,哈着腰压低声音道,"今日面见先生是想再向先生献上一礼。"

"哦？"王振看看高昌波开心地笑起来，"是何东西，拿来也让高公公见识见识。"

"先生，可还记得官府通缉的要犯狐山君王吗？"柳眉之看着王振，道，"如今他正在京城，我有确凿证据可以证明他与兵部的于谦勾搭在一起，想谋害先生你。"

"什么？狐山君王不是已经被炸死了吗？"王振突然扭头望着高昌波。

高昌波一愣，脸上冷汗直冒，他怒视着柳眉之叫道："柳堂主，你把话说清楚，狐山君王在去年马市爆炸案中已经炸死了，你见到的到底是谁？"

柳眉之听高昌波如此一说，心里一惊，马上推测出高昌波虚报功绩在王振面前讨好，他这一说定是让他露了馅，但此时已顾不了这么多了。他接着说道："狐山君王的真实身份，是罪臣国子监原祭酒萧源之子，他还有另一层身份，便是兴龙帮帮主，他手下势力很大，早已跟于谦勾结。两日后刺杀于谦的计划，还请先生重新思谋。"柳眉之说完这一大段话，额头上的冷汗不比高昌波少，他故意在明筝面前吐露了两日后刺杀于谦的计划，估计这个消息已被明筝送出去，他便是想引萧天到场，好一举歼灭他们。萧天一除，明筝便成了孤家寡人，再无势力可倚仗，时间一长，必会向他妥协，到那时《天门山录》便是他囊中之物。

柳眉之的一番话，让王振沉默良久，面色越来越阴沉，高昌波吓得双膝一颤，跪到了地上。

"一群笨蛋。"良久，王振恶狠狠骂了一句，他抬头看着柳眉之问道，"柳堂主此番前来是否已经有了好的谋划？"

"先生，小的斗胆进一言。两日后于谦出城是咱们下手的最好时机，我有意把这个消息透漏了出去，他们也必会全力保护于谦，会倾巢而出，咱们只需提早埋伏在制高点，集中力量一举把萧天和于谦当场杀死，然后制造一个车翻人亡的现场呈报朝堂。先生看如何？"

王振眯着眼睛思谋片刻，深有疑虑地问道："若是他得了信，不敢再出城呢？"

"那便是他向先生妥协了，他怕了，"柳眉之上前一步，抹了下额角的汗，压低声音问道，"先生，依先生这些年与于谦打交道的经验，他是那种容易妥协的人吗？在此时期，他为了出征与先生公开翻脸，前几天先生还遇刺，他在京城都敢对先生出手，这种胆大包天的人区区一点危险他会退却吗？"

"哼！"王振拍案而起，叫道，"他巴不得抓住我的把柄，好在皇上面前干翻我，于谦……此人不除我寝食不安。好，就按柳堂主的谋划，在城外与于谦决一死战。"

柳眉之急忙哈腰称是,接着说道:"两日后我会命所有护法前去助阵,但是刺杀于谦,他的手下不可小觑,他身边还有江湖力量。为了稳妥起见,我建议东厂和锦衣卫埋伏在四周,若是我手下护法得手,他们不用出头;若是我手下失手,他们作为第二拨力量再行攻击,这样咱们胜算方大。"柳眉之说完,用手背擦了下脸颊上的汗珠,望着王振。

王振眯着眼睛斜乜了柳眉之一眼,良久方点点头道:"甚有道理。"

柳眉之听到此话,长出了一口气,腰也挺了起来。

王振盯着跪在地上的高昌波道:"上次之事,不予追究,你照柳堂主的意思,速去部署,此次务必干掉于谦,以泄我心头之恨。"

高昌波急忙点头应承:"先生放心,我这便去部署。"

"好,你们下去吧。"王振挥了下手,靠到软榻上,"这次,我可是等着你们的好消息啊。"

高昌波和柳眉之躬身退了出去。

一出偏殿大门,柳眉之急忙给高昌波赔礼,高昌波虽恼怒但想到眼下还要用他,也不便发火,只是点着头鼓励道:"柳堂主,此番行动只能胜利,不可再有闪失呀。"

"高督主所言极是,那小的速速回去部署了。"柳眉之向高昌波告辞,转身跟着候在外面的张公公走向穿堂,坐上小轿,沿原路返回。

第四十三章　顺藤摸瓜

一

路边树梢上知了没完没了地叫着,此时上仙阁是门可罗雀,几个伙计靠在椅子上正打盹,突然一个紫衣女子匆匆走进来,她直接走到柜台前说道:"掌柜的。"

"姑娘,你有事吗?"韩掌柜打了个哈欠,从柜台里走出来,他抬眼仔细一看,认出这是那天帮主从外面救回来的女子,韩掌柜突然想起她的名字,"你是拂衣。"韩掌柜看见她一脸焦急的样子,急忙问道,"姑娘可是有事?"

"掌柜的你记性真好。"拂衣擦了把额头上的汗,按捺住心里的焦躁,压低声音说道,"我要见你们帮主。"

韩掌柜点点头,匆匆上了楼。不一会儿走下来,向拂衣招手:"拂衣姑娘,快上来。"

拂衣匆匆上了楼,掌柜的把她带到一个房间门口,小六推门跑出来,欢乐地抓住拂衣的胳膊:"拂衣姐姐,你来了。"拂衣像对自己的小弟弟一样,爱抚地摸了下小六黑乎乎的脸蛋。

"进来吧,帮主他们都在呢。"小六拉拂衣进去。

屋子里坐满了人,萧天看见拂衣进来,急忙让小六给搬过来一张椅子,拂衣落座,看了眼众人,脸色一变几乎哽咽着对萧天道:"里面出事了。"

萧天脸上一僵，忍了忍，却突然转变话题问道："拂衣，胡老大没有再欺负你吧？"

"他哪儿还敢呀，"拂衣道，"他倒是对我挺好的。"

"里面出了何事？"一旁的张念祖执意问道，两道剑眉紧紧皱到一起。

"郡主被关进地牢。"拂衣说着，急忙从衣袖里掏出卷成团的帕子，交给萧天，"狐王，这是郡主塞给秋月的，我今日去金禅会秋月交给了我。"

张念祖霍地站起身，脸色铁青地叫道："帮主，不等了，咱们今天就动手吧。"

"就是，不能眼看着嫂夫人受苦，咱们在这里坐等着呀。"李漠帆也跟着站起身。

"胡闹！"萧天瞪着张念祖和李漠帆，厉声说道，"坐下，今日既已约好与于大人见面，就是要商议此事。"萧天看见几人蠢蠢欲动的急迫样子，知道是为明筝着急便缓和了语气，"我比你们还急，明筝是我妻子，但是必须要忍一时。"萧天说着走到窗边，展开帕子，匆匆浏览了一遍，急忙塞进自己衣襟里。他重新坐回到椅子上，脸上的神情越加难看。

"帮主，嫂夫人都说了什么？"李漠帆急得大叫。

"你们的这位嫂夫人呀，"萧天说着，脸上突然绽放一丝笑容，是那种引以为豪的笑，"她在里面没有闲着，她摸清了柳眉之的底细，正如于谦大人所说，柳眉之与人贩勾结，贩卖女人，驯化她们，然后送到京里官宦人家，暗地里监视这些朝臣，这背后估计也有王振的势力参与进去。就贩卖人口这一条，就足以给柳眉之定罪。"

"明姑娘被押入地牢，说明她的行动被发现了，"玄墨山人寻思半天插了一句道，"咱们还是要提早做准备，以免出现闪失。"

"明筝的性格我清楚，"萧天叹口气，"我还专门让拂衣给她传话，让她且忍耐，但是她一贯眼里不揉沙子，与柳眉之闹翻是迟早的事。但是，大家放心，柳眉之再阴毒，他与李家的渊源，还有他母亲与明筝的关系，我想，他不会不忌讳。"

"哼，"张念祖一声冷笑，"大哥，你说的是正常人，柳眉之能算是正常人吗？他但凡想过他的母亲，也不会对明筝下手。"

萧天脸上肌肉颤了几下，他心里的苦痛不想被人看到，他知道大家都在看着他，等着他发话。萧天目光坚定地望着众人，缓缓说道："此次行动不光是去救明筝和秋月，若是这样，咱们即使救出了她们，若放跑了柳眉之，他还会到别的地方继续害人，此次是遵循于大人的安排，和刑部一起行动，一举捣毁金禅会，人赃俱获，把他押入大牢治罪，获得证据来牵制王振一伙，所以此次行动关系重大，不能贸然行事。"

突然，房门被推开，韩掌柜探头道："帮主，于大人到了。"

萧天立刻振奋起来："快，请于大人进来。"萧天走到拂衣面前，"拂衣，你这几天要常去那里，一旦发现什么情况，速来回禀。"萧天吩咐道。拂衣起身告辞，众人随萧天走到走廊迎接于谦。

于谦一身粗布短衣，头上戴着斗笠，腰间佩着宝剑，身后跟着一个同样便服四方脸的男子，两人匆匆走过来。

"萧兄，"于谦抱拳道，然后引见身后四方脸男子道，"这位是刑部左侍郎陈畅，"于谦又向陈畅道，"这位就是我对你说的萧帮主。"

三人一阵寒暄，然后走进房间。萧天又一一向陈畅引见众人，大家又是一阵寒暄，最后落座，韩掌柜亲自端来茶水。

于谦双目炯炯有神看了眼众人，先开口道："萧兄，有个好消息，让陈兄说吧。"

陈畅也不推辞，大方地说道："刑部衙门抓获了一名人贩和三名被骗的民女，人贩供述是为金禅会效力，他自己也是信众。"

萧天点点头，说道："于兄，我们的人已经找到柳眉之关押那些女子的地牢，我们这边都准备好了，只要一行动，里面的人可以接应。"

"好，"于谦一拍大腿，道，"此次一定要做到人赃俱获。咱们现在就来商议一个行动的时间。"

萧天突然打断于谦道："于兄，有一个情况要向你回禀，"萧天压低了声音道，"我和念祖那日夜探金禅会，听到一个消息，虽说是坏消息，但是对咱们也是一次机会。"

"哦，说说看。"于谦催促道。

"我们得到确切消息，两日后你回北大营，他们准备在路上动手。"萧天看了看于谦，接着说道，"他们已经摸准你的行程。"

"哈哈，"于谦仰脸大笑，"他们一个月内这是第三次刺杀我了，我等着他们就是。"

"于兄，我想咱们就利用这次刺杀的机会，把柳眉之身边最得力的金刚护法云巅拿下，我和玄墨山人也早有计划想逮住他，玄墨老先生此次来京就是为了他，要带他回天蚕山上医治，研制解药。若是云巅被拿下，柳眉之少了左膀右臂，等于给咱们捣毁金禅会扫清了障碍。"

于谦听萧天说完，眼前一亮，他是何等聪慧之人，排兵布阵是他的强项，他兴奋地直点头，说："萧兄的意思是，咱们来个将计就计。"

于谦与陈畅交换了个眼神,两人点点头。这时李漠帆却皱起眉头,道:"说是这样说,可是那个金刚确实不好对付,还要活捉,这不是痴人说梦吗?"

"这位兄弟说得极是。"陈畅开口道,"我是见识过一次,那次我化装成信众,在十五大祭司的日子,我亲手拿着大刀往他身上劈,竟然毫发无损,当时把我镇住了。"

"他自中了铁尸穿甲散的奇毒,已不同于常人,"玄墨山人说道,"连我也暂时找不到对付他的方法。"

"难道他身上就没有一个死穴,全身都固若金汤?"陈畅问道。

"是呀,一般练武之人都有死穴,"李漠帆说道,"也许金刚身上也有,只不过咱们没有发现。"

于谦沉思片刻,看着大家道:"此番行动拿下这个金刚,尤为重要,如果大家没有把握,我就只有从北大营调兵了,但是这样一来,目标太大。"

"有一个方法,不知道可行吗?"一直坐在房间角落默不作声的张念祖突然说道,"可以用火,只要把他围住,用火攻,趁他不能招架,拿铁网罩住。"

众人听到这个方法,都觉得眼前一亮,大家议论纷纷。萧天微笑着站起身,望着张念祖,道:"念祖的这个方法值得一试,大家说呢?"玄墨山人第一个笑起来:"我怎么没有想到呢?甚有道理,甚有道理啊,根据五行相克的原理,木克土,土克水,水克火,火克金,金克木。因此,念祖提出火攻是对的,火克金。"

于谦点点头,笑着说道:"好,既然找到了对付金刚的方法,那咱们就行动起来吧,萧兄,你说呢?"

"听从兄长派遣,你请讲。"萧天抱拳道。

"好,各位老少英雄,"于谦说道,"两日后,是我例行前往北大营督察的日子,以往我都是轻装简出,四名骑马的随从,一名赶车人,我坐于马车之内。此次出行肯定也必须与往日无异。一路之上地势复杂,有山有崖有水塘,咱们并不知道他们会埋伏在何地,只能是见机行事。"

萧天站起身看着众人,接着说道:"此次行动咱们最多出动七人,赶车人由李漠帆担任,我、张念祖、陈阳泽、加上林栖——"萧天突然想到林栖还在瑞鹤山庄,便说道,"今日让小六速回瑞鹤山庄叫上林栖,咱们四人骑马扮作随从,玄墨老先生和于大人坐在马车里。于兄,你看我的这些安排合适吗?"

于谦点点头,他知道在座的每一位武功都出类拔萃,拉到战场上都可以一当十,他不由感伤道:"看到你们我想到孔圣人所言之五不祥。此正印证其中'释贤而任不肖,国之不祥;圣人伏匿,愚者擅权,天下不祥',细思极恐呀。"

萧天一笑,道:"大人,朝堂虽有忤逆擅权者,不也有像大人一样,危定倾扶的忠正之士吗,相信天地存正气,正不容邪。"

"说得好。"于谦朗声一笑,又恢复了他大男人本色,他站起身走到萧天面前,拍了拍萧天的肩膀,说道,"我这就回去准备火烛火碱,你们只需准备那个铁网即可,咱们两日后在西直门外见。"

于谦说完领着陈畅匆匆走出去,萧天送至上仙阁门外,见两人骑马离去,本想招呼小六回瑞鹤山庄,突然想到李漠帆,他回头叫住李漠帆道:"漠帆,你去吧,还可见见翠微姑姑,看看她何时生产。"

李漠帆扭捏着说道:"那个婆娘,不看也罢,一见面又是吵个没完,烦都烦死了。"

小六不爽地问道:"你不去是吧,那我走了。"

"你个小犊子,给我回来。"李漠帆揪住小六的衣领给拽回来,又不放心地交代,"你小子,好好照顾帮主。"

李漠帆挑了匹膘肥体壮的骏马,出了城门,直往瑞鹤山庄而去。

玄墨山人想到两日后要用火攻对付金刚,突然想到一个问题,急急跑去找萧天。萧天送走李漠帆和小六回来,便被玄墨山人截住。玄墨山人急急说道:"若是火攻,免不了要烧伤,咱们需备下烧伤药,发放给大家。"

萧天一乐,道:"兄长,天蚕门素来以药王自居,不会没有烧伤药吧?"

玄墨山人一拍脑门,苦着脸道:"唉,来得匆忙,药是备下些,独独没有烧伤药。"

萧天看着玄墨山人脸色也严峻起来,两日后的斯杀必是一场大战,用火攻击对方,俗话说水火无情,本来人手便少,若是烧伤后不及时敷药,必是累及士气,便问道:"兄长,若是现在采买药材,能否配制出烧伤药?"

"时间不够了,两日之中很难采全药材。"玄墨山人摇摇头,道,"我天蚕门独门烧伤药所用药材,只有蜀地才有。"玄墨山人看着萧天急迫地说道,"只有买别家的烧伤药了,时间紧迫,不如现在就跑一趟,去市面上看看,有没有现成的,备下些。"

萧天点点头,急忙吩咐小六去备马。两人相伴着向外走去,想到要去药铺买烧伤药,萧天脑子里突然浮现一个人。去年在东升巷三岔口与蒙古商队对峙,他肩部中箭,后跑到一个生药铺遇到潘掌柜,似是与天蚕门还有渊源,便兴奋地一拍脑门道:"兄长,我如何把这事给忘了?我有幸结识一个药铺掌柜,还是你天蚕门门下弟子。"

"兄弟开什么玩笑,我怎么不知道我天蚕门门下弟子有在京城的?"玄墨山人直摇头。

"你跟我去,见了便知是真是假。"萧天拉着玄墨山人向马厩走去。两人也不要随从,各自骑马上了大街。东升巷离上仙阁也就隔了几条大街,萧天很快找到那家生药铺。

两人拴好马,一走进铺子,潘掌柜便认出萧天,兴冲冲地迎上来。

"潘掌柜,你可识得这位老人家?"萧天向潘掌柜看了一眼,然后指着玄墨山人。玄墨山人倒是不急着搭话,而是走到柜台里,逐个看着上面罗列的各种药,眉头越皱越紧。

一旁的伙计很是厌烦这位老者二话不说上来便翻看,要不是掌柜的在场,他必是要上前阻止,不会给他好脸色。玄墨山人看了几味秘丸,又走到药材柜子前,拉开抽屉查看里面的药材。

潘掌柜一时也被玄墨山人的行为所困,不解地望着萧天,压低声音问道:"萧帮主,你这位朋友,他……"

"他便是天蚕门的玄墨掌门,你师父的师父,你的祖师爷。"萧天笑道。

"啊!"潘掌柜瞪大眼睛,脸呼地涨得通红,他慌慌张张地跑到柜台前,又看了眼玄墨山人,眼里泪光闪动,他急忙喝退一旁伙计,突然双膝跪下,磕头如捣蒜般,口中喃喃道,"不知,不知祖师爷驾到,徒孙代替师父向祖师爷磕头了,请祖师爷恕罪。"

"我问你,你可是李真阳的弟子?"玄墨山人回过头,阴沉着脸问道。

"正是。"潘掌柜不敢抬头,依然跪着答道。

"他……人呢?"玄墨山人叹口气问道。

"我师父他老人家已于四年前去世。"潘掌柜哽咽着说道,"师父他老人家死前,是徒孙我伺候在床前,师父死前口口声声喊着祖师爷,也是那时我才知道师父他老人家原来是天蚕门弟子,他死前追悔自己做错了事,他最大的心愿便是取得祖师爷的谅解,让他重归门下。"潘掌柜说完,重重地磕头。

玄墨山人叹口气,走出柜台,扶起潘掌柜:"你师父李真阳曾是我的大弟子,想想当年之事,也是责罚太重了,后来我派弟子几番寻他,没有音信,不承想他竟然流落到京城。唉,不过听萧帮主提起你,在京城多有善举,救死扶伤,也算是你不负师恩,我心甚是欣慰。"

听到玄墨山人此话,潘掌柜泪水盈眶,他感激地望了眼萧天,急忙请玄墨山人和萧天到里间桌前就座。玄墨山人这才问道:"你这里可有烧伤药?"

"有。"潘掌柜急忙跑到药柜,寻来一瓶烧伤药递给玄墨山人。

玄墨山人打开瓶盖,用手指划出药膏放鼻子前细闻,片刻后脸上绽放出笑容,道:"我这个大弟子,手艺倒是没忘。"

萧天听玄墨山人如此一说,顿时也轻松起来。

"潘掌柜,"玄墨山人看着他,脸上阴郁的表情也化开了,竟有了笑容,"此番咱们祖孙相见,多亏了萧帮主,你可知我与这位萧帮主是拜把子兄弟,今后见他便如见我,他的吩咐便是我的吩咐,你可有记住?"

潘掌柜听玄墨山人称呼"祖孙"两字,这显然是认下了他的身份,他早已激动得泪流满面,不知所措,只会一个劲地点头。玄墨山人又与潘掌柜叙了会儿话,便把今日之事告知了他。听到祖师爷需要烧伤药对付金刚,潘掌柜不敢耽搁,迅速叫来两个伙计,跑到后院库房拿药膏。

潘掌柜看着祖师爷和萧天突然跪下说道:"祖师爷、萧帮主,我潘冬子游历过江湖,九死一生,是师父他老人家收留了我,我在师父坟前发过誓,生是天蚕门的人,死是天蚕门的鬼,今生能被祖师爷归于门下,我此生足矣。今后我愿听从祖师爷和萧帮主派遣,上刀山下火海,但说无妨。"

玄墨山人和萧天相视一笑。玄墨山人起身扶起潘掌柜笑道:"真没想到,我这个大弟子竟然收了这么个好徒弟,幸哉幸哉呀。"

萧天点点头道:"兄长有所不知,你这个徒孙在京城也是小有名气,治不了的箭伤、医不好的杂症,百姓都是找他,连一些衙门里的人也跑来寻他呢。"

"好呀。"玄墨山人点点头,三人又说了会儿话,萧天便催促玄墨山人起身。潘掌柜把烧伤药分成小份,分别灌入小瓶里,用包裹裹好交给萧天,萧天背着包裹与潘掌柜告辞。

萧天和玄墨山人离开生药铺,想到烧伤药准备停当,少了后顾之忧,一时也轻松不少,如今只等李漠帆带林栖赶回来,便可行动了。

二

直到翌日一更天,李漠帆才带着林栖回到上仙阁。两人一推开萧天的房门,就被众人劈头盖脸一阵戏辱。眼看明日就要行动,他回去看了趟老婆弄到这个时辰才回,险些误了大事。林栖给李漠帆解围道:"这次,不能怨李把头,翠微姑姑生产了,难产,不过还好最后母子平安。"

林栖一说完,所有人都笑起来,大家纷纷向李漠帆道贺。

萧天走过去,拍着李漠帆的肩膀,兴奋地说道:"老李呀,你后继有人啦,恭喜恭喜。"李漠帆依然没有从初当爹的兴奋和懵懂中回过神来,一个劲地抹眼泪,高兴得说不出话来。

"林栖,你既然知道翠微姑姑生产了,为何还让老李回来,让他留下照顾翠微姑姑多好。"萧天突然想到这个问题。

"我当时就提出来了,盘阳本来打算来的,可是老李不让,他非得过来。"林栖说道。

"嘿嘿,我也搭不上手,有夏木在那里照顾她挺好。"李漠帆傻呆呆地笑着,众人看见他的模样,更是忍俊不禁。

大家玩笑了一会儿,萧天就对明天的行动做了部署,众人认真记下,玄墨山人给每人发放了潘掌柜配制的烧伤药,预防明日用火时烧伤自己,最后萧天下令早点歇息,众人散去。

休息了一夜,翌日辰时众人收拾完毕,分两拨出门,直接出西直门外到约定的茶肆与于谦会合。在那里与于谦的四个随从互换了衣装,四个随从从茶肆后门走后,他们便重整队伍,跟着马车出发。

李漠帆驾着四轮马车,马车车身很宽,车厢里设有暗格。外面端坐着于谦,后面暗阁里坐着玄墨山人,他脚下塞满火碱、火烛。于谦还是不放心,问了几次:"玄墨老先生,你坐在里面可行? 不然你先出来坐会儿?"

"甚好,不劳大人操心。"玄墨山人答道。

马车后面四骑高头大马,马上之人个个英武不凡,身背刀剑弓弩。前面是萧天和张念祖,后面是林栖和陈阳泽。

出了城是一片庄稼地,田地里有些佃户在收割早熟的麦子。过了这一片村镇,渐渐进入山道,两边的农舍越发稀少,再往前就进入山里。

萧天目光变得警惕起来,他看着一旁若无其事的张念祖,问道:"念祖,依你看,他们会在何地设伏?"

张念祖一笑,他脸上的绷带已去掉,左脸上留下一道很深的疤痕,像一只张牙舞爪的蝎子趴在脸上,特别是笑的时候,那道刀疤也跟着在动,七分恐怖三分邪,与他那张清俊的面孔产生太大的落差,让人看上一眼足以过目不忘。

"肯定不会在这里,这山道两边光秃秃的,他们一定会找个能藏很多人的地方,"张念祖想了想,突然说出一个地名,"到了龙头弯,咱们尤其要防范。"

"为何?"萧天问道。

"龙头弯,是个山谷,中间只有数十丈,而两边是山坡,如果他们埋伏在两边坡上,在他们看来对付咱们就如探囊取物般容易了。"张念祖略一思索,道,"我想不出,还有其他比这个龙头弯更适合伏击的地点了。"

"念祖,你对这里的地形倒是很熟悉,真是出乎我的意料啊。"萧天风轻云淡地说了一句。

张念祖一愣怔,马上说道:"我……我跟着吾土师父云游时从这里路过。"

"咱们有几分胜算?"萧天又问。

张念祖犹豫了一下,眼神不经意地斜着瞟了萧天一眼,不再像刚才那样直抒胸臆,而是有所顾虑地摇摇头,道:"这,不好说。"

"火攻是你想出来的,难道你没有把握?"萧天问道。

张念祖低下头,开始揣摩萧天的用意,他问此话的目的。但是自与萧天结拜成兄弟以来,他们几乎朝夕相处,他对萧天的为人已深信不疑,便斩钉截铁地说道:"大哥,相信我。"

"好,就等你这句话呢。"萧天笑道。

一行人马继续前行,萧天催马跑到前面,他看了眼前面的山势,张念祖也催马赶到前面对萧天道:"大哥,拐过前面山口,就到了龙头弯。"

萧天点点头,催马跟上马车冲车厢里说道:"于兄,前面就到了龙头弯,他们有可能埋伏在此,要格外小心了。"

于谦探出头,看了眼前面的山口,点点头道:"好,大家都要当心了,小心暗箭。"

众人点头,有的从腰间拔出剑,以迎敌的姿态进入山谷。

一行人马进入山谷,李漠帆稳稳地驾着马车,不快不慢,目光却越过两匹奔跑的马紧紧盯着山谷的两侧。马车后四骑之上的人更是紧盯前方,分外紧张。四人分成两边,左边的盯着左边山坡,右边的盯着右边山坡,这样平静地行驶了一会儿。

眼看就要过山谷了,前边都看见湖岸了。

林栖沉不住气了,说道:"主人,是不是搞错了,也许这帮人不在这里设伏。"

"我看也是,这两边这么高,并不是设伏的最佳地点。"一旁的陈阳泽摇着头说道。

萧天和张念祖一声不吭。萧天紧紧盯着一侧山头,张念祖则抽出腰中长剑,自上次出手用李漠帆这把剑后,剑就一直在他手中,李漠帆也不要,他知道这把剑在张念祖手上似乎更有威力。此时张念祖手握长剑,盯着另一侧山头。

前面就出了山谷,突然,张念祖大喝一声:"看箭!"

只见山坡右侧从天上飞下来一片黑色的箭雨,众人持兵器挡箭,于谦从左侧车窗探出头大叫:"快躲到车后。"

陈阳泽的马中箭最多,马吃不消卧了下来。众人下马,躲到马车左侧。这阵箭雨过后,只听见山坡上传来兴奋的啸叫声,接着从山坡上冲下来上百人,其中一个又矮又圆的家伙直接从坡上滚了下来。

一片身披重甲蒙面的黑衣人黑压压向马车冲来,看装扮不像是金禅会的护法,倒像是锦衣卫。黑压压的人群顺着山坡冲下来,萧天勒住马,有些吃惊,他回头对众人大喊:"不好,他们人多势众,大家不可莽动,保存实力。"

于谦从车窗探出头,看了眼黑压压的人群,道:"看来他们是真急了,竟然连脸面也顾不上了,锦衣卫竟然参与刺杀朝廷重臣。"

"于兄,你放心,我们拼上自己性命,也要保全你。"萧天回头对众人道,"擒贼擒王,既然锦衣卫来了,那孙启远一定在他们当中,先拿下孙启远,再拿下云蘋,兄弟们,跟我冲过去。"

萧天一声令下,众人迎着他们冲了过去。一阵兵器相交的铿锵之声,两股人马一阵混战。萧天、张念祖、林栖都是可以以一当十的人,虽说陈阳泽弱些,但毕竟出自名门,一招一式也是十分抢眼。

两厢人马一打起来,后面督战的孙启远感到有些不对头,明明只跟着四位随从,这倒是与往日不差分毫,但是他感到今日还是有哪里不对头,他大叫云蘋:"金刚,金刚⋯⋯"

云蘋被萧天和张念祖困住,他认出萧天后就开始想逃,尤其是又看见张念祖,他惊讶得嘴巴都合不上了,这个脸上有刀疤的人像极了宁骑城,而宁骑城不是死了吗?脑袋挂在城墙上,他还见识过呀,难道是宁骑城阴魂不散⋯⋯

云蘋被两人连连逼退,正心惊肉跳地瞎琢磨,听见孙启远叫他,他开始使蛮力突破两人的合围,尽管萧天和张念祖剑剑刺中云蘋,但是刀剑对于云蘋毫无办法。

云蘋气喘吁吁跑到孙启远面前,惊恐地喊道:"不⋯⋯好了,见⋯⋯了鬼了⋯⋯"

孙启远听不清云蘋说的话,气得大叫:"你还能撞见鬼,你⋯⋯"

狐王令(下)

"我……看见宁骑城……"云蘋转身指着那边。

"胡说，他早死了。"孙启远嘴上虽是这么说，但身上还是起了一层鸡皮疙瘩，他狐疑地盯着面前激战的场面，只短短一炷香的工夫，地上已倒了一片，孙启远看着对手，感到后背发凉，这几人哪里是一般的随从呀，个个有着超凡的武功，难道他们反被对方算计了？一想到此，他更是头皮发麻，知道自己已无退路，今日不是他们死，就是自己亡，他能依靠的只有面前这个蠢货了。

孙启远擦去额头上汗珠，鼓励云蘋道："金刚，你忘了你是打遍天下无敌手的金刚了吗？天上的弥勒佛会保佑你的，你一定会打败他们。"

"哪……有……弥勒佛，那……都是……骗百姓的，我……打不过他们的。"云蘋像泄了气的皮球，蔫了。

"金刚，你说此话如何对得起你堂主？"

"我认出……他们，是萧帮……主。"

孙启远一听此话，心里咯噔一下，本想螳螂捕蝉，不想黄雀在后，自己中了别人的圈套了。"金刚，既已如此，咱俩快逃吧。"孙启远突感大事不妙，还是保命要紧。

此时一众黑衣人已被打趴下大半，气势已去。萧天和张念祖转身回到马车上拿火烛和火碱，玄墨山人在车里也准备好铁网，于谦跟着玄墨山人下车，被萧天劝阻了，"大人，且慢，外面有我们即可，你在车上指挥。"于谦领会他的好意，也深知自己武功稀松平常，下去反而添乱，只好惭愧地点头。

"孙启远和金刚要跑。"李漠帆坐在车头紧盯着那两人的身影大叫。

萧天抬头看见云蘋和孙启远向对面山坡跑去。萧天对众人道："我和念祖还有玄墨掌门去追击他俩，你们把这些人绑起来，伤重的放到马车后部，一会儿一并交与兵部。"

萧天和张念祖快步向山坡跑去，两人都是轻功造诣极高之人，转眼便已撵上云蘋，他由于太胖，根本跑不动，孙启远已经远远跑到前面去了。张念祖看了眼前面的孙启远，对萧天道："大哥，我把前面那货提来见你。"

张念祖提气猛跑，然后连着两个飞跃，挡到了孙启远前面。

"你……你是人是鬼？"孙启远盯着张念祖，简直不敢相信自己的眼睛，这个世界上竟然真有长得一模一样的人？

"你看我是谁，我便是谁。"张念祖斜着眼睛抱着双臂，一阵冷笑，"你想起谁了？"

孙启远听着这熟悉的声音，腿肚子都快抽筋了，他哆哆嗦嗦地说道："大大大……人,我我我与你你,无冤无仇呀,你就饶了我吧。"

张念祖点点头,出其不意地猛然发力,连着击到孙启远几个穴道上,孙启远一声不吭就倒到了地上,张念祖看着地上的孙启远,一声冷笑,扛起他就往山坡下走。

坡下面,萧天和玄墨山人已燃起火烛围住云蘋,玄墨山人大叫:"向他射火碱……"众人听令后,纷纷取下背后弓弩,箭上捆上火碱向云蘋射去。山坡上草丛里的干草一点便着,火瞬间吞没了云蘋,云蘋疯狂地嘶叫着,不知深浅地试图冲过去,他的身体一沾上火星,就发出一股腥臭味,云蘋疼得吱呀乱叫,满地打滚。

借着风,火瞬间扑向众人。众人一片慌乱,四下奔跑。玄墨山人大喊:"跑到上风口,快过来。"慌乱中看见陈阳泽和李漠帆身上也着了起来,两人跑到坡上在青草丛中翻滚,灭了火焰。幸好来时准备充足,都带着烧伤膏,两人各自往伤处抹了药膏,便向坡下跑去。

此时,玄墨山人看时机已到,便从背后的背包中展开铁网,向地上翻滚的云蘋扣了下来。云蘋拼死挣扎,怎奈身上被火烧伤,痛得刺骨,只顾在地上翻滚哀号。萧天和众人渐渐围拢过来,在火光的威胁下,云蘋终于服软了。

玄墨山人收铁网,把云蘋死死捆绑在铁网里,动弹不得。玄墨山人和萧天抬着云蘋,张念祖扛着孙启远,一前一后回到马车前,此时于谦迎着他们走过来,又惊又喜地说道:"此次大获全胜,全仰仗众位英雄相助啊。"

萧天看了眼那些黑衣人,问于谦道:"大人,问清楚了吗?"

"是锦衣卫,里面还有一个千户,叫陈四。"于谦说道。

"大人想好如何处置了吗?"萧天问道。

"你有何想法?"于谦盯着萧天,他知道面前这位仁兄是位有着雄才大略的将才。

"大人不是说要将计就计吗? 咱们这次就把将计就计进行到底。"萧天靠近于谦压低声音道,"我们扮作锦衣卫,让这位千户带进宫里见王振,择机刺杀王振。"

"妙计。"于谦点点头。

两人的目光都集中在那个锦衣卫千户陈四身上,他一只独臂强撑着地,身上有四五处伤。张念祖默默走到他面前,盯着他道:"你看着我……"陈四不看则已,一看差点背过气去。

三

李漠帆和林栖押着锦衣卫千户陈四走到于谦面前,李漠帆高声呵斥:"跪下。"陈四身子一抖,胆怯地看了眼面前威严的兵部侍郎于谦,突然双膝一软,跪了下来,大喊冤枉:"大人,冤枉呀,我只是奉命行事呀。"

"奉谁的命?"于谦怒道,指着一旁五花大绑的孙启远,"奉他的命?你可知刺杀朝廷官员会判何罪?"

"按大明律法,若吏卒谋杀五品以上官员,已行者,杖一百,流二千里,已伤者,绞。我看于大人伤得不轻啊……"萧天在一旁添油加醋地说道。

陈四额头渗出豆大的汗珠,他磕头如捣蒜般大喊:"大人,求你饶过小的这一回吧,都是孙启远他要加害大人,我只是服从命令呀,大人,我一家老小全仰仗我了……"

"好了,"于谦怒喝一声,"如今有一条路可以救你,你可愿意走?"

"我愿意,我愿意。"陈四抬起头,眨巴着眼睛看着于谦,不时偷窥一下一旁的张念祖。

"你也不问问是何事就答应。"于谦没好气地说。

"何事?"陈四茫然地看着于谦,然后环视着众人。

"你进宫去见王振,给他报信,就说孙启远被于谦抓住了。"于谦说道。

"不敢,不敢。"陈四摇着头,那只空空的衣袖前后晃着。他并没有听懂于谦的话,胆怯地缩着脖子。

"干好这件事,就可免你一死,你的家人也可无事。"萧天说道。

陈四这才明白他们是要他回宫里报信,他犹疑地看着面前的几个人,不知道该不该答应。

"不过,我的两个随从会跟着你一起进宫,你敢耍什么花招,你的命就在他们手上。"于谦大声道,"听清楚了吧?"

陈四趴在地上,汗珠子掉下来,他迟疑地点了点头。

于谦和萧天交换了个眼神,两人离开陈四。此时战场已清理干净,除去四散而逃的共抓获了二十三人,其中七人受了刀伤,这些人中有些人还是孩子,锦衣卫里竟然充斥着这样一群乌合之众,于谦看着这些人,不经意说了句:"锦衣卫失去了宁骑城,便如同一盘散沙。宁骑城虽说与王振同流合污,但确实是不可多得的将才啊。"

萧天一笑,眼神里闪烁着光彩,他点着头说道:"大人是爱才惜才,当世伯乐啊。"两人说着话,已走到马车跟前。马车的车厢已被玄墨山人和陈阳泽用木条封死。玄墨山人见于谦和萧天走过来,忙上前行礼道:"此番还要感谢两位仁兄,这次终于了却心愿,老夫这就动身,把他带回天蚕山,咱们后会有期。"

于谦和萧天围着马车转了一圈,看到确实结实牢固无遗漏方才放心。萧天走到玄墨山人面前,眼圈有些发红,近一年的朝夕相处,让两人的感情日益深厚,萧天抱拳道:"大哥,待日后我一定去天蚕山拜会大哥,还望大哥路上保重。"

玄墨山人眼圈也红了,他点头道:"本想救出弟妹再离开,看来这个心愿实现不了了,这家伙待在京里是一大祸害,老夫不敢冒险,待你救出弟妹,咱们下次在天蚕山相见。"

"大哥,一言为定。"

"还有,潘掌柜那边,我也传了话,有何需要,只管吩咐。"玄墨山人道,"我这一去,不知何时相见,我不在身边,我这个徒孙还在京城,你只管吩咐他。"

萧天没想到玄墨山人考虑得如此周全,不由紧紧攥住玄墨山人的手,声音哽咽地道:"兄长,保重。"

众人也过来一一与玄墨山人告别。萧天目送玄墨山人和陈阳泽驾着马车离去,他的众多弟子会从瑞鹤山庄出发与他们在路上会合,然后一起回天蚕山。

剩下的人在这里分成两路。一路是林栖和李漠帆随于谦押着众多俘虏去北大营,这里离北大营不足十里地,估计钱文伯已经出发往这里接应了。第二路是萧天和张念祖跟随陈四回京城进宫报信。此时萧天和张念祖已从俘虏中选了和自己身材相近的交换了装束,两人穿上黑色袍子蒙上面,往陈四身边一站,于谦满意地点点头。

"全仰仗两位仁兄了,此次成败关系国运,请受老夫一拜。"于谦说着动情地倒身就拜。

萧天和张念祖急忙上前搀扶,萧天道:"大人,京城危如累卵,作为大明子民,理应奋不顾身。"

于谦点点头道:"你们今天刺杀王振成功与否都需回来,明日就是十五,大批信众要到金禅会集会,这次是绝佳的机会,咱们除去了金刚护法,他们等于失去了一个护身符,此次刑部的人也会参与,一定要一举端掉这个贼窝。"

萧天和张念祖点点头，与于谦拱手告别。两人押着陈四与于谦等众人相背而行。

四

"陈四，教你见王振说的话，你再说一遍。"萧天道。

陈四垂着脑袋，无精打采骑在马上，他左右看了看，哭丧着脸重复了一遍。

萧天和张念祖交换了个眼色，萧天厉声道："教你说的话，一字都不可说错，记住了？"

"你再说一遍。"张念祖不放心地道。

"我随孙指挥使在龙头弯设伏，遭于谦率众反抗，孙指挥使被于谦抓获，现如今押往北大营，我和两个弟兄逃了出来。"陈四说道。

"如果问你金禅会的金刚护法，你怎么说？"萧天问道。

"没有看见他。"陈四照着他们的吩咐说道。

萧天点点头，说："陈四，如果此次你按照我们的吩咐做好了，保你生命无忧。"陈四急忙点头称是。

三人不再说话，快马加鞭往前赶，准备在日落之前赶到京城。

城门前熙熙攘攘的小贩看见三骑快马疾驰而来，纷纷躲闪。城门前守城的千总认出陈四，只看见他们三人回来有些诧异，也不便打听，陈四平时跋扈惯了，也不下马只是冲千总点了下头，便冲进城里。

三骑沿着大街直往皇城疾驰，一路上行人躲闪，车轿避让，惊得鸡飞狗跳，一片狼藉。

在宫门前，守值的禁军头目认出陈四，他们三人下马，陈四连腰牌都懒得亮出，便气势汹汹地说道："有要事要面见司礼监掌印，快开宫门。"禁军哪敢怠慢，急忙打开宫门。三人匆匆走进去。

他们沿着长长的甬道，向司礼监走去。

"陈四，你知道王振的住处吗？是在司礼监吗？"张念祖看他往司礼监走，立刻叫住了他，眼露凶光地盯着他道，"据我所知，王振住在乾清宫的偏殿，我说得对不对？"

陈四一愣，他没想到此人会知晓宫中事宜，王振确实不住在司礼监，他也是只跟孙启远来过一次,这件事连宫里的人都不知道,他一个外人是如何知晓的?"哦,我想起来了,是,是,我想起来了……"

"别耍滑头,"张念祖伸手捏住他的手腕,陈四"哎呀"一声,感到手腕骨头都要被捏断了,只听张念祖阴森森地说道,"我进皇宫如逛园子,你敢再错一步,我就掐死你。"

"不敢了,不敢了。"陈四忍着手腕的剧痛,斜乜了张念祖一眼,昏暗的光线下,张念祖半张脸隐在暗处,那道刀疤显得更加触目惊心和恐怖,再加上那似曾相识的阴森声音,他怎么如此像一个人,想到那个人,他不由打了个激灵,哈着腰急忙告饶,"我是才想起来。"

陈四再不敢心存侥幸,往乾清宫的方向走去。

"是这条道吗?"萧天问道。

张念祖点点头。走了一会儿,方想起什么,身体一滞,突然转身问萧天:"大哥,你怎么不问问我为何对皇宫如此熟悉?"

萧天一笑,神情自若地大步走着,然后随口说了一句:"你跟着你师父吾土,哪儿没有去过?"说着,又笑了起来。

张念祖愣怔了一下,点点头,自言自语道:"有道理。"

三人沿着甬道大步走着,路遇一队巡逻的禁军,陈四打了个照面,匆匆向前走去。前方是个花圃,这里有个侧门直通乾清宫。陈四领着两人走进花圃,向小门走去。

此时已到掌灯时分,有些宫里已挂起灯笼。花圃里空无一人,他们迅速走到乾清宫侧门外,守门的太监看见走来三名身着黑衣的人,立刻上前拦住,陈四掏出腰牌,并塞了点碎银道:"公公,请进去通禀一声,陈四有要事要见先生。"

小太监看了看腰牌,转身跑了进去。

不多时,王振跟前的管事太监陈德全急匆匆走出来,他看见陈四一愣,又扫了一眼陈四身后的两个陌生随从,心里不悦,心想这个陈四太不懂规矩,向先生复命也轮不到他一个小小的千户,孙启远来才是。便锁着眉头问道:"陈千户,怎么不见孙指挥使?"

"公公,让我面见先生细说吧。"陈四哭丧着脸说着,还不时看看萧天的脸色,萧天点点头,陈四接着说道,"陈公公,出大事了。"

"啊!"陈德全脸色一变,急忙在前引路,他看了眼陈四身后的两人,问道,"这两位是……"

"我的属下。"陈四说道。

陈德全引着三人走过偏殿,走进一个窄小的甬道,在一个绿树掩映的小门边,陈德全停下来,对两人说道:"先生正在试穿盔甲,我先进去禀告一声。"

萧天和张念祖交换了个眼色。张念祖会意,身体紧紧靠到陈四身后,张念祖压低声音冷冰冰地说道:"小心你的脑袋,想好了再说。"

陈四浑身一战,慌忙点头。

这时陈德全出来,向他们挥手。三人走进小门,看见里面站着几个高大的东厂护卫,陈德全引着他们走到东厢房,从里面传来喝彩声。三人进了门,看见王振身披战袍,四周几个小太监正在帮着系带子。一旁几个司礼监的掌事太监跟着喝彩。

"先生,你看上去威武不凡,真有当年马三宝的风采啊……"

"哼,马三宝算什么东西。"王振冷下脸,不屑地瞥了他一眼。

那名掌事自知失言,本想拍马屁不想拍到了蹄子上,急忙掌嘴道:"瞧我这张破嘴,爷怎么能是马三宝之流呢,爷是当今朝堂的中流砥柱,皇上身边最信任的人。"

"好了,"王振不耐烦地摆了下手,他看见陈德全带着三人走进来。几个太监急忙躬身退下,王振穿着战袍在当地走了几步,摇头道:"太沉了,压得肩膀疼,脱了吧。"

几名小太监闻听急忙弯身去解袍带。王振脱了战袍,看着进来的几个人,问道:"孙指挥使呢,他怎么不来?"

陈四脑门上的大汗珠子直往地上掉,他扑通一声跪到地上。他身后的萧天和张念祖也不得不跪。萧天低头用余光环视了四周,发现屋里除了管事太监,还有四名护卫、四名服侍小太监。张念祖也在低头用余光观察。

只听陈四颤颤巍巍地回禀道:"先生,小的罪该万死。孙指挥使被抓走生死未卜啊。"

王振瞪着一双金鱼眼,恶狠狠地盯着陈四,怒道:"你说什么?你再说一遍。孙启远被抓了?怎么可能?不是说有打遍天下无敌手的金刚护法护佑吗?"

陈四浑身打战,含糊地说道:"没有金刚护法。先生,今日巳时小的随孙指挥使在龙头弯设伏,遭于谦率众反抗,孙指挥使被于谦当场抓获,我们奋力激战,怎奈他们人多势众,不是他们的对手,最后我和两名随从逃了出来,跑来给先生报信。"

"你说什么?"王振大怒,叫道,"难道是柳眉之这家伙在骗我?快去把高昌波给我找来。"王振对着陈德全吼道,陈德全缩着脖子急忙退下去,一路小跑着出去了。

"你个废物,你还敢跑回来。"王振嫌恶地踢了陈四一脚,转身对身后的护卫叫道:"拉出去,砍了。"

陈四突然一声低吼:"放了我吧,我知道有人要刺杀你,放了我……"

不等陈四说完,一道白光一闪,一把尖刀已没入陈四的脖颈,血喷涌而出,溅了王振一脸。陈四头一歪,便倒到了一边。张念祖迫不得已先出了手,萧天跃到王振身边,他手中没有长剑只有一把短剑,直刺王振而去。

王振一声惊叫,差点昏过去。四个护卫拔剑跃到跟前护住王振,四名护卫也是万里挑一的江湖高手,一阵激烈的交锋,屋里顿时刀光剑影一片混乱。几个小太监早吓得四处逃窜。

萧天也看出来,这几个护卫的功夫与他和张念祖比丝毫不差,而且他们在兵器上占据优势,由于进宫不得带兵器,萧天和张念祖都只在身上藏了短剑,以短剑对东厂高手显然不占优势,时间一长必处下风,必须速战速决,他瞅准机会对张念祖道:"念祖,速战速决。"

张念祖一边与两个东厂护卫对打,一边关注着王振,他决定吓一吓王振。他一个健步蹿到王振面前,王振看到一个黑衣人蹿过来,急忙往后躲,看到那张脸后更是吓了一跳。两个护卫跟着跃到张念祖面前,以二对一,以长剑对短剑,激烈交锋。

"你……是人是鬼?"王振不敢相信看到的面孔,这不是宁骑城吗?再看他身手,不会错,他不是被马市的火蒺藜炸死了吗?

"老家伙,今天要你拿命来。"张念祖说着越战越勇。两个护卫也渐渐落入下风,张念祖转身再寻王振时,大吃一惊,身后已无人。

"大哥,王振那老儿呢?"张念祖大声问道。

萧天听张念祖如此一说,急忙回头,就在他一分神的瞬间,一个护卫的剑直刺萧天心脏,萧天眼角的余光看到一道白光向自己袭来,急忙闪身,慢了一步,剑刺进了左肩。张念祖看到此处,飞身投掷短剑,一剑封喉,那名护卫倒地身亡。

萧天捂着左肩,一把拔出剑体,鲜血喷涌而出,他急忙用手捂住。张念祖已赶到他身旁,接过那柄被鲜血染红的长剑与围上来的三名护卫激斗起来,有了手中长剑,张念祖如鱼得水,手中剑上下翻飞,渐渐把三名护卫打散。

"大哥,你怎么样了?"张念祖不安地不停回头看萧天。

"我没事,那个阉贼呢?"萧天环视室内,深感不安。

"一定是逃进密室。"张念祖说道。

此时从外面传来王振的喊叫声:"有刺客,有刺客,快叫锦衣卫。"

萧天紧皱眉头,痛恨地失声叫道:"又让他跑了,怎么又让他跑了,我如何面见于大人?"

"大哥,你想多了,"张念祖冷冷地说道,"此次能活着出去就是万幸,快跟着我走。"张念祖说着,突然发狠,长剑左右开弓,使出了他一直不愿在萧天面前使的绝技,一剑封喉,两剑撂倒两个护卫,剩下最后一个躲了起来。

张念祖扶着萧天出了房门,直接拐入一旁一个耳房。院子里开始出现晃动的灯笼,院外传来沉重的脚步声。张念祖听着动静,推测道:"应该是守值午门的锦衣卫,他们离这里最近。"

此时萧天面色苍白,他略一沉思,一把拉住张念祖的手臂道:"念祖,你趁此时集结的锦衣卫还没进院,速速离去,不要管我,你我两人出去一个是一个。"

"大哥,你何出此言?"

"念祖,再耽搁咱两人谁也逃不脱,"萧天一把紧紧拽住张念祖,厉声叫道,"我身上有伤,只能拖累你。再说,你如能出去,还有重要的事拜托你,明筝,明筝她还在柳眉之手里,我心里……"

萧天突然失控,眼泪涌出来,声音哽咽道:"我对不住明筝,让她在那里受难,你出去好救她,只有你能做到。"

"大哥,你这么说,我更不能丢下你,"张念祖第一次看见萧天流泪,一个铮铮铁骨的汉子在他面前痛哭,也让他看到了萧天的另一面,他咬牙喊道,"我豁出命,也要带你出去,否则,我如何面对明筝。"

张念祖说着,在房子里四处转了一圈,选了处墙体,拿剑刺进去,用尽力气撬动,四处的缝隙开始松动,接着他退回去,用力以身体撞击墙壁,本来耳房就不是正房,而是堆积杂物的地方,砖瓦都薄弱,不一会儿,张念祖硬是撞出一个洞口。

萧天也在这个时间简单地包扎住伤口,血流得少了些。萧天靠在耳房的门边看着外面,他回头看见洞口,像是看见了希望,感到身上的伤也轻了些。此时外面出现杂乱的脚步声和乱哄哄的嚷嚷声。萧天回头道:"他们要进来了。"

张念祖一个箭步跑过来,背起萧天就走。萧天挣脱着:"念祖,你先走。"张念祖根本不理会他的话,依然按自己的意愿行动,他把萧天塞进洞口,萧天迅速爬出去,外面是那个花圃,萧天藏身到花木里,接着张念祖也爬了出来。

"大哥,放心,他们一时半会儿找不到,我做了伪装。"张念祖背起萧天就走。

"念祖,你不用背我,我能行。"萧天喘着气说着。

"行了,你别硬撑着了,你一动血流得更多,你想让他们循着血迹找到啊。"张念祖打断萧天的话,背着他沿着甬道的暗影向前面走去。

"你打算怎么出宫? 也这样背着我出去吗?"萧天在背后问道。

张念祖一时无语,他还没想到这一点,逃出王振的魔爪,如今来到这幽幽深宫,他当然清楚面前需要面对的是什么,再加上一个重伤的萧天,他纵然有天大的本事,也逃不出这固若金汤的皇城。"大哥,难道你我就只能坐以待毙吗?"

"有一个人,如果找到,可以帮到咱。"萧天艰难地说道。

"谁?"张念祖叫道,"我把整个皇宫翻个遍,也要找到他。"

"张公公,张成,他是咱们的人。他跟着高昌波。"萧天说道,"你把我藏到一个地方,去找到他,或许咱们还有希望……"萧天捂住伤口,脸色越来越差。

张念祖凝神思忖了片刻,好像是有这么个人,便说道:"大哥,你一定要挺住,你要等我。"张念祖走到一处花木繁盛的地方,把背后的萧天放下,又从旁边折了许多花枝堆到萧天身上。张念祖站定四处看了下,记住了这个方位,对于皇宫他闭上眼睛摸着都能走出去。

接着,他纵身一跃,上了一旁的屋檐。他的身法如蜻蜓点水转眼已从这边屋檐跃身到那边红墙上,他站在高墙上,俯瞰四周的动静,看见甬道到乾清宫的方向,锦衣卫和东厂的人越聚越多。他知道张成,一个老太监,以前在万安宫当差,后来跟了高昌波,原来他是萧天的人,突然张念祖脑中电光一闪,有了主意。

他跃身跳下高墙,看见对面走过来几个手持宫灯的太监。他藏身到墙角的黑影里,等他们走过去,张念祖神不知鬼不觉地抱住最后一个太监的脖子,只一下,只听见"咔"一声,那个太监就瘫了下来,张念祖把他扛到肩上闪身到暗影里。

三下两下除了太监的外衣,把他的尸身拖到墙角。张念祖迅速穿上太监的衣服,戴好帽子,提着他的宫灯走了出来。张念祖七拐八拐又走到乾清宫侧门,那里依然聚集着东厂的人。

张念祖靠近一个人,套着近乎,问道:"看见高督主了吗?"

"在里面正挨骂呢。"那个人小声地说道,"听说皇上都被惊动了。"

"那你看见张公公了吗?"张念祖小心地问道。

"张成,不就是高公公身边的红人吗? 那不。"那人一指门口一个来回踱步的人,张念祖转身定睛一看,正是张成。

张念祖快步走到张成面前,行了一礼,道:"张公公。"

张成此时正急切地等着里面的消息,他一听说闹刺客,心里就慌起来,里面已被锦衣卫包围,正一间间搜查。张成心里七上八下,不住祷告阿弥陀佛,可别是自己的人,正想着突然听见有人叫他。

他抬眼一看,差点吓得一屁股坐地上,他双膝一个劲地打战:"你……你……你……"

"我是萧帮主的兄弟。"张念祖低声说道。

张成脑子里一片空白,一时没能反应过来,看着这张极似宁骑城的脸,听他开口说是萧帮主的兄弟,这两个人如何凑到一起了?

张念祖并不奇怪,他走近一步道:"我和萧帮主就是刺客。"

张成一时没稳住阵脚,双腿一软,险些栽到地上。幸亏张念祖早有准备,一把扶住他。"他在哪儿?"张成的脸几乎皱成了一个倭瓜,怕啥来啥,"你们如此妄为,不要命了。"

"谁说不要命,这不来找你了吗?"张念祖干巴巴地说。

"我看你如此面熟,你?"张成有些疑惑地问道。

"我叫张念祖。"张念祖很快地说道,"你再在这里啰唆,萧帮主的血就要流尽了。"

"什么?"张成身体一软又差点坐地上,被张念祖一把托住身子,"他,他受伤了?"

"你能不能站住了。"张念祖说道。

"我倒是想站住了,可是你给我带来的信,哪一条不是要我老命呀,魂都快被你吓出窍了。"张成说着,突然捂住肚子,大叫,"哎哟,哎哟……"

一旁几个随从跑过来,说:"张公公,你这是怎么了?"

"老毛病恐怕又犯了,我屋里有丸药,我回去取,一会儿再回来。"张成把胳膊搭在张念祖脖子上,对几个随从吩咐道,"你们在这里等着高督主,我一会儿就回来,哎哟。"张成一路哼唧着走了出去。

离开人群,张成迅速立起身,低声问道:"萧帮主到底怎样了?"

"他受了重伤。"张念祖也不客气,"你想办法把我和他送出宫去。"

"佛祖呀,"张成叫起来,"你上嘴唇一碰下嘴唇,让我送你们出宫,我有何办法呀?"

"要不是萧帮主受伤,我们来去都如走平地,还用得着你?"

"这个倒是,是用不着。"张成苦着脸点点头,萧帮主武功高强,小小宫墙如何能困住他,可是如今该如何办呀?张成挠着头,突然他看看自己,又看向张念祖,说道,"我有个主意,你给我来一刀,出点血。"

张念祖立刻明白了他的意思："你是说，叫个车子拉你出去，连带着把萧帮主也带出去了。"

"正是此意。"

"不用给你动刀子，萧帮主身上全是血，你这老胳膊老腿也禁不住那一刀。"张念祖直来直去地说。

"你……"张成直摇头，不过虽说此话不好听，却也是为他着想。

"车子去哪里找？"张念祖问道。

"这样吧，咱们先去找到萧帮主，我在那里等你，你去司礼监要个车子，就说我受了伤。"张成说着，把身上的腰牌递给了张念祖。

张念祖拉着张成就往萧天藏身的地方走去，两人七拐八拐来到那片花圃，张念祖找到那堆树枝，扒开一看，萧天已昏迷不醒。张念祖抱住萧天叫道："大哥，我回来了，张公公找到了。"

张成也是大吃一惊，没想到萧天会伤得这么重，他冲张念祖叫道："你还愣着干什么，快去呀。"张念祖撒腿就跑。

张念祖沿着甬道一路狂奔，见房就上，见墙就跃，飞檐走壁，他心里清楚时间就是萧天的命，不敢再耽搁。等他来到司礼监，里面的人似乎也听说宫里进了刺客的事，张念祖跑进去，被一个太监拦住："干什么的？"张念祖大口喘着气，大喊："这是张公公的腰牌，他追杀刺客，被刺客刺中了，需要一辆马车出宫，高公公让来这里借，改日就还。"

小太监看见张念祖一脸大汗，身上血迹斑斑，又看了眼他手里的腰牌，另一个小太监过来也看了一遍，几个人商议了一下，说："你跟我来吧。"

小太监举着灯笼领着张念祖走到院里，一边有个简易的马厩，有一匹枣红马，小太监把灯笼挂到木架上，手脚利索地给枣红马套好车辕，然后把一根鞭子交到张念祖手中，说："给你。"

张念祖急不可耐地拿起马鞭，拉过马车向外走去。

从小门一出来，张念祖就跳上马车，猛甩鞭子，枣红马飞快地跑起来。虽说宫里宫规森严，马车极少出现在甬道，但是各宫里都有，就是图个方便。而此时已有一更天，马车出现在道上也不引人注意。

一拐入花圃，张念祖就看见从一边冲出来一个人，张成跑上前拉住马头道："快点，到这边。"张念祖从车上跳下来，向花圃里面跑，跑到萧天藏身的地方，背起来就走。张成也过来接应，两人抬着萧天把他放进马车里，藏进木座的下面，张成的身上也沾染了不少血,为了更像些,索性把萧天肩部的衣衫撕下一块儿往自己身上擦了擦。他刚坐好,张念祖就驾车跑了起来。

张念祖知道此时宫里哪个门守卫最少,应该是西华门,而且离这里不远,他已做好直冲宫门的准备,长剑就在脚下,有了这辆马车等于有了翅膀,那几个守卫他根本不放在眼里,只听身后车里张成喊他:"到宫门前,慢一点。"

张念祖根本不理会,张成坐在里面吓出了一身冷汗,急得大叫:"慢点,前方有锦衣卫。"

"怕什么?"张念祖嘴角挤出一个冷笑,又补充了一句,"不是有你吗?"

宫门前几个身着盔甲的校尉看见一辆马车从宫里疾驶而来,立刻上前拦截:"停下!"张念祖大喊:"宫里闹刺客,东厂的张公公受伤了。"其中一个校尉举着火把走到马车跟前,掀起帘子一看,张公公斜靠在座上,脸上身上全是血。

"真是张公公,你这是……怎么不叫御医呀。"校尉说道。

"哎哟,我这张老脸,哪请得动他们。再说了,等御医的工夫我这老命还保得住?得嘞,我认得一个好郎中专治刀伤,我这就寻他去。"

"好嘞,你走好。"

几个校尉让出道,对马车放行,马车一出宫门,张念祖就站起身,拼命地抽打马背,枣红马撒了欢地跑起来。

狐王令(下)

第四十四章　正邪对决

一

马车赶到上仙阁已是二更天。张念祖从里面叫上小六和几个伙计把昏迷的萧天抬上楼，众人一片慌乱，小六更是哇哇地哭起来，让张念祖一脚踹到一边，才止住哭。张成看众人忙乱，也顾不上他，便自己驾着马车悄然离去。

由于玄墨山人走了，张念祖跟着韩掌柜连夜跑到东升巷请来潘掌柜。这潘掌柜得自天蚕门的真传，果然有起死回生的手段，再加上玄墨山人临走传了话，潘掌柜对萧天更是如同对待师父般尽心尽力。

等潘掌柜处理完伤口，天也亮了。潘掌柜从床榻前走过来，众人围着他问伤情，潘掌柜一边擦着血手，一边直抽凉气："唉，太玄了，就差一点就刺进心脏了，不过，幸亏救得及时，才算保住一条命。由于失血过多，人是极度虚弱，要静养。"

众人都长出一口气，张念祖吩咐下去要给潘掌柜重金。潘掌柜哪里肯收，不悦地说道："细论下来，萧帮主也算是我的师爷，我若收下金子，岂不是与畜生无异。"众人这才想到萧天和玄墨山人是拜把子兄弟，那萧天是潘掌柜师爷，此话不假。众人看潘掌柜不收金子，便跟着送他出去，屋里只留下小六照顾，其他人散去，回房休息。

午时，张念祖正昏睡着突然被人晃醒，他警觉地一骨碌坐起身，看见床榻前站着眼睛红肿的李漠帆，旁边还有林栖。他皱起眉头想到两人应该是从北大营回来，看着两人神情有异，不知这两人是不是又要找他的麻烦，正犹疑之间却看见李漠帆和林栖突然双双跪下。

李漠帆眼泪和鼻涕一起掉下来："念祖兄弟，我以前误解你，我还那个你，我和林栖，来向你赔罪，如今你救了我们大哥，你是我们的恩人，我们给你磕头了。"

李漠帆说着就往地板上"咚咚咚"磕了三个响头。

"听小六说了，没有你，我主人恐怕这次就回不来了。"林栖拧着眉头，明明是感激的话，但说话的语气像是与他有深仇大恨般，说完结结实实在地上也磕了三个头。

"你们这是做什么？"张念祖脸上很平静，但是心里还是很感动，他站起身把两人一一扶起来，"萧天也是我大哥，别忘了我们是结拜兄弟，共赴生死，义不容辞。"

两人起身看着张念祖，三人会心地一笑，以前的过往皆一笔勾销。张念祖急忙穿上外衣，然后引着两人到八仙桌旁坐下。这时小六从隔壁跑过来，脸上带着喜色："刚才帮主醒了，喝下了一碗汤药。"

"能喝下汤药就好。"李漠帆笑着说道。

"帮主叫你们去，说是有事要说。"小六说道。

三人交换了个眼色，想到晚上的行动，三人心里都有些不安。他们走到隔壁房间，看到萧天气色好了些，不像昨夜面色那么苍白了。萧天故作轻松向他们笑了一下，然后看着李漠帆问道："于大人那边有情况吗？"

"帮主，于大人那边一切顺利。"李漠帆说道，"从北大营出来，于大人送我们至门口，专门交代刑部的人都部署好了，要咱们配合就行了，所以帮主你放心吧，你就在这里安心养伤就可。"

"是呀，大哥。"张念祖插话道，"明日的行动都安排好了。"

"明日？"萧天一愣，然后眯眼看着张念祖，伸手指着他笑着道，"念祖，你别给我玩小伎俩，你们糊弄不了我，今日是十五。"

几人看瞒不住，相互看了一眼。

"今夜的行动，我必须参加。"萧天舔了下干涩的嘴唇，脸上的神情很坚决，他不便在弟兄们面前提起明筝，但是这些天他心里无时无刻不受着煎熬，就在昨夜他被剑刺伤，对明筝的思念支撑着他要活下来，那样的困境他都挺过来了，今夜就要见面了，他如何能缺席，如果明筝看不到他，她会多失望。萧天看到他们神色紧张，便安慰他们："我这里还有玄墨山人送的护心丸，我服下药丸，不会有事的。"

三人对视一眼,张念祖说道:"大哥,既然你已经决定,就好生休息,晚上一起出发就是了。"

"念祖,你,"李漠帆瞪了张念祖一眼,"不行。"李漠帆看见张念祖对他使眼色,不解地问道,"你看我干什么?"

"走啦,让大哥好好歇息,咱们到隔壁房间好好谋划谋划。"张念祖拉着李漠帆就走,林栖给萧天盖好被子,也转身走了出去。

"你傻呀,念祖,他这样能去吗?"李漠帆在走廊上就吵起来。

"你们小声点,"林栖走过来瞪着李漠帆,"就你嗓门大。"

张念祖苦笑着指着李漠帆:"就你这脑子,你还是大把头呢!"张念祖说着拉着两个人走进他的房间,反身把房门一关。三人坐到八仙桌旁,张念祖说道:"你们不让大哥去,他肯吗? 明筝在那里,他能不去吗?"

"你有办法?"林栖问道。

张念祖一笑,点点头。

"那你还绷着,快说呀。"李漠帆催促着。

"我说可以,你们得给我兜着点。"张念祖一笑,看看两人没有意见,便压低声音说道,"一会儿,去弄点蒙汗药,大哥睡一觉醒来,咱们也干完了。"

"这……"李漠帆有些发蒙。

林栖点点头:"也只能如此了,如果我家主人今夜跟着行动再有个好歹,恐怕命便不保了。"

一听此言,李漠帆也不再犹豫,拍着张念祖的肩膀道:"就这样,我们都给你兜着。"李漠帆说着突然被另一个问题困扰住,"帮主不在,就像是少了主心骨,咱们怎么行动呀? 听谁指挥?"

三人互相看着,张念祖也不客气,大大咧咧地说道:"既然我能想出法子不让帮主参加,也就有法子领着你们去行动,你们说呢?"

林栖才来对这里的情况一概不知,他也不发表意见,跟着行动就是了,只有李漠帆和张念祖有资格发表意见,李漠帆想了想,论武功和智谋他都在张念祖之下,便心甘情愿地点点头:"好吧,念祖,今夜的行动,我们听你的。"

"好,"张念祖站起身,一字一句地说道,"今夜的行动关系重大,我向大哥发誓,豁出这条命,也要把嫂夫人救出来。"

"有你这句话,就齐活了。"李漠帆点点头。

三人谈到这里已是尽兴,这时张念祖取出一张图,是金禅会的地形图。三人又进一步研究了金禅会的地形,出入口,里面几个院子。

夕照街上熙熙攘攘,虽然才到申时,午后的暑热才消,人们就拥到街上。街面一字排开各种小吃、杂耍,好不热闹,人们都知道今儿是十五,金禅会大集会的日子。各种走街串巷的商贩更是早早地占据有利地形,摆好了摊子。

小六戴个宽檐草帽,扛着一个草扎竹杠,上面扎满红艳艳的糖堆,站在路口,正对着那间胭脂粉铺子,这是金禅会的进口处。张念祖交代他眼睛盯实了,看看都是什么人进出。小六闲得无聊,就揪下一个糖堆边吃边盯。

一旁端着筐卖绣线的老爷子,嘿嘿直笑:"小子,一会儿吃了仨糖堆了,你家老爷子不知咋想的,在家吃多好,跑这么远。"

"要你管。"小六瞪着圆眼珠子瞥了老头一眼,突然他的视线盯着从南边飞速驶来的一辆马车上,四轮双马,再看马车的配置,素盖黑围,一看就是出自官府。马车到了那间胭脂粉铺子门口停下来,从马车上下来一位穿褐色衣袍的中年男子,他脸色铁青急匆匆地冲向里面,身后还跟着两个随从。

小六看着那个男人有些面熟,却想不起在哪里见过。一旁的老头却开始收拾物品,嘴里还絮絮叨叨骂骂咧咧。小六叫道:"喂,老头,你要走啊?"

"那个家伙来了准没好事,我还是走吧。"老头说道。

"你认识他? 他是谁?"小六拉着他不放手。

"他是东厂的头,高公公,快走吧。"老头说着就准备走,小六仍然抓住不放手,"你怎么知道的?"

"我在他手下当过差。"老头说着转身就溜了。

小六瞪着眼睛望着那个胭脂粉铺子,看着那三人已走进去。

老头说得不错,此人正是高昌波。此时高昌波憋着一肚子恶气,怒气冲冲地向里面走去。过了穿堂,在垂花门遇到当值的吴阳。吴阳一看高昌波来了,而且是在大白天,心想一定是有要事,于是赶紧让一旁的护法跑去给堂主报信。

不多时,那个护法跑过来,说堂主在净水园的藕香榭等候。

高昌波冷冷哼了一声,在吴阳的引领下向净水园走去。高昌波一路上无话,走进园子,沿着游廊向藕香榭走来,看见柳眉之笑着站在那里等候。高昌波心里哼了一声,心道:一会儿就让你笑不出来了。

"高督主,你来如何不提前说一声,我好有所准备啊。"柳眉之笑着说,他看着高昌波阴沉着脸,一时也是一惊,想到昨日的事,急忙问道,"高督主,事办得如何?"

"我还要问你呢。"高昌波再也忍不住,尖着嗓门叫道,"你的打遍天下无敌手的金刚呢?"

"他不是跟随孙大人办差去了?"柳眉之也是一惊。

"放屁,我们的人跑回来报信,根本没有看见他。"高昌波怒道,"孙启远被于谦逮个正着,这下麻烦大了,如果那小子露点口风,岂不是引火烧身。"

柳眉之脸色变得煞白,他急忙争辩道:"高督主,这不可能,孙大人亲自来接的金刚护法,我还交代孙大人,办完差要金刚速回,因为今夜是十五,大集会上有上千人等着看金刚的绝技呢。"

"你别再争辩了,他人呢?"高昌波叫道,"你把他吹得像个神,可是结果呢,昨日的行动大败,而且他们竟然敢化装成锦衣卫去报信,刺杀先生,昨夜先生是死里逃生。柳眉之,你闯下大祸了。"

柳眉之浑身一颤,脸上渗出一层冷汗,他结结巴巴地问道:"那金刚呢? 金刚呢?"

"我就为这事来找你,你速去找到金刚,让他去北大营把孙启远给救出来,听见了吗?"高昌波说完,转身走了,他的两个随从也跟着匆匆离去。

柳眉之瘫坐在椅子上,高昌波带来的消息让他如坠迷雾里。片刻后,他方回过神来,大叫吴阳,"吴阳,你速带人去找金刚护法,一定要把他给我找到。"吴阳得令,急忙跑出去。

二

夜幕降临,街边店铺先后都亮起灯烛。街上人头攒动好不热闹。小六站在街边着急地等待着,糖堆被他吃掉了一半,此时捂着半张脸牙都甜掉了。他看到人群里一个紫衣女子快步走来,他认出是拂衣,急忙叫道:"拂衣姐姐……"

拂衣抬头看见路边小六扛着糖堆站在路边,忙走过去,她左右看看,疑惑地问道:"怎么就你?"

"他们来了。"小六扭头看到自西向东走来一群人,打头的是张念祖,他旁边跟着李漠帆、林栖、韩掌柜还有兴龙帮众人。小六把糖堆靠到一边屋檐下拉着拂衣迎上去。

"小六,"张念祖压低声音问道,"有情况吗?"

"张大哥，申时东厂的高督主来过，不久就走了，后来金禅会的护法，就是那个叫吴阳的领着十几个护法出去了。天一擦黑，一些信众就三五成群地往里面进了。"

"好小子，你挺能干。"张念祖拍着小六的肩膀，夸了一句，"太好了，走了十几个护法，估计是去找金刚了。"张念祖回过头对大伙说道。

"念祖，咱们现在进去吗?"李漠帆问道。

"大家记住了，"张念祖看着拂衣道，"拂衣，你进去后，第一时间找到秋月;漠帆，你等着刑部的人;我和林栖对付柳眉之，这次绝不让他再跑了。"张念祖说着，眼睛里射出一道犀利逼人的寒光，然后，他一扬手，"走……"

众人向金禅会的神秘进口，那家胭脂粉铺走去。前面三三两两的人走进铺面，直接走向穿堂。张念祖领着众人也跟着向前面走去。垂花门前多了几个腰佩宝剑的护法，信众依次排成两队，手拿号牌默默往前走，护法只是粗略地看一眼号牌。

进了垂花门，远远看见堂庵里灯烛闪耀，人影晃动，低沉诵唱的声浪一浪高于一浪。张念祖看着众人点点头，众人会意地相继散去。张念祖走进堂庵，昏暗的大堂被繁星般无处不在的烛光映照得既神秘又诡异，耳中被诵唱的宝卷填满，脑子里嗡嗡乱叫。

身后的林栖有些不耐烦:"这些人干吗呢?"

"跟我来，"张念祖看到木台前信众突然聚集起来，他知道仪式开始了。他领着林栖向前面走去，其他信众也都向前面挤。周围的信众兴奋地叽叽喳喳乱叫:

"听说这次选出的信男叫陈虎，是个肺痨病人，家里银子有一地窖……"

"可不是，他家就这么个幺儿，要娶个玉女冲冲喜……"

张念祖环视四周，看见侧门前，李漠帆领着一个灰衣男人走进来，认出来是刑部的陈畅。张念祖向李漠帆点了下头，继续往前走，看见木台上竟空无一人，按往日仪式此时该玉女们出场了。木台四周几个护法像是炸了窝的蜜蜂嗡嗡地四处乱撞。

张念祖一看，肯定是出了乱子。果不其然，他看见四名护法围着柳眉之出现在木台下，柳眉之似乎很生气在那里大发脾气。林栖挤到张念祖面前突然问道:"何时动手?"

"别急，再等等，"张念祖向远处瞅着，依然没有看见拂衣，他对林栖道，"你盯住柳眉之。"林栖咬了下唇，恶狠狠地说道:"我恨不得现在就一刀捅了他。"张念祖一笑，拍拍林栖的胸脯:"你这话，说到我心里去了。你在这儿盯住，我去看看拂衣。"

张念祖抽身挤出人群,他沿着木栏走到楼梯口,看见几个护法守着楼梯口,不多时,一队白衣玉女缓缓走出来,张念祖一眼看见拂衣穿着玉女的服饰。护法押送着这队玉女走向木台,张念祖择机溜到拂衣一旁。

"张大哥,情况有变。"拂衣匆忙地说着,"刚才指认的新娘上吊死了,秋月被换上了。怎么办?"

"你是说,秋月是新娘?"

"正是。"拂衣急得眼泪都出来了。

"告诉秋月,他们没有机会了。"张念祖说完,迅速向木台走去,他在人群里快速地向前挪动,人群里发出焦躁的呐喊声,人们叫着"玉女玉女",不耐烦地等候着,很多信众开始往地上摔灯烛,有的烧到衣裙上,一片叫骂声,张念祖看到人群快要失控了,这正是他想要的。林栖看他过来,向他使了个眼色。张念祖看到柳眉之站在木台一侧,正气急败坏地催促玉女上台。

玉女们曼妙的身姿一出现在木台上,四周的喧嚣就慢慢平息下来。接着从另一侧慢慢走上来一个红衣女子,脸带泪痕,正是秋月。"我的新娘,我的新娘……"台下一个身着华服却奇丑无比的矮胖男子叫起来,他就是今日的信男陈虎。他四周的仆从也跟着叫嚣着簇拥着他向木台走去。

正在这时,一个黑色身影像一个随风而起的风筝落到了木台上,竟直飞数丈高,人们不由惊讶地抬头观看。张念祖一个燕子翻身,已跃身到秋月面前,他压低声音叫道:"秋月,我是狐王的兄弟。"秋月一听此言,满心忧郁顿时全消,她又惊又喜地看着对方。

"你可知道郡主所在?"张念祖问道。

秋月点点头:"知道。"

张念祖一把抱住秋月,对着木台大喊:"这是我的新娘……"台下顿时大乱,陈虎在台下大骂,开始撒泼,一众仆从像饿狼般跑到台上,木台四周的信众也肆意跑上来,转眼间木台上乱成一团。玉女们惊慌失措四处躲避信众,信众见玉女就抱。张念祖对秋月道:"脱下红嫁衣,去找拂衣。"

木台下的柳眉之气得肺都要炸了。他向身后的护法一挥手,十几个护法冲到木台上,见信众就打。他也跑上来,一把抓住一个扔到台下,他转身又抓住一个黑衣人,但是黑衣人坚如磐石,柳眉之竟然丝毫动不了他。柳眉之大怒,盯着黑衣人,此时黑衣人取下脸上的蒙面,冷冷地看着他。

狐王令 （下）   887

柳眉之猛地惊出一身冷汗，心里暗骂今日真是撞见鬼了，先是被高昌波数落一顿，云蘋不知所终，晚上集会又频频出错，现如今又……，他瞪着张念祖："你到底是何人？"

张念祖左脸的刀疤颤了一下，斜睨着眼睛，阴阳怪气地问道："你不认得我？可我看着你怪面熟啊。"

"你……宁骑城……"柳眉之就像是听到了来自地狱的声音，他惊恐地看着张念祖，"你没死？你还活着？"

柳眉之左眼突突地跳了几下，心里莫名地慌乱，一种不祥的预感瞬间笼罩了他，他后退了一步，突然感到自己的处境堪忧，似乎所有不测都集中在今日爆发了，如此看来云蘋莫名的消失和高昌波的指责都不是偶发的事件，这背后必有推手。得罪了王振一伙，比云蘋的消失更可怕，柳眉之想着，不由冷汗透背，他又问了一句："你到底是人是鬼？"

"叫我张念祖，"张念祖恶狠狠地盯着柳眉之，"高健是怎么死的？这样一个人畜无害的人，你也杀，今日我来为他讨个公道，俗话说欠债还钱，杀人偿命。"

"你……"柳眉之心惊地后退，他看着面前这个貌似宁骑城的人，连语气和身手都一样，可是他明明看见宁骑城的头颅被割下吊在城楼上了，难道这个世上真有阴魂不散这一说，这个家伙借尸还魂？他不由惊得浑身发颤，抖着嘴唇叫道，"你……是……鬼？"他一边环视左右一边大叫："金刚……"这才想到云蘋不知所终，他看见那十几个护法被一个瘦高的人追着打，定神一看认出是林栖，他惊讶地叫起来："萧天来了？"

"没人能救你了。"张念祖拔剑出鞘。

"云蘋是不是被你们抓住了？"柳眉之连连后退，他突然哀求道，"你只要放过我，我把我的所有都给你，我有很多银子，很多银子，还有女人，都给你。"

"这些留给你到天国享用吧。"张念祖恶狠狠地持剑就刺。柳眉之看无法说动他，也不得不还击。他举着大刀就砍，心里焦虑又窝火，大骂云蘋这个王八犊子。张念祖大笑："你的金刚已被弥勒佛收了。"说着，持剑迎击，招式越来越快，柳眉之哪里是张念祖的对手，只见他身法如鬼如魅，来无踪影。几个回合下来，柳眉之已处下风，渐渐无招架之力，张念祖看准时机一剑刺去。

突然一个灰色身影闪到近前，挥剑架住了张念祖的剑，只听"砰"一声，灰色身影晃了一下，险些栽倒。张念祖定睛一看，大吃一惊："大哥。"萧天一只手臂支撑着剑，一只手臂捂住胸部，他大声叫一旁的林栖："把柳眉之交与刑部的陈大人。"

台下上来几个大汉，"呼"地围住柳眉之，陈畅走上来直接给柳眉之戴了一副枷锁。柳眉之这才看见木台下人群四散，刑部的衙役已冲进来。他长叹一声，不甘地瞥了眼萧天，被冲上来的几个衙役带走了。

李漠帆急忙扶住萧天，张念祖看着柳眉之被带走，气不打一处来，恨得直跺脚："大哥，不是你来，我就一剑刺死他了，难道就这样放了他？"

"以大局为重，这是与于大人讲好的。"萧天吃力地说着。他接了张念祖这一剑，面色瞬间变得苍白，他盯着张念祖，眼神一凛，"念祖，这是最后一次，不可感情用事。"

"大哥，我……"张念祖看着萧天，上前一步，心里十分不忍，他知道萧天与于谦密谋的事，但是对于柳眉之，他比任何人都了解，他恨不得早日除去柳眉之，以免后患。但是看到萧天对自己的误解，他也不想解释，便认错道："事是我做下的，与其他人无关。"

"真是这样吗？"萧天不气反而乐了。

"是我买的蒙汗药。"一旁的李漠帆老实地承认。

"你还好意思说？"张念祖突然转身望着李漠帆气鼓鼓地问道，"老李，你从何方神圣那里拿到的蒙汗药，就这药效？"

"这，这，奶奶的，他们骗我。"李漠帆揪着头发叫道。

"念祖，你那小把戏。"萧天怒道，"我就没喝那碗粥。好了，咱们别在这里耗时间了，去，去找明筝。"萧天说完，抬腿往前走，刚走几步，身体就倒下了，李漠帆急忙扶住他，"帮主。"几人低头一看，萧天已经昏迷过去，本来就在伤病中，看来刚才接张念祖那一剑又伤了元气，李漠帆不满地望着张念祖，说："你用了几分力，把帮主伤成这样？"

"我……这……唉……"张念祖气得直打脸，"老李，你和林栖带人先护送大哥回去，我去找明筝。"

"唉，只能这样了，"李漠帆不放心地说道，"刚才秋月和拂衣带着刑部的人去后院了，你快跟上，还不知明筝姑娘怎么样了。"

张念祖一听，转身向堂庵的侧门跑去，很快他就看见拂衣和秋月带着刑部的衙役向后院走着，张念祖快速撵上他们。拂衣和秋月看见他急忙跪下："谢大哥救命之恩。"张念祖急忙扶起她们："两位姑娘快请起，速带我去找郡主。"

"郡主与很多被拐卖的女子就关在地牢里，咱们这就去那里。"拂衣说着，加快了脚步。

他们一行人来到竹园,从游廊快步走到正房,穿过正堂走到后堂,拂衣指着地板对张念祖道:"这是进口,只是不知道机关在哪里,郡主知道,她写在手帕上,只说在墙壁上。"

张念祖推开拂衣,走到对面墙边,他看出这不过是最一般的暗门设置,比这复杂得多的他都见过。他挨着敲击墙面的砖,果然发现一块松动的砖,他抽出那块砖,看见里面是机关的按钮。按动按钮,很快听见"咯咯吱吱"的响声。

拂衣和秋月兴奋地直拍手:"洞口,看洞口……"五个衙役毫不犹豫地依次走下去,张念祖从一旁墙壁上拔下一根火烛跟着走下来。他们一行人飞快地沿台阶走进下面的地道。

在地道口,突然飞过来几把飞刀。张念祖飞身跃到前面,持剑一一打落在地,几个黑影向前面跑去,张念祖把火烛交给身后一个衙役,自己飞身追过去。只见他腾空而起,忽上忽下,几个翻滚就跃到那几个黑影面前,他诡异的身影惊呆了身后的几个衙役,他们只看见剑影寒光,张念祖一招一剑封喉,便把其中大个头撂到地上,剩下三个人吓得急忙跪下求饶。

"大爷,饶命,饶命呀。"

"要想活命,快说关押女子的地牢在哪里?"

"大爷,我们也是迫不得已呀,大爷。"

"少废话,快领我们去。"拂衣跑过来,怒喝一声。

三个人急忙爬起来,在前面带路。一行人跟着三人向前面走去。他们拐进另一个地道口,这里更加狭窄和阴暗。不远处传来女人的哭泣声。"快走……"张念祖不耐烦地踹了领头人一脚,三人加快了脚步。一行人走到一处铁栏杆前,里面的人看到有人来都躲了起来。

"里面的人听着,我们是刑部的衙役,今日来解救你们。"一个衙役大声说道。

"姐妹们,是真的,"拂衣跟着大喊起来,"他们来救你们了。"

里面的人闻听,慢慢拥到栏杆前面,她们看到身着刑部衙役号服的人走过来,开始惊呼:"是真的,是真的。"

"你们跟着我们回刑部录完口供,就可以回家了。"一个衙役说道,他催守卫打开铁锁,推开铁门。

女人们一阵欢叫,一个个都从角落里向铁栏杆挤过来。拂衣挤进牢房在女人中寻找着,秋月在另一头踮着脚寻找。几个衙役把那三个守卫用铁链绑起来。女人们从铁门往外跑,张念祖从一个衙役手里夺过火烛从女人堆里挤进去,他举着火

狐王令(下)

烛一边走,一边叫:"明筝。"

明筝此时从角落里站起身,一旁的含香拉着她的手臂,让她看外面。明筝刚才昏昏沉沉睡着了,她被女人们的喧闹声吵醒,眼睛盯着铁栏杆,只看见几个陌生的身影,她正犹豫着,就看见张念祖举着火烛走过来。她愣住了,没想到会在这里见到他。

张念祖的火烛照到角落里三个女子,他一眼认出明筝。明筝站在那里不知所措地向栏杆张望。张念祖知道明筝在找谁,他举着火烛走过去:"明筝,快跟我走。"

明筝依然不动,眼里的犹疑没有逃出他的眼,他站在她对面,看着她苍白消瘦的脸,心里一沉,虽然心里难受,但说出的话却是很刺耳:"你在等萧天,他不会来了。快跟我走。"

"萧天呢?"明筝竟然向后退了一步。

"他来不了,"张念祖看着明筝皱起眉头,"他受伤了。"

"什么?"明筝一惊,眼睛不信任地瞪着他。

张念祖看着明筝,看到她依然对自己如此敌视和怀疑,心里一阵绞痛:"明筝,我与萧天既已结拜,他就是我大哥,你就是我嫂夫人。以前我是有冒犯的地方,但从今往后,我张念祖若再有逾越,天打雷劈。"

明筝没想到张念祖会对她说此话,她心里一热,想到一直以来,她对他不依不饶的从没给过他一个好脸色,此时也有些不好意思:"念祖,你也别怪我,我一直揪着宁骑城不放,是我不对,他毕竟是你一母同胞,若细论起来,他也算是我师哥,如今他人不在了,我师父也不在了,你便成了我世上唯一的亲人,今后我必会像对待哥哥一样待你,你看可好?"

"明筝妹妹。"张念祖眼睛一热,双目噙泪,几乎哽咽起来,"你真这么想?可是我那兄弟宁骑城,他确实伤害了你。"

"其实他是我见过的武功最好的人,萧天也不见得打得过他。"明筝说到萧天突然捂住嘴巴,紧张地瞪着张念祖问道,"萧天,他,他伤得很厉害吗?"

张念祖第一次从明筝嘴里听到说宁骑城的好话,不由一阵高兴,看明筝问起萧天,不假思索地说道:"肩膀被刺了一剑,离胸口很近。"

"啊!"明筝身体一晃,险些跌倒,身旁的含香和乐轩急忙扶住她。

"没事的,你放心。"张念祖忙安慰道,接着对她身边的两个女子说道,"快,扶着嫂夫人跟我走"。

明筝走了几步,突然折回身道:"念祖,是梅儿出卖了我,你一定要抓住她,这些女子也被她害得不轻。"

张念祖举着火烛，点了点头，迅速转身领着几个衙役向外跑去。

三

刑部的陈畅没有想到，从小小的地道里会走上来十九个女子，一个个面黄肌瘦，形容枯槁。他面带怒容下令衙役带女子们去刑部做口供。这时张念祖走到陈畅面前："陈大人，柳眉之、吴阳、梅儿都抓住了，何时能审？"

"上疏朝廷，定会择日审理。"陈畅信心满满地说道，想到萧夫人，忙问道，"萧夫人找到了吗？"

"也在地牢里。"张念祖答道。

"可有伤疾？"陈畅关心地问道，"我派人送回住地吧？"

"不用了。"张念祖抱拳与陈畅辞别，"大人，我把夫人带回去，如需要夫人会随时听候陈大人差遣。"

陈畅向张念祖深施一礼，心里清楚没有这些人的配合，他绝不可能这么快就抓获金禅会堂主，他恭敬地向张念祖抱拳道："代我问候萧帮主，后会有期。"

张念祖辞别了陈畅，看到衙役已经基本清理完场子。张念祖向明筝走去，看见她与几名相熟的女子站在一起话别。

听兰依依不舍地看着明筝："姐姐，此一别，不知何时再见。"

"傻妹妹，你们只是去刑部录口供，录完口供，你们就可以出来了。"明筝宽慰道。

一旁的含香不能说话，只是一只手拉着明筝不放，乐轩在一旁默默抽泣。明筝拉着含香和乐轩的手，眼睛也潮湿了，她知道她们身世凄惨又无家可归，便对两人说道："含香、乐轩，你俩听着，你们要是愿意以后就跟着我，我有一口饭吃，就绝不会饿着你们，你们如果愿意，就点头。"

含香和乐轩突然双双跪下，不停地点头。明筝急忙扶两人起来，"那好，我会去刑部接你们，别哭了。"明筝替两人抹去眼泪，一旁的听兰突然也跪到明筝脚下，"姐姐，你收下她们，为何不要我？"

"听兰，"明筝又忙扶起听兰，"你有家人啊。"

"不，我不想见到他们，我愿意跟着姐姐。"听兰泪流满面地说道。

"明筝，我能说一句吗？"一旁看了半天的张念祖，实在看不下去，"你带回这么多人，大哥能同意吗？"

明筝一愣，她扭过头，看着张念祖绷着脸道："他要是不同意，把我也撵走好了。"明筝说完，轻松地笑了笑道，"放心吧，大哥会同意的。"明筝安抚好几个姐妹，便与她们告辞，目送她们跟着刑部衙役走了，这才跟着张念祖向外走。

明筝惦念着萧天的伤，跟着张念祖一路疾走。在路上，张念祖便把上次行动的事跟明筝一一讲了，明筝这才知道外面发生了这么多事。两人加快了步伐，明筝更是急于见到多日不见的夫君。两人风风火火回到上仙阁时，看见小六正站在路边东张西望。

"小六，你怎么在这儿？"张念祖上前问道。

"张大哥，明筝姐姐，"小六急忙回头擦了下眼睛，不过还是被明筝看到了，她一把拉住小六："小六，是不是……"

"我在这里等林栖，他跑去找郎中了。"小六吞吞吐吐地说道。

"啊！"明筝感到脚下发软，被一旁的张念祖扶住，"快，我要去看看，快点。"明筝推开两人，跟跟跄跄地跑进上仙阁，小六和张念祖一看，也急忙跟上去。

萧天躺在床榻上依然昏迷着，发着烧，面色发乌，嘴角还沾着一丝血迹。剑伤加上刚才奔波到金禅会又挡了张念祖一剑，伤情越发地凶险起来。身边服侍的李漠帆，只能不停地给他替换额头上的帕子。

明筝推门进来，她几步跑到床榻前，看着萧天病成如今的模样，不由后退了一步，心里悲喜交加。日思夜想的人终于见面了，只是这情形是她从未想到的，萧天在她的印象里是不会倒下的，多少次风雨他都挺过来了，他怎么可能倒下呢？

"大哥，大哥。"明筝趴在萧天耳旁轻唤了几声，但是萧天毫无反应，她伸手到他脸颊，触到的肌肤火烫，她摸着他发烫的面颊，头抵在萧天的脖颈边失声哭起来，"大哥，你睁开眼睛看看我，我是筝儿。"

一旁的李漠帆也跟着抹眼泪。张念祖转身走出去，他大声问一旁的伙计："是去请潘掌柜了吗？小六，你到路口看看去。"

这时，走廊里传来沉重的脚步声，林栖的声音从走廊传来："来了，潘掌柜来了。"昏暗的光线下，走廊里走过来两人，林栖快步走着，他提着一个大药箱，身后跟着几乎小跑的潘掌柜，潘掌柜被众人请进房间，直接来到床榻前。

李漠帆急忙搬来椅子让潘掌柜坐下，由于赶路，潘掌柜喘息了片刻，这才看向床榻上的病人，他看了看面色，眉头一皱，急忙伸手去摸萧天的手腕，把手指搭到脉上。

周围几人屏息静气地看着郎中,空气骤然紧张起来。

过了片刻,潘掌柜缓缓出了口气,站起身来走到八仙桌前,从自己的药箱里取出纸墨。明筝实在忍不住问道:"先生,他伤情如何?"潘掌柜一边往纸上写方子,一边叹口气道:"伤得太重,此伤重在伤了元气,血亏气虚,虚而生火,我先开些疏肝益气的方子,你们煎了汤药让他服下。"

"他什么时候能醒来?"明筝问道。

"昏迷是气滞血亏,需慢慢休养。能否复原就要看他自己的造化了,需耐心等些时日。"潘掌柜写完方子,张念祖拿住方子跟着走了出去。

明筝默默走到床榻前,拿一个湿手帕替换萧天额头上的手帕,换下的手帕竟然是热的。明筝看着他灰暗的面颊,心里忍不住悲从心起,眼里的泪又扑簌簌地掉下来。

李漠帆在一旁看着明筝伤心也禁不住难受。"明筝,"李漠帆喊出口突然觉得不妥,埋怨自己道,"你看我,我该叫你嫂夫人才对,"李漠帆看见明筝如今憔悴成这个模样,如果萧天醒来看到,指不定要多心疼呢,便说道,"嫂夫人,你先去房间休息,这里有我就可以了。"

"那怎么行?"明筝抬起头,"萧天是我夫君,理应由我照顾。李大哥,你辛苦这几天了,该回去休息的是你。"

"这……"李漠帆看明筝眼神执拗,知道说不动她,便只好往外走。

此时已有三更天,走廊里一片昏暗,他惦念着张念祖去抓药,索性便在走廊上等。他靠着墙壁不由打了个盹,走廊里的脚步声把他惊醒,他抬头看见张念祖端着一个托盘走过来,托盘上是一碗冒着热气的汤药。

"你熬好了?"李漠帆又惊又喜。

"你怎么站在这儿?"张念祖问道。

"明筝在里面。"李漠帆见张念祖把托盘递给他,不由问道,"你不进去?"

张念祖垂下头:"我没脸进去,都是我那一剑害的。"

"唉,这也怪不得你,"李漠帆宽慰他道,"帮主不是小气之人,再说他也没有说你什么。走,一块儿进去。"张念祖把托盘交到李漠帆手里,转身走了。

一连几天,萧天依然昏迷着,但是脸上有了颜色。明筝一日三次给他喂汤药,到了第四天,萧天的烧退了下去,众人很高兴。为了让萧天更好地疗伤,张念祖重新做了安置,他让韩掌柜把后面的杏院腾出来,让萧天夫妇搬进去,煎药也方便。

自从萧天伤重昏迷后,这里的大小事便顺理成章地交由张念祖处置,众手下也无人有异议。一是张念祖本就与萧天是结拜兄弟,大哥倒下疗伤,自然就由兄弟接手。二是李漠帆的大力推举,与张念祖有过几次生死之交后,李漠帆开始敬服张念祖,在几个大小场合李漠帆都当着众人夸张念祖论武功论智谋都在他之上。大哥病倒,众兄弟也都不想再出乱子,既然李漠帆推举张念祖,大家服从便是,只静等大哥伤好的那天。

这日午后,小六过来对明筝说,刑部的人传话已录完口供,可以由家人领走了。明筝便让秋月和小六驾着马车去刑部衙门接那几个姐妹。

这时,李漠帆从萧天房里跑出来,兴奋地叫起来:"帮主醒了,喊你们呢。"明筝兴奋地扭头就跑。她快步跑进正房,几步走到跟前,眼里的泪又忍不住在眼眶里打转:"大哥。"萧天抬眼看到明筝,他卧床这些天消瘦了许多,眼窝深陷,显得一双眼眸深邃通透。萧天看见明筝自是喜不自禁,端详了半天,道:"明筝,你瘦了。"

"大哥,过不了几日,我便会吃胖,你放心吧。"明筝笑着说道。

"我躺了多长时间?"萧天看了眼窗外问道。

"已经五天了。"明筝说着,急忙把床榻一侧的外袍给他披上,"大哥,你可感到好些了?"

"哈,把你们吓住了吧。"萧天听到自己昏迷了五天,心里也是一惊,他抬头环视大家,笑着说道,"我没事,我就是补了一大觉,还做了一个好长的梦,梦到咱们回到了檀谷峪。"萧天说着,脸上一凛,像是想到了什么,忙望向张念祖问道,"念祖,刑部的人怎么处置柳眉之?"

"柳眉之已被押到刑部大牢,等待审理。拐卖到金禅会的女子在刑部录完证词,都由家人领走了。"

"过了这么多天为何还不审理?"萧天有些意外。

张念祖犹豫地看了眼明筝,两人匆忙地交换了眼色。萧天何等聪慧,他一眼就看出他们有事瞒着他,他看向张念祖道:"出了何事?"

"大哥,"张念祖知道瞒不住索性说道,"刑部不是不审,而是顾不上。此间朝堂出了大事,皇上亲征,带二十万大军征讨瓦剌,带走了大半个朝堂,文官武将走了大半,咱们的仇敌王振也随皇上出征了,此时人心惶惶,衙门里的事都停下了。"

"什么?"萧天紧皱起眉头,脸上笼罩着痛苦的表情,他喃喃自语,"想必于大人最终还是没有阻止住他们,唉。"萧天一急剧烈地咳起来,明筝急忙上前抚着他的胸口,埋怨道:"念祖,你不该说。"

"这么大的事，你们不该瞒着我。"萧天喘着气。

这时韩掌柜从外面走过来，看见萧天醒来，大喜，说道："帮主，可是巧了，你刚醒来，就有贵人来看望你。"

"谁?"萧天问道。

"是于大人。"掌柜的看着他问道，"还在前面大堂上，要不要请他过来?"

"快请。"萧天看着李漠帆和张念祖道，"你们代我去迎一迎于大人。"李漠帆和张念祖急忙转身走过去。

不多时，两人引着于谦走进来。此时萧天已让明筝扶着坐了起来，于谦看到萧天一脸病容，还是吃了一惊，他急忙上前，向萧天拱手一礼道："萧兄，早知你受伤，一直脱不开身来看望，拖到今日才成行，为兄心里愧疚呀。"

"于兄，此话就见外了。"萧天不能起身，就在床榻上拱手还了一礼道，"我直到今日方醒，也是刚刚才知道朝中出了大事，想必于兄全力应对，岂容半刻分心呀。"

于谦脸色凝重，惭愧地摇头，道："身为朝臣，上不能为君分忧，下不能解黎民困苦，我这个官徒有其名啊。"于谦说着，眼里竟噙满泪水，"我眼睁睁看着皇上带着京城的精锐倾巢而出，你知道我是何感觉吗?"于谦狠狠拍着胸口，"痛彻心扉呀，是我无能，没有在这之前绞杀王振，让他蛊惑皇上，但凡懂点兵法，就不会做出这种愚蠢的事。"

"于兄，难道就没有弥补的法子吗?"萧天急切地问道。

"亡羊补牢，不知是否可以扭转劣势。"于谦脸色忧郁地说道，"虽然我也做了安排，我命随行的钱文伯，见机行事，刺杀王振。但是如今的局势，波谲云诡。蒙古骑兵一路杀来，皇上年轻只想着留名青史与太祖齐名，却处处听从一个奸佞阉人的，二十万大军准备了不足五日就出发了，连粮草都未备齐就走了，你说说能不叫人焦心吗?"于谦只顾倒苦水，这才看到萧天越加苍白的脸色，急忙惭愧地说道，"萧兄，你看我一说起朝中事就没完没了，我都忘了我是来探病的呀。"

"于兄，萧某说来真是惭愧，几次刺杀王振都让他逃脱，我也是无颜见兄长，此番看来大局已定，若我们再留在京城恐对于兄不利，若让他们抓住把柄，怕会累及众人，于兄，是时候与兄长告辞了。"

于谦沉吟片刻，点点头道："萧兄所言极是，京中颇不太平，虽然王振随皇上亲征去了，但是他的爪牙还在，高昌波如今把持住大理寺和都察院，对柳眉之案肆意干预，为此大理寺卿张云通都被他们栽赃撸了官职，咱们虽然在刑部有陈畅，但是孤掌难鸣，因此案子一直在拖。"于谦身体向前倾了倾，看着萧天满是歉意地道，"萧兄,我不该把你拉进这潭浑水,让你一次次身负重伤,我真是于心不忍。此时你在病中,离开京城回南方是最好的选择。"

"兄长此话差矣,为兄长做事我心甘情愿。"萧天道。

"此时,萧兄养伤为重,你还有这么多弟兄要仰仗你,你不能再出差池,不然他们也不会答应。"于谦诚恳地道。

萧天看着于谦点了点头。于谦又说了会儿话,便起身告辞了。于谦一走,萧天就召集了众人,李漠帆、林栖、张念祖、小六都被叫到了床榻前。看到他们到齐,萧天开口说道:"怪不得,我梦见檀谷峪,难道是老狐王冥冥之中对我启示吗?"他看着众人,接着说道,"刚才于大人所说大家也都听见了,局势不稳,京中之事也已办完,已没有留下来的必要,我准备带领大家回檀谷峪,你们可有异议?"

林栖听到此言,第一个乐开了花,高兴得直蹦。萧天见众人没有异议,便吩咐道:"小六、林栖还有漠帆,你们一会儿就回瑞鹤山庄,把狐族和愿意跟咱们回檀谷峪的人都带来,咱们择日动身。"

当下,小六、林栖和李漠帆走出房间,收拾马匹去了,萧天对张念祖交代了几句安置住处的事,张念祖也急忙出去办理了,房间里只剩下明筝和萧天,夫妻俩默默相望,不由一阵感伤。

"明筝,你为了我吃尽了苦头,我……我真是对不住你。"

"大哥,我没事的,"明筝上前扶着他,让他重新躺下,"我只是担心你,你快些好起来吧。"明筝说着眼里又涌出泪,"我一看见你的样子,心里就发慌,就觉得天要塌下来了,大哥,你快些好起来吧。"

"傻丫头,我没事,只是前些日子思虑过度,没睡过一个囫囵觉。"萧天说着笑起来,"可能是太思念你了。"

明筝扑哧一声笑出来,脸上不由一红,"大哥,你都这样了,还说笑。"

"不是说笑,是真的。"萧天拉住明筝一只手道,"让你跟着我吃了这么多苦,真不应该。我带你回檀谷峪好吗?"

"大哥,咱们真要离开京城吗?"

"当初,带领狐族众人进京,一是为了躲避东厂追杀,二是为了救青冥。现如今已没有留下来的必要,为了老狐王临终托付,他把狐王令交与我,就是让我带着狐族能够生存繁衍下去,传承狐族的血脉,我必须保护狐族回到领地。再加上现如今京城危机四伏,咱们身边的女眷众多,留在这里恐有祸端,还是早回领地的好。"

明筝点点头,欣喜地说:"这样也好,你此次伤得这么重,回去方能好好疗伤。"

夫妻接着又说了好一会儿檀谷峪的事。

直到次日傍晚,三辆大车和十几匹马回到上仙阁,直接从侧门进到后院。在这期间,掌柜的遵照萧天的吩咐,遣散了后院的宾客,该赔偿的赔偿,不愿走的都给安排进了上仙阁楼上的客房里。

待这些人一到,张念祖便把他们安排到各自的房间。后院里瞬间热闹起来。先从房里跑出来的是夏木和莲儿。她们沿着曲廊一路跑着,在畅和堂外面的清风台上看见翠微姑姑和李漠帆抱着婴儿走过来,莲儿欢叫着跑去看婴儿,夏木急忙走过去:"翠微姑姑,你也来了。"

"可不,狐王说有事要商议。"翠微姑姑说道。

"是说回檀谷峪的事吗?我和莲儿早就望眼欲穿了。"夏木乐得眼睛眯成一条线。

明筝早已从里面走出来,夏木和莲儿跑过去与明筝相见,明筝看到莲儿又长高了些,搂着她脑袋亲了亲,明筝这才看到翠微姑姑怀里抱的小婴儿,激动地跑过来:"翠微姑姑,快让我看看。"明筝看着那粉嫩嫩的一团,喜欢得眼泪都快下来了。翠微姑姑一脸做母亲的自豪,大咧咧地说道:"喜欢吧,喜欢自己也生一个。"

"你这个婆娘,"一旁的李漠帆直撞翠微的胳膊,"说话太不中听。"

明筝毫不介意,她小心地抱起婴儿,但是又太过紧张,架着两只胳膊托着婴儿不知如何摆放。还是一旁的夏木帮她把婴儿抱进怀里,两个女子稀罕地望着怀里小小的婴儿,大气都不敢出,生怕惊扰了他。

这时,张念祖从畅和堂走出来,看见李漠帆叫道:"老李,就等你了。"李漠帆应了一声,离开女眷们跟着张念祖走进畅和堂。

此时大厅里已坐满人。萧天刚能下地,披了件灰色披风靠在太师椅上,面色虽憔悴但眼里已有了光彩。含香和乐轩在一旁伺候茶水,两名女子眼明手快,虽不会说话,但是挺机灵,得到了众人的喜欢。

萧天温和地环视四周,看到基本上都到齐了。他的左首坐着李漠帆、林栖、盘阳、韩掌柜,右首坐着张念祖、几个兴龙帮的把头。他微微一笑道:"此次进京,不觉已两年有余,其间经历种种变故,本人愚钝,虽倾尽全力,但还是让兴龙帮和狐族受到极大的损失。这次之所以决定带领狐族离开京城,也是明哲保身之举,以保存狐族人脉,回到领地,休养生息。今日召集众人来,是想在临走之时,交代人事安排。"

萧天说着,看了下众人,接着往下说道:"此次离京,不知何日再见,关于京城方面的事务,不管对狐族还是对兴龙帮都是攸关生死之事,我欲寻一个可靠之人。"萧天说着,眼睛看着张念祖道,"念祖是我结拜兄弟,武功和智谋都不在我之下,我欲让念祖兄弟接替我兴龙帮帮主之位,诸位意下如何?"

不光众人暗吃一惊,就连张念祖都唬得站了起来。

"大哥,你何出此言。"张念祖拧着眉头,几乎跳起来,"我何德何能,你这不是在腌臜我吗?再说了,有李把头在,论资排辈也轮不到我呀。"

"念祖,我也跟大哥回领地,我……我得照顾妻儿不是?"李漠帆急忙接着他的话说道,"大哥既然信任你,你就答应得了。"

"你和大哥合着伙来挤对我,"张念祖叫道,"我也跟着回领地。"

萧天一笑道:"可以,但那是以后的事,此次我们大队人马离京,京城就全靠你了。"

"大哥,我有个请求,你无论交代我任何事,我都会竭尽所能,唯独这帮主一事,我实在勉为其难。我的意思是,大哥你还是我们的帮主,我鞍前马后跑腿。"

萧天看张念祖执意如此,便想了个折中的方法:"这样吧,念祖,你来做代帮主,我不在时,你代行帮主之职,这可以吧?"

张念祖想了想,点了点头。

"来,念祖,我给你介绍一下,这几位把头……"萧天说着,站起身,把在座的几位把头一一介绍给张念祖,张念祖虽然嘴上推辞,心里还是很感动,对于萧天对自己的信任和看重,他只觉得全身的血液都往头上涌,他长这么大第一次品出被人信任和尊重的感觉,他既感动又惭愧,不由眼里涌出泪来。

"大哥,念祖能有今天,是你的成全,"张念祖突然双膝跪下,颤声道,"念祖对大哥必将以赤胆忠心而报之。"

"快起来,自家兄弟怎可如此见外。"萧天朗声笑道。

在座的几位把头,也是从李漠帆嘴里才知道张念祖是帮主的结拜兄弟,如今成为代帮主,其实跟帮主只是一字之差,在职权上不差分毫。虽然心里也有些疑虑,但是听闻这位新帮主武功了得,不在萧帮主之下,还是很欣慰。出于对萧帮主的敬重,既然萧帮主推举张念祖自然有他的道理,便纷纷走到张念祖面前,行礼见过新帮主。萧天很欣慰地点点头,张念祖不好意思地闹了个大红脸,他急忙向几位把头还礼。

众人重新坐下,开始详细商谈京中各个镖局和商号之事。这时,从外面传来女人们的惊叫声。萧天一愣,对小六道:"出去看看。"小六飞快地跑出去,不一会儿气喘吁吁地跑进来，道："不好了，明筝姐姐昏倒了。"

萧天忙站起身，对众人道："今日就议到这里，大家散了吧。"众人急忙起身告辞而去。李漠帆扶着萧天走到门外，含香和乐轩早已跑出去，翠微姑姑大嗓门说道："刚才明筝追着莲儿玩得好好的，不知怎的就倒了下来。"莲儿吓得大哭，哭声惊扰了翠微怀里的婴儿，婴儿也大哭起来。

含香和乐轩跑到明筝面前，明筝已被夏木抱到怀里，明筝睁开眼睛，她也不知道怎么就摔倒了，只感到头晕眼花。

"快，去请潘掌柜来。"萧天说道。

一旁的张念祖二话不说，转身跑出去。

几个人扶着明筝走回畅和堂卧房躺下，萧天跟着也走过来，坐到床榻旁的椅子上，他焦心地看着明筝。含香和乐轩给明筝端过来一碗清水，明筝端着喝了一口，跟着就吐了出来。众人吓得不轻，又是捶背又是抚胸，让明筝躺到床上，只等潘掌柜来。

过了有一炷香工夫，张念祖领着潘掌柜走进来，萧天急忙给潘掌柜让座，潘掌柜看萧天好了起来，很是喜悦。他坐下来，伸手搭到明筝脉上，另一只手捻着胡须，皱着眉头，一动不动。

众人看着他的样子，紧张得都要窒息了。

"夫人芳龄几何呀？"潘掌柜回头问萧天，萧天一惊，慌得语无伦次，难道明筝是得了什么恶疾？还是张念祖平静地回答道："听我母亲说过，应该虚岁十九。"

"是头胎，要格外留心呀。"潘掌柜笑着说完，转身看到萧天一脸茫然的样子，不放心地交代道，"静养，保胎，不可盲动。"说完，走到一边开药方子。

屋里所有人听到此话，气氛瞬间轻松起来，充满喜气。李漠帆大笑，翠微姑姑抱住孩子直乐："看，让我说着了吧。"几个女子围在明筝床榻前叽叽喳喳乐个不停。

第四十五章　瓦剌围城

一

钱文伯勒紧缰绳,眼前是漫天的黄沙,荒凉的古道上挤满疲惫不堪仍在行进的兵卒。一些骑马的传令兵从他身边策马而过,荡起的沙尘久久不散。不时看见道边蹲着一小撮兵卒,个个灰头土脸眯着眼睛彷徨四顾,一看便知是掉队的兵卒。

此时大军前锋已到土木堡,离重镇怀来不足二十五里了。钱文伯望了眼怀来的方向,似是有了盼头。他转回身环视着四周的乱象,心里这个气呀,这看上去哪里像大明最精锐的军队,简直就是一群乌合之众。此时他已经焦头烂额,心中积郁的怒气几乎把肺气炸。

自皇上亲征以来,二十万大军就如同去游街一般,今日呼啦跑到这里,明日呼啦跑到那里,全然没有章法。他从军二十年来头次害怕,要知道他们的对手是草原上的瓦剌人,那些人剽悍勇猛,又善骑射,充满血腥。再看看自己四周这些如同无头苍蝇般乱哄哄的兵卒,怎不叫人忧心。

突然,一匹快马飞驰到面前,传令官高声道:"钱将军,陛下有旨,就地扎营。"

钱文伯大惊,他身后几个副将闻言也蒙了,纷纷催马到他跟前询问。钱文伯急忙向传令官问道:"眼看便到怀来重镇,为何在此地扎营?这里一马平川无法防守,若是瓦剌突袭,皇上的处境岂不是很危险?"

"还有,此处水源紧张,这么多兵马总要喝水呀。"副将王通和舔着干枯起皮的嘴唇说道。

传令官哭丧着脸,掉转马头,低声道:"诸位,你们找王振说理去吧。"说完,抖缰疾驰而去。

"又是王振干的好事。"副将张强骂道,"这些天咱们绕来绕去,哪里是去打仗?难道跟着出征的朝臣都是瞎子聋子吗?"

"将军,咱们去面见祁大人,向他陈情利害。"副将刘华生道。

"祁大人是兵部尚书,自小熟读兵书,他如何不知在此驻扎是兵家大忌。如此忙乱的行军,早已怨声载道,大军士气低落,难道祁大人他会不知吗?但是祁大人能当王振的家吗?皇上又只听王振的,这个阉贼!"钱文伯恨得牙痒痒,他想到和于谦几次谋划要灭了此人,但是都失败了,终酿成大祸。

钱文伯突然心一横,抬头看着几个副将道:"今日即便是死,也要见到皇上,王通和守在营中,我带着张强和刘华生去前面大帐,冒死进谏。"

张强和刘华生急忙点头道:"好,我去。"

"皇上不听,咱们就杀了那阉贼。"张强发狠地说道。

钱文伯赞赏地看着自己的两个副将,抖缰向前方皇上大帐疾驰,三匹战马顺着狭长的道路向前,四周已经有兵卒开始扎营,一队兵卒背着水桶向远处走,能不能找到水源还是个问题。

钱文伯心中急切,快马加鞭,眼看便到了皇上的营帐。

土坡上一片空地,被密密麻麻的大帐占满,中间的位置是皇上的营帐,它是这里最大的一个营帐。四周遍插旗帜,一群太监宫女端着皇上就寝时的各式用具,蚂蚁搬家般跑来跑去。

此时,中间的大帐前伫立了一群人,在兵部尚书祁政的带领下,众朝臣紧跟在后默默站立着。按说他是兵部尚书该是手握兵权,但是此次皇上亲征,他手里的兵权尽数被夺走,兵符在皇上手里,而皇上又只听王振的。祁政一路跟随,苦不堪言,日日如履薄冰,眼看快到重镇怀来,总算看到了希望,却被告知在这里驻扎。这次,他实在忍不住,纠集了一帮重臣前来面见皇上。

突然,大帐的门帘一挑,王振缓缓走出来,他身后跟着哈着腰的陈德全。王振看了眼面前的众人,略一皱眉道:"皇上劳累一天,实在疲累,已经歇下了。诸位,请回吧。"

祁政紧锁眉头上前一步道:"王公公,在此扎营实属不妥,还请皇上收回成命,赶往怀来再行休息。"

王振眼睛瞪圆，叫道："怎可此时进怀来，怎么说怀来也是重镇，此时还有许多车马落在后面没有跟上，皇上的新战袍和龙椅都在那些马车上，虽说远征一切从简，但是皇家的威仪不能不顾。"

众人听到在此驻扎竟然是为了如此可笑的原因，一个个气得摇头叹息，祁政面色苍白身体晃了一下，被身后几只手扶住。祁政高声说道："王公公，此番是皇上亲征，是去征讨犯我边境的瓦剌人，而不是出巡，眼看大敌当前，是皇家的颜面重要还是打仗重要？"

"你是在嘲笑老夫不懂行军打仗了？"王振翻着白眼问道。

"老夫不是这个意思，"祁政正色道，"老夫身为兵部尚书，被皇上委以重任，此番又是皇上头次亲征，老夫认为还是谨慎小心为好，到了怀来，依山可防，又水源充足，更便于大军及时补充给养。"

"又不急于一时，"王振没好气地望着祁政，"等后面的车马队到了，再开拔也不迟。"

"你……"祁政一口气没上来，气得剧烈地咳嗽起来。

"快把祁大人搀回大帐。"王振对众人说道。

就在此时，前方猛然出现骚动，一匹快马自前方飞驰而来，马上探马一路大喊："报——瓦剌自正前方攻来。"

王振闻听大惊失色立刻钻进营帐。营帐前的众大臣纷纷乱了阵脚，四周一片大乱。帐篷里的人往外跑，外面的人往里面跑，兵找不到将，将四处跑着找不到传令的人。四处都是跑动的兵卒，前面渐渐腾起尘烟，铺天盖地而来。

"是瓦剌大军，是瓦剌大军。""快逃吧，逃吧。"四处是逃跑的兵卒，几日吃不上饭，喝不上水，哪有力气对抗瓦剌人，兵卒看见一个跑，便跟着跑起来……

祁政茫然四顾，"扑通"跪到地上，举着双手望着苍天老泪纵横："老天爷呀，我大明开国至今，一派繁盛，如何到了这一步啊……"几个人去拉他，他死活不起来。他知道他回不去了，回去便是千古罪人，死在战场上也许对他是最好的。他拔出腰间宝剑，大喊："快，护驾。"

他往四周看，众人少了一半，有些早已各自逃去。他冲剩下的人高喊："护驾——咱们跟瓦剌人拼了。"他身后稀稀落落的几个朝臣，纷纷拔剑跟着他迎向瓦剌马群。

几匹烈马飞驰而来，马上的瓦剌人举着弯刀冲向众人，烈马在人群中横冲直撞，瞬间倒下无数人，只见血溅四处。

"祁大人，"钱文伯眼睛喷火，奋力催马，但还是晚了一步。他眼睁睁看见瓦剌人一刀砍到祁大人脖颈，祁大人倒在地上。钱文伯翻身下马，他身后两个随从持刀迎战瓦剌人。钱文伯抱住满身是血的祁大人，他还有一丝气息，他指着前方，断断续续地说道："自……作孽，不可……活。"祁政说完，头耷拉了下来。

张强和刘华生大叫道："将军，咱们怎么办？"

钱文伯合上祁政的眼睛，怒道："战死之前，先把那个作孽之人干掉。听我口令，找到王振，千刀万剐。"

"是，将军。"

三人策马冲进乱糟糟的战场。瓦剌人越战越勇，毫无章法的明军节节败退。一片混乱中，能逃的都在逃，还有一些朝臣，疯狂地去抢马车，坐上便逃。钱文伯看见前方有一辆马车，赶车的人是太监陈德全，他知道陈德全是王振的心腹。他一声大喝："王振在那里，快，截住他。"

三人催马撵那辆马车，越来越近。

赶车的陈德全不时后望，惊慌地大叫："先生，有三匹马跟上来了。"

车厢里的王振吓得急忙问："是瓦剌人？"

陈德全大喊道："不是，是东大营的。"说话间，钱文伯的长鞭甩了过去，陈德全毫无防备，一声惨叫被摔到马下，马似是受了惊吓，拉着马车疯狂地跑。车厢里的王振看见陈德全栽了下来，可马还在疯狂地跑，不由大惊失色。他一回头，更是吓得魂不附体，只见一个校尉已爬到车顶。

张强从车顶爬到马车前，拉住马缰绳，马车才缓缓停下。钱文伯急不可耐地冲进车厢，举剑向王振刺去，王振大喊："不要杀我，我可以给你荣华富贵……"钱文伯骂道："你个阉人，祸国殃民，千刀万剐也不解我的恨。"说完，举剑向王振砍去，此时所有的怒火都集中到双臂上，他疯狂地砍了半天，刘华生突然拉住他道："将军，莫砍了。"钱文伯喘着气回过神，定睛往车厢里一看，车厢里一片血肉模糊，王振被砍成了肉酱。

钱文伯扔下剑，一声长啸："我钱文伯总算干了件大事，我杀了王振。"钱文伯说着突然失声痛哭。

"将军，我们此时怎么办？"张强问道。

"回去，与瓦剌人拼了。"钱文伯擦干眼泪翻身上马，带着两个副将向那片战场疾驰而去。

一骑快马自西直门飞驰而来,马上之人手持八百里加急军报,一路大喊:"行人让道,八百里加急。"

街道两侧的行人纷纷驻足,惶恐地望着那骑快马。人们议论纷纷,皇上亲征数日,也不知战况如何了。

不出两日,土木堡惨败和皇上被瓦剌俘掳的消息就像这八月的秋风苦雨迅速传遍京城的大街小巷。人们惶恐、诧异,四处跑着求证,各处的茶馆、酒肆都坐满了人,人们大眼瞪小眼,都以为是奸人误传,大明朝号称天朝上国,如何会败给一帮蛮夷?

上仙阁里的动静也惊动了韩掌柜,他跑去见李漠帆和张念祖,两人也听到不少传言,但是张念祖还是不信,二十万精锐打不过区区几万瓦剌人,他当真难以相信。两人不再犹豫,起身向后院走去,要把这个惊人的消息告诉萧天。

此时萧天正在后院清风台习剑,他一身宽松的白色短衣,一把长剑在手中舞出优美的弧线,一招一式透着一种洒脱。

本已动了离京念头的萧天,身边事都安排妥当,只等择日率众出京。不承想此时得知明筝有了身孕,高兴之余不得不推迟动身。众人商议等明筝胎气稳固、身体康复后再动身。

经过多日休养,加上就要初为人父的喜悦,萧天的身体康复得很快,就像被注入了一股无形的力量,他身上的伤痛迅速痊愈。萧天每日在清风台上习剑,这个多年养成的习惯只在他养伤时断过,如今一切照旧,那个生龙活虎的萧天又出现在众人面前。

如今张念祖接手兴龙帮的事务,萧天也是有意要栽培他,他深知帮里就缺少像张念祖这样有勇有谋、武功超群的人,将来他回到檀谷峪会全心投入家园的重建上,那片废墟会花去他很多精力,京城里的事交给张念祖他最放心。所以他打定主意专心在后院养伤和照顾明筝,外面的大小事务一概不管,全由张念祖主持。

在萧天疗伤期间,上仙阁和京城里的事被张念祖打理得井井有条,偌大的后院也被管理得有条不紊。从瑞鹤山庄跟来的人,都被有序地安排到上仙阁和其他商号里做事,既减轻了开支,又使他们有了事做,而不至于出乱子。对于这些萧天默默地看在眼里,喜在心上,更加任由他去做。

萧天舞了会儿剑,全身出了层透汗,感觉整个人都舒畅了。这时,从游廊传来脚步声和低低的说话声。萧天抬头看见张念祖和李漠帆并排走过来,两人脸色凝重,连走路的姿势都很僵硬。

张念祖和李漠帆直接走到石桌前,李漠帆使眼色给张念祖,让他先开口。萧天向两人摆了下手:"坐下吧,出了何事?"

"大哥,出大事了。我和漠帆商议你们即日就动身吧。"张念祖恳求道。

"为何?"萧天盯着他,皱起眉头。

"大哥,街上都传遍了,前方传来八百里加急战报,土木堡大败,全军覆没,连皇上也被瓦剌抓获,生死未明呢。"张念祖咬着牙说完。

萧天猛地站起身,错愕不已,双手也不由紧攥起来:"消息可靠吗?"

"如今,京城里满大街都这么说,甚至比这还糟糕的是,不仅精锐的二十万大军全军覆没,连随行的朝臣也尽数殉国;不过也有一个好消息,王振被刺死了,据说是东大营的人干的。"

"王振死了?"萧天胸口一阵起伏,"这个阉人,早点铲除也不至于是如今的局面。"萧天一掌击到石桌上,石桌晃了一下,中间裂开一条缝。萧天稍微稳了下心绪,问道,"可有于大人的消息?"

"听说朝堂已乱成一锅粥。于大人和几个老臣已经组成临时内阁应付局面,还有人说一众老臣他们以'社稷为重,君为轻''不可一日无君'奏明太后,拥立郕王朱祁钰为代皇上。如今京城危如累卵,一旦瓦剌大军过来,京城已经无兵可用。"张念祖道。

"我要面见于大人。"萧天突然说道。

"大哥,"李漠帆急了,"如今于大人已经代理兵部尚书之职,哪有时间见你。咱们还是赶紧着手准备出发吧。"

"去哪儿?我问你去哪儿?"萧天突然怒吼道,眼睛变得通红,他简直是声嘶力竭地叫道,"你们既然知道京城危如累卵,一旦瓦剌攻城,国将不保也,你我将沦为什么?商女不知亡国恨,你我是堂堂男儿,难道要眼看江山易主,城池被涂炭?"

萧天的话强烈地刺激了张念祖和李漠帆,两人也是热血男儿,只知道局势危急,想到如何躲避战乱,却没有想到这一层,萧天的话像一盆凉水把两人泼了个透心凉。两人不由站起来,面色肃穆地望着萧天。

萧天伸出双手用力按在两人的肩上,缓和了语气道:"王振已死,朝廷少了一个毒瘤,又拥立了新君,这都是好事,而且王振的死也让狐族有了洗清冤屈的希望,我们此时怎能离开。"

"大哥,你的意思是……"张念祖神情一振问道。

"此时正是朝廷需要咱们的时候,也是你我建功立业的机会,"萧天低头略微沉思了片刻,对两人说道,"回领地的事,暂缓。漠帆,你留下照看女眷,我和念祖去拜见于大人了解一下情况,再做定夺。"

李漠帆和张念祖点点头,他们不得不佩服萧天的谋断,便不再有异议。萧天说完,抓住一旁灰色长衣穿上身,便大步向游廊走去,张念祖紧紧跟在身后。

二

于谦步伐坚定地走在太和殿高高的台阶上,一步一步,每走一步都有一种痛彻心扉的感伤。从前方传来的战报中得知,他的恩师祁政以及许多同僚都死在土木堡。今日临时的朝会就是商议昨日由礼部尚书李明义上疏南迁的条陈。

一股怒气滞在胸中太久,几乎要把他憋坏了。他站直身躯左右环视,看见台阶下走上来几个大臣。来人也看见了他,快步向他走来,离近看清是户部侍郎高风远,他旁边是陈畅和苏通。三人走到于谦身边,高风远直截了当地问:"于兄,那些人主张南迁,如果皇上准了,该如何应对?"

"主张南迁之人,都是贪生怕死之人。"于谦没好气地说道,"一旦南迁,半壁江山不保,但是他们照样可以做官。"

"绝不可南迁。"高风远说道,"于兄说得没错,只有贪生怕死之人才要逃走。"

陈畅点点头,看着于谦:"不逃迎战,咱们有几分把握?"

"照他们的话说,战则玉石俱焚。"于谦鄙夷地呸了一口,"这些贪生怕死之徒,想到的只是自己。"于谦目光犀利地眺望远处城池,自语道,"偌大的京城,怎可束手交与敌手,这里住着我大明百万的子民,难道还打不过瓦剌区区几万人,我是不信。"

高风远和陈畅面面相觑,他们被于谦的话惊呆了,陈畅道:"那些大臣所虑也并非没有理由,此时京城空虚,三大营精锐尽失,即便京中百姓众多,赤手空拳对付瓦剌铁骑也是笑话。"

"即便如此,也不能南迁,不然将走前朝旧路,这是亡国之相。"于谦目光坚韧地说道,"今日朝会就是要顶住压力,即使玉石俱焚也要坚守,这是决定大明国运的一天,咱们必须挺住。只有先阻止住南迁,才有机会重整旗鼓与也先决战。"

高风远点点头,道:"既已抱着誓死的决心,还有何可畏惧?我已经联系了几个大臣,他们也主张坚守,我们誓死也要说服皇上。"

"好。"于谦点点头,看向陈畅。

"既已如此,我当身先士卒,请大人放心。"陈畅说道。

于谦出拳击了下陈畅的胸口,赞道:"好样的,走吧。"

四人相伴继续沿台阶向上走,走上高台看见户部尚书张昌吉站在廊前抹眼角,看见来人急忙转身。于谦急忙叫住他:"张大人,躲在这里黯然垂泪,这是为了哪般?"

"于大人,你这不是明知故问吗?"张昌吉苦笑一下,"你看这几日上朝的大臣有几个不是眼含热泪的? 我最好的属下,还有几个在兵营的亲戚,都死在土木堡。"张昌吉说着,又用手背擦了把眼角。

"那我问你,"于谦直截了当地问道,"你对南迁有何主张?"

"这……"张昌吉被问住,他一贯的做派使他马上机警地望着于谦,然后冷冷地道,"容我再细思量。"

"那我告诉你,"于谦大声道:"如果南迁,你将再次流泪,到那时就不是为你亲戚,而是为社稷了。"

张昌吉一愣,苍老的面孔一僵,半天才缓过来,他恍惚地转身向大殿走去。

此时大殿里一些早到的大臣,三三两两站在一处低声议论着,时不时从人群里传出一两声哭声。于谦环视人群,心里一阵凄凉,看来也就这些人了。

这时御前的太监从偏殿走出来,高声宣道:"有本上奏,无本退朝。"大殿里朝臣急忙走到各自的位置。接着朱祁钰急急地走上金阶,坐到龙椅上,左右的御前太监和宫女站立两旁。朱祁钰落座,众大臣跪下行礼。朱祁钰高声道:"诸位臣公,可有奏本?"

这是朱祁钰第三次上朝,他虽坐在龙椅上,但还不是皇帝,只是代理皇帝之职。既兴奋又紧张更是无奈。他如今面临着一个艰难的选择,对于礼部尚书李明义上疏南迁的折子他看了一遍又一遍,说心里话,他不甘心。今天的朝会便决定这个生死攸关的问题。

朱祁钰抬眼看着大殿里稀稀落落的朝臣,心里先凉了半截,土木堡大败动了大明的根基。他如今坐在龙座上如坐针毡,或许还没有哪个皇上像他一样处境如此尴尬,他被仓促唤来主持朝政,所有朝臣都看着他,还有他那生死不明的皇帝哥哥朱祁镇,也在等着他。他不由想乞告苍天,有无回天之力挽此番烂局。

李明义第一个走出来,打断了朱祁钰的沉思。他向郕王深深一揖道:"殿下,我昨日观天象，对照历书，发现有大劫，此乃天命难违，只有南迁才可以避过此难。"

一些主张南迁的朝臣纷纷点头。礼部侍郎王德章走上前道："李大人所言极是，如此危急之时，保住国体事大，太后年事已高怎可受此惊吓，南迁后稳住后方，再行对策方为上策。"王德章乃李明义门下的弟子，是支持南迁的几个主要人物之一，此时看见李明义已经亲自上阵，也知道是破釜沉舟之时。

"主张南迁之人，当诛。"

一声怒喝响彻大殿，于谦大步走出来，高声说道："京城乃天下之根本，就此仓促南迁，动摇了国之根本。诸位，难道你们忘了前车之鉴，前朝靖康元年，金兵对宋发动攻击，大臣们主张南渡，至此士气大落，臣子们全无战意，兵败大金。"于谦环顾大殿接着说道，"南迁就将亡国，这绝不是耸人听闻。"

"大胆于谦，在殿下面前如此狂言乱语，妖言惑众。"李明义怒道，"你将殿下和太后置于何种境地？"

于谦上前一步，面对李明义的威吓毫不退让，他对朱祁钰高声说道："殿下，臣所言绝非虚诬，前车之鉴血泪之照。一旦南迁，士气尽失，大明半壁江山，有可能毁于一旦，不亚于一盘死棋，岂有再盘活之力？殿下，绝不可南迁啊。"

于谦的这一番怒吼震醒了大殿里犹豫不决的朝臣。谁也没有想到第一个站出来支持于谦的是张昌吉。张昌吉苍老的声音回荡在大殿里："殿下，朝廷养我们这些臣子，不就是有朝一日为国建功吗？如今机会来了，我等愿追随于尚书，誓死保卫京师。"

张昌吉的话在大殿里嗡嗡回响，连张昌吉这样一个精于世故的老滑头都站出来了，可见于谦的话一语中的。在场的人哪一个不是饱读诗书，历朝历代的兴衰，他们皆耳熟能详。在这场亡国的危机中，唯有众志成城，才可渡过危难。不多时，下面呼啦啦站出来一大半朝臣。

高风远上前一步道："殿下，张大人所言句句发自肺腑，也道出了众臣子的心声，绝不可南迁。我们誓死保卫京师。"

"誓死保卫京师。"

"誓死保卫京师。"

看到群情激奋，主张南迁的李明义也胆怯地缩起脖子不敢硬撑。他知道此时不比以往，王振已死，郕王主政，他以前可以倚重的资本消失殆尽，于谦一众人等不清算他已是万幸，因此也不敢再坚持。

众位大臣的力陈，显然也感染了朱祁钰。作为即将登基的新君，谁不想国泰民安,社稷永固。他心里隐隐有了冲动,看到于谦一脸的坚韧,再看到众位大臣信誓旦旦的表态,更是坚定了他坚守京师的信念。

朱祁钰沉思良久,下了决心:"诸位臣公,本王已决定坚守京师。保卫京师的重任,就交由兵部尚书于谦。"

于谦听完此话,双眼噙泪,郑重地跪下叩拜道:"臣,于谦,领旨。"接下如此千钧之担,于谦感到从未有过的沉重,但同时在他瘦弱的身躯里也爆发出无穷的力量。

众大臣看到郕王如此信任于大人,也感到很欣慰。

突然,从郕王旁边走过来一个人,不合时宜地说了一句话:"殿下,此事关系重大,是否请示太后,再做决断?"

众大臣抬眼一看,说话的不是别人,正是东厂督主高昌波。本来激烈的朝堂辩论已经平息,朱祁钰的决断也让众位大臣长舒了一口气,却在这时冒出一个高昌波。看到高昌波首先让人联想到王振,想到王振就想到土木堡的大败,要不是王振蛊惑皇上亲征,大明怎会出现这种大厦将倾的危局?皇上生死未明,半个朝堂的大臣死在那里,二十万大军全军覆没,大明从开国至今还没有栽过如此大的跟头,把太祖手中一个强大的帝国祸害成如今的模样。众人早就恨得牙痒痒了,如今看见王振的跟班出现在眼前,眼睛都红了。

一个人站出来,大声说道:"殿下,臣有奏本!"

众人看到是高风远,只见他走上前几步,高声说道:"王振为祸朝堂,作恶多端,种种恶行罄竹难书,不灭其族不足以安民心,平民愤。"

高风远的话,把朱祁钰吓一跳,他几乎都要忘记了这位哥哥面前的红人了。高风远对王振的控诉,他虽然听着很刺耳,却很解气。以前他也没少受王振的气,他一个堂堂皇子,都被王振欺负,可想而知下面的朝臣了。

"把王振的余党千刀万剐!"

有大臣大声喊出来,这是积压了多年的怨气一次总爆发。

"你们……你们敢!"高昌波面色骤变,他抬眼看了看大殿四周东厂的人,这成了他唯一的靠山,他还想倚重东厂的势力扳回一局。

"杀王振同党,灭其全族!"

高昌波的话一下子激怒众朝臣,大臣们开始喧嚣起来,与此同时那些在土木堡死了亲人的大臣开始痛哭,有人声嘶力竭,有人大声咒骂。

坐在龙椅上的朱祁钰,眼看着肃穆的大殿变成了纷乱的市井之地,他哪见过这种阵势,不由胆怯,想了又想,还是不敢做出决定,因为他知道高昌波手里有东厂和锦衣卫。但是看到下面朝臣们一个个可怕的眼神,又不敢直接回绝,只能折中地说道:"诸位臣公,此事改日再议,今日到此。"

朱祁钰的回答似乎给了高昌波底气,高昌波高声呵斥道:"殿下已经发话了,你们还不谢恩?"

高风远狠狠瞪着高昌波,他知道改日再议,无疑就失去了先机,错过了今日,此事必会石沉大海。王振虽然死了,他的同党还在继续操纵朝政,既然已经撕破脸皮,不是你死就是我亡。

抱着同样信念的不只高风远一人,众位大臣谁也没有离开,一个个死死盯着朱祁钰,等着他收回成命。

朱祁钰脸都白了,他一旁传谕令的老太监浑身打战,他在宫里大半生都没有见过这种阵势。

同样胆怯的还有高昌波,他害怕朱祁钰妥协,抢在朱祁钰前面竟然训斥群臣:"你们没有听见殿下的旨意吗?改日再议,还不谢恩下朝。"高昌波在说这话时,并没有觉得哪里不妥,他以前跋扈惯了,但是他却没有想到此一时彼一时。

突然,一个人向他冲过来,身形果断带着风声和怒火直冲而来,还没等高昌波看清是谁,那个人已抓住他的衣领把他拉到地上,上前一脚踏到背上。此人正是高风远。高风远大叫道:"让你嚣张,老子今天揍死你。"

接着高风远一阵拳打脚踢。平时高风远就喜欢舞枪弄棒,虽然没有师父教,但是他无师自通,自己琢磨的武功倒是很实在,没有花拳绣腿,一下是一下。高昌波被打得吱哇乱叫,更加疯狂地叫嚣道:"高风远,我让你活不过明天。"

"我打死你个仗势欺人的东西。"高风远扑到他身上,撕扯着他的头发,狠狠地击打他的脑袋。

高风远的话无疑提示了众人,这群大臣的怒火已经熊熊燃烧起来,他们迅速加入了殴斗的行列,连一向儒雅的张昌吉都动了手。众人赤手空拳把能想到的招式全用上了:脚踹、手撕、嘴咬。巍峨的大殿迅速变成了角斗场。

倒在地上的高昌波尖声号叫着,吓得大小便失禁,哀号不止。他做梦也想不到,这些平日顺服的臣子,竟敢在朝堂上公然打他,他哀求着,还希望朱祁钰能救他于水火之中。朱祁钰也傻了眼,看到这些平日温文尔雅、毕恭毕敬的臣公,团团围住高昌波,无论年龄大小、官位高低,一样地赤膊上阵,变得饿狼般凶恶,他也只有叹气的份儿了。

"为了这些年无辜冤死的大臣,打,打,打死他……"高风远双眸含泪大声喊道,他第一个想到了赵源杰,然后想到了李汉江,想到萧源,想到了许许多多忠正的同僚。

听到他的喊声,又一轮更猛烈的击打落到了高昌波的身上,这些朝臣平日受尽王振的欺凌,夹着尾巴做人,忍气吞声。在今天终于有出口恶气的机会,谁也不想放过。大臣们挤来挤去,为了添一拳头,为了踩一脚,即使打中身边人也没人计较,渐渐听不到高昌波的喊声了。守在殿外的锦衣卫纷纷探头,但是由于朱祁钰不发话,他们也只能干看着。

只有一个人看到此间的危险,他就是于谦。在众大臣攻击高昌波时,他并不反对,他也觉得必须当众解决,所以他没有阻止他们,而是站在远处把控全局。当众大臣沉浸在报复的快感之中时,于谦已经开始考虑如何收拾残局。

于谦注意到了四周锦衣卫的动向,越来越多的锦衣卫围过来。这时,于谦看到另一个更加危急的情况:朱祁钰被吓得面色惨白,他站起身要走。于谦第一个念头就是必须拦住朱祁钰,要给这些大臣一个说法,不然这些大臣将被锦衣卫绞杀殆尽。

于谦拼出全力大声高喊:"殿下,高昌波是王振余党,其罪当诛,请殿下下令百官无罪!"

于谦的话提醒了众位大臣,他们一个个狼狈地站起来,互相看着自己衣冠不整的样子,倒吸一口凉气,有眼尖的大臣也看到四周围过来的锦衣卫,不由得胆战心惊。于谦的话等于救了大家。

朱祁钰也看到了周围围上来的锦衣卫,心里顿时有了一丝不快。如果不迅速平息,恐酿成大祸。他看到这个局面也想做个顺水人情,便宣布:"王振以及余党,当诛。高昌波乃王振余党,当诛。"当即想了想,既然把京师的防卫交与于谦,干脆就为他扫清障碍,他知道孙启远还押在北大营,接着宣布,"孙启远乃王振余党,当诛。"

群臣全部跪下,叩头谢恩。有的大臣激动得喜极而泣,有的痛哭失声,很多人为官多年,第一次如此痛快淋漓。朱祁钰一走,李明义和王德章等几个人瞬间逃到大殿外,他们已经吓得失魂落魄,恐怕几天里都不会回过神来。

大殿里群臣看着躺在地上已是血肉模糊的高昌波,竟然被他们活活打死了,所有人都惊讶得不敢相信。众臣聚在于谦面前,张昌吉颤巍巍地向于谦深深一揖,道:"于大人,今日多亏你机敏,不然我们这些人恐怕是走不出这个大殿了。"

"是呀。"众大臣纷纷点头,都用钦佩的目光望着于谦。

于谦温和地笑道:"此事休要再提,接下来众位当振作精神,咱们前面还有许多事要做,于某还要仰仗各位,一起肩负起守卫京师的重任。"

众位大臣跟着纷纷表态,眼见朝纲得以肃清,王振余党也成过街老鼠,无不畅快淋漓,再面对也先强敌也有了攻略的底气。

他们聚在于谦周围又畅谈了一会儿,才不情愿地走出太和殿。走下高高的台阶,众大臣个个眼含泪水,刚才激荡人心的一幕仿佛是做了一场春秋大梦般不真实。

三

于府里老家仆亲自伺候茶水,和颜悦色地对萧天和张念祖说道:"老爷天不亮就上朝了,看如今已近午时,也该回来了。"

萧天看了看窗外艳阳高照的天,庭院里槐树上的知了没完没了地鸣叫着。他看了眼张念祖,张念祖也向他使眼色,于是萧天拱手向老家仆道:"老人家,这个时辰于大人还不回府,估计是有要务,下了朝去了别的地方,我们就不等了,等大人回府,告知我们来过即可,叨扰了。"萧天说着起身向老家仆一揖,张念祖也起身跟着作揖。

老家仆看留不住,也忙起身还礼,相送到院门外。

萧天和张念祖没有骑马,他们相伴向街市走去。萧天闭门养伤多日,又是大病初愈,这还是第一次出门,处处有种新鲜感。他四处张望,看着街市上稀稀落落的行人,不一会儿就走出一身大汗,毕竟在七月的暑天里。一旁的张念祖可没有萧天的好心情,一副垂头丧气的样子。

"念祖,你在想什么?"萧天问道。

"想那二十万大军,土木堡大败后,也先定是踌躇满志,下一个目标肯定是京城。"张念祖直摇头,抬头看着远处城墙,"精锐尽失,这城如何守?"

"你的担心不无道理,这也是我想尽快见到于大人的目的。"萧天说道,"京城绝不可失守,否则牵一发而动全身,大明危也。"

两人为了躲避暑气,走进街边一家茶肆。不承想里面座无虚席,茶肆里窗明几亮通风也好,一走进去身上的汗就落了一半。两人走到窗边一个桌前坐下。伙计跑来抹着桌子招呼着。萧天要了一壶清茶,伙计转身走过去。就听一旁茶桌上宾客正谈到起劲,四周几个桌的客人都扭脸看过来。

萧天和张念祖也转身看过去,因为这个茶客说的事,震惊了在座的所有人。只听那人又说道:"诸位,你们别不信,我孩他大舅爷刚刚给我说的,他上朝回来,就跑到我那里,如今这些大臣可算是扬眉吐气了,想想东厂督主是什么人呀,竟然被大臣们活活打死了,太解气了。如今王振余党都要倒霉了,该清算他们了。"

四周的桌上议论纷纷,一片喧哗,有叫好的,有感慨不已的。

一个老者颇为神秘地说道:"如今是郕王主政,要是皇上回不来,估计新皇就要登基了。"

"别高兴得太早,"另一个暗哑的嗓门忧心地说道,"如今瓦剌势如破竹,谁知道会不会一觉醒来,瓦剌就来攻城了。诸位,瓦剌攻来,那个郕王拿什么守城呢?土木堡那么惨,二十万大军全军覆没,看看周围有兵卒可调动吗?"

"咱们堂堂大明天国,岂有怕那几个蛮夷之地野蛮人的道理?"一个读书人模样的男子不屑地说道,"咱们京城这么多人,还能眼睁睁看蛮夷杀来不成?"

"是呀,没有兵卒怕什么,城里这么多人,是男儿的都去守城。"一个茶客激奋地说道。

"这位壮士所言极是,"一位白须老者叹道,"想想前朝宋徽宗,何其惨淡。'彻夜西风撼破扉,萧条孤馆一灯微。家山回首三千里,目断天南无雁飞。'国破家亡时,说什么都晚了。"

所有茶桌上的茶客都神情肃穆地频频点头,那位壮士站起身道:"我听说这次是于谦于大人负责守城,他可是清廉爱民的好官,如今于大人接手兵部尚书一职,对咱们京城的百姓来说,是件大好事。如果于大人招兵,我就去报名。"

"好样的,好样的。"茶客们纷纷发出赞许声。

窗边的萧天和张念祖也是频频点头,萧天对张念祖道:"你看到了吗?我从来都不觉得兵卒是问题,京城这么多百姓,他们深知国破家亡意味着什么,可以说会一呼百应,咱们独缺帅才。如果真如那位壮士所说防卫交与于大人负责,那就是天佑大明了。唯有于大人执印,咱们才有殊死一搏的底气。"

张念祖钦佩地望着萧天,点点头道:"大哥,你说得有道理,为弟与大哥生死相随,你说吧,咱们怎么办?"萧天笃定地微微一笑,举起茶盅道:"见过于大人再定夺。"

两人接着喝了会子茶,看天色已近午时,便付了银子往回走。

街边的店铺里飘散出饭菜的香气,两人也感到肚子饥了,便加快了脚步。在巷口的拐角处,张念祖忽觉身后有个影子,他回头看见一个蒙着面巾的女子行为很怪异,大热天还围着面巾,似是一直在跟踪他们。他有意落到萧天身后,似是不经意地突然拐到那女子面前,那女子竟然伸手抓住他的臂膀。

"黑子,是我,和古帖。"女子露出眉眼,眼睛惊喜地望着张念祖。

"你……"张念祖一惊,没有想到会在这里见到她,自那日马市爆炸后就失去音信,他还以为她早已离开京城回草原了。他看萧天没有留意他,他急忙拉着和古帖拐进一旁一个小巷。

"你怎么还在京城?"张念祖紧张地环视四周,小巷子里行人稀少,此时已到午时,烈日高悬,很多宅子紧闭门户,是吃晌午饭的时辰。"如果让这里的百姓知道你是瓦剌人,你还想活吗?"

和古帖从张念祖的话语里读出关切和不安,让她备受鼓舞,她兴奋地拉着他的手叫道:"黑子哥,我就知道你不会忘了我,咱们毕竟是一起长大的好安达,我这次进京就是专程来找你的呀。"

"找我?"张念祖后退了一步,有些不知所措。

"我想让你跟我回草原。"和古帖说着,垂下头,脸色一变道,"马市出事后,我大哥和叔父都被炸死了,我逃出去回到阿齐可,但是那里已经没有我的容身之地,我就投奔了额吉的部落,跟着他们来到关内,后来我找机会溜了出来,我想回来找你,我找得好辛苦呀。"

张念祖大惊,他在阿尔可长大,当然知道和古帖的母亲娘家就是当今的也先部落,他惊出一身冷汗,难道和古帖是跟着也先大军来的? 他压低声音问道:"和古帖,你给我说实话,你是不是跟着也先的大军来的?"

"不是。"和古帖摇摇头,想了想,又点点头,"也算是吧,我跟着后面的大车队来的。"和古帖说着说着,开始兴奋起来,她压低声音道,"这次斩获颇丰,够部落享用两年了,这两年咱们再不用为吃喝发愁了,还有好些茶叶,好些丝绸……"

张念祖脑子里"嗡嗡"直响,有片刻一片空白,他像是整个人都被撕裂了,脑门冒出大颗的汗珠,他无法再听下去,他愤怒地喊了一嗓子,伸手掴了和古帖一个耳光。

和古帖捂住一边脸颊,茫然地望着张念祖:"你为何打我,我这么辛苦找你,你,你……"和古帖说着,眼泪扑簌簌掉下来。

张念祖这才发现自己的失态,他懊悔地急忙道歉:"和古帖,对不起,我……"

"你发个话吧,"和古帖赌气道,"到底走不走?"

"我不能跟你走。"张念祖看着这个在草原的烈风中长大的美丽少女仇恨地望着他的眼神,心里也是隐隐作痛。

"难道你忘了,你的养母曾代替你去见过我额吉,我额吉也收下了哈达和定亲的聘礼。"和古帖难以置信地瞪着他,"难道你要悔婚?"

"和古帖,我养母做的事,我真的不知情。"张念祖还是第一次知道养母竟然为他定下了一门亲。

"那你现在知道了。"和古帖眼眸里闪着泪光,"我想让你跟我回草原,就像小时候那样,我记得小时候我受哥哥们欺负,都是你为我出头,你把他们一个个打趴下,打得他们再也站不起来,你知道我看着你与他们打斗,我心里多为你自豪。"

张念祖一声苦笑,他看着和古帖,他也没有想到,才过了短短几个月,她所说的这一切就像是上辈子发生的事,有种隔世感。此时他与和古帖面对面,但是他心里清楚他们之间已经隔了千山万水。

"和古帖,你听着,我不会跟你走。"张念祖眼神坚定地说道,"我现在就送你出城,出城后,你再也不要回来了。"

"为何?"和古帖无比惊讶地问道。

"我不再是你说的那个流浪在蒙古草原的孤儿了,我是汉人,我有家有名,有父亲有母亲,我叫张念祖。"

"不,我就叫你黑子哥。"和古帖执拗地说道,"你忘了,你是在草原长大的,你是喝着草原的水活到了今天。难道你真如和古瑞所说,是一个忘恩负义的小人?"

"我是什么样的人不用你来告诉我。"张念祖突然冲动地喊道,"是的,不错,我是在草原长大,这些年我为你叔父卖命,他把我当一条狗一样使唤,我不欠你们。如今我选择留下,因为这才是我的家,这个抉择,其实在出生之前就注定,是我身上流淌的血脉决定的,我是张家的儿子,我定不会辜负他们。你走吧,永远不要再回来,如果在战场上见面,我就不会这么客气了。"

"你……"和古帖气急败坏地瞪了他一眼,转身要走。

突然,身后传来熟悉的喊声:"念祖,不可放她走。"

张念祖大吃一惊,转回身,看着萧天站在他身后,张念祖一阵尴尬,他刚才太过专心,以至于萧天何时来到他身后,他都毫无察觉。但是萧天根本不看他,而是冲和古帖而去,就在萧天将要抓住和古帖的瞬间,张念祖闪身挡在萧天和和古帖之间。

"大哥,请你听我说。"张念祖拉住萧天的臂膀道,"她只是一名普通的女子,她……"

"在你看来她是一名普通的女子,如果送到于大人面前,就是瓦剌军队最好的情报源。"萧天直白地说道。

"这,她并不知情。"张念祖解释道。

"念祖,你今天必须把她交给我。"萧天突然厉声道。

躲到张念祖身后的和古帖虽然不太清楚两人谈话的内容,但是从他们的表情上也猜到与她有关,她一拉张念祖衣袖,"你走还是不走?"

"和古帖,这是我最后一次管你的事,你走吧,永远不要再回来。"张念祖突然抱住萧天,回头向和古帖喊道。

"念祖,你怎么如此糊涂?"萧天被张念祖束缚住,急得大叫。

和古帖一看此情景,知道他是铁了心不走了,便噙着泪水往后退,跑几步又回头看一眼,最后消失在小巷里。

萧天气得挣脱开他的手臂,拔出腰间长剑,抵到张念祖胸前,张念祖一动不动,依然挡在萧天面前,平静地说道:"大哥,我不会还手,你杀了我,我也不会动。"

萧天气得把长剑丢在地上,转身往回走。

张念祖急忙从地上拾起长剑,默默跟上来。

四

一回到上仙阁,李漠帆和林栖已在后院等他们,看见两人表情有异,又不便追问,便微笑着迎上来。

萧天当着众人的面问道:"张念祖,我还是不是你大哥?"

张念祖点头道:"你永远都是。"

"好。漠帆、林栖,你们把张念祖关到耳房,闭门思过两天。"萧天怒气未消地说道。

李漠帆和林栖交换了个眼色,弄不清这两人一起出门,回来怎么变成了这样。不知该不该把张念祖绑起来。不等他们动手,张念祖自己把自己绑了起来,自己走进堆放杂物的耳房。

这件事不多时就传到明筝耳中,明筝也是吃一惊,她从没看到萧天发过这么大的火,她吩咐听兰去打听,听兰跑出去一下午,也没有打听出个所以然来。

傍晚,萧天一回房,明筝就迎上来:"大哥,你回来了,今日外面可发生了什么事?"

"没什么事。"萧天说着坐到圆桌旁端起一盏茶就喝。明筝不死心,也坐到一旁,端起茶壶给碗里添满,接着问道:"大哥,可是外面镖行出了差错?"

"没有。近段时间镖行在念祖手里,打理得倒是很合规矩。"萧天四平八稳地坐着喝茶,他眼角的余光瞥过明筝的面颊,看见她蹙眉沉思的样子,急忙站起身伸了个懒腰,道,"哎呀,太困了,我先小憩一会儿。"萧天走到床榻边倒头就睡,不一会儿就传来呼噜声。

明筝知道再问,他也不会说,她对萧天再了解不过,他不愿说谁也撬不开他的嘴。

次日早上,明筝早早起来,她趁萧天在清风台习剑的工夫,嘱咐听兰拿上食篮,里面有专门留下来的牛肉和大饼,两人悄悄走出去,去耳房看望张念祖。

推开耳房的木门,看见张念祖坐在草垫上打坐。听见门响,他才睁开眼睛,看见是明筝和听兰,不由笑起来。

"原来是嫂夫人,我还以为是大哥呢。"张念祖笑道。

"你还笑?"明筝急忙让听兰把食篮放到张念祖面前,"你快吃点东西吧。"

张念祖也不客气,抓起大饼就往嘴里塞,又看见有牛肉,高兴地抓到手里就啃。明筝和听兰看到他狼吞虎咽的样子,知道没有萧天发话,看来谁也不敢给他送吃的,这是饿了一天了。

"念祖,你到底做错了什么?你给我说说。"明筝忧心地问道,"是不是萧天他故意整治你,如果是这样,我不饶他。"

"是我错了,我甘心受罚。"张念祖嘴里塞着大饼含混不清地说道。

"肯定是你不敢说。"明筝气鼓鼓地说道,"这样,你跟我出去,就说是我放你出去的。"

"嫂夫人,你饶了我吧,"张念祖吓得急忙咽下嘴里的饼,大声道,"真是我做错了事,罚我闭门思过是最轻的。"张念祖看着听兰吓唬她道,"听兰,嫂夫人怀着身孕,你让她在这不干净的地方,染上蚊虫,动了胎气,你担待得起吗?"

张念祖的话吓得听兰脸都变了色,急忙扶住明筝往外走,死活要赶紧离开这个地方。明筝被她架着胳膊不情愿地走了出去。

两人走到曲廊,看见小六慌慌张张跑过来,明筝叫住他:"小六,你跑什么?何事如此惊慌?"

小六看见明筝，张着嘴巴想了想不敢说，只见额头上大滴的汗珠往下掉。明筝有些生气，自从自己怀有身孕，所有人都似乎要绕着她走，她知道大家是好心，让她安胎，但是她却感觉被隔离了，不由气鼓鼓地说道："小六，你是说还是不说？"

"好吧，明筝姐姐，我告诉你，你可别对帮主说是我说的。"小六眼里流露出不安和紧张，他压低声音道，"瓦剌要攻城了。"

"什么？"明筝惊得眼珠子几乎瞪出来。

小六再不愿多说，转身向清风台跑去。

听兰扶住明筝走到清风台时，看见萧天一脸凝重地站立在中间，一旁的李漠帆也是一脸肃穆，这时，小六领着张念祖走过来。

"小六刚从街上回来，看见街市一旁混乱，还有兵卒调动。本来一直想见见于大人，看来这几日够他忙的，咱们也不能就在这里干坐着，念祖，你闭门思过两日也到了，小六你去备两匹马，我和念祖去城外走走。"萧天说完，挥手让小六备马去了。

张念祖脸色变得灰白，他瞥了萧天一眼，一脸追悔莫及的样子，低下头道："大哥，我知道错了。"萧天深深看了他一眼，并没有再说什么，径直往外走去。

"大哥……"李漠帆颇为紧张地说道，"城外有瓦剌人出入，很危险呀。"

"没事，我们会留意的。"萧天叮嘱道，"你留下照顾女眷，也不可大意。"

"是，是。"李漠帆急忙点头。

萧天看见明筝走过来，便微笑着说道："筝儿，我和念祖去街上逛逛。"

明筝提着长裙缓缓走到他身边，帮他拉了拉腰间的佩剑，说道："大哥，你要格外留意了，瓦剌的飞箭可不长眼睛。"明筝又看向张念祖，"打不过就跑，记住了。"

萧天和张念祖交换了个眼神，张念祖低下头，他不敢说话，怕说错了话。萧天呵呵笑了两声，点头道："全都记下了。"

萧天和张念祖快步走过曲桥，来到马厩前，小六早已牵着两匹膘肥体壮的骏马等着他俩。两人翻身上马，出了上仙阁侧门，催马疾驰而去。

一路上街市萧条，店铺纷纷关门，大街小巷都是挑着担子往家里赶的百姓；每条街都会不时跑过一队兵卒，看来他们在换防，把年轻力壮的集中起来往外城九门调集。

萧天和张念祖催马往前赶，马蹄踏起阵阵沙尘。两人来到西直门，这里离他们最近，远远就看见城门已关，城门前已部署了重兵。守城的兵卒看见两骑直冲而来，一个兵卒急忙举长枪拦住，兵卒操着浓郁的河南腔调叫道："咦，这是不要命了，还往前走嘞，不知道瓦剌要攻城吗？"

萧天翻身下马,向兵卒一抱拳道:"这位小哥,我们出城看望亲戚。"

"不中,长官有令。"兵卒直摇头道,"兵荒马乱还串啥亲戚,回屋待着吧。"

"听口音,你不是此地的吧?"萧天看着兵卒的盔甲与其他地方的守城兵卒不同。

"让你说着了,俺们刚从河南赶来,还有的是从山东赶过来,俺们还没有见过京城的模样呢,一来便守城门了。"这个兵卒乐呵呵地说着,看来他为在京城守城门很是自豪。

萧天看着这个兵卒,被他的质朴和乐观所打动。他回头对张念祖道:"走,回去吧。"

两人一路催马疾驰,奔到上仙阁外就看见小六站在路边。小六看见他们回来,飞快地跑过去,一把抓住萧天的马缰绳,道:"帮主,刚才于府里老管家跑来传话,说是于大人请你过府一叙。"

萧天听后大喜,他高兴地说道:"终于等到这天了,于大人有时间肯见咱们了。"

第四十六章　临危受命

一

萧天带着张念祖兴冲冲赶到于府，老管家接过两匹马的缰绳，对萧天道："于大人从衙门回来听闻你们来过，就叫我去找你们，他这会儿在书房。"萧天和张念祖便向书房走去，由于萧天对这里很熟，也不用仆人引路，自己就走了过去。

走到廊下，看见书房门大敞着，却不见人影。萧天左右张望了一下，心想在书房等吧。萧天和张念祖径直走进去，却看见于谦斜靠在太师椅上睡着了，短短月余，于谦整个人消瘦了一圈，眼眶黑青，下巴上稀稀落落的胡须斑白了。

萧天急忙拦住张念祖，一只手指放在嘴唇上"嘘"了一声，张念祖会意，急忙放轻脚步。两人轻踮脚尖走了几步坐到待客的太师椅上，静静地等着。过了一会儿，老家仆端着茶水走过来，一看此情景，不由轻叹一声道："唉，老爷这些天都只睡一个时辰，就开始办差。"

萧天想阻止老家仆，但是如此轻的声音还是吵醒了于谦，于谦猛地睁开眼睛，可见他平时有多警觉。于谦坐直身子，虽然脸上倦容毕露，但是一双深邃的眸子闪着精光，只得到片刻的休息他身上就焕发了勃勃生机。

"萧兄弟，"于谦站起身，"得知你们没有离开京城，我真是太高兴了。"于谦上下看着萧天，"上次见你还是病中，如今看见你恢复得如此好，真是为你高兴啊。"

萧天和张念祖也站起身，萧天抱拳行礼道："于兄，本来是打算走的，出了点事耽搁了，到了如今便是不走了。"

于谦点点头，他听出萧天话里的意思，如今瓦剌围城，决定留下的都是要与城池共存亡的真豪杰，不由感动至极，他急忙请两人坐下。一落座萧天就急急地问道："于兄，如今局势如何？"

于谦也不隐瞒，把这些日子朝堂的事和盘托出："如今朝堂发生了惊天变局。也先放了皇上身边的一名太监，那个公公回来说朱祁镇还活着，被也先押在他的大营里，一路上以此要挟。大明的守军皆很慌乱，皇上在敌军大营里，这个仗如何打？国不可一日无君，我和几个大臣奏明太后拥立朱祁钰为新君，太后也算深明大义，她深知社稷为重的道理，如今咱们的新皇上朱祁钰已经当朝处理朝政，而也先手里不过是个废帝而已，他就占不了多少先机了。"

萧天一脸惊喜地望着于谦道："于兄，功高盖世呀！你先是铲除了王振阉党一伙，又在紧急关头危定倾扶。"

"萧兄过誉了。"于谦仰天感慨道，"为官若不能为君分忧，有所担当，不如为民。"于谦目光坚定地看着萧天道，"如今局势虽然危急，但是朝中奸党已除，重振朝纲指日可待。只要君臣一心，论文攻武略，我们都不输也先。"于谦端起茶碗喝了口茶，接着说道，"近几日，我把京师四周能调来的军队都调来了，河南、山西、山东的备操军，还有备倭军，江北的运粮军，十余万人日夜兼程已到京师，这也是没有法子的法子，谁叫咱最精锐的三大营全军覆没呢？只是……"

萧天忙问道："也先不过几万人，咱们城里有了十几万守军，于兄，你还有什么可担心的呢？"

"从数量上来看，是不少。"于谦说道，"但是，别忘了这是京城，外城光城门就有九个，把这十几万人分到九个城门，一个城门不过才一万多人。也先攻城，肯定是集中兵力攻破一个城门，你不知道他何时进攻，也不知道他会攻击哪个城门，所以九个城门都必须严防以待。这样看来每个城门都没有丝毫优势，再加上也先队伍以骑兵居多，剽悍见长。咱们的兵卒很多还没经过战场，因此兵力是最大的问题。"

萧天站起身道："于兄，守城不光是朝臣将士的事，我们作为大明的子民理应也出一份力。我代表狐族，"萧天指了下身旁的张念祖，"念祖如今是兴龙帮新帮主，我们愿听凭于兄的差遣。"

"好呀。"于谦欣慰地点点头。

"于兄，这两日我在市井闲逛，多听到一些百姓议论，大家都是一腔热血，愿意保家卫国，不如在街市上广设据点招募新兵。"

"是个法子。"于谦点头赞道，"光说军务了，我就忘了要说的事了。"于谦看着萧天，微微一笑道，"给你们带来一个好消息，朝中刑部联合三法司对王振一伙给予清算，查收了王振的全部家产，并对以往重大案子重新核查，翻案过程就不讲了，现已确定'工部尚书贪腐案'即李汉江的案子得以昭雪，还有你父亲的'国子监祭酒妄言污君案'也得以昭雪，即日恢复官爵……还有狐族的事，我已单独上了奏章。"

萧天只感觉头嗡嗡直响，他被这个天大的喜讯冲击得几乎站立不住。他起身匍匐在地，两行清泪掉到地板上。他抬起头，几乎是哽咽着说道："于兄，我等了这些年，这是我最想听到的。此时此刻，我突然想到父亲在临死前对我说过的一句话，他说'孩儿，清者自清，奸佞小人是改不了历史的，自有后来人'。父亲至死都没有在我面前吐露一丝冤屈，父亲忌讳我手中之剑，他不愿我复仇，他知道'自有后来人'。如今大仇已报，这把剑到了出鞘杀敌的时刻了。大人的恩情萧天无以回报，只有到战场上奋勇杀敌，建功立业。"萧天说着，仍然止不住泪流满面，那笼罩在他心头的漆黑长夜，终于迎来黎明的第一道曙光，背负在身上多年的污名终于得以昭雪，可以告慰死去的父亲了，还有那些被王振陷害的无辜朝臣。如今君明臣良，文修武备，国家有道，何愁打不败来犯之敌。

"萧兄，快起来。"于谦也同萧天一样激动，"我们这些男儿，是时候该出来做些事情了。"

一旁的张念祖看着两人，也是双眼噙泪。他面对强敌从来没有眨过眼睛，看到此却掉下了眼泪。也许对于铿锵男儿来说，最让人不能自已的恐怕就是"知遇"二字，于谦对于萧天是有知遇之恩的，而萧天对于张念祖同样有知遇之恩。

男人的世界，永远伴随着征服。有"征"必有"服"，即便是最亲密的战友，也是先有征服，才有情义。

于谦叫来老家仆，端来一壶新茶。三人围坐桌前啜饮茶水，清淡的茶香渐渐平稳了三人的情绪，他们接着交谈。

"我找你们来，还有一件事要与你们商谈。"于谦放下茶盏说道，"就是关于柳眉之的案子。"

萧天和张念祖同时抬起头来。萧天没有想到在这个关头，于谦会提起他。柳眉之的案子如今很好办，证据确凿，再加上王振一伙遭到清算，高昌波和孙启远均已死，柳眉之背后的势力消失殆尽，只要依大明律，该怎么判便怎么判即可，这中间还有何说法呢?

"大人,柳眉之应该早日伏法。"张念祖说道。

于谦点点头,道:"按照他所犯之罪,罪可当诛。这点没有什么可说的,但是我想到的是他背后的信众。"

"这件事好说,"张念祖说道,"刑部行刑后,可以出个告示,把他的罪行公示天下即可。"

于谦微微一笑,却并不接张念祖的话,而是看着萧天。萧天略一沉思,一道闪电划过脑际,难道于大人是想……

"于兄,柳眉之在京城是有上万信众,但是这个数字里面也包含女人,刨除女人,也就只有六七千人。"萧天掐指算道。

于谦看出萧天已识破他的心思,大为高兴,说道:"这个数字还少吗?"

"你们在说什么?"张念祖问道。

"于兄是想将金禅会信众,纳入守城的队伍里来,是吧?"萧天问道。

"不错。如今时间愈加紧迫,而柳眉之出来振臂一呼,几千人就可以补充进来。我愿给柳眉之一个将功补过的机会,只要他愿意配合咱们守城,到时候就免除死罪,你们看如何?"于谦看着他们。

张念祖第一个反对:"大人,柳眉之这种人不可信,让他跟着守城太不靠谱。"

萧天陷入沉思,这件事真不好决断。张念祖其实说得不错,他也不信任柳眉之,王振是柳眉之乃至李府的仇人,他柳眉之最后都可以归顺依附,像这样的人有何品行可言?但是萧天看到于谦满是期许的目光,还是犹豫了。于谦完全可以不告诉他就去执行,他之所以多此一举来询问他的意见,是信任和尊重。再看看于谦乌青的眼袋,憔悴的面容,一个为国为民夜不能眠的兵部尚书,却要为几个兵丁苦恼成这样。萧天不由心如刀割,在国运面前,自己的私怨又算什么。

萧天点点头,道:"我同意。于兄,我愿配合你,说服柳眉之。"

张念祖一愣,他张了张嘴,却被萧天逼人的目光止住了。

"国事为大,"萧天看着张念祖道,"私人恩怨以后再说。"

"萧兄,有你这句话,我就放心了。"于谦长出一口气道,"巧妇难为无米之炊,我一个兵部尚书,手中没有兵,怎么与也先斗? 这些不眠之夜,我拨拉来拨拉去,手中所有兵丁算过来,也还是不够。没有办法也要想办法,一定要确保京师万无一失。"

"于兄,我此次回去,召集江湖帮派,能来多少人就来多少人。"萧天说道。

"如果这样，我心里便有数了。"于谦说完，吩咐老管家备车马。于谦转过身道："我带你们去刑部，见见柳眉之，看他如何应答。"

张念祖虽然不情愿，但是碍于萧天的面子，他也不敢反驳。他明白于谦的苦心，对于应付眼下的危机来说，确实是一个好主意，但是他太了解柳眉之了，在这个世上没有谁比他更了解柳眉之这个人。口蜜腹剑，这就是柳眉之的套路。

萧天和张念祖骑马，于谦坐一辆轻便马车，并没有带随从，一路疾驰。不多时，他们就赶到刑部衙门。门口的衙役得知是于大人来了，疾跑着去里面通知。

片刻后，陈畅从里面迎出来。于谦也不多话，都是相熟之人，大家彼此心照不宣，就直接走进牢房里。牢头打开牢门，陈畅与牢头小声交谈了几句。牢头领着一行人走进甬道，里面阴暗潮湿，有狱卒在一旁举着火把跟了上来。

火把的亮光一路照着，牢头来到一个牢房前大声叫道："人字卯号柳眉之。"火把的亮光照着角落里一个蜷曲的身影，听到喊声，那个身影动了一下，似是发现与往常查牢不同，那个身影突然坐起来，看向这里。

火把下人影晃动，柳眉之不费力就看清了光影下的众人。他吓得脑门上渗出一层冷汗，他搞不懂今日是什么日子，难道他的大限已到？他们是来看他受难的？他心里一紧，太阳穴突突地跳起来。

他眼里射出恶毒的光，他这次没有死在白莲会护法手里，却败在萧天和这个阴魂不散的貌似宁骑城的家伙手里，他真是不甘心。他声音喑哑地说道："你们的目的达到了，是来看我怎么死的吗？"

萧天上前一步，看着角落里的柳眉之，按捺住内心的厌恶，平静地说道："是来给你一次活的机会。"

柳眉之嘲讽地干笑了几声，笑过后他看着萧天，突然感到不像是与他戏耍的样子，尤其是看到萧天背后默默站立的于谦，他脑中划过一道亮光，几乎看到了生的希望。他迅速地站起身，几步走到栏杆前，双手紧紧抓住铁杆看着于谦。

"萧帮主所言不虚。"于谦平静地说道，"给你一个活的机会，就看你愿意不愿意。"

"愿意，我愿意。"柳眉之又惊又喜，他看着萧天，突然哀求道，"萧大哥，我以前做错了，我愿意痛改前非，给我一次机会吧。"

"你连问都不问，就答应了？"萧天冷冷说道。

"这，"柳眉之眼眸里闪着精光，他来不及细想，只想抓住这次机会，"我愿意做任何事情，只要能从这里出去。"

萧天回头看了眼于谦,让出位置让于谦站到面前。他不愿再与柳眉之多谈一句,既然柳眉之什么都可以做,就让于谦与他谈吧。

"好,柳眉之你听着,"于谦声音威严地说道,"如今,瓦剌围城,守城兵力不足,你若能带领众多信众帮助守城,戴罪立功,就可以将功补过,免除死罪。"

"大人,"柳眉之听完此话,激动得倒头就拜,"大人,你只要放我出去,我到堂庵定会一呼百应,大人,你放心,局势危急,我乃大明子民定当忠心报国才对。"

于谦脸上没有任何表情,他听见柳眉之信誓旦旦的表白,并没有流露出任何高兴的痕迹,他心里知道此乃非常之时的非常之措,实属无奈之举。

于谦点点头,道:"柳眉之,你的话我记住了。我这就与陈大人去办理你的出狱事宜,你出去后,每日都要来刑部点卯,你可记住了?"

柳眉之跪下叩头道:"谢大人,小的句句铭记。"

于谦领着众人转身离去,张念祖走时回头又瞥了他一眼,阴森森地说道:"柳眉之,你若敢耍花招,我就一剑挑了你。"

柳眉之站在栏杆后面,趾高气扬地微笑着,他并不介意张念祖的威胁。

二

回到上仙阁已到戌时,萧天一走到畅和堂就大声吩咐:"快,去把所有人都叫来。"

在偏房休息的明筝听到动静,也不顾听兰的劝阻,匆匆走出来,她看见萧天一脸喜色,不知发生了什么事。不多时,李漠帆、林栖、盘阳、小六和众女眷,连翠微姑姑都抱着孩子过来了。

这时,张念祖从外面抱着香烛麻纸等祭祀的物品走过来,萧天和张念祖把香烛放到正堂中间的长几上,然后他回过头看着众人道:"告诉大家几个好消息。首先,筝儿你父亲的冤案已得以昭雪,你父亲恢复官位。"

明筝突然"啊"了一声,双腿一软,两旁的听兰、含香急忙扶住她,"你是说,父亲的案子……真的吗? 昭雪了? 父亲!"明筝突然放声大哭,一旁的几个侍女也跟着落泪。

"明筝,这是天大的好事,该笑才对。"萧天虽是这样说,也忍不住掉起眼泪,明筝此时的心情他感同身受。他与她相似的经历让他们多了一层旁人无法理解的悲恻。他急忙擦了下眼睛,接着宣布道,"还有我父亲的案子,也得以昭雪。于大人把咱们狐族的事单独写了奏章,已呈给皇上。我想,不久,也会还狐族以清白,狐族儿女再也不用隐姓埋名,四处躲避了,咱们可以堂堂正正回到狐族领地了。"

大厅里突然哭成一片,众狐族儿女惊喜交加相互拥抱在一起,他们经历了领地被涂炭,颠沛流离了近五年,四处躲避东厂番子,这种日子终于要熬出头了,他们兴奋地号啕大哭,用眼泪来洗刷过去的耻辱记忆。

萧天看着他们,也禁不住泪水涟涟。

张念祖和李漠帆点上香烛,众人在萧天的带领下向烛台跪下磕头,萧天看着烛台高声道:"老狐王,青冥郡主,你们听到了吧,狐族所蒙冤案将要得以昭雪,你们可以安息了。"众人跟着跪下行礼。

萧天站起身,面对众人道:"想必大家伙也都知道了,如今瓦剌围城,局势危急,我今日面见于大人,已向他表明心志,要与朝廷共抗强敌。我要让朝堂上下看看,咱们狐族个个都是好样的。从今日起,狐族在各商号和镖行的男儿都回来,由林栖负责,每日操练。"

林栖点头道:"狐王,林栖领命。"

"狐王,你把兴龙帮的弟兄给忘了,"张念祖不满地说道,"李把头,明日召集兴龙帮弟兄,能来的都来,和狐族兄弟一起操练。"

"好咧!"李漠帆痛快地答应了一声。

"我想说的是,"萧天走到中间,看着大家道,"遇强敌才显男儿本色,城在人在,城亡人亡。"

"城在人在!城亡人亡!"

众人挥手高喊,气势如虹。围在外面的女眷们,也都跟着高喊,翠微姑姑抱着孩子喊的声音最大。李漠帆不耐烦地嚷起来:"你嚷嚷什么,打仗是俺们老爷们儿的事,你跟着起啥哄。"

"你们光打仗,不吃不喝?没有女人做饭,你们吃什么?我们女人也可以出一份力。"翠微姑姑说道。

"说得好,"萧天道,"没有她们烙的饼,咱们哪有力气打瓦剌。"萧天看着天色也不早了,就说道,"今日散了吧,从明日起,都各自准备。咱们要做到,只要于大人一声令下,咱们拉出去就能打。"

众人纷纷点头,很快散去。萧天环视四周,却不见明筝的身影,连听兰也不见了。张念祖和李漠帆也直摇头,翠微指着卧房道:"不会是回去了吧?"萧天急忙向畅和堂走去，看见含香和乐轩似乎也在找什么，忙问道："含香，明筝呢？"含香和乐轩直摇头。

萧天直皱眉头。李漠帆和张念祖走过来，看见萧天的神情知道明筝不在屋里，都很意外。"我刚才明明看见她和听兰站在那里，怎么转眼就不见了？"萧天道。

"我看见阁楼上有光。"外面的翠微高声喊道，喊声惊到了婴儿，他哇哇地哭起来。李漠帆跑过去，劝翠微赶快回去，翠微抱着孩子一边走，一边仍然指着畅和堂后面的阁楼。

萧天也看到了，那个阁楼是封住的，里面存放的都是贵重东西，难道招贼了？萧天刚把手伸到腰间，却看到张念祖早已拔出长剑。三人放轻脚步，迅速跑过去，沿着穿堂走到阁楼的楼梯处。

张念祖走到前面，三人沿着楼梯悄悄走上来，隐隐听见里面有说话声。三人看见木门被撬开，张念祖举着剑刚要进去，却看见一人抱着几个大包走出来。张念祖举剑上前，突然萧天大叫一声："念祖，别动，是……"

萧天的话没说完，就听见几声惊叫声。

萧天身体一跃，扶住了后面一人，明筝吓得倒在萧天怀里。前面抱着几个大包的听兰也一屁股坐到地上。

闹了半天，是场误会。

"你们三个大男人，像贼一样，悄没声息地跑来，还拿着长剑，要干什么？"明筝叫起来。

三人灰头土脸地挨了明筝一阵数落，谁也不申辩。

"嫂夫人，黑灯瞎火的，你们来阁楼干什么？"最后还是张念祖开口问道。

"我当然是有事啦，有大事。"明筝看着萧天，"我想我既然不能跟你们去杀敌，也要尽自己的力。我想到了狐族典籍里有文将军的两本手记，一本是《兵法步略》，一本是《杂记》。这两本均是当年文将军抗金的笔记，虽说那时是抗金，其实金跟如今的瓦剌是一个祖宗，都是草原族群，有很多共性，文将军与他们周旋了多年，有着丰富的经验，咱们把这两本手记复录下来，献给于大人，也算是咱们狐族为朝廷做的贡献，你们说可好？"

萧天惊喜地看着明筝，喜不自禁地抱着她在原地转了一圈，要不是李漠帆大叫"别动了胎气"，萧天还不会停下来。萧天把明筝放到地上，不禁大叫："好主意，不愧是我的夫人。"

明筝看他们没有意见，高兴地发号施令："你们就别站着了，快帮着听兰拿包袱吧。"

<h1 style="text-align:center">三</h1>

畅和堂灯烛明亮,人影穿梭不停,几个侍女不停歇地忙碌着,她们搬来两张八仙桌,合在一处,放置在正堂中间,然后取出一块帷幔铺上,就变成一张大书案。

明筝把几个包裹里的册子放在上面,一一分拣。

旁边一张八仙桌旁坐着萧天、张念祖和李漠帆,桌上摆着丰盛的晚餐。"筝儿,吃饱肚子再干。"萧天在一旁叫明筝。明筝向他摆摆手,说:"我吃好了。"

李漠帆一边嚼着大饼,一边煞有介事地问道:"帮主,你说写字现学能来得及吗?"

一旁正喝茶的张念祖一听此话,一口热茶差点喷出来:"喂,老李,亏你想得出来,写字有现学的吗? 行了,你吃饱了回家抱孩子吧,这里没你啥事了。"

"行,我回去抱孩子,你帮着写吧,你师父那么厉害,《天门山录》都写了,这点不算什么,小菜一碟呀。"李漠帆挤对他道。

张念祖尴尬地一笑:"我师父他就没有教我写字,一门心思云游了。"

萧天一笑道:"好了,不用你们动手,你们吃饱了回去歇吧,有我和明筝就可以了。"

萧天送走李漠帆和张念祖,回到大厅,看见明筝已经坐在临时搭起的书案上开始誊写,一旁的听兰给她研墨。萧天示意听兰下去,听兰把墨交给他,悄悄退下去。

萧天一边研墨,一边看着明筝挥毫写就的小楷,不由夸出声:"好漂亮的蝇头小楷。"

"大哥,筝儿也只有写几个字的能力了,"明筝被萧天夸得不由红了脸,她抬起头,想到眼前突然横亘在他们面前的这场大战,眼里突然溢满泪水,"筝儿真想和你一起上战场。"

"别说傻话。"萧天走到明筝身后,把她拥进怀里,他知道明筝自从听到他要和于大人一起守城,便突然变得沉默和紧张,他看出她晚饭都没有吃几口,对于明筝的担心,他只能好言安抚,"筝儿,此番与于大人守城,并没有太大危险,咱们主要是辅助,作为后备力量,冲到前面的还是兵营的将士,你就放心吧,而且,我身边还有这么多好兄弟呢。"

"话是这么说,可是我心里还是很慌。"明筝回过头,看着萧天问道:"瓦剌何时会发起攻击?"

"他们如今在城外安营扎寨,一旦准备好,就会发起第一轮攻击。"萧天轻松地笑道,"咱们是守株待兔,于大人命人日夜修筑城墙,坚固得很。"

"瓦剌人强悍凶恶,怎与兔子相比,要是兔子就好了。"明筝知道萧天在搪塞她,气呼呼地说道,"你要向我保证,一定要活着回来见我,见咱们还未出世的孩子。"

萧天心里一凛,他缓缓弯下腰蹲下身,眼睛盯着明筝已经隆起的腹部,脸上的肌肉颤动了几下。他把头轻轻贴在上面,似乎感受到了什么,他突然抬起头惊讶地望着明筝道:"他动了,他真的动了!"

"再过三个月,你就可以看见他了。"明筝脸上带着母性光芒笑着道,"就是不知道是个女儿,还是儿子。"

"都好。"萧天眼里泪光闪动,"如果是女儿,就叫你的名字;如果是儿子,就叫他勇,勇敢的勇。"

"萧筝,萧勇。"明筝笑起来。

"萧筝,萧勇。"萧天把明筝搂进怀里,"希望咱们的孩子,不会经历咱们经历的苦难,为了他们,咱们也要把来犯的敌人赶跑。"萧天低头看着明筝,"筝儿,你就将成为一名母亲了,你一定要坚强,不管将来发生何事,你别忘了,你是母亲,你是你孩子的天,记住我的话。"

明筝突然潸然泪下,她看着萧天,郑重地点点头。明筝心里清楚,今夜恐怕是他们夫妻最后在一起的日子,也许明天萧天就会奔赴战场。明筝不想给萧天留下过于懦弱的印象,她擦干眼泪,转身走到里间寝房,不多时手里托着一物走到萧天面前。

"这是狸龙玦,历代狐王都曾佩戴过,我要你戴在胸前,让历代狐王的魂魄护佑你平安归来。"明筝眼含泪水,把玉玦系到萧天脖颈上。萧天默默注视着明筝,任她细细地给自己系上玉玦,冰凉的玉玦触到胸口的那一瞬间,萧天心里一阵悸动,紧紧把明筝拥到胸前,声音轻柔地说道:"有了它,你便放心吧。"明筝伸手抚摸着那块玉玦,口中念念有词:"玉玦呀,你一定要跟着我的夫君平安归来。"

萧天不想引明筝悲伤,急忙岔开话题道:"来,咱们一起抄写吧。"

萧天也找来纸笔,坐在明筝对面,两人相视一笑,一起誊写。

直到二更天,萧天强迫明筝去休息,在听兰的劝解下,明筝去了寝房。明筝一走,萧天继续誊写。这时,外面传来脚步声,不待萧天回头,就听见李漠帆的大嗓门:"你们都过来。"

萧天回过头,看见李漠帆和张念祖领着三个人走过来。张念祖道:"大哥,我把账房先生都请来了,他们的字,我看过,拿得出手。"萧天一阵哭笑不得,不过既然他们好心把账房找来了,他便回房休息去了。

次日一早,萧天从卧房出来,直接走到正堂,看见李漠帆和张念祖一个倒在太师椅上呼呼大睡,一个趴在书案上打呼噜。三个账房先生熬了一夜,已经誊写完毕,正在用针线装订。

萧天送走三位账房先生,吩咐几个侍女收拾起典籍包进包裹。听兰上去晃醒张念祖,张念祖这才醒过来,一看账房先生都走了,誊写好的两个册子订得整整齐齐放在书案上,他急忙去叫李漠帆,却怎么晃也晃不醒。

萧天从外面回来,手里拿着几封信函。萧天对张念祖道:"念祖,这是我写的江湖函,邀请十大帮派前来议事。你跑一趟让镖行的弟兄送出去。"

"大哥,"张念祖瞪着红通通的眼睛,不解地问道,"如今瓦剌围城你邀请江湖人士是何意? 难道是为了共御强敌?"

"正是因为强敌在外,我才想出这个主意,十大帮派在京城都有联络点,也有商号,而且此次我是以商议《天门山录》的归属为由,让他们出面,如果能够说服他们联手抗敌,咱们守城的把握不是又大了点?"

"江湖之上,人心叵测。"张念祖摇摇头,似乎不是很看好。

"不管怎样,都要试一下。"萧天说道,"城中兵力实在空虚,若不是这样,于大人怎能想到利用柳眉之? 真是被逼无奈,难道江湖之人,还不如柳眉之可靠?"

"那倒是。"张念祖点点头,"好,我这就去送。"

"等等,你说到柳眉之,我倒是真想去看看。走吧,咱们一起出去。"萧天说着,拿起剑架上的长剑挂到腰上。

"喂,你们去哪儿?"睡得迷迷糊糊的李漠帆一骨碌坐起身。

"走啦。"张念祖上前拍了下他的屁股,"你睡得跟头猪似的,怎么都叫不醒。"

"你的睡相也好不到哪儿去。"李漠帆又打了个哈欠。

三人出了上仙阁,张念祖先行去镖行了,萧天和李漠帆沿西苑街一路向南而行。没走多远,就看见一处兵丁招募点,墙壁上张贴着官府的告示,围了很多人在观看,有两个长官模样的人坐在方桌前,身后站着一队兵卒,方桌前面已经排了几个男子。其中一个突然扭头看见萧天,他又惊又喜,叫道:"萧公子。"那人说着从人群里走出来,来到萧天面前,"萧公子,你不记得我了?"

"是……张浩文?"萧天有些不敢相信,是去年担着一扁担菜刀进京赶考,最后落脚到上仙阁的那个穷秀才。

"正是。"张浩文从萧天嘴里听到自己名字,很是欣慰。

"你还在京城呀?"萧天惊讶地问道。

"是呀,我是想熬到来年再参加春闱,没有功名,不敢回家呀。"他手指招募告示道,"谁知道瓦剌来了,我别的不说,就是有一把好力气。萧公子,你说我在军中立了功,是不是比功名还要荣耀?"

"我看你小子行。"李漠帆在一旁插话道,"此时正是男儿建功立业的好时候。"

"张浩文。"长官叫了他的名字,他急忙跑过去,向萧天拱手告辞。

萧天微微一笑,心里一阵怅然,这些踌躇满志的人,其实并不知道他们将面临的是什么,这座宏伟的都城将面临什么。他看了看招募的新兵,基本都是在市井长大的孩子,他叹口气,他们继续向前面走。

拐过两个路口,他们到了夕照街。一路走到胭脂粉铺前面,看见一些人纷纷走进去,应该是信众。萧天和李漠帆低着头跟着这些信众往里面走。一旁的信众议论纷纷:

"听说了吗?堂主前段时间护送金刚去天界了,说是弥勒佛他老人家要远游西天,需要护法护佑。"

"我咋听说堂主让官府逮起来了?"

"不是,堂主跟着金刚去见弥勒佛,又回来了。"

"这么说,金刚不回来了?"

"肯定回来,但是估计你是看不到了。你没听说吗,天上一天,地上三年,他要是游个几年,你还不早埋地底下了。"

"呸,你说话真晦气。"

李漠帆眼露嫌恶地扭头盯着那几个老婆子,萧天一把拉着他走过去。"帮主,你拉我干什么?这个柳眉之,他……他也太会骗人了吧。"萧天嘿嘿一笑道:"别瞧不起他,你能让这么多人跟你走吗?"

"这……"李漠帆哑口无言,只管跟着萧天往里面走。里面一路畅通,没有了护法,也没有人站在垂花门看号牌,他们很顺利地走到堂庵里,只见木台四周围着很多人,在木台一侧,萧天看见一个熟人,正是刑部的陈畅,他一身便衣,靠在木台一

狐王令(下)

边。

萧天拉住李漠帆躲到远处,道:"咱们别惊动他们。"两人站在远处看。只见木台上柳眉之正在诵咏经文,嘴里叽里咕噜的听不太清,过了一会儿,诵咏完毕。柳眉之像大梦初醒似的浑身颤抖了一会儿,方才恢复了正常。

他走到木台前方,大声说:"信众们,我的神魂让我看到了城外邪恶的蛮夷人。看到了他们可恶的嘴脸,看到他们贪婪的欲念。他们要来抢咱们的女人,抢咱们的粮食,抢咱们的茶叶,抢咱们的绸缎,咱们答不答应?"

台下一阵愤怒的大喊:"不答应。"

"我的神魂刚刚去见了弥勒佛,他说去吧孩子,把他们赶出去,我会给你们无穷的力量,你们是战无不胜的大明天国。"

"战无不胜的大明天国。"信众们疯狂地喊道。

"信众们,本堂主要亲自带你们去赶走瓦剌,保卫咱们世世代代生活的京城,不能让瓦剌人抢咱们的东西,咱们不答应……"

"不答应,不答应。"信众们疯狂的喊声震耳欲聋。

萧天拉着李漠帆走出堂庵,一边走李漠帆一边嘟囔着:"没想到柳眉之这家伙还很卖力。"

"哼,"萧天一笑,"对他来说,这是一项好买卖。"

江湖邀请函发出第二天,也就是约定集会的日子,一大早上仙阁就忙开了,掌柜的在一块木板上写下"打烊",挂到门外显眼处。巳时不到,已有性急的帮派派人来了。

大堂入口处设置了一个长条儿,儿后坐着账房先生,由他抄录来客名单。李漠帆和小六站在一旁负责接待。进来的是三个人,打头的是一位鬓角发白的中年人,一脸精干,礼数周全。他抱拳对长几后的账房先生道:"鄙人李辉,七煞门的师爷。随行是两位门里徒儿。"

李漠帆急忙抱拳还礼,没想到第一个前来的是七煞门。他们的掌门太乙玄人还捎有书信。他急忙引领三位到里面大堂就座。

大堂里座椅都搬了出去,中间两溜十六张黑漆太师椅,中间已坐了几人,萧天和张念祖看见来客,急忙起身迎接。双方寒暄片刻,依次就座。

几位刚落座,又来了两拨人。前面是龙虎帮镖行的首席镖师吴树致,人如其名,四方脸威武刚正,走路都带风,双腿刚劲有力,踏在地板上咚咚直响,身后三个随从也是精神抖擞的年轻后生。身后是斧头帮大把头李炎泰，看上去有六十岁上下，身为斧头帮大把头却显得太过斯文，像极了教书先生，说话也慢条斯理的，他身后只跟了一个娃娃，有七八岁的年龄。

这两拨人像是约好来的，看上去也相熟。

大镖师吴树致看着李炎泰道："老爷子，你以为来这里听曲呢，还带着你孙子，去哪儿都带着他，成了你的尾巴了。"

"唉，这可比听曲有意思，从小让他长见识嘛。"李炎泰眯着眼睛一边笑，一边捻着胡须。

萧天和张念祖走到两人面前拱手一揖："两位这边请。"

李漠帆急忙走到他们中间。由于李漠帆长年在京城，又在上仙阁当过多年掌柜，与他们多少打过交道，他向萧天一一作了介绍，他们彼此见过，寒暄过后，坐到座位上。

接着又来了几位。潘掌柜带着玄墨山人飞鸽传来的书信，以天蚕门在京城弟子的名义前来赴会。三清观在京城的弟子，他们带来高瑄的信函，由于进不来城，只能以这种方式表达关注。最后天龙会帮主李荡山带着两个弟子走进来。考虑到京城被围困，外面的进不来，里面的出不去，今日能来这么多已是难得。

萧天再次见到李荡山一阵寒暄后，引到上首座位。

大家落座后，萧天首先开口："各位，今日请十大帮派来，是要与大家商议一件要事，我在送往各处的信函上已经写明了，如今《天门山录》在我手中，大家心里肯定有疑问，这本书如何落到我手上，这就话长了。刚才我的一位兄弟在向你们介绍我时，只说了我的一个身份，其实我还有另一重身份，以前不便说，现在可以说了，我是狐族的狐王。"

四周一片交头接耳，有人大声说道："听说狐族被东厂灭门了，整个领地都被烧毁了。""我听说是为了夺他们的宝物。"

"你们说得都不错，狐族被王振陷害污为逆匪，其实就是为了狐族至宝，而让王振觊觎狐族至宝的只源于一本书，就是《天门山录》。当年吾土道士在檀谷峪遇险，是我救了他，他在狐地疗伤达三个月，我和他常常月下饮酒，向他夸耀狐族，所以吾土对狐族了如指掌，而我却不知就此酿下大祸。这就是我与吾土的渊源。如今王振一伙已得到清算，狐族的冤情已上报朝堂，我想狐族昭雪的日子指日可待。"

众人点点头，相互小声交谈了几句，都看着萧天想听他往下说。

萧天从衣襟里掏出一本发黄的书，说道："吾土在去世前，面见我请罪，其实他何罪之有？如今有罪的人已得到应有的下场。这本搅动江湖风云的书，多年来不光给狐族，还给其他帮派带来祸端，此次我拿出此书，是想和大家商议此书的去留问题，虽然吾土把书交给了我，但是这本书上不光记录了我狐族，还记录了其他帮派族群。"

萧天的话让在座的各位再次陷入争论之中。李炎泰缓缓站起身，他用苍老的嗓音温和地问道："狐王，能否让我们一睹真容呀？"

萧天朗声一笑道："当然可以。"说着便把手中的《天门山录》转手递给左首边的七煞门李辉。李辉瞪着双眼一脸敬畏地接过来，看了看，又翻开匆匆看了几眼，赶紧交给右首的人。众人传看着《天门山录》，不时发出啧啧的称赞声，有人连连叹道："奇书，奇书……真不愧是天下奇书啊。"

转了一圈后，《天门山录》又回到萧天手里。

龙虎帮的大镖师吴树致第一个发言："既然这本书给江湖带来这么大的危害，要我说，干脆当着大家的面烧了，至此江湖上再也没有了这种纷争。"镖师的说法很符合他的性格，大家听完各自沉默不语。

"好是好，"七煞门师爷李辉叹息道，"只是太可惜了，我草草翻了几页，那上面绘制的地图十分精细，细致到山脉的走势，溪流的源头。"李辉煞有介事地说道，"光是里面的地形图，就堪称是宝物啊。"李辉是师爷，他当然清楚地形图的珍贵之处。

"不如这样，"一个年轻后生说道，"要我说，既然都说此书是奇书，那就分了算了。"

"分了？怎么分？"李漠帆瞪大了眼睛吼道。

"写哪个帮派的就归哪个帮派所有。"后生说道。

大堂里一阵笑声，有反对的，有赞同的，好不热闹。

李荡山嘿嘿冷笑几声，道："要我看，你们都说错了，这本书描述的不是你们哪个帮派，哪个族群，吾土道士用脚步丈量的是大明的江山。你们告诉我，你们谁有资格要，谁敢要？"

此话一出，在座众人鸦雀无声。

"狐王以《天门山录》为由头请咱们来，难道就是商议这本书的归宿吗？"李炎泰问道。

"此书在江湖上传闻已久，此次召集大家来，也是想给大家一个交代。"萧天微笑着道，"刚才大家畅所欲言，就这本书的归处，我也有一点看法，首先这本书是吾土道士倾尽一生完成的，他的足迹踏遍大明的山山水水，这也是为何会招来那么多心怀叵测之人的觊觎，书中览尽天下宝物，在贪婪之人眼中，此书就像一个寻宝图，但是在圣明君子眼中，这又何尝不是一幅锦绣江山之全图呢。"

"是呀，"李荡山接着说道，"狐王所言极是，此书绝不可烧掉了之，更不可拆分开。既是锦绣江山之全图就该交由朝廷保管。咱们虽处于江湖之远，却是大明的子民，朝廷也是万民的朝廷。如今朝廷处境艰难，此时咱们江湖各帮派若联名把《天门山录》献给朝廷，也算是与朝廷共进退了。"

"说到朝廷处境，我要说几句，"大镖师吴树致说道，"如今瓦剌围城，你们只送一本《天门山录》有何用？京城危在旦夕，怕就怕走了前朝的老路，到那时《天门山录》上描述的锦绣江山之全图，岂不改了宗庙？"

"不愧是大镖师，此乃真知灼见。"萧天突然站起身，看着众位道，"此次萧某不才，力邀十大帮派前来商议之事，正被斧头帮大把头李炎泰一语道破。不错，《天门山录》只是个由头，真正要商议之事，就是眼皮底下对付瓦剌之事。如今朝堂在于谦于大人的带领下，铲除了王振余党，沉冤昭雪拨乱反正。为了保卫京师，于大人已把河南、山西、山东等周边能调来的军队都调来了，但是土木堡一役，咱们精锐尽失，而要守卫咱们京城的九个城门，谈何容易，如今最大的问题就是兵力不足。昨日我在街市看见不少年轻人到招募点报名，感动之余，也很忧心，那些孩子连刀都没有使过，如何抵御瓦剌剽悍骑兵？思前想后，我觉得是时候号召咱们江湖帮派也加入其中，为保卫京师出一份力。"

萧天说完，见众人都虎视眈眈地看着他，大镖师吴树致更是一脸怒气，萧天心里突然蹿上一阵无名之火，刚要发作，却看见李炎泰站起身，先是叹息一声道："狐王，如果你就为这事，直截了当在书函上注明即可，何必要绕这么一个圈子，你以为书函上写明联合抗敌，我们就不敢来了吗？"

"哼！"吴树致鼻孔里喷出一股怒气。

"你振臂一呼，"李炎泰突然冲动地高声喊道，"看哪个乌龟王八蛋敢不出来！这是什么，保家卫国呀，难道我们想做亡国奴，你太小看我们啦！"

"就是，"吴树致接着说道，"咱们江湖之人，虽然素来很少与官府打交道，对朝廷上的事知之甚少，但是到了生死存亡之关口，咱们都是七尺男儿，怎可眼睁睁看着咱们的城池被那些蛮夷人占领，誓死也要与他们搏一搏。"

众人一阵议论纷纷，有人提议每个帮派出人，有人提议干脆到军中营地上。萧天没想到，他颇费了周折的设计，竟然会是这么个结局，感动的同时，也为大家深明大义的举动所激励。

"既然大家一致同意,"萧天说道,"不如咱们歃血立誓,此番联合抗敌,昭示天下,也可让更多人加入进来,不把瓦剌也先打回老家,誓不罢休。"

"好,好!"众人都站起身,群情激动,连李老先生身边的娃娃也大叫起来:"打跑瓦剌。"

这时,坐在中间位置的一个人也站起身来,这个神秘人物一直坐在正中的位置,从头至尾不发一言。此时看他站起身,萧天突然伸手止住大家的喧哗,大声引见道:"各位,恕我冒昧,这位就是兵部尚书于谦于大人。"

"于大人……"

众人惊讶地盯着面前这个身体瘦弱、面容和善的中年人,原来他就是威震京师的于谦,于是大家纷纷跪下拜见。于谦急忙一一扶起众人,他郑重地环视众人,举起双手抱拳,深深地一揖道:"老夫,受教了。"

于谦抬起头眼含泪光道:"接到狐王的邀请,今日听到众位老少英雄一席话,困扰多日的愁云顿消,大明有此臣民,天佑大明,是大明之福泽,小小的瓦剌何惧之有?"

"于大人,你就发话吧。"性急的李荡山说道,"我们有人出人,有粮出粮。"

"于大人,我七煞门绝不甘人后,我们现在门徒三千人,光在京城就有上千人。"李辉一步跨到于谦面前,表着决心。

"好,"于谦神情振奋地看着众人道,"明日我在中军帐等着大家,我会统一部署九个城门的守城方案。"

萧天走过来,双手捧着《天门山录》道:"于大人,刚才我们十大帮派商议已毕,决定把这本天下奇书献给朝廷。"

于谦双手接住,并保证道:"老夫定交与御书房登记在册妥善保管,请大家放心。"于谦看着众人,他在座上多时,虽然以前也与江湖人士有过交往,但是此次还是让他深感意外,没想到这些所谓的三教九流之徒,能够身处江湖之远,却位卑不敢忘忧国,着实让人心生敬佩。

萧天从张念祖手上接过两本册子,说道:"于大人,这两本是我狐族至宝,是前朝文天祥亲自书写的《兵法步略》和《杂记》,均是文将军多年抗金的心得,送给于大人随行做个参考,也是我狐族儿女的一片心意。"

于谦接过那两本书,喜悦之情溢于言表。

萧天看大事已决,天色也不早,便对大家道:"于大人公务繁忙,咱们也要回去,早做准备,不如,今日就到此吧。"

众人簇拥着于谦，一起向外走去。

四

当晚戌时，萧天正坐在清风台上听张念祖说操练的事，韩掌柜一脸惊慌地跑过来，后面还跟着小六，而小六却是嘴巴都笑到耳朵后面了。这两人表情古怪，一前一后跑过来。

"帮主，宫里来人了，你快到前面去接旨吧。"韩掌柜语无伦次地说着，可能因为太激动说得稀里糊涂。一旁的小六急忙补充道："听说是御前行走的太监传的圣旨。"

萧天闻听有些恍惚，他跟跄了一下，张念祖急忙扶住萧天道："或许是于大人上的奏章，皇上批示了。"这时外面的动静也传到畅和堂，明筝在听兰的搀扶下，急急走过来。

萧天突然大声吩咐："去通知所有狐族人，到前面大堂接旨。"

消息迅速传遍后院。不多时，翠微抱着孩子和秋月、李漠帆、林栖、盘阳相继赶到，大家心情激动地向前面上仙阁走去。

众人跟着萧天走到上仙阁后堂，看见一位花白头发的老太监正端着茶碗喝茶，两旁站着两位小太监。老太监听见脚步声，抬起头，众人认出竟然是张成。萧天又惊又喜，此时也不便多言，急忙上前见礼。张成看见大家都到了，都是熟人，免了各种礼节，急急说道："大家也别愣着了，接旨吧。"

萧天这才想起来，慌忙转身嘱咐大家跪下。

"奉天承运，皇帝诏曰：狐族忠孝义烈，曾救太祖于危难之中，其性之义，其行之良，深得太祖褒赆，后因奸逆陷害，痛失爵位领地。今寡人治世裁乱，拨乱兴治，以明法度，归于正道，着恢复狐族领地爵位，以彰潜德，以近贤臣。钦此。"

萧天双眼噙泪，接旨道："谢主隆恩。"

张成扶起萧天道："明日早朝，还要觐见皇上，早点歇息吧。老奴告辞了。"

萧天急忙命李漠帆和张念祖送张公公。

众人围住萧天，翠微激动地张着嘴半天才说道："狐王，圣旨上说的啥意思呀？"

"翠微姑姑，咱狐族背负的污名终于得以昭雪，皇上恢复了狐族的王爵和领地，咱们终于等到了这一天。"萧天看着众狐人，"我明日觐见皇上，你们快去准备，把咱

狐王令（下）

狐族最好的盛装找出来,我要穿着它进宫面圣。"

翠微姑姑突然惊愕地叫了一声,众人回头看着她,她几乎哭了出来:"天呀,我们从瑞鹤山庄来的时候,想着要赶路,就精简行囊,狐族的衣物都没有拿来……"

"啊!"萧天刚才只顾高兴了,这个问题没有想到,他抬头看着众狐人,大家也都是穿着汉人的衣装,"这可如何是好,我明日上朝觐见,怎可穿着这长袍去?"

明筝从人群里挤过来,道:"大哥,明日你是以狐王的身份第一次面君,怎可马虎了事,这城又出不去,不如让姐妹们连夜赶制一件出来。"

"好是好,"翠微哭丧着脸道,"咱们姐妹也不怕熬夜,只是哪有材料可用呀?"

"衣料可以对付,只是彰显咱狐族风采的冠羽哪里可求?"林栖叫道。

"说的就是它,狐族的盛装再漂亮,失去了冠羽,就不是狐服了。"翠微姑姑急得直跺脚,自责道,"都怪我,只想着省事了,唉!"

萧天蹙眉思索,如今好事连连,眼看狐族冤情得以昭雪,世袭爵位得以恢复,难道到了最后半步还能让这顶小小的冠羽给难住吗?他扭头叫住林栖:"林栖,冠羽不就是几根羽毛吗?还能难住你?"

"狐王,你要知道狐王头上的冠羽可不是一般的鸟,是只有檀谷峪才有的冠蕉鹃,只有冠蕉鹃的长尾艳压群雄。"林栖说道。

"不过是只杜鹃罢了,"萧天心里已有数,他看着众女眷道,"今天就有劳大家了,就地取材,速速缝制出一件狐王的盛装,以彰显咱狐族对当今皇上的敬重。"他回头对林栖道,"你在城中找找,如果逮不到,跑到城外,那一堵城墙也不可能拦住你,要躲开瓦剌人,速去速回,有羽就行,总比头上光秃秃的好。"

"大哥,我跟林栖一同去吧,"张念祖说道,"这里我比他熟悉。"

"好,你俩速去速回。"萧天说道。

两人回到住所,带上弓箭刀剑,骑马出了上仙阁侧门,打马向西。此时街上行人稀少,两边的屋檐下灯火闪亮,林栖环视了四处对张念祖说道:"干脆咱们直接到城外树林得了,在城里只是瞎耽误工夫。"

"我也这么想,走吧,驾。"

两人艺高人胆大,对于他俩来说,走城墙易于平地。俩人把马拴到一个隐蔽的地方,一前一后跃上城墙,立足在城墙上,一阵阵凉风刮过来,把身上的暑热降了下来。两人向远处眺望,看到西南有一片黑乎乎的地方,没有一丝光亮,近处还有些零星的灯光,他们猜测那里一定是一片树林。

两人飞身跃下城墙,沿着小道向他们看中的那片林子跑去。两人都是轻功了得,毫不费力转眼间就跑出去几里地。

林栖一边跑,一边注意听着四处鸟兽的动静,有时候他学一两声鸟叫,不多时总能引起更多的鸟回应。张念祖很感兴趣,问道:"林栖,你听叫声就能辨认出是什么鸟吗?"

"当然。"林栖不屑地说道,"辨认什么鸟有什么可奇怪的,我还会说它们的鸟语呢,让它们落到我的掌心。"

"你有这本事?"张念祖一脸惊讶。

"这算什么,我师父比我更厉害,他能引一群鸟回家。"林栖说道。

"怪不得大哥让你来。"张念祖知道狐族有很多秘术,没想到他们还懂鸟语。

两人说话间,一路疾行,眼看就到了那片林子。突然,林栖停下来,他抬头看着天空,只见一群鸟从林子里飞过来,从他们头顶掠过,向远处飞走了。

"不对,"林栖有些诧异,"这些鸟应该就是栖息在树林里的,为何这么晚要飞走呢?"

听见林栖的话,张念祖机警地看着那片林子,突然说道:"走,看看去。"两人弯下腰沿着蒿草向林子里潜入。林子里黑漆漆的什么也看不见,俩人弯腰走了一段,突然,林栖拉住张念祖问道:"你听见什么没有?"

"什么也没听见呀。"张念祖侧耳又听。

"似是马的响鼻。走,咱们再往里面走。"林栖说着,俩人又往里面走去。

"听到了,何止是马的响鼻,我听到呼噜声。"

突然,两人同时停住了脚步。前面一片空地,横七竖八地躺着很多人。在人群另一侧,是散卧在一起的马匹,有的在吃草,有的卧倒休息。从林木的缝隙可以看到前面还搭着几个营帐。

张念祖和林栖都惊出一身冷汗,他们脑中同时出现一个词:"瓦剌人!"

"怎么办?"林栖小声问。

"咱俩对付不了他们,再说于大人有统一部署,咱们快回去把这个发现告诉狐王,快!"张念祖说完,想到羽毛,"你的事还没有办呢。"

林栖拉着张念祖就走,俩人一阵狂跑,离开树林后,林栖开始学鸟鸣,张念祖把背后的弓拿到手上,瞄准飞过的鸟雀,他射了两次,林栖跑过去捡了三只鸟,竟然有一支箭上穿着两只鸟。

"这都什么呀?这能叫羽毛吗?"林栖很不满意。但是张念祖像捡到宝贝一样,捏到手里不放,里面真有一只杜鹃,即使在月光下,碧绿色的长尾也美艳极了。

"行了,林栖,你忘了狐王交代咱们速去速回,你看天色也不早了,回去吧。"张念祖强行拉着林栖向城墙跑去。

两人回到上仙阁时,刚敲过三更。张念祖把射到的三只鸟摆到女眷们面前,虽说与檀谷峪的鸟雀不能比,但就像狐王说的,有总比没有强。女人们忙碌着开始收拾羽毛。

张念祖和林栖走到萧天面前,向他说起城外林子里所见。萧天一愣,他深知如今两军对垒,任何风吹草动,都可以判断出他们军事上的意图。"我必须去见于大人一面,你们就在这里先休息一下。"

萧天说着悄悄走出去,消失在廊下。

五

翌日卯时,张念祖和林栖被喧闹声惊醒,原来他们靠在太师椅上已经睡了几个时辰了。他们揉着眼睛站起身,看见正堂的中间,萧天身穿狐族盛装,一群女眷围在周围缝着最后一点饰品。"啊,大哥都回来了。"张念祖说道。

两人看着萧天身穿狐族盛装好奇地凑过去,两人咧开嘴只顾笑,他们没有见过如此漂亮的狐服。墨兰的长袍上镶嵌了一层层玛瑙、玉石、翡翠等宝物,这是翠微搜遍所有人的私己才找出来的,为了狐王面圣,所有人都倾囊而出。不仅袍子连腰带上也镶了一块玉,至于冠羽,更是出乎了所有人意料,给人们极大的惊喜:碧绿的杜鹃长尾呈扇形装饰在冠上,让所有狐族人都眼前一亮。

时辰已到,萧天告别众人,只带着林栖、盘阳向外走去,外面天还未明,李漠帆早已准备好了马车,由他亲自驾驶,林栖和盘阳则骑马跟随两侧。

他们一行很快来到午门外,萧天从马车上下来,看到巍峨的宫墙不由心绪难平,今日皇上在奉天殿朝会,不同一般,这也是朱祁钰登基后第一次大朝会,会见文武百官。

正在萧天感慨愣怔之时,背后有人说道:"狐王,你来得很早呀。"萧天回头一看,正是于谦,两人相视一笑,他们之间已形成一种默契。两人并排站立,其他的朝臣也相继走过来,大家按官职顺序排好,文官站在左侧,武官站立右侧。此时午门上钟鼓敲第三通,开二门,列好队形的文武百官由左右掖门进入。

百官步入午门,清一色的官服乌纱中,有些官员看见队伍头列身穿异服的萧天很是惊讶,队伍里有人小声议论,有人认出狐族服饰,猜出是狐王,大家又是一阵议论纷纷:

"老狐王死了,这是新狐王,就是那个传说中的狐山君王。"

"看起来,很是威武不凡。"

"那是,听说过狐王令吗?"

萧天不去理会四周的议论,他和于谦并列而行。于谦小声地说道:"昨夜,你走后,我便派人出城核查,城外集结了也先的小股骑兵,大部队还在三十里外驻扎,大概也会在近几日来到城下,看来离也先攻城的日子不远了。"

"大人,依你的判断,他们会何时攻城?"萧天问道。

"我昨夜翻看了你们狐族送来的典籍,文天祥那本《杂记》里,记载草原部落有夜袭传统,屡屡得手,每次都大胜而归。如今他们白天睡觉,定是有这个打算。"于谦眼神犀利地说道。

萧天点点头道:"大人分析得极是,咱们也要做好这方面的准备才是。"

"到了决战的时刻了。"于谦脸上刀刻般的皱纹里多了一丝苍凉,"也先此时定是志得意满,在土木堡把我大明精锐打得落花流水,如今兵临城下叫嚣着'京城必破,大元必兴',此时虎视眈眈地盯着我京师的城墙,垂涎三尺……你我所要做的,便是重振我大明王者气势,让每一个临战的官兵,都视死如归,视城池如生命,若是这样,区区几万瓦剌人岂是咱们的对手。"

萧天望着于谦,他惊诧于他瘦小的身躯里所迸发出的蓬勃的力量,不仅震撼了他,也给他忐忑的内心注满了力量,有这样一位主帅,面对再难对付的敌人也会充满自信和力量。

大殿中朝臣济济一堂,那些在土木堡死去的朝臣的位置被新晋升的官员所填补,昔日的悲哀氛围一扫而光,经过那次惨淡的失败,这些朝臣已从不安和绝望中走出来,在此关乎国运的紧要关头,他们第一次不分你我紧密团结。此时,所有人都目视着于谦缓缓走进来,他们心里清楚,这座帝都与这位新晋的兵部尚书紧紧连在一起,看着于谦坚定和自信的面孔,所有人都暗自松了一口气。

朱祁钰目视着于谦,以及与他并排而至的新狐王,暗暗叫好。他自匆忙登基以来,朝堂上的变化他也是心知肚明。这个开局让他满意,那个在朝野和江湖传闻最广的狐山君王,还有天下人谈之色变的"狐王令",今后都要在他面前俯首称臣了,这也不失一个美谈。他哥哥和王振的天下已成为过去,他将开辟一个新时代。只要这次于谦能克敌制胜,赶跑也先,他的这个江山便坐稳了。

他默默看着众大臣朝拜,山呼万岁,微笑着摆了下手。众大臣行礼已毕,起身回到原地。他目视着萧天问道:"你就是鼎鼎大名的狐山君王?"

萧天上前一步,躬身道:"陛下,罪臣萧天觐见来迟了。"

"哈哈,"朱祁钰心情很好,他笑道,"朕在郕王府时便听到你的传闻,甚是有趣啊。不过传闻中把你描述成了张牙舞爪的魔王,不承想你竟是个翩翩君子,哈哈哈。如今你们狐族的冤案已得到昭雪,王爵之位也已恢复,无须再称罪臣,你是堂堂狐王,有镇守边瘴之地之功,朝廷要褒奖。"

萧天双眼含泪,跪下叩拜道:"陛下,皇恩浩荡如此垂爱狐族,身为狐王,更当为朝廷分忧,臣恳请陛下允许臣协助于大人守城,定当肝胆涂地以报皇恩。"

"准奏。"朱祁钰点点头,道,"狐王忠心可嘉,快请起。"

御前太监张成,微笑着看着萧天,一脸的感慨。

朱祁钰看向于谦问道:"于尚书,瓦剌兵临城下,尚书是否已心中有数,有了退兵之计?"

于谦上前一步,高声说道:"启禀陛下,于谦心中有数。今日午后,便在中军帐点兵,部署守城事宜。陛下,如今城中有守军二十四万人,当地守军四万,从山东、河南、山西、安徽等地调集的兵将近二十万,已休整填补到各个兵营驻守城门。如今京城兵壮粮足,官兵士气高涨,随时可以迎击瓦剌军。"

于谦又上前一步,接着说道:"陛下,此次决战,臣将与守城将士一道,做到城在人在,城亡人亡,请陛下和众位臣公放心。"

于谦慷慨激昂的一段话,无疑让在场的皇上和众朝臣都看到了希望,众位朝臣议论纷纷,纷纷点头。只有萧天低头沉思,他知道于谦此话是以鼓舞士气为主,众人一听有守军二十四万大大出乎了他们的意料,他看到上自皇上下到朝臣都欢欣鼓舞,欣喜异常,以为胜券在握。他们哪里知道要守住这偌大的京城,这点人马只是杯水车薪。但是,于谦现在要的便是从上至下的一种自信和决心。

此次大朝会在欢欣鼓舞和少有的团结一心中结束。朱祁钰一颗忐忑的心暂时平复下来,他很满意地安抚了众位大臣一番,便宣布散朝。御前的张成公公躬身引着朱祁钰下朝回宫。

于谦和萧天面前聚起一众大臣,大家又交谈一番后,便先后散去。

午时,兵部在大校场搭起的中军帐前擂鼓升帐。四周旌旗遍布,各色战旗在微风中猎猎作响。中军帐前两列将士身着盔甲手持长枪一字排开，个个身姿挺拔，面容刚毅，威武不凡。只听见鼓声阵阵，号角齐鸣，一队队兵士整装待发。

一些手持令牌前来领命的军官，个个腰杆挺直，步伐坚定。一些被邀而来的江湖帮派当家人也相继赶来，李荡山、柳眉之、吴树致、李炎泰等等，他们看到此情此景，心中不由暗叹这还是那个在土木堡不堪一击的大明军队吗？仅仅过去了一个月，宛如涅槃重生。他们不由将敬佩的目光投向大帐中这个身躯瘦小的尚书大人，能力挽狂澜的朝中大臣，非他莫属。

于谦一身战袍，抬眼扫视了一下四周，看到大帐里各处将军已到，被邀而来的江湖头目也已到齐。他看了眼一旁的萧天，萧天此时也是一身盔甲，他们交换了个眼色，萧天对他点点头。

于谦朗声说道："诸位将官，各位英雄：城外也先大军已到，气焰十分嚣张，当然他们有嚣张的本钱，土木堡一役咱们输得窝囊，二十万精锐片甲不留，咱们太上皇也在他们手中。我知道在座的各位也像我一样憋着一股劲，我大明开国至今，屡屡开疆拓土，战胜来犯之敌，还从没有如此惨败过。昔日太祖在屡被围困的情况下，尚可纵横天下，横扫前元，建立大明恢复汉制，我辈岂是贪生怕死之人。如今君明臣良，上下一心，小小瓦剌在我大明面前岂有不败之理，定要为在土木堡一役中死难的将士报仇雪恨。"

众将军群情激昂，纷纷挥手叫道："报仇雪恨！"

于谦挥手止住众人喊声，道："也先狡猾至极，他自以为聪明。据探子来报，也先的先头部队白天扎营睡觉，他这是明摆着要夜袭。咱们不能让他牵着鼻子走，此时，他定然不会想到咱们会出击。各位将军听令：现分派各位将军守护九个城门，如有丢失者，立斩。"

诸位将军目光肃穆盯着于谦，只听于谦宣布道："宣武门，韩东；安定门，刘善强；东直门，陈俊江；朝阳门，陈安；西直门，魏东升；正阳门，杨喜；崇文门，李家堡；阜成门，吴为东；德胜门，于谦。"

于谦话音一落，众将军面面相觑，他们没有想到尚书大人把自己也列在守城的将军之列，那句"如有丢失者，立斩"的军令也变成置他于生死之间的利剑，可见大人决心已定，要将自己置之死地而后生。

更不可思议的决议还在后面，只听于谦接着说道："大军开出城门迎敌，发现不出城迎敌者，格杀勿论。"

于谦目光坚定地环视众人，接着说道："战事一开，临阵逃脱者，立斩！将不顾

狐王令（下）

军逃脱者,立斩!兵不顾将逃脱者,立斩!敢违抗军令者,立斩!"

四个立斩的军令一出,在场的将军无不胆寒,但是没有退缩者,反而是激发了他们的斗志,他们声如洪钟地喊道:"誓死听命大人。"

萧天暗自钦佩,想到早朝时于谦在皇上面前声称心里有数,作为一个将帅口出此言,必是抱定赴死的决心。不然,谈何心中有数,面对强敌,他能做的不过是以死抗争罢了。前有文天祥,今有于谦,我大汉民族从来不缺赴死的义士,外敌当前,岂有退路?想到此,萧天不由紧握拳头,目光转向于谦。

于谦刚毅的面孔没有一丝松解,他的目光从诸位将军转到一侧的江湖头目身上。此时这些江湖好汉早已按捺不住被唤醒的男儿血性,以往用在江湖纷争上的热血,第一次将用在保家卫国上,这让他们既激动又兴奋,此时全都目光炯炯地盯着于谦,只等他一声令下。

于谦庄重地抱了下拳,看着诸位说道:"各位英雄,此番守城兵力不足,各位英雄踊跃相助,本官代表朝廷向各位英雄致谢,此时长话短说,我现在部署一下各位的守城位置。柳眉之柳堂主,你率信众守安定门;李荡山李帮主,你率帮众守东直门;吴树致吴大镖师,你率门下弟子守朝阳门;李炎泰李师爷,你率弟子守阜成门;最后是狐王,你带领众狐族兄弟守西直门。其他四个城门增加了兵力,不再安排。"

萧天和众位听到部署后,没有异议,纷纷抱拳领令。

"好!"于谦一声大喝道,"各位将军已领令,现在我命令你们率军迎敌。"

第四十七章　铁肩担道

一

街上到处是整队的兵卒,穿着盔甲跟着将官向指定位置前行。街道两侧的商铺都关门闭户,一些街坊一边拉着木板、树枝往自家窗户上堆放,一边操心地望着街上兵卒的动向,大胆的男人站在街中央翘首张望。不时有几匹快马奔驰而过,腾起的尘土在街面飘荡。

萧天骑着马,身后跟着李漠帆、张念祖、林栖、盘阳,后面是狐族和兴龙帮的兄弟,一众人马沿着街道飞快地行来。刚才在中军帐,于大人把萧天他们分到西直门与魏千总共同守卫。于大人出击的命令一下,众将便领命迅速散去。萧天也马不停蹄向西直门赶来。

于谦主动出击的策略正中萧天下怀,他知道也先铁骑的厉害,不得不防范他们夜袭,若是让他们夜袭得逞,势必形成破竹之势,何以守住城门? 在他们出手之前动手打乱他们的部署,便是上上之策。

"念祖、漠帆,"萧天回头说道,"一会儿见到魏千总,你们不可无礼,要服从魏千总的调遣。"

"听他的?"李漠帆不屑地说道,"我李漠帆只听狐王的。"

"你们听着,这是战场,军令如山,必须服从。"萧天厉声说道,他这一句话并不是只说给李漠帆听的，他望了眼身后几人，目光犀利地接着说道，"你们都给我记着。"

他们沿着街道又前行了一段，便看见西直门高高的护城墙。

西直门前聚起乌泱泱一片队伍，魏东升穿着盔甲，手里攥着半块饼子，正声嘶力竭地向他的队伍喊话："今儿早起，有个兵丁向老子请假要回家，说是地里的高粱要收了。我日你祖先，还回家收高粱？眼看着瓦刺人要攻进北京城了，你还收他妈的狗屁高粱？一旦京城失守，国将不国！想想前朝大宋被元军所灭，多少人被砍杀？多少城池被涂炭？好好的大汉江山易了主，被蛮夷占了去，亡国的滋味苦呀！还惦记你那几亩高粱，你的人头都不保了，你的父母妻儿都将暴露在他们的铁骑下，任人宰割啊！兄弟们啊，要想保住父母亲人的命，就要跟瓦刺拼命，你不去拼命，你的家人命不保也。我问你们是去跟瓦刺拼命，还是让他们要了咱们家人的命？"

"跟瓦刺人拼命！跟瓦刺人拼命！"

喊声从队伍中发出，声震四方，气壮山河。

萧天注视着被魏东升点燃了斗志的队伍，不由发出赞叹的叫好声。他开始对这个守门千总刮目相看。他对魏千总并不陌生，这近两年的时间里，他数次从西直门而过，平日里魏千总世故老到，还很会耍滑头，但是在国难当头，能够挺直腰杆，勇于担当，敢于迎敌，萧天便要对他说声好样的。

萧天翻身下马，命张念祖把队伍与军队并列，他向魏东升走去。魏东升喊完了话，刚咬了口大饼，他的属下便跑上前说道："千总，狐王到了。"魏东升急忙扔掉手中大饼，惶恐地回头，看着一身盔甲、气宇轩昂的萧天。

魏东升心里的惶恐一半是出于诧异和不安。在他西直门的城门洞里，海捕文书才撕掉不久，那张旧了撕、撕了又贴的狐山君王的画像更是印在他的脑海里。从朝中一传来狐族受王振陷害已昭雪的消息，他便唏嘘不已。今日见到昔日狐山君王如今的狐王，不由在心里骂了一句娘，日他祖先，怪不得抓不住，如此一个玉树临风般的人物，被画成魔王的样子，可见王振一伙蠢笨至极。

魏东升迎着萧天走过去，躬身行礼道："参见狐王。"

"魏将军，此乃非常之时，不必多礼。"萧天微微一笑道，"眼见你治军严谨，甚是欣慰。我把狐族勇士和兴龙帮弟兄都带来了，听候魏将军调遣。"

"狐王谬赞了。于大人此次是下了死令。"魏东升挺直腰板，目露寒光道，"刚才属下接到密令，一旦出城迎敌，城门便被封死，擅自入城者，立斩。我们都要抱着必死的决心，我魏东升也是一条汉子，死在战场并不辱没祖先。"

"好。"萧天叫了一声好，目光坚定地说道，"我萧天愿随将军一道，共赴生死。"

"好。"魏东升哈哈一笑，"素闻王爷文韬武略超群，我可是深有感触，与你神交已久啊。"

萧天也笑起来："这话不假，魏将军要抓我也不是一日两日了，海捕文书都换了无数张了，可谓是神交已久了。"

两人说笑间，都回到马前，翻身上马。魏东升向身后的队伍大喊一声："兄弟们，亮出咱们男儿本色的时刻到了，谁怕死，谁回家抱孩子去，有种的都跟我出城打瓦剌去……"

海啸般的喊声，震耳欲聋："打瓦剌！"

城门大开，乌泱泱的队伍井然有序地向城门走去。萧天和魏东升并排而立，看着前面的军队一队队走出，很多都是稚嫩的面孔，萧天心里隐隐有些刺痛，他们也许还不知道将要面临的是何等剽悍的敌人，但是他们的眼神里却有着无畏的勇气，这也许是他们唯一可以战胜敌人的砝码了。

队伍刚一出城，城门便在他们身后重重关上。巨大的金属撞击声淹没在纷杂的脚步声和战马的嘶鸣声中。没有人回头，也没有人再看城门，他们心里清楚，城门一关，他们只能以血肉之躯去抵挡敌人的铁骑。

"狐王，依你看队伍扎到哪里比较有利？"魏东升策马到萧天身边问道。

"一里之外有处山坡，叫北岗，咱们把军队驻扎到那里，地势有利于防守，也有利于出击，离城门也近，像一个钉子钉在那里可以死死守住城门。"萧天胸有成竹地说道，他在中军帐接到指令后，迅速查看了挂在帐中的地图，找到了这处最佳位置。

"好。"魏东升点点头，心里十分喜悦，能跟着狐王打仗，对于他来说可是天大的运气。

很快队伍便行进到一处山坡下，坡下是一条官道，官道一侧是水渠，另一侧是大片农田，地理位置很好。魏东升命令部队驻扎，挖工事，扎营帐。不多时一个营帐扎好，萧天和魏东升走进营帐，一个属下很快在帐中挂上地形图，两人看了片刻，萧天道："魏将军，这场仗难就难在，不知瓦剌要进攻哪个城门。咱们在这里也无法知道其他城门的战况，你派几个探马，分别去探查。还有派探马往瓦剌阵营打探消息，随时了解他们的动向。"

魏东升二话不说出大帐部署去了。萧天依然站在地形图前拧眉沉思，手指着上面不停地划来划去。不多时，魏东升部署完回到大帐，走到萧天面前问道："狐王,依你看也先会攻击哪个城门?"

"这个不好说,九个城门其实兵力基本平均,这要看也先这家伙对咱们城门部署的了解了。"萧天看着地形图陷入沉思。

突然,一个探马跑进大帐:"回禀王爷、将军,也先一部于安定门外,与我军激战,战事胶着,我方有伤亡。"

萧天和魏东升交换了个眼色,魏东升道:"再探。"

探马躬身退出去。候在帐外的李漠帆和张念祖走进来。

萧天立刻回到地形图前,手指着安定门的方向说道:"安定门,守城将军刘善强、柳眉之。"说到柳眉之萧天皱起眉头。

"刘将军我熟悉,他是一条血气方刚的汉子。"魏东升说道。

"但愿他们能顶住瓦剌的这次攻击。"萧天忧心地说道。

张念祖知道萧天忧心的原因,说道:"柳眉之那些信众大多是乌合之众,虽然人数众多,但是在强敌面前,不知可以坚守多久。狐王,我去前方一探虚实,可好?"张念祖上前一步请令道。

"也好。"萧天望着张念祖,嘱咐道,"只可探看,不可交战。"

张念祖点头应下,转身走出大帐。

张念祖跑到自己马前,翻身上马,策马离开营地。他沿着城墙向安定门的方向疾驰而去。

绕开大道,走小道,有时从农田里穿过去,不久便听见一片厮杀声。城门前一片开阔地上一片混战。骑着烈马的瓦剌人在里面横冲直撞,明军伤亡惨重。地上随处可见被刺伤倒地的战马和血淋淋的残尸。张念祖的眼睛瞬间变得血红,他身下的战马在血腥的刺激下仰脖嘶鸣。

在城门前伫立的守军将领突然大喊一声:"冲呀!"

又一队明军呼喊着向瓦剌人冲来。瓦剌人中一个头目高声嘶叫着:"攻进去,这座城就是我们的了。"众多瓦剌人呼叫着向前方冲去。

张念祖头皮发麻,他从腰间抽出长剑,喃喃自语道:"大哥,恕弟无法从命了。"说完,大喝一声,催马向战场冲去。

张念祖催战马冲进瓦剌人堆里,举剑迎敌。只听四周杀声震天,长剑所到之处,人仰马翻,张念祖杀红了眼,突然眼前蹿出一匹枣红马挡到身前,一个黑袍蒙古人举剑直刺而来,张念祖持剑迎击,他长剑所到之处,一张熟悉的面孔横在眼前。

张念祖恍惚中停下手中剑,愕然叫道:"和古帖?"

"黑子?"和古帖圆圆的脸庞溅满血迹,她愤怒地吼道,"你怎敢向我们开刀?你忘了你的身份了?"

"和古帖,这是战场,你如何在这里?"张念祖大喊道。

"我所有的亲人都死在这里,我要报仇。"和古帖眼中流露出怨恨的凶光,她喊道,"黑子,掉头跟我走吧,咱们瓦剌大军就要攻进京城了,将来这座城会成为瓦剌人的都城,你也将成为开疆拓土的将军,可好?"

和古帖一番话像一盆冰水把张念祖心头重逢的喜悦浇了个透心凉,他浑身一阵战栗,持剑伫立在枣红马面前,脸上瞬间变色,眼睛阴鸷地盯着和古帖,道:"想攻进京城,你便要从我的尸体上踏过去。"

"黑子,你疯了吗?"和古帖愤恨地叫道,"你个忘恩负义的杂种,当初就不该救你。"

"说得好,"张念祖目露泪光,猛拉缰绳,叫道,"和古帖,如今在战场上,别怪我不手下留情,该还的我都还给你了。如今轮到我作为一个汉人对瓦剌人还击的时候了,别以为我们会怕你们,把你们打回草原是迟早的事。"

张念祖话音一落,便持剑直击和古帖,和古帖手持弯刀挡住。两人一来一去,和古帖哪里是张念祖的对手,很快败下阵来,她仓皇而逃。张念祖越杀越勇,他身边聚起不少明军跟着他冲击,不多时便收复大片失地,瓦剌人且战且退。

这里的战况被守城将军刘善强看见,刘将军催马奔过来,向张念祖抱拳道:"英雄请赐名。"张念祖笑道:"刘将军,我乃狐王属下,奉狐王令,前来助战。"

刘善强听闻是狐王属下,不由钦佩感动至极,他抱拳道:"还请英雄给狐王带话,说我善强仰慕狐王。"

"刘将军,趁官兵士气正旺,不如一鼓作气杀向瓦剌人,这些瓦剌人只是纸老虎,只能给他们来狠的。"张念祖说道。

"好。"刘善强回头大喊,"将士们,冲呀!"

将士们在初胜的鼓舞下,气势如虹地向瓦剌人冲去。

张念祖眼见大势已定,瓦剌已退,便策马向营地驰去。在营地上几个大帐周围,围坐着众多的人,人群的中间,一个白衣男子盘膝而坐,闭目合掌,口中念念有词。四周的众人也跟着念念有词。

张念祖一看那个白衣男子,不是柳眉之又是谁! 一股恶气立刻从胸口升起,但是此时看着四周的信众,也不便发作。

张念祖看到天色已晚,出击的明军也陆续返回,想到还要向萧天复命,便转身策马往回返。

天色渐渐暗下来,张念祖回到营地时,看见萧天和李漠帆在帐外等着他。萧天看见他的马便跑过来,一看他脸上的血迹,便怒道:"念祖,你为何抗命?"张念祖知道萧天担心他,便低头认错,接着便把安定门前的战况说了一遍,只是隐瞒了和古帖没说。

李漠帆听到柳眉之在帐前念经便气不打一处来:"这个柳眉之除了念经,还会干点正事吗?真不明白于大人为何叫他去守城。"

"各有各的法门。"萧天沉吟片刻,说道,"好了,念祖你回去休息吧,看来那股瓦剌人并不是主力,只是试探虚实而已,咱们不能松懈,要加强警戒,提防瓦剌人夜袭。"

二

十月的夜,寒潮已来袭。

一轮孤月下,远处苍茫的大山隐在夜幕里,四周的树林寂静无声,偶尔有一两只孤雁飞过。山坡上数顶大帐在风中发出呼啦啦的声响,中间一个大帐里映出昏黄的烛光,里面案前坐着萧天和魏东升,两人一边饮茶一边谈着战况。

"狐王,你说今日也先派出几股兵力,一股去攻击安定门,没有得逞;又一股去攻击德胜门,也没有得逞,他们这是玩的哪出呀?"魏东升紧锁眉头望着萧天。

萧天啜饮一口茶,放下茶盏道:"也先很狡猾,他觊觎中原也不是一日两日了,对咱们有所了解,不然也不会大胜土木堡,他这是要扰乱视听,让咱们无法做出判断,他好趁乱火中取栗。"

"有道理。"魏东升点点头。

"但是,也先没有想到如今于大人主持大局,"萧天一笑道,"于大人一道死令,抗争到底,没有退路。这便要看看哪边的决心大,哪边更不怕死了。"

"哼,也先既想称霸中原,他当然不想死,还做着当皇上的春秋大梦呢。"魏东升撇着嘴说道,"看来,咱们只要顶住压力,以死抗争,他也先自然要败下阵来。"

"不错。"萧天点头道,"不过,也先手里也有好牌还没有出手呢,咱们太上皇不是在他们手里吗?"

"唉,是呀……"魏东升直摇头,"太上皇在他们手里,想想就窝火,你说都是啥事。"

萧天看了眼大案上的沙漏,说道:"应该到三更了,魏将军你还是睡一会吧,我出去四处看看。"

"狐王,我跟你一起去吧?"魏东升站起身道。

"咱两人还是轮着睡会儿,谁知明日战事会不会来临。"萧天安抚住魏东升,转身从剑架上取下长剑,走出大帐。

大帐外站岗的兵卒急忙向他行礼,萧天摆了下手,向远处走去。

那个站岗的兵卒踮脚望着狐王远去的背影,急忙回头对身旁的一个兵卒说道:"兄弟,我这肚子咋一个劲绞着痛呀?"这个兵卒满嘴河南口音,一脸苦相看着一旁的兵卒。

"活该。看你那点出息,不让你多吃,你偏不听,吃出毛病来了吧?"另一个兵卒埋怨道。

"这怎能怪我呢? 俺娘说,出来当兵,就图一口饱饭,不让吃饱当什么兵?"河南兵捂着肚子说道,"不过,真的,俺们头次来京城,这皇城里的口粮就是香。哎哟。"

"行了。"另一个兵卒四处张望了下,回头对河南兵说,"这会儿狐王夜巡去了,你拉泡屎就没事了,去吧去吧。对了,你可跑远点啊。"

河南兵急忙点头,把手中长枪交给那个兵卒,自己捂着肚子哈着腰,一溜烟往坡下树林跑去。想到那个兵卒说让他跑远点,便迈开两腿撒丫子往树林深处钻。

河南兵一边跑着,一边想找一个适合蹲的地方,四周蒿草很深,终于找到一片平地,却看见前方隐约有人影晃动,还可以听见马匹打着响鼻。这一惊把拉屎的意愿也给吓回去了,与此同时,他仓促跑来的身影也惊呆了树林里的人。

"活捉了他。"一个低沉的声音从暗影里响起。

河南兵顺着声音,借着从树梢洒下的惨淡月光,看见那片空地上聚集了密密麻麻的人影,个个背着弓箭,手持大刀,骑着马。从身形一眼便可认出是瓦剌人,俺的个娘呀,如今两军对垒,敌人说来便来了。

河南兵第一个念头便是回去报信。他撒开两腿转身便跑。身后传来马蹄声和几支箭飞射而来所夹带的呼呼风声。河南兵一边跑,一边扯开嗓子大喊:"瓦剌人,瓦剌人来了,在树林里。"夜很静,突兀的喊声传出去很远。

马上的瓦剌人大怒,挥刀向前面跑动的河南兵砍去。河南兵一声惨叫,跌倒在地,他忍着剧痛,突然看见自己一只手臂滚出去很远,他顾不上捡回自己的残肢,心里想着坡上营地里人们还在睡大觉,若是瓦剌人突袭过来,那是要死人的呀。越想越怕便疯了似的向前跑,一边跑一边接着喊:"瓦剌人,瓦剌人在树林里,瓦剌人来了。"

马上的瓦剌人策马紧追几步,一刀砍到河南兵头颅上,黑色的血浆喷涌而出,河南兵应声倒地。瓦剌人伸手抹去脸上血迹,晦气地朝地上啐了一口。月光照在他一脸横肉的面颊上,他怒视前方,盯着明军的营盘。

身后蹿上一匹马,叫道:"庆格尔泰,明军已发觉,偷袭不成,咱们如今怎么办?"

庆格尔泰瞪圆眼睛,发出一声怒吼:"特木尔,拿出你看家本领,直捣明军营地。"庆格尔泰心里窝着火,他已在也先面前立下军令状,一定率骑兵先破城。他潜伏在这里一天了,眼看偷袭要成功,却偏偏碰到一个跑出来方便的明军兵卒,搅了他的好事,坏了先机。

庆格尔泰急于在也先面前立功,自从黑鹰帮帮主乞颜烈被炸死,他和特木尔几经周折才逃出京城,黑鹰帮也散了伙。无处可去,便投奔了也先。也先知道黑鹰帮的厉害,更知道黑鹰帮有四大金刚,便让他召集剩余人马归到自己治下。

也先待庆格尔泰不薄,封他为开路前锋大将军。庆格尔泰也没有辜负也先的信任,一路拼杀直捣京城。此时此刻,庆格尔泰望着对面山坡上人喊马嘶,知道对方已经警觉,便不再犹豫,回头向自己队伍挥手道:"勇士们,趁明军准备不足,给我冲进去,杀他个片甲不留。"

庆格尔泰一声令下,身后传来一阵阵嘶叫声,瓦剌人高声吼叫着策马向前冲去。

坡上一片火光。

河南兵的喊声惊醒了所有人。第一个听到喊声的是河南兵的同乡,知道河南兵遇到瓦剌人,便拼命地大喊,几个大帐里的将官听见喊声便跑出来。

此时,萧天已穿上盔甲和魏东升站在大帐前,望着面前迅速集结的队伍。萧天从两列手举火把的兵士面前走到中间,大声说道:"兄弟们,瓦剌人就在坡下,咱们报仇雪恨的时候到了,跟我冲出去。"众将士高举武器大声喊道:"报仇雪恨!"

萧天与魏东升仓促议定,萧天带队伍进攻瓦剌人,魏东升在营地驻守。萧天翻身上马,他身后是李漠帆、张念祖、盘阳、林栖,萧天一声令下,队伍便向坡下杀去。瓦剌人已冲到坡下,迅速与萧天他们激战到一处。片刻工夫,杀声震天,战马嘶鸣,两军胶着到一处。坡上,魏东升看得胆战心惊,他不停地命令兵卒擂响战鼓为出战将士助威。

只听战鼓齐鸣，响彻云霄，四处都是铿铿锵锵的兵器撞击声。

萧天扭头望见一个阔脸壮汉，手持大刀劈人无数，十分勇猛，像是瓦剌的头目。萧天持剑策马迎上，两人过招后，萧天猛然认出此人在马市见过，该是乞颜烈的手下，便大喝一声："你可是黑鹰帮门下？"庆格尔泰不屑地哼了一声，道："我乃前锋大将军，休要啰唆，拿命来。"

"大哥，把他交给我。"张念祖从一旁斜着蹿过来，战马插到萧天马前，张念祖从厮杀的瓦剌人中一眼认出庆格尔泰，由于他脸上伤疤的缘故，庆格尔泰并没有马上认出张念祖。张念祖看见他立刻猜到黑鹰帮的四大金刚有可能尽数投奔也先，这四大金刚可不是浪得虚名，他必须尽快干掉庆格尔泰，减少伤亡。想到这里，张念祖挥长剑向庆格尔泰刺去，由于不是自己的宝剑，用着不很顺手，但是对付庆格尔泰还是绰绰有余。两人纠缠到一处，张念祖越战越勇……

萧天看他俩战到一处，便催马去支援李漠帆。几个瓦剌人的弯刀挡到李漠帆剑上，眼看李漠帆支撑不住，萧天一声大喝持剑杀过来，连挑了两名瓦剌人，与李漠帆并肩而战。

林栖和盘阳分别对付特木尔和查干巴拉，林栖刀法奇快，特木尔使惯了蛮力，渐渐招架不住。查干巴拉武功不在盘阳之下，但怎奈盘阳鬼点子多，又不与他实打实地斗，一个劲地声东击西，气得查干巴拉哇哇大叫，有力使不出，最后马腿被盘阳用长鞭缠住，查干巴拉从马背上摔下来，被后面赶到的明军砍了头颅。

一旁的特木尔向庆格尔泰策马跑来，一边跑一边大叫："庆格尔泰，不对呀，明军像疯了似的，个个不要命，这……这仗怎么打呀，咱们快抵挡不住了。"庆格尔泰此时心里也发毛，在他印象里明军像一盘散沙，根本不堪一击呀。他万万没想到，这伙明军这么厉害。在土木堡一仗中，明军二十万精锐被也先不足五万大军给灭了，那些明军就像无头苍蝇四处乱跑，毫无章法，兵败如山倒呀！

那么此时他们面对的真的是明军吗？如何短短月余的时间，这支畏强凌弱的军队便脱胎换骨了，变得这般不屈不挠，如钢筋铁骨般傲然挺立！

此时庆格尔泰也开始品尝到了什么是兵败如山倒。他被张念祖死死缠住，根本没有机会观望战场，听到特木尔的话，他方转回身，这一望不要紧，心里已然凉了半截。战场上瓦剌人死伤过半，虽然明军的伤亡也不小，这是他万万没想到的。他是也先精锐的先锋，这些瓦剌人都是草原上的勇士，有着以一当十的本领，竟然被明军阻挡在坡下，没有向前挺进一步。

狐王令 (下)

庆格尔泰很清楚,自己带的这支精锐之师潜入林中多日,被也先寄予厚望,前两日一些小股兵力左打右打,都是为了掩饰这支队伍,被也先认为是最有可能率先攻进京城的,而且西直门的布防他也熟悉,只是……没想到迎接他的却是这个结果。若是这支队伍在他手里被灭了,也先绝饶不了他。现如今攻城已是次要,先保住这支队伍才是重中之重。想到此,庆格尔泰且战且退,他回头大叫特木尔,用蒙古语大喊:"撤,快撤。"

　　特木尔本来便不愿再战,一听到庆格尔泰下令撤退,便如同大赦般催马向战场上苦苦支撑的瓦剌人大喊:"撤,快撤。"众多瓦剌人丢盔卸甲跟着特木尔掉头往回跑。庆格尔泰也瞅准机会,溜之大吉。张念祖纵马便追,被身后的萧天喊住。

　　张念祖策马回到萧天身边:"大哥,不乘胜追击?"

　　"一场胜仗,可以忽略不计,还要从长计议。"萧天说着,脸色忧郁地看了眼四周,道,"咱们伤亡也不小,你招呼人打扫战场,给伤员诊治。"张念祖点头,领令策马而去。

　　此时,天空一侧现出一丝鱼肚白,这一夜终于过去了。

　　午时三刻,坡下前哨探马突然快马来报。大帐里萧天和魏东升正与众将站在地形图前商议下一步布防之事。探马匆匆走进大帐回禀道:"回禀狐王、魏将军,瓦剌派来使者,说是有事商谈。"

　　萧天和魏东升面面相觑,魏东升急忙问道:"来了几个人?"

　　"两个瓦剌人和一个宫里太监。"探马说完看着萧天和魏东升。

　　"宫里太监?"魏东升上前一步问道,"你可看清楚了?"

　　"来人说是太上皇身边的太监。"探马说道。

　　萧天点点头,吩咐探马再探。探马走后,萧天看着众人说道:"两军交战不斩来使,看看他们有何新花样。既派来使者,他们也不会再战,也好,让咱们的将士抓紧时机休养。"萧天望着魏东升微微一笑道,"看来,他们要拿手中的太上皇做文章了。"

　　"这……"魏东升问道,"咱们要不要禀明于大人?"

　　萧天点点头,转身回到案前,在宣纸上匆匆写了几行,折好递给林栖道:"林栖,你骑快马到德胜门,把此信交与于大人。"林栖点头,怀揣信件转身去了。

　　萧天和魏东升走出大帐,张念祖从坡下策马过来,来到他们面前翻身下马,道:"大哥,我已探明来人是前锋大将军庆格尔泰、副将特木尔,还有太上皇跟前的太监陈德全。"

萧天和魏东升交换了个眼色,萧天道:"既要跟咱们谈,且听他们如何说,派人在坡下平坦处扎上大帐,咱们先尽地主之谊。"

一个属下领令下去,不多时,七八个兵卒在坡下平坦的草地上搭了一个大帐。一炷香的工夫,一个副将领着来使走进大帐。

庆格尔泰一脸横肉满不在乎地走进大帐,他身后跟着处处小心的特木尔。两人一个骄横一个狡猾,直接走进大帐,根本没有把里面的人放在眼里,他俩身后跟着哈着腰一脸惶恐的陈德全。陈德全一看见明军将领在座,急忙跑上前跪了下去,他冲魏东升叩头道:"将军,老奴是陛下跟前太监陈德全啊。"

"陈德全,太上皇他老人家身体可还安康?"魏东升有意提醒他道。

陈德全一听"太上皇"三字,心里咯噔一下,他在皇宫浸淫半生,深知皇家宫斗的波诡云谲,翻手为云覆手为雨,"太上皇"一出,大势便已去,怎么保住自己的贱命要紧。他跪在地上浑身颤抖地回道:"回将军,太上皇身体无碍。"

魏东升与萧天交换了个眼色,两人都很淡定,默默坐着饮茶,也招呼着来使饮茶。倒是庆格尔泰沉不住气了,他哪里知道刚才两人对话的玄妙,还自以为手里攥着对方皇上的生杀大权,因此无比狂傲。

昨夜的溃败让他在也先面前失了面子,为了给自己的大败找回颜面,他肆意夸大了明军的数量,让也先半信半疑。最后也先的大军师博纳勒出计策,以所抓大明皇上为条件,跟明军谈判。一是争取时间从关外调兵,二是若能借此要挟明军开城门迎接他们的皇上,那他们也可借机攻城。

庆格尔泰大咧咧地说道:"你们皇上在我们手里,我们也先大汗本着睦邻友好的善意,要你们派出官员,一日后来我方大营谈判,商议迎接你们皇上回城事宜。"

魏东升点点头道:"来使,请转告也先大汗,我朝新皇已登基,并已昭告天下。贵方既与我朝太上皇于一处,定当以礼相待,不胜感激。来使的提议我方已知晓,定会禀明朝廷,一日后回话。"

魏东升的话让庆格尔泰大吃一惊,他与特木尔交换了个眼色,庆格尔泰脸色一变,比来时收敛了些,起身说道:"话已带到,告辞。"

"送来使。"魏东升目送三人离开。陈德全不得已跟着庆格尔泰走出去,一边往大帐外走,一边回头不舍地看了一眼。

三人一走出大帐,魏东升便骂道:"这个狗奴才叛贼,怪不得也先对咱们的城门布防了如指掌,一定与他脱不了干系,别看他如今可怜样,以前没少做坏事,将来必诛之。"

"如今还顾不上他,不知林栖见到于大人没有?"萧天忧心地说道,"也先太狡猾,他出了这么一招,咱们如何应对?"

"不能与他们谈判。此时战端已开,应该一鼓作气把瓦刺人赶出去。"魏东升大声说道。

"可是太上皇那里如何办?他毕竟是咱们的太上皇,国体为大,如果让天下人知道咱们置太上皇于不顾,岂不是要遭天下人耻笑?"萧天说道。

"我看应该与他们谈判。"突然帐帘一挑,走进一个披着战袍、个头瘦小的人,虽然身形瘦小,但话音掷地有声,"至于怎么谈,咱们说了算,不能让也先牵着鼻子走。"

"于大人。"

"尚书大人。"

众人惊讶于谦竟然出现在大帐中,于谦精神抖擞地说道:"我从送信的兄弟口中,已经知道了昨夜的战斗,没想到你们抵挡住了也先的精锐,真是好样的。你们这里的战况我已命人通报各个城门,真是鼓舞士气啊。把他们打痛了,他们要与我们谈,其实是拿太上皇做要挟,不去理他,便会落入圈套,咱们去谈。"

"可是……"萧天上前一步问道,"难道于大人真要去面见也先和太上皇?"

"不。"于谦坚定地摇了下头,望着萧天道,"既想不落人口实,落个置太上皇不顾的恶名,又不想让会谈掣肘大局,就要选个合适的谈判人选。萧兄,你可有推荐的人选?"

萧天愣住,在脑海里过了几圈,也想不起哪位大臣可以胜任这次刀尖上的出使。萧天看于谦自信满满的样子,突然问道:"难道大人已有了人选?"

"可还记得诏狱里牢头王铁君?"于谦提醒他道。

于谦此话一出,当场把几个人引得哈哈大笑。魏东升是认得王铁君的,他那相貌在京城也只能待在诏狱里比较安全,大白天出门都能吓着孩子。张念祖更是抿嘴忍不住直乐,倒是李漠帆快言快语:"于大人,你让一个牢头去谈判,那边有陈公公在,他的身份立马便暴露了,就他那样,定把也先惹毛,准谈崩。"

"谁说我要谈成了?"于谦大笑道。

"妙呀!"萧天直到此时才猜出于谦的谋算,不由拍手称绝,"这样甚好,既不落罔顾太上皇的话柄,又给了也先结结实实一个嘴巴,最好惹毛了也先,决一死战,只有这样咱们才能彻底赶跑瓦刺人。"萧天说完略一沉思,担忧地问道,"这个牢

狐王令(下)   957

头……能担此大任吗？"

"能。"于谦微微一笑，"各位，别忘了我曾在诏狱待过数月，与王牢头也甚熟。此人面目丑陋，正好可以灭一灭也先的气焰。王牢头数年浸淫诏狱，能在那种地方活得气定神闲，其心性可谓强大，出使敌阵，面遇强敌，考验的便是心智。"

"于大人英明啊！"众人一阵欣喜。

于谦不动声色地伏案疾书，不多时写下一封书信，交给自己随从，说道："拿着我的兵符，进城去见刑部陈畅，要他速把王铁君带到大营，还有让王铁君带两个狱卒，立即晋升他为刑部司务。"

随从接住信件，拿着兵符，转身走出大帐。

三

当日傍晚时分，王铁君慌里慌张从诏狱大牢里跑出来，正不明就里，只见刑部侍郎陈畅已站在院中等他。

陈畅一见王铁君，立刻明白于大人为何选中他。只见此人一张倭瓜脸黑里发青，一双暴突大眼，眼白多于眼珠，给人的第一印象是从阴曹地府跑出来的判官，相貌如此惊人。陈畅很是满意，作为一名使者足以彰显我大明的威仪了。

陈畅上下看着王铁君沉默不语，王铁君被陈畅看得心里发慌，不由问道："陈大人，你找我所为何事？"

"王铁君，此时瓦剌围城，作为大明子民你要如何做？"

"那还有啥说的，若需要便上阵杀敌，我王铁君好歹也是一条汉子，绝不含糊。"王铁君拍着胸脯说道。

"好，有你这句话便行了。"陈畅上前一步说道，"于大人对你有重任，你小子官运来了，我接到大人口信，要晋升你为刑部司务，还不谢恩。"

王铁君当然知道陈畅所说的于大人，便是曾经关押在他牢中的于谦。只听陈畅接着说道："于大人要你带两个狱卒，代表咱们朝廷去与也先谈判，也就是说见个面，至于谈什么，你见了于大人再说。"

王铁君一听此言，脑子里嗡一声，双腿一抖，几乎站立不住，他颤颤巍巍地问道："陈大人，玩笑不得呀，我如何能代表朝廷呀？我官位太小，还是换官居要位的大臣吧。"

"你怎么如此顽固不化?"陈畅压低声音说道,"各位大臣都在城门驻守,以命相搏,说是派你去谈判,实则是陪他们要一要。"

"噢,老夫明白了。"直到此时,王铁君心里已然明了,这几日四处都传来与瓦剌作战的讯息,他虽在狱中但是各方消息也都清楚,比起在城门驻守的兵卒,他冒充个使者去谈判也没有什么大不了的。他也深知覆巢之下安有完卵,想到自己穷困潦倒的一生,老了竟会有如此奇遇,竟然晋升了官职,孩儿得知还不知有多欣慰呢,想到此便喜上心头,即便是死了,也会让子孙铭记。"好,陈大人,我去。"

"王司务,你是好样的,带上两个手下,咱们这便上路。"陈畅又嘱咐了几句。

王铁君一边往回走,一边想他手下的几个狱卒,既要去谈判便要寻能说会道的。这一趟风险极大,搞不好命便搭那儿了,咱不能做断子绝孙的事。想了半天选出"耳朵"和"油条"。"耳朵"是孤儿,连自己的姓氏都不知道;"油条"排行老幺,上头有三个哥哥。这两人合适。

一会儿工夫,王铁君带着"耳朵"和"油条"走进大堂见陈畅。陈畅一看这两个狱卒,一个瘦小似猴子,机灵活泼;一个又高又壮憨头憨脑,走到哪里都似根柱子杵着。心里寻思这三人组成的使者团也真是让自己开了眼了。不过他很满意,命手下奉上出使的新衣冠,并帮他们换上。这可把"耳朵"和"油条"乐坏了。"耳朵"一个劲地夸赞:"'油条',看见了吗,跟着咱大哥没错,这下,咱兄弟可露脸了,当使者了。"

"我说'耳朵'、'油条',你们都给我精神着点,不能丢大明朝的人,咱们天朝上国,礼仪之邦,见着瓦剌人都要横着点。"王铁君说道。

一听此言,"耳朵"和"油条"面面相觑,大眼瞪小眼。

"我的娘呀,你说咱们去见谁?""耳朵"颤着声音问道。

"瓦剌人!"王铁君大声说道,"怎么,怕了?怕了你们赶紧给我滚回去,我再选人。"

"你滚犊子吧,我不怕。""油条"挺了挺胸,憨声道,"我堂兄在土木堡死了,我正要给我堂兄报仇呢。我去,见那帮龟孙瓦剌人,给我把刀,我杀一个够本,杀两个赚一个。"

"闭嘴,谁让你去杀瓦剌人?咱们代表朝廷去与他们谈判,你不看看朝中大臣都去守城门了,就咱们闲着,还不该为朝廷做点事吗?想想你们这些年吃着朝廷俸禄,如今是咱们为朝廷出力的时候了,小子们记住,没有朝廷哪有咱们。"

"耳朵"和"油条"点点头,连一旁的陈畅听着这些质朴的话,也不由对他们肃然起敬。

四

翌日未时,瓦剌大营前突然出现一队明军,打头的马上之人举着一面使者的旗帜。在大营前值岗的瓦剌哨兵立刻跑回也先大帐回禀,不多时,庆格尔泰率领几个随从从里面走出来,他看着对面一队明军,大喊道:"出使官觐见,其余不得入营。"

王铁君翻身下马,望着对面密布的营帐,四周坡上吃草的马群、操练的瓦剌兵,额头冒出大颗的汗珠,他回头看了眼"耳朵"和"油条",两人缩在他身后,像霜打的茄子般萎靡不振。

萧天也从马上下来,走到王铁君面前道:"王兄,你只管大胆去见也先,我们在这里候着你。有道是两国开战不斩来使,他也先若是敢妄为,岂不让天下人耻笑?"

萧天的话无疑让王铁君有了主心骨,他整了整衣冠,回头严厉地看了"耳朵"和"油条"一眼,大声道:"小子们,都给我打起精神,像你们以往一样,怎么横怎么来。"

"我以前怎么横来着?""耳朵"心慌意乱地望了眼"油条",眼见"油条"挺直胸膛,高仰着头颅,脸上的横肉似乎都僵了。"耳朵"学着"油条"的样也仰起头。王铁君看着这俩货,恨不得一人踹上一脚,虽然看上去不入眼,但是想到要见的是也先又不是皇上,勉强凑合吧。

王铁君领着"耳朵"和"油条"雄赳赳开赴也先大营。

庆格尔泰目视着对面走过来三个人,看着他们身上光鲜的朝服,知道他三人便是来使了。只是这三位来使着实唬了他们,他身后的瓦剌小伙发出一声惊叫:"来头大呀,是多大个官呀?"另一个瓦剌人叫道:"头一个长得太吓人了,肯定是大官,没准他就是于谦。"

庆格尔泰看见三位走过,毕恭毕敬地行了一礼。王铁君铁青着脸,不以为意地往里面走去。庆格尔泰心想好大的架子,心里便暗暗藏了一股气。王铁君根本没留意庆格尔泰,他是在尽全力控制自己颤抖的不听使唤的双腿。他身后"耳朵"和"油条"像木偶般直挺挺地走过去。

也先的大帐在营地的中间,是一个蒙古包式的大帐。大帐四周布满身背弓箭腰佩大刀的瓦剌勇士,这些勇士异常剽悍和凶狠,一个个虎视眈眈地盯着他们三人。一个瓦剌人看见三人走来,急忙跑进大帐回禀。不多时那个瓦剌人叫住庆格

狐王令(下)

尔泰,两人叽里咕噜说了几句蒙古语。

庆格尔泰走到王铁君面前道:"使者大人,我们也先大汗有请。"

王铁君点点头,到了此地,也不容他再多思,总之深入虎穴,便看他自己的运气了,活了这般年纪也了无牵挂,一切随遇而安。他大大咧咧向大帐走去,他身后的耳朵和油条也跟着走进去。

大帐正中坐着一个矮胖面黑的瓦剌人,王铁君心想这便是也先了,两旁是他的官居要职的瓦剌族人。王铁君走到大帐中间躬身一揖道:"大明使官王铁君,觐见也先大汗。"

也先眯眼望着王铁君,对于大明朝臣他也略知一些,这个王铁君是何许人也?他如何从未听闻过?他又转眼望了眼使官身后两人,气得差点吐出来。这两人贼眉鼠眼,一眼便可看出根本不是官宦出身,他虽没在大明待过,但是也深知大明朝臣选拔的难度,先不说十年寒窗考取功名,只凭他举手投足便可看出出身的高下。莫不是不把我也先放眼里,否则也不会令三个不三不四的人来与我谈判。想到此,也先黑下脸,向庆格尔泰叫道:"去把陈德全叫过来。"

不多时,陈德全哈着腰一路小跑走进大帐。

也先黑着脸,指着三人问道:"陈德全,你若要活命,不得有任何隐瞒。你可识得他们?"

陈德全这才看清大帐中站着三个身着朝服的使者,他走到他们面前一看,立刻面色如土,浑身发抖,"扑通"一声跪倒在地,结结巴巴地说道:"回,回大汗,识得,是我朝之人。"

"什么官职?说!"

"是……是……牢头。"

"什么?"

"牢头。"

庆格尔泰一把抓住陈德全的衣襟,叫道:"牢头是狗屁官职,根本就是不把我瓦剌大汗放在眼里。"庆格尔泰推开陈德全对也先说道:"也先大汗,大明欺人太甚,派出个牢头来与咱们谈判,是成心小看咱们,不如我把他们三人推出去砍了,给他们点颜色看看。"

也先气得一拍大案,便要喊人。一旁的军师博纳勒站起身道:"也先大汗,休要气坏身子,不可上了那于谦的当。这摆明了就是要恶心你,让你气得失了分寸,若是杀了来使,便中了于谦的计了。"他站起身,瘦窄的面颊上一双黑亮的小眼睛骨碌碌转了几圈,走到也先面前道,"看来他们是不想接他们的皇上人质了。"

"你没听到他们已经另立皇上了。"也先阴沉着脸,道,"咱们手上的那位变成太上皇了,估计还巴不得咱们杀了这个人质呢。"

博纳勒回过头,望着王铁君嘿嘿一笑,问道:"来使,请问你的官职?"

"我乃刑部司务是也。"王铁君大声说道。

"你身后两人呢?"博纳勒接着问道。

"我的随从。"王铁君答道。

"既然两国开战不斩来使,你三人的小命你们暂且收着,"博纳勒阴森森地接着说道,"也先大汗再给你们一次机会,你回去传话,我们只与于谦谈,除此人之外,来一个斩一个,到时休要怪我们没有事先告诫。"

"军师,为何放了这三人?"庆格尔泰怒气冲天地问道。

"放他们自然有用处。"博纳勒不屑地说道,"杀他们如同踩死一只蚂蚁,让他们给咱们传话给于谦。"

"来使,你可记下了。"博纳勒阴沉着嗓音问道。

王铁君急忙点头应下,心里一阵狂跳,这次是来鬼门关溜了一圈,还能留着一条命往回走,真是幸运。

博纳勒一个眼神,几个瓦剌勇士冲过来,迅速绑了三人便往外走。

六个瓦剌勇士,两人抬一个,把三人狠狠撂到大营之外。萧天远远看见,立刻命手下催马赶到,几个人手忙脚乱解开绳索,把三人扶到马上,一众人马匆匆离开。

萧天带着三人一路疾驰,很快回到营地。于谦听完王铁君的叙述后,大赞了三人一番,命人拿令牌护送三人回城。三人经历一场生死劫难,仿佛变了个人,王铁君要求留下守城,耳朵和油条也纷纷点头。魏东升一看,拉着他们便去了营地。

他们走后,于谦在大帐中来回踱步,沉默不语。

萧天问道:"大人,也先提出只与你谈,咱们此次是谈还是不谈?"

"也先见过咱们派去的使者,便已经心知肚明,他知道咱们不会与他谈。说要见我,也是虚晃一枪,明知道我不会见他。"于谦眼睛看着地图,眼里渐露寒意,"他的侥幸心理一旦打掉,便是要决一死战的时刻了。我估计,也先要发起攻击了,而且会很快。"于谦目视着萧天道,"你这里一定要做个完备的准备,也先很狡猾,往往出其不意,不要以为他们在这里吃过败仗,便不会再来攻击。"

萧天点点头:"大人提醒得极是。"

于谦说完,便吩咐手下准备回德胜门,他一边往外走,一边叫来随从道:"吩咐下去,给其余几个城门将军传话,要时刻提防也先攻城。"

萧天和张念祖护送于谦一行到三四里之外,几人才告辞。

萧天回到营地,便与张念祖马不停蹄地四处查看布防,查看兵营里伤病兵卒的情况。直忙到酉时,眼见夕阳西下,远处的天空一片霞光。

"大哥,也先今日难道还会休战?"张念祖的话音未落,从坡上传来喊声,两匹快马向他们的方向奔来。

萧天抬头观看,认出是魏东升和一个探马的身影。萧天暗吃一惊,说道:"不好,看来有情况。"

转眼间,魏东升带着探马奔到面前,探马翻身下马回禀道:"狐王,前方有报,也先大军直奔安定门而去。"

"安定门? 为何又是安定门?"萧天拧眉自语,片刻后萧天问道,"也先有多少兵力?"

"回王爷,不详。"

萧天看着探马:"接着再探。"

探马点头称是,转身翻身上马,策马离去。

"回大帐。"萧天转身回到自己马前,三匹马飞快地奔向坡上。

闻讯而来的众位守将纷纷走进大帐。萧天和魏东升站在地形图前,看着安定门那片区域,半天都沉默不语。

"看着也先东一榔头西一棒槌,似乎不着边际,难道他最终还是选择在安定门突破?"萧天自言自语道。

"上一次攻城,刘善强胜得并不轻松。"一旁的张念祖说道,"上次只是也先派出的一小股兵力,若此次是大军压境,我看安定门会很悬。"

"是呀,念祖说得不错。"萧天忧心地看着众人,"那边一旦抵挡不住,咱们这里是离他们最近的驻军,不能袖手旁观,必须去支援他们。"

守将中有人提出异议:"狐王,尚书大人把城门分派给各个将军,咱们只管死守咱们的城门,若是分出兵力去支援,保不齐也先又向咱们城门杀来,到时岂不是自身难保?"

"你说得也有道理。"萧天道,"尚书大人之所以下死令,实则是鼓舞士气,无退路可寻,便只能迎面抗争。咱们的敌人只有一个那便是瓦剌人,而所有城门的守军都该团结一致,不分你我,在其他城门受困时去支援,反过来咱们被困,他们也会来支援。"

听到此话，那个守将惭愧地低下头。

突然，大帐外一片喧哗，一阵脚步声后，李漠帆跑进大帐，直接来到萧天面前大声说道："狐王，不好了，安定门来求援了。"

"啊……"大帐内一片唏嘘，刚才还说到安定门有些悬，如此快便来求援了。

"快，让来人进来。"萧天大声道。

不多时，从帐外一瘸一拐走过来一个浑身血迹斑斑的汉子，来人并没有穿盔甲兵卒衣裳，像是助守的平民。来人走向萧天，萧天这才认出这不是胡老大吗？

胡老大走到萧天面前，扑通跪倒在地，沙哑的声音喊道："狐王、魏将军，我奉刘将军之令，前来向你们求援，安定门一场厮杀，也先是上万的铁骑横冲直撞，咱们伤亡惨重。刘将军派我来求援后，我没走几步，便看到他被瓦剌大将砍掉头颅……"胡老大哽咽着接着说道，"安定门此时已无将军坐镇，全死了。最可气的是，柳堂主这个天杀的，他一看也先铁骑黑压压扑过来，带着几十个人跑了。我胡老大真是瞎了眼，跟着这个混蛋，我连杀他的心都有呀，我恨不得一刀劈了他，死了那多将士，血都把地染红了。"

不等胡老大说完，大帐里众位守将群情激奋，看来安定门确实危在旦夕，大家不由高喊："狐王、将军，出兵吧。"

萧天听完胡老大的讲述，立刻与魏东升商议，片刻后两人商议好，由萧天带领三分之一的兵力支援安定门，魏东升留下驻守。

萧天走到张念祖面前，低声道："念祖，你留下协助魏将军，我带漠帆、林栖、盘阳去安定门。"

"大哥，我必须留在你身边，我答应过嫂夫人一定跟在你身边的。"张念祖急得直叫。

"你留在这里我才能放心。"萧天低声道，"西直门不能有事，你在魏东升心里也会踏实。"

萧天以不容置疑的目光止住了张念祖，转身对身后跟过来的众将下令道："速速集结队伍，向安定门开拔。"

胡老大听到此话，激动得眼泪直流。萧天吩咐李漠帆安排胡老大到营地休息，胡老大直摇头，不停地哀求道："我要回到战场，那边还有我的兄弟在拼杀。"

"柳眉之跑了，你们为何不跟他一起跑？"萧天问道。

"那个天杀的混蛋。"胡老大向地上啐了一口，"我们兄弟不为别的，只想守住城门,不让瓦剌人进城,为了俺们的父母妻儿,为他们也要守住这个城门。"

"说得好。"萧天大声说道,"弟兄们,咱们也不为别的,只为了咱们的父母妻儿,守住安定门。听我口令,大军出发。"

此时,安定门前一片惨烈的景象。

瓦剌人一次次向前迈进,离安定门的城楼只剩下一箭之地。从城楼上便可看见一里之外,血流成河,明军将士的尸骨随处可见。不时有重伤的明军呻吟着垂死挣扎。骑着铁骑的瓦剌人嘶叫着,横冲直撞,向最后挡在城门前的明军发起一次次攻击。

明军一个个丢盔卸甲,浑身染满血迹,做着最后的拼杀。瓦剌前锋庆格尔泰疯狂地大笑,眼看攻到城下,这座恢宏的皇城唾手可得了。他发出一声嘶鸣,高声叫嚣着:"勇士们,大明的皇城就在眼前,给我冲进去。"

突然,从侧面像是刮过来一阵狂风,数匹快马风驰电掣般冲到眼前,只见一名身披盔甲的明军大将,大喊一声:"瓦剌狂贼,休要再嚣张,我大明援军已到。"萧天说完,持剑向庆格尔泰刺去,庆格尔泰虚晃一刀躲开,这才在恍惚中看见一队人马潮水般涌过来,与坚守的明军合为一处。庆格尔泰不由咬牙切齿地暗骂自己,太蠢,晚了一步,要不然已攻进城里。

最后驻守的明军看见援军,一个个激动得眼泪直流。

增援的将士很快便与瓦剌人激战到一处。萧天一边催马紧紧咬住庆格尔泰,一边大声喊林栖:"林栖,单挑瓦剌头目,群龙无首才好歼灭。"林栖得令,嘴里发出一声激越的鸟鸣声,像是盘旋在高空中的一只苍鹰飞身而下。听到这熟悉的鸟鸣声,萧天知道他的这只苍鹰要抓小兽了……

这边,李漠帆铆足了劲抡起大刀向迎面而来的瓦剌人砍去,瓦剌人掉转马头转身向李漠帆扔过来几把飞刀,李漠帆左躲右闪,其中一把刺进肩胛骨,李漠帆忍着痛,纵马向瓦剌人冲去,一刀砍到对方头顶,对方翻了个白眼摔到马下。从斜刺里蹿出一匹马,大叫:"特木尔——"此时特木尔再也听不到声音,另一名瓦剌人向李漠帆挥弯刀袭来。

"盘阳,李漠帆受伤了,快去。"一旁萧天用余光看到李漠帆身处险境,大喊盘阳去支援。

盘阳从几个瓦剌人中杀出来,跑去找李漠帆,李漠帆已体力不支摔到马下。李漠帆想爬起来,一伸手上面全是血,他痴傻地盯着双手上的血,不知是自己的血还

狐王令（下）

是身下死去的明军兵卒的血。正在发愣,突然手臂被一只血淋淋的手抓住了,李漠帆吓了一跳,低头一看,身下一个被砍掉一只手臂,胸口还插了把弯刀的明军兵卒,瞪着双眼,张着大嘴看着他。

"李掌柜,李掌柜,"那个兵卒虚弱地唤着他,"你不识得我啦,我曾投宿上仙阁,我是赶考举子。"

"张浩文。"李漠帆伸手擦去他脸上的血,这才认出来,是去年担着一扁担菜刀赶考的举子,他盯着张浩文胸口上那把被血染红的弯刀,拔也不是,不拔心里又堵得慌,急得大叫:"张浩文,你挺住,我背你回大营,我会救你的。"

"李掌柜,我想问你个事,我没有考取功名,我若是死在战场上不会辱没先人吧?"张浩文抓住李漠帆的手不放。

"张浩文,你是好样的,你给你先人争脸了,你挺住啊……"李漠帆喊着,用尽全力背起张浩文,他刚站起身,从一侧冲过来一匹烈马,弯刀刺进张浩文后背,血喷溅而出,流了李漠帆一脸,李漠帆破口大骂:"我日你祖先。"

盘阳听声音才发现血人般的李漠帆,纵马冲过来,一刀挑了面前的瓦剌人,喊着:"老李,你若是死了翠微姑姑岂不要守寡?老李呀。"

"哭丧呢,我还没死呢。"李漠帆一身是血背着张浩文的尸身大叫。盘阳这才发现李漠帆还有口气,哭丧着脸道:"老李,你吓死我了。"李漠帆憨憨地一笑道:"盘阳,你还挂念我呀,难得啊。"

"按辈分我得喊你一声姑父呀。"盘阳翻身下马,扛起张浩文的尸身放到马背上,他盯着李漠帆肩胛上的伤,二话不说架起李漠帆上了马。

此时,明军越战越勇,四周杀声震天。由于来了援军,安定门城楼上的守城兵士也是欢欣鼓舞,兴奋地擂起战鼓助阵。在这种强大士气的压迫下,瓦剌一改刚才的勇猛、嚣张,开始且战且退。

转眼间,刚才还胜利在望,离城门只剩一箭之地,此时却被这队人马杀得人仰马翻,步步后退,已经退到营地边缘。庆格尔泰气得哇哇大叫,他看这股明军气焰太盛,不得已下令往回撤。被杀得丢盔卸甲的瓦剌人,立刻灰头土脸地往回逃。

这一仗,瓦剌也死了不少人,丢下无数具尸首败下阵。

萧天命人匆匆打扫战场,把明军伤员和尸首拉回营地。他又查看了李漠帆的伤势,给他敷了止血膏。一清点才发现自己的队伍也伤亡不少,立刻下令人马就地休养。

庆格尔泰当然不甘心,他怒气冲冲回到营地,前后一查看,发现他带来的三大金刚竟然只剩下他一人了，不由黯然神伤。坐在大帐里督战的博纳勒黑着脸，看着庆格尔泰说道："是时候用到我给你备下的人肉盾牌了。"

庆格尔泰瞪着博纳勒："什么人肉盾牌？"

博纳勒嘿嘿一笑，道："来的路上，我命人到附近村里抓来了三十几个汉人，把他们绑到前面，这伙明军再勇猛，总不至于拿自己人开刀，在汉人背后藏弓箭手，一阵箭雨过去，自然给你们开出一条进攻之路。"

"军师，妙呀。"庆格尔泰双眸闪着光，一扫刚才的颓势。

"更妙的是，箭头都是浸过毒的。"博纳勒眼里冒出凶光，盯着庆格尔泰压低声音道，"庆格尔泰，也先大汗是下了死令，今日必须攻下，我是看在咱们出自一个部族，已经尽心帮你了，若这次还不成功，休怪也先大汗责罚了。"

"是。"庆格尔泰咬牙点点头。

博纳勒向帐外喊了一声："来人。"话音一落，从外面走进一个博纳勒的亲信，躬身道："大人，有何吩咐？"博纳勒从怀里掏出兵符，交给亲信道："你骑快马速回大营见也先大汗，把兵符交给大汗，大汗见兵符自然明白。"亲信拿过兵符转身跑出去。

"军师，这是……"庆格尔泰疑惑地看着博纳勒。

"唉，当然是给你要援军。"博纳勒皱起眉头道，"这也是最后一搏了。援军一到，立刻发起进攻，不可让明军有喘息的机会，不然，他们也去搬援军，便麻烦了。"

"他娘的，没想到这明军如此顽强。"庆格尔泰咬着牙骂道。

"但愿这次能撕开一个口子，冲进城里。"博纳勒忧心忡忡地说道。

天色渐渐转阴，不多时乌云便悄无声息地飘到头顶，空气中氤氲着潮湿的水汽，渐渐地天空中飘浮着似雾似云的雨丝。雨丝洒在刚才的战场上，空气中的血腥被细雨冲掉，地上的血迹慢慢流成小河，血色的小河肆无忌惮地向四面流淌。

城门前一片繁忙，兵卒接到指令正有序移动，前面留下最精锐的队伍，手拿盾牌站成一列，密切注视着瓦剌人的动向。一些兵卒往后面运送伤员。在城门前一片空地上，排满一个个从前方捡回来的尸身，全乎的不多，好心的兵卒想给他们留个全尸，无奈缺胳膊少腿的太多，也有不是一家给硬摆到一处的。兵卒们拉着这些尸身，眼里的泪早干了，其中有同乡好友，他们唯一能做的，便是和着雨水，把他们脸上的血迹擦掉，把他们的残肢放到一处。

萧天注视着这一切，心情异常沉重，在那一片死尸里他发现了刘善强和他三个副将的尸身,他们几乎被瓦剌人全歼,战斗的惨烈超乎想象,前面将要面对的是什么,谁的心里也没数。如今他们只有在城门前死守,除此别无他法。至于也先下一步会攻击哪个城门,只有老天爷知道。

突然,前面传来急促的马蹄声,探马从前方疾驰而来,高喊:"报——瓦剌大军向我方而来。"

萧天迅速向前面跑去,探马到面前几乎滚下马背,大声喊道:"回禀王爷,不好了,瓦剌似乎搬来了援军,声势浩大。而且,前面看上去像是押着当地百姓。"

"什么? 你可看清楚了?"萧天问道。

"看装束是咱们汉人的打扮。"探马说道。

"再探。"萧天打发走探马,闻讯而来的守将聚拢过来,一个个脸色严峻地盯着萧天。

萧天目视前方,由于天空飘着雨丝,前方并未看到铁骑的尘烟,真是天不作美,要在雨中打一次硬仗了。对于目前的局势,萧天忧心深重。他并不是怕死,若是能以死挡住瓦剌的铁骑也行,问题是他不能。以他目前的兵力,很难挡住瓦剌这次进攻,一旦城门失守,他将成为千古罪人。

萧天沉吟片刻,看着四周的稀稀落落的几个守将,开始部署。他第一个叫到盘阳:"盘阳,你骑快马绕过战场,去德胜门面见于大人,务必禀明利害,搬来援军。你快走吧。"

盘阳点点头,走到林栖面前,目光停留了片刻,低声道:"林栖,狐王交给你了。"林栖面无表情地点点头,催他快走。

萧天看着面前诸将,说道:"诸位将官,此次瓦剌人丧尽天良把我朝百姓放到阵前,咱们不到万不得已不要伤到他们,能救下他们最好。各位回到自己队伍里,按照我排列的顺序列队,准备迎敌。"

各位将官匆匆向自己队伍跑去。接着,各支队伍有序地开始移动,不多时便摆好迎敌的队列。

萧天翻身上马,与林栖等几个将官前往阵前。

此时,前方地平线上突现乌泱泱一片人马。渐渐离近后,方发现前面绑着众多百姓,他们被绑在一起,如同人肉盾牌挡在瓦剌人前面。明军营盘响起一阵愤怒的声讨声,看着己方百姓让瓦剌人当牲畜般糟践,个个义愤填膺。

"王爷,咱们先救百姓吧。"一个副将对萧天说道。

萧天盯着那片人群,里面竟然还夹杂着妇孺,不由气得额头青筋直跳,他向众人挥了下手,道:"等等,看他们要干什么。"

两军阵前,一个瓦剌勇士催马到阵前叫嚣着:"你们听着,要想救他们的命,就让出道路,不然,就给他们收尸吧,哈哈。"

瓦剌人话音一落,百姓们哭号声便传来,惨不忍睹。

"听着,先把百姓救下,不然要动军心。"萧天说着,点了几个得力的将官,道,"你们跟着我,要速战速决。"

李漠帆从后面策马过来,大喊:"为何不叫上我?"

"老李,你暂且歇息。"林栖大声说道。

但是,李漠帆说啥也不回去,执意跟着萧天出击。萧天看李漠帆态度坚决,他身上的伤看上去也无大碍,便点头同意了。

萧天一声令下,几十匹战马向瓦剌押解的百姓人堆前冲来。

就在快要接近人堆时,从百姓堆里突然站立起十几个穿着汉人衣裳的大汉,手执弓箭向他们射箭。一阵箭雨夹着风声飞来,萧天等诸将毫无防备,纷纷中箭。前面的人接二连三地落到马下。

从百姓堆里,一个老汉站起身嘶哑着嗓音大喊:"大将军,他们是冒充百姓的瓦剌人,不要管我们,不要管我们。"

倒到地上的一名副将大喊:"箭上有毒。"

"撤。"萧天肩部中了一箭,他"撤"字还未落下,对方阵营里庆格尔泰便高举长刀大喊:"射箭。"

林栖催马挡到萧天前面,他回头急得大叫:"主人,你中箭了?"萧天盯着那些射箭的瓦剌人,对林栖道:"必须干掉这些人,他们在箭头涂了毒。"萧天说着,面色已然发白。这时,又一阵箭雨向他们飞来,林栖怒吼了一声,挡在萧天面前,长剑似游龙上下翻飞,把来箭挡去一半,但还是有两支箭射进林栖的手臂和肩膀。

林栖口中发出一声长鸣,身体伏到马背上,猛抖缰绳向弓箭手冲去。萧天在他背后喊了一声:"林栖,回来。"但是林栖根本没有理会,他飞马到弓箭手跟前,挥剑向他们一个个砍去。更密集的箭集中到他面前飞过来,林栖一个大鹏展翅从空中飞身而下,一柄长剑风卷落叶般横扫而来,剑到之处,寒光一片,血滴四溅。

几个弓箭手有的身首异处,有的仓皇而逃。

百姓堆里的老汉挣脱了绳索,一边帮其他人解绳索,一边大喊:"乡邻们,咱们跟这群畜生拼了。"老汉捡起死去瓦剌人的弯刀,向仍在射箭的瓦剌人砍去,更多的百姓加入进去,弓箭手纷纷扔下弓箭,抽出弯刀向百姓砍去,更多的人来不及抽刀,与扑上来的百姓肉搏。

此时萧天策马赶到，他看到倒在几个瓦剌弓箭手身上的林栖，只见他直挺挺地横在那里，身上像刺猬一样密密麻麻插满箭羽，萧天一句："兄弟……"没有喊出声，只觉得万箭穿心般疼痛。

萧天身后的李漠帆大喊一声："林栖啊……"开始放声痛哭。萧天掉转马头，叫住李漠帆："老李，你把林栖背回去。"萧天对身后的诸将大喊："将士们，杀敌的时候到了，为咱们死去的兄弟报仇。"

萧天猛抖缰绳，一马当先向瓦剌冲去。

萧天双眸喷着仇恨，紧咬牙关，眼里的泪和着脸上的雨水，流下面颊。他脑海中林栖又一次欢蹦着向他跑来。那一刻林栖用身体为他挡住了敌人的箭。林栖就像他的影子跟了他这么多年，如今直挺挺倒在冰凉的战场上。

萧天仰天大喝一声："林栖，我给你报仇。"

萧天从瓦剌人的队伍里，一眼看见庆格尔泰策马过来，自萧天知道庆格尔泰是瓦剌前锋大将军后，便一直想找机会干掉他，两次交手都让他跑了，如今在战场上又一次看见他，岂会再让他溜走。萧天猛抖缰绳向庆格尔泰冲去。

庆格尔泰一脸暴躁，他万万没想到，军师博纳勒的妙计没多久便被破掉，那些弓箭手死的死，伤的伤。不由怒气冲冲催马到前面，扯开嗓门给瓦剌勇士鼓劲："勇士们冲呀，谁先攻进城里，就地荣升大将军。"

庆格尔泰刚喊完话，便看见一匹战马冲过来，萧天大喊一声："看剑！"两人再次打到一处，庆格尔泰看见是老对头不由气急败坏，使出全力与之拼杀，几招之后，他惊奇地发现对方与前几次相比气力明显不足，暗暗侥幸，这时他突然发现萧天左肩黑乎乎一片，不由哈哈大笑："原来是中了毒箭，快拿命来吧。"

萧天渐渐有些支撑不住，他面色煞白，举剑的手臂也开始摇晃起来。庆格尔泰看到此，不由加紧攻势，一刀快似一刀，萧天抵挡不住，渐渐落入下风。庆格尔泰知道对手是明军头目，便有心要活捉了他，开始步步紧逼。就在这危急关头，突然从侧面冲出一匹马，马上之人持剑直刺庆格尔泰，庆格尔泰躲闪不及被刺进腹部，他条件反射般挥刀斜刺进对方身上。片刻后，两个人同时落下马。

萧天拉住缰绳，稳住心神低头一看，竟然是李漠帆，肚子上插着一把弯刀。萧天滚下马，爬到李漠帆身边，抱住李漠帆："老李，老李！"

"帮主，帮主，"李漠帆咧开嘴笑了一下，"下辈子，我还跟你做兄弟。"萧天不停地点头，慌忙伸出手去堵李漠帆肚子上的血窟窿，但是血汩汩地往外流，怎么也堵不住。

前面突然坐起一个人,庆格尔泰翻身向萧天扑过来。萧天仰头长啸了一声,推开李漠帆的尸身,向庆格尔泰扑了过去,他满是鲜血的双手死死掐住庆格尔泰,扑过去狠狠咬住庆格尔泰的鼻子。萧天感到身下一阵阵颤抖,片刻后便不动了。

萧天浑身是血,一只手拄着长剑,颤巍巍站起身。他身后的将士潮水般向瓦剌军阵冲去,接下来的一场混战,直杀得天昏地暗。

第四十八章　生死契阔

于谦冒雨率领援军火速赶到安定门时,这里的战斗已接近尾声。援军潮水般冲向瓦剌人,最后负隅顽抗的瓦剌人,一看大势已去,便灰溜溜逃了。

雨丝不大,但于谦的眼睛却被水雾迷住。眼前是一片怎样惨烈的景象啊,他在兵部多年,也见识过大大小小的战场,但是像面前如此惨烈的景象他闻所未闻,不足五里的开阔地面上,躺满横七竖八的尸体、马匹,人摞人、马摞马,地上是纵横的血河。

"所有人听令,寻找狐王,活要见人,死要见尸。"于谦声音哽咽地向众属下大喊,他身边的随从迅速散去。于谦站在雨中,眼泪止不住地往下流。他看见给他报信的盘阳,像丢了魂似的四处乱跑,他听不清盘阳喊着什么。

于谦回过头,看到这片尸海后面巍峨的城门楼,"安定门"三个大字在雨水的冲刷下,清晰耀目。于谦闭上双眼,沉痛地说道:"传我口令,打扫战场,不可遗漏一名明军将士的尸骨。"他身后的传令官得令迅速跑出去。

这时,盘阳一脸泪水踉跄着跑到于谦面前,"扑通"跪下道:"大人,我一个人也没有看见,他们在哪里? 我可如何回去向狐人交代呀?"

于谦急忙上前扶起盘阳道:"盘阳,别急,也许他们受伤了,咱们一定会找到他们。"

"大人,这里的情况,恐怕在西直门的人还不知道,我现在便去通知他们。"盘阳哭着说道。

"那你快去,我亲自带人找。"于谦嘴里说着安慰他的话,心里却是一阵阵绞痛。

狐王令 (下)

盘阳一听也只能如此了,于是翻身上马向西直门的方向疾驰。

西直门外坡上营帐前,密密麻麻地站着人。即便下着雨,也没有人躲进帐里,一众人等眼巴巴地盯着几条必经的小道,他们不敢擅离。萧天率人马走时,下了死令,没有他的口令,任何人不得离开大营半步,让他们死守西直门。

安定门前的激战,不时有探马向他们回禀,魏东升和张念祖像两只蚂蚱急得上蹿下跳,却不敢动弹半步。此时,两人站在坡上几乎同时看见自安定门方向疾驰而来一匹战马。

开始以为是探马,离近了才看出是盘阳。

张念祖兴奋地跑上去,一把抓住盘阳战马的马嚼子,大声问道:"盘阳,你可算回来了,大哥他们何时回来?"

盘阳身体抽动着,一声不吭,突然从马上滚下来,匍匐在地放声大哭。张念祖盯着地上的盘阳,眼皮直跳,脸上那道刀疤抖了几抖,他上前一把抓住盘阳的衣襟,大声问道:"告诉我,出了什么事?"

坡上的众将闻声纷纷跑下来,魏东升跑上前扶起盘阳,急得大叫:"兄弟,别哭了,你要急死我们了,快说呀,狐王呢?"

盘阳眼泪横流,望着众人,结结巴巴道:"全没了。"

"不,你个混蛋!"张念祖突然眼睛通红,一把抓住盘阳,把他推翻在地,骑上挥拳便打。盘阳哽咽着也不还手,任张念祖骑在身上打。

魏东升扑到张念祖身后抱住他,把他从盘阳身上拉起来。张念祖怒视着盘阳喊道:"你给我说什么,你个混蛋!"张念祖推开众人,向盘阳的马跑去,翻身上马后,策马向安定门方向驰去。

与此同时,传令官与张念祖擦身而过,传令官报道:"尚书大人有令,明军击溃瓦剌进攻,瓦剌人已退兵。各城门守将,不得懈怠,加紧休整。"说完,掉转马头疾驰而去。

"瓦剌退兵了。"众人听后,无不欢欣鼓舞。魏东升急忙扶起盘阳,愧疚地说道:"盘阳,恕在下军令在身,不能过去,如今张念祖已去,你多带几个弟兄过去,在战场上再好好找找。"

盘阳点头,十几个狐族和兴龙帮的弟兄跑到跟前,魏东升命属下牵来十几匹战马,他们迅速翻身上马,呼啸而去。

盘阳一路快马加鞭,很快赶上张念祖。由于张念祖一急之下骑的盘阳的马,这匹马奔波了大半天，早已疲惫不堪。盘阳叫住张念祖，便把战场上所见讲了一遍。张念祖阴沉着脸，不说话，也不再问，只是一个劲地催马疾驰。

他们一队人马驰到安定门前，望着前面正在打扫的战场，所有人都哭了。他们翻身下马，张念祖回头对弟兄们道："死人堆里扒，一个个扒，说什么也要找到他们……"

这时，于谦手下一个副将看见他们，向他们跑过来，说道："大人在前面等着你们呢，已经找到一些尸首，你们先过去看看。"张念祖和盘阳一听，立刻跟着副将向那边跑去。

这里辟出一片空地陈列尸体，不停地有兵卒往这里运送尸首。于谦站在面前一个个地辨认。副将跑上前说道："大人，狐王手下的人到了。"于谦急忙转回身，看见张念祖和盘阳，伸手引着他们来到一边，指着地上两具尸体，忍着泪说道："目前只找到他俩。"

张念祖和盘阳低头一看，两人不由双腿一抖，跪了下去。

林栖全身的箭被拔去了一些，有些太深依然插在身上。李漠帆全身被血浸透，眼睛瞪着。盘阳匍匐在地大哭，张念祖一把拉起他，冲着他喊道："狐王还没找到，跟我走。"张念祖拉着盘阳向战场跑去。

张念祖和盘阳在血水中跑来跑去，剩下的大部分是瓦剌人的尸首了。张念祖眼神阴鸷地四处寻找，他踩着残肢断臂，把摞一起的人拉开，不放过一个死人。盘阳跟在他身后，他干不了这个，走一路吐了一路；眼睛里的泪流干了。"在这人间地狱般的战场走上一趟，我这一辈子都会做噩梦。"盘阳喃喃自语道。

张念祖回头向他恶狠狠地啐了一口，仍然执着地在瓦剌人的尸体堆中寻找，这时他又发现一堆瓦剌人的尸体摞在一起。张念祖跑上前，抓起一具尸体摞到一边，看见下面一个熟悉的面孔，只不过面孔上鼻子已被咬掉，血肉模糊，他认出是庆格尔泰，这个黑鹰帮四大金刚之首，也是也先前锋大将军，原来死在这里。猛然，他心里一颤，能灭掉他的，只有萧天。想到此，张念祖回头大叫："盘阳，大哥应该在这里。"盘阳急忙跑过来。

张念祖疯狂地扒开庆格尔泰，一旁还有几个瓦剌人，张念祖一个个扒开，此时他再也抑制不住自己的悲伤，一边哭，一边大喊："大哥，你在哪里？"

突然，一只手抓住了张念祖的手臂，张念祖盯着那只手，大叫："大哥——"盘阳也跟上来，他和张念祖疯狂地拉开上面几个瓦剌人，看见下面躺着的萧天。

张念祖抱住萧天，此时萧天面色发青，眼神迷离，肩上的箭伤流出黑乎乎的血水,张念祖大喊盘阳,他从腰间取出一个皮囊,叫道:"盘阳,快给大哥伤口上涂药膏。"盘阳慌乱地打开皮囊取药膏。

萧天死死抓住张念祖的手,努力把自己游走的神集中到一起,他知道自己的时间不多了,他还有太多的事要交代,这个执着的念头让他活着,就是在等张念祖。他盯着张念祖,一字一字说道:"念祖,你听着,我的时间不多了。"萧天说着,一只手伸向脖颈,摸了半天,摸出满是血污的狸龙块,看着张念祖道:"这个,交给你嫂子,若是孩子生下来,给他戴上,这个是为父给他的一个念想。"萧天说着,吃力地从怀里摸出一块系着绳子的乌金的令牌,他把令牌举到张念祖面前,颤声道,"念祖,这个给你,接狐王令。"

"不,大哥。"张念祖跪着退了一步,突然叩头道,"大哥,我不要,不——"

"念祖,接狐王令。"萧天用尽全力说道,"我死后,你带着狐族回到檀谷峪,把我和老李、林栖葬到一起。能接狐王令的只有你,见令如见我,以死起誓,永不负狐族。"

"大哥,我怕我担不起呀。"张念祖泪流满面地说道。

"你担得起。"萧天接着说道,"还有,念祖,我把我的妻儿托付与你,你要护他们周全。"萧天转眼看着盘阳道,"盘阳,还不向你们的新狐王行觐见大礼。"

盘阳流着泪,失声痛哭,一边哭着一边对着张念祖跪下叩头。

张念祖捧着狐王令,眼里全是泪,他跪着凑到萧天面前道:"大哥,有一件事我一直瞒着你,我真是该死,我请你收回成命,我,我不是本心,我是宁骑城。"

萧天此时交代了所有的事,心情轻松了许多,他看着张念祖淡然一笑,道:"我不管你叫什么,你都是戍边大将张竟予将军的儿子,你身上流淌着忠烈的血,你是什么人,我比你清楚。"

张念祖一听此言,醍醐灌顶道:"大哥,难道你早就知晓了?"

萧天一笑道:"你我过招无数,我一眼便识出了你。你是我的好兄弟。"萧天说着,声音渐渐变小,慢慢闭上双眼。

张念祖扑上去抱住萧天号啕大哭,他仰脸向天大叫了几声:"萧天,萧天,上天不公呀,为何死的不是我?"

张念祖哭着把狐王令塞进衣襟,他腾出手撕下一片衣角,擦去萧天脸上的血,整理着他满是血迹的衣衫。一只手碰到他怀里一物,拿出一看,是一块浸满血迹的手帕,张念祖抻开帕子,上面娟秀的字迹跳到眼前,字迹与血迹融为一团,只看见最后几个字:一场叹,一生为一人……但他还是认出这字出自明筝之手,想到明筝,张念祖心里更痛。

　　一个是他认下的大哥,一个是他曾思慕的女子。此时此刻他宁愿死去的是自己,也不想这样带着大哥的尸身见她,他如何去面对她?自己曾在她面前发过誓言,保护她的夫君,他辜负了她。

　　张念祖抓住血迹斑斑的帕子,强忍住内心悲戚,小心地塞进自己胸口。他站起身对着萧天的尸身叩了三个头,背起萧天的尸身就走,盘阳依然跪在地上,半天才爬起身,默默跟在身后。

尾　声

一场雨后,京城的百姓得知经过浴血奋战,大明军队终于击败了瓦剌人,兵临城下的蛮夷已退,便纷纷开门走出家门。看到满大街拉死亡将士的马车,地上血迹斑斑,百姓们默默伫立街头,眼含泪水。有些出兵卒的人家,便跑上前打探自家孩儿的下落。

西直门前,魏东升一身战袍,早早伫立在城门前,他一脸肃穆眼睛眨也不眨地望着城内,一动不动。他身边的随从看他行事古怪,便上前问道:"大人,你一早站在这里,是在等候何人?"

"叫你的人给我站好了,"魏东升训道,"一会儿,狐族的车马队会打此过,我要送他们一程。"

说话间,只听前方传来粗重的木车轮碾轧地面发出的咕噜声,大道上远远出现一队人马,打头的是身披黑色大氅的张念祖,他紧绷着嘴唇,脸上的线条刀刻般清晰,那道长长的刀疤越发狰狞。他身后跟着几个狐族勇士,护卫着身后三辆马车,每辆马车四周都围着几个身背刀剑的勇士护卫。马车后面是三辆平板大车,每辆大车上都绑着一口粗大的棺木,拉棺木的马车后面跟着骑马的族人。

第一辆马车里坐着明筝,她对面是翠微姑姑和她的儿子,夏木在一旁服侍着他们。明筝头靠在垫子上,缓缓抬起头,看了眼窗外,问道:"夏木,这是哪里?""回郡主,到了西直门。"夏木望了眼窗外低声道。

明筝苍白的面颊有了血色,她直起身子。刚才是她三天里说的唯一的一句话。想到三日里在鬼门关走了一遭,要不是张念祖劈开房门,她或许已经随萧天去了,在她的脖颈往挂在房梁的白绫上套的一瞬间,她腹中的孩子突然猛踢她,她在那一瞬间猛然清醒,放声大哭,后被冲进房里的张念祖抱了下来。

她怎么如此糊涂,怎么能把她腹中萧天的骨肉给忘了。被张念祖叫醒,终于有了活下去的念头。虽然她知道活着比死去更难,但是清醒之后,她渐渐回忆起临别萧天对她说的话,难道在那晚他便已经有了预感将要与她分开?他是一个多么冷血和固执的人啊!

明筝伸手到脖颈上,那块她亲手戴到萧天脖颈上的狸龙玦此时静静地贴着她的胸口,每一次触碰都有种钻心的痛,似乎还留有萧天的体温,这是他在世上留给她唯一的东西。不,还有一个,明筝突然感到腹部一阵胎动,还有这个将要诞生的新生命。

明筝脸上的泪和着将要成为母亲的喜悦,慢慢流下来。

夏木说到了西直门。明筝脸上泛起一丝笑意,她突然想到两年前自西直门进京,又想到在虎口坡她从雪窝里拉回的那个贴着假面的男子,一会儿又看见李宅门前躺着的那个落魄书生。

明筝眼泪直流,她不停地流泪,不停地擦着,不停地微笑。她突然发现她的夫君从来都没有离开过她,她轻轻地抚摸着自己隆起的腹部,笑着说道:"翠微姑姑,我腹中的孩儿,我的夫君已经给他起过名字了。"

翠微姑姑听见明筝说话,她的目光离开儿子看向明筝。只短短几天时间,翠微姑姑彻底老了,再也不是那个徐娘半老的丰腴美人,她眼窝深陷,双颊发青,但眼神依然明亮。她看着明筝赞许地点点头道:"这才是我们狐族女人,这才是我们狐族女人该有的模样,她们从来不哭,只会把打碎的牙往肚子里咽,只会擦干血泪,往前面看。"

马车摇晃着前行,眼看到了城门前。

西直门前,两列兵卒齐刷刷站在两旁,魏东升和他的两名属下站在队列前面,一看马队过来,魏东升迎着马队走来。

"兄弟,我已等候多时,定要送你们一程。"魏东升说道。

张念祖在马背上抱了抱拳道:"魏将军,你公务在身,不必拘于礼节,咱们后会有期,就此别过。"

魏东升点点头,默默目送张念祖一行从眼前而过,当他看到后面三辆平板车上的棺木时,"扑通"一声跪倒在地,他身后的众兵卒也跟着跪倒在地。

车马队过了城门,魏东升才站起身,他久久地望着那队人马,盯着队伍前那个身披大氅的桀骜不驯的背影,他知道萧天没有选错人,这个人将成为新一代狐王,来日将会在这片血染的疆域叱咤风云。

魏东升正伫立在城门前,拧眉感叹,忽见一匹烈马绝尘而来,马上之人翻身下马,把缰绳往他怀里一扔,大叫:"可见狐族马队?"

魏东升这才看清,竟然是于谦,他答道:"于尚书,狐族马队刚刚过去。"

于谦二话不说,便向城楼一侧台阶跑去,他三步并作两步,爬上城楼,远远望见一队车马向南迤逦而去。于谦呆呆凝视着马队,突然高高拱起手道:"萧兄弟,恕为兄朝政缠身,不能相送了。"于谦说着,眼睛渐渐模糊,他急忙低头擦去眼中泪水,他知道留给他悲伤的时间不多,他必须回去了。

他转过身看见阳光洒过来,城墙像是被镀上一层金色——不是金色,那明明是红色,是鲜血的颜色。他伸手抚摸着坚固的城墙,那片霞光似鲜血般艳丽夺目。这片疆土,哪一片没有浴过英雄的血!江山如画的背后,岂止是血流成河!他胸中一片悲戚,不由潸然泪下。

在他的背后,那队车马沿着官道默默地向前行进,渐行渐远。

狐王令(下)